国家哲学社会科学成果文库
NATIONAL ACHIEVEMENTS LIBRARY
OF PHILOSOPHY AND SOCIAL SCIENCES

先秦说体文本研究

廖群 著

中央编译出版社

廖群 女，1959年出生于山东省济南市，祖籍湖南。于山东大学文学院本科、硕士、博士毕业并获得学位。现为山东大学文学院教授、副院长、博士生导师，兼任山东省古典文学学会常务副会长，中国诗经学会、中国屈原学会常务理事。学术研究主攻中国古代文学先秦两汉方向。已出版的专著有《先秦两汉文学考古研究》(《国家社科基金成果文库》)和《诗经与中国文化》《神话寻踪》《中国审美文化史·先秦卷》《诗骚考古研究》《先秦两汉文学的多维研究》《中国古代小说发生研究》《韩非子趣读》等，编撰《孔子文化大典·生平卷》《两汉乐府学术档案》等，并在《文艺研究》《文学遗产》《文史哲》等刊物发表论文100余篇。学术成果获得教育部中国高校人文社科优秀成果一等奖一项，三等奖一项，山东省社科优秀成果重大成果奖一项、二等奖三项等。近年独立承担国家社科基金项目两项、国家社科基金后期资助项目一项，全国高校古委会项目一项等。

《国家哲学社会科学成果文库》
出版说明

  为充分发挥哲学社会科学研究优秀成果和优秀人才的示范带动作用，促进我国哲学社会科学繁荣发展，全国哲学社会科学规划领导小组决定自 2010 年始，设立《国家哲学社会科学成果文库》，每年评审一次。入选成果经过了同行专家严格评审，代表当前相关领域学术研究的前沿水平，体现我国哲学社会科学界的学术创造力，按照"统一标识、统一封面、统一版式、统一标准"的总体要求组织出版。

全国哲学社会科学规划办公室
2011 年 3 月

目　　录

引　言 ··· (1)

第一章　"说""传""语":先秦"说体"立说 ····················· (15)
  第一节　《说林》《储说》之"说"辨 ····························· (15)
    一、先秦"说"字义及用例举隅 ································· (15)
    二、所说之话:辞说、学说与述说 ································ (18)
    三、《说林》《储说》之"说"为所"述"故事辨 ··············· (24)
  第二节　以"说"名篇名书之故事与他书互见考 ················ (30)
    一、《说林》《储说》故事见于此前他书考 ···················· (30)
    二、《说林》《储说》与《吕氏春秋》故事互见考 ··········· (37)
    三、张家山竹简与《说林》《储说》故事来源补证 ········· (41)
    四、《说苑》故事与先秦史书、子书互见考 ···················· (43)
  第三节　"说体"称"说"又称"传""语"考 ····················· (55)
    一、"说体"称"说"续考 ·· (55)
    二、"说体"称"传"考 ·· (61)
    三、"说体"称"语"考 ·· (82)
    四、对举、连用、互称:"说""传""语"为一体辨 ········ (95)
  第四节　故事简:先秦存在"说体"文本的考古印证 ········· (102)
    一、《汲冢琐语》题"语"考 ······································ (103)
    二、阜阳汉墓章题牍 ·· (106)
  第五节　"说体"探源、界定及命名 ······························ (109)

一、"说体"探源 …………………………………………… (110)
　　　二、"说体"界定 …………………………………………… (114)
　　　三、"说体"命名 …………………………………………… (116)
　　　四、"说体"辨识 …………………………………………… (120)

第二章　《左传》《国语》中"说体"文本的整理与辨析 ……… (122)
　第一节　"说体"与《左传》《国语》关系辨析新视角 ……… (122)
　　　一、《左传》《国语》的相关性 …………………………… (122)
　　　二、《左传》《国语》关系与《左传》真伪辩 …………… (125)
　　　三、《左传》《国语》关系与《国语》作者辨 …………… (126)
　　　四、"说体"视角与《左传》《国语》关系的新审视 …… (127)
　第二节　《左传》《国语》"说体"故事互见者 ……………… (129)
　　　一、情节对话大致相同者 ………………………………… (130)
　　　二、叙事相同对话有异者 ………………………………… (133)
　　　三、有同有异有缺有增者 ………………………………… (137)
　　　四、事件相同叙事不同者 ………………………………… (161)
　第三节　《国语》《左传》各自独见"说体"文本的梳理
　　　　　辨析 …………………………………………………… (166)
　　　一、因起止年限不同而独见于《国语》之"说体"
　　　　　文本考 ………………………………………………… (167)
　　　二、因涉事范围不同而独见于《左传》之"说体"
　　　　　文本考 ………………………………………………… (170)
　　　三、《国语》《左传》因旨趣不同而各自独见的"说体"
　　　　　文本考 ………………………………………………… (205)
　　　四、以《公羊传》为参照：《左传》援用"说体"
　　　　　的旁证 ………………………………………………… (253)

第三章　《韩非子》《吕氏春秋》"说体"故事的整理与辨析 … (258)
　第一节　《韩非子》《吕氏春秋》"说体"故事已见前述者 … (258)

一、《韩非子》"说体"故事已见前述者 …………………… (258)
　　二、《吕氏春秋》"说体"故事已见前述者 ………………… (270)
　　三、《韩非子》《吕氏春秋》"说体"故事已见前述者 …… (283)
　第二节　《韩非子》《吕氏春秋》"说体"故事互见者 ………… (290)
　　一、同事异述 ……………………………………………………… (291)
　　二、同事别述 ……………………………………………………… (299)
　　三、异事同述 ……………………………………………………… (301)
　第三节　《韩非子》《吕氏春秋》独见"说体"故事考辨 …… (303)
　　一、独见于《韩非子》者 ………………………………………… (304)
　　二、独见于《吕氏春秋》者 ……………………………………… (332)

第四章　西汉著作与先秦"说体"文本的整理辨析 ……………… (377)
　第一节　《新书》与先秦"说体"文本的辨析与挖掘 ………… (377)
　　一、贾谊及《新书》 ……………………………………………… (377)
　　二、《新书》中先秦"说体"故事已见前述、可用为
　　　　补证者 ………………………………………………………… (379)
　　三、《新书》中不见前述的先秦"说体"文本辨析 ………… (382)
　第二节　《淮南子》与先秦"说体"故事考辨 ………………… (392)
　　一、可用于参照、印证他著先秦"说体"故事的叙事
　　　　及典故 ………………………………………………………… (393)
　　二、独见的先秦"说体"故事辨析 …………………………… (402)
　第三节　《韩诗外传》与先秦"说体"故事考辨与挖掘 ……… (405)
　　一、《韩诗外传》先秦故事可与前述互证者 ………………… (406)
　　二、首见于《韩诗外传》的先秦"说体"故事辨析 ………… (412)
　第四节　《史记》与先秦"说体"故事的辨析与挖掘 ………… (433)
　　一、《史记》中可与前述"说体"文本互证者 ………………… (433)
　　二、《史记》与《新序》《说苑》互见的先秦"说体"
　　　　文本辨析 ……………………………………………………… (460)

第五章　出土文献与先秦"说体"故事的补遗与研究 …………… (470)
第一节　"汲冢书"与先秦"说体"故事补遗 …………… (470)
　　一、《汲冢琐语》 …………………………………… (470)
　　二、《汲冢周书》 …………………………………… (476)
第二节　上博简中的先秦"说体"故事 ………………… (477)
　　一、楚国故事 ……………………………………… (477)
　　二、列国故事 ……………………………………… (484)
第三节　清华简中的先秦"说体"故事 ………………… (486)
　　一、商汤伊尹故事 ………………………………… (486)
　　二、周王故事 ……………………………………… (488)
　　三、列国故事 ……………………………………… (489)
第四节　北大简《周驯》与先秦"说体"文本研究 ……… (491)
　　一、北大简《周驯》的发现与认定 ………………… (491)
　　二、《周驯》与先秦"说体"文本的考证与补充 …… (494)

第六章　先秦"说体"的文本特征 …………………………… (500)
第一节　先秦"说体"文本的描述性 …………………… (500)
　　一、事件讲述的完整性 …………………………… (500)
　　二、对话描摹的生动性 …………………………… (508)
　　三、举止描述的逼真性 …………………………… (511)
第二节　先秦"说体"文本的虚饰性 …………………… (517)
　　一、虚拟 …………………………………………… (517)
　　二、夸张 …………………………………………… (520)
　　三、传奇 …………………………………………… (522)
　　四、志怪 …………………………………………… (527)
第三节　先秦"说体"文本的变异性 …………………… (535)
　　一、同事异人 ……………………………………… (535)
　　二、同事异说 ……………………………………… (538)
　　三、同人事异 ……………………………………… (543)

四、同事演绎 …………………………………………………… (547)

第七章　先秦"说体"文本的传播途径 …………………………… (552)
第一节　"或告之,传也":告知传播 …………………………… (552)
一、"史来告""闻之曰"及"士传民语" ………………… (552)
二、"史不失书,矇不失诵" ……………………………… (558)
三、"其教可知"与诸子之授 ……………………………… (559)
第二节　引事为证:先秦人物口中的"说体"故事 ………… (565)
一、臣谏君 ………………………………………………… (565)
二、日常对话 ……………………………………………… (568)
第三节　"行说语众":赋诵传播 ……………………………… (571)
一、由神龟故事的演绎说起 ……………………………… (571)
二、先秦"语众"赋诵考 …………………………………… (573)
三、先秦"说体"文本中的赋诵迹象 ……………………… (576)

第八章　"说体"与先秦两汉诸体文学 …………………………… (581)
第一节　"说体"与战国拟托文书写 …………………………… (581)
一、《晏子春秋》中的拟托书写与"说体" ………………… (582)
二、《战国策》中的拟托书写与"说体" …………………… (592)
第二节　"说体"与诸子寓言 …………………………………… (600)
一、见于《韩非子》《吕氏春秋》中近似"说体"的
　　喻理故事 ……………………………………………… (601)
二、《庄子》寓言创作与"说体" …………………………… (607)
第三节　"说体"与汉代辞赋中的故事赋 ……………………… (613)
一、《神乌赋》《妄稽》的出土与发现 ……………………… (613)
二、说书俑,汉代故事赋讲诵传播的文物证明 ………… (615)
三、《列女传》中的赋诵故事 ……………………………… (616)
第四节　"说体"与古代小说 …………………………………… (628)
一、"说体"与"说体"中的"小说" ………………………… (629)

二、"小说家"著作猜想：以《伊尹说》为例……………………（632）
三、《吴越春秋》对先秦"说体"故事的整合与演绎………（635）
第五节 代拟琴歌与先秦"说体"故事的汉代演绎……………（643）
一、署名先秦人物的琴曲歌辞确有汉代代拟歌诗考………（643）
二、代拟与汉代琴曲表演演绎先秦"说体"故事考………（649）
三、代拟琴歌的抒情歌唱与故事体"说白"………………（652）
四、代拟琴歌的演绎创作与故事记录………………………（654）

结　语……………………………………………………………（659）

附　录　先秦"说体"故事条目总汇…………………………（669）

参考文献…………………………………………………………（709）

Contents

Introduction ··· (1)

Chapter 1 "Telling", "relating", "talking": establish the theory of "Narrative Style" in The Pre-Qin Period ···················· (15)

    Section 1   The meaning of "telling" in "Shuo Lin" and "Chu Shuo" ··· (15)

        1   Literal meaning of "telling" and examples in The Pre-Qin Dynasty ······ (15)

        2   Spoken words: words, doctrine and depiction ······························· (18)

        3   "Telling" in "Shuo Lin" and "Chu Shuo" is "narrating" stories ········· (24)

    Section 2   Textual research on cross-references stories and books naming "telling" in records ······································ (30)

        1   Stories in "Shuo Lin" and "Chu Shuo" had been found in other books ··· (30)

        2   Cross-references stories of "Shuo Lin", "ChuShuo" and "LvShi ChunQiu" ··· (37)

        3   Supplementary proof of Zhangjiashan bamboo slips with the source of stories in "Shuo Lin" and "Chu Shuo" ······································· (41)

        4   Cross-references stories of "Shuo Yuan", other historical records and scholars' books in The Pre-Qin Dynasty ······································ (43)

    Section 3   The textual research on "Telling" is also called "relating" and "talking" ······································· (55)

        1   Continued research on "Narrative Style" is known as "telling" ············ (55)

        2   "Narrative Style" is called "relating" ······································· (61)

        3   The textual research on "Narrative Style" is called "talking" ············· (82)

4　Contrastive, consecutive and exchanged uses: "telling", "relating", "talking" are one unity ………………………………………………… (95)

Section 4　The stories on bamboo slips: archaeological confirmation of "Narrative Style" in The Pre-Qin Dynasty …………… (102)

　　1　Textual research on "JiZhong SuoYu" is titled "Talking" …………… (103)

　　2　The Titles on FuYang bamboo slips ……………………………… (106)

Section 5　The source, definition and naming of "Narrative Style" ……………………………………………………………………… (109)

　　1　The source of "Narrative Style" ………………………………… (110)

　　2　The definition of "Narrative Style" ……………………………… (114)

　　3　The calling of "Narrative Style" ………………………………… (116)

　　4　The identification of "Narrative Style" ………………………… (120)

Chapter 2　Collation and research on text of "Narrative Style" in "Zuo Zhuan" and "Guo Yu" ……………… (122)

Section 1　Using "Narrative Style" as a new perspective on distinguishing the relationship between "Zuo Zhuan" and "Guo Yu" ………………………………………………………… (122)

　　1　Correlation between "Zuo Zhuan" and "Guo Yu" …………… (122)

　　2　The relationship between "Zuo Zhuan" and "Guo Yu", and the authenticity of "Zuo Zhuan" ……………………………………… (125)

　　3　The relationship between "Zuo Zhuan" and "Guo Yu", and the analysis on the author of "Guo Yu" ………………………………… (126)

　　4　From the "Narrative Style" perspectives and new opinions on the relationship between "Zuo Zhuan" and "Guo Yu" ……………… (127)

Section 2　Cross-references Stories of "Narrative Style" Stories in "Zuo Zhuan" and "Guo Yu" ……………………… (129)

　　1　Similardialogues and plots ……………………………………… (130)

　　2　Same narrating but different dialogues ………………………… (133)

  3 Similarities, differences, shortages, and increase ……………（137）

  4 Same events with different narrative ………………………（161）

 Section 3 Independent emergence of "Narrative Style"

      stories in "Zuo Zhuan" and "Guo Yu" ………………（166）

  1 The textual research on "Narrative Style" stories that only be found in

   "Guo Yu" due to different beginning and ending period ……………（167）

  2 The textual research on "Narrative Style" stories that only be found in

   "Zuo Zhuan" due to different narrative range ………………………（170）

  3 The textual research on "Narrative Style" stories that only be found in

   "Guo Yu" or "Zuo Zhuan" due to different purport ………………（205）

  4 Collateral evidence on the quoting of "Narrative Style" stories in

   "Zuo Zhuan", by the reference to "GongYang Zhuan" ……………（253）

Chapter 3 Collation and research of stories of "Narrative Style" in "HanFeizi" and "LvShi ChunQiu" ……………（258）

 Section 1 Stories of "Narrative Style" in "HanFeizi" and

      "LvShi ChunQiu" had been recorded in previous works …（258）

  1 Stories of "Narrative Style" in "HanFeizi" had been recorded in

   previous works ……………………………………………………（258）

  2 Stories of "Narrative Style" in "HanFeizi" had been recorded in

   previous works ……………………………………………………（270）

  3 Stories of "Narrative Style" in "HanFeizi" and "LvShi ChunQiu"

   had been recorded in previous works ………………………………（283）

 Section 2 Cross-references stories of "Narrative Style" stories

      in "HanFeizi" and "LvShi ChunQiu" ……………………（290）

  1 Same statement of the same event ……………………………（291）

  2 Different statement of the same event …………………………（299）

  3 Distinctive statement of the same event ………………………（301）

Section 3 The textual research on independent emergence of "Narrative Style" stories in "HanFeizi" and "LvShi ChunQiu" ······ (303)
   1 Independent emergence of "Narrative Style" stories in "HanFeizi" ······ (304)
   2 Independent emergence of "Narrative Style" stories in "LvShi ChunQiu" ··· (332)

Chapter 4 Collation and research of stories of "Narrative Style" of The Pre-Qin Dynasty in Han Works ······ (377)
Section 1 Differentiation and analysis on stories of "Narrative Style" of The Pre-Qin Dynasty and the "New Book" ······ (377)
   1 JiaYi and "New Book" ······ (377)
   2 Stories of "Narrative Style" of The Pre-Qin Dynasty in "New Book" had been recorded previously, that can be used as supplementary proof ······ (379)
   3 Analysis on stories of "Narrative Style" of The Pre-Qin Dynasty in "New Book" had not been recorded previously ······ (382)
Section 2 The Textual research on stories of "Narrative Style" of The Pre-Qin Dynasty and "HuaiNanzi" ······ (392)
   1 Stories and allusions of "Narrative Style" of The Pre-Qin Dynasty that can be referenced or confirmed other books ······ (393)
   2 Discrimination of independent emergence of "Narrative Style" stories ······ (402)
Section 3 The textual research and analysis on "Narrative Style" stories and "HanShi WaiZhuan" ······ (405)
   1 Mutual proof of "Narrative Style" stories in "HanShi WaiZhuan" and previous records ······ (406)
   2 Analysis on the first appearance of stories of "Narrative Style" of Pre-Qin Dynasty in "HanShi WaiZhuan" ······ (412)
Section 4 Differentiation and analysis on stories of "Narrative Style" of The Pre-Qin Dynasty and "Shi Ji" ······ (433)
   1 Mutual proof of "Narrative Style" stories in "Shi Ji" and previous records ······ (433)

  2 Analysis on mutual proof of "Narrative Style" stories in "Shi Ji", "Xin Xu" and "ShuoYuan" ……………………………………………… (460)

Chapter 5 Supplementary proof of unearthed documents and stories of "Narrative Style" of The Pre-Qin Dynasty … (470)

 Section 1 Supplementary proof of "JiZhong" book and stories of "Narrative Style" of The Pre-Qin Dynasty ……………… (470)

  1 "JiZhong SuoYu" ……………………………………………………… (470)

  2 "JiZhong ZhouShu" …………………………………………………… (476)

 Section 2 Stories of "Narrative Style" of The Pre-Qin Dynasty in Shanghai Museum bamboo slips ……………………………… (477)

  1 "Narrative Style" stories in Chu country ………………………… (477)

  2 "Narrative Style" stories in various states or nations …………… (484)

 Section 3 Stories of "Narrative Style" of The Pre-Qin Dynasty in Tsinghua University bamboo slips ……………………………… (486)

  1 "Narrative Style" stories about Shang Tang and Yi Yin ………… (486)

  2 "Narrative Style" stories about Emperor Zhou …………………… (488)

  3 "Narrative Style" stories in various states or nations …………… (489)

 Section 4 The textual research on "Narrative Style" of The Pre-Qin Dynasty and Peking University bamboo slips ……………… (491)

  1 The discovery and confirmation of Peking University bamboo slips "Zhou Xun" …………………………………………………………… (491)

  2 The textual research and supplementary proof of "Narrative Style" stories and "Zhou Xun" ……………………………………………… (494)

Chapter 6 Text features of "Narrative Style" of The Pre-Qin Dynasty ………………………………………………………… (500)

 Section 1 Descriptiveness of texts of "Narrative Style" in The Pre-Qin Dynasty ……………………………………………… (500)

1　Completeness of telling the event ·· (500)

　　　2　The vividness of dialogue description ····································· (508)

　　　3　The verisimilitude of gesture description ································· (511)

　　Section 2　Virtual nature of texts of "Narrative Style" in The

　　　　　　　　Pre-Qin Dynasty ·· (517)

　　　1　Fictions ·· (517)

　　　2　Exaggeration ·· (520)

　　　3　Legend ··· (522)

　　　4　Tales of Anomalies ·· (527)

　　Section 3　Variability of texts of "Narrative Style" in The

　　　　　　　　Pre-Qin Dynasty ·· (535)

　　　1　Same events accomplished by different people ························ (535)

　　　2　Same events with different dialogues ··································· (538)

　　　3　Different events with same people ······································ (543)

　　　4　Same events had been deducted ··· (547)

Chapter 7　Route of transmission of texts of "Narrative Style" in The Pre-Qin Dynasty ···································· (552)

　　Section 1　"Told by someone, relating": informing

　　　　　　　　communication ·· (552)

　　　1　"Told by recorder", "heard of it" and "people's speech conveyed

　　　　　by scholars" ··· (552)

　　　2　"Recorders don't stop writing, blind men don't stop reading" ·········· (558)

　　　3　"Knowing the enlightenment of the country" and the teaching of

　　　　　the scholars ··· (559)

　　Section 2　Cited as evidence: stories of "Narrative Style" told

　　　　　　　　by people in The Pre-Qin Dynasty ····························· (565)

　　　1　Ministers remonstrate the Kings ··· (565)

　　　2　Daily Dialogue ·· (568)

Section 3 "Proclaim one's ideas and let others understand":
spreading by talking and reciting ·················· (571)
   1 The deduction of Stories of Supernatural Tortoise ·············· (571)
   2 "Proclaim one's ideas" by talking and reciting in The Pre-Qin
     Dynasty ·· (573)
   3 The signs of talking and reciting the text of stories of "Narrative
     Style" in The Pre-Qin Dynasty ··· (576)

Chapter 8 "Narrative Style" stories and other typess of literature from Pre-Qin to Han Dynasty ··············· (581)

Section 1 "Narrative Style" and the writing of "Name-
borrowing" essays in Warring States Period ············ (581)
   1 The writing of "Name-borrowing" essays in "YanZi ChunQiu" and
     "Narrative Style" ·· (582)
   2 The writing of "Name-borrowing" essays in "ZhanGuo Ce" and
     "Narrative Style" ·· (592)
Section 2 "Narrative Style" and scholars' fables ·················· (600)
   1 Reasoning stories are similar to stories of "Narrative Style" in
     "HanFeizi" and "LvShi ChunQiu" ··· (601)
   2 Fables in "Zhuangzi" and "Narrative Style" ···························· (607)
Section 3 "Narrative Style" and story-type works of Ci Fu in
Han Dynasty ··· (613)
   1 The discovery and confirmation of "ShenWu Fu" and "WangJi" ········ (613)
   2 Storytelling figurines, historical proof of the spreading of story-type Fu
     in Han Dynasty ·· (615)
   3 Talking and reciting stories in "LieNv Zhuan" ························· (616)
Section 4 Stories of "Narrative Style" and ancient novels ············ (628)
   1 Stories of "Narrative Style" and the "novels" in "Narrative Style" ······ (629)

        2 Guesswork about the work of "novelists": taking "YiYin Shuo" as an example ......(632)

        3 Integration and deduction of stories of "Narrative Style" in "WuYue ChunQiu" ......(635)

  Section 5 Qin Ge created by the name of others' and the deduction of stories of "Narrative Style" in Han Dynasty ......(643)

        1 Textual research on lyrics of Qin Qu under the signature of pre Qin characters are created by people in Han Dynasty ......(643)

        2 Textual research on works created by the name of others' and deduction of stories of "Narrative Style" in performing Qin Qu in Han Dynasty ......(649)

        3 Lyric singing and "voice-over" of stories in Qin Ge created by the name of others' ......(652)

        4 Deductive creation and story records of Qin Ge created by the name of others' ......(654)

Conclusion ......(659)

引 言

叙事与抒情，是文学写作的两大范畴。"说体"是笔者对先秦源自讲说、记录成文、具有一定情节性的叙述体故事文本的统称，乃《说林》《储说》《说苑》直至后世《唐人说荟》《古今说部丛书》之"说"，而非"论说""辩说""游说"之"说"，属于中国古代早期叙事文学研究的一个全新视角。

说到早期文学，中国早在先秦时代就已经以《诗经》和楚辞心志的表达和情感的宣泄昭示了抒情文学的辉煌，其时正与荷马史诗《伊利亚特》《奥德赛》及希腊悲剧年代相值，后者则以其情节性、描述性和戏剧冲突凸显出叙事文学的发达。由此，中国古代早期文学长于抒情而拙于（或不待见）叙事似乎已成习见；基于这种现象而产生的诗歌理论，一个提出"在心为志、发言为诗"的"言志说"[①]，一个提出诗是"用语言来模仿"的"模仿说"[②]，也加重了这种既定的认知。人们思考的是形成这种现象的原因、体现的文化特质及对其后文学发展走向的影响。比如闻一多在《文学的历史动向》一文中比较"四个古老民族——中国，印度，以色列，希腊"开端进出的歌声即指出，"印度、希腊，是在歌中讲着故事，他们那歌是比较近乎小说戏剧性质的，而且篇幅都很长，而中国、以色列则都唱着以人生与宗教为主题的较短的抒情诗"，"《三百篇》的时代，确乎是一个伟大的时代，我们的文化大体上是从这一刚开端的时期就定型了。文化定型了，文学也定型了，从此以后二千年间，诗——抒情诗，始终是我国文学的正统的类

[①] 《毛诗序》，见《十三经注疏·毛诗正义》，中华书局1980年版，第269页。
[②] ［古希腊］亚里士多德：《诗学》，罗念生译，上海人民出版社2006年版，第17页。

型","从西周到宋,我们这大半部文学史,实质上只是一部诗史"。"对于讲故事,听故事,我们似乎一向就不大热心。不是教诲的寓言,就是纪实的历史"①。陈世骧在《中国的抒情传统》一文中也指出,"中国文学和西方文学传统(我以史诗和戏剧表示它)并列,中国的抒情传统马上显露出来","在中国传统中抒情诗就像史诗戏剧在西方传统中那样自来就站在最高的地位上……所有的文学传统'统统是'抒情诗的传统"。②还有学者更直称"叙事文学在中国古代文学中""长期受到歧视而不能登大雅之堂","长期发展迟滞","春秋战国以来的两千年,在古人的文学观念中,主要倾向是重抒情而轻叙事,崇尚减省而反对繁缛。……与此相反,西方古代文学则重视文学艺术的再现能力,很早就有了淋漓尽致的细腻描写"。③

中国的先秦时期果真没有富于情节和细节描摹的叙事文本吗?其实不然。《左传》即以叙事见长,虽用词精简,但不乏惟妙惟肖的描写,比如"上下其手",见于《襄公二十六年》,说的是楚师侵伐郑国,郑戍守大夫皇颉出城与楚师搏杀,被楚县尹穿封戌擒拿。楚公子围却与穿封戌争功,硬说是由他所得。楚王让伯州犁"正之",作个评判。伯州犁说还是问问郑囚本人,到底是谁俘获了他。于是,出现了这样一幕:

> 乃立囚。伯州犁曰:"所争,君子也,其何不知?"上其手,曰:"夫子为王子围,寡君之贵介弟也。"下其手,曰:"此子为穿封戌,方城外之县尹也。谁获子?"囚曰:"颉遇王子,弱焉。"戌怒,抽戈逐王子围,弗及。④

面对郑囚,伯州犁故意提醒,两位所争的这个人可是个君子,什么不懂,什么不知?接下来,先是把手高高举起("上其手"),指着公子围说这位可是

---

① 闻一多:《文学的历史动向》,见《闻一多全集》一,生活·读书·新知三联书店1982年版,第201—203页。
② 陈世骧:《中国的抒情传统》,见《陈世骧文存》,辽宁教育出版社1998年版,第1、6页。
③ 王先霈:《中国古代叙事文学发展迟滞原因之探讨》,《汕头大学学报(哲学社会科学版)》2008年第4期,第5—10页。
④ 《春秋左传正义》,见《十三经注疏》,中华书局1980年版,第1989页。

王子围,是我们楚王尊贵的弟弟;然后把手低低放下("下其手"),指着穿封戌说,这位是我们方城之外一个县的县尹。上下比划完之后,他问郑囚皇颉,你说这两位究竟是谁擒获了你?皇颉既看得分明,又深会其意,于是认真说道,当时我遇到的是王子,敌不过他,所以被他俘获。这下气炸了真正俘获郑囚的穿封戌,抽戈追杀公子围,这公子围跑得飞快。"上其手""下其手",伯州犁暗示性的两个动作将其狡黠和势利暴露无遗,穿封戌的"抽戈"也足见其火爆和冲动。动作、对话、事件经过,所述不可谓不细致入微。

较之《左传》,《国语》虽以记言见称,但其中诸"语"行文体式并不划一,有些部分就特别长于叙述描摹,比如《郑语》史伯引用《训语》所讲褒姒来历的故事就十分离奇、曲折,颇具史诗之笔:

> (郑桓)公曰:"周其弊乎?"(史伯)对曰:"殆于必弊者也。……且宣王之时有童谣曰:'檿弧箕服,实亡周国。'于是宣王闻之,有夫妇鬻是器者,王使执而戮之。府之小妾生女而非王子也,惧而弃之。此人也,收以奔褒。天之命此久矣,其又何可为乎?《训语》有之曰:'夏之衰也,褒人之神化为二龙,以同于王庭,而言曰:"余,褒之二君也。"夏后卜杀之与安去与止之,莫吉。卜请其漦而藏之,吉。乃布币焉而策告之,龙亡而漦在,椟而藏之,传郊之。'及殷、周,莫之发也。及厉王之末,发而观之,漦流于庭,不可除也。王使妇人不帏而噪之,化为玄鼋,以入于王府。府之童妾未既龀而遭之,既笄而孕,当宣王时而生。不夫而育,故惧而弃之。为弧服者方戮在路,夫妇哀其夜号也,而取之以逸,逃于褒。褒人褒姁有狱,而以为入于王,王遂置之,而嬖是女也,使至于为后而生伯服。……"①

史伯的这段叙事采用倒叙手法,先是提到宣王为避免周国败亡的命运,将出售"檿弧箕服"的一对夫妇"执而戮之",因为有童谣提到这种东西就是妖孽之源;正是因为"方戮在路",这对夫妇碰到了被王府小妾抛弃的女

---

① 《国语》,上海古籍出版社1988年版,第515—519页。

婴，带着她逃至褒国。叙事至此史伯接着引用《训语》讲述这女婴的来历，原来她是褒人之神所化二龙的口水所生。当年二龙口水被夏人藏于木匣，历殷周未发，及厉王时打开后口水化为玄鼋，女童遭之，成人后生女，所生即是被带到褒国的这个女婴，亦即后来被献给幽王而得宠的褒姒。西周之亡正与褒姒不无关系。这几乎就像是俄狄浦斯逃不掉杀父娶母魔咒的再版，有意逃避却偏偏因逃避而撞上，越发显示了天命不可违。其叙事的曲折、情节的丰富及传奇色彩应该说并不逊色于西方的史诗。

不过，《左传》《国语》一般来说似乎更被划归历史著作，或许正因为此而没有被纳入文学叙事考虑的范围，有学者因此而强调中国文学较早成熟的确实是抒情诗，但不要忽略神话历史化对中国叙事文学的影响，要注意文学叙事能力向历史领域的转移："追溯一下中国文学的发展历史，我们不难发现那些多半与神话有关而在欧洲起源甚早的、属于叙事类的文学样式，在中国确实是较晚才兴起的；中国文学史上较早成熟而且长期占主导地位的主要是各种类型的抒情诗。""中国古人的文学叙事能力也绝不比西方人为弱，只不过由于强大的神话历史化进程，大量远古神话被吞食了，或者说得准确些，是被变作了另一种形态，进入了文学以外的另一个领域。""我们应当从头认真清理我国叙事文学发展的轨迹，充分看到深深蕴藏在我国古代历史著作中的极端丰富多采的文学因素和渊源久长的文学创作传统。"①

说起来，就先秦乃至其后相当一段时期而言，尚没有学科分界，本不应有文学、历史等等的划分，将所谓"历史著作"纳入文学叙事考察乃是天经地义不容置疑的。但这仍然远远不够。上引《国语》史伯讲述妖女褒姒来历的故事乃是援引了一部被称作《训语》的佚著。说到援引，《墨子·公孟》载有墨子劝人从学引用"鲁语"所讲"昆弟五人葬父"的故事：

> 子墨子曰："……子亦闻夫鲁语乎？鲁有昆弟五人者，亓父死，亓长子嗜酒而不葬，亓四弟曰：'子与我葬，当为子沽酒。'劝于善言而葬。已葬，而责酒于其四弟。四弟曰：'吾未予子酒矣。子葬子父，我

---

① 董乃斌：《论中国叙事文学的演变轨迹》，《文学遗产》1987年第5期，第28—36页。

葬吾父，岂独吾父哉？子不葬，则人将笑子，故劝子葬也。'……"①

此故事或更可称为"四兄弟哄长兄一起葬父"。墨子生当春秋战国之交，此时《国语》尚未编成，所以所引"鲁语"不会是《国语·鲁语》，故事也不在《国语·鲁语》中，此"鲁语"当泛指被称作"语"的鲁国故事。墨子只是为讲道理援用故事作为譬喻，自会简而言之，但故事已经颇为曲折生动，饶有兴味，所据旨在讲故事的"鲁语"想必更加富于描摹。

《韩非子》中更有专门汇集被称作"说"的故事的《说林》《储说》，其中多有精彩叙事描述者。比如"薛公召栾子与之博"，见于《外储说右上》，说的是齐相薛公去齐之魏，相魏昭侯，"左右有栾子者曰阳胡、潘，其于王甚重，而不为薛公，薛公患之"：

> 于是乃召与之博，予之人百金，令之昆弟博，俄又益之人二百金。方博有间，谒者言客张季之子在门，公怫然怒，抚兵而授谒者曰："杀之，吾闻季之不为文也。"立有间，时季羽在侧，曰："不然。窃闻季为公甚，顾其人阴未闻耳。"乃辍不杀客，而大礼之，曰："曩者闻季之不为文也，故欲杀之。今诚为文也，岂忘季哉！"告廪献千石之粟，告府献五百金，告驺私厩献良马固车二乘，因令奄将宫人之美妾二十人并遗季也。②

薛公将那一对不依附自己的栾生子召来下棋，其间故意上演"张季之子在门"、先称"杀之"、后"辍而不杀"反而"大礼之"的一幕，这是典型的做戏给人看，而一句"抚兵而授谒者"，更是一副煞有介事的样子。这对栾生子看得明白，为薛公必利，不为薛公必害，"吾曹何爱不为公"？如此栩栩如生的戏剧化叙事，与希腊悲喜剧相比，当为异曲同工。

还有虽已入汉却几乎全引先秦故事的《韩诗外传》，其中也不乏生动描摹，比如援引"传曰"所述"堂衣若扣孔子之门"一段：

---

① ［清］孙诒让：《墨子间诂》，见《诸子集成》4，上海书店1986年版，第279页。
② ［清］王先慎：《韩非子集解》，见《诸子集成》5，上海书店1986年版，第237—238页。

传曰：堂衣若扣孔子之门曰："丘在乎？丘在乎？"子贡应之曰："君子尊贤而容众，嘉善而矜不能，亲内及外，己所不欲，勿施于人。子何言吾师之名为？"堂衣若曰："子何年少言之绞！"子贡曰："大车不绞则不成其任，琴瑟不绞则不成其音。子之言绞，是以绞之也。"堂衣若曰："吾始以鸿之力，今徒翼耳！"子贡曰："非鸿之力，安能举其翼？"诗曰："如切如瑳，如错如磨。"（卷九）①

这是一场十分有趣的口水战。不知这堂衣若与孔子是什么关系，竟如此直呼"丘在乎"，身为弟子又善言辞的子贡当然出口成章予以指责，堂衣若反唇相讥对方说话怎么这么别扭（言之绞），子贡抓住"绞"字扯到大车，扯到琴瑟，然后说你说话别扭我才别扭；堂衣若又嘲讽说我还以为有鸿鹄之力，原来徒有翅膀，也就只有犟嘴的本事，子贡说我若没有鸿鹄之力，怎能举得动翅膀，会说话也得要素质。仅是扣门、开门，就有如此好戏，其叙事不可谓不绝妙。

然而，上引这些已具叙事之工、描摹之胜的篇章却都不在文学史考察和叙述的范围内。因为《左传》《国语》等已被划归历史散文，《墨子》《韩非子》等已被划归诸子散文，《韩诗外传》等更被划归汉代经学；于历史散文，学界更多聚焦于历史事实的考察、历史人物的评价、战争描写、记言功能等；于诸子散文，学界更多关注于诸子哲学、思想、论辩、寓言艺术等；于经传著作，学界更是讨论其所属家派、经传体例、解经方式等。于是，史书、子书、经传书，成了文学叙事考察一个"被遗忘的角落"。

更有甚者。悉心推敲上引段落可以发现，这些史书、子书、经传书本身均非以讲述故事为主旨，而它们之所以会拥有富于描摹的叙事其实多是援用、储备了被称作"说""传""语"等等的故事文本。

检索先秦乃至西汉各种史书、子书、经传杂说书，会发现提及、援用、汇集被称作"说""传""语"的先秦叙事文本并非个别现象。称"说"者除《韩非子》直将故事集锦题为《说林》《储说》外，它如《墨子·明鬼下》转述"著在齐之《春秋》"的"神羊断案"故事后，称"以若书之说

---

① 许维遹：《韩诗外传集释》，中华书局1980年版，第314页。

观之，鬼神之有，岂可疑哉"①；《吕氏春秋·禁塞》在提到"以说"者"上称三皇五帝之业""下称五伯名士之谋"后，称他们"行说语众以明其道"②；还有刘向所编的《说苑》《世说》，也都是以"说"指称传闻故事、历史故事。称"传"者除上引《韩诗外传》直称"传曰"描述子贡与堂衣若的口水战外，它如《孟子》中齐宣王问"文王之囿"和"汤放桀"，孟子都回答"于传有之"（《梁惠王下》）③，即是以"传"指称传闻记述（非儒典经传之传，所问之事并非儒家所乐道）；《淮南子·缪称训》称："故传曰：'鲁酒薄而邯郸围，羊羹不斟而宋国危。'"④ "传曰"后面提到的也是两个颇为曲折的先秦故事。称"语"者除上引《国语·郑语》史伯引"训语"、《墨子》中墨子引"鲁语"讲述传奇故事、民间故事外，它如《孟子·万章上》中咸丘蒙引"语云"提到瞽瞍朝舜之事，孟子称此乃"齐东野人之语"⑤；贾谊《新书》中有《连语》一篇，一如《韩非子》中的《说林》《储说》为故事集锦、故事储备，《连语》则是连缀故事，整篇也是由几个历史故事组成，更是直接呈现了"语"的故事性质。

记录历史故事、传闻故事的叙事文本何以会被称作"说"，或者被称作"传"和"语"？将这三个称谓合而审之，会发现它们的共同之点只有一条，即都与"说话"有关。先秦时"说"虽多义，但"说话"为本义，所谓"道听而涂说"（《论语·阳货》）⑥。如此则不难推断，被称作"说"的文本最初应该是"说"出来的。"语"正好也是"说话"，《论语·乡党》记述孔子"食不语，寝不言"⑦，"语"即与"言"相对为文；至于另一个表述"传"，《墨子·经说上》云："或告之，传也。"⑧ "说""传""语"，三个可以互代的称谓都与说话、告知等口头表述有关。由此可知，先秦应该存在记录源自讲说的叙述故事文本。恰恰是口头讲说而非书之简帛，决定了它更

---

① ［清］孙诒让：《墨子间诂》，见《诸子集成》4，上海书店1986年版，第144—145页。
② 《吕氏春秋》，［汉］高诱注，见《诸子集成》6，上海书店1986年版，第70页。
③ 《孟子注疏》，见《十三经注疏》，中华书局1980年版，第2674、2680页。
④ ［汉］刘安：《淮南子》，［汉］高诱注，见《诸子集成》7，上海书店1986年版，第163页。
⑤ 《孟子注疏》，见《十三经注疏》，中华书局1980年版，第2735页。
⑥ 《论语注疏》，见《十三经注疏》，中华书局1980年版，第2525页。
⑦ 《论语注疏》，见《十三经注疏》，中华书局1980年版，第2495页。
⑧ ［清］孙诒让：《墨子间诂》，见《诸子集成》4，上海书店1986年版，第211页。

趋向于文学叙事的情节性和描述性。鉴于这种叙述文本与后世文学性小说的渊源关系,且已被后世集中在"说"字上,如南宋曾慥辑有笔记小说总集《类说》,元末明初陶宗仪编有大型丛书《说郛》、明代王世贞《弇州山人四部稿》将文学类著作分为"赋部"、"诗部"、"文部"、"说部","说"被单列一部;清代更有笔记小说集《说铃》、收录唐传奇的《唐人说荟》及大型丛书《古今说部丛书》,所收都包括了以"说""传""语"等题篇题书的杂传杂录,所以,不妨用"说体"总括先秦被称作"说""传""语"等等的源自讲说、记录成文的叙事文本。

至此,需要特别说明的是,"说"本是多音多义字,仅以"说话"义而言,时至战国也已经有述说、论说、解说、辩说、劝说等种种具体分野。古代以"说"称述文体,除上述以"说"总称杂传杂说及笔记小说等叙事文本一脉之外,还有以"说"指称说辩之辞和以"说"指称说解之文者。前者如陆机《文赋》论及诗、赋、碑、诔、铭、箴、颂、论、奏、说十体,称"说炜晔而谲诳"①;刘勰《文心雕龙》专列《论说》一篇,分别论及"论"和"说",视"说"为"论"之分支,称"说之善者,伊尹以论味隆殷,太公以辨钓兴周;及烛武行而纾郑,端木出而存鲁,亦其美也。暨战国争雄,辩士云踊;从横参谋,长短角势;转丸骋其巧辞,飞钳伏其精术;一人之辨,重于九鼎之宝,三寸之舌,强于百万之师","披肝胆以献主,飞文敏以济辞;此说之本也";②后者如吴讷《文章辨体序说》称"说者,释也,述也,解释义理而以己意述之也。说之名,起自吾夫子之《说卦》,厥后汉许慎著《说文》,盖亦祖述其名而为之辞也"③。

按,上述以"说"称述说解文本,无论被称文本还是称说之论都出于先秦之后,且属学术著述,已经溢出文学文本范畴,可置之不论;以"说"称述说辩之辞,所称确乎行于春秋战国,但也仅仅兴盛于战国,且说辩之辞之文,单为说辩之辞者多被划归奏议,与交待前因后果的叙事相伴相生者多被划归史传,因此此称述仅仅止于陆、刘两家,前此曹丕的《典论·论

---

① 张少康:《文赋集释》,人民文学出版社2002年版,第99页。
② 范文澜:《文心雕龙注》,人民文学出版社1958年版,第328—329页。
③ [明]吴讷:《文章辨体序说》,见《文章辨体序说 文体明辨序说》,人民文学出版社1998年版,第43页。

文》，同时萧统的《文选》、任昉的《文章缘起》，都未独列此目，后此吴讷《文章辨体序说》、徐师曾《文体明辨序说》则已将"说"转向说解之文。以"说"指称说辩之辞一脉并未得以传承延续。

以"说"指称所说之事的叙述体故事文本则不然。先秦时期，除前述已经多有"说林""储说""若书之说""行说语众"等实例外，还出现了与儒墨道法等并称的"小说家"一家，此家所治之"小说"即主要指称传闻故事，"说"即来自"街谈巷语、道听途说"之口头讲诵和传说，与"说体"之"说"比较仅多一"小"字为限定，属于"说体"中之"小道"者。汉代刘向所编《说苑》《世说》，其"说"与《说林》《储说》之"说"一脉相承，并无二致；班固据刘向《别录》所撰之《汉书·艺文志》辟出"诸子略·小说家"一目，所列诸作，不乏《伊尹说》《鬻子说》《黄帝说》《虞初周说》等以"说"题书者。六朝时既有刘义庆《世说新语》，将"说体"所涵"说""传""语"中的"说"和"语"并为书名，以题志人小说之集，直接接续刘向《世说》；更有直以"说"题杂说类志人小说的殷芸《小说》。唐代段成式《酉阳杂俎续集》中的《贬误》提及有讲述扁鹊故事的"市人小说"①，南宋耐得翁的《都城纪胜》"瓦舍众伎"条提到当时"说话"有"小说""说公案""说铁骑儿""说经（佛经）""说参请（参禅悟道）""讲史书"等名目②，更是都以"说""讲"为称。惟其如此，才会有上面所说以"说"总括杂传杂记杂说等叙事文本的典籍的出现，《类说》《说郛》《说铃》《唐人说荟》《古今说部丛书》等等不一而足，兹不赘述。

而中国古代的文学叙事与"说话""讲诵"正有着源远流长、不离不弃的深度关系。汉代辞赋一度曾被认定只有以铺排描摹为体征的汉大赋和以抒怀言志为主旨的抒情小赋，然西汉末尹湾汉墓《神乌傅（赋）》简文的出土，显示了汉代故事赋的存在，并由此引发了联系说唱俑考察汉代赋诵故事现象及其与小说创作关系的研究。③ 北大简俗赋《妄稽》的发现更增添了一

---

① ［唐］段成式：《酉阳杂俎（附续集）》，中华书局1985年版，第211页。
② ［宋］耐得翁：《都城纪胜》，见《东京梦华录》（外四种），古典文学出版社1957年版，第98页。
③ 廖群：《汉代俗赋与中国古代小说发生研究》，《理论学刊》2009年第5期，第116—120页。

个重要佐证。①《全晋文》卷一四三所录晋人刘谧之《庞郎赋》(残篇)开篇说"坐上诸君子,各各明君耳。听我作文章,说此河南事"②,分明是赋诵故事的语气和表达;马圈湾汉代烽燧遗址韩朋故事残简、《搜神记》中的《韩凭妻》及敦煌莫高窟所出《韩朋赋》的讲诵、节录关系,也显示了魏晋六朝讲诵故事传统的承续以及志人志怪小说集部分故事的材料来源。③唐代元稹有诗句言"翰墨题名尽,光阴听话移",自注云"尝于新昌宅,听说《一枝花话》,自寅至巳,犹未毕词也"(《元氏长庆集》卷十),"一枝花"即唐代名妓李娃(宋曾慥《类说》卷二十八收有唐代陈翰《异闻集》,其中《汧国夫人传》即《李娃传》,李娃后封汧国夫人。末有注云:李娃,"旧名一枝花。"),则《一枝花话》即关于李娃的说唱故事。④而唐传奇中恰恰有白行简的《李娃传》,不难推想唐人小说与"说话"的濡染关系。由李商隐《娇儿诗》"或谑张飞胡,或笑邓艾吃",可见三国故事以"说话"方式在市井间流行的盛况,连儿童都已是耳熟能详,其间乃至此后的三国题材小说与此自有不解之缘。宋元之后,说话与小说的关系更是难解难分,说话底本与话本小说几无分别,今见明代洪楩编印收录宋元明话本的《清平山堂话本》,原名就称《六十家小说》。宋代"说话"之"讲史"门中本就有"说三分"(孟元老《东京梦华录》),元代刻印的《全相平话五种》中已有《三国志平话》,由此不难判断元末明初的长篇历史演义小说《三国志演义》的成书历程。南宋罗烨《醉翁谈录》著录的"小说"话本名目中,公案类有《石头孙立》,朴刀类有《青面兽》,杆棒类有《武行者》《花和尚》⑤;南宋末出现的讲史话本《大宋宣和遗事》虽非专讲水浒故事,但已汇聚多个水浒好汉事迹,诸如杨志等押花石纲阻雪违限、杨志途贫卖刀杀人刺配卫州、孙立等夺杨志往太行山落草、石碣村晁盖伙劫生辰纲、宋江通信晁盖等

---

① 廖群:《"俗讲"与西汉故事简〈妄稽〉〈神乌赋〉的传播》,《民俗研究》2016年第6期,第90—96页。
② [清]严可均:《全上古三代秦汉三国六朝文》第五册,河北教育出版社1997年版,第1483页。
③ 裘锡圭:《汉简中所见韩朋故事的新资料》,《复旦学报》1999年第3期,第109—113页。
④ 王庆菽:《宋代"话本"和唐代"说话""俗讲""变文""传奇小说"的关系》,《社会科学》1982年第2期,第82—89页。
⑤ [宋]罗烨:《醉翁谈录》,古典文学出版社1957年版,第3—4页。

脱逃、宋江杀阎婆惜题诗于壁等等①；形成长篇规模，明初长篇英雄传奇小说《水浒传》成书及结构与宋元"说话"的关系可见一斑。明代以降文人白话小说创作也深受"说话"艺术影响，以冯梦龙编撰的《喻世明言》《警世通言》《醒世恒言》和凌濛初创作的《初刻拍案惊奇》《二刻拍案惊奇》（"三言""二拍"）为代表，短篇小说创作所走的也是一条从"话本"到"拟话本"的"说话"之路。中国第一部文人创作的写实小说《金瓶梅》其初刊本题为《金瓶梅词话》，也显示了其创作与民间说唱艺术的丝缕关系。

如此看来，用"小说"这一与"说话"之"说"直相关联的概念统称中国古代富于情节、描摹、多有虚饰乃至虚构的文学叙事文本，确乎是名副其实，实至名归。

既然中国古代叙事文学的典型形态已然归于与"说话"难解其缘的"小说"名下，那么唯有将先秦源于讲说、记录成文、被称作"说""传""语"的叙述体故事文本总称为"说体"予以揭橥，才更能以直观的形式揭示出中国古代叙事传统的来龙去脉，才不至于使后世繁荣发达的"说话"及话本、拟话本，以及与之相关的章回体历史演义、英雄传奇、世情小说等等，仅仅追溯到唐代佛寺"俗讲"、变文，或者最多追溯到汉魏六朝时期（有学者撰文称"说故事这个传统，可以溯源到汉魏六朝时"②），这样终究还是无源之水，无本之木。其实，中国古代的文学叙事始于先秦之被称为"说""传""语"的说故事之"说"，正是此"说"开启了中国古代叙事与"说话"形影不离的创作之路。

因此，将先秦源于讲说、记录成文的叙事文本统称为"说体"势在必行，且需要大书特书，予以彰显。

本书的"说体"即是针对先秦两汉著述中记录、汇集、援用源自讲说的先秦叙述体故事文本而发现和揭橥的一个特定概念，也是考察先秦文学的全新视角。

其新首先是极大拓展了审视对象。如前所述，以往中国文学史的撰述和研究，先秦部分囿于固有的"历史散文""诸子散文""汉代著作"等文

---

① 《新刊大宋宣和遗事》，中国古典文学出版社1954年版。
② 王庆菽：《宋代"话本"和唐代"说话""俗讲""变文""传奇小说"的关系》，《社会科学》1982年第2期，第82页。

体、时段划分，形成了各自的研究视点，也就没有给源于讲说的故事文本留下考察机缘和描述空间，使大量极其富于情节性、描摹性的文学叙事文本淡出读者和研究者视线，甚至造成了中国古代早期文学长于抒情拙于叙事的误解。其实，种种迹象表明，先秦存在大量源于讲说、记录成文、被称为"说""传""语"等的"说体"故事文本，其讲说"母本"虽已随时间流逝而湮没无存，但记录、汇集、援用、模拟这些故事以叙史、以论说、以讲解、以撰述乃是先秦两汉史书、子书、经说书、杂说书的普遍现象，且正因为这种援用和拟作，才形成了诸子寓言、历史散文、史传文学等特有的文学样式和叙事作品。用"说体"这个视角重新审视，就可以打破固有局限，从各种著述中采撷、发掘出产生于先秦的精彩故事，发现新撰故事与"说体"故事的源流承续关系，发现"说体"与史传文学、战国拟托文、诸子寓言、早期小说、汉代辞赋中的故事赋、汉乐府琴曲歌辞等文体、文类的同体、互渗、源流等关系，不但先秦两汉文学史必重点提及的富含叙事的史传、诸子著作如《左传》《国语》《战国策》《史记》及《庄子》等会因此而可以被重新梳理和考察，那些文学史上较难归类或涉猎不多的著作，如《墨子》《韩非子》《吕氏春秋》《新书》《韩诗外传》《淮南子》《新序》《说苑》《列女传》等，更可以被纳入具体考察和阐述的视野；还有出土文献资料，如《汲冢琐语》、"上博简""清华简""北大简"等，也可以被用来考察"说体"文本的早期状态并用来补充新的故事。

其次具体到研究内容，也都是一些新的课题。

"说体"文本研究，这首先是一个理论课题。既然"说体"是针对先秦两汉著述中记录、汇集、援用先秦故事文本新提出的概念和视角，那么首先就有个概念立论的问题。"说"是一个多音多义字，先秦时期是否的确有以"说"称谓叙事文本的现象和用例？"传""语"在先秦也有不同的用法，称"传"、称"语"是否也有被用来指称叙事文本的情况？叙事文本为什么会被称作"说""传""语"？将"说""传""语"统称为"说体"文本的依据是什么？"说体"作为对源于讲说、以讲述故事为主旨的叙事文本的特别界定，与相近概念"传说""故事""小说"、与相对概念"书体"的联系与区别又在哪里？这些都需要结合材料来论证，通过辨析来说明。

"说体"文本研究，这更是一个文献挖掘与梳理的课题。新概念、新视角是由对现象的考察而提出，提出的旨归是为了更切实、更准确地揭示现象的存在和状态。既然针对先秦两汉著述中记录、汇集、援用先秦故事的现象提出了"说体"这个概念并作出了特别界定，那么就要以这些界定、尺度为依据，将先秦"说体"文本从这些著述中挖掘出来，通过对它们的整理、梳理、比对和辨析，以揭示和呈现这些文本的面貌、体量和存在状态。现成的、直接的"说体"文本少之又少，"说体"文本的"母本"原本就因为是口头形式而不可能复现，最初记录下来的文本因时、因地、因旨各异而不可能集中呈现，且多已湮没亡佚，今见文本已多是存在于先秦两汉出于各自宗旨以著述的援用中。正是这种被不同著述的援用、援用中的异同，使我们注意并发现了"说体"这种文本的存在；而要挖掘"说体"文本，就需要到这些著述中去采撷、去攫取，还要具体比对不同著述援用"说体"文本的异同多寡。这样，需要考察、爬梳、比对的著述就有很多，难以穷尽，笔者拟将重点考察的对象暂时限定在先秦、西汉较为集中援用先秦故事的史书、子书、杂说书的范围内，具体来说就是先秦时期的《左传》《国语》《韩非子》《吕氏春秋》和西汉时期的《新书》《韩诗外传》《淮南子》《史记》《新序》《说苑》，还有出土文献中已被整理的先秦著作《汲冢琐语》《汲冢周书》《上海博物馆藏战国楚竹书》《清华大学藏战国竹简》以及《北京大学藏西汉竹书》中被判断为战国著作的《周驯》。此外一些史书、子书、杂说书中的相关文献和"说体"文本，如《墨子》《新语》等书中的部分材料，会在论述中根据需要援引、论及。先秦时期还有一些文学史上会重点介绍和描述的叙事文本，如历史散文中的《尚书》《春秋》《晏子春秋》《战国策》，诸子散文中《论语》《孟子》《庄子》中的语录体记述部分，笔者是将它们的主体确定为原作即为史官记载、士人拟托、弟子所记、诸子所撰而统归于与"说体"相对的"书体"范畴。其中《晏子春秋》《战国策》《庄子》，再加上汉代杂史杂传中的《列女传》《吴越春秋》，将在梳理"说体"与先秦两汉诸体文学中作为重点对象予以考察。

"说体"文本研究，这还是一个可以涉及许多学术问题的综合性研究课题。就"说体"文本本身研究而言，在挖掘、整理出先秦说体故事文本的基础上，归纳、揭示先秦"说体"的文本特征，考察"说体"文本在先秦的存在方式和传播途径，把握先秦"说体"与史传文学、寓言、辞赋、小说诸体的关系等，本都是题中应有之义；由此切入，会为文学史研究带来诸多深化和突破，其中最关键的一点即是呈现先秦以"说体"文本为代表的叙事文学景观，回答中国古代早期文学是否拙于叙事的疑问，打通、连接、揭示出中国古代叙事文学中的"说话"因素和传统。此外，对"说体"文本的挖掘、考察，势必打破固有壁垒，将先秦、西汉的各种相关著作，常提的，少提的，未提的，放到一个平台上进行横向、纵向的比较和把握；这些著作的援用情况、援用多寡、互见情况会被显示，这些"说体"文本的出现先后，异同多寡，演绎变迁，全部都能呈现出来。如此一来，有些疑难，会迎刃而解；有些现象，会自然呈现。比如《国语》和《左传》究竟是什么关系，《史记》撰写先秦史部分的材料来源及与前著的异同多寡，《韩诗外传》的性质和功能，《新书》《淮南子》《说苑》的先秦"说体"文本考察价值，《列女传》中先秦故事的赋诵演绎及其与《列女傅（赋）》的关系等等，都会有些新的回答和解决。

总之，先秦说体文本研究，这是一个以新的视角开拓一片新"田地"的题目，会有许多惊喜发现。通过开掘去争取获得新的收获，就是本著述的既定方向和目标。

第 一 章

"说""传""语":先秦"说体"立说

先秦"说体"文本,之所以首先要给予立说,是因为它们作为源于讲说、旨在讲述故事的叙事文本的记录,其原始文本其实大都已经埋没在历史的沉积之中,尚未被揭橥和命名。而它们之所以可以立说,又因为这些曾经被"说"的文本,在传世的子书、史书和经传杂说书的援用中留下了痕迹,在有关的表述和记载中留下了消息,在简帛木牍等新出土的文献中获得了印证。本章即是要通过这些痕迹、消息和佐证,首先揭示出"说体"这类故事文本在先秦的存在,为接下来先秦"说体"文本的撷取与梳理、"说体"文本特征的把握以及传播方式的考察打下基础。

第一节 《说林》《储说》之"说"辨

《韩非子》中有《说林》《储说》等短篇故事汇集式作品,即《说林》上下、《内储说》上下、《外储说左》上下、《外储说右》上下共八篇。"储""林"都是储备、归总、汇集之义,那么就篇题来看,所汇总的文本就是"说"。"说"为多音多义词,先秦时期已是如此。那么,《说林》《储说》所汇总、所收集的这个"说"究竟是指什么,就需要作一番考察和辨析。

一、先秦"说"字义及用例举隅

"说"字在先秦典籍中的用例,归纳起来读音有四种,其中有的读音里面具体又有涵义之别。

其一，读为"脱"。查其始，"说"首先使用比较频繁的是读为"脱"，比如《周易》，其中出现的"说"字，即全部读为"脱"。比如《小畜》："九三，舆说辐，夫妻反目。"① "舆说辐"即"舆脱辐"，乃是以大车脱落辐条无法继续行进兴起夫妻不和、家庭无法继续维系。此外其他先秦早期著作也有读为"脱"者，如《诗经·大雅·瞻卬》"此宜无罪，女反收之。彼宜有罪，女覆说（脱）之"②、《国语·鲁语上》"求说（脱）其侮，而亟于前之人"③、《左传·定公八年》"阳虎说（脱）甲如公宫，取宝玉、大弓以出"④ 等即是。

其二，读为"悦"。《周易》之后先秦早期著作中用得更多的是读为"悦"。如《诗经·周南·草虫》"我心则说（悦）"⑤、《邶风·静女》"说（悦）怿女美"⑥ 等即是。《国语》出现的二十九个"说"字中，二十六个读为"悦"，"厉王说（悦）荣夷公"（《周语上》）⑦、"王叔简公……饮酒宴语相说（悦）也"（《周语中》）⑧ 等即是。《左传》出现的八十六个"说"字中，六十六个读为"悦"，"郑杀申侯以说（悦）于齐"（《僖公七年》）⑨、"公说（悦），执曹伯"（《僖公二十八年》）⑩ 等即是。

其三，读"shuō"，即说话之"说"。先秦著作除《周易》外，都已经有此用例，而且大多已经用作动词、名词两个部分，即"说"与"所说"，开口说话与所说之话。只不过早期用得较少，战国著作特别是诸子著作中开始激增，最终形成主流用义。《诗经》出现一次，即《邶风·击鼓》"死生契阔，与子成说"⑪，为名词所说之"话"，即"约辞"。《尚书》出现四个

---

① 《周易正义》，见《十三经注疏》，中华书局1980年版，第27页。
② 《毛诗正义》，见《十三经注疏》，中华书局1980年版，第577页。
③ 《国语》，上海古籍出版社1988年版，第191页。
④ 《春秋左传正义》，见《十三经注疏》，中华书局1980年版，第2143页。
⑤ 《毛诗正义》，见《十三经注疏》，中华书局1980年版，第286页。
⑥ 《毛诗正义》，见《十三经注疏》，中华书局1980年版，第310页。
⑦ 《国语》，上海古籍出版社1988年版，第12页。
⑧ 《国语》，上海古籍出版社1988年版，第80页。
⑨ 《春秋左传正义》，见《十三经注疏》，中华书局1980年版，第1798页。
⑩ 《春秋左传正义》，见《十三经注疏》，中华书局1980年版，第1824页。
⑪ 《毛诗正义》，见《十三经注疏》，中华书局1980年版，第300页。

"说"字,两次称"逸说",分别见于《舜典》和《益稷》,该两篇乃战国时利用远古传说材料写成,属于战国文本。另外两个"说"一个见于《金縢》:"秋……天大雷电以风,禾尽偃……王与大夫尽弁,以启金縢之书,乃得周公……代武王之说。"① 一个见于《康诰》:"王曰:'封!……告汝德之说,于罚之行。'"② 前两个为动词"讲说",后两个为名词,即所说所述之辞。《论语》出现了二十一个"说"字,十个读为"悦",其馀十一个均读说话之"说",两个名词,出现在一次对话中,即:"或问禘之说,子曰:'……知其说者……其如示诸斯乎!'"(《八佾》)③ 另外九个为动词,即说话,诸如"成事不说"(《八佾》)④、"道听而涂说"(《阳货》)⑤ 等等即是。《孟子》二十个"说"字,除三个读为"悦"外,其馀均为说话之"说"和所说之"话"。《庄子》六十二个"说"字中仅二十一个读为"悦",《墨子》二百一十六个"说"字中仅三十二个读为"悦",《荀子》一百二十五个"说"字中更是仅八个读为"悦",《韩非子》二百五十个"说"字中仅三十个读为"悦",其馀也都全部为说话之"说"和所说之话。值得注意的是,战国后期的《荀子》《韩非子》,用为名词的所说之"话"明显增加,两者出现的"说"字,用为名词所说之"话"者均达到七十多个。

其四,读"shuì"(税),有"舍也"与"劝说"两义。"说"字读"shuì"(税)音,用得最多的是"劝说"之义,此义其实应该归于说话之"说"一类,都是说话,只不过这个读"shuì"(税)的说话特别指"劝谏""劝说""游说"。此用法在上述《墨子》《庄子》《荀子》《韩非子》中已偶有出现,如"今天下之士君子之书……上说诸侯,下说列士……"(《墨子·天志上》)⑥,"我将见楚王说而罢之"(《孟子·告子下》)⑦,"客得之,

---

① 《尚书正义》,见《十三经注疏》,中华书局1980年版,第197页。
② 《尚书正义》,见《十三经注疏》,中华书局1980年版,第205页。
③ 《论语注疏》,见《十三经注疏》,中华书局1980年版,第2467页。
④ 《论语注疏》,见《十三经注疏》,中华书局1980年版,第2468页。
⑤ 《论语注疏》,见《十三经注疏》,中华书局1980年版,第2525页。
⑥ [清]孙诒让:《墨子间诂》,见《诸子集成》4,上海书店1986年版,第122页。
⑦ 《孟子注疏》,见《十三经注疏》,中华书局1980年版,第2756页。

以说吴王"(《庄子·逍遥游》)① 等,而此用义在《战国策》中出现得最为广泛而频繁,二百零八个"说"字中,除五十二个读为"悦"、三十八个为名词"说辞"外,其馀一百一十八个"说"字全部读为"shuì"(税),意为"游说"。"说"字读"shuì"(税)还有一个比较特殊而古老的用法,即"舍也",为"休憩""止息"之意,在早期著作《诗经》《左传》里面出现过几次,如"蔽芾甘棠,勿翦勿拜,召伯所说"(《诗经·召南·甘棠》)②,"楚子……右广鸡鸣而驾,日中而说""左则受之,日入而说"(《左传·宣公十二年》)③,"说"字即应释为"休憩""止息"。但除此之外,上引先秦著作没有出现过这种用法。

这样,归纳来说,"说"字在先秦有四种音读,即读为"脱"、读为"悦"、读为"说"("shuō")、读为"说"("shuì",税),而以说话之"说"(包括读"shuō"的说话与读"shuì"的劝说)及所说之"话"用得最为经久、广泛而频繁。

二、所说之话:辞说、学说与述说

先秦典籍所用"说"字,用得最广泛、最频繁的是说话之"说"及所说之"话",西周、春秋已有此用。而进入战国时代,用为名词的所说之"话"呈增加趋势,这与战国时代纵横捭阖、百家争鸣的特有形势密切相关,在越来越多地用"说"从事政治、外交、教育及论辩的同时,讲究说话艺术、涉及说话活动、论及说话内容等的著述自然越来越多地提及"说"及"所说",用为名词的"说"即"所说"也就又有了不同种类的分别。检索其所涉及之"说",大致可分为辞说、学说及述说三类。

(一) 辞说

所谓辞说,即指所说之话语,偏于具体言辞本身。

今见传世文献最早以"说"称"所说"者当属《尚书·周书》中的《金縢》。《尚书》中有伪篇,但《金縢》不伪,原本就在《今文尚书》二

---

① [清]王先谦:《庄子集解》,见《诸子集成》3,上海书店1986年版,第5页。
② 《毛诗正义》,见《十三经注疏》,中华书局1980年版,第288页。
③ 《春秋左传正义》,见《十三经注疏》,中华书局1980年版,第1881页。

十八篇之中。这是《尚书》中少有的几篇颇具情节和描述的篇目之一,记述了周公以身为武王祷告的故事。大致情节为武王克商二年后大病不愈,"公乃自以为功,为三坛同墠",周公亲自向太王、王季、文王三王祷告,说您老若是想召儿孙上天侍奉,不如让我姬旦代替,我比他多才多艺,更善于侍奉鬼神。史官"册祝",将祷告之辞载于简册。回来后即"纳册于金縢之匮中",第二天武王"乃瘳"。后来武王去世、成王即位、周公摄政,周公遭遇流言,"居东",天象示警,接下来是这样的情节:

> (成)王与大夫尽弁,以启金縢之书,乃得周公所自以为功,代武王之说。①

成王与大夫们打开金縢之匮中所藏记载周公祷告之辞的简册,才得知当时周公欲代武王上天(死)的说辞。这里,"乃得周公所自以为功,代武王之说"的"说",即可理解为周公的祷告之辞。

《墨子·兼爱下》的"汤说"也是指商汤所说之辞。墨子主张兼爱,针对反方认为"兼之不可为也,犹挈泰山以超江河也",特举"先圣六王者亲行之"之例以驳之,并且强调这些都是见于当时的记载,有根有据,"以其所书于竹帛,镂于金石,琢于盘盂,传遗后世子孙者知之"。其中便举到了"汤祷"之辞:

> 且不唯禹誓为然,虽汤说即亦犹是也。汤曰:"惟予小子履,敢用玄牡,告于上天后,曰:……万方有罪,即当朕身,朕身有罪,无及万方。"……②

举完禹誓之辞后,称"虽汤说即亦犹是",然后就是大旱之时商汤以身祷于桑林时的祷告之辞,那么这所谓"汤说",即是商汤所说之辞。

《墨子·贵义》中出现的"汤之说"之"说",首先也可理解为商汤的

---

① 《尚书正义》,见《十三经注疏》,中华书局1980年版,第197页。
② [清]孙诒让:《墨子间诂》,见《诸子集成》4,上海书店1986年版,第76—77页。

说辞。文章记述墨子"南游于楚",楚献惠王"以老辞","使穆贺见子墨子"。穆贺称:"子之言则成善矣!而君王,天下之大王也,毋乃曰'贱人之所为',而不用乎"?墨子辩说一番,然后说"且主君亦尝闻汤之说乎",遂举商汤见伊尹之事以证之。当年商汤要去见伊尹,御者彭氏之子嫌弃伊尹是"天下之贱人",认为这种人召见即可,没必要亲自去拜访,商汤说了一番要见的理由,然后生气地让御者下车:

> 汤曰:"非女所知也。今有药此,食之则耳加聪,目加明,则吾必说而强食之。今夫伊尹之于我国也,譬之良医善药也。而子不欲我见伊尹,是子不欲吾善也。"因下彭氏之子,不使御。①

这里出现了商汤的一番说辞,那么这句"主君亦尝闻汤之说"的"说",首先即可理解为商汤的回答之辞,即"今有药此,食之则耳加聪,目加明……"云云。

其实,这个"汤之说",还可以理解为(或者更应该理解为)"述说"之"说"(详后),即关于汤事的述说,整句话的意思就是你是否也曾听说过商汤的这个故事,因为单从商汤所说之辞中还体现不出"贱人"这层意思,无论高低贵贱、善言则用、能人则见的意思是整个故事中显示出来的。

《战国策》中出现的所说之"说",则已多是巧辞、妙语等表现为某种心机或话艺的辞说了。若与后面所列"述说"相区别,则此处所举其中之"辞说"更偏于议论之"说"。

比如《秦策二·楚绝齐齐举兵伐楚》一节,齐楚相争,"楚王使陈轸之秦",阻止秦王救齐,秦王希望陈轸念在原本是秦人的分上,为秦着想,陈轸便与秦王"推心置腹",说"王不闻夫管与之说乎",有两虎"诤人而斗",管庄子将刺之,管与劝止之,说今两虎相斗,"小者必死,大者必伤",你待伤虎而刺之,则是"一举而兼两虎也"云云。然后陈轸说,齐楚交战,战必败。等败了之后,大王您再起兵救之,"有救齐之利,而无伐楚

---

① [清]孙诒让:《墨子间诂》,见《诸子集成》4,上海书店1986年版,第266—267页。

之害"。① "管与之说"即是管于劝管庄子待两虎俱伤后再行刺之的心机之辞。

再比如《齐策六·燕攻齐取七十馀城》一节,当"齐田单以即墨破燕"、逐渐收复齐之失地之时,唯有一攻下聊城的燕将因遭遇谗言、惧诛,"遂保守聊城,不敢归"。田单久攻一年有馀,"士卒多死,而聊城不下"。这时,文章记述"鲁连乃书,约之矢以射城中",即齐人鲁仲连将一封写给燕将的书信绑在箭头上射进了聊城城中,信中是一大篇对燕将的劝退之辞,除分析了齐必取聊城的形势之外,还举例说明了效小节者"不能行大威"、恶小耻者"不能立荣名"云云。此番振振说辞的效果便是"燕将……因罢兵到(倒)读(韣)而去"。接着文章称:"故解齐国之围,救百姓之死,仲连之说也。"② 这个"仲连之说"的"说",更分明是指书信中的辞说。

(二) 学说

所谓"学说",即关于理论、主张的称说、解说,一般也会体现为说辞。但与上述具体辞说不同,此学说不指哪一次对话中的哪几句辞说,而是泛指对某一主张、某种理论的说法、界定、论述。

以"说"称"学说",《尚书》中已经出现,《康诰》:"王曰:'封!予惟不可不监,告汝德之说,于罚之行。……'"③ 所谓"德之说",即关于施德的说法、道理。此外,《论语》中也已有这一用法。如:

> 或问禘之说。子曰:"不知也;知其说者之于天下也,其如示诸斯乎!"指其掌。(《八佾》)④

《尔雅·释天》:"禘,大祭也。""或问禘之说",即有人问孔子关于禘祭的学问,包括其中的祭义、序列、昭穆及各种礼仪规定等。孔子曾说"禘自既灌而往者","吾不欲观之矣"(《论语·八佾》),对鲁国当时禘祭的僭越

---

① [汉]刘向集录:《战国策》,上海古籍出版社1985年版,第140页。
② [汉]刘向集录:《战国策》,上海古籍出版社1985年版,第458页。
③ 《尚书正义》,见《十三经注疏》,中华书局1980年版,第205页。
④ 《论语注疏》,见《十三经注疏》,中华书局1980年版,第2467页。

乱序不满，所以回答说"不知"，并称真正懂禘祭学问的，对于治理天下也就易如反掌了。

《孟子》中多次出现"邪说"一词，比如《滕文公下》称"杨墨之道不息，孔子之道不著"，是"邪说诬民，充塞仁义"也，"距杨墨，放淫辞"，则"邪说者不得作"①，此"邪说"之"说"并不具体指向哪一句言辞，而是指称杨朱、墨子的学说和主张，孟子与他们针锋相对，遂将他们的主张称为不合道义的学说（邪说），并以抵制杨墨之学、张扬孔子之学为己任。

它如《墨子·鲁问》称"不若诵先王之道，而求其说"②，《庄子·齐物论》称"彼是方生之说也"③，《荀子·非十二子》称"……好治怪说，玩琦辞……是惠施、邓析也"④，等等，出现的"说"字也都泛指相关的说法、主张和道理。

（三）述说（故事）

"说"读为"说话"之"说"，作为"述说"之义，即讲述、叙述及所述，其实应该是第一义，《释名·释言语》即云："说，述也。"⑤ 上述偏于"论"的"辞说"和直称理论的"学说"需待思维和学术提升、发展之后才开始多见，而"述说"是人类开口说话即会发生的一种行为。但与"曰""云"直接引出讲述不同，"说"作为"述说"在先秦时期均指述说的行为及所述之事的指称（后代才多直接用"××说：'……'"）。《论语·阳货》中所谓"道听而涂（途）说"，即是指转相叙述这种行为。而作为本题所分析的"说"用为名词的情况，与"辞说"、"学说"相并列的这里的"述说"，即特指说事、叙事之"说"及所说事、所叙事，即关于事件来龙去脉的讲说，简单说也就是"故事"。

前面提到《墨子·贵义》中出现的"且主君亦尝闻汤之说"一节，墨

---

① 《孟子注疏》，见《十三经注疏》，中华书局1980年版，第2714—2715页。
② ［清］孙诒让：《墨子间诂》，见《诸子集成》4，上海书店1986年版，第287页。
③ ［清］王先谦：《庄子集解》，见《诸子集成》3，上海书店1986年版，第9页。
④ ［清］王先谦：《荀子集解》，见《诸子集成》2，上海书店1986年版，第59页。
⑤ ［东汉］刘熙：《释名》，见《四部丛刊》本《释名》卷第四。

子针对楚臣穆贺怀疑他的主张会不会因为其身份低贱而不被楚王采纳，特举商汤往见伊尹之事予以反驳，故事中既包括汤所说之所以要见伊尹之辞，也包括汤辞之所为说的来龙去脉，因此，前文指出"且主君亦尝闻汤之说"的"说"字，首先可以理解为汤所说的良医善药之论，即辞说之说；同时，前文又指出还可理解为或者更应理解为商汤与其御者对话的整个故事，因为单从良医善药之论的一段说辞中还无法显示贱者之言这一层意思，而墨子举此例的关键是为了强调伊尹身为贱者却得到了商汤的敬重和礼待。如果是后者，那么"汤之说"也就是关于商汤故事的"述说"。

如果说此"说"还在两可之间的话，那么《墨子·明鬼下》中出现的若干"以若书之说观之"的"说"字则可以肯定是"述说"之"说"，所述之事。比如其中一"说"说的是齐庄公时有王里国、中里徼两位大臣，"讼三年而狱不断"，若都杀掉，会有一个冤枉，若都释之，会有一个逃罪，"乃使之人共一羊，盟齐之神社"，于是割羊出血而洒其血，读王里国之辞已经结束，接着读中里徼之辞，未及一半，"羊起而触之"，"殪之盟所"。叙事至此，墨子曰：

> 当是时，齐人从者莫不见，远者莫不闻，著在齐之《春秋》。诸侯传而语之曰："……鬼神之诛至，若此其憯遫也。"以若书之说观之，鬼神之有，岂可疑哉？①

墨子《明鬼》强调人们要有敬畏鬼神之心就不会胡作非为，于是申明鬼神之存在，通篇讲了许多鬼神显灵的故事，上引即为故事之一。之所以撷取这个故事放在这里，是因为故事中的主人公都没有开口说话。基本情节是神羊以角触有罪，对此，墨子强调说这事"著在齐之《春秋》"，然后说"以若书之说观之，鬼神之有，岂可疑哉"。因为故事中没有人物对话或人物辞说，那么"若书之说"的"说"肯定不会是指辞说，而只能是指所述，"若书之说"也就是《齐春秋》所记之事，即"神羊断案"故事。

---

① ［清］孙诒让：《墨子间诂》，见《诸子集成》4，上海书店1986年版，第144—145页。

三、《说林》《储说》之"说"为所"述"故事辨

如上所述,"说"除了读"脱"、读"悦"、读"税"之外,所用最多的是读"说话"之"说",包括"说"与"所说"。而"说"与"所说"中,实又分为偏于论说的"辩说""劝说"及其说辞和偏于讲述的"述说"及所述之故事两个部分。

应该说,时至战国中后期,"说"已更多用为"辩说""说辞"之义,《战国策》二百零八个"说"字,除五十六个读为"悦"外,其馀全部为劝说、游说之"说"及其说辞,诸如"邹忌以为然,乃说王而使……"(《齐策一》)①,"公虽百说之,犹不听也"(《楚策三》)②,"王曰:'请闻其说。'"(《秦策一》)③,等等。《韩非子》二百五十个"说"字,除三十四个读为"悦"、一个读为"脱"、二十二个读为"述说"之"说"外,其馀也全部为辩说、劝说之"说"及其说辞,诸如"故法术之士安能……进其说"(《孤愤》)④,"上不能说人主使之明法术……"(《奸劫弑臣》)⑤,"养国中之能说者"(《八奸》)⑥,等等。

《韩非子》中还有专门论及谈说、劝说、辩说及其说辞的文章。如《难言》即论进言之难;《说难》即析说服人主之种种障蔽,即"劝说"之"难";《八说》又是针砭八种说辞。关注于各种辩说及说辞,《韩非子》中还出现了"淫说""浮说""诈说""辩说""巧说""繁说""邪说"等多种对于说辞的复合词指称。

那么,《说林》和《储说》是不是各种巧妙说辞的汇集?

《说林》和《储说》的确记述有各色人物巧言善说的故事。比如见于《说林上》的"温人之周"和"子胥出走",即是因说辞的巧妙和机敏,一个被接纳,一个被放行:

---

① [汉] 刘向集录:《战国策》,上海古籍出版社 1985 年版,第 318 页。
② [汉] 刘向集录:《战国策》,上海古籍出版社 1985 年版,第 546 页。
③ [汉] 刘向集录:《战国策》,上海古籍出版社 1985 年版,第 115 页。
④ [清] 王先慎:《韩非子集解》,见《诸子集成》5,上海书店 1986 年版,第 57 页。
⑤ [清] 王先慎:《韩非子集解》,见《诸子集成》5,上海书店 1986 年版,第 75 页。
⑥ [清] 王先慎:《韩非子集解》,见《诸子集成》5,上海书店 1986 年版,第 37 页。

> 温人之周，周不纳客，问之曰："客耶？"对曰："主人。"问其巷人而不知也，吏因囚之，君使人问之曰："子非周人也，而自谓非客何也？"对曰："臣少也诵诗曰：普天之下，莫非王土；率土之滨，莫非王臣。今君，天子，则我天子之臣也，岂有为人之臣而又为之客哉？故曰主人也。"君使出之。①
>
> 子胥出走，边候得之，子胥曰："上索我者，以我有美珠也。今我已亡之矣，我且曰子取吞之。"候因释之。②

温地人假称"主人"硬要闯进周城门，却没一个人认识他，于是被拘禁，于是被审问，温人振振有辞，咱从小就背诵的《诗》不明明说"率土之滨，莫非王臣"么，既然为"王臣"，当然不能算是客咯；伍子胥逃离楚国被边候拦挡之时，急中生智，谎称楚王之所以着急逮我，是因为我有颗美珠，其实已经丢了，你若不放我走，我就说你已将美珠夺去吞到了肚子里，边候不傻，当然不想让楚王剖腹取珠，于是子胥扬长而去。两人的说辞，一个巧在辩解，一个巧在心计，都见了奇效。

再比如《内储说下》的"郑昭对曰'太子未生'"，说的是郑昭欲戒郑君好色，所以当被君问及"太子亦何如"时，故意说"太子未生"③，因为郑君所爱良多，爱一个就想立一个为后，所立后之子即为太子；今天想让这个做后，明天又会想让那个做后，这样说来，即便已置太子，谁敢保证他不被换掉？而郑君所爱换个不已，当然没准太子还没生呢！看似无理的答辞，却一针见血地点到命脉！

不过，上述说辞，无论是温人的"率土之滨，莫非王臣"、子胥的"我且曰子取吞之"，还是郑昭的"太子未生"，其巧妙都是需要结合情节和对话关系才能显示出来的，若单取出说辞，既不能构成完整的意义，也显示不出说辞的巧妙。因此，它们只能说是富于巧妙说辞的故事。

《说林》《储说》中更多的是虽有说辞、但重点不在说辞而在事件和情节的人物故事。如《说林上》的"张谴相韩"：

---

① ［清］王先慎：《韩非子集解》，见《诸子集成》5，上海书店1986年版，第128页。
② ［清］王先慎：《韩非子集解》，见《诸子集成》5，上海书店1986年版，第126页。
③ ［清］王先慎：《韩非子集解》，见《诸子集成》5，上海书店1986年版，第191页。

张谴相韩，病将死，公乘无正怀三十金而问其疾。居一月，公自问张谴曰："若子死，将谁使代子？"答曰："无正重法而畏上，虽然，不如公子食我之得民也。"张谴死，因相公乘无正。①

这个故事中的说辞部分是张谴临死前被韩公问及举荐谁来代他为相，他对比公乘无正和公子食我两人，称前者虽依法行事且敬重君上，但不如后者更得民心。他的答辞其实是在说反话，是微言相感，说辞本身不是旨意所在，唯有联系前后情节才能见出真意。前面的情节是张谴病重将死之时，公乘无正怀三十金去探望了他；后面的情节是张谴说完这一番话死去之后，韩公让公乘无正做了国相。原来，张谴被公乘无正的探病打动（毋宁说被他的三十金击中），有意让公乘无正代相，当韩公询问之时，故意强调公乘无正的"重法而畏上"（这其实很对人君的胃口），故意说不如公子食我更"得民"（这其实很为人君所忌惮），韩公当然会选择"畏上"的公乘无正，不可能让"得民"的公子食我居上相位。

此外，《说林》及《储说》中还有许多没有说辞或说辞只是情节中对话的记述。没有说辞的如"滥竽充数"和"韩昭侯求亡爪"：

齐宣王使人吹竽，必三百人。南郭处士请为王吹竽，宣王说之，廪食以数百人。宣王死，湣王立，好一一听之，处士逃。（《内储说上》）②

韩昭侯握爪，而佯亡一爪，求之甚急，左右因割其爪而效之。昭侯以此察左右之诚不。（《内储说上》）③

说辞只是情节中对话的如"众驺妒善御"和"智子疑邻人"：

有欲以御见荆王者，众驺妒之，因曰："臣能撽鹿。"见王，王为

---

① ［清］王先慎：《韩非子集解》，见《诸子集成》5，上海书店1986年版，第131页。
② ［清］王先慎：《韩非子集解》，见《诸子集成》5，上海书店1986年版，第173页。
③ ［清］王先慎：《韩非子集解》，见《诸子集成》5，上海书店1986年版，第176页。

御，不及鹿，自御及之。王善其御也，乃言众驺妒之。(《说林下》)①

郑人有一子，将宦，谓其家曰："必筑坏墙，是不善人将窃。"其巷人亦云。不时筑，而人果窃之。以其子为智，以巷人告者为盗。(《说林下》)②

"众驺妒善御"中的"臣能撖（徼）鹿"只是陈述情况，说我能追击拦截麋鹿，不属于辩说巧说之辞，故事的重心在于善御者借着与人君御鹿显示了自己的御车技艺，并借机告了众驺者一状，所以此段所记的不是人物善"说"而是人物善"做"；"智子疑巷人"一则，郑人之子与其巷人所说的"必筑坏墙，是不善人将窃"，也只是提醒筑墙，而且两人说的是同样的话，故事的重心不在这句话，而在同样的话，郑人却"以其子为智，以巷人告者为盗"，强调的是关系决定态度。

由此可知，《说林》《储说》的"说"并不是人物说辞之义。那么这里的"说"究竟是指什么？

上述记载，或者记述人物说辞，或者记述人物行径，然而有一点是共同的，即它们都属于"述"，是叙事体，而且都有描写，有情节，属于"故事"类。因此，"说林"的意思就是故事集林，"储说"的意思就是故事储备。即便是以记录说辞为主的篇章，记录的也不独是说辞本身，而是人物言说故事。

不过，需要指出的是，《说林》《储说》作为《韩非子》中的篇目，已经不是一般的故事集锦，而是韩非用来阐发其理论学说的组成部分。

最为明显的是《储说》，已经被作者分门别类，每一类又分出了"经"（"一曰""二曰"……"××一""××二""××三"……右经）和"说"（"说一""说二""说三"……）两个部分。"经"包括观点提要和可用来论证观点的故事条目两层，相当于"教案大纲"和"讲义"，"说"则是对应于"经"中提及的一系列故事条目的具体内容，相当于讲授中的口述"举例"。比如《内储说上》首先称"主之所用也七术……"这

---

① ［清］王先慎：《韩非子集解》，见《诸子集成》5，上海书店1986年版，第139页。
② ［清］王先慎：《韩非子集解》，见《诸子集成》5，上海书店1986年版，第145页。

是总论题；其次列出"七术"纲目："一曰众端参观，二曰必罚明威，三曰信赏尽能……七曰倒言反事。"再次分别陈述"七术"论点及论据纲目，比如"参观一"："观听不参则诚不闻，听有门户则臣壅塞。其说在侏儒之梦见灶……故齐人见河伯……""赏誉三"："赏誉薄而谩者，下不用也……其说在文子称若兽鹿……"这是"经"的部分。下面开始"说一""说二"……依次列出与"经"所提示的纲目中的具体故事。"说一"中的第一个故事即是"侏儒之梦见灶"：

> 卫灵公之时，弥子瑕有宠，专于卫国，侏儒有见公者曰："臣之梦践矣。"公曰："何梦？"对曰："梦见灶，为见公也。"公怒曰："吾闻见人主者梦见日，奚为见寡人而梦见灶？"对曰："夫日兼烛天下，一物不能当也。人君兼烛一国，一人不能壅也，故将见人主者梦见日。夫灶，一人炀焉，则后人无从见矣。今或者一人有炀君者乎？则臣虽梦见灶，不亦可乎！"①

侏儒见卫灵公而称自己梦见灶还真灵验，因为就像灶被一人遮挡旁人就无从看到，卫灵公宠信弥子瑕，让他专于卫国，也被此人完全遮挡，这个故事恰恰可以用来作为"听有门户则臣壅塞"的譬喻。

又如《外储说左上》"经六"有"小信成则大信立，故明主积于信。……说在文公之攻原……""说六"中便有"文公之攻原"（"晋文公伐原以示信"）的具体情节："晋文公攻原，裹十日粮，遂与大夫期十日，至原十日而原不下，击金而退，罢兵而去，士有从原中出者曰：'原三日即下矣。'群臣左右谏曰：'夫原之食竭力尽矣，君姑待之。'公曰：'吾与士期十日，不去，是亡吾信也。得原失信，吾不为也。'遂罢兵而去。原人闻曰：'有君如彼其信也，可无归乎？'乃降公。"②晋文公至约期不待得城而罢兵，因守信反而得原、得卫，这正是"小信成则大信立""明主积于信"的明证。

---

① ［清］王先慎：《韩非子集解》，见《诸子集成》5，上海书店1986年版，第161—162页。
② ［清］王先慎：《韩非子集解》，见《诸子集成》5，上海书店1986年版，第213页。

《说林》看上去完全是一些短篇故事的汇集，没有统筹安排，也没有分门别类。但其中的内容很可能是经过韩非有心摘抄逐渐积累而成，大部分都可以用来佐证或印证韩非的学说、倾向和观点。有的可见出人性中避害趋利的本能，有的是用术之道，还有的可用来说明立法。比如《说林下》的"杨布打狗"：

> 杨朱之弟杨布，衣素衣而出，天雨，解素衣，衣缁衣而反，其狗不知而吠之。杨布怒，将击之。杨朱曰："子毋击也，子亦犹是。曩者使女狗白而往，黑而来，子岂能毋怪哉！"①

穿件白衣服出去，穿件黑衣服回来，难怪让狗糊涂，汪汪乱叫。这个故事是要说明什么？《说林》中未置一辞。但韩非在多篇文章中都反复强调"法不可数易"，即不要朝令夕改，不能动辄改弦易辙，否则会让百姓无所适从。这个故事岂非正可以说明这个道理。

而且，《说林》中的有些故事确为韩非论文所援用，如与上面提及的"智子疑巷人"一则大致相同的故事"智子疑邻"就又见于论文《说难》：

> 凡说之难：非吾知之，有以说之之难也；又非吾辩之，能明吾意之难也……昔者郑武公欲伐胡，故先以其女妻胡君，以娱其意。因问于群臣："吾欲用兵，谁可伐者？"大夫关其思对曰："胡可伐。"武公怒而戮之，曰："胡，兄弟之国也，子言伐之何也？"胡君闻之，以郑为亲己，遂不备郑，郑人袭胡，取之。宋有富人，天雨墙坏，其子曰："不筑，必将有盗。"其邻人之父亦云。暮而果大亡其财，其家甚智其子，而疑邻人之父。此二人说者皆当矣，厚者为戮，薄者见疑，则非知之难也，处知则难也。故绕朝之言当矣，其为圣人于晋，而为戮于秦也。此不可不察。②

---

① ［清］王先慎：《韩非子集解》，见《诸子集成》5，上海书店1986年版，第138页。
② ［清］王先慎：《韩非子集解》，见《诸子集成》5，上海书店1986年版，第60—65页。

文章的这一部分在于强调说话所"处"时机、关系、立场的决定作用，援用了两个故事，提到了一个故事。"智子疑邻"即是所讲故事中的一个，墙坏不筑将被盗，同样的判断，关系不同，亲近的儿子被视为聪明，家外的邻人则被疑为盗。于是"智子疑邻"在这里就不只是一个故事，而变成了用来说理的寓言。

总之，韩非集"说"是为了说理，《说林》《储说》因此而具有了寓言性质。

然而这里我们要强调的是，《说林》《储说》不是故事集，但所集、所用之"说"本身是故事，而非说辞，属于前面归纳的所说之话三义中的"述说"即所"述"之"说"（故事）一义。

第二节 以"说"名篇名书之故事与他书互见考

如上辨析，《韩非子》中的《说林》《储说》虽然本身并非故事集，但所集所储之"说"乃所述之"说"，即故事。接下来需要关注的是，韩非以"说"名篇的这些篇目中所集所用之"说"，是自撰，还是另有来源？如果另有来源，则是不是意味着先秦时期以讲述故事为其旨的被称作"说"的叙事文本的存在。作为印证，如果以"说"名书的《说苑》中的故事也已多见于先秦他书援用，则是否更加说明先秦确有故事之"说"的存在。

一、《说林》《储说》故事见于此前他书考

《说林》《储说》中的有些故事可以肯定地说并非出于韩非自撰，因为它们已经见于此前的先秦著作。

如《说林下》有"吴使蹶融犒荆师"一节，亦见《左传·昭公五年》：

> 荆王伐吴，吴使沮卫蹶融犒于荆师。荆将军曰："缚之，杀以衅鼓。"问之曰："汝来卜乎？"答曰："卜。""卜吉乎？"曰："吉。"荆人曰："今荆将以女衅鼓，其何也？"答曰："是故其所以吉也。吴使人来也，固视将军怒。将军怒，将深沟高垒；将军不怒，将懈怠。今也将军杀臣，则吴必警守矣。且国之卜，非为一臣卜。夫杀一臣而存一国，

其不言吉何也？且死者无知，则以臣衅鼓无益也；死者有知也，臣将当战之时，臣使鼓不鸣。"荆人因不杀也。(《韩非子·说林下》)①

……吴子使其弟蹶由犒师，楚人执之，将以衅鼓。王使问焉，曰："女卜来吉乎？"对曰："吉。寡君闻君将治兵于敝邑，卜之以守龟，曰：'余亟使人犒师，请行以观王怒之疾徐，而为之备，尚克知之！'龟兆告吉，曰：'克可知也。'君若驩焉好逆使臣，滋敝邑休怠，而忘其死，亡无日矣。今君奋焉震电冯怒，虐执使臣，将以衅鼓，则吴知所备矣。敝邑虽羸，若早修完，其可以息师。难易有备，可谓吉矣。且吴社稷是卜，岂为一人？使臣获衅军鼓，而敝邑知备，以御不虞，其为吉，孰大焉？国之守龟，其何事不卜？一臧一否，其谁能常之？城濮之兆，其报在邲。今此行也，其庸有报志？"乃弗杀。(《左传·昭公五年》)②

两处所载故事的细节有些差异，如吴所派犒师者，《说林》为靡融，《左传》为蹶由；犒师者的答辞，《说林》中多出"臣使鼓不鸣"，《左传》多出龟兆告吉曰"克可知也"，但就犒师者一番"卜吉"的答词因而没有被杀的大体情节而言，两处所记根本就是一个故事。

《外储说左上》的"蔡女荡舟，齐桓公伐楚"，亦见《左传》的相关记述：

蔡女为桓公妻，桓公与之乘舟，夫人荡舟，桓公大惧，禁之，不止，怒而出之，乃且复召之。因复更嫁之。桓公大怒，将伐蔡，仲父谏曰："夫以寝席之戏，不足以伐人之国，功业不可冀也，请无以此为稽也。"桓公不听，仲父曰："必不得已，楚之菁茅不贡于天子三年矣，君不如举兵为天子伐楚，楚服，因还袭蔡，曰：余为天子伐楚，而蔡不以兵听从，因遂灭之。此义于名而利于实，故必有为天子诛之名，而有报雠之实。"(《韩非子·外储说左上》)③

---

① [清]王先慎：《韩非子集解》，见《诸子集成》5，上海书店1986年版，第142页。
② 《春秋左传正义》，见《十三经注疏》，中华书局1980年版，第2043页。
③ [清]王先慎：《韩非子集解》，见《诸子集成》5，上海书店1986年版，第205—206页。

  齐侯与蔡姬乘舟于囿，荡公。公惧，变色；禁之，不可。公怒，归之，未绝之也。蔡人嫁之。四年，春，齐侯以诸侯之师侵蔡。蔡溃，遂伐楚。楚子使与师言曰："君处北海，寡人处南海，唯是风马牛不相及也，不虞君之涉吾地也，何故？"管仲对曰："……尔贡苞茅不入，王祭不共，无以缩酒，寡人是征。昭王南征而不复，寡人是问。"对曰："贡之不入，寡君之罪也，敢不共给？昭王之不复，君其问诸水滨！"（《左传·僖公三年》《僖公四年》）①

  两处对这一故事的叙述，其角度、笔法有较大差异，蔡女荡舟惹桓公恼怒，暂被赶回蔡国后即被嫁之，由此引发桓公伐蔡，此后的情节《储说》重点叙述的是管仲的谋略，以"菁茅不贡"为由伐楚、继而伐蔡的过程是通过管仲之口说出来的；《左传》则直接以叙史的笔法记述了这段历史，且所述为先"侵蔡"，继而"伐楚"，理由也是"苞茅不入"。但就由蔡女荡舟引发伐楚伐蔡的基本情节来说，所述无疑也是同一件事情。

  《内储说下》"门人捐水而夷射诛"亦见《左传·定公二年》《定公三年》，只不过差异更大：

  齐中大夫有夷射者，御饮于王，醉甚而出，倚于郎门，门者刖跪请曰："足下无意赐之馀沥乎？"夷射叱曰："叱去！刑馀之人，何事乃敢乞饮长者？"刖跪走退，及夷射去，刖跪因捐水郎门雷下，类溺者之状。明日，王出而诃之曰："谁溺于是？"刖跪对曰："臣不见也。虽然，昨日中大夫夷射立于此。"王因诛夷射而杀之。（《韩非子·内储说下》）②

  郕庄公与夷射姑饮酒，私出。阍乞肉焉，夺之杖以敲之。三年，春，二月辛卯，郕子在门台，临廷。阍以瓶水沃廷，郕子望见之，怒。阍曰："夷射姑旋焉。"命执之。弗得，滋怒，自投于床，废于炉炭，烂，遂卒。先葬以车五乘，殉五人。庄公卞急而好洁，故及是。（《左

---

① 《春秋左传正义》，见《十三经注疏》，中华书局1980年版，第1792—1793页。
② ［清］王先慎：《韩非子集解》，见《诸子集成》5，上海书店1986年版，第185页。

传·定公二年》《定公三年》)①

前者称"(齐)王诛夷射而杀之",后者称郳庄公因发怒投床"废于炉炭,烂,遂卒",称国有别,且结局完全相反;但夷射(夷射姑)得罪看门人而被他洒水当尿以诬陷的基本情节是一样的。

此外,如《内储说上》"竖牛之饿叔孙"(叔孙欺于竖牛)亦见《左传·昭公四年》;《内储说上》"子产诫游吉"亦见《左传·昭公二十年》("子产有疾,谓子大叔");《内储说下》"三桓攻昭公"亦见《左传·昭公二十五年》;《内储说下》"费无忌教郤宛而令尹诛"亦见《左传·昭公二十七年》(费无极教郤宛使被诛);《内储说下》"王子职甚有宠而商臣果作乱"亦见《左传·文公元年》;《外储说左上》"宋襄公不鼓不成列"亦见《左传·僖公二十二年》;《外储说左上》"文公之攻原"(晋文公伐原以示信)亦见《左传·僖公二十五年》;《外储说左下》"箕郑挈壶餐从"亦见《左传·僖公二十五年》,后者箕郑为赵衰。

《储说》所述亦见于《国语》者,如《内储说下》"胥僮之谏厉公"("三郤杀,厉公弑")亦见《国语·晋语六》:

> 晋厉公之时,六卿贵。胥僮长鱼矫谏曰:"大臣贵重,敌主争事,外市树党,下乱国法,上以劫主,而国不危者,未尝有也。"公曰:"善。"乃诛三卿。胥僮长鱼矫又谏曰:"夫同罪之人偏诛而不尽,是怀怨而借之间也。"公曰:"吾一朝而夷三卿,予不忍尽也。"长鱼矫对曰:"公不忍之,彼将忍公。"公不听,居三月,诸卿作难,遂杀厉公而分其地。(《韩非子·内储说下》)②
>
> 长鱼矫既杀三郤,乃胁栾、中行而言于公曰:"不杀此二子者,忧必及君。"公曰:"一旦而尸三卿,不可益也。"对曰:"臣闻之,乱在内为宄,在外为奸,御宄以德,御奸以刑。今治政而内乱,不可谓德。除鲠而避强,不可谓刑。德刑不立,奸宄并至,臣脆弱,不能忍俟

---

① 《春秋左传正义》,见《十三经注疏》,中华书局1980年版,第2132页。
② [清]王先慎:《韩非子集解》,见《诸子集成》5,上海书店1986年版,第182页。

也。"乃奔狄。三月,厉公弑。(《国语·晋语六》)①

三郤被谗害的传说已见《左传》《国语》及上博简等的详尽记述(详后),且有多个"版本";这里所举是三郤被除之后胥僮长鱼矫进一步欲劝晋厉公除掉谗害三郤的栾书、中行等人,但厉公不再忍心继续杀臣,于是最终被栾书等杀掉。关于这后半截,《内储说下》与《国语·晋语六》的记述差不多属于一个"版本",只不过《国语·晋语》中长鱼矫的"对曰"更详尽具体。《储说》与《晋语》两相比对,人物对话多有差异,但就情节而言,完全属于同一个故事。除此之外,《外储说左上》中的"箕郑救饿"(箕郑对文公问)亦见《国语·晋语四》。

《说林》所述还有亦见《庄子》者,如《说林上》的"杨子过于宋东之逆旅"亦见《庄子·山木》:

> 杨子过于宋东之逆旅,有妾二人,其恶者贵,美者贱。杨子问其故,逆旅之父答曰:"美者自美,吾不知其美也,恶者自恶,吾不知其恶也。"杨子谓弟子曰:"行贤而去自贤之心,焉往而不美。"(《韩非子·说林上》)②

> 阳子之宋,宿于逆旅。逆旅人有妾二人,其一人美,其一人恶。恶者贵而美者贱。阳子问其故,逆旅小子对曰:"其美者自美,吾不知其美也;其恶者自恶,吾不知其恶也。"阳子曰:"弟子记之:行贤而去自贤之行,安往而不爱哉!"(《庄子·山木》)③

他如《说林上》的"鲁人欲徙于越":"鲁人身善织屦,妻善织缟,而欲徙于越,或谓之曰:'子必穷矣。'鲁人曰:'何也?'曰:'屦为履之也,而越人跣行;缟为冠之也,而越人被发。以子之所长,游于不用之国,欲使无穷,其可得乎?"④与《庄子·逍遥游》中的"宋人资章甫而适诸越,越

---

① 《国语》,上海古籍出版社1988年版,第426页。
② [清] 王先慎:《韩非子集解》,见《诸子集成》5,上海书店1986年版,第134页。
③ [清] 王先谦:《庄子集解》,见《诸子集成》3,上海书店1986年版,第128页。
④ [清] 王先慎:《韩非子集解》,见《诸子集成》5,上海书店1986年版,第132—133页。

人短发文身，无所用之"① 也颇为相像。

《说林》《储说》中还有一些故事是与《战国策》互见者，比如前面举到的"侏儒之梦见灶"，亦见于《战国策》，只不过主名、文字略有差异：

> 卫灵公近雍疽、弥子瑕。二人者，专君之势以蔽左右。复涂侦谓君曰："昔日臣梦见君。"君曰："子何梦？"曰："梦见灶君。"君忿然作色曰："吾闻梦见人君者，梦见日。今子曰梦见灶君而言君也，有说则可，无说则死。"对曰："日，并烛天下者也，一物不能蔽也。若灶则不然，前之人炀，则后之人无从见也。今臣疑人有炀于君者也，是以梦见灶君。"君曰："善。"于是，因废雍疽、弥子瑕，而立司空狗。(《战国策·赵策三》)②

他如《说林下》的"靖郭君将城薛"亦见《齐策一》，《内储说上》的"三人言而成虎"亦见《魏策二》，《内储说上》"公子泛议割河东"亦见《秦策四》，《内储说下》"郑袖言恶臭而新人劓"亦见《楚策四》，《外储说右上》"靖郭君之献十珥"亦见《齐策三》，《外储说右上》"甘茂之道穴闻"亦见《秦策二》。说起来，《战国策》具体篇目的成文难以确考，但种种迹象表明，其中有些篇目也很可能属于早于《韩非子》者。

上述材料排比，已足以证明《说林》《储说》中的许多篇目不属于韩非所自撰，因为此前的史书、子书已经出现。

如此说来，就又出现了另一个问题，既然《说林》《储说》中的这些故事已见此前的史书或子书，那么它们会不会就来源于这些史书或子书，其不同之处只是韩非做了改动？这种疑问并非笔者想当然，有学者就撰文提出："来自《左传》的故事在《韩非子》寓言中更多的是有过改造与加工，包括人物称谓的替换、情节结果的处理。"③

然而，事实证明，答案基本上是可以否定的。

这里即以《左传》为例。"宋襄公不鼓不成列"的故事既见于《韩非

---

① ［清］王先谦：《庄子集解》，见《诸子集成》，上海书店1986年版，第4—5页。
② ［汉］刘向集录：《战国策》，上海古籍出版社1985年版，第717页。
③ 李忍、陈峰：《〈韩非子〉寓言故事来源考索》，《文学教育》2009年第8期，第84—85页。

子·外储说左上》，亦见于《左传·僖公二十二年》。《韩非子》的文字为：

> 宋襄公与楚人战于涿谷上。宋人既成列矣，楚人未及济。右司马购强趋而谏曰："楚人众而宋人寡，请使楚人半涉未成列而击之，必败。"襄公曰："寡人闻君子曰：'不重伤，不擒二毛，不推人于险，不迫人于阨。不鼓不成列。'今楚未济而击之，害义。请使楚人毕涉成陈而后鼓士进之。"……楚人已成列撰陈矣，公乃鼓之。宋人大败，公伤股，三日而死。①

《左传》的文字为：

> 冬十一月己巳朔，宋公及楚人战于泓。宋人既成列，楚人未既济。司马曰："彼众我寡，及其未既济也，请击之。"公曰："不可。"既济而未成列，又以告。公曰："未可。"既陈而后击之，宋师败绩。公伤股，门官歼焉。国人皆咎公。公曰："君子不重伤，不禽二毛。古之为军也，不以阻隘也。寡人虽亡国之馀，不鼓不成列。"②

将两段文字加以比较，就会发现它们的不同，《韩非子》中宋襄公所说的"不禽二毛"和"不鼓不成列"是在战斗打响之前，《左传》宋襄公的这段话则是在战斗结束之后。类似情况，一般都会以《左传》为准，认为是韩非对文字有所改动。

1973年，考古学家在长沙马王堆一号汉墓旁又发掘了马王堆二号、马王堆三号墓，出土了一批帛书，其中马王堆三号墓出土有编号为"戌"的"与《左传》类似的佚书"，约四五千字，所载为春秋历史，整理小组分为十六章，题为《春秋事语》。马王堆三号墓属于西汉中期以前墓，则这部书的成书应该是在西汉前期，甚至是在战国时代。书中恰恰有一章记述的正是宋襄公与楚人之战，其记述是：

---

① ［清］王先慎：《韩非子集解》，见《诸子集成》5，上海书店1986年版，第211—212页。
② 《春秋左传正义》，见《十三经注疏》，中华书局1980年版，第1813—1814页。

  荆人未济，宋司马请曰："宋人寡而荆人众，及未济，击之，可破也。"宋君曰："吾闻[之]，君子不击不成之列，不童（重）伤，不禽（擒）二毛。"①

  很明显，《春秋事语》中宋襄公所说的"不禽二毛"之类的话也在战斗打响之前，这更接近于《韩非子》的叙事，与《左传》则颇有不同。这说明《韩非子》中的这段文字并不是采自《左传》而擅自改动，而是另有其所本。这个所本也不会是《春秋事语》，因为《春秋事语》并非纯粹叙史之作，而是更重史论，常常是在扼要点出历史事件之后加上后人或时人的评论，它的故事也有其来源。从这一故事的两个文本的对比看，很可能是《韩非子》与《春秋事语》共同采自《左传》之外的另一种记述。

  这是个非常重要的信息，由此可以断定，《说林》《储说》中出现的与他书所载故事相同却又有种种差异的情况，很可能是来源不同所致。那么，在这些子书、史书之外，就应该还有一些另外的记述，这些子书、史书中的故事都应该还有其最初的"母本"。

二、《说林》《储说》与《吕氏春秋》故事互见考

  《吕氏春秋》更能说明问题。《吕氏春秋》与《韩非子》成书、成文的时间大致相当，韩非撰写《说林》《储说》等文章时应该还看不到《吕氏春秋》，反之亦然。那么仅仅出现于这两部著述中而不见于他著的大致相同的故事，显然不会是《说林》《储说》采自《吕氏春秋》，或《吕氏春秋》采自《说林》《储说》，更不会是各自杜撰（没有这么多"英雄所见略同"），而只能是两书都另有所本。

  与《论语》为孔子弟子及再传弟子记录、转录孔子与弟子对话不同，与《孟子》为孟子与弟子共同述作不同，与《庄子》为庄周及庄子后学文章辑录也不同，《韩非子》中的文章绝大部分为韩非本人所自撰，而且其撰成时间于史有着明确记述：

---

① 马王堆汉墓帛书整理小组：《马王堆汉墓出土帛书〈春秋事语〉释文》，《文物》1977年第1期，第32—35页。

> 非见韩之削弱，数以书谏韩王，韩王不能用。于是韩非……观往者得失之变，故作《孤愤》、《五蠹》、内外《储》、《说林》、《说难》十余万言。……人或传其书至秦。秦王见《孤愤》、《五蠹》之书，曰："嗟乎，寡人得见此人与之游，死不恨矣！"李斯曰："此韩非之所著书也。"秦因急攻韩。韩王始不用非，及急，乃遣非使秦。(《史记·老子韩非列传》)①

据此可知，韩非是因为其所作的文章被人传到秦、被秦王政激赏才被迫出使秦国的，这样，包括《说林》《储说》等在内的《韩非子》中的大部分文章肯定完成于韩非入秦的秦王政十三年（见《史记·秦始皇本纪》）之前。[按，《韩非子》一书中因有《初见秦》《存韩》等与韩非出身、思想不合者，其成书、作者等学界曾有较大争议，《说林》《储说》因被司马迁明确提及，争议不大。今按，《初见秦》《存韩》两篇当为与韩非入秦上书有关的档案材料，包括韩非（韩客）上书，即《存韩》前文，《初见秦》应是韩非《存韩》所针对的上书，类似《难》篇的所难，即靶子。不应因这两篇而怀疑《韩非子》中文章大多为韩非亲撰的事实。]

《吕氏春秋》的撰成时间也有明确记述：

> 庄襄王即位三年，薨，太子政立为王，尊吕不韦为相国，号称"仲父"。……是时诸侯多辩士，如荀卿之徒，著书布天下。吕不韦乃使其客人人著所闻，集论以为八览、六论、十二纪，二十余万言。以为备天地万物古今之事，号曰《吕氏春秋》。布咸阳市门，悬千金其上，延诸侯游士宾客有能增损一字者予千金。……秦王十年十月，免相国吕不韦。(《史记·吕不韦列传》)②

据此可知，《吕氏春秋》完成于吕不韦免相的秦王政十年之前。（按，《吕氏春秋·序意》有"维秦八年，岁在涒滩，秋甲子朔。朔之日，良人请问十

---

① [汉] 司马迁：《史记》，中华书局1959年版，第2147—2155页。
② [汉] 司马迁：《史记》，中华书局1959年版，第2509—2512页。

二纪"之说，按古代书成作《序》例，此当为全书完成之年。若依后人推历，秦王政八年并非"岁在涒滩"，马王堆西汉墓出土《五星占》、睡虎地秦墓竹简《大事纪》等显示秦人所用颛顼历"岁在涒滩"与秦王政八年相符。据此，《吕氏春秋》当完成于秦王政八年。）

如此可见，《韩非子》《吕氏春秋》两部著作中的文章几乎是同时写作、同时完成的。

既然两书中的文章大致同时写作，那么就不存在谁采自谁的情况，然而两书却有多篇内容相同相似者。如《说林下》的"知伯将伐仇由"亦见《吕氏春秋·权勋》：

> 知伯将伐仇由，而道难不通。乃铸大钟遗仇由之君，仇由之君大说，除道将内之。赤章曼枝曰："不可。此小之所以事大也，而今也大以来，卒必随之，不可内也。"仇由之君不听，遂内之。赤章曼枝因断毂而驱至于齐。七月而仇由亡矣。（《韩非子·说林下》）①
>
> 中山之国有仇繇者，智伯欲攻之而无道也，为铸大钟，方车二轨以遗之。仇繇之君将斩岸堙溪以迎钟。赤章蔓枝谏曰："《诗》云：'唯则定国。'我胡以得是于智伯？夫智伯之为人也，贪而无信，必欲攻我而无道也，故为大钟，方车二轨以遗君。君因斩岸堙溪以迎钟，师必随之。"弗听，有顷谏之。君曰："大国为欢，而子逆之，不祥。子释之。"赤章蔓枝曰："为人臣不忠贞，罪也。忠贞不用，远身可也。"断毂而行，至卫七日而仇繇亡。欲钟之心胜也。欲钟之心胜，则安仇繇之说塞矣。凡听说所胜不可不审也。故太上先胜。（《吕氏春秋·权勋》）②

两篇文字详略有别，但基本情节一致，人物相同，其中的某些语句，如"卒必随之"与"师必随之"、"断毂而驱"与"断毂而行"、"至于齐七月而仇由亡"与"至卫七日而仇繇亡"等，也如出一辙，显然属于同一个来

---

① ［清］王先慎：《韩非子集解》，见《诸子集成》5，上海书店1986年版，第142—143页。
② 《吕氏春秋》，［汉］高诱注，见《诸子集成》6，上海书店1986年版，第164页。

源,"至于齐"与"至卫"之差、"七月"与"七日"之差,应是传抄之讹所致。当然,后者已将故事用于论说,前者还在备用。

又如《外储说左上》的"壬登为中牟令"亦见《吕氏春秋·知度》:

壬登为中牟令,上言于襄主曰:"中牟有士曰中章、胥己者,其身甚修,其学甚博,君何不举之?"主曰:"子见之,我将为中大夫。"相室谏曰:"中大夫,晋重列也,今无功而受,非晋臣之意。君其耳而未之目邪?"襄主曰:"我取登既耳而目之矣,登之所取又耳而目之,是耳目人绝无已也。"壬登一日而见二中大夫,予之田宅,中牟之人弃其田耘、卖宅圃,而随文学者邑之半。(《韩非子·外储说左上》)①

赵襄子之时,以任登为中牟令。上计,言于襄子曰:"中牟有士曰胆胥己,请见之。"襄子见而以为中大夫。相国曰:"意者君耳而未之目邪!为中大夫若此其易也?非晋国之故。"襄子曰:"吾举登也,已耳而目之矣。登所举,吾又耳而目之,是耳目人终无已也。"遂不复问,而以为中大夫。襄子何为?任人,则贤者毕力。(《吕氏春秋·知度》)②

两篇共同的情节是赵襄王以中牟令为耳目,听凭中牟令的举荐而任命中大夫,其中的对话都相差无几,特别是中心语句"是耳目人绝无已也"一字不差。比较明显的不同之处一是名登的中牟令一姓"壬",一姓"任",其实只是省借而已;二是被举荐者一为"中章、胥己"二人,一为"胆胥己"一人,"中章"与"胆"亦应是传抄演化所致。有意思的是,同源的故事却被用作了不同的议论,韩非用来作为反面教材,要说的是"名外于法而誉加焉,则士劝名而不畜之于君"(《外储说左上》经四),吕氏则用来赞誉"任人,则贤者毕力"。

此外,如《内储说上》中的"吴起为魏武侯西河之守,欲攻秦小亭,倚车辕于北门之外"与《吕氏春秋·慎小》中的"吴起治西河,夜日置表

---

① [清]王先慎:《韩非子集解》,见《诸子集成》5,上海书店1986年版,第209页。
② 《吕氏春秋》,[汉]高诱注,见《诸子集成》6,上海书店1986年版,第209—210页。

于南门之外"属同一故事变体,《外储说左下》的"孔子对鲁哀公'夔一足'之问"亦见《吕氏春秋·察传》等等,也足见这些故事另有记述而为两书所采用。

三、张家山竹简与《说林》《储说》故事来源补证

除上述与他书互见的"说"体故事外,《说林》《储说》中还有一些不见于其他传世文献的"独家"故事。那么,这些故事会不会是韩非杜撰?

比如《内储说下》中有这样一段故事:

> 文公之时,宰臣上炙,而发绕之。文公召宰人而谯之。曰:"女欲寡人之哽邪?奚为以发绕炙?"宰人顿首再拜请曰:"臣有死罪三。援砺砥刀,利犹干将也,切肉肉断,而发不断,臣之罪一也;援锥贯脔,而不见发,臣之罪二也;奉炽炉炭,肉尽赤红,炙熟而发不焦,臣之罪三也。堂下得微有疾臣者乎?"公曰"善"。乃召其下而谯之,果然,乃诛之。①

宰臣奉上肉食,却被发现有头发缠绕,自然招致训斥。宰臣口口声声自认有罪,罪在能切肉却不能断发,能穿肉串却不见发丝,能烤熟肉块却烧不焦头发。这当然是正话反说,摆明了是有人在肉熟之后做的手脚。谁会干出这种勾当?这只要看谁是宰臣的嫉恨者即可。这个故事就不见于其他传世文献。

不过,新出土材料中却发现了与之十分近似的记述文字。

考古学家于1983年在湖北江陵张家山发掘了三座西汉初年的古墓,其年代据推断上限为西汉初年,下限至迟不会晚于汉景帝时期。三座墓总共出土有竹简一千多枚。② 其中有一部《奏谳书》,是当时议罪案例的汇集。值得注意的是其中附有两条春秋时期的案例。有一条即记着卫君的宰人进炙,炙中有头发长三寸,同时还有夫人的养婢进食,饭中夹杂有半寸长的蔡

---

① [清]王先慎:《韩非子集解》,见《诸子集成》5,上海书店1986年版,第189页。
② 张家山汉简整理小组:《江陵张家山汉简概述》,《文物》1985年第1期,第9—15页。

（杂草），史猷为他们昭雪辨冤。其中关于炙中有发的部分为：

> 异时卫法曰：为君、夫人治食不谨，罪死。今宰人大夫说进炙君，炙中有发长三寸；夫人养婢媚进食夫人，饭中有蔡长半寸。君及夫人皆怒，劾，史猷治，曰：说毋罪，媚当赐衣。君曰：问史猷治狱非是。史猷曰：臣谨案说所以切肉刀新磨甚利，其置枹（庖）俎。夫以利刀切肥牛肉枹（庖）俎上，筋尽斩，炙大不过寸，而发长三寸独不断，不类切肉者之罪。臣有（又）诊炙肉具，桑炭甚美，铁卢（炉）甚。夫以桑炭之铁，而肉颇焦，发长三寸独不焦，有（又）不类之炙者之罪。……①

据介绍，《奏谳书》简二百二十八枚，属于案例汇编，都是完整的司法文书，为秦汉司法诉讼程序和文书格式的具体记录。唯有所附的两条春秋案例只是事例的记述。联系到它们与韩非《内储说下》所收集的"说"极其类似的关系，可以推断这两条案例，毋宁说是断案故事，乃是从春秋战国时代的传闻故事记录中杂抄而来。

这一发现充分印证了《内储说下》所收的绕发故事原来也并非凭空编造。当然，《内储说下》中的绕发故事与春秋断案故事已经有了很大不同，毕竟自春秋至战国流传已久，中间的变异在所难免，但判断肉中之发不可能为宰人生火烤肉之前所为的几条根据，即利刀能断肉却未断发、炉火能烤熟牛肉却不能焦发等，两个故事却惊人相似，显然有其渊源关系。而这一印证弥足珍贵，因为据此举一反三，就使我们进一步相信，《说林》《储说》中其他那些尚未发现见于他著的故事，也都有可能是收集而来。

既然《说林》《储说》所集、所储之"说"多非创作，而是收集而来，而且，其来源又并非今见史书、子书，那么，先秦时代，是否存在一些被称为"说"的叙事文本，为各种史书、子书所取材？答案应该是肯定的。

---

① 张家山二四七号汉墓竹简整理小组：《张家山汉墓竹简（二四七号墓 释文修订本）》，文物出版社 2006 年版，第 106 页。

四、《说苑》故事与先秦史书、子书互见考

作为对"说"为叙述故事文本这一判断的进一步印证,此再对以集"说"为书名的《说苑》进行相关考察和揭示。

《说苑》是西汉刘向编纂的一部故事集林,顾名思义,"说苑"即"说体故事的苑囿"。刘向校书、整理书、编书,完成《说苑》后所上的《序奏》说:"护左都水使者光禄大夫臣向言:所校中书《说苑》《杂事》,及臣向书、民间书、诬(诞,兼)校雠,其事类众多,章句相溷,或上下谬乱,难分别次序。除去与《新序》重复者,其馀者浅薄,不中义理,别集以为百家,后令以类相从,一一条别篇目,更以造新事十万言以上,凡二十篇,七百八十四章,号曰《新苑》,皆可观。臣向昧死。"① 关于"更以造新事",清人孙诒让曰"新事"当作"新书","凡向所奏书校定可缮写者为新书,《荀子目录》载向奏题新书,是其证也"。(《札迻》卷七《贾子新书》下)② 这么说来,汉皇家中秘有原《说苑》《杂事》一类故事书,刘向又用民间书及自己所藏书来参照校正,于是从中选择材料先编成一部《新序》,又剔除一大批所谓"浅薄不中义理"者,集成"百家"(惜已亡佚,可想其中必有异闻怪说),然后将剩下的不与《新序》重复的材料,又编出一部新书,因称《新苑》,其实也就是今见的《说苑》(或原可称《新说苑》,简称《新苑》,后来称回《说苑》)。

这也就是说,今见《说苑》是从原《说苑》中选出来编纂的,其中的故事原本就被称为"说",无疑可视为"说体"文本。

值得注意的是,这部《说苑》中的绝大部分故事涉及的是先秦人物和事件,而且多有与先秦史书、子书互见者(详下)。这种情况首先可以说明,《说苑》中的先秦故事并非新撰,而是辑自先秦原本已有的说体故事;其次,《说苑》中的这些先秦故事与先秦史书、子书互见者情节、对话有同有异,应该不是《说苑》直接抄自先秦史书、子书,而很可能是两者同源异流,因各自不同的用旨、辗转抄录的变化而导致。而这些故事亦被辑录于

---

① [汉]刘向:《说苑序奏》,见向宗鲁:《说苑校证》,中华书局1987年版,第1页。
② 向宗鲁:《说苑校证》,中华书局1987年版,第1页。

"说"苑，只此即可进一步说明先秦确有一些被称为"说"的文本为史书、子书所援用。

（一）《说苑》故事与《左传》互见考

《说苑》中的故事多有已见于《左传》者，如"有云如鸟夹日飞三日，楚昭王不移祸"：

> 是岁也，有云如众赤鸟，夹日以飞，三日。楚子使问诸周大史。周大史曰："其当王身乎！若禜之，可移于令尹司马。"王曰："除腹心之疾，而置诸股肱，何益？不穀不有大过，天其夭诸？有罪受罚，又焉移之？"遂弗禜。（《左传·哀公六年》）①

> 楚昭王之时，有云如飞鸟夹日而飞，三日，昭王患之，使人乘驲，东而问诸太史州黎，州黎曰："将虐于王身，以令尹、司马说焉，则可。"令尹、司马闻之，宿斋沐浴，将自以身祷之焉。王曰："止，楚国之有不穀也，由身之有匈胁也；其有令尹、司马也，由身之有股肱也。匈胁有疾，转之股肱，庸为去是人也？"（《说苑·君道》）②

两个故事都是讲述楚昭王不肯将祸患转嫁令尹、司马；有些语句，如"有云如众赤鸟"与"有云如飞鸟"、"夹日以飞三日"与"夹日而飞三日"，也是相差无几，两者确应取材自同源文本。不过两者详略不同，《说苑》多出令尹、司马准备"以身祷之"而被昭王制止的情节，人物说辞也更为复杂一些。鉴于《左传》的编年叙史性质，很可能援用故事又做了简化。诸如此类的简化在《左传》中时有所见，如"晋公子重耳之亡"故事中重耳在齐被"醉遣"的情节，《国语·晋语四》记有重耳醒后与子犯的对话："……醒，以戈逐子犯，曰：'若无所济，吾食舅氏之肉，其知餍乎！'舅犯走，且对曰：'若无所济，余未知死所，谁能与豺狼争食？若克有成，公子无亦晋之柔嘉，是以甘食。偃之肉腥臊，将焉用之？'遂行。"③《左传·僖

---

① 《春秋左传正义》，见《十三经注疏》，中华书局1980年版，第2161—2162页。
② 向宗鲁：《说苑校证》，中华书局1987年版，第23—24页。
③ 《国语》，上海古籍出版社1988年版，第344—345页。

公二十三年》仅为"……醒,以戈逐子犯"①。由此可断,不会是《说苑》文本直接来自《左传》,也不太可能是《说苑》在《左传》基础上增饰成文。

"晋阳处父退楚师,商臣谮子上"的故事亦互见于《左传》和《说苑》,但两者记述有较大差异:

> 晋阳处父侵蔡,楚子上救之,与晋师夹泜而军。阳子患之,使谓子上曰:"吾闻之:'文不犯顺,武不违敌。'子若欲战,则吾退舍,子济而陈,迟速唯命。不然,纾我。老师费财,亦无益也。"乃驾以待。子上欲涉,大孙伯曰:"不可。晋人无信,半涉而薄我,悔败何及?不如纾之。"乃退舍。阳子宣言曰:"楚师遁矣。"遂归。楚师亦归。太子商臣谮子上曰:"受晋赂而辟之,楚之耻也。罪莫大焉。"王杀子上。(《左传·僖公三十三年》)②

> 太子商臣怨令尹子上也。楚攻陈,晋救之。夹泜水而军。阳处父知商臣之怨子上也,因谓子上曰:"少却,吾涉而从子。"子上却。因令晋军曰:"楚遁矣。"使人告商臣曰:"子上受晋赂而去之。"商臣诉之成王,成王遂杀之。(《说苑·权谋》)③

两个故事的核心情节基本相同,晋楚夹水对峙中晋阳处父劝楚师退,楚子上退,晋阳处父亦退,双方罢兵。事后太子商臣谮子上"受晋赂",楚王杀子上。但具体叙述多有不同。其一,对峙起因,《左传》称晋侵蔡,楚救之,《说苑》则是楚侵陈,晋救之;其二,阳处父劝退之言,《左传》详,《说苑》略;其三,关于楚师之退,《左传》记"子上欲涉,大孙伯曰不可",是被大臣劝退,《说苑》直接记作"子上却";其四,关于子上被杀,《左传》直言"太子商臣谮子上",《说苑》则称是晋阳处父使人告商臣"子上受晋赂而去之",商臣转告成王,成王杀子上。由此可知《说苑》当本于《左传》之外的同源异流之"说"本。

诸如此类与《左传》所述为同一个故事又或多或少存有差异的情况在

---

① 《春秋左传正义》,见《十三经注疏》,中华书局1980年版,第1815页。
② 《春秋左传正义》,见《十三经注疏》,中华书局1980年版,第1834页。
③ 向宗鲁:《说苑校证》,中华书局1987年版,第337页。

《说苑》中还有很多。如《说苑·君道》中的"邾文公卜徙于绎"亦见《左传·文公十三年》,《说苑·建本》中的"穆嬴啼于朝,赵盾立灵公"亦见《左传·文公七年》,《说苑·立节》中的"晋灵公使贼赵盾,鉏麑触槐死"亦见《左传·宣公二年》,《说苑·贵德》中的"羊斟不与,华元囚"亦见《左传·宣公二年》,《说苑·复恩》中的"赵宣子遇翳桑饿人"亦见《左传·宣公二年》,"邴歜阎职池中弑懿公"亦见《左传·文公十八年》,"公子宋'食指动'"亦见《左传·宣公四年》,《说苑·尊贤》中的"晋师败绩,荀林父归请死"亦见《左传·宣公十二年》,《说苑·善说》中的"陈怀公从逢滑不听吴召"亦见《左传·哀公元年》,"祁奚免叔向"亦见《左传·襄公二十一年》,《说苑·奉使》中的"晋解扬呼宋无降楚"亦见《左传·宣公十五年》,"秦使人使楚"亦见《左传·昭公五年》("吴使蹶由犒楚师"),《说苑·权谋》中的"太子忽辞齐婚"亦见《左传·桓公六年》,《说苑·至公》中的"申包胥乞秦师哭于秦庭七日七夜"亦见《左传·定公四年》,《说苑·辨物》中的"郑子产释晋平公黄熊入于寝门之梦"亦见《左传·昭公七年》,"师旷巧对晋平公石言之问"亦见《左传·昭公八年》,等等。

(二)《说苑》故事与《国语》《战国策》互见考

《说苑》中也有不少与《国语》互见的先秦故事,如"中行穆子围鼓,不许鼓人以城叛":

> 中行穆子帅师伐狄,围鼓。鼓人或请以城叛;穆子不受,军吏曰:"可无劳师而得城,子何不为?"穆子曰:"非事君之礼也。夫以城来者,必将求利于我。夫守而二心,奸之大者也;赏善罚奸,国之宪法也。许而弗予,失吾信也;若其予之,赏大奸也。奸而盈禄,善将若何?且夫狄之憾者以城来盈愿,晋岂其无?是我以鼓教吾边鄙贰也。夫事君者,量力而进,不能则退,不以安贾贰。"令军吏呼城,儆将攻之,未傅而鼓降。中行伯既克鼓,以鼓子苑支来。令鼓人各复其所,非僚勿从。(《国语·晋语九》)①

---

① 《国语》,上海古籍出版社1988年版,第484页。

  中行穆子围鼓，鼓人有以城反者，不许。军吏曰："师徒不勤而可得城，奚故不受？"曰："有以吾城反者，吾所甚恶也；人以城来，我独奚好焉？赏其所甚恶，有失赏也，若所好何？若不赏，是失信也，奚以示民？"鼓人又请降，使人视之，其民尚有食也，不听。鼓人告食尽力竭，而后取之。克鼓而反，不戮一人。（《说苑·贵德》）①

两处所录故事中涉及的伐国（晋）、被伐国（鼓）、帅师者（中行穆子）、劝者（军吏）、主体情节（中行穆子不接受对方"以城叛"）都完全一致，可以肯定是一个故事，为同一来源；但《说苑》又绝非直接从《国语》此篇抄录而来，因为两篇人物对话虽大意相同，但具体语句差异较大；且《说苑》较《国语》还多出了"鼓人又请降，其民尚有食，不听"、"鼓人告食尽力竭"两个层次；《国语》则多出"令军吏呼城"一个细节。

又如"韩献子戮干行，赵宣子称不党"亦为两书所互见：

  赵宣子言韩献子于灵公，以为司马。河曲之役，赵孟使人以其乘车干行，献子执而戮之。众咸曰："韩厥必不没矣。其主朝升之，而暮戮其车，其谁安之！"宣子召而礼之，曰："吾闻事君者比而不党。夫周以举义，比也；举以其私，党也。夫军事无犯，犯而不隐，义也。吾言女于君，惧女不能也。举而不能，党孰大焉！事君而党，吾何以从政？吾故以是观女。女勉之。苟从是行也，临长晋国者，非女其谁？"皆告诸大夫曰："二三子可以贺我矣！吾举厥也而中，吾乃今知免于罪矣。"（《国语·晋语五》）②

  赵宣子言韩献子于晋侯曰："其为人不党，治众不乱，临死不恐。"晋侯以为中军尉。河曲之役，赵宣子之车干行，韩献子戮其仆。人皆曰："韩献子必死矣！其主朝升之，而暮戮其仆，谁能待之？"役罢，赵宣子觞大夫，爵三行，曰："二三子可以贺我。"二三子曰："不知所贺。"宣子曰："我言韩厥于君。言之而不当，必受其刑。今吾车失次

---

① 向宗鲁：《说苑校证》，中华书局1987年版，第106—107页。
② 《国语》，上海古籍出版社1988年版，第396页。

而戮之仆，可谓不党矣。是吾言当也。"二三子再拜稽首曰："不惟晋国适享之，乃唐叔是赖之，敢不再拜稽首乎？"（《说苑·至公》）①

故事的基本情节是赵宣子推荐韩献子，走马上任的韩献子于河曲之役见赵宣子之车扰乱军阵行列，毫不留情地惩处了他的车夫，人们都以为这下韩献子必要倒霉无疑，赵宣子反而高兴地称二三子可以贺我了，因为我没荐错人。对照两书，诸如一称"灵公"一称"晋侯"之类称谓、用词有别实为同人同事者不计，具体差异为：《国语》直称"赵宣子言韩献子于灵公"，没有记述所言之语，《说苑》则将所言之语转述了出来；《国语》称"以为司马"，《说苑》称"以为中军尉"；《国语》称事后赵宣子请韩献子来"召而礼之"，说了一番"比而不党"的道理，并表明自己这是故意以武犯禁以观察考验一下，《说苑》中没有这个情节；最后关于受到处罚却称可贺，《国语》直写赵宣子告诸大夫可贺我，因为我从此可免于罪，《说苑》则有赵宣子与二三子几个回合的对话。可见它们互有详略，也不可能是《说苑》抄录《国语》，但它们肯定有同源的故事做基础。

它如《说苑·正谏》中的"鲁襄公闻楚康王卒欲还大臣谏"亦见《国语·鲁语下》，《说苑·辨物》中的"吴伐越堕会稽获骨节专车问之仲尼"、"孔子在陈有隼贯楛矢"、"季桓子穿井获羊"亦见《国语·鲁语下》，"虢公梦神人执钺，舟之侨以其族适晋"亦见《国语·晋语二》，等等，也都于两书为互见。

《说苑》中还有几则与《战国策》互见的故事，如"谏者以'木梗语土耦'止孟尝君西入秦"：

> 孟尝君将入秦，止者千数而弗听。苏秦欲止之，孟尝曰："人事者，吾已尽知之矣；吾所未闻者，独鬼事耳。"苏秦曰："臣之来也，固不敢言人事也，固且以鬼事见君。"孟尝君见之。谓孟尝君曰："今者臣来，过于淄上，有土偶人与桃梗相与语。桃梗谓土偶人曰：'子，西岸之土也，挺子以为人，至岁八月，降雨下，淄水至，则汝残矣。'

---

① 向宗鲁：《说苑校证》，中华书局1987年版，第356—357页。

土偶曰：'不然。吾西岸之土也，土则复西岸耳。今子，东国之桃梗也，刻削子以为人，降雨下，淄水至，流子而去，则子漂漂者将何如耳。'今秦四塞之国，譬若虎口，而君入之，则臣不知君所出矣。"孟尝君乃止。(《战国策·齐策三》)①

孟尝君将西入秦，宾客谏之百通则不听也，曰："以人事谏我，我尽知之；若以鬼道谏我，我则（杀）[试？]之。"谒者入曰："有客以鬼道闻。"曰："请客入。"客曰："臣之来也，过于淄水上，见一土耦人，方与木梗人语，木梗谓土耦人曰：'子先土也，持子以为耦人，遇天大雨，水潦并至，子必沮坏。'应曰：'我沮乃反吾真耳。今子东园之桃也，刻子以为梗，遇天大雨，水潦并至，必浮子泛泛乎不知所止。'今秦，四塞之国也，有虎狼之心，恐其有木梗之患。"于是孟尝君逡巡而退，而无以应，卒不敢西向秦。(《说苑·正谏》)②

这两处故事的基本情节为谏者编出一段土偶人与木梗人的对话，制止了孟尝君的西入秦。但《战国策》的谏者为苏秦，《说苑》中的谏者为无主名的宾客；具体言辞、描述也多有差异。说起来，《战国策》亦为刘向所编，两书成书不存在谁早谁晚的问题。出于同一人所编却有两个版本，故事已经被编进了《战国策》，却又出现在《说苑》中，这只能说故事原就被抄录在两本书中，其中之一即原《说苑》，刘向是根据原书做出的整理，也就没有"去其重"，更没有试图予以统一。这条材料充分说明战国确有许多载录说体故事的文本，为各种史书、子书所取材。

它如《说苑·奉使》中的"唐且以'布衣之怒'对秦王'天子之怒'"亦见《战国策·魏策四》，《说苑·权谋》中的"晋阳之围，绨疵曰韩魏之君必反"亦见《战国策·赵策一》，"安陵缠以颜色美壮得幸于楚共王"亦见《战国策·楚策一》，《说苑·贵德》中的"乐羊为魏将攻中山，中山君烹其子而遗之羹"亦见《战国策·魏一》，等等，亦是两书所互见。

---

① [汉]刘向集录：《战国策》，上海古籍出版社1985年版，第373—374页。
② 向宗鲁：《说苑校证》，中华书局1987年版，第210—211页。

(三)《说苑》故事与《韩非子》《吕氏春秋》互见考

《说苑》故事与《韩非子》互见者亦复不少。如"叔向佯遗书于周庭诳苌弘":

> 叔向之诳苌弘也,为苌弘书,谓叔向曰:"子为我谓晋君,所与君期者时可矣,何不亟以兵来?"因佯遗其书周君之庭,而急去行。周以苌弘为卖周也,乃诛苌弘而杀之。(《韩非子·内储说下》)①

> 叔向之杀苌弘也,数见苌弘于周,因佯遗书曰:"苌弘谓叔向曰:'子起晋国之兵以攻周,吾废刘氏而立单氏。'"刘氏请之君曰:"此苌弘也。"乃杀之。(《说苑·权谋》)②

叔向前往周面见苌弘,离开周时故意遗失一封书信在周君之庭,里面提及与苌弘谈话的隐秘内容,苌弘居然请晋起兵攻周,他好作内应。苌弘因此被杀。可以肯定《说苑》并非直接抄录《韩非子》的是"为书"所言有异,《韩非子》称书信中提及苌弘说的话是"子为我谓晋君,所与君期者时可矣,何不亟以兵来",《说苑》称书信中提及苌弘说的话却是"子起晋国之兵以攻周,吾废刘氏而立单氏";还有这条材料十分确凿地证明了故事的传说性质,因为"为书"不同于转告,应是白纸黑字,所言不应有异,尤其不应如此有异,而其差异则显见得"为书"并未为人所见,所"为"之"书"属于说事者拟作。

又如"桓公伐孤竹":

> 管仲、隰朋从桓公伐孤竹,春往冬反,迷惑失道,管仲曰:"老马之智可用也。"乃放老马而随之,遂得道。行山中无水,隰朋曰:"蚁冬居山之阳,夏居山之阴,蚁壤寸而有水。"乃掘地,遂得水。……(《韩非子·说林上》)③

---

① [清]王先慎:《韩非子集解》,见《诸子集成》5,上海书店1986年版,第193页。
② 向宗鲁:《说苑校证》,中华书局1987年版,第338页。
③ [清]王先慎:《韩非子集解》,见《诸子集成》5,上海书店1986年版,第129页。

齐桓公北征孤竹，未至卑耳豀中十里，闟然而止，瞠然而视，有顷，奉矢未敢发也，喟然叹曰："事其不济乎！有人长尺，冠冕，大人物具焉，左祛衣，走马前者。"管仲曰："事必济。此人，知道之神也。走马前者，导也。左祛衣者，前有水也；从左方渡。"行十里，果有水曰辽水。表之，从左方渡至踝；从右方渡至膝。已渡，事果济。桓公再拜管仲马前曰："仲父之圣至如是，寡人得罪久矣。"管仲曰："夷吾闻之：圣人先知无形。今已有形乃知之，是夷吾善承教，非圣也。"（《说苑·辨物》）①

这两则故事情节已经相差很远。《韩非子》一段中讲了管仲、隰朋两个人分别为齐桓公出主意的两件事，一件是"老马识途"，一件是"蚁壤有水"；《说苑》单讲了管仲一人，却同时提到了道与水。而最大的不同是，《韩非子》两件事都是写实的，都是借助于动物之"智"；《说苑》则讲了一则近乎神话的传奇故事：距卑耳山十里之外齐桓公便突然停住了脚步，瞪着前方抬起弓箭有那么一会儿却欲发未发，因为他看到一个一尺有馀的小人儿还戴着帽子、跟正常人穿戴一样走在马的前面，只不过撩起了左边的衣襟，因此直感叹恐怕大事不成。管仲劝慰说这恰恰说明大事必成，因为马前面这个正是晓知道路的"知道之神"，他这是特意来领路的，而且左边撩起衣襟这是告诉咱们前方有大水，遇到后要从左边趟过去。果然，行十里便遇到了水，从左边趟过去水只没过脚踝，若从右边走，水就没膝了。如此对照就会发现，经流播演绎，几乎变成了两个故事。不过，大致框架还是一个，主要人物：齐桓公、管仲；主要事件，攻打孤竹；主要情节：前往孤竹途中识途和遇水；主要道具：马。

情节变化如此之大，会不会是《说苑》的改撰？非也，因为《管子》中也有酷似《说苑》中这一段的故事，只不过仍有一些差异：

桓公北伐孤竹，未至卑耳之豀十里，闟然止，瞠然视，援弓将射，引而未敢发也，谓左右曰："见是前人乎？"左右对曰："不见也。"公

---

① 向宗鲁：《说苑校证》，中华书局1987年版，第460—461页。

曰:"事其不济乎?寡人大惑。今者寡人见人长尺而人物具焉:冠,右祛衣,走马前疾。事其不济乎?寡人大惑。岂有人若此者乎?"管仲对曰:"臣闻登山之神有俞儿者,长尺而人物具焉。霸王之君兴,而登山神见。且走马前疾,道也。祛衣,示前有水也。右祛衣,示从右方涉也。"至卑耳之谿,有赞水者曰:"从左方涉,其深及冠;从右方涉,其深至膝。若右涉,其大济。"桓公立拜管仲于马前曰:"仲父之圣至若此,寡人之抵罪也久矣。"管仲对曰:"夷吾闻之,圣人先知无形。今已有形,而后知之,臣非圣也,善承教也。"(《管子·小问》)①

差异之一是《说苑》中桓公作出惊愕表情张弓欲射未射后,直称大事不济;《管子》中则多出桓公问左右是否见到前面有人,当左右皆曰"不见"后桓公才恐惑起来。差异之二是《说苑》中管仲直称桓公所见之人乃知路之神,《管子》中管仲所称多出"臣闻登山之神有俞儿者,长尺而人物具焉",特别是多出"霸王之君兴,而登山神见"。差异之三最明显,《说苑》称所见之人"左祛衣",而《管子》称是"右祛衣"。还有差异之四也比较明显,《说苑》称遇水后"表之,从左方渡至踝,从右方渡至膝",《管子》则称"有赞水者曰:'从左方涉,其深及冠;从右方涉,其深至膝。若右涉,其大济。'"说起来,《管子》虽以管仲题书,但其中大多乃齐国稷下学派著述汇编,成书当在战国至秦汉期间,最后也经由刘向校书编定,并见于《汉书·艺文志》著录。这即是说,其中的篇目其实与原《说苑》中的故事难定前后。该故事见于两书而同中有异的情况,特别是它们与《韩非子》差异之大的情况,更证明了其作为说体故事的流传变异情况。

诸如此类,《说苑》故事亦见于《韩非子》者还有《说苑·复恩》中的"赵襄子赏有功,高赫为首"亦见《韩非子·难一》,"吴起吮疽,伤者母泣"亦见《韩非子·外储说左上》,《说苑·政理》中的"最患社鼠"亦见《韩非子·外储说右上》,《说苑·善说》中的"齐桓公将立管仲,有中门而立者"亦见《韩非子·外储说左下》,《说苑·权谋》中的"晋中行文子出亡,过故人邑不休舍"亦见《韩非子·说林下》,"晋叔向称城壶丘,

---

① 戴望:《管子校正》,见《诸子集成》5,上海书店1986年版,第277页。

秦出楚王之弟"亦见《韩非子·说林下》,"郑桓公将袭邻,先问邻豪杰良臣之士"亦见《韩非子·内储说下》,"智伯索地于魏,谋臣劝与之"亦见《韩非子·说林上》,《说苑·至公》中的"荆庄王太子触茅门之法"亦见《韩非子·外储说右上》,"子羔为卫吏,刖人之足"亦见《韩非子·外储说左下》,《说苑·指武》中的"楚左史倚相断事破吴军"亦见《韩非子·说林下》,《说苑·反质》中的"鲁人身善织屦,妻善织缟,欲徙于越"亦见《韩非子·说林上》等等。值得注意的是,《韩非子》中有些故事并非出自《说林》《储说》,亦见于以"说"题书的《说苑》,可知其中"说体"故事的范围不仅限于《说林》《储说》。

《说苑》故事还有一些亦见于《吕氏春秋》者。如"有谷生于庭,比旦而拱":

> 成汤之时,有谷生于庭,昏而生,比旦而大拱。其吏请卜其故。汤退卜者曰:"吾闻祥者福之先者也,见祥而为不善,则福不至。妖者祸之先者也,见妖而为善,则祸不至。"于是早朝晏退,问疾吊丧,务镇抚百姓。三日而谷亡。(《吕氏春秋·制乐》)①
>
> 殷太戊时有桑谷生于庭,昏而生,比旦而拱,史请卜之汤庙,太戊从之。卜者曰:"吾闻之:祥者福之先者也,见祥而为不善,则福不生;殃者祸之先者也,见殃而能为善,则祸不至。"于是乃早朝而晏退,问疾吊丧,三日而桑谷自亡。(《说苑·君道》)②

这里值得注意的是这个故事发生在殷商时代,由于年代久远,属于传说系列的可能性更大,而两则故事也是同中有异。其同在于都是由"谷生于庭""比旦而拱"的怪异引出"早朝晏退,问疾吊丧",结果"三日而谷亡";其异在于时间和人物,《吕氏春秋》说的是"成汤之时",《说苑》则是"殷太戊时";《吕氏春秋》说的是"汤退卜者",关于"见妖而为善"的一番说辞是商汤所言,《说苑》说的则是"史请卜之汤庙,太戊从之","见殃

---

① 《吕氏春秋》,[汉]高诱注,见《诸子集成》6,上海书店1986年版,第60页。
② 向宗鲁:《说苑校证》,中华书局1987年版,第21页。

而能为善"的一番说辞是卜者所言。这样，就不可能是《说苑》汇集了从《吕氏春秋》抄录出来的故事，而应是两书各有所本。

它如"庄王射云梦，申公夺猎物不出三月死"：

> 荆庄（哀）王猎于云梦，射随兕，中之。申公子培劫王而夺之。王曰："何其暴而不敬也？"命吏诛之。左右大夫皆进谏曰："子培，贤者也，又为王百倍之臣，此必有故，愿察之也。"不出三月，子培疾而死。荆兴师，战于两棠，大胜晋，归而赏有功者。申公子培之弟进，请赏于吏曰："人之有功也于军旅，臣兄之有功也于车下。"王曰："何谓也？"对曰："臣之兄犯暴不敬之名，触死亡之罪于王之侧，其愚心将以忠于君王之身而持千岁之寿也。臣之兄尝读故记曰：'杀随兕者不出三月。'是以臣之兄惊惧而争之，故伏其罪而死。"王令人发平府而视之，于故记果有，乃厚赏之。（《吕氏春秋·至忠》）①

> 楚庄王猎于云梦，射科雉，得之，申公子倍攻而夺之，王将杀之。大夫谏曰："子倍自好者也，争王雉，必有说，王姑察之。"不出三月，子倍病而死。邲之战，楚大胜晋，归而赏功。申公子倍之弟请赏于王曰："人之有功也于军旅，臣兄之有功也于车下。"王曰："奚谓也？"对曰："臣之兄读故记曰：'射科雉者不出三月必死。'臣之兄争而得之，故夭死也。"王命发平府而视之，于记果有焉，乃厚赏之。（《说苑·立节》）②

一个平日里忠心耿耿、严于律己的大臣，却做出了一件十分反常的事情，这就是当楚庄王于云梦射中猎物时竟然抢夺在手，幸亏大臣们觉得事有蹊跷拦截及时，不然当时就被庄王盛怒处死。不过也没过多久，未出三月，他自己暴病而死。后来楚庄王赏赐战斗立功者时死者的弟弟冒出来请赏，谜底才被揭开，原来忠心耿耿的大臣果然至忠，他是看到书中写着射这猎物者会死才抢过这猎物替庄王转嫁灾祸的。就这故事的传奇性已经可知不属于史载而属于记"说"；而《吕氏春秋》与《说苑》的差异更显示出其传说中

---

① 《吕氏春秋》，[汉] 高诱注，见《诸子集成》6，上海书店1986年版，第106—107页。
② 向宗鲁：《说苑校证》，中华书局1987年版，第93页。

的流变性,如《吕氏春秋》称"射随兕",《说苑》称"射科雉";前者称"申公子培",后者称"申公子倍";前者称"战于两棠",后者称"邲之战"等等,不同者不止一处。

此外还有《说苑·建本》中的"鄙人甯越苦学十五岁而周威公师之"亦见《吕氏春秋·博志》,《说苑·复恩》中的"乐羊贵功,魏文侯命陈潜难书两箧"亦见《吕氏春秋·乐成》,"秦穆公亡马野人得而食之"亦见《吕氏春秋·爱士》,《说苑·尊贤》中的"魏文侯见段干木,立倦而不敢息"亦见《吕氏春秋·下贤》,《说苑·正谏》中的"保申(葆申)笞荆文王"亦见《吕氏春秋·直谏》,"齐简公悔不听诸御鞅'去一人'之谏"亦见《吕氏春秋·慎势》,《说苑·权谋》中的"齐桓公与管仲谋伐莒而国人知之"亦见《吕氏春秋·重言》,"晋史屠余归周,威公问国亡之次"亦见《吕氏春秋·先识》,"越饥吴籴,吴饥越不籴"亦见《吕氏春秋·长攻》,《说苑·至公》中的"楚共王出猎遗其弓"亦见《吕氏春秋·贵公》,等等,也可见《说苑》中的故事其来有自。

综上可见,先秦确有许多被称作"说"的故事的存在,才能为原《说苑》所收集;或者说,先秦确有许多具有说体特征的故事文本的存在,原《说苑》收集者才会在结集时题为"说苑"。原《说苑》当是传自先秦的说体故事汇编。

第三节 "说体"称"说"又称"传""语"考

如上所考,先秦存在被称作"说"的讲述故事的记录文本,而且已有汇集这些"说体"故事并以"说"名书、名篇的著述的存在,《说林》、《储说》、原《说苑》等等即是。正因为此,先秦两汉多有将述说故事文本称作"说"者。不过,这种"说体"文本当时并没有一个固定的称谓,它们并不一定都被称为"说",有时还被称为"传"或"语"。就叙事文本这一特定含义而言,"说""传""语"虽称谓不同,其实都指向一种,即"说体"故事文本。

一、"说体"称"说"续考

上面两节重在考察、论证先秦存在被称作"说"的记录讲说故事的文本。实际上在这一论证展开的同时,已经部分引证了先秦时"说体"称"说"。这里,再重点从称谓角度进一步印证"说体"的存在。

"说体"称"说",在先秦除前引《墨子》称"汤之说""以若书之说观之"、《韩非子》有《说林》《储说》外,《荀子》《吕氏春秋》也有例证。

《荀子·正论》提到"世俗之为说者"和"陋者之说":

> 世俗之为说者曰:"桀、纣有天下,汤、武篡而夺之。"是不然。……今世俗之为说者,以桀、纣为君而以汤、武为弑,然则是诛民之父母而师民之怨贼也,不祥莫大焉。……世俗之为说者曰:"尧、舜擅让。"是不然。……夫曰"尧、舜擅让",是虚言也,是浅者之传,陋者之说也……①

从其中所举一系列应该包含着事件原委的关于桀纣、尧舜的篡逆和擅让传说来看,"为说者"即讲述故事者,甚至是编造故事者,因为荀子不同意讲述这样的情节,认为是"虚言"也,是"浅者之传、陋者之说"也,"传"与"说"对应,正指"街谈巷语"的传说故事。

《吕氏春秋·禁塞》提到"太上以说":

> 凡救守者,太上以说,其次以兵。以说则(承)[聚](从)[徒](多)[成]群,日夜思之,事心任精,起则诵之,卧则梦之,自(今)[令]单(殚)唇干肺,费神伤魂,上称三皇五帝之业,以愉其意,下称五伯名士之谋,以信其事,早朝晏罢,以告制兵者,行说语众,以明其道。②

这里比较形象地描述了说者"以说"所下的功夫和"说"的内容。他们需要费心尽力,"起则诵之,卧则梦之",熟记历代人物、故事,面对成群徒众,口干舌燥,所讲正是"上称三皇五帝之业","下称五伯名士之谋"。因

---

① [清]王先谦:《荀子集解》,见《诸子集成》2,上海书店1986年版,第215—224页。
② 《吕氏春秋》,[汉]高诱注,见《诸子集成》6,上海书店1986年版,第70页。(按,校改从许维遹《吕氏春秋集释》,中华书局2009年版,第166页。)

此，所"以"之"说"、所"行"之"说"主要便是"说体"故事。

"说体"称"说"延续到汉代最明显的例证是刘向在原《说苑》基础上重新编定的《新说苑》仍用"说"以题故事书。不仅如此，据《汉书·艺文志·诸子略》"儒家类"著录"刘向所序"后的班固自注，刘向典校图书时除编纂了《新序》《说苑》《列女传》之外，还编有一部《世说》："刘向所序六十七篇。《新序》、《说苑》、《世说》、《列女传颂图》也。"① 惜《世说》已佚，但就其列在《新序》《说苑》《列女传》中间来看，应属同类故事集锦式著作。《太平御览》卷三十五"时序部"引有一条佚文："《世说》曰：汤时大旱七年，雒川竭，煎沙烂石，乃使持三鼎祝山川，教祝曰：'政不节邪？使人疾邪？贿赂行邪？谗夫昌邪？宫室荣邪？女谒盛邪？何不雨之甚？'"② 因是类书所引，不排除节录的可能性，但已然可见其传说故事色彩。南朝宋刘义庆的《世说新语》，其书名、体例即被后人认定为是在此基础上形成，比如宋人黄伯思就说，"《世说》名肇刘向，六十七篇已有此目。其书今亡，宋临川孝王因录汉末至江左名士佳语，亦谓之《世说》"③；近人余嘉锡于《四库提要辨证》卷十七中也说，"刘向《世说》虽亡，疑其体例亦如《新序》、《说苑》，上述春秋，下纪秦汉。义庆即用其体，托始汉初，以与向书相续，故即用向之例，名曰《世说新书》，以别于向之《世说》"④。《世说新语》均为短小故事片段，文学史上一直视为志人小说，由此可推断《世说》之"说"，必定也是《说苑》之"说"，即"说体"故事。

此外，"说体"称"说"，在汉代一些著作的表述中也有表现。

汉初陆贾《新语·术事》提到"说事者"，所谓"善言古者合之于今，能述远者考之于近。故说事者上陈五帝之功，而思之于身，下列桀、纣之败，而戒之于己……"⑤ "说事者""说"的是"事"，其"说"自然是"说体"故事。

---

① ［汉］班固：《汉书》，［唐］颜师古注，中华书局1962年版，第1727页。
② ［宋］李昉等：《太平御览》，中华书局1960年版，第167页。
③ ［宋］黄伯思：《跋〈世说新语〉后》，见《东观馀论》卷下，汲古阁本。
④ 余嘉锡：《四库提要辨证》，中华书局1980年版，第1019页。
⑤ ［汉］陆贾：《新语》，见《诸子集成》7，上海书店1986年版，第4页。

《淮南子·本经训》中提到"相与危坐而说之",所说也是"事":"著于竹帛,镂于金石,可传于人者,其粗也。五帝三王,殊事而同指,异路而同归。晚世学者……取成之迹,相与危坐而说之,鼓歌而舞之,故博学多闻,而不免于惑。"① 《淮南子》此处所论本于老庄,强调"天地一指也"(《庄子·齐物论》),于是拿人们所讲述的各种事迹不过"同指"说事,但我们却可以从它的描述中看到说事的情形和"说"的含义。其中提到"五帝三王","殊事""异路","相与危坐而说之"者乃是"取成之迹",亦即他们的辉煌业绩,所"说"显然是历史故事;而往古久远,"五帝三王"的"成之迹"是需要"博学多闻"才能获得的。

叙事文本、传闻故事称"说",《史记》中也有类似表述。如下面几条:

> 予观《春秋》、《国语》,其发明《五帝德》、《帝系姓》章矣,顾弟弗深考,其所表见皆不虚。书缺有间矣,其轶乃时时见于他说。(《五帝本纪》)②
>
> 汉十二年,上从击破布军归,疾益甚,愈欲易太子。留侯谏,不听,因疾不视事。叔孙太傅称说引古今,以死争太子。(《留侯世家》)③
>
> 诗书虽缺,然虞夏之文可知也。尧将逊位,让于虞舜,舜禹之间,岳牧咸荐,乃试之于位,典职数十年,功用既兴,然后授政。示天下重器,王者大统,传天下若斯之难也。而说者曰尧让天下于许由,许由不受,耻之逃隐。(《伯夷列传》)④

第一条为《五帝本纪》的"太史公曰",司马迁总结这篇《五帝本纪》据《五帝德》《帝系》等"他说"撰成,因为"书缺有间矣,其轶乃时时见于他说",而他结合所观《春秋》《国语》等,发现《五帝德》《帝系》等"其所表见皆不虚",还是可以采用的。"其轶"见于"他说","轶"即

---

① [汉]刘安:《淮南子》,[汉]高诱注,见《诸子集成》7,上海书店1986年版,第119页。
② [汉]司马迁:《史记》,中华书局1959年版,第46页。
③ [汉]司马迁:《史记》,中华书局1959年版,第2046页。
④ [汉]司马迁:《史记》,中华书局1959年版,第2121页。

轶事,"他说"自然就是其他记载轶事之文本。

第二条记述汉高祖刘邦欲废太子,留侯张良劝说无果,叔孙太傅又引述古今废太子酿苦果的惨痛教训苦口婆心以死相劝。关于引述古今,此处用的是"称说引古今","说"即所引古今的故事情节。

第三条涉及关于尧传位的两种说法。一种是正典所记,尧传舜,舜传禹,皆经过举荐和考察;一种是"说者曰"尧让天下于许由,许由根本不屑于接受。说者所说即是传闻故事。

王充《论衡》多处称"说"以指向传闻述说,包括"说者"讲述传闻故事和称述传闻故事之"说"。

"说者"讲述传闻故事者如:

> 说者又曰:禹髙逆生,阎母背而出。后稷顺生,不坼不副。(《奇怪篇》)①
>
> 说《尚书》者曰:周公居摄,带天子之绶,戴天子之冠,负扆南面而朝诸侯。(《书虚篇》)②
>
> 儒者说云:觟𫘉者,一角之羊也,性知(识)有罪。皋陶治狱,其罪疑者,令羊触之。有罪则触,无罪则不触。斯盖天生一角圣兽,助狱为验,故皋陶敬羊,起坐事之。(《是应篇》)③

第一条说的是禹、契、后稷出生的故事,前两个剖母背逆生,后一个不剖不裂顺生;第二条说的是周公摄位的异闻,称周公已经着天子之服上朝受诸侯拜见;第三条说的是皋陶借一角羊断案的故事,羊很神,有罪者触之,无罪者不触。这几条所"说"都属奇闻异说。

称述传闻故事为"说"者如:

> 传书言:曾子之孝,与母同气。曾子出薪于野,有客至而欲去,曾母曰:"愿留,参方到。"盖以右手搤其左臂。曾子左臂立痛,即驰至

---

① [汉]王充:《论衡》,见《诸子集成》7,上海书店1986年版,第33页。
② [汉]王充:《论衡》,见《诸子集成》7,上海书店1986年版,第40页。
③ [汉]王充:《论衡》,见《诸子集成》7,上海书店1986年版,第173页。

问母:"臂何故痛?"母曰:"今者客来欲去,吾搤臂以呼汝耳。"……曰:此虚也。……今曾母在家,曾子在野,不闻号呼之声,母小搤臂,安能动子?疑世人颂成,闻曾子之孝天下少双,则为空生母搤臂之说也。(《感虚篇》)①

子晳在郑,与伯有何异?死与伯有何殊?俱以无道为国所杀。伯有能为鬼,子晳不能。强死之说通于伯有,塞于子晳。然则伯有之说,杜伯之语也。杜伯之语未可然,伯有亦未可是也。(《死伪篇》)②

第一条首先讲了传书所记"曾母搤臂,曾子驰至"的故事。这条传闻说的是曾子母亲掐左臂将曾子召回家来款待客人。曾子至孝,母亲掐左臂他便能感觉疼,忙赶回来问母亲左臂何恙,其母也就达到了将其召回的目的。王充批评这是虚言,并指出这是世人有感于"曾子之孝天下少双"才凭空造出掐臂的故事,即"空生母搤臂之说","搤臂之说"即掐臂的故事。

第二条是对伯有闹鬼传说的批评,"伯有之说"即伯有闹鬼的故事。伯有闹鬼事《左传》即有记述。鲁襄公三十年,郑大夫伯有在作乱中被驷氏攻击而死,驷带、公孙段参与了谋杀。八年后,也就是鲁昭公七年,发生了伯有闹鬼事件:"郑人相惊以伯有,曰:'伯有至矣!'"③伯有死后八年有人惊呼"伯有至矣",自然是见鬼了;而人们之所以相信这种传闻,并因此惊恐万状,是因为去年二月有人梦见伯有全副武装走在路上,告诉此人下月壬子这一天要杀掉驷带,次年壬寅这一天要杀掉公孙段。结果到了三月壬子这一天,驷带果死,第二年正月壬寅这一天,公孙段也如期而死。为了安抚伯有,就在闹鬼的下个月,子产立伯有之子为大夫,闹鬼之事才算平息。事后,子产又说了一番"强死能为鬼"的道理。对于伯有闹鬼的传说和子产的回答,王充不以为然,便举同样为国人所杀的子晳作为反证,于是有了《论衡·死伪篇》中的这一段。子晳与伯有同样强死,但伯有闹鬼,子晳没闹。所以,"伯有之说,杜伯之语也。杜伯未可然,伯有亦未可是也"。伯有闹鬼的情节就如同杜伯报仇的故事,都未必然,不过就只是个传说。

---

① [汉]王充:《论衡》,见《诸子集成》7,上海书店1986年版,第54页。
② [汉]王充:《论衡》,见《诸子集成》7,上海书店1986年版,第210页。
③ 《春秋左传正义》,见《十三经注疏》,中华书局1980年版,第2049页。

杜伯报仇的故事见于《墨子·明鬼下》:"周宣王杀其臣杜伯而不辜,杜伯曰:'吾君杀我而不辜,若以死者为无知,则止矣。若死而有知,不出三年,必使吾君知之。'其三年,周宣王合诸侯,而田于圃,田车数百乘,从数千人满野。日中,杜伯乘白马素车,朱衣冠,执朱弓,挟朱矢,追周宣王,射之车上,中心折脊,殪车中,伏弢而死。"① 对于这种传说,王充在《论衡·死伪篇》的开篇已经援引并辨析:"传曰:周宣王杀其臣杜伯而不辜,宣王将田于囿,杜伯起于道左,执彤弓而射宣王,宣王伏韔而死。……人生万物之中,物死不能为鬼,人死何故独能为鬼?……"② 所以,于此批评伯有闹鬼传说之处,王充连带杜伯复仇传说一并重申一遍,"伯有之说,杜伯之语也"。这条材料不仅证明了"说"是故事,其实还同时证明了"传""语"同样是指故事。(详下)

二、"说体"称"传"考

正如上面王充《论衡·死伪篇》论及杜伯、伯有闹鬼传说,一称"传曰",一称"伯有之说",一称"杜伯之语","说体"故事称"说",有时也称"传"、称"语",有时则"说""传""语"并用,先秦两汉均有用例。清晰起见,先分而论之。这里先证"说体"称"传"。

(一) 说体称"传"的先秦用例

直接引发我们关于先秦"说体"又称"传"这一思考的是《孟子》。《孟子》一书中两次提到"于传有之":

> 齐宣王问曰:"文王之囿方七十里,有诸?"孟子对曰:"于传有之。"(《梁惠王下》)③

> 齐宣王问曰:"汤放桀,武王伐纣,有诸?"孟子对曰:"于传有之。"(《梁惠王下》)④

---

① [清] 孙诒让《墨子间诂》,见《诸子集成》4,上海书店1986年版,第139—140页。
② [汉] 王充《论衡》,见《诸子集成》7,上海书店1986年版,第206—207页。
③ 《孟子注疏》,见《十三经注疏》,中华书局1980年版,第2674页。
④ 《孟子注疏》,见《十三经注疏》,中华书局1980年版,第2679—2680页。

齐宣王提到的都是他听闻的关于上古帝王的传说，孟子不直接回答有还是没有，而只是说"于传有之"，"传"是名词，那么这里所说的"传"应该是指记述历史故事的一种文本，应该加上书名号为"《传》"。也就是说，这里所说的《传》里面有讲史的内容，其中记述到周文王有囿"方七十里"的情况和商汤放桀、武王伐纣的事件。

作为佐证，孟子还确曾引用过《传》文，所引文字是关于孔子情况的一种描述，属于叙述体：

> 周霄问曰："古之君子仕乎？"孟子曰："仕。《传》曰：'孔子三月无君，则皇皇如也，出疆必载质。'"（《滕文公下》）①

鉴于孟子不止一次称"于《传》有之"，那么这里的"传曰"之"传"当不是动词"传说"，而且这里是在论及孔子的故实，称"传说"也显得不够严肃；所以还是应该加书名或篇名号称"《传》曰"。鉴于关于孔子"出疆必载质"的这段文字也不见于哪部经传，这个"《传》曰"的"《传》"也不太像是指诸如《易传》《毛传》之类经传之《传》，因此，似亦属于"于《传》有之"。（说到经传，这是论到"说体"文本称"传"需要稍加辨析的一个问题，详后）。

一如"说"的动词、名词多读多音，"传"也包括读为"chuán"的动词之"传"和读为"zhuàn"的名词之"传"。动词之"传"为传达（转告、传说）、传送、接续等义，名词之"传"包括传达（转告、传说）之辞、传送工具（传车）之义。其中所指传达（转告、传说）之辞义项的"传"用为名词即多指记录下传达（转告、传说）之辞的文本《传》。

比如《论语》记述曾子曰："吾日三省吾身，为人谋而不忠乎？与朋友交而不信乎？传不习乎？"（《学而》）②，其中"传不习乎"之"传"即是名词之"传"，此"传"需要"习"（"学而时习之"）之，当是指包括师说在内的各种"教材"及"课堂笔记"，文字内容当包括义理论说，更包括举例

---

① 《孟子注疏》，见《十三经注疏》，中华书局1980年版，第2711页。
② 《论语注疏》，见《十三经注疏》，中华书局1980年版，第2457页。

说明,因为孔子说过,"我欲载之空言,不如见之于行事之深切著明也"(《史记·太史公自序》)①,与其说那么多大道理,不如让事实说话。所以,曾子乃至孔门弟子所习之《传》,一定包括甚至主要包括历史故事,特别是上古三代之兴废传说,比如作为孔子与弟子日常问答片段辑录的《论语》中就间接可见弟子对三代传说的熟稔,当樊迟问"知(智)"、对孔子用"举直错诸枉,能使枉者直"进一步解释"知人"仍不明白、转而求教于子夏时,子夏反应迅速,直呼"富哉言乎",且马上举一反三:"舜有天下,选于众,举皋陶,不仁者远矣。汤有天下,选于众,举伊尹,不仁者远矣。"(《颜渊》)② 子夏对舜举皋陶、汤选伊尹信手拈来,当是"于《传》有之"而又"时习之"的结果。

这样,《传》便成为记述之书的别称,其中所述内容,主要是被转告、传诵的过去的事迹,包括以往发生的事件及事件中人物的言辞、对话。

先秦著作中便常常出现引用《传》以说事的部分,《孟子》中孟子所说的"于《传》有之""《传》曰"即是。它如《墨子》:"《传》曰:'求圣君哲人,以裨辅而身。'"[《尚贤(中)》]③《荀子》:"《传》曰:'君者,舟也;庶人者,水也。水则载舟,水则覆舟。'"(《王制》)④ 也都是直接称"《传》曰"的用例。

需要说明的是,就上述《墨子》《荀子》所引而言,似为格言警句式的论说之辞,并非历史故事,但这些警句其实很可能是所述故事中的人物说辞,上引《墨子·尚贤(中)》所引《传》称"求圣君哲人,以裨辅而身","而身"之"而"是第二人称"你""您","以裨辅而身"即"以此对您的身心有所补益",显然是情节中人物对话的语气。

关于著作中所引"《传》曰"之语很可能是记述中的人物对话,有例为证。如《史记·封禅书》:"《传》曰:'三年不为礼,礼必废;三年不为乐,乐必坏。'"其中所引《传》曰的"三年不为礼"云云,见于《论语·阳货》中的一段记述,乃记述中的宰我之语:

---

① [汉]司马迁:《史记》,中华书局1959年版,第3297页。
② 《论语注疏》,见《十三经注疏》,中华书局1980年版,第2504页。
③ [清]孙诒让:《墨子间诂》,见《诸子集成》4,上海书店1986年版,第33页。
④ [清]王先谦:《荀子集解》,见《诸子集成》2,上海书店1986年版,第97页。

> 宰我问："三年之丧，期已久矣。君子三年不为礼，礼必坏；三年不为乐，乐必崩。旧谷既没，新谷既升，钻燧改火，期可已矣。"子曰："食夫稻，衣夫锦，于女安乎？"曰："安！""女安，则为之！夫君子之居丧，食旨不甘，闻乐不乐，居处不安，故不为也。今女安，则为之！"宰我出。子曰："予之不仁也！子生三年，然后免于父母之怀。夫三年之丧，天下之通丧也，予也，有三年之爱于其父母乎！"①

宰我因反对三年之丧而寻找理由，才强调"君子三年不为礼，礼必坏；三年不为乐，乐必崩"，并因其居丧而安的态度受到孔子批评。《史记·封禅书》截取了其中的"三年不为礼"云云，却是派了别的用场，正面强调适时举行封禅大典的必要。而其所引之《传》，实为《论语》，《论语》本身是叙事体，是记述文。

此外，刘向《说苑》中记述有一条战国时人赵简子引"传曰"的材料：

> 赵简子乘弊车瘦马，衣羖羊裘。其宰进谏曰："车新则安，马肥则往来疾，狐白之裘温且轻。"简子曰："吾非不知也。吾闻之，君子服善则益恭，细人服善则益倨。我以自备，恐有细人之心也。传曰：'周公位尊愈卑，胜敌愈惧，家富愈俭。故周氏八百馀年，此之谓也'。"（《反质》）②

赵简子所引的"传曰"是关于周公的情况讲述，所谓"位尊愈卑，胜敌愈惧，家富愈俭"，所引之"传"应该正是属于传诵记录文本。

先秦著作还有一些提及"传"，略加辨析也可知应指往事记述。如编撰有《说林》《储说》的韩非子有时也将记述上古之事的文本称为"传"或"传言"：

> 上古之传言，《春秋》所记，犯法为逆以成大奸者，未尝不从尊贵

---

① 《论语注疏》，见《十三经注疏》，中华书局1980年版，第2526页。
② 向宗鲁：《说苑校证》，中华书局1987年版，第525—526页。

之臣也。(《韩非子·备内》)①

今世儒者之说人主，不言今之所以为治，而语已治之功；不审官法之事，不察奸邪之情，而皆道上古之传，誉先王之成功。(《韩非子·显学》)②

《备内》一篇将"上古之传言"与"《春秋》所记"并称，而提到所言所记的内容为"犯法为逆以成大奸者"，当然需要涉及各种具体人物与事件；"传言"一定要落实为文字文本，不然不会为后人所睹知。《显学》一篇批评儒者"道上古之传"以"誉先王之成功"，那么"上古之传"必定记述着关于先王及其事迹和业绩的种种传说。

(二) 经传之"传"与"说体"之"传"

我们知道，"传"还有一个特殊用义，这就是为"经"所作的注释和讲解称"传"。今见最早的目录书《汉书·艺文志》著录的经传著作即有多部以"传"相称者：

(《周易》)《易传》(周氏二篇、杨氏二篇……)
(《尚书》)《传》四十一篇。
(《诗经》)《齐后氏传》三十九卷、《齐孙氏传》二十八卷、《韩内传》四卷、《韩外传》六卷、《毛诗故训传》三十卷。
(《春秋》)《左氏传》三十卷、《公羊传》十一卷、《谷梁传》十一卷、《邹氏传》十一卷、《夹氏传》十一卷。③

这样，我们在考察"传曰"之"传"是否是指"说体"故事时，还需要与经传之"传"加以区分。"传曰"所引会不会是援用经传文字？"说体"之"传"与经传之"传"究竟是什么关系？经注经解为什么会称"传"？

首先，如上所辨析，"传"是对源于口传而被记述下来的文本的泛称，

---

① [清] 王先慎：《韩非子集解》，见《诸子集成》5，上海书店1986年版，第85页。
② [清] 王先慎：《韩非子集解》，见《诸子集成》5，上海书店1986年版，第356页。
③ [汉] 班固：《汉书》，[唐] 颜师古注，中华书局1962年版，第1703—1713页。

并不专属于经传之"传"。作为证明,如前所提,《论语》并非对"六经"中哪部"经"的讲解,只是孔子与弟子日常对话活动的记述,《史记·封禅书》援引其中的"三年不为礼"云云,即称"《传》曰"。它如《李将军列传》"太史公曰:《传》曰'其身正,不令而行;其身不正,虽令不从'。其李将军之谓也"①,所引"《传》曰"亦见《论语·子路》记述的"孔子曰"。还有《汉书》所载汉元帝、汉平帝的诏书,也称《论语》为"传":"诏曰:'……传不云乎?百姓有过,在予一人。'"(《元帝纪》)②"诏曰:'……传不云乎?君子笃于亲,则民兴于仁。'"(《平帝纪》)③ 前者所引见《论语·尧曰》,后者所引见《论语·泰伯》。

此外,还有援引《荀子》而称"传曰"者。如《韩诗外传》卷二中的一节,"传曰"所引文字,亦见《荀子·天论》:

《韩诗外传》卷二	《荀子·天论》
传曰:雩而雨者,何也?曰:无何也,犹不雩而雨也。	
星坠木鸣,国人皆恐,何也?是天地之变,阴阳之化,物之罕至者也,怪之,可也,畏之,非也。	星队木鸣,国人皆恐。曰:是何也?曰:无何也!是天地之变,阴阳之化,物之罕至者也。怪之,可也;而畏之,非也。
夫日月之薄蚀,怪星之党见,风雨之不时,是无世而不尝有也,上明政平,是虽并至,无伤也;上暗政险,是虽无一,无益也。	夫日月之有蚀,风雨之不时,怪星之党见,是无世而不常有之。上明而政平,则是虽并世起,无伤也;上暗而政险,则是虽无一至者,无益也。
曰:何谓人妖?曰:枯耕伤稼,枯耘伤岁……是谓人妖。妖是生于乱。④	物之已至者,人祆则可畏也。楛耕伤稼,楛耨失岁……夫是之谓人祆。祆是生于乱。
……	……
	雩而雨,何也?曰:无何也,犹不雩而雨也。⑤

---

① [汉]司马迁:《史记》,中华书局1959年版,第2878页。
② [汉]班固:《汉书》,[唐]颜师古注,中华书局1962年版,第296页。
③ [汉]班固:《汉书》,[唐]颜师古注,中华书局1962年版,第358页。
④ 许维遹:《韩诗外传集释》,中华书局1980年版,第37—38页。
⑤ [清]王先谦:《荀子集解》,见《诸子集成》2,上海书店1986年版,第209—211页。

《韩诗外传》乃汉文帝时博士韩婴所撰的一部《诗经》学著作（详后），具体对照，可以肯定这里的"传曰"来源于《荀子》的某个传本，或许还是《荀子》成书之前荀卿讲学授业的记述文本。两个文本的差异除个别用字、虚词可忽略不计外，只有三点：其一，"雩而雨"云云，《外传》引在前，《荀子》列在后；其二，关于人妖，《韩诗外传》多了一句"何谓人妖"的问语；其三，《韩诗外传》没有"夫星之坠"几句重复强调之语。《荀子》亦属于儒学先师的传授讲述，故称"传"；但也非专门注释哪部经著，所以《韩诗外传》所引"传曰"也并非是经传之"传"。

其次，正因为"传"是对源于口传而被记述下来的文本的称谓，先师讲经也属于口传，师门也会记下以便此后师徒相传，于是，关于先师讲解经文的记述，也会被称作"传"。不过，最初这种称"传"还应与其他记述文本称"传"是同样的情况，只不过在《传》前加了经名师名予以明示，还不一定是援用已经编订成书的经传文本。

比如《战国策·齐策四》"齐宣王见颜斶"一篇中颜斶的答辞中出现了"易传"一词："斶对曰：'……是故《易传》不云乎：居上位未得其实，以喜其为名者，必以骄奢为行；据慢骄奢，则凶从之。"① 检索今见《周易》中的《易传》部分，没有与之相应的文字；而且今见《周易》中的《易传》部分，当时并不称《易传》，而是连同经一起，被称作《易》，如汉初陆贾《新语·明诚》称"易曰：'天垂象，见吉凶，圣人则之；天出善道，圣人得之'"②，所引"《易》曰"的文字实为《周易·系辞》，而与今见本《系辞》略有差异，今见本《系辞上》的相关文字是："天垂象，见吉凶，圣人象之。河出图，洛出书，圣人则之。"③ 还有，玩味颜斶所引《易传》文字，也不类具体解析某卦、某爻的注释文，更不类总论关于易道的论述，而更像是由《易》中的某条卦辞或爻辞引申发挥的讲述，而且还会有事例予以证明。所以，这条《易传》当是泛指关于《易》的举例阐释记述。按之《汉书·艺文志》关于《周易》相关著作的著录，列有"《易经》十二

---

① ［汉］刘向集录：《战国策》，上海古籍出版社1985年版，第409—410页。
② ［汉］陆贾：《新语》，见《诸子集成》7，上海书店1986年版，第18页。
③ 《周易正义》，见《十三经注疏》，中华书局1980年版，第82页。

篇，施、孟、梁丘三家"，对此，颜师古注曰："上下经及十翼，故十二篇。"① 则今见《易经》及《易传》（包括《彖上》《彖下》《象上》《象下》《文言》《系辞上》《系辞下》《说卦》《序卦》《杂卦》十翼）总归在《易经》中，除此之外，《汉书·艺文志》还著录有"《易传》：周氏二篇。字王孙也。《服氏》二篇。《杨氏》二篇。名何，字叔元，菑川人。《蔡公》二篇。卫人，事周王孙……"（同上）可惜这些著作均已亡佚，行文体式、撰述时间不详，其中会不会有颜蠋所引不得而知。

又如汉初陆贾《新语·道基》引有一条"谷梁传"："谷梁传曰：'仁者以治亲，义者以利尊。万世不乱，仁义之所治也。'"② 关于这条材料，其一，所引"仁者以治亲"云云不见于今见《谷梁传》。其二，就时间而言，也不可能见于《谷梁传》，因为据《谷梁传》有引《公羊传》知其成书当在《公羊传》之后，而《公羊传》于汉景帝时方由公羊寿"著之竹帛"（《公羊传》唐徐彦疏引戴宏《公羊序》），也就是说，汉初活跃于高祖朝的陆贾不可能看到成书于汉景帝时期的《谷梁传》，难怪会使人"疑出依托"，致使戴彦升（戴宏）梳理、辨析称"夫谷梁家始自江公，而江公受之申公，申公受之浮邱伯，浮邱伯为孙卿门人"，"荀卿晚废居楚，陆生楚人，故闻谷梁义欤"，"浮邱伯，秦时儒生"，"陆生盖尝与浮邱伯游，故称其德行，或即受其谷梁学欤"。③ 其三，由此可知陆贾《新语》所言"谷梁传曰"之"传"乃一般意义上的先师讲说记录，因为相传谷梁学乃是谷梁俶（亦名谷梁赤）受学于孔子弟子子夏，此后师徒相传，其间当有传本记录。

《史记·三代世表》"褚先生曰"引到"诗传"，讲述的是"简狄吞卵生殷契"和"姜嫄履迹生后稷"：

> 诗传曰："汤之先为契，无父而生。契母与姊妹浴于玄丘水，有燕衔卵堕之，契母得，故含之，误吞之，即生契。契生而贤，尧立为司徒，姓之曰子氏。子者兹；兹，益大也。诗人美而颂之曰'殷社芒芒，天命玄鸟，降而生商'。商者质，殷号也。文王之先为后稷，后稷亦无

---

① ［汉］班固：《汉书》，［唐］颜师古注，中华书局1962年版，第1704页。
② ［汉］陆贾：《新语》，见《诸子集成》7，上海书店1986年版，第3页。
③ 王利器：《新语校注》，中华书局1986年版，第9页。

父而生。后稷母为姜嫄，出见大人迹而履践之，知于身，则生后稷。姜嫄以为无父，贱而弃之道中，牛羊避不践也。抱之山中，山者养之。又捐之大泽，鸟覆席食之。姜嫄怪之，于是知其天子，乃取长之。尧知其贤才，立以为大农，姓之曰姬氏。姬者，本也。诗人美而颂之曰'厥初生民'，深修益成，而道后稷之始也。"①

褚先生乃汉元帝汉成帝时期博士褚少孙，有补《史记》之缺于今见《史记》，补缺均标"褚先生曰"。这段"诗传"所述商、周先祖生育的故事无疑是对《诗经·商颂·玄鸟》"天命玄鸟，降而生商，宅殷土芒芒"和《诗经·大雅·生民》"厥初生民，时为姜嫄"本事的介绍和串讲。之所以仍不能肯定是否经师所传的正宗注本，因为同为习鲁诗的司马迁和褚少孙，关于简狄吞卵生商的叙述并不完全相同，这里褚先生引"诗传"明言"汤之先为契，无父而生"，《殷本纪》说的则是"殷契，母曰简狄，有娀氏之女，为帝喾次妃"。所以司马贞《索隐》疑褚先生所引出自《诗纬》，故曰"诗传"，言外之意称"传"带有杂说传闻性质；王先谦进而推测"或作传者欲神其事，以为无父而生尔"②。

刘向的《说苑》中也出现了讲解经文的"传曰"，例如：

春秋曰："壬申，公薨于高寝。"传曰："高寝者何？正寝也。曷为或言高寝，或言路寝？曰，诸侯正寝三：一曰高寝，二曰左路寝，三曰右路寝。高寝者，始封君之寝也。二路寝者，继体之君寝也。其二何？曰，子不居父之寝，故二寝。继体君世世不可居高祖之寝，故有高寝，名曰高也。路寝其立奈何？高寝立中，路寝立左右。"(《修文》)③

诗曰："蔽芾甘棠，勿翦勿伐，召伯所茇。"传曰：自陕以东者周公主之，自陕以西者召公主之。召公述职当桑蚕之时，不欲变民事，故不入邑中，舍于甘棠之下而听断焉，陕间之人皆得其所。是故后世思而歌咏之，善之，故言之；言之不足，故嗟叹之；嗟叹之不足，故歌咏

---

① ［汉］司马迁：《史记》，中华书局1959年版，第505页。
② ［清］王先谦：《诗三家义集疏》，中华书局1987年版，第1103页。
③ 向宗鲁：《说苑校证》，中华书局1987年版，第484页。

之。(《贵德》)①

据《汉书·楚元王传》，刘向是治《谷梁传》的，但《修文》篇关于《春秋》"高寝"的这段"传曰"，不见于《谷梁传》，也不见于另外两《传》，这说明《说苑》中的文字的确都属于辑录，解经的"传曰"也不例外。《贵德》篇中关于《诗经·召南·甘棠》的"传曰"，不见《毛传》，是否见于已亡佚的"三家诗"已无可考，以该书所辑《春秋》"传曰"类推，也很可能属于辑录的某位经师讲述《诗》的传闻记述。

再次，汉代特别是武帝时儒经确定之后，出现了将注经著作称为"传"并以"传"题注经之作的情况。

司马迁《史记》于《春秋》三《传》，尚未称"传"："鲁君子左丘明惧弟子人人异端，各安其意，失其真，故因孔子史记具论其语，成《左氏春秋》。"（《十二诸侯年表》)②"唯董仲舒名为明于春秋，其传《公羊氏》也。……瑕丘江生为《榖梁春秋》。"（《儒林列传》)③ 一称《左氏春秋》，一称《公羊氏》，一称《榖梁春秋》。但于《诗经》，提到申公有"训"无"传"："申公独以《诗经》为训以教，无传，疑者则阙不传。"（同上)④ 提到韩生"为内外《传》"："韩生者，燕人也。孝文帝时为博士，景帝时为常山王太傅。韩生推《诗》之意而为内外《传》数万言，其语颇与齐鲁间殊，然其归一也。"（同上)⑤ 桓谭《新论》则提到了《春秋》之《传》："《左氏传》遭战国寝藏。后百馀年，鲁人谷梁赤作《春秋》，残略，多有遗文；又有齐人公羊高，缘经文作传，弥失其本事矣。《左氏传》于经，犹衣之表里，相持而成。经而无传，使圣人闭门思之，十年不能知也。"（《正经篇》)⑥

最后，需要说明的是，即便是经传之"传"，与章句、训诂恐怕还是有

---

① 向宗鲁：《说苑校证》，中华书局1987年版，第94页。
② ［汉］司马迁：《史记》，中华书局1959年版，第509—510页。
③ ［汉］司马迁：《史记》，中华书局1959年版，第3128—3129页。
④ ［汉］司马迁：《史记》，中华书局1959年版，第3121页。
⑤ ［汉］司马迁：《史记》，中华书局1959年版，第3124页。
⑥ ［汉］桓谭：《新辑本桓谭新论》，朱谦之校辑，中华书局2009年版，第39页。

些区别。《史记》称"申公独以《诗经》为训以教,无传",可知在此表述中"训""传"有别,"训"当偏重于训诂,即具体解字释词,"传"则偏重于讲述有关背景方面的情况和事件,以助理解;"训"简短,可能直接书之简帛;"传"详尽,可能先由经师口授,弟子笔录然后辗转相传。寻此思路再来看《汉书·艺文志》关于"六经"著作的著录,其中的著作书名还是颇值得玩味。如《易》类著录除有"《易经》十二篇,施、孟、梁丘三家"外,还有《易传》数家,此外还有"《章句》施、孟、梁丘氏各二篇"。《书》类著录有"古文经四十六卷、经二十九卷"外,还有"《传》四十一篇",另外还有"大、小夏侯《章句》各二十九卷",等等。《诗》类除著录有"《诗》经二十八卷,鲁、齐、韩三家","《齐后氏传》三十九卷","《韩内传》四卷","《毛诗故训传》三十卷"等等外,还著录有"《鲁故》二十五卷","《齐后氏故》二十卷","《韩说》四十一卷"等等,"故"通"诂",当指训诂,"说"则与"传"相仿。有"传"还另外有"章句""故(诂)",其对经的注释讲解应该有所区别,"传"应该偏于口传、叙述的部分更多一些。

总之,首先是因为"传"乃记述口传文本的称谓,经师传道授业的记述才称"传";其次是因为经师传道授业中有对经的讲解,关于讲经的记述就也称"传","传"才又有了经传之"传"的用义;再次是即便成为经传之"传",其"传"也与章句、训诂有别,仍保留着口传述说特点,说事是"传"与章句、训诂的主要区别;最后是"传"有了经传之"传"之后,并不妨碍它原本所具有的述说、说事记录的用义继续存在和延伸。

(三)《韩诗外传》中的"传云""传曰"

关于"说体"称"传",书名含"传"、书中含"传云""传曰"的《韩诗外传》需要单独拿出来进行讨论。

汉代传授《诗经》著名的有齐鲁韩毛四家,即齐之辕固、鲁之申培、燕之韩婴、赵之毛苌,如上引《史记·儒林列传》所言,"韩生者,燕人也",孝文帝时为博士,孝景帝时为常山王太傅。"韩生推《诗》之意而为内外《传》数万言",《韩诗外传》当即其中的"外《传》",是一部与传授《诗经》有关的著作。然而与《毛诗故训传》等对《诗经》章句逐一注释的著作不同,《韩诗外传》实是一部由一百五十多则故事（外加一百多则引事论说）组成的杂"说"著作,与《诗经》的关系只在于几乎每则最后都要引《诗》作结,或者故事中有引《诗》情节。然而与《说林》《储说》《吕氏春秋》等先秦汇集、援用"说体"的著作不同,该书虽主要是以故事组成,但如果按照故事内容寻绎,会感觉其编排十分驳杂,无法归类,而如果根据引《诗》,则会发现引同一篇《诗》、同一《风》诗的往往前后相属。据此可知,原书应该是按所引《诗经》《风》《雅》《颂》的顺序编排的（今本顺序已淆乱）。因此,该书并非是以讲述故事为其主旨,而应是以引《诗》用《诗》为教授内容,实际上是一部引《诗》汇编,这也正是它仍属于传《诗》家著作范畴的缘故。

《韩诗外传》中就出现了数十条"传曰"。具体来说是"传云"一条,"传曰"四十九条,恰好五十条。

关于《韩诗外传》中的"传云""传曰",首先需要辨析的是,鉴于该作本身称"传","传云""传曰"之"传"是否如《史记》的"太史公曰",乃自发声的标识,相当于"笔者曰"？回答应该是否定的。如上所说,今本《韩诗外传》二百五十馀则,出现"传云""传曰"者为五十则,只是其中的一部分。还有如前所引证,《韩诗外传》有引《荀子·天论》而称"传曰"者。此外,"传曰"所述故事还有见于《韩非子》者,如卷七所述"最患社鼠"亦见《韩非子·外储说右上》,卷九所述"由余使秦"亦见《韩非子·十过》,足证此书之"传云""传曰"之"传"非《韩诗外传》之《传》。

其次,鉴于该作经传著作的性质,"传云""传曰"是否经传之"传",或者,是否孔门传道授业的记述？应该说,《韩诗外传》的"传云""传曰"的确出现不少孔门的"独家报道",明显属于孔门家传的,包括孔子、曾子、子贡、子路等先师及弟子的事迹、故事,包括讲授《诗经》,包括阐释儒家丧礼的,包括援引荀子文章的,有十三条；但没有一条属于解词释句型的经注文本,只有三条涉及与《诗》有关的故事、背景,属于讲《诗》性质。可以肯定不是经传之"传"。同时,也可以肯定并非孔门传本专辑。除了这十三则,毕竟还有三十七则没有明显的学派归属,其中还有见于《韩非子》者。

再次,《韩诗外传》中的"传云""传曰"所述文本的文体并不划一,有议论、有说明、有介绍、有叙述、有描写,一如前面已经论及的,"传"作为源自口述而被记述的文本,讲述者所讲都可以称为"传",包括论,包括事。但《韩诗外传》中的"传云""传曰",属于叙述体的有三十则,还是占了更大的比重。

总之,《韩诗外传》中的"传云""传曰",与先秦所称"传曰"是同样的含义,即是对源于口述然后被记录的文本的称谓。其中有议论,更有叙述;而且在这些被称作"传"的文本中,的确出现了许多富于情节的典型的先秦"说体"故事。

其中有先秦历史故事。如:

> 传曰:晋文公尝出亡,反国,三行赏而不及陶叔狐。陶叔狐谓咎犯曰:"吾从君而亡十有一年,颜色黧黑,手足胼胝。今反国三行赏而我不与焉。君其忘我乎?其有大过乎?子试为我言之。"咎犯言之文公,文公曰:"嘻!我岂忘是子哉?高明至贤,志行全成,湛我以道,说我以仁,变化我行,昭明我名,使我为成人者,吾以为上赏。恭我以礼,防我以义,藩援我,使我不为非者,吾以为次。勇猛强武,气势自御,难在前则处前,难在后则处后,免我于危难之中者,吾又以为次。然劳苦之士次之。"诗曰:"率礼不越,遂视既(发)。"今不内自讼过,不悦百姓,将何锡之哉!(卷三)①

其中有先秦孔门故事,如:

> 传曰:堂衣若扣孔子之门曰:"丘在乎?丘在乎?"子贡应之曰:"君子尊贤而容众,嘉善而矜不能,亲内及外,己所不欲,勿施于人。子何言吾师之名为?"堂衣若曰:"子何年少言之绞!"子贡曰:"大车不绞则不成其任,琴瑟不绞则不成其音。子之言绞,是以绞之也。"堂衣若曰:"吾始以鸿之力,今徒翼耳!"子贡曰:"非鸿之力,安能举其

---

① 许维遹:《韩诗外传集释》,中华书局1980年版,第112—113页。

翼?"诗曰:"如切如瑳,如错如磨。"(卷九)①

其中也有先秦俗说故事,如"东海勇士菑丘䜣杀三蛟一龙,要离往见之":

> 东海有勇士,曰菑丘䜣,以勇猛闻于天下。遇神渊,曰:"饮马。"其仆曰:"饮马于此者,马必死。"曰:"以䜣之言饮之。"其马果沈。菑丘䜣去朝服拔剑而入,三日三夜,杀三蛟一龙而出。雷神随而击之,十日十夜,眇其左目。要离闻之,往见之,曰:"䜣在乎?"曰:"送有丧者。"往见䜣于墓。曰:"闻雷神击子十日十夜,眇子左目。夫天怨不全日,人怨不旋踵。至今弗报,何也?"叱而去,墓上振愤者不可胜数。要离归,谓门人曰:"菑丘䜣,天下勇士也。今日我辱之人中,是其必来攻我。暮无闭门,寝无闭户。"菑丘䜣果夜来,拔剑拄要离颈,曰:"子有死罪三。辱我以人中,死罪一也。暮无闭门,死罪二也。寝不闭户,死罪三也。"要离曰:"子待我一言。来谒,不肖一也。拔剑不刺,不肖二也。刃先辞后,不肖三也。能杀我者,是毒药之死耳。"菑丘䜣引剑而去曰:"嘻!所不若者,天下惟此子尔!"传曰:公子目夷以辞得国,今要离以辞得身。言不可不文,犹若此乎?诗曰:"辞之怿矣,民之莫矣。"(卷十)②

这个故事开篇没有"传曰",但故事讲完后引"传曰"称"今要离以辞得身",由此可知故事正是"传"的主体部分。

另外,值得注意的是,《韩诗外传》中的"传曰"还有近乎纲目性的故事提要:

> 传曰:伯奇孝而弃于亲。隐公慈而杀于弟。叔武贤而杀于兄。比干忠而诛于君。诗曰:"予慎无辜。"(卷七)③

---

① 许维遹:《韩诗外传集释》,中华书局1980年版,第314页。
② 许维遹:《韩诗外传集释》,中华书局1980年版,第342—343页。
③ 许维遹:《韩诗外传集释》,中华书局1980年版,第257页。

"传"一连提到了四个孝、慈、贤、忠却无辜被弃、杀、杀、诛的典故,这几个典故都属于故事性很强的历史事件,"传"的下文应有情节讲述,不然其故事不会为人所详知,《韩诗外传》这里只是引了故事纲目。四个典故中,"比干忠而诛于君"已多见各种典籍、文章征引;鲁隐公欲还位给弟桓公却先行被听信谮言的桓公所杀,代卫侯赴诸侯盟会的叔武被诬谋篡而被卫侯前驱射杀,也分别详见于《左传》的《隐公十一年》和《僖公二十八年》;"伯奇孝而弃于亲"虽不见先秦典籍,但《孔子家语》记述曾子回答为何不续娶,所引例证是"尹吉甫以后妻放伯奇"①;《后汉书·左周黄列传》记述黄琼上书称"伯奇至贤,终于流放",注引《说苑》云:"王国子前母子伯奇,后母子伯封。后母欲其子立为太子,说王曰:'伯奇好妾。'王不信。其母曰:'令伯奇于后园,妾过其旁,王上台视之,即可知。'王如其言,伯奇入园,后母阴取蜂十数置单衣中,过伯奇边曰:'蜂螫我。'伯奇就衣中取蜂杀之。王遥见之,乃逐伯奇。"②(按,《说苑》至宋代已无完帙,此引伯奇故事即属《说苑》佚文)可知伯奇的故事也早有"说体"故事被记载。

作为注脚,《韩诗外传》中就有引"传曰"提及故事纲目、下面列出具体故事者。如卷一有一则云:"传曰:山锐则不高,水径则不深,仁磏则其德不厚,志与天地拟者其人不祥,是伯夷、叔齐、卞随、介子推、原宪、鲍焦、袁旌目、申徒狄之行也,其所受天命之度,适至是而止,弗能改也,虽枯槁弗舍也。诗云:'亦已焉哉!天实为之,谓之何哉!'磏仁虽下,然圣人不废者,匡民隐括,有在是中者也。"下面跟着就是申徒狄、鲍焦的相关故事:

> 申徒狄非其世,将自投于河。崔嘉闻而止之曰:"吾闻圣人仁士之于天地之间也,民之父母也。今为濡足之故,不救溺人,可乎?"申徒狄曰:"不然。昔桀杀关龙逢,纣杀王子比干,而亡天下。吴杀子胥,陈杀泄冶,而灭其国。故亡国残家,非无圣智也,不用故也。"遂抱石

---

① 张涛:《孔子家语注译》,三秦出版社1998年版,第396页。
② [南朝宋]范晔:《后汉书》,[唐]李贤等注,中华书局1965年版,第2039页。

而沉于河。君子闻之曰:"廉矣。如仁与智,则吾未之见也。"诗曰:"天实为之,谓之何哉!"

鲍焦衣弊肤见,挈畚持蔬,遇子贡于道。子贡曰:"吾子何以至于此也?"鲍焦曰:"天下之遗德教者众矣,吾何以不至于此也?吾闻之,世不己知而行之不已者,是爽行也。上不己用而干之不止者,是毁廉也。行爽毁廉,然且弗舍,惑于利者也。"子贡曰:"吾闻之,非其世者,不生其利。汙其君者,不履其土。今吾子汙其君而履其土,非其世而将其蔬,其可乎?诗曰:'溥天之下,莫非王土。'此谁之有哉?"鲍焦曰:"于戏!吾闻贤者重进而轻退,廉者易愧而轻死。"于是弃其蔬而立槁于洛水之上。君子闻之曰:"廉夫刚哉!夫山锐则不高,水径则不深,行磏者其德不厚,志与天地拟者其为人不祥。鲍焦可谓不祥矣。其节度浅深,适至于是矣!"诗云:"亦已焉哉。天实为之,谓之何哉!"①

需要指出的是,下面两个故事的引诗也都是引的《诗经·邶风·北门》的"天实为之,谓之何哉",与"传曰"所列故事大纲应该属于一个整体。而且,鲍焦一则中的"君子闻之曰"恰恰有"传曰"中"山锐则不高……"几句,更可见"传曰"的文字实为故事文本之引文。

这条材料,让我们可以推想韩婴所见《传》叙述故事的文本情况。

(四) 汉代史书、子书中先秦"说体"被称"传""传书""传记"举隅

作为延续,至汉代,先秦说体故事及辑录故事之书也多有被称"传""传书""传记"的用例,这在汉代子书、史书中均有所见。

例如《淮南子·缪称训》云:"故传曰:'鲁酒薄而邯郸围,羊羹不斟而宋国危。'"②一如上述《韩诗外传》引"传曰"的故事纲目,这里也是两个故事提要,"传曰"的下文应有具体情节,征引者省略未叙。"羊羹不斟而宋国危"的故事可从《左传·宣公二年》的援用中得窥一斑:"华元杀

---

① 许维遹:《韩诗外传集释》,中华书局 1980 年版,第 26—29 页。
② [汉] 刘安:《淮南子》,[汉] 高诱注,见《诸子集成》7,上海书店 1986 年版,第 163 页。

羊食士，其御羊斟不与。及战，曰：'畴昔之羊，子为政；今日之事，我为政。'与入郑师，故败。"①《淮南子》此处称"传曰"，应该不是称谓《左传》之《传》，因为此时《左传》很可能还只是称作《左氏春秋》，《史记》即是如此称谓；及刘歆力主可用《左氏传》与《春秋》互相发明，《左氏传》才在某些学者那里有了固定的与《公羊传》《谷梁传》并称的经传之"传"的名称。"鲁酒薄而邯郸围"的故事就不见于《左传》，也不见于其他今见先秦典籍（《庄子·胠箧》有此句，亦无故事），《太平御览》引许慎注《淮南子》曰："楚会诸侯，鲁、赵俱献酒于楚王，鲁酒薄而赵酒厚。楚之主酒吏求酒于赵，赵不与，吏怒，乃以赵厚酒易鲁薄酒奏之，楚王以赵酒薄，故围邯郸也。"②许慎应是见到有关《传》文而言此。此外《淮南子·修务训》还提到了"传书"："盖闻传书曰：'神农憔悴，尧瘦臞，舜霉黑，禹胼胝。'由此观之，则圣人之忧劳百姓甚矣。"③这里也是提纲式援引，且没有显示故事提要，但都是关于上古帝王的描述，所引"传书"显然具有传闻性质，并属于叙述文本。

无独有偶，补《史记》之缺的褚少孙也提到了"传书"一词："武帝时，齐人有东方生名朔，以好古传书，爱经术，多所博观外家之语。"（《史记·滑稽列传》）④武帝时的东方朔所好"传书"前面还加一"古"字，无疑是先秦之"传"，就当时而言，先秦的文字即称"古文"。

桓谭《新论》则提到两段先秦"传记"。其一为"赵王问治国，魏牟劝重国若此二尺纵"：

> 传记言：魏牟北见赵王，王方使冠工制冠于前，问治国于牟。对曰："大王诚能重国，若此二尺纵，则国治且安。"王曰："国所受于先人，宗庙社稷至重，而比之二尺纵，何也？"牟曰："大王治冠，不使亲近，而必求良工者，非为其败纵而冠不成与？今治国不善，则社稷不安，宗庙不血食，大王不求良士，而任使其私爱，此非轻国于二尺纵之

---

① 《春秋左传正义》，见《十三经注疏》，中华书局1980年版，第1866页。
② 何宁：《淮南子集释》，中华书局1998年版，第743页。
③ [汉]刘安：《淮南子》，[汉]高诱注，见《诸子集成》7，上海书店1986年版，第333页。
④ [汉]司马迁：《史记》，中华书局1959年版，第3205页。

制耶？"王无以应。(《求辅篇》)①

其二为"淳于髡教邻家徙远薪"：

> （传记言）：淳于髡至邻家，见其灶突之直而积薪在旁，曰："此且有火灾。"即教使更为曲突，而徙远其薪，灶家不听。后灾，火果及积薪而燔其屋，邻里并救击。及灭止，而亨羊具酒以劳谢救火者，曲突远薪，固不肯呼淳于髡饮饭，智者讥之云："教人曲突远薪，固无恩泽；焦头烂额，反为上客。"(《见征篇》)②

第一段魏牟称"二尺纵"的故事亦见刘向所辑《战国策·赵策》，只不过《赵策》称"尺帛"，此外两者还有一些枝节差异，比如《赵策》将"私爱"落实到建信君身上。桓谭略晚于刘向，与刘歆同时，或当见到《战国策》，但此处称"传记"，不言《战国策》，应别有所见。下一个淳于髡教邻家徙薪防火的故事属于小道传闻，不见先秦史书援用，更见出该"传记"乃"说体"的性质。

特别值得一提的是王充的《论衡》。

《论衡》多有提到"传称""传曰"，特别是"传书言""传书曰"。此仅以"传书"为例。《论衡》中所引"传书言""传书曰"共计二十八条，"传书"所述传闻最迟者为高渐离以筑击秦始皇，馀皆此前上古三代及春秋战国的先秦之事。其中有亦见他著者，如《变虚篇》中的"宋景公之时荧惑在心"亦见《吕氏春秋·制乐》《新序·杂事第四》，《感虚篇》中的"梁山崩，伯宗被召道逢辇者绛人"亦见《国语·晋语五》，《书虚篇》中的"吴延陵季子见遗金呼牧者取之遭抢白"亦见《韩诗外传·卷十》，但也有不少是今见他著所无者。首先可以肯定这些独见于《论衡》的说法或故事绝非王充所杜撰，因为王充撰写《论衡》的宗旨"一言以蔽之，曰'疾虚妄'"，这些传闻和故事大都是王充列出来予以反驳和批判的。其次具体

---

① ［汉］桓谭：《新辑本桓谭新论》，朱谦之校辑，中华书局2009年版，第8页。
② ［汉］桓谭：《新辑本桓谭新论》，朱谦之校辑，中华书局2009年版，第16页。

考察这些不见于今见先秦典籍的传闻和故事，几乎都属"奇谈怪论"，所以是王充攻击的靶子，或许正因为其过于"虚妄"的缘故，才不被传世的子书、史书所援用，或者才没有归于正宗而流传。

其中有些属于荒诞不经者，如关于颜渊之死：

> 传书或言"颜渊与孔子俱上鲁太山。孔子东南望，吴阊门外，有系白马，引颜渊指以示之，曰：'若见吴阊门乎？'颜渊曰：'见之。'孔子曰：'门外何有？'曰：'有如系练之状。'孔子抚其目而正之，因与俱下。下而颜渊发白齿落，遂以病死。……"世俗闻之，皆以为然。（《书虚篇》）①

颜渊早死是事实，"传书"却编派出这么一段离奇的故事。

《论衡》中"传书"所言更有神乎其神者，如"武王伐纣渡孟津"：

> 传书言："武王伐纣，渡孟津，阳侯之波，逆流而击；疾风晦冥。人马不见。于是武王，左操黄钺，右执白旄，瞋目而麾之曰：'余在天下，谁敢害吾意者？'于是风霁波罢。"（《感虚篇》）②

武王一句话就能致使"风霁波罢"，足见神威。

综上可见，汉代援引先秦口传记录文本，除仍称"传曰"之外，还增加了"传书言""传记曰"等说法，而这些"传书""传记"称谓，乃是在"传"的基础上加上"书"加上"记"以更确切地落实到口传记录层面的结果；而且更确定更集中地指向了以讲述故事为特征的"说体"文本。

（五）《史记·列传》《列女传》之"传"

正因为汉代在先秦之"传"的基础上进一步将"传书""传记"确定在叙事文本上，导致了汉代专门记述人物事迹的文本被称作"传"的"传

---

① ［汉］王充：《论衡》，见《诸子集成》7，上海书店1986年版，第36页。
② ［汉］王充：《论衡》，见《诸子集成》7，上海书店1986年版，第48页。

记体"的出现。

就今见典籍而言，司马迁《史记》中的《列传》应该是用"传"题篇、以记述人物生平事迹为主要内容的人物传记体的创始者。

对此，关于西晋出土的战国"汲冢书"《穆天子传》的名题和体例需要稍事辨析。若按《穆天子传》的题名，这似乎是一篇记述穆天子生平事迹的传记，然而，通读整篇文字后就发现这一篇文字只写穆天子的巡游而"不及他事"，所以对于这个书题明代就有人提出疑问："何以'传'也?"（见《快阁丛书·穆天子传》卷首所录唐琳《穆天子传叙》）其实，"《穆天子传》"并不是原书名题。《晋书·束皙传》（唐房玄龄等撰）称汲冢所出书中有"《穆天子传》五篇"①，而东晋人王隐所撰《晋书·束皙传》则称这批汲冢书中有"《周王游行》五卷"，"说周穆王游行天下之事，今谓之《穆天子传》"（见孔颖达《春秋左传集解后序疏》）②，分明说的是后人将这篇文字改题为《穆天子传》，当时出土时原题的、或整理者最初给出的书题是《周王游行》。此外，晁公武于《郡斋读书志》卷九"传记类"也说"《穆天子传》六卷……郭璞注本谓之《周王游行记》"③，进一步说明了这部书出土后最初的确是称为《周王游行》。而就书的记述体例、内容看，题为《周王游行》更为切题，因为整部书只是按季、按月、按日，记述了周穆王在某个四五年内出行四方的行程、经历、遇到的人和事，近乎起居注，《隋书·经籍志》中，这部书就是被列在"史"部"起居注"中的。

《史记》中则是一连撰写了六十九篇人物传记，全部以人物加"列传"名题，有单独传记，如《伯夷列传》等，有合传，如《管蔡列传》等，有类型传记，如《酷吏列传》《游侠列传》《滑稽列传》等。而且，其以"传"名篇很可能即来源于先秦讲说记录之"传"。如《伯夷列传》即用到了"传曰"：

> 孔子曰："伯夷、叔齐，不念旧恶，怨是用希。""求仁得仁，又何怨乎？"余悲伯夷之意，睹轶诗可异焉。其传曰：伯夷、叔齐，孤竹君

---

① ［唐］房玄龄等：《晋书》，中华书局1974年版，第1433页。
② 《春秋左传正义》，见《十三经注疏》，中华书局1980年版，第2188页。
③ 孙猛：《郡斋读书志校证》，上海古籍出版社1990年版，第360页。

之二子也。父欲立叔齐，及父卒，叔齐让伯夷。伯夷曰："父命也。"遂逃去。……①

孔子关于伯夷、叔齐的评论是基于其事迹有感而发的，必有其事迹传本为依托。于是司马迁以"其传曰"引出下文，这个"传"，既可以理解为固有的关于伯夷、叔齐的传闻记录，也可以理解为司马迁所作的传记之"传"。因为后者正是基于前者而展开的。

《史记》之后，循着类型传记的模式，出现了刘向的《列女传》。《列女传》就其均为以人物为中心的记述而言，无疑是《史记》"列传"体例的直接延续；《列女传》已经是专为女性立传，其中又以类型划分，分为《母仪传》《贤明传》《贞顺传》《孽嬖传》等，也显然是来自《史记》的类型传记；而就多为人物的某一故事的记述而非完整生平呈现而言，则更多保留了先秦说体故事的属性和特质。（按，《汉书·艺文志》儒家类在《列女传》之前还列有一部《高祖传》，但班固自注云"高祖与大臣述古语及诏策也"，则该书并非人物传记，而是述古之"传曰"之"传"。）

班固《汉书》全依《史记》纪传体例作史，且去掉"世家"一项，"列传"去掉"列"字，全部归于"传"，以"传"作为人物传记的篇题书题得以进一步强化。此后，据《后汉书·文苑列传》，东汉安帝时，邓太后曾诏刘珍与刘騊駼作《建武已来名臣传》，源自先秦叙述体之"传"、由司马迁创立的专门的人物传记体已经确立。魏晋六朝时期，传记体著述大量增加，《隋书·经籍志》"史"部专列"杂传"一类，大多为以人物为中心的传记体著作，以"传"题书者达一百四十部。其中有类型传记，诸如《海内先贤传》《高僧传》《孝子传》《忠臣传》《美妇人传》等；有单人传，诸如《曾参传》《东方朔传》《汉武内传》《王乔传》等；有合传，诸如《七贤传》等；有家族传，诸如《曹氏家传》《王氏江左世家传》等；还有《列仙传》《列异传》《集仙传》《神仙传》《鬼神列传》等，由此又可见"传"与志怪纪异小说的关系。

---

① ［汉］司马迁：《史记》，中华书局1959年版，第2122页。

三、"说体"称"语"考

一如上述关于"说体"故事称"传"的考察，记述讲说传闻故事的"说体"有时又被称作"语"，这在先秦、两汉典籍中也都有用例。

（一）"说体"称"语"的先秦用例

《墨子·公孟》有这样一段文字：

> 有游于子墨子之门者，身体强良，思虑徇通，欲使随而学。子墨子曰："姑学乎，吾将仕子。"劝于善言而学。其年，而责仕于子墨子。子墨子曰："不仕子。子亦闻夫鲁语乎？鲁有昆弟五人者，亓父死，亓长子嗜酒而不葬，亓四弟曰：'子与我葬，当为子沽酒。'劝于善言而葬。已葬而责酒于其四弟。四弟曰：'吾未予子酒矣。子葬子父，我葬吾父，岂独吾父哉？子不葬，则人将笑子，故劝子葬也。'今子为义，我亦为义，岂独我义也哉？"①

墨子以"吾将仕子"哄人从学，当人"责仕"于他时，他说"吾将仕子"只是劝你向善从学的幌子，我当然不会"仕子"的。为此，墨子举了鲁国四个弟弟以"当为子沽酒"哄大哥一起葬父的故事。值得注意的是墨子举例前说的是"子亦闻夫鲁语乎"。我们知道，记述西周春秋历史故事的书中有一部《国语》，恰是以"语"题书（详后），其中正有《鲁语》上、下两篇。然而，就时间而论，墨子此处应该不会是援引已经编订成书的《国语》中的《鲁语》之类，此故事也不见于《国语·鲁语》，按之文意和所述俗人之事，此"鲁语"更似泛指鲁国的传说故事。"语"即所述故事。

再看《孟子·万章上》：

> 咸丘蒙问曰："语云：盛德之士，君不得而臣，父不得而子。舜南面而立，尧帅诸侯北面而朝之，瞽瞍亦北面而朝之。舜见瞽瞍，其容有

---

① ［清］孙诒让：《墨子间诂》，见《诸子集成》4，上海书店1986年版，第278—279页。

蹙。孔子曰：'于斯时也，天下殆哉，岌岌乎！'不识此语诚然乎哉？"孟子曰："否！此非君子之言，齐东野人之语也。"①

今本标点多将"盛德之士，君不得而臣，父不得而子"三句作为"语云"的内容加引号引起。其实，包括"孔子曰"在内的文字都属于"语云"的内容。《韩非子·忠孝》恰恰也援引了这段文字，称为"记曰"："记曰：'舜见瞽瞍，其容造焉。孔子曰：当是时也，危哉！天下岌岌，有道者父固不得而子，君固不得而臣也。'"② 两相对照不难发现，"语云"和"记曰"源自同一传闻，记录有所差异而已。而且，《墨子·非儒下》也略有涉及："孔某与其门弟子闲坐，曰：'夫舜见瞽叟孰然，此时天下圾乎！'"③ 说明确有流传文本为诸家所援引。这样，孟子的回答"此非君子之言，齐东野人之语也"的"语"也是指整个叙事而言。由此可见，其一，这里所谓"语云"及"齐东野人之语"的"语"属叙事体，讲述的是孔门讨论尧舜传说的故事；其二，"语"已是传说记录文本，并被辗转传播和征引。

还有，《国语·郑语》中提到一部《训语》：

> 《训语》有之曰："夏之衰也，褒人之神化为二龙，以同于王庭，而言曰：'余，褒之二君也。'夏后卜杀之与去之与止之，莫吉。卜请其漦而藏之，吉。乃布币焉而策告之，龙亡而漦在，椟而藏之，传郊之。"④

这部《训语》是西周末年周幽王时期周史伯在回答郑桓公关于周衰问题时引到的。史伯先是提到周宣王时有童谣曰"檿弧箕服，实亡周国"，即桑木弓和箕木箭袋这两样东西会使周亡国，宣王听到后遂派人将售卖这两样东西的一对夫妇抓捕拘禁，两人逃亡，路遇王府小妾扔掉的女婴，收留带到了褒国，然后便引用了《训语》，为的是讲述这女婴的来历。据《训语》说，夏

---

① 《孟子注疏》，见《十三经注疏》，中华书局1980年版，第2735页。
② [清] 王先慎：《韩非子集解》，见《诸子集成》5，上海书店1986年版，第359页。
③ [清] 孙诒让：《墨子间诂》，见《诸子集成》4，上海书店1986年版，第188页。
④ 《国语》，上海古籍出版社1988年版，第519页。

衰之时褒人之神化为二龙，夏王占卜后将龙的口水藏到了匣子里。史伯接着说，这匣子历经殷直到周厉王之前都没有打开，至周厉王末年被打开来看，口水流了一地，化为玄鼋，被童妾碰到，童妾至盘发之年生下一个女婴，那个被售卖"檿弧箕服"夫妇捡到的女婴，正是这个遭遇玄鼋而孕的小妾所生！而这个被带到褒国、又被褒国贿赂到周朝的女子，正是当下扰乱王朝、将导致幽王亡国的褒姒！

　　这里也有个标点问题。今本多至"传郊之"加引号引起。其实即使下文所述出自史伯转述，亦应源自《训语》之类传说文本。《史记·周本纪》记述此事，即称"周太史伯阳读史记曰"，下面即是关于褒姒来历的完整叙述。退一步讲，即使《训语》的确只是述及"传郊之"，其他部分来自别的文本，所引《训语》的文字也足以见出，此处之"语"乃叙述文本，且讲述的是褒神化二龙之类颇富传奇色彩的传闻故事。所以，这条材料十分珍贵，因为这是难得的直接以语体文本，确凿证明了传闻、讲诵的故事可以称"语"；而且是在西周时代就已经被题作"语"。

　　再看《庄子》。《庄子·盗跖》编派出孔子见盗跖遭其训斥谩骂的故事，其中当谒者禀报孔子造访后，盗跖让谒者去骂孔子曰："尔作言造语，妄称文、武，冠枝木之冠，带死牛之胁，多辞缪说，不耕而食，不织而衣，摇唇鼓舌，擅生是非，以迷天下之主，使天下学士不反其本，妄作孝弟而徼幸于封侯富贵者也。子之罪大极重，疾走归！不然，我将以子肝益昼餔之膳。"①"作言造语"之后是"妄称文武"，则所"造"之"语"应即指的是关于文王武王的传说故事。

　　还有《荀子》。其中的《尧问篇》更有一段直接称"语曰"的叙事文字：

　　　　语曰：缯丘之封人，见楚相孙叔敖曰："吾闻之也：处官久者士妒之，禄厚者民怨之，位尊者君恨之。今相国有此三者而不得罪于楚之士民何也？"孙叔敖曰："吾三相楚而心瘉卑，每益禄而施瘉博，位滋尊

---

① ［清］王先谦：《庄子集解》，见《诸子集成》3，上海书店1986年版，第195页。

而礼瘉恭，是以不得罪于楚之士民也。"①

这段文字属于叙事文本毋庸置疑，记述的是缯丘之封人与楚相孙叔敖的一次相见和对话，从而以文本本身显示了"语"的文体形式（《列子·说符》恰恰有一段与此大致相同的记述，称"狐丘丈人谓孙叔敖"）。这段文字还给我们一个提示，其中的人物对话颇具启发意义，后人引用时很可能只引人物对话，比如，"语云，'处官久者士妒之，禄厚者民怨之，位尊者君恨之'"，"语云，'三相楚而心愈卑，每益禄而施愈博，位滋尊而礼愈恭'"，典籍中的"语云"更多的即是这种格言式语句，但由这段文字推断，其所引"语云""语曰"之"语"，很可能也是记述人物对话的叙事文本。

（二）《国语》《论语》《孔子家语》的体例及书题

关于偏于叙事的"说体"文本有时称"语"，先秦乃至汉代恰恰有几部以"语"题书的著作，即《国语》《论语》《孔子家语》，通过对其体例的辨析，亦可进一步对"语"有所认识和了解。

这几部题"语"的著作之所以还需要辨析，亦是因为"语"有多义，既有名词"话语"又有动词"告知、讲述"，名词之"语"既有所讲"话语"，又有所述"故事"。那么，以"语"题书的名词之"语"究竟是指人物话语还是指所述事件、故事？

《国语》一书被称谓，就今见文献而言，似始见于《史记·太史公自序》："屈原放逐，著《离骚》；左丘失明，厥有《国语》。"② 按之上面提及的《墨子》中"子墨子"有称"鲁语"云云，与"子墨子"差不多同时的、源于左丘明讲史而编成于战国前期的这部《国语》，很可能是固有题书，即书成时即被题作或被称作"国语"。退一步讲，即便整部著作当时是否称"国语"还无法确认，但书中分国述史，分别称"周语""鲁语""晋语"等，当是固有篇题题名。一如《尚书》《春秋》的一个偏于记言一个偏于记事，所谓"左史记言，右史记事，事为《春秋》，言为《尚书》"③，

---

① ［清］王先谦：《荀子集解》，见《诸子集成》2，上海书店1986年版，第362—363页。
② ［汉］司马迁：《史记》，中华书局1959年版，第3300页。
③ ［汉］班固：《汉书》，［唐］颜师古注，中华书局1962年版，第1715页。

《国语》与《左传》的差异，也恰恰是一个偏于记言，一个偏于记事。那么，《国语》究竟是一部什么样的著作？

《国语》乃西周春秋时代多国之"语"的汇编，其中包括《周语》上中下、《鲁语》上下、《齐语》、《晋语》一二三四五六七八九、《郑语》、《楚语》上下、《吴语》、《越语》上下，共计八《语》二十一篇。八部《语》中除去《周语》，只涉及当时众多列国中的七个，但其范围已经远远超出一人所能讲、所能记、所能作，所以，太史公说"左丘失明，厥有《国语》"，只能说这部著作最初的汇总、编辑乃至传授与左丘明有关，而不太可能篇篇皆是左氏亲作，也不可能是左氏终编，因为该书最后记述到了进入战国二十馀年的公元前453年智伯围晋阳（《晋语九》）。而所谓诸国之"语"，实为诸国之述，均为单篇记述发生在诸国历史人物身上的事情，尽管大量记述的是人物说话之事，但毕竟是记述，其文体是记叙文，而非说理文，因此，这里"语"的字义并非单纯"话语"之语，而是包含着记述、叙述的所述故事之"语"。

即以《周语上》"邵公谏弭谤"为例，虽然该篇重心是邵公的谏辞，所谓"防民之口，甚于防川……"但这其实是一篇叙事文字，开始有"厉王虐，国人谤王"的前因，中间有邵公告王"民不堪命"、王得卫巫"使监谤者"、邵公谏王的事件经过，最后有"王不听"，"三年，乃流王于彘"① 的后果。因此，这一篇可以说讲述的是厉王不听邵公劝谏结果被流放的故事。

还有，《国语》中有的篇目显然有传说成分，并不都是史官所录。比如《晋语五》所述的"甯嬴从阳处父及山而还"故事：

  阳处父如卫，反，过甯，舍于逆旅甯嬴氏。嬴谓其妻曰："吾求君子久矣，今乃得之。"举而从之，阳子道与之语，及山而还。其妻曰："子得所求而不从之，何其怀也！"曰："吾见其貌而欲之，闻其言而恶之。夫貌，情之华也；言，貌之机也。身为情，成于中。言，身之文也。言文而发之，合而后行，离则有衅。今阳子之貌济，其言匮，非其实也。若中不济，而外强之，其卒将复，中以外易矣。若内外类，而言

---

① 《国语》，上海古籍出版社1988年版，第9—10页。

反之,渎其信也。夫言以昭信,奉之如机,历时而发之,胡可渎也!今阳子之情譓矣,以济盖也,且刚而主能,不本而犯,怨之所聚也。吾惧未获其利而及其难,是故去之。"期年,乃有贾季之难,阳子死之。①

逆旅之人嬴氏始见阳处父仪表堂堂,是个人物,举家相随;路上一番交谈又当即掉头而返,并对妻子断言这阳处父"刚而主能",恐怕好景不长。结果是被他不幸而言中。说起来,有人跟随阳处父而去,后来又原路折回,这个事件或许有之,但此人与其妻的私密谈话不可能有史官记述,所以,这段记事带有很大的传闻性质和演绎成分。

《国语》中还有的篇目完全是以叙述故事为主,更加证明了"语"在这里的叙述文体性质。比如《鲁语上》记述的"里革更书":

> 莒太子仆弑纪公,以其宝来奔。宣公使仆人以书命季文子曰:"夫莒太子不惮以吾故杀其君,而以其宝来,其爱我甚矣。为我予之邑。今日必授,无逆命矣。"里革遇之,而更其书曰:"夫莒太子杀其君而窃其宝来,不识穷固又求自迩,为我流之于夷。今日必通,无逆命矣。"明日,有司复命,公诘之。仆人以里革对。公执之,曰:"违君命者,女亦闻之乎?"对曰:"臣以死奋笔,奚啻其闻之也!臣闻之曰,'毁则者为贼,掩贼者为藏,窃宝者为宄,用宄之财者为奸',使君为藏奸者,不可不去也。臣违君命者,亦不可不杀也。"公曰:"寡人实贪,非子之罪。"乃舍之。②

里革斗胆将鲁宣公的"予之邑"擅自更改为"流之于夷",罪莫大焉,原本做好了被杀的准备,但一番说辞让宣公自己惭愧起来,这叙事还颇为跌宕起伏,富于戏剧性。

综上可见,《国语》之"语"一如《墨子》所称的"子亦闻夫鲁语"之"语"、《孟子》中所说的"齐东野人之语"之"语"、《郑语》中提到的

---

① 《国语》,上海古籍出版社1988年版,第394页。
② 《国语》,上海古籍出版社1988年版,第176页。

《训语》之"语",乃是所说之事,所以,泛泛来说,这应该是一部被题作或被称为"语"的"说体"故事著作。

《论语》之称就今见文献而言似亦始见于《史记》,一见《史记·仲尼弟子列传》:"太史公曰:学者多称七十子之徒,誉者或过其实,毁者或损其真,钧之未睹厥容貌,则论言弟子籍,出孔氏古文近是。余以弟子名姓文字悉取《论语》弟子问并次为篇,疑者阙焉。"① 一见《史记·张丞相列传》:"韦丞相玄成者,即前韦丞相子也。代父,后失列侯。其人少时好读书,明于《诗》《论语》。"② 关于《论语》之作,班固《汉书·艺文志》提到了"夫子之语",亦提到了"弟子""所记":"凡《论语》十二家,二百二十九篇。《论语》者,孔子应答弟子时人及弟子相与言而接闻于夫子之语也。当时弟子各有所记。夫子既卒,门人相与辑而论纂,故谓之《论语》。"③ 亦即是说,就内容而言,《论语》包含着"孔子应答弟子时人"的对话,还包含着"弟子相与言而接闻于夫子之语"的对话;就形式而言,这些对话都是当时弟子的记述;就编辑和题书而言,此书乃孔子去世后门人将弟子的记述汇总、编选,"辑而论纂",并题为"论语",论,选择编次也;那么"语",则应是记述对话之文。

按之《论语》,的确均是记述之文。其中多为孔子之言的记述,但均有"子曰"二字以表记述:"子曰:'学而时习之,不亦说乎?'"(《学而》)④ 其中不乏颇富情节的对话片段记述:

> 子路从而后,遇丈人,以杖荷蓧。子路问曰:"子见夫子乎?"丈人曰:"四体不勤,五谷不分,孰为夫子!"植其杖而芸。子路拱而立。止子路宿,杀鸡为黍而食之,见其二子焉。明日,子路行以告。子曰:"隐者也。"使子路反见之。至,则行矣。子路曰:"不仕无义。长幼之节,不可废也;君臣之义,如之何其废之?欲洁其身,而乱大伦。君子

---

① [汉]司马迁:《史记》,中华书局1959年版,第2226页。
② [汉]司马迁:《史记》,中华书局1959年版,第2688页。
③ [汉]班固:《汉书》,[唐]颜师古注,中华书局1962年版,第1717页。
④ 《论语注疏》,见《十三经注疏》,中华书局1980年版,第2457页。

之仕也，行其义也。道之不行，已知之矣！"（《微子》）①

其中还有完全没有对话的记述片段：

> 孺悲欲见孔子，孔子辞以疾。将命者出户，取瑟而歌，使之闻之。（《阳货》）②

可以用来对《论语》之"语"当为"故事"进行印证的是，同为记述孔门故事片段的《孔子家语》正亦题"语"。

《孔子家语》就今见文献而言首见于《汉书·艺文志》《论语》类著录："《孔子家语》二十七卷。"然唐颜师古注曰："非今所有《家语》。"③《隋书·经籍志》经部《论语》类著录："《孔子家语》二十一卷，王肃解。"④《四库全书总目》"子部·儒家类"著录"《孔子家语》，十卷（内府藏本）"，其提要云："魏王肃注。……是书肃自序云：……孔子二十二世孙有孔猛者，家有其先人之书，昔相从学。顷还家，方取以来。与予所论，有若重规叠矩云云。是此本自肃始传也。考《汉书·艺文志》有《孔子家语》二十七卷。颜师古注云：非今所有《家语》。《礼·乐记》称舜弹五弦之琴以歌南风。郑注：其词未闻。孔颖达疏载肃作《圣证论》，引《家语》阜财解愠之诗以难康成。又载马昭之说，谓《家语》，王肃所增加，非郑所见。故王柏《家语考》曰：四十四篇之《家语》，乃王肃自取《左传》、《国语》、《荀》、《孟》、二戴记，割裂织成之。孔衍之序，亦王肃自为也。……反复考证，其出于肃手无疑。"⑤也就是说，《汉书·艺文志》著录的《孔子家语》已佚，今见《孔子家语》乃是汉魏之际王肃自称从孔子二十二世孙孔猛手中所得，并为之注，且用来作为驳斥郑玄的武器。《四库全书总目》遂明确断为王肃伪作。然而1977年出土的汉文帝时期墓中的阜阳汉简（详

---

① 《论语注疏》，见《十三经注疏》，中华书局1980年版，第2529页。
② 《论语注疏》，见《十三经注疏》，中华书局1980年版，第2526页。
③ ［汉］班固：《汉书》，［唐］颜师古注，中华书局1962年版，第1717页。
④ ［唐］魏徵等：《隋书》，中华书局1973年版，第937页。
⑤ 《四库全书总目》，中华书局1965年版，第769页。

后），除已清理出的包括《周易》《诗经》《仓颉篇》在内的十多种古籍之外，还有三块木牍写有书籍章题，其中一号木牍属比较完整的一块，正面、背面两面均分三列书写，共四十七条章题（其中第十六条残缺），内容多与孔门有关，如"卫人醢子路""孔子临河而叹""子曰北方有兽"等等。① 整理者仿照河北定县汉墓出土同类简命名《儒家者言》之例，亦题为《儒家者言》。② 这些章题的内容大多能与今本《孔子家语》对应。这样一来，关于《孔子家语》是否伪作，又被重新审视。现在以"说体"的角度看来，即便今本《孔子家语》确实经过王肃之手，但其中的材料大多有其来源，可由此推断原著的大致体例。

由《汉书·艺文志》所著录的《孔子家语》书题、阜阳简《儒家者言》中的章题、对应今本《孔子家语》，可知题为"家语"的这部著作确为故事体。如阜阳牍章题"卫人醢子路"，事见今本《孔子家语·曲礼子夏问》：

> 子路与子羔仕于卫，卫有蒯聩之难。孔子在鲁闻之，曰："柴也其来，由也死矣。"既而卫使至，曰："子路死焉。"夫子哭之于中庭，有人吊者，而夫子拜之，已哭，进使者而问故，使者曰："醢之矣。"遂令左右皆覆醢，曰："吾何忍食此。"③

关于子路之死，《史记·卫康叔世家》提到"结缨而死"和孔子预感，没有提到"醢之"："有使者出，子路乃得入。……太子闻之，惧，下石乞、盂黡敌子路，以戈击之，割缨。子路曰：'君子死，冠不免。'结缨而死。孔子闻卫乱，曰：'嗟乎！柴也其来乎？由也其死矣。'"④《礼记·檀弓上》提到"醢之"，但未提"卫人"："孔子哭子路于中庭。有人

---

① 阜阳汉简整理组：《阜阳汉简简介》，《文物》1983年第2期，第21—23页。
② 韩自强：《阜阳汉简周易研究（附〈儒家者言〉章题，〈春秋事语〉章题及相关竹简）》，上海古籍出版社2004年版，第55页。
③ 张涛：《孔子家语注译》，三秦出版社1998年版，第511页。
④ ［汉］司马迁：《史记》，中华书局1959年版，第1601页。

吊者，而夫子拜之。既哭，进使者而问故。使者曰：'醢之矣。'遂命覆醢。"① 就现有材料而言，与阜阳简的这篇篇题对应比较完整的叙事的确仅见今本《孔子家语》。

综上，由《国语》《论语》《孔子家语》的书题及《国语》中《周语》《鲁语》《晋语》等篇题，联系其叙事体例，可进一步确证记述历史故事或俗间故事的文本有时被称作"语"。

（三）"说体"称"语"的汉代用例

称"语"有时乃指所语之事，即"说体"故事，在汉代人的表述中也能得到印证。

如汉初人陆贾《新语·怀虑》云："世人……乃论不验之语，学不然之事，图天地之形，说灾变之异……指天画地，是非世事，动人以邪变，惊人以奇怪，听之者若神，视之者如异……"② 从"邪变""奇怪""若神""如异"来看，这段论述乃是由秦汉间颇为兴盛的仙道方术之说有感而发，那么，"论不验之语"之"语"，即应是指方士们编派出来的荒诞怪异之事，"论"同于《论语》之"论"，即编次。

贾谊《新书》中有《连语》一篇，更是直接呈现"语"的故事性质。一如《韩非子》中的《说林》《储说》为故事集锦、故事储备，《连语》则是连缀故事，整篇也是由几个历史故事组成，如：

> 纣将与武王战，纣陈其卒，左臆右臆，鼓之不进，皆还其刃，顾以乡纣也。纣走还于寝庙之上，身斗而死，左右弗肯助也。纣之官卫舆纣之躯，弃之玉门之外。民之观者皆进蹴之，蹈其腹，蹴其肾，践其肺，履其肝。周武王乃使人帷而守之，民之观者搴帷而入，提石之者犹未肯止，可悲也！……
>
> 梁尝有疑狱，群臣半以为当罪，半以为不当，虽梁王亦疑。梁王曰："陶朱之叟，以布衣而富侔国，是必有奇智。"乃召朱公而问之，

---

① 《礼记正义》，见《十三经注疏》，中华书局1980年版，第1275页。
② ［汉］陆贾：《新语》，见《诸子集成》7，上海书店1986年版，第15—16页。

曰:"梁有疑狱,吏半以为当罪,半以为不当,虽寡人亦疑,为吾决是奈何?"朱公曰:"臣鄙人也,不知当狱。然臣家有二白璧,其色相如也,其径相如也,其泽相如也,然其价也,一者千金,一者五百金。"王曰:"径与色泽皆相如也,一者千金,一者五百金,何也?"朱公曰:"侧而视之,其一者厚倍之,是以千金。"王曰:"善。"故狱疑则从去,赏疑则从予,梁国说。……

上主者,尧舜是也,夏禹、契、后稷,与之为善则行,鲧、谨兜,欲引而为恶则诛。故可与为善,而不可与为恶。下主者,桀纣是也。虽佴、恶来进与为恶则行,比干、龙逢欲引而为善则诛。故可与为恶,而不可与为善。所谓中主者,齐桓公是也。得管仲、隰朋则九合诸侯,任竖貂、易牙,则饿死胡宫,虫流而不得葬。……①

几个故事,年代、人物各不相干。第一个讲的是殷纣王引起众怒的可悲下场;第二个讲的是陶朱公巧对白璧厚薄带来梁王为政能宽则宽的结果;第三个讲了上主尧舜、下主桀纣、中主齐桓公的不同作为。而之所以将它们连缀起来,主题是一个,这就是为政之道。

《史记》中有几处明确称"事"(历史故事)为"语"者。一处是《秦本纪》:"三年,卫鞅说孝公变法修刑……居三年,百姓便之。乃拜鞅为左庶长。其事在商君语中。"②《本纪》概要叙述了商鞅建议秦孝公变法、开始"百姓苦之"、后来"百姓便之"、商鞅因此被拜左庶长的经过,然后称"其事在商君语中",这是典型的互见提示,让读者详见本书中的"商君语"。这些事件不可能都是通过商君的话语说出来,本书中商君的话语也未说这些事件,这些事件描述最详尽者为《商君列传》。所以,"其事在商君语中"即事件详情见于《商君列传》,"商君语"即《商君》语。所以,"事"与"语"对应,"语"与"传"对应,明确显示"语"即关于"事"的具体描述,"语"即"说体"故事。

第二处仍在《秦本纪》:"秦王政立二十六年,初并天下为三十六郡,

---

① 阎振益等:《新书校注》,中华书局2000年版,第197—199页。
② [汉]司马迁:《史记》,中华书局1959年版,第203页。

号为始皇帝。始皇帝五十一年而崩，子胡亥立，是为二世皇帝。三年，诸侯并起叛秦，赵高杀二世，立子婴。子婴立月馀，诸侯诛之，遂灭秦。其语在《始皇本纪》中。"① 这段概述自秦"并天下"至诸侯"灭秦"的文字，所提均为事件，并无所论，故"其语"必是指其事件始末详情，因这些事件详情已见于《始皇本纪》，故这里仅概而言之。

第三处在《十二诸侯年表》："鲁君子左丘明惧弟子人人异端，各安其意，失其真，故因孔子史记具论其语，成《左氏春秋》。"② 这里所称的"孔子史记"即《春秋》，《左氏春秋》即《左传》，司马迁认为《左传》乃左丘明据孔子《春秋》史纲所作，因为孔子述史撰《春秋》"约其辞文"，详情则属于口授："孔子明王道……故西观周室，论史记旧闻，兴于鲁而次《春秋》……七十子之徒口受其传指……"（《十二诸侯年表》）"口受其传指"难免人人异端，于是左丘明"因孔子史记具论其语，成《左氏春秋》"。司马迁的说法是否准确容有存疑，就左丘明与孔子年齿、关系等种种信息来说，或许顺序倒置，当是左丘明讲史，孔子听闻也未可知（详后），这里需要注意的是"具论其语"，所谓"具论其语"，即编次其关于事件的具体讲述，或者选择、编撰各种讲史记录文本，"语"即讲述历史事件的记录文本。

第四处在《太史公自序》："凡百三十篇……成一家之言，厥协六经异传，整齐百家杂语，藏之名山，副在京师……"③ 司马迁在此谦称自己撰写《史记》，不过是排列、择要、编次、整理各种史料，包括"厥协六经异传，整齐百家杂语"，"异传""杂语"，即各种传诵讲述历史事件的记录文本。

第五处、第六处已是成、元时期的褚少孙所提，只不过因其补《史记》而载在今见《史记·滑稽列传》中："褚先生曰：臣幸得以经术为郎，而好读外家传语。窃不逊让，复作故事滑稽之语六章，编之于左。可以览观扬意，以示后世好事者读之，以游心骇耳，以附益上方太史公之三章。……武帝时，齐人有东方生名朔，以好古传书，爱经术，多所博观外家之语。"④

---

① ［汉］司马迁：《史记》，中华书局1959年版，第220—221页。
② ［汉］司马迁：《史记》，中华书局1959年版，第509—510页。
③ ［汉］司马迁：《史记》，中华书局1959年版，第3319—3320页。
④ ［汉］司马迁：《史记》，中华书局1959年版，第3203—3205页。

褚先生一则曰自己好读"外家传语",一则曰东方朔广泛阅读"外家之语",这"语"分明是故事、历史掌故的记录文本;而且加个"外"字,当非经史之传所载,更是世俗传闻记录。

桓谭《新论》中提到了"丛残小语":"若其小说家,合丛残小语,近取譬论,以作短书。治身治家,有可观之辞。"(《本造》)① 汉代所指先秦"小说家"亦属于诸子百家之"家",但此"家"与他"家"的区别是收集故事,用故事本身来显示事例,于是故事有了寓言的性质。而这里的故事、"小说"用的是"小语","语"取代了"小说",绝大部分是指叙事文本。

作为对《史记》纪传体"互见法"的直接承续,《汉书》中也多次提到"语在"某《纪》、某《传》,足有一百三十馀处,其"语"也分明是指故事原委、事件详情。即以其对汉昭帝之母赵婕妤的记述为例:

《昭帝纪》云:"孝昭皇帝,武帝少子也。母曰赵婕妤,本以有奇异得幸,及生帝,亦奇异。语在《外戚传》。"②

赵婕妤的"有奇异得幸""奇异""生帝",的确在《外戚传》中有详尽描述:

> 孝武钩弋赵婕妤,昭帝母也,家在河间。武帝巡狩过河间,望气者言此有奇女,天子亟使使召之。既至,女两手皆拳,上自披之,手即时伸。由是得幸,号曰拳夫人。……
>
> 拳夫人进为婕妤,居钩弋宫,大有宠,(元)[太]始三年生昭帝,号钩弋子。任身十四月乃生,上曰:"闻昔尧十四月而生,今钩弋亦然。"乃命其所生门曰尧母门。③

这两段描述即"语在《外戚传》"之"语","语"指故事情节,而非指所说言辞,因为在这个叙事中绝少人物言辞。

王充《论衡》中有大量"传书言""传书曰"已如前述,其中还有一篇《语增篇》用的是"传语曰":"传语曰:'圣人忧世深,思事勤,愁扰

---

① [汉] 桓谭:《新辑本桓谭新论》,朱谦之校辑,中华书局2009年版,第1页。
② [汉] 班固:《汉书》,[唐] 颜师古注,中华书局1962年版,第217页。
③ [汉] 班固:《汉书》,[唐] 颜师古注,中华书局1962年版,第3956页。

精神，感动形体，故称尧若腊，舜若腒，桀、纣之君垂腴尺馀。'……传语又称'纣力能索铁伸钩，抚梁易柱'。……传语曰：'纣沉湎于酒，以糟为邱，以酒为池。牛饮者三千人，为长夜之饮，亡其甲子。'……传语曰：'周公执贽下白屋之士，谓候之也。'"①"传""语"同用，而主语名词落脚在"语"上，传闻之语，就引号中的文字看，也均是叙述文本，即关于上古三代尧、舜、桀、纣、周公等圣君、贤臣、昏君的描述，并含有故事成分。

四、对举、连用、互称："说""传""语"为一体辨

既然称"传"、称"语"，或进而称"传书""传语"，是否可以另外称它们为"传体"和"语体"？说起来，另外称谓未必不可，但要清楚，在先秦两汉人的观念中，说体、传体、语体并没有明确的划分，在他们的表述和应用中，"说""传""语"常常对举、连用、互称，可知它们乃是指向同一种文本体制，即源自口述的叙事文本，即"说体"故事。

（一）先秦著作中"说"与"传""语"的对举、连用

"说"与"传""语"对举、连用，在先秦著作中即不乏其例。如《荀子·正论》出现了"说"与"传"的并称对举：

> 世俗之为说者曰："桀、纣有天下，汤、武篡而夺之。"是不然。……世俗之为说者曰："尧、舜擅让。"是不然。……夫曰"尧、舜擅让"，是虚言也，是浅者之传，陋者之说也。②

荀子这里所举"世俗之为说者"所言，均为上古三代人物传说，且包含事件叙述，所谓"桀、纣有天下，汤、武篡而夺之"，所谓"尧舜擅让"，然后称它们是"浅者之传，陋者之说"，"传"与"说"均指"为说者"所言的汤武夺桀纣天下及尧舜擅让，同指所说之事。

《墨子·非命中》中出现了"传"与"语"的并称连用：

---

① ［汉］王充：《论衡》，见《诸子集成》7，上海书店1986年版，第74—77页。
② ［清］王先谦：《荀子集解》，见《诸子集成》2，上海书店1986年版，第215—224页。

> 今天下之士君子或以命为亡，我所以知命之有与亡者，以众人耳目之情，知有与亡。有闻之，有见之，谓之有；莫之闻，莫之见，谓之亡。然胡不尝考之百姓之情？自古以及今，生民以来者，亦尝见命之物，闻命之声者乎？则未尝有也。若以百姓为愚不肖，耳目之情不足因而为法，然则胡不尝考之诸侯之传言流语乎？自古以及今，生民以来者，亦尝有闻命之声，见命之体者乎？则未尝有也。然胡不尝考之圣王之事？……①

"非命"，亦即不承认命中注定。为此，墨子强调眼见为实，"有闻之，有见之，谓之有"。于是，墨子接连用了三个"胡不考之"，让人们考察"百姓之情"、"诸侯之传言流语"、"圣王之事"，其中第二个便是考之"诸侯之传言流语"。所谓"诸侯之传言流语"，即关于诸侯的传闻故事，上一个称"百姓之情"，下一个称"圣王之事"，也都是指发生之事。这里"传言"与"流语"连用，意思相同，皆为记录源自"言""语"的传说的叙事文本。

《庄子·盗跖》中也出现了"传"与"语"的并称连用。该篇于杜撰的孔子见盗跖故事之后，又设置了一段子张劝满苟得"为行"的对话。满苟得伶牙俐齿予以反驳，其中提到"为行"者往往倒霉遭殃：

> 满苟得曰："……比干剖心，子胥抉眼，忠之祸也；直躬证父，尾生溺死，信之患也；鲍子立干，申子不自理，廉之害也；孔子不见母，匡子不见父，义之失也。此上世之所传，下世之所语。以为士者正其言，必其行，故服其殃，离其患也。"②

满苟得一连举出比干、子胥、直躬、尾生、鲍焦、申徒狄、孔子、匡子等士人为忠、为信、为廉、为义却剖心、抉眼、证父、溺死、立干、不自理、不见母、不见父的典故，然后称"此上世之所传，下世之所语"，"传"

---

① ［清］孙诒让：《墨子间诂》，见《诸子集成》4，上海书店1986年版，第169页。
② ［清］王先谦：《庄子集解》，见《诸子集成》3，上海书店1986年版，第200—201页。

"语"同义,这些均是被传诵而闻于世的士人事迹。

《大戴礼记·五帝德》记述的"宰我问于孔子"中出现了"传"与"说"的并称连用。

> 宰我问于孔子曰:"昔者予闻诸荣伊令,黄帝三百年。请问黄帝者人邪?抑非人邪?何以至于三百年乎?"孔子曰:"予!禹汤文武成王周公,可胜观也。夫黄帝尚矣,女何以为?先生难言之。"宰我曰:"上世之传,隐微之说,卒业之辨,闇昏忽之意,非君子之道也,则予之问也固矣。"孔子曰:"黄帝,少典之子也,曰轩辕。生而神灵,弱而能言,幼而慧齐,长而敦敏……"①

见于《汉书·艺文志》提及并见于《隋书·经籍志》著录的《大戴礼记》乃西汉宣帝时期戴德所传所编,但其中容有先秦古记,《五帝德》即被司马迁采用撰写《史记·五帝本纪》。《五帝德》记述的是孔子因宰我问到黄帝的问题而接连讲述的关于黄帝、帝颛顼、帝尧、帝舜、禹五个帝王的传说。当孔子纳闷宰我怎会问到这么上古的问题时,宰我表示"上世之传,隐微之说,卒业之辨,闇昏忽之",所谓"上世之传,隐微之说",即关于上世的各种让人不太明白的奇怪传闻,"传"与"说"在此即异辞同义,皆指传说文本。

由上述情况不难发现,先秦时代对于记述历史故事或传闻的文本,称"说"、称"传"、称"语"并不固定,但都指向传诵讲说的叙事文本是一定的。

(二) 载述中的同事异题

"说""传""语"同指传诵讲说记录的叙事文本,还可以由同一或同类故事被载于不同题篇题书得到印证。

比如,被称为"说"的《说林》《储说》中的故事,又见《韩诗外传》中的"传"曰:

---

① [清]王聘珍:《大戴礼记解诂》,中华书局1983年版,第117—118页。

宋人有酤酒者，升概甚平，遇客甚谨，为酒甚美，县帜甚高，然而不售，酒酸。怪其故，问其所知闾长者杨倩。倩曰："汝狗猛耶？"曰："狗猛，则酒何故而不售？"曰："人畏焉。或令孺子怀钱挈壶罋而往酤，而狗迓而龁之，此酒所以酸而不售也。"夫国亦有狗……故桓公问管仲曰："治国最奚患？"对曰："最患社鼠矣。"公曰："何患社鼠哉？"对曰："君亦见夫为社者乎？树木而涂之，鼠穿其间，掘穴托其中。熏之则恐焚木，灌之则恐涂阤，此社鼠之所以不得也。今人君之左右……此亦国之社鼠也。"……（《韩非子·外储说右上》）①

　　传曰：齐景公问晏子："为国何患？"晏子对曰："患夫社鼠。"景公曰："何谓社鼠？"晏子曰："社鼠出窃于外，入托于社，灌之恐坏墙，熏之恐烧木，此鼠之患。今君之左右……此社鼠之患也。"景公曰："呜呼！岂其然？""人有市酒而甚美者，置表甚长，然至酸而不售，问里人其故。里人曰：'公之狗甚猛，而人有持器而欲往者，狗辄迎而啮之，是以酒酸不售也。'士欲白万乘之主……此为国之大患也。"……（《韩诗外传》卷七）②

　　两相对照不难发现，《外储说》的"说"与《韩诗外传》的"传"所载属于同样的故事，即"最患社鼠"和"狗猛酒酸"，都提到社鼠、猛狗和好酒不售，只不过顺序倒错，故事被安在不同人物身上。而一称"说"，一称"传"，说明"说""传"并无什么差别。

　　再比如前面论及《韩诗外传》"传曰"时提到，其中有"传曰"称"伯奇孝而弃于亲"，该故事虽不见先秦典籍，但《孔子家语》记述曾子回答为何不续娶时，曾言"尹吉甫以后妻放伯奇"，《后汉书·左周黄列传》记述黄琼上书称"伯奇至贤，终于流放"，注引《说苑》也提到了这个故事。其实，这里还可以用来印证"传""说"一义，因为《韩诗外传》称"传曰"，而《说苑》将其收在了"说"之中。

　　还比如《韩诗外传》中的"传曰"还有见于《孔子家语》者：

---

① ［清］王先慎：《韩非子集解》，见《诸子集成》5，上海书店1986年版，第241—243页。
② 许维遹：《韩诗外传集释》，中华书局1980年版，第249—250页。

> 传曰：孔子遭齐程本子于郯之间，倾盖而语……顾子路曰："由来，取束帛十四，以赠先生。"……子路率尔而对曰："……士不中道相见，女无媒而嫁者，君子不行也。"孔子曰："夫《诗》不云乎！野有蔓草，零露漙兮。……且夫齐程本子，天下之贤士也，吾于是而不赠，终身不之见也。大德不踰闲，小德出入可也。"（《韩诗外传》卷二）①

> 孔子之郯，遭程子于涂，倾盖而语……顾谓子路曰："取束帛以赠先生。"子路屑然对曰："……君子不以交，礼也。"有间……孔子曰："由，诗不云乎：'有美一人，清扬宛兮……'今程子天下贤士也，于斯不赠，则终身弗能见也。小子行之！"（《孔子家语·致思》）②

两相对照，知二者所载完全是一个故事，即"孔子之郯遭齐程本子倾盖而语"，前者稍详，后者稍略。前者称"传"，后者称"语"，"传"与"语"亦异称同义。

更能说明问题的是《说苑》与《孔子家语》有多篇故事重合者，《说苑》中凡是属于孔门故事，几乎都可以在《孔子家语》中找到相应的记述。如"鲁俭者瓦甂煮食以进，孔子受之而悦"和"季桓子穿井获羊"：

> 鲁有俭者，瓦甂煮食，食之而美，盛之土钘之器，以进孔子。孔子受之……（《说苑·反质》）③

> 鲁有俭啬者，瓦甂煮食，食之，自谓其美，盛之土型之器，以进孔子。孔子受之……（《孔子家语·致思》）④

> 季桓子穿井得土缶，中有羊，以问孔子，言得狗。……（《说苑·辨物》）⑤

> 季桓子穿井，获如土缶，其中有羊焉，使使问孔子曰："吾穿井于

---

① 许维遹：《韩诗外传集释》，中华书局1980年版，第50—52页。
② 张涛：《孔子家语注译》，三秦出版社1998年版，第86页。
③ 向宗鲁：《说苑校证》，中华书局1987年版，第528页。
④ 张涛：《孔子家语注译》，三秦出版社1998年版，第72页。
⑤ 向宗鲁：《说苑校证》，中华书局1987年版，第464页。

费，而于井中得一狗……（《孔子家语·辨物》）[①]

诸如此类，不一而足。同样的故事，一载于"说"，一载于"语"，"说"与"语"就传说文本而言亦是异称同义。

（三）汉代著作中的"说""传""语"并举互称

"说""传""语"的并举互称，作为遗存，在汉代典籍中仍有痕迹。

"传""语"互换，在汉代用例很多。

如前面在论证"说体"称"传"时曾提到，《史记·封禅书》引《论语·阳货》称"传曰"："传曰：'三年不为礼，礼必废；三年不为乐，乐必坏。'每世之隆，则封禅答焉……""三年不为礼"云云本是宰我因反对三年之丧而寻找理由，《史记·封禅书》截取了其中的"三年不为礼"云云，却是派了别的用场，正面强调适时举行封禅大典的必要，而其所引之《传》，实为《论语》，《论语》本身是叙事体，是记述文。其实，这里恰恰可以用来证明"传""语"一体，《论语》之"语"，又可被称为"传"。

前面还提到，《论语》被引用而称作"传"者还有《史记·李将军列传》中的"太史公曰"："传曰'其身正，不令而行；其身不正，虽令不从'。其李将军之谓也？""传曰"所引见于《论语·子路》中的"孔子曰"。

《汉书》中所载汉帝"诏曰"也多有引《论语》称"传曰"者，前面也多作为"说体"称"传"之例已予引证。如《宣帝纪》记载宣帝"诏曰"："传曰：'孝弟也者，其为仁之本与！'其令郡国举孝弟有行义闻于乡里者各一人。"所引"传曰"见《论语·学而》中的"有子曰"。《元帝纪》记载元帝"诏曰"："传不云乎？'百姓有过，在予一人。'其赦天下，赐民爵一级，女子百户牛酒，三老、孝弟力田帛。"所引"传曰"见《论语·尧曰》所载周代分封传说。《平帝纪》记载平帝"诏曰"："传不云乎？'君子笃于亲，则民兴于仁。'其为宗室自太上皇以来族亲，各以世氏，郡国置宗师以纠之，致教训焉。"所引"传曰"见于《论语·泰伯》中的"子曰"。

[①] 张涛：《孔子家语注译》，三秦出版社1998年版，第191页。

此外，前面论"说体"称"语"，引用过《史记·滑稽列传》中的"褚先生曰"，其实两次都是"传"和"语"并提。一次是自我介绍："臣幸得以经术为郎，而好读外家传语。"一次是介绍东方朔："武帝时，齐人有东方生名朔，以好古传书，爱经术，多所博观外家之语。"前者直接称"好读外家传语"，特提"外家"，又"传""语"连称，都指不入主流的传闻故事；后者先提"古传书"，后面称"外家之语"，"外家"同于前者，"传书"与"语"互换，异称同义。

除上述已引证的材料之外，还有，《礼记》中孔子所引之"语"，《汉书》称"传"：

> 宾牟贾起，免席而请曰："夫《武》……敢问：迟之迟而又久，何也？"子曰："居！吾语汝。……久立于缀，以待诸侯之至也。且女独未闻牧野之语乎？武王克殷反商，未及下车而封黄帝之后于蓟，封帝尧之后于祝，封帝舜之后于陈。……"（《礼记·乐记》）①

> 传称武王克殷，追存贤圣，至乎不及下车。（《汉书·外戚恩泽侯表》）②

孔子所谓"牧野之语"即关于牧野之战的一些传说，因为下面所述没有人物对话，并非人物之语。孔子称"语"，《汉书》称"传"，可见"传""语"可以互换。

如前所述，贾谊《新书》有《连语》篇，《汉书》引述其中同样的内容，也另称"传曰"：

> 传曰：譬如尧舜，禹、稷、皋与之为善则行，鲧、谨兜欲与为恶则诛。可与为善，不可与为恶，是谓上智。桀纣，龙逢、比干欲与之为善则诛，于莘、崇侯与之为恶则行。可与为恶，不可与为善，是谓下愚。齐桓公，管仲相之则霸，竖貂辅之则乱。可与为善，可与为恶，是谓中

---

① 《礼记正义》，见《十三经注疏》，中华书局1980年版，第1542页。
② ［汉］班固：《汉书》，［唐］颜师古注，中华书局1962年版，第677页。

人。(《汉书·古今人表》)①

《汉书》中上引"传曰",大致同于前面所引《新书·连语》中的第三条,即"上主者,尧舜是也。夏禹、契、后稷,与之为善则行,鲧、讙兜,欲引而为恶则诛。故可与为善,而不可与为恶。下主者,桀纣是也。虽佴、恶来进与为恶则行,比干、龙逢欲引而为善则诛。故可与为恶,而不可与为善。所谓中主者,齐桓公是也。得管仲、隰朋,则九合诸侯,任竖貂、易牙,则饿死胡宫,虫流而不得葬"云云。

"说"与"语"的连称,汉代用例最明显的是前面已经举过的《论衡·死伪篇》中的"伯有之说,杜伯之语"。伯有、杜伯的故事都属于"活见鬼",完全同类,一称"说",一称"语",不过是避免重复的表达艺术,说明两者属于同义词,可以互换。

"说""传""语"三者互用,则可以以《汉书·艺文志》"《论语》类"中的某些书题为例:

《论语》古二十一篇。齐二十二篇。鲁二十篇。
《传》十九篇。
《齐说》二十九篇。
《燕传说》三卷。
《孔子家语》二十七卷。……②

以上为《论语》类,书名有"语""说""传",以《论语》《孔子家语》为记述体、故事体推之,其他几种也很可能属于记述体或故事体,可见三者属于同类。

第四节 故事简:先秦存在"说体"文本的考古印证

上述由对先秦、秦汉子书、史书的考察,已经论证了先秦"说体"

---

① [汉]班固:《汉书》,[唐]颜师古注,中华书局1962年版,第861页。
② [汉]班固:《汉书》,[唐]颜师古注,中华书局1962年版,第1716页。

("说""传""语")文本的存在。然而,今见"说体"文本几乎都来自诸史书、子书、杂说书的援用、征引、汇辑编纂,所引的原说体故事文本多已不复存在,负载这些"说体"文本的史书、子书、杂说书也多经历了汉代以后的整理、编定。不过,地下出土文献中有一类故事简,为印证这类文本的存在,呈现"说体"文本的原貌,提供了一些新的线索。

一、《汲冢琐语》题"语"考

首先值得一提的是历史上的一次地下出土,即晋武帝太康二年出土的"汲冢书"中的《琐语》(又称《汲冢琐语》或《古文琐语》),虽然该书后来又佚,但就辑佚所存的一些片段看,均属于篇幅短小、一事一记的传闻故事,很可能就属于接近于"说体"的先秦著作。

《汲冢琐语》是西晋出土的战国中后期魏王墓"汲冢书"中的一种,《晋书》提到时称为《琐语》。称为"语"的《琐语》是出土时竹简原题书名,还是整理者为之命名,这对于我们考察、论证先秦"说体"文体的具体存在状况原本是一条相当重要的信息,可惜查遍当时与这部著作有关的提及、记述和著录,却很难得出确凿的肯定与否的答案。

关于汲冢书的发现、获得与整理,今见记述最详尽的应该算是唐代房玄龄等人所撰的《晋书》中的《列传第二十一·束晳》:

> 初,太康二年,汲郡人不准盗发魏襄王墓,或言安釐王冢,得竹书数十车。其《纪年》十三篇……盖魏国之史书,大略与《春秋》皆多相应。……其《易经》二篇,与《周易》上下经同。《易繇阴阳卦》二篇,与《周易》略同,《繇辞》则异。《卦下易经》一篇,似《说卦》而异。《公孙段》二篇,公孙段与邵陟论《易》。《国语》三篇,言楚、晋事。《名》三篇,似《礼记》,又似《尔雅》、《论语》。《师春》一篇,书《左传》诸卜筮,"师春"似是造书者姓名也。《琐语》十一篇,诸国卜梦妖怪相书也。……《穆天子传》五篇,言周穆王游行四海,见帝台、西王母。……大凡七十五篇,七篇简书折坏,不识名题。……漆书皆科斗字。初发冢者烧策照取宝物,及官收之,多烬简断札,文既残缺,不复诠次。武帝以其书付秘书校缀次第,寻考指归,而

以今文写之。皆在著作，得观竹书，随疑分释，皆有义证。①

这段叙述提到包括《琐语》在内的"汲冢书"中多部书策的篇名书名，没有专门说明这些书名篇名是整理者题识还是原本固有。但从其中的某些说法或某些书名来看，似乎可以理解为原有书名。比如提到"《名》三篇"，称"似《礼记》，又似《尔雅》、《论语》"，如果原书不是已经标有"名"这一书题，整理者应该不太可能用"名"来题书；再比如其中提到《师春》一篇，介绍称"书《左传》诸卜筮"，并说"'师春'似是造书者姓名也"，这一对"师春"的猜测，不知是猜测整理者为何会以"师春"作为书名，还是猜测原简策为何会以"师春"为题？特别是其中还有"大凡七十五篇""七篇简书折坏，不识名题"几句，岂不是在说七篇之外其他各书的书名都是整理者辨识出来的结果？还有，关于当时对这批书的考定、整理和研究，也只是提到"校缀次第，寻考指归"，"而以今文写之"，并"随疑分释，皆有义证"，并没有提到为这批书题写书名。

然而，问题并不如此简单。因为此前东晋王隐所撰的《晋书·束皙传》中的有些说法稍有差异，却至为关键。王隐《晋书》已经亡佚，其中关于此次整理汲冢书的记述见于杜预《春秋左传集解·后序》孔颖达疏。《后序》开篇云"太康元年三月吴寇始平，余自江陵还襄阳……《集解》始讫，会汲郡汲县有发其界内旧冢者，大得古书"，"藏在秘府，余晚得见之……"对此孔颖达疏云：

> 王隐《晋书》……《束皙传》云：太康元年，汲郡民盗发魏安釐王冢，得竹书漆字科斗之文。……大凡七十五卷，《晋书》有其目录。其六十八卷皆有名题，其七卷折简碎杂，不可名题。有《周易》上下经二卷，《纪年》十二卷，《琐语》十一卷，《周王游行》五卷，说周穆王游行天下之事，今谓之《穆天子传》。此四部差为整顿。汲郡初得此书，表藏秘府，诏荀勖、和峤以隶字写之。②

---

① ［唐］房玄龄等：《晋书》，中华书局1974年版，第1432—1433页。
② 《春秋左传正义》，见《十三经注疏》，中华书局1980年版，第2188页。

关于书名，最明显的出入是唐《晋书》所称的《穆天子传》，王隐《晋书》却称为"《周王游行》"，并称"今谓之《穆天子传》"，只此一条，已经可以说明，唐《晋书》关于汲冢书记述中所提到的书名，并不一定皆是发现时原书固有题名。至于王隐《束皙传》所称的"《周王游行》"是原书固有题名，还是当时整理者著录时所题，也不能断下结论。还有一点十分值得注意，唐《晋书》所说的"七篇简书折坏，不识名题"，王隐《晋书·束皙传》的说法却是"其七卷折简碎杂，不可名题"，"不识名题"与"不可名题"一字之差，但前者可理解为原有书题，只是已经模糊不清，识别不出；后者则可以理解为因七卷"碎杂"，无法辨识完整内容，所以无法为它们确定书名或篇题。

就时间而论，东晋人王隐所撰《晋书》先于今见唐房玄龄等人所撰的《晋书》，可能距离事实更接近一些。

这样看来，题为《琐语》的这部著作，究竟是西晋整理者所题，还是这部书的固有之题，还无法遽下断语，处于两可之间。

不过，无论是后来晋人给题的"琐语"，还是当年成书时题的"琐语"，就现在所能看到的辑佚条目来说，这的确是一部"琐语"，属于相当典型的"说体"之"语"，比如：

> 师旷御晋平公，鼓瑟，辍而笑曰："齐君与其嬖人戏，坠于床而伤其臂。"平公命人书之曰："某月某日，齐君戏而伤。"问之于齐侯，齐侯笑曰："然，有之。"①

师旷明明是在晋平公身旁鼓瑟，却忍不住"辍而笑"，因为就在当下此刻，他"看"到了远在齐国的齐君"与其嬖人戏，坠于床而伤其臂"的糗事，后来晋平公按照当时"命人书之"的日期问齐侯，齐侯的回答居然果如师旷所言，师旷之神已非常人所能。此段"语"中虽有"齐君与其嬖人戏"云云"遥知"之语（说辞），但通篇是段叙事，且有对话、动作描写，"遥

---

① ［清］严可均辑：《全上古三代秦汉三国六朝文》第一册，河北教育出版社 1997 年版，第 206 页。

知"之语（说辞）只是情节中对话，乃是叙事中的一个部分。诸如此类，今见《琐语》中的十几条均是如此这般的叙事体、故事体。

据此可以得出这样的认识，如果"琐语"是这部书的固有书题，是原书编辑者所题，这就意味着时当该书成书的战国中期（汲冢书出自梁惠王墓或梁襄王墓），已经出现以"琐语"作为正史之外传说、杂说、怪说总称的专书，显示出"说体"意识的渐趋自觉。如果"琐语"是西晋出土时文献整理者为该书拟定的题目，则意味着当时的整理者通过对整部著作文体特点和情节内容的把握，最终是以《训语》《鲁语》《家语》等叙事之"语"的著作来比拟，由此也可以见出这部著作的确具有明显的"说体"特征。

二、阜阳汉墓章题牍

前面在论及《孔子家语》之"语"为故事时，提到阜阳汉墓写有书籍章题的三块木牍，其中一号木牍是比较完整的一块，正、背两面各分三列书写，章题四十七条（仅残缺第十六条一条），内容多与孔子及其门人有关，如"卫人醢子路""孔子临河而叹""子曰北方有兽"，等等[①]，整理者仿照河北定县汉墓出土同类简命名《儒家者言》之例，亦题为《儒家者言》。[②]章题所涉内容大多能在今本《孔子家语》中见到，如"卫人醢子路"即见今本《孔子家语·曲礼子夏问》"子路与子羔仕于卫……"，不同于《史记·卫康叔世家》仅提到"结缨而死"和孔子预感，也不同于《礼记·檀弓上》仅提到"醢之"，就现有材料而言，与阜阳牍的这章章题对应比较贴切的叙事的确仅见于今本《孔子家语》，由此可以证明即便后来经过王肃之手，《孔子家语》所录的故事多有其来源，绝非王肃或汉晋人所造。其实，反过来，阜阳汉墓出土的这几块章题木牍，恰恰可以用来进一步证明先秦"说体"故事文本的存在。

这几块章题木牍出土于 1977 年发掘的安徽阜阳县双古堆一号汉墓。考古学家根据墓中器物上有"女（汝）阴侯"铭文，参照漆器铭文纪年最长为"十一年"等资料，确认墓主是汝阴侯夏侯灶。夏侯灶卒于文帝十五年

[①] 阜阳汉简整理组：《阜阳汉简简介》，《文物》1983 年第 2 期，第 21—23 页。
[②] 韩自强：《阜阳汉简周易研究（附〈儒家者言〉章题，〈春秋事语〉章题及相关竹简）》，上海古籍出版社 2004 年版，第 55 页。

（前165年），乃西汉开国功臣夏侯婴之子。阜阳汉墓简牍的下限不得晚于文帝十五年这一年。也就是说，墓葬的时期为西汉早期。墓中出土有木简、竹简和木牍，已清理出《年表》《大事记》《诗经》《周易》《苍颉篇》《杂方》《行气》《日书》《相狗经》《刑德》等十几种古籍以及一些辞赋残简，此外还有就是这三块题有章题书题的木牍。

木牍中除前述可与今本《孔子家语》对应的书有四十七条章题、被整理者题为《儒家者言》的完整木牍之外，另有一块二号木牍也是两面书写，"各分上中下三排，由右至左书写章题。正面上排仅存章题五行；中排存九行；下排存九行。背面上排和下排漫漶不清，仅各存两行；中排存七行，另外还有难以拼接的残片，两面保存七行，总计存有四十个章题，其中有十四行存字太少，尚未找到出处。另在竹简里找到同类性质的竹简近百条。经于《说苑》《新序》《左传》《国语》等今本文献里找到相同的内容，得二十五章，加上章题的二十八章，共得五十三章。尚馀数百条还待查找"。其中保存较完整的章题有二十几条，如"吴人入郢""晋平公使叔向聘于吴""赵襄子饮酒五日"等，主要为春秋故事，被整理者仿马王堆三号汉墓帛书题书例亦题为《春秋事语》，所涉事件在《左传》《吕氏春秋》《韩非子》《史记》及刘向纂集的《新序》《说苑》中可以见到。而阜阳竹简中恰恰有属于这些章题的若干残碎简片。①

阜阳简残碎缺失十分严重，已经很难将这些碎片再拼接出完整的篇章。这里权且以可见文献作为参照。

比如木牍章题为"吴人入郢"的故事，已见《左传·哀公元年》，即"陈怀公从逢滑不听吴召"：

> 吴之入楚也，使召陈怀公。怀公朝国人而问焉，曰："欲与楚者右，欲与吴者左。……"逢滑当公而进，曰："臣闻……今吴未有福，楚未有祸，楚未可弃，吴未可从。……"公曰："国胜君亡，非祸而何？"对曰："……臣闻：国之兴也，视民如伤……其亡也，以民为土

---

① 韩自强：《阜阳汉简周易研究（附〈儒家者言〉章题，〈春秋事语〉章题及相关竹简）》，上海古籍出版社2004年版，第184—205页。

芥……楚虽无德，亦不艾杀其民。吴日敝于兵，暴骨如莽……祸之适吴，其何日之有？"陈侯从之。……①

按，该故事亦见《史记·陈杞世家》和《说苑·善说》，《史记》为简述，《说苑》叙事则与《左传》几乎全同，可知属于同一来源。而《说苑》此故事的开篇为"吴人入楚"，较之《左传》的"吴之入楚也"，木牍篇题的"吴人入郢"与《说苑》更为接近。据此可以断定阜阳章题木牍所对应的简策当属类似《说苑》的故事汇编类著作，每个故事均独立成篇。

木牍章题为"晋平公使叔曏聘于吴"的故事，今仅见于《说苑·正谏》：

> 晋平公使叔向聘于吴，吴人拭舟以逆之，左五百人，右五百人，有绣衣而豹裘者，有锦衣而狐裘者。叔向归以告平公，平公曰："吴其亡乎！奚以敬舟？奚以敬民？"叔向对曰："君为驰底之台，上可以发千兵，下可以陈钟鼓，诸侯闻君者，亦曰'奚以敬台，奚以敬民？'所敬各异也。"于是平公乃罢台。（《说苑·正谏》）②

木牍篇题为"赵襄子饮酒五日"的故事，亦见《新序·刺奢》：

> 赵襄子饮酒五日五夜，不废酒，谓侍者曰："我诚邦士也。夫饮酒五日五夜矣，而殊不病。"优莫曰："君勉之，不及纣二日耳。纣七日七夜，今君五日。"襄子惧，谓优莫曰："然则吾亡乎？"优莫曰："不亡。"襄子曰："不及纣二日耳，不亡何待？"优莫曰："桀纣之亡也遇汤武，今天下尽桀也，而君纣也，桀纣并世，焉能相亡，然亦殆矣。"（《新序·刺奢》）③

它如"晋文公逐麋"亦见《新序·杂事》，"晋文君之时翟人献冲狐"亦见《韩非子·喻老》和《说苑·政理》，"韩武子田，兽已取"亦见《说

---

① 《春秋左传正义》，见《十三经注疏》，中华书局1980年版，第2155页。
② 向宗鲁：《说苑校证》，中华书局1987年版，第223页。
③ 赵仲邑：《新序详注》，中华书局1997年版，第184页。

苑·君道》,"简子春筑台"亦见《说苑·贵德》,"晋文君伐卫"亦见《说苑·权谋》,"简子有臣尹淖"亦见《吕氏春秋·达郁》和《说苑·臣术》,"赵简子攻卫之附郭"亦见《吕氏春秋·贵直》和《韩非子·难二》,"夏徵舒弑陈灵公"亦见《左传·宣公十年》,"景公为台,台成"亦见《说苑·正谏》,"阳虎为难于鲁"亦见《左传·定公九年》《淮南子·人间训》和《说苑·权谋》,"齐景公游于海"亦见《说苑·正谏》,"魏文侯与大夫饮"亦见《说苑·善说》,"鲁孟献子聘于晋"亦见《新序·刺奢》,"齐景公饮酒而乐"亦见《晏子·外篇第七》《韩诗外传·卷九》《新序·刺奢》,"魏文侯与田子方语"亦见《说苑·复恩》,"或谓赵简子"亦见《说苑·君道》,"晋平公春筑台"亦见《说苑·贵德》,"卫叔孙文子"亦见《说苑·反质》等,亦能由章题与今见文本的对应窥其一斑。

现就阜阳木牍上的这些章题,参以阜阳残简,再参以今见故事,大致可以看出,其一,由章题显示可见,它们都是叙事体,而且都是以开篇第一句为题,不属于诸如以"说难""天论""劝学"等为题的说理类文章;其二,它们大多都是一些单篇独立的小故事;其三,就其题材而言,这批故事简还都限定在历史故事的范围内。

如前所述,阜阳汉墓属于西汉早期墓。据此时间判断,这批故事简的抄本来源应是春秋战国时的"说体"故事文本。

前面已经提及,据刘向《说苑叙录》,汉王朝中祕馆藏原有《杂事》《说苑》一类的杂记故事书,刘向又拿自己所藏之书及民间流传之书来参照校正,于是先编成《新序》,又剔除"浅薄不中义理者"汇总出《百家》(惜已佚),剩下的又编成一部《新苑》,或原称《新说苑》,即今本《说苑》。由此可知今见《说苑》的确多有先秦时期固有的种种故事,这些故事原本就都是"说体",来自原本《说苑》。阜阳墓中与《说苑》对应的章题目录(包括见于《左传》但首句更同于《说苑》的"吴人入楚"之类)及残简,印证了刘向的这一说法。

第五节 "说体"探源、界定及命名

每个事物的形成以及特别属于它的称谓,都与其来源有关,"说体"也不例外。追踪"说体"的来源，既是为了更彻底地弄清楚这种文本之所由来和形成，也是为当下"说体"概念和范畴的确立及命名找到依据。

一、"说体"探源

前面已经多方论证，先秦两汉时期人们称作"说""传""语"的文本大多指向有一定故事情节的叙事文本。叙述故事的文本为什么会被称为"说"，或者被称为"传"和"语"？这涉及对"说体"的溯源探究，弄清楚其来龙去脉，将有助于对这种文体的准确把握和析解。

前面已经指出，先秦时代"说"字虽多借为"脱""悦"，但很早就有了"说话"之义。那么，称作"说"的文本所记述的传闻故事，应该是与"说话"有关。换个说法，也就是说，这些文本最初会不会是"说"出来的，是讲史，而不是书写和记载？作为肯定性之证，"语"恰恰也是"说话"，《论语·乡党》记述孔子"食不语，寝不言"①，"语"即与"言"相对成文；至于另一个表述"传"，《墨子·经说上》云："闻，或告之，传也。"② "说""传""语"，三个可以互代的称谓都与说话、告知等口头表述有关，应该不是巧合。

关于讲诵故事，今见最直接的材料是《国语·周语上》"邵公谏弭谤"中关于"天子听政"的说法：

> 天子听政，使公卿至于列士献诗，瞽献曲，史献书，师箴，瞍赋，矇诵，百工谏，庶人传语，近臣尽规，亲戚补察，瞽、史教诲，耆、艾修之，而后王斟酌焉，是以事行而不悖。③

对于这段文字，以往文学史研究中注意的多是周有"献诗"之制。其实，现在再来审视，需要注意的是下面还有"瞍赋""矇诵""庶人传语"等等"语言类""节目"。

---

① 《论语注疏》，见《十三经注疏》，中华书局1980年版，第2495页。
② [清]孙诒让：《墨子间诂》，见《诸子集成》4，上海书店1986年版，第211页。
③ 《国语》，上海古籍出版社1988年版，第9—10页。

关于"瞍赋""矇诵",古有"不歌而诵谓之赋"(《汉书·艺文志》)①的说法,"赋""诵"都指口头讲述念诵。关于"庶人传语","传"是转告之意,"庶人"不可能亲自跑到天子朝廷上来"说三道四",这应该是说将"庶人"的"街谈巷语"转述给天子听到,即所谓"传话",因此也是口头讲述(所传恰恰是"语"特别值得注意);《左传》的说法即是"士传言"(《襄公十四年》记述师旷回答晋侯之问称"自王以下各有父兄子弟以补察其政。史为书,瞽为诗,工诵箴谏,大夫规诲,士传言,庶人谤,商旅于市,百工献艺"②),《大戴礼记》的说法更是明确定位为"士传民语"。[《保傅》:"……于是有进善之旌,有诽谤之木,有敢谏之鼓,鼓(瞽)夜诵诗,工诵正谏,士传民语。"③]

由《国语·周语上》"邵公谏弭谤"这条材料,可知在天子朝上,听政问政之时,除了有献诗有歌唱,还有"说话""讲诵"类"节目"。仅就这些文字来看,还不能肯定的是"瞍赋""矇诵""庶人传语"("士传言""士传民语")的文本是什么。教诲、规劝、议政等等的内容另有其人,即所谓"近臣尽规""亲戚补察""瞽、史教诲"等等,那么,用前面已经充分论证的"语"即传闻故事来印证,"瞍赋""矇诵""士传"的"语"或许就是史事、传闻、故事之类?

《国语》中的这条材料只是因出自邵公之口、刚好是面对天子,才特别提到了"天子听政",并不意味着只有"天子听政",只在天子朝廷,其实在诸侯朝、大夫朝等,也当有诵史讲事者。《国语·晋语九》"史黯论良臣"一节记述晋逐范、中行氏后,赵简子说"吾愿得范、中行之良臣",史黯反对,于是引出了他关于"良臣"的定义,其中就提到了"夫事君者,谏过而赏善,荐可而替否,献能而进贤,择材而荐之,朝夕诵善败而纳之"④。所谓"朝夕诵善败","诵"当即"瞍赋矇诵"之"诵",即口头讲述,"善败",不可能总是讲道理,应该更是成功和失败之先例,即故事。这些所谓"良臣"失职于此,才致使范、中行氏酿下大祸,"何良之为"?范、中行氏

---

① [汉]班固:《汉书》,[唐]颜师古注,中华书局1962年版,第1755页。
② 《春秋左传正义》,见《十三经注疏》,中华书局1980年版,第1958页。
③ [清]王聘珍:《大戴礼记解诂》,中华书局1983年版,第52—53页。
④ 《国语》,上海古籍出版社1988年版,第497页。

都是大夫级，其朝上也是需要有人"诵善败"的。《国语·楚语上》"左史倚相儆申公子亹"一节，记述左史倚相引述卫武公事迹，提醒申公子亹虽老耋也不能放松恭政，称"昔卫武公年数九十有五矣，犹箴儆于国"，"在舆有旅贲之规，位宁有官师之典，倚几有诵训之谏，居寝有亵御之箴，临事有瞽史之导，宴居有师工之诵。史不失书，矇不失诵，以训御之"①，其中就有"诵训""瞽史之导""师工之诵""史不失书，矇不失诵"几项；《国语·楚语下》"赵简子问楚白珩，王孙圉论国宝"一则则提到左史倚相本人"能道训典，以叙百物，以朝夕献善败于寡君，使寡君无忘先王之业"②，也有"道（说）《训典》""献善败""无忘先王之业"；都与讲先例、说故事有关。卫武公朝、楚王朝乃诸侯朝。

关于"史不失书，矇不失诵"，涉及当时的史官制度，更涉及大量"善败"的来源。据《左传》提及，当时周朝及列国似有史官通报之制，如《左传·隐公四年》记述"春，卫州吁弑桓公而立"，接着记述"公与宋公为会，将寻宿之盟。未及期，卫人来告乱"③。"来告乱"不可能只说一句"州吁弑桓公而立"，必定要讲述事件的原委及来龙去脉，甚至描述当时的具体情景，这就形成了"说体"文本。列国"来告"，史官会将结果记上一笔，即"书体"文本，《春秋·隐公四年》即明确记曰"戊申，卫州吁弑其君完"④。若未记，则是因为没有来告，如鲁僖公二十四年秦穆公送公子重耳归国，杀怀公，立为晋文公，如此重大事件，《春秋》于该年没有记述，《左传》称"二十四年，春，王正月，秦伯纳之（重耳）。不书，不告入也。……戊申，使杀怀公于高梁。不书，亦不告也"⑤。只要来告，或者只要发生大事，其结果、事实，史官都该记录在案，这就是"史不失书"；事件的具体过程、原委等等，当时不可能一五一十全部记录下来，更多的是来告者靠讲说，听告者靠记忆，记忆后再转述，这就是"矇不失诵"，瞽瞍矇等即都是有超强记忆功能者。矇诵的文本，即"来告"的具体描述文本，

---

① 《国语》，上海古籍出版社1988年版，第551页。
② 《国语》，上海古籍出版社1988年版，第580页。
③ 《春秋左传正义》，见《十三经注疏》，中华书局1980年版，第1725页。
④ 《春秋左传正义》，见《十三经注疏》，中华书局1980年版，第1724页。
⑤ 《春秋左传正义》，见《十三经注疏》，中华书局1980年版，第1816页。

即"说体"文本。后来瞍诵的文本再被人记录下来，才是后人所能看到的"说体"书面文本。

教学传授有没有讲诵故事课？今见文献还找不到王朝列国太学开设"春秋"课（历史课）的材料，所教六艺为"礼、乐、射、御、书、数"（《周礼·地官司徒》）①，没有"春秋"。但太子课可以肯定确有此门。《国语·晋语七》"司马侯荐叔向"一节记述司马侯对晋悼公谈论"德义之乐"，即"日在君侧，以其善行，以其恶戒"，悼公问"孰能"，回答是"羊舌肸（叔向）习于春秋"。于是悼公"乃召叔向使傅太子彪"②，即让叔向经常给太子讲《春秋》。《国语·楚语上》"申叔时论傅太子之道"一节记述楚庄王使士亹傅太子箴，士亹问于申叔时，申叔时说"教之《春秋》，而为之耸善而抑恶焉，以戒劝其心；教之《世》，而为之昭明德而废幽昏焉，以休惧其动；教之《诗》，而为之导广显德，以耀明其志；教之《礼》，使知上下之则；教之《乐》，以疏其秽而镇其浮；教之《令》，使访物官；教之《语》，使明其德，而知先王之务用明德于民也；教之《故志》，使知废兴者而戒惧焉；教之《训典》，使知族类，行比义焉"③，其中的《春秋》（《左氏春秋》之类《春秋》）《语》《训典》很可能就都属于"说体"故事文本。

当然，讲诵故事不可能只在朝廷（或者再加上太学）。《汉书·艺文志》论及"小说家"时就提到"巷语"和"涂（途）说"，所谓"小说家者流，盖出于稗官。街谈巷语、道听涂说者之所造也"④。但这些"街谈巷语、道听涂说"如果不被人收集、转达，就永远只会停留在"街谈巷语、道听涂说"的阶段，不可能成为今天我们所能看到、能研究的"说体"文本；前面所引材料中有"庶民传语"一句，庶民肯定也不能亲自跑到朝廷上"传语"，当有将庶民之语、之传语再传到朝廷者。此即"士传言""士传民语"之来历。

先秦确有传诵讲说之职。有学者在考察小说之所出之"稗官"时，指

---

① 《周礼注疏》，见《十三经注疏》，中华书局1980年版，第707页。
② 《国语》，上海古籍出版社1988年版，第445页。
③ 《国语》，上海古籍出版社1988年版，第527—528页。
④ ［汉］班固：《汉书》，［唐］颜师古注，中华书局1962年版，第1745页。

出其与《周礼》中的"土训""诵训""训方氏"职掌相近。① 关于"训方氏",《周礼·夏官》称"训方氏掌道四方之政事与其上下之志,诵四方之传道",注云"道,说也"②。原来,训方氏专管讲述四方各诸侯国发生的事件及君臣上下的政治态度、思想情绪,还要告诉各地的"传道(说)"。这训方氏原来就是传闻讲事的。巧的是,上面提到《国语·郑语》中恰恰引到一部《训语》,里面讲的正是某一方关于夏衰之时褒氏化为二龙的"传道",即传说。那么,这《训语》,无疑就是训方氏之语,也可以说是训方氏之说。

二、"说体"界定

至此,可以为先秦"说体"划定一个概念范畴了。先秦"说体"即先秦时期多被称作"说""传""语"的源自讲诵、记录成文的具有一定情节性的叙述体故事文本。

关于这个界定,需要对相对、相近的概念加以辨析和区分。

其一是"说体"与"书体"的联系与区别。

与"说体"直接相对的概念是"书体",或者说"说体"正是相对于"书体"提出的概念。"书"即书写,以文字和书写材料为载体,形成书面文本。说起来,以古代文本为对象,无论"说体"还是"书体",今人所面对的都只能是书面文本,"说体"也已经被记录成文,由此决定了"说体"与"书体"的必然联系。那么,"说体"与"书体"的区别就只在于起始、最初的文本载体是口说还是书写。"说体"强调故事最初是源自讲诵、口头传播后来才被记录成文,"书体"则是起初即是书写成文。具体而言,"左史记言、右史记事"的史官记录(比如《尚书》《春秋》)、直接记述师徒言行的语录体文本(比如《论语·卫灵公》"子张书诸绅")、诸子直接撰写的文章(比如《庄子·内篇》)、策士说客的拟托演练之文(比如《战国策》)等,起始即是秉笔而书,故可统称为"书体"。而"说体"强调的是故事的初始文本源自口头讲说。或是事件的亲历者、知情者、听闻者以口头

---

① 潘建国:《稗官说》,《文学评论》1999 年第 2 期,第 76—83 页。
② 《周礼注疏》,见《十三经注疏》,中华书局 1980 年版,第 864 页。

形式将事件具体情节告知于人,人们也以口头形式将听闻传诵讲说,后来形成记录文本;或是"为说者"(讲诵故事者)根据听闻、见闻、知识和需要,直接以口头形式讲诵故事。这样,在挖掘、辨析、判定"说体"故事文本时,起初是否能够被书面记载即是一个重要尺度,凡是有可能被史官、门生当下记录者,就不能肯定出自讲说,就不能划归"说体"范畴。还有,书面撰写文章中首见的故事,不能肯定是援用还是杜撰,也暂不划归"说体"范畴。

其二是"说体"与"传说"的联系与区别。

"说体"与"传说"十分接近,其初始的传播方式都属口述;所述故事大多都是历史人物事迹,兼及市井民间的奇闻佚事。就内容而言,大部分传说都可以归于说体的范畴。但"传说"属于口耳相传,重在转告之"传",一传十,十传百,且不一定形成书面文本;而"说体"源自讲诵,可以是转告,也可以是讲诵,流传过程中形成了书面文本,因此具有特定的文章体式。"传说"可以是一个故事,也可以是某一说法,是某条信息,内容比较宽泛;"说体"则是讲说中有故事情节的部分。有情节的传说且形成书面文本,即成"说体"故事文本;然而"说体"故事也有并非经过传说式转告而直接以讲诵形式传播进而形成记录文本的情况。总之,"说体"与"传说"内涵、外延有重合,有交错,两者并非一个概念,不可以互相替代。

其三是"说体"与"故事"的联系与区别。

如上所析,"说体"是讲说中有故事情节的部分,亦即是说,富于故事性、情节性、描述性是说体的基本特征。就早期文学文本而言,受甲骨、青铜、简帛等书写材料限制,书体记事精简概要,难言其详,口说则因表述自由而可绘声绘色,道尽原委,由此所传所讲大都会是一个个有头有尾、有因有果、有情节甚至有细节的生动故事。从这个意义上讲,"说体"几乎可以等同于"故事"。但是,"故事"概念中不含有传播方式因素,以描述形式叙述一个完整事件的文本即是故事,这个故事可以是源自口说,也可以是源自直接书写。"说体"概念则由源自讲说而命名,初始文本是否由讲说而来是它赖以"正身"的关键,也是它区别于其他相关相近概念的根本所在。

其四是"说体"与先秦"小说"的联系与区别。

如上所述,先秦已有小说家,而小说家记录、编纂的小道传闻中有故事情节者即是说体文本。也就是说,"小说"的"说"正是本于"街谈巷语""道听涂说"的口头讲说而得名,因此,"说体"中必然包含着先秦"小说"中的部分文本。但两者的内涵、外延也有重合和交错。就内容而言,"小说"与"说体"的主要区别在"小"字上。"说体"包含的内容比较宽泛,上至三皇五帝、历代君王,中至公卿大夫、诸子百家,下至士庶人及市井民间,无论大事小情,只要是源自讲说的故事,就都在"说体"的范围内;"小说"则限定在"街谈巷语"、不入主流的小道传闻上。就形式而言,先秦"小说"概念与后世特别是当今文学性"小说"概念尚有差异,除有故事情节的部分之外,还包括各种"丛残小语",而"说体"所包含的"小说"则是"小说"中有故事情节的那个部分。

三、"说体"命名

如前所述,先秦被称作"说""传""语"的叙述文本皆可归于"说体"的范畴中,之所以归于一体,而不分别厘定出说体、语体、传体,乃是因为时人多并称、互称,它们本都属于一种文体。叙述方便起见,需要给它们一个统一的命名。笔者最终选择"说"来为这种文体命名,乃是出于以下几点考虑。

首先,从已有题篇题书来看,比起以"语"、以"传"题篇题书者,以"说"题篇题书者与"说体"文本更为贴近。

以"说"题篇者如《韩非子》中的《说林》《储说》,以"说"题书者如刘向的《说苑》,所收大多是有故事情节的叙述文本,是比较典型的"说体"文本;刘向另有一部《世说》,惜已佚,但据佚文等信息可知也是一部与《说苑》大致相同的故事集(见前),其后刘义庆的《世说新语》就是在这部《世说》基础上仿其体例所作的短篇小说集。

比较而言,以"语"以"传"题篇题书者却并不专门指向"说体"故事。

比如以"语"题书者,《国语》归于了历史著作;《论语》属于偏于对话的语录体;陆贾《新语》有论有述;皆不够纯粹。

再比如以"传"题篇题书者,因后来《春秋》三《传》等的影响,"传"更容易理解为经传之传;由司马迁开创的人物传记之"传"如《史记·李将军列传》《汉书·司马相如传》等等，又发展为集中记述人物生平，与"说体"故事也有了距离。

其次，比起"传""语"，"说"在后来已被用作包括"传""语"在内的各种记录奇闻轶事、小说、故事的叙事文本的总称。

如元末明初陶宗仪编纂有一部大型丛书《说郛》，即选录了如《杂说》《博物志》《西京杂记》《搜神记》《老学庵笔记》《中朝故事》《西溪丛语》《野人闲话》《荆楚岁时记》《拾遗记》《赵飞燕外传》《麟台故事》《酉阳杂俎》《绿珠传》《曲洧旧闻》《列仙传》《神仙传》《汉孝武故事》《琐语》《韩诗外传》《世说》《论衡》等等汉魏至宋元各种杂记、杂传和诸子、笔记，书题有"说"有"传"有"语"有"话"有"记"有"故事"，其中绝大部分属于叙述体文本。

其后又有明人陆楫编纂的笔记小说丛书《古今说海》，辑前代至明代古今野史外记、丛说脞语、虞初稗官之流，分为四部七家。"一曰说选，载小录、偏记二家。二曰说渊，载别传家。三曰说略，载杂记家。四曰说纂，载逸事、散录、杂纂三家"（《四库全书提要》）①。所收皆为野史、别传、逸事、杂记之类，较之《说郛》，有了更明确的"说体"叙事意识。

明代王世贞《弇州山人四部稿》，首次提出了"说部"一词，他所谓"四部"者，即"赋部""诗部""文部""说部"，"说"已作为区别于赋、诗、文的门类被单独列出一部。《四部稿》一百四十七卷，其中《说部》三十六卷，所收有《札记内篇》《札记外篇》《左逸》《短长》《艺苑卮言》《卮言附录》《宛委馀编》七种，其"说部"之"说"尚本于目录学"小说家"之"杂说"观念，《札记》内外篇为读书杂感，《艺苑卮言》为说艺杂论，尚有诸多不为叙事文者；然其中《左逸》《短长》为收录或自作的拟《左传》《战国策》之文，皆为讲述春秋战国事的"说体"故事，《宛委馀编》为杂记，也可见出"说部"独立成编的自身体征。而比起其"说"的观念，"说部"的题"部"与单列本身，更是其价值所在。

嗣后明邹迪光编纂《文府滑稽》十二卷，专门选录先秦至唐宋寓言俳谐之文，即亦分出"文部"、"说部"，而其选《庄子·齐物论》，将"啮缺

---

① 《四库全书总目》，中华书局1965年版，第1062页。

问于王倪"一段入"文部",将"罔两问景"一段入"说部",则可见编纂者对于"说部"情节性、描述性甚至虚构性特征的理解。

清代,又有吴震方编纂的清代笔记小说集《说铃》,所收大多以"纪""杂记""录""志""琐语""杂说""序"为题,已经比较集中于记录趣闻轶事的叙述文本。其后还有陈世熙编纂的《唐人说荟》,专门收录唐代人的传奇和笔记。

正是在上述专门收录"说体"文本的丛书及"说部"分类基础上,晚清王文濡等人编成《古今说部丛书》,共十集六十册。该丛书共收录著作二百六十六部,其中以春秋、录、记、旧闻、本事、志、纪、说、传、史、异经等题书者达一百七十馀部,在整部丛书中占有绝大比重。除此之外,即便不是以这些记述性专用词语为题者,析其内容,也多为杂录叙事之文。如其中所收应劭的《汉官仪》,乃缀集旧闻以成书,所录皆是史志杂传,只不过是与官员有关的、叙事中提及官员的等等,不乏趣闻轶事,如"太常周泽自劾"事,讲述他将斋戒时问其疾的老婆送劾并自劾,即是一段有趣的小故事。所收南朝宋刘敬叔所撰的《异苑》,其书名即是仿自刘向的《说苑》,共计三百八十二条,基本上都是各种奇闻异事。唐代佚名的《灯下闲谈》,体例近似传奇,注重情节,可谓唐代小说的遗响。唐代丘悦的《三国典略》,系中国古典笔记小说,《太平御览》《太平广记》多有摘引。宋朱辅所撰的《溪蛮丛笑》,"据所见闻,作为是书","工于叙述"。元韦居安《梅涧诗话》,诗评中总带叙事,如讲述金陵半山寺荆公旧宅题诗即是一例。《琅琊漫抄》,属明人笔记小说。《半庵笑政》,是清人笑话故事。

总之,后代已经以"说"作为各类杂记故事等叙事文体的总称。

再次,比起"传"和"语","说"与文学史上的"小说"在称谓上有着更直接的字源关系。如前所述,先秦已有"小说家",属诸子学派之一,该学派旨在采录、收集、编纂小道传闻("小说")以为譬喻。此"小说"即"说体"中偏于小道者,或者说,"小说"中有故事情节者即是"说体"文本。

当然,先秦"小说"与文学史上的"小说"有关系,但尚不是同一个概念。

就与文学史上的"小说"相关的方面来说,先秦小说家所搜集编撰的小说，相当于民间传闻故事、杂说，因此已经具有某些文学成分。因为用《汉书·艺文志》的话来说，它们大多是"街谈巷语"，是"道听途说"之所"造"，这样它们就是不可坐实的，其中可能有虚构，有添枝加叶；"小说"的"小"，除了篇幅小之外，还指它们的无关宏旨，那么就不是政论，不是说理，只是说者痛快，听者好玩，这就带有某种审美愉悦的性质。将这些传说采集来以闻于天子，或用来立说，是学者借用文艺，就像采风一样。而"风"、传说本身更带有文艺的性质。

然而，先秦"小说"这个概念还包括不入正体的丛残小语，"道听途说"也并不都是完整的故事，所以，又并非全部是指文艺性作品，也并非都是"说体"文本。

这种以琐屑丛杂为其特征的"小说"概念在中国古代目录学的著述中一直沿用。唐代史学家刘知几把"小说家"的著述分为偏记、小录、逸事、琐言、郡书、家史、别传、杂记、地理书、都邑簿十类（《史通》卷十《杂述》），明代胡应麟把"小说"分为志怪、传奇、杂录、丛谈、辩订、箴规六类（《少室山房笔丛》），清代的《四库全书总目》分小说为叙述杂事、记录异闻、缀辑琐语三派。内容博杂可谓包罗万象，但话本、演义等通俗叙事文学作品，却又都不涵盖在内。

不过，自唐宋以后，中国古代又有借用"小说"一词来称谓宋以来平话、演义、拟话本等通俗叙事文学作品的另一条线索存在。唐代段成式的《酉阳杂俎》中有"市人小说"一语，有学者认为此即指"说话"一类通俗叙事。① 南宋耐得翁的《都城纪胜》把当时盛行的说话艺术按题材分为"小说""说铁骑儿""说经""讲史"等，所谓"小说"已涵盖了烟花粉黛、神灵圣异、传奇公案等大部分说话艺术的题材内容。宋末，在罗烨的《醉翁谈录》中，"小说"一词开始作为说话艺术的通称而使用。明桃源居士《唐人小说序》称"唐三百年，文章鼎盛，独诗律与小说，称绝代之奇"，把唐传奇称为小说而与诗歌并列。明洪楩编刊《六十家小说》，小说成了话本总的称谓，不再是"说话"的隶属性称谓。

这样，"说体"与文学史上的"小说"都称"说"，都具有故事性、情

---

① 萧相恺：《宋元小说史》，浙江古籍出版社1997年版，第3页。

节性，确有着千丝万缕的联系。唯有将先秦被称作"说""传""语"的、源自讲说、记录成文的叙事体故事文本以"说"概称之，才更能以直观的形式显示它们与文学性小说的渊源、衍生关系和中国古代叙事文学的发展脉络。

正是鉴于以上几点，对于这些源自讲说、被称作"说""传""语"的先秦故事，我们姑且将它们总称为"说体"。

四、"说体"辨识

如前所述，先秦"说体"的原初文本大多已经堙没不存，我们是通过先秦西汉史书、子书、杂说书的援引、援引时或汇集后称"说"、称"传"、称"语"等等，发现了它的"踪影"。所以，现成的"说体"著作、篇目所存无几，若要挖掘、整理、研究先秦"说体"文本，其前提是要予以辨识和判断。

辨识是否"说体"文本，首先可由对互见文本的比较作为途径或依据。如果两部著作中出现情节大致相同的叙事文本，具体描述又有差异，即可判断它们并非独自撰著，而属援用（亦见他著）；亦非一方抄自另一方（描述有异），而是分别援用了同源异流文本，"异流"意味着是"说体"而非"书体"，因为唯有"说"才容易变异，书写文本则相对比较固定。两部或两部以上著作的互见，有同时著作互见（亦见）和异时著作后者与前者互见（已见）等不同情况，均可根据互见中的相同相异作出判断。"版本"不同的情况还包括出自同一著作而出现两个以上有同有异情节者。

独见于或首见于一部著作中者，则需要根据内证、外证等因素综合考虑予以辨识和判断。内证为叙事文本本身的情节、对话、叙述等内容和形式。基本依据是文本情节既不属于当下可以记录者，又载于史录、故事录或援事论说篇目中，并非作者有意虚构撰写，由此断定这一被载录或援用的叙事文本最初出自追述、转述、传闻、讲说，其后才被记录成文。比如隐私密事不可书记者、细节描述不可亲见者、对话说辞未及亲闻者，以及插叙倒叙补叙、多人故事及人物关系叙述等等，皆可能源自"说体"文本。外证为著述者提供的相关信息，比如称"闻之"，称见于某"说"，称"传曰""语云"等等，即是援引自"说体"的证明。

具体考察独见、首见部分，对于战国前期与战国中后期及西汉时期的著作及篇目还需分别对待。上述辨识、判断独见文本的依据更适合于前期著作，具体来说就是《左传》《国语》。种种迹象表明，战国中期之后，拟托创作之风渐兴渐盛，同样富于情节、长于描摹且拟托历史人物虚设事迹和对话的类"说体"书写文章已经大量产生，它们也在各类子书、杂说书甚至是史书的收录、援用范围内。对于这个时期之后的著作，具体来说就是《韩非子》《吕氏春秋》《新书》《淮南子》《韩诗外传》《史记》等，所收录所援用是否为"说体"文本，就不能再仅仅依据是否能被当下记录，还需同时借助各种参照信息，比如故事是否被他著提及且显示同中有异，故事虽不见前述是否被其后著作收录、援引且有差异等等。《新序》《说苑》因其辑录多为先秦固有文本，且与前著大量互见，正可用来作为参照。同时还可使用排除法，辨析故事本身是否有明显的喻理、演练等拟托创作宗旨，由此确定是否将其判为拟托创作之文而排除在"说体"之外。无任何参照信息者，即便本身具有"说体"文本特征也将暂不被判定、列入先秦"说体"文本范围内。独见于《说苑》《新序》者，因已完全失去参照，也在被排除的行列中。

以下第二章、第三章、第四章、第五章对于《左传》与《国语》、《韩非子》与《吕氏春秋》、西汉相关著作及相关出土文献的援用"说体"文本，即拟本于上述方面予以考察、辨识和把握。

第 二 章

《左传》《国语》中"说体"文本的整理与辨析

  《左传》《国语》是关系密切且复杂的两部先秦历史散文著作,从"说体"角度将两部著作放在一起进行研究,通过对勘、比较,不但可以考察、挖掘、论证其中的"说体"文本,还可以藉此从一个全新的角度回答甚至解决学术史上与两部著作有关的许多悬疑问题。

第一节 "说体"与《左传》《国语》关系辨析新视角

一、《左传》《国语》的相关性

  《左传》《国语》之所以关系密切,首先是因为这两部著作被称皆出自同一位作者,即春秋末鲁君子左丘明。

  最早明确提及左丘明著《左氏春秋》者为司马迁。《史记·十二诸侯年表序》云:"(孔子)兴于鲁而次《春秋》,上记隐,下至哀之获麟,约其辞文,去其烦重,以制义法,王道备,人事浃。七十子之徒口受其传指,为有所刺讥褒讳挹损之文辞不可以书见也。鲁君子左丘明惧弟子人人异端,各安其意,失其真,故因孔子史记,具论其语,成《左氏春秋》。"① 《论语》中孔子提到过左丘明:"巧言、令色、足恭,左丘明耻之,丘亦耻之;匿怨

---

① [汉]司马迁:《史记》,中华书局1959年版,第509—510页。

而友其人，左丘明耻之，丘亦耻之。"（《公冶长》）① 玩其语气，这个被提到的左丘明应是前辈，或是与孔子同时而年长的贤人，但《论语》未提及左丘明的身份，更未提及他著《左传》之事。至东汉，班固综合《论语》和《史记》两家记录，明确提出与孔子同时的左丘明为《春秋》作《传》之事："孔子因鲁史记而作《春秋》，而左丘明论辑其本事以为之传。"（《汉书·司马迁传赞》）②"（孔子）以鲁周公之国，礼文备物，史官有法，故与左丘明观其史记，据行事，仍人道，因兴以立功，就败以成罚，假日月以定历数，藉朝聘以正礼乐。有所褒讳贬损，不可书见，口授弟子，弟子退而异言。丘明恐弟子各安其意，以失其真，故论本事而作《传》，明夫子不以空言说经也。"（《汉书·艺文志》）③

首先明确提到左丘明与《国语》成书直接相关者也是司马迁："昔西伯拘羑里，演《周易》；孔子厄陈蔡，作《春秋》；屈原放逐，著《离骚》；左丘失明，厥有《国语》。"（《史记·太史公自序》）④ "盖文王拘而演《周易》，仲尼厄而作《春秋》；屈原放逐，乃赋《离骚》；左丘失明，厥有《国语》。"（《文选·报任少卿书》）⑤

《左传》《国语》之所以关系密切，其次是因为这两部著作皆主要为春秋列国史著，且其中时间、列国、史事有较多重合部分。

《左传》为与《春秋》记事线索大致相同的鲁国编年史，以鲁国君王在位的年次为编年线索，记述了鲁隐公元年（前722年）至鲁哀公二十七年（前468年；编年比《春秋》多十三年）及鲁悼公四年（前464年）周王朝、鲁国及各列国的历史事件，最后提及三家分晋（前453年），篇目中提到赵襄子谥号（卒于前425年），时间跨度为二百七十馀年，涉事年代为进入春秋四十八年后直至进入战国二十二年，所涉事件较多的列国有鲁、齐、晋、宋、卫、郑、楚、吴、秦、陈、蔡、越等等，另外还有其他多国和多地；成书当在进入战国五十馀年（公元前425年赵襄子卒）之后。

---

① 《论语注疏》，见《十三经注疏》，中华书局1980年版，第2475页。
② ［汉］班固：《汉书》，［唐］颜师古注，中华书局1962年版，第2737页。
③ ［汉］班固：《汉书》，［唐］颜师古注，中华书局1962年版，第1715页。
④ ［汉］司马迁：《史记》，中华书局1959年版，第3300页。
⑤ ［梁］萧统编：《文选》，［唐］李善注，中华书局1977年版，第580页。

《国语》为记述西周中期至战国初期周王朝及各列国史事的国别史著作，其中所涉事件时间最早者为《周语上》涉及的周穆王（约前1054—前949年）征犬戎，时间最迟者为《周语下》提到"（敬王）二十八年，杀苌弘。及定王，刘氏亡"，周定王在位年限为进入战国七年后的公元前468年至进入战国三十四年后的公元前441年；以及《晋语九》提到的"遂灭智氏"（前453年），篇目中也提到了赵襄子谥号。上限较《左传》约早二百年，下限与《左传》基本相同，其中主要亦为春秋年间人物活动及事件，时间上与《左传》大部分重合；列国之《语》除《周语》上、中、下外，其馀依次为《鲁语》上下、《齐语》、《晋语》一至九、《郑语》、《楚语》上下、《吴语》、《越语》上下；各列国史事多寡并不平衡，然所涉列国与《左传》重心部分亦多重合。

　　对于同一位作者何以会编出这样两部多所重合的春秋史著作，班彪提出"撰异同"说："定哀之间，鲁君子左丘明论集其文，作《左氏传》三十篇，又撰异同，号曰《国语》，二十一篇。"（《后汉书·班彪传》）① 东汉王充认为是左丘明把先前已有的材料收集起来进行加工整理，先完成了《左传》，意犹未尽，剩下的又编纂成了《国语》："《国语》，《左氏》之外传也，左氏传经，辞语尚略，故复选录《国语》之辞以实。"（《论衡·案书篇》）② 而宋代史学家司马光则援引其父之说认为《国语》为左丘明整理《左传》之前收集的各国史料的底本："司马光曰：'先儒多怪左丘明既传《春秋》，又作《国语》，为之说者多矣，皆未甚通也。先君以为丘明将传《春秋》，乃先采集列国之史，因别分之，取其精英者为《春秋传》。而先所采集之稿，因为时人所传，命曰《国语》，非丘明之本志也。'"（《经义考》卷二百九）③

　　由此可见，正因为这两部著作的相关性，关系度（作者、时段），才导致了种种疑问、猜测和辨析。

---

① ［南朝宋］范晔：《后汉书》，［唐］李贤等注，中华书局1965年版，第1325页。
② ［汉］王充：《论衡》，见《诸子集成》7，上海书店1986年版，第277页。
③ ［清］朱彝尊：《经义考》卷二百九，见《钦定四库全书荟要》卷九千九百三十八，史部。

二、《左传》《国语》关系与《左传》真伪辩

其实，由于《左传》涉事下限已至进入战国二十九年，所提名谥则至进入战国五十年的赵襄子，自唐代始，关于《左传》是否成于与孔子同时的春秋末期的左丘明之手，已经受到怀疑。如唐人啖助即认为《左传》之成书不是左丘明本人，而是其门人据其所传旨意编次而成："左氏得此数国之史以授门人，义则口传，未形竹帛，后代学者乃演而通之，总而合之，编次年月以为传记。"（《春秋集传纂例》卷一"三传得失议第二"引"啖子曰"）① 宋代人更是对此进行论证，如《六经奥论》（托名郑樵）提出八条论据，其中提到，"《左氏》终纪韩、魏、知伯之事，又举赵襄子之谥……自获麟至襄子卒已八十年矣。……明验一也"，认为从时间上考察，作者不可能是春秋时人；其中还提到，"《左氏》'战于麻隧秦师败绩获不更女父'，又云'秦庶长鲍、庶长武率师战于栎'，秦至孝公时立赏级之爵，乃有不更、庶长之号……明验二也。《左氏》云'虞不腊矣'，秦至惠王十二年初腊……明验三也。……《左氏》云：'左师展将以公乘马而归'，按三代时有车战，无骑兵，惟苏秦合从六国，始有车千乘、骑万匹之语……明验六也"（《六经奥论》卷四"左氏非丘明辨"）②，从名物上考察，作者用了战国以后出现的名词用语，自是战国时人。

更有甚者，至清代开始有人将西汉刘歆争立古文《左传》进而说成是刘歆伪造《左传》。当年刘歆争立古文《左传》为博士官遭到今文学家的强烈反对，他们拒斥《左传》的理由是《左传》并非《春秋》的笺注本，是刘歆擅自把它抬高为《春秋》经之《传》。清代刘逢禄更专门撰写了《左氏春秋考证》，尚承认有古本《左氏春秋》，同时又多据今本《左传》与《国语》《史记》《公羊》等所述之异，认为是刘歆改《左氏》为传《春秋》之书："《左氏春秋》，旧名也；曰《春秋左氏传》，则刘歆所改也。"③ 在此基础上，晚清康有为更进一步提出刘歆为压倒《公羊传》《谷梁传》，"得《国语》与《春秋》同时"，遂"依《春秋》以编年，比附经文，分《国

---

① [唐]陆淳：《春秋集传纂例》卷一，见《钦定四库全书》，经部五。
② 《六经奥论》卷四，见《钦定四库全书荟要》卷三千二百四十一，经部。
③ [清]刘逢禄：《左氏春秋考证》（辨伪丛刊），北平朴社 1933 年版，第 46 页。

语》以释经,而为《左氏传》","遍伪群经以证其说"。① 这样《国语》与《左传》的关系就又被卷入这场旷日持久的《左传》真伪之辩中。

近代崔适在其所著《春秋复始》中,也认为刘歆破散《国语》以伪《春秋》之传:"(《国语》)本不为《春秋》而作,故无释经之辞,今《左传》有者,刘歆窜入也。"并提出今见《国语》乃是刘歆割剩下的材料。② 钱玄同发表《重论经今古文学问题》(《北京大学国学门周刊》第1期),则从《左传》与《国语》记事彼此详略的角度,论证《左传》乃刘歆从《国语》所分出,"此详则彼略,彼详则此略,显然是一书瓜分为二","至于彼此同记一事者,往往大体相同,而文辞则《国语》中有许多琐屑的记载与支蔓的议论,《左传》大都没有,这更显出删改的痕迹来了"。③

伪造说一出,有影响的反驳意见也是从《左传》与《国语》的关系入手。如冯沅君《论〈左传〉与〈国语〉的异点》一文运用比较方法,说明二书共说一事而二文不同之处凡十五则;另用统计法,说明《左传》《国语》二书用字之不同,由此证明《左传》与《国语》乃各不相干之二书。④ 童书业《〈国语〉与〈左传〉问题后案》一文,则以《国语》与《左传》相同文字对照,证《国语》出现在《左传》前;以记事重复、记事冲突、文法不同、文体绝异等证《左传》与《国语》非一书之分化。⑤

由此可见,《左传》与《国语》缠夹、复杂的关系,仍是怀疑和争论的焦点。

三、《左传》《国语》关系与《国语》作者辨

上述争论,多是以左丘明撰著《国语》作为参照,进而辨析《左传》真伪。其实,若以下限为疑点,已涉战国史事的《国语》同样存在是否左丘明完成的问题;而且,《国语》诸《语》不统一、不平衡、不成系统的体

---

① 康有为:《〈汉书艺文志〉辨伪第三上》,见《新学伪经考》,生活·读书·新知三联书店1998年版,第87页。
② 《春秋复始》卷一,见《续修四库全书》经部·春秋类。
③ 钱玄同:《重论经今古文学问题》,见《古史辨》第五册上编,上海古籍出版社1981年版,第68页。
④ 冯沅君:《论〈左传〉与〈国语〉的异点》,《新月》月刊1926年第一卷第七期。
⑤ 童书业:《〈国语〉与〈左传〉问题后案》,《浙江图书馆馆刊》1935年第二期第四卷第一期。

例，是否一人所作，较之《左传》更有疑点。因此，另一条争论的线索，则是以《左传》为参照，质疑《国语》的作者。

有的根据两书所记之事的差异怀疑《国语》非左丘明作。比如魏晋人傅玄即根据《左传·哀公十三年》"吴晋争先"条记事与《国语》的不同，提出"《国语》非丘明所作"，并说"凡有共说一事，而二文不同，必《国语》虚而《左传》实，其言相反，不可强合也"。（见《左传注疏·哀公十三年》孔颖达疏引）①

还有的根据两书文体的不同怀疑《国语》与《左传》非一人之作，进而否定《国语》为左丘明所作。比如唐人赵匡即指出，"且《左传》《国语》文体不伦，序事又多乖剌，定非一人所为也。盖左氏广集诸国之史以释《春秋》，《传》成之后，盖其家子弟及门人，见嘉谋事迹多不入传，或有虽入传而复不同，故各随国编之而成此书（《国语》），以广异闻尔"。（《春秋集传纂例》卷一"赵氏损益义第五"引"赵子曰"）② 这即是说，《国语》乃左氏弟子门人的杂编之作。

不难看出，人们怀疑《国语》，除其下限已至战国的因素外，其与《左传》的异同、不统一，也是重要因素之一。

四、"说体"视角与《左传》《国语》关系的新审视

归纳上述论争，《左传》与《国语》的关系，人们意见的分歧，主要集中在如下几点：

其一，持左丘明为两书作者观点者，认为作者先撰《左传》，又纂异同编《国语》。

其二，持《左传》非左丘明终成观点者，有认为左丘明得数国之史以传授，其弟子、后人据此编撰《左传》；有认为后人拆左丘明《国语》以伪《左传》。

其三，持《国语》非左丘明编撰观点者，有认为《国语》乃左丘明撰《左传》所辑史料，成于《左传》之前；有认为《国语》乃左丘明撰《左

---

① 《春秋左传正义》，见《十三经注疏》，中华书局1980年版，第2171页。
② 唐陆淳：《春秋集传纂例》卷一，见《钦定四库全书》，经部五。

传》后之残馀补编，成于《左传》之后。

其四，持《左传》《国语》两书均非左丘明所作观点者，认为《左传》并非都是左丘明所录，《国语》多为《左传》采录，采之者亦非左丘明。

《左传》《国语》为什么会出现如此缠夹的关系？事实究竟如何？其实，今若从它们援用"说体"以讲史著史的角度重新审视，即不难对此作出回答。

种种迹象表明，《左传》《国语》中的极大部分乃是载录、援用"说体"文本以成书。

首先从书题篇名看。《左传》《国语》占去了"说体"所统之"说""传""语"三称中的两称"传"和"语"。当然，《左传》本不称《传》，而称《左氏春秋》，《左传》之"传"也已是"经传"之"传"。但正如前面提到《墨子》引"著在齐之《春秋》"的"神羊断案"故事后，称"以若书之说观之，鬼神之有，岂可疑哉"，知"记事"之《春秋》也有"书体"《春秋》与"说体"《春秋》之分，前者为当下书之简帛之纲目式（如孔子所据鲁《春秋》），后者为载录被称为"说"的传闻故事（如《墨子》所提载录"神羊断案"故事的"齐之《春秋》"），《左氏春秋》明显不同于前者，而更属于后者。至于《国语》，书题为"语"，具体篇目《周语》《鲁语》《晋语》等等，也都题为"语"，更是"说体"文本的典型称谓之一。

其次从文本互见看。两书所述重合部分，包括时限（春秋及战国初期）和国别（周、鲁、齐、晋、郑、楚、吴、越），均有大量互见故事，多为人物、情节大致相同而对话、细节各异者（详下第二节），是分别援用"说体"文本的明证。

再次从独见内证看。两书各有独见于本书部分。就其情节、内容、表述等文本本身因素分析，均有细节描摹、私下对话、前因后果、隐私密事等等不可当下记录、必是源自追述、传闻、转告、讲说的部分（详下第三节），也是载录、援用"说体"的表现。

最后从外证材料看。前面提到《史记·十二诸侯年表序》称孔子"次《春秋》"后，"七十子之徒口受其传指"，"鲁君子左丘明惧弟子人人异端，各安其意，失其真，故因孔子史记，具论其语，成《左氏春秋》"，虽然先后关系有所颠倒，左丘明必不会在孔子之后，但却道出口传、"口受"的口头讲说与"论其语""成《左氏春秋》"的"春秋课"及"课堂笔记"关系。对此，《汉书·艺文志》直称孔子"口授弟子，弟子退而异言"，对于《左传》中诸事本于"口授"，表述更为明确。至于《国语》，太史公称"左丘失明，厥有《国语》"，失明者自不会手书，所谓"瞍赋矇诵"，本是讲史，后被记录，后又被援用以成诸《语》，乃属自然之事。

总之，由以上几个方面综合考察，可以大致判断，两者之所以如此缠夹，乃是它们都有一部分援用了彼此相关的"说体"文本的缘故。两者根据自己的讲述、编纂、撰写主旨，对源文本都做了取舍、繁简、编排等方面的处理，即使《国语》也并非原始材料汇编，而有其叙述重心在。此外，它们都还有各自独见的部分，种种迹象表明也多有援用"说体"文本之处。这样，两者最终的成书者应非出自一手，它们之所以都被冠名以左丘明，很大的可能是两者所搜集、积累的"说体"文本中有相当一部分来自瞍矇左丘明口述之笔录。

下面即从两者"说体"故事互见、各自独见两个部分分别述之，以实其说。

第二节　《左传》《国语》"说体"故事互见者

两相对勘非常明显，《左传》与《国语》有相当一部分故事互见，即有些人物活动、对话，有些事件过程叙述，既见于《左传》，亦见于《国语》，但具体语句、话语、描述、情节、细节等等，又并非完全相同，这就可以肯定，这些故事并非同一位作者所撰写，也非其中一部采自另一部，而是它们分别采自同源文本或同源异流文本，或同事异说文本。亦即是说，它们均采用了"说体"文本以撰史，以成书。

当然，尽管两者均属于历史散文，或史传著作，但其体例有别。《国语》本身诸《语》并不统一，如《周语》偏重于记述人物长篇言辞，以事证言，"说体"的叙事特征很不明显；《晋语》则多为叙事，较多采用了"说体"故事；《国语》诸国之《语》的记述皆为片段，旨在通过人物言辞、通过历史事件显示历史教训，记事并不连贯。《左传》则是编年叙史，所述历史事件注意前后贯通,有着系统编排构思。因此,《左传》与《国语》引用"说体"故事互见者只是《国语》中偏于叙事的部分。

具体考察,互见大致可分为以下几种情况。

一、情节对话大致相同者

经考察辨析,发现《左传》《国语》中情节、对话均大致相同,当分别采自同一文本者,共有或者说仅有两条。

其一是"梁山崩,伯宗应召遇绛人":

《国语·晋语五》	《左传·成公五年》
梁山崩,以传召伯宗。	梁山崩,晋侯以传召伯宗。
遇大车当道而覆,立而辟之,曰:"避传。"	伯宗辟重,曰:"辟传!"
对曰:"传为速也,若俟吾避,则加迟矣,不如捷而行。"	重人曰:"待我,不如捷之速也。"
伯宗喜,问其居,曰:"绛人也。"	问其所。曰:"绛人也。"
伯宗曰:"何闻?"	问绛事焉。
曰:"梁山崩而以传召伯宗。"	曰:"梁山崩,将召伯宗谋之。"
伯宗问曰:"乃将若何?"	问将若之何。
对曰:"山有朽壤而崩,将若何?夫国主山川……以礼焉。虽伯宗亦如是而已,其若之何?"	曰:"山有朽壤而崩,可若何?国主山川……史辞以礼焉。其如此而已。虽伯宗,若之何?"
问其名,不告;请以见,不许。	伯宗请见之。不可。
伯宗及绛,以告,而从之。①	遂以告,而从之。②

这是一个颇富于戏剧性的小故事,因"梁山崩"而被晋侯召去应对的伯宗途遇阻道却巧言以对的绛人,不识晋大夫伯宗的绛人提到伯宗,伯宗问绛人伯宗会如何去做,绛人断定伯宗会如何去做,伯宗按照绛人所说伯宗的做法去做。两相对照,《左传》《国语》所述情节亦完全契合,微小差异只在于个别语句中词语的增减详略。

---

① 《国语》,上海古籍出版社1988年版,第405—406页。
② 《春秋左传正义》,见《十三经注疏》,中华书局1980年版,第1901—1902页。

其二是"叔向与子朱不心竞而力争":

《国语·晋语八》	《左传·襄公二十六年》
秦景公使其弟鍼来求成,叔向命召行人子员。	秦伯之弟鍼如晋修成,叔向命召行人子员。
行人子朱曰:"朱也在此。"	行人子朱曰:"朱也当御。"
叔向曰:"召子员。"子朱曰:"朱也当御。"叔向曰:"肸也欲子员之对客也。"	三云,叔向不应。
子朱怒曰:"皆君之臣也,班爵同,何以黜朱也?"抚剑就之。	子朱怒,曰:"班爵同,何以黜朱于朝?"抚剑从之。
叔向曰:"秦、晋不和久矣……"拂衣从之,人救之。	叔向曰:"秦、晋不和久矣……"拂衣从之,人救之。
平公闻之曰:"晋其庶乎!吾臣之所争者大。"师旷侍,曰:"公室惧卑,其臣不心竞而力争。"①	平公曰:"晋其庶乎!吾臣之所争者大。"师旷曰:"公室惧卑。臣不心竞而力争,不务德而争善,私欲已侈,能无卑乎?"②

这段叙事讲述晋大夫叔向因执意要派行人子员接待到访的秦伯之弟而与行人子朱发生冲突。两相对照,《左传》《国语》重合率也极高,略有差异者是《左传》记述师旷之语稍有增益。

上述两条是《左传》《国语》故事互见者中重合度最高的部分,但它们都不是完全重合,都有或这样或那样的差异,由此可以肯定,不存在《左传》直接搬用《国语》或《国语》直接搬用《左传》的情况,但这两条应该分别采自同一个"说体"文本,在将其叙事分别编纂载入各自的著作时不可避免地出现了这样那样的变动,于是呈现为如此大同小异的格局。

此外,《国语》《左传》中还有几则情节、人物大致相同,对话主旨内容也基本一致,但对话繁简差异较大,应该是处理材料的结果。

其一是"有神降于莘":

---

① 《国语》,上海古籍出版社1988年版,第463页。
② 《春秋左传正义》,见《十三经注疏》,中华书局1980年版,第1988页。

《国语·周语上》	《左传·庄公三十二年》
十五年，有神降于莘，王问于内史过，曰："是何故？固有之乎。"	秋，七月，有神降于莘。惠王问诸内史过曰："是何故也？"
对曰："有之。国之将兴……故明神降之，观其政德……国之将亡……昔夏……融……回禄……商……梼杌……夷羊……周……杜伯……"	对曰："国之将兴，明神降之，监其德也；将亡……虞、夏、商、周皆有之。"
王曰："今是何神也？"对曰："……其丹朱之神乎？"王曰："其谁受之？"对曰："在虢土。"王曰："然则何为？"对曰："……今虢少荒，其亡乎？"	
王曰："吾其若之何？"	王曰："若之何？"
……王使太宰……往献焉。内史过从至虢……归，以告王曰："虢必亡矣……"十九年，晋取虢。①	……内史过往，闻虢请命，反曰："虢必亡矣。……"……史嚚曰："虢其亡乎！……"②

该则讲述的是"有神降于莘"后周惠王询问内史过，内史过断言虢必亡。除去《左传》叙事最后另外加上的史嚚言论，两者叙事的主体部分，即周惠王与内史过问答的部分，特别是内史过的回答之辞，虽然《国语》明显繁于《左传》，但两者多有大致相同的语句，如"有神降于莘"（"有神降于莘"），"王问于内史过"（"惠王问诸内史过"），"是何故"（"是何故也"），"国之将兴……故明神降之"（"国之将兴，明神降之"），"国之将亡……故神亦往焉"（"将亡，神又降之"），等等，简化的部分分明是《左传》作了删节处理。此外，《国语》中内史过分别讲述了夏之兴亡、商之兴亡、周之兴衰神降的传说，《左传》则以一句"虞、夏、商、周皆有之"概而言之，也是旨在叙事、简化繁缛对话的需要。可知两者应采自大致相同的文本，或者《国语》就是《左传》所本原材料之一（称"之一"，是因为《左传》中还有史嚚的部分是外加的）。

---

① 《国语》，上海古籍出版社1988年版，第29—33页。
② 《春秋左传正义》，见《十三经注疏》，中华书局1980年版，第1783页。

其二是"叔孙穆子聘晋,乐及《鹿鸣》之三方拜":

《国语·鲁语下》	《左传·襄公四年》
叔孙穆子聘于晋,晋悼公飨之,乐及《鹿鸣》之三,而后拜乐三。	穆叔如晋,报知武子之聘也。晋侯享之,金奏《肆夏》之三,不拜。工歌《文王》之三,又不拜。歌《鹿鸣》之三,三拜。
晋侯使行人问焉,曰:"……敢问何礼也?"	韩献子使行人子员问之曰:"……敢问何礼也?"
对曰:"…夫先乐金奏《肆夏》、《樊》、《遏》、《渠》……夫歌《文王》、《大明》、《绵》……咏歌及《鹿鸣》之三……重之以六德,敢不重拜?"①	对曰:"三夏……《文王》……《鹿鸣》……《四牡》……《皇皇者华》……臣获五善,敢不重拜?"②

该则讲述鲁大夫叔孙穆子于晋奏乐款待时依礼拜乐的故事,奏天子享元侯之乐,不拜;奏两君相见之乐,不拜;奏诸侯享客之乐,才拜;并对何以如此之问做了回答。关于奏乐过程及拜与不拜,《左传》所述详于《国语》,但事实相同;对于回答,《国语》所述详于《左传》,但仅属繁简差异,内容相同;稍有不同的是,关于问者,《国语》所述是"晋侯使行人问焉",《左传》所述是"韩献子使行人子员问之",其实晋侯通过韩献子使行人问之更讲得通,故不一定属于事实性差异,两者应该属于一个传本系统。

二、叙事相同对话有异者

先秦时期,是否有人物对话,是区别"书体"载记文本与"说体"文本的重要标志之一;"说体"文本讲说传播过程中对人物对话转述发生变化,是"说体"文本形成固定书面文本之前流传过程中经常会出现的情况。《左传》《国语》故事互见者中更多的情况是叙事大致相同但人物对话有较大差异,应该是分别采自同源文本流传中发生变异后的不同文本。

如"周王赐阳樊,文公出阳人",讲述的是晋文公护周王有功,周王行赏赐,文公先是"请隧",即请求能获得与周天子相同的葬礼隧礼,未获应允,

---

① 《国语》,上海古籍出版社1988年版,第185—186页。
② 《春秋左传正义》,见《十三经注疏》,中华书局1980年版,第1931—1932页。

于是被赐予阳樊、温、原、攒茅之田,"晋于是始启南阳"。待文公前往取阳樊时,阳人不服,晋文公下令围之,后听到阳人仓葛于城上一番呼喊后释放了阳人。这一故事《左传》《国语》均有记述,且情节完全相同,但对话有异:

《国语·晋语四》	《左传·僖公二十五年》
……公请隧,弗许。曰:"王章也,不可以二王,无若政何。"	……请隧,弗许,曰:"王章也。未有代德,而有二王,亦叔父之所恶也。"
……仓葛呼曰:"君补王阙,以顺礼也。……其非官守,则皆王之父兄甥舅也。君定王室而残其姻族,民将焉放?敢私布于吏,唯君图之!"①	……仓葛呼曰:"德以柔中国,刑以威四夷,宜吾不敢服也。此谁非王之亲姻,其俘之也?"②

关于护驾有功的赏赐,晋文公"请隧",《国语》所述周王拒绝的言辞是"王章也,不可以二王,无若政何",《左传》所述则是"王章也。未有代德,而有二王,亦叔父之所恶也",意思相同,但说法一正说一反说,表述有别。阳人仓葛城上大呼,两者的差异不仅仅是前者繁,后者简,而是也在于一正说一反说,不是一种表述法。(按,该故事《国语·周语中》亦有记述,仓葛所呼之语既不同于《左传》,亦不同于《晋语》,又出了第三个"版本"。)

"晋文公伐原以示信"一节亦是如此:

《国语·晋语四》	《左传·僖二十五年》
文公伐原,令以三日之粮。	冬,晋侯围原,命三日之粮。
三日而原不降,公令疏军而去之。	原不降,命去之。
谍出曰:"原不过一二日矣!"	谍出,曰:"原将降矣。"
军吏以告……	军史曰:"请待之。"
公曰:"得原而失信,何以使人?夫信,民之所庇也,不可失。"	公曰:"信,国之宝也,民之所庇也。得原失信,何以庇之?所亡滋多。"
乃去之,及孟门,而原请降。③	退一舍而原降。④

---

① 《国语》,上海古籍出版社1988年版,第374—375页。
② 《春秋左传正义》,见《十三经注疏》,中华书局1980年版,第1820—1821页。
③ 《国语》,上海古籍出版社1988年版,第376页。
④ 《春秋左传正义》,见《十三经注疏》,中华书局1980年版,第1821页。

晋文公说好的"命三日之粮",就是此征程仅限三日,于是至三日城不下也下令返回,即使稍后能得到原城也决不因此而失信。其中谍出所报、文公所言,《左传》《国语》所述均有差异,前者一称"原不过一二日矣",一称"原将降矣";后者一曰"得原而失信,何以使人?夫信,民之所庇也,不可失",一曰"信,国之宝也,民之所庇也。得原失信,何以庇之?所亡滋多",两部著作所采应该不是出自同一"说体"文本,而应是分别采自同源异流的不同文本。

再比如"蔡声子称'楚材晋用'归伍举"。这一故事分别见于《国语·楚语上》和《左传·襄公二十六年》。伍举娶于申公子牟,子牟得罪而逃,楚康王认为乃伍举所遣,伍举不得已而奔郑,且将由郑奔晋。蔡声子遇之于郑,得闻其归楚之愿,因见楚令尹子木,大谈楚材晋用,令尹遂招伍举归楚。对于这个情节经过及蔡声子的这番长篇大论,《左传》《国语》皆作了详尽记述,人物对话的用譬、举例、顺序大多可以一一对应,但具体话语皆有不同,兹举例对举如下:

《国语·楚语上》	《左传·襄公二十六年》
……子木与之语,曰:"……二国孰贤?"	……令尹子木与之语,问晋故焉,且曰:"晋大夫与楚孰贤?"
对曰:"晋卿不若楚,其大夫则贤……虽楚有材,不能用也。"	对曰:"晋卿不如楚,其大夫则贤……虽楚有材,晋实用之。"
昔……御叔娶于郑穆公,生子南。子南之母乱陈而亡之……庄王既以夏氏之室赐申公巫臣,则又畀之子反……二子争之,未有成。恭王使巫臣聘于齐,以夏姬行,遂奔晋。……使其子狐永为行人于吴,而教之射御,导之伐楚。至于今为患,则申公巫臣之为也。①	子反与子灵争夏姬,而雍害其事,子灵奔晋……通吴于晋,教吴叛楚,教之乘车……使其子狐庸为吴行人焉。吴于是伐巢……入州来,楚罢于奔命,至今为患,则子灵之为也。②

基本情节相同,对话内容大致相同,两部著作所采"说体"文本应该

---

① 《国语》,上海古籍出版社1988年版,第535—539页。
② 《春秋左传正义》,见《十三经注疏》,中华书局1980年版,第1991页。

属于同源文本,但具体对话有如此大的差异,显然已不能归于作者为著作宗旨所作的处理,而应是分别采自流传过程中已经变异了的不同文本。

还有"王子带启狄人以攻王",分别见于《国语·周语中》和《左传·僖公二十四年》,所述基本情节为"郑人伐滑",周襄王派游孙伯等人前往郑国为滑求情,郑人非但不听王命,还将使者拘捕起来。襄王怒,"将以狄伐郑",富辰力谏,襄王不听,果以狄伐郑。因此,"王德狄人,将以其女为后",富辰又谏,襄王又不听。后来,王黜狄后(王替隗氏),狄人反叛,原本有宠于惠后,惠后欲立未及立的王子带遂启狄人以攻襄王,襄王出居于郑。对此,《国语》《左传》叙述大致相同,稍有不同的是《左传》交代了狄后被黜被替乃是因为王子带"通于隗氏(狄后)",《国语》没有提及。然而,其中富辰的两次劝谏,《国语》《左传》所述却完全不同,兹仅节选其谏辞对比如下:

《国语·周语中》	《左传·僖公二十四年》
富辰谏曰:"不可。古人有言曰:'兄弟谗阋,侮人百里。'周文公之诗曰:'兄弟阋于墙,外御其侮。'……古之明王不失此三德者,故能光有天下,而和宁百姓,令闻不忘。王其不可以弃之。"	富辰谏曰:"不可。臣闻之:大上以德抚民,其次亲亲,以相及也。昔周公……故封建亲戚以蕃屏周。……召穆公思周德之不类,故纠合宗族于成周而作诗,曰:'……凡今之人,莫如兄弟。'其四章曰:'兄弟阋于墙,外御其侮。'……"
富辰谏曰:"不可。夫婚姻,祸福之阶也。……昔挚、畴之国也由大任,杞、缯由大姒,齐、许、申、吕由大姜,陈由大姬,是皆能内利亲亲者也……"①	富辰谏曰:"不可。臣闻之曰:'报者倦矣,施者未厌。'狄固贪惏,王又启之。女德无极,妇怨无终,狄必为患。"②

两相对照,会发现两次谏辞的语句、内容都难以重合,显然不是采自同一系统的"说体"文本。还有一点值得一提,《国语》《左传》所述富辰的第一次劝谏都援用了《诗经·小雅·常棣》"兄弟阋于墙,外御其侮",而在《国语》中称是"周文公之诗曰",在《左传》中则称"召穆公思周德

---

① 《国语》,上海古籍出版社1988年版,第45—48页。
② 《春秋左传正义》,见《十三经注疏》,中华书局1980年版,第1817—1818页。

之不类,故纠合宗族于成周而作诗",连事实性内容都有差异。

此外,诸如"曹刿谏庄公如齐观社"(《鲁语上》《庄公二十三年》),"鲁臣谏庄公刻桓宫楹"(《鲁语上》《庄公二十四年》),"鲁臣谏庄公觌哀姜用币"(《鲁语上》《庄公二十四年》),"臼季见冀缺与妻相敬如宾而举之"(《晋语五》《僖公三十三年》),"叔孙穆子论死而不朽"(《晋语八》《襄公二十四年》),"郑子产释晋平公之梦黄熊入于寝门"(《晋语八》《昭公七年》),"中行穆子伐狄围鼓,不许鼓人以城叛"(《晋语九》《昭公十五年》),"子囊不谥'灵''厉'而谥'恭'"(《楚语上》《襄公十三年》),等等,若将其叙事一一比对,会发现《国语》与《左传》两者所述基本情节大致相同,的确应该来自同源"说体"文本;然而人物对话或多或少,都有些差异,又决定了它们并非采自同一个文本,或一个采自另一个,而是各自所采文本已经有了某些变异。

当然,会不会是它们原本采自同一个说体文本,然后在编纂或撰写著作时又对文本作了重新加工润色?那么这种同源异流也就首先发生在它们自己身上?对此,如果没有发现第三部著作同于彼或同于此,以为旁证或佐证,那么我们既无法证是,也无法证非,只能存疑。

三、有同有异有缺有增者

《左传》与《国语》故事互见者更多的情况是具体情节、对话有同有异,各有增、缺,可知其所采"说体"文本,既有同源者,也有异源者。具体考察,又可分出几种情况。

(一) 多段情节有重有别者

故事由几段情节构成,有些段落叙事不同,各有来源;有的段落叙事重合,应采自同源文本。

《国语》《左传》故事互见者有同有异、有增有缺的情况,比较典型的是《国语·晋语》与《左传》僖公年间晋国发生的一系列历史事件的记述。

比如著名的"假道灭虢",其中心情节是晋假道于虞,虞公不听宫之奇之劝,结果晋灭虢后又灭虞。对此,《国语》《左传》皆有记述,但有同有异的情况十分明显:

《国语·晋语二》	《左传·僖公二年》《僖公五年》
	二年……晋荀息请以屈产之乘与垂棘之璧假道于虞以伐虢。公曰:"是吾宝也。"……"宫之奇存焉。"对曰:"……将不听。"……遂起师。……伐虢,灭下阳。
伐虢之役,师出于虞。宫之奇谏而不听。	五年……晋侯复假道于虞以伐虢。宫之奇谏曰:"……谚所谓'辅车相依,唇亡齿寒'者,其虞、虢之谓也。"……弗听,许晋使。
出,谓其子曰:"虞将亡矣!……吾不去,惧及焉。"	
以其孥适西山,三月,虞乃亡。	宫之奇以其族行,曰:"虞不腊矣。在此行也,晋不更举矣。"
	……围上阳。问于卜偃曰:"吾其济乎?"对曰:"克之。"
献公问于卜偃曰:"攻虢何月也?"对曰:"童谣有之曰:'丙之晨,龙尾伏辰……其九月十月之交乎?"①	公曰:"何时?"对曰:"童谣云:'丙之晨,龙尾伏辰……其九月、十月之交乎!丙子旦,日在尾,月在策,鹑火中,必是时也。"
	……晋灭虢。虢公丑奔京师。师还……遂袭虞,灭之。②

第一次假道,《国语》缺载,《左传》则生动记述了晋国君臣关于以稀世珍宝为代价打动虞公的对话;第二次假道,关于劝谏,《国语》仅提到一句"宫之奇谏而不听",《左传》则详尽记述了宫之奇的谏辞,所谓"辅车相依,唇亡齿寒"的成语就出自于此。相反,《国语》详尽记述了宫之奇携家出走时"谓其子曰"的大段说辞,与《左传》所记的简单说辞没有重合,完全不同;最后,卜偃引童谣断虢公出奔一段,两者又完全相同。可知两者

---

① 《国语》,上海古籍出版社1988年版,第297—299页。
② 《春秋左传正义》,见《十三经注疏》,中华书局1980年版,第1791、1795—1796页。

所本的确有同本、有异本。

再比如"骊姬谮杀太子申生而逐群公子",分别见于《国语·晋语二》和《左传·僖公四年》《僖公五年》,兹列表对应如下:

《国语·晋语二》	《左传·僖公四年》《僖公五年》
	初,晋献公欲以骊姬为夫人,卜之,不吉;筮之,吉。公曰:"从筮。"……立之。生奚齐,其娣生卓子。
(申生)反自稷桑……骊姬谓公曰:"吾闻申生之谋愈深。……君若不图,难将至矣!"公曰:"……抑未有以致罪焉。"	
优施教骊姬夜半而泣谓公曰:"吾闻申生甚好仁而强……盍杀我,无以一妾乱百姓。"……公曰:"……不可忍也。尔勿忧,吾将图之。"	
骊姬告优施曰:"君既许我杀太子而立奚齐矣……"优施曰:"吾来里克,一日而已。……"	
……优施饮里克酒。……乃歌曰:"……人皆集于苑,己独集于枯。"……	
……里克……夜半,召优施……"……中立其免乎?"……"免。"	及将立奚齐,既与中大夫成谋。
旦而里克见丕郑……丕郑曰:"……君为我心,制不在我。"里克曰:"将伏也!"明日,称疾不朝。	
骊姬以君命命申生曰:"今夕君梦齐姜,必速祠而归福。"……公田,骊姬受福,乃置鸩于酒,置堇于肉。公至,召申生献,公祭之地,地坟。申生恐而出。骊姬与犬肉,犬毙;饮小臣酒,亦毙。公命杀杜原款。申生奔新城。	姬谓太子曰:"君梦齐姜,必速祭之!"太子……归胙于公。公田,姬置诸宫六日。公至,毒而献之。公祭之地,地坟。与犬,犬毙。与小臣,小臣亦毙。姬泣曰:"贼由太子。"太子奔新城。公杀其傅杜原款。

续表

《国语·晋语二》	《左传·僖公四年》《僖公五年》
"……杜原款将死，使小臣圉告于申生……死民之思，不亦可乎？"申生许诺。	
人谓申生曰："非子之罪，何不去乎？"申生曰："不可。去而罪释，必归于君，是怨君也。章父之恶，取笑诸侯，吾谁乡而入？内困于父母，外困于诸侯，是重困也。弃君去罪，是逃死也。吾闻之：'仁不怨君，智不重困，勇不逃死。'若罪不释，去而必重。去而罪重，不智，逃死而怨君，不仁。有罪不死，无勇。去而厚怨，恶不可重，死不可避，吾将伏以俟命。"	或谓太子："子辞，君必辩焉。"太子曰："君非姬氏，居不安、食不饱。我辞，姬必有罪。君老矣，吾又不乐。"曰："子其行乎！"太子曰："君实不察其罪，被此名也以出，人谁纳我？"
骊姬见申生而哭之，曰："有父忍之，况国人乎？……"骊姬退，申生乃雉经于新城之庙。将死，乃使猛足言于狐突曰："……吾君老矣……伯氏不出，奈吾君何？……"	十二月戊申，缢于新城。
骊姬既杀太子申生，又谮二公子……公令阉楚刺重耳，重耳逃于狄；令贾华制夷吾，夷吾逃于梁。尽逐群公子，乃立奚齐焉。……①	姬遂谮二公子曰："皆知之。"重耳奔蒲，夷吾奔屈。
	五年……初，晋侯使士蒍为二公子筑蒲与屈……置薪焉。……公使让之。士蒍……退而赋曰："狐裘尨茸，一国三公，吾谁适从？"及难，公使寺人披伐蒲。重耳……逾垣而走。披斩其祛。遂出奔翟。②

比对的结果是，这段故事《国语》叙述十分详尽，有五节《左传》完全缺文；同时，《左传》又有两节是《国语》所缺；还有重合的几节，

---

① 《国语》，上海古籍出版社1988年版，第285—293页。
② 《春秋左传正义》，见《十三经注疏》，中华书局1980年版，第1793—1795页。

叙事、人物对话也均有差异,由此可断定它们分别采自不同的文本。然而其中骊姬掺毒献胙的部分,两者基本重合,且有相同语句,可能采自同源文本。

还比如"里克杀奚齐而秦立惠公"及"惠公杀里丕之党"。

其中"立惠公"事分别见于《国语·晋语二》和《左传·僖公九年》,说的是晋献公死后,被骊姬处心积虑立为太子的奚齐并未得嗣位,反而被晋大夫里克所杀,即位的是"骊姬之乱"中"逃于梁"的公子夷吾,亦即晋惠公:

《国语·晋语二》	《左传·僖公九年》
二十六年,献公卒。	九月,晋献公卒。
	里克、丕郑欲纳文公,故以三公子之徒作乱。
	初,献公使荀息傅奚齐。公疾,召之曰:……稽首而对曰:"臣竭其股肱之力……"
里克将杀奚齐,先告荀息……荀息曰:"死吾君而杀其孤,吾有死而已,吾蔑从之矣!"……	及里克将杀奚齐,先告荀息曰:"……子将何如?"荀息曰:"将死之。"……
里克告丕郑曰:"三公子之徒将杀孺子,子将何如?"丕郑曰:"……我为子行之。……"里克曰:"不可。……"丕郑许诺。	
于是杀奚齐、卓子及骊姬,而请君于秦。	冬,十月,里克杀奚齐于次。……
既杀奚齐,荀息将死之。人曰:"不如立其弟而辅之。"荀息立卓子。里克又杀卓子,荀息死之。……	荀息将死之,人曰:"不如立卓子而辅之。"荀息立公子卓以葬。……里克杀公子卓于朝。荀息死之。……
既杀奚齐、卓子,里克及丕郑使屠岸夷告公子重耳于狄……重耳告舅犯……舅犯曰:"不可。……"……公子重耳出见使者,曰:"……敢辞。……"	

续表

《国语·晋语二》	《左传·僖公九年》
吕甥及郤称亦使蒲城午告公子夷吾于梁,曰:"子厚赂秦人以求入,吾主子。"夷吾告冀芮曰……冀芮曰:"……子盍尽国以赂外内……既入而后图聚。"公子夷吾出见使者,再拜稽首许诺。	晋郤芮使夷吾重赂秦以求入,曰:"……入而能民,土于何有?"从之。
吕甥……乃使梁由靡告于秦穆公曰:"……君若惠顾社稷……其谁不儆惧于君之威,而欣喜于君之德?……"	
秦穆公许诺……乃召大夫子明及公孙枝……大夫子明曰:"君使縶也。……"	
乃使公子縶吊公子重耳于狄,曰:"……公子其图之!"……舅犯曰:"不可……"公子重耳……再拜不稽首,起而哭,退而不私。	
公子縶退,吊公子夷吾于梁,如公子重耳之命。……公子夷吾出见使者,再拜稽首,起而不哭,退而私于公子縶曰:"……黄金四十镒,白玉之珩六双……请纳之左右。"	
公子縶反,致命穆公。……曰:"……君若求置晋君以成名于天下,则不如置不仁以猾其中……"是故先置公子夷吾,实为惠公。①	齐隰朋帅师会秦师纳晋惠公。秦伯谓郤芮曰:"公子谁恃?"对曰:"……长亦不改,不识其它。"公谓公孙枝曰:"夷吾其定乎?"对曰:"……今其言多忌克,难哉!"公曰:"忌则多怨,又焉能克?是吾利也。"②

紧接着的"杀里丕之党"事分别见于《国语·晋语三》和《左传·僖公十年》,说的是晋惠公即位后那位杀掉奚齐、对他即位立有大功的里克及

---

① 《国语》,上海古籍出版社1988年版,第302—313页。
② 《春秋左传正义》,见《十三经注疏》,中华书局1980年版,第1800—1801页。

其党丕郑反而也被杀：

《国语·晋语三》	《左传·僖公十年》
惠公既即位，乃背秦赂。使丕郑聘于秦，且谢之。而杀里克，曰："子杀二君与一大夫，为子君者，不亦难乎？"	……晋侯杀里克以说。将杀里克，公使谓之曰："……子杀二君与一大夫，为子君者，不亦难乎？"对曰："……欲加之罪，其无辞乎？……"伏剑而死。……
	晋侯改葬共太子（申生）。秋，狐突适下国，遇太子。太子……告之曰："夷吾无礼……"
丕郑之自秦反也……君杀之。	丕郑之如秦也，言于秦伯曰："吕甥、郤称、冀芮实为不从，若……召之，臣出晋君，君纳重耳……"冬，秦伯……召三子。郤芮曰："……诱我也。"遂杀丕郑……
丕郑之子曰豹，出奔秦，谓穆公曰："……君若伐之，其君必出。"穆公曰："……孰能出君？尔俟我！"①	丕豹奔秦，言于秦伯曰："……伐之，必出。"公曰："……谁能出君？"②

两相对照不难发现，总体而言《国语》繁，《左传》简，《国语》中有几节全不见于《左传》，如晋献公去世，奚齐、卓子还有骊姬被杀后，夷吾臣吕甥使梁由靡使秦请秦王主持择亡公子入晋为主、秦王派公子絷分别见公子夷吾和公子重耳、公子絷向秦穆公汇报等情节即是。然而，这部分叙事并非《左传》对《国语》的简化，因为也有《左传》有、《国语》无的情节，狐突遇太子申生一节即是；《左传》与《国语》同见者，也有叙事不同之处，如对于立公子夷吾，《国语》所述为公子絷从对秦有利角度为说，《左传》所述为秦穆公问公孙枝，且称对秦有利者是秦穆公本人；还有对晋惠公杀丕郑之党的记述，两者所述重心也不相同。当然，两者叙事又有局部相同者，如丕郑之子丕豹奔秦一段人物对话即有重合者，这一部分两者当采自同源文本。

---

① 《国语》，上海古籍出版社1988年版，第320—322页。
② 《春秋左传正义》，见《十三经注疏》，中华书局1980年版，第1801—1802页。

诸如此类有同有异的情况在两部著作的故事互见者中还有很多，兹简述如下。

其一，"韩之战，秦侵晋止惠公于秦"（秦晋韩之战）（《国语·晋语三》《左传·僖公十五年》《僖公十七年》）。

《左传》所述战前秦卜徒父占卜称"三败，必获晋君"，晋惠公乘小驷不听庆郑之劝，惠公姊、穆公妻穆姬携子女"登台而履薪"不许秦穆公掳晋惠公入秦，晋阴饴甥巧对秦穆公，卜称晋太子圉"为人臣"几个片段，是《国语》中所无，《国语》所述秦穆公答公孙枝断言"若有天，吾必胜之"是《左传》所无。其中重合度较高的部分是晋惠公因庆郑冲撞而不使为右、戎马陷入泥泞晋侯呼庆郑及晋侯令韩简向秦师挑战等。

其二，"郑厉公与虢叔杀王子颓纳周惠王"（《国语·周语上》《左传·庄公十九年》《庄公二十年》《庄公二十一年》）。

其中关于几位大夫奉王子颓作乱的原因和过程，《左传》叙述详尽，提及王子颓为嬖妾所生的出身，周惠王与蒍国、边伯、子禽祝跪、詹父、膳夫石速等的矛盾瓜葛，五大夫倚靠此前因被王室夺田而不满的苏忿生以作乱、奉王子颓以伐王、出奔温（苏氏邑）、又凭借卫、燕伐周终得立的过程。这些内容《周语》仅以"惠王三年，边伯、石速、蒍国出王而立子颓"一笔带过。所以，《左传》所据文本不可能是《国语》之类，当另有所本。另一方面，也不会是《国语》采自《左传》之类，因为《左传》分明提到的是五大夫，《国语》即便采后缩减，也没有必要改变历史事实将"五大夫"减为"三大夫"。不过，其中王子颓飨客"乐及遍舞"、郑伯因此与虢叔商定"纳王"的部分，两者所述如出一辙，当又采自同源文本。

其三，"宾孟见雄鸡自断其尾"（《国语·周语下》《左传·昭公二十二年》）。

该故事讲述的是周景王去世前后王子朝及其傅宾孟（宾起）与单穆公、刘蚠之间的矛盾和残杀，其中宾孟由雄鸡自断其尾作为隐喻、劝周景王早立王子朝为太子一段是主要情节，也是互见于《国语》和《左传》且重合度很高的部分。然而《左传》开始叙述周景王与其长庶子王子朝之傅宾孟（宾起）欲立王子朝为太子，单穆公、刘伯蚠欲杀宾孟、逐王子朝而立王子猛（周景王次子），这个部分不见于《国语》，后面叙述周景王欲杀单子、刘子，因心疾而亡，单子、刘子见周王（即王子猛）、杀宾孟、盟群王子等，也不见于《国语》，这些部分又不属于《国语》应该省略的情节；《国语》开始所述"景王既杀下门子（王子猛之傅）"，也不见于《左传》，因此，两部著作应各有所本，中间"宾孟见雄鸡自断其尾"的部分则可能采自同源文本。

其四，"叔向母视相闻声谓羊舌氏必灭"（《国语·晋语八》《左传·昭公二十八年》）。

其中叔向母闻杨食我哭声称"豺狼之声"、断言其必灭羊舌氏的部分，《国语》《左传》所述基本相同，当采自同源文本；《国语》中所述叔向母观叔鱼初生之相称其将"以贿死"是《左传》所无，《左传》中所述叔向娶夏姬之女为妻之事又是《国语》所无，因此两者当各有别本所据。

（二）同一情节有异有缺者

叙述同一段故事，但有异有缺，应采自不同文本。

如"晋侯使太子申生伐东山皋落氏"，《国语》《左传》两者所述故事、情节脉络基本一致，即晋献公令太子申生攻伐东山皋落氏，里克劝谏希望献公放弃这一打算，献公未听。于是太子衣偏衣佩金玦，在狐突、先右等人的随从下前往东山。与狄人相遇时，狐突劝告太子不要出击，以免谗言四起。《国语》《左传》叙事的差异有三处：其一是太子于出征途中又问随从父君为何赐予自己偏衣金玦这两样东西（此前已问过里克，里克劝太子少想得失，多想尽孝），两者所述回答者有异：

《国语·晋语一》	《左传·闵公二年》
太子遂行，狐突御戎，先友为右，衣偏衣而佩金玦。	太子帅师，公衣之偏衣，佩之金玦。狐突御戎，先友为右。
	梁余子养御罕夷，先丹木为右。羊舌大夫为尉。
出而告先友曰："君与我此，何也？"先友曰："中分而金玦之权……孺子勉之乎！"	先友曰："衣身之偏，握兵之要，在此行也，子其勉之，偏躬无慝，兵要远灾，亲以无灾，又何患焉？"

续表

《国语·晋语一》	《左传·闵公二年》
狐突叹曰："以衣纯，而玦之以金铣者……虽勉之，狄可尽乎？"	狐突叹曰："时，事之征也；衣，身之章也……虽欲勉之，狄可尽乎？"
	梁余子养曰："……不如逃之。"罕夷曰："……君有心矣。"先丹木曰："……不如违之。"①
先友曰："衣躬之偏，握兵之要，在此行也，勉之而已矣。……又何患焉？"②	

两者都记述了随从大夫们对此偏衣金玦的不同解读，所言有吉有凶，但《国语》所记只有狐突、先友二人，《左传》所记则为先友、狐突、梁余子养、罕夷、先丹木五人，且答辞不同。其二是《左传》记述战前狐突意欲挟太子逃亡被羊舌大夫制止，《国语》所述无此一节。其三是《国语》记述太子未听狐突之劝，出击败狄，果然"谗言益起"，"狐突杜门不出"。《左传》无。由此可断定两者应该各有所本，并不同源。

又如"秦荐晋饥晋不予秦籴"，忽略掉人物对话言辞的多寡，其叙事方面的差异主要出现在"晋饥，乞籴于秦"部分：

《国语·晋语三》	《左传·僖公十三年》
晋饥，乞籴于秦。	冬，晋荐饥，使乞籴于秦。
	秦伯谓子桑（公孙枝）："与诸乎？"对曰："……无众必败。"谓百里："与诸乎？"对曰："……行道有福。"
丕豹曰："晋君无礼于君……君其伐之，勿予籴！"	丕郑之子豹在秦，请伐晋。
公曰："寡人其君是恶，其民何罪？……不可以废道于天下。"	秦伯曰："其君是恶，其民何罪？"

① 《春秋左传正义》，见《十三经注疏》，中华书局1980年版，第1788—1789页。
② 《国语》，上海古籍出版社1988年版，第281页。

续表

《国语·晋语三》	《左传·僖公十三年》
谓公孙枝曰:"予之乎?"公孙枝曰:"……虽欲御我,谁与?"	
是故泛舟于河,归籴于晋。①	秦于是乎输粟于晋……命之曰"泛舟之役"。②

  《国语》记述有丕豹主张"勿予籴"且劝伐晋的言辞,《左传》无,仅记有"丕郑之子豹在秦,请伐晋"一句;"谓子桑(公孙枝)",两书所述一个在丕郑前,一个在丕郑后;《左传》另比《国语》多出"谓百里""(百里)对曰"的部分。

  诸如此类还有一些,兹简述如下,仅重点指出差异部分。
  "葵丘之会"(《国语·齐语》《左传·僖公九年》),其中天子致胙后桓公不下拜,《国语》所述较之《左传》多出"桓公召管仲以谋"的环节,《左传》长于叙事,若采自与《国语》同源文本,当不缺述这个环节。而宰孔劝晋侯"可无会",又是《国语》所无。
  "展喜以膏沐犒师"(《国语·鲁语上》《左传·僖公二十六年》),其中关于如何应对齐之伐鲁,《国语》所述较之《左传》多出臧文仲"问于展禽,对曰""展禽使乙喜以膏沐犒师"的环节,《左传》则直称"公使展喜犒师""使听命于展禽",《左传》长于叙事,若采自与《国语》同源文本,当不缺这一环节。
  "重馆人告臧文仲使急往"(《国语·鲁语上》《左传·僖公三十一年》),《国语》所述较《左传》多出返鲁后臧文仲请赏重馆人的情节,且两者对话描述亦有差异,当各有所本。
  "诸侯从晋侯伐秦以报栎之役"(《国语·鲁语下》《左传·襄公十四年》),《国语》与《左传》重合的部分仅是叔孙穆子赋《匏有苦叶》、叔向具舟、鲁莒先济一节,且叙事有所不同;《左传》则多出郑子蟜与卫北宫懿

---

① 《国语》,上海古籍出版社1988年版,第323页。
② 《春秋左传正义》,见《十三经注疏》,中华书局1980年版,第1803页。

子见诸侯之师劝之济、荀偃令唯余马首是瞻栾黡曰余马首欲东、栾鍼与士鞅驰秦师死焉士鞅反、栾黡要求士匄逐士鞅等一系列诸列国情节。应是《国语》仅本鲁国文本，《左传》则参照了多国文本。

"襄公如楚及汉闻康王卒"（《国语·鲁语下》《左传·襄公二十八年》），主要记述大臣们关于是否仍前往楚国的讨论，《国语》《左传》脉络相同，但对话有异，《国语》多出的部分是返鲁途中听说季氏取卞，打算折回楚国令其出兵攻鲁，被劝阻；《左传》多出的部分是宋襄公在大臣的建议下没有入楚。

"季冶致其邑于季氏"（《国语·鲁语下》《左传·襄公二十九年》），《国语》《左传》所述的脉络大致相同，季武子于鲁襄公赴楚吊丧期间攻取鲁室卞邑以为己邑，遂派季氏属大夫季冶前去问候襄公，随后追上让季冶顺带捎去一封书信，称卞邑反叛所以攻取，特为请示汇报。季冶待襄公看到书信后才知缘故，因而对季武子极为不满，返鲁后将季武子所赐采邑如数归还，从此不再与季武子来往。两者的差异在于，其一，《国语》所述为襄公见信后，荣成子在旁称你季氏要做就做，不必找理由，《左传》所述为襄公自己说出类似一番话；其二，《国语》只称季冶致禄，不再见季武子，《左传》多出襄公问可否返鲁、赐冕服、季冶平日不提季武子等情节。两者各有多有少，当各有所本。

"平丘之会"（《国语·鲁语下》《左传·昭公十三年》），《国语》仅从鲁国角度记述了晋辞昭公、子服惠伯提议上卿从之、主动从季平子前往、季平子被拘后说动韩宣子归之等情节，《左传》则从多国角度，记述了郑子产争承、晋叔向受羹反锦、莒人邾人告鲁状、季平子被拘、子服惠伯私于中行穆子、穆子告韩宣子、叔鱼劝季平子等一系列情节，与《鲁语》重合的部分人物对话也多不相同。显非采自同一文本。

"叔向称三奸同罪"（《国语·晋语九》《左传·昭公十四年》），《国语》《左传》所述的重合度极高，但最终三人的下场，《国语》称"邢侯闻之，逃。遂施邢侯氏，而尸叔鱼与雍子于市"，《左传》称"乃施邢侯而尸雍子与叔鱼于市"，"施邢侯氏"与"施邢侯"，一字之差，史实决然不同，当各有所本。

"阎没叔宽三叹谏魏献子无受贿"（《国语·晋语九》《左传·昭公二十

八年》),《国语》《左传》的重合度也很高,但《国语》所述为阎没直接谓叔宽曰"与子谏乎",于是两人三叹而谏;《左传》则称魏戊谓阎没、女宽曰"吾子必谏",然后两人三叹而谏,史实也有差异。

(三) 有繁有简有多有少者

比较对勘,会发现《国语》《左传》故事互见者中还有的并非所述情节有出入,而是描述繁简、情节多寡有不同,那么描述有繁有简者,完全可以是对同源文本的全录和节录;情节有多有少者,则可能是多者另有所本,也可能是少者有所省减。之所以将两种情况同列,是因为有些故事于两部著作中既描述有繁有简,又情节有多有少,处于两者兼有的状态。具体又可分为情节有多寡、描述有繁简、情节描述既有多寡又有繁简三种情况。

其一是情节多寡有别者。

如"晋骊姬使献公远太子"故事,两部著作所述主要是多寡有别:

《国语·晋语一》	《左传·庄公二十八年》
	晋献公……烝于齐姜,生秦穆夫人及太子申生。又娶二女于戎,大戎狐姬生重耳,小戎子生夷吾。
献公伐骊戎,克之,灭骊子,获骊姬以归,立以为夫人,生奚齐。其娣生卓子。	晋伐骊戎,骊戎男女以骊姬,归,生奚齐,其娣生卓子。
骊姬请使申生主曲沃以速悬,重耳处蒲城,夷吾处屈,奚齐处绛……	
……公将黜太子申生而立奚齐。里克、丕郑、荀息相见……	
公之优曰施,通于骊姬。……是故先施谗于申生。	
骊姬赂二五,使言于公曰……公说,乃城曲沃,太子处焉;又城蒲,公子重耳处焉;又城二屈,公子夷吾处焉。……①	骊姬嬖……赂外嬖梁五与东关嬖五,使言于公曰:……晋侯说之。……使大子居曲沃,重耳居蒲城,夷吾居屈。……②

---

① 《国语》,上海古籍出版社1988年版,第261—270页。
② 《春秋左传正义》,见《十三经注疏》,中华书局1980年版,第1781页。

两相对照可以看出，《国语》《左传》对于故事的记述在情节多寡方面有明显差异，《国语》完整记述了整个故事过程中"史苏论骊姬必乱晋"、"三大夫议献公黜太子""奚齐苃事猛足劝太子""优施教骊姬远太子""二五语献公使太子主曲沃、使二公子主蒲与屈"几个情节，《左传》则重点只记述了"二五与骊姬谮太子和群公子"一节。不过就此一节来看，人物对话几乎如出一辙，显然来自同源文本，由此可断定两者多寡悬殊主要是取舍不同所致。

著名的"晋楚城濮之战"则属于情节有多寡中《左传》多、《国语》少的情况。

《国语·晋语四》	《左传·僖公二十七年》《僖公二十八年》
	楚子将围宋……子玉复治兵于蒍，终日而毕，鞭七人，贯三人耳。……蒍贾……对曰："……子玉刚而无礼，不可以治民，过三百乘，其不能以入矣。……"
	晋侯围曹……听舆人之谋曰："称舍于墓。"师迁焉。……三月丙午，入曹，数之以其不用僖负羁……且曰献状。令无入僖负羁之宫而免其族……魏犨、颠颉怒……爇僖负羁氏。魏犨伤于胸。公欲杀之……魏犨束胸……距跃三百，曲踊三百。乃舍之。杀颠颉以徇于师……
……公率齐、秦伐曹、卫以救宋。宋人使门尹班告急于晋……先轸曰："使宋舍我而赂齐、秦……"公说，是故以曹田、卫田赐宋人。	宋人使门尹般如晋师告急。……先轸曰："使宋舍我而赂齐、秦……"公说，执曹伯，分曹、卫之田以畀宋人。
	楚子入居于申，使申叔去谷，使子玉去宋……子玉使伯棼请战……王怒，少与之师……
令尹子玉使宛春来告曰："请复卫侯而封曹，臣亦释宋之围。"舅犯愠曰：……先轸曰："……不若私许复曹、卫以携之，执宛春以怒楚，既战而后图之。"公说，是故拘宛春于卫。	子玉使宛春告于晋师曰："请复卫侯而封曹，臣亦释宋之围。"子犯曰：……先轸曰："……不如私许复曹、卫以携之，执宛春以怒楚，既战而后图之。"公说。乃拘宛春于卫，且私许复曹、卫，曹、卫告绝于楚。

续表

《国语·晋语四》	《左传·僖公二十七年》《僖公二十八年》
子玉释宋围,从晋师。……晋师退舍……子犯曰:"……若我以君避臣,而不去,彼亦曲矣。"退三舍避楚。楚众欲止,子玉不肯。	子玉怒,从晋师。晋师退。……子犯曰:"……退三舍辟之,所以报也。……"退三舍。楚众欲止,子玉不可。
	……次于城濮。楚师背酅而舍,晋侯患之。……晋侯梦与楚子搏,楚子伏己而盬其脑……子犯曰:"吉。我得天,楚伏其罪,吾且柔之矣。"
至于城濮,果战,楚众大败。君子曰:"善以德劝。"①	子玉使斗勃请战……晋侯使栾枝对……晋车七百乘……己巳,晋师陈于莘北……子玉以若敖之六卒将中军,曰:"今日必无晋矣。"……胥臣蒙马以虎皮……狐毛设二旆而退。栾枝使舆曳柴而伪遁,楚师驰之,原轸、郤溱以中军公族横击之……楚师败绩。……
	……至于衡雍,作王宫于践土。……王命尹氏及王子虎、内史叔兴父策命晋侯为侯伯……
	卫侯闻楚师败,惧,出奔楚,遂适陈,使元咺奉叔武以受盟。癸亥,王子虎盟诸侯于王庭,要言曰……
	初,楚子玉自为琼弁、玉缨……先战,梦河神谓己曰:"畀余!余赐女孟诸之麋。"弗致也。……既败,王使谓之曰:"大夫若入,其若申、息之老何?"……及连谷而死。晋侯闻之而后喜可知也,曰:"莫余毒也已。……"②

---

① 《国语》,上海古籍出版社1988年版,第377—379页。
② 《春秋左传正义》,见《十三经注疏》,中华书局1980年版,第1822—1826页。

对照两部著作所述，《国语》仅有"晋使宋人赂齐秦且分曹卫田畀宋人""子玉使宛春告于晋师""晋师退三舍避楚"三节，但这三节与《左传》高度重合，显然采自同源文本，那么所缺的"蒍贾预言子玉不入""晋师入曹""楚子玉使伯棼请战""战前晋侯梦与楚子搏""晋师横击楚师""晋作王宫于践土""王子虎盟诸侯于王庭""子玉梦河神索要琼弁玉缨"几节，或许因编纂主旨没有采录，亦或者《左传》另有所本。

"晋灵公欲杀赵盾"的故事，也是多寡有别，《左传》多《国语》寡：

《国语·晋语五》	《左传·宣公二年》
灵公虐，赵宣子骤谏，公患之。	晋灵公不君：厚敛以雕墙；从台上弹人……宰夫胹熊蹯不熟，杀之……宣子骤谏，公患之。
使鉏麑贼之，晨往，则寝门辟矣，盛服将朝，早而假寐。麑退，叹而言曰："赵孟敬哉！夫不忘恭敬，社稷之镇也。贼国之镇不忠，受命而废之不信，享一名于此，不如死。"触庭之槐而死。	使鉏麑贼之。晨往，寝门辟矣，盛服将朝。尚早，坐而假寐。麑退，叹而言曰："不忘恭敬，民之主也。贼民之主，不忠；弃君之命，不信。有一于此，不如死也。"触槐而死。
灵公将杀赵盾，不克。	秋，九月，晋侯饮赵盾酒，伏甲，将攻之。其右提弥明知之，趋登，曰："臣侍君宴，过三爵，非礼也。"遂扶以下。公嗾夫獒焉，明搏而杀之。盾曰："弃人用犬，虽猛何为！"斗且出。提弥明死之。初，宣子田于首山，舍于翳桑，见灵辄饿，问其病。曰："不食三日矣。"食之，舍其半。问之。曰："宦三年矣，未知母之存否，今近焉，请以遗之。"使尽之，而为之箪食与肉，寘诸橐以与之。既而与为公介，倒戟以御公徒而免之。问何故。对曰："翳桑之饿人也。"问其名居，不告而退，遂自亡也。
赵穿攻公于桃园。	乙丑，赵穿攻灵公于桃园。宣子未出山而复。大史书曰"赵盾弑其君"……
逆公子黑臀而立之，实为成公。①	宣子使赵穿逆公子黑臀于周而立之……②

---

① 《国语》，上海古籍出版社1988年版，第399页。
② 《春秋左传正义》，见《十三经注疏》，中华书局1980年版，第1866—1867页。

两相对照，知《国语》唯有"晋灵公使贼赵盾，鉏麑触槐死"一节描述具体，且与《左传》互见，但重合度极高，可以肯定出自同源文本，由此可证，《左传》中另外"晋侯饮赵盾酒，提弥明搏獒""赵宣子遇翳桑饿人""史书'赵盾弑其君'"几节，应该是《国语》没有采用，或作了删简处理，其重心即在于突出鉏麑为全忠信触槐而死的壮举。

著名的"秦晋殽之战"，《国语》少到仅记述到其中的一段，即"王孙满言秦师必败"，但此一段与《左传》高度重合：

> ……秦师将袭郑，过周北门。左右皆免胄而下拜，超乘者三百乘。王孙满观之，言于王曰："秦师必有谪。"……"师轻而骄，轻则寡谋，骄则无礼。无礼则脱，寡谋自陷。入险而脱，能无败乎？秦师无谪，是道废也。"（《国语·周语中》）①

> 三十三年春，秦师过周北门，左右免胄而下，超乘者三百乘。王孙满尚幼，观之，言于王曰："秦师轻而无礼，必败。轻则寡谋，无礼则脱。入险而脱，又不能谋，能无败乎？"（《左传·僖公三十三年》）②

《国语》和《左传》具体文本虽然并不完全相同，语句互有增缺，但都在对同源文本稍加处理的范围内。《左传》省掉"将袭郑"，是因为作为系统叙事文本，前文已经记述了"将袭郑"；《左传》增加"尚幼"，或《国语》删掉"尚幼"，均无关大旨；"必谪"跟"必败"差别不大。而判断它们采自同一文本的关键是，两者有很多完全相同的语句，诸如"超乘者三百乘"，"轻则寡谋"，"无礼则脱"，"入险而脱"，"能无败乎"，若非出自同一说者所述文本，不可能会出现这种情况。除此之外，《国语》仅交待了秦还师为晋所败、丧其三帅的结果，以作为对王孙满所言的印证，馀皆没有述及。《左传》所述王孙满预言一段当采自与《国语》同源文本，其他部分，诸如"蹇叔哭师""弦高犒师""文嬴请三帅""先轸不顾而唾""秦伯向师而哭"，当别有所本。

---

① 《国语》，上海古籍出版社1988年版，第60—61页。
② 《春秋左传正义》，见《十三经注疏》，中华书局1980年版，第1833页。

它如"晋楚鄢陵之战"(《国语·晋语六》《左传·成公十六年》)与上述情况相似,《左传》记述有十三节,《国语》仅有四节,且重心只有两节,即"郤至力主出战败楚师""郤至勇而知礼",《左传》则除此两节外,还详尽记述了"晋侯将伐郑,乞师齐鲁""郑人告于楚""晋楚遇于鄢陵""晋范匄趋进,范文子逐之""楚子登巢车望晋师""针掞晋侯出于淖""吕锜梦射月,中之,退入于泥""晋韩厥从郑伯""养由基再发尽殪""谷阳竖献饮于子反""子反自杀"等一系列情节。可见《国语》并无意于记述晋楚鄢陵之战这场战事的来龙去脉、进展过程,而重在记述郤至在这场战事中与栾书的结怨及郤至后来被抓住把柄的对待郑君的表现。不过就这两节来看,与《左传》对应的两节基本重合,《左传》略简,可证它们来自同源,又稍有变化,不排除各取所需、各有处理的可能性。

其二是描述繁简有别者。

"晋人伐蒲、屈,重耳奔狄,夷吾奔梁"中的"夷吾奔梁"一节,即属于描述繁简有别,《国语》繁《左传》简:

《国语·晋语二》	《左传·僖公六年》
处一年,公子夷吾亦出奔。	六年,春,晋侯使贾华伐屈。夷吾不能守,盟而行。
曰:"盍从吾兄窜于狄乎?"	将奔狄……
冀芮曰:"不可。后出同走,不免于罪。且夫偕出偕入难,聚居异情恶,不若走梁。梁近于秦,秦亲吾君。吾君老矣,子往,骊姬惧,必援于秦。以吾存也,且必告悔,是吾免也。"	郤芮曰:"后出同走,罪也,不如之梁。梁近秦而幸焉。"
乃遂之梁。	乃之梁。①
居二年,骊姬使奄楚以环释言。四年,复为君。②	

---

① 《春秋左传正义》,见《十三经注疏》,中华书局1980年版,第1798页。
② 《国语》,上海古籍出版社1988年版,第294—295页。

重耳奔狄的次年，夷吾亦出奔，在犹豫是否投奔其兄重耳所至的狄国时，冀芮（郤芮）建议还是别去与兄同罪，不如前往近秦的梁国，由秦从中周旋，必能免罪。对此，《国语》《左传》皆有记述，明显《国语》繁于《左传》，但其中重合的语句完全相同，可知两者采自同样文本，《左传》作了简化处理。

"晋魏绛谏悼公伐诸戎"也是描述繁简有别，又是《左传》繁《国语》简：

《国语·晋语七》	《左传·襄公四年》
五年，无终子嘉父使孟乐因魏庄子纳虎豹之皮以和诸戎。	无终子嘉父使孟乐如晋，因魏庄子纳虎豹之皮，以请和诸戎。
公曰："戎、狄无亲而好得，不若伐之。"	晋侯曰："戎狄无亲而贪，不如伐之。"
魏绛曰："劳师于戎，而失诸华，虽有功，犹得兽而失人也，安用之？……予之货而获其土，其利一也；边鄙耕农不儆？其利二也；戎、狄事晋，四邻莫不震动，其利三也。君其图之！"	魏绛曰："诸侯新服……将观于我。……劳师于戎，而楚伐陈……诸华必叛。戎，禽兽也。获戎失华，无乃不可乎？夏训有之曰：'有穷后羿—'"公曰："后羿何如？"对曰："昔有夏之方衰也，后羿……寒浞……羿犹不悛，将归自田，家众杀而亨之……浞因羿室，生浇及豷……少康灭浇于过，后杼灭豷于戈，有穷由是遂亡……可不惩乎？"……公曰："然则莫如和戎乎？"对曰："和戎有五利焉：……一也。……二也。……三也。……四也。……五也。君其图之！"
公说，故使魏绛抚诸戎，于是乎遂伯。①	公说，使魏绛盟诸戎。修民事，田以时。②

两者所述情节完全相同，戎人无终子嘉父派孟乐献虎豹之皮请求和戎，晋侯经魏绛之劝改变态度。魏绛的劝谏之辞，《国语》仅摘选几句，《左传》记述了整整一大篇，且多出引《夏训》以为说的部分。

其三是情节、描述中既多寡不同、又繁简有别者。

---

① 《国语》，上海古籍出版社1988年版，第441页。
② 《春秋左传正义》，见《十三经注疏》，中华书局1980年版，第1933—1934页。

比如"舟之侨奔晋":

《国语·晋语二》	《左传·闵公二年》
	……虢公败犬戎于渭汭。
虢公梦在庙,有神……公惧而走。神曰:"无走!帝命曰:'使晋袭于尔门。'"……觉,召史嚚占之,对曰:"……蓐收也,天之刑神也……"公使囚之,且使国人贺梦。	
舟之侨告诸其族曰:"众谓虢亡不久,吾乃今知之。……吾不忍俟也!"……以其族适晋。①	舟之侨曰:"无德而禄,殃也。殃将至矣。"遂奔晋。②

两者都是描述虢公无德,舟之侨预感虢将遭殃,遂奔晋,但《左传》作了极其简化的处理;《国语》则讲述了虢公梦神、不听史嚚之占、使国人贺梦的情节,此是《左传》没有提及的;而虢公败犬戎,又是《国语》没有提及的。因此该条不但繁简有别,还属于情节多寡有异。

再比如"秦后子奔晋,谓赵孟将死":

《国语·晋语八》	《左传·昭公元年》
	秦后子有宠于桓……其母曰:"弗去,惧选。"
秦后子来奔。	癸卯,鍼适晋,其车千乘。
	……后子享晋侯,造舟于河,十里舍车……
	司马侯问……"子之车尽于此而已乎?"对曰:"此之谓多矣。若能少此,吾何以得见?"
	女叔齐以告公,且曰:"秦公子必归。……能知其过,必有令图……"

---

① 《国语》,上海古籍出版社 1988 年版,第 295—296 页。
② 《春秋左传正义》,见《十三经注疏》,中华书局 1980 年版,第 1787 页。

续表

《国语·晋语八》	《左传·昭公元年》
赵文子见之，问曰："秦君道乎？"……"不识。"……"必避不道也。"……"有焉。"……"犹可以久乎？"……"……鲜不五稔。"文子视日曰："朝夕不相及，谁能俟五！"	后子见赵孟。赵孟曰："吾子其曷归？"对曰……"将待嗣君。"……"秦君何如？"……"无道。"……"亡乎？"……"何为？……不数世淫，弗能毙也。"……"天乎？"……"其几何？"……"鲜不五稔。"赵孟视荫，曰："朝夕不相及，谁能待五？"
文子出，后子谓其徒曰："赵孟将死矣！夫君子宽惠以恤后，犹怨不济。……非死逮之，必有大咎。"冬，赵文子卒。①	后子出，而告人曰："赵孟将死矣。主民，翫岁而愒日，其与几何？"②

两者所述为秦公子后子因有宠、惧祸而奔晋，与赵文子（赵孟）相见后因对方言语轻率而断其将死。对此，《国语》只一句"秦后子来奔"，并未交待缘由；《左传》则详尽描述了后子因有宠畏祸来奔，并描述了其"其车千乘"的豪富情景，还有女叔齐断言"秦公子必归"的情节。后子与赵文子（赵孟）相见时赵文子言语轻率、只看眼前、不管将来，这段对话《国语》《左传》大致相同；事后后子"谓其徒"（"告人曰"）断言"赵孟将死"，《国语》略为详尽，两者应属同源而繁简有别。

还有的事件，由一连串情节和故事组成，《国语》《左传》各有有无，各有详略，从而也呈现为多寡、繁简的不同。

比如著名的"晋公子重耳之亡"（《国语·晋语二》《晋语四》《左传·僖公二十三年》《僖公二十四年》）。对于晋公子重耳自奔狄至返晋即位为晋文公，《左传》和《国语》均有详尽描述，其中"重耳奔狄""过卫，乞食于野人""齐姜与子犯谋醉遣重耳""曹共公不礼重耳而观其骈胁""宋襄公赠重耳以马二十乘""重耳出亡过郑，郑文公不礼""重耳与楚成王约退避三舍""重耳婚媾怀嬴""秦伯享重耳以国君之礼""秦伯纳公子，及河，子犯辞""寺人勃鞮求见文公""文公遽见竖头须"几节，两者分明采自同

---

① 《国语》，上海古籍出版社1988年版，第472页。
② 《春秋左传正义》，见《十三经注疏》，中华书局1980年版，第2022—2023页。

源文本，《左传》作了较大幅度的精简；而开始"晋人伐蒲""重耳别隗"及结尾"狄归季隗，赵姬请逆叔隗"及"介之推与母偕隐"几节则是《左传》多出的部分。这几节的情节与公子重耳（晋文公）的关系有些疏离，所以，不一定是《左传》另有所本，《国语》编纂时舍而未采也有可能。"重耳亲筮得晋国""文公在狄十二年，狐偃曰盍速行乎"两节偏于长篇言论的记述则又是《国语》多出的部分，《左传》精简中未取也是可能的。

再比如著名的"齐晋鞌之战"，或称"靡笄之役"（《国语·晋语五》《左传·宣公十七年》《成公二年》《成公三年》）。两部著作的记述首先是多寡有别，《左传》多，《国语》寡，"齐高固入晋师，桀石以投人""晋韩厥旦避左右""齐逢丑父代君任患，郤克免之""齐侯遇女子问'君免乎'""晋侯使巩朔献齐捷于周""齐侯视韩厥称'服改矣'"，是《国语》所无；其次是两者互见的部分，即"郤克耻妇人之笑，归请伐齐""韩献子斩人，郤献子分谤""郤献子伤，鼓之不绝""范文子师胜后入，武子知免""郤献子、范文子、栾武子辞功"等，无论情节、描述、对话均有重合度极高之处，可以断定采自同源文本；再次，两者重合的部分各有繁简，"郤克为妇人笑""郤献子分谤""郤献子伤"三节《左传》繁《国语》简，"范文子后入""郤献子等辞功"两节又是《国语》繁《左传》简，据此可以肯定并非《左传》采自《国语》，亦非《国语》采自《左传》，而是它们都见到了同源材料，根据各自需要，对其作了或取或舍、或全或简的处理。

还有"晋三郤杀，厉公弑"（《国语·晋语六》《左传·成公十七年》《成公十八年》）。所述基本情节脉络为晋大夫栾书设局诬陷郤至，致使晋厉公派人杀三郤（郤至、苦成叔郤犨、郤锜）。事后厉公近臣胥僮、长鱼矫等劝厉公杀掉栾书及同党中行偃，厉公不忍，接下来反被栾书等所弑，事件亦由一连串情节构成。对此，《左传》所述有八节，《国语》仅有四节，《左传》多《国语》寡。其中《国语》中的"栾书发郤至之罪""三郤之死""长鱼矫胁栾中行""韩献子不从栾中行召"四节与《左传》中相应的四节重合，《左传》另外有"胥僮、夷阳五、长鱼矫、栾书怨郤氏""厉公田，郤至得罪""栾书、中行偃杀胥僮""栾书、中行偃弑厉公立周子（孙周）"

四节,是较《国语》多出的部分。就四节重合的部分而言,对话、描述均有重合度极高的部分,比如胥僮、长鱼矫等劝厉公杀栾书的话语均为"不杀此二子者,忧必及君",厉公回答不忍再杀栾书等所说之语,《国语》所述是"一旦而尸三卿,不可益也",《左传》所述是"一朝而尸三卿,余不忍益也";韩献子拒绝栾书之召,均引俗语曰"杀老牛莫之敢尸"等等,可知采自同源文本;但繁简不同,"栾书发郤至之罪""长鱼矫胁栾中行"两节,《国语》繁《左传》简,"三郤之死""韩献子不从栾中行召"两节,《左传》繁《国语》简。总体而言,它们应该是据有同源文本,又根据各自需要作了取舍、增减等处理。互有繁简多寡的情况,决定了绝非一部抄自另一部,应该各有所本。

它如"吴人入楚"事件(《国语·楚语下》《左传·定公四年》《定公五年》),《左传》作了全面记述,包括"王孙由于以背代楚王受戈""钟建负季芈以从楚王""鄖公辛与弟或救王或欲杀王""子期匿昭王欲自代以予吴人""申包胥乞秦师哭于秦庭七日七夜""申包胥以秦师至救楚""斗辛断言吴人必归""蓝尹亹避昭王而不载""昭王归而赏"等,《国语》仅有其中"鄖公""蓝尹亹""归而赏"三节,所以就情节而言是《左传》多,《国语》少;而就互见部分的繁简而言,前两个故事是《国语》详,《左传》略。如此看来,《左传》多出的部分均应别有所本;其中两者重合的部分除繁简有别外,对话、情节方面也均略有出入,应属同源异流文本。

与上述情况相近的还有"白公胜乱楚国"事件(《国语·楚语下》《左传·哀公十六年》)。《国语》只有"子西不听叶公子高劝召白公胜归"比较详尽,"白公胜杀子西子期于朝""叶公子高入方城攻白公"极为简略;《左传》则记述了整个事件的来龙去脉。除《国语》所有的三节外,还包括"郑人杀(白公胜之父)楚太子建""晋人伐郑楚救之,白公胜磨刀""熊宜僚临剑不从白公胜""白公胜不听石乞杀王焚库之谏""白公奔山而缢,石乞不言其死所被烹"等。这样,自然是就情节而言《左传》多《国语》少;而就重合的部分而言《国语》与《左传》互有繁简:

《国语·楚语下》	《左传·哀公十六年》
子西使人召王孙胜,沈诸梁……见子西……"将焉用之?"曰:"……欲置之境。"子高曰:"不可。其为人也,展而不信……人有言曰:'狼子野心,怨贼之人也。'……昔齐驺马繻以胡公入于具水,邴歜、阎职戕懿公于囿竹,晋长鱼矫杀三郤于榭,鲁圉人荦杀子般于次……非唯旧怨乎?是皆子之所闻也。……"不从,遂使为白公。	其子曰胜,在吴,子西欲召之。叶公曰:"吾闻胜也诈而乱,无乃害乎?"子西曰:"吾闻胜也信而勇……舍诸边竟,使卫藩焉。"叶公曰:"周仁之谓信……胜也好复言,而求死士,殆有私乎!……子必悔之。"弗从,召之,使处吴竟,为白公。
及白公之乱,子西、子期死。	……遂作乱。……杀子西、子期于朝,而劫惠王。子西以袂掩面而死。子期……抉豫章以杀人而后死。
叶公闻之,曰:"吾怨其弃吾言,而德其治楚国,楚国之能平均以复先王之业者,夫子也。以小怨置大德,吾不义也,将入杀之。"帅方城之外以入,杀白公而定王室,葬二子之族。①	……而后入。白公欲子闾为王,子闾不可,遂劫以兵。子闾曰:"……有死不能。"遂杀之,而以王如高府。石乞尹门。圉公阳穴宫,负王以如昭夫人之宫。叶公亦至,及北门,或遇之,曰:"君胡不胄?……"乃胄而进。又遇一人曰:"君胡胄?……"乃免胄而进。遇箴尹固……将与白公。子高曰:"……弃德从贼,其可保乎?"乃从叶公。使与国人以攻白公,白公奔山而缢。……生拘石乞而问白公之死焉。……"不言将烹。"乞曰:"……固其所也,何害?"乃烹石乞。……国宁,乃使宁为令尹,使宽为司马,而老于叶。②

两相对照一目了然,《国语》记述沈诸梁(叶公子高)与子西的对话长篇大论,篇幅有《左传》所述数倍之多,而记述子西、子期为白公胜所杀、沈诸梁(叶公子高)入方城均是一两句话概述言之,显然其重心在于印证沈诸梁之语。比较而言,《左传》则重在叙事,具体描述了一系列情节和故事。由两者差异之大可断定《左传》情节另有所本,其重合部分则或来自

---

① 《国语》,上海古籍出版社1988年版,第583—589页。
② 《春秋左传正义》,见《十三经注疏》,中华书局1980年版,第2177—2178页。

同源异流文本,各自作了删节处理。

四、事件相同叙事不同者

《左传》与《国语》故事互见者中,有的所述为相同人物参与的同一事件,但叙事、人物对话均有不同,无法一一对应;有的所述情节大致相同,但却发生在不同人物身上;还有的所涉同事,但各有叙事情节和重点,它们应该都属于分别采自不同的文本。

比如"曹刿论战"。两者所述事件均为长勺之战,所涉人物均为鲁庄公和曹刿,但事件过程、人物对话均有不同:

《国语·鲁语上》	《左传·庄公十年》
	……齐师伐我。公将战。曹刿请见。其乡人曰:"……又何间焉?"刿曰:"肉食者鄙,未能远谋。"
长勺之战,曹刿问所以战于庄公。	乃入见,问何以战。
公曰:"余不爱衣食于民,不爱牲玉于神。"对曰:"夫惠本……民和……今将惠以小赐,祀以独恭。……故不可以不本。"公曰:"余听狱虽不能察,必以情断之。"对曰:"是则可矣。……智虽弗及,必将至焉。"①	公曰:"衣食所安,弗敢专也,必以分人。"对曰:"小惠未遍,民弗从也。"公曰:"牺牲玉帛,弗敢加也,必以信。"对曰:"小信未孚,神弗福也。"公曰:"小大之狱,虽不能察,必以情。"对曰:"忠之属也,可以一战。战,则请从。"
	公与之乘。战于长勺。公将鼓之。……齐人三鼓。刿曰:"可矣!"……公将驰之。刿曰:"未可。"下,视其辙,登轼而望之,曰:"可矣!"……既克……对曰:"……一鼓作气,再而衰,三而竭。……"②

其中相对有些重合的是均为曹刿论凭何而战。但有两部分是《国语》完全所无,其一为曹刿面见鲁庄公之前与乡人的对话,其二是曹刿从庄公参与指挥战役及战后关于"一鼓作气"的解释。即使相对重合的部分,

---

① 《国语》,上海古籍出版社1988年版,第151页。
② 《春秋左传正义》,见《十三经注疏》,中华书局1980年版,第1767页。

关于庄公与曹刿的对话，两者所述也差异很大，首先是关于庄公回答"何以战"，《左传》所述是三个回合，"衣食所安，弗敢专"，"牺牲玉帛，弗敢加"，"小大之狱，虽不能察，必以情"，《国语》是"衣食牲玉"为一层，"听狱虽不能察，必以情断之"为一层，共两个回合；其次是曹刿所论，其语句也不相同。可见两者所采并非同源文本，而是各有所本。

再比如"祁奚荐举"，即晋大夫祁奚举贤外不避仇、内不避亲，亦称"外举不避雠，内举不避子"，是后来流传甚广的故事，但两书所述颇有差异：

《国语·晋语七》	《左传·襄公三年》
祁奚辞于军尉，公问焉，曰："孰可？"	祁奚请老，晋侯问嗣焉。
	称解狐，其雠也，将立之而卒。又问焉。
对曰："臣之子午可……午之少也，婉以从令……其壮也，强志而用命……若临大事，其可以贤于臣……"	对曰："午也可。"
	于是羊舌职死矣，晋侯曰："孰可以代之？"对曰："赤也可。"
公使祁午为军尉，殁平公，军无秕政。①	于是使祁午为中军尉，羊舌赤佐之。②

《国语》仅记述了祁奚举其子祁午，《左传》则既记述了举其仇解狐又记述了举其子祁午。《国语》应该不是出于省减才略去一举，因为就其记述举子而言，要比《左传》详很多；《国语》应该也不是出于主旨需要而略去一举，因为《国语》旨在教义，举贤不避仇更具教化意义，不当有意略去。据此，《国语》与《左传》当各有所本，《国语》所据原本即是关于祁奚举子的史实记述，《左传》则当别有所本。

还比如"戮干行，受荐举"，《国语》记述的是"韩献子戮干行，赵宣子称不党"，《左传》记述的则是"魏绛戮干行，晋侯使佐新军"：

---

① 《国语》，上海古籍出版社1988年版，第439—440页。
② 《春秋左传正义》，见《十三经注疏》，中华书局1980年版，第1930页。

《国语·晋语五》	《左传·襄公三年》
赵宣子言韩献子于灵公,以为司马。	
河曲之役,赵孟使人以其乘车干行,献子执而戮之。	晋侯之弟扬干乱行于曲梁,魏绛戮其仆。
众咸曰:"韩厥必不没矣……"	晋侯怒,谓羊舌赤曰:"……必杀魏绛,无失也!"
	对曰:"……其将来辞,何辱命焉?"言终,魏绛至,授仆人书,将伏剑。……公读其书,曰:"……请归死于司寇。"
宣子召而礼之,曰:"……临长晋国者,非女其谁?"……"二三子可以贺我矣!吾举厥也而中,吾乃今知免……"①	公跣而出曰:"……子无重寡人之过,敢以为请。"晋侯以魏绛为能以刑佐民矣,反役,与之礼食,使佐新军。张老为中军司马,士富为候奄。②

《国语》与《左传》所述故事的核心情节是一个,臣子秉公司职,不惧尊上之威,给予干乱行伍的尊上亲近以应有的处罚。但具体到故事的主人公和各色人物,以及情节过程,两者却根本是两个文本。《晋语》所述是赵宣子使人"以其乘车干行",韩厥"执而戮之",《左传》所述则是晋侯之弟乱行,"魏绛戮其仆";《国语》中,韩厥是先刚刚被赵宣子举荐提拔,《左传》中,魏绛是后来被举为新军之佐;《国语》中,赵宣子是故意使人干行,以检验所举之人会如何处理,果然没让他失望,《左传》中则是晋侯大怒要捉拿魏绛,羊舌赤说你不用去捉、他主动会来,魏绛果然登门致书,甘愿伏剑,晋侯幡然悔悟。无疑,两者显然出自不同文本。

它如"里革更书(鲁季文子逐莒太子仆)"(《国语·鲁语上》《左传·文公十八年》),两者所述都是莒太子仆弑父携宝奔鲁,鲁宣公命与之邑,鲁大夫却擅自逐之,但施事者一个是里革,一个是季文子,具体情节亦有不同。《国语》所述为宣公原本是命季文子赐予莒太子仆邑,但大夫里革遇传书给季文子的有司后擅更其书,改为逐之,且当宣公诘之时振振有辞;

---

① 《国语》,上海古籍出版社1988年版,第396页。
② 《春秋左传正义》,见《十三经注疏》,中华书局1980年版,第1930—1931页。

《左传》所述则是季文子"使司寇出诸竟",当宣公问其故时,是大史克奉季文子之命"对曰",且谈古论今,长篇大论。可知两者完全不是一个版本。

还有"甯嬴从阳处父及山而还"(《国语·晋语五》《左传·文公五年》《文公六年》)。所述为甯嬴原本欲追随阳处父,但途中闻其一席话感觉此人靠不住,遂折返而归。后来阳处父果然被杀。但两部著作应非采自同源文本。首先其叙事各有详略。关于甯嬴与阳处父的相遇,《晋语》所述为"阳处父如卫,反,过甯,舍于逆旅甯嬴氏。嬴谓其妻曰:'吾求君子久矣,今乃得之。'举而从之",《左传》仅记为"晋阳处父聘于卫,反过甯,甯嬴从之",以《左传》热衷叙事的宗旨,如果所采为与《国语》同源的文本,没有必要省去原本已是简单叙述的这个经过;关于阳处父被杀,《左传》有情节过程叙述,即阳处父"改蒐于董,易中军","党于赵氏",招来贾季之怨,贾季"使续鞫居杀阳处父",《晋语》却仅有一句"期年,乃有贾季之难,阳子死之"。以《晋语》较之《国语》中其他《语》更长于叙事的文体,似也没有必要全部省去。其次是甯嬴回答其妻为何中途而返的对话差别太大,除最后一句"吾惧未获其利而及其难,是故去之"两者大致相同外,其馀部分毫无共通之处,可知各自所采文本已经对原文本有所改述或改写。

还有"伯宗妻戒夫,伯州犁奔楚"(《国语·晋语五》《左传·成公十五年》)。《晋语》具体讲述了伯宗妻预见丈夫将及难以及为儿子提前作出安排的故事。伯宗因在朝上被诸大夫夸其智似阳子(阳处父)而沾沾自喜,其妻却不以为然,伯宗要让妻子看看虚实,于是将大夫们请到家中喝酒,言语间可见伯宗确在诸人之上。想不到这反而让为妻的更加忧虑,因为她知道"民不能戴其上久矣",谁在人上谁就会遭到嫉恨,所以恐怕伯宗很快就要大难临头了。于是她劝伯宗赶快物色可靠之士保护儿子。果然,伯宗被杀,而所得之臣毕阳护送伯宗之子伯州犁去了楚国,终免一死。《左传》则直称"晋三郤害伯宗,谮而杀之","伯州犁奔楚",未提伯州犁如何奔楚,更未提此举与其母的预见有何关系。然后《左传》由"初"字领起,提及伯宗妻戒夫:"初,伯宗每朝,其妻必戒之……'盗憎主人,民恶其上。'子好直言,必及于难。"其中"民恶其上"与《晋语》所述的意思略有重合，但话语不同；"子好直言"则是《晋语》中没有的。两书所述内容繁简不同，情节多寡有异，文笔描述概述有别，显然所采非同源文本。

还有"子叔声伯辞晋邑"（《国语·鲁语上》《左传·成公十六年》），讲述晋大夫郤犨欲以"予之邑"为利诱，使前来请释季文子的鲁大夫子叔声伯放弃请求，《国语》主要记述声伯"弗受"之后回答鲍国"何辞"之问，显示的是声伯对郤犨未来命运的判断；《左传》记述的重点则是"辞邑"本身的过程和对话，显示的是声伯对鲁国政局的分析和他本人的气节。

特别是"吴越之争"，故事互见部分主要见于《左传》与《国语·吴语》，对照的结果是两者叙事差异极大。其中上半部分，大多还能有所对应，但内容繁简悬殊、情节多寡有异、人物对话不同，比如"吴王夫差败越，越王句践行成""夫差不听谏，子胥被赐死"和"黄池之会吴晋争长"三节：

《国语·吴语》	《左传》
吴王夫差起师伐越……大夫种乃献谋……越王许诺，乃命诸稽郢行成于吴……句践请盟：一介嫡女，执箕扫以晐姓于王宫；一介嫡男，奉盘匜以随诸御；春秋贡献，不解于王府。……敢使下臣尽辞，唯天王秉利度义焉！	吴王夫差败越于夫椒……越子以甲楯五千保于会稽，使大夫种因吴大宰嚭以行成。……伍员曰："不可……"弗听。退而告人曰："越十年生聚，而十年教训，二十年之外，吴其为沼乎！"（哀公元年）
吴王夫差既许越成……将以伐齐。申胥进谏曰……"王弗听。……遂伐齐。齐人与战于艾陵，齐师败绩……吴王还自伐齐，乃讯申胥："……以妖孽吴国。……先王之钟鼓，实式灵之……"申胥释剑而对曰："……员不忍称疾辟易，以见王之亲为越之擒也。……"遂自杀。将死，曰："以悬吾目于东门，以见越之入，吴国之亡也。"王愠曰："孤不使大夫得有见也。"乃使取申胥之尸，盛以鸱夷，而投之于江。	……吴将伐齐，越子率其众以朝……吴人皆喜，唯子胥惧……谏曰：……弗听。使于齐，属其子于鲍氏，为王孙氏。反役，王闻之，使赐之属镂以死。将死，曰："树吾墓槚，槚可材也。吴其亡乎！三年，其始弱矣。盈必毁，天之道也。"（哀公十一年）

续表

《国语·吴语》	《左传》
吴王夫差……以会晋公午于黄池。于是越王句践乃命范蠡、舌庸……绝吴路。败王子友……率中军泝江以袭吴……吴、晋争长未成，边遽乃至，以越乱告。吴王惧……谋曰……无会而归，与会而先晋，孰利？王孙雒曰："……必会而先之。"……吴王许诺。吴王昏乃戒……系马舌，出火灶……王亲秉钺……三军皆哗扣以振旅，其声动天地。晋师大骇不出……董褐……告赵鞅曰："臣观吴王之色，类有大忧，小则嬖妾、嫡子死，不则国有大难；大则越入吴。将毒，不可与战。……"吴王许诺，乃退就幕而会。吴公先歃，晋侯亚之。……①	夏，公会单平公、晋定公、吴夫差于黄池。……越子伐吴……获太子友……入吴。吴人告败于王。王恶其闻也，自刭七人于幕下。……盟，吴、晋争先。吴人曰："于周室，我为长。"晋人曰："于姬姓，我为伯。"赵鞅呼司马寅曰：……对曰："请姑视之。"反，曰："肉食者无墨。今吴王有墨，国胜乎？太子死乎？且夷德轻，不忍久，请少待之。"乃先晋人。（哀公十三年）②

下面的部分已经完全无法对应。《左传》叙事仍是将吴越之争按照编年，分别见于哀公十三年、十七年、十九年、二十年、二十二年，《吴语》则仍是一次性记述；两者所述似乎也各不相干。由此可知两者完全采自不同版本。

两部著作互见故事考察的结论是，其间异同多寡的差异乃因分别采自或同源、或同源异流、或不同的说体文本所致，由此可以证明，两部著作均有在采用说体文本基础上加工处理的部分。

第三节　《国语》《左传》各自独见"说体"文本的梳理辨析

除上述互见故事之外，《国语》《左传》中都还有相当一部分仅就这两部著作而言各自独见、且不见于前述的历史叙事，或仅首见于《国语》，或

---

① 《国语》，上海古籍出版社1988年版，第591—615页。
② 《春秋左传正义》，见《十三经注疏》，中华书局1980年版，第2151、2155、2171页。

仅首见于《左传》。两部著作之所以各有其"独家"文本,究其因,当与它们的起止年限、涉事范围及著作旨趣的差异息息相关。没有互见文本以为参照,对于是否援用"说体"文本,或叙事中哪些部分可断为来自于"说体"文本,就需结合判断初始文本只能源于追述讲说而不可能书之简帛的种种因素进行考察和辨析。

一、因起止年限不同而独见于《国语》之"说体"文本考

就起止年限而言,不同于《左传》始于鲁隐公元年的春秋记事,《国语》有《周语》上、中、下三篇,其中《周语上》涉及西周中叶周穆王以来迄于周幽王时的某些西周史事,所述自是不见于《左传》的独见者。

《周语上》的第一篇即是涉及周穆王征伐的祭公谋父劝谏故事,但该篇重在记述祭公谋父的长篇劝谏之辞,叙事只有几句:

> 穆王将征犬戎,祭公谋父谏曰:"不可。先王耀德不观兵。……"王不听,遂征之,得四白狼、四白鹿以归。自是荒服者不至。①

严格讲这则故事还不能绝对算是独见者,《左传》中也有提及,只不过是在记述春秋时事时通过人物之口讲述的,这就是《昭公十二年》"楚灵王雪夜遇子革"一篇中子革欲斩断楚灵王贪欲之心,援引祭公谋父谏穆王:"昔穆王欲肆其心,周行天下,将皆必有车辙马迹焉。祭公谋父作《祈招》之诗以止王心,王是以获没于祗宫。"② 其中并未提及征伐犬戎,而他所谓《祈招》之诗又不见于《国语》此段讲述,但周穆王和祭公谋父两个人物、穆王欲远征祭公谋父谏的基本情节大致还是同一个故事。由此可知这段叙事必是经过辗转讲说,其母本当属于说体文本。穆王故事后来演绎颇多,且生出往见西王母的情节,如汲冢书《穆天子传》(或曰《周王游行》)、《史记·周本纪》;更有衍生出仙话情节者,如《太平广记》卷二引《仙传拾遗》称"西王母降穆王之宫,相与升云而去"③,周穆王因此大名鼎鼎。查

---

① 《国语》,上海古籍出版社1988年版,第1页。
② 《春秋左传正义》,见《十三经注疏》,中华书局1980年版,第2064页。
③ 《太平广记》,天津古籍出版社1994年版,第15页。

其始，《国语·周语上》的这段记述乃是首发其轫者。还需要指出的是，这篇文本中的"得四白狼、四白鹿以归"，有学者考证分析"白狼""白鹿"应是部族图腾，实是指捕获了八个部族的首领或成员，① 其说颇有道理。

《周语上》"三女奔密康公，其母称小丑备物必亡"一则，讲述的是周恭王（又称周共王）时发生在周王朝与密邦之间的事件，而主人公其实是密康公之母：

> 恭王游于泾上，密康公从，有三女奔之。其母曰："必致之于王。夫兽三为群，人三为众，女三为粲。王田不取群，公行下众，王御不参一族。夫粲，美之物也。众以美物归女，而何德以堪之？王犹不堪，况尔小丑乎？小丑备物，终必亡。"康公不献。一年，王灭密。②

周恭王游历，密康公陪同，却有三个美女一同私奔跟了他，这让为母者好生担心，劝他赶紧将这三女献给周王，因为满招损，谦受益，连天子都据不过三，何况你这卑微之辈？可惜密康公不听，结果导致灭国的下场。密康公之母劝子之言属于私密对话，且绝对不可让周恭王听到，自然不会是史官所记。这段叙事来自后来追述的"说体"文本无疑。

《周语上》"邵公谏厉王弭谤""邵公以其子代宣王死"是两则前后相关的故事，讲述的是周厉王、周宣王时王朝发生的重大事件，落脚点则都在邵公的见识和壮举：

> 厉王虐，国人谤王。邵公告曰："民不堪命矣！"王怒，得卫巫，使监谤者，以告，则杀之。国人莫敢言，道路以目。王喜，告邵公曰："吾能弭谤矣，乃不敢言。"邵公曰："是障之也。防民之口，甚于防川。川壅而溃，伤人必多，民亦如之。是故为川者决之使导，为民者宣之使言。……"王不听，于是国莫敢出言，三年，乃流王于彘。③

---

① 刘敦愿：《周穆王征犬戎"得四白狼四白鹿以归"解——兼论宝鸡茹家庄出土青铜车饰族属问题》，《人文杂志》1986年第6期，第110—113页。
② 《国语》，上海古籍出版社1988年版，第8页。
③ 《国语》，上海古籍出版社1988年版，第9页。

彘之乱，宣王在邵公之宫，国人围之。邵公曰："昔吾骤谏王，王不从，是以及此难。今杀王子，王其以我为怼而怒乎！夫事君者险而不怼，怨而不怒，况事王乎？"乃以其子代宣王，宣王长而立之。①

周厉王暴虐无度，致使国人怨声载道，而厉王"弭谤"的手段竟是"得卫巫，使监谤者，以告，则杀之"，于是"国人莫敢言，道路以目"。邵公的见识即表现在充分意识到这种堵塞言论的危机，可惜厉王不听劝谏，终于造成国人暴动，应验了"川壅而溃"的预见。国人攻陷京都之时，厉王嫡子被藏于邵公之宫，如果将他交出，自是其命难保，宗周将断后绝嗣；如果不交，国人攻宫，后果更不堪设想。邵公的壮举竟是以己子代其子，这个被保下来的其子，就是后来即位的周宣王。就这两段叙事所述事件均发生在周朝王庭而言，自可以是史官所记，但其中的人物对话，前者篇幅过长，后者更属于邵公的心理独白，都不会是书体所能有，更具有传诵讲说者转述或揣摩的性质。前者最后交待三年后"乃流王于彘"的验证结果，也不是劝谏时当下记事所能书，更似是后来所追述。

《周语上》还有一则发生在周宣王时期且与周宣王直接相关的事件，但却更属于鲁国故事，即"鲁武公以括与戏见，樊仲山父谏宣王立幼"：

　　鲁武公以括与戏见王，王立戏，樊仲山父谏曰："不可立也！不顺必犯，犯王命必诛……是事也，诛亦失，不诛亦失，天子其图之！"王卒立之。鲁侯归而卒，及鲁人杀懿公（戏）而立伯御（括之子）。三十二年春，宣王伐鲁，立孝公（戏之弟），诸侯从是而不睦。……②

这是因周宣王引发并参与的发生在鲁国的废长立幼及君死弟及事件。当年鲁武公带着两个儿子姬括和姬戏去拜见宣王，宣王喜欢小儿子姬戏，擅自将他立为太子，引来了樊仲山父的一大篇劝谏，但没有奏效，姬戏终被立之，回去后即于鲁武公卒后即位为鲁懿公。九年后，鲁武公长子姬括的儿子

---

① 《国语》，上海古籍出版社1988年版，第14页。
② 《国语》，上海古籍出版社1988年版，第22—23页。

伯御与鲁人攻杀了鲁懿公（姬戏）（估计此时姬括已卒），伯御立为鲁君。十一年后，即周宣王三十二年，便又发生了"宣王伐鲁"，杀掉了鲁君伯御，改立鲁懿公（姬戏）之弟为鲁孝公。就这段叙事而言，述及周朝和鲁国，且跨度十几年，不会是周太史或鲁太史当下记事，只能是后来追述；就情节内容而言，樊仲山父的谏说占去绝大篇幅，亦当为传诵者转述或揣摩。

总而言之，上述几则叙事虽独见于《国语》，但亦都具有"说体"文本特点和性质，当本于传诵和讲说，属于援用"说体"文本。其独见，乃主要因为年限超出《左传》所述。上面提到《左传·昭公十二年》"楚灵王雪夜遇子革"中子革援引过"祭公谋父谏穆王"，与《周语上》所述祭公谋父谏穆王同中有异，即可以作为一个佐证。

二、因涉事范围不同而独见于《左传》之"说体"文本考

《国语》虽为一部记述西周中期至战国初期周王朝及各列国史事的国别史著作，但所涉列国并不完整，除《周语》记述周王朝之事外，列国仅有《鲁语》《齐语》《晋语》《郑语》《楚语》《吴语》《越语》七国之《语》，且其中有些《语》属于专题性质，如《齐语》仅涉管仲佐桓公霸诸侯，《郑语》只有"史伯为郑桓公论兴衰"一篇，《吴语》《越语》仅记吴王夫差、越王句践复仇争霸始末，《越语下》则是范蠡专传。与之不同，《左传》以《春秋》为史纲，编年记事，涉及周王朝及各列国之事，远远超出《国语》范围，这样，《左传》所述《国语》七《语》之外其他列国之事自然都属于不见于《国语》而独见于《左传》者；所述齐、郑、吴、越专题之外诸事，也属于不见于《国语》而独见于《左传》者。

没有互见文本作参照，判断独见"说体"文本的基本尺度是不易书载，初始文本只能来自追述、传闻和讲说。如果叙事完整，富于情节性，同时又或是隐私密事，或是细节描摹，或是私下对话，或是兼二有之，或是兼三有之等等，即更多属于源自讲说的叙事范畴。下面即拟由此三个方面的不同偏重，分别对《国语》所述范围之外、独见于《左传》的列国"说体"文本进行梳理和辨析。

（一）隐私密事不可书记者

当时，乃指事发时的当时；既然当时并未记载，所述又具体真切，只能

是出于事后的追述与传闻,此是其初始文本为"说体"的因素之一。下列诸列国叙事主要属于此种情况。

1. 齐国之事

"鲁桓公薨于车",事见《桓公十八年》。这是关涉鲁国历史命运但却发生在齐国的一件大事。《左传》叙述,该年鲁桓公与夫人文姜如齐,"齐侯(襄公)通焉",桓公必是发现了两人的奸情,于是"谪之",文姜遂将此事"以告"齐侯。接下来,齐侯宴飨桓公,"使公子彭生乘公(桓公)","公薨于车"。对于桓公莫名薨于车,鲁人要求给个交代,"齐人杀彭生"。[①] 齐襄公,乃齐僖公之太子;而《左传·桓公六年》有"(桓)公之未婚于齐也,齐侯(齐僖公)欲以文姜妻郑太子忽,太子忽辞"[②] 之说,这样算来,文姜应是齐僖公之女,乃齐襄公同父之妹。是同母还是异母,《左传》中没有材料明证,以当时一国之君妻妾成群的情形推断,异母的可能性很大。不管同母异母,齐襄公与文姜都属于兄妹通奸,乃乱伦之举,为春秋礼俗所不齿(若按早期母系社会礼俗,异母关系当在允许范围内),于是在史上留下了不小的骂名。此事关涉国君之死,确是史官所应记;但就这段叙事而言,直称文姜随桓公如齐后"齐侯通焉",又称桓公指责文姜后,文姜"以告"齐侯,却属根据事态前后所推断,自非史官所可记。因此,这只能是一篇被讲述出来的情节和故事。检索《春秋·桓公十八年》,只记了"春,王正月,公会齐侯于泺。公与夫人姜氏遂如齐""夏,四月丙子,公薨于齐"两句,书体(《春秋》所记述)与说体(《左传》所援用)的区别于此可见一斑。

"齐伐楚盟于召陵",事见《僖公三年》《僖公四年》。僖公三年,齐桓公"与蔡姬乘舟于囿",蔡姬"荡公","公惧,变色",让她停下来,她却不听,桓公一怒之下将她"归之",但只是想教训她一下,并未真的"绝之",蔡人没有领会他的意思,居然"嫁之"。这下,原本只是夫妻间闹过火的小事,却酿成了具有深远历史影响的重大事件,这就是齐桓公以"尊王攘夷"为号召的伐楚称霸。"四年,春,齐桓公以诸侯之师侵蔡","蔡

[①] 《春秋左传正义》,见《十三经注疏》,中华书局1980年版,第1759页。
[②] 《春秋左传正义》,见《十三经注疏》,中华书局1980年版,第1750页。

溃，遂伐楚"。齐与楚遂发生了历史上十分著名的两场对话，出彩处都在楚人那边。一是面对齐桓公帅诸侯之师"莫名其妙"前来征讨，楚成王使人询问缘由，援用了俗语"风马牛不相及"，我楚国跟你齐国根本不搭界，你们干吗跑到我们这边来？二是屈完面对齐侯所陈诸侯之师及"以此众战，谁能御之？以此攻城，何城不克"的狂言毫不退缩，说我楚国"方城以为城，汉水以为池"，你们虽众，"无所用之"！① 为了一个女人而发动征伐战争，这本是需要掩饰的私密心理，不会让史官记下来。齐桓公与蔡姬荡舟，属于生活琐事，也不是史书范围。因此，这个事件的来龙去脉，只能是靠传诵讲说。

"声孟子通于庆克，齐刖鲍牵而逐高无咎"，事见《成公十七年》。齐大夫庆克通于齐灵公之母声孟子，"与妇人蒙衣乘辇而入于闳"。"鲍牵见之，以告国武子"。国武子遂将鲍牵见到之事转告给庆克，庆克又告知声孟子。声孟子恼羞成怒，当齐灵公外出会盟，高无咎、鲍牵守城门，按例闭门索客之时，诬告两人"将不纳君，而立公子角"，结果齐"刖鲍牵而逐高无咎"。② 鲍牵是多嘴惹祸，高无咎却是只因摊上与鲍牵一同守城门而跟着倒霉。于是高无咎奔莒，其子高弱以卢叛。这段叙事，涉及太多私下密告，且是国君之母丑闻，还冤枉了无辜者，自然是出于讲说无疑。

"莒妇投纺"，事见《昭公十九年》。这年秋，"齐高发帅师伐莒，莒子奔纪鄣。使孙书伐之"。而这纪鄣住着一位老妇人。她本是莒人，"莒子杀其夫"，让她成了寡妇，后来独自"托于纪鄣，纺焉以度"。这次这个莒子（莒共公）逃到了纪鄣，齐孙书正帅师伐纪前来，于是"及师至，则投诸外"，将纺织的棉绳通通投到城外。城外有人捡到送到孙书这里来。孙书马上来了主意，"使师夜缒而登"，让士卒们拽着绳子攀援城墙。"登者六十人，缒绝。师鼓噪，城上之人亦噪"。"莒共公惧，启西门而出。七月丙子，齐师入纪"。③ 这妇人是谁，为什么投纺，都需事后打听明白，辗转相传，所以肯定始于"说体"。

"齐侯伐鲁迎季姬"，事见《哀公八年》。齐公子阳生即位为齐悼公之

---

① 《春秋左传正义》，见《十三经注疏》，中华书局 1980 年版，第 1792—1793 页。
② 《春秋左传正义》，见《十三经注疏》，中华书局 1980 年版，第 1921 页。
③ 《春秋左传正义》，见《十三经注疏》，中华书局 1980 年版，第 2087 页。

前，曾自哀公五年避国乱奔鲁，鲁大夫季康子将己妹季姬送给他为妻。待公子阳生返齐即位，来接自己的妻子回家，季康子却"不与"了。原来季姬与其叔父季鲂侯有私通奸情，不欲离开鲁国，此时不得不坦白，季康子不是不给，是不敢给了。齐悼公因此怒而伐鲁，还取了讙、阐两地。然虽靠武力才将季姬迎回齐国，季姬仍还是得到宠幸，且因此故，讙、阐两地重新回到鲁人手里。这段叙事，涉及季康子之妹、齐悼公夫人季姬的私通奸情，不是可以宣扬之事，出自转告讲述而非史官所记更合情理。

2. 郑国之事

"郑穆公'刈兰而卒'"，事见《宣公三年》。该年冬，郑穆公卒。当年郑文公贱妾燕姞梦天使与己兰，说是"以是为而子"，接着便是郑文公"与之兰而御之"，生子即是郑穆公，故"名之曰兰"。其后，郑文公之群公子或杀或鸩或卒或逐，皆不得立；公子兰亦奔晋，从晋文公伐郑。石癸建议说"今公子兰，姑甥也，天或启之，必将为君，其后必蕃。先纳之，可以亢宠"，遂与孔将鉏、侯宣多纳公子兰，"盟于大宫而立之，以与晋平"。及郑穆公有疾，曰："兰死，吾其死乎！""吾所以生也。"果然"刈兰而卒"。① 这段叙事本身富于传奇色彩，似"小说家言"。此外属于私密之事有两处，其一是郑文公送兰花给燕姞"而御之"，燕姞想到天使与兰之梦，当时即问文公"幸而有子。将不信，敢征兰乎"；其二是石癸与孔将鉏、侯宣多谋纳公子兰。且此段叙事通篇倒叙追述，也只能是出于讲诵之口。

"子驷弑僖公"，事见《襄公七年》。郑僖公当年为太子时，于成之十六年"与子罕适晋"，就对子罕"不礼焉"。后来与子丰适楚，"亦不礼焉"。当他即位元年，朝于晋，子丰即欲向晋告状废了他，"子罕止之"。及于此年将与诸侯会盟于鄬，子驷相，又对子驷"不礼焉"，还杀掉了劝谏的侍者。子驷遂"使贼夜弑僖公"，"而以疟疾赴于诸侯"。这本身就是一段"表里不一"的情节，表面上是以僖公疟疾致死告知诸侯，内里实际上是"使贼夜弑"。当时史官所载只能是疟疾，后来的说事者、讲述者才会讲出（或猜出）实情。

"郑以侵宋谋盟晋"，事见《襄公十一年》。郑人夹在晋楚两大国之间，

---

① 《春秋左传正义》，见《十三经注疏》，中华书局1980年版，第1868页。

从晋从楚左右为难，郑子展提出伐宋招致诸侯来攻遂与之盟的主意，"大夫说之"，遂"使疆埸之司恶于宋"。宋向戌侵郑，"大获"。"夏，郑子展侵宋"。"四月，诸侯伐郑。"郑人与晋人"同盟于亳"。① 这乃是私下密谋，即使事后也不宜"大白天下"，出自讲说者揣测的可能性更大一些。

"子孔之亡"，事见《襄公十八年》《襄公十九年》。郑子孔欲借楚师之力铲除异己诸大夫，遂当子蟜、伯有、子张随郑伯伐齐之机，使人招来楚师进犯。但与之一同守国的子展、子西已知子孔用心，坚守城池，子孔不敢会楚师，楚师"门于纯门"，不利而退。次年，国人追究"纯门之师"，子展、子西帅国人"杀子孔而分其室"。② 子孔欲借楚师铲除异己，并使人招来楚师，这番心思和动作绝对不可外传，只能是揣测其用心和所为。因此，这不会是史官的当下记述，而应是后来知情者的讲说。

3. 卫国之事

"卫大夫石碏大义灭亲"，事见《隐公三年》《隐公四年》。卫庄公娶齐庄姜，无子，又娶陈国厉妫，其娣戴妫生桓公，庄姜以为己子。嬖人之子州吁"有宠而好兵"，"庄公弗禁"，石碏劝谏，庄公不听。石碏子石厚"与州吁游"，"禁之，不可"。结果，桓公立四年，州吁弑桓公而立。其后石碏用计使其子与州吁前往陈国，请陈将二人拘捕，结果是"九月，卫人使右宰丑莅杀州吁于濮。石碏使其宰獳羊肩莅杀石厚于陈"。③ 此段叙事中，石碏劝庄公、用计于其子等等，都属于当时不可公开者，只能是后来的追述讲诵。

"卫侯冤杀卫叔武"，事见《僖公二十八年》《僖公三十年》。晋楚城濮之战，卫与楚为盟国，楚师败后，卫侯（卫成公）惧而奔楚，又适陈，让臣元咺奉叔武去受诸侯之盟。当有人诬告元咺将改立叔武为卫君后，卫侯当即杀掉了正跟在身边的元咺之子；返卫时，其前驱又射杀了"捉发走出"、高高兴兴迎接他回来的卫叔武。接着由晋主持卫侯与元咺诉讼，卫侯败诉被拘禁，已逃晋的元咺返卫立公子瑕。其后卫侯被"归之于京师，置诸深

---

① 《春秋左传正义》，见《十三经注疏》，中华书局1980年版，第1950页。
② 《春秋左传正义》，见《十三经注疏》，中华书局1980年版，第1966、1969页。
③ 《春秋左传正义》，见《十三经注疏》，中华书局1980年版，第1724—1725页。

室",因随从赂医逃过被晋鸩杀一劫,因鲁"纳玉"于周王和晋侯而被释之,许卿位而使臣周歂、冶廑杀元咺、公子瑕而复入卫。兑现许诺时,周歂遇疾死,冶廑辞卿。① 这段叙事中,有太多"当局者迷,旁观者清"的部分,诸如诬告、赂医、许卿位等等,还有有点诡异的周歂之死,因此,这只能是一篇后来说事者讲述来龙去脉的"说体"故事。

"孔成子因梦因筮立灵公",事见《昭公七年》。卫襄公夫人姜氏无子,"嬖人婤姶始生孟絷"。卫大夫孔成子却梦见卫始祖康叔谓己:"立元,余使羁之孙圉与史苟相之。"史朝也梦见康叔谓己:"余将命而子苟与孔烝鉏之曾孙圉相元。"此时孟絷之弟元尚未出生。"史朝见成子,告之梦,梦协"。后来婤姶果然又生一子,"名之曰元",而孟絷之足"不良能行"。孔成子以《周易》筮之,问"元尚享卫国,主其社稷",遇《屯》;又问"'余尚立絷,尚克嘉之",遇《屯》之《比》。将占筮结果"以示史朝"。史朝说"元亨",又何疑焉?成子说这"元""非长之谓乎"?史朝说"康叔名之",才算是"长",孟絷有残疾,不算完人,将不列于宗,"不可谓长"云云。"故孔成子立灵公"。② 卫灵公尚未出生之时,卫大夫孔成子与史朝居然同时梦到康叔"名之"及立君之托,这事本身即带有极大的传说成分。且梦境、示占筮、释筮辞、谋立次子元等等,都是私密不可外传者,这些具体情节,只能是后来的转告与追述。

"蒯聩入卫为庄公,卫侯辄奔鲁",事见《哀公十五年》。卫太子蒯聩杀南子未果亡奔,哀公二年入居于戚,意欲与其子卫侯辄争位。十三年后终于等来机会。是年卫执政孔文子卒,孔文子之妻、蒯聩之姊伯姬与高而帅的仆人浑良夫私通,于是蒯聩承诺给浑良夫许多优惠条件让帮他入卫获国,其中包括免他三次死罪。正是在浑良夫、孔伯姬的襄助下,"太子与五人介,舆豭从之",潜入卫都,逼迫孔伯姬之子孔悝强与之盟,一同举事,"遂劫以登台",孔氏老臣栾宁"将饮酒,炙未熟,闻乱,使告季子;召获驾乘车,行爵食炙,奉卫侯辄来奔",载着蒯聩之子卫侯辄逃奔于鲁。③ 太子蒯聩终得登上君位,是为卫庄公。这段叙事,都是秘密行事,因此可断为出

---

① 《春秋左传正义》,见《十三经注疏》,中华书局1980年版,第1826—1827、1830页。
② 《春秋左传正义》,见《十三经注疏》,中华书局1980年版,第2051页。
③ 《春秋左传正义》,见《十三经注疏》,中华书局1980年版,第2175页。

自"说体"。

"嬖人求酒不得,卫大叔遗奔晋",事见《哀公十六年》。说的是"卫侯占梦",嬖人因曾"求酒于大叔僖子,不得",便"与卜人比",于是卜人将"占梦"的结果告知卫庄公,说"君有大臣在西南隅,弗去,惧害"。而这在"西南隅"的大臣正是指大叔遗(大叔僖子)。"乃逐大叔遗。遗奔晋"。就因吝惜一点酒,大叔遗落得个奔走他乡的下场。卜人所说乃必是根据兆象释之的冠冕堂皇,史官所记也只能是这冠冕堂皇,个中真正的原因,怎会摆在桌面上,真要摆出就不会假称"卜之曰",大叔遗也就不会被逐转而奔晋了。所以,这只能是事后的辗转相传和"爆料"。

"太子疾数三罪,浑良夫叫天无辜",事见《哀公十六年》《哀公十七年》。太子蒯聩争位成功成为卫庄公后仍有遗憾,即其子卫侯辄逃亡,国之宝器也被悉数带走。于是浑良夫让执火者回避,密谋称不如将卫侯辄召回与现任太子疾"择材"而用,"若不材,器可得也"。但密谋不密,"竖告太子"。太子疾遂完全仿照其父劫孔悝的做法,也"使五人舆猳从己,劫公而强盟之,且请杀良夫"。然先前卫庄公诱浑良夫助己成事时曾答应免他三次死罪,于是太子疾故意找茬,连数浑良夫三宗罪而杀之。于是次年出现了卫庄公梦浑良夫喊冤的一幕:见人登昆仑之观,"被发北面而噪",直呼"余为浑良夫,叫天无辜"。胥弥赦占梦说"不害",而当庄公"与之邑"后,他却"置之而逃",不敢享用,显然他是说了谎。接下来卫庄公亲自贞卜所得的繇辞,是"……阖门塞窦,乃自后逾",正是其后下场的写照。① 这段叙事,浑良夫出谋划策被告发,靠"说";卫庄公梦浑良夫一事被告之,靠"说";胥弥赦逃、卫庄公自贞卜,也靠事后"说"。

4. 宋国之事

"国人因襄夫人弑宋昭公立公子鲍为文公",事见《文公十六年》。宋襄公庶孙、宋昭公庶弟公子鲍"美而艳",且"礼于国人"大得人心,襄夫人"欲通之,而不可","乃助之施";而宋昭公"无道",于是"国人奉公子鲍以因夫人",杀宋昭公,立公子鲍,是为宋文公。② 这段叙事只凭称襄夫

---

① 《春秋左传正义》,见《十三经注疏》,中华书局1980年版,第2178—2179页。
② 《春秋左传正义》,见《十三经注疏》,中华书局1980年版,第1859页。

人"欲通"公子鲍、"助之施"几句，即可知是出于说事者之口，因为这属于密不可宣者，当事人不会摆在桌面上，自然不会为史官所记录。

"太子痤被谗死，合左师改命'君夫人'"，事见《襄公二十六年》。合左师因太子痤"美而很（狠）"而畏之，当寺人伊戾因无宠而谗言太子欲谋反时，为作伪证；当太子痤被囚欲求助其弟公子佐时，故意与佐駪而语，耽误时辰，致使太子缢而死。公子佐因此被立为太子。于是某日左师见佐母之步马者而问之，回答说是"君夫人氏也"，左师故意问："谁为君夫人？余胡弗知？"夫人听说后即悟需答谢合左师的一臂之力，使人馈之锦与马，先之以玉，左师这才改命曰"君夫人"。① 这段叙事，合左师的谋害与索贿都是在不露痕迹中进行，当事人本人又不会"自招"，事件原委肯定不是史官所能记，只会是讲述者的揭露与昭示。

"宋寺人柳谮华合比，华亥为之征"，事见《昭公六年》。宋寺人柳有宠，太子佐恶之。宋右师华合比曰："我杀之。"寺人柳闻之，乃坎、用牲、埋书，伪造盟会现场，然后告宋平公说，华合比"将纳亡人之族，既盟于北郭矣"。平公使人视之，果然有焉。此时华亥正欲取代右师，乃与寺人柳勾结，"从为之征"，说"闻之久矣"。② 华合比因此被逐而奔卫。华亥代之为右师。这段叙事中的情节，有伪造，有伪证，表里不一，当出自事发后讲述者对于真相的告白。

"宋华氏向氏之乱"，事见《昭公二十年》《昭公二十一年》《昭公二十二年》。宋元公"无信多私，而恶华、向"，于是华定、华亥与向宁商量，"亡愈于死，先诸"，与其被他杀掉，不如拼一把，大不了失败逃亡。遂"伪有疾，以诱群公子"，且将骗来的六位公子全部杀掉，还拘捕了向氏中与宋元公同党的向行和向胜。宋公不得不前往求情，因此被劫，因此两边都各以亲生儿子做人质，以免己身被杀戮。其间宋公之党多人出奔，包括公子城"适晋"。此后宋元公果然"无信"，先行杀掉华、向之质子，并发起进攻。华亥、向宁奔陈，华登奔吴，并派少司寇华牼将宋元公三公子送还，以冀免于罪罚。无奈华氏内部又出问题。因华向之乱而奔吴的华登，其父乃宋

---

① 《春秋左传正义》，见《十三经注疏》，中华书局1980年版，第1990—1991页。
② 《春秋左传正义》，见《十三经注疏》，中华书局1980年版，第2044页。

大司马华费遂，华司马有三子，除华登外，还有华貙和华多僚。二人有隙，华多僚便在宋元公面前诬告华貙准备"纳亡人"（华登等）。华司马知是谗子生事，不忍伤华貙，遂与宋元公商定好借田猎将华貙驱逐出境。于心有愧的俩人都厚酬送行，遂使生疑，探出原委。原本华貙只想一走了之，偏偏告别时碰上华多僚"御司马而朝"，华貙之臣张匄终于"不胜其怒"，杀多僚，劫华司马以叛，召亡人，第二场华、向之乱因此爆发，并演化出列国冲突。先是"华登以吴师救华氏。齐乌枝鸣戍宋"，然后是公子城"以晋师至"，再然后华貙又使华登如楚乞师，楚使告于宋说，"寡君闻君有不令之臣为君忧"，"寡君请受而戮之"。面对楚人的干预，诸侯之戍犯了犹豫，谋曰，"若华氏知困而致死，楚耻无功而疾战"，"非吾利也。不如出之"，"乃固请出之，宋人从之"。① 就这样，宋华亥、向宁、华定、华貙、华登等奔楚。这一系列叙事情节复杂，关系繁多，且多有并不发生在朝廷的种种对话、密谋、行径，远远超出史官当下记载的范围和可能，其来源当以说事者讲说为宜。

"宋景公召向巢讨向魋（桓魋）"，事见《哀公十四年》。宋景公过度宠信向魋终致为害，彼此闹到要互相宴请以"讨之"的地步，结果没等景公邀请到向魋，向魋那边已经备好宴席，也备好兵力，只等景公到来。"公知之"，找司马子仲皇野求援。皇野说要讨伐向魋，"不得左师（向魋之兄向巢）不可，请以君命召之"。于是出现了宋景公使皇野召向巢一段。"左师每食，击钟。闻钟声，公曰：'夫子将食。'既食，又奏。公曰：'可矣。'"皇野"以乘车往"，见向巢后假称"迹人来告曰：'逢泽有介麋焉。'公曰：'虽魋未来，得左师，吾与之田，若何？'君惮告子，野曰：'尝私焉。'君欲速，故以乘车逆子"，以狩猎名义，载向巢前往景公处。"至，公告之故，拜，不能起。"皇野说"君与之言"，敦促景公与向巢盟誓，景公说"所难子者，上有天，下有先君"，发誓老天和先君作证，不管事成与否，绝不会为难你。接下来发生的是皇野"命其徒攻桓氏（向魋）"，向魋"入于曹以叛"，景公"使左师巢伐之"，向巢攻向魋不利，"亦入于曹"，欲取曹人为人质，经向魋劝阻"乃舍之"，"民遂叛之"，向魋奔卫，向巢奔鲁，"宋公

---

① 《春秋左传正义》，见《十三经注疏》，中华书局1980年版，第2091、2092、2097、2099页。

使止之,曰:'寡人与子有言矣,不可以绝向氏之祀。'"向巢终未返宋。向魋最终"卒于鲁郭门之外"。① 这段叙事中,皇野到向巢家中假称前往狩猎,宋景公与向巢约誓,命其攻向魋等等,都属于隐秘之事,如此绘声绘色叙述出来,应该是出自事后追述。

"宋冤杀皇瑗",事见《哀公十七年》《哀公十八年》。宋右师皇瑗少子皇麇夺兄长之邑给朋友,兄长怒,告亡臣桓魋之臣;桓魋之臣向宋景公母诬告皇麇将招纳亡臣,宋景公得知后又问皇瑗兄、司马子仲皇野。偏偏皇麇曾经惹得皇野不高兴,因为皇野明明想立爱妃之子皇非我为嫡子,皇麇却直言一定要立老大,老大更有才。这回终于有了泄愤的机会,于是皇野模棱两可地回答,皇瑗年老谋反也没力气了,但皇麇则不好说。皇麇因此被拘禁,皇瑗因此奔晋,召回后即被杀。待宋景公"闻之",终于得知真相,才又"复皇氏之族,使皇缓为右师"。② 这段叙事层层推进中每一个举动都隐藏着当事人隐秘的心思,宋景公后来得知真相靠的不会是史官的记载而应是知情人的讲述,即"闻之"。说事者又将这些讲述转述了出来。

5. 其他国事

"曹货筮史,晋复曹伯",事见《僖公二十八年》。城濮之战,晋执曹伯以怒楚。战后,晋文公有疾,"曹伯之竖侯獳货筮史",使以曹伯为解,说当年齐桓公"为会"是"封异姓",如今君为会却是"灭同姓"。曹叔振铎,"文之昭也",先君唐叔,"武之穆也"。您合诸侯而"灭兄弟",非礼也;与卫同样的命运,"而不与偕复",非信也;曹卫"同罪"却"异罚","非刑也"云云。③ 文公遂复曹伯。此段叙事中的关键是"货筮史",这属于私下之举,且绝对不能让晋文公得知,不然所说一切都会化为泡影。因此,这只能是事后出自说事者之口的追述和透露。

"曹公子子臧辞君位",事见《成公十三年》《成公十五年》《成公十六年》。鲁成公十三年,"晋师以诸侯之师及秦师战于麻隧。秦师败绩","曹宣公卒于师"。"曹人使公子负刍守,使公子欣时(子臧)逆曹伯之丧。秋,

---

① 《春秋左传正义》,见《十三经注疏》,中华书局1980年版,第2173—2174页。
② 《春秋左传正义》,见《十三经注疏》,中华书局1980年版,第2180页。
③ 《春秋左传正义》,见《十三经注疏》,中华书局1980年版,第1827页。

负刍杀其太子而自立也",是为曹成公。"冬,葬曹宣公"。"既葬",子臧"将亡","国人皆将从之"。"成公乃惧,告罪,且请焉。乃反,而致其邑"。鲁成公十五年,诸侯会于戚,讨伐曹成公,"执而归诸京师"。"诸侯将见子臧于王而立之"。子臧辞曰:"前志有之曰:'圣达节,次守节,下失节。'为君非吾节也。虽不能圣,敢失守乎?""遂逃,奔宋"。次年,曹人接连两次"请于晋",请求放归曹成公。"晋侯谓子臧:'反,吾归而君。'"就这样,"子臧反,曹伯归"。但"子臧尽致其邑与卿而不出",从此放弃一切,与世隔绝。① 公子负刍杀太子自立事,是国人皆将从公子子臧出走才"告罪"招供的。其间还有许多劝子臧即位、子臧辞位的经过也都是需要靠转述才会被传诵的。多年后吴公子季札也行辞位,就是拿子臧之事说事:"吴子诸樊既除丧,将立季札。季札辞曰:'曹宣公之卒也,诸侯与曹人不义曹君,将立子臧。子臧去之,遂弗为也,以成曹君。君子曰:"能守节。"君,义嗣也。谁敢奸君?有国,非吾节也。札虽不才,愿附于子臧,以无失节。'"(《左传·襄公十四年》)② 可见"子臧辞君位"这个故事一直在被时人说道着。

"阍诬夷射姑,邾庄公怒而卒",事见《定公二年》《定公三年》。邾庄公与大夫夷射姑一起饮酒,夷射姑出来方便,守门阍"乞肉焉",夷射姑"夺之杖以敲之"。后来有一天,"邾子在门台,临廷"。阍偷偷"以瓶水沃廷",邾子望见廷中有一滩污水,盛怒。阍曰:"夷射姑旋焉。"是夷射姑尿在这里的。邾庄公命执之,夷射姑逃之夭夭,弗得。邾庄公愈加暴怒,"自投于床,废于炉炭,烂",遂卒。叙述称"庄公卞急而好洁,故及是"。③ 这段叙事中的主要情节是伪造和诬陷,将此揭示出来,不会是当时所记,出自说事者追述无疑。

"蔡昭侯留楚三年献裘归,如晋请伐楚",事见《定公三年》。此前蔡昭侯曾专门"为两佩与两裘"前往楚,献一佩一裘于楚昭王。楚昭王服之,以享蔡侯。蔡侯自己也"服其一"。楚大夫子常见到后也想有一身,蔡昭侯只有这么两套,遂"弗与",结果被子常扣留在楚整整三年。与此同时,唐

---

① 《春秋左传正义》,见《十三经注疏》,中华书局1980年版,第1913、1914、1920页。
② 《春秋左传正义》,见《十三经注疏》,中华书局1980年版,第1956页。
③ 《春秋左传正义》,见《十三经注疏》,中华书局1980年版,第2132页。

成公前往楚国，"有两骕骦马"，子常想要，"弗与，亦三年止之"。为救君出来，唐人窃马而献之子常，"子常归唐侯"。蔡人听说后，也"固请"，而"献佩于子常"。于是子常朝，见蔡侯之徒，大大方方对有司说，"蔡君之久也，官不共也"，咱们"供养"不起了，"明日礼不毕，将死"。就这样，蔡侯终被放归。"及汉"，蔡侯"执玉而沉"，发誓说："余所有济汉而南者，有若大川！"于是亲自前往晋国，以自己的儿子子元和大夫之子作为人质，"而请伐楚"。① 就这段叙事的本事而言，子常扣留蔡侯，公开的理由肯定不会是没有得到一佩一裘，蔡侯终被放归后的发誓已是"及汉"，所以这段叙事对于真相的揭示和描述，也只能是出自讲述者的讲述。

"地府曹叔称待公孙强亡曹"，事见《哀公七年》，说的是当年曾有一曹人梦见众君子"立于社宫，而谋亡曹"，曹叔振铎说"请待公孙强"，众君子"许之"，醒来后打听并无此人，遂戒其子说，"我死，尔闻公孙强为政，必去之"。后来曹伯阳即位，果然有鄙人公孙强因好弋得宠为司城以听政，"梦者之子乃行"。② 而就在哀公七年这一年，宋人伐曹，晋人不救，几亡曹国。做梦者为一国人，所梦只告知了其子，其子闻公孙强执政后便逃离了曹国，那么这一整段故事，谁人能记之？只能是出于说事者的传诵。

（二）细节描述不可亲见者

《左传》所述事件不只是发生在宫廷，即便是发生在宫廷，史官也多不在场，事件发生后如果只是记述结果，尚可以是史官所书，但如果描述具体，颇多细节，如置身其中，其初始文本则多应是事后追述、复述或讲述。下列诸列国叙事主要即是属于这种情况。

1. 齐国之事

"齐连称管至父之乱"，事见《庄公八年》。事件的起因是齐大臣对襄公的不满，导致的是襄公弑，公孙无知立；此前鲍叔牙奉公子小白奔莒，此后管夷吾奉公子纠奔鲁，是管仲辅佐桓公称霸的前奏。事件实由多个因素所促成。其一，"齐侯使连称、管至父戍葵丘，瓜时而往，曰：'及瓜而代。'期

---

① 《春秋左传正义》，见《十三经注疏》，中华书局1980年版，第2133页。
② 《春秋左传正义》，见《十三经注疏》，中华书局1980年版，第2163页。

成,公问不至。请代,弗许",如此出尔反尔,致使连称、管至父十分愤怒。其二,齐襄公堂弟公孙无知身为僖公母弟之子,受宠有加,"衣服礼秩如適(嫡)","襄公绌之"。其三,"连称有从妹在公宫,无宠"。于是,连称、管至父因公孙无知以作乱,许诺从妹事成便可"为夫人",让她以为内应。当时襄公刚从贝丘田猎归来,因遇到据说是冤死的公子彭生所变的大豕"立而涕"受惊"丧屦",因此被鞭打出血的徒人费跑出时恰恰"遇贼于门",折回藏好襄公后出斗而死,最终襄公还是被发现,"遂弑之,而立无知"。叙事至此,《左传》交待:"初,襄公立,无常。鲍叔牙曰:'君使民慢,乱将作矣。'奉公子小白出奔莒。乱作,管夷吾、召忽奉公子纠来奔(鲁)"。这段叙事诸多发生在各处的场面描摹逼真,比如在连称处连称对其从妹说,"捷,吾以汝为夫人";齐襄公田猎途中遇大豕,"从者曰:'公子彭生也。'公怒,曰:'彭生敢见!'射之。豕人立而啼。公惧,队于车。伤足,丧屦";襄公寝宫被鞭打出血的徒人费跑出门时正遇作乱者,说我刚挨过打,怎么会抵御你们,"袒而示之背",然后请求先进入寝宫,进入后"伏公而出,斗,死于门中",作乱者"遂入,杀孟阳于床。曰:'非君也,不类。'见公之足于户下,遂弑之"。① 如此细致描摹,应非史官当时所能记,其初乃"说体"文本无疑。

"崔杼弑其君",事见《襄公二十五年》。齐执政大夫崔杼弑齐庄公缘起于娶棠公遗孀棠姜为妻。两人相见于吊棠公之所,崔杼"见棠姜而美之";牵缘者为崔杼之御、棠姜之弟东郭偃。娶前所述一大篇是否该娶此女人的评说占卦预示着崔杼将遭遇家破人亡的灭顶之灾(此是后话)。娶此美妻便惹祸上门,由崔杼本人保着上位的齐庄公也迷上此女,"庄公通焉,骤如崔氏",还"以崔子之冠赐人",等于宣告崔子的内室已经是我的内室。且此君不听劝,竟趁晋国范氏攻栾氏之乱之机以伐晋,待晋缓过劲来必将前来报复,若杀掉这个祸首也可由此取悦于晋。总之,于私于公,都该除掉这个君,只是迫于找不到机会。偏偏这时,发生了庄公鞭打侍人贾举之事,此人怀怨在心又天天近庄公之身,正是借以伺机起事的最佳人选。于是,当"莒子朝于齐"时,崔杼故意"称疾"不出,庄公造访崔家,来到大厅,崔

---

① 《春秋左传正义》,见《十三经注疏》,中华书局1980年版,第1765页。

杼夫妇一起从侧门出去，被庄公鞭打过的贾举，作为贴身侍从紧跟其后，进门后将大门一闭，形成了瓮中捉鳖之势。此刻甲兵大起，理由十分充足，崔杼正在病中，无法起身听您庄公君命，我们作为崔杼之臣，只能听他之命，他家若冒出淫者就该毙命，除此之外"不知二命"。最终庄公翻墙时被射中，摔下来当场毙命。这段叙事中有太多的关系交待，特别是庄公被围被弑的过程、场面等诸多细节描写，诸如"公拊楹而歌。侍人贾举止众从者而入，闭门。甲兴，公登台而请，弗许；请盟，弗许；请自刃于庙，弗许"；"公逾墙，又射之，中股，反队，遂弑之"① 等等，只能是出于讲述者的讲述。

"齐庆氏之亡"，事见《襄公二十八年》。这个"亡"，有死亡，有逃亡。事件发生在"庆氏亡崔氏"（详下）后的第二年。庆封灭崔氏登上国相之位，却并不理政，而是将政事交给儿子庆舍打理，自己不但"好田而嗜酒"，还"以其内实迁于卢蒲嫳氏，易内而饮酒数日"，荒淫到与嬖臣换妻淫乱的程度，"国迁朝焉"，大臣们不得不跑到卢蒲嫳那里去向庆封禀报政务。而此期间，庆氏召回了因崔杼之乱逃亡他处的齐庄公之党卢蒲癸，卢蒲癸臣庆舍，有宠，庆舍以其女妻之；卢蒲癸又"言王何而反之"，"二人皆嬖，使执寝戈而先后之"。而真正发难却缘于进膳不善。庆封只顾自己享乐，庆舍毫不作为，致使齐国朝廷一派散乱，原本公膳该有的一日双鸡，被为膳者用鸭子替换，又被进膳者刮了肉，只剩下鸭汤给大夫喝。大夫子雅、子尾对庆封不满，庆封将此事告知卢蒲嫳，卢蒲嫳口出狂言，"譬之如禽兽，吾寝处之矣"，这些个大夫若比做禽兽的话，我能剥了他们的皮当褥子垫。陈文子、陈无宇父子已经预感到庆氏将要败亡，父亲问，"祸将作矣，吾其何得"，儿子打隐语："得庆氏之木百车于庄（康庄大道）。"只等庆氏倒台得利得权。卢蒲癸、王何更是要动真格，还卜上一兆给庆舍看，说是替人卜杀仇人的，庆舍言"克，见血"。于是当大尝祭祀将近，跟随庆封在莱地狩猎的陈无宇接到父亲召回密令，谎称母亲生病须提前返都，庆封"卜之，示之兆"，陈无宇曰"死"，还假装悲伤，"奉龟而泣"，才被准允"归之"。庆嗣（庆氏族人）见状预感不妙，劝庆封速速赶回，庆封却不以为

---

① 《春秋左传正义》，见《十三经注疏》，中华书局1980年版，第1983页。

然。就在他还沉迷于田猎之际，国内果然发生变乱。当时正在大公之庙举行大尝之祭，"庆舍涖事"，"庆氏以其甲环公宫（大庙在其中）"。"陈氏、鲍氏之圉人为优。庆氏之马善惊，士皆释甲束马，而饮酒，且观优"，甲士们解甲束马，都去看戏了。于是，"栾、高、陈、鲍之徒介庆氏之甲"。"子尾抽桷，击扉三"，发出信号，执寝戈立在庆舍身后的卢蒲癸自后刺之，王何"以戈击之，解其左肩"。庆舍"犹援庙桷，动于甍。以俎、壶投，杀人而后死"。此时庆封才刚从莱地田猎归来，匆忙帅卒攻伐叛乱者，"弗克"，遂"来奔"（奔鲁），"献车于季武子，美泽可以监"。"既而齐人来让"，遂"奔吴"。① 吴王予之朱方之地，聚其族而居，又富甲一方。鲁叔孙穆子预言这是老天爷要祸害他，要将庆氏聚在一起一锅端掉。（果然，七年后，楚伐吴，围朱方，杀庆封而尽灭其族。此是后话，见于《左传·昭公四年》）这段叙事情节曲折，发生在各处各方之事，庆封家，庆舍家，卢蒲嫳家，陈文子家，莱地狩猎场，大公之庙大尝祭祀处，都有绘声绘色的生动描摹，细节刻画，无疑出自事后追述者或后来说事者之口。

"齐晋夷仪之役"，事见《定公九年》。该年秋，"齐侯伐晋夷仪"。似这类小战役春秋时期数不胜数，《左传》记述这次战役主要是因为其间的两个小故事。一个是战前敝无存之父刚好要为他娶妻，"辞，以与其弟"，说此役若不死，"反，必娶于高、国"，立志功成娶公主，"先登，求自门出，死于溜下"，率先登上城墙，可惜战死。战后，齐侯对夷仪人说，谁能找到敝无存的尸体，"以五家免"，"乃得其尸"。齐侯"三襚之"，与之犀轩与直盖，"而先归之"。另一个是战斗中东郭书、犁弥前后相随攀援登顶，犁弥让东郭书稍待，自己则率先下城出击。"齐侯赏犁弥"，犁弥推辞说"有先登者"，我只是跟着他上的顶，此人"皙帻而衣狸制"，公使视东郭书，说"乃夫子也——吾贶子"，东郭书也推辞，说"彼，宾旅也"，人家不是本地人，还是先赏人家吧，"乃赏犁弥"。② 这段叙事所涉虽为齐晋战役，但叙述的主要是战斗中小人物的小故事，前者有战返后再娶妻的家中对话，后者有两位士卒攀援登顶中的我先你后，都只能出于事后人们转述之口。

---

① 《春秋左传正义》，见《十三经注疏》，中华书局1980年版，第2000页。
② 《春秋左传正义》，见《十三经注疏》，中华书局1980年版，第2144页。

2. 郑国之事

"公子宋'食指动'",事见《宣公四年》,乃是一场由"食指动"而导致的弑君事件。公子宋在与公子归生去见郑灵公的路上"食指动",夸口说"他日我如此,必尝异味",偏巧碰上楚人献鼋,不免相视而笑。郑灵公听说其中缘故后,故意将公子宋召来却偏偏不让他尝异味,逼得夸过海口的公子宋"染指于鼎,尝之而出",郑灵公恼羞成怒,必欲杀之。与其被杀,不如先下手为强,结果就是公子宋迫使子家与自己一起杀掉了郑灵公。这段叙事,有多个场景的细节描摹,其一是公子宋途中"食指动"及对公子归生夸口"必尝异味";其二是入朝后公子宋与子家"相视而笑";其三是公子宋于宴席上"染指于鼎,尝之而出";① 其四是私底下公子宋将欲先行谋逆的想法告诉子家、子家反对、公子宋以诬告子家相逼迫的情节。这些都只能出自事后追述之口。

"晋郑戏之盟",事见《襄公九年》。此年冬十月,晋帅诸侯伐郑,鲁季武子、齐崔杼等帅兵随晋分四路攻郑,"郑人恐,乃行成"。"同盟于戏,郑服也"。于是,发生了改不改盟辞和"载书"的争执,晋人称"郑国而不唯晋命是听"有如此盟,郑人将其改为郑国而不"唯有礼与强可以庇民者是从"有如此盟,可见大兵压境之下仍有的骨气,这是摆明了听不听晋命还得看你是不是有礼和庇我百姓,当然惹恼了主盟的中行献子荀偃,要求"改载书",郑人据理力争,晋人最终未能改掉郑人所加的盟辞。这段叙事中,盟辞是要"载书"的,史官所载只能是确定下的盟辞,所以才有是否"改载书"的争执。晋人的盟辞既然已被郑人更改,其原先的盟辞以及前前后后的过程,就只能是靠传诵流出,又靠对传诵的记录才流传下来。正是盟誓过程的详尽描述,显示了其援自"说体"的文本特征。

"郑五族作乱杀子驷",事见《襄公十年》。五族为郑尉止、司氏、堵氏、侯氏、子师氏,其作乱实缘于当国大夫子驷的霸道。襄公七年子驷弑郑僖公,立其五岁之子简公而奉之,大权在握,只因尉止与之有所争执便随意减损其所统车马,并不使献俘。以"为田洫"为由,使司氏、堵氏、侯氏、子师氏"皆丧田",所损之田应该是都到了子驷私家之手。于是丧田的四族

---

① 《春秋左传正义》,见《十三经注疏》,中华书局1980年版,第1869页。

再加尉氏之族一起"因公子之徒以作乱"。所因"公子"乃子驷所杀子狐、子熙、子侯、子丁等郑公子,当年"郑群公子以僖公之死也,谋子驷。子驷先之"。(《襄公八年》)这次轮到子驷被这些人所杀,连带着同朝为政的子国、子耳也乱中丧命。这段叙事之所以可判定为"说体"的是接下来对分别发生在子西、子产府上事情的细致描摹。闻乱后,郑大夫子西凭着一股冲动当即跑出去追赶乱臣,乱臣没追上,返回后属下跑光了,器用都被带走了;子产马上封闭府库,布置好守备,然后调集人马,出动十七乘兵车,浩浩荡荡进攻北宫,"盗众尽死。侯晋奔晋,堵女父、司臣、尉翩、司齐奔宋"①,这才平息了事端。

"师慧称宋朝无人",事见《襄公十五年》。"郑尉氏、司氏之乱",其"残渣余孽"多在宋。郑人"纳赂于宋",为的是将乱臣捉拿归案,盲人乐师师慧被作为贿赂送给了宋国。于是,师慧经过宋君朝廷,"将私焉",居然随地大小便。其相曰:"朝也。"这是在朝廷。师慧说:"无人焉。"其相说:"朝也,何故无人?"师惠说"必无人焉",如果有人,怎么会"以千乘之相易淫乐之蒙"。宋执政大夫子罕听到后,"固请而归之"。② 随地大小便之事原本不在史载范围,况且事情发生在宋国朝廷;师慧在宋朝廷嘲讽宋人,也不宜为宋史正载。因此,这只能是一段说体故事。

"游贩夺人妻被杀,子被黜",事见《襄公二十二年》。十二月,郑大夫游贩将前往晋国,未出境,遇迎娶妻室者,"夺之,以馆于邑"。当晚,新娘丈夫"攻子明(游贩),杀之,以其妻行"。郑子展废黜游贩之子游良而改立大叔,即游贩弟游吉,称国卿是"君之贰","民之主","不可以苟"。提出不能让"子明之类"再嗣为大夫。"求亡妻者,使复其所",且"使游氏勿怨",说"无昭恶也"。③ 游贩死,黜其子,嗣立其弟,这都有可能被史官载录,但其中的原委,包括子展之语以及善后处理,最初却更可能是被解释说明、转述讲述出来的。

"伯有之死",事见《襄公三十年》。伯有耆酒如命,"为窟室,而夜饮酒击钟焉",通宵达旦,"朝至,未已"。若问"公焉在",一定是"吾公在

---

① 《春秋左传正义》,见《十三经注疏》,中华书局1980年版,第1948页。
② 《春秋左传正义》,见《十三经注疏》,中华书局1980年版,第1959页。
③ 《春秋左传正义》,见《十三经注疏》,中华书局1980年版,第1975页。

壑谷（窟室）"。上年（《襄公二十九年》）曾因欲强迫子晳出使楚国而与之发生冲突，这次上朝"又将使子晳如楚"，回去后照样在窟室饮酒。于是，"子晳以驷氏之甲伐而焚之"，伯有逃奔雍梁，"醒而后知之"。其后"自墓门之渎入"，以伐旧北门，驷带率国人以伐之，伯有死于羊肆。十一年前（襄公十九年）"岁在降娄（奎娄）"时公孙辉与裨灶曾过伯有之门，裨灶指着降娄（奎）预言伯有"犹可以终岁，岁不及此次也已"（尚可以活过这个降娄，但到不了岁星饶日一周经历十二个星宫后的下一个降娄），而伯有之死恰恰"岁在娵訾之口，其明年乃及降娄"。① 伯有被子晳攻伐逃奔、又被驷带率国人伐之而死，都可以是史载内容，但其间的细节，诸如奔雍梁后才醒酒才知发生之事，特别是十一年前裨灶在伯有家门口的随口一说，都只能是传诵讲说的情节和细节。

"子晳子南比试争妻"，事见《昭公元年》，说的是徐吾犯有个美女之妹，公孙楚（子南）已经下聘，公孙黑（子晳）又硬是派人送雁纳采。这下徐吾犯犯难，告诉子产，子产说这是国家政法不明，不是你的问题，可自作裁决，徐吾犯遂请求二公孙允许让他妹妹自选，两人"皆许之"。结果是女子自门观看完两人的表现后称"子晳信美矣"，"抑子南，夫也"，"适子南氏"。② 子晳欲杀子南，反被子南击伤而归，到底不是子南的对手。这段叙事，故事主要发生在大臣家中，且题材本身更属于小说范畴，既然当时还没有专门写小说的行当，就只应是出于说小说之口。

"伯有闹鬼"，事见《昭公七年》。郑大夫伯有在作乱中被驷氏攻击而死，驷带、公孙段参与了谋杀。八年后，"郑人相惊以伯有"，大喊"伯有至矣"！此前还有人梦到伯有"介而行"，说"壬子，余将杀带也"，来年壬寅，"余又将杀段也"。结果到了壬子这天，还真是"驷带卒"，"国人益惧"；到了壬寅这天，又真是"公孙段卒"，"国人愈惧"。次年，子产立伯有之子良止以安抚之，"乃止"。③ 这段叙事中的情节本来都是出于转告传言，最初显然都是说出来的。

---

① 《春秋左传正义》，见《十三经注疏》，中华书局1980年版，第2012—2013页。
② 《春秋左传正义》，见《十三经注疏》，中华书局1980年版，第2022页。
③ 《春秋左传正义》，见《十三经注疏》，中华书局1980年版，第2049—2050页。

3. 卫国之事

"不释皮冠,歌《巧言》,卫人逐其君",事见《襄公十四年》。所述为卫献公屡屡对大臣无礼,终于酿成被逐出境之祸。无礼之举多为日常琐事,且发生在不同场所。其一是约好与孙文子、宁惠子两位大夫一同用餐,时辰已到却一等再等不见召见,原来他还在苑囿射鸿欲罢不能;两位大夫找去,他却"不释皮冠",而这在当时乃是对臣属的大不礼之举。其二是孙文子之子孙蒯入朝请命,他故意"饮之酒"而"使大师歌《巧言》之卒章",《诗经·小雅·巧言》的卒章为"彼何人斯?居河之麋。无拳无勇,职为乱阶",这是要用此诗句暗喻孙文子意欲为乱。太师恐激怒孙氏而推辞赋诗,另一位乐官师曹却主动请缨,还生怕对方听不明白,放弃奏乐歌唱,改为诵读。其三是让师曹教其嬖妾弹琴,嬖妾招致师曹体罚,他"鞭师曹三百"。这也就是师曹主动诵读《巧言》的缘故,这是寻机报复献公的鞭打之仇,故意引起孙氏对献公的仇视。孙蒯回去后就将赋诗一幕禀告其父,孙文子意识到若不先下手为强,必死于献公之手,于是于戚地会合其子弟臣仆,一同进入卫都,要惩治"君之暴虐"。[①] 如此多的细节描述,又发生在不同场所,只能是出自后来说事者之口。

"献公复入,甯喜死,子鲜奔",事见《襄公二十六年》《襄公二十七年》。卫献公无礼于大夫,导致被逐,亡奔于外。十几年后,献公使一直跟随他的母弟子鲜"为复"。子鲜知献公"无信","辞",无奈母后敬姒"强命之"。子鲜遂代表献公出面与遵父嘱欲复卫侯的甯惠子之子甯喜讲条件:"苟反,政由甯氏,祭则寡人"。结果就是现任卫侯剽及其太子都被甯喜之臣所弑杀,孙氏败亡,献公终于入卫复位。《左传》描述他返国,"大夫逆于竟者",下车去握手交谈;"道逆者",他在车上作作揖;"逆于门者",他便也只是点点头而已,斤斤计较于大夫们对他的态度,且还以颜色。入卫后刚刚才过一年,献公便不能容忍"甯喜专",默许公孙免余等杀掉了甯喜,"尸诸朝"。对于"纳我者死","君失其信",子鲜愤恨至极,不顾献公一再制止,"遂出奔晋",且"托于木门(晋地),不乡(向)卫国而坐"。[②]

---

① 《春秋左传正义》,见《十三经注疏》,中华书局 1980 年版,第 1957 页。
② 《春秋左传正义》,见《十三经注疏》,中华书局 1980 年版,第 1988、1995 页。

这段叙事，有多处场景描写，子鲜与甯喜盟；献公复入途中；公孙免余对献公说要杀掉甯喜，"臣杀之，君勿与知"；甯喜被杀后石恶"衣其尸，枕之股而哭之"；子鲜奔晋后"不乡卫国而坐"等等，均非当下所能书，所宜书，无疑都是出自当事人的转告和后来的追述。

"卫齐豹之乱"，事见《昭公二十年》。卫灵公兄公孟絷轻慢司寇齐豹，既夺其职又夺其采邑，"有役则反之，无则取之"；公孟絷还讨厌北宫喜、褚师圃，"欲去之"；公子朝通于襄夫人，"惧而欲以作乱"；"故齐豹、北宫喜、褚师圃、公子朝作乱"。乱起之前齐豹曾告知由他举荐给公孟絷的宗鲁，让他避开，宗鲁不欲"闻难而逃"，结果与公孟絷一同被杀；乱起之时卫灵公在外，闻乱而入，载宝以出，途经齐氏之门，齐氏射公，中骖乘之背，"公遂出"。其后齐豹之宰渠子前往召北宫喜，北宫喜之宰"不与闻"，杀渠子，"遂伐齐氏，灭之"。"公入，与北宫喜盟于彭水之上"，公子朝、褚师圃等"出奔晋"。[①] 这段叙事中多有不可当时记的部分，如齐豹作乱前劝宗鲁回避，灵公载宝以出途经齐氏之门时的遭遇等，因此这必定是援用了"说体"之辞。

"鄟泽之盟，卫叛晋"，事见《定公八年》。晋师盟卫灵公于鄟泽，赵简子问群臣谁敢盟卫君，涉佗、成何称，"能盟之"。盟约时，卫人请执牛耳，成何说，"卫，吾温、原也，焉得视诸侯"，将歃之时，"涉佗捘卫侯之手，及捥"。两人一个视卫国如小邑，一个紧捏卫侯之腕，致使灵公怒不可遏，欲叛晋，"召诸大夫以晋诟语之"，且说"寡人辱社稷，其改卜嗣，寡人从焉"。这下大夫们都说："是卫之祸，岂君之过也？"卫侯又说他们还说"必以而子与大夫之子为质"，大夫们说如果真有用处，"公子则往"，"群臣之子敢不皆负羁绁以从"？将行，卫侯朝国人，问若卫叛晋，"晋五伐我，病何如矣"，都说"五伐我，犹可以能战"。王孙贾说与其现在就送去人质，不如先反了以后再说。"乃叛晋。晋人请改盟，弗许"。[②] 这段叙事，卫灵公于鄟泽之盟中受到的屈辱首先是卫灵公回到国内后召诸大夫而"语之"的，晋国方面涉佗、成何的夸口则需要讲述者揣测着来讲述，卫国方面叛晋前群

---

① 《春秋左传正义》，见《十三经注疏》，中华书局1980年版，第2091—2092页。
② 《春秋左传正义》，见《十三经注疏》，中华书局1980年版，第2142页。

情激愤的场面和你来我往的对话，也需要讲诵描述而不适宜书体记载。

"太子蒯聩闻野人歌，欲杀南子未果，奔宋"，事见《定公十四年》。卫灵公专宠南子，竟召其宋国旧好宋朝至卫以取悦之。太子蒯聩"过宋野"，"野人歌之曰：'既定尔娄猪，盍归吾艾豭？'"既然你们已经把那母猪（娄猪）搞定了，为什么还不把我们漂亮的公猪（艾豭）还回来？"太子羞之"，顿生杀南子之心。于是与随从戏阳速约好，跟他一起上朝去见少夫人南子，待他使眼色后就杀掉南子。偏偏戏阳速当时许诺后来改变了主意，见到南子后任凭蒯聩多次使眼色，戏阳速就是不动手，反而让南子看出破绽，"啼而走，曰：'蒯聩将杀余。'"蒯聩因此不得不"奔宋"。事后蒯聩称自己被戏阳速出卖，戏阳速则自有其说，"告人曰：'太子则祸余。太子无道，使余杀其母。余不许，将戕于余，若杀夫人，将以余说。余是故许而弗为，以纾余死。'"① 这段叙事，蒯聩闻野人歌，与速阳速约，朝上使眼色，事后告人曰"戏阳速祸余"，戏阳速告人曰"太子则祸余"，都是不在史官所能载记范围之情景，出自"说体"无疑。

"公子郢辞，卫立蒯聩子辄，蒯聩入居戚"，事见《哀公二年》。太子蒯聩欲杀南子未果出奔，卫灵公因此失去嫡嗣。某日"游于郊，子南（蒯聩庶弟公子郢）仆"，卫灵公曰"余无子，将立女"，子南"不对"；"他日又谓之"，子南的回答是"郢不足以辱社稷，君其改图"。卫灵公去世后，夫人南子直称君命公子郢为太子，公子郢说"君没于吾手，若有之，郢必闻之。且亡人之子辄在"。于是亡人蒯聩之子辄被立为卫侯。同时，"晋赵鞅纳卫太子（蒯聩）于戚"，"使太子絻"，"八人衰绖，伪自卫逆者"，像是从卫前来迎接太子者，太子方得以入戚。"告于门，哭而入，遂居之。"② 入城需要"伪"，知蒯聩已被拒绝入卫，父子争位由此拉开序幕。这段叙事，卫灵公"游于郊"欲传位子南（公子郢）、蒯聩衰绖入戚等，都是需要传诵讲说的场景和细节。

"妻、轩夺，卫大叔疾出奔宋"，事见《哀公十一年》。当年大叔疾"娶于宋子朝，其娣嬖"。及卫乱，宋子朝出亡，孔文子使大叔疾休弃所娶子朝

---

① 《春秋左传正义》，见《十三经注疏》，中华书局1980年版，第2151页。
② 《春秋左传正义》，见《十三经注疏》，中华书局1980年版，第2155—2156页。

之女及其娣,而妻之已女。大叔疾虽再娶,私下却又诱其初妻之娣"置于犁","而为之一宫,如二妻"。孔文子怒,遂"夺其妻"。此后,大叔疾又淫于外州,"外州人夺之轩以献"。"耻是二者",遂出奔宋。大叔疾在宋国"臣向魋","纳美珠焉",向魋"与之城鉏"。宋公求珠,"魋不与","由是得罪"。向魋因此出奔,"城鉏人攻大叔疾",卫侯又将大叔疾召回卫国,"使处巢,死焉"。① 这段叙事多涉及大叔疾娶妻、休妻、私通初妻之娣、淫于外州、纳美珠等生活琐事,都非正史所应载,其间情节和细节只能是出自知情者、传闻者之口。

"卫臣作乱,卫侯辄出奔宋,卒于越",事见《哀公二十五年》《哀公二十六年》。卫太子蒯聩于哀公十五年与儿子争位成功,入卫为卫庄公,但两年后即被杀。奔鲁的卫侯辄于哀公十八年因卫大夫石圃逐卫君公子起而自齐复归,重登君位,"逐石圃"。然为君以来又多有得罪和伤害。一个是褚师比,此人原本是因犯脚疾怕卫侯嫌弃才"袜而登席",反而招致对方更加恼怒,插着腰说"必断而足";第二个是公孙弥牟,被卫侯夺了采邑;第三个是司寇亥,无端被卫侯免了官职;第四个是公文要,不知何故卫侯让人把他的车子推到了池子里;第五个是司徒期,当年卫侯宠幸其姐以为夫人,如今因姐宠衰而失宠。另有三位匠人,卫侯超期使用毫不体恤;还有拳弥,让地位卑微的优人与之盟以故意羞辱,却对其感受毫不在意,仍然"近信之"。故褚师比、公孙弥牟等"以作乱,皆执利兵,无者执斤",拳弥则假装仍是卫侯亲信,劝退了欲抵御乱臣的鄄子士,挟卫侯奔城鉏,自己又带着卫侯的财宝返回卫。卫侯则奔宋,请越师纳之无果,于次年卒于越。这段叙事有多处场景颇有细节描摹。比如褚师比无意间招惹卫侯辄动怒一段,卫侯辄"使侍人纳公文懿子之车于池"一段,特别是乱起后拳弥做内应一段:"鄄子士请御之,弥援其手,曰:'子则勇矣,将若君何?不见先君乎?君何所不逞欲?且君尝在外矣,岂必不反?当今不可,众怒难犯。休而易间也。'乃出。……将适泠,弥曰:'鲁不足与。请适城鉏,以钩越。越有君。'乃适城鉏。弥曰:'卫盗不可知也,请速,自我始。'乃载宝以归"。② 这些都

---

① 《春秋左传正义》,见《十三经注疏》,中华书局1980年版,第2167页。
② 《春秋左传正义》,见《十三经注疏》,中华书局1980年版,第2181—2182页。

是史官无从记，显然是事后追述和说事者的描述。

4. 宋国之事

"华父督杀孔父取其妻，弑宋殇公"，事见《桓公元年》《桓公二年》。桓公元年，宋国都城的大路上，发生了这样一幕："宋华父督见孔父之妻于路，目逆而送之，曰：'美而艳。'"可以想象一下这孔父嘉之妻该有多美，竟顿时吸引了华父督的眼球，从迎面而来到她已经走远，目光竟一直追随，一刻也没有从她的身上离开。就是这一下，导致了一场弑君杀臣夺妻、贿赂列国的一连串事件。转过年头，到了桓公二年春天，为了将这个女人据为己有，华父督正好借着"宋殇公立，十年十一战，民不堪命"的形势，"义正辞严"宣称："司马（孔父嘉）则然！"于是，"攻孔氏，杀孔父而取其妻"；闵公怒，华父督一不作二不休，"遂弑殇公"。然后趁诸侯"会于稷，以成宋乱"之机，"以郜大鼎赂公（鲁桓公），齐、陈、郑皆有赂"，于是弑君的华父督非但没有被惩罚，反而"遂相宋公"。鲁从宋取回郜大鼎后，居然"纳于太庙"，引来臧哀伯（臧孙达）一大段非议劝谏，总之一句话，这是"违乱之赂器"，怎么可以立于太庙？然后是周内史闻之曰："臧孙达其有后于鲁乎！君违，不忘谏之以德。"① 这整个事件的导火索，关键的这一下，其实是发生在途中，其目光，其赞语，谁人见之，谁人闻之？都只能是仰仗事后的追述与描述。

"宋南宫万弑闵公，批仇牧"，事见《庄公十一年》《庄公十二年》。乘丘之役，鲁大败宋师，南宫万被俘。次年宋人请之，回国，宋闵公竟当面称"始吾敬子"，"今子，鲁囚也，吾弗敬子矣"。南宫万耿耿于怀，来年秋"弑闵公于蒙泽"，出城门时"遇仇牧"，"批而杀之"。宋诸公族"以曹师"伐叛臣，南宫万奔陈。宋贿赂陈，陈人使妇人饮南宫万酒，待其醉得不省人事之时"以犀革裹之"归宋，"比及宋，手足皆见"。② 宋人醢之。这段叙事中，南宫万在鲁国被俘、回国后席间被宋闵公当面羞辱、批杀仇牧的场面、抵宋后犀革被捅破的情形，都只能是出于转告和讲述。

"城者讴歌讽华元"，事见《宣公二年》。郑受命于楚伐宋，宋大夫华元

---

① 《春秋左传正义》，见《十三经注疏》，中华书局1980年版，第1740页。
② 《春秋左传正义》，见《十三经注疏》，中华书局1980年版，第1770页。

率师抵御,因"羊斟不与"被御者带入郑师,被囚,"宋师败绩"。"宋人以兵车百乘、文马百驷以赎华元于郑。半入,华元逃归。"于是,当华元"为植,巡功"时,城者讴曰:"睅其目,皤其腹,弃甲而复。""于思于思,弃甲复来。"你瞪着对大眼珠,腆着个大肚子,丢盔卸甲逃回来。华元"使其骖乘谓之",曰:"牛则有皮,犀兕尚多,弃甲则那?"牛皮多着呢,弃甲怕什么。这边役人不依饶,"从其有皮,丹漆若何?"纵然有牛皮,丹漆可够贵!华元见状忙谓骖乘曰:"去之!夫其口众我寡。"① 只得灰溜溜走掉了事。这段故事,发生在加固城池的现场,且是趣闻轶事,不可能出于史笔。

"华元夜登子反之床",事见《宣公十五年》。该年五月,久围宋的楚师打算退兵,申舟之子申犀稽首于王之马前表示不满,因为去年申舟出使过宋时楚王明明承诺宋若杀你,我为你报仇伐宋,现在"王弃言焉","王不能答"。为楚王御车的申叔时建议"筑室,反耕者",做出长期驻守的样子,"宋必听命"。果然,宋人惧。但是,他们并没有"听命",而是"使华元夜入楚师",登楚帅子反之床,将其拽起,威胁道,"寡君使元以病告",敝邑现在是"易子而食,析骸以爨"。虽然惨到这个地步,但"城下之盟,有以国毙",不能从也。"去我三十里,唯命是听"。"子反惧,与之盟",而将此事报告楚王。楚退三十里,"宋及楚平"。"华元为质"。"盟曰:'我无尔诈,尔无我虞。'"② 这段叙事,华元夜登子反之床,子反不得不与之盟,此事子反已经报告楚王,或许会被史官所记,但具体对话不会全部记下;申舟之子申犀在楚王马前的不满之语,则只能是出于后来的讲述。因此,这仍是一篇援用了说体文本的叙事文字。

"子荡射子罕之门",事见《襄公六年》。宋华弱与子荡年少时"相狎",长大后"相优",后来又"相谤"。必是华弱恶意诽谤,激怒了子荡,于是子荡"以弓梏华弱于朝"。宋平公恼火华弱身为"司武"却被"梏于朝",怎能胜任其职,"遂逐之"。司城子罕则认为"同罪异罚,非刑也",且子荡专戮于朝,罪过岂不是更大?"亦逐子荡"。子荡哪能忍受这般处置,于是"射子罕之门",并威胁说:"几日而不我从!"再过几天若不顺从我,

---

① 《春秋左传正义》,见《十三经注疏》,中华书局1980年版,第1866页。
② 《春秋左传正义》,见《十三经注疏》,中华书局1980年版,第1887页。

接下来这箭就不是射在门上了。子罕害怕了，不但不再逐之，还"善之如初"。① 这段叙事所述情节不只是发生在朝廷，还发生在居所，既有朝中对话，又有私下威胁，并非皆能为史官所记。因此，整篇故事当出自讲述者之口。

"子罕闻讴歌亲抶不勉者"，事见《襄公十七年》。皇国父为大宰，为宋平公筑台，不时，"妨于农收"。司城子罕请待农功之毕，未获宋公准许。于是筑台者讴曰："泽门之皙，实兴我役。邑中之黔，实慰我心。"泽门那个面白的（皇国父）只知劳动我们，邑中那个脸黑的（司城子罕）才知安慰咱的心。子罕听到后，"亲执扑，以行筑者"，"而抶其不勉者"，说："今君为一台，而不速成，何以为役？"筑台者们再也不唱赞歌了。有人问子罕干吗故意得罪筑台者，子罕说，以区区宋国，却"有诅有祝"，"祸之本也"。② 这段叙事中有筑台者的讴歌，有司城子罕私下告知自己的心思，都非史官所当记，所能记，显然出自讲述者之口。

"华臣奔陈"，事见《襄公十七年》。宋华臣当其兄华阅卒后，肆意削弱华阅之子皋比之室，公然使贼六人在合左师向戌屋后以铍杀掉了皋比之宰华吴，并囚禁华吴妻索要大璧；合左师恐惧之极，当宋公欲逐华臣之时，称不如掩盖过去，自己则特意制作了短策藏在身上，"苟过华臣之门，必骋"。然华臣终是做贼心虚，"十一月甲午，国人逐瘈狗。瘈狗入于华臣氏，国人从之。华臣惧，遂奔陈"。③ 这段叙事，华臣所为均是发生在朝廷之外，家族居所，合左师屋后；合左师的恐惧、制作短策、过华臣之门的表现等等，也都属于私下之举，这些细节描述不排除知情者、传闻者的转述相告。

5. 其他国事

"陈灵公通夏姬，杀泄冶，徵舒射杀之"，事见《宣公九年》《宣公十年》。夏叔死后，"陈灵公与孔宁、仪行父通于夏姬"，甚至"皆衷其衵服，以戏于朝"，泄冶实在看不下去，劝谏说"公卿宣淫，民无效焉，且闻不令"，"君其纳之"，您还是将衵服藏起来吧。宣公当面答应"吾能改矣"，

---

① 《春秋左传正义》，见《十三经注疏》，中华书局1980年版，第1937页。
② 《春秋左传正义》，见《十三经注疏》，中华书局1980年版，第1964页。
③ 《春秋左传正义》，见《十三经注疏》，中华书局1980年版，第1964页。

私下里却将泄冶进谏之事"告二子"。"二子请杀之,公弗禁,遂杀泄冶"。此后更加肆无忌惮,竟在"饮酒于夏氏"时互相拿夏姬之子徵舒打趣,一个说"徵舒似女",一个说"亦似君",这让徵舒忍无可忍,遂当陈灵公于夏氏饮酒后出门时,"自其厩射而杀之"。① 这段叙事中宣公二子请杀泄冶属于私下对话,陈灵公君臣"徵舒似女""亦似君"的对话以及徵舒射杀灵公的过程则发生在夏姬家中,如此生动叙述,只能是出于讲说者的讲说。

"蔡昭侯将如吴,大夫恐又迁,追射杀之",事见《哀公四年》。这年蔡昭侯"将如吴","诸大夫恐其又迁也",起事追而射之,蔡昭侯带箭进入一户人家死在里面。护卫昭公一起逃进院子的公孙翩以两矢把门,"众莫敢进"。随后来到的文之锴说"如墙而进,多而杀二人",于是带领众人齐进,被公孙翩射之中肘,最终又杀掉了公孙翩。② 这段叙事中的追杀发生在朝廷之外一户人家的院落,不会进入史官视野,如此栩栩如生,肯定是讲述者据当事人告知后的讲述。

"陈辕颇出奔,辕咺已备",事见《哀公十一年》。陈司徒辕颇常常假公济私,甚至"赋封田以嫁公女",将剩馀款项"以为己大器",于是"国人逐之",辕颇出奔郑。道上饥渴,其族人辕咺"进稻醴、粱糗、腶脯焉"。辕颇惊喜道:"何其给也?"怎么会如此丰盛?回答是:"器成而具。"您用"公款"铸成"己之大器"那会儿我就已经开始准备着逃亡途中的饮食了。问:"何不吾谏?""对曰:'惧先行。'"③ 这段叙事中的主要情节发生在辕颇被逐出奔郑的途中,其细节、情景乃至对话只能是出于说事者凭借听闻后的讲述,而不可能是史官的记述。

(三) 对话说辞未及亲闻者

对话描摹,是"说体"文本的重要特征。事件中的对话,有些为私下交谈,有些为户外言说,均非当时他人所能闻,所能记。叙事中若对话被描述得详尽逼真,多应是出自事后追述甚至是讲述者的揣摩。下列诸列国叙事即主要属于此种情况。

---

① 《春秋左传正义》,见《十三经注疏》,中华书局1980年版,第1874—1875页。
② 《春秋左传正义》,见《十三经注疏》,中华书局1980年版,第2158页。
③ 《春秋左传正义》,见《十三经注疏》,中华书局1980年版,第2166页。

1. 齐国之事

"邴歜阎职池中弑懿公",事见《文公十八年》。齐懿公为公子时与邴歜之父争田不能胜,即位后将其尸体从坟墓里挖出来刖其足,"而使歜仆";夺阎职之妻,"而使职骖乘"。当护驾懿公游于申池、二人浴于池中之时,"歜以扑抶职",阎职怒,邴歜说"人夺女妻而不怒","一抶女,庸何伤"?阎职反唇相讥说:"与刖其父而弗能病者何如?"你来我去彼此激将,当下便起弑君之意,"乃谋弑懿公",并将尸体"纳诸竹中"。"归,舍爵而行"。① 齐国因此无君,结果是终立懿公之弟公子元,是为齐惠公。这段叙事有诸多细节描写,非但不是史官所能记,讲述中还必定带有想象编排成分。特别是申池只有三人,齐懿公已死,弑君的二人已"舍爵而行",池中发生的故事,你来我往的对话,谁人闻知之?

"崔杼保太子光即位",事见《襄公十九年》。齐灵公娶于鲁,曰颜懿姬,无子。"其侄鬷声姬,生光",以为太子;后来灵公又废迁太子,立仲子所生、嬖妾戎子所养的公子牙以为太子,使高厚傅之。齐大夫崔杼遂于灵公疾病期间"微逆"太子光立以为齐庄公,杀戎子及高厚,执公子牙。检索《春秋·襄公十九年》,于此事仅记有"秋,七月辛卯,齐侯环(齐灵公)卒""齐杀其大夫高厚""冬,葬齐灵公"几句,可知《左传》的这段叙事当全部出于传诵讲说。其间提到崔杼"微逆",即偷偷迎回齐庄公;特别是述及灵公欲废太子光、改立仲子所生公子牙时仲子与灵公的私下对话,"仲子曰:'不可。废常,不祥;间诸侯,难。光之立也,列于诸侯矣。今无故而废之,是专黜诸侯,而以难犯不祥也。君必悔之。'公曰:'在我而已'"②,显然并非史官所能书。

"杞梁妻不郊吊",事见《襄公二十三年》。齐侯帅师袭莒,门于且于,伤股而退。明日再战,期于寿舒。齐大夫杞殖(梁)、华还(周)"载甲夜入且于之隧","宿于莒郊"。第二天遭遇莒君所帅大军,陷入重围。莒君重赂之,使无死,请有盟。华周回答:"昏而受命,日未中而弃之,何以事君?"莒君亲自击鼓冲击,士卒从而伐之,杞梁不幸遇难。莒人以其尸行

---

① 《春秋左传正义》,见《十三经注疏》,中华书局1980年版,第1861页。
② 《春秋左传正义》,见《十三经注疏》,中华书局1980年版,第1968页。

成。齐侯载尸归来途中，遇杞梁之妻于郊，使就地凭吊。杞梁妻辞曰："殖之有罪，何辱命焉？""若免于罪，犹有先人之敝庐在"，"下妾不得与郊吊"。① 齐侯遂前往杞梁之室按礼吊之。于是杞梁妻有了"善哭"其夫的名声。此是"孟姜女哭倒长城"故事的原型。这段叙事中有两段对话，一为杞梁、华周与莒君所帅大军遭遇时华周回答不受重赂，一为杞梁妻于鲁郊回答载杞梁尸归来的齐侯"不得与郊吊"。它们都属于途中对话，不可能为史官所记载，只能是转述者的转述。

"齐庆氏亡崔氏"，具体说即是齐庆封助崔杼家破人亡，事见《襄公二十七年》。崔杼娶寡妇东郭姜、生崔明之前，已与已故前妻生有长子崔成、次子崔强，再婚后又让东郭姜与前夫所生之子棠无咎及东郭姜之弟东郭偃也进入崔家。后来太子崔成因有疾而被废，崔明被立嗣。崔成请求终老于崔邑，却受到东郭偃与棠无咎的阻挠。崔成、崔强怒而欲杀掉此二人，去向左相庆封倾诉，在庆封鼓励和承诺相助的情况下，就在崔氏之朝杀掉了东郭偃和棠无咎。崔杼恼怒之下也去找庆封，庆封假意帮助崔杼讨伐罪人，率国人攻崔氏，杀掉了崔成、崔强，尽俘其家，东郭姜自杀，崔明奔鲁。这时庆封回来向崔杼复命，带他回家，他已无家可归，于是自缢。这段叙事中有多场对话，均属私下、密谋者。一为崔成兄弟去向庆封倾诉："夫子之身，亦子所知也，唯无咎与偃是从，父兄莫得进矣。大恐害夫子，敢以告。"庆封回答"子姑退。吾图之"；一为庆封近臣卢蒲嫳劝庆封趁机灭崔氏："彼，君之雠也。天或者将弃彼矣。彼实家乱，子何病焉？崔之薄，庆之厚也。"一为庆封再次回答并鼓励崔成兄弟发难起事："苟利夫子，必去之。难，吾助女。"一为崔成兄弟发难后，崔杼见庆封，庆封回答代讨之："崔、庆一也。是何敢然？请为子讨之。"② 这些对话均非当时所能记，分明是说事者的追述和描述。

"晏子不更宅及称'踊贵屦贱'"，事见《昭公三年》。齐相晏子的故事十分丰富，此是《左传》所述，应该算是最早的佳话。齐景公关心大臣，欲更晏子之宅，因为见他住宅"近市"，太过喧嚣，"不可以居，请更诸爽

---

① 《春秋左传正义》，见《十三经注疏》，中华书局1980年版，第1978页。
② 《春秋左传正义》，见《十三经注疏》，中华书局1980年版，第1997—1998页。

垲者",但晏子推辞,并说"小人近市,朝夕得所求",很是方便。景公笑谓"子近市,识贵贱乎","何贵?何贱?"晏子想到景公繁于刑,刖足者多,"有鬻踊者",所以故意回答说:"踊贵,屦贱。"后来趁晏子出使晋国,景公"更其宅"。晏子回来后,"乃毁之",最终还是"复其旧宅"。① 这段叙事,涉及的是朝臣是否更换住宅之事,属于日常生活和对话,非史官所记范围,应该出于转述传诵。作为佐证,《韩非子·难一》中也援引到这个故事中的"踊贵,屦贱"一节,情节、对话大致相同,但《韩非子》中景公所提更宅为"请徙子家豫章之圃",与此称"请更诸爽垲者"又有不同,由此可知两者当援用了同源异流的说体文本。

"晏子谏景公诛祝史",事见《昭公二十年》。"齐侯疥,遂痁,期而不瘳","诸侯之宾问疾者多在",梁丘据与裔款说这是"祝、史之罪","诸侯不知",会说我们"不敬",所以,"君盍诛于祝固、史嚚以辞宾"。景公将此事"告晏子",晏子不置可否,却讲了当年"屈建问范会之德于赵武"之事,赵武赞赏范会的就是"其祝、史祭祀,陈信不愧"。② 景公不明所以,晏子才回答说,若有德之君,其祝、史荐信(说真话),无愧于心,所以鬼神用飨,国受其福。"若无德之君",祝、史说真话,那就是"言其罪";数其美,那就得说假话。总之,是否得到鬼神赐福,关键不是祝史会不会说,而是你君王做得好不好。言外之意,你这病跟祝史一点关系也没有。于是景公不诛祝史。景公将大臣之言转告晏子,问其意见,更属于私下对话,且有大段人物说辞,适宜于转述,不适宜史官记载。这个故事亦见《晏子春秋·外篇第七》《内篇谏上第一》,有两个版本,又见上博简第九册,与之又有同有异,可知都不过是说体故事。(详后)

"齐简公之悔",事见《哀公十四年》。齐简公乃是齐悼公之子,返齐为齐君之前也曾居于鲁,"阚止(子我)有宠焉"。"及即位,使为政"。"陈成子(恒)惮之,骤顾诸朝"。齐大夫诸御鞅劝齐简公曰:"陈、阚不可并也,君其择焉!"这两个人你不能同时重用,必须选择一个,将另一个除掉,简公"弗听"。后来子我碰到陈氏族人陈逆杀人,"执以入",陈氏"使

---

① 《春秋左传正义》,见《十三经注疏》,中华书局1980年版,第2031页。
② 《春秋左传正义》,见《十三经注疏》,中华书局1980年版,第2092—2093页。

逃",子我"盟诸陈于陈宗",关系闹得更僵;子我又宠幸陈氏族人陈豹,居然随便说"我尽逐陈氏而立女,若何",结果陈豹将此话报告给了陈氏。于是,五月壬申,陈成子兄弟"四乘如公",发难。子我逃归,帅徒"攻闱与大门",皆不胜,后被陈氏追杀而死。"陈恒执简公于舒州"。简公后悔道:"吾早从鞅(诸御鞅)之言,不及此。"① 诸御鞅劝齐简公之语属于私密对话,简公临死之悔也只是说悔不"早从鞅之言","鞅之言"当是事后述事者所传说。

2. 郑国之事

"郑庄公克段于鄢",事见《隐公元年》,叙述郑庄公与其胞弟共叔段一段不乏血腥的相残故事。庄公"寤生"被其母武姜嫌弃是事件起因,武姜为共叔段"请制"、"请京"、助其谋逆篡位是事件恶化推力,庄公静观其弟"多行不义必自毙"也导致了最终"克段"的结果。其间有多场对话均属私下密谈不可公开者。其一为庄公应母之请封叔段于京后祭仲担心"今京不度,非制也,君将不堪",庄公回答"姜氏欲之,焉辟害",祭仲说"姜氏何厌之有?不如早为之所,无使滋蔓!蔓,难图也。蔓草犹不可除,况君之宠弟乎",庄公回答"多行不义,必自毙,子姑待之";其二为叔段又"命西鄙、北鄙贰于己"后,公子吕说"国不堪贰,君将若之何?欲与大叔,臣请事之;若弗与,则请除之,无生民心",庄公回答"无庸,将自及";其三为叔段"又收贰以为己邑,至于廪延"后,子封说"可矣。厚将得众",庄公回答"厚将崩";还有其四,当叔段一切准备就绪、"将袭郑,夫人将启之"时:"公闻其期,曰:'可矣。'"这些描述都只能是事后的追述。至于后来母子俩"隧而相见":"公入而赋:'大隧之中,其乐也融融。'姜出而赋:'大隧之外,其乐也泄泄。'"② 更已经算是"小说家者言"。

"太子忽辞齐婚,祭仲执于宋归立公子突",事见《桓公十一年》。所述为郑庄公去世后祭仲先是立太子忽为郑昭公,迫于宋,复改立公子突为郑厉公。身为郑庄公宠臣、国之正卿,祭仲原本对于立君握有决定权,太子忽又是他为庄公娶邓曼所生,一直呵护有加,扶太子忽即位本是顺理成章,遗憾

---

① 《春秋左传正义》,见《十三经注疏》,中华书局1980年版,第2173页。
② 《春秋左传正义》,见《十三经注疏》,中华书局1980年版,第1715—1717页。

的是此前太子忽没听他劝答应齐国婚事，少了大国外援。果然，太子忽立为昭公没有几日，祭仲至宋被擒，宋庄公强迫他改立宋雍氏女所生公子突为郑君。无奈，祭仲只得改立公子突，是为郑厉公，太子忽奔卫。这段叙事中私密对话一是"败北戎"、"齐人将妻之"时，太子忽"辞"，祭仲劝之曰："必取之。君多内宠，子无大援，将不立。三公子皆君也。"二是祭仲立太子忽为郑昭公后，宋庄公"诱祭仲而执之"，曰："不立突，将死。"由此可知初始文本当出自追述、讲说。

"雍姬问母'父与夫孰亲'"，事见《桓公十五年》。所述为郑厉公欲除掉祭仲事败亡奔，亡奔的郑昭公（太子忽）又返郑复为郑昭公。如上所述，到底是被迫立君，祭仲与郑厉公想必难以和睦，致使郑厉公感觉处处受限，必欲除之而后快，偏偏所使亲信雍纠却是祭仲之婿，也许正是因为这层关系才好弄个"鸿门宴"。谁知雍纠不懂守口如瓶，这么生死攸关的事情居然让妻子亦即刺杀对象之女雍姬得到风声。而这雍姬偏偏去问母亲"父与夫孰亲"，母亲的回答堪称叫绝，"人尽夫也，父一而已"[①]，天底下的男人都有可能成为你的丈夫，父亲却铁定的只有一个！于是雍姬作出了选择，祭仲杀了女婿，厉公不得不亡奔，太子忽又一次做了郑昭公。这段叙事中雍姬与其母的对话是关键，而这关键只能母女俩关起门来自己说，绝非他人所能闻。

"郑厉公复入，傅瑕杀，原繁缢"，事见《庄公十五年》。郑厉公自桓公十五年欲除掉祭仲事败亡奔已经十有八年，郑国已经又三易其主（郑昭公、公子亹、公子仪）。此时厉公"自栎侵郑"，"获傅瑕"，以"纳君"为条件而赦之，傅瑕为之杀郑子（公子仪），厉公终得重返郑国。复入后"遂杀傅瑕"，又使人转达对伯父原繁没有主动里应外合的遗憾。原繁因此"乃缢而死"。这段叙事中有两处对话属于史官无从记，当为事后追述和讲说。其一是厉公捕获傅瑕后傅瑕曰："苟舍我，吾请纳君。"此为私下约定。其二是郑厉公入郑后使人去对伯父原繁转达不满，告知"傅瑕贰，周有常刑，既伏其罪矣"，并称"纳我而无二心者，吾皆许之上大夫之事，吾愿与伯父图之。且寡人出，伯父无里言。入，又不念寡人，寡人憾焉"，原繁回答了一大篇说辞，诸如"社稷有主，而外其心，其何贰如之？苟主社稷，国内之

[①] 《春秋左传正义》，见《十三经注疏》，中华书局1980年版，第1758页。

民，其谁不为臣"，"子仪在位，十四年矣；而谋召君者，庸非二乎"云云。被厉公派去传话者与原繁的对话当是在原繁家中发生，也应属于私下对话。

"齐桓公会诸侯，郑伯逃盟"，事见《僖公五年》。是年夏齐桓公邀集鲁僖公、宋桓公、陈宣公、卫文公、郑文公、许僖公、曹昭公，与周惠王的太子姬郑在卫国首止相会，宣布支持太子姬郑为嗣君。此举并非周惠王所愿，因为惠后所宠乃姬郑弟王子带，惠王因此有废太子之意。于是，盟会期间惠王使周公宰孔召郑伯，称将"抚女以从楚，辅之以晋，可以少安"，欲与郑联合楚、晋结盟，以对抗齐桓公。"郑伯喜于王命"，"而惧其不朝于齐也"，所以"逃归不盟"。孔叔止之，"弗听，逃其师而归"。① 此段叙事中宰孔召郑伯乃私下密会，所传惠王之旨乃绝不可张扬者，因此这只能是一段后来被讲说出来的文字。

"烛之武退秦师"，事见《僖公三十年》。该年九月晋师秦师围郑，晋军函陵，秦军汜南。当此郑危之时，在佚之狐的建议下，应郑公之请，烛之武"夜缒而出"，见秦伯，一番说辞，劝退了秦师。其辞振振有声，句句击中要害。说是你们秦国若想"越国以鄙远"，超越晋国将我们郑国作为你们的疆土，"君知其难也"，哪用得着灭了郑国让晋国多得土地，"邻之厚，君之薄也"。"若舍郑以为东道主"，对你们来来往往也能提供方便，有什么不好？再说，"夫晋，何厌之有"？如果拿下东边的郑国，又想向西边扩张，"不阙秦，焉取之"？"阙秦以利晋，唯君图之！"秦伯自是不愿灭郑以利晋，利晋以威己，"乃还"。② 这段叙事中的出彩处在于烛之武的说辞，但烛之武是"夜缒而出"、潜入秦师的，其说辞不可能当时被记录，只能是后来被转告传诵，不排除说事者的拟言或加工。

"郑唯强是从，乃及楚平"，事见《襄公九年》。郑国刚刚因晋帅诸侯伐郑、被迫与晋订立"戏之盟"，楚又前来伐郑，郑子驷又将与楚平，子孔、子蟜担心刚与晋国盟，"口血未干而背之，可乎"，子驷、子展自有说辞，咱们盟辞上"固云'唯强是从'"，眼下楚师至，"晋不我救"，"则楚强矣"，咱们这就是遵循盟誓！"乃及楚平"。③ 郑人私下里的这番"强辞夺

---

① 《春秋左传正义》，见《十三经注疏》，中华书局1980年版，第1795页。
② 《春秋左传正义》，见《十三经注疏》，中华书局1980年版，第1830—1831页。
③ 《春秋左传正义》，见《十三经注疏》，中华书局1980年版，第1943页。

理",只能靠口诵,不可能是史录。

3. 卫国之事

"卫宣公二子急子、寿子继死,左、右公子被杀",事见《桓公十六年》《庄公五年》《庄公六年》。当初,卫宣公"烝于夷姜",生急子,"属诸右公子"。为之娶妻于齐,闻齐女美,宣公自娶之,生寿和朔,"属寿于左公子"。其后宣姜与公子朔构陷急子,宣公信之,使急子出使齐,使盗"待诸莘",将杀之。寿子知而告之,劝逃奔。急子不欲弃父之命。及行,寿子"饮以酒,载其旌以先",被盗杀之。急子醒后追至,说"我之求也,此何罪?请杀我乎"①,也为盗所杀。左公子、右公子因此怨恨继卫宣公即位的惠公公子朔,改立公子黔牟。惠公奔齐。后来齐会诸侯之师伐卫,纳惠公。惠公复入后杀左公子、右公子。这段叙事的前半段中,急子、寿子相继被盗所杀,寿子劝逃之语,急子追至之语,谁人记之?只能是说事者所说。

"卫懿公好鹤,狄人灭卫",事见《闵公二年》。"卫懿公好鹤,鹤有乘轩者",故当狄人伐卫、卫人将战之时,国人受甲者皆曰:"使鹤!鹤实有禄位,余焉能战?"明显士气不足。卫人"及狄人战于荧泽",结果是卫师败绩,"卫侯不去其旗,是以甚败"。卫人出逃。狄入卫灭卫。当年,卫公子顽被迫烝于宣姜而生两男三女,三女分别嫁宋桓公、许穆公、齐桓公,二男为即将即位的戴公和后来的文公。于是,宋桓公迎卫遗民,"立戴公以庐于曹","许穆夫人赋《载驰》",齐桓公使公子无亏帅车三百乘、甲士三千人以戍曹。②这段叙事中的出彩之处在于国人受甲者皆曰"使鹤",派你那宠鹤去打仗吧!先秦确有"君举必书""左史记言"之制,但所记之言当为君之公开之言,似这般国民私底下的牢骚之言似不在所记范围。所以,这应是出于传诵讲说者之口。

"救孙桓子,仲叔于奚请曲县繁缨",事见《成公二年》。该年卫侯使孙桓子、石稷等"将侵齐",与齐师相遇后石稷"欲还",孙桓子"不可",说"以师伐人,遇其师而还,将谓君何?若知不能,则如无出。今既遇矣,不如战也"。战事失利,石稷又敦促孙桓子撤兵,说"子,国卿也。陨子,

---

① 《春秋左传正义》,见《十三经注疏》,中华书局1980年版,第1758页。
② 《春秋左传正义》,见《十三经注疏》,中华书局1980年版,第1787—1788页。

辱矣。子以众退，我此乃止"，孙桓子只好边战边退，在此当口，"新筑人仲叔于奚救孙桓子，桓子是以免"。事后，卫人欲"以邑"赏仲叔于奚救帅之功，对方"辞"，"请曲县、繁缨"，即请求拥有诸侯才可享用的轩悬之乐（陈钟三面）和繁缨马饰，卫人"许之"。叙事称后来"仲尼闻之曰：'惜也，不如多与之邑。唯器与名，不可以假人，君之所司也。……若以假人，与人政也。政亡，则国家从之，弗可止也已。'"① 战场上的对话，史官无从记；仲叔于奚的请求，孔子无从亲闻。从"仲尼闻之曰"可知，此事至孔子时仍在讲诵传播。

"公孙丁御献公奔，射其徒之徒尹公佗"，事见《襄公十四年》。卫献公得罪大臣孙文子，被迫出奔。公孙丁御献公，尹公佗、庾公差追击，偏偏尹公佗"学射于庾公差"，庾公差又"学射于公孙丁"，一个是徒弟，一个是徒弟之徒弟，射还是不射？徒弟说"射为背师，不射为戮，射为礼乎"，于是"射两鞅"，冲着驾驭车马的部件发两箭；徒弟之徒弟说"子为师，我则远矣"，你们是师徒，我毕竟隔一层，于是刚退去又折回；而公孙丁这师祖果然是他老师的老师，不等他开弓，便速"授公彗而射之"，"贯臂"，一箭射去便穿过他的手臂。② 追击途中车上之语，谁人能记，只能是事后的追述或讲述。

"臧纥如齐唁卫侯"，事见《襄公十四年》。卫献公无礼于大臣，被迫出奔，居于齐之郲。鲁大夫臧纥前往吊唁。卫献公还是那个卫献公，照样傲慢不讲理，臧纥见其已经到了这步田地仍不悔改。"退而告其人曰：'卫侯其不得入矣。其言粪土也。亡而不变，何以复国？'"从亡在齐的献公弟子展、子鲜听闻后，彬彬有礼见臧纥，"臧纥说（悦）"，马上改了口："谓其人曰：'卫君必入。夫二子者，或挽之，或推之，欲无入，得乎？'"③ 有这么好的两个弟弟在身边，一个拉，一个推，想不回国都难。臧纥关于卫献公"不得入""欲无入得乎"的两番说辞，都是私下"告其人""谓其人"，需要传出、转述才能为人所"闻之"。

"甯惠子临终嘱子复献公"，事见《襄公二十年》。卫献公无礼于大夫孙

---

① 《春秋左传正义》，见《十三经注疏》，中华书局1980年版，第1893页。
② 《春秋左传正义》，见《十三经注疏》，中华书局1980年版，第1957页。
③ 《春秋左传正义》，见《十三经注疏》，中华书局1980年版，第1957页。

文子和甯惠子，导致两人逐其君。对于背负"孙林父、甯殖出其君"这样的坏名声，甯惠子后悔莫及，临终时将儿子甯喜（悼子）叫到病榻前，嘱其一定入献公以掩其罪，并说"若能掩之，则吾子也。若不能，犹有鬼神，吾有馁而已，不来食矣"，儿子哪能让死去的父亲饿肚子，当然一口"许诺"。① 复卫侯这种话，只应是父子俩的私下约定。此情此景，势必来自后来的转告、传诵和讲说。

"戎州人杀卫庄公"，事见《哀公十七年》。太子蒯聩欲杀南子未果亡奔，曾得晋赵鞅之助，返国为庄公后未能满足晋人索求，致使晋人两番包围，卫人不得已将庄公逐出，改立公孙般师；没多久，庄公又入，般师出。出出进进，政事不稳，庄公遂遭遇戎人反叛。当初登城见戎州，一句"我，姬姓也，何戎之有焉"，就剪灭戎族；他使唤匠人毫不怜惜；他还想驱逐大臣石圃。于是戎人之乱发作时，"石圃因匠氏攻公"。果如庄公"梦浑良夫叫天无辜"后占筮所得繇辞之言，阖门而请，不获应允；自后逾，坠而伤股。被逼入戎州己氏，恰是当年他蛮横剪掉人家妻子头发的那一家。（"初，公自城上见己氏之妻发美，使髡之，以为吕姜髢。"）庄公"既入焉"，而"示之璧"，说"活我，吾与女璧"。己氏回答："杀女，璧其焉往？""遂杀之，而取其璧。"② 这段叙事，多有往事追述，是事后讲说语气；特别是庄公误入仇人之家后被杀前的一番对话，显然更像是"小说家言"。

4. 宋国之事

"羊斟不与，华元囚"，事见《宣公二年》。郑受命于楚以伐宋，宋华元、乐吕御之，战于大棘。战前，华元杀羊慰劳诸将士，激励斗志，偏偏轻视忽略自己的御车者，"羊斟不与"。御者自有报复之招，给不给肉吃你说了算，车子往哪驾可是我说了算。战斗打响后"与入郑师"，径直将车子驶进郑师阵营中，华元被囚在所难免，"故败"。稍后华元逃归见御者，问他是不是马不听话跑错了，他竟毫不掩饰地说不是马，是人，怒气仍未消。这段叙事中"及战"御者称"畴昔之羊，子为政；今日之事，我为政"，华元

---

① 《春秋左传正义》，见《十三经注疏》，中华书局1980年版，第1970页。
② 《春秋左传正义》，见《十三经注疏》，中华书局1980年版，第2179页。

逃归后问御者"子之马然也",对方回答"非马也,其人也",① 都不在史官所能记述范围内,显然是后来的追述和转告。

"子罕辞玉",事见《襄公十五年》。有一宋人得块璞玉,献给司城子罕。子罕"弗受"。献玉者说,已经给玉人看过了,"玉人以为宝也,故敢献之"。子罕的回答特别巧妙,说我以不贪为"宝",你以玉为"宝",若是将玉给了我,"皆丧宝也","不若人有其宝"。此人稽首相告说,其实我是不敢"怀璧"以"越乡",怕人劫财害命,不如献给长官。子罕遂将此人安排在乡里,"使玉人为之攻之","富而后使复其所"。② 这段叙事涉及送礼辞礼,全为人物私下对话,不会是史官所记,不知如何传将出来。即便子罕本人给人说个大概,也须听闻者再次转告并加描述。

三、《国语》《左传》因旨趣不同而各自独见的"说体"文本考

除上述《左传》未及的年限、《国语》未载入的列国,其事自然或不见于《左传》、或不见于《国语》之外,还有两者都会触及的部分,即周事、鲁事、晋事、楚事及吴越之事,却有或仅见于《国语》、或仅见于《左传》者。其中有些叙事,尽管各自独见,无法直接见出援用及版本异同,但按照上述标尺,通过对叙事本身的考察,仍可判定其源自讲说,属于援用说体文本。那么,这些部分的各自独见,如果不是编撰者受占有材料所限,则应归因于旨趣不同而各有取舍。

为便于对照,也为清晰起见,下面按周王朝及各列国分别梳理和分析。

(一) 王朝之事

1. 见于《国语》者

周王朝之事,于《国语》集中在《周语》里。《周语》多记人物说辞,皆长篇大论,几无叙事,自是不见于《左传》者。除此之外,仅有两则颇有一定情节性而其主体故事亦不见于《左传》,因其描述私下谈话而可断为出自"说体"。

---

① 《春秋左传正义》,见《十三经注疏》,中华书局 1980 年版,第 1866 页。
② 《春秋左传正义》,见《十三经注疏》,中华书局 1980 年版,第 1960 页。

其一是"王孙说请周简王勿赐叔孙侨如",见《周语中》,说的是周简王八年,亦即鲁成公十三年,鲁成公将朝周,使叔孙侨如先聘且告。叔孙侨如私下拜访了王孙说,"与之语"。事后王孙对简王说,鲁叔孙这次前来,"必有异焉"。"其享觐之币薄而言諂",一定有所图,"若请之,必欲赐也"。现在"鲁执政唯强","王其勿赐"。"若贪陵之人来而盈其愿",这是"不赏善","且财不给"云云。王使私问诸鲁,果然是要"请之也"。王遂不赐,"礼如行人"。① 此事《左传·成公十三年》仅记有几笔:"三月,公如京师"。"宣伯(叔孙侨如)欲赐,请先使"。"王以行人之礼礼焉"。② 周简王之所以未听叔孙侨如之请乃王孙说从中进言之果,则是独见于《国语》者,其重心在于人物的见解和说辞。《国语》这里王孙说对简王分析叔孙侨如此番拜访的用意,属于私下谈话,不宜"白纸黑字"记录在案,则这段叙事的来源,当属说事者的讲述。

其二是"周单襄公告鲁成公晋将有乱",见《周语下》,说的是周简王十一年,亦即鲁成公十六年"柯陵之会",周单襄公与会,"见晋厉公视远步高;晋郤锜见,其语犯;郤犨见,其语迂;郤至见,其语伐"。鲁成公见单襄公,"言及晋难及郤犨之譖"(详见《左传·成公十六年》"宣伯叔孙侨如通于穆姜,欲去季孟"及上文"王孙说请周简王勿赐叔孙侨如",鲁成公不欲助叔孙侨如,被譖于郤犨,为晋所难)。单襄公宽慰成公曰:"君何患焉!晋将有乱,其君与三郤其当之乎!"成公问:"寡人惧不免于晋,今君曰'将有乱',敢问天道乎,抑人故也?"单襄公回答说:"吾非瞽、史,焉知天道?吾见晋君之容,而听三郤之语矣,殆必祸者也。"接着便是一大篇分析判断之辞。叙事最后称"鲁侯归,乃逐叔孙侨如","(简王)十二年,晋杀三郤。十三年,晋侯弑,于翼东门葬,以车一乘"。③ 所述乃同见于《国语》和《左传》的"晋三郤杀,厉公弑"。周单襄公与鲁成公的这番对话也是在私下进行,语及对尚未发生的晋难的预言,绝对不可外传。因此,这应该出自事后的追述和讲说。

----

① 《国语》,上海古籍出版社1988年版,第79页。
② 《春秋左传正义》,见《十三经注疏》,中华书局1980年版,第1911页。
③ 《国语》,上海古籍出版社1988年版,第89—94页。

2. 见于《左传》者

《左传》叙事的重点在列国，周朝事记述不多，多与《国语》互见，独见而可断为"说体"故事者仅有几则。

其一是"周大夫蒍国以晋师伐夷"，事见《庄公十六年》。当初晋武公伐夷，执周大夫夷诡诸。周大夫蒍国（王子颓之傅）"请而免之"。事后夷诡诸对蒍国没有任何报答表示，蒍国因此反戈，"谓晋人曰：'与我伐夷而取其地。'"于是"以晋师伐夷，杀夷诡诸"。① 这段叙事中周大夫蒍国伐夷实出于私心，这种心思不会公之于众，如此揭示真相的叙述，自当是出于讲说者之口。

其二是"被髪而祭于野者言伊川为戎"，叙事见《僖公二十二年》。"初，平王之东迁也，辛有（周大夫）适伊川"，见有"被髪而祭于野"者，说"不及百年，此其戎乎"！果然，秋，"秦、晋迁陆浑之戎于伊川"。② 这段叙事中的主体情节本属追述当年平王东迁时之事，又是周大夫于伊川所闻所见，自然是出于传说而非书记。

其三是"儋括之叹"，事见《襄公三十年》。周灵王之弟儋季卒，其子儋括除服后往见灵王，"而叹"。单公子愆期为灵王御士，路过大厅时"闻其叹"，心想"乌乎！必有此夫"！他这是想要拥有这里的一切吧！因劝灵王"必杀之"，因为他"不戚而愿大，视躁而足高，心在他矣。不杀，必害"。灵王不以为然。果然，灵王去世后，儋括欲另立景王之弟王子佞夫，而佞夫本人还蒙在鼓里，并不知情。结果导致变乱，周卿士尹言多、刘毅、单蔑、甘过、巩成杀掉了王子佞夫，儋括奔晋。③ 这段叙事中有闻叹后的心中感叹，有劝杀之言，有另立王子的图谋，都不是史官所能记下的内容，只能是出于讲述者的追述和描述。

其四是"刘文公合诸侯于召陵"，事见《定公四年》。是年春，"刘文公合诸侯于召陵"，谋伐楚。蔡侯此前因被楚拘禁而如晋请伐楚，"晋荀寅求货于蔡侯，弗得"，遂言伐楚之不便，范献子"乃辞蔡侯"。晋人又"借"

---

① 《春秋左传正义》，见《十三经注疏》，中华书局1980年版，第1772页。
② 《春秋左传正义》，见《十三经注疏》，中华书局1980年版，第1813页。
③ 《春秋左传正义》，见《十三经注疏》，中华书局1980年版，第2012页。

羽旄于郑，郑人与之，明日即"或祢以会"，"晋于是乎失诸侯"。卫使子鱼与会。子鱼闻"将长蔡于卫"，遂"私于苌弘"，大谈康叔之功德，"苌弘说，告刘子"，遂与范献子谋之，"乃长卫侯于盟"。① 这段叙事中有太多私下密谈及由私心所导致的举动，揭露其事实真相的这种叙述，自然是以出于讲说者之口为宜。

上述几则周事之"说"之所以不见于《周语》而见于《左传》，盖皆因关涉周室之衰、攻伐杀戮、王位之争、列国私欲，非《周语》正面教化之旨之所及。

（二）鲁国之事

1. 见于《国语》者

《国语·鲁语》中提及的鲁事，大多已与《左传》互见，独见者只集中在几个人物身上，偏于个人见识和表现。

（1）臧文仲

《鲁语上》独见的臧文仲故事可断为"说体"文本的有两则。

其一是"臧文仲如齐告籴"。鲁饥，臧文仲提议以名器请籴于齐，并主动请缨，因为"国有饥馑，卿出告籴，古之制也"。庄公使往。途中，从者问"君不命吾子，吾子请之"，"其为选事乎"，臧文仲认为"在上不恤下，居官而惰"，"非事君也"。② 至齐后臧文仲以鬯圭与玉告籴，"齐人归其玉而予之籴"。其中臧文仲与从者的对话发生在途中，自非史官所能记。

其二是"臧文仲说僖公请免卫成公"。卫成公被晋人执之归京师，因随从赂医逃过被晋鸩杀一劫。鲁大夫臧文仲趁机劝鲁僖公搭救一下卫成公，说"晋人鸩卫侯不死"，"亦不讨其使者"，乃是"讳而恶杀之也"。若有诸侯之请，"必免之"。"公说，行玉二十瑴，乃免卫侯。"后来卫成公听闻此乃臧文仲所为，使纳赂焉。臧文仲辞曰："外臣之言不越境，不敢及君。"③晋人欲鸩杀卫成公及卫成公赂医逃过一劫，在当时都应是隐秘之事，臧文仲于鲁国却直称此事，显然是说事者的拟说。卫成公纳赂于臧文仲，也不会是

---

① 《春秋左传正义》，见《十三经注疏》，中华书局1980年版，第2133—2134页。
② 《国语》，上海古籍出版社1988年版，第158页。
③ 《国语》，上海古籍出版社1988年版，第162页。

朝上公然之举,不属于史官载记之笔。因此,亦应是出于后来的追述和说事者的讲述。

(2) 仲尼

《鲁语下》有三则关于仲尼被询问、被请教的故事可断为来自"说体",集中表现仲尼的多识。

其一是"季桓子穿井获羊称获狗,问之仲尼"。季桓子穿井,明明挖出个像缶一样的土罐子,里面有只羊,"使问之仲尼",却故意称"获狗",而仲尼博闻多识的功夫就在于,若依我所知闻来判断,那一定是只羊而不是狗,因为"土之怪曰羵羊"!① 季桓子使人去问仲尼,对话就不在史官记录范围内,此事必出后来传闻无疑。

其二是"吴获骨节专车问之仲尼"。吴人攻下越国会稽,得到一节可占满车箱的长骨头。当吴使到鲁国访问之机,吴君特意让使者请教孔子关于骨节之事,但称"无以吾命"。于是当宴饮之时,吴使借着手中骨头漫不经心问孔子像这种骨节谁的最大,孔子果真无所不知,张口就来,原来当年大禹治水时召集群神到会稽山,曾杀掉迟到的防风氏,"其骨节专车"。吴使随即得知了他们所得骨节的来历。顺着话题,吴使还问了"谁守为神"、"防风何守"、"人长之极几何"② 等几个问题,由此知道了防风氏乃汪芒氏之君,所守封山、隅山,其长三丈,等等。此番对话发生在宴席间,且如此绘声绘色,应非出自史官所记。

其三是"仲尼在陈有隼贯楛矢"。"仲尼在陈",一只飞鸟落在陈侯之庭而死,身上"楛矢贯之","石砮其长尺有咫"。"陈惠公使人以隼如仲尼之馆问之"。孔子据鸟身上的箭矢判断这只鸟是从遥远的肃慎氏那边飞来,因为"昔武王克商,通道于九夷、百蛮,使各以其方贿来贡",肃慎氏所贡楛矢正是"石砮,其长尺有咫"。"先王欲昭其令德之致远也,以示后人,使永监焉,故铭其括曰'肃慎氏之贡矢'",而按照古制,"分同姓以珍玉,展亲也;分异姓以远方之职贡,使无忘服也",故"以分大姬,配虞胡公而封诸陈","君若使有司求诸故府,其可得也"。所使之人回去一说,到府库中

---

① 《国语》,上海古籍出版社 1988 年版,第 201 页。
② 《国语》,上海古籍出版社 1988 年版,第 213 页。

一查,果然"得之金椟,如之",与隼身所贯楛矢一模一样。① 这段故事主要发生在"仲尼之馆",孔子一番说辞首先便是出自所使之人的转告。

(3) 敬姜

《鲁语下》中还有两则讲述鲁大夫季康子之从祖叔母、公父穆伯之妻、公父文伯之母敬姜的故事,皆可见出其不一般的行事见识,就其发生在私人空间,多可断为源自"说体"。

其一是"露睹父称使鳖长而后食之,敬姜怒文伯",说的是"公父文伯饮南宫敬叔酒,以露睹父为客",睹父因所上鳖小,称"将使鳖长而后食之",辞之遂出。文伯之母闻之,怒曰:"鳖于何有?而使夫人怒也!""遂逐之。"五天后,"鲁大夫辞而复之"。② 发生在家中之事,显然出自知情者的讲述。

其二是"文伯之母论内朝与外朝"。公父文伯之母往季氏家,正碰上季康子在厅堂上朝,与家臣们讨论事情,季康子见从祖叔母来了,自然要跟她打个招呼,她却没有搭理,季康子一直跟着走到寝门,她仍没答应一句,径直走了进去。这让季康子好生纳闷,以为自己有哪里得罪了祖母,连忙提前退朝,去向祖母请罪。"肥也不得闻命,无乃罪乎?"其实他并不是早先有什么得罪,而是他正在上朝就不能与妇人说话,按照礼的规定,公卿以下,公事男人们主于外朝,家事男人们主于内朝,寝门之内才是妇人们能言事的地方。"子将庀季氏之政焉","皆非吾所敢言也"③。你正在内朝言事,我作为妇人怎能开口与你说话呢?敬姜所言,妇人言事当在寝门之内,那么寝门之内的言语显然非史官所当记,所能记。

2. 见于《左传》者

《鲁语》在《国语》中算得上比重较重的部分,分上、下两篇,尽管如此,《左传》所述仍有相当一部分故事不见于《鲁语》。其中有些自文本本身考察可论定其"说体"性质,当有所据之母本。这些故事或偏于宫廷争斗,或偏于家庭冲突,或偏于传奇语怪,大多不具正面教化之义,或许是

---

① 《国语》,上海古籍出版社 1988 年版,第 214—215 页。
② 《国语》,上海古籍出版社 1988 年版,第 202—203 页。
③ 《国语》,上海古籍出版社 1988 年版,第 203—204 页。

《鲁语》不取之缘故。兹按其"说体"迹象偏重，分别辨析如下。

（1）隐私密事不可书记者

"鲁隐公之死"，事见《隐公十一年》。当年鲁惠公元妃孟子死后，"继室以声子，生隐公"。但宋武公生仲子时有文在其手，"曰为鲁夫人"，故仲子归于鲁，做了正夫人，所生桓公自是嫡出，立为太子。刚立不久而惠公薨，"是以隐公立而奉之"，他这是作为长兄奉孤奉幼以即位。十一年后公子翚向隐公提出杀掉桓公，想借此讨好隐公以谋求太宰之位，没想到隐公毫无此意，反而说我现在正打算将君位交还给桓公，并令公子翚"营菟裘"，说"吾将老焉"。这让公子翚十分惊恐，担心自己杀桓公的动议早晚会传到桓公耳朵里。于是，他倒打一耙，回过头来去向桓公诬告隐公，并请求代为杀掉隐公。就这样，隐公在祭祀救命恩人尹氏之主钟巫时，被公子翚派去的贼人所杀。① 该叙事中公子翚两次提出杀君，都属于隐秘对话和举事，只能是出于后来说事者的追述。

"季友立公子般，庆父杀之另立闵公"，事见《庄公三十二年》。此是鲁桓公三子亦即鲁庄公三弟（庆父、叔牙、季友）"废立事"的开篇。事情起因于鲁庄公与孟任私生公子般。当时庄公"筑台，临党氏，见孟任"，"以夫人言"，对方才"许之"，"割臂盟公。生子般焉"。而这公子般又因圉人荦与女公子戏而"鞭之"，这也埋下祸根，用庄公的话说，"不如杀之，是不可鞭。荦有力焉，能投盖于稷门"。接下来，至庄公三十二年，庄公疾，立嗣已是迫在眉睫。"问后"于其二弟叔牙，对曰："庆父材。"庆父乃庄公弟，叔牙兄。问其三弟季友，对曰："臣以死奉般（公子般）。"庄公遂将叔牙所说"庆父材"之言告之。于是季友假托君命命叔牙，使针季鸩之，威胁说："饮此，则有后于鲁国"，"不然，死且无后"。于是叔牙饮下了这杯毒酒，"归，及逵泉而卒"，季友也没有食言，立其后"叔孙氏"。于是庄公卒后公子般即位。然而，当他"次于党氏"时，庆父使当年被他鞭打的圉人荦贼杀之，另立了庄公之子开，即鲁闵公，季友奔陈。② 这段叙事中有太多私下甚至隐秘的对话与行事，诸如庄公私会孟任、公子般鞭圉人荦、庄公

---

① 《春秋左传正义》，见《十三经注疏》，中华书局1980年版，第1737页。
② 《春秋左传正义》，见《十三经注疏》，中华书局1980年版，第1783—1784页。

对儿子说不如杀掉圉人荦、庄公问嗣于二弟、季友鸩杀叔牙等，都不会是史官所记，只能是来自事后的追述与讲说。

"庆父通于哀姜，杀闵公，亦自缢"，事见《闵公元年》《闵公二年》。庄公三十二年，鲁桓公子、庄公弟庆父杀公子般立闵公。然闵公并不依附庆父，刚即位即与齐侯盟于落姑，"请复季友也"。次年，庆父又派卜齮贼杀闵公。卜齮之所以动手，乃是因为"初，（闵）公傅夺卜齮田，（闵）公不禁"。事发后，季友偕同庄公子姬申适邾。待庆父奔莒后，又偕申一起返鲁，立之，是为鲁僖公。"以赂求共仲（庆父）于莒"，莒人归之。行至密，庆父派公子鱼前往季友处请求释罪，没有得到准允，公子鱼"哭而往"。庆父闻之曰："奚斯（公子鱼）之声也。"乃自缢。至此，叙述者交待原委。原来，"闵公，哀姜之娣叔姜之子也，故齐人立之。共仲（庆父）通于哀姜，哀姜欲立之（庆父）。闵公之死也，哀姜与知之，故孙于邾。齐人取而杀之于夷，以其尸归，僖公请而葬之"。① 这段叙事比较粗略，但庆父派卜齮杀闵公、庆父通于哀姜、哀姜欲立庆父、与闻庆父杀闵公、庆父闻公子鱼哭而称"奚斯之声"等，也都属隐秘或私下之事，不可书记，来自追述无疑。

"鲁襄仲杀嫡立庶"，事见《文公十八年》。鲁文公有二妃，"敬嬴生宣公"，"敬嬴嬖而私事襄仲"，及宣公长大后，"而属诸襄仲"，故鲁大夫襄仲欲立之。叔仲反对，襄仲便"见于齐侯而请之"，"齐侯新立，而欲亲鲁，许之"。于是，"仲杀恶及视，而立宣公"，并"以君命召惠伯（叔仲）"，惠伯明知此去凶多吉少，还是没有听从其宰公冉务人的劝止，"乃入"，不幸被"杀而埋之马矢之中"。接下来，出现了夫人姜氏将归于齐"哭而过市"的一幕："夫人姜氏归于齐，大归也。将行，哭而过市，曰：'天乎！仲为不道，杀嫡立庶。'"② 由此可知，敬嬴乃鲁文公二妃中的次妃，敬嬴所生宣公是庶子，被襄仲所杀的太子恶与公子视乃姜氏所生子。值得注意的是关于太子恶与公子视之死，《春秋》只书曰"子卒"，并未提及被杀之事，那么这关于"杀嫡立庶"的种种不可明书的隐秘，属于典型的"说体"

---

① 《春秋左传正义》，见《十三经注疏》，中华书局1980年版，第1786—1787页。
② 《春秋左传正义》，见《十三经注疏》，中华书局1980年版，第1861页。

文本。

"季氏出其君"，事见《昭公二十五年》。鲁季氏与昭公冲突，最终以一国之君逃亡为结局，起因于季平子招怨，与四件事有关。第一件是错杀无辜。当年季平子叔父季公鸟娶齐鲍文子女儿为妻，公鸟死后，季公鸟的弟弟亦即季平子的小叔季公亥与季氏族人公思展、公鸟家臣申夜姑一起掌管季公鸟家事。后来季公鸟遗孀与伙食官饔人檀私通，怕此三人干预和揭发，恶人先告状，故意让婢女打伤自己，然后让鲁大夫秦遄之妻亦即公鸟之妹看伤痕，诬告说公若亦即季公亥想占有自己，自己不答应，他便打伤了自己；接着又向公父穆伯诬告公思展和申夜姑，说他俩要挟自己与季公亥私通。秦姬亦即秦遄之妻将这些事告诉了季平子的弟弟季公之。季公之、公父穆伯又将此事转告给季平子。于是季平子拘禁并欲杀掉公思展和申夜姑，季公亥苦苦哀求，还未等季平子改变主意，季平子的弟弟季公之先行杀掉了两人，季公亥由此与季平子结怨。第二件是斗鸡事件。季平子与郈氏比赛斗鸡，他给鸡头装上铜甲，郈氏给鸡脚装上铁蹄，必是季平子的鸡败下阵来，不然他不会大怒，还拆人家房子，结果引起郈氏怨恨。第三件是多管闲事。臧氏自家兄弟闹矛盾，其中一个跑到季平子这里，另一个来抓人，季平子拘臧氏老。第四件是祭祀用乐舞，鲁昭公这边只有"二八"，原来众舞者都被季氏那边召去，"大夫遂怨平子"。由此，多人"谋去季氏"。首先动议的是季公亥，与谋的对象是昭公之子公为，公为又告之弟公果、公贲。昭公得知后表面上"以戈击之"，实际上并不真火。告臧孙臧孙以为难后，又去告郈孙，子家懿伯强调"且政在焉，其难图也"，他已听不进去。于是，"九月戊戌，伐季氏"。季平子登台而请"待于沂上以察罪"，弗许；"请囚于费"，弗许；"请以五乘亡"，还是弗许。当季氏命悬一线之时，事情发生逆转。当昭公派郈孙前往传召孟懿子时，叔孙氏这边已经听到季氏被困消息。此时叔孙昭子前往阚地还未返回，其司马鬷戾身为家臣，不敢自作主张，遂问众人有季氏和没季氏，对叔孙氏这边来说哪个更有利，"皆曰：'无季氏，是无叔孙氏也。'"于是群起救季氏。孟懿子那边看到叔孙氏这边动静，立即杀掉郈孙氏郈昭伯，也与昭公之徒发生对峙。子家懿伯见势果然不妙，劝昭公将伐季氏推到随从身上，让他们逃跑，昭公假装被胁迫，然后还是留下来，想必季平子不会怎样，说不定从此还会改变一下事君的态度，但"公曰：'余不忍也.'与臧孙如墓谋,遂行"①,最终还是离开了鲁国。这一系列叙事中的情节和细节几乎都发生在家族中,大多属于私下的或隐秘的对话与行事,且多有不同场景描述,显然以出自说事者之口最为适宜。

"臧会称'偻句不余欺'",事见《昭公二十五年》。此前臧昭伯如晋时,从弟臧会窃其宝龟偻句,以卜为信与僭(不信),"僭吉"。待臧氏老将如晋问昭伯起居,臧会请求一同前往。"昭伯问家故,尽对";及问其妻与其母弟叔孙,则故意不对。"再三问,不对"。昭伯返鲁,及郊,臧会迎候。"问,又如初",致使昭伯颇生疑窦。然至鲁后,"次于外而察之",并无任何不轨迹象。臧昭伯因执臧会而将戮之,臧会奔郈,郈邑大夫鲂假使之为掌管货物之贾正。送账簿于季氏时,"臧氏使五人以戈楯伏诸桐汝之间",等他一出来,即群起而追捕他,最终"执诸季氏中门之外"。季平子见状怒,曰:"何故以兵入吾门?"拘臧氏老。"季、臧有恶"。随后即发生了季氏逐鲁昭公事件,臧昭伯随从昭公而去,"平子立臧会"。臧会曰:"偻句不余欺也。"② 此事缘起于臧会偷了臧昭伯宝龟偻句卜的那一卦,竟然说是"僭(不信)吉",于是他就行不轨。宝龟称"僭吉"乃不可告人者,不可能被公开、被记述,所以这原本是一篇地道的"说体"故事。

"阳虎之乱",事见《定公五年》《定公七年》《定公八年》。鲁定公五年季平子卒,季氏宰阳虎欲用玙璠这种鲁国国君才能享用的佩玉规格殡葬,季氏族人仲梁怀表示反对,因为此前鲁昭公亡奔晋国,鲁国由季平子主政,多享有国君特权;此时鲁昭公去世,鲁定公即位,季平子应该改回臣子步履、佩玉。阳虎遂告费宰公山不狃要驱逐仲梁怀,公山不狃开始还持保留意见,后来仲梁怀在陪同季氏新主季桓子至费时表现出大不敬的态度,公山不狃便转而怂恿阳虎"子行之乎"!于是阳虎囚禁进而胁迫季桓子,驱逐仲梁怀、公父文伯等季氏族人,季氏遂完全被阳虎控制。三年后,季桓子之弟季寤等季氏叔氏臣属中的五人各有对主君的不满和觊觎,遂皆寻阳虎做靠山,于是阳虎拟定杀季桓子、废叔氏、孟氏以全面夺位,且将借宴享季桓子于蒲圃之时动手,并下了装备都邑兵车(准备攻孟氏叔氏)之命。孟氏家臣成

---

① 《春秋左传正义》,见《十三经注疏》,中华书局1980年版,第2109—2110页。
② 《春秋左传正义》,见《十三经注疏》,中华书局1980年版,第2110—2111页。

宰公敛处父问"季氏戒都车,何故",孟孙曰"吾弗闻",公敛处父马上意识到"然则乱也","必及于子,先备诸",遂与孟孙先行戒备部署,三百奴仆以筑室为名聚在门外。而阳虎这边,已经驾车劫持季桓子走在前往蒲圃的路上,季桓子说服了御者,御者将车子突然转向驰往孟氏那边。于是孟氏门外发生了阳氏之卒与孟氏之卒的交战,最终阳氏败下阵来。结局是阳虎边歇边走优哉游哉逃离鲁国,因为他知道鲁人巴不得他走人,"何暇追余"?① 这组叙事,其情节也多发生在各个家族,涉及密谋、选择、起事,都更适宜于事后的讲述和解说。

(2) 细节描述不可亲见者

"穆伯从己氏",事见《文公元年》《文公七年》《文公八年》《文公十四年》《文公十五年》,讲述的是鲁大夫孟氏穆伯公孙敖为了一个女人己氏所导致的坎坷经历。文公元年,周内史叔服为鲁僖公丧事而来,"公孙敖闻其能相人也,见其二子焉"。叔服曰:"谷也食子,难也收子。谷也丰下,必有后于鲁国。"预言穆伯将来要仰仗这两个儿子,文伯孟文子(谷)会负责养活,惠叔(难)负责下葬。转眼七年过去,由文伯之母的去世,引发了穆伯与堂弟襄仲争莒女事件。当时莒国之女、穆伯之妻、文伯生母戴己去世,穆伯欲续娶于莒,莒人以戴己之娣、惠叔生母声己辞,穆伯遂为堂弟襄仲娶莒己氏女,但当他"如莒涖盟,且为仲逆。及鄢陵,登城见之"时,"美,自为娶之"。襄仲"请攻之",经叔仲惠伯调解,以双方全都放弃作为了结。然穆伯终究不舍,次年竟"以币奔莒,从己氏焉",放弃了作为孟氏宗主的地位和身份,跑到莒国投奔己氏女而去。鲁人只得立其长子文伯为孟氏宗主。后来穆伯与己氏女"生二子于莒"后而"求复",在其子文伯的争取下,当年与他争己氏女的从弟襄仲同意他返鲁,但不许入朝听命。他在鲁国之家默默待了三年后,终于还是又将全部家当搬去莒国。这时儿子文伯不幸先他病故,临终前曰"谷之子弱,请立难也",将孟氏宗主之位传于弟惠叔。正当在次子惠叔努力下终于又可以返鲁时,即文公十四年,他却"卒于齐",死在了途经的齐地。"告丧,请葬,弗许"。文公十五年,自去年九月至此年夏季,已是数月有馀,穆伯归宿仍未有着落,齐人出主意将灵柩按

---

① 《春秋左传正义》,见《十三经注疏》,中华书局1980年版,第2139、2141、2143页。

礼制等级装饰一番，置于与鲁临界的堂阜，他鲁国没有视之不见、置之不理的道理。果然相邻的鲁国下邑大夫以告，惠叔悲伤毁身、立朝不去以为请，穆伯这才终于得准归葬鲁国，应了"难（惠叔）也收子"这句话。多年独守空房的次妻声己"不视，帷堂而哭"，襄仲"欲勿哭"，经叔孙惠伯劝说才"帅兄弟以哭之"。接下来是预先交待了穆伯与己氏女所生二子的命运。"他年，其二子来，孟献子爱之"。孟献子乃文伯之子仲孙蔑，惠叔去世后又转由文伯之子继立为孟氏宗主，由此传承下去，应了周内史"谷（文伯）也丰下，必有后于鲁国"之言。穆伯与己氏女所生二子辈分高于孟献子，属叔侄关系；但孟献子主事，故二子依附于他，他对二子也厚爱有加。其间却有人故意挑拨称二子要杀掉孟献子，"献子以告季文子"，二子曰："夫子以爱我闻，我以将杀子闻，不亦远于礼乎？远礼不如死。""一人门于句鼆"，"一人门于戾丘"，皆战斗而死。① 这一系列叙事多有情景描述，诸如穆伯带儿子相面、登台见美女、文伯临终传弟、齐人陈穆伯灵柩、声己哭夫、私生二子赴死前对话等，多为家庭之事，非他人所能亲见，其情其景，当是经由追述和讲诵。

"声伯外妹誓施氏"，事见《成公十一年》，讲述的是鲁国女子嫁人的故事，却起因于晋国大夫郤犨的到访。他来到鲁国是为莅盟，因为此前晋人怀疑鲁成公曾欲与楚国交好而扣留了他，成公请求与晋国盟誓才被放归。于是"郤犨来聘"，其间却看中了鲁大夫声伯的外妹。此女乃声伯同母异父之妹，当年声伯之母不属于明媒正娶，遭到妯娌穆姜的鄙视，生下声伯后就被赶出宫门，后来嫁到齐国生下一儿一女，又成了寡妇，只得带着这对儿女回到鲁国投奔声伯，其中的一女就是声伯之外妹，而此外妹已被嫁给了鲁大夫施孝叔。声伯迫于晋国势力，不得不"夺施氏妇以与之（郤犨）"。于是，夫妻间发生了这样一幕：外妹问丈夫："鸟兽犹不失俪，子将若何？"施氏答："吾不能死亡。"在对丈夫极度失望的情况下，女子依从了命运的安排。这个被郤犨带走的女人跟郤犨前往晋国后，女子为他生了两个儿子。不想世事多变，晋国郤氏在权力之争中败阵，遭遇灭族之灾，女子又被晋国遣送回鲁。女子的前夫施孝叔在河对岸迎接，却将女子带来的两个儿子沉到了河里。这

---

① 《春秋左传正义》，见《十三经注疏》，中华书局1980年版，第1836、1846、1854、1855页。

时女子终于忍无可忍,"遂誓施氏",发誓不复为之妇也。① 这段叙事情节曲折,主要涉及家庭、夫妻等私人空间之事,不是他人所能见,更非史官当下载录所能及,是典型的说体结构和题材。

"宣伯叔孙侨如通于穆姜,欲去季孟",事见《成公十六年》。三桓之家中的宣伯叔孙侨如与成公母穆姜私通,欲借其力铲除季孙和孟孙,从而取而代之且吞并两家财产,穆姜则是不遗余力助纣为虐。晋楚鄢陵之战中成公接受晋命前往会同伐郑,临行时,穆姜送成公,而使逐二桓。成公以晋难告,说:"请反而听命。"穆姜怒,见公子偃、公子鉏趋过,指着说:"女不可,是皆君也。"你若不顺我意,这两个任谁都可以取代你的位子。宣伯则先是贿赂晋大夫郤犨,诉成公于晋侯,"晋侯不见公";继而又派人见郤犨譖季孟,晋人因执季文子。然而当郤犨利诱鲁大夫声伯叛季孟时,声伯不为所动,晋大夫范文子则劝栾武子赦季孙,结果宣伯欲借晋国之力去除季孟的打算落空。于是,"冬,十月",鲁"出叔孙侨如而盟之",叔孙侨如奔齐。宣伯出奔齐国后,齐声孟子又欲"通侨如,使立于高、国之间"。叔孙侨如说:"不可以再罪。""奔卫,亦间于卿"。② 这段叙事,宣伯与穆姜私通,穆姜怒斥成公,宣伯贿赂晋郤犨,声伯拒绝叛季孟,齐声孟子欲通宣伯,等等,异时异地,均非史官所能亲见,其具体描摹也应是出于说事者的讲述和解说。

"鲁声伯践梦而卒",事见《成公十七年》。鲁大夫公孙婴齐(谥声伯)三年前"梦涉洹",有人递给自己一把琼瑰,食之,"泣而为琼瑰盈其怀",还从而歌之,曰:"济洹之水,赠我以琼瑰。归乎归乎,琼瑰盈吾怀乎!"因为时俗是人死入葬含珠,以为不祥,"惧不敢占也"。该年冬,声伯从诸侯伐郑归来,"至于狸脤而占之",说我恐死,故不敢占也。"今众繁而从余三年矣",无伤也,三年来无凶事,且从属越来越多,便以为泣而泪珠化为琼瑰之梦为"众繁"之吉兆,因而占之。然而,"言之,之莫(暮)而卒"。③ 这是一段颇具传奇色彩的践梦故事,且梦境描述如此详尽,琼瑰从而歌之的歌词都声声在耳,只能是出自说事者之口的"小说

---

① 《春秋左传正义》,见《十三经注疏》,中华书局 1980 年版,第 1909 页。
② 《春秋左传正义》,见《十三经注疏》,中华书局 1980 年版,第 1919—1920 页。
③ 《春秋左传正义》,见《十三经注疏》,中华书局 1980 年版,第 1921—1922 页。

家言"。

"叔孙豹欺于竖牛",事见《昭公四年》《昭公五年》。叔孙豹即上述欲去季孟的宣伯叔孙侨如之弟,当年他主动离开叔孙氏前往齐国,或许已经预见其兄将酿叔氏之祸。途经庚宗时,"遇妇人,使私为食而宿焉",临别时"告之故",妇人"哭而送之"。至齐后娶国姜为妻,生孟丙、仲任。其间曾"梦天压己,弗胜",回头看到一人,"黑而上偻,深目而豭喙",自己忍不住大喊:"牛!助余!"得此人相助,"乃胜之"。后来叔孙侨如事发奔齐,叔孙豹被召回即叔氏之位,丢下在齐的妻、子"不告而归"。即位为叔氏宗主时,"所宿庚宗之妇人献以雉",并称"余子长矣,能奉雉而从我矣",待领进来一看,叔孙豹脱口而喊"牛",那孩子应声曰"唯"。不用说,这就是梦中助他一臂之力的那"牛"了,原来是其私生子。于是"使为竖。有宠,长使为政"。而在齐国的那位国姜,因他不告而别又杳无音讯被好友公孙明娶了去,叔孙豹因此迁怒于两个儿子,待他们长大后才召回鲁国。当叔孙豹年老病衰之时,竖牛开始施行潜弟害父以固位的计划。叔孙为孟丙铸钟恰恰成了契机。因为竖牛受专宠,导致孟丙、仲任两兄弟无论何事都要通过竖牛向父亲转达,铸钟完成后,孟丙通过竖牛向父亲"请日",竖牛谎告日子,且趁钟声闻于叔孙时,称孟丙有齐国母亲那边的客人,激怒叔孙后,便使人将孟丙诛杀于外。下一个是仲任。得到鲁公赏赐的玉环后,仲任通过竖牛拿去给父亲看,竖牛并未呈上,却谎命让仲任佩之,然后故意对叔孙说仲任已经自见鲁公并佩所赐之玉,导致仲任被父驱逐奔齐。这下,叔孙已成孤家寡人,"疾急,命召仲,牛许而不召";竖牛还对外称"夫子疾病,不欲见人";进膳,"使置馈于个而退""置虚命彻"。"癸丑,叔孙不食";"乙卯,卒"。就这样,叔孙最后被活活饿死。接下来,竖牛率人将奔丧的仲任射杀而死,拥立叔孙庶子叔仲昭子而相之。昭子不知其父被竖牛饿死,却知仲任死于竖牛之手。于是即位时"朝其家众",说"竖牛祸叔孙氏","杀適(嫡子仲任)立庶","罪莫大焉","必速杀之"!"竖牛惧,奔齐"。孟丙、仲任之子杀竖牛于塞关之外,"投其首于宁风之棘上"。这一系列叙事,也有太多不可能为史官记录在案的情节和细节,诸如叔孙豹的路遇妇人,梦牛助己,竖牛的欺上瞒下,等等,显然出于后来的追述。即以叔孙被饿死情节而论,此事昭子分明不知,叙事中却历历在目,就是后来才被讲述出来的明证。还有,讲述者于结尾处倒叙了一段占筮之事,说是叔孙豹刚刚出生时,其父庄叔用《周易》给他算卦,"遇《明夷》之《谦》",以示卜楚丘。楚丘说:"是将行,而归为子祀"。还会"以谗人入,其名曰牛","卒以馁死"。且头头是道地分析卦象爻辞,里面有"三日不食",还有"主人有言",言必谗,还有下卦为"离"卦,"纯离为牛"云云。① 应该说,这更应是出现在讲故事者口中的情节了。

"叔孙昭子如晋被执",事见《昭公二十三年》。鲁伐邾,邾人向晋告状,晋人来讨,叔孙昭子因此"如晋","晋人执之"。晋人让叔孙昭子与邾大夫并排坐,叔孙说"列国之卿当小国之君",固周制也。邾一个小国,还是夷地,您还是让相当的人与他们一起坐吧,"乃不果坐"。后来使"各居一馆"。其后先归邾子,"馆叔孙于箕"。这时"范献子求货于叔孙",假称"使请冠焉",叔孙便"取其冠法而与之两冠",说"尽矣",都在这里了。申丰以货如晋打算贿赂晋,叔孙说你先见我,"吾告女所行货",但"见而不出",扣住了申丰。吏人中有"请其吠狗"者,"弗与"。"及将归,杀而与之食之"。② 转年至昭公二十四年,叔孙才"受礼而归"。这篇叙事对于发生在异地诸琐事描摹如此细腻逼真,当出自事后传诵和转述。

"为昭公请,宋元公道卒,叔孙昭子无疾终",事见《昭公二十五年》《昭公二十六年》。昭公二十五年,鲁国发生"季氏出其君"("三桓攻昭公")事件,昭公奔齐。事发时尚在阚地的叔孙昭子赶回后"见平子","平子稽颡",说:"子若我何?"昭子说:"人谁不死?子以逐君成名,子孙不忘,不亦伤乎?将若子何?"季平子请求叔孙从中斡旋,说:"苟使意如得改事君,所谓生死而肉骨也。"于是叔孙昭子到齐国去见昭公,子家子严密把守,下令凡至昭公住所者一律"执之"。叔孙与昭公"言于幄内",承诺说"将安众而纳公"。昭公之徒将杀叔孙,"伏诸道",左师展前来通报,昭公使叔孙从旁道返回。然而回到鲁国后"平子有异志",改了主意,不再想纳君事君。就这样,"冬,十月辛酉,昭子齐于其寝,使祝宗祈死。戊辰,卒"。另外宋元公那边,将"如晋"为昭公求助,临行前却"梦太子栾即位

---

① 《春秋左传正义》,见《十三经注疏》,中华书局1980年版,第2036—2037、2040页。
② 《春秋左传正义》,见《十三经注疏》,中华书局1980年版,第2101页。

于庙,已与平公服而相之",担心一去会有什么变故,第二天一早即"召六卿"交待一番,之后"遂行"。"己亥,卒于曲棘",死在了前往晋国的路途中。转年到了昭公二十六年,"夏,齐侯将纳公,命无受鲁货",不要因接受鲁国季氏那边的贿赂阻挠助昭公返鲁之事。这时季氏臣申丰和女贾将币锦二匹卷成一卷,"适齐师",对齐大夫子犹家臣高龁说,"能货子犹,为高氏后,粟五千庾"。于是高龁"以锦示子犹",子犹有些心动。高龁进而说,"鲁人买之,百两一布。以道之不通,先入币财",意思是将来还会有更多。"子犹受之"。接下来便去见齐侯,言于齐侯曰:"群臣不尽力于鲁君者,非不能事君也。然据有异焉。宋元公为鲁君如晋,卒于曲棘;叔孙昭子求纳其君,无疾而死。不知天之弃鲁邪,抑鲁君有罪于鬼神故及此也?君若待于(曲)棘,使群臣从鲁君以卜焉。若可,师有济也,君而继之,兹无敌矣。若其无成,君无辱焉"。"齐侯从之"。① 就这样,助昭公返鲁之事实际上已经不了了之。这段叙事,叔孙昭子见季平子,见鲁昭公,返鲁后自己关其门来"祈死";宋元公之梦;申丰与女贾贿赂高龁;高龁以锦见子犹;子犹劝齐侯等等,皆属当事者之外旁人不可亲见者,叙述描摹却如此细致入微,无疑是事后"说事者"的追述与讲诵。

"昭公黜公为,以公衍为太子",事见《昭公二十九年》。鲁昭公于二十五年离开鲁国,二十九年客居晋乾侯。随从出奔的儿子公衍主动将他所赐羔裘送给齐侯,致使齐侯赠之阳谷。昭公对公衍十分满意,于是牵出多年前公为母、公衍母两位夫人报告生子的一段往事。当时公衍、公为将要出生时,他们的母亲"偕出"待产。公衍先出生。公为之母相约曰:"相与偕出,请相与偕告。"三天后,公为出生,但其母却"先以告",于是公为成了兄长。此时昭公欣喜得了阳谷,又思于鲁,于是说让我出奔都是公为惹的祸,"且后生而为兄,其诬也久矣"。于是"乃黜之,而以公衍为太子"(昭公于三十二年死于乾侯,鲁立昭公之弟公子宋为君,是为鲁定公)。② 这段叙事中的主要情节发生在昭公客居之时,且牵出的公为母先报生子之事更是属于不为人知者,只能是本于后来说事者的讲说。

---

① 《春秋左传正义》,见《十三经注疏》,中华书局1980年版,第2110、2113页。
② 《春秋左传正义》,见《十三经注疏》,中华书局1980年版,第2122页。

"阳虎囚齐逃宋奔晋",事见《定公九年》。定公八年鲁季氏家宰阳虎为乱未果,"入于讙、阳关以叛"。该年"出奔齐"。"请师以伐鲁","齐侯将许之"。鲍文子劝阻之,因为鲁当今"上下犹和,众庶犹睦","未可取也"。他阳虎"有宠于季氏,而将杀季孙以不利鲁国",如此"亲富不亲仁","君焉用之"?于是"齐侯执阳虎"。原本"将东之",闻"阳虎愿东","乃囚诸西鄙"。阳虎"尽借邑人之车,锲其轴,麻约而归之",为的即是等自己逃跑时他们的车子会中途断轴。就这样,他将自己藏在装载衣物的"葱灵"车子中出逃。齐人"追而得之,囚于齐"。后来"又以葱灵逃","奔宋,遂奔晋,适赵氏"。① 这段叙事中的情节发生在齐国,描述却如此具体,无疑出自事后的追述和描绘。

（3）对话说辞未及亲闻者

"宋大水,鲁人吊之",或者说"鲁臧文仲称宋公子御说宜为君",事见《庄公十一年》《庄公十二年》。宋大水,鲁庄公使臧文仲往吊,宋闵公对曰:"孤实不敬,天降之灾。"臧文仲曰"宋其兴乎",因为"禹、汤罪己,其兴也悖（勃）焉","桀、纣罪人,其亡也忽焉"。既而闻之曰"公子御说之辞"。臧文仲说"是宜为君,有恤民之心"。果然,第二年宋南宫万弑杀闵公,宋杀南宫万,立公子御说,是为宋桓公。② 这段叙事的重心是鲁国臧文仲听闻"罪己"之言后对宋国谁宜为君的判断,鲁史不必记,宋史无从记,因此这只能是讲说者的转述。其实,"罪己"的一番说辞原来是公子御说教宋闵公说的这事,臧文仲也是听人说的,因为是"既而闻之曰"。

"鲁御叔肆言受罚",事见《襄公二十二年》。这年春天,臧武仲如晋,遇雨,"过御叔"。御叔正在其邑将要饮酒,打趣武仲说:"焉用圣人?""我将饮酒而已。雨行,何以圣为?"当个有本事的人有什么好,下雨天还得辛苦走路。穆叔听说后,说这人"不可使也,而傲使人","国之蠹也"。"令倍其赋"。③ 御叔随便一句打趣话却使他多交了一倍的赋税。这段对话乃是发生在御叔家中,史官无从记,当首先出自臧武仲的复述,说事者再据转述传闻以说之。

---

① 《春秋左传正义》,见《十三经注疏》,中华书局1980年版,第2144页。
② 《春秋左传正义》,见《十三经注疏》,中华书局1980年版,第1770页。
③ 《春秋左传正义》,见《十三经注疏》,中华书局1980年版,第1974页。

"鲁季氏立幼，臧纥获'犯门斩关'罪"，事见《襄公二十三年》。鲁季武子无嫡子，公鉏年长，季武子却爱公鉏弟悼子，欲立之。访于申丰说"欲择才焉而立之"，申丰说"其然"，我将"具敝车而行"，乃止。访于臧纥，臧纥说"饮我酒，吾为子立之"。于是季氏饮大夫酒，臧纥为客。既献，命北面重席，"召悼子，降逆之"；及行酒，"召公鉏，使与之齿（视同一般宾客）"。"季孙失色"。事后，公鉏始"慍而不出"，经闵子马劝戒，才"恪居官次"。季孙很高兴，"使饮己酒，而以具往"，"尽舍旃"。故公鉏氏富。孟氏之御驺丰点与孟庄子庶子孟羯相善，遂对公鉏说："苟立羯，请雠臧氏。"及孟孙卒，公鉏奉孟羯立于户外。季孙至，问"秩（嫡嗣）焉在？"公鉏回答孟羯在此，季孙说"孺子长"，公鉏反唇相讥，"何长之有？唯其才也"，遂立孟羯。于是孟羯潜告于季孙称"臧氏将为乱"，季孙怒，命攻臧氏。"臧纥斩鹿门之关以出奔邾"，又奔齐。随从说，鲁国那边"其盟我乎"，臧孙说"无辞"，他们找不到我的茬。鲁国将盟臧氏，季孙召外史中掌"恶臣"这一项的史官"问盟首"（盟诅先例），说"盟东门氏也"，季孙说他没有像东门"遂不听公命，杀适（嫡）立庶"；说"盟叔孙氏也"，"或如叔孙侨如欲废国常"，"荡覆公室"，季孙说："臧孙之罪皆不及此。"一旁的孟椒忽然想到："盍以其犯门斩关？"季孙一听这个不错，用之，乃盟臧氏，曰："毋或如臧孙纥……犯门斩关！"臧纥闻之曰"国有人焉"，"谁居？其孟椒乎"!① 这家伙还真有才！这一系列叙事多有富于戏剧性的场面和情节，不乏私下密谈和交易，还有臧纥在异地的"闻之曰"，显然也是一篇绘声绘色的"为说者"之言。而其中尤以私下、异地说辞史官未及亲闻不可书记为其"说体"迹象之偏重。

"臧纥讥齐为鼠智以辞田"，事见《襄公二十三年》。鲁臧孙纥因助季氏废长立幼得罪所废，终被攻，奔齐。齐侯将送给臧纥田产。臧孙听说后，前去拜见齐侯。齐侯与之言伐晋，臧孙故意回答说："多则多矣，抑君似鼠。"齐侯您就像个老鼠。"夫鼠，昼伏夜动"，"畏人故也"。"今君闻晋之乱"而后作焉，"非鼠如何"？齐侯"乃弗与田"。② 臧孙纥不愿接受齐侯赠田

---

① 《春秋左传正义》，见《十三经注疏》，中华书局 1980 年版，第 1977—1978 页。
② 《春秋左传正义》，见《十三经注疏》，中华书局 1980 年版，第 1978 页。

（应是怕再惹事端，吃一堑长一智）又不好明说，就骂人家像老鼠，也是个人才。不过这个事不可能被鲁史记下来（发生在齐国），也不会被齐史记下来（齐侯被骂），只能是说事者作为趣事说出来。

"季桓子妻南氏所生男被杀"，事见《哀公三年》。季桓子病重将终，被其称作"南孺子"的夫人腹中尚不知是男是女，于是嘱托心腹宠臣名"正常"者切勿随死，还得仰仗他完成季氏继立之事，南氏若生男，务必告于朝而立之；南氏若生女，那么立肥（季康子）也可以。接下来便是未等南氏生子，季桓子已卒，季康子即位。就在刚刚行完葬礼之时，桓子臣正常来报，南氏生男，"夫子有遗言，命其圉臣曰：'南氏生男，则以告于君与大夫而立之。'今生矣，男也，敢告"。说完便逃奔卫国而去。"康子请退"。待哀公派人去看个究竟，"则或杀之矣"。就这篇叙事的本事而言，由季桓子称"女也，则肥也可"的说辞，可知季康子应该不是季桓子当然得立之嫡子；季桓子只等南孺子腹中之子，则南孺子要么是季桓子正妻，只是此前一直未生男；要么是季桓子宠妃。不幸的是，腹中子刚刚来世即又离去。叙事只称"乃讨之"，即诛杀了杀婴者，但杀婴究竟为谁所使，却成了历史之谜。[①] 关于季孙的临终嘱托，其心腹正常跑到朝廷上只是报告"生男"而"立之"，其他交心之语并不会全盘托出，这整个事件的前后经过特别是私下对话，只应是由说事者转述追述。

（三）晋国之事

1. 见于《国语》者

晋国之事，无论是在《国语》还是在《左传》中都属于记述最多的部分，两者互见者也极多，尽管如此，《国语》中仍有不少不见于《左传》者。综合考察，会发现它们大多也属于援用说体故事，可能主要因为多为人物个体独特的举事作为、见解和表现，且多以正面教义为旨归，才特别出现在《国语》中。兹就其"说体"迹象列举辨析如下。

"郤叔虎助献公伐翟柤"，事见《晋语一》。晋献公田猎经过翟柤之地，回来后就难以入寝，郤叔虎看出其心思，且也认为翟柤国多行不道，当下正

[①] 《春秋左传正义》，见《十三经注疏》，中华书局1980年版，第2158页。

是攻打的最好时机。但他并没有直接向献公献计攻打翟柤，而是将此想法告之士蒍，让士蒍去向献公提出建议，于是有了这场伐翟柤之役。不过，郤叔虎并没有真的冷眼旁观，而是身先士卒，身为主政者，竟然亲披战袍，率先登城，身被箭射也在所不辞，于是一举攻下翟柤。其间其徒劝他放弃登城，他说："既无老谋，而又无壮事，何以事君？"① 按说这次攻打翟柤的"老谋"就是他出的，只不过他将其转让士蒍，然后自己再来行"壮事"。或许他是想全力促成拿下翟柤之事，而又不想太过张扬。这段叙事，郤叔虎是暗中做好事，并没有让献公知道攻打翟柤是他的主意，与其徒对话表明心思，也是两人私下展开，那么这整个事件的原委就不可能是当时所书，必定是后来被人传诵出来。

"郑叔詹据鼎耳而疾号"，事见《晋语四》。当年晋公子重耳流亡，郑伯曾经对其无礼，叔詹力劝郑伯礼待，不然一旦重耳返国，必得志于诸侯，郑国必定遭殃。郑伯不听，叔詹只好主张那就不如杀掉，免得日后麻烦。郑伯也未听从（详见《晋语四·郑文公不礼重耳》）。重耳也许没有听闻叔詹曾劝郑伯礼遇，却分明得知了他劝郑伯杀掉自己之事，当下已经成为晋文公的他攻打郑国，便以得到叔詹作为停战条件。詹请往，郑伯弗许，叔詹固请，说既然以我一臣之命"可以赦百姓而定社稷"，君王您"何爱于臣"。当然，在"晋人将烹之"之时，他也得把话说明白，说当年我曾劝郑伯礼待你，现在果如我所说，这证明我还算聪明（知），眼下我以一命抵郑国之难，这说明我忠心为国（忠）。接下来，正当他要被投进鼎中"就烹"之时，他抓着鼎耳大喊"自今以往，知忠以事君者，与詹同"，文公马上感到大事不好，"知、忠"以事君者若都像叔詹一样得个被烹下场，他文公哪还能有"知、忠"之臣？"乃命弗杀，厚为之礼而归之"。② 叔詹劝郑伯或礼或杀本属私下密谈，叔詹请行又发生在异地郑国，这篇叙事明处暗处郑国晋国都被描述得栩栩如生，显然不是书体而是说体。

"范武子杖文子"，事见《晋语五》。范文子暮退于朝，等在家中的范武子问"何暮也"，儿子得意回答说，"有秦客廋辞于朝"，大夫没一个能对答

---

① 《国语》，上海古籍出版社1988年版，第266—267页。
② 《国语》，上海古籍出版社1988年版，第380页。

的，我却"知三焉"！范武子发怒道，"大夫非不能也，让父兄也"，你一个童子，却"三掩人于朝"，若我以后不在了，你"亡无日矣"。"击之以杖，折委笄"。① 这件事发生在范武子居所中，且是教训儿子的私家事，故非"书体"而是"说体"，自是毋庸置疑。

"辛俞不听命，从栾氏出奔"，事见《晋语八》。晋执政范宣子逐栾盈，详见《左传·襄公二十一年》。这里所述是执政下令栾氏之臣不许追随栾盈离境，违命者斩。辛俞作为栾氏之臣偏偏执意要从栾氏出奔，因此"吏执之，献诸公"。晋君问"国有大令，何故犯之"，这辛俞不但毫无惧色，还振振有辞，你们说"无从栾氏而从君"，我家祖孙三代"隶于栾氏"，栾氏就是我的君，怎敢不从君？"公说，固止之，不可，厚赂之"，他更有辞，既已说了要从君，若因赏赐改前言，何以事君？"君知其不可得也，乃遣之"。② 辛俞有胆有识还善辩，着实让人叹服。这里毕竟他是不从命，即便在朝上，其言辞当亦不在史官所记范围内。因此，其巧辩，包括巧辩的前因和后果，只能是后来说事者的描述和复述。

"叔向谏杀竖襄"，事见《晋语八》。晋平公自己射鴳不死，让鴳飞去，却要杀死那个没有替他抓住鴳的小臣竖襄，叔向知晓后赶来故意劝平公"必速杀之"，免得使你射鴳不死的事情传播张扬出去。平公听出话里有话，杀掉竖襄，岂不是要招人都来议论他这射鴳不死的窝囊事？结果是，"君忸怩，乃趣赦之"。③ 此事晋平公分明不想弄得人知道，才接受叔向的正话反说不杀竖襄，自然不会让史官记下这番话。出自事后传闻无疑。

"董叔欲为系援"，事见《晋语九》。董叔不听叔向劝阻，要娶晋执政大臣范宣子的女儿为妻，图的是找个靠山有个"系援"，后来被这娇妻向她兄告了一状，结果被绑在庭院中的树干上，只好请正好路过的叔向去求个情，叔向可没忘了他说过的"欲为系援"这个话，眼下还真的被"系援"了，于是打趣道："求系，既系矣"；"求援，既援矣"。你想得到的都得了，"又何请焉"？④ 此事发生在董叔家的庭院中，没有史官记其言，亦应是事后被

---

① 《国语》，上海古籍出版社1988年版，第401页。
② 《国语》，上海古籍出版社1988年版，第451—452页。
③ 《国语》，上海古籍出版社1988年版，第461—462页。
④ 《国语》，上海古籍出版社1988年版，第487页。

传出。

"邮无正谏赵简子无杀尹铎",事见《晋语九》。赵简子使尹铎为他打理晋阳,说"必堕其垒培,吾将往焉",不想见到那些"垒培"。晋阳乃赵简子采邑,此前荀寅、范吉射与赵氏发生激烈冲突,曾全力包围晋阳,失败后逃亡他国。这是赵简子不愿想起的一段往事。眼下赵简子要回老家看看,才命尹铎先去打理,主要就是想除掉当年所建的"垒培",免得想起不快事。尹铎非但没有照办,反而增土,还加固了壁垒。"简子如晋阳,见垒,怒曰:'必杀铎也而后入。'"这时进来个邮无正,他将尹铎的话转告说,"思乐而喜,思难而惧","委土可以为师保,吾何为不增?"赵简子幡然醒悟,原来尹铎这是故意加高壁垒以给警示,于是反而赏赐了他。不知邮无正转述尹铎那番话真的是尹铎所说还是邮无正自己所编派(后者可能性更大),反正尹铎这么做的确是故意为之,的确就是这番话。其实邮无正与尹铎结过怨(所以他俩此前没碰过面,所以那番话更有可能是邮无正所编派),于是尹铎将所得赏赐送去给邮无正以表答谢,邮无正却说,"吾为主图,非为子也。怨若怨焉",咱们有仇依旧![①] 这段叙事中的几番对话,或发生在途中,或发生在家中,均非史官所能记,自当出自说事者。

"史黯谏赵简子田于蝼",事见《晋语九》。"赵简子田于蝼",这蝼地乃是晋侯之苑囿。史黯听说后,"以犬待于门"。赵简子见状问"何为",回答是"有所得犬,欲试之兹囿",想到里面试试新得犬的腿脚灵便不灵便。简子问"何为不告",怎么不提前说一声,史黯说"君行臣不从,不顺",你为君的都这么做,我为臣的怎能不仿效?您到晋侯之囿这里来都没报告田官,我怎敢事先说?结果就是"简子乃还"。[②] 这件事发生在晋侯苑囿门口,并非朝廷,且史黯都是正话反说,也不便书载。说起来,史黯自己就是史,但史只书"君举",不书己事。因此,这是别人在说史官巧妙进谏的故事。

"赵襄子亡走晋阳",事见《晋语九》。赵襄子因不献地给知伯而招来围攻,奔命途中,于是有了该逃到哪里的考量。随从们说,"长子近,且城厚完",襄子说恰恰因为其"城厚完"才不敢去,民已经"罢力以完之",

---

① 《国语》,上海古籍出版社1988年版,第491页。
② 《国语》,上海古籍出版社1988年版,第496页。

"其谁与我?"从者们又说,"邯郸之仓库实",襄子说这里也不行,"浚民之膏泽以实之","其谁与我?"想来想去,襄子说还是去晋阳吧,这里是"先主之所属",而且还是"尹铎之所宽","民必和矣"。"乃走晋阳"。不出所料,晋师围之一年有馀,且"灌之",但"沈灶产蛙,民无叛意"。① 关于"先主之所属""尹铎之所宽",事亦见《晋语九》:"赵简子使尹铎为晋阳。请曰:'以为茧丝乎?抑为保鄣乎?'简子曰:'保鄣哉!'尹铎损其户数。简子诫襄子曰:'晋国有难,而无以尹铎为少,无以晋阳为远,必以为归。'"② 这两段叙事,赵襄子一条其对话是在逃亡路上,赵简子一条是对儿子的私下叮嘱,都不可能为史官所载记,因此都应该是事后的传诵与讲说。

2. 见于《左传》者

晋国之事同见于《国语》和《左传》者已经很多,尽管如此,《左传》中仍述有大量不见于《国语》者,稍加辨析不难判定亦多属于援用说体。它们或关涉两国或多国,非《国语》一"语"能涵盖;或偏于宫斗家争,非以教义为主旨;这或许是《国语·晋语》不取之缘故。兹按"说体"迹象偏重分别列举辨析如下。

(1) 隐私密事不可书记者

"范宣子逐栾魇之子栾盈",事见《襄公二十一年》。栾氏与范氏结怨始于七年前栾魇逼士匄(范宣子)逐士鞅(范献子)。当时诸侯之大夫"从晋侯伐秦",出师不利,荀偃命令"鸡鸣而驾,塞井夷灶","唯余马首是瞻",栾魇却说晋国之命"未是有也,余马首欲东",率师返回。栾魇之弟栾鍼感觉无功而返乃"晋之耻也",遂"与士鞅驰秦师",不幸"死之",士鞅则保命而返。栾魇怒谓士鞅之父士匄曰"余弟不欲往,而子召之","余弟死,而子来",我弟就是你子所杀,"弗逐,余亦将杀之"。因此"士鞅奔秦"。不久秦又"为之请于晋而复之"。此时又变成范宣子逐栾魇之子栾盈,酿此事端的原因除当年士鞅曾被栾魇逼走外,还有其他错综关系。栾魇之妻乃范宣子之女,栾魇竟是士鞅姐夫。因当年姐夫逼自己出走,士鞅遂迁怒于姐姐姐夫的儿子、自己的外甥栾盈,两人同为公族大夫而不共处。偏偏此时栾魇

---

① 《国语》,上海古籍出版社1988年版,第504—505页。
② 《国语》,上海古籍出版社1988年版,第490—491页。

已死，其妻栾祁（范氏本祁姓）与总管私通，家财尽失，怕儿子治罪，于是向父亲范宣子告自己儿子栾盈黑状，说他"将为乱"，范鞅正好从中作证，范宣子又早就忌讳"怀子（栾盈）好施，士多归之"，"遂逐之"。"秋，栾盈出奔楚"。① 这篇叙事有多种"说体"迹象，包括情景场面细节描述、私下对话，而犹以隐私密谋为其明征。

"赵鞅与范、中行氏之争"，事见《定公十三年》《定公十四年》。冲突始于赵氏自家赵鞅冤杀邯郸午。此前赵鞅曾将卫人所贡五百家置之邯郸，这回要求邯郸大夫赵午将其迁入自家封邑晋阳，赵午痛快应允，并未多想；但回去对父兄一说，事情并不如此简单。有这卫贡五百家，卫人会对邯郸多些照应，无端将其迁走，会导致卫人不满，不如制造个理由，比如伐齐，齐来报复进犯，再迁不迟。赵午依此办理，却没有与赵鞅沟通。赵鞅对赵午竟然迟迟才将五百家归晋阳十分恼火，又见其从属拒不听命，索性将赵午杀掉，遂导致赵午子赵稷、从臣涉宾"以邯郸叛"；而赵午舅氏中行荀寅、荀寅姻亲范吉射则"不与围邯郸，将作乱"。赵鞅臣董安于"闻之"，劝赵鞅"先备诸"，赵鞅说"晋国有命，始祸者死，为后可也"，董安于说"与其害于民，宁我独死。请以我说"，"赵孟不可"。结果范氏中行氏联合包围赵氏之宫，赵鞅奔晋阳。其后事情发生逆转来自于范氏、中行氏的死对头。一个是范皋夷，"无宠于范吉射"，而欲"为乱于范氏"；另两个是梁婴父和知文子，梁婴父嬖于知文子（荀砾），知文子欲让他取代荀寅以为卿；还有两个是韩简子和魏襄子，前者与中行文子（荀寅）相恶，后者与范昭子（士吉射）相恶。于是荀砾言于晋侯，说大臣有乱，当同罪共伐，"而独逐鞅，刑已不钧矣"，"请皆逐之"，于是这些人一起"奉公以伐范氏、中行氏"。范、中行氏亡奔朝歌，韩氏、魏氏"以赵氏为请"，"赵鞅入于绛，盟于公宫"。然赵鞅这边终究损失了董安于。因为"梁婴父恶董安于"，遂劝知文子："不杀安于，使终为政于赵氏，赵氏必得晋国，盍以其先发难也讨于赵氏？"知文子果以"范、中行氏虽信为乱，安于则发之，是安于与谋乱"为辞，"赵孟（鞅）患之"，董安于打消其疑虑，曰："我死而晋国宁，赵氏定，将焉用生？人谁不死？吾死莫矣。"乃缢而死。赵鞅"尸诸市"，而告于知氏

---

① 《春秋左传正义》，见《十三经注疏》，中华书局1980年版，第1971页。

曰："主命戮罪人安于，既伏其罪矣，敢以告。""知伯从赵孟盟，而后赵氏定"。赵鞅"祀安于于庙"。① 这段叙事中有多处隐私密谋，均非史官所能及，出自事后追述和讲诵无疑。

"晋归楚囚求知罃，知罃善视郑贾人"，事见《成公三年》。邲之战，楚人囚晋大夫知罃，其父知庄子冲入楚师力获楚一尸一俘以备救子。现在，晋人"归楚公子谷臣与连尹襄老之尸于楚"，以求知罃。而知庄子此时已为中军佐，故楚人许之。此前，有一郑贾人曾打算将知罃"置诸褚中以出"，帮他逃命。"既谋之，未行"，而楚人归之。其后郑贾人如晋，知罃"善视之，如实出己"。贾人说："吾无其功，敢有其实乎？"且我不过是个卑微之人，"不可以厚诬君子"，"遂适齐"。② 这段叙事，郑贾人欲帮知罃是在暗中且没有实际发生，楚史、晋史都无从记载。所以，这必定是援自说事者据事后追述所说的说事之辞。

"晋讨赵同赵括，韩厥举赵氏孤儿"，事见《成公四年》《成公五年》《成公八年》。晋大夫赵盾之子赵朔死后，其叔父赵婴（赵盾同父异母弟）与其妻赵庄姬（晋成公之女）私通，赵婴同母兄弟赵同、赵括将放赵婴于齐，赵婴逃亡，赵庄姬怀恨在心，谮二人于晋侯，称"将为乱"，与赵氏有嫌隙的栾氏、郤氏又从中作证，因此"晋讨赵同、赵括"。赵朔之子赵武随赵庄姬养于公宫，免于难。后经韩厥劝谏，晋侯乃立赵武为赵氏宗，"反其田矣"，赵氏得以不灭。③ 这几段叙事的情节中，有私通，有诬告，有做假证，都非当时可以摆在桌面上的内容，也尚未揭开事实真相（不然就不会发生因假象导致的故事），所以皆非史官所能明载和确载。它们都是事后知情人的"爆料"和说事者的转述和讲述（《史记·赵世家》有详述，与此差异极大，详后）。

（2）细节描述不可亲见者

"穆嬴啼于朝，赵盾立灵公"，事见《文公六年》《文公七年》，是少见的太子母争立成功例，但又以公子之杀、之逐为代价。晋襄公卒时，灵公少，"晋人以难故，欲立长君"。赵盾原本要立居秦的公子雍，因此派人杀

---

① 《春秋左传正义》，见《十三经注疏》，中华书局1980年版，第2150—2151页。
② 《春秋左传正义》，见《十三经注疏》，中华书局1980年版，第1901页。
③ 《春秋左传正义》，见《十三经注疏》，中华书局1980年版，第1901、1904—1905页。

掉了贾季执意要立的居陈的公子乐,"使先蔑、士会如秦逆公子雍"。没想到穆嬴天天抱着太子"以啼于朝",说"其嗣亦何罪"?"舍适(適)嗣不立而外求君","将焉置此"?出朝,则抱着太子"以适赵氏","顿首于宣子",这抱着的虽说小,但他名正言顺是太子,且先君明明嘱托过。赵盾终于没有招架住,无奈改变主意,"乃背先蔑而立灵公",发兵阻挠送公子雍回国的秦徒卫,"戊子,败秦师于令狐"。先蔑和士会也因此得罪,不得已奔秦。当时先蔑领命出使之前,荀林父曾劝阻,说"夫人、太子犹在",而外求君,此必不行。"子以疾辞,若何?"士蔑不听;"为赋《板》之三章,又弗听",结果不出荀林父所料,遭此下场。^① 这段叙事,穆姬抱太子朝中啼哭之情景生动逼真,如在目前,却不是史官记事笔法;下朝后穆姬在赵盾家里顿首投足,更不是史官所能见。还有荀林父私下劝士蔑,诸如此类,亦复不少。总之这是一篇绘声绘色的说事之辞。

"晋使魏寿余诱士会",事见《文公十三年》。文公七年,晋大夫士会因奉命随先蔑赴秦迎立太子雍无辜得罪,无奈随先蔑奔秦。至此文公十三年,一晃过了六年后,"晋人患秦之用士会也","六卿相见于诸浮"。赵宣子说,"随会(士会)在秦,贾季在狄",对晋会造成很大威胁,"若之何"?荀林父建议"复贾季",郤成子说"不如随会"。于是晋乃使魏寿余"伪以魏叛者",以诱士会。"执其帑于晋","使夜逸"。魏寿余奔秦后"履士会之足于朝",暗示自己此番来秦的意图,两人自是心照不宣。于是当秦伯师于河西、将取河东之魏之时,魏寿余说,"请东人之能与夫二三有司言者","吾与之先",希望派士会做自己的援手。当秦伯命士会出战之时,士会有心讨要盟誓以保返晋后家人得全,秦伯说"若背其言","所不归尔帑者,有如河"!这一切都被秦大夫绕朝看在眼里。临出征时绕朝"赠之以策",说"子无谓秦无人,吾谋适不用也",意谓别以为秦朝无人,我已看出你们的把戏,只不过他们不相信我罢了。"既济,魏人噪而还"。^② 秦人最终还是守约归还了士会的家小。这篇叙事,单凭寿余跑到秦国那边"履士会之足于朝"的细节这一点,就可断定这是后来出自说事者之口的描述和讲说。

---

① 《春秋左传正义》,见《十三经注疏》,中华书局1980年版,第1844—1845页。
② 《春秋左传正义》,见《十三经注疏》,中华书局1980年版,第1852页。

"邲之战，楚三人致师，晋二人请使"，事见《宣公十二年》。楚围郑，晋师来救，招致晋楚对垒。几经回合，楚已求成，晋人这边也终于打算偃旗息鼓，两边定下盟会之期。但楚师一方节外生枝，许伯、乐伯、摄叔三个人驾着车子跑到晋师这边来挑衅，不但射马又射人，还射了一头麋鹿送给追击的晋人，由此脱身。三人致师刚还，晋国这边又有魏锜、赵旃两人请求使楚，其实一个原本是要"请致师"，一个是要"请挑战"，不被允许才改为"请使"和"请召盟"。两人一个"求公族未得""欲败晋师"，一个"求卿未得"，且"怒于失楚之致师者"。"请使"的魏锜以牙还牙，请战返回途中也射一头麋鹿回敬给对方；"请召盟"的赵旃怀憾而往，直接"使其徒入之"，招致楚"疾进师"，晋师这边中军主帅都不知发生了什么事，下令济河，结果"中军下军争舟"，"舟中之指可掬也"，因争舟攀附船舷被砍落的手指可以成捧！① 发生在战场上晋楚各方的诸多细节外加请使者心理均非史官所当记所能记，描摹如此生动，无疑是事后的传诵讲说。

"邲之战，楚人教晋人出坠广"，事见《宣公十二年》。晋师败退途中，"晋人或以广队（坠）"，兵车陷入泥潭中，不能进，追及的楚人"惎之脱扃"，教他们卸下车前横板；"少进，马还（旋）"，楚人又教他们"拔旆投衡"，拔下旗杆加在横板上，兵车这才从泥中被拖出。没想到晋卒来了一句"吾不如大国之数奔也"，我们晋人不如你们楚人经常败退逃跑，才知道如何将陷入泥中的兵车拉出来！② 此事本是途中趣闻，史官不必记，也无从记，如此细腻描摹，乃事后传闻讲诵无疑。

"邲之战，逢大夫弃子救赵旃"，事见《宣公十二年》。晋师败退途中，赵旃将其良马让与其兄和叔父，自己"以他马反"，遇敌无法逃，"弃车而走林"。逢大夫正与其二子乘车逃奔，叮嘱二子不要回头，二子偏偏回头看到并嚷道"赵傁在后"。逢大夫不得已，让二子下车，"指木曰：'尸女于是。'"将赵旃拽进车子，救了赵旃。第二天到那木下一看，二子尸身果真就在那里，"皆重获在木下"。③ 此事发生在战场上，具体情节、经过、对话、动作等，均应出自事后转述与讲说。

---

① 《春秋左传正义》，见《十三经注疏》，中华书局1980年版，第1881页。
② 《春秋左传正义》，见《十三经注疏》，中华书局1980年版，第1882页。
③ 《春秋左传正义》，见《十三经注疏》，中华书局1980年版，第1882页。

"邲之战，知庄子获楚一尸一俘"，事见《宣公十二年》。战斗中，知庄子之子知罃被楚熊负羁掳去，师退后知庄子却以其族"反之"，厨武子（魏锜）为他御车。知庄子每射却"抽矢""纳诸厨子之房（箭袋）"。厨子怒道："非子之求，而蒲之爱？"知庄子说："不以人子，吾子其可得乎？"原来他这是想活捉楚将士，以便将儿子换回来。于是，射连尹襄老，"获之，遂载其尸"，射公子谷臣，"囚之"，"以二者还"。① （后来果然以此一尸一俘换回知罃）此叙事对发生在战场上的知庄子之动作、心思描摹如此细腻，自当出自事后追述与讲诵。

"老人结草报魏颗"，事见《宣公十五年》。该年七月，秦桓公伐晋，次于辅氏，晋大夫魏颗帅师败之，其间一位老人编结草绳绊住秦力士杜回，使其为晋所捕获，起到了关键作用。当晚，魏颗梦到老人说："余，而所嫁妇人之父也。""尔用先人之治命，余是以报。"原来，早先魏颗父亲魏武子"有嬖妾，无子"。武子病中曾命魏颗说"必嫁是"，病危时又改口说"必以为殉"。待父亲去世后，魏颗嫁之，称"疾，病则乱，吾从其治也"。② 正因为魏颗遵照父亲清醒时的决定（治命），才保住了女儿的生命，所以老人结草以报。这是一段既巧且妙、善有善报的美丽佳话，构成"结草衔环"著名成语的前半部分。就叙事而言，父病之语、儿从"治命"，属于私家日常；老人结草，"以亢杜回"，属于战中偶发；魏颗夜梦，老人言报，属于亦虚亦幻；它们都不可能被载记，必是援用了"说体"以叙事。

"晋侯梦大厉，不食新"，事见《成公十年》，说的是晋景公梦到大厉，说要为其孙复仇，从大门追到内室，"公觉，召桑田巫"，"巫言如梦"。问"何如"，回答是"不食新矣"。接下来景公病入膏肓，求医于秦。秦医缓称"疾不可为也"，因为此疾已在"肓之上、膏之下"，"攻之不可，达之不及"，"药不至焉"。时至六月，新麦已上，晋侯召桑田巫，"示而杀之"。然而，"将食，张，如厕，陷而卒"。③ 这段叙事十分传奇，且描摹细腻，景公所梦大厉"披发及地，搏膺而踊"，历历在目，生动逼真；桑田巫所言与梦境丝毫不差。诸如此类，不可能是史所书，只能是"小说家"言。

---

① 《春秋左传正义》，见《十三经注疏》，中华书局1980年版，第1882页。
② 《春秋左传正义》，见《十三经注疏》，中华书局1980年版，第1888页。
③ 《春秋左传正义》，见《十三经注疏》，中华书局1980年版，第1906页。

"晋伐偪阳之役",事见《襄公十年》。晋荀偃、士匄请伐妘姓小国偪阳送给与晋交好的宋大夫向戌作为私邑,荀罃(知伯)不许,因为这个小国"城小而固,胜之不武,弗胜为笑"。二大夫"固请",这才勉强同意。围之,果然"弗克"。其间小插曲一是偪阳人故意启门,放攻门之士进入,旋即放下悬门,郰人纥(孔子之父)"抉之,以出门者";二是偪阳人故意垂下布条,鲁孟孙氏之臣秦堇父缘之登城,及墙垛而被断摔下,"队则又县之。苏而复上者",偪阳人好言相劝才作罢;结果都无法攻进偪阳。这时荀偃、士匄又请求班师,因为"水潦将降,惧不能归"。"知伯怒,投之以机",并称"七日不克,必尔乎取之"!于是俩人帅卒攻偪阳,亲受矢石,终于灭之。向戌辞地,"乃予宋公"。① 这段叙事,多有战场上、战斗中的细节描述,应该是援用了事后出自说事者之口的追述和讲说。

"齐晋平阴之役",事见《襄公十八年》《襄公十九年》。襄公十八年秋,齐侯伐鲁北鄙,晋帅中行献子"将伐齐",出征前"梦与(齐)厉公讼,弗胜。公以戈击之,首队(坠)于前,跪而戴之,奉之以走,见梗阳之巫皋"。他日,路遇梗阳巫皋,"与之言,同",且称中行献子"必死",不如干脆死在伐齐之役中还可以建功立业,死得其所。于是中行献子祷神祈赐大捷,称苟捷有功"无敢复济"。冬十月,与鲁师会合伐齐,"齐侯御诸平阴"。齐人多死,晋大夫范宣子又故意将诸侯之师士气私下通报给齐大夫析文子,齐侯底气愈加不足。晋师还虚张声势,"使司马斥山泽之险",即便人迹罕至,"必旆而疏陈之";"使乘车者左实右伪";"以旆先","舆曳柴而从之",让人看着满山遍野都是诸侯之师。于是齐师夜遁,各路分别报告"齐师其遁"。晋师遂"入平阴""从齐师",短兵相接。齐殖绰、郭最殿师被追及,晋州绰射殖绰中肩,缚之;郭最亦被缚之。齐侯欲驾奔,齐太子抽剑断鞅以制止。来年诸侯之师纷纷班师,中行献子果然发病而卒,"无敢复济"。"卒而视,不可含",直至栾怀子称终将"灶齐",乃瞑,受含。② 这段叙事中有种种史官不可及之处,诸如中行献子之梦、梗阳巫之巫言如梦,还有交战中的种种细节、齐国那边太子抽剑断鞅的举动等,都显然不会

---

① 《春秋左传正义》,见《十三经注疏》,中华书局1980年版,第1946—1947页。
② 《春秋左传正义》,见《十三经注疏》,中华书局1980年版,第1965、1968页。

是史官手书而只能是说事者的描绘。

"晋州绰齐国夸口",事见《襄公二十一年》。该年晋范氏逐栾氏,栾氏之党、晋勇士州绰出奔齐。齐庄公朝,指着殖绰、郭最说:"是寡人之雄也。"州绰不以为然说:"君以为雄,谁敢不雄?然臣不敏,平阴之役,先二子鸣。"这是夸耀平阴之役自己曾俘获殖绰和郭最(事见"齐晋平阴之役"条)。接着庄公"为勇爵",殖绰、郭最"欲与焉"。州绰说,东闾之役,我左骖迫,还于门中,识其枚数,"其可以与于此乎"?庄公说你那是"为晋君也",州绰说,"臣为隶新",我现在是您的新臣了,然而这两个人,"譬于禽兽,臣食其肉而寝处其皮矣",我能吃了它的肉拿它的皮当褥子垫。① 这段叙事,州绰在齐的口出狂言,晋史无从记,齐史不会记,这原本就是说事者的转述和描述。

"栾盈曲沃之乱",事见《襄公二十三年》。两年前,栾盈为范宣子所逐奔楚,继而适齐。此时,趁着"晋将嫁女于吴、齐侯使析归父媵之"之机,齐"以藩载栾盈及其士","纳诸曲沃"。曲沃中一部分是栾盈采邑,栾盈便打算以此为据点进攻晋都绛城,于是连夜面见曲沃大夫胥午。胥午开始劝栾盈不要自取灭亡,在栾盈坚持下,胥午"伏之而觞曲沃人",让栾盈藏在暗处,问大家假如请栾氏嗣主栾盈回来会怎样,大家异口同声表示果真如此愿为他而死,且都在那里叹息,有的甚至泪流满面。再问一遍,仍是表示绝无二心。这时,栾盈走了出来,一个个拜谢大家。于是,栾盈"帅曲沃之甲",因魏献子,"以昼入绛"。魏献子乃魏庄子之子魏舒,当年"栾盈佐魏庄子于下军",魏舒与之私交甚好,所以成为栾盈此番进攻绛都的依靠。范宣子一边,赵氏以"原、屏之难"怨栾氏,韩氏赵氏"方睦",中行氏以伐秦之役"怨栾氏",而固与范氏"和亲"。知悼子少,而"听于中行氏","程郑嬖于公",于是聚集了赵氏、韩氏、中行氏、知氏、程氏等晋国大姓势力。尽管如此,范宣子听到栾盈入绛的消息还是十分紧张,乐王鲋劝他不要怕,你权柄在手好办事,并出主意说一方面护送晋君前往别宫固宫,另一方面去拿下魏氏,他栾盈也就必败无疑了。范宣子遂趁晋公姻亲有丧事,扮作侍御穿着墨色丧服潜入晋平公住所,护送他前往固宫,范鞅则前往魏氏强

---

① 《春秋左传正义》,见《十三经注疏》,中华书局1980年版,第1972页。

行阻止他们去接应栾氏。当魏舒整队待发正准备出发时，范鞅径直跳上魏舒的车子，命车御驾往固宫。固宫门前则正发生范宣子一方与栾盈一方的交战。见下面栾氏大力士督戎所向披靡，城上的隶臣斐豹主动请缨，向范宣子请求说您若能"焚丹书"，我下去杀了督戎。于是斐豹得到机会出去与督戎当面对决，将其击杀。见栾氏之卒已经攀援宫门，范宣子对范鞅说"矢及君屋，死之"，范鞅"用剑以帅卒"，终于击退栾氏。遂"克栾盈于曲沃"，"尽杀栾氏之族党"。① 这段叙事，多个场面都不在史官当下记事范围内，其具体描摹必是出自事后追述讲诵。

"郑宛射犬御晋张骼、辅跞致楚师"，事见《襄公二十四年》。该年冬，楚王以陈无宇乞师故，伐郑以救齐，诸侯还救郑，晋侯使张骼、辅跞致楚师，求御于郑。郑人卜公孙宛射犬为御，吉。子大叔戒射犬，"大国之人不可与也"，不必与那晋人平行抗礼。宛射犬不以为然，"无有众寡，其上一也"，别管大国小国车多车少，我为御，就在他车左车右之上。大叔还是奉劝，"不然，部娄无松柏"，小土山长不出松柏，咱们还是低调些好。果然，张骼、辅跞"二子在幄"，却让射犬坐于外；"既食，而后食之"。"将及楚师，而后从之乘"，"皆踞转而鼓琴"。然而宛射犬并不示弱，接近敌营，"不告而驰之"。待二子"搏人以投，收禽挟囚"，宛射犬又"弗待而出"。二子只得超乘，抽弓而射。脱险后，复踞转而鼓琴，说"公孙！同乘，兄弟也"，"胡再不谋"？为何两度不告而驰、而出。宛射犬假称"曩者志入而已，今则怯也"，开始是急着进攻，后来是因为胆怯急着逃离。二子知其为托辞，实则出于不满，"皆笑"，说"公孙之亟也"，这位公孙还真性急，受不得一点委屈呀！② 致师中，车乘上，就这三个人，彼此一言一行一举一动一笑一愠，历历在目，如此叙事，无史能书，只应是事后追述和描述。

"齐输范氏粟，郑人送之，赵鞅御之，酿'铁之战'"，事见《哀公二年》。晋范、中行氏因败于与赵鞅之争而退保朝歌。两年后，"齐人输范氏粟"，由郑人子姚（罕达）、子般（驷弘）押送，赵鞅予以截击，结果郑师大败，赵氏截获齐粟千车。关于这场战役，有多处细节描述。其一是于定公

---

① 《春秋左传正义》，见《十三经注疏》，中华书局1980年版，第1976页。
② 《春秋左传正义》，见《十三经注疏》，中华书局1980年版，第1980页。

九年逃往晋国投奔赵鞅的鲁季氏家臣阳虎出谋划策，说"吾车少"，可先将主帅之旆建于兵车之上，待"罕、驷自后随而从之"，我直接出面，"彼见吾貌，必有惧心，于是乎会之，必大败之"；其二是晋人"卜战，龟焦"，晋大夫乐丁便说这个不算数，既然以前曾经卜吉过，就按以前的算；其三是赵鞅战前誓师，其中说到"克敌者，上大夫受县，下大夫受郡，士田十万，庶人工商遂，人臣隶圉免"；其四是战斗打响，"邮无恤御简子（赵鞅）"，此前欲杀卫灵公夫人南子未果亡奔的卫太子蒯聩"为右"，"登铁上，望见郑师众，大子惧，自投于车下"，子良（邮无恤）"授太子绥"，将他拉上车，骂了一句"妇人也"；其五是赵鞅巡列，以毕万以一介匹夫"七战皆获"而成为"有马百乘"的公卿大夫的事迹勉励士卒；其六是"繁羽御赵罗"，赵罗"无勇"，把自己裹得严严实实，"吏诘之"，繁羽替赵罗回答，"痁作而伏"，是因为疟疾发作了；其七是卫太子蒯聩祷告，说列祖列宗保佑，"无绝筋，无折骨，无面伤，以集大事"；其八是"郑人击简子中肩"，"太子救之以戈"，最后"郑师大败"，晋人"获齐粟千车"。赵鞅喜曰："可矣。"总算可以松口气了，但在旁的傅叟却说："虽克郑，犹有知在，忧未艾也。"走了范氏，还有知氏，烦忧还将继续；其九是周人曾赠予范氏田，范氏臣公孙尨收取田税时被人逮了献给赵鞅，"吏请杀之"，赵鞅说他这只是为主人办事，"何罪"？非但没杀他，还"与之田"。这次战役中，公孙尨"以徒五百人宵攻郑师，取蜂旗于子姚之幕下，献，曰：'请报主德。'"其十是晋人"追郑师"，郑大夫子姚、子般、公孙林"殿而射"，晋前列多死。赵孟叹曰："国无小。"① 这些情节均发生在战场上，战斗中，非史官所从记，乃事后之讲说。

（3）对话说辞未及亲闻者

"狼瞫彭衙之役驰秦师而死"，事见《文公二年》。该年春秦孟明视率师伐晋，以报殽之役，晋侯御之，及秦师战于彭衙。交战时晋大夫狼瞫以其属驰秦师，死焉，晋师从之，故大败秦师。此前殽之战时，晋襄公缚秦囚，使其车右莱驹以戈斩之，囚呼，莱驹失戈，"狼瞫取戈以斩囚，禽之以从公乘"，"遂以为右"。稍后箕之役，又被主帅先轸黜之，怒。其友曰："盍死

---

① 《春秋左传正义》，见《十三经注疏》，中华书局1980年版，第2156—2157页。

之?"瞫曰:"吾未获死所。"其友曰:"吾与女为难。"狼瞫说,"死而不义,非勇也","吾以勇求右,无勇而黜,亦其所也","子姑待之"。① 于是于彭衙之役义勇而死。此段叙事将狼瞫殽之役勇以斩囚获车右之位、箕之役被黜、彭衙之役驰秦师死一并述之,以见出前因后果,战役中的举手投足、特别是被黜后其友与之是"死之""为难"还是"待之"的私下对话,这些笔法和描述都不是史官当下记事所能为。因此其初始文本当是一篇典型的说体故事。

"邲之战,楚孙叔敖伍参斗嘴",事见《宣公十二年》。楚围郑,"郑伯肉袒牵羊以逆",楚"退三十里而许之平"。刚欲班师,却听说晋师前来救郑,已经渡河。楚王和令尹孙叔敖都打算返回,嬖人伍参却坚持要战。令尹光火之极,很不客气,楚师已经不堪奔命,"战而不捷,参之肉其足食乎"?伍参满不在乎,如果胜了,就是你孙叔敖算不准;如果败了,"参之肉将在晋军,可得食乎"?② 呛白归呛白,最终还得听命于君。当楚王终被伍参说服后,令尹还是改辙更辕,以待晋师。当时或有"随军记者"能够记下君臣之言,但两人斗嘴,当不在史官所记范围内,更应是出自事后追述和说事者的讲诵描述。

"晋解扬呼宋无降楚",事见《宣公十五年》。去年九月,楚王因宋人杀掉过宋未假道的申舟而怒伐宋,围之数月。该年,宋人"使乐婴齐告急于晋","晋侯欲救之"。伯宗说不可,古人有言说"虽鞭之长,不及马腹","君其待之"!晋人因此没有出兵,但派解扬如宋,使无降楚,称"晋师悉起,将至矣"。郑人囚禁了解扬而"献诸楚"。"楚子厚赂之,使反其言"。不许。"三而许之"。于是命解扬登上楼车,呼宋而告之。解扬登车呼宋,所告却是晋侯"无降楚"之命。楚王将杀之,说"非我无信,女则弃之"。"速即尔刑"!解扬回答说,"义无二信,信无二命","受命以出,有死无陨",又可赂乎?"臣之许君,以成命也"。"死而成命,臣之禄也","死又何求"?听到他这番说辞,楚王乃"舍之以归"。③ 这段叙事,既述及晋国这边伯宗出计谎称救宋的私密对话,又述及解扬被郑人囚禁献楚后在楚师那边

---

① 《春秋左传正义》,见《十三经注疏》,中华书局1980年版,第1838页。
② 《春秋左传正义》,见《十三经注疏》,中华书局1980年版,第1880页。
③ 《春秋左传正义》,见《十三经注疏》,中华书局1980年版,第1887页。

"出尔反尔"振振有辞的不凡之举。因此,这必定是援用说体而非书体的一段佳话。

"祁奚免叔向",事见《襄公二十一年》。晋范氏逐栾氏,叔向异母弟羊舌虎嬖于栾氏被杀,叔向牵连被囚。乐王鲋见叔向,称"吾为子请",叔向不应;乐王鲋出,叔向亦不拜。人们皆批评叔向。叔向说:"必祁大夫。"室老闻之,说乐王鲋是君的宠臣,"言于君,无不行",人家主动"求赦君子",你却不许;祁大夫"所不能也",却说"必由之","何也"?叔向说,乐王鲋是"从君者也","何能行"?祁大夫"外举不弃雠,内举不失亲","其独遗我乎"?果然,晋侯问叔向之罪于乐王鲋,乐王鲋说,"不弃其亲,其有焉";而祁大夫祁奚虽已年迈,听闻叔向被囚后,乘驲而见范宣子,说叔向可是"社稷之固也","今壹不免其身,以弃社稷","不亦惑乎"?范宣子欣然认同,与祁奚一同乘车面见晋侯而免叔向之罪。事后祁奚不见叔向径直回去,叔向也"不告免焉而朝"。① 这段叙事中,乐王鲋见叔向属于私下会晤,叔向"必祁大夫"的回答也是只能左右闻之,乃史官无从记。所以,这一篇应是援自说事者的描述和传诵。

"晋执宋乐祁",事见《定公六年》《定公八年》。定公六年,宋乐祁向景公提出诸侯里面唯我们事晋,"今使不往,晋其憾矣",结果自己被派遣出使晋国。其宰陈寅深知此行前途未卜,建议"子立后而行",遂立子溷为嗣子后出使晋国。至晋后,赵简子于绵上设宴接风,乐祁献杨楯六十于简子。陈寅预感不妙,因为"昔吾主范氏,今子主赵氏","又有纳焉",势必导致范氏不满,"以杨楯贾祸,弗可为也已",不过您若是死在晋国,"子孙必得志于宋"。果然,范献子言于晋侯说,他乐祁本是奉宋君之命出使,却"未致使而私饮酒",这是"不敬,二君","不可不讨也"。于是晋"乃执乐祁"。直至定公八年,赵简子提议放归乐祁,但范献子说留了三年,现在"无故而归之","宋必叛晋"。于是私谓乐祁说,寡君是惧不得事宋君,才留您在这里,"子姑使溷代子"。陈寅反对,说不能让溷来,因为宋将叛晋,"是弃溷也",不如待之。后来乐祁终于被放归,

---

① 《春秋左传正义》,见《十三经注疏》,中华书局1980年版,第1971页。

却"卒于大行"。① 这段叙事中有两段对话都只能是在私底下进行,前者是为主人谋划(乐祁宰陈寅劝立嗣而后行),后者是给同僚拆台(范献子劝晋侯拘留讨好赵简子的乐祁),因此都不可能被史所书。所以这里援用的必是"说体"故事。

(四)楚国之事

1. 见于《国语》者

《国语·楚语》偏于记述人物富于教义的长篇说辞,讲述历史故事的篇目并不多,除去少有的几则与《左传》互见者,剩馀的只有几则颇有些情节性,当属援用了说体文本。

其一是"屈建祭父不荐芰",事见《楚语上》。屈建之父屈到喜欢吃菱角,临终"召其宗老而属之,曰:'祭我必以芰。'"嘱咐祭祀时上菱角。"及祥,宗老将荐芰",屈建却"命去之"。按说上个菱角算什么,但屈建却有他的道理。当年父亲在世时亲自制定的法刑礼典,不能因为他个人的嗜好变了规矩,不能"以其私欲干国之典"。② 屈到临终前嘱托祭祀时上菱角,祭父时屈建命撤掉菱角时的一番说辞,都不会被史官当场所书,这段叙事因此而有事后转述、追述的部分。

其二是"司马子期欲以妾为内子,左史倚相儆之",事见《楚语上》。司马子期欲以妾为内子,访之左史倚相,说:"吾有妾而愿,欲笄之,其可乎?"面对司马子期这欲"以妾为内子"的询问,左史倚相既没有回答"可",也没有回答"不可",而是一连提到几个故事,其中有违逆王命父命却符合道义的,如楚大夫子囊没有听从楚恭王临终请谥为"灵"或"厉"的嘱托,而谥为"恭";子木(屈建)祭父不遵嘱上菱角而按照礼典有羊馈;其中还有顺从君上之命而违背道义的,如晋楚鄢陵之战谷阳竖见子反口渴"献饮于子反",楚王召时子反醉而不能见,致使楚师退败子反自杀;楚灵王于乾溪闻国内发难,芋尹无宇之子申亥顺从王意,没有阻止其自杀之举。然后问,"夫子木能违若敖之欲",以之道而去芰荐,吾子经营楚国,

---

① 《春秋左传正义》,见《十三经注疏》,中华书局1980年版,第2141、2142页。
② 《国语》,上海古籍出版社1988年版,第532—533页。

"而欲荐菱以干之",其可乎? 子木能违背父亲意欲撤掉菱角之祭,你是不是要上菱角以干犯礼法? 最终也没有提及"以妾为内子"一个字,然"子期乃止",子期却因这番话放弃了这个打算。① 该篇也偏于叙述人物长篇大论,且故事里面套故事。不过就其基本情节而言,司马子期所问为立妾之事,属于私下交谈,不可能为史所书,因此所采其初始文本当为传诵和讲说。

其三是"赵简子问楚白珩,王孙圉论国宝",事见《楚语下》。楚大夫王孙圉出使晋国,于晋定公飨之的席间,赵简子佩玉叮咚,问楚之传世之宝白珩是否还在,这宝传了好几代了吧,不知这话里是否暗含着较劲和觊觎,反正王孙圉听着味道不对,但他身为使者,在别人的地盘,只能彬彬有礼,于是回答说:你说的宝,我们从来没有以为宝,"楚之所宝者,曰观射父……""又有左史倚相……""又有薮曰云连徒洲……"至于那白珩,"先王之玩也",不过是先王手中的玩物,"何宝之焉",这算什么宝!② 这篇叙事也主要为人物对话,但王孙圉压倒晋人、落地有声的振振之辞是在出使晋国时所说,楚史无从记,晋史不会记,因此,这不会是史官当下所书,应是说事者根据传闻编排演绎的说体故事。

2. 见于《左传》者

相对于《国语·楚语》的偏于记言,《左传》旨在叙事,所以楚国之事独见于《左传》者远较独见于《楚语》者为多,富于情节者也多为援用"说体"故事。兹按"说体"迹象偏重列举辨析如下。

(1) 隐私密事不可书记者

"楚文王伐申邓甥惧",事见《庄公六年》。楚文王伐申,过邓。邓祁侯曰:"吾甥也。"止而享之。盖楚文王为武王夫人邓曼所生,邓曼为邓祁侯姊妹,故有"吾甥"之说。然骓甥、聃甥、养甥欲"杀楚子",因为他们预感"亡邓国者,必此人也。若不早图,后君噬齐(脐)",好比任谁都吃不到腹脐,将后悔莫及。邓侯不同意,称"人将不食吾馀",好端端杀甥必遭人唾弃,谁也不会再来用飨之馀。三甥对曰:"若不从三臣,抑社稷实不血

---

① 《国语》,上海古籍出版社 1988 年版,第 557—558 页。
② 《国语》,上海古籍出版社 1988 年版,第 579—580 页。

食"，"而君焉取馀"？"还年，楚子伐邓。十六年，楚复伐邓，灭之。"① 这段叙事重心是三甥与邓祁侯关于是否杀掉楚文王的对话，属于不可外传的绝密，肯定不会为史所书。因此，这里乃是援用了事后根据传闻编派出来的一篇"说体"故事。

"楚太子商臣弑成王"，事见《文公元年》。当初，楚成王将以商臣为太子，曾"访诸令尹子上"，令尹子上劝王先不急，因为"君之齿未也，而又多爱"，免不了因为新宠行废立，而这商臣又是"忍人也"，不会容忍遭废替。可惜成王不听劝，轻易立商臣为太子，既而真的又打算改立王子职。商臣"闻之而未察"，问其师潘崇："若之何而察之？"其师聪明绝顶，出了个十分奏效的妙主意，"享江芊而勿敬"，激怒成王宠妃江芊看她怎么说。果然，江芊一怒之下说漏了嘴，"呼！役夫！宜君王之欲杀女而立职也"，原来还真有这回事。师傅问，能臣服那王子职么？回答是"不能"；问能离开么？回答还是"不能"；问能行大事么？回答是"能"！于是断然"行大事"，"以宫甲围成王"。"王请食熊蹯而死"，"弗听"；最终逼迫父王"缢"。② 商臣于是立为王，此即楚穆王。这段叙事中的关键情节即是商臣听闻改立风声而"未察"，才有激怒江芊这一幕。可见劝阻也好，改立也罢，包括激惹之谋，都属机密行事，绝非有案可查。叙事者言之凿凿，只能是事后根据传闻编排出来的"说体"故事。

"公子围缢弑楚王郏敖"，事见《襄公二十九年》《昭公元年》。楚共王无嫡子，有宠子五人，分别是楚康王、公子围（楚灵王）、公子比（子干）、公子黑肱（子皙）、公子弃疾（楚平王）。襄公二十九年康王卒，康王之子即位，康王弟公子围为令尹。对此，随同郑伯前来送葬的郑行人子羽说"是谓不宜，必代之昌。松柏之下，其草不殖"，意味着康王嫡子太过幼弱，其叔公子围强势无比，又被任为令尹，执掌一国之政，嫡子恐怕凶多吉少。果然，三年后，即昭公元年，"公子围将聘于郑，伍举为介。未出竟，闻王有疾而还。伍举遂聘"。公子围"入问王疾，缢而弑之"。"右尹子干出奔晋"，"宫厩尹子皙出奔郑"。公子围"葬王于郏，谓之'郏敖'"。"使赴于

---

① 《春秋左传正义》，见《十三经注疏》，中华书局1980年版，第1764页。
② 《春秋左传正义》，见《十三经注疏》，中华书局1980年版，第1837页。

郑，伍举问应为后之辞焉，对曰：'寡大夫围。'伍举更之曰：'共王之子围为长。'"① 公子围遂即位，是为楚灵王。这段叙事，诸情节多为隐秘之事，其具体描摹必是出自事后追述。

（2）细节描述不可亲见者

"绳息妫，楚灭息入蔡"，事见《庄公十年》《庄公十四年》。庄公十年，蔡哀侯因对过蔡的妻妹、息侯之妃息妫无礼而招致息侯之怒，息侯与楚谋，以楚伐息，息求救于蔡，楚即可伐蔡师。果然，"楚败蔡师于莘"。蔡哀侯对此怀恨在心，遂"绳息妫以语楚子"。楚文王闻息妫美，为之所动，于是"如息，以食入享，遂灭息"。"以息妫归，生堵敖及成王焉"。息妫四年不出一言。楚王问之。对曰："吾一妇人，而事二夫，纵弗能死，其又奚言？"楚文王将此归罪于蔡侯，遂于庄公十四年伐蔡。"秋，七月，楚入蔡"。② 这段叙事，有诸多跨时跨地的情节、细节描述，涉及无礼、密谋、挑拨、霸妻等，还有夫妻私下对话，都非他人所亲见，更非史官所能书。因此，这是援用了典型的传诵讲说文本。

"楚巫言成王、子玉、子西'皆将强死'"，叙事见于《文公十年》。当初楚范巫矞似曾预言成王与子玉、子西之命，说"三君皆将强死"。城濮之役，当子玉、子西兵败欲自杀之时，成王想起这番话，忙使人止之，说："毋死。"止子玉，已经来不及，子玉已死；止子西，子西"缢而县绝"，王使刚好赶到，"遂止之"，使为商公。后来子西沿汉溯江，将入郢，成王在渚宫下来，正好见到，子西"惧而辞"，说我"免于死"，但又有谗言说我将逃，所以我这是"归死于司败也"。成王哪能让他死，"使为工尹"。制止了子西的死，也没逃过"强死"之命，文公元年成王自己被太子商臣（楚穆王）逼迫自缢。到了文公十年这一年，子西又与子家谋弑楚穆王。穆王闻之，"五月，杀斗宜申（子西）及仲归（子家）"。③ 子西也没有逃过"强死"的命运。这段叙事神乎其神，楚巫矞似的预言一一兑现。其中多处描述跨时异地，显然不是史官当下记事之笔，乃是说事者的讲述。

"楚申叔展暗语示意藏于井"，事见《宣公十二年》。该年冬，楚伐萧，

---

① 《春秋左传正义》，见《十三经注疏》，中华书局1980年版，第2005、2019页。
② 《春秋左传正义》，见《十三经注疏》，中华书局1980年版，第1767、1771页。
③ 《春秋左传正义》，见《十三经注疏》，中华书局1980年版，第1848页。

萧人囚楚熊相宜僚及公子丙。楚王说"勿杀，吾退"，萧人杀之。楚王怒，遂围萧。申公巫臣称"师人多寒"，楚王巡三军，拊而勉之，"三军之士皆如挟纩"，于是直逼城池。战斗中，素与楚大夫申叔展相知的萧大夫还无社"与司马卯言，号申叔展"，希望得到搭救。于是两人互相喊起话。叔展说："有麦曲乎？"对方回答："无。"问："有山鞠穷乎？"答："无。"问："河鱼腹疾奈何？"答："目于眢井而拯之。"最后叔展说："若为茅绖，哭井则已。"麦曲，酒母；山鞠穷，川芎，两者都是御湿之物，此乃暗示还无社逃于泥中以避难。但还无社未解其中之意，于是申叔展又提到河鱼。还无社终于明白，于是请对方到时于枯井相救，眢井，枯井也。申叔展进而敲定，你在井上放根草绳做记号，到时听到哭声那就是我了。次日，萧人溃败。申叔视其井，"则茅绖存焉，号而出之"。① 这段叙事中的主要情节是楚申叔展与萧还无社战场上相互喊话打哑谜，一问一答莫明其妙，绝不在史官记述范围。所以这一定是事后的回忆、传闻、追述和讲说。

"宋杀申舟，楚庄王投袂而起"，事见《宣公十四年》。楚庄王使申舟聘齐，称"无假道于宋"。申舟此前于孟诸之役曾得罪宋，若再故意不借道，担心此行"必死"。庄王许诺他宋人若敢杀你，"我伐之"替你报仇。结果宋人还真杀掉了申舟。"楚子闻之，投袂而起"。"屦及于窒皇"，"剑及于寝门之外"，"车及于蒲胥之市"。"秋，九月，楚子围宋"。② 这段叙事的出彩处在于对楚庄王听闻申舟被宋人杀掉后的一连串动作描述。恰恰是这些动作描述，不是当时史官所能记下。所以，这只能是后来说事者的描述。

"楚申公巫臣携夏姬奔晋"，事见《成公二年》。楚讨伐陈夏氏之后，楚庄王欲纳夏姬，申公巫臣劝阻说"不可"，"君召诸侯，以讨罪也，今纳夏姬，贪其色也"云云。庄王乃止。子反又欲娶之，申公巫臣又劝阻说"是不祥人也"，这个女人妨死了第一个丈夫子蛮，让第二个丈夫御叔也死于非命，致儿子弑杀了陈灵公，儿子夏南遭屠戮，"出孔、仪，丧陈国"。"何不祥如是？""天下多美妇人，何必是？"子反乃止。于是楚庄王将夏姬许给了连尹襄老，"襄老死于邲，不获其尸"。襄老之子黑要"烝焉"。这时申公巫

---

① 《春秋左传正义》，见《十三经注疏》，中华书局1980年版，第1883页。
② 《春秋左传正义》，见《十三经注疏》，中华书局1980年版，第1886页。

臣使人传话给夏姬，说"归，吾聘女"，你先回郑国娘家，到时我来娶你。"又使自郑召之，曰'尸可得也，必来逆之'"，于是夏姬谎称郑国娘家召她回去，一等得到襄老之尸便回来迎接。楚王允之。这之后巫臣便自行聘夏姬于郑，"郑伯许之"。"及共王即位，将为阳桥之役"，使巫臣出使齐国，"巫臣尽室以行"。申叔跪"将适郢，遇之"，发现了其中奥妙，说"异哉"! 夫子有三军之惧，而又有"桑中之喜，宜将窃妻以逃者也"。果然，行至郑国，巫臣即"以夏姬行"。将奔齐，齐师新败，申公巫臣说，"吾不处不胜之国"。"遂奔晋，而因郤至"，以臣于晋。"晋人使为邢大夫"。① 这整篇叙事，故事中的主人公申公巫臣，加上被他教唆的夏姬，都是说的一套，做的一套；申叔跪"桑中之喜"的嘲讽，又是发生在相遇途中。因此，这绝不会是史官所记，而是一篇地道的说事者娓娓道来的描绘之辞。

"申公巫臣使楚臣疲于奔命"，事见《成公七年》。当年"楚围宋之役"（宣公十四年"宋杀申舟楚庄王投袂而起"）还师后，"子重请取于申、吕以为赏田"，庄王许之，申公巫臣却说"不可"，"子重是以怨巫臣"。当年"子反欲取夏姬，巫臣止之"，后来巫臣自己却"遂取以行"，子反亦怨之。于是"及共王即位，子重、子反杀巫臣之族子阎、子荡及清尹弗忌及襄老之子黑要，而分其室"，时已奔晋的巫臣"自晋遗二子书，曰：'尔以谗慝贪婪事君，而多杀不辜，余必使尔罢于奔命以死。'"接下来巫臣便"请使于吴，晋侯许之"。"吴子寿梦说之"。"乃通吴于晋，以两之一卒适吴，舍偏两之一焉。与其射御，教吴乘车，教之战陈，教之叛楚。置其子狐庸焉，使为行人于吴"。叙事称"吴始伐楚、伐巢、伐徐，子重奔命。马陵之会，吴入州来，子重自郑奔命。子重、子反于是乎一岁七奔命。蛮夷属于楚者，吴尽取之，是以始大，通吴于上国"。② 申公巫臣自晋遗二子书，当须事后追述、转述方得为知；整个叙事跨时跨地，也不是史官当下记事所能书。

"楚蔿子冯用计辞令尹"，事见《襄公二十一年》。夏，楚令尹子庚卒。楚康王欲使蔿子冯为令尹，蔿子冯拜访申叔豫讨教。申叔豫说，"国多宠而王弱"，国不可为也。蔿子冯遂以疾辞。"方暑，阙地，下冰而床焉"。"重

---

① 《春秋左传正义》，见《十三经注疏》，中华书局 1980 年版，第 1896—1897 页。
② 《春秋左传正义》，见《十三经注疏》，中华书局 1980 年版，第 1903 页。

茧，衣裘，鲜食而寝"。康王派御医前往探视，御医回复说："瘠则甚，而血气未动。"康王知蒍子冯故意推辞，只得作罢，"乃使子南为令尹"。① 这段叙事，人物对话是私下展开，蒍子冯装病，忽冻忽热，是在家中实施。因此，是不可能被史所记只适宜说者讲说的说体故事。

"楚子南尸朝，蒍子惊惧"，事见《襄公二十二年》。楚观起有宠于令尹子南，未益禄却有马数十乘。楚人患之，楚康王遂杀令尹子南于朝，轘观起于四竟。康王再次请蒍子冯出山为令尹，这次蒍子冯已不好再装病推辞。结果没多久，又是"有宠于蒍子者八人"，"皆无禄而多马"。他日朝，蒍子冯与申叔豫搭话，申叔豫"弗应而退"。蒍子冯从之，申叔豫入于人群中。他日退朝，蒍子冯直接拦住申叔豫，说你"三困我于朝"，吾倍感恐惧，不敢不见。"吾过，子姑告我"，干吗总是这么跟我过不去？申叔豫说："吾不免是惧，何敢告子？"蒍子冯不解，申叔豫回答，"昔观起有宠于子南"，子南得罪，观起车裂，"何故不惧"？蒍子冯自御而归，不能当道。回去以后对八人说，我刚刚见过申叔，这位先生可以说是"生死而肉骨"也。知我者"如夫子则可"，不然，"请止"。辞八人者，"而后王安之"。② 这段叙事，人物对话、行事全部都在私下展开，且描述生动逼真，极尽渲染，确是一篇绘声绘色的说者之辞。

"楚伯州犁'上下其手'"，事见《襄公二十六年》。楚侵郑，至于城麇。郑皇颉戍守，出战，败北，被楚县尹穿封戌所囚。楚公子围与穿封戌争郑囚，"正于伯州犁"。伯州犁说："请问于囚。"于是将郑囚皇颉带来。伯州犁说："所争，君子也，其何不知？"然后"上其手"，说，"夫子为王子围"，"寡君之贵介弟也"；接着又"下其手"，说，"此子为穿封戌"，"方城外之县尹也"。示意完之后，郑重其事问道："谁获子？"郑囚也"郑重其事"回答："颉遇王子（公子围），弱焉。"穿封戌怒，"抽戈逐王子围"，"弗及"。"楚人以皇颉归"。③ 双方对质当在朝堂之上，本是史官当记，但"上其手""下其手"乃暗示动作，还有穿封戌追出门"抽戈"，却不在史官记述范围内，因此这也是一段"说体"故事。

---

① 《春秋左传正义》，见《十三经注疏》，中华书局1980年版，第1970—1971页。
② 《春秋左传正义》，见《十三经注疏》，中华书局1980年版，第1974—1975页。
③ 《春秋左传正义》，见《十三经注疏》，中华书局1980年版，第1989页。

"楚灵王乾溪之难",事见《昭公十三年》。楚灵王为令尹时即"杀大司马蒍掩而取其室";即位后,灭蔡,使公子弃疾为蔡公;迁许,"而质许围";又"夺蒍居田";还宠幸其父在他灭蔡时"死焉"的蔡洧,让其参与驻守;申之会时曾屠戮越大夫;又夺蔓成然邑,而"使为郊尹"。于是,当楚灵王离开楚都"狩于州来""次于乾溪"之时,"蒍氏之族及蒍居、许围、蔡洧、蔓成然",因"群丧职之族","启越大夫常寿过",一起作乱。还有一边,其父观起为楚所杀、奔于蔡的观从,欲借机复蔡封蔡,遂假托蔡公(公子弃疾)之命"召子干、子皙",将昭公元年因灵王缢杀楚王郏敖即位而逃往晋国、郑国的公子比(子干)、公子黑肱(子皙)召回,及郊,而告之情,"强与之盟,入袭蔡"。结果是两股合一股,诸作乱者一同攻入楚都,"杀太子禄及公子罢敌",并自行分配,"公子比为王,公子黑肱为令尹","公子弃疾为司马"。"使观从从师于乾溪,而遂告之,且曰:'先归复所,后者劓。'师及訾梁而溃"。楚灵王"闻群公子之死也,自投于车下",曰:"余杀人子多矣,能无及此乎?"右尹子革曰:"请待于郊,以听国人。"灵王曰:"众怒不可犯也。"子革又曰:"若入于大都,而乞师于诸侯。"灵王曰:"皆叛矣。"子革只得也弃灵王而去。其后只身一人、走投无路的楚灵王被芋尹无宇之子申亥寻到带回家,申亥这样做乃是因为"吾父再奸王命,王弗诛,惠孰大焉?君不可忍,惠不可弃,吾其从王"。然最终灵王还是"缢于芋尹申亥氏"。楚国城内,灵王是死是活并不知晓,于是动辄闹出"王入矣"的虚惊。公子弃疾受到启发,派人跑到公子比、公子黑肱那里去虚呼"王至矣",并谎称弃疾已经被杀,若不早自裁,恐受其辱,两人惊吓自杀。于是公子弃疾顺理成章即位为楚王,即楚平王。"杀囚,衣之王服,而流诸汉","乃取而葬之,以靖国人"。让人们相信,楚灵王已经投江自杀了。多年后,"芋尹申亥以王柩告,乃改葬之"。① 这段叙事,多处场景、情节有具体描摹,均非史官所能见;特别是灵王乾溪闻难、死于芋尹申亥氏之事,乃多年后才被转告,其中一幕幕,自是出自说事者的讲说和描绘。

"楚共王埋璧请神择于五子",叙事见于《昭公十三年》。此事乃楚共王五子王位更替尘埃落定、公子弃疾即位为楚平王后所追述。当初楚共王

---

① 《春秋左传正义》,见《十三经注疏》,中华书局1980年版,第2069—2070页。

"有宠子五人，无適立"，于是弄块玉璧朝着楚国群山祭拜，然后"与巴姬密埋璧于大室之庭"，谁接近到它谁就是神所选中的"主社稷"者。第一子康王正"跨之"，第二子灵王"肘加焉"，第三子子干（公子比）、第四子子皙（公子黑肱）"皆远之"，第五子弃疾（楚平王）"抱而入，再拜，皆厌（压）纽"。① 后来的历史事实是，自然即位的楚康王去世后其子郏敖嗣立，时为令尹的楚灵王"缢而杀之"，因为他曾卜问"余尚得天下"，不吉，气得投龟于地，诟天而呼曰："是区区者而不余畀，余必自取之！"遂自立为王。十三年后楚灵王众叛亲离，子干、子皙、弃疾与一众反叛者当灵王"狩于州来""次于乾溪"之机攻入楚都，杀死太子禄及众公子，"公子比为王，公子黑肱为令尹""公子弃疾为司马"。灵公于乾溪闻群公子之死，"自投于车下"，"缢于芋尹申亥氏"。国中公子弃疾使人奔至子干、子皙处大呼"王入矣"，二人惊吓自杀，弃疾即位为楚平王。兜兜转转，原来都没有逃过命运的安排。这段叙事，当年楚共王于家中埋璧，本不在史书范围，且分明是各自命运已见分晓之后的追述，只能出自说事者之口。

（3）对话说辞未及亲闻者

"子元欲蛊文夫人，申公斗班杀子元"，事见《庄公二十八年》《庄公三十年》。楚文王之弟、楚令尹子元于文王去世后欲蛊文夫人息妫，"为馆于其宫侧，而振万焉"。文夫人泣曰："先君以是舞也习戎备也。"现如今令尹不寻诸仇雠，而舞于未亡人之侧，"不亦异乎"！为其所激，子元于庄公二十八年伐郑，但未果；返归后仍处王宫不离开，"斗射师谏，则执而梏之"。于是，庄公三十年，"申公斗班杀子元"。② 这段叙事中的主要情节发生在息妫宫侧，子元欲蛊文夫人的对话在两人之间展开，非史官当下记事所能为。所以应是援用了传诵讲说文本。

"申叔时以牵牛巧喻，楚复封陈"，事见《宣公十一年》。该年陈夏征舒因陈灵公与其母夏姬私通而弑君。楚庄王为陈夏氏之乱故，伐陈，杀夏征舒，"因县陈"。申叔时出使齐国返回，"复命而退"。庄王使责让之，说那夏征舒为不道，弑其君，"寡人以诸侯讨而戮之"，诸侯、大夫、县公们

---

① 《春秋左传正义》，见《十三经注疏》，中华书局1980年版，第2070页。
② 《春秋左传正义》，见《十三经注疏》，中华书局1980年版，第1781、1782页。

"皆庆寡人","女独不庆寡人",是何缘故？申叔时回答说,那夏征舒弑其君,其罪是极大,"讨而戮之,君之义也",不过人们还有这个说法,即"牵牛以蹊人之田,而夺之牛"。牵牛踩了人家庄稼地,"信有罪矣";但你却因此而夺了人家的牛,"罚已重矣"。庄王一听,直称"善哉","乃复封陈"。① 这段叙事中申叔时回答庄王的巧喻应该可以被史官所记,但庄王"使让"申叔时当发生在朝廷之外,申叔时处所,史官当无需记也无从记。因此,这仍应该是援用说事者的讲说。

"楚子雪夜遇子革",见于《昭公十二年》,所述为"楚灵王乾溪之难"前夕楚灵王雪夜外出遇到值夜的子革、两人对话的一幕。当时"雨雪,王皮冠,秦复陶,翠被豹舃,执鞭以出。仆析父从",右尹子革"夕",灵王见之,"去冠、被,舍鞭",与之语曰:"昔我先王熊绎与吕汲、王孙牟、燮父、禽父并事康王,四国皆有分,我独无有。今吾使人于周,求鼎以为分,王其与我乎？"子革回答说肯定能给,"将唯命是从,岂其爱鼎"云云。灵王又问当年先祖昆吾曾居许地,如今郑国却"贪赖其田",我们若去要求,他们会不会给？子革又回答说:"周不爱鼎,郑敢爱田？"灵王接着又踌躇满志地说,过去诸侯都怕晋国,如今我们占了陈、蔡、不羹,增益兵车各有千乘,诸侯应该都转而怕我们了吧？子革说,怎么能不怕呢？仅这几个小国加起来,已经让人害怕。"又加之以楚,敢不畏君王哉？"这时,叙事冒出一个小插曲,工尹路上场,禀报说君王您命我们破圭玉以饰斧柄,还请指示具体的式样和尺寸。闻此,"王入视之",随工尹路一起下场去看制作,场上只剩下子革和太仆两人。这时一直在旁未插言的太仆开口了,他颇为不满地对子革说,您可是楚国的指望,刚才你却像回声一样应合大王的胃口,"国其若之何"？子革说您先别急,我这是欲擒故纵,"摩厉以须,王出,吾刃将斩矣",要挥剑斩除他的欲念。果然,"王出,复语"。恰在此时,左史倚相"趋过",灵王指着他对子革说,"是良史也,子善视之！是能读《三坟》、《五典》、《八索》、《九丘》"。子革顺势说我曾问过左史倚相,当年周穆王野心很大,"欲肆其心,周行天下,将皆必有车辙马迹焉",祭公谋父因此作了《祈招》之诗以止王心,穆王才得以善终。"臣问其诗而不知也。

---

① 《春秋左传正义》,见《十三经注疏》,中华书局 1980 年版,第 1876 页。

若问远焉，其焉能知之？"他左史倚相连这首诗都说不出，再远些的哪能知道？灵王问："子能乎？"子革说"能"，随即诵道："祈招之愔愔，式昭德音。思我王度，式如玉，式如金。形民之力，而无醉饱之心。"灵王恍然明白了子革的用心，没说一句话，"揖而入"，作个揖便下场了。灵王回去后"馈不食，寝不寐，数日，不能自克，以及于难"。① 这段描述，极其富于现场感，如同戏剧的上场下场。其间如此详尽的人物对话，是在雪夜屋外，其间还有一段只有子革、太仆两人，都无从被史官闻知书记。左史倚相是匆匆走过，别人是在背后议论他。这一大篇人物对话描摹，无疑是事后的追述和传诵。

"费无极谮害，朝吴奔郑"，事见《昭公十五年》。楚灵王乾溪之难，故蔡大夫之子朝吴是助蔡公弃疾夺位成为楚平王的功臣之一。"楚费无极害朝吴之在蔡也，欲去之"，于是假言对朝吴说："王唯信子，故处子于蔡，子亦长矣，而在下位，辱，必求之，吾助子请。"又挑拨位在朝吴之上的蔡人曰："王唯信吴，故处诸蔡，二三子莫之如也，而在其上，不亦难乎？弗图，必及于难。"就这样，"蔡人逐朝吴，朝吴出奔郑"。② 这段叙事，费无极在朝吴和蔡人之间挑拨，都是私下对话，无从被记述，无疑是事后的追述和讲说。

"费无极谮伍奢，伍子胥奔吴"，事见《昭公十九年》《昭公二十年》。身为楚太子建少师而无宠的费无极，欲谮太子傅伍奢及太子，先是劝平王为太子建娶妻，待陪同前往秦迎娶嬴氏时，又劝平王娶之，故意在父子之间制造嫌隙。嗣后又以通北方名义，劝平王城城父，"而置太子焉"。次年，费无极便诬陷说"建与伍奢将以方城之外叛"，于是"王执伍奢"，"使城父司马奋扬杀太子"，只是奋扬并未从命，"大子建奔宋"。费无极又劝平王召伍奢二子以杀之，说"奢之子材，若在吴，必忧楚国，盍以免其父召之。彼仁，必来。不然，将为患。"平王以免父为诱饵使召之，为兄的棠君尚谓其弟伍员（伍子胥）说："尔适吴，我将归死。吾知不逮，我能死，尔能报。闻免父之命，不可以莫之奔也；亲戚为戮，不可以莫之报也。"就这样，哥

---

① 《春秋左传正义》，见《十三经注疏》，中华书局1980年版，第2064页。
② 《春秋左传正义》，见《十三经注疏》，中华书局1980年版，第2077页。

哥赴死，弟弟奔吴。为父的听说小儿子没来，曰："楚君、大夫其旰食乎！"结果是"楚人皆杀之"。① 这段叙事中有多处对话，费无极劝娶、劝杀，伍奢二子的一赴死一复仇的对话，等等，都不是可以公开的，无疑是事后说事者的追述、揣摩和描摹。

"费无极谮郤宛"，事见《昭公二十七年》。"郤宛直而和，国人说之"，嫉妒成性的费无极难与同朝，于是设下一个酒局。先对令尹子常说，郤宛"欲饮子酒"，又对郤宛说，"令尹欲饮酒于子氏"。且当郤宛请教当何以酬令尹时，"好心"出主意，"令尹好甲兵""置诸门，令尹至，必观之"。"及飨日"，无极对令尹直呼大事不妙，"吾几祸子"，说那郤宛"甲在门矣"，"子必无往"，将对您不利！令尹使视郤氏，果然陈甲于门。令尹遂不往，下令攻郤氏，"且燕之"。郤宛闻之，"遂自杀也"。② 这篇叙事，费无极两面说辞都只能私下对某一方去说，也只能是事后说事者的追述、揣摩和描述。

（五）吴越之事

1. 见于《国语》者

《国语》中《吴语》《越语上》集中叙述吴王夫差、越王句践时期的吴越之争，句践灭吴，属于与《左传》互见而有异者，已见前述；《越语下》集中记述范蠡之事，范蠡之名不见于《左传》，自应是独见于《国语》者，然该"语"多以问答形式记录范蠡言论，不属于说体故事。因此，吴越之事独见于《国语》者十分少见。唯有一则范蠡故事，虽与吴越之争也有关系，毕竟属于之后之事，差强可算独见者。姑题之为"范蠡泛舟五湖"，应该源自范蠡的传说。

故事称句践灭吴后，"反至五湖"，范蠡向越王告辞，说"君王勉之"，"臣不复入越国矣"。越王极力挽留，先是发誓说"所不掩子之恶、扬子之美者"，"使其身无终没于越国"，接着又威逼说"子听吾言，与子分国"，"不听吾言，身死，妻子为戮"，范蠡仍坚持离开，说"君行制，臣行意"。

---

① 《春秋左传正义》，见《十三经注疏》，中华书局1980年版，第2087、2090—2091页。
② 《春秋左传正义》，见《十三经注疏》，中华书局1980年版，第2116页。

"遂乘轻舟以浮于五湖","莫知其所终极"。越王则命工以良金"写范蠡之状"而朝礼之,"环会稽三百里者""以为范蠡地"。① 这段范蠡辞越王,发生在返越途中,其对话应该属于后来的传诵。

范蠡泛舟五湖的故事在后世流传极广,就现有材料看,查其始,实出于《国语·越语下》的这条记述。范蠡助越王句践灭吴成功后,连越国都没有回,就此告别,清醒至极;越王极力挽留,不惜利诱威逼,范蠡仍行己意,决绝至极。范蠡从此归隐江湖,隐姓埋名,不知所终。然而,后世却流传很多范蠡归隐之后的事迹,这已经是《国语·越语》之外的"说体"故事了。

2. 见于《左传》者

《左传》中记述有几则不见于《国语》的吴越故事,它们盖因不属于《吴语》《越语》集中述及吴越之争的主题而未见载于《国语》。考察其文本,就其"说体"迹象,可知也都是援自追述、传闻和讲诵。

"吴公子季札辞君位",事见《襄公十四年》。襄公十二年秋,吴子寿梦卒。三年后,长子吴子诸樊既除丧,将立其弟季札。季札推辞,说当年曹宣公之卒也,诸侯与曹人不义曹君,将立子臧。"子臧去之","以成曹君",我季札虽不才,"愿附于子臧","以无失节"。吴子诸樊"固立之",季札"弃其室而耕",只好舍之。② 吴公子季札辞位之言不一定是在朝所说;即便是在朝所说,他只是公子,不是君,且是辞位之言,未必能被史官记载。因此,这段叙事当更应源自后来的追述和讲说。

"吴子诸樊伐楚被射杀",事见《襄公二十五年》。该年十二月,吴子诸樊伐楚,"以报舟师之役"。"门于巢"。巢牛臣说,吴王勇而轻,"若启之,将亲门"。我获射之,"必殪"。是君也死,"疆其少安"。巢人从之,吴子诸樊果然"门焉","牛臣隐于短墙以射之,卒"。③ 由此可知,吴子诸樊乃是死于伐楚时身先士卒攻城门的战斗中。这段叙事中的情节发生在战役中,显然是据知情者讲述再转述的说体故事。

"越俘弑吴子余祭",事见《襄公二十九年》。吴人伐越,获俘焉,"以

---

① 《国语》,上海古籍出版社1988年版,第658—659页。
② 《春秋左传正义》,见《十三经注疏》,中华书局1980年版,第1956页。
③ 《春秋左传正义》,见《十三经注疏》,中华书局1980年版,第1986页。

为阍",使守舟。吴子余祭观舟,"阍以刀弑之"。① 原来吴越之争之前,吴人越人已经结怨,越俘成为吴国看守舟船的阍官之后,伺机弑杀了吴子余祭。这直可视为越王句践复仇灭吴的先声。这段叙事虽简洁,但提及弑杀者身份、弑杀的来龙去脉和细节,仍当为援自事后追述和讲说。

"吴使蹶由犒楚师",事见《昭公五年》。该年十月,"楚子以诸侯及东夷伐吴"。吴王使其弟蹶由犒师,楚人执之,将以衅鼓。楚王使人问"女卜来吉乎",吴蹶对曰"吉",因为我们君王"卜之以守龟",说的就是"亟使人犒师",以观楚王"怒之疾徐",而为之备,大王您若"好逆使臣",结果让我们吴国"休怠,而忘其死",那么吴国就"亡无日矣"。现在您"震电冯怒","虐执使臣","将以衅鼓",则我们吴国"知所备矣"。"难易有备,可谓吉矣"。再说,所卜乃是"吴社稷是卜,岂为一人"?使我蹶由获衅军鼓,而能使吴国知备,以御不虞。"其为吉,孰大焉?"楚王闻此言,"乃弗杀"。② 蹶由巧对发生在楚师那边,吴史无从记,楚史不会记,所以这应该是一个事后被传诵讲说的"说体"故事。

"吴伐州来战于鸡父,楚救师大奔",事见《昭公二十三年》。吴人伐州来,楚大夫薳越帅楚师及诸侯之师救州来,吴人先于钟离之地御之。吴公子光分析诸侯之从于楚者虽众,"而皆小国也","畏楚而不获已,是以来"。且"楚令尹死,其师燎","七国同役而不同心","楚可败也",提出"分师先以犯胡、沉与陈",三国败,诸侯之师必动摇军心。"吴子从之。戊辰晦,战于鸡父","楚师大奔"。当时楚太子建之母在郹,正是她"召吴人而启之"。吴人入城后,携楚夫人与其宝器以归吴。楚司马薳越追之,不及;欲自裁,众将士劝阻,说"请遂伐吴以徼之",薳越说"再败君师,死且有罪","亡君夫人,不可以莫之死也","乃缢于薳澨"。③ 这段叙事,多处多时人物对话极为详尽,又是发生在战役中,可以肯定是援用了事后的转述和讲述。

"伍子胥荐专设诸,公子光使刺吴王僚",事见《昭公二十七年》。该年吴王僚大举出兵,"欲因楚丧而伐之",国内空虚,公子光久已等待的时机

---

① 《春秋左传正义》,见《十三经注疏》,中华书局1980年版,第2005页。
② 《春秋左传正义》,见《十三经注疏》,中华书局1980年版,第2043页。
③ 《春秋左传正义》,见《十三经注疏》,中华书局1980年版,第2102页。

终于到来。于是召见早已准备的刺客鱄设诸。该刺客乃七年前奔吴的伍子胥所荐。当时伍子胥本欲依附公子光以伐楚复仇，见其并不上心，乃知他"将有他志"，故"姑为之求士，而鄙以待之"。公子光要索王位，因为他乃吴王寿梦四子（诸樊、余祭、余昧、季札）中长子诸樊之子。四叔季札辞位，父王诸樊传弟，传至季札时季札再辞位，就该转回去传给我这长子之子，而不应该是三叔余昧之子吴王僚，所以我本"王嗣也"。（按，"传弟说"出自《史记·吴太伯世家》，对此还有异说，孔疏引服虔云："夷昧生光而废之。僚者，夷昧之庶兄。夷昧卒，僚代立，故光曰'我王嗣也。'"）这层关系和理由，公子光一定讲过数次，故鱄设诸直称"王可弑也"，不过他还有顾虑："母老子弱，是无若我何？"公子光郑重宣布："我，尔身也。"于是，公子光设下"鸿门宴"。对于这场宴请，吴王僚不是没有防备，而是防备得非常森严，从过道到大门，到台阶，到厅堂，到宴席，全部都是吴王僚亲兵护卫，且持铍夹道而立，上菜者到门前要脱光衣服换身衣服才能进去，进去后膝行而前，护卫持铍夹行，铍的刀刃直指到肌肤。唯一没有防备到的是所上菜肴中会有什么。于是，当公子光借脚伤离开的片刻，鱄设诸从所上鱼体中抽出利剑刺向吴王，他自己当然也在瞬间便被那原本就直指着肌肤的铍刀交错刺杀。结局是吴王僚死，吴王阖庐立，公子季札认可了既定事实，吴王阖庐后来以鱄设诸之子"为卿"，兑现了对这位为他而死者的承诺。[①] 这整篇叙事，阴谋刺杀以及成功刺杀被描述得如此详尽，可以肯定所援用的不是史官当下记载的书体而是后来绘声绘色讲述的"说体"。

四、以《公羊传》为参照：《左传》援用"说体"的旁证

与《国语》相对而言独见于《左传》者，是否确为援用"说体"文本，其实还有一个可以与《国语》相媲美的参照者，这就是《公羊传》。同为《春秋》三《传》之一，《公羊传》所涉所述历史事件，与《左传》有更大的互见度。当然，《公羊传》成书于西汉景帝时期，已属汉代著作，但就其传授来看，其中所述春秋故事，当亦出自先秦之"说"。

关于《公羊传》的撰著，《四库全书总目》云：

[①] 《春秋左传正义》，见《十三经注疏》，中华书局1980年版，第2116页。

《春秋公羊传注疏》，二十八卷。汉公羊寿传，何休解诂，唐徐彦疏。案《汉书·艺文志》："《公羊传》十一卷。"班固自注曰："公羊子，齐人。"（案《汉书·艺文志》不题颜师古名者，皆固之自注）颜师古《注》曰："名高（案此据《春秋说》彦《疏》《题词》之文，见徐彦《疏》所引）。"徐彦《疏》引戴宏《序》曰："子夏传与公羊高，高传与其子平，平传与其子地，地传与其子敢，敢传与其子寿。至汉景帝时，寿乃与齐人胡母子都著于竹帛。何休之《注》亦同。"（休说见《隐公二年》"纪子伯、莒子盟于密"条下）今观《传》中有"子沈子曰"，"子司马子曰"，"子女子曰"，"子北宫子曰"，又有"高子曰"，"鲁子曰"，盖皆传授之经师，不尽出于公羊子。《定公元年传》"正棺于两楹之间"二句，《谷梁传》引之，直称沈子，不称公羊，是并其不著姓氏者亦不尽出公羊子。且并有"子公羊子曰"，尤不出于高之明证。知《传》确为寿撰，而胡母子都助成之。旧本首署高名，盖未审也。①

其中有一条重要信息，即《公羊传》所述春秋史事一直由诸位经师口头传授（不仅限于公羊高一人），直至西汉景帝时期才由公羊寿、胡母子都"著于竹帛"，由此可以说是典型的讲史说事解经记录。其中所说之事曾经就是"说体"文本形成之前的讲说形态。

将《左传》中不见于《国语》而恰与《公羊传》互见的富于情节性的叙事文本与《公羊传》相比对，会发现其中有些叙事确有较大差异，由此可以确证，两者皆是援用了"说体"文本，同一事件在辗转相告中不可避免地发生了这样那样的歧变，从而形成了不同的"版本"。兹举例辨析如下。

1. 宋南宫万弑闵公，扑仇牧

此事分别见于《左传·庄公十一年》《庄公十二年》和《公羊传·庄公十二年》。《左传》所述大致情节是乘丘之役鲁庄公射中宋南宫万，"公右歂孙生搏之"。"宋人请之"，南宫万返宋。宋闵公直接对南宫万说："始吾敬

---

① 《四库全书总目》，中华书局1965年版，第210页。

子；今子，鲁囚也，吾弗敬子矣。"南宫万"病之"，从此耿耿于怀。第二年，"秋，宋万弑闵公于蒙泽。遇仇牧于门，批而杀之。遇大宰督于东宫之西，又杀之"。宋立子游。冬，十月，宋人杀子游，立公子御说，即宋桓公。"南宫万奔陈，以乘车辇其母，一日而至"。宋人以赂请南宫万于陈，"陈人使妇人饮之酒，而以犀革裹之。比及宋，手足皆见。宋人皆醢之"。①

《公羊传》称"南宫万"为"宋万"，对于他被鲁庄公俘获一笔带过，也没有他杀人之后的叙述，着重描述的是其弑杀闵公特别是其批杀仇牧的原委、过程和情景：

> 万尝与庄公战，获乎庄公；庄公归，散舍诸宫中，数月，然后归之。归反为大夫于宋。与闵公博，妇人皆在侧。万曰："甚矣，鲁侯之淑，鲁侯之美也！天下诸侯宜为君者，唯鲁侯尔！"闵公矜此妇人，妒其言，顾曰："此虏也！尔虏焉故，鲁侯之美恶乎至？"万怒，搏闵公，绝其脰。仇牧闻君弑，趋而至，遇之于门，手剑而叱之。万辟杀仇牧，碎其首，齿着乎门阖。仇牧可谓不畏强御矣。②

具体比对不难发现，两个文本中闵公刺激南宫万（宋万）以致招来杀身之祸的话语即不相同，前者说的是"今子，鲁囚也，吾弗敬子矣"，后者说的是"此虏也！尔虏焉故，鲁侯之美恶乎至"；加之详略多寡也各不相同，可知两者当各有所本，所本必是"说体"而非"书体"，才会有如此多的差异和变动（按，《史记·宋微子世家》述此事大致属于《左传》系统，提到闵公是在与南宫万一起狩猎"争行"时说了那番刺激话，这样连刺激因何事而起都有两说，详后）。

2. 郑伯肉袒逆楚师

此事分别见于《左传·宣公十二年》和《公羊传·宣公十二年》。《左传》所述是这年春天"楚子围郑，旬有七日"，"郑人卜行成，不吉；卜临于大宫，且巷出车，吉"，于是"国人大临，守陴者皆哭"，楚人只得退师，

---

① 《春秋左传正义》，见《十三经注疏》，中华书局1980年版，第1770页。
② 《春秋公羊传注疏》，见《十三经注疏》，中华书局1980年版，第2233页。

这一轮没有拿下。"郑人修城"。但没过多久楚师又卷土重来，这一次终于攻下郑城，"入自皇门，至于逵路"。于是"郑伯肉袒牵羊以逆"，说了一大篇请罪之辞："孤不天，不能事君，使君怀怒以及敝邑，孤之罪也，敢不唯命是听？其俘诸江南，以实海滨，亦唯命；其翦以赐诸侯，使臣妾之，亦唯命。若惠顾前好，徼福于厉、宣、桓、武，不泯其社稷，使改事君，夷于九县，君之惠也，孤之愿也，非所敢望也。敢布腹心，君实图之。"楚师这边左右大臣都劝楚王"不可许也，得国无赦"，但楚王说"其君能下人，必能信用其民矣，庸可几乎"？最终是"退三十里而许之平"。

同一件事，《公羊传》所述细节、对话也均有不同：

> 庄王伐郑，胜乎皇门，放乎路衢。郑伯肉袒，左执茅旌，右执鸾刀，以逆庄王曰："寡人无良，边垂之臣，以干天祸，是以使君王沛焉，辱到敝邑。君如矜此丧人，锡之不毛之地，使帅一二耋老而绥焉，请唯君王之命。"庄王曰："君之不令臣，交易为言，是以使寡人得见君之玉面而微至乎此。"庄王亲自手旌，左右㧑军退舍七里。①

且不说关于攻下郑城的过程《公羊传》只以一句"庄王伐郑，胜乎皇门"一笔带过，与《左传》详述经过完全不同；即便都重点描述的郑伯逆师，两者所述也多有差异。郑伯"逆师"时手中所持，《左传》说的是"牵羊"，《公羊传》说的是"左把茅旌，右执鸾刀"；郑伯谢罪之辞，两者完全无法对应；楚庄王退师，《左传》直称"退三十里"，《公羊传》则描述了楚庄王的动作："亲自手旌，左右㧑军"。

3. 华元夜登子反之床（子反乘堙窥宋城，华元乘堙而见之）

这里两个小标题本身就清楚显示了两个文本的差异。

见于《左传·宣传十五年》的文本说的是楚伐宋，长时间拿不下，准备退兵，但其父死在宋人手里的申犀挡在楚庄王马前，要求兑现为其父申舟报仇的诺言。申叔时见状出主意说，"筑室，反耕者，宋必听命"，这下"宋人惧"，"使华元夜入楚师，登子反之床"，将对方拽起来说："寡君使元

---

① 《春秋公羊传注疏》，见《十三经注疏》，中华书局1980年版，第2284—2285页。

以病告，曰：'敝邑易子而食，析骸以爨。虽然，城下之盟，有以国毙，不能从也。去我三十里，唯命是听。'""子反惧，与之盟，而告王"。

《公羊传·宣公十五年》所述此事却完全是另外一个"版本"，"登床"变成了"乘堙"：

> 庄王围宋，军有七日之粮尔。尽此不胜，将去而归尔。于是使司马子反乘堙而窥宋城，宋华元亦乘堙而出见之。司马子反曰："子之国何如？"华元曰："惫矣。"曰："何如？"曰："易子而食之，析骸而炊之。"司马子反曰："嘻！甚矣惫！虽然，吾闻之也：围者柑马而秣之，使肥者应客，是何子之情也？"华元曰："吾闻之：君子见人之厄则矜之，小人见人之厄则幸之。吾见子之君子也，是以告情于子也。"司马子反曰："诺，勉之矣！吾军亦有七日之粮尔，尽此不胜，将去而归尔。"揖而去之，反于庄王。庄王曰："何如？"司马子反曰："惫矣！"曰："何如？"曰："易子而食之，析骸而炊之。"庄王曰："嘻！甚矣惫！虽然，吾今取此，然后而归尔。"司马子反曰："不可。臣已告之矣，军有七日之粮尔。"庄王怒曰："吾使子往视之，子曷为告之？"司马子反曰："以区区之宋，犹有不欺人之臣，可以楚而无乎？是以告之也。"庄王曰："诺。舍而止。虽然，吾犹取此然后归尔。"司马子反曰："然则君请处于此，臣请归尔。"庄王曰："子去我而归，吾孰与处于此？吾亦从子而归尔。"引师而去之。①

由此可见，事件确实是同一个事件，楚围宋，宋岌岌可危，经过宋华元、楚子反两位大臣的接触交流，最终楚宋订立盟约，楚撤兵完事。但具体过程、细节，则经由不同的讲述，讲述中发生了种种变化。

---

① 《春秋公羊传注疏》，见《十三经注疏》，中华书局1980年版，第2286页。

第 三 章

《韩非子》《吕氏春秋》"说体"故事的整理与辨析

《韩非子》《吕氏春秋》的成文、成书时间大致相当（见前），彼此不存在互相援引的可能，其中展开描述、富于情节的故事都是别引、他引，如此，将两者放在一起对照、比较进行梳理，将会从两者援引前述及同见的材料中进一步见证"说体"的存在，发现先秦"说体"的种种情况，同时也可挖掘出更多新的"说体"故事。

第一节　《韩非子》《吕氏春秋》
"说体"故事已见前述者

《韩非子》《吕氏春秋》中都有一些已经见于前述《左传》《国语》的历史故事，具体比对会发现，它们或与前述大致相同，可能即援引自前述著作；或大同小异，援自与前述著作同源文本又有所演绎变异；或小同大异，援自与前述著作完全不同的文本。由此可进一步确证前述《左传》《国语》同见故事的"说体"性质和来源，同时可呈现"说体"在辗转流传过程中形态多样的文本特点。

一、《韩非子》"说体"故事已见前述者

《韩非子》是战国后期已经比较成熟的论说著作，援引历史故实以说明事理是其论证的主要方法之一，除在多篇论文中已见其征引外，还专门有《说林》《储说》等"说体"故事集锦，《左传》《国语》等此前历史著作中

的故事自然是其重要的说理材料，因此，《韩非子》中有些"说体"故事已见前述。但比对的结果却是，除有些文本与前述基本相同外，还有一些与前述或多或少都有差异，由此可知先秦"说体"故事的确存在多个"版本"。需要说明的是，在第一章第二节"以'说'名篇名书之故事与他书互见考"中已列有"《说林》《储说》故事见于此前他书考"一节，其中已经列举"吴使蹷融犒荆师"（《说林下》）、"蔡女荡舟，齐桓公伐楚"（《外储说左上》）、"门人捐水而夷射诛"（《内储说下》）、"宋襄公不鼓不成列"（《内储说左上》）、"胥僮之谏厉公"（《内储说下》）几则，在此不再列举，下面仅就之外的篇目进行考察。

（一）与已见前述故事基本相同者

《韩非子·难四》中的"郑高渠弥弑昭公而立公子亹"，已见《左传·桓公十七年》，是两者重合度最高的一篇：

《左传·桓公十七年》	《韩非子·难四》
初，郑伯将以高渠弥为卿，	郑伯将以高渠弥为卿，
昭公恶之，固谏，不听。	昭公恶之，固谏，不听。
昭公立，惧其杀己也，	及昭公即位，惧其杀己也，
辛卯，弑昭公而立公子亹。	辛卯，弑昭公而立子亹也。
君子谓昭公知所恶矣。	君子曰："昭公知所恶矣。"
公子达曰："高伯其为戮乎！复恶已甚矣。"①	公子圉曰："高伯其为戮乎，报恶已甚矣。"②

值得注意的是，两者不但情节、语句、对话基本相同甚至一字不差，连"君子谓""君子曰"都已经存在，还包括援引人物断语，这说明《韩非子·难四》直接援引了《左传》已经成书后的著作文本，而非仅是《左传》同源文本。《难四》称"公子圉曰"，与《左传》称"公子达曰"有异，"达""圉"属于形讹，而非音同音近，可知是援引书面文本时字体变异所

---

① 《春秋左传正义》，见《十三经注疏》，中华书局 1980 年版，第 1759 页。
② ［清］王先慎：《韩非子集解》，见《诸子集成》5，上海书店 1986 年版，第 293 页。

致,这是"说体"已经形成书面文本后传播的明证。(该则还可以用来佐证《左传》的确成书于先秦而非西汉)

《韩非子·内储说下》的"楚太子商臣弑成王",与《左传·文公元年》所述也属于重合度极高的一段:

《左传·文公元年》	《韩非子·内储说下》
初,楚子将以商臣为太子,访诸令尹子上。	
子上曰:"君之齿未也……且是人也,蜂目而豺声……不可立也。"	
弗听。既,又欲立王子职,而黜太子商臣。	楚成王(以)商臣为太子,既欲置公子职。
商臣闻之而未察,	商臣闻之,未察也,
告其师潘崇曰:"若之何而察之?"	乃为其傅潘崇曰:"奈何察之也?"
潘崇曰:"享江芈而勿敬也。"	潘崇曰:"飨江芈而勿敬也。"
从之。江芈怒曰:"呼!役夫!宜君王之欲杀女而立职也。"	太子听之。江芈曰:"呼!役夫!宜君王之欲废女而立职也。"
告潘崇曰:"信矣。"	商臣曰:"信矣。"
潘崇曰:"能事诸乎?"曰:"不能。"	潘崇曰:"能事之乎?"曰:"不能。"
"能行乎?"曰:"不能。"	"能为之诸侯乎?"曰:"不能。"
"能行大事乎?"曰:"能。"	"能举大事乎?"曰:"能。"
冬,十月,以宫甲围成王。	于是乃起宿营之甲而攻成王,
王请食熊蹯而死。弗听。丁未,王缢。①	成王请食熊膰而死,不许,遂自杀。②

《左传》所述楚成王将以商臣为太子,令尹子上劝称"不可立"一小节《韩非子》无,当属省略,既立商臣为太子后又要改立公子职,商臣按照其傅潘崇的主意飨楚王妃故意不敬,王妃一怒说漏嘴的情节,《韩非子》与《左传》所述完全相同,一句不差,当属直接援引。此条较上一条更能铁证《韩非子》抄自《左传》而非相反,因为《左传》有比《韩非子》多出的情节。

---

① 《春秋左传正义》,见《十三经注疏》,中华书局1980年版,第1837页。
② [清]王先慎:《韩非子集解》,见《诸子集成》5,上海书店1986年版,第190页。

《韩非子·奸劫弑臣》一篇提及的"齐崔杼弑其君"事件,已见《左传·襄公二十五年》,是《左传》描述十分详尽的一段故事,《韩非子》只是简述了这段故事,但情节、过程与《左传》全同,而且明确提到援引自《春秋》:

> 故《春秋》记之曰:"……齐崔杼,其妻美,而庄公通之,数如崔氏之室,及公往,崔子之徒贾举率崔子之徒而攻公,公入室,请与之分国,崔子不许,公请自刃于庙,崔子又不听,公乃走逾于北墙,贾举射公,中其股,公队,崔子之徒以戈斫公而死之,而立其弟景公。"(《韩非子·奸劫弑臣》)①

其中"贾举率徒""公逾墙""中股"等具体人事细节与《左传》皆重合,可知是援引该文本。那么,此节开首称"故《春秋》记之曰",此《春秋》当是指《左传》而非今见孔子所修订之《春秋》,因为该《春秋》只是记了一句:"夏,五月乙亥,齐崔杼弑其君光。"由此可知《左传》当时应称《左氏春秋》,简称《春秋》,与《史记·十二诸侯年表序》所称(详后)一致。

与上述情况类似者还有《韩非子·内储说上》中的"叔孙豹欺于竖牛",这段故事已见《左传·昭公四年》,也是《左传》中描述十分具体且情节曲折、颇富于戏剧性的一篇,《韩非子》仅截取了其中叔孙为竖牛所欺瞒、亡二子以致不食而饿死的主体段落:

《韩非子·内储说上》
叔孙相鲁,贵而主断。其所爱者曰竖牛,亦擅用叔孙之令。
叔孙有子曰壬,竖牛妒而欲杀之,因与壬游于鲁君所,鲁君赐之玉环,壬拜受之而不敢佩,使竖牛请之叔孙,竖牛欺之曰:"吾已为尔请之矣,使尔佩之。"壬因佩之,竖牛因谓叔孙:"何不见壬于君乎?"叔孙曰:"孺子何足见也。"竖牛曰:"壬固已数见于君矣。君赐之玉环,壬已佩之矣。"叔孙召壬见之,而果佩之,叔孙怒而杀壬。

---

① [清]王先慎:《韩非子集解》,见《诸子集成》5,上海书店1986年版,第76页。

《韩非子·内储说上》
壬兄曰丙，竖牛又妒而欲杀之，叔孙为丙铸钟，钟成，丙不敢击，使竖牛请之叔孙，竖牛不为请，又欺之曰："吾已为尔请之矣。使尔击之。"丙因击之，叔孙闻之曰："丙不请而擅击钟。"怒而逐之。丙出走齐，居一年，竖牛为谢叔孙，叔孙使竖牛召之，又不召而报之曰："吾已召之矣，丙怒甚，不肯来。"叔孙大怒，使人杀之。
二子已死，叔孙有病，竖牛因独养之而去左右，不内人，曰："叔孙不欲闻人声。"因不食而饿杀。
叔孙已死，竖牛因不发丧也，徙其府库重宝空之而奔齐。①

与已见上一章所述的《左传》描述一一对照即可发现，《韩非子》省略了叔孙穆子途遇妇人同宿、梦中呼"牛，助予"、与私生子牛相认等戏剧性情节，故也未提竖牛的私生身份。除此之外，所述竖牛潜害叔孙二子丙和壬的具体情节，一为鲁君赐环，一为铸钟击钟，与《左传》完全相同，只不过对二子之死的情节作了简化。略有差异处是二子被潜害的顺序不同，《左传》先述孟丙，后述仲壬，《韩非子》则先壬后丙。

《韩非子》中与前述情节大致相同者还有《难一》中的"晏子不更宅及称'踊贵屦贱'"，已见《左传·昭公三年》：

《左传·昭公三年》	《韩非子·难二》
初，景公欲更晏子之宅，曰："子之宅近市，湫隘嚣尘，不可以居，请更诸爽垲者。"	景公过晏子曰："子宫小，近市，请徙子家豫章之圃。"
辞曰："君之先臣容焉，臣不足以嗣之，于臣侈矣。且小人近市，朝夕得所求，小人之利也，敢烦里旅？"	晏子再拜而辞曰："且婴家贫，待市食，而朝暮趋之，不可以远。"
公笑曰："子近市，识贵贱乎？"	晏景公笑曰："子家习市，识贵贱乎？"
对曰："既利之，敢不识乎？"	

---

① [清] 王先慎：《韩非子集解》，见《诸子集成》5，上海书店1986年版，第163—164页。

续表

《左传·昭公三年》	《韩非子·难二》
公曰:"何贵?何贱?"	
于是景公繁于刑,有鬻踊者,故对曰:"踊贵,屦贱。"	是时景公繁于刑,晏子对曰:"踊贵而屦贱。"
	景公曰:"何故?"对曰:"刑多也。"
既已告于君,故与叔向语而称之。	
	景公造然变色曰:"寡人其暴乎!"
景公为是省于刑。①	于是损刑五。②

两相比对可知《韩非子》属于简述版。晏子故事在战国时期已经流传极广,演绎极多,版本各异,《晏子春秋》即是晏子故事集锦,所以很难说《韩非子》一定是援引《左传》,但可以说是援自《左传》同源文本。《难一》中晏子"再拜而辞"开头便称"且婴家贫",分明删减前句而来,是据文本节选的明证。

此外,《难三》中的"寺人披求见文公",是既已见《左传·僖公二十四年》又已见《国语·晋语四》的重耳故事中的一个片段,《左传》《国语》已有差异,属于同一文本在流传讲说过程中发生变异,经过比对,可知《韩非子》所述是对《左传》版本系统文本的一个简化:

文公出亡,献公使寺人披攻之蒲城,披斩其祛,文公奔翟。惠公即位,又使攻之惠窦,不得也。及文公反国,披求见。公曰:"蒲城之役,君令一宿,而汝即至;惠窦之难,君令三宿,而汝一宿,何其速也?"披对曰:"君令不二,除君之恶,惟恐不堪,蒲人、翟人余何有焉?今公即位,其无蒲、翟乎!且桓公置射钩而相管仲。"君乃见之。(《韩非子·难三》)③

---

① 《春秋左传正义》,见《十三经注疏》,中华书局1980年版,第2031页。
② [清]王先慎:《韩非子集解》,见《诸子集成》5,上海书店1986年版,第273页。
③ [清]王先慎:《韩非子集解》,见《诸子集成》5,上海书店1986年版,第282—283页。

求见者《左传》记作"寺人披",《国语》记作"寺人勃鞮","披"与"勃鞮"属于发音快慢记录之异,是"说体"故事源自"说"的明证;而《韩非子》称"寺人披",同于《左传》。"惠公即位,又使攻之惠窦"一句《左传》《国语》皆无,《韩非子》或是据文公责辞改为叙述,或是别有所本,今见材料不可考,存疑。

还有《内储说上》的"子产诫游吉",已见《左传·昭公二十年》"子产有疾,谓子大叔":

《左传·昭公二十年》	《韩非子·内储说上》
郑子产有疾,谓子大叔曰:	子产相郑,病将死,谓游吉曰:
"我死,子必为政。唯有德者能以宽服民,其次莫如猛。夫火烈,民望而畏之,故鲜死焉;水懦弱,民狎而玩之,则多死焉,故宽难。"	"我死后,子必用郑,必以严莅人。夫火形严,故人鲜灼;水形懦,人多溺。子必严子之刑,无令溺子之懦。"
疾数月而卒。	故子产死,
大叔为政,不忍猛而宽。郑国多盗,取人于萑苻之泽。	游吉不忍行严刑,郑少年相率为盗,处于萑泽,将遂以为郑祸。
	游吉率车骑与战,一日一夜,仅能克之。
大叔悔之,曰:"吾早从夫子,不及此。"	游吉喟然叹曰:"吾蚤行夫子之教,必不悔至于此矣。"①
兴徒兵以攻萑苻之盗,尽杀之,盗少止。②	

子产所谓者,《左传》称"子大叔",《韩非子》称"游吉",两人实为同一人;子产所诫之语,《韩非子》稍简,意思全同;稍有不同的是游吉攻盗在叹悔前,《左传》中子大叔攻盗在叹悔后。

还有《难四》中的"景公囚阳虎",已见《左传·定公九年》的"阳虎囚齐逃宋奔晋",《韩非子》主要转述了鲍文子劝齐景公不要礼待阳虎的说辞,馀皆简述之,比较两段说辞,可知《韩非子》所采与《左传》也当

---

① [清]王先慎:《韩非子集解》,见《诸子集成》5,上海书店1986年版,第166页。
② 《春秋左传正义》,见《十三经注疏》,中华书局1980年版,第2094—2095页。

属于一个版本系统,《韩非子》作了节选:

《左传·定公九年》	《韩非子·难四》
鲍文子谏曰:	鲍文子谏曰:
"臣尝为隶于施氏矣,鲁未可取也。	"不可。
上下犹和,众庶犹睦,能事大国,而无天灾,若之何取之?	
阳虎欲勤齐师也,齐师罢,大臣必多死亡,己于是乎奋其诈谋。	
夫阳虎有宠于季氏,而将杀季孙以不利鲁国,而求容焉。	阳虎有宠于季氏而欲伐于季孙,
亲富不亲仁,君焉用之?	贪其富也。
君富于季氏,而大于鲁国,兹阳虎所欲倾覆也。	今君富于季孙,而齐大于鲁,阳虎所以尽诈也。"①
鲁免其疾,而君又收之,无乃害乎?"②	

(二) 与已见前述故事大同小异者

《韩非子》中还有一些"说体"故事,与前述基本情节、过程大致相同,但具体细节、人物、对话、结局等有所差异,尚在文本流传变异的范围之内,应属援自与前述同源异流文本的结果。

《韩非子·十过》篇中的"曹君观重耳,僖负羁之妻言于夫"("曹共公不礼重耳而观其骿胁")是重耳故事中的一个著名片段,已见《左传·僖公二十三年》《僖公二十八年》和《国语·晋语四》,曹君闻重耳骿胁薄而观之,导致后来重耳报复,曹大夫僖负羁则因其妻认定重耳会大有为而"蚤自贰""先自贰"受到重耳开恩。其中"僖负羁之妻言于夫"部分三者基本相同,决定了《韩非子》此段故事与前述的"大同"格局。而就整个故事而言,《韩非子》与《左传》更有可比性,因为《国语》只是述及僖负羁之妻所言所语,没有下文。对比《韩非子》与《左传》,则会发现前

---

① [清] 王先慎:《韩非子集解》,见《诸子集成》5,上海书店1986年版,第292页。
② 《春秋左传正义》,见《十三经注疏》,中华书局1980年版,第2144页。

因、后果两者皆有出入：

《左传》	《韩非子·十过》
及曹，	昔者晋公子重耳出亡过于曹。
曹共公闻其骈胁，欲观其裸。	
浴，薄而观之。	曹君袒裼而观之。
	釐负羁与叔瞻侍于前。叔瞻谓曹君曰：
	"臣观晋公子非常人也，君遇之无礼。彼若有时反国而起兵，即恐为曹伤，君不如杀之。"曹君弗听。
	釐负羁归而不乐。其妻问之曰："公从外来而有不乐之色何也？"负羁曰："吾闻之，有福不及，祸来连我。今日吾君召晋公子，其遇之无礼，我与在前，吾是以不乐。"
僖负羁之妻曰：	其妻曰：
"吾观晋公子之从者，皆足以相国。	"吾观晋公子，万乘之主也；其左右从者，万乘之相也。
	今穷而出亡过于曹，曹遇之无礼，
若以相，夫子必反其国。反其国，必得志于诸侯。得志于诸侯，而诛无礼，	此若反国，必诛无礼，
曹其首也。子盍蚤自贰焉！"	则曹其首也。子奚不先自贰焉？"
	负羁曰："诺。"
乃馈盘飧、寘璧焉。	盛黄金于壶，充之以餐，加璧其上。夜令人遗公子。
公子受飧反璧。（《僖公二十三年》）	公子见使者，再拜受其餐而辞其璧。
……三月丙午，入曹，	……重耳即位三年，举兵而伐曹矣。
数之以其不用僖负羁，而乘轩者三百人也，且曰献状。	
	因令人告曹君曰："悬叔瞻而出之，我且杀而以为大戮。"

续表

《左传》	《韩非子·十过》
令无入僖负羁之宫而免其族，报施也。	又令人告釐负羁曰："军旅薄城，吾知子不违也。其表子之闾，寡人将以为令，令军勿敢犯。"
魏犨、颠颉怒，曰："劳之不图，报于何有？"爇僖负羁氏。魏犨伤于胸，公欲杀之，而爱其材。使问，且视之。病，将杀之。魏犨束胸见使者，曰："以君之灵，不有宁也！"距跃三百，曲踊三百。乃舍之。杀颠颉以徇于师。（《僖公二十八年》）①	
	曹人闻之率其亲戚而保釐负羁之闾者七百馀家。②

前因部分，《左传》明确称曹君闻重耳骈胁欲观其裸、趁其沐浴"薄而观之"，《韩非子》未提骈胁，只模糊称"袒裼而观之"；较之《左传》多出釐负羁、叔詹"侍于前"、叔詹劝杀、釐负羁归而不乐等情节；而叔詹劝杀在其他多个版本中都是发生在郑国。后果部分，《左传》称魏犨、颠颉违令"爇僖负羁氏"，颠颉因此被杀；《韩非子》未提爇事，称晋文公知釐负羁"不违"、告之将表其闾。又，《外储说右上》"晋文公问于狐偃"条称"田于圃陆"时颠颉因"后期"（迟到）而被杀，与《左传》称此时杀颠颉以徇于师亦复不同。

（三）与已见前述故事小同大异者

《韩非子》中还有的"说体"故事仅能看出与前述大致是同一件事情，但所述差异很大，应该属于援自不同的讲说记录文本。

《说林下》所述"齐使鲁杀公子纠"，乃管仲辅佐齐桓公称霸系列故事中的一段。当年"齐连称管至父之乱"前后，鲍叔奉公子小白奔莒，管仲、召忽奉公子纠奔鲁，嗣后两公子返齐争位，公子小白先入为齐桓公，齐使鲁

---

① 《春秋左传正义》，见《十三经注疏》，中华书局1980年版，第1815、1824页。
② ［清］王先慎：《韩非子集解》，见《诸子集成》5，上海书店1986年版，第53—54页。

杀公子纠。对此，《左传·庄公九年》所述为鲍叔帅师至鲁，直称"子纠，亲也，请君讨之。管、召，雠也，请受而甘心焉"，鲁人"乃杀子纠于生窦"，"召忽死之。管仲请囚"，鲍叔将管仲"押回"，齐桓公封为相。《说林上》的"版本"却是："公子纠将为乱，桓公使使者视之，使者报曰：'笑不乐，视不见，必为乱。'乃使鲁人杀之。"

《韩非子·外储说左上》的"及河，子犯辞"乃重耳故事中的一个片段，已见《左传·僖公二十四年》和《国语·晋语四》（"秦伯纳公子，及河，子犯辞"）。《左传》《国语》所述基本相同，即重耳终于得返晋国，及河，子犯却以璧授公子，就此辞别，公子重耳投璧于水，发誓"所不与舅氏同心者，有如白水（河水）"，《韩非子》则除了文公、舅犯、至河而盟与之相同外，具体情节完全不同：

> 文公反国，至河，令笾豆捐之，席蓐捐之，手足胼胝、面目黧黑者后之，咎犯闻之而夜哭，公曰："寡人出亡二十年，乃今得反国，咎犯闻之不喜而哭，意不欲寡人反国邪？"犯对曰："笾豆所以食也，而君捐之；席蓐所以卧也，而君弃之；手足胼胝、面目黧黑，劳有功者也，而君后之。今臣与在后中，不胜其哀，故哭。且臣为君行诈伪以反国者众矣，臣尚自恶也，而况于君？"再拜而辞，文公止之曰："谚曰：筑社者，攓撅而置之，端冕而祀之。今子与我取之，而不与我治之；与我置之，而不与我祀之焉？"乃解左骖而盟于河。（《韩非子·外储说左上》）①

重耳至河捐物、使手足胼胝、面目黧黑者后之，舅犯闻之夜哭的情节是多出的，对话因情节而设，自然也完全不同；文公止舅犯而盟，是"解左骖而盟于河"，而非投璧，也是迥然有异。

晋文公故事中还有伐原得原后任命原令的情节，《左传》《韩非子》均有提及，所任命者均为从亡中"馁而不食"、忠心耿耿的可信赖者，但却各有"人选"：

---

① ［清］王先慎：《韩非子集解》，见《诸子集成》5，上海书店1986年版，第206—207页。

《左传·僖公二十五年》	《韩非子·外储说左下》
晋侯问原守于寺人勃鞮，对曰：	
"昔赵衰以壶飧从，径，	晋文公出亡，箕郑挈壶餐而从，迷而失道，与公相失，饥而道泣，
馁而弗食。"	寝饿而不敢食。
	及文公反国，举兵攻原，克而拔之，
	文公曰："夫轻忍饥馁之患而必全壶餐，是将不以原叛。"
故使处原。①	乃举以为原令。②

一为赵衰，一为箕郑，同样的事情却被安在不同人物的身上，可见是传说，事实只能有一个，或者赵衰，或者箕郑，或者两者都不是。

《韩非子》与前述小同大异者还有《十过》中的"楚灵王乾溪之难"中的灵王之死，已见《左传·昭公十三年》：

《左传·昭公十三年》	《韩非子·十过》
王沿夏，将欲入鄢。芋尹无宇之子申亥曰："吾父再奸王命，王弗诛，惠孰大焉？君不可忍，惠不可弃，吾其从王。"乃求王，遇诸棘闱以归。夏，五月癸亥，王缢于芋尹申亥氏。申亥以其二女殉而葬之。③	昔者楚灵王为申之会，宋太子后至，执而囚之，狎徐君，拘齐庆封。中射士谏曰："合诸侯不可无礼，此存亡之机也。昔者桀为有戎之会，而有缗叛之；纣为黎丘之蒐，而戎、狄叛之；由无礼也。君其图之。"君不听，遂行其意。居未期年，灵王南游，群臣从而劫之，灵王饿而死乾溪之上。④

两者相同者只是灵王死于乾溪，但《韩非子》重点提及中射士之谏，不见于《左传》；《左传》述灵王自缢，《韩非子》称"饿而死"；《左传》述芋尹无宇之子申亥以其二女殉而葬之，《韩非子》无述。

---

① 《春秋左传正义》，见《十三经注疏》，中华书局1980年版，第1821页。
② ［清］王先慎：《韩非子集解》，见《诸子集成》5，上海书店1986年版，第220—221页。
③ 《春秋左传正义》，见《十三经注疏》，中华书局1980年版，第2070页。
④ ［清］王先慎：《韩非子集解》，见《诸子集成》5，上海书店1986年版，第42页。

此外，《韩非子·外储说左下》中提到"范武子杖文子"，已见《国语·晋语五》，《韩非子》只是概述，且人物对话完全不同：

《国语·晋语五》	《韩非子·外储说左下》
范文子暮退于朝。武子曰："何暮也？"对曰："有秦客廋辞于朝，大夫莫之能对也，吾知三焉。"武子怒曰："大夫非不能也，让父兄也。尔童子，而三掩人于朝。吾不在晋国，亡无日矣。"击之以杖，折委笄。①	范文子喜直言，武子击之以杖："夫直议者不为人所容，无所容则危身，非徒危身，又将危父。"②

二、《吕氏春秋》"说体"故事已见前述者

《吕氏春秋》也是大量援用各种故事以论证问题的论说著作，也不可避免地援用了大量此前已经见于著述的历史故事。这些故事已见前述本身，即可见出其援用性质；与前述同中有异的情况，则可知各自皆有所本，所本乃"说体"而非"书体"。与《韩非子》中的篇目绝大多数为韩非个人撰写不同，《吕氏春秋》属于集体编撰，作者众多，阅历各异；与《韩非子》除称引论说还有专门集锦不同，《吕氏春秋》中出现的故事全为援用说理，因此，其中的这些已见前述者，除个别与前述重合度较高外，更多的是与前述有异者、对前述简化者，还有演绎增益者。

（一）与已见前述故事相同者

《吕氏春秋·过理》中的"晋灵公使贼赵盾，沮麛触槐死"，已见《左传·宣公二年》和《国语·晋语五》（"晋灵公使贼赵盾，鉏麛触槐死"），《左传》《国语》大致相同，但因《国语》前文仅有"灵公虐"一句，无"弹人""胹熊蹯"情节，比较而言，《吕氏春秋》与《左传》重合度更高，但有些部分作了简化：

---

① 《国语》，上海古籍出版社1988年版，第401页。
② ［清］王先慎：《韩非子集解》，见《诸子集成》5，上海书店1986年版，第229页。

《左传·宣公二年》	《吕氏春秋·过理》
晋灵公不君，	晋灵公无道，
厚敛以雕墙；从台上弹人，而观其辟丸也；	从上弹人，而观其避丸也。
宰夫胹熊蹯不熟，杀之，置诸畚，使妇人载以过朝。赵盾、士季见其手，问其故，而患之。	使宰人臑熊蹯，不熟，杀之，令妇人载而过朝以示威，不适也。
将谏，士季曰：……会请先，不入，则子继之。……犹不改。	
宣子骤谏，	赵盾骤谏而不听，
公患之，使鉏麑贼之。	公恶之，乃使沮麛。
晨往，寝门辟矣，盛服将朝。尚早，坐而假寐。麑退，	沮麛见之不忍贼，
叹而言曰："不忘恭敬，民之主也。	曰："不忘恭敬，民之主也。
贼民之主，不忠；弃君之命，不信。有一于此，不如死也。"	贼民之主，不忠；弃君之命，不信。一于此，不若死。"
触槐而死。①	乃触廷槐而死。②

与《左传》比对，情节、前后过程、沮麛之语全同；不同者，《左传》称"鉏麑"，此称"沮麛"，乃文本流传讹变所致；《左传》有士季之谏辞，此省；《左传》有"晨往，寝门辟矣，盛服将朝。尚早，坐而假寐"，此省，直称"见而不忍贼"，省略过当，致使前后不相衔接，但却是《吕氏春秋》在《左传》系列书面文本基础上省略处理的明证。已知《左传》"鉏麑行刺"一节援自典型的"说体"文本，这里即可确凿证明《吕氏春秋》此段所援用的乃是说体故事被记录之后的文本。

《吕氏春秋·行论》中的"宋杀文无畏（申舟），楚庄王投袂而起"，已见《左传·宣公十四年》，其中具体情节包括某些描述细节都与《左传》完全相同：

---

① 《春秋左传正义》，见《十三经注疏》，中华书局1980年版，第1866—1867页。
② 《吕氏春秋》，[汉]高诱注，见《诸子集成》6，上海书店1986年版，第302页。

楚子使申舟聘于齐，曰："无假道于宋。"亦使公子冯聘于晋，不假道于郑。申舟以孟诸之役恶宋，曰："郑昭、宋聋，晋使不害，我则必死。"王曰："杀女，我伐之。"见犀而行。及宋，宋人止之。华元曰："过我而不假道，鄙我也。鄙我，亡也。杀其使者，必伐我。伐我，亦亡也。亡一也。"乃杀之。楚子闻之，投袂而起。屦及于窒皇，剑及于寝门之外，车及于蒲胥之市。秋，九月，楚子围宋。(《左传·宣公十四年》)①

楚庄王使文无畏于齐，过于宋，不先假道。还反，华元言于宋昭公曰："往不假道，来不假道，是以宋为野鄙也。楚之会田也，故鞭君之仆于孟诸。请诛之。"乃杀文无畏于扬梁之堤。庄王方削袂，闻之曰："嘻！"投袂而起。履及诸庭，剑及诸门，车及之蒲疏之市。遂舍于郊。兴师围宋九月。(《吕氏春秋·行论》)②

《左传》称"楚子使申舟聘于齐"，此称"文无畏"，申舟芈姓，文氏，名无畏，即是同一人。不过此称"杀文无畏于扬梁之堤"，《左传》未提杀之地点，仅此一点可知《吕氏春秋》援自与《左传》所用故事同源文本而非今见《左传》本身。应是《左传》在援用时省掉了"扬梁之堤"。

《吕氏春秋·乐成》中的"子产治郑，民先后诵之"，已见《左传·襄公三十年》，除《吕氏春秋》略去中间"子产奔晋"一段插曲外，两者所述特别是民先后所诵几乎完全相同：

《左传·襄公三十年》	《吕氏春秋·乐成》
子产使都鄙有章，上下有服；田有封洫，庐井有伍。大人之忠俭者，从而与之；泰侈者因而毙之。	子产始治郑，使田有封洫，都鄙有服。
丰卷将祭，请田焉。弗许，曰："唯君用鲜，众给而已。"子张怒，退而征役。子产奔晋，子皮止之，而逐丰卷。丰卷奔晋。子产请其田里，三年而复之，反其田里及其入焉。从政一年，	

---

① 《春秋左传正义》，见《十三经注疏》，中华书局1980年版，第1886页。
② 《吕氏春秋》，[汉] 高诱注，见《诸子集成》6，上海书店1986年版，第269页。

续表

《左传·襄公三十年》	《吕氏春秋·乐成》
舆人诵之曰："取我衣冠而褚之，取我田畴而伍之。孰杀子产，吾其与之！"	民相与诵之曰："我有田畴，而子产赋之。我有衣冠，而子产贮之。孰杀子产，吾其与之。"
及三年，又诵之曰："我有子弟，子产诲之；我有田畴，子产殖之。子产而死，谁其嗣之？"①	后三年，民又诵之曰："我有田畴，而子产殖之。我有子弟，而子产诲之。子产若死，其使谁嗣之？"②

舆人之诵诵于朝廷之外，不在史官记事范围，《左传》所述肯定是援用传诵讲说；《吕氏春秋》之同于《左传》，或者直接援用《左传》，或者援用《左传》同源文本，都属于援用"说体"故事。

（二）与已见前述故事有异者

《吕氏春秋·长见》中的"荆文王送申侯伯之他国"，已见《左传·僖公七年》（"楚文王送申侯伯之他国"），两则故事的基本事实相同，即楚文王临终前将宠臣申侯伯送出国，担心自己死后他会遭殃，没想到他到郑国后秉性不改，最终还是被杀掉。但对话、叙述都与《左传》有所不同：

《左传·僖公七年》	《吕氏春秋·长见》
夏，郑杀申侯以说于齐，且用陈辕涛涂之谮也。初，申侯，申出也，有宠于楚文王。文王将死，与之璧，使行，曰："唯我知女。女专利而不厌，予取予求，不女疵瑕也。后之人将求多于女，女必不免。我死，女必速行，无适小国，将不女容焉。"既葬，出奔郑，又有宠于厉公。③	荆文王曰：……"申侯伯善持养吾意，吾所欲则先我为之，与处则安，旷之而不谷丧焉。不以吾身远之，后世有圣人，将以非不谷。"于是送而行之。申侯伯如郑，阿郑君之心，先为其所欲，三年而知郑国之政也，五月而郑人杀之。④

---

① 《春秋左传正义》，见《十三经注疏》，中华书局1980年版，第2013—2014页。
② 《吕氏春秋》，[汉]高诱注，见《诸子集成》6，上海书店1986年版，第189页。
③ 《春秋左传正义》，见《十三经注疏》，中华书局1980年版，第1798页。
④ 《吕氏春秋》，[汉]高诱注，见《诸子集成》6，上海书店1986年版，第111—112页。

《左传》中楚文王判断的一番话是直接面对申侯伯以第二人称口吻说出的，所说主要是申侯伯好专利而不厌；《吕氏春秋》中则是第三人称评论之，所说主要是申侯伯好投君所好。据此可知由楚（荆）文王送申伯出国、申伯至郑仍不免被杀的事实，传诵讲说中出现了两个甚至更多的"版本"。

《长见》中的另一段"绳息妫，楚灭息入蔡"，已见《左传·庄公十年》《庄公十四年》，两者所述角度、情节多寡都有差异。《左传》分别于《庄公十年》《庄公十四年》详述了整个事件的来龙去脉，先是息侯因不满于蔡哀侯对息妫无礼而与楚谋，"楚败蔡师于莘"；其后蔡哀侯又"为莘故，绳息妫以语楚子"，楚文王遂"如息，以食入享，遂灭息，以息妫归"。四年后，楚文王又因息妫始终"未言"而归罪于蔡侯，遂伐蔡入蔡。《吕氏春秋》则直接从"楚欲取息与蔡"的角度，没有息妫"未言"的情节，却较《左传》多出"蔡哀侯绳息妫以语楚子"的对话：

> 楚王欲取息与蔡，乃先佯善蔡侯，而与之谋曰："吾欲得息，奈何？"蔡侯曰："息夫人，吾妻之姨也。吾请为飨息侯与其妻者，而与王俱，因而袭之。"楚王曰："诺。"于是与蔡侯以飨礼入于息，因与俱，遂取息。旋舍于蔡，又取蔡。（《吕氏春秋·长攻》）①

应该说，两者所据版本的事实大致不差，但作了不同取舍和叙述处理。

《吕氏春秋·悔过》中的"秦穆公不听蹇叔，败于晋师，素服悔过"，已见《左传·僖公三十二年》《僖公三十三年》，情节相同，但对话有异。

主题	《左传·僖公三十二年》《僖公三十三年》	《吕氏春秋·悔过》
蹇叔劝说之辞	"劳师以袭远，非所闻也。师劳力竭，远主备之，无乃不可乎？师之所为，郑必知之，勤而无所，必有悖心。且行千里，其谁不知？"	"不可。臣闻之，袭国邑，以车不过百里，以人不过三十里，皆以其气之趫与力之盛至，是以犯敌能灭，去之能速。今行数千里，又绝诸侯之地以袭国，臣不知其可也。君其重图之。"

---

① 《吕氏春秋》，[汉]高诱注，见《诸子集成》6，上海书店1986年版，第149页。

续表

主题	《左传·僖公三十二年》《僖公三十三年》	《吕氏春秋·悔过》
蹇叔送子之辞	"晋人御师必于殽,殽有二陵焉。其南陵,夏后皋之墓也;其北陵,文王之所辟风雨也。必死是间,余收尔骨焉。"	"晋若遏师必于殽。女死,不于南方之岸,必于北方之岸,为吾尸女之易。"
穆公悔过之辞	"孤违蹇叔,以辱二三子,孤之罪也。不替孟明,孤之过也,大夫何罪?且吾不以一眚掩大德。"①	"天不为秦国,使寡人不用蹇叔之谏,以至于此患。"②

一经对比即可发现,其中蹇叔的劝说之辞、哭送其子之辞、穆公毁过之辞,两者皆不相同。由此可见,这些故事叙述,除了事实本身,具体情节都属讲说者据情理揣摩演绎,人物对话尤其如此。

《吕氏春秋·开春》中的"祈奚免叔向",说的是晋诛叔向弟羊舌虎,叔向受牵连为之奴,祈奚往见范宣子而出之,故事已见《左传·襄公二十一年》。除了《左传》记作"祁奚"、《吕氏春秋》记作"祈奚"外,两者的差异主要也是人物对话的不同。

主题	《左传·襄公二十一年》	《吕氏春秋·开春》
祁奚(祈奚)谏辞	"《诗》曰:'惠我无疆,子孙保之。'书曰:'圣有谟勋,明征定保。'夫谋而鲜过、惠训不倦者,叔向有焉,社稷之固也,犹将十世宥之,以劝能者。今一不免其身,以弃社稷,不亦惑乎?鲧殛而禹兴;伊尹放大甲而相之,卒无怨色;管、蔡为戮,周公右王。若之何其以虎也弃社稷?子为善,谁敢不勉?多杀何为?"③	"闻善为国者,赏不过而刑不慢。赏过则惧及淫人,刑慢则惧及君子。与其不幸而过,宁过而赏淫人,毋过而刑君子。故尧之刑也殛鲧于虞而用禹;周之刑也戮管蔡而相周公:不慢刑也。"④

---

① 《春秋左传正义》,见《十三经注疏》,中华书局1980年版,第1832—1833页。
② 《吕氏春秋》,[汉]高诱注,见《诸子集成》6,上海书店1986年版,第186—188页。
③ 《春秋左传正义》,见《十三经注疏》,中华书局1980年版,第1971页。
④ 《吕氏春秋》,[汉]高诱注,见《诸子集成》6,上海书店1986年版,第277页。

两相对读也可发现，人物说辞差异很大，两者所据显然也是传诵讲说的不同版本。

《吕氏春秋·知化》中的"夫差悔不听子胥"，其中"夫差不听谏，子胥被赐死"部分已见《左传·哀公十一年》和《国语·吴语》，"悔不听"部分，不见《左传》，已见《国语》，因此，《吕氏春秋》与《国语》更有可比性。两相比对会发现，《吕氏春秋》除作了较大简化外，对话、描写也多有不同。比如夫差欲伐齐，子胥劝谏，两者的记述分别是：

《国语·吴语》	《吕氏春秋·知化》
申胥进谏曰："昔天以越赐吴，而王弗受。夫天命有反，今越王句践恐惧而改其谋……越之在吴，犹人之有腹心之疾也。夫越王之不忘败吴，于其心也忄戚然，服士以伺吾间。今王非越是图，而齐、鲁以为忧。夫齐、鲁譬诸疾，疥癣也，岂能涉江、淮而与我争此地哉？将必越实有吴土。王其盍亦鉴于人，无鉴于水。昔楚灵王不君，其臣箴谏以不入。……乃入芋尹申亥氏焉。王缢，申亥负王以归，而土埋之其室。此志也，岂遽忘于诸侯之耳乎？今王既变鲧、禹之功，而高高下下，以罢民于姑苏。天夺吾食，都鄙荐饥。今王将很天而伐齐。夫吴民离矣，体有所倾，譬如群兽然，一个负矢，将百群皆奔，王其无方收也。越人必来袭我，王虽悔之，其犹有及乎？"①	子胥曰："不可。夫齐之与吴也，习俗不同，言语不通，我得其地不能处，得其民不得使。夫吴之与越也，接土邻境，壤交通属，习俗同，言语通，我得其地能处之，得其民能使之，越我亦然。夫吴越之势不两立。越之于吴也，譬若心腹之疾也，虽无作，其伤深而在内也。夫齐之于吴也，疥癣之病也，不苦其已也，且其无伤也。今释越而伐齐，譬之犹惧虎而刺猏，虽胜之，其后患无央。"②

关于子胥之死，两者的记述分别为：

《国语·吴语》	《吕氏春秋·知化》
遂自杀。将死，曰："以悬吾目于东门，以见越之入，吴国之亡也。"王愠曰："孤不使大夫得有见也。"乃使取申胥之尸，盛以鸱夷，而投之于江。③	子胥将死，曰："与吾安得一目以视越人之入吴也？"乃自杀。夫差乃取其身而流之江，抉其目，著之东门，曰："女胡视越人之入我也？"④

---

① 《国语》，上海古籍出版社1988年版，第597—599页。
② 《吕氏春秋》，[汉]高诱注，见《诸子集成》6，上海书店1986年版，第300页。
③ 《国语》，上海古籍出版社1988年版，第602页。
④ 《吕氏春秋》，[汉]高诱注，见《诸子集成》6，上海书店1986年版，第301页。

关于夫差之悔，两者的记述分别为：

《国语·吴语》	《吕氏春秋·知化》
夫差将死，使人说于子胥曰："使死者无知，则已矣，若其有知，君何面目以见员也！"遂自杀。①	夫差将死，曰："死者如有知也，吾何面以见子胥于地下？"乃为幎以冒而死。②

从以上情节特别是人物对话可以看出，《国语》《吕氏春秋》关于子胥、夫差故事的讲说完全本于不同的传诵讲述。

《吕氏春秋·察微》中的"吴与楚战于鸡父，大败楚人"，已见《左传·昭公二十三年》（"吴伐州来战于鸡父，楚救师大奔"），但两者叙述的详略点不同。

《左传》描述的重点在鸡父之战中吴人战胜楚人的战术："吴子以罪人三千先犯胡、沉与陈，三国争之。吴为三军以系于后，中军从王，光帅右，掩余帅左。吴之罪人或奔或止，三国乱，吴师击之，三国败，获胡、沉之君及陈大夫。舍胡、沉之囚使奔许与蔡、顿，曰：'吾君死矣！'师噪而从之，三国奔，楚师大奔。"③ 以罪人先犯楚之附属国的这段描述并不见于《吕氏春秋》。

《吕氏春秋》描述的重点则在这场战争的起因："楚之边邑曰卑梁，其处女与吴之边邑处女桑于境上，戏而伤卑梁之处女。卑梁人操其伤子以让吴人，吴人应之不恭，怒，杀而去之。吴人往报之，尽屠其家。卑梁公怒，曰：'吴人焉敢攻吾邑？'举兵反攻之，老弱尽杀之矣。吴王夷昧闻之，怒，使人举兵侵楚之边邑，克夷而后去之。吴、楚以此大隆。吴公子光又率师与楚人战于鸡父，大败楚人。"④ 边邑处女采桑致使互斗的这段描述也不见于《左传》。

又如《吕氏春秋·慎势》中"齐简公之悔"（"齐简公悔不听诸御鞅'去一人'之谏"）一段，已见《左传·哀公十四年》，两者也属于详略点

---

① 《国语》，上海古籍出版社1988年版，第628页。
② 《吕氏春秋》，[汉]高诱注，见《诸子集成》6，上海书店1986年版，第301页。
③ 《吕氏春秋》，[汉]高诱注，见《诸子集成》6，上海书店1986年版，第2102页。
④ 《吕氏春秋》，[汉]高诱注，见《诸子集成》6，上海书店1986年版，第192页。

不同,《吕氏春秋》略去了事发过程,但谏辞详于《左传》。

(三) 对已见前述故事简述者

《吕氏春秋》旨在论述,不在叙事,因此援用说体故事更多的是作了简化处理,这一点在与已见前述故事的对比中就能看得很清楚。

如"骊姬之乱"直至"重耳返国""晋文公称霸"是十分著名的晋国故事,已见《国语·晋语二》《晋语四》《左传·僖公四年》《僖公五年》《僖公二十三年》至《僖公二十八年》,篇幅巨大,且多有富于戏剧性的详尽描述,《吕氏春秋·上德》及《原乱》则几句简述、概述之:

> 晋献公为丽姬远太子。太子申生居曲沃,公子重耳居蒲,公子夷吾居屈。丽姬谓太子曰:"往昔君梦见姜氏。"太子祠而膳于公,丽姬易之。公将尝膳,姬曰:"所由远,请使人尝之。"尝人,人死;食狗,狗死。故诛太子。太子不肯自释,曰:"君非丽姬,居不安,食不甘。"遂以剑死。公子夷吾自屈奔梁。公子重耳自蒲奔翟。(《上德》)①
>
> 晋献公立骊姬以为夫人,以奚齐为太子。里克率国人以攻杀之。荀息立其弟公子卓。已葬,里克又率国人攻杀之。于是晋无君。公子夷吾重赂秦以地而求入,秦缪公率师以纳之。晋人立以为君,是为惠公。惠公既定于晋,背秦德而不予地。秦缪公率师攻晋,晋惠公逆之,与秦人战于韩原。晋师大败,秦获惠公以归,囚之于灵台。十月,乃与晋成,归惠公而质太子圉。太子圉逃归也。惠公死,圉立为君,是为怀公。秦缪公怒其逃归也,起奉公子重耳以攻怀公,杀之于高梁,而立重耳,是为文公。文公施舍,振废滞,匡乏困,救灾患,禁淫慝,薄赋敛,宥罪戾,节器用,用民以时,败荆人于城濮,定襄王,释宋,出谷戍,外内皆服,而后晋乱止。(《原乱》)②

由此虽简括但情节俱全之概述,可以证明作者见到过《国语》《左传》

---

① 《吕氏春秋》,[汉] 高诱注,见《诸子集成》6,上海书店1986年版,第242页。
② 《吕氏春秋》,[汉] 高诱注,见《诸子集成》6,上海书店1986年版,第305—306页。

或其所援之"说体"文本，只不过出于论证需要做了简化处理。

与此情况相同的还有"重耳之亡"，已见《国语·晋语二》《左传·僖公二十三年》，也是内含多个戏剧性片段的长篇故事，《吕氏春秋·上德》更是几句高度概述之：

> 去翟过卫，卫文公无礼焉。过五鹿，如齐，齐桓公死。去齐之曹，曹共公视其骈胁，使袒而捕池鱼。去曹过宋，宋襄公加礼焉。之郑，郑文公不敬，被瞻谏曰："臣闻贤主不穷穷。今晋公子之从者，皆贤者也。君不礼也，不如杀之。"郑君不听。去郑之荆，荆成王慢焉。去荆之秦，秦缪公入之。①

不过，其中提及"曹共公观骈胁"一事，一句"使袒而捕池鱼"，却透露出又一个新的"版本"。

除此之外，《吕氏春秋·上德》中的"郑被瞻据镬而呼"，是对《国语·晋语四》"郑叔詹据鼎耳而疾号"同源文本的简述："晋既定，兴师攻郑，求被瞻。被瞻谓郑君曰：'不若以臣与之。'郑君曰：'此孤之过也。'被瞻曰：'杀臣以免国，臣愿之。'被瞻入晋军，文公将烹之，被瞻据镬而呼曰：'三军之士皆听瞻也：自今以来，无有忠于其君，忠于其君者将烹。'文公谢焉，罢师，归之于郑。"②

《吕氏春秋·慎行》中"崔杼与庆封"一节，是对《左传·襄公二十七年》和《昭公四年》"齐庆氏亡崔氏"及"齐庆氏之亡"长篇记述的概述：

> 崔杼与庆封谋杀齐庄公。庄公死，更立景公，崔杼相之。庆封又欲杀崔杼而代之相，于是揔崔杼之子，令之争后。崔杼之子相与私哄。崔杼往见庆封而告之。庆封谓崔杼曰："且留，吾将兴甲以杀之。"因令卢满嫳兴甲以诛之。尽杀崔杼之妻子及枝属，烧其室屋，报崔杼曰："吾已诛之矣。"崔杼归，无归。因而自绞也。庆封相景公，景公苦之。

---

① 《吕氏春秋》，[汉]高诱注，见《诸子集成》6，上海书店1986年版，第242页。
② 《吕氏春秋》，[汉]高诱注，见《诸子集成》6，上海书店1986年版，第242—243页。

庆封出猎，景公与陈无宇、公孙灶、公孙虿诛封。庆封以其属斗，不胜，走如鲁。齐人以为让，又去鲁而如吴，王予之朱方。荆灵王闻之，率诸侯以攻吴，围朱方，拔之。得庆封，负之斧质，以徇于诸侯军，因令其呼之曰："毋或如齐庆封，弑其君而弱其孤，以亡其大夫。"乃杀之。①

此外，《吕氏春秋·慎小》中的"戎州人杀卫庄公"，是对《左传·哀公十七年》中同源故事的节选，缺了卫庄公"见己氏之妻发美，使髡之，以为吕姜髢"的情节："卫庄公立，欲逐石圃。登台以望，见戎州，而问之曰：'是何为者也？'侍者曰：'戎州也。'庄公曰：'我姬姓也，戎人安敢居国？'使夺之宅，残其州。晋人适攻卫，戎州人因与石圃杀庄公，立公子起。"②

《吕氏春秋·分职》中的"白公胜不听石乞杀王焚库之谏"，已见《左传·哀公十六年》，《吕氏春秋》所述十分简括，但其中"石乞劝焚库"一段较《左传》为详："白公胜得荆国，不能以其府库分人。七日，石乞曰：'患至矣，不能分人则焚之，毋令人以害我。'白公又不能。九日，叶公入，乃发太府之货予众，出高库之兵以赋民，因攻之。十有九日而白公死。"③

（四）对已见前述故事演绎者

与上述简化处理相反，《吕氏春秋》故事已见前述者中还有的较之前述又有演绎增饰，以《吕氏春秋》的说理主旨而言，这些演绎应多非《吕氏春秋》文作者自己所为，很可能所据文本已是如此，毕竟经历了一个战国的漫长时期，故事在讲说传诵过程中不断发生演绎是极有可能的，《吕氏春秋》中这些较之前述有所演绎者，很多就同时带有赋诵特征。

著名的鲍叔荐管仲故事，《左传·庄公九年》已经提及，《吕氏春秋·赞能》则有详尽描述，多出鲍叔辞相、桓公先赏鲍叔等不少情节：

---

① 《吕氏春秋》，[汉]高诱注，见《诸子集成》6，上海书店1986年版，第286—287页。
② 《吕氏春秋》，[汉]高诱注，见《诸子集成》6，上海书店1986年版，第326页。
③ 《吕氏春秋》，[汉]高诱注，见《诸子集成》6，上海书店1986年版，第323页。

《左传·庄公九年》	《吕氏春秋·赞能》
	管子束缚在鲁，桓公欲相鲍叔。鲍叔曰："吾君欲霸王，则管夷吾在彼。臣弗若也。"
	桓公曰："夷吾，寡人之贼也，射我者也，不可。"鲍叔曰："夷吾，为其君射人者也。君若得而臣之，则彼亦将为君射人。"桓公不听，强相鲍叔。固辞让（而相），桓公果听之。
鲍叔帅师来言曰：	于是乎使人告鲁曰：
"子纠，亲也，请君讨之。管、召，雠也，请受而甘心焉。"	"管夷吾，寡人之雠也，愿得之而亲加手焉。"
乃杀子纠于生窦。召忽死之。	
管仲请囚，鲍叔受之，及堂阜而税之。	鲁君许诺，乃使吏鞹其拳，胶其目，盛之以鸱夷，置之车中。至齐境，桓公使人以朝车迎之，祓以爟火，衅以牺猳焉，生与之如国。
归而以告曰："管夷吾治于高傒，使相可也。"公从之。①	命有司除庙筵几，而荐之曰："自孤之闻夷吾之言也，目益明，耳益聪。孤弗敢专，敢以告于先君。"因顾而命管子曰："夷吾佐予！"管仲还走，再拜稽首，受令而出。
	管子治齐国，举事有功，桓公必先赏鲍叔，曰："使齐国得管子者，鲍叔也。"②

已见《左传·僖公二十四年》的"介之推与母偕隐"，到了《吕氏春秋·介立》这里，没有了与母的对话和偕隐，却出现了自赋《龙蛇歌》的情节和追踪者山上遇介推的一幕：

晋文公反国，介子推不肯受赏，自为赋诗曰："有龙于飞，周遍天下。五蛇从之，为之丞辅。龙反其乡，得其处所。四蛇从之，得其露

---

① 《春秋左传正义》，见《十三经注疏》，中华书局1980年版，第1766页。
② 《吕氏春秋》，[汉]高诱注，见《诸子集成》6，上海书店1986年版，第309—310页。

雨。一蛇羞之,桥死于中野。"悬书公门,而伏于山下。文公闻之曰:"嘻!此必介子推也。"避舍变服,令士庶人曰:"有能得介子推者,爵上卿,田百万。"或遇之山中,负釜盖簦,问焉,曰:"请问介子推安在?"应之曰:"夫介子推苟不欲见而欲隐,吾独焉知之?"遂背而行,终身不见。①

已见《左传·僖公三十三年》的"秦晋殽之战",其中的某些片段,在《吕氏春秋·悔过》中也多有增益。如"王孙满言秦师必败",增添了窥门细节:"师行过周,王孙满要门而窥之,曰:'呜呼!是师必有疵……'"②又如"郑弦高犒师",犒师者增添了一个人物奚施,于是有了两人的对话,有了弦高使奚施返郑报信的情节:"郑贾人弦高、奚施将西市于周,道遇秦师,曰:'嘻!师所从来者远矣。此必袭郑。'遽使奚施归告,乃矫郑伯之命以劳之……"③

已见《左传·宣公二年》的"赵宣子遇翳桑饿人",到了《吕氏春秋·报更》这里,无论举止、对话,都变得更加具体、连贯甚至有口语化部分,适于讲诵:

昔赵宣孟将上之绛,见骫桑之下有饿人卧不能起者,宣孟止车,为之下食,蠲而餔之,再咽而后能视。宣孟问之曰:"女何为而饿若是?"对曰:"臣宦于绛,归而粮绝,羞行乞而憎自取,故至于此。"宣孟与脯二胊,拜受而弗敢食也。问其故,对曰:"臣有老母,将以遗之。"宣孟曰:"斯食之,吾更与女。"乃复赐之脯二束,与钱百,而遂去之。处二年,晋灵公欲杀宣孟,伏士于房中以待之。因发酒于宣孟。宣孟知之。中饮而出。灵公令房中之士疾追而杀之。一人追疾,先及宣孟之面,曰:"嘻!君舆!吾请为君反死。"宣孟曰:"而名为谁?"反走对曰:"何以名为?臣骫桑下之饿人也。"还斗而死。

---

① 《吕氏春秋》,[汉]高诱注,见《诸子集成》6,上海书店1986年版,第117—118页。
② 《吕氏春秋》,[汉]高诱注,见《诸子集成》6,上海书店1986年版,第187页。
③ 《吕氏春秋》,[汉]高诱注,见《诸子集成》6,上海书店1986年版,第187页。

宣孟遂活。①

已见《左传·襄公二十五年》的"晏子与崔杼盟",到了《吕氏春秋·知分》这里,不但增益了"直兵造胸,句兵钩颈,谓晏子曰"这样适于动作表演的语句,晏子的答辞,还加了"《诗》曰"的韵文体式:"晏子曰:'崔子,子独不为夫《诗》乎!《诗》曰:莫莫葛藟,延于条枚。凯弟君子,求福不回。婴且可以回而求福乎?子惟之矣!'"②

三、《韩非子》《吕氏春秋》"说体"故事已见前述者

以上两个部分为《韩非子》《吕氏春秋》的故事分别已见前述者,这里要梳理的是《韩非子》《吕氏春秋》互见又都已见前述者,除了与前述异同,还有彼此异同等等,"版本"方面出现了更为复杂的情况。

管仲辅佐齐桓公以成霸业,是流传极广的春秋佳话,在此之前,更有管仲鲍叔各奉公子纠与公子小白,"公子小白先入,听鲍叔用管仲"的故事。关于这段佳话,《韩非子》《吕氏春秋》都有详尽记述,而此前则已见于《春秋》《左传》,但所述极其简要:

初,襄公立,无常。鲍叔牙曰:"君使民慢,乱将作矣。"奉公子小白出奔莒。乱作,管夷吾、召忽奉公子纠来奔。(《左传·庄公八年》)③

夏,公伐齐,纳子纠。齐小白入于齐。八月庚申,及齐师战于乾时,我师败绩。九月,齐人取子纠杀之。(《春秋·庄公九年》)④

九年,春,雍廪杀无知。夏,公伐齐,纳子纠。桓公自莒先入。(《左传·庄公九年》)⑤

---

① 《吕氏春秋》,[汉]高诱注,见《诸子集成》6,上海书店1986年版,第168页。
② 《吕氏春秋》,[汉]高诱注,见《诸子集成》6,上海书店1986年版,第260—261页。
③ 《春秋左传正义》,见《十三经注疏》,中华书局1980年版,第1765页。
④ 《春秋左传正义》,见《十三经注疏》,中华书局1980年版,第1766页。
⑤ 《春秋左传正义》,见《十三经注疏》,中华书局1980年版,第1766页。

到了《韩非子》《吕氏春秋》这里，出现了管仲鲍叔相谓人事一人的约定：

《韩非子·说林下》	《吕氏春秋·不广》
管仲、鲍叔相谓曰："君乱甚矣，必失国。齐国之诸公子其可辅者，非公子纠则小白也，与子人事一人焉，先达者相收。"管仲乃从公子纠，鲍叔从小白。国人果弑君，小白先入为君，鲁人拘管仲而效之，鲍叔言而相之。①	鲍叔、管仲、召忽，三人相善，欲相与定齐国，以公子纠为必立。召忽曰："吾三人者于齐国也，譬之若鼎之有足，去一焉则不成。且小白则必不立矣，不若三人佐公子纠也。"管仲曰："不可，夫国人恶公子纠之母，以及公子纠，公子小白无母，而国人怜之。事未可知，不若令一人事公子小白。夫有齐国，必此二公子也。"故令鲍叔傅公子小白，管子、召忽居公子纠所。②

两相比对，相同之处为管仲与鲍叔一事公子纠，一事公子小白，无论哪位公子立，彼此都可相互照应；别述者为《韩非子》仅为管仲、鲍叔二人相谓，《吕氏春秋》则别出召忽，且多出召忽提议三人皆事公子纠，遭到管仲反对。

更进一步，《吕氏春秋·贵卒》中还有"管仲射小白中钩"的情节：

> 齐襄公即位，憎公孙无知，收其禄。无知不说，杀襄公。公子纠走鲁，公子小白奔莒。既而国杀无知，未有君，公子纠与公子小白皆归，俱至，争先入公家。管仲扞弓射公子小白，中钩。鲍叔御公子小白僵。管子以为小白死，告公子纠曰："安之，公孙小白已死矣！"鲍叔因疾驱先入，故公子小白得以为君。③

就这样，齐桓公用其雠以成霸业的千古佳话在《吕氏春秋》中得以完整呈现。

按，管仲、鲍叔这段佳话，包括射公子小白"中钩"，详见《管子·匡君大匡》，因《管子》成书尚有争议，还不能肯定《韩非子》《吕氏春秋》

---

① ［清］王先慎：《韩非子集解》，见《诸子集成》5，上海书店1986年版，第141—142页。
② 《吕氏春秋》，［汉］高诱注，见《诸子集成》6，上海书店1986年版，第172—173页。
③ 《吕氏春秋》，［汉］高诱注，见《诸子集成》6，上海书店1986年版，第284页。

是否直接取材于《管子》,但可以说所取当是与《管子》同源的文本。

晋公子重耳故事中的"过郑,郑文公不礼",基本情节为叔詹劝郑文公礼待重耳,如做不到,不如杀之,以免后患,这一片段既已经互见于《左传·僖公二十三年》《国语·晋语四》,又互见于《韩非子·喻老》和《吕氏春秋·上德》,但四相比对,会发现"版本"颇多。《左传》《国语》《韩非子》《吕氏春秋》皆记述了叔詹礼待公子之谏,《左传》《国语》基本相同,《左传》简《国语》繁;《韩非子》谏辞不同,《吕氏春秋》则是高度简化。《左传》未有"不如杀之"之谏,馀皆有。故兹仅举《国语》与《韩非子》《吕氏春秋》比对之:

《国语》	《韩非子》	《吕氏春秋》
公子过郑,郑文公亦不礼焉。叔詹谏曰:	昔晋公子重耳出亡过郑,郑君不礼,叔瞻谏曰:	之郑,郑文公不敬,被瞻谏曰:
"臣闻之:亲有天,用前训,礼兄弟,资穷困,天所福也。今晋公子有三祚焉,天将启之。同姓不婚,恶不殖也。狐氏出自唐叔。狐姬,伯行之子也,实生重耳。成而㒞才,离违而得所,久约而无衅,一也。同出九人,唯重耳在,离外之患,而晋国不靖,二也。晋侯日载其怨,外内弃之;重耳日载其德,狐、赵谋之,三也……君其图之。"	"此贤公子也,君厚待之,可以积德。"	
弗听。	郑君不听。	
叔詹曰:"若不礼焉,则请杀之。《谚》曰:'黍稷无成,不能为荣。黍不为黍,不能蕃庑。稷不为稷,不能蕃殖。所生不疑,唯德之基。'"	叔瞻又谏曰:"不厚待之,不若杀之,无令有后患。"	"臣闻贤主不穷穷。今晋公子之从者,皆贤者也。君不礼也,不如杀之。"
公弗听。①	郑君又不听。②	郑君不听。③

---

① 《国语》,上海古籍出版社1988年版,第349—352页。
② [清]王先慎:《韩非子集解》,见《诸子集成》5,上海书店1986年版,第119页。
③ 《吕氏春秋》,[汉]高诱注,见《诸子集成》6,上海书店1986年版,第242页。

对比的结果是三个"版本"皆有不同。《韩非子》与《国语》情节相同，先劝礼待，不则杀之，《吕氏春秋》则省去了劝礼待的环节；但人物对话均有不同。

晋文公故事中的"伐原以示信"也是重见度极高的著名篇目，《左传》《国语》《韩非子》《吕氏春秋》皆有援用，四相比对的结果是，《左传》《国语》基本相同；《韩非子》三日粮变十日粮；《吕氏春秋》三日粮变七日粮，"原降"变为次年攻之；"信，国之宝"则又与《左传》同。《左传》《国语》比对已见上章，兹再列举《韩非子》《吕氏春秋》以明之：

《韩非子·外储说左上》	《吕氏春秋·为欲》
晋文公攻原，裹十日粮，遂与大夫期十日，	晋文公伐原，与士期七日。
至原十日而原不下，击金而退，罢兵而去，	七日而原不下，命去之。
士有从原中出者曰："原三日即下矣。"	谋士言曰："原将下矣。"
群臣左右谏曰："夫原之食竭力尽矣，君姑待之。"	师吏请待之，
公曰："吾与士期十日，不去，是亡吾信也。得原失信，吾不为也。"	公曰："信，国之宝也。得原失宝，吾不为也。"
遂罢兵而去。	遂去之。
	明年，复伐之，与士期必得原然后反。
原人闻曰："有君如彼其信也，可无归乎？"乃降公。①	原人闻之，乃下。
	卫人闻之，以文公之信为至矣，乃归文公。②

从《韩非子》《吕氏春秋》均与《左传》《国语》同中有异看，知两者均非直接援用《左传》《国语》，《韩非子》《吕氏春秋》彼此同时互不可见，可知它们当分别援用了与《左传》《国语》同源异流的"说体"文本。《韩非子》由《左传》《国语》的"三日粮"变为"七日粮"，当属传诵中的变异，《吕氏春秋》"七日"与《韩非子》"十日"的差异，则应属书面

---

① ［清］王先慎：《韩非子集解》，见《诸子集成》5，上海书店1986年版，第213页。
② 《吕氏春秋》，［汉］高诱注，见《诸子集成》6，上海书店1986年版，第249页。

文字形近而讹所致。可知"说体"的传诵已形成书面文本。

此外,"谷阳竖献饮于子反"的故事已见《左传·成公十六年》,《韩非子·十过》《吕氏春秋·权勋》都有讲述,比对的结果,《韩非子》《吕氏春秋》完全是一个版本,只不过《韩非子》称"竖谷阳",《吕氏春秋》称"竖阳谷";它们与《左传》的记述比较明显的差异有二,其一是《左传》直称楚王"召子反谋","谷阳竖献饮于子反,子反醉而不能见",《韩非子》(《吕氏春秋》)则多了曲折:"酣战之时,司马子反渴而求饮,竖谷阳操觞酒而进之。子反曰:'嘻,退!酒也。'谷阳曰:'非酒也。'子反受而饮之。子反之为人也,嗜酒而甘之,弗能绝于口,而醉。战既罢,共王欲复战,令人召司马子反,司马子反辞以心疾。共王驾而自往,入其幄中,闻酒臭而还"(《韩非子·十过》)①;其二是醉酒误事之后,《左传》称"楚师还,及瑕,王使谓子反曰:'先大夫之覆师徒者,君不在。子无以为过,不谷之罪也。'子反再拜稽首曰:'君赐臣死,死且不朽。臣之卒实奔,臣之罪也。'子重复谓子反曰:'初陨师徒者,而亦闻之矣。盍图之!'对曰:'虽微先大夫有之,大夫命侧,侧敢不义?侧亡君师,敢忘其死?'王使止之,弗及而卒"②(楚成王因有与子犯同为"强死"预言,故生恐子犯"强死",详见前述《左传·文公十年》所述"楚巫言成王、子玉、子西'皆将强死'"条),《韩非子》(《吕氏春秋》)则直称"于是还师而去,斩司马子反以为大戮"。

由《韩非子》(《吕氏春秋》)与《左传》(《国语》)互有详略、异同看,《韩非子》(《吕氏春秋》)虽晚出,但不会是直接援用《左传》(《国语》),也不会是如《左传》"刘歆作说"所认定的是刘歆援用《韩非子》(《吕氏春秋》)以伪《左传》,只能说是《韩非子》(《吕氏春秋》)援用了与《左传》(《国语》)同源的某个说体文本,又各自根据需要作了取舍选择。

还有"外举不避雠,内举不避子",既已互见于《国语·晋语七》和《左传·襄公三年》中的"祁奚荐举"(见上章),又互见于《韩非子·外储说左下》和《吕氏春秋·去私》。《晋语》仅记述了祁奚举其子祁午,《左传》则既记述了举其雠解狐又记述了举其子祁午。比较而言,《韩非子》

---

① [清]王先慎:《韩非子集解》,见《诸子集成》5,上海书店1986年版,第40—41页。
② 《春秋左传正义》,见《十三经注疏》,中华书局1980年版,第1919页。

《吕氏春秋》也均提到举雠举亲，与《左传》更有可比性，但细节与之多有差异；《韩非子》《吕氏春秋》两者自身也各有不同：

《左传·襄公三年》	《韩非子·外储说左下》	《吕氏春秋·去私》
祁奚请老，晋侯问嗣焉。	中牟无令，晋平公问赵武曰："中牟，三国之股肱，邯郸之肩髀，寡人欲得其良令也，谁使而可？"	晋平公问于祁黄羊曰："南阳无令，其谁可而为之？"
称解狐，其雠也，	武曰："邢伯子可。"公曰："非子之雠也？"曰："私雠不入公门。"	祁黄羊对曰："解狐可。"平公曰："解狐非子之雠邪？"对曰："君问可，非问臣之雠也。"
将立之而卒。		平公曰："善。"遂用之。国人称善焉。
又问焉。对曰："午也可。"①	公又问曰："中府之令谁使而可？"曰："臣子可。"	居有间，平公又问祁黄羊曰："国无尉，其谁可而为之？"对曰："午可。"
		平公曰："午非子之子邪？"对曰："君问可，非问臣之子也。"平公曰："善。"
		又遂用之。国人称善焉。
	故曰："外举不避雠，内举不避子。"②	孔子闻之曰："善哉！祁黄羊之论也，外举不避雠，内举不避子。祁黄羊可谓公矣。"③

首先，《韩非子》《吕氏春秋》与《左传》对勘，会发现《吕氏春秋》与《左传》更为接近，《左传》简《吕氏春秋》繁，但《左传》称解狐"将立之而卒"，《吕氏春秋》称"遂用之。国人称善焉"，又有明显不同。

其次，《韩非子》《吕氏春秋》对勘，两者征问者皆为晋平公，但被问者却一为赵武，一为祁黄羊，被举者不避之"雠"一为邢伯子，一为解狐；不避

---

① 《春秋左传正义》，见《十三经注疏》，中华书局1980年版，第1930页。
② [清] 王先慎：《韩非子集解》，见《诸子集成》5，上海书店1986年版，第228页。
③ 《吕氏春秋》，[汉] 高诱注，见《诸子集成》6，上海书店1986年版，第10页。

之"子"当然是一为赵武子之子、一为祁黄羊之子。问的时间、环节也有差异。

由《左传》简《吕氏春秋》繁来看，不会是《吕氏春秋》直接援用《左传》；由《韩非子》《吕氏春秋》的差异看，两者援用的又不是一个版本。由此可证"外举不避雠，内举不避子"的故事是典型的"说体"文本，传诵讲说过程中形成了多个版本。《国语》《左传》《韩非子》《吕氏春秋》皆属援用，且各自援用了自己所见的版本。

"子罕辞玉"是《左传》中人物对话十分风趣有味的历史故事，所谓"我以不贪为宝，尔以玉为宝。若以与我，皆丧宝也，不若人有其宝"①，见于《襄公十五年》。《韩非子·喻老》《吕氏春秋·异宝》也都记述了这个故事。比对可见《韩非子》《吕氏春秋》属于一个版本，与《左传》有异："宋之鄙人得璞玉而献之子罕，子罕不受，鄙人曰：'此宝也，宜为君子器，不宜为细人用。'子罕曰：'尔以玉为宝，我以不受子玉为宝。'是鄙人欲玉，而子罕不欲玉。"(《韩非子·喻老》)②，人物对话比较直接，不如《左传》委婉有致。

"季氏出其君"，或可称"鲁季氏与郈氏斗鸡，酿昭公出奔之祸"，是发生在鲁国的重大事件，已见《左传·昭公二十五年》，《韩非子·内储说下》《吕氏春秋·察微》也都有提及，不过《韩非子》仅截取二桓是否救一桓的对话及结果，《吕氏春秋》则是对事件全过程的简述：

《韩非子·内储说下》	《吕氏春秋·察微》
鲁三桓公逼，昭公攻季孙氏，而孟孙氏、叔孙氏相与谋曰："救之乎？"叔孙氏之御者曰："我，家臣也，安知公家？凡有季孙与无季孙于我孰利？"皆曰："无季孙必无叔孙。""然则救之。"于是撞西北隅而入，孟孙见叔孙之旗入，亦救之，三桓为一，昭公不胜，逐之死于乾侯。③	鲁季氏与郈氏斗鸡，郈氏介其鸡，季氏为之金距。季氏之鸡不胜，季平子怒，因归郈氏之宫，而益其宅。郈昭伯怒，伤之于昭公，曰："禘于襄公之庙也，舞者二人而已，其馀尽舞于季氏。季氏之舞道，无上久矣。弗诛，必危社稷。"公怒，不审，乃使郈昭伯将师徒以攻季氏，遂入其宫。仲孙氏、叔孙氏相与谋曰："无季氏，则吾族也死亡无日矣。"遂起甲以往，陷西北隅以入之，三家为一，郈昭伯不胜而死。昭公惧，遂出奔齐，卒于乾侯。④

---

① 《春秋左传正义》，见《十三经注疏》，中华书局1980年版，第1960页。
② [清]王先慎：《韩非子集解》，见《诸子集成》5，上海书店1986年版，第121页。
③ [清]王先慎：《韩非子集解》，见《诸子集成》5，上海书店1986年版，第183—184页。
④ 《吕氏春秋》，[汉]高诱注，见《诸子集成》6，上海书店1986年版，第193—194页。

《韩非子》仅有其中一段对话，《吕氏春秋》又是简述式，由此可以肯定不会是后人采《韩非子》《吕氏春秋》以伪《左传》；《吕氏春秋》虽为简述，其中郈氏批评季氏一段，又比《左传》详尽，《吕氏春秋》中郈氏曰"禘于襄公之庙也，舞者二人而已，其馀尽舞于季氏。季氏之舞道，无上久矣。弗诛，必危社稷"，《左传》称"将禘于襄公，万者二人，其众万于季氏"，然后述臧孙曰："此之谓不能庸先君之庙。"可知《吕氏春秋》又非直接是对《左传》的援用和简化。总之，这个故事也是三者援用"说体"文本的明证。

《韩非子》《吕氏春秋》同见于前述者还有已见于《左传·昭公二十七年》的"费无极教郤宛，使被诛"和"令尹子常杀费无极"，分别见于《韩非子·内储说下》和《吕氏春秋·慎行》，《吕氏春秋》同于《左传》所援文本而简化；《韩非子》仅有费无极害郤宛一段，基本情节亦同于《左传》。《韩非子》与《吕氏春秋》的具体比对已见第一章，兹不赘述。

第二节　《韩非子》《吕氏春秋》
"说体"故事互见者

本书第一章第二节中有"《说林》《储说》与《吕氏春秋》故事互见考"，由两相互见以证明以"说"名篇的《说林》《储说》所储之"说"非韩非杜撰而是别有所本，因为《韩非子》《吕氏春秋》两书大致同时，不存在彼此援引的可能性，既然故事相同，当都援引了此外的某个文本。本节是就整部《韩非子》而言，以考察其中与《吕氏春秋》互见的故事文本。所谓互见，特指不见前述（《左传》《国语》）、最早同时出现于《韩非子》和《吕氏春秋》两部著作中的"说体"故事。有后述者不在排除范围之列。

时至《韩非子》《吕氏春秋》之前的战国中后期，拟托历史人物"杜撰"其故事、情节、对话的"书体"拟托文创作已经出现且渐成风气，这些拟托文已多有史官当下所不可书的种种描摹；这样，判断《韩非子》《说林》《储说》之外与《吕氏春秋》互见文本是援自"说体"而非"书体"，其凭据就只能是"版本"的变异。因为情节、描摹若是出自某一作者直接书之简帛的"杜撰"，被不同文本援用的部分只能是出现文字讹误性差异，而不可能有情节、情节中人物、叙事、描摹等种种的变异。

全面考察梳理会发现，除了《说林》《储说》，《韩非子》中还有不少故事与《吕氏春秋》互见，两者或同事异述，或同事别述，或异事同述，确为分别援用"说体"文本，"说体"文本在辗转述说、记录过程中形成了多种情况。

这一部分考察的价值首先即在于，由两者同时成书所决定，这些互见故事肯定分别援引自此前不见前述的"说体"文本，确凿证明了《左传》《国语》等此前著作之外大量"说体"文本的曾经存在；整理的结果便是更多揭示出了先秦"说体"故事的文本。其价值还在于，这些互见又各异的故事，进一步显示了"说体"之为"说体"区别于铭刻书写载体的多变形态。下面即按不同情况分别述之。

一、同事异述

同事，即所述为发生在同一主要人物身上的同样事件；异述，即具体叙述中出现的种种差异。同事，决定了所援当为同源文本；异述，决定了所援为"说体"而非"书体"，同源文本因异流之"说"而发生了种种变异。兹列举比对如下。

例一，"齐桓公见小臣稷"，互见于《韩非子·难一》和《吕氏春秋·下贤》，乃是"三顾茅庐"的先行版：

《韩非子·难一》	《吕氏春秋·下贤》
齐桓公时，有处士曰小臣稷，桓公三往而弗得见。	齐桓公见小臣稷，一日三至弗得见。
	从者曰："万乘之主，见布衣之士，一日三至而弗得见，亦可以止矣。"
桓公曰："吾闻布衣之士，不轻爵禄，无以易万乘之主；万乘之主，不好仁义，亦无以下布衣之士。"	桓公曰："不然，士骜禄爵者，固轻其主，其主骜霸王者，亦轻其士。纵夫子骜禄爵，吾庸敢骜霸王乎？"
于是五往乃得见之。①	遂见之，不可止。②

---

① [清] 王先慎：《韩非子集解》，见《诸子集成》5，上海书店1986年版，第270页。
② 《吕氏春秋》，[汉] 高诱注，见《诸子集成》6，上海书店1986年版，第166页。

就人物、情节言,两者重合度较高,其具体描述的差异在于,其一,《韩非子》为"三往""五往",《吕氏春秋》为"一日三至";其二,《吕氏春秋》多出一层"从者曰";其三,"桓公曰"的说辞多有差异。

例二,"有司请事,桓公曰以告仲父",互见于《韩非子·难二》和《吕氏春秋·任数》:

《韩非子·难二》	《吕氏春秋·任数》
齐桓公之时,晋客至,有司请礼,桓公曰"告仲父"者三。	有司请事于齐桓公,桓公曰:"以告仲父。"
	有司又请,公曰:"告仲父。"若是三。
而优笑曰:"易哉为君,一曰仲父,二曰仲父。"	习者曰:"一则仲父,二则仲父,易哉为君!"
桓公曰:"吾闻君人者劳于索人,佚于使人。吾得仲父已难矣,得仲父之后,何为不易乎哉!"①	桓公曰:"吾未得仲父则难,已得仲父之后,曷为其不易也?"②

两个版本重合度也很高,但仍有差异。其一,较之《韩非子》,《吕氏春秋》多出"又请"一个环节;其二,关于嘲讽桓公"易为君",《韩非子》为"优笑曰",《吕氏春秋》为"习者曰";其三,关于"桓公曰",《韩非子》较《吕氏春秋》多出一句"吾闻君人者劳于索人,佚于使人"。

例三,"桓公不听管仲,虫流出于户",既见于《韩非子·难一》《十过》,亦见于《吕氏春秋·知接》《贵公》。故事说的是管仲病重后劝齐桓公疏远易牙、竖刁、卫公子开方等小人,桓公没有做到,结果被小人挟制,未得好死,死后不得殡殓,尸体上的虫子爬出门外。先看《韩非子》中关于管仲劝谏的两处描述:

---

① [清]王先慎:《韩非子集解》,见《诸子集成》5,上海书店1986年版,第276—277页。
② 《吕氏春秋》,[汉]高诱注,见《诸子集成》6,上海书店1986年版,第205页。

《韩非子·难一》	《韩非子·十过》
……管仲曰："……愿君去竖刁，除易牙，远卫公子开方。	
	……君曰："鲍叔牙何如？"
	管仲曰："不可。鲍叔牙为人，刚愎而上悍。刚则犯民以暴，愎则不得民心，悍则下不为用，其心不惧。非霸者之佐也。"
易牙为君主味，君惟人肉未尝，易牙烝其子首而进之；	
	公曰："然则竖刁何如？"
夫人情莫不爱其子，今弗爱其子，安能爱君？君妒而好内，竖刁自宫以治内，人情莫不爱其身，身且不爱，安能爱君？	管仲曰："不可。夫人之情莫不爱其身，公妒而好内，竖刁自獖以为治内，其身不爱，又安能爱君？"
	公曰："然则卫公子开方何如？"
闻开方事君十五年，齐、卫之间不容数日行，弃其母久宦不归，其母不爱，安能爱君？……"①	管仲曰："不可。齐、卫之间不过十日之行，开方为事君，欲适君之故，十五年不归见其父母，此非人情也，其父母之不亲也，又能亲君乎？"
	公曰："然则易牙何如？"
	管仲曰："不可。夫易牙为君主味，君之所未尝食唯人肉耳，易牙蒸其子首而进之，君所知也。人之情莫不爱其子，今蒸其子以为膳于君，其子弗爱，又安能爱君乎？"
	公曰："然则孰可？"管仲曰：
	"隰朋可。其为人也，坚中而廉外，少欲而多信。夫坚中则足以为表，廉外则可以大任，少欲则能临其众，多信则能亲邻国，此霸者之佐也，君其用之。"……②

---

① ［清］王先慎：《韩非子集解》，见《诸子集成》5，上海书店1986年版，第266页。
② ［清］王先慎：《韩非子集解》，见《诸子集成》5，上海书店1986年版，第51—52页。

具体比对会发现，同是《韩非子》，《难一》《十过》即有差异。如对于疏远几个小人的建议，《难一》直以管仲之口说出，《十过》则变成了君臣问答，且多出不用鲍叔牙、用隰朋的建议，所述顺序也不尽相同。

与之相较，《吕氏春秋·贵公》仅述及了管仲曰鲍叔牙不可、隰朋可一段，与《韩非子·十过》中的此段重合，兹从略。《吕氏春秋·知接》则变成了由齐桓公直述几人的表现，所提人物与《难一》同，却又多出一个常之巫：

> 管仲对曰："愿君之远易牙、竖刀、常之巫、卫公子启方。"公曰："易牙烹其子以慊寡人，犹尚可疑邪？"管仲对曰："人之情，非不爱其子也，其子之忍，又将何有于君？"公又曰："竖刀自宫以近寡人，犹尚可疑邪？"管仲对曰："人之情，非不爱其身也，其身之忍，又将何有于君？"公又曰："常之巫审于死生，能去苛病，犹尚可疑邪？"管仲对曰："死生，命也。苛病，失也。君不任其命、守其本，而恃常之巫，彼将以此无不为也。"公又曰："卫公子启方事寡人十五年矣，其父死而不敢归哭，犹尚可疑邪？"管仲对曰："人之情，非不爱其父也，其父之忍，又将何有于君？"①

至于结局，《韩非子》两篇都属简述，《吕氏春秋·贵公》没有下文，《知接》则所述甚详：

《韩非子·难一》	《韩非子·十过》	《吕氏春秋·知接》
管仲卒死，	居一年余，管仲死，	管仲死，尽逐之。
桓公弗行，	君遂不用隰朋而与竖刁。	食不甘，宫不治，苛病起，朝不肃。居三年，公曰："仲父不亦过乎！孰谓仲父尽之乎！"于是皆复召而反。
		明年，公有病，
		常之巫从中出曰："公将以某日薨。"

---

① 《吕氏春秋》，[汉]高诱注，见《诸子集成》6，上海书店1986年版，第184—185页。

续表

《韩非子·难一》	《韩非子·十过》	《吕氏春秋·知接》
	刁莅事三年,桓公南游堂阜,竖刁率易牙、卫公子开方及大臣为乱,	易牙、竖刀、常之巫相与作乱,塞宫门,筑高墙,不通人,矫以公令。
	桓公渴馁而死南门之寝、公守之室,	有一妇人逾垣入,至公所。公曰:"我欲食。"妇人曰:"吾无所得。"公又曰:"我欲饮。"妇人曰:"吾无所得。"公曰:"何故?"对曰:"常之巫从中出曰:'公将以某日薨。'易牙、竖刀、常之巫相与作乱,塞宫门,筑高墙,不通人,故无所得。卫公子启方以书社四十下卫。"
及桓公死,	身死,	公慨焉叹涕出曰:"嗟乎!圣人之所见,岂不远哉!若死者有知,我将何面目以见仲父乎?"蒙衣袂而绝乎寿宫。
虫出尸不葬。①	三月不收,虫出于户。②	虫流出于户,上盖以杨门之扇,三月不葬。③

同一个故事,却有如此多的不同述说,由此可见所援用的确为"说体"文本而非"书体"文本,因此才会有这许多的变动不居。

例四,"晋文公用咎犯之言反赏雍季",互见于《韩非子·难一》和《吕氏春秋·义赏》:

《韩非子·难一》	《吕氏春秋·义赏》
晋文公将与楚人战,召舅犯问之,曰:"吾将与楚人战,彼众我寡,为之奈何?"	昔晋文公将与楚人战于城濮,召咎犯而问曰:"楚众我寡,奈何而可?"

---

① [清]王先慎:《韩非子集解》,见《诸子集成》5,上海书店1986年版,第266页。
② [清]王先慎:《韩非子集解》,见《诸子集成》5,上海书店1986年版,第52页。
③ 《吕氏春秋》,[汉]高诱注,见《诸子集成》6,上海书店1986年版,第185—186页。

续表

《韩非子·难一》	《吕氏春秋·义赏》
舅犯曰:"臣闻之,繁礼君子,不厌忠信;战阵之间,不厌诈伪。君其诈之而已矣。"	咎犯对曰:"臣闻繁礼之君,不足于文,繁战之君,不足于诈。君亦诈之而已。"
文公辞舅犯,因召雍季而问之,曰:"我将与楚人战,彼众我寡,为之奈何?"	文公以咎犯言告雍季,
雍季对曰:"焚林而田,偷取多兽,后必无兽;以诈遇民,偷取一时,后必无复。"	雍季曰:"竭泽而渔,岂不获得?而明年无鱼;焚薮而田,岂不获得?而明年无兽。诈伪之道,虽今偷可,后将无复,非长术也。"
文公曰:"善。"辞雍季,	
以舅犯之谋与楚人战以败之。归而行爵,先雍季而后舅犯。	文公用咎犯之言,而败楚人于城濮。反而为赏,雍季在上。
群臣曰:"城濮之事,舅犯谋也,夫用其言而后其身可乎?"	左右谏曰:"城濮之功,咎犯之谋也。君用其言而赏后其身,或者不可乎!"
文公曰:"此非君所知也。夫舅犯言,一时之权也;雍季言,万世之利也。"①	文公曰:"雍季之言,百世之利也;咎犯之言,一时之务也。焉有以一时之务先百世之利者乎?"②

两个文本重合度较高。其差异在于,其一,咎犯回答晋文公之言,《韩非子》为"繁礼君子,不厌忠信",《吕氏春秋》为"繁礼之君,不足於文";其二,《吕氏春秋》多出一句"文公以咎犯言告雍季",《韩非子》多出一句"文公曰:'善。'辞雍季";其三,雍季之辞两个文本颇有差异;其四,《韩非子》称"归而行爵",《吕氏春秋》称"反而为赏",虽意思相同,但显然不直接抄自同一文本;文公回答之语,《韩非子》是"一时之权""万世之利",《吕氏春秋》是"一时之务","百世之利",也不全同。

其五,"楚庄王'一鸣惊人'",互见于《韩非子·喻老》和《吕氏春秋·重言》:

---

① [清]王先慎:《韩非子集解》,见《诸子集成》5,上海书店1986年版,第263页。
② 《吕氏春秋》,[汉]高诱注,见《诸子集成》6,上海书店1986年版,第146—147页。

《韩非子·喻老》	《吕氏春秋·重言》
楚庄王莅政三年,无令发,无政为也。	荆庄王立三年,不听而好讔。
右司马御座而与王隐,	成公贾入谏,王曰:"不谷禁谏者,今子谏,何故?"对曰:"臣非敢谏也,愿与君王讔也。"王曰:"胡不设不谷矣?"
曰:"有鸟止南方之阜,三年不翅不飞不鸣,嘿然无声,此为何名?"	对曰:"有鸟止于南方之阜,三年不动不飞不鸣,是何鸟也?"
王曰:"三年不翅,将以长羽翼。不飞不鸣,将以观民则。虽无飞,飞必冲天;虽无鸣,鸣必惊人。子释之,不谷知之矣。"	王射之,曰:"有鸟止于南方之阜,其三年不动,将以定志意也;其不飞,将以长羽翼也;其不鸣,将以览民则也。是鸟虽无飞,飞将冲天;虽无鸣,鸣将骇人。贾出矣,不谷知之矣。"
处半年,乃自听政,所废者十,所起者九,诛大臣五,举处士六,而邦大治。举兵诛齐,败之徐州,胜晋于河雍,合诸侯于宋,遂霸天下。①	明日朝,所进者五人,所退者十人。群臣大说,荆国之众相贺也。②

这段叙事中,与王隐者,《韩非子》泛称右司马,《吕氏春秋》称成公贾,楚庄王三年蒍贾为司马,成公贾应该就是蒍贾,虽然如此,所称毕竟不同,当非直接抄自同一文本,此其一;其二,庄王以鸟为喻,《韩非子》概称"三年不翅,将以长羽翼;不飞不鸣,将以观民则",《吕氏春秋》分称"其三年不动,将以定志意也;其不飞,将以长羽翼也;其不鸣,将以览民则也";"一鸣惊人"的举动,《韩非子》为"处半年,乃自听政,所废者十,所起者九,诛大臣五,举处士六",《吕氏春秋》为"明日朝,所进者五人,所退者十人",时间、所举所废数量等皆有异。

例六,"赵简子攻卫附郭,立于矢石之所及",互见于《韩非子·难二》和《吕氏春秋·贵直》:

---

① [清] 王先慎:《韩非子集解》,见《诸子集成》5,上海书店1986年版,第123页。
② 《吕氏春秋》,[汉] 高诱注,见《诸子集成》6,上海书店1986年版,第220页。

《韩非子·难二》	《吕氏春秋·贵直》
赵简子围卫之郛郭，犀楯、犀橹立于矢石之所不及，鼓之而士不起，简子投枹曰："乌乎！吾之士数弊也。"	赵简子攻卫，附郭。自将兵，及战，且远立，又居于犀蔽屏橹之下。鼓之而士不起。简子投桴而叹曰："呜呼！士之速弊一若此乎！"
行人烛过免胄而对曰："臣闻之，亦有君之不能耳，士无弊者。……"	行人烛过免胄横戈而进曰："亦有君不能耳，士何弊之有？"
	简子艴然作色曰："寡人之无使，而身自将是众也，子亲谓寡人之无能，有说则可，无说则死！"
昔者吾先君献公并国十七，服国三十八，战十有二胜，是民之用也。献公没，惠公即位，淫衍暴乱，身好玉女，秦人恣侵，去绛十七里，亦是人之用也。惠公没，文公授之，围卫、取邺，城濮之战，五败荆人，取尊名于天下，亦此人之用也。亦有君不能耳，士无弊也。"	对曰："昔吾先君献公即位五年，兼国十九，用此士也。惠公即位二年，淫色暴慢，身好玉女，秦人袭我，逊去绛七十，用此士也。文公即位二年，底之以勇，故三年而士尽果敢；城濮之战，五败荆人，围卫取曹，拔石社，定天子之位，成尊名于天下，用此士也。亦有君不能耳，士何弊之有？"
简子乃去楯、橹，立矢石之所及，鼓之而士乘之，战大胜。	简子乃去犀蔽屏橹，而立于矢石之所及，一鼓而士毕乘之。
简子曰："与吾得革车千乘，不如闻行人烛过之一言也。"①	简子曰："与吾得革车千乘也，不如闻行人烛过之一言。"②

两个文本叙事的差异，其一，关于赵简子始而远战阵，《韩非子》称"犀楯、犀橹立于矢石之所不及"，《吕氏春秋》称"远立，又居于犀蔽屏橹之下"；其二，对于"鼓之而士不起"，简子的叹辞，《韩非子》为"吾之士数弊"，《吕氏春秋》为"士之速弊一若此"；其三，行人烛过呛简子，《吕氏春秋》较《韩非子》多出"横戈而进"动作描写；《韩非子》较《吕

---

① ［清］王先慎：《韩非子集解》，见《诸子集成》5，上海书店1986年版，第281页。
② 《吕氏春秋》，［汉］高诱注，见《诸子集成》6，上海书店1986年版，第297—298页。

氏春秋》少了"简子艴然作色曰"一个环节；其四，烛过一番说辞两者更是差异多多。

此外，还有"秦穆公遗戎主女乐二八，由余归穆公"，互见于《韩非子·十过》和《吕氏春秋·不苟》，《吕氏春秋》完全是《韩非子》同源文本的简述版，因此，该故事内容即可用《吕氏春秋》的文本介绍之："秦缪公见戎由余，说而欲留之，由余不肯。缪公以告蹇叔。蹇叔曰：'君以告内史廖。'内史廖对曰：'戎人不达于五音与五味，君不若遗之。'缪公以女乐二八人与良宰遗之。戎王喜，迷惑大乱，饮酒昼夜不休。由余骤谏而不听，因怒而归缪公也。"（《吕氏春秋·不苟》）① 那么这里的"异述"，主要是所述繁简之异。

二、同事别述

同事，仍与上述"同事"同，即所述为发生在同一主要人物身上的同样事件；别述，与只是叙述有差异的"异述"不同，乃是仅涉及同事，却各自述出不同的故事，或各有其描述重心，各有其一套话语，已经互不重合，更加见出"说体"迹象。

如"尧以天下让舜，鲧怒于尧"，互见于《韩非子·外储说右上》和《吕氏春秋·行论》：

> 尧欲传天下于舜，鲧谏曰："不祥哉！孰以天下而传之于匹夫乎？"尧不听，举兵而诛，杀鲧于羽山之郊。共工又谏曰："孰以天下而传之于匹夫乎？"尧不听，又举兵而诛共工于幽州之都。于是天下莫敢言无传天下于舜。（《韩非子·外储说右上》）②

> 尧以天下让舜。鲧为诸侯，怒于尧曰："得天之道者为帝，得地之道者为三公。今我得地之道，而不以我为三公。"以尧为失论，欲得三公。怒甚猛兽，欲以为乱。比兽之角，能以为城；举其尾，能以为旌。召之不来，仿佯于野以患帝。舜于是殛之于羽山，副之以吴刀。禹不敢

---

① 《吕氏春秋》，[汉]高诱注，见《诸子集成》6，上海书店1986年版，第307页。
② [清]王先慎：《韩非子集解》，见《诸子集成》5，上海书店1986年版，第243页。

怨，而反事之。官为司空，以通水潦。颜色黧黑，步不相过，窍气不通，以中帝心。(《吕氏春秋·行论》)①

两者同事者为尧以天下让舜遭遇鲧的反对，别述者为《韩非子》较《吕氏春秋》多出共工，尧杀鲧、又杀共工；《吕氏春秋》则重点写鲧怒甚于猛兽，且是舜杀鲧，接着又述及鲧子大禹。

诸如此类还有几则，兹一并列举如下：

	《韩非子》	《吕氏春秋》
吴起之死	昔者吴起教楚悼王以楚国之俗曰："大臣太重，封君太众，若此则上逼主而下虐民，此贫国弱兵之道也。不如使封君之子孙三世而收爵禄，绝灭百吏之禄秩，损不急之枝官，以奉选练之士。"悼王行之期年而薨矣，吴起支解于楚。(《和氏》)②	吴起谓荆王曰："荆所有馀者，地也；所不足者，民也。今君王以所不足益所有馀，臣不得而为也。"于是令贵人往实广虚之地。皆甚苦之。荆王死，贵人皆来。尸在堂上，贵人相与射吴起。吴起号呼曰："吾示子吾用兵也。"拔矢而走，伏尸插矢而疾言曰："群臣乱王！"吴起死矣，且荆国之法，丽兵于王尸者尽加重罪，逮三族。(《贵卒》)③
楚有直躬者	楚之有直躬，其父窃羊而谒之吏，令尹曰："杀之。"以为直于君而曲于父，报而罪之。(《五蠹》)④	楚有直躬者，其父窃羊而谒之上。上执而将诛之。直躬者请代之。将诛矣，告吏曰："父窃羊而谒之，不亦信乎？父诛而代之，不亦孝乎？信且孝而诛之，国将有不诛者乎？"荆王闻之，乃不诛也。(《当务》)⑤

---

① 《吕氏春秋》，[汉]高诱注，见《诸子集成》6，上海书店1986年版，第267页。
② [清]王先慎：《韩非子集解》，见《诸子集成》5，上海书店1986年版，第67页。
③ 《吕氏春秋》，[汉]高诱注，见《诸子集成》6，上海书店1986年版，第283—284页。
④ [清]王先慎：《韩非子集解》，见《诸子集成》5，上海书店1986年版，第344—345页。
⑤ 《吕氏春秋》，[汉]高诱注，见《诸子集成》6，上海书店1986年版，第110页。

	《韩非子》	《吕氏春秋》
夔一足	鲁哀公问于孔子曰:"吾闻古者有夔一足,其果信有一足乎?"孔子对曰:"不也,夔非一足也。夔者忿戾恶心,人多不说喜也。虽然,其所以得免于人害者,以其信也,人皆曰独此一足矣,夔非一足也,一而足也。"哀公曰:"审而是固足矣。"一曰,哀公问于孔子曰:"吾闻夔一足,信乎?"曰:"夔,人也,何故一足?彼其无他异,而独通于声,尧曰:'夔一而足矣。'使为乐正。故君子曰:'夔有一足,非一足也。'"(《外储说左下》)①	鲁哀公问于孔子曰:"乐正夔一足,信乎?"孔子曰:"昔者舜欲以乐传教于天下,乃令重黎举夔于草莽之中而进之,舜以为乐正。夔于是正六律,和五声,以通八风,而天下大服。重黎又欲益求人,舜曰:'夫乐,天地之精也,得失之节也,故唯圣人为能和。乐之本也。夔能和之以平天下,若夔者一而足矣。'故曰'夔一足',非'一足'也。"(《察传》)②

"吴起之死"一则,《吕氏春秋》别述出吴起伏荆王尸的情节。"楚有直躬者"一则,《吕氏春秋》别述出直躬者请代父受诛的情节。"鲁哀公问于孔子'夔一足,信乎'"一则,《韩非子》自家即有两说;《吕氏春秋》的对话当别有版本。

三、异事同述

与上述"同事异述"、"同事别述"的情况刚好相反,"异事同述"是同样的情节、同样的叙述却发生在不同时期、不同地点、不同人物身上,从而变成了不同的事件,典型表现出"说体"文本流传变异的复杂情况。

如"系解自结"说的是某君王在征伐某地的途中鞋带开解、无人帮结,只能亲自为之,互见于《韩非子·外储说左下》和《吕氏春秋·不苟》,但此段情节即发生在不同人物身上。《韩非子》自身就有两说:

文王伐崇,至凤黄虚,袜系解,因自结,太公望曰:"何为也?"

---

① [清]王先慎:《韩非子集解》,见《诸子集成》5,上海书店1986年版,第221—222页。
② 《吕氏春秋》,[汉]高诱注,见《诸子集成》6,上海书店1986年版,第294页。

> 王曰："君与处皆其师，中皆其友，下尽其使也。今皆先君之臣，故无可使也。"
>
> 一曰。晋文公与楚战，至黄凤之陵，履系解，因自结之，左右曰："不可以使人乎？"公曰："吾闻上君所与居，皆其所畏也；中君之所与居，皆其所爱也；下君之所与居，皆其所侮也。寡人虽不肖，先君之人皆在，是以难之也。"①

一说是周文王伐崇，"袜系解，因自结"，答太公望之问；一说是晋文公与楚战，"履系解，因自结之"，答左右问，两者相差数朝数代，但答辞如出一辙。只是地点关联度极高，一称"凤黄虚"，一称"黄凤之陵"。

在《吕氏春秋》中，同样的情节又发生在周武王身上：

> 武王至殷郊，系堕。五人御于前，莫肯之为，曰："吾所以事君者，非系也。"武王左释白羽，右释黄钺，勉而自为系。②

较之《韩非子》中两段叙述对话、情节的完全重合，《吕氏春秋》这里稍有变化，君王系结主动变被动，但基本情节是一个，即系解、自结，由文王变武王，由伐崇变伐纣，由"至凤黄虚"变"至殷郊"，自然就变成了两个历史故事。

"齐攻鲁求岑鼎"的情节互见于《韩非子·说林下》和《吕氏春秋·审己》，鲁君所使为之作伪证者，却一为乐正子春，一为柳下季：

> 齐伐鲁，索谗鼎，鲁以其雁往，齐人曰："雁也。"鲁人曰："真也。"齐曰："使乐正子春来，吾将听子。"鲁君请乐正子春，乐正子春曰："胡不以其真往也？"君曰："我爱之。"答曰："臣亦爱臣之信。"（《韩非子·说林下》）③
>
> 齐攻鲁，求岑鼎。鲁君载他鼎以往。齐侯弗信而反之，为非，使人

---

① ［清］王先慎：《韩非子集解》，见《诸子集成》5，上海书店1986年版，第222页。
② 《吕氏春秋》，［汉］高诱注，见《诸子集成》6，上海书店1986年版，第307页。
③ ［清］王先慎：《韩非子集解》，见《诸子集成》5，上海书店1986年版，第144页。

告鲁侯曰:"柳下季以为是,请因受之。"鲁君请于柳下季,柳下季答曰:"君之赂以欲岑鼎也,以免国也。臣亦有国于此。破臣之国以免君之国,此臣之所难也。"于是鲁君乃以真岑鼎往也。(《吕氏春秋·审己》)①

乐正子春是曾子弟子,《礼记·檀弓上》中"易箦"一段中,陪侍在曾子病榻旁的除了曾子的两个儿子曾元、曾申,还有一位就是乐正子春,因此是战国初期人;柳下季即《左传》《国语》中提到的展禽,又号柳下惠,与臧文仲同时,历鲁庄、闵、僖、文四朝,乃春秋中期人。两人跨越数百年,毫不相干,如此则所谓齐攻鲁,所谓鲁君、齐侯也就不可能统一,于是也变成了发生在不同时期的两个历史故事。

第三节　《韩非子》《吕氏春秋》独见"说体"故事考辨

这里所谓独见,是仅就《韩非子》《吕氏春秋》两部著作而言,这些故事既不见于《韩非子》《吕氏春秋》之前的上一章所述的《左传》《国语》,也不互见于彼此。既然各自独见,是否为援用固有文本、是否为援用易发生异变的"说体"文本而非一成不变的"书体"文本,也就失去了比对的依据。

对此,笔者拟采用以下途径和依据作出考辨。

其一,依据旁证信息,诸如收录于"说",自称"一曰",见于其他著作(《左传》《国语》《韩非子》或《吕氏春秋》之外的著作)而有差异或直接被称援引自"说""传""语"等等,推断为始于讲说。

其二,依据文本本身传闻性质或非拟托性书体迹象。撰写富于情节、对话描述的历史故事的拟托创作始于战国诸子,其主旨在于说理及说理之喻、模拟游说、演练说辞,如果不具有这些功能,又富于情节、细节描摹,则极可能始出于传闻讲说。

---

① 《吕氏春秋》,[汉]高诱注,见《诸子集成》6,上海书店1986年版,第90—91页。

其三，有些文本留待下章借助此后西汉相关著作所援同源异流文本做出辨析和判断。

一、独见于《韩非子》者

如前所述，《韩非子》中有《说林》《储说》，且已论证，其中所收当多为固有"说体"文本，而非韩非杜撰。因此，见于《说林》《储说》中的故事，其中不见前述、亦不互见于《吕氏春秋》而富于情节描述者，也大致可以断为来自"说体"文本。兹即按《说林》《储说》篇次列举辨析如下。

（一）《说林上》中的"说体"文本

"子圉见孔子于商太宰"，说的是子圉将孔子引荐给商太宰，会面结束孔子离开后，"子圉入，请问客"，商太宰曰："吾已见孔子，则视子犹蚤虱之细者也。"并说："吾今见之于君。"我打算将孔子引荐给国君。子圉一听，"恐孔子贵于君也"，马上谓太宰曰："君已见孔子，亦将视子犹蚤虱也。"太宰"因弗复见也"，由此打消了引荐孔子的念头。① 此情节主要为大臣私下对话，且涉及阴暗心理，绝非孔子弟子所述，也不是史官所能书，应该是出自"为说者"的编派演绎。

"智伯索地于魏宣子"：

> 智伯索地于魏宣子，魏宣子弗予，任章曰："何故不予？"宣子曰："无故请地，故弗予。"任章曰："无故索地，邻国必恐，彼重欲无厌，天下必惧，君予之地，智伯必骄而轻敌，邻邦必惧而相亲，以相亲之兵待轻敌之国，则智伯之命不长矣。周书曰：'将欲败之，必姑辅之，将欲取之，必姑予之。'君不如予之以骄智伯。且君何释以天下图智氏，而独以吾国为智氏质乎？"君曰："善。"乃与之万户之邑，智伯大悦。因索地于赵，弗与，因围晋阳，韩、魏反之外，赵氏应之内，智氏自亡。②

---

① ［清］王先慎：《韩非子集解》，见《诸子集成》5，上海书店1986年版，第125页。
② ［清］王先慎：《韩非子集解》，见《诸子集成》5，上海书店1986年版，第126—127页。

其中任章劝予地的这番话，只能说给魏宣子自己听，不能闻于韩赵，更不能闻于智伯，当然不会"白纸黑字"记下来；事后会不会公之天下都不好说。因此，这更可能是"为说者"据情理揣摩之和讲说之。

"田成子负传而随鸱夷子皮"：

> 鸱夷子皮事田成子，田成子去齐，走而之燕，鸱夷子皮负传而从，至望邑，子皮曰："子独不闻涸泽之蛇乎？泽涸，蛇将徙，有小蛇谓大蛇曰：子行而我随之，人以为蛇之行者耳，必有杀子，不如相衔负我以行，人以我为神君也。乃相衔负以越公道，人皆避之，曰：神君也。今子美而我恶，以子为我上客，千乘之君也；以子为我使者，万乘之卿也。子不如为我舍人。"田成子因负传而随之，至逆旅，逆旅之君待之甚敬，因献酒肉。①

鸱夷子皮原本是田成子的跟班，他却让田成子假装成自己的跟班，这样一来，他的身价立马见长，因为像田成子这般一表人才、气度非凡的人只能做他的跟班，那他该有多大的权势？这一招还真灵，所到逆旅果然对他们另眼相看，还白搭上了酒和肉。正因为这些都是发生在逆旅中，才只能是"为说者"演绎的一篇精彩说辞。

"中山君烹乐羊之子而遗之羹"，说的是"乐羊为魏将攻中山，中山君烹其子而遗之羹"，乐羊竟然"坐于幕下而啜之，尽一杯"。魏文侯原本很感动，"谓堵师赞曰：'乐羊以我故而食其子之肉。'"但听到的回答是"其子而食之，且谁不食"！于是，"乐羊罢中山，文侯赏其功而疑其心"。② 乐羊毕竟是魏名将，堵师赞与魏文侯的这番议论只应是私下，且称"疑其心"已涉心理，亦非史笔所应及。

"荆许救甚欢，臧孙子忧而反"，说的是"齐攻宋，宋使臧孙子南求救于荆，荆大说，许救之，甚欢"，臧孙子却"忧而反"，其御颇感意外，"索救而得，今子有忧色何也"？问题就出在对方答应得太痛快。因为宋小而齐

---

① ［清］王先慎：《韩非子集解》，见《诸子集成》5，上海书店1986年版，第128页。
② ［清］王先慎：《韩非子集解》，见《诸子集成》5，上海书店1986年版，第131页。

大,"夫救小宋而恶于大齐,此人之所以忧也",他荆王却如此高兴,"必以坚我也",这是在故意让我们坚守,"我坚而齐敝,荆之所利也"。果然,"齐人拔五城于宋而荆救不至"。① 臧孙子之忧及其与御者的对话发生在出使楚国途中,亦非史笔所能书,当出自说事者之讲述。

"中山君与之食,鲁丹出不反舍",说的是"鲁丹三说中山之君而不受也,因散五十金事其左右,复见,未语,而君与之食",按说终于如愿以偿,鲁丹当大展其才,不想他却"出,而不反舍,遂去中山"。其御也是颇为疑惑,"反见,乃始善我,何故去之"?鲁丹自有道理,"夫以人言善我,必以人言罪我"。果然,"未出境,而公子恶之曰:'为赵来间中山。'君因索而罪之"。② 鲁丹与御者的对话也是发生在途中,也非史笔所能书。

"秦西巴不忍麑,孟孙任为傅",说的是"孟孙猎得麑,使秦西巴持之归",麑母"随之而啼",秦西巴实在不忍心,便将麑"与之"。孟孙回来后问所猎之麑何在,秦西巴答曰:"余弗忍而与其母。"孟孙一听大怒,当即"逐之"。可三个月后,"复召以为其子傅",其御不明白:"曩将罪之,今召以为子傅何也?"孟孙的回答是:"夫不忍麑,又且忍吾子乎?"③ 此叙事情节曲折有致,多有日常问答,当出传诵与讲说。

"曾从子请刺吴王被逐之",说的是"卫君怨吴王",曾从子主动请缨,对卫君曰:"吴王好剑,臣相剑者也,臣请为吴王相剑,拔而示之,因为君刺之。"卫君非但不嘉奖,反而识破对方真面目,说"子为之是也,非缘义也,为利也。吴强而富,卫弱而贫,子必往,吾恐子为吴王用之于我也"。"乃逐之"。④ 密谋杀人这种事,即便是对人君承诺,也不宜当朝言之,这场对话因此而应出自说事者之口。

(二)《说林下》中的"说体"文本

"越索卒于荆而攻晋,左史倚相谓荆王":

---

① [清]王先慎:《韩非子集解》,见《诸子集成》5,上海书店1986年版,第127页。
② [清]王先慎:《韩非子集解》,见《诸子集成》5,上海书店1986年版,第134页。
③ [清]王先慎:《韩非子集解》,见《诸子集成》5,上海书店1986年版,第131页。
④ [清]王先慎:《韩非子集解》,见《诸子集成》5,上海书店1986年版,第131—132页。

越已胜吴，又索卒于荆而攻晋，左史倚相谓荆王曰："夫越破吴，豪士死，锐卒尽，大甲伤，今又索卒以攻晋，示我不病也，不如起师与分吴。"荆王曰："善。"因起师而从越，越王怒，将击之，大夫种曰："不可。吾豪士尽，大甲伤，我与战必不克，不如赂之。"乃割露山之阴五百里以赂之。①

君臣关于战事分析的对话，原本不排除被史官记载的可能性。然此叙事既述及楚国方面左史倚相关于战事的心机与谋略，又述及吴国方面大夫种关于应付楚师的分析与建议，这种全知视角，就当时来说只适宜于事后"为说者"的娓娓道来，不会是哪家史官的跨国记事。

"晋叔向称城壶丘，秦出楚王之弟"，说的是楚王弟在秦，"秦不出也"。中射之士主动请缨，说"资臣百金，臣能出之"。于是载百金之晋见叔向，说"荆王弟在秦，秦不出也，请以百金委叔向"。叔向受金，去见晋平公，说"可以城壶丘矣"。平公不解，叔向分析道："荆王弟在秦，秦不出也，是秦恶荆也，必不敢禁我城壶丘。若禁之，我曰：为我出荆王之弟，吾不城也。彼如出之，可以德荆。彼不出，是卒恶也，必不敢禁我城壶丘矣。"果然是个好主意。晋乃城壶丘，谓秦公曰："为我出荆王之弟，吾不城也"。"秦因出之，荆王大说，以炼金百镒遗晋"。② 这篇叙事，述及楚国方面中射之士的请行、以百金委叔向的贿赂、叔向以"城壶丘"为筹码的密谋，都不是史官当下所能书，只宜事后被说道。作为旁证，《说苑·权谋》亦收有此事，所述不尽相同，没有中射士主动请缨部分，直称"其弟献三百金于叔向"；叔向劝城壶丘所说为"何不城壶丘？秦楚患壶丘之城。若秦恐而归公子午，以止吾城也，君乃止，难亦未构，楚必德君"，多有出入；最后楚人感谢晋，不是"以炼金百镒遗晋"，而是"楚献晋赋三百车"。③ 由此可见，《说苑》所收文本并非直接来自《说林》，而是别有所出，不同"版本"本身即是出自"说体"的证明。

"楚左史倚相断事破吴军"：

---

① ［清］王先慎：《韩非子集解》，见《诸子集成》5，上海书店1986年版，第143页。
② ［清］王先慎：《韩非子集解》，见《诸子集成》5，上海书店1986年版，第145页。
③ 向宗鲁：《说苑校证》，中华书局1987年版，第339页。

荆伐陈，吴救之，军间三十里，雨十日，夜星。左史倚相谓子期曰："雨十日，甲辑而兵聚，吴人必至，不如备之。"乃为陈，陈未成也而吴人至，见荆陈而反。左史曰："吴反复六十里，其君子必休，小人必食，我行三十里击之，必可败也。"乃从之，遂破吴军。①

虽然故事发生在行军途中，但左史就在随军中，还是可以记言者。不过此番就是左史倚相本人对吴师的判断和把握，史官只书"君举"事，不记自己事，所以，这应该是知情者事后对左史神算的传诵和讲说。

"晋中行文子出亡，过故人邑不休舍"，说的是中行文子仅据"前科"即决定不见故人。"晋中行文子出亡，过于县邑"，从者曰："此啬夫，公之故人，公奚不休舍？且待后车。"劝文子在故人府上歇歇脚。中行文子曰："吾尝好音，此人遗我鸣琴；吾好佩，此人遗我玉环；是振我过者也。以求容于我者，吾恐其以我求容于人也。"像这种惯于投上司所好的人，难保不会再拿我去投新主之所好。"乃去之"。果然，幸亏没有进他家门，此人"收文子后车二乘而献之其君矣"。② 这个又是在出亡的路途中，发生的一切，自当以出自事后的传诵讲说为合理。

"公孙弘断发，公孙喜断颈"，说的是"公孙弘断发而为越王骑"，公孙喜使人绝之曰："吾不与子为昆弟矣。"公孙弘回答曰："我断发，子断颈而为人用兵，我将谓子何？"其实也不仅是斗斗嘴那么简单，结果让公孙弘不幸而言中："周南之战，公孙喜死焉。"③ 以情节论之，兄弟俩的对话斗嘴首先是出自公孙喜所使之人的转述，连带结果则应是出自说事者的转述和讲述。

"公子将伐陈，丈人笑句践"，说的是故事中的人物拐弯抹角挖苦人：

荆令公子将伐陈，丈人送之曰："晋强，不可不慎也。"公子曰："丈人奚忧，吾为丈人破晋。"丈人曰："可。吾方庐陈南门之外。"公子曰："是何也？"曰："我笑句践也，为人之如是其易也，已独何为密

---

① ［清］王先慎：《韩非子集解》，见《诸子集成》5，上海书店1986年版，第143页。
② ［清］王先慎：《韩非子集解》，见《诸子集成》5，上海书店1986年版，第141页。
③ ［清］王先慎：《韩非子集解》，见《诸子集成》5，上海书店1986年版，第140页。

密十年难乎?"①

丈人让公子提防晋人来救,公子竟大口一张,我给你破晋!丈人先是顺着说行,我马上迁到陈国去住;后又笑越王句践白费十年功夫。不知这公子能否听出话里的意思,估计很难。丈人与公子的私下对话,必是出自说事者的编派和讲说。

"卫将军见,曾子不起",说的是"卫将军文子见曾子",曾子不起身,而延将军于坐席,自己"正身于奥"。文子离开后谓其御曰:"曾子,愚人也哉!以我为君子也,君子安可毋敬也?以我为暴人也,暴人安可侮也?"②可见曾子的傲骨之气。这段叙事,如果说曾子的所为可以被弟子记录,文子谓其御者的话却应该是离开后在车上所说。所以,这应该是说者的追述和演绎。

(三)《内储说上》中的"说体"文本

"董阏于悟涧深百仞无入此者",故事发生在山里面:

> 董阏于为赵上地守,行石邑山中,涧深,峭如墙,深百仞,因问其旁乡左右曰:"人尝有入此者乎?"对曰:"无有。"曰:"婴儿痴聋狂悖之人尝有入此者乎?"对曰:"无有。""牛马犬彘尝有入此者乎?"对曰:"无有。"董阏于喟然太息曰:"吾能治矣。使吾法之无赦,犹入涧之必死也,则人莫之敢犯也,何为不治?"③

临深涧无人敢入,董阏于由此悟出"法之无赦"的威力。董阏于与其旁乡左右的对话不见得能有史所记,若果有其事,亦当是随从或本人事后的复述和转述。

"殷法'弃灰于公道者断其手',子贡问",说的是仲尼与弟子子贡的一场对话。对于"殷之法刑弃灰于街者",或者"殷之法,弃灰于公道者断其

---

① [清] 王先慎:《韩非子集解》,见《诸子集成》5,上海书店1986年版,第139页。
② [清] 王先慎:《韩非子集解》,见《诸子集成》5,上海书店1986年版,第136—137页。
③ [清] 王先慎:《韩非子集解》,见《诸子集成》5,上海书店1986年版,第165—166页。

手",子贡以为重,问仲尼,仲尼却说,"知治之道也。夫弃灰于街必掩人,掩人人必怒,怒则斗,斗必三族相残也。此残三族之道也,虽刑之可也。且夫重罚者,人之所恶也,而无弃灰,人之所易也。使人行之所易,而无离所恶,此治之道"。出自孔子之口的一番说辞,却一如出于法家之口的腔调。这段情节虽为仲尼与弟子子贡的对话,但不会是出于孔门的记述,因为还有另一个版本:"一曰:殷之法,弃灰于公道者断其手,子贡曰:'弃灰之罪轻,断手之罚重,古人何太毅也?'曰:'无弃灰所易也,断手所恶也,行所易不关所恶,古人以为易,故行之。'"① 没有提到仲尼,说辞也完全不同。

"仲尼下令不救火者比降北之罪",说的是"鲁人烧积泽,天北风,火南倚,恐烧国",鲁哀公"自将众趣救火",但"左右无人",都去狩猎逐兽,"而火不救"。哀公"乃召问仲尼",仲尼曰:"夫逐兽者乐而无罚,救火者苦而无赏,此火之所以无救也。"并说"事急,不及以赏,救火者尽赏之,则国不足以赏于人,请徒行罚",于是下令曰:"不救火者比降北之罪,逐兽者比入禁之罪。"果然,"令下未遍而火已救矣"。② 就这段叙事而言,孔子被哀公紧急召问,一般不会有弟子随从;"请徒行罚"的说辞,是否真出自孔子之口,也颇值得怀疑,不排除是出于说者编派的可能性。第一章已经强调,《说林》《储说》皆为对固有故事的收集,尽管多为出自韩非目的的有意收之,但一般不会是韩非本人的杜撰。那么,这种编派当出自某个"为说者"之口。

"卫嗣君以一都买胥靡",说的是卫嗣君之时,有一胥靡(囚徒)逃之魏,"为襄王之后治病"。卫嗣君"闻之","使人请以五十金买之,五反而魏王不予"。卫嗣君乃以左氏邑"易之"。竟然用一都邑换取一个逃奴,这让人感到着实不能理解,故左右曰:"夫以一都买胥靡,可乎?"但卫嗣君另有一笔账:"夫治无小而乱无大,法不立而诛不必,虽有十左氏无益也。法立而诛必,虽失十左氏无害也。"结果是"魏王闻之曰:'主欲治而不听之,不祥。'因载而往,徒献之"。③ 按此事亦见《战国策》《宋卫》篇,但

---

① [清] 王先慎:《韩非子集解》,见《诸子集成》5,上海书店1986年版,第166—167页。
② [清] 王先慎:《韩非子集解》,见《诸子集成》5,上海书店1986年版,第168—169页。
③ [清] 王先慎:《韩非子集解》,见《诸子集成》5,上海书店1986年版,第170页。

后者所述比较简略,当非自为拟托撰写之文。如此可断,应是《战国策》本于《储说》所据同源文本而有所简化,而非《储说》采自《战国策》"书体"拟托之文。

"吴起欲攻秦小亭",说的是时任魏武侯西河之守的吴起为了动员邑民攻下临境的秦之小亭,先示信于民,颇动了一番心思:

> 于是乃倚一车辕于北门之外而令之曰:"有能徙此南门之外者赐之上田上宅。"人莫之徙也,及有徙之者,还,赐之如令。俄又置一石赤菽东门之外而令之曰:"有能徙此于西门之外者赐之如初。"人争徙之。

因为说到做到,信守承诺,百姓没有不信之理,结果可想而知:"乃下令曰:'明日且攻亭,有能先登者,仕之国大夫,赐之上田宅。'人争趋之,于是攻亭一朝而拔之。"① 这段叙事描写具体,情节曲折有致,所以不是史笔,更适宜传诵和讲说。

"韩昭侯使人藏弊袴",韩昭侯弊袴不以赐左右而藏之,这让侍者很不解:"君亦不仁矣。"但韩昭侯有他的道理:"吾闻明主之爱,一颦一笑,颦有为颦,而笑有为笑。"虽为弊袴,但给谁不给谁,都得有个说法,不能随便处之,"吾必待有功者,故藏之未有予也"。② 藏袴子属于日常琐事,对话也在主仆之间,当出自传闻和讲说。

"越王句践见怒蛙而式之",说的是越王句践"虑伐吴","欲人之轻死也",希望士卒皆能视死如归,以完成复仇大业,于是"出见怒蛙乃为之式",只要乘车出门便对鼓着眼睛的青蛙扶轼行注目礼。从者曰:"奚敬于此?"干吗对青蛙表示敬意?越王句践回答曰:"为其有气故也。"第二年,"请以头献王者岁十馀人"。③ 越王式怒蛙是一种计谋和手段,叙述者能将其"虑"其"欲"的心理活动说出来,显然不会是出于史官的记述和载录。所述还带有夸张成分。

---

① [清]王先慎:《韩非子集解》,见《诸子集成》5,上海书店1986年版,第171页。
② [清]王先慎:《韩非子集解》,见《诸子集成》5,上海书店1986年版,第173页。
③ [清]王先慎:《韩非子集解》,见《诸子集成》5,上海书店1986年版,第172页。

(四)《内储说下》中的"说体"文本

"周以玉版予费仲",见于《喻老》和《内储说下》。《喻老》称"周有玉版,纣令胶鬲索之,文王不予,费仲来求,因予之。是胶鬲贤而费仲无道也。周恶贤者之得志也,故予费仲。"① 由此,才可理解见于《内储说下》的"文王资费仲":"文王资费仲而游于纣之旁,令之谏纣而乱其心。"② 原来费仲并非文王所使之内奸,而是文王看准了此人会无意中成为倒纣的"贤内助"。周文王、殷纣王、费仲等人之事乃发生于殷末周初,且其中不伐私下对话、隐秘动机,不会出于史官载记之笔。

"燕人无惑,其妻浴以矢":

> 燕人李季好远出,其妻私有通于士,季突至,士在内中,妻患之,其室妇曰:"令公子裸而解发直出门,吾属佯不见也。"于是公子从其计,疾走出门,季曰:"是何人也?"家室皆曰:"无有。"季曰:"吾见鬼乎?"妇人曰:"然。""为之奈何?"曰:"取五牲之矢浴之。"季曰:"诺。"乃浴以矢。一曰浴以兰汤。③

"燕人惑易,故浴狗矢"(《内储说下》),此乃燕国风俗。然而燕人李季这盆牲屎被扣得却十分冤枉,因为他的"惑易"(幻觉)"见鬼"完全是他那与人私通的老婆造出来的。真难为她这女管家竟然想出如此损招,让其相好披头散发、赤裸着身子从她丈夫眼皮底下走过去,而一大家子人都跟着睁眼说瞎话,硬说什么都没看见,可怜这丈夫只能自认见鬼了。这也是没有办法的办法,做妻子的不想让丈夫发现自己的私情,偏偏他又突然撞上了,只好骗他一骗。从"一曰浴以兰汤"看,这场闹剧无疑出自"说事者"的描绘,且因辗转为"说"而说出不同"版本"。其实,这是"一曰"版,第一版比较简约:"燕人无惑,故浴狗矢。燕人、其妻有私通于士,其夫早自外而来,士适出,夫曰:'何客也?'其妻曰:'无客。'问左右,左右言无有,

---

① [清]王先慎:《韩非子集解》,见《诸子集成》5,上海书店1986年版,第124—125页。
② [清]王先慎:《韩非子集解》,见《诸子集成》5,上海书店1986年版,第191页。
③ [清]王先慎:《韩非子集解》,见《诸子集成》5,上海书店1986年版,第182—183页。

如出一口。其妻曰：'公惑易也。'因浴之以狗矢。"所以，这个故事是典型的"说体"文本。

"太宰嚭遗大夫种书"，说的是越王句践攻入吴，终报大仇后的一段插曲：

> 越王攻吴王，吴王谢而告服，越王欲许之，范蠡、大夫种曰："不可。昔天以越与吴，吴不受，今天反夫差，亦天祸也。以吴予越，再拜受之，不可许也。"太宰嚭遗大夫种书曰："狡兔尽则良犬烹，敌国灭则谋臣亡。大夫何不释吴而患越乎？"大夫种受书读之，太息而叹曰："杀之，越与吴同命。"①

就如当年越王句践被吴灭国后委曲求全，请求臣服，吴王这回也谢罪告服，越王几乎"许之"，却遭到范蠡、大夫种的劝阻，于是太宰嚭写一封书信给大夫种，希望他放过吴以便给自己留点价值不至于被那越王"卸磨杀驴"，弓藏狗烹。说起来这话有点道理。但真正深刻的是大夫种的叹息，若说功成被杀，我于越于吴将面临同样的命运，因为"狡兔尽而良犬烹"既然是人之常情，则越王吴王没有二致。就叙事而言，所遗之书自是书体，但整个故事却只能是事后的传诵和讲述，因为太宰嚭想拉拢、挑拨大夫种的举动绝对是不可告人的。

"郑袖教美女掩口"：

> 荆王所爱妾有郑袖者。荆王新得美女，郑袖因教之曰："王甚喜人之掩口也，为近王，必掩口。"美女入见，近王，因掩口，王问其故，郑袖曰："此固言恶王之臭。"及王与郑袖、美女三人坐，袖因先诫御者曰："王适有言，必亟听从。"王言美女前，近王，甚数掩口，王悖然怒曰："劓之。"御因揄刀而劓美人。②

---

① [清] 王先慎：《韩非子集解》，见《诸子集成》5，上海书店1986年版，第184页。
② [清] 王先慎：《韩非子集解》，见《诸子集成》5，上海书店1986年版，第186页。

一边教美女掩口,一边谎称美女恶王之臭,致使荆王对美女不满,这已经足够聪明绝顶;还没忘事先对御者交待只要大王发话立马执行,美人便没有任何解释的机会即被砍掉了鼻子,不得不说这郑袖的智商实在是极高。值得注意的是,此"版本"后又有"一曰",为"魏王遗荆王美人",同于《战国策·楚策四》,对美人假称的是楚王"恶子之鼻",缺"先戒御者"一小段。按,《战国策》已多是策士说客演练说辞所撰写的拟托文,属于书体,但其中也不排除会有收集和转抄的包括说体故事在内的各种杂史杂传。由"一曰"版本亦见《战国策》且又有异说,已可证其乃援用了出自说者之口的说体故事。

"少庶子杀老儒取悦济阳君",说的是济阳君有少庶子不见知,欲入爱,正好"齐使老儒掘药于马梨之山",此少庶子便对济阳君说,齐使老儒掘药于马梨之山,名为掘药,实为间君之国,若君杀之,"是将以济阳君抵罪于齐矣"。"臣请刺之"。就让我替您杀了他!于是明日"得之城阴而刺之"。此招还真管用,"济阳君还益亲之"。① 少庶子为达到一己私欲,无端葬送老儒一条性命。这种阴暗险恶之事,真相当时也只有施事者自己知道,否则不可能达到预期效果,所以亦应是出自事后的爆料与讲述。按,老儒被杀之事有两个版本,此是第二版,即"一曰"版,第一版是说"魏有老儒而不善济阳君,客有与老儒私怨者,因攻老儒杀之以德于济阳君曰:'臣为其不善君也,故为君杀之。'济阳君因不察而赏之",可见都是"说体"故事。

"严遂令人刺韩廆",说的是"韩廆相韩哀侯",而严遂"重于君",二人因此"甚相害"。于是严遂令人"刺韩廆于朝",韩廆跑向哀侯而抱之,刺客"遂刺韩廆而兼哀侯"。② 有心机的是韩廆,你杀我还杀了韩哀侯,你也不得好死,只是这韩哀侯成了两个大臣争斗的冤大头。其实,《说林上》还有另一说:"严遂不善周君,(周君)患之,冯沮曰:'严遂相,而韩傀贵于君,不如行贼于韩傀,则君必以为严氏也。'"③ 果然,历史上都说是严遂(或称严仲子)派人杀韩廆。真相究竟是哪个,还真是不好说。按,若据此后所见各种传说,此事可能发生于韩烈侯之时,被兼刺的韩哀侯当时还只是

---

① [清] 王先慎:《韩非子集解》,见《诸子集成》5,上海书店1986年版,第188页。
② [清] 王先慎:《韩非子集解》,见《诸子集成》5,上海书店1986年版,第191页。
③ [清] 王先慎:《韩非子集解》,见《诸子集成》5,上海书店1986年版,第130页。

韩烈侯之孙，尚未即位，且是佯死，此是后话。

（五）《外储说左上》中的"说体"文本

"齐桓公好服紫"，说的是齐桓公喜欢穿着紫色衣服，于是"一国尽服紫"，结果"当是时也，五素不得一紫"。桓公患之，问管仲："寡人好服紫，紫贵甚，一国百姓好服紫不已，寡人奈何？"管仲回答这好办，您何不试着"勿衣紫"，并对左右说，"吾甚恶紫之臭"。这时若左右正好有衣紫而进者，您一定要说"少却，吾恶紫臭"。桓公曰："诺。"就这样，当天先是郎中"莫衣紫"，第二天是"国中莫衣紫"，第三天就是"境内莫衣紫"了。① 管仲于朝廷对桓公所说一番话，本可以被史官所记述，但下面有对事情转机和结果的交待，自然仍以出自传诵讲说为宜。

"楚厉王醉而过击鼓"，这个故事与见于《吕氏春秋·疑似》的周幽王"击鼓戏诸侯"的故事（详后）颇类似，说的是"楚厉王有警，为鼓以与百姓为戍"，同样是击鼓为警。不同的是楚厉王并非博美人一笑，而是"饮酒醉，过而击之也，民大惊"，厉王"使人止之。曰：'吾醉而与左右戏，过击之也。'"② 民这才散去。结果，"居数月，有警，击鼓而民不赴"。后来"乃更令明号而民信之"。鉴于该篇见于《储说》，且叙述到整个事件的前后经过，包括说辞，还包括事件的后果，所述虽在史官记述王事的范围内，但仍以出自讲说为宜。

"魏文侯与虞人期猎"，这是一个守信的故事："魏文侯与虞人期猎，明日，会天疾风，左右止，文侯不听，曰：'不可。以风疾之故而失信，吾不为也。'遂自驱车往，犯风而罢虞人。"③ 如果说魏文侯的一番说辞是在朝廷所说尚可被史官记下，而"犯风"则是在"自驱车往"后的表现，却不是史所能见，所能记。因此，这只能是被人传诵的一段佳话。

"吴起不食待故人"，这也是一个守信的故事："吴起出，遇故人而止之食，故人曰：'诺，今返而御。'吴子曰：'待公而食。'故人至暮不来，起

---

① ［清］王先慎：《韩非子集解》，见《诸子集成》5，上海书店1986年版，第210—211页。
② ［清］王先慎：《韩非子集解》，见《诸子集成》5，上海书店1986年版，第214—215页。
③ ［清］王先慎：《韩非子集解》，见《诸子集成》5，上海书店1986年版，第214页。

不食待之，明日早，令人求故人，故人来方与之食。"① 这就是一诺千金，虽是约食小事一桩，也决不含糊。唯其是小事，史才不须书；小事又发生在家中，史也无从书。

"吴起吮疽，伤者母泣"，说的是"吴起为魏将而攻中山"，军人中有病疽者，吴起"跪而自吮其脓"，伤者之母见状忍不住哭泣起来，人问曰："将军于若子如是，尚何为而泣？"对曰："吴起吮其父之创而父死，今是子又将死也，今吾是以泣。"② "士为知己者死"，吴起这是激励之术。为激励战斗之士能做到吮脓这一步，也并非一般人所能为。母之泣，人问之，不在朝廷，非史能及，应是出自说者之口。

"棘刺之端为母猴"，说的是"燕王好微巧"，于是有一卫人便跑来说"能以棘刺之端为母猴"，燕王遂"养之以五乘之奉"，为的是等着他在棘刺之端雕刻出母猴来。其实他哪能成，等燕王想看时，这人故意说"必半岁不入宫，不饮酒食肉，雨霁日出视之晏阴之间，而棘刺之母猴乃可见也"，他知道燕王做不到，于是总也不达标，那人母猴究竟雕成怎样自是见不到。直到有一天，有台下之冶者谓燕王曰："臣为削者也，诸微物必以削削之，而所削必大于削。今棘刺之端不容削锋，难以治棘刺之端。王试观客之削能与不能可知也。"燕王一听有道理，要求看看所削屑。"客曰：'臣请之舍取之。'因逃"。③ 与《储说》中许多故事一样，这个故事也有两个"版本"，这里所说乃是其中之第二版，即"一曰"版，第一版称"宋人有请为燕王以棘刺之端为母猴者，必三月斋然后能观之，燕王因以三乘养之"，最后结果是"王因囚而问之，果妄，乃杀之"，从头至尾差异多多，可知都是"说体"文本。

"郢书燕说"，这是件弄拙成巧的有趣事：

郢人有遗燕相国书者，夜书，火不明，因谓持烛者曰："举烛。"云而过书举烛，举烛，非书意也，燕相受书而说之，曰："举烛者，尚

---

① ［清］王先慎：《韩非子集解》，见《诸子集成》5，上海书店1986年版，第214页。
② ［清］王先慎：《韩非子集解》，见《诸子集成》5，上海书店1986年版，第206页。
③ ［清］王先慎：《韩非子集解》，见《诸子集成》5，上海书店1986年版，第200页。

明也，尚明也者，举贤而任之。"燕相白王，王大说，国以治。①

原本是不小心误写在书信上的"举烛"二字，却被说出一番尚明、举贤的大道理，这其实属于过度阐释，但燕国因此而"国以治"，倒也不失为一件好事。

"曾子杀彘"，这是信用之教的好范本：

> 曾子之妻之市，其子随之而泣，其母曰："女还，顾反为女杀彘。"妻适市来，曾子欲捕彘杀之，妻止之曰："特与婴儿戏耳。"曾子曰："婴儿非与戏也。婴儿非有知也，待父母而学者也，听父母之教，今子欺之，是教子欺也。母欺子，子而不信其母，非所以成教也。"遂烹彘也。②

这个故事发生在曾子的家里面，描述如此生动具体，无疑是出于后来的传诵和说道。

（六）《外储说左下》中的"说体"文本

"费仲言不可不诛西伯昌"，说的是费仲劝纣杀文王，因为"西伯昌贤，百姓悦之，诸侯附焉，不可不诛，不诛必为殷祸"。殷纣说若按你的说法，他西伯昌可谓"义主"了，"何可诛"？费仲曰："冠虽穿弊，必戴于头；履虽五采，必践之于地。今西伯昌，人臣也，修义而人向之，卒为天下患，其必昌乎！人人不以其贤为其主，非可不诛也。且主而诛臣，焉有过？"殷纣坚持说："夫仁义者，上所以劝下也。今昌好仁义，诛之不可。"就这样，"三说不用，故亡"。③且不说费仲殷纣的对话极端私密，就以人物言辞而论，与历史上残酷不仁的形象大相径庭，暴纣在这里成了因不忍诛仁义者而亡的文弱之君。可知这必是出自异端之"说"。

"东郭牙中门而立"：

---

① ［清］王先慎：《韩非子集解》，见《诸子集成》5，上海书店1986年版，第208页。
② ［清］王先慎：《韩非子集解》，见《诸子集成》5，上海书店1986年版，第214页。
③ ［清］王先慎：《韩非子集解》，见《诸子集成》5，上海书店1986年版，第224页。

齐桓公将立管仲，令群臣曰："寡人将立管仲为仲父，善者入门而左，不善者入门而右。"东郭牙中门而立，公曰："寡人立管仲为仲父，令曰善者左，不善者右，今子何为中门而立？"牙曰："以管仲之智为能谋天下乎？"公曰："能"。"以断为敢行大事乎？"公曰："敢"。牙曰："君知能谋天下，断敢行大事，君因专属之国柄焉。以管仲之能，乘公之势以治齐国，得无危乎？"公曰："善"。乃令隰朋治内，管仲治外以相参。①

管仲辅佐桓公以成霸业，是千古流传的佳话，而在这里，却生出东郭牙"中门而立"的戏剧性场面，管仲之智能谋天下，敢行大事，这对于君王来说其实是把双刃剑，所以还不能全权交与。不过这段叙事，东郭牙与齐桓公的一问一答过于赤裸裸，是否真能发生在朝廷，让人生疑；对话如此绘声绘色，也更适宜于"为说者"的描摹。

"叔向贺孟献伯之俭，苗贲皇非之"，故事有两说，一说"孟献伯相鲁"，一说"孟献伯拜上卿"，这本身就可知其原本就是个传说，所以被收在"储说"中。故事说的是孟献伯虽贵为国相或国卿，却"食不二味，坐不重席"，"居不粟马，出不从车"，因为他看到"国人尚有饥色"，"班白者多以徒行"，所以自己不忍太奢侈。叔向好感动，说我"始贺子之拜卿，今贺子之俭也"，并以告苗贲皇，让他也去贺"献伯之俭"。谁知那苗贲皇却"非之"，认为这是"出主之爵禄以附下也"，是"乱晋国之政，乏不虞之备，以成节，以洁私名"，"献伯之俭也可与？又何贺"！② 还是那个理，为臣者不能好过头。就以文本本身而言，叔向之贺，苗贲皇之非，都发生在朝廷之外，都不是史官所能记。

"管仲不报绮乌封人"：

管仲束缚，自鲁之齐，道而饥渴，过绮乌封人而乞食，乌封人跪而食之，甚敬，封人因窃谓仲曰："适幸及齐，不死而用齐，将何报我？"

---

① ［清］王先慎：《韩非子集解》，见《诸子集成》5，上海书店1986年版，第220页。
② ［清］王先慎：《韩非子集解》，见《诸子集成》5，上海书店1986年版，第226—227页。

曰："如子之言，我且贤之用，能之使，劳之论，我何以报子？"封人怨之。①

这里的"不报"是"将来进行时"，自鲁之齐的管仲尚在缧绁中，且前途未卜，行乞人家，绮乌封人尽心招待，小心服侍，图个将来或得回报，他管仲连个虚诺都不给。这就是将来能成霸业的管仲，但此举毕竟招怨。此时的管仲只是经过某处而乞食，发生在这里的一切只能是事后的追述和转述。

"解狐荐雠，引弓送之"：

> 解狐荐其雠于简主以为相，其雠以为且幸释己也，乃因往拜谢，狐乃引弓送而射之，曰："夫荐汝公也，以汝能当之也。夫雠汝，吾私怨也，不以私怨汝之故拥（壅）汝于吾君。故私怨不入公门。"一曰，解狐举邢伯柳为上党守，柳往谢之曰："子释罪，敢不再拜。"曰："举子公也，怨子私也，子往矣，怨子如初也。"②

"外举不避雠，内举不避子"，已既互见于《国语·晋语七》和《左传·襄公三年》中的"祁奚荐举"，又互见于《韩非子·外储说左下》和《吕氏春秋·去私》（见前），其中《左传》《吕氏春秋》中祁奚所举之雠即是解狐，《韩非子》中所举之雠即是邢伯。这里的"解狐荐其雠"与已见前述的"外举不避雠"实属重合，之所以将其归于"独见者"，是因为这里故事的重心在于荐举之后解狐公私分明的情节，这一情节又似曾相识于《左传·襄公二十一年》"晋祁奚保叔向"，祁奚主动保叔向之后，"不见叔向而归，叔向亦不告免焉而朝"。不过，这里雠往拜谢、解狐"引弓送而射之"，却是私怨仍归私怨的极致。由"外举不避雠"如此多的版本可见，它们确为"说体"故事，讲说传诵中发生了如此多的歧义变化。

"管仲有三请"，说的是桓公相管仲后，管仲反复提出特殊要求："曰：'臣贵矣，然而臣贫。'桓公曰：'使子有三归之家。'曰：'臣富矣，然而臣

---

① ［清］王先慎：《韩非子集解》，见《诸子集成》5，上海书店1986年版，第230页。
② ［清］王先慎：《韩非子集解》，见《诸子集成》5，上海书店1986年版，第229页。

卑.'桓公使立于高、国之上。曰:'臣尊矣,然而臣疏.'乃立为仲父。"对此,"孔子闻而非之曰:'泰侈逼上.'"值得注意的是"孔子闻之",可知本是被传诵讲说之事。而且,这只是版本之一,"一曰"的另一个版本是"管仲父,出,朱盖青衣,置鼓而归,庭有陈鼎,家有三归。孔子曰:'良大夫也,其侈逼上.'"

"阳虎答简主自称'不善树人'",说的是阳虎乱鲁事败奔齐后又"去齐走赵",投奔赵简子,"简主问曰:'吾闻子善树人.'"阳虎回答说:"臣居鲁,树三人,皆为令尹,及虎抵罪于鲁,皆搜索于虎也。臣居齐,荐三人,一人得近王,一人为县令,一人为候吏,及臣得罪,近王者不见臣,县令者迎臣执缚,候吏者追臣至境上,不及而止。虎不善树人。"简主"俛而笑"曰:"夫树橘柚者,食之则甘,嗅之则香;树枳棘者,成而刺人;故君子慎所树。"① 大体类似的情节亦见《韩诗外传·卷七》,变异较大,称不善树人的变成了子质,开始提到的是"魏文侯之时,子质仕而获罪焉,去而北游",但后面又称他对简主说:"从今已后,吾不复树德于人矣。"简主问何出此言,子质说因为所树之人都靠不住,"堂上之士恶我于君,朝廷之大夫恐我以法,边境之人劫我以兵"。简主说此话差矣。"夫春树桃李,夏得阴其下,秋得食其实。春树蒺藜,夏不可采其叶,秋得其刺焉。由此观之,在所树也。今子所树,非其人也。故君子先择而后种也"。②《说苑·复恩》也收录有类似文本,情节更同于《韩诗外传》,但人物又是阳虎和赵简子,只不过开头说的又是"阳虎得罪于卫,北见简子曰:'自今以来,不复树人矣。'"③ 如此多不同"版本",显示了三者均是分别援用了同源异流而发生变异的"说体"文本。

"翟黄乘轩,田子方以为文侯",说的是一日田子方从齐之魏,"望翟黄乘轩骑驾出,方以为文侯也,移车异路而避之,则徒翟黄也",田子方问曰:"子奚乘是车也?"翟黄回答曰:"君谋欲伐中山,臣荐翟角而谋得果。且伐之,臣荐乐羊而中山拔。得中山,忧欲治之,臣荐李克而中山治。是以

---

① [清]王先慎:《韩非子集解》,见《诸子集成》5,上海书店1986年版,第228页。
② 许维遹:《韩诗外传集释》,中华书局1980年版,第263—264页。
③ 向宗鲁:《说苑校证》,中华书局1987年版,第138页。

君赐此车。"闻此后田子方只说了一句"宠之称功尚薄"。① 同一故事亦见《说苑·臣术》,篇幅较此为长,颇有演绎成分,但应该不是在此基础上的演绎,其中翟黄称自己推举贤人有五人,特别是后半部分详尽叙述了田子方与翟黄关于魏国立相的讨论,是《外储说左下》这篇所没有的:"子方曰:'可,子勉之矣,魏国之相不去子而之他矣。'翟黄对曰:'君母弟有公孙季成者,进子夏而君师之,进段干木而君友之,进先生而君敬之,彼其所进,师也,友也,所敬者也,臣之所进者,皆守职守禄之臣也,何以至魏国相乎?'子方曰:'吾闻身贤者贤也,能进贤者亦贤也,子之五举者尽贤,子勉之矣,子终其次也。'"② 由两个"版本"的差异,即可进一步断定皆属援用"说体"文本。

"梁车刖姊足",说的是梁车新为邺令,其姊往看之,"暮而后门闭,因逾郭而入",梁车竟刖其姊足。这个有点太残忍,"赵成侯以为不慈,夺之玺而免之令"。③ 梁车免令或可记录在案,但事情原委当出自转告讲说。

"儒者博乎弋乎鼓瑟乎",说的是齐宣王问匡倩:"儒者博乎?"回答是"不也",因为"博者贵枭,胜者必杀枭,杀枭者,是杀所贵也,儒者以为害义,故不博也"。又问"儒者弋乎"? 回答又是"不也",因为"弋者从下害于上者也,是从下伤君也,儒者以为害义,故不弋"。又问"儒者鼓瑟乎"? 回答还是"不也",因为"夫瑟以小弦为大声,以大弦为小声,是大小易序,贵贱易位,儒者以为害义,故不鼓也"。④ 匡倩之说可谓怪论,且不符合事实,曾晳"鼓瑟希"分明见于《论语》,由此可知这是"为说者"的编派和演绎。

"西门豹两治邺",说的是"西门豹清克洁悫以治邺",一年后"上计",君却"收其玺",西门豹自请曰:"臣昔者不知所以治邺,今臣得矣,愿请玺复以治邺,不当,请伏斧锧之罪。"于是,他换了个做法,"重敛百姓,急事左右",一年后再"上计",文侯迎而拜之。西门豹遂"纳玺而

---

① [清] 王先慎:《韩非子集解》,见《诸子集成》5,上海书店1986年版,第219页。
② 向宗鲁:《说苑校证》,中华书局1987年版,第41—42页。
③ [清] 王先慎:《韩非子集解》,见《诸子集成》5,上海书店1986年版,第230页。
④ [清] 王先慎:《韩非子集解》,见《诸子集成》5,上海书店1986年版,第224页。

去"。① 其中起码蕴含三词,谗毁,壅蔽,正直。此叙事一连述及西门豹治邺前与后,应是出自说者的传诵与讲说。

"狗盗子与刖危子竞夸",这是以耻为荣的讽刺戏:

> 齐有狗盗之子与刖危子戏而相夸,盗子曰:"吾父之裘独有尾。"危子曰:"吾父独冬不失裤。"②

盗狗者扮狗遂给裘添个尾,触刑失腿者故不需裤,也就不会丢裤子,这居然成了其子竞相夸耀的长处!

"仲尼先黍后桃",说的是孔子御坐于鲁哀公,哀公赐之桃与黍,仲尼先饭黍而后啖桃。左右皆掩口而笑,哀公曰:"黍者,非饭之也,以雪桃也。"仲尼回答说,我并非不知才如此。但"黍者五谷之长也,祭先王为上盛。果蓏有六,而桃为下,祭先王不得入庙。丘之闻也,君子以贱雪贵,不闻以贵雪贱。今以五谷之长雪果蓏之下,是从上雪下也,丘以为妨义,故不敢以先于宗庙之盛也"。③孔子御坐于鲁哀公,不在弟子视线范围内;孔子啖桃饭黍的种种细节,包括左右掩口而笑的动作表情,也不是史笔所及,所以这也应该是出自说者之口。

"子皋刖人足,刖者逃子皋",说的是"孔子相卫,弟子子皋为狱吏,刖人足,所刖者守门"。后来有人诬告孔子欲作乱,"卫君欲执孔子,孔子走,弟子皆逃"。"子皋从出门,刖危引之而逃之门下室中,吏追不得"。夜半,子皋问刖危曰:"吾不能亏主之法令而亲刖子之足,是子报仇之时也,而子何故乃肯逃我?我何以得此于子?"刖危回答曰:"吾断足也,固吾罪当之,不可奈何。然方公之狱治臣也,公倾侧法令,先后臣以言,欲臣之免也甚,而臣知之。及狱决罪定,公愀然不悦,形于颜色,臣见又知之。非私臣而然也,夫天性仁心固然也,此臣之所以悦而德公也。"④ 这段叙事的主要部分,是子皋与刖者的私下对话,不可能是当下记录,描述如此详尽,也

---

① [清] 王先慎:《韩非子集解》,见《诸子集成》5,上海书店1986年版,第225页。
② [清] 王先慎:《韩非子集解》,见《诸子集成》5,上海书店1986年版,第225页。
③ [清] 王先慎:《韩非子集解》,见《诸子集成》5,上海书店1986年版,第223页。
④ [清] 王先慎:《韩非子集解》,见《诸子集成》5,上海书店1986年版,第218—219页。

应该是出自追述、转告和传诵。

（七）《外储说右上》中的"说体"文本

"太公望诛东海居士"，说的是太公望东封于齐，"齐东海上有居士曰狂矞、华士"，昆弟两人立议曰："吾不臣天子，不友诸侯，耕作而食之，掘井而饮之，吾无求于人也。无上之名，无君之禄，不事仕而事力。"太公望至于营丘后，当即使吏执杀之以为首诛。周公旦从鲁闻之，发急传而问之曰："夫二子，贤者也。今日飨国而杀贤者，何也？"太公望说："彼不臣天子者，是望不得而臣也。不友诸侯者，是望不得而使也。耕作而食之，掘井而饮之，无求于人者，是望不得以赏罚劝禁也"。"自谓以为世之贤士，而不为主用，行极贤而不用于君，此非明主之所臣也，亦骥之不可左右矣，是以诛之"。① 此故事还有另一"版本"："一曰，太公望东封于齐，海上有贤者狂矞，太公望闻之往请焉，三却马于门而狂矞不报见也，太公望诛之。"可知出自传说。且前者称昆弟两人"立议曰"，也属史无从闻无从记者。因此，这属于典型的"说体"故事。

"齐景公问政，师旷三言'必惠民'"：

> 齐景公之晋，从平公饮，师旷侍坐，始坐，景公问政于师旷曰："太师将奚以教寡人？"师旷曰："君必惠民而已。"中坐，酒酣，将出，又复问政于师旷曰："太师奚以教寡人？"曰："君必惠民而已矣。"景公出之舍，师旷送之，又问政于师旷，师旷曰："君必惠民而已矣。"景公归，思，未醒，而得师旷之所谓。公子尾、公子夏者，景公之二弟也，甚得齐民，家富贵而民说之，拟于公室。"此危吾位者也，今谓我惠民者，使我与二弟争民邪？"于是反国发廪粟以赋众贫，散府馀财以赐孤寡，仓无陈粟，府无馀财，宫妇不御者出嫁之，七十受禄米，鬻德惠施于民也，已与二弟争。居二年，二弟出走，公子夏逃楚，公子尾走晋。②

---

① ［清］王先慎：《韩非子集解》，见《诸子集成》5，上海书店1986年版，第236页。
② ［清］王先慎：《韩非子集解》，见《诸子集成》5，上海书店1986年版，第232—233页。

齐景公在晋国问为政于师旷,三问得到的回答就都只有这一句,"君必惠民而已"!如果第一次问是在与晋平公的宴饮中,尚且可以被随身之史听闻到,第二问已是"将出"时,第三问更是在"送之"的路途中。关键是本叙事的重心还不在这一出,居然描述出了百思不得其解的齐景公硬是思,思到身边有"甚得齐民"的两个弟,终于悟出了师旷要说的话,"今谓我惠民者,使我与二弟争民邪?"于是才有了下面的施恩惠。景公躺在晋国客房中的那些心思,居然被描述出来,这绝非史官所能记,已是"小说"全知视角的描摹和叙述。

"荆庄王太子触茅门之法":

> 荆庄王有茅门之法曰:"群臣大夫诸公子入朝,马蹄践霤者,廷理斩其輈,戮其御。"于是太子入朝,马蹄践霤,廷理斩其輈,戮其御。太子怒,入为王泣曰:"为我诛戮廷理。"王曰:"法者所以敬宗庙,尊社稷。故能立法从令尊敬社稷者,社稷之臣也,焉可诛也?夫犯法废令不尊敬社稷者,是臣乘君而下尚校也。臣乘君则主失威,下尚校则上位危。威失位危,社稷不守,吾将何以遗子孙?"于是太子乃还走,避舍露宿三日,北面再拜请死罪。①

"太子犯法与庶民同罪",这里出现的算是史上较早的一则。就事件发生在朝廷、庄王一番话可资教诫来说,本可以被史官所记载。鉴于该则故事出现在《储说》中,又有太子入朝、还走、避舍等前前后后的叙述和描写,仍以出自传诵讲说更为宜。作为旁证,《说苑·至公》除收有与之相同的这一"版本"外,还收有另一个"版本":"楚庄王之时,太子车立于茅门之内,少师庆逐之,太子怒,入谒王曰:'少师庆逐臣之车。'王曰:'舍之,老君在前而不踰,少君在后而不豫,是国之宝臣也。'"②可见作为"说体"文本的变异演化。

"妻织组幅狭于度,吴起出之":

---

① [清]王先慎:《韩非子集解》,见《诸子集成》5,上海书店1986年版,第243—244页。
② 向宗鲁:《说苑校证》,中华书局1987年版,第361页。

吴起，卫左氏中人也。使其妻织组而幅狭于度，吴子使更之，其妻曰："诺。"及成，复度之，果不中度，吴子大怒。其妻对曰："吾始经之而不可更也。"吴子出之，其妻请其兄而索入，其兄曰："吴子，为法者也。其为法也，且欲以与万乘致功，必先践之妻妾然后行之，子毋几索入矣。"其妻之弟又重于卫君，乃因以卫君之重请吴子，吴子不听，遂去卫而入荆也。①

妻子织锦不合幅度，吴起处置之，这本属于"执法"，但相对于"欲以与万乘致功"的国家层面的执法而言，尚属于在自家中一丝不苟、不允许越规的恪守行为。正因为是在自家"执法"，才是属于传闻的说体故事。

"堂溪公问玉卮，韩昭侯遂独卧"，这段叙事不够完整，一开始即是棠溪公问韩昭侯："今有千金之玉卮，通而无当，可以盛水乎？"这玉卮虽至贵但镂空，当然是"不可"；堂溪公接着问："有瓦器而不漏，可以盛酒乎？"这瓦器虽至贱但不漏，当然是"可"。于是堂溪公进入正题："今为人主而漏其群臣之语，是犹无当之玉卮也，虽有圣智，莫尽其术，为其漏也。"自此，韩昭侯每欲发天下之大事，"未尝不独寝，恐梦言而使人知其谋也"。原来堂溪公这是拿玉卮和瓦器说事，劝昭侯谨慎为妙，不要说漏嘴。不知堂溪公此番劝谏缘何而起。这个故事还有另一版本，即"一曰"版本，则是"堂溪公每见而出，昭侯必独卧，惟恐梦言泄于妻妾"。②由此可知，尽管这段叙事有明显的比喻说理意味，但也还是"说体"而非"书体"。

"孔子止子路私为浆饭"，说的是季氏相鲁，子路为郈令，当起众为长沟之时，"子路以其私秩粟为浆饭，要（邀）作沟者于五父之衢而餐之"。孔子闻之，使子贡往覆其饭，击毁其器，曰："鲁君有民，子奚为乃餐之？"子路怫然怒，攘肱而入请曰："夫子疾由之为仁义乎？所学于夫子者仁义也，仁义者，与天下共其所有而同其利者也。今以由之秩粟而餐民，不可何也？"孔子曰："由之野也！吾以女知之，女徒未及也，女故如是之不知礼

---

① ［清］王先慎：《韩非子集解》，见《诸子集成》5，上海书店1986年版，第246页。
② ［清］王先慎：《韩非子集解》，见《诸子集成》5，上海书店1986年版，第241页。

也！女之餐之，为爱之也。夫礼，天子爱天下，诸侯爱境内，大夫爱官职，士爱其家，过其所爱曰侵。今鲁君有民而子擅爱之，是子侵也，不亦诬乎！"话没说完，果然季氏使者至，质问曰：我起民而使之，先生使弟子令徒役而餐之，将夺我之民耶？"孔子驾而去鲁。"① 这个故事的主要场面是出现在郈地，且描述具体，有动作，有表情，如果真有此事，也必是事后的转告、叙述和描摹。

（八）《外储说右下》中的"说体"文本

"齐桓公微服以巡民家"，故事发生在民家，说的是齐桓公悄悄到达民家后，见"人有年老而自养者"，问其故，对曰："臣有子三人，家贫，无以妻之，佣未反。"桓公归，以告管仲，管仲曰："畜积有腐弃之财则人饥饿，宫中有怨女则民无妻。"于是桓公"乃论宫中有妇人而嫁之"，且下令于民曰："丈夫二十而室，妇人十五而嫁。"此故事还有"一曰"，说"桓公微服而行于民间，有鹿门稷者，行年七十而无妻"，桓公问管仲"何以令之有妻"，管仲回答了上面的那番话，桓公下了上面的那番令。民家老人的那些话，已经是要靠齐桓公的转述；齐桓公与管仲的对话，偏偏还有另一说。于是这整篇都不过只是些传说。

"秦昭王訾祷者人二甲"，说的是当秦昭王生病之时，"百姓里买牛而家为王祷"。公孙述出门见到后，入贺昭王曰："百姓乃皆里买牛为王祷。"昭王使人一问，"果有之"。昭王曰："訾之人二甲。"明明是好意自掏腰包为秦昭王祈祷，昭王却下令罚他们每人出二副甲，因为虽是出于爱他之心，但却属于"非令而擅祷"，若"夫爱寡人，寡人亦且改法而心与之相循者，是法不立，法不立，乱亡之道也"。所以，"不如人罚二甲而复与为治"。② 这段叙事，其间不少情况乃需要打问方才得知，所以是个"说体"故事。

"苏代誉桓公，燕王听子之"，说的是苏代为秦使燕，发现如果不给燕相子之些好处，则"必不得事而还，贡赐又不出"。于是见燕王乃誉齐王。燕王问齐王是不是"则将必王乎"，苏代故意说："救亡不暇，安得王哉？"

---

① ［清］王先慎：《韩非子集解》，见《诸子集成》5，上海书店1986年版，第235页。
② ［清］王先慎：《韩非子集解》，见《诸子集成》5，上海书店1986年版，第253—254页。

这是为什么？苏代说"其任所爱不均"，还不如就像齐桓公当年专任一人："昔者齐桓公爱管仲，置以为仲父，内事理焉，外事断焉，举国而归之，故一匡天下，九合诸侯。""今齐任所爱不均，是以知其亡也。"燕王"领悟"极快，马上想到自己："今吾任子之，天下未之闻也。"于是"明日张朝而听子之"。① 燕王传国其相子之致燕大乱几亡国，是战国史中的重要事件，原来始作俑者是苏代的善说，其实是诡说。以苏代一番说辞是在燕国朝廷回答燕王时所说而言，本是可以为史所记录，然开篇述及苏代之所以要这样说的心理，则非史笔所应及。还有，此事还有另一说，这段是第二版，即"一曰"版，前面一段苏代所说与此有不同，更可知确是任由人说的演绎故事。

"平阳君之目恶过虎目"，说的是"赵王游于圃中"，左右"以菟与虎而辍"，那虎"盼然环其眼"，赵王曰："可恶哉，虎目也！"左右说："平阳君之目可恶过此。见此未有害也，见平阳君之目如此者则必死矣。"其明日，"平阳君闻之，使人杀言者，而王不诛也。"② 平阳君，平原君之兄，赵惠文王之弟，权臣重臣之恶，竟至如此。左右议论平阳君于赵王前的一番话是在游圃时，也没有被记下，但可以被转述，由此平阳君才会"闻之"矣。

"卫君辟疆改称'诸侯毁'"，说的是"卫君入朝于周，周行人问其号，对曰：'诸侯辟疆。'周行人却曰：'诸侯不得与天子同号。'卫君乃自更曰'诸侯毁'，而后内之"。这件事必是被传出，故叙事称"仲尼闻之曰：'远哉禁逼，虚名不以借人，况实事乎！'"③ 既然是"闻之"，此乃"说体"无疑。其后贾谊《新书·审微》也提到同一故事，所述略有不同："昔者卫侯朝于周，周行问其名，曰：'卫侯辟强。'周行还之曰：'启强、辟强，天子之号也，诸侯弗得用。'卫侯更其名曰毁，然后受之。"④ 可知皆是援用"说体"文本。

"公仪休嗜鱼"：

---

① ［清］王先慎：《韩非子集解》，见《诸子集成》5，上海书店1986年版，第256页。
② ［清］王先慎：《韩非子集解》，见《诸子集成》5，上海书店1986年版，第258页。
③ ［清］王先慎：《韩非子集解》，见《诸子集成》5，上海书店1986年版，第258页。
④ 阎振益等：《新书校注》，中华书局2000年版，第74页。

> 公仪休相鲁而嗜鱼，一国尽争买鱼而献之，公仪子不受，其弟谏曰："夫子嗜鱼而不受者何也?"对曰："夫唯嗜鱼，故不受也。夫即受鱼，必有下人之色，有下人之色，将枉于法，枉于法则免于相，虽嗜鱼，此不必能自给致我鱼，我又不能自给鱼。即无受鱼而不免于相，虽嗜鱼，我能长自给鱼。"①

正因为"嗜鱼"才更不能受鱼，因为贪赃必将枉法，枉法终将自毁。用援用故事者的说法是"此明夫恃人不如自恃也，明于人之为己者不如己之自为也"。这段叙事，对话发生在公仪休和其弟之间，比较私人化，自是以采自"说体"为宜。

（九）其他篇中的"说体"文本

除了《说林》《储说》集中收录以"说"相称的"说体"故事之外，《韩非子》其他篇中也偶或会援用到来自传诵讲说的固有故事，值得经过辨析予以挖掘。

1. 和氏璧

"和氏璧"的故事流传极广，究其始，《吕氏春秋》只是在讲述完"子罕辞玉"故事后发表议论时提及典故，所谓"以和氏之璧与百金以示鄙人，鄙人必取百金矣"，《韩非子》则具体讲述了这个故事，见于《和氏》：

> 楚人和氏得玉璞楚山中，奉而献之厉王，厉王使玉人相之，玉人曰："石也。"王以和为诳，而刖其左足。及厉王薨，武王即位，和又奉其璞而献之武王，武王使玉人相之，又曰"石也"，王又以和为诳，而刖其右足。武王薨，文王即位，和乃抱其璞而哭于楚山之下，三日三夜，泣尽而继之以血。王闻之，使人问其故，曰："天下之刖者多矣，子奚哭之悲也?"和曰："吾非悲刖也，悲夫宝玉而题之以石，贞士而名之以诳，此吾所以悲也。"王乃使玉人理其璞而得宝焉，遂命曰：

---

① ［清］王先慎：《韩非子集解》，见《诸子集成》5，上海书店1986年版，第255页。

"和氏之璧。"(《韩非子·和氏》)①

既然《吕氏春秋》也已提及，则这个故事肯定不是韩非子的杜撰，是韩非子援用"说体"故事。作为补证或佐证，《新序·杂事第五》也收录有这个故事，与《和氏》篇所述大致相同，但与之又有差异：

> 荆人卞和得玉璞而献之荆厉王，使玉尹相之，曰："石也。"王以为慢，而断其左足。厉王薨，武王即位，和复捧玉璞而献之武王。武王使玉尹相之，曰："石也。"又以为慢，而断其右足。武王薨，共王即位，和乃奉玉璞而哭于荆山中，三日三夜，泣尽，而继之以血，共王闻之，使人问之曰："天下刑之者众矣，子刑何哭之悲也？"对曰："宝玉而名之曰石，贞士而戮之以慢，此臣之所以悲也。"共王曰："惜矣，吾先王之听难，剖石而易，斩人之足！夫死者不可生，断者不可属，何听之殊也？"乃使人理其璞而得宝焉。故名之曰和氏之璧。(《新序·杂事第五》)②

其一，前者所称三位楚王是楚厉王、楚武王和楚文王，后者所称则是楚厉王、楚武王和楚共王，据史考证，后者显然有误，不会是直接本于前者；其二，后者第三位楚王在听到卞和回答后有一番说辞，即"惜矣，吾先王之听难，剖石而易，斩人之足！夫死者不可生，断者不可属，何听之殊也"？是前者所没有的，也不可能是直接本于前者。这样看来，《新序》当别有所本。如前所述，《新序》乃刘向所整理，其中多为先秦时代固有文本，由此对于旁证《韩非子》中《和氏》所讲"和氏璧"乃"说体"文本，应该有它一定的参照价值。

2. 濮上之音

《礼记·乐记》有云"桑间濮上之音，亡国之音也"，"桑间"不知何谓，"濮上"则见于《韩非子·十过》，是其中少有的篇幅较长、情节曲折、

---

① [清]王先慎：《韩非子集解》，见《诸子集成》5，上海书店1986年版，第66页。
② 赵仲邑：《新序详注》，中华书局1997年版，第177—178页。

描述生动、富于传奇色彩和小说韵味的"说体"故事。

故事称"昔者卫灵公将之晋,至濮水之上,税车而放马,设舍以宿,夜分,而闻鼓新声者而说之,使人问左右,尽报弗闻。乃召师涓而告之,曰:'有鼓新声者,使人问左右,尽报弗闻,其状似鬼神,子为我听而写之。'"师涓花了两天时间将所闻濮上之音写了下来。于是他们到了晋国,献新声于晋平公,师涓"援琴鼓之","未终",在旁的师旷"抚止之",称"此亡国之声,不可遂也",并讲述了此声的来历:

> 此师延之所作,与纣为靡靡之乐也,及武王伐纣,师延东走,至于濮水而自投,故闻此声者必于濮水之上。先闻此声者其国必削,不可遂。①

原来此声乃师延为殷纣王所作的靡靡之乐,纣王亡国,师延东走投于濮水,濮水上便回荡着这亡国之音了。

接下来的情节由濮上之音引发,转向师旷奏乐。因为师旷回答说这濮上之音是清商乐,还有比这更悲的清徵乐以及更悲的清角乐,于是在平公的坚持下,师旷不得已奏清徵,"一奏之,有玄鹤二八,道南方来,集于郎门之垝。再奏之而列。三奏之,延颈而鸣,舒翼而舞。音中宫商之声,声闻于天";又不得已而奏清角,"一奏之,有玄云从西北方起;再奏之,大风至,大雨随之,裂帷幕,破俎豆,隳廊瓦,坐者散走,平公恐惧,伏于廊室之间"。

不得不说,这样的故事已经完全是小说家者言了,如果联系奏乐的情节,很可能更是说唱家者的赋诵体了。

3. 师旷援琴撞平公

故事见于《难一》,是作为驳难对象援引的。所引原文是:

> 晋平公与群臣饮,饮酣,乃喟然叹曰:"莫乐为人君!惟其言而莫之违。"师旷侍坐于前,援琴撞之,公披衽而避,琴坏于壁。公曰:

---

① [清]王先慎:《韩非子集解》,见《诸子集成》5,上海书店1986年版,第42—43页。

"太师谁撞?"师旷曰:"今者有小人言于侧者,故撞之。"公曰:"寡人也。"师旷曰:"哑!是非君人者之言也。"左右请除之。公曰:"释之,以为寡人戒。"①

大庭广众面前,公然以琴击打主君,如此大逆不道,没有王法,强调法制的韩非子是不能容忍的,所以他对此事的评判就是"平公失君道,师旷亦失臣礼矣"。然而幸亏他拿来说事,为我们保留下一篇描摹如此细腻生动的小故事。琴突然飞来,平公"披衽而避",这个动作反应十分逼真。琴师你这是撞谁呀?因为平公随便一说并不以为意,所以不明白琴怎么会突然飞来,为何飞来;而且师旷是盲人,所以要问你这是要撞谁。师旷以盲卖盲,只说听到有小人在说话。平公说"寡人也",那个说话的就是我呀!师旷一个"哑!"假装很惊讶,然后说,这话说的可不是为君者该说的话。不得不说,这段描述具有十足的现场感。

此故事亦见于《淮南子·齐俗训》,属于简述,但情节略有异,特别是简述后附加的评论十分重要:"晋平公出言而不当,师旷举琴而撞之,跌衽宫壁,左右欲涂之,平公曰:'舍之,以此为寡人失。'孔子闻之曰:'平公非不痛其体也,欲来谏者也。'韩子闻之曰:'臣失礼而弗诛,是纵过也。'"②情节稍异处是墙壁被撞坏后左右请求涂抹好,平公说留着以此志我过;附加评论有两条,一条是"孔子闻之曰",一条是"韩子闻之曰",由此可证这不是韩子编派出来当做靶子的拟托文,而应是固有的"说体"故事,所以两人都能"闻之曰"。

作为佐证,《说苑·君道》中还收有一篇同类作,但主人公换了人,是典型的张冠李戴之:

师经鼓琴,魏文侯起舞,赋曰:"使我言而无见违。"师经援琴而撞文侯不中,中旒溃之,文侯谓左右曰:"为人臣而撞其君,其罪如何?"左右曰:"罪当烹。"提师经下堂一等。师经曰:"臣可一言而死

---

① 〔清〕王先慎:《韩非子集解》,见《诸子集成》5,上海书店1986年版,第269页。
② 〔汉〕刘安:《淮南子》,〔汉〕高诱注,见《诸子集成》7,上海书店1986年版,第180—181页。

乎?"文侯曰:"可。"师经曰:"昔尧舜之为君也,唯恐言而人不违;桀纣之为君也,唯恐言而人违之。臣撞桀纣,非撞吾君也。"文侯曰:"释之!是寡人之过也,悬琴于城门以为寡人符,不补旒以为寡人戒。"①

此文本虽不如师旷平公版更具现场感,但情节曲折有致似更胜一筹。悬琴于城门,不补旒,志过警戒者还比《淮南子》版又多了一样。以《说苑》多收先秦固有文本看,这应该是先秦已有的另一"版"。

二、独见于《吕氏春秋》者

《吕氏春秋》中没有诸如《说林》《储说》之类专门收录"说体"故事的集"说"性篇目,所见故事全部为说理中的援用。其中不见前述、也不互见于《韩非子》者,是援用"说体"文本还是援用拟托创作的"书体"文本,因缺少比对参照而颇难分辨。笔者拟从与拟托创作相对的方面入手,以是否为神话传说遗留、是否带有传闻性质、是否富于讲诵特征及其他相关信息为依据,对其中的"说体"文本进行辨析和挖掘。没有明显"说体"迹象,处于"说体""拟托"两可之间者只能存疑。

(一) 具有神话色彩者

起始于诸子的拟托创作属于理性思维,具有明确主旨;神话传说则是生自原始思维,并无明确喻理功能。如果故事尚具有神话色彩,属于原始神话传说遗留,则多不会是拟托创作,而以援自固有"说体"文本为宜。《吕氏春秋》中即尚有此类情况,兹按神话及传说人物所处时代顺序列举辨析如下。

"禹遇涂山女,南音始作",见于《音初》:"禹行功,见涂山之女。禹未之遇而巡省南土。涂山氏之女乃令其妾候禹于涂山之阳。女乃作歌,歌曰:'候人兮猗。'实始作为南音。"② 说的是当年大禹治水时遇到涂山氏之女,未及行婚即忙于巡视南土,涂山氏之女期盼大禹到来,便派其侍女前往

---

① 向宗鲁:《说苑校证》,中华书局1987年版,第27—28页。
② 《吕氏春秋》,[汉]高诱注,见《诸子集成》6,上海书店1986年版,第58页。

涂山之阳去等待迎候，并且作歌一首，歌词就有"候人兮猗"，此歌后来被称作《候人歌》。这首歌曲也就是南音之始。按，大禹治水有神话和传说两个系列，禹遇涂山女交织着神话与传说双重因素。《楚辞·天问》中即有关于两神遇合之问："禹之力献功，降省下土四方。焉得彼嵞山女，而通之于台桑？"王逸《章句》："言禹治水，道娶涂山氏之女，而通夫妇之道于台桑之地。"①《汉书·武帝纪》有"见夏后启母石"句，颜师古注云："启，夏禹子也。其母涂山氏女也。禹治鸿水，通轘辕山，化为熊，谓涂山氏曰：'欲饷，闻鼓声乃来。'禹跳石，误中鼓。涂山氏往，见禹方作熊，惭而去，至嵩高山下化为石，方生启。禹曰：'归我子。'石破北方而启生。事见《淮南子》。"②今见《淮南子》无此说，颜师古所引当为古本。一个能"化为熊"，一个能"化为石"，由此可知大禹、涂山女都是神话人物。《音初》篇这段"作为南音"故事，当是整个大禹治水神话传说系列中的一个插曲和片段。

"燕遗二卵，有娀女作歌"，亦见《音初》，也是一个介乎神话与传说之间的作歌故事："有娀氏有二佚女，为之九成之台，饮食必以鼓。帝令燕往视之，鸣若谥隘。二女爱而争搏之，覆以玉筐。少选，发而视之，燕遗二卵，北飞，遂不反。二女作歌，一终曰：'燕燕往飞。'实始作为北音。"③单就这段情节来看，似乎只是有娀氏女因见燕卵而歌"燕燕往飞"作为北音，其实，这乃是简狄吞卵生商感生神话的一个部分。《诗经·商颂·玄鸟》开首即称"天命玄鸟，降而生商"，玄鸟，即燕子；《楚辞·天问》也有"简狄在台，喾何宜？玄鸟致遗，女何嘉"之问，与《音初》此段情节正相扣合，即不难推出燕卵、有娀女与简狄、简狄与生商的关系，于是有了《史记·殷本纪》的讲述："殷契，母曰简狄，有娀氏之女，为帝喾次妃。三人行浴，见玄鸟堕其卵，简狄取吞之，因孕生契。"④

"伊尹生空桑"，或曰"有侁女得婴儿于空桑，命曰伊尹"，见于《本味》，其主要情节是伊尹神乎其神的出生或来历：

---

① ［宋］洪兴祖：《楚辞补注》，中华书局1983年版，第97页。
② ［汉］班固：《汉书》，［唐］颜师古注，中华书局1962年版，第190页。
③ 《吕氏春秋》，［汉］高诱注，见《诸子集成》6，上海书店1986年版，第59页。
④ ［汉］司马迁：《史记》，中华书局1959年版，第91页。

有侁氏女子采桑，得婴儿于空桑之中，献之其君。其君令烰人养之，察其所以然。曰："其母居伊水之上，孕，梦有神告之曰：'臼出水而东走，毋顾！'明日，视臼出水，告其邻，东走十里而顾，其邑尽为水，身因化为空桑。故命之曰伊尹。"此伊尹生空桑之故也。长而贤。汤闻伊尹，使人请之有侁氏，有侁氏不可。伊尹亦欲归汤，汤于是请取妇为婚。有侁氏喜，以伊尹为媵（送女）。①

　　伊尹是夏商古史传说中的传奇人物，也是时人故事最多的人物，其主要事迹即是以一媵臣、小臣、庖人身份却能助汤亡夏，成就商汤建国大业。而这里关于其出生的故事，更是富于神话离奇色彩，其母能化为空桑，自不是凡人之身；而他生于空桑，也自是介乎神人之间，不比寻常了。其实，此事亦见《楚辞·天问》，其辞曰："成汤东巡，有莘爰极。何乞彼小臣，而吉妃是得？水滨之木，得彼小子。夫何恶之，媵有莘之妇？"② 由此也可证明《本味》中关于伊尹来历的这段故事来自传说与讲述。

　　"汤祷"，或曰"商汤以身祷于桑林"，见于《顺民》，说的是商汤一次神奇的求雨："昔者汤克夏而正天下。天大旱，五年不收，汤乃以身祷于桑林，曰：'余一人有罪，无及万夫。万夫有罪，在余一人。无以一人之不敏，使上帝鬼神伤民之命。'于是翦其发，酈其手，以身为牺牲，用祈福于上帝。民乃甚说，雨乃大至。"③ 这个故事的神话遗留成分在于商汤作为一个通天大巫与天神上帝来了一次跨界对话。身为一国之君，却要自为牺牲，以身为祷，并说出"余一人有罪，无及万夫。万夫有罪，在余一人"这样的替罪之辞，这在后世不可理解，而在"国王兼巫师"的巫史文化年代却是理所应当，于是上帝看到了商汤的诚意，听到并接受了他的祈祷，以降下甘霖作为回报。"汤祷"故事不是出于拟托，还可以由《墨子》《荀子》作为旁证。《墨子·兼爱下》即有这样一段："汤曰：'惟予小子履，敢用玄牡，告于上天后曰：今天大旱，即当朕身履，未知得罪于上下，有善不敢蔽，有罪不敢赦，简在帝心。万方有罪，即当朕身，朕身有罪，无及万

---

① 《吕氏春秋》，[汉] 高诱注，见《诸子集成》6，上海书店1986年版，第139页。
② [宋] 洪兴祖：《楚辞补注》，中华书局1983年版，第108页。
③ 《吕氏春秋》，[汉] 高诱注，见《诸子集成》6，上海书店1986年版，第86页。

方.'即此言汤贵为天子,富有天下,然且不惮以身为牺牲,以祠说于上帝鬼神。"①《荀子·大略》也提到"汤旱而祷",只不过"自责"的祷告之辞变成了"政不节与?使民疾与?何以不雨至斯极也!……"②

(二)带有传闻性质者

"传闻",是人们感兴趣的超常、惊人、内幕事件及其来龙去脉,重心在事不在理,在事由、在真相、在过程;这与诸子拟托以说理、托事以喻理、设问答以演练等,尚有一些边界。如果故事更多带有传闻性质,潜含事理但并不明显被说出,重心不在人物说辞而在事件本身,那么就更可能来自追述、探闻、转告、传道等。以下拟按故事中人物所处年代先后列举辨析。

1. 商周故事

"为妾生微子,为妻而生纣",见于《当务》,说的是纣母身份的变更与弟纣立为嗣的缘故:"纣之同母三人,其长曰微子启,其次曰中衍,其次曰受德。受德乃纣也,甚少矣。纣母之生微子启与中衍也,尚为妾,已而为妻而生纣。纣之父、纣之母欲置微子启以为太子,太史据法而争之曰:'有妻之子,而不可置妾之子。'纣故为后。"③微子启长于纣,纣却嗣立为王,这是此后宗法体制下的人们感觉不可思议之事,于是生出种种猜想,有了各种故事,《当务》所援即是其一。一母同胞,却立幼不立长,这不合常规,如果此母原为妾,后为妻,立妻所生子,自是合乎"法"。其实,不管先与后,既然已为妻,妻之子皆为嫡,"太史据法而争之",要以先后论庶嫡,只能说是太"聪明"。或者更该说,讲故事者太聪明。因为这的确只是一说。《史记·殷本纪》中还有另一说:"帝乙长子曰微子启,启母贱,不得嗣。少子辛,辛母正后,辛为嗣。帝乙崩,子辛立,是为帝辛,天下谓之纣。"④

"梧叶为珪,叔虞封晋",见于《重言》:"成王与唐叔虞燕居,援梧叶以为珪。而授唐叔虞曰:'余以此封女。'叔虞喜,以告周公。周公以请曰:

---

① [清]孙诒让:《墨子间诂》,见《诸子集成》4,上海书店1986年版,第76—76页。
② [清]王先谦:《荀子集解》,见《诸子集成》2,上海书店1986年版,第331页。
③ 《吕氏春秋》,[汉]高诱注,见《诸子集成》6,上海书店1986年版,第111页。
④ [汉]司马迁:《史记》,中华书局1959年版,第105页。

'天子其封虞邪？'成王曰：'余一人与虞戏也。'周公对曰：'臣闻之，天子无戏言。天子言，则史书之，工诵之，士称之。'于是遂封叔虞于晋。"① 居然"援梧叶以为珪"，估计还是孩童玩耍，但周公坚持天子应言而有信，说到做到，遂果真行使册封，这就是身教重于言教。此事不免太过戏剧化，因童言行封侯，恐怕非史能记，应更带有传闻色彩。

"戏诸侯博美人一笑"，见于《疑似》，说的是周幽王宠幸褒姒以至于身死国亡的荒唐事，只不过与流传更广的"烽火戏诸侯"（详后）有异，这里传递战事消息的媒介是击鼓："周宅酆、镐，近戎人。与诸侯约：为高葆祷于王路，置鼓其上，远近相闻。即戎寇至，传鼓相告，诸侯之兵皆至，救天子。戎寇当至，幽王击鼓，诸侯之兵皆至，褒姒大说，喜之。幽王欲褒姒之笑也，因数击鼓，诸侯之兵数至而无寇。至于后戎寇真至，幽王击鼓，诸侯兵不至，幽王之身乃死于丽山之下，为天下笑。"② 从"击鼓"与"举烽火"的差异或变异，不难想见这个故事更属于传说而非史载；由第一次击鼓到"数击鼓"再述及击鼓兵不至，直至述到幽王身死，这也不是史官当下记载的笔法，而是在讲述一个因失信于诸侯而落得可悲下场的训诫故事。

2. 春秋故事

"公孙枝得百里奚献诸缪公"，见于《慎人》，说的是"百里奚之未遇时也，亡虢而虏晋，饭牛于秦"，成为仆隶，"传鬻以五羊之皮，公孙枝得而说之"，一位使臣用五张羊皮将百里奚买下，转手给公孙枝，公孙枝发现他是个人才，十分高兴，"献诸缪公"，"三日，请属事焉"，几天后就请求重用百里奚。秦缪公有些迟疑，曰："买之五羊之皮而属事焉，无乃天下笑乎？"公孙枝回答："信贤而任之，君之明也；让贤而下之，臣之忠也。君为明君，臣为忠臣。彼信贤，境内将服，敌国且畏，夫谁暇笑哉？""缪公遂用之"。③ 这应该就是百里奚称"五羖大夫"的来由之一。之所以称"之一"，因为还有别的说法，即"秦穆公赎百里奚号曰'五羖大夫'"。晋"假道灭虢"后，"还，袭灭虞，虏虞公及其大夫井伯百里奚以媵秦穆姬"

---

① 《吕氏春秋》，[汉] 高诱注，见《诸子集成》6，上海书店1986年版，第219—220页。
② 《吕氏春秋》，[汉] 高诱注，见《诸子集成》6，上海书店1986年版，第289页。
③ 《吕氏春秋》，[汉] 高诱注，见《诸子集成》6，上海书店1986年版，第151页。

(《史记·晋世家》)，百里奚被晋虏获后是作为晋献公之女亦即秦穆公夫人的陪嫁媵臣前往秦国。而据《史记·秦本纪》，在前往秦国的路上，"百里傒亡秦走宛，楚鄙人执之。缪公闻百里傒贤，欲重赎之，恐楚人不与，乃使人谓楚曰：'吾媵臣百里傒在焉，请以五羖羊皮赎之。'楚人遂许与之"。"缪公释其囚，与语国事"。"语三日，缪公大说，授之国政，号曰五羖大夫"。① "版本"如此不一，可知都是援用"说体"。

"齐士宾卑聚梦有壮子唾其面"，见于《离俗》，说的是此人仅因梦到有人"唾其面"便觉是奇耻大辱、不惜拼得一死的离奇事：

齐庄公之时，有士曰宾卑聚。梦有壮子，白缟之冠，丹绩之袧。东布之衣，新素履，墨剑室，从而叱之，唾其面。惕然而寤，徒梦也。终夜坐，不自快。明日，召其友而告之曰："吾少好勇，年六十而无所挫辱。今夜辱，吾将索其形，期得之则可，不得将死之。"每朝与其友俱立乎衢，三日不得，却而自殁。②

此人的梦境太过真切，那"唾其面"的"壮子"白色的冠，红色的领，东布之衣，崭新之鞋，还背着墨黑色的剑袋，都看得清清楚楚，难怪有如此切实而强烈的受辱之感，以至于通宵坐在那里郁郁不快。第二天仍不能释怀，发誓要找到这个辱没自己的人，找不到毋宁死。于是果真"每朝与其友俱立乎衢"，整整找了三天，哪里找得到，这人竟然真的"却而自殁"，自己结束了自己的生命。此属小道离奇传闻，不在史录范围，乃传诵讲说故事无疑。

"养由基射白猿，未射而括中之"，见于《博志》，故事本身就很神奇：

荆廷尝有神白猿，荆之善射者莫之能中，荆王请养由基射之。养由基矫弓操矢而往，未之射而括中之矣，发之则猿应矢而下。③

---

① ［汉］司马迁：《史记》，中华书局1959年版，第186页。
② 《吕氏春秋》，［汉］高诱注，见《诸子集成》6，上海书店1986年版，第238页。
③ 《吕氏春秋》，［汉］高诱注，见《诸子集成》6，上海书店1986年版，第314页。

"括",箭末端扣弦处。尚未发射却连箭的末端都已经射中猿身,这只能是意识中已经先行中的了。所以故事援用者称:"则养由基有先中中之者矣。"唯其神奇,才只能存在在为说者的演绎中。

"楚庄王射随兕,申公子培夺之死",见于《至忠》,是一个颇为壮烈且颇具奇异色彩的传闻故事。当时明明是楚庄王"射随兕,中之",申公子培却"劫王而夺之",气得庄王要杀掉他,在左右的劝解下才饶他一命。可"不出三月,子培疾而死",他自己莫名其妙地得病而死。后来在两棠之役(邲之战)楚胜晋"归而赏有功"之时,申公子培之弟为兄请赏。原来,古书上有"杀随兕者不出三月"之说,申公是怕庄王因射杀随兕遭天谴才将随兕抢夺过去。此说是耶非耶?庄王让人找出书查对,果真如是而写。申公不惜冒死救君主,其"至忠"着实让人唏嘘感叹!这一叙事以情节曲折多变取胜,出人意料,不同寻常,虚虚实实,当出自传闻转述之口,不似拟托创作。按,《至忠》篇称"荆庄哀王",《说苑·立节》亦有此条,称"楚庄王",故事中提到"两棠之役",《说苑》称"邲之战",发生在楚庄王时,故此"荆庄哀王"即是楚庄王。

"宋桓司马殃及池鱼",见于《必己》,说的是宋桓司马桓魋逃亡途中发生的轶事:

> 宋桓司马有宝珠,抵罪出亡。王使人问珠之所在,曰:"投之池中。"于是竭池而求之,无得,鱼死焉。①

宋桓司马桓魋这宝珠还是卫大叔疾逃亡至宋时所献(见《左传·哀公十一年》"卫大叔疾出奔宋"),这一献惹来麻烦,"宋公求珠,魋不与,由是得罪"(《左传》语)。抵罪出亡后宋王使人追之甚急,问之甚急,这桓司马干脆称已投之池中,结果便是"殃及池鱼"。既然为"出亡",则"投之池中""竭池",就都离开了史载的视线。因此,这显然是说者的讲说。这段情节不是出自拟托,而是来自传闻,有《淮南子》还提到另一版本为证。《淮南子·说山训》并未具体讲述故事,只是用典时提到一句:"宋君亡其

---

① 《吕氏春秋》,[汉]高诱注,见《诸子集成》6,上海书店1986年版,第157页。

珠，池中鱼为之殚。"① 但仅此一句已见出其中的差异，《吕氏春秋》称宋桓司马有珠，宋王问所在；《淮南子》直称宋君亡其珠，似乎变成其珠被人偷走，故事因辗转传说而走了样。

"孔子马逸，食人之稼"，见于《必己》，说的是某日孔子行道途中坐下来休息，"马逸，食人之稼，野人取其马"。最善说辞的弟子子贡"请往说之，毕辞，野人不听"。这时有位刚刚拜孔子为师的出身低微的"鄙人""请往说之"。去了后对那野人说："子不耕于东海，吾不耕于西海也。吾马何得不食子之禾？"除非你那马耕于东海，我这马耕于西海，这样咱们的马肯定见不着面，既然离得这么近，我这马吃你那庄稼不是很正常吗？这样一说那野人反而"大说（悦）"，相谓曰："说亦皆如此其辩也！独如向之人？"看看这位多会说话，哪里像刚才那个人！于是"解马而与之"②。这是个很有趣的小故事，虽然短小，但情节颇富曲折变化，有些出人意料不同寻常，当属传闻故事，出自传诵讲说，不似拟托创作。

"伍子胥奔吴，遇江上之丈人"，见于《异宝》，这并不完全是伍子胥故事，故事的主人公应该更是江上丈人：

> 五员亡，荆急求之……因如吴。过于荆，至江上，欲涉，见一丈人，刺小船，方将渔，从而请焉。丈人度之，绝江。问其名族，则不肯告，解其剑以予丈人，曰："此千金之剑也，愿献之丈人。"丈人不肯受，曰："荆国之法，得五员者，爵执圭，禄万檐，金千镒。昔者子胥过，吾犹不取，今我何以子之千金剑为乎？"五员过于吴，使人求之江上，则不能得也。每食必祭之，祝曰："江上之丈人！"③

江上丈人明知这急匆匆寻求渡江之人必是子胥，却以昔日不领子胥之赏以辞宝剑之赐，彰显的是只救人不图报的高人之致。这种事情，彼此只能心照不宣，就当时而言，人无从知，史无从记。这段叙事颇富于故事性、情节性，

---

① ［汉］刘安：《淮南子》，［汉］高诱注，见《诸子集成》7，上海书店1986年版，第277页。
② 《吕氏春秋》，［汉］高诱注，见《诸子集成》6，上海书店1986年版，第157页。
③ 《吕氏春秋》，［汉］高诱注，见《诸子集成》6，上海书店1986年版，第101—102页。

带有传说色彩，也不似主旨明晰的拟托创作。因此，这应该是据传闻追述的一段佳话。作为佐证，其后《史记·伍子胥列传》也对此有简述，提到的赠剑是"百金剑"，可知别有所本，两者都是援用了"说体"故事。

"封人子高赞城成无罪戮，段乔夜令人解囚"，见于《开春》。当时"韩氏城新城，期十五日而成。段乔为司空，有一县后二日，段乔执其吏而囚之"。囚者之子请求封人子高帮忙说情，封人子高乃见段乔，与之上城，左右望曰："美哉城乎！一大功矣，子必有厚赏矣！自古及今，功若此其大也，而能无有罪戮者，未尝有也。"待封人子高离开后，段乔连夜派人"解其吏之束缚也而出之"。① 封人子高替人说情很有意思，只是赞美，无一句说事，却使段乔连夜放人。这里虽也算是巧谏故事，但情节性较强，颇为出人意料，不似一般拟托创作所为，可能有传闻所本，其初当来自辗转相告。

3. 战国故事

"子夏闻三豕涉河"，见于《察传》，说的是孔子弟子子夏路过卫国时听人读史记辨其讹误的故事：

> 子夏之晋，过卫，有读史记者曰："晋师三豕涉河。"子夏曰："非也，是己亥也。夫'己'与'三'相近，'豕'与'亥'相似。"至于晋而问之，则曰"晋师己亥涉河"也。②

晋师三头猪过河与己亥日过河肯定是不一样的，这里的问题应该不出在读史记者不认字上，而是文字形近而讹上，子夏的判断非常准确，且得到了晋史的确证。于是，这个故事成了训诂学上的一个典型案例。就叙事而言，此事发生在子夏之晋过卫的途中和至晋之后，应该不便当时被记述，更大的可能是出自子夏的讲述和后来的转述及传诵。这段故事十分有趣，整个叙事都是情节变化，拟托创作的可能性也不大。

"赵襄子灭代，代君妻磨笄"，见于《长攻》：

---

① 《吕氏春秋》，[汉]高诱注，见《诸子集成》6，上海书店1986年版，第276页。
② 《吕氏春秋》，[汉]高诱注，见《诸子集成》6，上海书店1986年版，第294—295页。

赵简子病，召太子而告之曰："我死已葬，服衰而上夏屋之山以望。"太子敬诺。简子死，已葬，服衰，召大臣而告之曰："愿登夏屋以望。"大臣皆谏曰："登夏屋以望，是游也。服衰以游，不可。"襄子曰："此先君之命也，寡人弗敢废。"群臣敬诺。襄子上于夏屋，以望代俗，其乐甚美。于是襄子曰："先君必以此教之也。"及归，虑所以取代，乃先善之。代君好色，请以其（弟）姊妻之，代君许诺。（弟）姊已往，所以善代者乃万故。马郡宜马，代君以善马奉襄子。襄子谒于代君而请觞之马郡。尽。先令舞者置兵其羽中数百人。先具大金斗。代君至，酒酣，反斗而击之，一成，脑涂地。舞者操兵以斗，尽杀其从者。因以代君之车迎其妻，其妻遥闻之状，磨笄以自刺。故赵氏至今有刺笄之证，与反斗之号。①

赵襄子杀代君灭代，其姊亦即代君妻因此而磨笄自杀，这是战国史上的惊人事件，是时人探问、相告的热点，关于其间种种也就会生出诸多"版本"。《长攻》篇的这一"版本"是赵襄子遵父嘱"服衰"期间即登上夏屋山以望，悟出可取"其乐甚美"的代国，与《史记》"一版"说"赵简子称藏宝符于常山上"赵襄子悟取代（详后）不同。《长攻》这一版描述赵襄子的准备及杀代君的经过至为详尽。心中有了灭代的想法后，"乃先善之"，嫁其姊为代君妻；觞代君时置兵器于舞者羽中，具大金斗，反斗以击杀代君，脑涂地等等，说事者仿佛就在事发现场，又仿佛"潜心腔内"。这一切肯定不会是史官所书，对事件内幕和来龙去脉的传闻又不是拟托创作所衷，那就更可能是出自讲说。不同"版本"即是其证。

"墨者钜子腹䵣之子杀人"，见于《去私》：

墨者有钜子腹䵣，居秦，其子杀人，秦惠王曰："先生之年长矣，非有它子也，寡人已令吏弗诛矣，先生之以此听寡人也。"腹䵣对曰："墨者之法曰：'杀人者死，伤人者刑。'此所以禁杀伤人也。夫禁杀伤人者，天下之大义也。王虽为之赐，而令吏弗诛，腹䵣不可不行墨者

---

① 《吕氏春秋》，[汉] 高诱注，见《诸子集成》6，上海书店1986年版，第149—150页。

之法。"不许惠王，而遂杀之。①

此事不见于《墨子》，所以应该不是援自诸子书体文章。就叙事而言，腹䵍与秦惠王的对话虽可以被秦史所记，但叙述称"居秦"，"其子杀人"，秦似为彼方。一位墨者钜子拒绝了秦惠王的好意，大义灭亲，听凭秦吏诛杀自己犯了杀人之罪的儿子，这是不凡之举，知此事者当辗转相告，其最初文本应是出自"为说者"之口。但其中腹䵍说辞带有较重说理成分，不排除"说体"文本后来被书体写作者加工润色以行教的可能。

"田成子兄与越战败阴助弟"，见于《似顺》，说的是田成子兄完子为其弟"两肋插刀"，颇富于"牺牲精神"，但里面有着同时牺牲贤良以保其弟的阴谋和心机：

（田成子）有兄曰完子，仁且有勇。越人兴师诛田成子，曰："奚故杀君而取国？"田成子患之。完子请率士大夫以逆越师，请必战，战请必败，败请必死。田成子曰："夫必与越战可也，战必败，败必死，寡人疑焉。"完子曰："君之有国也，百姓怨上，贤良又有死之臣蒙耻。以完观之也，国已惧矣。今越人起师，臣与之战，战而败，贤良尽死，不死者不敢入于国。君与诸孤处于国，以臣观之，国必安矣。"完子行，田成子泣而遗之。②

如此"险恶用心"决不可使人知之，因此这只能是事后"为说者"的揣摩和推演。

"吴起治西河，置表于南门之外"，见于《慎小》，是时人传诵的诸多吴起故事中的一个。说的是吴起"欲谕其信于民"，于是故意让人趁着夜色"置表于南门之外"，于邑中下令曰："明日有人偾南门之外表者，仕长大夫。"只是推倒表杆就能封个长大夫，这谁会信？结果"明日日晏矣，莫有偾表者"。人们都还在窃窃私语，相谓曰："此必不信。"这时有一人曰：

---

① 《吕氏春秋》，[汉]高诱注，见《诸子集成》6，上海书店1986年版，第10—11页。
② 《吕氏春秋》，[汉]高诱注，见《诸子集成》6，上海书店1986年版，第317页。

"试往偾表，不得赏而已，何伤？"不就是推倒表杆吗，顶多是得不到赏赐而已，去推一下又何妨？于是"往偾表"，推倒后便来拜谒吴起。没想到吴起"自见而出"，还真"仕之长大夫"。"自是之后，民信吴起之赏罚"。①此事属于出人意料的奇特之举，宜为人们所传诵，当以始于转告讲说为宜。

"吴起去西河而泣"，见于《长见》。"吴起治西河之外"，以他的智慧和才干，包括上面故事提到的"谕其信于民"，必是将西河治理得风生水起，遂遭人嫉害，"王错谮之于魏武侯"，"武侯使人召之"，吴起从此不再是西河的长官。"吴起至于岸门，止车而望西河，泣数行而下"。其仆谓吴起曰："窃观公之意，视释天下若释躧，今去西河而泣，何也？"吴起抿泣而应曰："子不识。君知我而使我毕能，西河可以王。今君听谗人之议而不知我，西河之为秦取不久矣，魏从此削矣。"原来他不是伤心自己丢了西河之官，而是预感到魏国将要丢了西河之地。后来吴起魏国也待不下去"去魏入楚"。"有间，西河毕入秦，秦日益大"。② 这个故事可见出吴起的价值和眼光，如此情节一般不会是其他诸子的拟托创作，那么这吴起之叹，当以出自吴起本人或其仆人的讲诵传播为宜。

"魏公叔痤言公孙鞅"，见于《长见》：

> 魏公叔痤疾，惠王往问之，曰："公叔之病，嗟！疾甚矣！将奈社稷何？"公叔对曰："臣之御庶子鞅，愿王以国听之也。为不能听，勿使出境。"王不应，出而谓左右曰："岂不悲哉？以公叔之贤，而今谓寡人必以国听鞅，悖也夫！"公叔死，公孙鞅西游秦，秦孝公听之。秦果用强，魏果用弱。③

魏惠王未听公叔痤，既未任用公孙鞅，也未扣住让他出了境，这反而成就了先秦史上著名的商鞅变法大事件。这段叙事，魏公叔痤的一番话应该首先是秦惠王"说"给左右听的；下面用公孙鞅后来在秦的成功印证那番话，更是说事者的口吻和语气。

---

① 《吕氏春秋》，[汉]高诱注，见《诸子集成》6，上海书店1986年版，第326—327页。
② 《吕氏春秋》，[汉]高诱注，见《诸子集成》6，上海书店1986年版，第113页。
③ 《吕氏春秋》，[汉]高诱注，见《诸子集成》6，上海书店1986年版，第113页。

"韩昭侯辨祠庙之豕",见于《任数》,讲的是韩昭侯没被臣属糊弄的有趣事。当时韩昭侯"视所以祠庙之牲,其豕小","令官更之",换个大些的行祭祀。这官当面答应着,也去换了,其实不过是做做样子,仍还是"以是豕来也",端上来的还是那一个。韩昭侯马上看出来,质问道:"是非向者之豕邪?"这官"无以对",昭侯遂"命吏罪之"。事后从者问昭侯:"君王何以知之?"昭侯回答:"吾以其耳也。"① 不得不佩服,这韩昭侯的观察够细致。虽然《任数》篇是在议论说理时举到它,不过是援事发挥,这个故事情节本身没有多少道理好讲,情节有些出人预料,不似拟托之作,当以传闻而出为宜。

"晋史屠黍归周,威公问国亡之次",见于《先识》。当时"屠黍见晋之乱也,见晋公之骄而无德义也,以其图法归周",周威公问"天下之国孰先亡",屠黍回答"晋先亡",因为"臣比在晋也,不敢直言,示晋公以天妖,日月星辰之行多以不当。曰:'是何能为?'又示以人事多不义,百姓皆郁怨。曰:'是何能伤?'又示以邻国不服,贤良不举。曰:'是何能害?'如是,是不知所以亡也"。居三年,晋果亡。威公又问"孰次之",回答"中山次之",因为"中山之俗,以昼为夜,以夜继日,男女切倚,固无休息,康乐,歌谣好悲,其主弗知恶,此亡国之风也"。居二年,中山果亡。威公又问"孰次之",这回屠黍不回答,固问才说"君次之"。"威公乃惧,求国之长者,得义莳、田邑而礼之,得史驎、赵骈以为谏臣,去苛令三十九物,以告屠黍"。屠黍回答"其尚终君之身乎",你这样做也就是能等到你死时。果然,"威公薨,肂九月不得葬,周乃分为二"。② 这一情节模式,与《汲冢琐语》中的"刑史子臣言'君薨'之日,宋景公如期死瓜圃"十分相像(详后),只是不如后者更富情节性。这些太史如此神算,只能说是后来人编派出来说事的。

"越王授悔不听弟豫之言",见于《审己》。说的是越王授"有子四人",越王弟豫"欲尽杀之,而为之后"。先是"恶其三人而杀之矣",已经杀了四子中的三子,"国人不说,大非上"。弟豫又要谗害剩下的这最后一

---

① 《吕氏春秋》,[汉]高诱注,见《诸子集成》6,上海书店1986年版,第204页。
② 《吕氏春秋》,[汉]高诱注,见《诸子集成》6,上海书店1986年版,第179—180页。

子,"而欲杀之",越王授尚未听从。这时他这最后一子恐怕必死无疑,凭依着国人中"欲逐豫"者,"围王宫"。越王叹息道:"余不听豫之言,以罹此难也。"① 越王很昏,弟豫很恶,三子很冤,第四子算什么?这个结果让人很无语。能将这充满欺骗和假象、一笔糊涂账的事实以如此明晰的语言揭示出来,直指越王之弟的恶念和恶行,只能是事后说者的爆料和解说。这个故事情节曲折,出人意料,真真假假,其间蕴含的道理难以说清,应该不会是主旨明确的拟托创作,又非史官所能记,只应是出自传道讲说之口。

"公孙鞅诈取故交公子卬",见于《无义》。时公孙鞅"为秦将而攻魏。魏使公子卬将而当之",当年公孙鞅居魏时"固善公子卬",遂使人谓公子卬曰:"凡所为游而欲贵者,以公子之故也。今秦令鞅将,魏令公子当之,岂且忍相与战哉?公子言之公子之主,鞅请亦言之主,而皆罢军。"并使人传话"愿与公子坐而相去别",公子卬未听魏吏之争劝,遂赴约"相与坐","公孙鞅因伏卒与车骑以取公子卬"。此乃许多短视者不择手段只求急功近利的行径模式,但终将受到报应,"秦孝公薨,惠王立,以此疑公孙鞅之行,欲加罪焉。公孙鞅以其私属与母归魏,襄疵不受,曰:'以君之反公子卬也,吾无道知君。'"② 这段叙事有多处不在史官所能知的范围内,私下对话描摹具体,其以讲述情节、揭示真相为主的叙事又不似拟托创作,应是事后说事者的描述和演绎。

"唐尚戏故人",见于《士容》。唐尚到了可以为史的年龄,没有为史,对其故人说"吾非不得为史也,羞而不为也",其故人不信。"及魏围邯郸,唐尚说惠王而解之围,以与伯阳,其故人乃信其羞为史也"。"居有间,其故人为其兄请,唐尚曰:'卫君死,吾将汝兄以代之。'其故人反兴再拜而信之"。③ 这条足可以当喜剧读。唐尚大嘴一张,我让你兄当卫君,其信口开河好笑,其故人"反兴再拜而信之",居然听信唐尚的话,更好笑。不过前面有唐尚夸口却果真兑现的铺垫,这段故事就有了几分真实性。这段故事发生在唐尚与故人之间,不会是掌书者所书,只能是说事者所说。其以趣味性取胜的叙事,也不似拟托创作所乐为。

---

① 《吕氏春秋》,[汉]高诱注,见《诸子集成》6,上海书店1986年版,第91页。
② 《吕氏春秋》,[汉]高诱注,见《诸子集成》6,上海书店1986年版,第287—288页。
③ 《吕氏春秋》,[汉]高诱注,见《诸子集成》6,上海书店1986年版,第329页。

"张仪报周昭文君",见于《报更》。当年张仪还未发达之时,"将西游于秦,过东周"。客中有人称"张仪,材士也","愿君之礼貌之",周昭文君听之,见张仪而谓之曰:"闻客之秦,寡人之国小,不足以留客。虽游,然岂必遇哉?客或不遇,请为寡人而一归也。国虽小,请与客共之。"这让张仪十分感动。"张仪行,昭文君送而资之"。后来张仪果然相秦。故事讲述者称:"张仪所德于天下者,无若昭文君。周,千乘也,重过万乘也。令秦惠王师之。逢泽之会,魏王尝为御,韩王为右,名号至今不忘。此张仪之力也。"① 这篇叙事以事后张仪的报答,以照应当初周昭文君对张仪的诚邀,这是说事者的口吻,不是史官即时记事的笔法。张仪是战国策士说客拟托创作的主要对象之一,但重在揣摩心机手段和说辞,这个故事讲述的是张仪的一段往事,以复述情节为主旨,并不似拟托创作之笔。

"孟贲瞋目",见于《必己》。说的是勇夫孟贲过河时不排队上船,"先其五"。船人怒,"而以楫虎其头,顾不知其孟贲也"。船行到中河,"孟贲瞋目而视船人,发植,目裂,鬓指,舟中之人尽扬播入于河"②。孟贲一瞋目,一船人纷纷落河,不免使人想到《史记·项羽本纪》中"项王瞋目而叱之,赤泉侯人马俱惊"和《三国演义》中张飞长坂坡呵退追兵的情节,似这般夸张叙事,原来《吕氏春秋》中已见端倪。孟贲是战国时期以勇力著名的猛士,其后有孟贲与秦武王举鼎、武王绝脰、孟贲身烹的说法(详后《史记》)。由《战国策》可知战国时期此人已常挂在人们口中,如《齐策五》《苏代说齐闵王》中苏代说:"语曰:'骐骥之衰也,驽马先之;孟贲之倦也,女子胜之。'"《赵策三》《郑同北见赵王》中,郑同说"今有人操随侯之珠,持丘之环,万今之财,时宿于野,内无孟贲之威,荆庆之断,外无弓弩之御,不出宿夕,人必危之矣";《韩策一》《张仪为秦连横说韩王》中张仪说"夫秦卒之与山东之卒也,犹孟贲之与怯夫也"等等,不一而足。《必己》中所述是孟贲勇猛表现的一段轶事,必出自辗转相告和讲诵。

4. 其他故事

《吕氏春秋》中还有一些带有传闻性质的故事,主人公所处时代不详,

---

① 《吕氏春秋》,[汉]高诱注,见《诸子集成》6,上海书店1986年版,第169页。
② 《吕氏春秋》,[汉]高诱注,见《诸子集成》6,上海书店1986年版,第156—157页。

兹一并归入"其他故事"。

"申喜逢母",见于《精通》,是一出颇为曲折动人的"悲喜剧":"周有申喜者,亡其母,闻乞人歌于门下而悲之,动于颜色,谓门者内乞人之歌者,自觉而问焉,曰:'何故而乞?'与之语,盖其母也。"① 似这般生离死别、因缘际会、久别重逢的故事在后世小说、戏剧中多有上演,《吕氏春秋》中的这则虽还缺少许多细节,却差不多算是滥觞。

"次非赴江刺蛟",见于《知分》。当时荆人次非"得宝剑于干遂",乘舟返回时"有两蛟夹绕其船",貌似觊觎他这宝剑。"次非谓舟人曰:'子尝见两蛟绕船能两活者乎?'船人曰:'未之见也。'"于是"次非攘臂祛衣,拔宝剑曰:'此江中之腐肉朽骨也!弃剑以全己,余奚爱焉!'"既然不是你死就是我死,与其扔给它宝剑还是一死,免不了成为腐肉朽骨,还不如拼了!"于是赴江刺蛟,杀之而复上船。舟中之人皆得活"。② 这是个让人惊叹的不同寻常事件,必为人们所乐道;其描述的具体、生动,也是辗转传道甚至专门讲诵的明显特征。

"黎丘之鬼效人之状",见于《疑似》,说的是梁北黎丘部有个奇鬼,"喜效人之子侄昆弟之状",某日有位老父到市饮酒醉归,黎丘之鬼"效其子之状",一路上扶着折腾老父。回到家后老父酒醒,骂儿子干嘛如此对待父亲,其子"泣而触地"说哪有此事,刚才我才从东邑算账回来。老父说一定是那奇鬼干的。第二天"复饮于市,欲遇而刺杀之",没想到这回真儿子怕父亲吃亏,遂前往迎之。老父见到以为是奇鬼扮的,"拔剑而刺之"。③ 这是一段近乎小说的传奇故事,自是以出自"为说者"讲诵为宜。

"尹儒夜梦受秋驾于其师"见于《博志》。说的是尹儒学习御车之术,"三年而不得焉",非常苦痛,有一夜忽"梦受秋驾于其师"。第二天去见师,其师望见他开口便说:"吾非爱道也,恐子之未可与也。今日将教子以秋驾。"尹儒一听吃惊不小,"反走,北面再拜曰:'今昔臣梦受之。'"于是将梦中其师所言一一告之,"固秋驾已",正是秋驾之方。④ 这事有些离奇,

---

① 《吕氏春秋》,[汉] 高诱注,见《诸子集成》6,上海书店1986年版,第93页。
② 《吕氏春秋》,[汉] 高诱注,见《诸子集成》6,上海书店1986年版,第260页。
③ 《吕氏春秋》,[汉] 高诱注,见《诸子集成》6,上海书店1986年版,第289—290页。
④ 《吕氏春秋》,[汉] 高诱注,见《诸子集成》6,上海书店1986年版,第315页。

老师已提前于尹儒梦中教了秋驾之方。这种事不同寻常,自是会被人们辗转相告,津津乐道。

"为甲以组",见于《去尤》。改"为甲裳以帛"为"为甲必以组",亦即"为甲"不再用丝帛而是改用丝带,以增加其承重力,这本是一条不错的建议,此事之所以终败,乃是因为"人有伤之"者:

> 邾之故法,为甲裳以帛。公息忌谓邾君曰:"不若以组。凡甲之所以为固者,以满窍也。今窍满矣,而任力者半耳。且组则不然,窍满则尽任力矣。"邾君以为然,曰:"将何所以得组也?"公息忌对曰:"上用之则民为之矣。"邾君曰:"善。"下令,令官为甲必以组。公息忌知说之行也,因令其家皆为组。人有伤之者曰:"公息忌之所以欲用组者,其家多为组也。"邾君不说,于是复下令,令官为甲无以组。①

原本是因为邾君采纳了自己"为甲以组"的建议,于是才让家人都干起织组的行当,却被中伤者说成是因为家人都干织组行当,所以才提出"为甲以组"的建议,这前后因果一颠倒,邾君的反感可想而知,因反感而影响判断和决定也完全符合人之常情。于是好好的一件事情,只因有进谗言者,有听谗言者,便只能是"胎死腹中"!《去尤》篇援用这个故事,是批评邾君之"尤"(过失)在于太过以对进言者的好恶左右对建议的判断,"为甲以组而便,公息忌虽多为组,何伤也;以组不便,公息忌虽无组,亦何益也。为组与不为组,不足以累公息忌之说"。你只要看"为甲以组"是不是真的方便实用有好处就可以了,这与公息忌家人是不是织组又有何干?这里的议论是故事之外的,故事本身的叙事富于情节变化,重在来龙去脉的讲述,应是来自传闻和说道。

"齐王疾痏,文挚怒王",见于《至忠》。当时宋国的文挚被请来给齐王视疾后,说了一番很奇怪的话:"王之疾必可已也。虽然,王之疾已,则必杀挚也。"此话怎讲?文挚对曰:"非怒王则疾不可治,怒王则挚必死。"在太子的"顿首强请"下,文挚承诺"请以死为王",于是"不解屦登床,履

---

① 《吕氏春秋》,[汉]高诱注,见《诸子集成》6,上海书店1986年版,第129页。

王衣",使王大怒"叱而起","疾乃遂已",自然也招致被"生烹"。奇怪的是,"爨之三日三夜,颜色不变"。文挚说"诚欲杀我,则胡不覆之,以绝阴阳之气"?"王使覆之,文挚乃死"。① 这很容易使人想到《搜神记》"干将莫邪"故事中莫邪子被"煮头三日,三夕,不烂"、头在汤镬中"踔出汤中,瞋目大怒"的情节,原来也是其来有自。《至忠》篇的这段叙事具有明显的传奇色彩,既非史官所能书,也不似拟托创作之旨归。

"子囊遁而复请死",见于《高义》:

> 荆人与吴人将战,荆师寡,吴师众。荆将军子囊曰:"我与吴人战,必败。败王师,辱王名,亏壤土,忠臣不忍为也。"不复于王而遁。至于郊,使人复于王曰:"臣请死。"王曰:"将军之遁也,以其为利也。今诚利,将军何死?"子囊曰:"遁者无罪,则后世之为王将者,皆依不利之名而效臣遁。若是,则荆国终为天下挠。"遂伏剑而死。王曰:"请成将军之义。"乃为之桐棺三寸,加斧锧其上。②

因为不欲"败王师"而蒙耻退兵,又为不欲后世"效臣遁"而主动请治退兵之罪,如此牺牲让人慨叹!就这篇叙事而言,子囊退师前一番话乃战场上所说,且不知对谁说,更可能是自言自语,心理活动;这番话或这番心思请死时必未透露,自是未被得知,不然荆王不会说将军之遁"以其为利";子囊不作分辨最终也是以遁者罪伏剑而死,那番话也不再有机会被传出。这种情节出人意料,不同寻常,又非一般拟托创作所能及。因此,这应该是"为说者"代为表露心思的演绎之辞。

《吕氏春秋》中还有两则锺子期听音知音的故事,其一是见于《精通》的"锺子期夜闻击磬者而悲",遂使人召而问之曰:"子何击磬之悲也?"果然,其人答曰:"臣之父不幸而杀人,不得生;臣之母得生,而为公家为酒;臣之身得生,而为公家击磬。臣不睹臣之母三年矣。昔为舍氏睹臣之母,量所以赎之则无有,而身固公家之财也,是故悲也。"锺子期叹嗟曰:

---

① 《吕氏春秋》,[汉]高诱注,见《诸子集成》6,上海书店1986年版,第107页。
② 《吕氏春秋》,[汉]高诱注,见《诸子集成》6,上海书店1986年版,第239—240页。

"悲夫！悲夫！心非臂也，臂非椎、非石也。悲存乎心而木石应之。"① 其二就是著名的"高山流水"，见于《本味》（亦见《列子·汤问》）："伯牙鼓琴，锺子期听之。方鼓琴而志在太山，锺子期曰：'善哉乎鼓琴！巍巍乎若太山。'少选之间，而志在流水，锺子期又曰：'善哉乎鼓琴！汤汤乎若流水。'锺子期死，伯牙破琴绝弦，终身不复鼓琴，以为世无足复为鼓琴者。"② 这两则带有明显的传闻色彩，其初肯定不是被史所书而是出自说者之口的美丽佳话。

（三）富于讲诵特征者

这里所谓"讲诵"，区别于一般辗转相告的传闻说道，特指"为说者"面对听众的讲述。种种迹象表明，进入战国时代，应该已经有"为说者"面对听众带有一定表演性的讲史说事（详后）。这种形式决定了所讲故事须引人入胜，甚至富于戏剧性；故事须有头有尾，有来龙去脉、事件原委的具体交待；叙事中因"为说者"会有手势、语气、表情等辅助表达而多有动作、对话、表情等具体描摹；为加深听众记忆，情节会多有重复、反复；适宜于讲诵，行文、语句有些还会带于一定的声韵节奏。如果故事文本具有这些特征，则大致可断为极可能来自讲说。兹也拟以故事中人物所处时代分别列举辨析如下。

1. 商周故事

"伊尹说汤以至味"，见于《本味》。说的是汤得到伊尹后，伊尹为庖厨，借着畅谈烹饪以劝商汤夺天下为天子：

> 汤得伊尹，祓之于庙，爝以爟火，衅以牺豭。明日，设朝而见之。说汤以至味，汤曰："可对而为乎？"对曰："君之国小，不足以具之，为天子然后可具。夫三群之虫，水居者腥，肉玃者臊，草食者膻。臭恶犹美，皆有所以。凡味之本，水最为始。五味三材，九沸九变，火为之纪。时疾时徐，灭腥去臊除膻，必以其胜，无失其理。调和之事，必以

---

① 《吕氏春秋》，[汉]高诱注，见《诸子集成》6，上海书店1986年版，第92—93页。
② 《吕氏春秋》，[汉]高诱注，见《诸子集成》6，上海书店1986年版，第140页。

甘酸苦辛咸，先后多少，其齐甚微，皆有自起……非先为天子，不可得而具。天子不可强为，必先知道。道者止彼在己，己成而天子成，天子成则至味具。故审近所以知远也，成己所以成人也。圣人之道要矣，岂越越多业哉！"①

这个故事中伊尹回答商汤之问长篇大论，且绝大部分为四字句，已经具有赋诵体的文体特征，以面对听众讲说为宜。

"武王使人候殷"，见于《贵因》，说的是武王伐纣之前派人去勘察殷商局势的插曲：

> 武王使人候殷，反报岐周曰："殷其乱矣！"武王曰："其乱焉至？"对曰："谗慝胜良。"武王曰："尚未也。"又复往，反报曰："其乱加矣！"武王曰："焉至？"对曰："贤者出走矣。"武王曰："尚未也。"又往，反报曰："其乱甚矣！"武王曰："焉至？"对曰："百姓不敢诽怨矣。"武王曰："嘻！"遽告太公，太公对曰："谗慝胜良，命曰戮；贤者出走，命曰崩；百姓不敢诽怨，命曰刑胜。其乱至矣，不可以驾矣。"故选车三百，虎贲三千，朝要甲子之期，而纣为禽。②

殷乱至此，武王伐纣自是胜券在握。这段叙事的特点即是多用回环重复，候殷者往返了三次，武王"尚未也"连说两次。还有人物对话多为口语，语气逼真，武王一个"嘻"字极为生动，这些都极具讲诵特征。

2. 春秋故事

"葆申笞荆文王"，见于《直谏》。说的是葆申竟然出手鞭笞楚文王，事后又自请死罪：

> 荆文王得茹黄之狗，宛路之矰，以畋于云梦，三月不反。得丹之姬，淫，期年不听朝。葆申曰："先王卜以臣为葆，吉。今王得茹黄之

---

① 《吕氏春秋》，[汉]高诱注，见《诸子集成》6，上海书店1986年版，第140—143页。
② 《吕氏春秋》，[汉]高诱注，见《诸子集成》6，上海书店1986年版，第174—175页。

狗，宛路之矰，畋三月不反；得丹之姬，淫，期年不听朝。王之罪当笞。"王曰："不谷免衣襁褓而齿于诸侯，愿请变更而无笞。"葆申曰："臣承先王之令，不敢废也。王不受笞，是废先王之令也。臣宁抵罪于王，毋抵罪于先王。"王曰："敬诺。"引席，王伏。葆申束细荆五十，跪而加之于背，如此者再，谓王："起矣！"王曰："有笞之名一也，遂致之！"申曰："臣闻君子耻之，小人痛之。耻之不变，痛之何益？"葆申趣出，自流于渊，请死罪。文王曰："此不谷之过也，葆申何罪？"王乃变更，召葆申，杀茹黄之狗，析宛路之矰，放丹之姬。后荆国兼国三十九。①

这段叙事富于多种讲诵迹象，其一，语句重复。一开始描述荆文王该打的劣迹斑斑，是"得茹黄之狗，宛路之矰，以畋於云梦，三月不反。得丹之姬，淫，期年不听朝"，下面葆申提出"王之罪当笞"，又将这些劣迹复述了一遍："今王得茹黄之狗，宛路之矰，畋三月不反；得丹之姬，淫，期年不听朝"。其二，动作描摹。决定开打后，"引席，王伏"；葆申不忍心真打，"束细荆五十，跪而加之于背"。其三，对话描摹。开始文王想逃避挨打，说的是"不谷免衣襁褓而齿于诸侯，愿请变更而无笞"，我现在已经不再是小孩子，是不是变个惩罚方法，别再让我挨打了？葆申打了两下后，喊的是"起矣"，起来吧；文王说的是"有笞之名一也，遂致之"！反正打都打了，不管打多打少，挨过打的糗事是瞒不过去了，您还是打完算了！葆申说挨打这种事，君子感到羞愧，小人只会记住疼痛，如果不真知耻而改，只让你疼又有何用！对话十分逼真，生动。其四，叙事完整。开始交待致使文王被笞缘故，葆申作为先王托付者须教训文王的身份，最后交待葆申笞打文王后"自流于渊，请死罪"，文王释葆申罪并痛改前非。

"曹翙怀剑劫桓公于坛上"，见于《贵信》，说的是曹翙与鲁庄公一同上阵，上演了一出"逼宫戏"。这里的曹翙当即见于《左传·庄公十年》和《国语·鲁语上》"曹刿论战"的曹刿，翙、刿音近相通，此后引述此故事者有的即写作曹刿。故事称"齐桓公伐鲁"，"鲁人不敢轻战"，已经"去鲁

---

① 《吕氏春秋》，[汉]高诱注，见《诸子集成》6，上海书店1986年版，第299页。

国五十里而封之";且"鲁请比关内侯以听,桓公许之"。这时曹翙见鲁庄公,问"君宁死而又死乎,其宁生而又生乎"?此话怎讲?曹翙回答曰:"听臣之言,国必广大,身必安乐,是生而又生也;不听臣之言,国必灭亡,身必危辱,是死而又死也。"庄公当然想"生而又生",马上回答:"请从。"接下来发生的便显然是曹翙所"言"、庄公所"听"的一幕了:

> 于是明日将盟,庄公与曹翙皆怀剑至于坛上。庄公左搏桓公,右抽剑以自承,曰:"鲁国去境数百里。今去境五十里,亦无生矣。钧其死也,戮于君前。"管仲、鲍叔进。曹翙按剑当两陛之间曰:"且二君将改图,毋或进者!"庄公曰:"封于汶则可,不则请死。"管仲曰:"以地卫君,非以君卫地。君其许之!"①

结果便是齐桓公当场不得不答应"封于汶南,与之盟"。当然,此叙事还有最后尾声,且尾声中又有小的波折,齐桓公回去后就想反悔,"欲勿予",管仲说"不可","人特劫君而不盟,君不知,不可谓智;临难而不能勿听,不可谓勇;许之而不予,不可谓信。不智不勇不信,有此三者,不可以立功名。予之,虽亡地,亦得信。以四百里之地见信于天下,君犹得也"。这才是这段故事被收入《贵信》的缘故。这篇叙事的讲诵特征主要在于其中有很明显的动作描摹,"庄公左搏桓公,右抽剑以自承","曹翙按剑当两陛之间",使人听来有如临其境之感;此外,情节曲折,叙事完整,对话详尽,也更适宜于讲诵文本。

"齐桓公与管仲谋伐卫",见于《精谕》。说的是"齐桓公合诸侯,卫人后至",所以桓公"朝而与管仲谋伐卫"。退朝回到后宫,卫姬望见桓公,"下堂再拜,请卫君之罪"。桓公故意问:"吾于卫无故,子曷为请?"卫姬对曰:"妾望君之入也,足高气强,有伐国之志也。见妾而有动色,伐卫也。"想不到什么都没说就让她看出了。第二天桓公听朝,"揖管仲而进之"。管仲问:"君舍卫乎?"是不是放弃伐卫了?怎么什么也没说又让他看出了?于是问:"仲父安识之?"管仲曰:"君之揖朝也恭,而言也徐,见臣

---

① 《吕氏春秋》,[汉]高诱注,见《诸子集成》6,上海书店1986年版,第251页。

而有惭色,臣是以知之。"被一姬一臣识破的桓公反而感到十分欣慰:"善。仲父治外,夫人治内,寡人知终不为诸侯笑矣。"① 这段叙事饶有兴味;两番都被看破,情节重复中有变化;被一姬一臣识破后的桓公竟欢天喜地,这些都带有讲诵特征。

"齐桓公与管仲谋伐莒",见于《重言》,说的是更有个仅凭远远观看就能得知桓公要伐莒者:

> 齐桓公与管仲谋伐莒,谋未发而闻于国,桓公怪之,曰:"与仲父谋伐莒,谋未发而闻于国,其故何也?"管仲曰:"国必有圣人也。"桓公曰:"嘻!日之役者,有执蹠癄而上视者,意者其是邪!"乃令复役,无得相代。少顷,东郭牙至。管仲曰:"此必是已。"乃令宾者延之而上,分级而立。管子曰:"子邪言伐莒者?"对曰:"然。"管仲曰:"我不言伐莒,子何故言伐莒?"对曰:"臣闻君子善谋,小人善意。臣窃意之也。"管仲曰:"我不言伐莒,子何以意之?"对曰:"臣闻君子有三色:显然喜乐者,钟鼓之色也;湫然清静者,衰绖之色也;艴然充盈、手足矜者,兵革之色也。日者臣望君之在台上也,艴然充盈、手足矜者,此兵革之色也。君呿而不唫,所言者'莒'也;君举臂而指,所当者莒也。臣窃以虑诸侯之不服者,其惟莒乎!臣故言之。"②

这段叙事太有戏剧性,且有诸多细节描摹,特别是人物对话,一问一答,不避重复,追求现场感,使人如临其境。当管仲猜想必是有能人看破了他们谋伐莒的动议后,桓公忽然想起一个人,脱口而出"嘻!日之役者,有执蹠癄而上视者,意者其是邪",语气十分逼真;东郭牙汇报他如何看出伐莒动议,说"君呿而不唫,所言者'莒'也;君举臂而指,所当者莒也",模拟口型,模拟手势,也具有很强的表演性,这无疑是一篇很生动的讲诵之辞。

"卫懿公战死,弘演报使于肝",见于《忠廉》,说的是卫懿公好鹤而丢

---

① 《吕氏春秋》,[汉]高诱注,见《诸子集成》6,上海书店1986年版,第223页。
② 《吕氏春秋》,[汉]高诱注,见《诸子集成》6,上海书店1986年版,第220—221页。

国被杀弃肝后,其使臣弘演惊人的"报使于肝"之举:

> 卫懿公有臣曰弘演,有所于使。翟人攻卫,其民曰:"君之所予位禄者,鹤也;所贵富者,宫人也。君使宫人与鹤战,余焉能战?"遂溃而去。翟人至,及懿公于荥泽,杀之,尽食其肉,独舍其肝。弘演至,报使于肝,毕,呼天而啼,尽哀而止,曰:"臣请为襮。"因自杀,先出其腹实,内懿公之肝。桓公闻之曰:"卫之亡也,以为无道也。今有臣若此,不可不存。"于是复立卫于楚丘。①

这段叙事的前半部分,即卫懿公好鹤、翟人来攻、国人不欲战、卫师败绩的部分,已见《左传·闵公二年》,"翟"作"狄",所述略有差异:"狄人伐卫。卫懿公好鹤,鹤有乘轩者。将战,国人受甲者皆曰:'使鹤!鹤实有禄位,余焉能战?'公与石祁子玦,与宁庄子矢,使守,曰:'以此赞国,择利而为之。'与夫人绣衣,曰:'听于二子!'渠孔御戎,子伯为右;黄夷前驱,孔婴齐殿。及狄人战于荥泽,卫师败绩,遂灭卫。卫侯不去其旗,是以甚败。"② 从两者的差异特别是"翟"与"狄"、"荥泽"与"荥泽"声音记字的变化即可判断两者分别本于"说体"而非"书体"。接下来《忠廉》篇所称卫懿公被杀、肉被食、独剩下肝脏被丢弃的情节,就是独见于此篇的情节了。判断这整篇是出自讲诵,首先是对话描摹,国民所说的让鹤去打仗吧,"余焉能战",极富现场感。其次是举止描摹,弘演"呼天而啼","先出其腹实,内懿公之肝",都可以用手势、表情来表演。其三是叙事完整,最后交待结果,称齐桓公听说弘演竟然将自己的腹腔掏空、将卫懿公的肝脏装进去,"今有臣若此,不可不存",因此而"复立卫于楚丘"。当然,这应该只是"说体"诸多版本中的一个,《左传》所说是"齐人使昭伯(卫宣公庶子公子顽)烝于宣姜(卫宣公所夺伋子之妻,卫宣夫人),不可,强之。生齐子、戴公、文公、宋桓夫人、许穆夫人",而卫懿公乃卫宣公与宣姜所生之子卫惠公的儿子;卫师败绩后,"宋桓公逆诸河","立戴公以庐于

---

① 《吕氏春秋》,[汉]高诱注,见《诸子集成》6,上海书店1986年版,第109页。
② 《春秋左传正义》,见《十三经注疏》,中华书局1980年版,第1787—1788页。

曹","齐侯使公子无亏帅车三百乘、甲士三千人以戍曹"。事隔一年后,即僖公二年,齐桓公才又"封卫于楚丘"。

"宋子罕南墙不直西潦不止",见于《召类》,说的是"士尹池为荆使于宋,司城子罕觞之",客人因此前来,却见主人"南家之墙拥于前而不直,西家之潦径其宫而不止",不免感到好生奇怪。主人的回答让他顿生敬畏:"南家工人也,为鞔者也。吾将徙之",其父找来对我说,"吾恃为鞔以食三世矣,今徙之,是宋国之求鞔者不知吾处也,吾将不食。愿相国之忧吾不食也"。"为是故,吾弗徙也"。"西家高,吾宫庳,潦之经吾宫也利,故弗禁也"。就是司城子罕这不经意的回答,竟让宋国避免了一场战争:"士尹池归荆,荆王适兴兵而攻宋,士尹池谏于荆王曰:'宋不可攻也。其主贤,其相仁。贤者能得民,仁者能用人。荆国攻之,其无功而为天下笑乎!'故释宋而攻郑。"① 楚使本是在宋司城子罕家中见到了那情景,听到了那番话;由此劝楚勿攻宋,又是回到楚国后所说,都不在史官当下记事范围内;邻家挽工担心"求鞔者不知吾处"而不欲搬家,此事十分生活化,一般来说并非拟托创作者所能想到;因此这很可能是"为说者"据传闻演绎出来的一篇情节曲折有致的贤臣佳话。

"公孙枝请见客,百里奚行其罪",见于《不苟》,说的是秦缪公拜百里奚为国相后,有一天晋使叔虎、齐使东郭蹇来到秦国,"公孙枝请见之"。缪公对此十分不满,因为要见齐晋之使,这既非公孙枝职事,又非相国百里奚所使,于是呵斥道:"退!将论而罪。"公孙枝退出来后,"自敷于百里氏",百里奚前去替公孙枝"请之"。缪公不听其请,且反问百里奚:"此所闻于相国钦?枝无罪,奚请?有罪,奚请焉?"碰了一鼻子灰的百里奚回来后,拒绝了公孙枝。"公枝徙,自敷于街。百里奚令吏行其罪"。② 虽是求情不准才行其罪,但这对于百里奚而言已属不易,因为如上所述,见于《吕氏春秋·慎人》还有"公孙枝得百里奚献诸缪公"的故事,这公孙枝有举荐之功,难怪他竟敢越职提出非分要求。对于有恩于自己的公孙枝最终不得不"令吏行其罪",百里奚到底还是选择了秉公不苟。这一段叙事,情节过

---

① 《吕氏春秋》,[汉]高诱注,见《诸子集成》6,上海书店1986年版,第263页。
② 《吕氏春秋》,[汉]高诱注,见《诸子集成》6,上海书店1986年版,第308页。

程颇为曲折复杂，秦缪公先是呵斥公孙枝"退！将论而罪"，后又反问百里奚"此所闻于相国欤？枝无罪，奚请；有罪，奚请焉"，语气都格外逼真，具有鲜明的讲诵传播特征。

"卫灵公闻宛春称'天寒'令罢役"，见于《分职》。说的是天寒地冻之时，卫灵公却令民凿池，宛春进谏曰："天寒起役，恐伤民。"卫灵公来了一句"天寒乎"？你说天寒？我怎么一点都不知道？宛春说："公衣狐裘，坐熊席，陬隅有灶，是以不寒。今民衣弊不补，履决不组，君则不寒矣，民则寒矣。"数九寒天卫灵公却问一句"天寒乎"，身居华殿的确难知民之冷暖，好在他有敢谏且知冷暖的直臣，只要让他知道"天寒"即可。于是他"令罢役"。而这个故事的戏剧性除了这句"天寒乎"，还在于灵公左右居然反对他听从宛春以罢役，因为这样一来，"福将归于春也，而怨将归于君"。情节再次反转的是灵公对于左右的说法并不以为然，他另有自己的"一笔账"："夫春也，鲁国之匹夫也，而我举之，夫民未有见焉。今将令民以此见之。曰春也有善，於寡人有也，春之善非寡人之善欤"？① 原来宛春是卫灵公"破格"所任用，他的善呈现在大家面前，不正显出我的知人善用么？这个故事曲折有致，多次反转，卫灵公一句"天寒乎"又特别生动有趣，还是很适用讲诵传播的。

"鲁邴成子报卫右宰谷臣之托"，见于《观表》，其中既有邴成子观表知微的判断，更有判断之后、事发之后的情义：

> 邴成子为鲁聘于晋，过卫，右宰谷臣止而觞之。陈乐而不乐，酒酣而送之以璧。顾反，过而弗辞。其仆曰："向者右宰谷臣之觞吾子也甚欢，今侯渫过而弗辞？"邴成子曰："夫止而觞我，与我欢也。陈乐而不乐，告我忧也。酒酣而送我以璧，寄之我也。若由是观之，卫其有乱乎！"倍卫三十里，闻宁喜之难作，右宰谷臣死之，还车而临，三举而归。至，使人迎其妻子，隔宅而异之，分禄而食之。其子长而反其璧。②

---

① 《吕氏春秋》，[汉]高诱注，见《诸子集成》6，上海书店1986年版，第323页。
② 《吕氏春秋》，[汉]高诱注，见《诸子集成》6，上海书店1986年版，第272—273页。

就凭右宰谷臣特意款待,却忧心忡忡,还送之以璧,邢成子就预感到卫国要出事,右宰这是微有所托,这乃是人生阅历培养的智慧。果然,右宰死于甯喜之难。邢成子特意派人到卫国将右宰的妻子儿女接到鲁国予以照顾,及其子长还反其璧,不仅可见邢成子的为人,亦可见右宰识人的眼力。这段叙事,前者发生在大臣家中,后者也是大臣私下作为,都不在史官记事的范围中。叙事始终着意于情节演化,也不似拟托创作。因此,这极可能是"为说者"据传闻演绎讲诵的一段感人故事。

"荧惑在心,宋景公不移祸",见于《制乐》,说的是宋景公之时"荧惑在心",即出现了天罚之星停留在心宿的凶兆天文现象,"公惧,召子韦而问焉",子韦的回答即称:"荧惑者,天罚也;心者,宋之分野也。"并称"祸当于君"。不过,接下来子韦又说了三个解决的办法,但都被景公一一否决了:

(子韦曰):"虽然,可移于宰相。"公曰:"宰相,所与治国家也,而移死焉,不祥。"子韦曰:"可移于民。"公曰:"民死,寡人将谁为君乎?宁独死!"子韦曰:"可移于岁。"公曰:"岁害则民饥,民饥必死。为人君而杀其民以自活也,其谁以我为君乎?是寡人之命固尽已,子无复言矣。"

原本以为这下宋景公没救了,不想"剧情"来了个大反转:"子韦还走,北面载(再)拜曰:'臣敢贺君。天之处高而听卑。君有至德之言三,天必三赏君。今昔(夕)荧惑其徙三舍,君延年二十一岁。'"不降祸也就罢了,怎么反而还会给我延年益寿,而且还有这么具体的数字?所以景公奇怪地问:"子何以知之?"子韦说得头头是道:"有三善言,必有三赏,荧惑有三徙舍。舍行七星,星一徙当一年,三七二十一,臣故曰'君延年二十一岁'矣。"掐算完毕,子韦立下"军令状":"臣请伏于陛下以伺候之。荧惑不徙,臣请死。"景公曰:"可。"结果还真是"是夕荧惑果徙三舍"。①不得不说,这纯属"说体"中的"小说家者言"。从其详尽展开对话描摹、不避重

---

① 《吕氏春秋》,[汉]高诱注,见《诸子集成》6,上海书店1986年版,第61页。

复、语气逼真、还有"子韦还走,北面再拜"的动作描摹看,似更适宜于讲诵传播。

"伍子胥说之半,公子光举帷出"("吴胜楚柏举,伍子胥鞭坟"),见于《首时》,是关于伍子胥与吴公子光初相识的一段小插曲。说来两人的故事十分丰富,见于此前、同时各种典籍,但这段故事似乎于此独见。当时"伍子胥欲见吴王而不得",因客引荐,先去见了公子光,但公子光"不听其说而辞之",理由很荒唐,"其貌适吾所甚恶也"。伍子胥说这个简单,"愿令王子居于堂上,重帷而见其衣若手,请因说之",于是,"伍子胥说之半,王子光举帷,搏其手而与之坐;说毕,王子光大说"。这里没有正面描述伍子胥之能之见,但公子光的这个反应已经足以说明问题。这属于侧面烘托。后面的结果就是人们耳熟能详的了:"伍子胥以为有吴国者,必王子光也,退而耕于野。七年,王子光代吴王僚为王。任子胥,子胥乃修法制,下贤良,选练士,习战斗。六年,然后大胜楚于柏举。九战九胜,追北千里。昭王出奔随,遂有郢。亲射王宫,鞭荆平之坟三百。"① 这篇叙事极富戏剧性,有心理,有动作,其中"伍子胥说之半,王子光举帷,搏其手而与之坐"极为传神,富于现场感,显然是"为说者"绘声绘色的讲述和渲染。

"要离为吴王刺庆忌",见于《忠廉》。关于吴杀公子庆忌,《左传·哀公二十年》有简述:"吴公子庆忌骤谏吴子曰:'不改,必亡。'弗听。出居于艾,遂适楚。闻越将伐吴,冬,请归平越,遂归。欲除不忠者以说于越。吴人杀之。"② 据此则此事乃发生于吴王夫差之时,与吴越之争有关。《吕氏春秋·忠廉》篇这里只说"吴王欲杀王子庆忌而莫之能杀",未提哪个吴王,也未提为何要杀。要离主动请缨,说"我能之"。吴王不以为然,因为要离"拔剑则不能举臂,上车则不能登轼",原来是个孱弱之人,而那王子庆忌却是"吾尝以六马逐之江上矣,而不能及;射之矢,左右满把,而不能中","汝恶能"?但要离自有勇气:"士患不勇耳,奚患于不能?王诚能助,臣请必能。"于是"明旦加要离罪焉,挚执妻子,焚之而扬其灰"。于是要离假装逃跑,"往见王子庆忌于卫"。王子庆忌见与吴王有杀妻焚子之

---

① 《吕氏春秋》,[汉]高诱注,见《诸子集成》6,上海书店1986年版,第144页。
② 《春秋左传正义》,见《十三经注疏》,中华书局1980年版,第2180页。

仇的要离前来投奔自己，十分高兴，说"吴王之无道也，子之所见也，诸侯之所知也。今子得免而去之，亦善矣"。就这样，在取得王子信任后，要离开始行使刺杀计划，"谓王子庆忌曰：'吴之无道也愈甚，请与王子往夺之国。'王子庆忌曰：'善。'乃与要离俱涉于江"。船行至江中之时，要离突然"拔剑以刺王子庆忌"。那王子庆忌毕竟是勇力过人，即便被刺中，仍抓起要离"捽之，投之于江，浮则又取而投之，如此者三"。要离果然不是王子庆忌的对手，几番被扔进江中，要杀掉他易如反掌。出乎意料的是，那王子庆忌感佩要离的勇气，"其卒曰：'汝天下之国士也，幸汝以成而名。'"就这样，要离得以不死，回到了吴国。吴王大说，请与分国。要离却说："不可。臣请必死！"吴王止之，要离曰："夫杀妻子，焚之而扬其灰，以便事也，臣以为不仁。夫为故主杀新主，臣以为不义。夫捽而浮乎江，三入三出，特王子庆忌为之赐而不杀耳，臣已为辱矣。夫不仁不义，又且已辱，不可以生。"吴王最终无法劝止，要离"果伏剑而死"。①要离为吴王刺杀庆忌的故事战国时应该流传颇广，《战国策·魏策四》"秦王使人谓安陵君"篇，亦即"唐且不辱使命"篇，唐且回答秦王时即提到"夫专诸之刺王僚也，彗星袭月；聂政之刺韩傀也，白虹贯日；要离之刺庆忌也，仓鹰击于殿上"②，要离与专诸、聂政并提，不过只是用典，详尽讲述事件原委始末者乃首见于《忠廉》篇。其情节的曲折有致、戏剧性冲突，动作描摹的具体逼真，叙事的完整性等等，都分明是一篇讲诵之辞。

"宓子贱治亶父，时掣摇君吏之肘"，见于《具备》，是一段饶有兴味的"轻喜剧"：

> 宓子贱治亶父，恐鲁君之听谗人，而令己不得行其术也，将辞而行，请近吏二人于鲁君与之俱。至于亶父，邑吏皆朝。宓子贱令吏二人书。吏方将书，宓子贱从旁时掣摇其肘，吏书之不善，则宓子贱为之怒。吏甚患之，辞而请归。宓子贱曰："子之书甚不善，子勉归矣！"二吏归报于君，曰："宓子不可为书。"君曰："何故？"吏对曰："宓子

---

① 《吕氏春秋》，[汉] 高诱注，见《诸子集成》6，上海书店 1986 年版，第 108—109 页。
② [汉] 刘向集录：《战国策》，上海古籍出版社 1985 年版，第 922 页。

使臣书，而时掣摇臣之肘，书恶而有甚怒，吏皆笑宓子。此臣所以辞而去也。"鲁君太息而叹曰："宓子以此谏寡人之不肖也。寡人之乱子，而令宓子不得行其术，必数有之矣。微二人，寡人几过。"遂发所爱而令之亶父，告宓子曰："自今以来，亶父非寡人之有也，子之有也。有便于亶父者，子决为之矣。五岁而言其要。"宓子敬诺，乃得行其术于亶父。三年，巫马旗短褐衣弊裘而往观化于亶父，见夜渔者，得则舍之。巫马旗问焉，曰："渔为得也，今子得而舍之，何也？"对曰："宓子不欲人之取小鱼。所舍者小鱼也。"巫马旗归，告孔子曰："宓子之德至矣，使民暗行若有严刑于旁。敢问宓子何以至于此？"孔子曰："丘尝与之言曰：'诚乎此者刑乎彼。'宓子必行此术于亶父也。"①

宓子贱为了不让鲁君干扰他治理亶父，居然玩了个小把戏，让鲁君身边两近臣跟着他到亶父，每每让人家书写就掣人家肘，这哪能写好字？写不好字还骂人家，这谁能受得了？两近臣回到鲁君那里一说，鲁君悟出了这个"行为艺术"，或者说行为"廋语"，"掣肘"于是成了具有"牵制""干扰"义的"新"词汇。这段叙事颇富于戏剧性，发生在宓子贱治所的动作、表情历历在目。尤其值得一提的是，下面还以巫马旗"短褐衣弊裘"微服私访亶父的尾声，显示了宓子贱治亶父的功效。最后再来一句孔子"尝与之言""诚乎此者刑乎彼"，原来宓子贱这一套还是孔子教的。如此有头有尾，曲折有致，无疑是一篇"为说者"绘声绘色的讲诵之辞。

3. 战国故事

"任座曰文侯不肖，翟黄称言直"，见于《自知》，叙事颇富于戏剧性：

魏文侯燕饮，皆令诸大夫论己。或言君之智也。至于任座，任座曰："君不肖君也。得中山不以封君之弟，而以封君之子，是以知君之不肖也。"文侯不说，知于颜色。任座趋而出。次及翟黄，翟黄曰："君贤君也。臣闻其主贤者，其臣之言直。今者任座之言直，是以知君之贤也。"文侯喜曰："可反欤？"翟黄对曰："奚为不可？臣闻忠臣毕

---

① 《吕氏春秋》，[汉]高诱注，见《诸子集成》6，上海书店1986年版，第234—235页。

其忠，而不敢远其死。座殆尚在于门。"翟黄往视之，任座在于门，以君令召之。任座入，文侯下阶而迎之，终座以为上客。①

燕饮之时，魏文侯兴致大好，让在座的各位评评自己，不用说肯定是一大堆赞美话。臣下谁敢非议君上，而且还是在这种燕饮的场合？谁会痴傻到扫人兴、惹人不快的地步？偏偏就冒出一个任座，话说得不但直白，还很难听，直称魏文侯是"不肖君"。魏文侯脸上直接挂不住，是完全可以理解的；任座也马上知道说漏了嘴，赶忙走人了事。接下来又一个出人意料是，等到翟黄说话时，他大赞文侯，赞的却是因为有任座，主贤明臣才直言，既然任座其言直，岂不证明文侯贤？魏文侯当然能听出话中话，你哪里是在赞我，你这是在赞他任座直言呢！也是，贤君当敬直言之臣，让他跑了可不行。马上问：能追上他让他回来么？翟黄说您放心，忠臣不怕死，他肯定还在门口。果然，请回来就变成了座上客。这段叙事描摹极为具体生动，曲折有致，有举止，有表情，可以是一篇很好的讲诵之辞。

"秦献公免右主然守塞弗入之罪"，见于《当赏》：

秦小主夫人用奄变，群贤不说自匿，百姓郁怨非上。公子连亡在魏，闻之，欲入，因群臣与民从郑所之塞。右主然守塞，弗入，曰："臣有义，不两主，公子勉去矣！"公子连去，入翟，从焉氏塞，菌改入之。夫人闻之，大骇，令吏兴卒。奉命曰："寇在边。"卒与吏其始发也，皆曰："往击寇。"中道，因变曰："非击寇也，迎主君也。"公子连因与卒俱来，至雍，围夫人，夫人自杀。公子连立，是为献公。怨右主然，而将重罪之；德菌改，而欲厚赏之。监突争之曰："不可。秦公子之在外者众，若此，则人臣争入亡公子矣，此不便主。"献公以为然，故复右主然之罪，而赐菌改官大夫，赐守塞者人米二十石。②

当初公子连试图潜入秦国时还属于逃亡公子的"非法"进入，守塞者右主

① 《吕氏春秋》，[汉]高诱注，见《诸子集成》6，上海书店1986年版，第311页。
② 《吕氏春秋》，[汉]高诱注，见《诸子集成》6，上海书店1986年版，第312—313页。

然不合作自有其"不两主"的原则在;如今公子连成为了秦献公,若重罪右主然,就会真如监突所说,"人臣争入亡公子",谁还来为你"不两主"?秦献公的明智就在于"以为然",马上免了右主然之罪,且"赐守塞者人米二十石"。这段叙事,对公子连偷偷入塞时的情景描述十分具体,有对话,有举止,有表情,有场面,是一篇很适合讲诵传播的"说体"故事。

"豫让欲杀赵襄子以报知伯",分别见于《恃君》《不侵》和《序意》。这几篇当是分别截取了整个故事中的某一个部分,但所截部分描述都十分具体详尽。《恃君》中有"豫让自刑"和"豫让不听友之说"的描述:

> 豫让欲杀赵襄子,灭须去眉,自刑以变其容,为乞人而往乞于其妻之所。其妻曰:"状貌无似吾夫者,其音何类吾夫之甚也?"又吞炭以变其音。其友谓之曰:"子之所道甚难而无功。谓子有志则然矣,谓子智则不然。以子之材而索事襄子,襄子必近子。子得近而行所欲,此甚易而功必成。"豫让笑而应之曰:"是先知报后知也,为故君贼新君矣,大乱君臣之义者无此,失吾所为为之矣。凡吾所为为此者,所以明君臣之义也,非从易也。"①

看来豫让欲杀赵襄子已是公开的秘密,以至于要如此毁容,"灭须去眉","吞炭"变声,免得被人认出以报赵襄子。其友实在看不下去,劝他改变策略,诈伪以求成功,豫让却不想"为故君贼新君"。《不侵》中有"豫让国士事知伯"的表白:

> 豫让之友谓豫让曰:"子之行何其惑也?子尝事范氏、中行氏,诸侯尽灭之,而子不为报;至于智氏,而子必为之报,何故?"豫让曰:"我将告子其故。范氏、中行氏,我寒而不我衣,我饥而不我食,而时使我与千人共其养,是众人畜我也。夫众人畜我者,我亦众人事之。至于智氏则不然,出则乘我以车,入则足我以养,众人广朝,而必加礼于

---

① 《吕氏春秋》,[汉]高诱注,见《诸子集成》6,上海书店1986年版,第256—257页。

吾所，是国士畜我也。夫国士畜我者，我亦国士事之。"①

如此看来，豫让可谓"士为知己者死"的典型。《序意》中有"豫让桥下候赵襄子"和"赵襄子参乘青荓自杀"的片段：

> 赵襄子游于囿中，至于梁，马却不肯进。青荓为参乘。襄子曰："进视梁下，类有人。"青荓进视梁下，豫让却寝，佯为死人。叱青荓曰："去，长者吾且有事。"青荓曰："少而与子友，子且为大事，而我言之，是失相与友之道；子将贼吾君，而我不言之，是失为人臣之道。如我者惟死为可。"乃退而自杀。②

正因为要刺杀赵襄子，豫让才躲在桥下；身为赵襄子参乘的青荓偏偏又是豫让的好友，告发则背友，不言则叛君，两难之中唯有自杀。也是一位节烈之士。这几段叙事，描摹细腻，对话真切，场面逼真，确以讲诵文本为宜。

"齐湣王不听，狐援哭国受斩"，见于《贵直》。齐士狐援劝齐湣王"亡国之音不得至于庙"，齐王不受，"狐援出而哭国三日，其辞曰：'先出也，衣绨纻；后出也，满囹圄。吾今见民之洋洋然东走，而不知所处。'"湣王十分恼火，问吏"哭国之法若何"，吏曰"斩"，湣王曰"行法"！吏于是陈斧质于东闾，其实只是做做样子，并不打算真行刑。狐援听闻后却自己"蹶往过之"，让吏哭笑不得，"哭国之法斩，先生之老欤？昏欤"？狐援毫不在乎，振振有辞："殷有比干，吴有子胥，齐有狐援。已不用若言，又斩之东闾，每斩者以吾参夫二子者乎！"这段叙事，狐援在国中哭、歌的情景描摹得如此具体，歌词振振在耳，东闾斧锧前吏与狐援的对话言之凿凿，这无疑是援自"为说者"绘声绘色的生动讲诵。

"墨者钜子孟胜死阳城君，弟子死之"，见于《上德》：

> 墨者钜子孟胜，善荆之阳城君。阳城君令守于国，毁璜以为符，约

---

① 《吕氏春秋》，[汉] 高诱注，见《诸子集成》6，上海书店 1986 年版，第 121 页。
② 《吕氏春秋》，[汉] 高诱注，见《诸子集成》6，上海书店 1986 年版，第 123 页。

曰:"符合听之。"荆王薨,群臣攻吴起,兵于丧所,阳城君与焉。荆罪之,阳城君走。荆收其国。孟胜曰:"受人之国……不能死,不可。"其弟子徐弱谏孟胜曰:"死而有益阳城君,死之可矣;无益也,而绝墨者于世,不可。"孟胜曰:"不然。吾于阳城君也,非师则友也,非友则臣也。不死,自今以来,求严师必不于墨者矣……死之,所以行墨者之义而继其业者也。我将属钜子于宋之田襄子。田襄子,贤者也,何患墨者之绝世也?"徐弱曰:"若夫子之言,弱请先死以除路。"还殁头前于孟胜。因使二人传钜子于田襄子。孟胜死,弟子死之者百八十。三人以致令于田襄子,欲反死孟胜于荆,田襄子止之曰:"孟子已传钜子于我矣,当听。"遂反死之。①

所述为墨者钜子之事,但此事不见于《墨子》,所以应该不是援自诸子书体文章。这段叙事描摹具体,对话真切;钜子以死报荆之阳城君;从者徐弱"请先死以除路",先行"殁头"死在孟胜面前;孟胜死后,弟子从死者"百八十";另有三人"致令于田襄子"后又返回而死。这种描述不无夸张,当是出自"为说者"之口。

"齐宣王为大室,春居谏",见于《骄恣》,其中有"趋而出"的描摹,有"遽召掌书曰:'书之!'"的情节,有"春子!春子!反!"这样口语化的描摹:

> 齐宣王为大室,大益百亩,堂上三百户。以齐之大,具之三年而未能成。群臣莫敢谏王。春居问于宣王曰:"荆王释先王之礼乐,而乐为轻,敢问荆国为有主乎?"王曰:"为无主。""贤臣以千数而莫敢谏,敢问荆国为有臣乎?"王曰:"为无臣。""今王为大室,其大益百亩,堂上三百户。以齐国之大,具之三年而弗能成。群臣莫敢谏,敢问王为有臣乎?"王曰:"为无臣。"春居曰:"臣请辟矣!"趋而出。王曰:"春子!春子!反!何谏寡人之晚也?寡人请今止之。"遽召掌书曰:

---

① 《吕氏春秋》,[汉]高诱注,见《诸子集成》6,上海书店1986年版,第243页。

"书之！寡人不肖，而好为大室。春子止寡人。"①

情节中虽然提到了"遽召掌书者书之"，但整个情节前因后果、场面、过程却是讲诵出来的。

"魏襄王使史起治漳水灌邺田"，见于《乐成》：

> 魏襄王与群臣饮，酒酣，王为群臣祝，令群臣皆得志。史起兴而对曰："群臣或贤或不肖，贤者得志则可，不肖者得志则不可。"王曰："皆如西门豹之为人臣也。"史起对曰："魏氏之行田也以百亩，邺独二百亩，是田恶也。漳水在其旁，而西门豹弗知用，是其愚也。知而弗言，是不忠也。愚与不忠，不可效也。"魏王无以应之。明日，召史起而问焉，曰："漳水犹可以灌邺田乎？"史起对曰："可。"王曰："子何不为寡人为之？"史起曰："臣恐王之不能为也。"王曰："子诚能为寡人为之，寡人尽听子矣。"史起敬诺，言之于王曰："臣为之，民必大怨臣，大者死，其次乃藉臣。臣虽死藉，愿王之使他人遂之也。"王曰："诺。"使之为邺令。史起因往为之。邺民大怨，欲藉史起。史起不敢出而避之。王乃使他人遂为之。水已行，民大得其利，相与歌之曰："邺有圣令，时为史公。决漳水，灌邺旁。终古斥卤，生之稻粱。"②

这篇叙事颇富于讲诵特征。其一，场面描摹。一是魏襄王与群臣宴饮的场合，襄王兴致高，令群臣皆得志，史起却泼冷水。二是魏襄王召史起而问的私下场合，君臣推心置腹。其二，对话描摹。西门豹乃魏国名臣，史起却历数他的不是，"是田恶也"、"是其愚也"、"是不忠也"，颇有赋诵铺排色彩；魏襄王嘱史起治漳水灌邺田，语气诚恳至极，史起预料会遭民怨，但希望襄王届时坚持下去，另择他臣终成此事，话语肯定、坚决。其三，过程描摹。从宴饮开始，魏襄王欲令群臣"皆得志"，史起接话说"贤者得志则

---

① 《吕氏春秋》，[汉]高诱注，见《诸子集成》6，上海书店1986年版，第271页。
② 《吕氏春秋》，[汉]高诱注，见《诸子集成》6，上海书店1986年版，第190—191页。

可";襄王接话说那就"皆如西门豹",史起接话说"漳水在其旁",西门豹"弗知用";第二天襄王即召史起请以漳水灌邺田,史起接话说可以为,但"民必大怨臣",愿王使他人"遂之";接下来史起治邺,果然民"大怨",史起避之,王使他人"遂为之";最后,水已行,民大利。"剧情"发展一环扣一环。其四,附加民歌。此是讲诵甚至说唱的典型标志。

(四) 可据信息判断者

这里所谓"信息",是统而言之,是文本本身情节、描摹等"说体"特征之外的外部凭据,可以是文本之外其他文献中可用来判断该文本是否来自讲说而非拟托创作的各种依据,也可以是文本中或援用者提及"传""说""闻"等的讲述信息。

1. 可据其他文献判断者

"汤射伊尹使视旷夏",见于《慎大》,说的是当时"桀为无道,暴戾顽贪,天下颤恐而患之,言者不同,纷纷分分,其情难得",汤"忧天下之不宁","欲令伊尹往视旷夏",探查究竟。说白了即是让伊尹去到夏朝廷做内应。恐夏桀不信,汤便"亲自射伊尹"。伊尹"逃亡"至夏整整三年,回来报信曰:"桀迷惑于末嬉,好彼琬琰,不恤其众。众志不堪,上下相疾,民心积怨,皆曰:'上天弗恤,夏命其卒。'"汤于是与伊尹盟,定下了灭夏的大政方针,伊尹再次前往潜伏于夏,听于末嬉,打探消息。终于有一天,"末嬉言曰:'今昔天子梦西方有日,东方有日,两日相与斗,西方日胜,东方日不胜。'"伊尹将此信息告知于汤。"商涸旱,汤犹发师,以信伊尹之盟。故令师从东方出于国西以进。未接刃而桀走,逐之至大沙。身体离散,为天下戮"。[1] 伊尹与妹喜"间夏",先秦文献多有提及,说法有同有异,《国语·晋语一》记述史苏提到"昔夏桀伐有施,有施人以妹喜女焉,妹喜有宠,于是乎与伊尹比而亡夏"[2];《孙子·用间篇》提到"昔殷之兴也,伊挚在夏……故明君贤将能以上智为间者,必成大功"[3];《孟子·告子下》称

---

[1] 《吕氏春秋》,[汉] 高诱注,见《诸子集成》6,上海书店1986年版,第159—160页。
[2] 《国语》,上海古籍出版社1988年版,第255页。
[3] 《孙子十家注》,见《诸子集成》6,上海书店1986年版,第238页。

"五就汤、五就桀者，伊尹也"①；《战国策·燕策二·苏代为奉阳君说燕于赵以伐齐》称"伊尹再逃汤而之桀，再逃桀而之汤，果与鸣条之战，而以汤为天子"②；《今本竹书纪年》记述夏桀之世"十七年，商使伊尹来朝。二十年，伊尹归于商及汝鸠、汝方，会于北门"③，则坐实了其往返经历。而多引先秦之"传"的《韩诗外传》又别有一"说"，称"昔者桀为酒池糟堤，纵靡靡之乐，而牛饮者三千"，伊尹知大命之将去，对桀说"君王不听臣言，大命去矣，亡无日矣"，桀不以为然，说你"又妖言矣。吾有天下，犹天之有日也，日有亡乎？日亡，吾亦亡也"。于是伊尹"接履而趋，遂适于汤，汤以为相"④。由此可知，《慎大》篇中的这段故事，不过是众多"版本"中的一个，来自"说体"无疑。

"宁戚饭牛车下疾歌以干齐桓公"，见于《举难》。说的是"穷困无以自进"的宁戚为了能让齐桓公注意到他，乃"为商旅将任车以至齐，暮宿于郭门之外"，当"桓公郊迎客、夜开门、辟任车"之时，"饭牛居车下，望桓公而悲，击牛角疾歌"，终于让桓公感到"异哉！之歌者非常人也"。于是得以被齐桓公召见，得以使桓公闻其"治境内"、"为天下"之说而"大说（悦）"。而此故事的重心在于齐桓公的破格任用：

> 桓公大说，将任之。群臣争之曰："客，卫人也。卫之去齐不远，君不若使人问之。而固贤者也，用之未晚也。"桓公曰："不然。问之，患其有小恶。以人之小恶，亡人之大美，此人主之所以失天下之士也已。"⑤

不因小恶失大美，不失天下之士，这才是人君所应具有的贤德品格。就叙事而言，其中有廷外叙事（"暮宿于郭门之外"），有细节描述（"望桓公而

---

① 《孟子注疏》，见《十三经注疏》，中华书局1980年版，第2757页。
② 《战国策》，上海古籍出版社1985年版，第1089页。
③ 王国维：《今本竹书纪年疏证》，见方诗铭、王修龄：《古本竹书纪年辑证》，上海古籍出版社1981年版，第213页。
④ 许维遹：《韩诗外传集释》，中华书局1980年版，第57—59页。
⑤ 《吕氏春秋》，[汉]高诱注，见《诸子集成》6，上海书店1986年版，第253—254页。

悲"),若非拟托创作,当为出自说者之口,而非"掌书"者所书。此故事作为"破格提拔"、君臣遇合的佳话此后多被提及、称引和汇集,亦见《淮南子》《史记》《新序》《说苑》《列女传》,多为用典,一句带过,如"宁戚商歌车下,桓公喟然而寤"(《淮南子·主术训》)、"甯戚击牛角而歌,桓公举以大政"(《淮南子·缪称训》);《淮南子·道应训》《新序·杂事第五》载有故事,与《吕氏春秋》此叙事如出一辙;《列女传》完全是新的演绎(详后),唯《说苑·善说》述"邹子说梁王"曰"宁戚故将车人也,叩辕行歌于康之衢,桓公任以国",可见仍有异说,由此可推断很可能也是援自"说体"文本,而非作者本人拟托创作或援引自拟托创作之固定文本。

"秦穆公亡马,野人得而食之",见于《爱士》,说的是"昔者秦缪公乘马而车为败,右服失而野人取之。缪公自往求之,见野人方将食之于岐山之阳。缪公叹曰:'食骏马之肉而不还饮酒,余恐其伤女也!'于是遍饮而去。处一年,为韩原之战。晋人已环缪公之车矣,晋梁由靡已扣缪公之左骖矣,晋惠公之右路石奋投而击缪公之甲,中之者已六札矣。野人之尝食马肉于岐山之阳者三百有馀人,毕力为缪公疾斗于车下,遂大克晋,反获惠公以归"。[①] 此故事亦见其后《淮南子·氾论训》《韩诗外传·卷十》《史记·秦本纪》《说苑·复恩》,其中除《淮南子》与之大致为同一文本来源或即援于此之外,余皆有差异,《韩诗外传》直称"丧其马",不称"右服";称"求三日",不是"求之"接着"见野人";称"得之茎山之阳",非"岐山";只称"围缪公而击之,甲已堕者六矣",未提梁由靡、石奋等人物。《史记》称"吏逐得,欲法之",非"缪公自往求之";缪公所言多出"君子不以畜产害人"。《说苑》多出缪公见人"方共食其肉",说了句"是吾骏马也","诸人皆惧而起";秦晋之战是"居三年",不是"处一年";多出食马肉者相谓曰:"可以出死报食马得酒之恩矣。"由如此多不同"版本",且应都援自先秦文本,可断此故事乃是援自"说体"。作为佐证,北大简《周驯》讲述有此故事,且可证《吕氏春秋》"版本"直接援自《周驯》,《周驯》即是讲说故事的记录文本(详后)。

"沈尹茎为孙叔敖游郢五年",见于《赞能》,说的是孙叔敖与沈尹茎为

---

① 《吕氏春秋》,[汉]高诱注,见《诸子集成》6,上海书店1986年版,第82页。

友，孙叔敖游郢三年，"声问不知，修行不闻"。于是沈尹茎对孙叔敖说："说义以听，方术信行，能令人主上至于王，下至于霸，我不若子也。耦世接俗，说义调均，以适主心，子不若我也。子何以不归耕乎？吾将为子游。"结果"沈尹茎游于郢五年，荆王欲以为令尹"，沈尹茎辞曰："期思之鄙人有孙叔敖者，圣人也。王必用之，臣不若也。"楚庄王遂"使人以王舆迎叔敖，以为令尹"。① 关于孙叔敖拜相，除此之外，还有不同"版本"。如《韩诗外传·卷二》有"楚庄王称沈令尹忠贤，樊姬掩口而笑"事，说的是"楚庄王听朝罢晏，樊姬下堂而迎之"，问你退朝如此之晚"得无饥倦乎"，庄王说我"今日听忠贤之言，不知饥倦也"，当听说所谓忠贤就是沈令尹时，"樊姬掩口而笑"，说我跟您十一年，"岂不欲擅王之宠哉"，但还是"求美女而进之于王"，"与妾同列者十人，贤于妾者二人"，"今沈令尹相楚数年矣，未尝见进贤而退不肖也，又焉得为忠贤乎"！第二日早朝，庄王"以樊姬之言告沈令尹，令尹避席而进孙叔敖"。孙叔敖由沈尹茎推荐，这是两个版本的共同点，但沈举孙的缘由、时间先后却颇有出入。此外，《淮南子·人间训》还有"孙叔敖决期思之水，而灌雩娄之野，庄王知其可以为令尹也"②的说法，显然又是另一个"版本"。由此可以判断，《赞能》篇中的这个故事乃是出自传诵讲说，不会是拟托创作。

"石渚追杀人者则其父也"，见于《高义》，说的是楚昭王时"公直无私"被任为"政廷"的石渚急急忙忙追赶一个杀人者，没想到追上后发现所追者竟是自己的父亲，不得不"还车而返"。但他直接回到朝廷，立于廷曰："杀人者，仆之父也。以父行法，不忍；阿有罪，废国法，不可。失法伏罪，人臣之义也。"于是"伏斧锧，请死于王"。昭王曰："追而不及，岂必伏罪哉！子复事矣。"石渚坚辞，曰："不私其亲，不可谓孝子；事君枉法，不可谓忠臣。君令赦之，上之惠也；不敢废法，臣之行也。"最终还是"不去斧锧，殁头乎王廷"。③ 这段叙事，石渚与楚昭王的对话及"殁头"就在王廷之上，请伏罪的事情原委也是在王廷陈明的，因此，其情节和对话本可以被史官所记录。然同样的故事还见于《韩诗外传》，石渚作石奢（渚、

---

① 《吕氏春秋》，[汉]高诱注，见《诸子集成》6，上海书店1986年版，第310页。
② [汉]刘安：《淮南子》，[汉]高诱注，见《诸子集成》7，上海书店1986年版，第326页。
③ 《吕氏春秋》，[汉]高诱注，见《诸子集成》6，上海书店1986年版，第240—241页。

奢均在上古韵鱼部），属于音同可通；人物对话说辞有异，且故事述完后有"君子闻之曰"，可知故事更是由传诵转告而为人们所知悉。据此，加之有细节描写（"不去斧锧，殁头乎王廷"），不似当时史载笔法，故仍以出自说者之口为宜。

"魏武侯谋事当，李悝称庄王忧"，见于《骄恣》：

> 魏武侯谋事而当，攘臂疾言于庭曰："大夫之虑，莫如寡人矣！"立有间，再三言。李悝趋进曰："昔者楚庄王谋事而当，有大功，退朝而有忧色。左右曰：'王有大功，退朝而有忧色，敢问其说？'王曰：'仲虺有言，不谷说之。曰："诸侯之德，能自为取师者王，能自取友者存，其所择而莫如己者亡。"今以不谷之不肖也，群臣之谋又莫吾及也，我其亡乎！'"曰："此霸王之所忧也，而君独伐之，其可乎！"武侯曰："善。"①

这里故事里面套故事，李悝以庄王之忧提醒武侯"莫如寡人"并不是值得庆幸事。按，与此极为相似其实就是同一事的故事亦见《荀子·尧问篇》，但称述楚庄王之忧以提醒武侯者是吴起而非李悝，问楚庄王者是申公巫臣而非左右：

> 魏武侯谋事而当，群臣莫能逮，退朝而有喜色。吴起进曰："亦尝有以楚庄王之语，闻于左右者乎？"武侯曰："楚庄王之语何如？"吴起对曰："楚庄王谋事而当，群臣莫能逮，退朝有忧色。申公巫臣进问曰：'王朝而有忧色，何也？'庄王曰：'不谷谋事而当，群臣莫能逮，是以忧也。其在中蘬之言也，曰："诸侯自为得师者王，得友者霸，得疑者存，自为谋而莫己若者亡。"今以不谷之不肖，而群臣莫能逮，吾国几于亡乎！是以忧也。'楚庄王以忧，而君以喜。"武侯逡巡再拜曰："天使夫子振寡人之过也。"②

---

① 《吕氏春秋》，[汉]高诱注，见《诸子集成》6，上海书店1986年版，第270—271页。
② [清]王先谦著《荀子集解》，《诸子集成》2，上海书店1986年版，第360页。

两相比对，同中有异，当属同源异流，辗转讲说中发生了张冠李戴和种种差异，由此可断《骄恣》篇中的这一故事乃是援用了出自传诵的"说体"而非拟托创作的"书体"。

"惠公谏太子更择日葬惠王"，见于《吕氏春秋·开春》，说的是魏惠王去世，已经定好了下葬的日期。可这个时候却"天大雨雪，至于牛目"。群臣都劝太子，说"雪甚如此而行葬，民必甚疾之，官费又恐不给，请弛期更日"。太子不同意，说"为人子者，以民劳与官费用之故，而不行先王之葬，不义也"。"子勿复言"，你们不必再多费口舌了。这下群臣都不再敢说话，"而以告犀首"。犀首说还是请惠公去说说。于是惠公驾而见太子：

> 曰："葬有日矣？"太子曰："然。"惠公曰："昔王季历葬于涡山之尾，栾水啮其墓，见棺之前和。文王曰：'嘻！先君必欲一见群臣百姓也夫，故使栾水见之。'于是出而为之张朝，百姓皆见之，三日而后更葬。此文王之义也。今葬有日矣，而雪甚，及牛目，难以行。太子为及日之故，得无嫌于欲亟葬乎？愿太子易日。先王必欲少留而抚社稷安黔首也，故使雨雪甚。因弛期而更为日，此文王之义也。若此而不为，意者羞法文王也？"太子曰："甚善。敬弛期，更择葬日。"①

惠公举个"文王更日葬季历"的先例，还从逝者"必欲见群臣百姓"、"必欲少留而扶社稷安黔首"的角度说事，这听起来就顺耳很多，自然是其效立见。这是个善说的故事，所以亦见《战国策·魏二》，而且两者基本算是本于同源文本，没有多少差异。就其中有"天大雨雪，至于牛目"的细节描写，有"群臣皆莫敢谏，而以告犀首"的私下对话，如果不是出自拟托，则必是援自传诵讲说，而非"掌书"所书。此文本虽然亦见《战国策》，但还不能将其断为拟托书写创作而排除在"说体"之外。其一，此篇不在缪文远《战国策考辨》判断的九十二篇拟托文之列；其二，此称善说者为惠公，高诱注称"惠王相惠施也"，其时、其身份、其善说也的确与惠施（惠子）最为贴合，但战国文献除此条故事外似再无称惠施（惠子）为

---

① 《吕氏春秋》，[汉]高诱注，见《诸子集成》6，上海书店1986年版，第275—276页。

惠公者，若是拟托，或出《惠子》一书，当使用通用称谓才是。此故事反而显示可能魏人当时称惠施为惠公，毕竟在魏人眼里他是国相而非诸子学派之一"子"，诸子拟托之文则更具学派色彩，别派所称多直称其名"惠施"（如《韩诗外传》），自家人、亲近人多称"惠子"（如《庄子》），杂凑无远近之分的则两称之（如《说苑》）。有意思的是，《战国策》述此故事时称"惠公"，引述完之后加评论时称"惠子"："惠子非徒行其说也，又令魏太子未葬其先王而因又说文王之义。说文王之义以示天下，岂小功也哉！"①由称谓的改变足证《战国策》所辑文本作者属于援用固有文本，而非自为拟托之文。这样看来，并非《吕氏春秋》援用《战国策》所辑之文本，反而是《战国策》所辑之文本援用了《吕氏春秋》所见的同源"说体"文本。

"公玉丹称齐湣王之所以亡以贤"，见于《审己》：

> 齐湣王亡居于卫，昼日步足，谓公玉丹曰："我已亡矣，而不知其故。吾所以亡者，果何故哉？我当已。"公玉丹答曰："臣以王为已知之矣，王故尚未之知邪？王之所以亡也者，以贤也。天下之王皆不肖，而恶王之贤也，因相与合兵而攻王。此王之所以亡也。"湣王慨焉太息曰："贤固若是其苦邪？"②

公玉丹所回答齐湣王"所以亡"的理由十分荒唐。然这个故事可能并非拟托创作以事嘲讽，因为贾谊《新书》中也有一个情节大致相同的故事，乃"虢君出奔，其御已备"（详后）故事中的一个片段，主人公换成了虢君与其御：

> 为间，君曰："吾之亡者诚何也？"其御曰："君弗知耶？君之所以亡者，以大贤也。"虢君曰："贤人之所以存也，乃亡，何也？"对曰："天下之君皆不肖，夫疾吾君之独贤也，故亡。"虢君喜，据式而笑曰："嗟！贤固若是苦耶？"③

---

① ［汉］刘向集录：《战国策》，上海古籍出版社1985年版，第826页。
② 《吕氏春秋》，［汉］高诱注，见《诸子集成》6，上海书店1986年版，第91页。
③ 阎振益等：《新书校注》，中华书局2000年版，第263页。

这两个版本也属于张冠李戴，同一故事在辗转传诵中发生歧变；若两者分别本于同一书体文本，当不至于有如此大的变异。

2. 可据讲述信息判断者

"汤见祝网者，收其三面"，亦即"网开三面"，见于《异用》："汤见祝网者，置四面，其祝曰：'从天坠者，从地出者，从四方来者，皆离吾网。'汤曰：'嘻！尽之矣。非桀，其孰为此也？'汤收其三面，置其一面，更教祝曰：'昔蛛蝥作网罟，今之人学纾。欲左者左，欲右者右，欲高者高，欲下者下，吾取其犯命者。'汉南之国闻之曰：'汤之德及禽兽矣。'四十国归之。"① 此事发生在商汤巡视民情的途中，不太可能出自史笔书体；叙事称"汉南之国闻之曰"，则此事最初当出自时人的辗转相告。

"文王更葬死人之骸"，见于《异用》："周文王使人抇池，得死人之骸。吏以闻于文王，文王曰：'更葬之。'吏曰：'此无主矣。'文王曰：'有天下者，天下之主也；有一国者，一国之主也。今我非其主也？'遂令吏以衣棺更葬之。天下闻之曰：'文王贤矣！泽及髊骨，又况于人乎？'"② 更葬死人骸事传开后是"天下闻之曰"，由此可知也是为世人所传诵的佳话。

"晋文公赏从亡者而陶狐不与"，见于《当赏》：

> 晋文侯反国，赏从亡者，而陶狐不与。左右曰："君反国家，爵禄三出，而陶狐不与，敢问其说。"文公曰："辅我以义，导我以礼者，吾以为上赏；教我以善，强我以贤者，吾以为次赏，拂吾所欲，数举吾过者，吾以为末赏。三者。所以赏有功之臣也。若赏唐国之劳徒，则陶狐将为首矣。"周内史兴闻之曰："晋公其霸乎！昔者圣王先德而后力，晋公其当之矣！"③

晋文公不赏陶狐的原因很简单，只有苦劳没有功劳。这引来了周内史兴"先德而后力"的一番赞叹。而周内史兴得知此事的途径是"闻之"，即事

---

① 《吕氏春秋》，[汉]高诱注，见《诸子集成》6，上海书店1986年版，第102—103页。
② 《吕氏春秋》，[汉]高诱注，见《诸子集成》6，上海书店1986年版，第103页。
③ 《吕氏春秋》，[汉]高诱注，见《诸子集成》6，上海书店1986年版，第312页。

情被人称道才传到了周内史兴的耳朵中。

"赵简子杀白骡救胥渠",见于《爱士》:

> 赵简子有两白骡而甚爱之。阳城胥渠处,广门之官夜款门而谒曰:"主君之臣胥渠有疾,医教之曰:'得白骡之肝,病则止;不得则死。'"谒者入通。董安于御于侧,愠曰:"嘻!胥渠也。期吾君骡,请即刑焉。"简子曰:"夫杀人以活畜,不亦不仁乎?杀畜以活人,不亦仁乎?"于是召庖人杀白骡,取肝以与阳城胥渠。处无几何,赵兴兵而攻翟。广门之官,左七百人,右七百人,皆先登而获甲首。①

广门之官居然半夜三更敲门,要取赵简子的白骡之肝,这白骡可是赵简子"甚爱"者,难怪赵简子家臣董安于十分光火,但赵简子说救命要紧,杀人活畜与杀畜活人,当然要选择后一个。此事必是不胫而走,因为没过多久,赵兴兵攻翟,广门之官所帅士卒最英勇。这段叙事本身就带有比较明显的讲诵特征,动作、对话描摹都十分真切;而这里值得一提的是,虽然没有明确点出"闻之",但一句"处无几何",已经暗示了佳话流传开,仁爱之举必将得到应得的回报。

"魏文侯过段干木之闾而轼之",见于《期贤》:

> 魏文侯过段干木之闾而轼之,其仆曰:"君胡为轼?"曰:"此非段干木之闾欤?段干木盖贤者也,吾安敢不轼?且吾闻段干木未尝肯以己易寡人也,吾安敢骄之?段干木光乎德,寡人光乎地;段干木富乎义,寡人富乎财。"其仆曰:"然则君何不相之?"于是君请相之,段干木不肯受。则君乃致禄百万,而时往馆之。于是国人皆喜,相与诵之曰:"吾君好正,段干木之敬;吾君好忠,段干木之隆。"居无几何,秦兴兵欲攻魏,司马唐谏秦君曰:"段干木贤者也,而魏礼之,天下莫不闻,无乃不可加兵乎?"秦君以为然,乃按兵,辍不敢攻之。②

---

① 《吕氏春秋》,[汉]高诱注,见《诸子集成》6,上海书店1986年版,第83页。
② 《吕氏春秋》,[汉]高诱注,见《诸子集成》6,上海书店1986年版,第278—279页。

这段叙事描述具体，魏文侯过段干木之闾而行扶轼注目之礼的动作，其仆的疑惑，文侯的回答，其仆进而劝拜相，段干木辞相，文侯厚遗之以表敬意，无不娓娓道来；国人相与诵之部分，增添了赋诵色彩；这里要强调的是，司马唐劝秦君不要加兵于魏，理由是魏文侯礼待段干木，"天下莫不闻"，这一佳话最初的确是辗转相告传诵出去的。

第 四 章

西汉著作与先秦"说体"文本的整理辨析

先秦和西汉中间间隔着一个秦,但秦只有几十年,其著作或实结束于前,或孕育诞生于后,几乎可以忽略不计,所以就先秦"说体"文本的考察辨析而言,可以说西汉是紧接着先秦的一个时期。此时先秦著述的余韵犹存,著述仍喜援用故事,犹喜援用先秦故事(对于西汉特别是西汉前期来说,也只有先秦之事可称"故事"),本是先秦"说体"文本考察不应遗落的一个重镇;废秦"挟书律",开献书之路,汇集先秦包括"说体"文本在内的各种文献,又是当时文化建设的重要举措。所以,西汉著述,也是挖掘、考察、辨析先秦"说体"故事的重要依据和参照。

第一节 《新书》与先秦"说体"文本的辨析与挖掘

一、贾谊及《新书》

关于西汉前期著述中可用以考察辨析先秦"说体"文本者,以时间先后和故事多寡论,汉初文帝时贾谊的《新书》无疑应该算是最早的一部(陆贾有《新语》稍早,但该书已佚,辑本中所见故事极少)。但关于《新书》有些问题需要澄清,这关系到其中故事出现时间的判定。

可以肯定,贾谊是西汉初期文坛知识最渊博且最能写文章的人。司马迁记述说他"年十八,以能诵诗属书闻于郡中",后来河南守吴公拜为廷尉时将收在门下的他推荐给汉文帝时说的也是"贾生年少，颇通诸子百家之书"（《史记·屈原贾生列传》）①。但本传所录是他失意时作的《吊屈原赋》和《鵩鸟赋》，关于文章，只说他"数上疏"，"文帝不听"，未载疏文；其著名的《过秦论》是在《史记·秦始皇本纪》的"太史公曰"部分以"善哉乎贾生推言之也"的感叹引起，转述出来的。至班固《汉书·贾谊传》，在"数上疏"后加了"陈政事"，并以"其大略曰"引起，将其文章汇总摘要，这就是同样著名的《陈政事疏》。这说明，贾谊确有数篇议论文章存在，史书只是提及或作了部分摘录，所以《汉书·艺文志》著录"贾谊五十八篇"，当为不虚，且本传"赞曰"明称"凡所著述五十八篇，掇其切于世事者著于传云"②，则这五十八篇当即是《新书》的前身。

《新书》的编定不知何时，至《隋书·经籍志》已著录"《贾子》十卷，录一卷，汉梁太傅贾谊撰"，至《新唐书·艺文志》始称《贾谊新书》，卷数与《隋书》同。宋淳熙八年（1181年）程公刊本题《贾谊新书》，十卷，此后或题《贾子》，或题《新书》。然而，对于该书是否贾谊所作，学界却颇有疑辞，如明李梦阳称此书是"类贾子之言者作"（《贾子序》）；卢文弨认为"此书必出于其徒之所纂集"（《重刻贾谊新书序》）。今有学者力辩其基本为贾谊的作品，并举四内证以证之。第一是十五条引《诗》中，十二条是引《鲁》诗，这符合汉初"鲁诗"更兴的情况；第二是惯用句式、词语等与贾谊行文习惯风格相合；第三是《汉书》贡禹上书有段文字与《新书·时变》极相似，乃贡禹仿贾谊上书之文；第四，《新书·修政语上》中有两条属南方文化系统的资料，提到"积石""流沙""崑崙""雕题""交趾""独山""王母""大夏""渠叟""幽都""狗国""鸟面""焦侥"等地名、国名、人名，与《山海经》《淮南子》《楚辞·招魂》等属于南方文化系统的典籍记载相同，与贾谊在短暂的人生中却有不太短的一段时间是在楚地度过有关。③

鉴于此，尽管《新书》在长期流传过程中有这样那样的错讹漏窜，但总体上可视为西汉初年的文本，其中提到、记述的先秦"说体"故事，可

---

① ［汉］司马迁：《史记》，中华书局1959年版，第2491页。
② ［汉］班固：《汉书》，［唐］颜师古注，中华书局1962年版，第2265页。
③ 王洲明、徐超：《贾谊集校注》，人民文学出版社1996年版，第1—6页。

视为当时贾谊所闻见。

正如《史记》《汉书》本传所说,贾谊"颇通诸子百家之书""颇通诸家之书",识见颇为广博,因此撰文喜用历史故实以证所论,书中还有专门汇集"说体"的"连语""礼容语"及"春秋"等等,几乎都是汉代之前的先秦故事,其中有的已经见于前述经辨析初步断定为"说体"故事者,由此可证其来有自,其间同异可用来进一步补证、确认"说体"性质;有的属于找不到前述的"独见""新见",因为该书已经有援用先例,大致也可以肯定这些"独见""新见"也是援用而非杜撰,只不过识见广博的贾谊看到的我们今天看不到了而已,若经辨析判断所援为"说体",则为汇总、整理先秦"说体"文本增添了新的材料。

二、《新书》中先秦"说体"故事已见前述、可用为补证者

《新书》提及的先秦之事已见前述"说体"文本或与前述"说体"文本有关者约有十三则,即:"网开三面"亦见《新书·谕诚》,"卫懿公好鹤,狄人灭卫"亦见《新书·春秋》,"周王赐阳樊,文公出阳人"、"救孙桓子,仲叔于奚请曲县繁缨"、"卫君辟疆改称'诸侯毁'"亦见《新书·审微》,"陈灵公通夏姬,杀泄冶,徵舒射杀之"亦见《新书·胎教》,"周单襄公告鲁成公晋将有乱"亦见《新书·礼容下》,"吴胜楚柏举,伍子胥鞭坟"、"范蠡泛舟五湖"亦见《新书·耳痹》,"陈辕颇出奔,辕咺已备"(此作"虢君出走,其御已备")亦见《新书·先醒》,"白公胜杀子西子期于朝"亦见《新书·淮难》,"豫让欲杀赵襄子以报知伯"亦见《新书》中的《阶级》和《谕诚》。

具体比对即可发现,尽管《新书》中所提及的这些先秦之事已见此前著作,但其中有些部分彼此所述角度、具体描述、细节、对话等尚有差异,由此可进一步显示各自确属援用了同源异流或同事异说的"说体"文本;还有些部分,《新书》较前著有新的情节和细节,可作为对已见前著的"说体"文本的一个补充。兹仅就其中有差异者、可补充者列举辨析如下。

"周王赐阳樊,文公出阳人",已见《国语·周语中》《国语·晋语四》《左传·僖公二十五年》(详前),说的是晋文公护周王驾有功,周襄王行赏赐之事,文公先"请隧"未获应允,遂得赐阳樊等地,阳人不服,文公围

之，仓葛于城上一番呼唤，文公解围出阳人。《新书·审微》所述只有前半部分，即文公"请隧"、周王赐地部分，但情节、对话与《国语》《左传》又有不同：

> 周襄王出逃伯斗，晋文公率师诛贼，定周国之乱，复襄王之位。于是襄王赏以南阳之地，文公辞南阳，即死得以隧下，襄王弗听，曰："周国虽微，未之或代也。天子用隧，伯父用隧，是二天子也。以地为少，余请益之。"文公乃退。(《新书·审微》)①

《左传》《国语》所述文公"请隧"在前，周王赐地在后；《新书》所述则是周王先赐南阳之地，文公辞地，请"死得以隧下"，周王拒绝，并称"以地为少，余请益之"。周王拒绝之语，《左传》《国语》已有不同，前者称"王章也。未有代德，而有二王，亦叔父之所恶也"；后者称"王章也，不可以二王，无若政何"；《新书》所称则又是"周国虽微，未之或代也。天子用隧，伯父用隧，是二天子也"。这些变化、差异，显然是所本为"说体"所致，若是书体，则只会是文字书写之差，不会是表述之别。

"陈灵公通夏姬，杀泄冶，徵舒射杀之"，已见《左传·宣公九年、十年》，《新书·胎教》并没有展开故事，只是提到了一句："陈灵公杀泄冶，而邓元去陈以族徙。"②但这一句却增添了一个历史信息，陈大夫邓元因此率族人一并迁出了陈国。可惜邓元不见他著，具体情形已不得而知，有待旧材料的新发现。

"陈辕颇出奔，辕咺已备"（虢君出走，其御已备），已见《左传·哀公十一年》，说的是陈司徒辕颇劣迹斑斑，"国人逐之"，辕颇出奔途中饥渴，其族人辕咺"进稻醴、粱糗、腶脯"，应有尽有。辕颇惊喜问怎么会如此丰盛？回答是早已准备你会被逐。问为何早不劝谏？回答是恐怕早被你驱逐。同样的情节，亦见《新书·先醒》，但出奔者、先备者都换了角色；而且，又嫁接或原本就多出有另一个故事：

---

① 阎振益等：《新书校注》，中华书局2000年版，第74页。
② 阎振益等：《新书校注》，中华书局2000年版，第393页。

昔者虢君骄恣自伐,谄谀亲贵,谏臣诘逐,政治踳乱,国人不服。晋师伐之,虢人不守。虢君出走,至于泽中,曰:"吾渴而欲饮。"其御乃进清酒。曰:"吾饥而欲食。"御进腶脯粱糗。虢君喜曰:"何给也?"御曰:"储之久矣。"曰:"何故储之?"对曰:"为君出亡而道饥渴也。"君曰:"知寡人亡邪?"对曰:"知之。"曰:"知之,何以不谏?"对曰:"君好谄谀,而恶至言,臣愿谏,恐先虢亡。"虢君作色而怒,御谢曰:"臣之言过也。"为间,君曰:"吾之亡者,诚何也?"其御曰:"君弗知耶?君之所以亡者,以大贤也。"虢君曰:"贤,人之所以存也。乃亡何也?"对曰:"天下之君皆不肖,夫疾吾君之独贤也,故亡。"虢君喜,据式而笑曰:"嗟!贤固若是苦耶?"遂徒行而于山中居,饥倦,枕御膝而卧,御以块自易,逃行而去,君遂饿死,为禽兽食。①

前半部分较之《左传》,《新书》所述要详尽一些。后半部分,与《吕氏春秋·审己》中的"公玉丹称齐湣王之所以亡以贤"又几乎完全是同一个故事,只不过也是将主人公换成了虢君与其御。这一嫁接,抑或是这才原本是一个故事,其中称"所以亡以贤"才可以理解,原来其御是故意揶揄,或者是正话反说,虢君却浑然不觉,活该他活活饿死。

"夫差不听谏,子胥被赐死",已见《左传·哀公十一年》《国语·吴语》。关于伍子胥下场,两书已有不同。《左传》称吴王"使赐之属镂以死",子胥将死,曰:"树吾墓槚,槚可材也。吴其亡乎!三年,其始弱矣。盈必毁,天之道也。"《国语》称子胥"遂自杀"。"将死,曰:'以悬吾目于东门,以见越之入,吴国之亡也。'王愠曰:'孤不使大夫得有见也。'乃使取申胥之尸,盛以鸱夷,而投之于江"。比较而言,《新书·耳痹》此处所称是"何笼而自投水,自抉而瑉东门,身鸱夷而浮江"②,更多同于《国语》而又有差异,其异在于这里是伍子胥自投水,投水前"自抉";而《国语》所述是伍子胥先自杀,吴王使人将其尸身投之于水。

---

① 阎振益等:《新书校注》,中华书局2000年版,第262—263页。
② 阎振益等:《新书校注》,中华书局2000年版,第270页。

就上述《新书》所提先秦之事已见前述并与之有同有异看，大致可以肯定是《新书》援用了与前述著作同源同流或同源异流的"说体"文本，这进一步证明了先秦"说体"文本的存在。当然，由贾谊已处西汉初年来说，不排除其中所援用的"说体"故事有些可能又经流传和援用出现了某些新的变异和演绎。

三、《新书》中不见前述的先秦"说体"文本辨析

《新书》提及的先秦故事中，还有一些不见于此前著作，属于最早见于此书者。鉴于贾谊处于西汉初期，对于首见于其著述中的先秦故事，尚可以通过辨析挖掘其中可能属于被其援用的先秦"说体"文本。一方面，先秦著作亡佚严重，收录杂说的"百家"亡佚尤甚，贾谊博学多识，"颇通诸子百家之书"，其所见远远超出今见先秦著作的范围，其中不见前述（《左传》《国语》《韩非子》《吕氏春秋》）的先秦故事，或当别有互见，只不过所见已经不为今人所能见。另一方面，正如上一章辨析《韩非子》《吕氏春秋》独见故事所指出，时至战国已经出现拟托创作现象，拟托创作已经多有类似"说体"的具体描摹，《韩非子》《吕氏春秋》本身又都是诸子著作，对于其中所援文本，是援用"说体"还是援用拟托创作的"书体"，就需作出必要的辨析。这一点对于贾谊《新书》同样适用，甚至可以说是更加适用。

（一）前春秋故事

"黄帝战炎帝于涿鹿"，见于《制不定》：

> 炎帝者，黄帝同父母弟也，各有天下之半。黄帝行道，而炎帝不听，故战涿鹿之野，血流漂杵。①

黄帝、炎帝乃《山海经》所录神话中的大神、天神"帝"，各自为政，没有二神直接"碰面"的故事。《庄子》中黄帝露面极多，其名检索可得35次，但多是被虚拟假托以言道的。其中《盗跖》中盗跖提到"黄帝不能致

---

① 阎振益等：《新书校注》，中华书局2000年版，第70页。

德，与蚩尤战于涿鹿之野，流血百里"①，乃《山海经·大荒北经》"黄帝与蚩尤之战"的演绎，"不能致德"、"涿鹿之野"与历史传说系列的"炎黄之争"开始有了些交集，只是双主之一是蚩尤而非炎帝，黄帝、炎帝仍未"碰面"。《韩非子》提到黄帝有四处，其一是《十过》"濮上之音"故事中师旷提到黄帝大会群神："昔者黄帝合鬼神于泰山之上，驾象车而六蛟龙，毕方并辖，蚩尤居前，风伯进扫，雨师洒道，虎狼在前，鬼神在后，腾蛇伏地，凤皇覆上，大合鬼神，作为清角。"② 仍属神话故事；其二是《扬权》提到"黄帝有言曰：'上下一日百战。'"③ 黄帝似乎已经历史化，但仅此一句，没有故事；其三是《外储说左上》"郑人有相与争年者"故事中"其一人曰'我与黄帝之兄同年'"④，其四是《五蠹》称"法趣上下，四相反也，而无所定，虽有十黄帝不能治也"⑤，两则都是拿黄帝打比方说事。《韩非子》中没有提到炎帝，自然也没有跟黄帝的瓜葛。至今仍难辨真伪和早晚的《列子》中倒是正面提到了这场战争："黄帝与炎帝战于阪泉之野，帅熊、罴、狼、豹、貙、虎为前驱，雕、鹖、鹰、鸢为旗帜，此以力使禽兽者也。"(《黄帝第二》)⑥ 然而帅兽出征，无疑仍是神话的延续。《大戴礼记·五帝德》提到孔子曰："（黄帝）教熊罴貔豹虎，以与赤帝战于版泉之野，三战，然后得行其志"⑦。《大戴》成于西汉宣帝时期，但《五帝德》司马迁撰写《史记·五帝本纪》已有征引。《五帝德》中的此条若果真是"孔子曰"，则提及黄帝赤帝之战乃早在春秋末，不过"教熊罴貔豹虎"，仍是神话转述，与《列子》同。总之，明确称黄帝、炎帝同胞兄弟因"道不同"而干戈相加这种人间历史故事，《新书》的这则当属首见，神话历史化已经彻底完成，其后《史记·五帝本纪》的相关情节，应该与此直接相关。黄帝炎帝本是神话传说中的人物，其故事肯定不会是出自史官的记事是不言而喻的。另一方面，这个故事也看不出明显的创作主旨，并不具有拟托创作的

---

① ［清］王先谦：《庄子集解》，见《诸子集成》3，上海书店1986年版，第197页。
② ［清］王先慎：《韩非子集解》，见《诸子集成》5，上海书店1986年版，第44页。
③ ［清］王先慎：《韩非子集解》，见《诸子集成》5，上海书店1986年版，第34页。
④ ［清］王先慎：《韩非子集解》，见《诸子集成》5，上海书店1986年版，第202页。
⑤ ［清］王先慎：《韩非子集解》，见《诸子集成》5，上海书店1986年版，第344页。
⑥ 《列子》，［晋］张湛注，见《诸子集成》3，上海书店1986年版，第27页。
⑦ ［清］王聘珍：《大戴礼记解诂》，中华书局1983年版，第118页。

一般特征。因此，当以援自先秦神话演为传说的"说体"文本为宜。

"文王以人君之礼葬槁骨"，见于《谕诚》：

> 文王昼卧，梦人登城而呼己曰："我东北陬之槁骨也，速以王礼葬我。"文王曰："诺。"觉，召吏视之，信有焉。文王曰："速以人君礼葬之。"吏曰："此无主矣，请以五大夫。"文王曰："吾梦中已许之矣，奈何其倍之也。"士民闻之曰："我君不以梦之故而倍槁骨，况于生人乎！"于是下信其上。①

梦中枯槁之骨能登城而呼，此真"志怪小说"也！即便是槁骨，即便是梦中所许，既然已许，必不能践约，这就是文王的不同凡人处。颂扬文王恪守信义，似是儒家所宗，但儒家不善语怪，这就不似具有明确旨归的拟托之文；这段叙事梦境描摹栩栩如生，人物对话语气逼真，颇具讲诵色彩；直称"士民闻之"，也强调了其辗转相告的传播形式。综合考量，当以援自"说体"为宜。作为旁证，前面提到《吕氏春秋·异用》有"文王更葬死人之骸"故事，说是文王"使人抇池，得死人之骸"。文王得知后命"更葬之"，吏曰"此无主矣"，文王说"有一国者，一国之主也。今我非其主也"？遂令吏以衣棺更葬之。天下闻之曰："文王贤矣！泽及髊骨，又况于人乎？"与此则故事颇为相似，或许就是同一故事的变体。由此也可互证两者皆属援用了"说体"文本。

（二）春秋故事

"晋文公出畋前有大蛇横道而处"，见于《春秋》，更有传奇色彩甚至志怪色彩。故事说的是晋文公出畋，"前有大蛇，高若堤，横道而处"，文公没有听从其御"攻之"的请求，而是"还车而归"，因为"天子梦恶则修道，诸侯梦恶则修政"，"今我有失行，而天招以妖我，我若攻之，是逆天命"。回去后文公"斋宿而请于庙"，连数自己五条罪状，"乃退而修政"。三个月后，梦到天诛大蛇，说"尔何敢当明君之路"。一觉醒来，"使人视

---

① 阎振益等：《新书校注》，中华书局2000年版，第280页。

之，蛇已鱼烂矣"。① 可资参照的是，刘向《新序·杂事第二》中恰有一则情节几乎完全相同的故事，具体行文则多有出入。比如前者称大蛇"横道而处"，后者称大蛇"阻道竟之"；前者文公先说"还车而归"，其御劝攻之，文公才说吾闻"天子梦恶则修道，诸侯梦恶则修政"云云，后者文公直接说吾闻"诸侯梦恶则修德，大夫梦恶则修官"云云，且所说正错一位；前者文公回去斋戒请庙连数自己五宗罪，后者文公说"寡人闻之"后前驱劝攻，文公又说一番"神不胜道""夭不胜德"后回去斋戒三日，连数自己三宗罪；前者所表决心是"请兴贤遂能"云云，后者所表决心是"关市无征"云云；前者"乃退而修政"后是"居三月"，文公自梦天诛大蛇，醒后使人视之，蛇已鱼烂，后者行新令未半旬，是守蛇吏梦天帝杀蛇，"发梦视蛇臭腐矣"。按，《新序》与《说苑》先后辑成，皆多为先秦固有故事（详后）。由《新书》与《新序》此则故事有同有异的情形可以断定，两者很可能分别出自同源异流、因辗转为说而发生变异的"说体"文本，而非本于同一个拟托创作的"书体"文本。

"楚庄王思得贤佐，日中忘饭"，见于《先醒》，说的是楚庄王与晋人战于两棠（"邲之战"）、大克晋人、会诸侯于汉阳之后归楚、"过申侯之邑"时发生的一件事：

> 申侯进饭，日中而王不食，申侯请罪曰："臣斋而具食甚洁，日中而不饭，臣敢请罪。"庄王喟然叹曰："非子之罪也。吾闻之曰：'其君贤君也，而又有师者，王；其君中君也，而有师者，伯；其君下君也，而群臣又莫若者，亡。'今我下君也，而群臣又莫若不谷，不谷恐亡无日也。吾闻之：'世不绝贤。'天下有贤，而我独不得。若吾生者，何以食为？"②

正当凯旋之时，楚庄王却焦虑于没有贤佐，以至于"日中而不饭"，让申侯不明就里，忙不迭请罪。就凭这一点，楚庄王就没有不霸之理。这段叙事，

---

① 阎振益等：《新书校注》，中华书局2000年版，第248—249页。
② 阎振益等：《新书校注》，中华书局2000年版，第262页。

楚庄王一番话是在"过申侯之邑"时所说,又是在进食时,不会是史官的记载。值得注意的是,同样的情节在故事中人物口中被说过一次,或者说被说过两次,即见于《吕氏春秋·骄恣》的"魏武侯谋事当,李悝称庄王忧",于《荀子·尧问篇》,则又是"魏武侯谋事而当,群臣莫能逮,退朝而有喜色。吴起进曰:'亦尝有以楚庄王之语,闻于左右者乎?'"只不过两书中人物所述皆直称"楚庄王谋事而当,有大功,退朝而有忧色"("楚庄王谋事而当,群臣莫能逮,退朝有忧色"),所问者一为"左右曰",一为"申公巫臣进问曰",庄王的回答则与《新书》此说如出一辙。不难见出,它们根本就是同一故事的不同变体。由此可证,《新书》此说当为原"说体"文本,《吕氏春秋·骄恣》《荀子·尧问》则属间接援用。《尧问》中吴起问"亦尝有以楚庄王之语,闻于左右",这个"闻"字,也说明"楚庄王之语"于当时乃是讲诵传播的。

"孙叔敖儿时见两头蛇而埋之",见于《新书·春秋》,说的是楚令尹孙叔敖儿时埋两头蛇的故事:"孙叔敖之为婴儿也,出游而还,忧而不食。其母问其故,泣而对曰:'今日吾见两头蛇,恐去死无日矣。'其母曰:'今蛇安在?'曰:'吾闻见两头蛇者死,吾恐他人又见,吾已埋之也。'其母曰:'无忧,汝不死。吾闻之:有阴德者,天报以福。'"至此,叙述称:"人闻之,皆谕其能仁也。及为令尹,未治而国人信之。"①"人闻之",无疑这个故事是转告传诵的。作为印证,《新序·杂事第一》也收有这个故事,所述语句、顺序不尽相同。比如埋蛇,《新书》是由孙叔敖告知母亲的,《新序》则是首先叙述出来:"孙叔敖为婴儿之时,出游,见两头蛇,杀而埋之。"还有,关于人们从这个小故事中发现孙叔敖的仁心从而无条件信任他,《新书》所述是"人闻之,皆谕其能仁也。及为令尹,未治而国人信之","能仁"是在前面提到;《新序》所述是"及长,为楚令尹,未治,而国人信其仁也","信其仁"在后面出现。由此可见,《新序》不会是直接转抄《新书》,两书乃分别援用了不同的"说体"文本记录,由此出现了这样那样的差异。

"楚昭王当房而立"和"楚昭王思与踦屦偕返",均见于《谕诚》,都

---

① 阎振益等:《新书校注》,中华书局2000年版,第250页。

是讲昭王的仁心厚意，前者是对人，后者是对物，其实对物也可推想对人：

> 楚昭王当房而立，愀然有寒色，曰："寡人朝饥时，酒二酏，重裘而立，犹憯然有寒气，将奈我元元之百姓何？"是日也，出府之裘以衣寒者，出仓之粟以赈饥者。居二年，阖闾袭郢，昭王奔隋。诸当房之赐者，请还，致死于寇。阖闾一夕而十徙卧，不能赖楚，曳师而去。昭王乃复。当房之德也。①
>
> 昔楚昭王与吴人战，楚军败，昭王走，屦决背而行失之，行三十步，复旋取屦。及至于隋，左右问曰："王何曾惜一踦屦乎？"昭王曰："楚国虽贫，岂爱一踦屦哉！思与偕反也。"自是之后，楚国之俗无相弃者。②

由切身感受到的憯然寒气马上想到元元百姓，不只是想到而是能马上做到，衣寒赈饥，这样的国君哪有不报答之理？逃亡中断掉的鞋子到底还是去捡回来，为的是到时能带它一起回家，鞋子都不舍得弃掉，何况于人？这两段叙事，一是楚昭王在自家房中的自言自语，一是败亡途中捡回鞋子的琐事，都不在史官记载的视线和范围中。就情节内容言，皆是吴人入楚时关于楚昭王的传闻轶事，亦不似拟托创作所为。因此，它们更可能是出自说者之口的传诵和说道。

"楚惠王食寒菹得蛭而吞之"，见于《春秋》：

> 楚惠王食寒菹而得蛭，因遂吞之，腹有疾而不能食。令尹入问，曰："王安得此疾？"王曰："我食寒菹而得蛭，念谴之而不行其罪乎，是法废而咸不立也，非所闻也；谴而行其诛，则庖宰、监食者，法皆当死，心又弗忍也。故吾恐蛭之见也，遂吞之。"令尹避席，再拜而贺曰："臣闻'皇天无亲，惟德是辅。'王有仁德，天之所奉也，病不为伤。"是昔也，惠王之后而蛭出，故其久病心腹之积皆愈。③

---

① 阎振益等：《新书校注》，中华书局2000年版，第279页。
② 阎振益等：《新书校注》，中华书局2000年版，第280页。
③ 阎振益等：《新书校注》，中华书局2000年版，第246页。

为了不忍心让那么多人按法当死，又不能废法失威，楚惠王居然将腌菜中的水蛭吞到了肚子里，以至于腹胀到不能进食的程度。但真的是好心有好报，当晚不但那水蛭被排泄出来，连同久病心腹之积也一并全部痊愈了。这里面或许有某种科学道理，但人们宁愿相信那是"皇天无亲，惟德是辅"！就叙事而言，惠王吞蛭只有他自己知道，令尹入问，此事乃是经讲述才变成了两个人知道，接下来也许令尹复述、转述才会变成更多的人知道。按，此事意料之外，情理之中，曲折离奇，不同寻常，不似一般拟托创作所能为，初始文本或许出自传闻讲说之口。

"史䲡尸谏以进蘧伯玉"，见于《胎教》：

> 卫灵公之时，蘧伯玉贤而不用，弥子瑕不肖而任事。史䲡患之，数言蘧伯玉贤而不听。病且死，谓其子曰："我即死，治丧于北堂，吾生不能进蘧伯玉而退弥子瑕，是不能正君也。生不能正君者，死不当成礼，死而置尸于北堂，于我足矣。"灵公往吊，问其故，其子以父言闻。灵公戚然易容而寤，曰："吾失矣。"立召蘧伯玉而进之，召弥子瑕而退之，徙丧于堂，成礼而后去。①

史䲡，字子鱼，又称史鱼，是正言直谏的典型，《论语·卫灵公》中孔子即称"直哉史鱼！邦有道如矢，邦无道如矢"；《战国策·燕策一》"苏代谓燕昭王"也有"廉如鲍焦、史䲡"之说；由此推断关于史䲡应该有固有故事传诵。但完整故事似始见于此。用死后不殡殓这种极端的办法促君醒悟，史䲡之忠，其心可鉴！这段叙事本身，也"自招"了其主要情节是出自转告，即"其子以父言闻"。那么这整个叙事，当然也是"为说者"将转告连同转告后的结果一并传诵和讲说。按，此故事亦见《韩诗外传·卷七》和《新序·杂事第一》，情节相同，具体描述、人物对话等或多或少皆有差异，不会是本于同一个"书体"文本，由此也可证明它们分别来自于辗转传诵而生变异的"说体"文本。

"大夫种刎颈"，见于《耳痹》。关于越王句践成功复仇之后其左膀右臂

---

① 阎振益等：《新书校注》，中华书局 2000 年版，第 393 页。

范蠡和大夫种的去向和下场,《国语·越语下》仅述及范蠡,称句践灭吴后"反至五湖",范蠡向越王告辞,"遂乘轻舟以浮于五湖"。① 《耳痹》也提到"事济功成,范蠡负石而蹈五湖",接下来,较之《国语》又多出其他人的下场:"大夫种絜领谢室,渠如处车裂回泉。自此之后,句践不乐,忧悲荐至,内崩而死。"② 其后《淮南子·氾论训》也提到大夫种之死:"大夫种辅翼越王句践,而为之报怨雪耻,擒夫差之身,开地数千里,然而身伏属镂而死。"③《史记·越王句践世家》则明确提到他是被迫自杀:"人或谗种且作乱,越王乃赐种剑曰:'子教寡人伐吴七术,寡人用其三而败吴,其四在子,子为我从先王试之。'种遂自杀。"④ 如此说来,《新书》这里的"絜领谢室"当即指刎颈自杀。

"梁有疑狱,陶朱公称家有二白璧",见于《连语》:

> 梁尝有疑狱,半以为当罪,半以为不当。梁王曰:"陶朱之叟,以布衣而富侔国,是必有奇智。"乃召朱公而问之曰:"梁有疑狱,吏半以为当罪,半以为不当,虽寡人亦疑焉,吾决是奈何?"朱公曰:"臣鄙人也,不知当狱。然臣家有二白璧,其色相如也,其径相如也,其泽相如也,然其价也,一者千金,一者五百金。"王曰:"径与色泽皆相如也,一者千金,一者五百金,何也?"朱公曰:"侧而视之,其一者厚倍之,是以千金。"王曰:"善。"故狱疑则从去,赏疑则从予,梁国说。⑤

二白璧,同样大小,却一个五百,一个一千,说开了很简单,一千的那个比五百的那个正好厚一倍,这本是一道简单的经商算数题,但在此却是一语双关,"厚"者加倍,所以贾谊讲完这个故事感慨道:"以臣谊窃观之,墙薄咡亟坏,缯薄咡亟裂,器薄咡亟毁,酒薄咡亟酸。夫薄而可以旷日持久者,

---

① 《国语》,上海古籍出版社1988年版,第659页。
② 阎振益等:《新书校注》,中华书局2000年版,第270页。
③ [汉]刘安:《淮南子》,[汉]高诱注,见《诸子集成》7,上海书店1986年版,第223页。
④ [汉]司马迁:《史记》,中华书局1959年版,第1747页。
⑤ 阎振益等:《新书校注》,中华书局2000年版,第198页。

殆未有也。故有国畜民施政教者，臣窃以为厚之而可耳。"依传说，此陶朱公或许就是助越灭吴、功成身退、泛舟五湖、隐于民间又发了大财的范蠡，此人之智才有如此妙谏。此时的范蠡（陶朱公），当已处于战国之时。这范蠡已经隐姓埋名，陶朱公是谁也只是个传说；魏徙都大梁从此国君称梁王已至梁惠王时，范蠡与之也决不相及。所以这整篇故事当出杜撰，只不过就其情节性、趣味性而言不似主旨明晰的拟托创作，更应该是"为说者"的编派、演绎和讲诵，已经具有比较浓厚的小说色彩。

"宓子不因齐寇允民自取麦"，见于《审微》：

> 宓子治亶父。于是齐人攻鲁，道亶父。始，父老请曰："麦已熟矣，今迫齐寇，民人出自艾傅郭者归，可以益食，且不资寇。"三请，宓子弗听，俄而麦毕资乎齐寇。季孙闻之怒，使人让宓子曰："岂不可哀哉！民乎，寒耕热耘，曾弗得食也。弗知犹可，闻或以告，而夫子弗听。"宓子蹴然曰："今年无麦，明年可树。令不耕者得获，是乐有寇也。且一岁之麦，于鲁不加强，丧之不加弱。令民有自取之心，其创必数年不息。"季孙闻之，惭曰："使穴可入，吾岂忍见宓子哉！"①

与其拱手让给齐寇，还不如让自己人去割路边的熟麦，这话听起来很有道理，但宓子想得长远，这回你让百姓随便去割麦子，岂不是滋长不劳而获之心？岂不是让他们觉得有寇不是坏事？丢点麦子可以明年再种，但若助长了自取之心还如何治理？就叙事而言，既有父老之请，又有季孙使人来责让，还有使者回去转告，"季孙闻之"，都不会是当下记事，只能是通过传诵说道形成文本。按此故事亦见《孔子家语·屈节解》，将此事与《吕氏春秋·具备》中的"掣肘"和巫马期微服入亶父糅合成一篇，都属宓子贱治亶父（《孔子家语》称单父）。对照此处文字，《孔子家语》与《新书》几无差异，以《孔子家语》来路论，当属《孔子家语》直接本于《新书》而不是相反。就拟托而言，这个故事乃为孔子弟子唱赞歌的故事，其他学派不会拟，孔门自家不太可能凭空造，再加上还有季氏恨不能

---

① 阎振益等：《新书校注》，中华书局2000年版，第75页。

钻到地底下去的有趣话（"使穴可入，吾岂忍见宓子哉"），还是当以出自传道讲诵比较合适。

（三）战国之事

"邹穆公令食凫鴈者以粟易秕"，见于《新书·春秋》：

> 邹穆公有令，食凫鴈者必以秕，毋敢以粟。于是仓无秕而求易于民，二石粟而易一石秕。吏请曰："以秕食鴈，为无费也。今求秕于民，二石粟而易一石秕，以秕食鴈，则费甚矣，请以粟食之。"公曰："去！非而所知也。夫百姓煦牛而耕，曝背而耘，苦勤而不敢惰者，岂为鸟兽也哉？粟米，人之上食也，奈何其以养鸟也？且汝知小计而不知大计。周谚曰：'囊漏贮中。'而独弗闻欤？夫君者，民之父母也。取仓之粟，移之与民，此非吾粟乎？鸟苟食邹之秕，不害邹之粟而已。粟之在仓，与其在民，于吾何择？"邹民闻之，皆知其私积之与公家为一体也。①

这又是一道算数题。宫中明明有粟，却非得用秕糠饲凫鴈，结果要用二石粟去兑换庶民的一石秕，分明不划算；但邹穆公有自己的算法，庶民辛辛苦苦种粮，岂是为了饲养鸟兽？难道没听周谚说，粮袋漏了也都在仓里，一国之君乃民之父母，粟在我的仓里，与从仓里转到庶民手里，还不是一样的？如此爱民之君，民岂有不视公家为己家之理？叙事称"邹民闻之"，是该故事源出于辗转传诵的一个印记。这笔账算得有些不同寻常，似非一般拟托创作能想到；事件发生在邹穆公身上，也难寻拟托创作的宗旨，故仍以来自传闻讲说为宜。

"梁大夫令每夜往窃灌楚亭之瓜"，见于《退让》，是一则颇富于戏剧性的贤臣佳话：

> 梁大夫宋就者为边县令，与楚邻界。梁之边亭与楚之边亭皆种瓜，

---

① 阎振益等：《新书校注》，中华书局2000年版，第247页。

各有数。梁之边亭劬力而数灌,其瓜美。楚窳而希灌,其瓜恶。楚令固以梁瓜之美怒其亭瓜之恶也,楚亭恶梁瓜之贤己,因夜往窃搔梁亭之瓜,皆有死焦者矣。梁亭觉之,因请其尉,亦欲窃往报搔楚亭之瓜。尉以请,宋就曰:"恶,是何言也!是讲怨分祸之道也。恶,何称之甚也!若我教子,必诲莫令人往,窃为楚亭夜善灌其瓜,令勿知也。"于是梁亭乃每夜往窃灌楚亭之瓜,楚亭旦而行瓜,则此已灌矣。瓜日以美,楚亭怪而察之,则乃梁亭也。楚令闻之,大悦,具以闻。楚王闻之,怒然丑以志自惛也。告吏曰:"微搔瓜,得无他罪乎?"说梁之阴让也,乃谢以重币,而请交于梁王。楚王时则称说梁王,以为信,故梁楚之驩由宋就始。①

他来坏你的瓜,你也去坏他的瓜,冤冤相报何时了?当年吴边邑处女桑于境上戏而伤楚处女,各不相让,便终酿鸡父之战(《吕氏春秋·察微》)。这回,梁大夫宋就退一步海阔天空,以德报怨,你不是因为瓜比不上我瓜美而来使坏么,那就让你们的瓜也跟我们的一样美,于是使人每晚都偷偷去帮着灌园,事白之后两家和好自是当然。就叙事而言,梁大夫寻求和解的办法是使人"每夜往窃灌楚亭之瓜",既然为"窃",就是不让人知道,后来真相被发现,于是"楚令闻之","具以闻","楚王闻之"等等,都是由"说"转相告诉的。

第二节 《淮南子》与先秦"说体"故事考辨

《淮南子》乃西汉前期淮南王刘安"招致宾客"所作的论说性著作,《汉书·艺文志》著录归于"杂家",当撰著于景帝一朝的后期,于汉武帝即位之初的建元二年献于朝廷,"新出,上爱秘之"(《汉书·淮南衡山济北王传》)。如此,《淮南子》与主要活动于景帝之时的韩婴所作的《韩诗外传》当大致同时,早于《史记》的撰写,更早于刘向编纂的故事集《说苑》《新序》。

---

① 阎振益等:《新书校注》,中华书局2000年版,第284页。

与同属于杂家的《吕氏春秋》相似，《淮南子》也喜援引事实、例证、譬喻以说理，其中所引亦多为先秦故事及典故，前述《左传》《国语》《韩非子》《吕氏春秋》中的说体故事均有大量征引，此外，还有见于同时的《韩诗外传》、其后的《史记》《新序》《说苑》者，但所述已大多不是"说体"体例。尽管如此，它对于先秦"说体"故事考辨仍有不可替代的独特价值，比如可与诸子互证梳理某些说体故事；比如可用来论证《韩诗外传》中"说体"故事的"说体"性质，因为两者时间大致相同，不存在彼此转引，其互见故事当各自别有所本，其中有同有异者即可作为判断"说体"的一个依据；比如可用来考证、佐证《史记》《说苑》《新序》等文本中的某些先秦叙事或故事其来有自，来自先秦"说体"；另外本身也有一些独见的先秦"说体"故事，是其珍贵贡献；还有一些故事纲目，有待旧材料的新发现。

一、可用于参照、印证他著先秦"说体"故事的叙事及典故

（一）上古传说

1. 尧试舜欲传天下

上古有著名的尧舜禅让传说，对此，书体文本《尚书·尧典》中有一段近乎"说体"的描述："帝曰：'咨！四岳！朕在位七十载，汝能庸命，巽朕位？'岳曰：'否德忝帝位。'曰：'明明扬侧陋。'师锡帝曰：'有鳏在下，曰虞舜。'帝曰：'俞，予闻。如何？'岳曰：'瞽子，父顽，母嚚，象傲；克谐以孝，烝烝乂不格奸。'帝曰：'我其试哉。'"然后回到书体概述："是女于时，观厥刑于二女。厘降二女于妫汭，嫔于虞。……慎徽五典，五典克从；纳于百揆，百揆时叙；宾于四门，四门穆穆；纳于大麓，烈风雷雨弗迷。"①

而在"说体"系统中，却流传有十分奇怪的说法，即大舜迫害故事。大意是帝尧妻以二女后，又属以九男与共事，但舜父瞽叟、后母及弟象常欲杀舜，于是出现了"使舜完廪，捐阶，瞽叟焚廪"、"使浚井，出，从而揜

---

① 《尚书正义》，见《十三经注疏》，中华书局1980年版，第123—126页。

之"(《孟子·万章上》)的谋害情节,对此,《孟子·万章上》中孟子与弟子万章有所讨论;此外,《楚辞·天问》有"舜服厥弟,终然为害。何肆犬豕,而厥身不危败"的问句,闻一多据后来《列女传》中的故事推断,这里针对的是继"完廪""浚井"两次迫害之后的第三次迫害,即"饮酒"事件①,即"时既不能杀舜,瞽叟又速舜饮酒,醉将杀之,舜告二女,二女乃与舜药浴汪,遂往,舜终日饮酒不醉"(《列女传·母仪传·有虞二妃》)。对于这个一而再、再而三要致舜于死地的费解之事,有学者提出了"考验仪式说"②,即正如《尚书》中尧所说的"我其试哉",尧为了考察舜而故意安排了种种考验甚至是死亡考验,舜的家人只不过是死亡考验的执行者,意见颇为新颖独到,亦颇有启发意义。

如果说《尚书·尧典》总体上属于书体,《孟子·万章上》只是在讨论问题中提及,《楚辞·天问》是在"发愤以抒情"地提问,那么《淮南子·泰族训》则是首次正面援用到尧舜禅让这段传说,只不过没有提到三次迫害:

> 尧治天下,政教平,德润洽,在位七十载,乃求所属天下之统,令四岳扬侧陋。四岳举舜而荐之尧。尧乃妻以二女,以观其内;任以百官,以观其外。既入大麓,烈风雷雨而不迷,乃属以九子,赠以昭华之玉,而传天下焉。③

说起来,这段援用比较概况,大致都是《尚书》中的内容,其中有一句特别值得注意,这就是"既入大麓,烈风雷雨而不迷",较之《尚书》"纳于大麓,烈风雷雨弗迷"更加明白,说的是舜曾经只身进入山林,经历了风沙雷雨,但没有迷路,终于成功地走了出来,这与许多部族成人仪式中的考验项目颇相近似,是对"考验仪式说"甚至是"死亡考验说"的印证,因

---

① 闻一多:《古典新义·楚辞校补》,见《闻一多全集》2,生活·读书·新知三联书店 1982 年版,第 399—400 页。
② [日] 伊藤清司:《难题求婚故事、成人仪式与尧舜禅让传说》,见叶舒宪选编:《神话—原型批评》,陕西师范大学出版社 1987 年版,第 408—435 页。
③ [汉] 刘安:《淮南子》,[汉] 高诱注,见《诸子集成》7,上海书店 1986 年版,第 352 页。

为如果迷路，那只有死路一条。而伪孔传对于《尚书》中该句的解释是"麓，录也。纳舜使大录万机之政，阴阳和，风雨时，各以其节，不有迷错愆伏"①，完全是望文生义，不着边际。《淮南子》的此段援用对于梳理舜的考验故事无疑有其特别的价值。

2. 舜藏黄金于崭岩

关于舜的传说，《泰族训》还有一句提到"藏金"："故舜深藏黄金于崭岩之山，所以塞贪鄙之心也。"② 此前汉初陆贾《新语》（辑佚本）有一段文字似与此有关，称"故舜弃黄金于崭岩之山，捐珠玉于五湖之渊，将以杜淫邪之欲，绝琦玮之情"（《术事》）③，都属用事典议论说理，《新语》称"弃"，此处称"藏"，有故意为之的意思，且都提到了具体的崭岩山名，当有故事，惜都未描述具体情节。"舜藏黄金"已成典故，《盐铁论·本议》"文学曰"就提到"是以盘庚萃居，舜藏黄金，高帝禁商贾不得仕宦，所以遏贪鄙之俗，而醇至诚之风也"④。

（二）三代传说

1. 禹绝旨酒疏仪狄

关于夏史传说，《淮南子·泰族训》有一段"夏禹疏仪狄"的文字："仪狄为酒，禹饮而甘之，遂疏仪狄而绝旨酒，所以遏流湎之行也。"⑤ 按《吕氏春秋》有"仪狄作酒"之说（《勿躬》），但无故事。值得注意的是西汉末刘向编辑的《战国策》中这个故事出现在人物之口中："梁王魏婴觞诸侯于范台。酒酣，请鲁君举觞。鲁君兴，避席择言曰：'昔者帝女令仪狄作酒而美，进之禹，禹饮而甘之，遂疏仪狄，绝旨酒，曰：后世必有以酒亡其国者。……可无戒与！'梁王称善相属。"（《魏策二》）⑥ 说起来《战国策》虽编成于西汉末年，但其原始文本大多为战国抄本，这样《淮南子》《战国

---

① 《尚书正义》，见《十三经注疏》，中华书局1980年版，第126页。
② ［汉］刘安：《淮南子》，［汉］高诱注，见《诸子集成》7，上海书店1986年版，第366页。
③ ［汉］陆贾：《新语》，见《诸子集成》7，上海书店1986年版，第39页。
④ ［汉］桓宽：《盐铁论》，见《诸子集成》8，上海书店1986年版，第2页。
⑤ ［汉］刘安：《淮南子》，［汉］高诱注，见《诸子集成》7，上海书店1986年版，第366页。
⑥ ［汉］刘向集录：《战国策》，上海古籍出版社1985年版，第846—847页。

策》两书此故事互见就有两种可能，或者《魏策二》中这段叙事的原文本即是《淮南子·泰族训》作者所本；或者《魏策二》的这段叙事本属拟托，作者据其所见故事在为鲁君编派说辞时提到了这件往事，《泰族训》作者乃是本于《魏策二》作者所见故事文本。无论哪种情况，都可证明关于"夏禹疏仪狄"的这段文字乃是援用了先秦"说体"故事。

2. 伊尹负鼎俎五就桀五就汤

《泰族训》中还有一条关于殷商历史的简述，可作为《史记·殷本纪》有关记述其来有自的印证。这条说的即是"伊尹忧天下之不治"，于是调和五味，"负鼎俎而行"，"五就桀，五就汤"①，在鼎力襄助商汤之前曾多次徘徊往返于夏商之间。关于此，《史记·殷本纪》的讲述是"伊尹名阿衡。阿衡欲奸汤而无由，乃为有莘氏媵臣，负鼎俎，以滋味说汤，致于王道。或曰，伊尹处士，汤使人聘迎之，五反然后肯往从汤，言素王及九主之事。汤举任以国政。伊尹去汤适夏。既丑有夏，复归于亳"②，值得注意的是"或曰"，由此可知都属传说，《泰族训》应属"或曰"系列。比较而言，《泰族训》所述极其简括，显然不是《殷本纪》直接所本，那么《殷本纪》应该是据该故事的母本而述，《泰族训》也依据了此本而论述。两者皆属对来自先秦的"说体"故事的援用，只不过一个用于述史、一个作为事典用于说理议论。按，关于伊尹"五就桀，五就汤"，《孟子》已有提及，但仅此一句，没有"负鼎俎"的情节，乃是与其他人一并说之："居下位，不以贤事不肖者，伯夷也；五就汤，五就桀者，伊尹也；不恶汙君，不辞小官者，柳下惠也。"(《告子下》)不过由此可知伊尹"负鼎俎五就桀五就汤"的故事的确传于先秦，《淮南子·泰族训》所述虽简括，乃是其说有本，本于先秦伊尹传说的某个"说体"文本。

3. 文王拘羑里，散宜生献宝于殷纣

关于周史，《淮南子·道应训》有一则文王故事，说的是文王被谗拘羑里，因散宜生行贿纣王得免身：

---

① [汉]刘安：《淮南子》，[汉]高诱注，见《诸子集成》7，上海书店1986年版，第359页。
② [汉]司马迁：《史记》，中华书局1959年版，第94页。

文王砥德修政，三年而天下二垂归之。纣闻而患之，曰："余凤兴夜寐，与之竞行，则苦心劳形，纵而置之，恐伐余一人。"崇侯虎曰："周伯昌行仁义而善谋，太子发勇敢而不疑，中子旦恭俭而知时。若与之从，则不堪其殃；纵而赦之，身必危亡。冠虽弊，必加于头。及未成，请图之。"屈商乃拘文王于羑里。于是散宜生乃以千金求天下之珍怪，得驺虞、鸡斯之乘，玄玉百工，大贝百朋，玄豹、黄罴、青豻、白虎文皮千合，以献于纣。因费仲而通。纣见而说之，乃免其身，杀牛而赐之。文王归，乃为玉门，筑灵台，相女童，击钟鼓，以待纣之失也。纣闻之，曰："周伯昌改道易行，吾无忧矣。"乃为炮烙，剖比干，剔孕妇，杀谏者。文王乃遂其谋。①

这个故事的前半段，即周文王受谗害，已见《韩非子·外储说左下》，只不过谗害者是费仲而非崇侯虎，但可以肯定是同一个故事张冠李戴，因为费仲的谗辞中也有"冠虽穿弊，必戴于头"之类；故事的后半段，即周大臣竭力贿赂纣王，"因费仲而通"，使文王得免，则为《淮南子》此篇所新见。比对的结果，可知其后《史记·周本纪》对于这段历史的叙述，本于《淮南子》所本系统，因为谗害者也是崇侯虎，也有贿赂得赦一段情节，所因也是费仲，但行贿的又变成了闳夭之徒，得赦之后的情节也不尽相同："崇侯虎谮西伯于殷纣曰：'西伯积善累德，诸侯皆向之，将不利于帝。'帝纣乃囚西伯于羑里。闳夭之徒患之。乃求有莘氏美女，骊戎之文马，有熊九驷，他奇怪物，因殷嬖臣费仲而献之纣。纣大说，曰：'此一物足以释西伯，况其多乎！'乃赦西伯，赐之弓矢斧钺，使西伯得征伐。曰：'谮西伯者，崇侯虎也。'西伯乃献洛西之地，以请纣去炮烙之刑。纣许之。"② 各自采于不同的说体文本，于此叙事至为明显。

4. 武王伐纣，载尸而行

此外，《淮南子·齐俗训》中还有一段简述，称"武王伐纣，载尸而

---

① ［汉］刘安：《淮南子》，［汉］高诱注，见《诸子集成》7，上海书店1986年版，第201—202页。
② ［汉］司马迁：《史记》，中华书局1959年版，第116—117页。

行,海内未定,故不为三年之丧始"①,提到"载尸而行",关于此,其后的《史记·周本纪》亦有描述:"九年,武王上祭于毕。东观兵,至于盟津。为文王木主,载以车,中军。武王自称太子发,言奉文王以伐,不敢自专。"②《淮南子》的这样几句,证明了《史记》所述确有所本。

(三) 春秋战国故事

1. 孔子学鼓琴于师襄

《主术训》中有一句话:"孔子学鼓琴于师襄,而谕文王之志,见微以知明矣。"③《韩诗外传·卷五》恰恰有"孔子学琴于师襄子"的故事,称经过反复练习,由"得其曲"到"得其数"到"得其人",终于有一天,孔子曰:"邈然远望,洋洋乎!翼翼乎!必作此乐也,默然思,戚然而怅,以王天下,以朝诸侯者,其惟文王乎?""师襄子避席再拜曰:'善!师以为文王之操也。'孔子持文王之声,知文王之为人。师襄子曰:'敢问何以知其文王之操也?'孔子曰:'然。夫仁者好伟,和者好粉,智者好弹,有殷懃之意者好丽。丘是以知文王之操也。'"④ 由《淮南子·主术训》中的这句话不难推知,《韩诗外传·卷五》中的这个故事绝非韩婴杜撰,《主术训》的作者也曾见到这个故事,只不过没有叙述出来而是就此发了一通感慨而已。

2. 家无故而黑牛生白犊

事见《人间训》,说的是宋国有一户人家好行善,"三世不解(懈)",结果有一天"家无故而黑牛生白犊",去请教先生,先生说"此吉祥,以飨鬼神"。可一年后"其父无故而盲"。后来接连黑牛生白犊,接连说吉祥,接连飨鬼神,两个儿子接连"无故而盲"。待"其后楚攻宋,围其城"时,吉祥之说终有着落:"当此之时,易子而食,析骸而炊。丁壮者死,老病童儿皆上城,牢守而不下。楚王大怒。城已破,诸城守者皆屠之。此独以父子

---

① [汉] 刘安:《淮南子》,[汉] 高诱注,见《诸子集成》7,上海书店1986年版,第177页。
② [汉] 司马迁:《史记》,中华书局1959年版,第120页。
③ [汉] 刘安:《淮南子》,[汉] 高诱注,见《诸子集成》7,上海书店1986年版,第130页。
④ 许维遹:《韩诗外传集释》,中华书局1980年版,第175—176页。

盲之故，得无乘城。军罢围解，则父子俱视。"①《列子》中的故事与此几乎完全相同，差异只在于"先生"被说成是"孔子"，"飨鬼神"变成"荐上帝"。按《列子》已见《汉书·艺文志》著录，称"《列子》八篇"，列于"《庄子》五十二篇"之后，自注称"名圄寇，先庄子，庄子称之"。然其书已佚，今本《列子》多疑为魏晋人伪作。《列子·说符》以"说"名篇，原本就是故事集锦，《淮南子》中这篇与之互见的故事，就先生与孔子、鬼神与上帝等称谓不同看，应该是各自采用、辑录了固有说体故事的不同传本，可知《列子》即便是后人伪作，其中不乏采录先秦故事者，仍有一定的文献价值。

3. 楚君臣争以过在己，晋夜还师而归

事见《道应训》："晋伐楚，三舍不止。大夫请击之。庄王曰：'先君之时，晋不伐楚。及孤之身，而晋伐楚，是孤之过也。若何其辱群大夫？'曰：'先臣之时，晋不伐楚。今臣之身，而晋伐楚，此臣之罪也。请三击之。'王俯而泣，涕沾襟，起而拜群大夫。晋人闻之，曰：'君臣争以过为在己，且轻下其臣，不可伐也。'夜还师而归。"②该故事亦见《新序·杂事第四》，所述几乎完全相同，个别字句有些差异，比如这里称"请三击之"，《新序》只称"请击之"；这里称"王俯而泣，涕沾襟，起而拜"，《新序》只称"俛泣而起"；这里只称"君臣争以过为在己，且轻下其臣"，《新序》则称"臣争以过为在己，且君下其臣犹如此，所谓上下一心，三军同力"。就两者各有繁简来看，当分别援引自另外的文本。值得注意的是，《新序》最后有"孔子闻之曰：'楚庄王霸其有方矣。下士以一言而敌还，以安社稷，其霸不亦宜乎？'"《淮南子》相同而略有异的文本的存在，增加了该故事来自"说体"的可能性，由此可以推断，"孔子闻之曰"可能真的是"闻之"，而不是故事叙事者的拟托附加。

4. 屈建断白公胜将为乱

事见《人间训》："屈建告石乞曰：'白公胜将为乱。'石乞曰：'不然。白公胜卑身下士，不敢骄贤，其家无管籥之信，关楗之固。大斗斛以出，轻

---

① ［汉］刘安：《淮南子》，［汉］高诱注，见《诸子集成》7，上海书店1986年版，第310页。
② ［汉］刘安：《淮南子》，［汉］高诱注，见《诸子集成》7，上海书店1986年版，第199页。

斤两以内，而乃论之，以不宜也。'屈建曰：'此乃所以反也。'居三年，白公胜果为乱，杀令尹子椒、司马子期。"① 该故事亦见《说苑·权谋》，确为同一个故事，但具体表述差异很大：

> 石乞侍坐于屈建。屈建曰："白公其为乱乎？"石乞曰："是何言也？白公至于室无营所，下士者三人与己相若，臣者五人，所与同衣者千人。白公之行若此，何故为乱？"屈建曰："此建之所谓乱也。以君子行，则可于国家行。过礼则国家疑之，且苟不难下其臣，必不难高其君矣。建是以知夫子将为乱也。"处十月，白公果为乱。（《说苑·权谋》）②

由该事已见《淮南子》，可确知《说苑》此文本乃属援用，刘向编《说苑》属于纂辑；由两个文本的叙事差异，又可断定两者所援文本属于同源异流的"说体"文本。

5. 赵襄子破智伯头以为饮器

《道应训》中有一段关于赵襄子败知伯以雪耻的故事：

> 赵简子以襄子为后，董阏于曰："无恤贱，今以为后，何也？"简子曰："是为人也，能为社稷忍羞。"异日，知伯与襄子饮，而批襄子之首。大夫请杀之。襄子曰："先君之立我也，曰：能为社稷忍羞。岂曰能刺人哉！"处十月，知伯围襄子于晋阳，襄子疏队而击之，大败知伯，破其首以为饮器。③

故事的上半截饮酒忍辱部分亦见《史记·赵世家》，称赵简子因病使赵襄子跟随知伯"将而围郑"，"知伯醉，以酒灌击毋恤。毋恤群臣请死之。毋恤曰：'君所以置毋恤，为能忍。'然亦愠知伯"④；后半截复仇部分亦见《史

---

① ［汉］刘安：《淮南子》，［汉］高诱注，见《诸子集成》7，上海书店1986年版，第328页。
② 向宗鲁：《说苑校证》，中华书局1987年版，第321页。
③ ［汉］刘安：《淮南子》，［汉］高诱注，见《诸子集成》7，上海书店1986年版，第191页。
④ ［汉］司马迁：《史记》，中华书局1959年版，第1793页。

记·刺客列传》，称"及智伯伐赵襄子，赵襄子与韩、魏合谋灭智伯，灭智伯之后而三分其地。赵襄子最怨智伯，漆其头以为饮器"①，砍头泼酒、将头盖骨制成饮器都带有夸饰成分，但这些细节均已见于《淮南子》，可知不是太史公所做的手脚。

6. 苏秦不免车裂之患

《氾论训》中有一段关于苏秦的说法："苏秦，匹夫徒步之人也，靼蹻赢盖，经营万乘之主，服诺诸侯，然不自免于车裂之患。"② 苏秦乃战国中后期纵横捭阖斗争中涌现出来的纵横家代表人物，然而除了西汉末年刘向编辑出来的一部《战国策》中有众多拟托苏秦的长篇说辞文章，战国末、汉代前期著作中提及苏秦事迹的并不多，《吕氏春秋·知度》有一句"齐用苏秦，而天下知其亡"，汉初陆贾《新语》（辑佚本）有两处提及，一处是《辅政》中称"苏秦尊于诸侯"，一处是《怀虑》中称"身死于凡人之手"；然后就是《史记》撰写了一篇完整描述苏秦生平事迹的《苏秦列传》，最后提及苏秦之死："……其后齐大夫多与苏秦争宠者，而使人刺苏秦，不死，殊而走。齐王使人求贼，不得。苏秦且死，乃谓齐王曰：'臣即死，车裂臣以徇于市，曰"苏秦为燕作乱于齐"，如此则臣之贼必得矣。'于是如其言，而杀苏秦者果自出，齐王因而诛之。"③ 苏秦还真是车裂而死。这样看来，《淮南子·氾论训》中的这几句说法，乃是《史记·苏秦列传》叙事确有所本的唯一佐证，《氾论训》作者必是看到了与司马迁所见同样的文本，才会有"不自免于车裂之患"的说法。

7. 鲁酒薄而邯郸围

《淮南子·缪称训》中有一处对仗之句，且是援用"传曰"："故传曰：鲁酒薄而邯郸围，羊羹不斟而宋国危。"后一句一看便知说的是《左传·宣公二年》所述"郑败宋师获华元"中的"华元杀羊飨士，羊斟不与"，前一句亦见《庄子·胠箧》，但也属议论："故曰：唇竭则齿寒，鲁酒薄而邯郸围，圣人生而大盗起。"对此，汉高诱注《淮南子》称："鲁与赵俱

---

① ［汉］司马迁：《史记》，中华书局1959年版，第2519页。
② ［汉］刘安：《淮南子》，［汉］高诱注，见《诸子集成》7，上海书店1986年版，第223页。
③ ［汉］司马迁：《史记》，中华书局1959年版，第2265—2266页。

朝楚，献酒于楚，鲁酒薄而赵酒厚。楚之主酒吏求酒于赵，不与，楚吏怒，以赵所献酒献于楚王，易鲁薄酒，楚王以为赵酒薄而围邯郸。一曰：赵、鲁献之于周也。"① 从"一曰"看，此确属说体文本，传诵讲说中形成了各种"版本"。

二、独见的先秦"说体"故事辨析

所谓"独见"，并非《淮南子》所独创，当亦出自先秦文本，只是其所本今已不见，而这些故事又不见其他传世文献所援用，于是只凭该书得以保留和流传。

《淮南子》本是说理著作，成书又已至西汉时代，虽为援用，是援用"说体"还是"书体"也已因没有参照而无法通过比对异同作出判断。因此，这里只能根据文本本身是否具有比较明显的"说体"迹象，佐之以相关因素和信息，进行一定的辨析和推断。

兹略以时代先后列举辨析如下。

"门者出阳虎，阳虎反推之"，见于《人间训》：

> 阳虎为乱于鲁，鲁君令人闭城门而捕之，得者有重赏，失者有重罪。围三匝，而阳虎将举剑而伯颐，门者止之曰："天下探之不穷，我将出子。"阳虎因赴围而逐，扬剑提戈而走。门者出之，顾反取其出之者，以戈推之，攘袪薄腋。出之者怨之曰："我非故与子反也，为之蒙死被罪，而乃反伤我，宜矣其有此难也。"鲁君闻阳虎失，大怒，问所出之门，使有司拘之，以为伤者受大赏，而不伤者被重罪。②

本事超强的阳虎也有被围堵到要刎颈自裁的这一天，多亏门者放他一马，但他却"恩将仇报"，反过来用戈给了人家一家伙，致人伤腋，这门者好生恼怒，我冒死好心助你，你却反伤我，活该你会有今天。但后来鲁君治罪，伤者恰恰因为受伤而受了大赏。阳虎到底是有本事的阳虎，他最清楚该如何报

---

① ［汉］刘安：《淮南子》，［汉］高诱注，见《诸子集成》7，上海书店1986年版，第163页。
② ［汉］刘安：《淮南子》，［汉］高诱注，见《诸子集成》7，上海书店1986年版，第307页。

答这帮他的人。不过这只能是事后被传出甚至编派出来的"小说家言",因为门者救阳虎的这段情节当时若果真如此"昭然若揭",鲁君就不会"以为伤者"而给个"大赏"了。判断这个故事可能出自"说体"甚至是面对听众的讲诵之体的因素有多个。其一,这段叙事极富于戏剧性,纯粹客观叙述,并未点出阳虎是要帮门者,因此重在讲述故事,着意于情节本身,没有明晰的说理宗旨;其二,有十分具体生动的动作、对话、细节描摹,诸如"阳虎举剑而伯颐","扬戈提剑","以戈推之,攘袪薄腋"不一而足;其三情节颇为出人意料,有反转,又富于生活气息。这一切都不似主旨明晰的拟托创作所能为。

"宓子论客之宾独三过",见于《齐俗训》,说的是宓子贱之客推荐一人来见,那人走后,宓子对客说:"子之宾独有三过。望我而笑,是攓(慢)也;谈语而不称师,是返(反)也;交浅而言深,是乱也。"宓子之客却回答道:"望君而笑,是公也;谈语而不称师,是通也;交浅而言深,是忠也。"①宓子挑人三毛病,其客全能扳回来。这段小故事近似语言游戏,连称三过,"连扳三局",颇有讲诵征象。看不出明晰的拟托创作宗旨,当以出自传诵讲说为宜。

"楚将子发用善偷",见于《道应训》,说的是听说"楚将子发好求技道之士","楚有善为偷者"前往说"臣,偷也,愿以技赍一卒","子发闻之,衣不给带,冠不暇正,出见而礼之",令左右大为不解。后来齐伐楚,子发率师以御之,但难抵齐师,楚贤良大夫绞尽脑汁无计可施,这时市偷愿献薄技,子发不问其辞而遣之:

> 偷则夜解齐将军之帱帐而献之。子发因使人归之。曰:"卒有出薪者,得将军之帷,使归之于执事。"明又复往,取其枕。子发又使人归之。明日又复往,取其簪。子发又使归之。齐师闻之,大骇。将军与军吏谋曰:"今日不去,楚君恐取吾头。"乃还师而去。②

---

① [汉]刘安:《淮南子》,[汉]高诱注,见《诸子集成》7,上海书店1986年版,第181页。
② [汉]刘安:《淮南子》,[汉]高诱注,见《诸子集成》7,上海书店1986年版,第202—203页。

第一次偷你一顶帱帐，第二次偷你一个枕头，第三次偷你一个簪子，越偷越近，任谁也受不了，这还不是说要你的脑袋就要你的脑袋？齐将军只得还师而去。这段叙事以情节曲折有致取胜，趣味性强，颇有喜剧色彩；此外诸如子发闻偷者愿献技，"衣不给带，冠不暇正"，动作描摹颇为夸张；还有连偷三次，重复叙事。这一切都带有比较明显的讲诵征象，与一般宗旨明晰的拟托创作格调不同。

"受刑者活子发"，见于《人间训》，说的是："子发为上蔡令，民有罪当刑，狱断论定，决于令尹前。子发喟然有凄怆之心，罪人已刑而不忘其恩。此其后，子发盘罪威王而出奔，刑者遂袭恩者，恩者逃之于城下之庐。追者至，踹足而怒，曰：'子发视决吾罪而被吾刑，怨之憯于骨髓，使我得其肉而食之，其知厌乎！'追者以为然而不索其内，果活子发。"① 明明被他治了罪，却在关键时刻救他一命，问题不在于刑不刑，而在于当不当，还在于本心仁不仁。与这个故事几乎如出一辙的是见于《韩非子·外储说左下》的"子皋刖人足反被救"，或许是"说体"故事的张冠李戴也未可知。这段叙事可推断为出自讲说者还在于客观、细致、生动地描摹刑者上演的这出"戏"，"踹足而怒""使我得其肉而食之，其知厌乎"！动作、对话如此逼真，更似"为说者"的讲诵之作。

"郑国相子阳之死"，见于《氾论训》："郑子阳刚毅而好罚，其于罚也，执而无赦。舍人有折弓者，畏罪而恐诛，则因猘狗之惊，以杀子阳。"② 此外《缪称训》也提到"简公以懦杀，子阳以猛劫，皆不得其道者也"③，可为佐证。这段叙事称折弓者"畏罪""恐诛"，有心理描述，可知是被说而不是被记。子阳，驷姓，春秋战国之交郑国国相，《吕氏春秋·观世》及后来的《新序·节士第七》均载有"子列子辞郑子阳遗粟"的故事（亦见《庄子》《列子》），也称"其后，民果作难，杀子阳"。然《史记·郑世家》所述为"（繻公）二十五年，郑君杀其相子阳。二十七，子阳之党共弒繻公骀而立幽公弟乙为君，是为郑君"。由此可知，关于子阳之死说法不一，

---

① ［汉］刘安：《淮南子》，［汉］高诱注，见《诸子集成》7，上海书店1986年版，第328—329页。
② ［汉］刘安：《淮南子》，［汉］高诱注，见《诸子集成》7，上海书店1986年版，第217页。
③ ［汉］刘安：《淮南子》，［汉］高诱注，见《诸子集成》7，上海书店1986年版，第164页。

《氾论训》这里所援用的只是其中的一个"版本"。因此是"说体"而不是"书体"。

"公孙龙任用善呼者",见于《道应训》,说的是公孙龙在赵国时,曾对弟子说:"人而无能者,龙不能与游。"于是"有客衣褐带索而见",说"臣能呼",我的能耐是呼叫。公孙龙顾谓弟子曰:"门下故有能呼者乎?"回答是"无有"。公孙龙便吩咐"与之弟子籍"。"后数日,往说燕王。至于河上,而航在一氾,使善呼者呼之。一呼而航来"。① 能扯着嗓子喊来已经走远的船只,也算是一技之长。这让人想到了其后《史记·孟尝君列传》中孟尝君手下的那帮鸡鸣狗盗之徒,这情节设置不知是巧合还是确有瓜葛。就叙事本身而言,具体情节均发生在史官记述视线外,可以肯定非史官所书;《公孙龙子》多已佚,无法确知是否诸子撰写,直称"公孙龙",应非弟子所撰;若是弟子撰,也不会杜撰其师之事,而其他家派则没有必要杜撰公孙龙使"能"之事。综合考量,还是以好事者、为说者为之为宜。

第三节 《韩诗外传》与先秦"说体"故事考辨与挖掘

前面专门提到,文景时韩婴所作的《韩诗外传》虽是一部与传授《诗经》有关的著作,然而与《毛诗故训传》等对《诗经》章句逐一注释的著作不同,实是一部由一百五十多则故事(外加一百多则引事论说)组成的杂"说"著作,与《诗经》的关系只在于几乎每则最后都要引《诗经》作结,或者故事中有引《诗经》情节。而且,书中多为援用固有的先秦故事,几乎可视为与《说林》《储说》《吕氏春秋》等大量汇集、援用"说体"故事的著作相当的先秦"说体"故事汇编。

因此,《韩诗外传》中有相当一部分故事已见本书前述《左传》《国语》《韩非子》《吕氏春秋》《新书》《淮南子》,这部分可用来进一步说明《韩诗外传》的集"说"性质,并通过与前述著作比对,进一步强化对双方是否援引"说体"的认识和判断;除此之外,还有一部分不见前述者,则

---

① [汉]刘安:《淮南子》,[汉]高诱注,见《诸子集成》7,上海书店1986年版,第200页。

需要借助相关信息,并通过辨析文本本身的"说体"征象,对其中可能出自传诵讲说而非拟托创作的文本予以考察和挖掘。

一、《韩诗外传》先秦故事可与前述互证者

《韩诗外传》一百五十多则先秦故事中,已见前述者有五十馀则。若与前述比对,会发现与前述确有这样那样或多或少的差异,由此可断两者确属援用"说体",也可见"说体"文本在被"说"的过程中变异、演绎的痕迹。前述著作中有的篇目已经彼此互见可资比对,诸如《国语》与《左传》、《韩非子》与《吕氏春秋》、《韩非子》《吕氏春秋》与前述、《新书》与前述、《淮南子》与前述等等,这里仅列举前述独见而首与《韩诗外传》互见者辨析如下。

(一) 与《吕氏春秋》互证者

其一,有谷生于庭而大拱。

"谷生庭",见于《吕氏春秋·制乐》,说的是"成汤之时,有谷生于庭,昏而生,比旦而大拱。其吏请卜其故"。商汤辞退卜者,曰:"吾闻祥者福之先者也,见祥而为不善,则福不至。妖者祸之先者也,见妖而为善,则祸不至。"于是"早朝晏退,问疾吊丧,务镇抚百姓。三日而谷亡。"①

单就《吕氏春秋》所述,因未有先秦其他典籍作为参照,且具有比较明确的教义宗旨,尚不能确定出自"说体"还是拟托创作的"书体"。《韩诗外传·卷三》所载同事文本,提供了可贵的参照:

> 有殷之时,谷生汤之廷,三日而大拱。汤问伊尹曰:"何物也?"对曰:"谷树也。"汤问:"何为而生于此?"伊尹曰:"谷之出泽野物也,今生天子之庭,殆不吉也。"汤曰:"奈何?"伊尹曰:"臣闻妖者祸之先,祥者福之先。见妖而为善,则祸不至,见祥而为不善,则福不臻。"汤乃斋戒静处,夙兴夜寐,吊死问疾,赦过赈穷,七日而谷亡,妖孽不见,国家昌。诗曰:"畏天之威,于时保之。"②

---

① 《吕氏春秋》,[汉]高诱注,见《诸子集成》6,上海书店1986年版,第60页。
② 许维遹:《韩诗外传集释》,中华书局1980年版,第80—81页。

具体比对不难发现,《韩诗外传》所援为同一故事,但所述有种种差异,可知分别援自同源异流的"说体"文本。

其二,胜书说周公旦(客有见周公者)。

此事已见《吕氏春秋·精谕》:

> 胜书说周公旦曰:"廷小人众,徐言则不闻,疾言则人知之。徐言乎,疾言乎?"周公旦曰:"徐言。"胜书曰:"有事于此,而精言之而不明,勿言之而不成。精言乎,勿言乎?"周公旦曰:"勿言。"①

说了半天,等于什么也没说,完全在打哑谜,好像一切尽在不言中。究竟缘何而发?此未明言。《韩诗外传·卷四》恰恰有一则与此类似的故事,好像说得明白了一些:

> 客有见周公者,应之于门曰:"何以道旦也?"客曰:"在外即言外,在内即言内,入乎将毋?"周公曰:"请入。"客曰:"立即言义,坐即言仁,坐乎将毋?"周公曰:"请坐。"客曰:"疾言则翕翕,徐言则不闻,言乎将毋?"周公唯唯:"旦也喻。"明日兴师而诛管蔡。②

两相互补,知客可能名胜书,神神秘秘的"徐言""勿言"本是心照不宣,原来所指是诛管蔡。两相比对,可知它们所说为同一事件,但不属于同一"版本",由此又可知它们所援用的都是"说体"文本。

其三,晋文公赏从亡者而陶狐不与。

事已见《吕氏春秋·当赏》,说的是晋公子重耳结束在外流亡回到晋国后,"赏从亡者,而陶狐不与"。左右颇感奇怪,问曰:"君反国家,爵禄三出,而陶狐不与,敢问其说。"文公的回答是:"辅我以义,导我以礼者,吾以为上赏;教我以善,强我以贤者,吾以为次赏,拂吾所欲,数举吾过者,吾以为末赏。三者。所以赏有功之臣也。若赏唐国之劳徒,则陶狐将为

---

① 《吕氏春秋》,[汉]高诱注,见《诸子集成》6,上海书店1986年版,第222页。
② 许维遹:《韩诗外传集释》,中华书局1980年版,第163页。

首矣。"最后叙事称周内史兴闻之曰:"晋公其霸乎!昔者圣王先德而后力,晋公其当之矣!"(详前)

《韩诗外传·卷三》亦收有此事,明言是引用"传曰":

> 传曰:晋文公尝出亡,反国,三行赏而不及陶叔狐。陶叔狐谓咎犯曰:"吾从而亡,十有一年,颜色黧黑,手足胼胝。今反国,三行赏,而我不与焉,君其忘我乎?其有大过乎?子试为我言之。"咎犯言之。文公曰:"噫!我岂忘是子哉!高明至贤,志行全成,湛我以道,说我以仁,变化我行,昭明我,使我为成人者,吾以为上赏。恭我以礼,防我以义,藩援我,使我不为非者,吾以为次。勇猛强武,气势自御,难在前则处在,难在后则处后,免我危难之中,吾以为次。然劳苦之士次之。诗曰:'率履不越,遂视既发。'今不内自讼过,不悦百姓,将何锡之哉!"①

如果说后者加上陶叔狐请咎犯去问去说一个环节尚可以是后来者的演绎添加,而晋文公的回答也无一对应,则只能说两者所本根本不是一个"版本"了。由此可知分别援用了同源异流、同事异说的"说体"文本。

其四,魏文侯欲置相,于弟季成、友翟璜择之。

此事已见《吕氏春秋·举难》,所述比较简洁:

> 魏文侯弟曰季成,友曰翟璜。文侯欲相之,而未能决,以问李克,李克对曰:"君欲置相,则问乐腾与王孙苟端孰贤。"文侯曰:"善。"以王孙苟端为不肖,翟璜进之;以乐腾为贤,季成进之。故相季成。②

同一故事亦见《韩诗外传·卷三》,生出许多曲折。"魏文侯欲置相",所问同为李克,增加了李克的谦让推辞:"李克避席而辞曰:'臣闻之;卑不谋尊,疏不间亲。臣外居者也,不敢当命。'"在文侯的坚持下,李克才

---

① 许维遹:《韩诗外传集释》,中华书局1980年版,第112页。
② 《吕氏春秋》,[汉]高诱注,见《诸子集成》6,上海书店1986年版,第252—253页。

发言,但却没有点名道姓:"夫观士也,居则视其所亲,富则视其所与,达则视其所举,穷则视其所不为,贫则视其所不取。此五者足以观矣。"文侯听罢就说"请先生就舍,寡人之相定矣"。接下来的故事已经不见于《吕氏春秋》本,但人选与《吕氏春秋》本没有出入,只不过换了一种表述法:

> 李克出,遇翟黄,曰:"今日闻君召先生而卜相,果谁为之?"李克曰:"魏成子为之。"翟黄悖然作色,曰:"吾何负于魏成子!西河之守,吾所进也;君以邺为忧,吾进西门豹,君欲伐中山,吾进乐羊;中山既拔,无守之者,吾进先生;君欲置太子傅,吾进赵苍。皆有成功就事,吾何负于魏成子!"克曰:"子之言克于子之君也,岂比周以求大官哉!君问置相,非成则黄,二子何如?臣对曰:君不察故也。居则视其所亲,富则视其所与,达则视其所举,穷则视其所不为,贫则视其所不取。五者以定矣,何待克哉!是以知魏成子为相也。且子焉得与魏成子比!魏成子食禄日千钟,什一在内,以聘约天下之士,是以得卜子夏,田子方,段干木,此三人,君皆师友之,子之所进皆臣之,子焉得与魏成子比乎!"翟黄逡巡再拜曰:"鄙人固陋,失对于夫子。"①

两相比对十分清楚,同一事即是魏文侯欲在其弟季成(魏成子)与其友翟璜中择一为相国,问李克,李克让他看看两人所友所举谁更好,于是魏文侯选择了季成。但所述却完全不是一个版本,可知各自所本是"说体",同一事可以有种种不同的表述和讲诵。

(二) 与《左传》互证者

可与《左传》互证者有一条,即"宋大水,鲁吊之"。此事已见《左传·庄公十一年》,小标题更可以称为"鲁臧文仲称宋公子御说宜为君"(详前述),因为宋发生大水后,鲁庄公使臧文仲前往慰问,宋闵公回答得很得体,说的是"孤实不敬,天降之灾"。臧文仲赞美不已,既而闻之曰"公子御说之辞",原来是公子御说教他这么说的,于是臧文仲说"是宜为

---

① 许维遹:《韩诗外传集释》,中华书局1980年版,第86—88页。

君，有恤民之心"。果然，第二年宋南宫万弑杀闵公，宋杀南宫万，立公子御说，是为宋桓公。《韩诗外传·卷三》引"传曰"所述，没有公子御说教宋闵公这段，正面记述了"宋大水，鲁人吊之"的一番说辞：

> 传曰：宋大水。鲁人吊之曰："天降淫雨，害于粢盛，延及君地，以忧执政，使臣敬吊。"宋人应之，曰："寡人不仁，斋戒不修，使民不时，天加以灾，又遗君忧，拜命之辱。"孔子闻之，曰："宋国其庶几矣。"弟子曰："何谓？"孔子曰："昔桀纣不任其过，其亡也忽焉。成汤文王知任其过，其兴也勃焉。过而改之，是不过也。"宋人闻之，乃夙兴夜寐，吊死问疾，戮力宇内，三岁，年丰政平。①

如此看来，两者所述虽同属一事，但重心不同，不会是本于同一个文本，应该是各有所本。既然是有不同"版本"，则显然是辗转传诵以至发生种种歧变的"说体"，而不会是相对比较固定的"书体"。

（三）与《韩非子》互证者

可用《韩诗外传》所述故事与《韩非子》互证者有一条，即"解狐荐仇，引弓送之"。关于此事，《韩非子·外储说左下》所述是：

> 解狐荐其雠于简主以为相，其雠以为且幸释己也，乃因往拜谢，狐乃引弓送而射之，曰："夫荐汝公也，以汝能当之也。夫雠汝，吾私怨也，不以私怨汝之故拥汝于吾君。故私怨不入公门。"一曰。解狐举邢伯柳为上党守，柳往谢之曰："子释罪，敢不再拜。"曰："举子公也，怨子私也，子往矣，怨子如初也。"②

《韩诗外传·卷九》所载"版本"正好就接近于那个"一曰"：

---

① 许维遹：《韩诗外传集释》，中华书局1980年版，第99—100页。
② ［清］王先慎：《韩非子集解》，见《诸子集成》5，上海书店1986年版，第229页。

魏文侯问于解狐曰:"寡人将立西河之守,谁可用者?"解狐对曰:"荆伯柳者贤人,殆可。"文侯曰:"是非子之雠也?"对曰:"君问可,非问雠也。"文侯将以荆伯柳为西河守。荆伯柳问左右,谁言我于吾君。左右皆曰:"解狐。"荆伯柳见解狐而谢之曰:"子乃宽臣之过也,言于君,谨再拜谢。"解狐曰:"言子者,公也;怨子者,吾私也。公事已行,怨子如故。"张弓射之,走十步而没。①

从《韩非子》"一曰"和《韩诗外传》的不同叙述以坐实来看,这个故事的确存在不同版本,乃"说体"而非"书体"。

(四) 与《新书》互证者

《韩诗外传》中还有一则故事与贾谊《新书》中的故事互见,这就是"齐桓公割燕君所至之地以与之"。《新书·春秋》所述是:

齐桓公之始伯也,翟人伐燕,桓公为燕北伐翟,乃至于孤竹,反而使燕君复召公之职。桓公归,燕君送桓公入齐地百六十六里。桓公问于管仲曰:"礼,诸侯相送固出境乎?"管仲曰:"非天子不出境。"桓公曰:"然则燕君畏而失礼也。寡人恐后世之以寡人为存燕而欺之也。"乃下车,而令燕君还车,乃割燕君所至而与之,遂沟以为境而后去。诸侯闻桓公之义,口不言而心皆服矣。故九合诸侯,莫不乐听,扶兴天子,莫不劝从,诚退让人,孰弗戴也。②

《韩诗外传·卷四》的所述是:

齐桓公伐山戎,其道过燕,燕君送之出境。桓公问管仲曰:"诸侯相送,固出境乎?"管仲曰:"非天子不出境。"桓公曰:"然畏而失礼也。寡人不可使燕失礼。"乃割燕君所至之地以与之。诸侯闻之,皆

---

① 许维遹:《韩诗外传集释》,中华书局1980年版,第315—316页。
② 阎振益等:《新书校注》,中华书局2000年版,第249—250页。

朝于齐。①

尽管后者所述明显简略,但却不是在前者基础上的简化处理,因为前者称"翟人伐燕,桓公为燕北伐翟",后者所称则是"齐桓公伐山戎,其道过燕",如果后者本于前者,没有必要作这种改变;前者称齐桓公割燕王相送所至之地给燕王后的效果是诸侯们"口不言而心皆服",后者所称则是"皆朝于齐",两者所本显然不完全是一个"版本",由此可知两者也是分别援用了不同的"说体"文本。

二、首见于《韩诗外传》的先秦"说体"故事辨析

所谓"首见",并非真的没有"前见"和"所本",只是"前见""所本"迄今已不可见或尚不可见,也就意味着没有参照、互证,所援所本是传诵、讲述的"说体"还是拟托创作的"书体",就需要依据旁证、"后见"或通过对文本本身是否"说体"的种种征象的辨识作出辨析和推断。

(一)孔门故事

《韩诗外传》作为汉代传《诗》系统的著作,不可避免地会打上儒学印记,较之其他著作,会更多些属于孔门的"独家报道"。

就已有信息判断,孔门似还没有庄门杜撰故事用于书写以表述思想的拟托创作风习,但孔门有记录师说、记述对话之制。如见于《吕氏春秋·任数》的"颜回攫甑中食之":

> 孔子穷乎陈、蔡之间,藜羹不斟,七日不尝粒。昼寝。颜回索米,得而爨之,几熟,孔子望见颜回攫其甑中而食之。选间,食熟,谒孔子而进食。孔子佯为不见之。孔子起曰:"今者梦见先君,食洁而后馈。"颜回对曰:"不可。向者煤炱入甑中,弃食不祥,回攫而饭之。"孔子叹曰:"所信者目也,而目犹不可信;所恃者心也,而心犹不足恃。弟子记之:知人固不易矣。"②

---

① 许维遹:《韩诗外传集释》,中华书局1980年版,第136页。
② 《吕氏春秋》,[汉]高诱注,见《诸子集成》6,上海书店1986年版,第205页。

这段情节的叙述颇具"说体"之风,然末尾处有"孔子叹曰:'……弟子记之:知人固不易矣。'"的交待。"弟子记之",可以是记住这件事,也可以是记下这件事。鉴于《论语》即是孔子与弟子对话的记录文本,不排除后者的可能性。因此也就无法将此篇归于"说体"文本。尽管原出说体文本的可能性更大一些,因为其中有"孔子佯为不知"的模拟描述。

这样,对于《韩诗外传》中援用的孔门"独家报道",还需考虑到所引是书体还是说体,这里要辨析的只是其中的"说体"部分。

1. 孔子及师徒故事

孔门总是师徒相随,故孔子的"独角戏"不多,《韩诗外传》中"首见"者似只有一则,即见于卷五的"孔子曰君取于臣不曰假":

> 孔子侍坐于季孙。季孙之宰通曰:"君使人假马,其与之乎?"孔子曰:"吾闻君取于臣,谓之取,不曰假。"季孙悟,告宰通曰:"今以往,君有取,谓之取,无曰假。"①

季氏之宰随便一句君使人"借马",被孔子抓住用来正名,足见孔子从细微处着眼,随时强调君臣之义。其实这也得看具体语境,当时鲁国季氏当权,鲁君形同虚设,孔子这是提醒季氏君毕竟是君,还不能那么轻慢无礼。此事发生在"侍坐于季孙"时,应该经转告、转述方为孔门所知晓。如上所说,虚构孔子故事似只发生在《庄子》等异门别家中,孔门自家一般不会虚构自己先生的事迹。这个故事具有明显的孔子独家色彩,不会出自别家之口,应是孔门所传诵。此事亦见其后的《新序·杂事第五》,所述完全相同,只有一句,前者称"今以往",后者称"自今以来",可知后者直接来自与前者相同的记录文本。

接下来要梳理的故事就都是有弟子跟随或陪同的了。其中有几则是发生在路上的。

其一是见于卷二的"孔子之郯遇齐程本子倾盖而语",聊到高兴处,令子路赠之"束帛十匹",却不见动静,再说时子路率尔而对曰:"昔者由也

---

① 许维遹:《韩诗外传集释》,中华书局1980年版,第200—201页。

闻之于夫子，士不中道相见，女无媒而嫁者君子不行也。"结果孔子赋起诗来："夫《诗》不云乎！'野有蔓草，零露溥兮。有美一人，清扬婉兮。邂逅相遇，适我愿兮。'且夫齐程本子，天下之贤士也，吾于是不赠，终身不之见也。大德不踰闲，小德出入可也。"①

其二是见于卷九的"孔子出游遇妇人中泽而哭"："孔子出游少源之野。有妇人中泽而哭，其音甚哀。孔子使弟子问焉，曰：'夫人何哭之哀？'妇人曰：'乡者刈蓍薪，亡吾蓍簪，吾是以哀也。'弟子曰：'刈蓍薪而亡蓍簪，有何悲焉！'妇人曰：'非伤亡簪也，盖不忘故也。'"② 故事要说的重点是"不忘故"。

其三是见于卷九的"姑布子卿为孔子相面"，说的是"孔子出卫之东门"，见迎面来了姑布子卿，便对弟子们说"有人将来，必相我者也，志之"；那边姑布子卿也说"有圣人将来"。于是待孔子下车后迎而视之，望而视之，然后对子贡说你老师"得尧之颡，舜之目，禹之颈，皋陶之喙。从前视之，盎盎乎似有王者；从后视之，高肩弱脊，此惟不及四圣者也"，听到子贡吁然，又说"远而望之，羸乎若丧家之狗，子何患焉！子何患焉"！对于这番话，"孔子无所辞，独辞丧家之狗耳，曰：'丘何敢乎？'"并对子贡解释说，"汝独不见夫丧家之狗欤！既敛而椁，布器而祭，顾望无人。意欲施之，上无明王，下无贤士方伯，王道衰，政教失，强陵弱，众暴寡，百姓纵心，莫之纲纪。是人固以丘为欲当之者也。丘何敢乎"！③

其四是见于卷一的"孔子过陈西门而不式"，而当时的情况是"荆伐陈，陈西门坏，因其降民使修之"，因此执辔的子贡不解："礼，过三人则下，二人则式。今陈之修门者众矣，夫子不为式，何也？"孔子曰："国亡而弗知，不智也；知而不争，非忠也；亡而不死，非勇也。修门者虽众，不能行一于此，吾故弗式也。"④

其五是见于卷一的"孔子南游楚遇阿谷处女"，说的是"孔子南游，适楚，至于阿谷之隧，有处子佩瑱而浣者"，孔子竟"抽觞以授子贡"，说

---

① 许维遹：《韩诗外传集释》，中华书局1980年版，第50—52页。
② 许维遹：《韩诗外传集释》，中华书局1980年版，第317—318页。
③ 许维遹：《韩诗外传集释》，中华书局1980年版，第323—324页。
④ 许维遹：《韩诗外传集释》，中华书局1980年版，第14页。

"善为之辞，以观其语"。于是子贡上前搭讪说"逢天之暑，思心潭潭，愿乞一饮，以表我心"，那妇人抢白道："阿谷之隧，隐曲之泛，其水载清载浊，流而趋海，欲饮则饮，何问妇人乎？"接过子贡手中的觞舀了一杯水放到沙滩上，说"礼固不亲受"。接下来孔子又"抽琴去其轸"，又"抽绤纮五两"，第二次、第三次让子贡去搭话，都没给好脸，最后那妇人竟说"子不早去，今窃有狂夫守之者矣"。① 在孔门故事中，这个有些另类和有趣。即便可能是别有所出而羼入，因其具有明显的讲诵特征，判为"说体"毫不为过。至于此篇是否先秦"说体"文本，《孔丛子·儒服》记有平原君与子高的对话："平原君问子高曰：吾闻子之先君南游，过乎阿谷，而交辞于漂女，信有之乎？答曰：阿谷之言，起于近世，殆是假其类以行其心者之为也。"② 如果此说属实，则"阿谷处女"这篇虽为假托，但至迟至战国中后期平原君之时当已经流传开来了。平原君说的是"吾闻"，则这故事分明是讲说传播的"说体"文本。

其六是见于卷九的"孔子行闻哭声，皋鱼悲'失之三'"，说的是"孔子行，闻哭声甚悲"，驱驾近前一看，"则皋鱼也。被褐拥镰，哭于道傍"，问"子非有丧，何哭之悲也"，皋鱼回答说"吾失之三矣：少而学，游诸侯，以后吾亲，失之一也；高尚吾志，间吾事君，失之二也；与友厚而小绝之，失之三矣"，并称"树欲静而风不止，子欲养而亲不待""往而不可追者，年也，去而不可得见者，亲也。吾请从此辞矣"，说完后竟"立槁而死"。孔子感叹道："弟子诫之，足以识矣。""于是门人辞归而养亲者十有三人"。③ 这个故事明显具有传奇色彩，也可能是别有所出而羼入，也因具有明显的讲诵特征而可断为出自"说体"。

以上几则都是发生在路途行进中，不具备当下记载的条件，因此，它们都更应该是事后的回顾、说道、转述、转告、传诵甚至是讲诵。

其中还有几则是发生在居所的。

其一是见于卷六的"简子带甲以围孔子舍"，宅被围，实乃缘于一场误会，因为"简子将杀阳虎，孔子似之"，简子把孔子当成了阳虎才围了孔子

---

① 许维遹：《韩诗外传集释》，中华书局1980年版，第2—4页。
② 付亚杰：《孔丛子校释》，中华书局2011年版，第297页。
③ 许维遹：《韩诗外传集释》，中华书局1980年版，第307—308页。

舍,"子路愠怒,奋戟将下,孔子止之",说如果是"诗书之不习,礼乐之不讲",这是丘之罪,若仅仅是以我为阳虎,这就不是我丘之罪,这是命也!咱们还是唱歌吧,于是"子路歌,孔子和之,三终而围罢"。①

其二是见于卷七的"曾子曰夫子瑟声有贪狼之志",说的是某天"孔子鼓瑟,曾子子贡侧门而听",曲终,曾子来了句"嗟乎!夫子瑟声殆有贪狼之志,邪僻之行,何其不仁,趋利之甚"!子贡没说话,进到屋里,孔子一眼就看出了他"有谏过之色,应难之状",放下瑟等他说话,"子贡以曾子之言告"。孔子长叹道:"嗟乎!夫参,天下贤人也,其习知音矣!乡者,丘鼓瑟,有鼠出游,狸见于屋,循梁微行,造焉而避,厌目曲脊,求而不得,丘以瑟淫其音,参以丘为贪狼邪僻,不亦宜乎!"②原来孔子鼓瑟模仿狸贪老鼠,被曾参听了出来。

其三是见于卷八的"曾子不避曾皙杖击,孔子闭门不见",说的是孔子不让曾子进屋见面。原来,"曾子有过,曾皙引杖击之,仆地,有间,乃苏,起曰:'先生得无病乎?'鲁人贤曾子,以告夫子。夫子告门人:'参来,勿内也。'"曾参不明白自己犯了哪样罪,觉得冤枉和不解,孔子自有理由:"汝不闻昔者舜为人子乎?小棰则待笞,大杖则逃。索而使之,未尝不在侧;索而杀之,未尝可得。今汝委身以待暴怒,拱立不去,杀身以陷父不义,其不孝孰大焉?"③

以上三个故事,第一个事出紧急,不可能当下记事;第二个是师徒三个人的一出"戏",都是"戏"中"角色",没有旁观记述者;第三个事情原委都是靠"以告"发生的。

其中还有一个是孔子出门造访弟子所治之境的,这就是见于卷六的"孔子过蒲三称善"。蒲是弟子子路所治,三年了,孔子去看看。"入境而善之,曰:'由恭敬以信矣。'入邑,曰:'善哉!由忠信以宽矣。'至庭,曰:'善哉!由明察以断矣。'子贡执辔而问曰:'夫子未见由,而三称善,可得闻乎?'孔子曰:'入其境,田畴草莱甚辟,此恭敬以信,故民尽力。入其邑,墉屋甚尊,树木甚茂,此忠信以宽,其民不偷。其庭甚闲,此明察以

---

① 许维遹:《韩诗外传集释》,中华书局1980年版,第226—227页。
② 许维遹:《韩诗外传集释》,中华书局1980年版,第269页。
③ 许维遹:《韩诗外传集释》,中华书局1980年版,第296页。

断，故民不扰也。'"① 这一则所述情节也是发生在途中，也以出自后来的转述更为适宜。

其中还有两个孔子与弟子子路、子贡、颜渊游山言志的，一为见于卷七的"子贡子路颜渊从游景山，孔子曰君子登高必赋"②，一为见于卷九的"孔子与子贡子路颜渊游于戎山之上"③，比对结果，会发现这两则实是一个故事的两个"版本"，有诸多重合之处：

其一，从游者均为子路、子贡和颜渊。

其二，所游者均为山麓，只不过一为景山（卷七），一为戎山（卷九）。

其三，孔子问"愿者何"（卷七）或让"各言尔志"（卷九）后，发言的顺序都是子路第一，子贡第二，颜渊第三。

其四，两次中各自所言，虽语句有异，但内容相同，子路愿"奋长戟，荡三军，进救两国之患"（卷七），"使将而攻之"（卷九）；子贡愿"不持一尺之兵，一斗之粮，解两国之难"（卷七），"不持尺寸之兵，斗升之粮，使两国相亲如弟兄"（卷九）；颜渊愿"主以道制，臣以德化""言仁义者赏，言战斗者死"（卷七），"得明王圣主为之相，使城郭不治，沟池不凿，阴阳和调，家给人足，铸库兵以为农器"（卷九），结果就是"由何进而救，赐何难之解"（卷七），"由来区区汝何攻？赐来便便汝何使"（卷九）。

其五，孔子听完弟子之言，对子路都称"勇士哉"，对子贡都称"辩士哉"，对颜回一称"圣士哉"（卷七），一称"大士哉"（卷九），意思相同。

一个故事变两个，这恰恰是"说体"辗转传诵的结果和证明。

2. 孔子弟子故事

《韩诗外传》中还有一些以孔子弟子为主人公的故事，在这些故事中，或者孔子还在，但只是作为配角或背景而存在；或者孔子已经不在，就单只是孔子弟子本身的故事。

见于卷二的"子路戏问，巫马期投鎌"，主要就是发生在孔子弟子子路和巫马期两人之间的故事，但孔子还在，是被告知事件者。"子路与巫马期

---

① 许维遹：《韩诗外传集释》，中华书局1980年版，第205页。
② 许维遹：《韩诗外传集释》，中华书局1980年版，第268—269页。
③ 许维遹：《韩诗外传集释》，中华书局1980年版，第319—321页。

薪于韫丘之下,陈之富人有虞师氏者,脂车百乘,觞于韫丘之上。子路与巫马期曰:'使子无忘子之所知,亦无进子之所能,得此富,终身无复见夫子,子为之乎?'"子路竟拿"得此富""终身无复见夫子"这样的假设开巫马期的玩笑,难怪巫马期真的生气,投镰于地说,"吾尝闻之夫子,勇士不忘丧其元,志士仁人不忘在沟壑。子不知予与?试予与?意者、其志与?"反问你自己是不是真有这想法!结果闹得不欢而散,"子路心惭,故负薪先归"。被老师叫住问"何为偕出而先返",子路将刚才发生的事情复述一遍,孔子一言不发,只是"援琴而弹"。① 这其实的确是士人们都要面对的一道"选择题"。

见于卷九的"堂衣若扣孔子之门",孔子还在,但没有开门,开门的是其弟子子贡,因为堂衣若叩打孔子之门,大喊的是:"丘在乎?丘在乎?"子贡很反感地应之曰:"君子尊贤而容众,嘉善而矜不能,亲内及外,己所不欲,勿施于人。子何言吾师之名焉?"堂衣若曰:"子何年少言之绞?"你年纪轻轻说话怎么这么绕口和别扭?子贡抓住"绞"字连连出击:"大车不绞,则不成其任;琴瑟不绞,则不成其音。子之言绞,是以绞之也。"堂衣若再来一句:"吾始以鸿之力,今徒翼耳!"原本以为你是只大鸟,原来只是翅膀(就只有嘴上的功夫)!子贡又反唇以驳:"非鸿之力,安能举其翼!"② 这只是一场口水战,但的确饶有兴味。

见于卷一的"鲍焦弃其蔬立槁于洛水之上"也是子贡的故事,这回没有孔子,只有子贡,且其"刀子口"惹出一条人命。当时"鲍焦衣弊肤见,挈畚持蔬,遇子贡于道",子贡说你"何以至于此",鲍焦说天下人都忘了德教,"吾何以不至于此",再说"世不己知而行之不已者,爽行也;上不己用而干之不止者,是毁廉也","行爽毁廉",却仍然这么做,都是"惑于利者也"。子贡挑人家毛病道,"吾闻之:非其世者,不生其利;污其君者,不履其土",你口口声声非世骂君,却挖人家野菜,履人家王土,这算什么?鲍焦被问了个正着,曰:"于戏!吾闻贤者重进而轻退,廉者易愧而轻死。"于是"弃其蔬而立槁于洛水之上"。③ 鲍焦以廉洁著称,《战国策·燕

---

① 许维遹:《韩诗外传集释》,中华书局1980年版,第68—70页。
② 许维遹:《韩诗外传集释》,中华书局1980年版,第314页。
③ 许维遹:《韩诗外传集释》,中华书局1980年版,第27—29页。

策》"苏代谓燕昭王"一节，苏代问燕昭王的话中就有"廉如鲍焦、史鰌"的说法；鲍焦枯死的传说，也并不始于《韩诗外传》，《韩非子·八说》就提到"鲍焦、华角，天下之所贤也，鲍焦木枯，华角赴河，虽贤不可以为耕战之士"。然而具体描述鲍焦枯死的故事情节却似乎始见于此。原来其死与子贡的言语刺激有关。

以上三个故事，第一个前半最初的版本就是出自子贡的复述，加上后半情节，只能是又被他人复述和转告；第二个子贡与堂衣若是在门外斗嘴，被孔门得知，也只能是来自其中一个或两人各自的复述和转告；第三个根本就只是一个传说，因为"立槁于洛水之上"实在太过离奇。

3. 孟子故事

《韩诗外传·卷九》中有几则孟子故事，实皆为孟母故事，多为后世所传诵。

其一即著名的"孟母断织教子"："孟子少时诵，其母方织，孟子辍然中止，乃复进，其母知其諠也，呼而问之曰：'何为中止？'对曰：'有所失复得。'其母引刀裂其织，以此诫之，自是之后，孟子不复諠矣。"①

其二是"孟母买东家豚肉"："孟子少时，东家杀豚，孟子问其母曰：'东家杀豚，何为？'母曰：'欲啖汝。'其母自悔而言曰：'吾怀妊是子，席不止，不坐；割不正，不食；胎教之也。今适有知而欺之，是教之不信也。'乃买东家豚肉以食之，明不欺也。"②

其三是"孟母止孟子出妇"："孟子妻独居，踞，孟子入户视之。白其母曰：'妇无礼，请去之。'母曰：'何也？'曰：'踞。'其母曰：'何知之？'孟子曰：'我亲见之。'母曰：'乃汝无礼也，非妇无礼。礼不云乎："将入门，问孰存；将上堂，声必扬；将入户，视必下。"不掩人不备也。今汝往燕私之处，入户不有声，令人踞而视之，是汝之无礼也，非妇无礼也。'于是孟子自责，不敢出妇。"③

这三则故事，前两则是孟子儿时之事，出自回忆和转告不言而喻；后一

---

① 许维遹：《韩诗外传集释》，中华书局1980年版，第306页。
② 许维遹：《韩诗外传集释》，中华书局1980年版，第306页。
③ 许维遹：《韩诗外传集释》，中华书局1980年版，第322页。

个是家中私下对话,且涉是否出妻之事,也只能是出自传闻而不会是出自记述。

(二) 三代故事

夏代之事,关于夏桀,《韩诗外传》有两则关联度很高的故事,起因都是"桀为酒池",导致的一是伊尹适汤,一是关龙逢被杀,最终则是夏朝覆亡。

"桀为酒池,伊尹适汤"见于卷二:

> 昔者桀为酒池糟堤,纵靡靡之乐,而牛饮者三千。群臣皆相持而歌,"江水沛兮!舟楫败兮!我王废兮!趣归于亳,亳亦大兮!"又曰:"乐兮乐兮!四壮骄兮!六辔沃兮!去不善兮从善,何不乐兮!"伊尹知大命之将去,举觞造桀曰:"君王不听臣言,大命去矣,亡无日矣。"桀相然而抃,盍然而笑曰:"子又妖言矣。吾有天下,犹天之有日也,日有亡乎?日亡,吾亦亡也。"于是伊尹接履而趋,遂适于汤,汤以为相。①

"桀为酒池,关龙逢进谏被杀"见于卷四:

> 桀为酒池,可以运舟;糟丘,足以望十里;而牛饮者三千人。关龙逢进谏曰:"古之人君,身行礼义,爱民节财,故国安而身寿。今君用财若无穷,杀人若恐弗胜,君若弗革,天殃必降,而诛必至矣。君其革之!"立而不去朝。桀因而杀之。②

"酒池肉林"多见于用来描述殷纣的荒淫(见《淮南子·本经训》《史记·殷本纪》),称"桀为酒池糟堤""糟丘",似始见于此,酒池可以"运舟",糟丘足望"十里",且"牛饮者三千人",已显露出传说越传越奇的夸

---

① 许维遹:《韩诗外传集释》,中华书局1980年版,第57—59页。
② 许维遹:《韩诗外传集释》,中华书局1980年版,第130页。

饰性痕迹。《尚书·汤誓》提到夏民有"时日曷丧，予及汝偕亡"之歌，这里桀称"日有亡乎？日亡，吾亦亡也"，或许由《汤誓》演绎而来。由"卷二"一节所附之歌，可推测故事或由赋诵讲唱而传播。

关于伊尹由夏归汤，或"五就桀五就汤"，文献多有提及，已见前述；身为间夏者，《韩诗外传》这里所述夏桀的荒淫与狂妄，群臣希望归附商亳的情绪，正都被伊尹看在眼里，此正是离开夏桀、回归商亳、一举灭夏的最好时机。关于桀杀关龙逢，也已多见于此前文献，如《庄子·人间世》托孔子之口称"且昔者桀杀关龙逢，纣杀王子比干"；《韩非子·十过》述"颜涿聚曰：'昔桀杀关龙逢而纣杀王子比干，今君虽杀臣之身以三之可也。'"；《人主》称"昔关龙逢说桀而伤其四肢，王子比干谏纣而剖其心，子胥忠直夫差而诛于属镂"；《吕氏春秋·功名》称"关龙逢、王子比干能以要领之死争其上之过，而不能与之贤名"；《新书·连语》称"下主者，桀纣是也。推侈恶来，进与为恶则行，比干龙逢，欲引而为善，则诛"，但都因偏于议论说理，只提事典，没有具体情节，这里说关龙逢因谏"酒池"之乐、"立而不去朝"，有了一定故事性，当是由讲诵所生，或者是记录讲诵才得见。

关于先周，《韩诗外传·卷十》援用有一则吴太伯故事，即"太伯去之吴"，说的是得知父亲大王亶甫贤其孙姬昌（周文王），而欲姬昌父季历为后以传位，太伯主动离开周地前往吴国，其所本当为《史记·周本纪》及《吴太伯世家》相关叙述之所本。《韩诗外传》先于《史记》而援引，是《史记》讲史援用先秦"说体"文本的一个证明，因此显得弥足珍贵：

> 大王亶甫有子曰太伯、仲雍、季历，历有子曰昌，太伯知大王贤昌，而欲季为后，太伯去，之吴。大王将死，谓曰："我死，汝往让两兄，彼即不来，汝有义而安。"大王薨，季之吴告伯仲，伯仲从季而归，群臣欲伯之立季，季又让。伯谓仲曰："今群臣欲我立季，季又让，何以处之？"仲曰："刑有所谓矣，要于扶微者。可以立季。"季遂立，而养文王，文王果受命而王。①

---

① 许维遹：《韩诗外传集释》，中华书局1980年版，第340页。

关于这个故事，用故事援用者所引孔子的话来说就是："太伯独见，王季独知；伯见父志，季知父心。故大王太伯王季可谓见始知终，而能承志矣。"就叙事而言，起始情节原本就是私下嘱托，所述又跨越几代之久，无疑是出自说者之口。

西周之事，包括武王伐纣在内，《韩诗外传》有几则不见于此前著述所援用而又颇富于传闻讲诵色彩者。

其一即是见于卷三的"武王伐纣楯折三，太公周公各有辞"：

> 武王伐纣，到于邢丘，楯折为三，天雨，三日不休。武王心惧，召太公而问曰："意者，纣未可伐乎？"太公对曰："不然。楯折为三者，军当分为三也。天雨三日不休，欲洒吾兵也。"武王曰："然何若矣？"太公曰："爱其人，及屋上乌；恶其人者，憎其骨馀。咸刘厥敌，靡使有馀。"武王曰："于戏！天下未定也！"周公趋而进曰："不然。使各度其宅，而佃其田，无获旧新。百姓有过，在予一人。"武王曰："于戏！天下已定矣。"乃修武勒兵于宁，更名邢丘曰怀，宁曰修武，行克纣于牧之野。①

伐纣途中楯折为三，大雨倾盆，太公诠释的是军当分三，雨洗兵器，大开杀戒，靡使有馀；周公强调的是天示警戒，仁待遗民，百姓有过，在予一人，展示的是太公尚功利、周公尚德行的不同特点。行军途中的对话，不适宜于史官当下记述，只能是事后的转述，其实更可能是"为说者"的演绎。这段叙事有比较具体的对话描摹，武王几次"于戏"，语气逼真，颇富于讲诵色彩。

其二是见于卷二的"商容辞三公"：

> 商容尝执羽籥，冯于马徒，欲以化纣而不能，遂去，伏于太行。及武王克殷，立为天子，欲以为三公。商容辞曰："吾常冯于马徒，欲以化纣而不能，愚也；不争而隐，无勇也；愚且无勇，不足以备乎三

---

① 许维遹：《韩诗外传集释》，中华书局1980年版，第94—95页。

公。"遂固辞不受命。①

商容也是先秦文献中经常提及的龙逄、箕子、比干式的抗纣贤臣,《荀子·大略》即有"武王始入殷,表商容之闾,释箕子之囚,哭比干之墓"之说,《吕氏春秋·离谓》也说"人主之无度者,无以知此,岂不悲哉？比干、苌弘以此死,箕子、商容以此穷,周公、召公以此疑,范蠡、子胥以此流"。由《韩诗外传》的这个故事才明白,原来商容曾先行"欲以化纣"而未果,遂藏于深山,又辞三公之封,难怪受到武王特别礼遇,表其闾以示推崇。就叙事而言,商容的独自所为需要依赖讲说才会为人所知,其辞武王之请不会是发生于自赴朝廷,当为被拜访之时。总之这只是个传说,不会是史书之文。又因先秦典籍已多有提及,这更应该是来自先秦的传诵与讲述。

其三是见于卷五的"三苗贯桑为一秀,周公言天下同一",说的是"成王之时,有三苗贯桑而生,同为一秀,大几满车,长几充箱",对此,周公回答成王之问的解释是"三苗同一秀,意者天下殆同一也",果然,"比几三年,累有越裳氏重九译而至,献白雉于周公",说是"受命国之黄发"曰"久矣！天之不迅风疾雨也,海不波溢也,三年于兹矣！意者中国殆有圣人,盍往朝之"。按卷三有"有谷生于庭而大拱",已见《吕氏春秋》,《吕氏春秋》称汤之时"有谷生於庭,昏而生,比旦而大拱"(《制乐》),也是植物异象,不过那个故事中谷物被视为妖象,商汤通过为善而"谷亡",这里"三苗贯桑同一秀"则被视为天下为一的吉祥之象,自有其新的构思和妙处；同时也由此可见都不过是"说者"的传诵和讲说。

(三) 春秋战国故事

"李离过听杀人自拘于廷伏剑死",见于卷二:

> 晋文侯使李离为大理,过听杀人,自拘于廷,请死于君。君曰："官有贵贱,罚有轻重,下吏有罪,非子之罪也。"李离对曰："臣居官为长,不与下吏让位；受爵为多,不与下吏分利。今过听杀人,而下吏

---

① 许维遹:《韩诗外传集释》,中华书局1980年版,第53—54页。

蒙其死，非所闻也。不受命。"君曰："自以为罪，则寡人亦有罪矣。"李离曰："法失则刑，刑失则死。君以臣为能听微决疑，故使臣为理。今过听杀人之罪，罪当死。"君曰："弃位委官，伏法亡国，非所望也。趣去，无忧寡人之心。"李离对曰："政乱国危，君之忧也；军败卒乱，将之忧也。夫无能以事君，闇行以临官，是无功不食禄也。臣不能以虚自诬。"遂伏剑而死。君子闻之曰："忠矣乎！"①

此事亦见《史记·循吏列传》，所述语句几乎完全相同，只是删去"罪当死"以下至"不能以虚自诬"一段对话，当为述史简洁需要所致。还有就是直称"晋文公"。由此可见《史记》述史所援用。《韩诗外传》这段叙事最后有"君子闻之曰"，可知当年此事为人所传诵，最初当为"说体"文本。

"楚庄王称沈令尹忠贤，樊姬掩口而笑"，见于卷二，说的是"楚庄王听朝罢晏，樊姬下堂而迎之"，问你退朝如此之晚"得无饥倦乎"，庄王说我"今日听忠贤之言，不知饥倦也"，当听说所谓忠贤就是沈令尹时，"樊姬掩口而笑"，说我跟您十一年，"岂不欲擅王之宠哉"，但还是"求美女而进之于王"，"与妾同列者十人，贤于妾者二人"，"今沈令尹相楚数年矣，未尝见进贤而退不肖也，又焉得为忠贤乎"！第二日早朝，庄王"以樊姬之言告沈令尹，令尹避席而进孙叔敖"。② 按"沈尹茎为孙叔敖游郢五年，庄王使人以王舆迎叔敖以为令尹"已见《吕氏春秋·赞能》，与此所述略异，但孙叔敖是由沈令尹举荐的，这一事实两者相同。由此可知此叙事描摹虽不无演绎成分，但故事当有所本，不完全出自后来拟托。

"楚庄王绝缨之会（王后扢牵衣，庄王令绝缨）"，见于卷七：

楚庄王赐其群臣酒，日暮酒酣、左右皆醉，殿上烛灭，有牵王后衣者，后扢冠缨而绝之，言于王曰："今烛灭，有牵妾衣者，妾扢其缨而绝之，愿趣火视绝缨者。"王曰："止。"立出令曰："与寡人饮、不绝

---

① 许维遹：《韩诗外传集释》，中华书局1980年版，第54—56页。
② 许维遹：《韩诗外传集释》，中华书局1980年版，第35—36页。

缨者,不为乐也。"于是冠缨无完者,不知王后绝冠缨者谁,于是王遂与群臣欢饮乃罢。后吴兴师攻楚,有人常为应行,合战者五,陷阵却敌,遂取大军之首而献之。王怪而问之曰:"寡人未尝有异于子,子何为于寡人厚也。"对曰:"臣先殿上绝缨者也,当时宜以肝胆涂地,负日久矣,未有所效,今幸得用,于臣之义,尚可为王破吴而强楚。"[1]

这是一个饶有兴味的知恩图报故事。当年自己因为醉酒犯下扯王后衣衫错误,被聪明的王后拔掉冠缨,眼看就要被逮个正着,却被庄王一句"不绝缨者不为乐"蒙混过去,救了一命。眼下战场上真刀真枪,自己当然要以死相拼,报答当年不杀之恩。值得注意的是行文中提到的战事是"吴兴师攻楚"。说起来,吴开始攻楚,使楚疲于奔命,始于楚庄王之子楚共王时申公巫臣携夏姬奔晋后自晋使吴,教吴战阵,报子重子反灭族分室之仇,详见前述"申公巫臣使楚臣疲于奔命"(《左传·成公七年》)条,这里称楚庄王时"吴兴师攻楚",显然带有拟托性质;其戏剧性,描摹性,则当以断为讲诵文本为宜,不似拟托创作的"书体"文本。按,此事亦见《说苑·复恩》,情节经过完全相同,所称战事为"居三年,晋与楚战",则比较符合当年史事。如前所述,《说苑》虽为后来刘向编辑,但实为对固有《说苑》的重编,所收大多为产生于先秦时代的传说和故事。既然此事亦见《说苑》,且同中有异,可知两者分别援自出自先秦之"说"的同源异流文本。比较而言,《说苑》的"版本"可能反而早出,《韩诗外传》这一"版本"则更似讲诵流传至战国甚至西汉之后的记录文本。

"'谔谔之臣'周舍死,赵简子酒酣涕泣",见于卷七,说的是赵简子之臣周舍曾"立于门下,三日三夜",简子使问"子欲见寡人何事",周舍回答说"愿为谔谔之臣,墨笔操牍,从君之过",从此"简子居则与之居;出则与之出"。周舍死后,某日与诸大夫饮于洪波之台,"酒酣,简子涕泣",诸大夫不知有何罪过,简子说你们都无罪,我只是想起了周舍曾说过,"千羊之皮,不若一狐之腋;众人诺诺,不若一士之谔谔。昔者商纣默默而亡,武王谔谔而昌",自从周舍死后,"吾未尝闻吾过也,吾亡无日矣,是以寡

---

[1] 许维遹:《韩诗外传集释》,中华书局1980年版,第256—257页。

人泣也"。① 这段叙事分别叙述当年周舍愿为"谔谔"之臣之情景与"谔谔"之臣去世后之情节，乃"为说者"所述的来龙去脉。按，《史记·赵世家》亦载此事，只不过改为叙述式："赵简子有臣曰周舍，好直谏。周舍死，简子每听朝，常不悦，大夫请罪。简子曰：'大夫无罪。吾闻千羊之皮不如一狐之腋。诸大夫朝，徒闻唯唯，不闻周舍之鄂鄂，是以忧也。'简子由此能附赵邑而怀晋人。"由《韩诗外传》的这段故事，可知《史记》叙事所援所本；由《韩诗外传》称"酒酣，简子涕泣"与《史记》称"每听朝常不悦"，可知此故事也有"版本"差异，则所援为"说体"无疑。

"魏文侯长子封中山，其傅使返为嗣"，见于卷八，说的是魏文侯长子击始封中山后返都为嗣之事，是一篇很精彩的长篇讲诵文本：

魏文侯有子曰击，次曰诉，诉少而立以嗣，封击中山。三年莫往来，其傅赵苍唐曰："父忘子，子不可忘父，何不遣使乎？"击曰："愿之，而未有所使也。"苍唐曰："臣请使。"击曰："诺。"于是乃问君所好与所嗜，曰："君好北犬，嗜晨鴈。"遂求北犬晨鴈赍行。苍唐至，曰："北蕃中山之君有北犬晨鴈，使苍唐再拜献之。"文侯曰："击知吾好北犬晨鴈也，则见使者。"文侯曰："击无恙乎？"苍唐唯唯而不对，三问而三不对。文侯曰："不对何也？"苍唐曰："臣闻：诸侯不名。君既已赐弊邑，使得小国侯，君问以名，不敢对也。"文侯曰："中山之君无恙乎？"苍唐曰："今者臣之来，拜送于郊。"文侯曰："中山之君长短若何矣？"苍唐曰："问诸侯，比诸侯；诸侯之朝，则侧者皆人臣，无所比之，然则所赐衣裘几能胜之矣。"文侯曰："中山之君亦何好乎？"对曰："好《诗》。"文侯曰："于《诗》何好？"曰："好《黍离》与《晨风》。"文侯曰："《黍离》何哉？"对曰："彼黍离离，彼稷之苗。行迈靡靡，中心摇摇。知我者谓我心忧；不知我者谓我何求。悠悠苍天，此何人哉？"文侯曰："怨乎？"曰："非敢怨也，时思也。"文侯曰："《晨风》谓何？"对曰："鴥彼晨风，郁彼北林。未见君子，忧心钦钦。如何如何！忘我实多。"于是文侯大悦，曰："欲知其子，视

---

① 许维遹：《韩诗外传集释》，中华书局1980年版，第247—249页。

其母;欲知其君,视其所使。中山君不贤,恶能得贤。"遂废太子诉,召中山君以为嗣。①

这篇叙事有诸多讲诵文本征象。其一,情节性强,叙事曲折有致,首尾完整。从长子击封中山,三年莫往来,其傅赵苍唐请求出使,问父何好,准备礼物,到至魏后通报礼物求见,魏文侯问长子击,赵苍唐反对称名,魏文侯改称中山君,问中山君个子高矮、何好,苍唐代赋《黍离》《晨风》,魏文侯召中山君以为嗣,前后经过娓娓道来,引人入胜。其二,描绘细致,如文侯问"击无恙乎","苍唐而不对,三问而不对",此情此景如在目前。其三,全盘呈现赋诗,有明显赋诵韵律。

按,此篇故事亦见《说苑·奉使》,同样为长篇讲诵文本,比此篇篇幅更长,描绘更为详尽生动。具体比对即可发现,两者确为同一故事,但具体叙述多有差异。其一,前者称"长子击""次曰诉""太子诉",后者称"太子击""少子挚";其二,前者称"其傅赵苍唐",后者称"舍人赵仓唐";其三,前者赵苍唐只说"父忘子,子不可忘父,何不遣使乎",后者赵仓唐说的是"为人子,三年不闻父问,不可谓孝。为人父,三年不问子,不可谓慈。君何不遣人使大国乎";其四,前者直接称"苍唐至,曰……""文侯曰……则见使者",后者称"仓唐至,上谒曰","文侯悦曰""召仓唐而见之";其五,苍唐反对直呼其名后,后者多出一句"文侯怵然为之变容";其六,前者皆为赵苍唐代中山君赋《黍离》《晨风》,后者先是"文侯自读《晨风》曰",后是"文侯复读《黍离》曰";尤其是其七,后者较前者多出一个小曲折:

> 文侯于是遣仓唐赐太子衣一袭,敕仓唐以鸡鸣时至。太子起拜,受赐发篋,视衣尽颠倒。太子曰:"趣早驾,君侯召击也。"仓唐曰:"臣来时不受命。"太子曰:"君侯赐击衣,不以为寒也,欲召击,无谁与谋,故敕子以鸡鸣时至,诗曰:'东方未明,颠倒衣裳,颠之倒之,自公召之。'"遂西至谒。文侯大喜,乃置酒而称曰:"夫远贤而近所爱,

---

① 许维遹:《韩诗外传集释》,中华书局1980年版,第279—282页。

非社稷之长策也。"乃出少子挚，封中山，而复太子击。①

由此可见，绝非后者本于前者，也非前者本于后者，乃是两者分别本于同源异流或同事异说的"说体"文本。鉴于《说苑》多辑先秦已有之文本，则大致可断定《韩诗外传》此篇乃是出自先秦"说体"文本。

"田子方骄魏太子"，或曰"田子方见魏太子不下车，曰贫贱可以骄人"，见于卷九，说的是"田子方之魏，魏太子从车百乘而迎之郊，太子再拜谒田子方，田子方不下车"，太子很不高兴，说"敢问何如则可以骄人矣"，田子方回答说"吾闻以天下骄人而亡者有矣，以一国骄人而亡者有矣。由此观之，则贫贱可以骄人矣。夫志不得，则授履而适秦楚耳，安往而不得贫贱乎"？于是"太子再拜而后退，田子方遂不下车"。②按田子方为魏文侯师，则此太子自是魏文侯太子。按，《史记·魏世家》亦叙此事，情节有同有异，称"伐中山，使子击守之，赵仓唐傅之。子击逢文侯之师田子方于朝歌，引车避，下谒。田子方不为礼。子击因问曰：'富贵者骄人乎？且贫贱者骄人乎？'子方曰：'亦贫贱者骄人耳。夫诸侯而骄人则失其国，大夫而骄人则失其家。贫贱者，行不合，言不用，则去之楚、越，若脱屣然，奈何其同之哉！'子击不怿而去"。③《说苑·尊贤》又是另一个"版本"，说"魏文侯从中山奔命安邑，田子方从（后）"，太子击"遇之，下车而趋"，"子方坐乘如故"，且对太子说"为我请君，待我朝歌"，去对你父亲说让他在朝歌等我。太子不悦，于是问田子方"不识贫穷者骄人，富贵者骄人乎"云云。后面多出的情节是"太子及文侯道田子方之语"，魏文侯感叹道："微吾子之故，吾安得闻贤人之言！"④同一个故事，生出这么多"版本"，可知都是援用"说体"，故事在辗转传诵讲说中不免"走样"。

"齐王与魏王称所'宝'"，见于卷十，说的是"齐宣王与魏惠王会田于郊"，魏王问"亦有宝乎"，齐王回答"无有"，魏王说"若寡人之小国也，尚有径寸之珠，照车前后十二乘者十枚，奈何以万乘之国无宝乎"，齐王说

---

① 向宗鲁：《说苑校证》，中华书局1987年版，第297—298页。
② 许维遹：《韩诗外传集释》，中华书局1980年版，第325—326页。
③ ［汉］司马迁：《史记》，中华书局1959年版，第1838页。
④ 向宗鲁：《说苑校证》，中华书局1987年版，第194—195页。

"寡人之所以为宝与王异":"吾臣有檀子者,使之守南城,则楚人不敢为寇,泗水上有十二诸侯皆来朝。吾臣有盼子者,使之守高唐,则赵人不敢东渔于河。吾臣有黔夫者,使之守徐州,则燕人祭北门,赵人祭西门,从而归之者十千余家。吾臣有种首者,使之备盗贼,而道不拾遗。吾将以照千里之外,岂特十二乘哉!"听闻这么一番说,"魏王惭,不怿而去"。① 同一故事,亦见《史记·田敬仲完世家》,主人公变成了齐威王与梁惠王,说"威王二十三年,与赵王会平陆。二十四年,与魏王会田于郊",魏王问"王亦有宝乎"云云。最后是"梁惠王惭,不怿而去"。②《说苑·反质》亦载有一个"称所'宝'"的故事,则人物、对话都差异极大:

> 经侯往适魏太子,左带羽玉具剑,右带环佩,左光照右,右光照左;坐有顷,太子不视也,又不问也。经侯曰:"魏国亦有宝乎?"太子曰:"有。"经侯曰:"其宝何如?"太子曰:"主信臣忠,百姓上戴。此魏之宝也。"经侯曰:"吾所问者,非是之谓也。乃问其器而已。"太子曰:"有。徒师沼治魏而市无豫贾,郄辛治阳而道不拾遗,芒卯在朝而四邻贤士无不相因而见。此三大夫乃魏国之大宝。"于是经侯默然不应,左解玉具,右解环佩,委之坐,愬然而起,默然不谢,趋而出,上车驱去。魏太子使骑操剑佩逐与经侯,使告经侯曰:"吾无德所宝,不能为珠玉所守;此寒不可衣,饥不可食,无为遗我贼。"于是经侯杜门不出,传死。③

由此可见,这些著作中的"称所'宝'"故事也当分别出自不同的"说体"文本,其中有的在辗转传诵讲说中发生了较大的歧变。其实,诸如此类称所"宝"者先秦已多有他见,《国语·楚语下》中的"赵简子问楚白珩,王孙圉论国宝"即是,只不过一个模式说来说去张冠李戴,冒出一些新的故事。

"使者失鸿巧辞",见于卷十,是一则善说故事:"齐使使献鸿于楚,鸿

---

① 许维遹:《韩诗外传集释》,中华书局1980年版,第341—342页。
② [汉]司马迁:《史记》,中华书局1959年版,第1891页。
③ 向宗鲁:《说苑校证》,中华书局1987年版,第522—523页。

渴，使者道饮，鸿獧笯溃失。使者遂之楚，曰：'齐使者献鸿，鸿渴，道饮，獧笯溃失。臣欲亡，为失两君之使不通；欲拔剑而死，人将以吾君贱士贵鸿也。獧笯在此，愿以污事。'楚王贤其言，辩其词，因留而赐之，终身以为上客。"①《史记·滑稽列传》中，"好读外家传语"的褚少孙所补"故事滑稽之语六章"中，有一章与此故事相关，此故事成了淳于髡口中所编派：

  昔者，齐王使淳于髡献鹄于楚。出邑门，道飞其鹄，徒揭空笼，造诈成辞，往见楚王曰："齐王使臣来献鹄，过于水上，不忍鹄之渴，出而饮之，去我飞亡。吾欲刺腹绞颈而死。恐人之议吾王以鸟兽之故令士自伤杀也。鹄，毛物，多相类者，吾欲买而代之，是不信而欺吾王也。欲赴佗国奔亡，痛吾两主使不通。故来服过，叩头受罪大王。"楚王曰："善，齐王有信士若此哉！"厚赐之，财倍鹄在也。②

此外，《说苑·奉使》也载有同样的故事，只不过又变成了魏文侯派舍人毋择献鹄于齐，人物说辞也不同：

  魏文侯使舍人毋择，献鹄于齐侯。毋择行道失之。徒献空笼，见齐侯曰："寡君使臣毋择献鹄，道饥渴，臣出而饮食之，而鹄飞冲天，遂不复反。念思非无钱以买鹄也，恶有为其君使，轻易其弊者乎？念思非不能拔剑刎头，腐肉暴骨于中野也，为吾君贵鹄而贱士也。念思非敢走陈、蔡之间也，恶绝两君之使，故不敢爱身逃死，来献空笼，唯主君斧质之诛。"齐侯大悦曰："寡人今者得兹言，三贤于鹄远矣。寡人有都郊地百里，愿献于大夫以为汤沐邑。"毋择对曰："恶有为其君使而轻易其弊，而利诸侯之地乎？"遂出不反。③

由此可以断定，它们也都是出自同源异流、因辗转讲诵而变动不居的

---

① 许维遹：《韩诗外传集释》，中华书局1980年版，第344—345页。
② [汉]司马迁：《史记》，中华书局1959年版，第3209—3210页。
③ 向宗鲁：《说苑校证》，中华书局1987年版，第309—310页。

"说体"文本。

"齐王厚送女，屠牛吐辞以疾"，见于卷九，说的是"齐王厚送女，欲妻屠牛吐，屠牛吐辞以疾"。其友曰："子终死腥臭之肆而已乎！何为辞之？"屠牛吐回答说："其女丑。"其友奇怪，你又没见人，怎么知道其女丑？屠牛吐说就是以吾屠牛的经验知之，"吾肉善，如量而去苦少耳；吾肉不善，虽以吾附益之，尚犹贾不售"，现今齐王赔着厚送子，肯定是因为他女儿很丑的缘故。其友后见之，果丑。① 看来屠牛吐自有他的经验和聪明在。这则故事颇富喜剧色彩，泛称齐王，不可实据，整个故事无疑属于"小说家言"。

"魏少子乳母身被十二矢"，见于卷九，说的是一位乳母宁死也不交出少子、并以身相护中箭而亡的惨烈故事：

> 秦攻魏，破之。少子亡而不得。令魏国曰："有得公子者，赐金千斤；匿者，罪至十族。"公子乳母与俱亡。人谓乳母曰："得公子者赏甚重，乳母当知公子处而言之。"乳母应之曰："我不知其处，虽知之，死则死，不可以言也。为人养子，不能隐而言之，是畔上畏死。吾闻：忠不畔上，勇不畏死。凡养人子者，生之，非务杀之也，岂可见利畏诛之故，废义而行诈哉！吾不能生而使公子独死矣。"遂与公子俱逃泽中。秦军见而射之，乳母以身蔽之，着十二矢，遂不令中公子。秦王闻之，飨以太牢，且爵其兄为大夫。②

这一故事不见于其他著作，只见于其后《列女传·节义传》中，题为"魏节乳母"，已经在此基础上做了较大幅度的演绎，变成了典型的"说书"文本（详后）。就《韩诗外传》这段叙事而言，情节性较强，旨在叙事，即便是拟托创作，也当用于讲诵而不似拟托创作以说理的书体文本。鉴于它此后向着赋诵演化，兹姑且断为先秦"说体"文本。叙事称"秦王闻之"，也是初始以传诵形式传播的一个证明。

---

① 许维遹：《韩诗外传集释》，中华书局1980年版，第332页。
② 许维遹：《韩诗外传集释》，中华书局1980年版，第311—312页。

"虢世子暴病死，扁鹊秦越人起死人"，见于卷十，长篇大论，具有传奇色彩和讲诵特征。当时"扁鹊过虢侯"，造宫，说"吾闻国中卒有壤土之事，得无有急乎"？得到的回答是"世子暴病而死"。扁鹊说"入言郑医秦越人能活之"，请进去通报一声，就说一个叫秦越人的郑国医生能将太子救活过来。庶子中有"好方者"出应之，先是问"吾闻上古医者曰茅父，茅父之为医也，以菅为席，以刍为狗，北面而祝之，发十言耳，诸扶舆而来者，皆平复如故。子之方岂能若是乎"？继而问"吾闻中古之医者曰踰跗，踰跗之为医也，搦脑髓，爪荒莫，吹区九窍，定脑脱，死者复生。子之方岂能若是乎"？扁鹊皆曰"不能"。于是中庶子不屑曰："苟如子之方，譬如以管窥天，以锥刺地，所窥者大，所见者小，所刺者巨，所中者少，如子之方，岂足以变骇童子哉？"扁鹊说一码归一码，"夫世子病，所谓尸蹶者，以为不然，试入诊世子股阴当温，耳焦焦如有啼者声，若此者，皆可活也"。中庶子遂入诊世子，果如所言，马上"报虢侯"。虢侯闻之，足跣而起，至门曰："先生远辱，幸临寡人，先生幸而治之，则粪土之息，得蒙天载地长为人；先生弗治，则先犬马填壑矣。"话没说完已是涕泣沾襟。扁鹊入，砥针砺石，治疗一番，"于是世子复生"。天下闻之，"皆以扁鹊能起死人也"。扁鹊说，我哪里是能"起死人"，只不过是"使夫当生者起"①。按，此故事亦见《史记·扁鹊仓公列传》，大致是对此事的改写，所本应即是此篇。此外《说苑·辨物》也有同样故事，情节、对话大致相同，但所称又是"扁鹊过赵王，王太子暴疾而死"，由此可知也有不同版本，乃出自"说体"无疑。

"东海勇士菑丘䜣杀三蛟一龙，要离往见之"，见于卷十，故事已见第一章第三节中"《韩诗外传》中的'传云''传曰'"部分所征引。神渊吞噬其马，菑丘欣"拔剑而入，三日三夜，杀三蛟一龙而出，雷神随而击之，十日十夜，眇其左目"，已属离奇；更有趣的是要离追到菑丘欣送丧的墓地当众辱之，晚上门户不闭等着菑丘欣前来攻击。菑丘欣果来，且以剑抵颈，连数要离死罪三，要离反唇相讥数他三不肖，"昏暮来谒，不肖一也；拔剑不刺，不肖二也；刃先辞后，不肖三也"，"菑丘欣引剑而去，曰：'嘻！所

---

① 许维遹：《韩诗外传集释》，中华书局1980年版，第345—348页。

不若者，天下惟此子尔！'"菑丘欣是勇士，要离也不在话下。按《吕氏春秋·忠廉》援用的"吴王欲杀王子庆忌，要离行刺不果伏剑死"也已见前述。这些故事已具有明显的讲诵特征，已是"说体"向文学叙事发展的过渡形态。

第四节　《史记》与先秦"说体"故事的辨析与挖掘

《史记》作为一部纪传体通史，上起司马迁所认定的信史时代黄帝，下迄他正式铺开撰史的汉武帝太初元年，囊括了司马迁所处时代意义上的古代史、近代史、当代史。先秦，即上古至战国，理所当然是其中的重要部分；援用包括先秦"说体"文本在内的各种史料以撰史，乃属必然。因此，考察先秦"说体"文本，《史记》也应是重要依据和参照。

与上述《韩非子》《吕氏春秋》《新书》《淮南子》《韩诗外传》等诸子援用"说体"乃是借用以说理不同，《史记》近于《国语》《左传》，作为述史之作，援用"说体"与其宗旨直接相关，因此可以视为先秦"说体"文本的直接载体。

将前著一路考察过来，再看《史记》，会发现其中所述五帝、三代、春秋、战国诸史事，凡属描述具体者，多为采录、援用固有"说体"文本所致，与前著大量互见，其价值即在于可用来与前著比对，以进一步见出异同多寡，对"说体"部分互为参证、确证和补证。此外，《史记》中还有一些不见前述的"独家"者，则因毕竟已是汉代成书，需要经过辨析以判定初始文本是来自"说体"还是"书体"，刘向编辑的《新序》与《说苑》，因其故事集锦性质，正可以用来作为辨析的参照。

一、《史记》中可与前述"说体"文本互证者

互证，可以包括两个方面。其一是由彼此差异形成的不同"版本"，进一步判定两者分别援用了"说体"文本，其二，是由彼此多寡详略的不同，互相补充印证，丰富"说体"故事的情节和内容。

(一) 与前述说法有异可见不同"版本"者

具体比对，会发现《史记》所述与前述互见的部分中，有几乎全同、大同小异、有同有异、小同大异等多种情况。兹特别捡出其中有同有异、小同大异的部分列举辨析，以其明显差异进一步见出所援"说体"因辗转讲诵发生变异的典型形态。

1. 与《左传》有异者

《史记》所述与《左传》有异者最典型的篇目是"晋讨赵同赵括，韩厥举赵氏孤儿"。《左传》记述此事分别见于《成公四年》《成公五年》《成公八年》：

> 晋赵婴通于赵庄姬（《成公四年》）。五年，春，原、屏放诸齐。婴曰："我在，故栾氏不作。我亡，吾二昆其忧哉。且人各有能、有不能，舍我，何害？"弗听。婴梦天使谓己："祭余，余福女。"使问诸士贞伯。贞伯曰："不识也。"既而告其人曰："神福仁而祸淫。淫而无罚，福也。祭，其得亡乎？"祭之，之明日而亡。（《成公五年》）①
>
> 晋赵庄姬为赵婴之亡故，谮之于晋侯，曰："原、屏将为乱。"栾、郤为征。六月，晋讨赵同、赵括。武从姬氏畜于公宫。以其田与祁奚。韩厥言于晋侯曰："成季之勋，宣孟之忠，而无后，为善者其惧矣。三代之令王皆数百年保天之禄。夫岂无辟王？赖前哲以免也。周书曰：'不敢侮鳏寡。'所以明德也。"乃立武，而反其田焉。（《成公八年》）②

据《左传·僖公二十三年》《僖公二十四年》，赵衰随公子重耳"奔狄"，"狄人伐廧咎如，获其二女叔隗、季隗"，"公子取季隗"，"以叔隗妻赵衰"，生赵盾。重耳返国为晋文公后，又"妻赵衰"，将女儿嫁给赵衰，"生原同、屏括、楼婴"，即引文中提到的原、屏、赵婴。若依此，则三人

---

① 《春秋左传正义》，见《十三经注疏》，中华书局1980年版，第1901页。
② 《春秋左传正义》，见《十三经注疏》，中华书局1980年版，第1904—1905页。

似皆是赵盾的同父异母弟。赵庄姬则是赵盾之子赵庄子朔之妻,晋文公子晋成公的女儿,晋景公之姊。《成公四年》直称"赵婴通于赵庄姬",则必是赵朔已去世,叔父与侄媳私通。身为亲兄弟的赵同(原同)、赵括(屏括)第二年得知隐情,岂能任凭这种事发展,坚持要将赵婴赶去齐国,以免再生事端,谁知偏偏激发矛盾,惹出杀身之祸。三年后,即鲁成公八年,赵庄姬告赵同赵括谋反,与赵氏争权的栾氏、郤氏正好从中作梗,于是"晋讨赵同赵括",赵氏被灭,田产被分,唯有赵武因"从姬氏畜于公宫"才幸免于难。多赖晋大夫韩厥进言,说成季(赵衰)、宣孟(赵盾)于晋功勋卓著,却"无后",以后谁还肯尽心于国?晋侯这才立赵武为赵氏之嗣,并归还了田产。

《史记》述及此事分别见于《晋世家》《赵世家》和《韩世家》,尤以《赵世家》所述最详。《晋世家》为简述,尚看不出与《左传》太大差异:"十七年,诛赵同、赵括,族灭之。韩厥曰:'赵衰、赵盾之功岂可忘乎?奈何绝祀!'乃复令赵庶子武为赵后,复与之邑。"① 直称"诛",没有提到任何原因,无法辨识异同;直称赵武为"赵庶子",与《左传》似有异。《左传》虽未明言赵武是嫡是庶,但能"从姬氏畜于公宫",当为赵庄姬亲生之子;《晋世家》此说与《赵世家》也有异(详下)。

《赵世家》则几乎讲述了一个与《左传》完全不同的故事。其中最重要的差异,事端之起,是屠岸贾徇私报复赵氏,而不是赵庄姬与其叔父赵婴私通。人物关系也发生了极大的变化:

> 晋景公之三年,大夫屠岸贾欲诛赵氏。……屠岸贾者,始有宠于灵公,及至于景公而贾为司寇,将作难,乃治灵公之贼以致赵盾……韩厥曰:"灵公遇贼,赵盾在外,吾先君以为无罪,故不诛。今诸君将诛其后,是非先君之意而今妄诛。……"屠岸贾不听。韩厥告赵朔趣亡。朔不肯,曰:"子必不绝赵祀,朔死不恨。"韩厥许诺,称疾不出。贾不请而擅与诸将攻赵氏于下宫,杀赵朔、赵同、赵括、赵婴齐,皆灭其族。

---

① [汉]司马迁:《史记》,中华书局1959年版,第1679页。

赵朔妻成公姊，有遗腹，走公宫匿。赵朔客曰公孙杵臼，杵臼谓朔友人程婴曰："胡不死？"程婴曰："朔之妇有遗腹，若幸而男，吾奉之；即女也，吾徐死耳。"居无何，而朔妇免身，生男。屠岸贾闻之，索于宫中。夫人置儿裤中祝曰："赵宗灭乎，若号；即不灭，若无声。"及索，儿竟无声。已脱，程婴谓公孙杵臼曰："今一索不得，后必且复索之，奈何？"公孙杵臼曰："立孤与死孰难？"程婴曰："死易，立孤难耳。"公孙杵臼曰："赵氏先君遇子厚，子强为其难者，吾为其易者，请先死。"乃二人谋取他人婴儿负之，衣以文葆，匿山中。程婴出，谬谓诸将军曰："婴不肖，不能立赵孤。谁能与我千金，吾告赵氏孤处。"诸将皆喜，许之，发师随程婴攻公孙杵臼。杵臼谬曰："小人哉程婴！昔下宫之难不能死，与我谋匿赵氏孤儿，今又卖我。纵不能立，而忍卖之乎！"抱儿呼曰："天乎天乎！赵氏孤儿何罪？请活之，独杀杵臼可也。"诸将不许，遂杀杵臼与孤儿。诸将以为赵氏孤儿良已死，皆喜。然赵氏真孤乃反在，程婴卒与俱匿山中。

居十五年，晋景公疾，卜之，大业之后不遂者为祟。景公问韩厥，厥知赵孤在，乃曰："大业之后在晋绝祀者，其赵氏乎？……今吾君独灭赵宗，国人哀之，故见龟策。唯君图之。"景公问："赵尚有后子孙乎？"韩厥具以实告。于是景公乃与韩厥谋立赵孤儿……于是召赵武、程婴遍拜诸将，遂反与程婴、赵武攻屠岸贾，灭其族。复与赵武田邑如故。

及赵武冠，为成人，程婴乃辞诸大夫，谓赵武曰："昔下宫之难，皆能死。我非不能死，我思立赵氏之后。今赵武既立，为成人，复故位，我将下报赵宣孟与公孙杵臼。"赵武啼泣顿首固请，曰："武愿苦筋骨以报子至死，而子忍去我死乎！"程婴曰："不可。彼以我为能成事，故先我死；今我不报，是以我事为不成。"遂自杀。赵武服齐衰三年，为之祭邑，春秋祠之，世世勿绝。①

这个"版本"，事发时赵朔还在世，是赵朔亲自托付韩厥保赵氏血脉

---

① ［汉］司马迁：《史记》，中华书局1959年版，第1783—1785页。

"不绝";赵朔与赵同、赵括似是同辈关系,一同被屠岸贾杀掉;赵婴齐也一起被屠岸贾所杀,而不是被同胞兄弟赵同、赵括所逐;赵朔所妻乃晋成公之姊,亦即晋景公之姑母;赵武乃是朔妇所生之遗腹子,自是赵氏嫡子,此说与《史记》自家的《晋世家》又有不同。还有,若据《赵世家》前文所述,赵同、赵括、赵婴齐当是赵盾之同父异母兄(《赵世家》:"翟伐廧咎如,得二女,翟以其少女妻重耳,长女妻赵衰而生盾。初,重耳在晋时,赵衰妻亦生赵同、赵括、赵婴齐。赵衰从重耳出亡,凡十九年,得反国。""赵衰既反晋,晋之妻固要迎翟妻,而以其子盾为适嗣,晋妻三子皆下事之。")而《赵世家》全新的部分,也是重心所在,是赵朔客公孙杵臼与赵朔友程婴一死一诈(事成后亦死)保住赵氏孤儿的情节。这个部分,无疑有讲诵演绎的成分,已经十分接近"话本小说"之风。这里要强调的是,《左传》《史记》,《史记》中的《晋世家》《赵世家》关于事件原委、人物关系的说法会生出这许多"版本",是典型的"说体"而非"书体"。

2. 与《吕氏春秋》有异者

《史记》所述与《吕氏春秋》明显有异者有几则。

其一是"为妾生微子,为妻而生纣(辛母正后,辛为嗣)"。

故事讲述殷纣王越其兄微子启而立为嗣的原委,事题前文为《吕氏春秋》所述,括弧中是《史记》所述,已经显示出两者的差异。前者的说法是兄弟俩为同母所生,只不过其母生微子启时尚为妾,生纣时升为正妻,纣作为正妻之子虽然年少,但理所当然地成了嗣子并最终成为殷王:

> 纣之同母三人,其长曰微子启,其次曰中衍,其次曰受德。受德乃纣也,甚少矣。纣母之生微子启与中衍也,尚为妾,已而为妻而生纣。纣之父、纣之母欲置微子启以为太子,太史据法而争之曰:"有妻之子,而不可置妾之子。"纣故为后。用法若此,不若无法。(《吕氏春秋·当务》)①

《史记·殷本纪》所述不是这种有些奇怪的一人身份之演变,而是一般性的

---

① 《吕氏春秋》,[汉]高诱注,见《诸子集成》6,上海书店1986年版,第111页。

平行关系，母亲是两位而非一位，自然有嫡庶贵贱之分：

> 帝乙长子曰微子启，启母贱，不得嗣。少子辛，辛母正后，辛为嗣。帝乙崩，子辛立，是为帝辛，天下谓之纣。（《史记·殷本纪》）

其实两者所援文本都是在按照至周代始完备的嫡长子嗣位的宗法世袭思路在说事，而说法的不同，正显示了都是本于"说"而没有记录在案的"书体"文本作依据。

其二是"伯夷叔齐饿于首阳"。

伯夷、叔齐，是古代廉洁形象的代表，多被称道，《论语·述而》记述冉有想知道"夫子为卫君乎"，即是否赞同卫侯辄与父亲太子蒯聩争位，子贡便去问孔子"伯夷、叔齐何人也"？得到的回答是"古之贤人也"，又问"怨乎"，孔子曰："求仁而得仁，又何怨？"于是子贡知道了，"夫子不为也"，孔子既然赞美伯夷叔齐，自然是反对卫侯的了。《论语·季氏》还有一节半截话，只有这么一句："齐景公有马千驷，死之日，民无德而称焉。伯夷叔齐饿于首阳之下，民到于今称之。其斯之谓与？"不知这话是谁说的，也不知这"斯之谓"是指什么，但却透露了伯夷叔齐传说的基本情节，即具有令人称道的德行，但却饿死首阳山下。此外，孔子还说过"不降其志，不辱其身，伯夷叔齐与？"（《论语·微子》）"伯夷、叔齐不念旧恶，怨是用希。"（《论语·公冶长》）具体何指，就也都不明所以了。

直接述及伯夷、叔齐事迹的是《庄子·让王》和《吕氏春秋·诚廉》，但两篇中伯夷、叔齐不满于周道的话语过于雷同，一定存在非此即彼抄录而来的情况，不然就是两者都抄自另外的同一篇。不过具体比对，会发现两者关于两人批评之语之所由发的叙事并不相同：

> 昔周之兴，有士二人处于孤竹，曰伯夷、叔齐。二人相谓曰："吾闻西方有人，似有道者，试往观焉。"至于岐阳，武王闻之，使叔旦往见之。与盟曰："加富二等，就官一列。"血牲而埋之。二人相视而笑，曰："嘻，异哉！此非吾所谓道也。昔者神农之有天下也……"（《庄

子·让王》)①

昔周之将兴也，有士二人处于孤竹，曰伯夷、叔齐。二人相谓曰："吾闻西方有偏伯焉，似将有道者，今吾奚为处乎此哉？"二子西行如周，至于岐阳，则文王已殁矣，武王即位。观周德，则王使叔旦就胶鬲于次四内，而与之盟曰："加富三等，就官一列。"为三书，同辞，血之以牲，埋一于四内，皆以一归。又使保召公就微子开于共头之下，而与之盟曰："世为长侯，守殷常祀，相奉桑林，宜私孟诸。"为三书，同辞，血之以牲，埋一于共头之下，皆以一归。伯夷、叔齐闻之，相视而笑曰："嘻！异乎哉！此非吾所谓道也。昔者神农氏之有天下也……"(《吕氏春秋·诚廉》)②

《庄子·让王》的版本是武王使叔旦与伯夷叔齐盟，《吕氏春秋》的版本是伯夷叔齐见识了武王使叔旦与胶鬲、微子盟。但从语句间或雷同的情况判断，总感觉是《庄子·让王》抄漏了，或压缩太过改变了句意。当以《吕氏春秋》所述比较合理。

这样，尽管伯夷叔齐肯定有故事，但《吕氏春秋》是据"说体"还是"书体"仍不能肯定。

还有，关于两人的结局，《让王》所说是"二子北至于首阳之山，遂饿而死焉"，《吕氏春秋》所说则是"二子北行，至首阳之下而饿焉"，一称"饿死"，一只称"饿"，还是有所不同。

《史记·伯夷列传》引用"传曰"，讲述了另一个"版本"的伯夷叔齐故事：

伯夷、叔齐，孤竹君之二子也。父欲立叔齐，及父卒，叔齐让伯夷。伯夷曰："父命也。"遂逃去。叔齐亦不肯立而逃之。国人立其中子。于是伯夷、叔齐闻西伯昌善养老，盍往归焉。及至，西伯卒，武王载木主，号为文王，东伐纣。伯夷、叔齐叩马而谏曰："父死不葬，爰

---

① [清] 王先谦：《庄子集解》，见《诸子集成》3，上海书店1986年版，第194页。
② 《吕氏春秋》，[汉] 高诱注，见《诸子集成》6，上海书店1986年版，第119—120页。

及干戈，可谓孝乎？以臣弒君，可谓仁乎？"左右欲兵之。太公曰："此义人也。"扶而去之。武王已平殷乱，天下宗周，而伯夷、叔齐耻之，义不食周粟，隐于首阳山，采薇而食之。及饿且死，作歌。其辞曰："登彼西山兮，采其薇矣。以暴易暴兮，不知其非矣。神农、虞、夏忽焉没兮，我安适归矣？于嗟徂兮，命之衰矣！"遂饿死于首阳山。（《史记·伯夷列传》）①

由这不同的"版本"，可知伯夷叔齐的确是一直在被传诵着，讲说着。
其三，"戏诸侯博美人一笑"。

这也是一个十分有名的历史故事，连带着周幽王亡西周的惨痛记忆。其核心情节是周幽王宠幸褒姒，褒姒笑颜迷人，却难得一笑，为博美人一笑，幽王不惜以戏弄诸侯前来救援为代价，结果真到需要救援时，诸侯已经不信，援兵不到，幽王身死国破。而用来召唤诸侯前来的手段，却一个是"击鼓"，一个是"举烽火"：

周宅酆镐，近戎人。与诸侯约：为高葆，祷于王路，置鼓其上，远近相闻。即戎寇至，传鼓相告，诸侯之兵皆至救天子。戎寇当（尝）至，幽王击鼓，诸侯之兵皆至，褒姒大说，喜之。幽王欲褒姒之笑也，因数击鼓，诸侯之兵数至而无寇。至于后戎寇真至，幽王击鼓，诸侯兵不至，幽王之身乃死于丽山之下，为天下笑。（《吕氏春秋·疑似》）②

褒姒不好笑，幽王欲其笑万方，故不笑。幽王为烽燧大鼓，有寇至则举烽火。诸侯悉至，至而无寇，褒姒乃大笑。幽王说之，为数举烽火。其后不信，诸侯益亦不至。幽王以虢石父为卿，用事，国人皆怨。石父为人佞巧善谀好利，王用之。又废申后，去太子也。申侯怒，与缯、西夷犬戎攻幽王。幽王举烽火征兵，兵莫至。遂杀幽王骊山下，虏褒姒，尽取周赂而去。（《史记·周本纪》）③

---

① ［汉］司马迁：《史记》，中华书局1959年版，第2123页。
② 《吕氏春秋》，［汉］高诱注，见《诸子集成》6，上海书店1986年版，第289页。
③ ［汉］司马迁：《史记》，中华书局1959年版，第148—149页。

就当时来说，究竟是以什么为警？比较而言，"击鼓"有些旁证。其一是《史记》版本一开始也提到了"为烽燧大鼓"，不知后面怎么就说成了"举烽火"；其二是《韩非子·外储说左上》有一则"楚厉王醉而过击鼓"，说的就是"楚厉王有警，为鼓以与百姓为戍"，后来只因"饮酒醉，过而击之也，民大惊"，厉王虽然做了解释，但还是"有警，击鼓而民不赴"，只好"乃更令明号而民信之"。

其三是"曹翙怀剑劫桓公于坛上（曹沫以匕首劫桓公于坛上）"。

此事分别见于《吕氏春秋·贵信》和《史记·刺客列传》，事题也显示了两者的差异，前者称"曹翙"，后者称曹沫；前者是以剑，后者是以匕首。不过具体比对，会发现两者的差异还不止这两点：

> 齐桓公伐鲁。鲁人不敢轻战，去鲁国五十里而封之。鲁请比关内侯以听，桓公许之。曹翙谓鲁庄公曰："君宁死而又死乎，其宁生而又生乎？"庄公曰："何谓也？"曹翙曰："听臣之言，国必广大，身必安乐，是生而又生也；不听臣之言，国必灭亡，身必危辱，是死而又死也。"庄公曰："请从。"于是明日将盟，庄公与曹翙皆怀剑至于坛上。庄公左搏桓公，右抽剑以自承，曰："鲁国去境数百里。今去境五十里，亦无生矣。钧其死也，戮于君前。"管仲、鲍叔进。曹翙按剑当两陛之间曰："且二君将改图，毋或进者！"庄公曰："封于汶则可，不则请死。"管仲曰："以地卫君，非以君卫地。君其许之！"乃遂封于汶南，与之盟。归而欲勿予，管仲曰："不可。人特劫君而不盟，君不知，不可谓智；临难而不能勿听，不可谓勇；许之而不予，不可谓信。不智不勇不信，有此三者，不可以立功名。予之，虽亡地，亦得信。以四百里之地见信于天下，君犹得也。"（《吕氏春秋·贵信》）①

> 曹沫者，鲁人也，以勇力事鲁庄公。庄公好力。曹沫为鲁将，与齐战，三败北。鲁庄公惧，乃献遂邑之地以和。犹复以为将。齐桓公许与鲁会于柯而盟。桓公与庄公既盟于坛上，曹沫执匕首劫齐桓公，桓公左右莫敢动，而问曰："子将何欲？"曹沫曰："齐强鲁弱，而大国侵鲁亦

---

① 《吕氏春秋》，[汉]高诱注，见《诸子集成》6，上海书店1986年版，第251页。

甚矣。今鲁城坏即压齐境，君其图之。"桓公乃许尽归鲁之侵地。既已言，曹沫投其匕首，下坛，北面就群臣之位，颜色不变，辞令如故。桓公怒，欲倍其约。管仲曰："不可。夫贪小利以自快，弃信于诸侯，失天下之援，不如与之。"于是桓公乃遂割鲁侵地，曹沫三战所亡地尽复予鲁。(《史记·刺客列传》)①

劫桓公之前，前者所述是鲁庄公先欲比关内侯以听桓公，曹翙主动建议采取行动，并说了一番打算死还是打算生、听臣之言如何不听臣言如何的豪言，庄公当然想要生；后者所述，是曹沫自己三败北，什么也没说，就等着有机会扳回一局。会盟之时，前者所述是庄公与曹翙皆怀剑至于坛上，两人一起行动，庄公对付桓公，曹翙对付大臣；后者所述是曹沫自己执匕首劫桓公。答应退还侵地并定盟后，前者所述是回去后桓公又欲反悔被管仲劝住；后者所述是就在现场，见曹沫劫过人后没事人一样，桓公气不过，随即就想反悔，同样是被管仲劝住。如此看来，两者显然是分别援用了流传过程中已经变异的"说体"文本，所以会出现这样那样的差异。

其四是"赵襄子灭代，代王妻磨笄"。

分别见于《吕氏春秋·长攻》和《史记·赵世家》。《吕氏春秋》的"版本"详见前述，说的是赵简子病，召太子毋恤而告之曰："我死已葬，服衰而上夏屋之山以望。"及父亲去世后赵襄子遵嘱"上于夏屋，以望代俗"，看到的是"其乐甚美"，于是悟出"先君必以此教之也"。于是"及归，虑所以取代，乃先善之"，包括将自己的姐姐嫁给代王。后来请代王饮酒，准备了大金斗，"酒酣，反斗而击之"，只一下便使代王"脑涂地"。"其妻遥闻之状，磨笄以自刺"。

《史记·赵世家》所述则是另外一个"版本"，即"藏宝符于山"的版本，决定取代的那次登山以望代首先是和立储、更换太子联系在一起（详下），发生在赵简子去世之前；且开始所登之山是常山，后来才是登夏屋之山以"请代王"；后来摩笄自杀的襄子姊原本就是代王夫人，而不是决定灭代后才嫁给代王以为诱饵：

---

① [汉]司马迁：《史记》，中华书局1959年版，第2515—2516页。

>……自是之后，简子尽召诸子与语，毋恤最贤。简子乃告诸子曰："吾藏宝符于常山上，先得者赏。"诸子驰之常山上，求，无所得。毋恤还，曰："已得符矣。"简子曰："奏之。"毋恤曰："从常山上临代，代可取也。"简子于是知毋恤果贤，乃废太子伯鲁，而以毋恤为太子。……
>
>晋出公十七年，简子卒，太子毋恤代立，是为襄子。
>
>襄子姊前为代王夫人。简子既葬，未除服，北登夏屋，请代王。使厨人操铜枓以食代王及从者，行斟，阴令宰人各以枓击杀代王及从官，遂兴兵平代地。其姊闻之，泣而呼天，摩笄自杀。代人怜之，所死地名之为摩笄之山。遂以代封伯鲁子周为代成君。①

就其中有些细节而言，两个版本颇有重合。如前者提到"服衰而上夏屋之山"，后者也说"未除服北登夏屋"；前者称"反斗而击之"，后者称"阴令宰人各以枓击杀代王及从官"，这应该是初始"说体"文本都有的部分，只是后来在辗转讲说中发生了变异。

3. 与《韩非子》有异者

《史记》所述与《韩非子》明显有异者是"太宰嚭遗大夫种书（范蠡遗大夫种书）"，分别见于《韩非子·内储说下》和《史记·越王句践世家》。如果两人分别写了两封书信给大夫种，那就只能说各自述说了各自的事情。问题是所说的书信是同一封，都有"狡兔尽""狡兔死"云云，却被说成是不同的人所写，自然仍属同事异说。因为写书信者发生了变化，写信时间也就有所不同：

>越王攻吴王，吴王谢而告服，越王欲许之，范蠡、大夫种曰："不可。昔天以越与吴，吴不受，今天反夫差，亦天祸也。以吴予越，再拜受之，不可许也。"太宰嚭遗大夫种书曰："狡兔尽则良犬烹，敌国灭则谋臣亡。大夫何不释吴而患越乎？"大夫种受书读之，太息而叹曰：

---

① [汉] 司马迁：《史记》，中华书局1959年版，第1789、1793—1794页。

"杀之，越与吴同命。"（《韩非子·内储说下》）①

　　句践已平吴……当是时，越兵横行于江、淮东，诸侯毕贺，号称霸王。范蠡遂去，自齐遗大夫种书曰："蜚鸟尽，良弓藏；狡兔死，走狗烹。越王为人长颈鸟喙，可与共患难，不可与共乐。子何不去？"种见书，称病不朝。人或谗种且作乱，越王乃赐种剑曰："子教寡人伐吴七术，寡人用其三而败吴，其四在子，子为我从先王试之。"种遂自杀。（《史记·越王句践世家》）②

前者所述，遗书信者是敌对方的太宰嚭，见范蠡、大夫种极力劝阻越王句践吴王告服，于是给大夫种写封信，提醒你千万别太卖力，事成后离你的死期就不远了，为的是离间越国的君臣关系；大夫种感叹若说良臣都是个死，在吴在越一个样。后者所述，遗书信者是同僚范蠡，时间上自然变成了已经灭吴后，范蠡去泛舟五湖了，还没忘了劝老搭档也学自己潇洒些。两者所述接到信之后的情况也不同，前者只在感叹中提到了死，但没有说究竟死没死；后者则具体描述了越王赐剑令其自刎的惨烈一幕。

4. 与《韩诗外传》有异者

《史记》所述与《韩诗外传》差异最大者是"赵简子立储"，或者更应该称为"赵简子立贤"，具体来说就是"赵简子黜伯鲁而立无恤"。两个版本除了这基本关系和基本事实尚属同一件事，其余情节几乎完全是两个故事。

《韩诗外传》此文本已佚，见于《太平御览》卷一百四十六《皇亲部》十二引：

　　赵简子太子名伯鲁，小子名无恤。简子自为二书牍，亲自表之，书曰："节用听聪，敬贤勿慢，使能勿贱。"与二子，使诵之。居三年，简子坐清台之上，问二书所在？伯鲁忘其表，令诵不能得。无恤出其书

---

① ［清］王先慎：《韩非子集解》，见《诸子集成》5，上海书店1986年版，第184页。
② ［汉］司马迁：《史记》，中华书局1959年版，第1746—1747页。

于袖，令诵，习焉。乃黜伯鲁而立无恤。①

相比于大儿子伯鲁早已将书牍之语忘得一干二净，书牍也不知丢到哪里去，无恤能从衣袖中掏出书牍，且能将书牍之语背诵出来，为父的赵简子当然要喜欢这个小儿子。是立长，还是立贤？最终赵简子选择了后者，"乃黜伯鲁而立无恤"。这无恤史上多称毋恤，即后来即位的赵国开国之君赵襄子。

《史记·赵世家》关于赵毋恤取代其兄伯鲁立为太子，乃是从赵简子的一个长梦讲起：

> 赵简子疾，五日不知人，大夫皆惧。医扁鹊视之，出，董安于问。扁鹊曰："血脉治也，而何怪！在昔秦缪公尝如此，七日而寤。……今主君之疾与之同，不出三日疾必间，间必有言也。"居二日半，简子寤。语大夫曰："我之帝所甚乐，与百神游于钧天，广乐九奏万舞，不类三代之乐，其声动人心。有一熊欲来援我，帝命我射之，中熊，熊死。又有一罴来，我又射之，中罴，罴死。帝甚喜，赐我二笥，皆有副。吾见儿在帝侧，帝属我一翟犬，曰：'及而子之壮也，以赐之。'帝告我：'晋国且世衰，七世而亡，嬴姓将大败周人于范魁之西，而亦不能有也。今余思虞舜之勋，适余将以其胄女孟姚配而七世之孙。'"董安于受言而书藏之。以扁鹊言告简子，简子赐扁鹊田四万亩。②

这个梦其实是个大预言，预示着今后赵氏几代人的遭际和命运，其中就包括赵毋恤。只是梦中这些寓意性的情节和情景还需要有人来释梦，于是这个人果然来了：

> 他日，简子出，有人当道，辟之不去，从者怒，将刃之。当道者曰："吾欲有谒于主君。"从者以闻。简子召之，曰："嘻，吾有所见子

---

① ［宋］李昉等：《太平御览》，中华书局1960年版，第712页。
② ［汉］司马迁：《史记》，中华书局1959年版，第1787页。

晰也。"当道者曰："屏左右，愿有谒。"简子屏人。当道者曰："主君之疾，臣在帝侧。"简子曰："然，有之。子之见我，我何为？"当道者曰："帝令主君射熊与罴，皆死。"简子曰："是，且何也？"当道者曰："晋国且有大难，主君首之。帝令主君灭二卿，夫熊与罴皆其祖也。"简子曰："帝赐我二笥皆有副，何也？"当道者曰："主君之子将克二国于翟，皆子姓也。"简子曰："吾见儿在帝侧，帝属我一翟犬，曰'及而子之长以赐之'。夫儿何谓以赐翟犬？"当道者曰："儿，主君之子也。翟犬者，代之先也。主君之子且必有代。及主君之后嗣，且有革政而胡服，并二国于翟。"简子问其姓而延之以官。当道者曰："臣野人，致帝命耳。"遂不见。简子书藏之府。①

原来，射熊与罴，说的是晋灭范氏、中行氏；赐二笥皆有副，副是子，子姓所指即智氏和代国，意味着将为赵氏所有；小儿在帝侧，还要赐翟犬，这回说的就是赵毋恤，将来他会"必有代"，亦即以一国之主身份攻取代国。

接下来，这个在帝之侧、为帝所护的小儿就该出现了，就该取得将来"必有代"所应有的身份和地位了。让人意外的是，在赵简子喊来让姑布子卿相面的诸子中，居然没有他：

> 异日，姑布子卿见简子，简子遍召诸子相之。子卿曰："无为将军者。"简子曰："赵氏其灭乎？"子卿曰："吾尝见一子于路，殆君之子也。"简子召子毋恤。毋恤至，则子卿起曰："此真将军矣！"简子曰："此其母贱，翟婢也，奚道贵哉？"子卿曰："天所授，虽贱必贵。"②

到底是那个在帝身旁的小儿，即使出身卑微，也非他莫属。从此之后，这个儿子才进入赵简子的视线，"尽召诸子与语，毋恤最贤"。于是有一天，赵简子想到了一个检验真本事、"竞争上岗"的好题目：

---

① ［汉］司马迁：《史记》，中华书局1959年版，第1788页。
② ［汉］司马迁：《史记》，中华书局1959年版，第1789页。

简子乃告诸子曰:"吾藏宝符于常山上,先得者赏。"诸子驰之常山上,求,无所得。毋恤还,曰:"已得符矣。"简子曰:"奏之。"毋恤曰:"从常山上临代,代可取也。"

这正是赵简子要得到的"标准答案"!"简子于是知毋恤果贤,乃废太子伯鲁,而以毋恤为太子"。①

"自为书牍令二子诵之"的"版本"与"藏宝符于常山"的"版本"相差实在太远,但最终都是"废太子伯鲁,以毋恤为太子",终究还是一个故事,只不过是同事异述,是"说体"而非"书体",辗转为说说成了不同的故事。

(二) 与前述多寡有别可用为补其不足者

其一,郑高渠弥弑昭公而立公子亹。

故事所述是鲁桓公十一年至十八年及鲁庄公十五年郑庄公去世后郑国发生的诸公子频繁更立事件中的一件。诸公子更立可分为几部曲。第一部,鲁桓公十一年,郑庄公宠臣、郑正卿祭仲立太子忽为郑昭公,无几日,即被宋诱至拒捕,被迫改立宋雍氏女所生公子突,是为郑厉公,太子忽奔卫,详见前述《左传》"说体"故事中的"太子忽辞齐婚,祭仲执于宋归立公子突"(《桓公十一年》)。第二部,桓公十五年,郑厉公使祭仲婿雍纠杀祭仲,雍纠妻、祭仲女得知后救父舍夫,祭仲杀雍纠,厉公奔蔡,太子忽复入为郑昭公,详见前述《左传》"说体"故事中的"雍姬问母'父与夫孰亲'"(《桓公十五年》)。第三部即是这次的"郑高渠弥弑昭公而立公子亹",事见鲁桓公十七年。第四部是齐人杀公子亹,轘高渠弥,祭仲逆公子仪于陈而立之(详下)。第五部是郑厉公复入,傅瑕为之弑公子仪,亦被杀,详见前述《左传》"说体"故事中的"郑厉公复入,傅瑕杀,原繁缢"(《庄公十五年》)。

关于这第三部,《左传·桓公十七年》所述比较简约:

---

① [汉] 司马迁:《史记》,中华书局1959年版,第1789页。

> 初，郑伯将以高渠弥为卿，昭公恶之，固谏，不听。昭公立，惧其杀己也，辛卯，弑昭公而立公子亹。（《左传·桓公十七年》）①

郑卿高渠弥只因郑昭公讨厌自己，担心他会杀掉自己而先下手为强，于是"弑昭公而立公子亹"。依此所述似是高渠弥改立公子亹，那祭仲又在做些什么？因为五次更立，前两次和第四次都由祭仲主事，第五次时祭仲已不在人世，唯有这第三次似不见祭仲身影。

关于此，《史记·郑世家》采录的文本所述为：

> 自昭公为太子时，父庄公欲以高渠弥为卿，太子忽恶之，庄公弗听，卒用渠弥为卿。及昭公即位，惧其杀己，冬十月辛卯，渠弥与昭公出猎，射杀昭公于野。祭仲与渠弥不敢入厉公，乃更立昭公弟子亹为君，是为子亹也，无谥号。（《史记·郑世家》）②

据此可知，高渠弥是设计出与昭公一起外出打猎的时机，射杀了昭公。昭公已死，祭仲无可如何，又不敢召回被自己逼走的郑厉公，不得已与高渠弥一起改立了昭公之弟公子亹。想必这高渠弥"弑昭公"或"射杀昭公"都乃时人的判断或后来的讲说，当时高渠弥本人肯定不会明认，不然弑君的高渠弥还能安然与祭仲共立昭公之弟为新国君，实在有些讲不通。《史记·郑世家》援用的"说体"文本无疑是对《左传》叙事的重要补充。

其二，齐人杀郑子亹，祭仲逆郑子于陈立之。

此事紧承上述故事，即郑公子更立"五部曲"中的第四部。对此，《左传》所述为：

> 秋，齐侯师于首止，子亹会之，高渠弥相。七月戊戌，齐人杀子亹，而辕高渠弥。祭仲逆郑子于陈而立之。是行也，祭仲知之，故称疾不往。（《左传·桓公十八年》）③

---

① 《春秋左传正义》，见《十三经注疏》，中华书局1980年版，第1759页。
② ［汉］司马迁：《史记》，中华书局1959年版，第1763页。
③ 《春秋左传正义》，见《十三经注疏》，中华书局1980年版，第1759页。

这一段叙述又有缺口,齐人为何要杀公子亹和高渠弥?祭仲"知之",知什么?《史记》援引的"版本"又可补缺:

> 齐襄公会诸侯于首止,郑子亹往会,高渠弥相,从,祭仲称疾不行。所以然者,子亹自齐襄公为公子之时,尝会鬭,相仇。及会诸侯,祭仲请子亹无行。子亹曰:"齐强,而厉公居栎,即不往,是率诸侯伐我,内厉公。我不如往,往何遽必辱,且又何至是!"卒行。于是祭仲恐齐并杀之,故称疾。子亹至,不谢齐侯,齐侯怒,遂伏甲而杀子亹。(《史记·郑世家》)①

原来,子亹与齐襄公多年前有过过节,有宿怨,这次齐襄公召集诸侯会盟,祭仲恐子亹前往有不测,曾加劝阻而未果,故"称疾不往",高渠弥陪郑子亹前去果然出了事。不过关于高渠弥的下场,《史记》所据的这个"版本"却另有说法,高渠弥并没有被齐所"轘",即车裂,而是逃回到郑国与祭仲一起另立了子亹之弟公子婴:

> 高渠弥亡归,归与祭仲谋,召子亹弟公子婴于陈而立之,是为郑子。(《史记·郑世家》)②

"说体"就是"说体",连人是死是活都会生出不同的说法。

其实,关于此事的异说还不止于此。《古本竹书纪年辑证》有"郑杀其君某"(《春秋啖赵集传纂例一》),辑者"案":"原释曰:'是子亹。'"③若依此说,郑子亹又是为郑所杀了。原来这都是一笔糊涂账。由此可见都是传说、"爆料"文本,很难说究竟哪一个是历史真相。据情理推之,会盟之中,齐襄公仅因多年前与公子亹有过节便杀掉一国之君,实在有些说不过去。公子亹、高渠弥为郑所杀的可能性不是没有。公子亹实为高渠弥所立,此举祭仲实属被动,也因此失去了由他一人直接左右郑君、进而左右郑政的

---

① [汉] 司马迁:《史记》,中华书局1959年版,第1763页。
② [汉] 司马迁:《史记》,中华书局1959年版,第1763页。
③ 方诗铭、王修龄:《古本竹书纪年辑证》,上海古籍出版社1981年版,第71页。

地位。另立郑君、重新执掌国政,才是祭仲的期盼。《左传》所述仅一句"是行也,祭仲知之,故称疾不往"似也颇有深意。那么,齐之杀公子亹、高渠弥,其内幕究竟是什么,还真是颇值得玩味。

其三,宋南宫万弑闵公,批仇牧。

故事所述是鲁庄公十一年、十二年发生在宋国的南宫万弑君杀臣事件。对此,《左传》所述比较简括:

> 乘丘之役,公以金仆姑射南宫长万,公右歂孙生搏之。宋人请之。宋公靳之,曰:"始吾敬子;今子,鲁囚也,吾弗敬子矣。"病之。(《左传·庄公十一年》)十二年,秋,宋万弑闵公于蒙泽。遇仇牧于门,批而杀之。遇大宰督于东宫之西,又杀之。(《左传·庄公十二年》)①

南宫万弑君缘起于宋闵公辱臣,因为南宫万此前于乘丘之役曾被鲁庄公俘获,又被放归,宋闵公从此不敬此人,招来杀身之祸。对于辱臣事件,《左传》只记了一句"宋公靳之",即戏辱之,究竟是在什么场合,怎么会说出这一番话,却没有交待。

关于这一事件,《公羊传》所述是一个差异较大的"版本"(详见前述"以《公羊传》为参照:《左传》援用'说体'的旁证"),称宋闵公是在当着许多妇人面与南宫万"博"(比武)时说出辱臣之语的。当时南宫万赞美了一句鲁庄公,说"甚矣,鲁侯之淑,鲁侯之美也!天下诸侯宜为君者,唯鲁侯尔",宋闵公"矜此妇人,妒其言",便回头对那些妇人说"此虏也"!又对南宫万说"尔虏焉故,鲁侯之美恶乎至"?就在当下,南宫万被激怒,顿生杀意,"搏闵公,绝其脰","仇牧闻君弑,趋而至,遇之于门,手剑而叱之。万辟杀仇牧,碎其首,齿着乎门阖"。《韩诗外传·卷八》也收有这一故事,版本与此全同。

比对来看,《史记》所述属于《左传》"版本"系统,对于辱臣事件的叙述较《左传》为详,可以作为补充:

---

① 《春秋左传正义》,见《十三经注疏》,中华书局1980年版,第1770页。

> （湣公）十年夏，宋伐鲁，战于乘丘，鲁生虏宋南宫万。宋人请万，万归宋。（湣公）十一年秋，湣公与南宫万猎，因博争行，湣公怒，辱之，曰："始吾敬若；今若，鲁虏也。"万有力，病此言，遂以局杀湣公于蒙泽。大夫仇牧闻之，以兵造公门。万搏牧，牧齿著门阖死。因杀太宰华督，乃更立公子游为君。（《史记·宋微子世家》）①

原来这一"版本"说的是事发时闵公（愍公）在与南宫万一起狩猎，因为争抢行列而起冲突，闵公（愍公）便一时性急，说出了那番要命的话。

其四，吴公子季札辞君位。

春秋史上吴国公子季札曾三番两次辞去君位，其中首次两番辞位颇有情节描述，这里所说的即是这一次辞位，即前面已经提及的见于《左传》的"吴公子季札辞君位"：

> 吴子诸樊既除丧，将立季札。季札辞曰："曹宣公之卒也，诸侯与曹人不义曹君，将立子臧。子臧去之，遂弗为也，以成曹君。君子曰：'能守节。'君，义嗣也。谁敢奸君？有国，非吾节也。札虽不才，愿附于子臧，以无失节。"固立之。弃其室而耕。乃舍之。（《左传·襄公十四年》）②

"曹公子子臧辞君位"也已见前述"独见于《左传》之说体文本考"。吴公子季札拿曹公子子臧说事，辞掉了吴国君位。问题是，为什么季札辞来辞去，诸樊还是要"固立之"？

《史记》所述，补足了事情的前半部分：

> 二十五年，王寿梦卒。寿梦有子四人，长曰诸樊，次曰余祭，次曰余眜，次曰季札。季札贤，而寿梦欲立之，季札让不可，于是乃立长子诸樊，摄行事当国。王诸樊元年，诸樊已除丧，让位季札。季札谢曰：

---

① ［汉］司马迁：《史记》，中华书局1959年版，第1624页。
② 《春秋左传正义》，见《十三经注疏》，中华书局1980年版，第1956页。

"曹宣公之卒也，诸侯与曹人不义曹君，将立子臧，子臧去之，以成曹君，君子曰'能守节矣'。君义嗣，谁敢干君！有国，非吾节也。札虽不材，愿附于子臧之义。"吴人固立季札，季札弃其室而耕，乃舍之。（《史记·吴太伯世家》）①

稍加比对即不难看出，《史记》后面所述与《左传》根本就是同一个"版本"，而其增叙的部分，却对理解文本起到了十分关键的作用。

作为对《史记》所补这一说法的印证，吴王寿梦四子传位的故事还有后续佳话和悲剧，亦详见《史记》：

十三年，王诸樊卒。有命授弟余祭，欲传以次，必致国于季札而止，以称先王寿梦之意，且嘉季札之义，兄弟皆欲致国，令以渐至焉。季札封于延陵，故号曰延陵季子。……十七年，王余祭卒，弟余眜立。……四年，王余眜卒，欲授弟季札。季札让，逃去。于是吴人曰："先王有命，兄卒弟代立，必致季子。季子今逃位，则王余眜后立。今卒，其子当代。"乃立王余眜之子僚为王。（《史记·吴太伯世家》）②

所说"佳话"即是诸樊立了依次传弟的规矩，于是诸樊传余祭，余祭传余眜，终于可以再次传到季札。偏偏季札还是辞位，又"逃去"。他这一辞，只好让当下亡故的吴王余眜之子僚嗣位为王，反而惹出后来吴王僚被长兄诸樊之子公子光（吴王阖庐）杀害的悲剧，此已是另一个故事，即"伍子胥荐专设诸，公子光使刺吴王僚"，已见前述"《国语》《左传》因旨趣不同而各自独见的'说体'文本考"中的"见于《左传》者"部分。

《左传》所述公子光使专设诸刺吴王僚的描述中，也有可以用来印证《史记》所述其来有自的部分。这个信息即是当公子光趁吴师伐楚、国内空虚之机令专设诸可以实施刺杀吴王僚计划时两人的一番对话：

---

① ［汉］司马迁：《史记》，中华书局1959年版，第1449—1450页。
② ［汉］司马迁：《史记》，中华书局1959年版，第1451、1460、1461页。

吴公子光曰:"此时也,弗可失也。"告鱄设诸曰:"上国有言曰:'不索,何获?'我,王嗣也,吾欲求之。事若克,季子虽至,不吾废也。"鱄设诸曰:"王可弑也。母老子弱,是无若我何?"光曰:"我,尔身也。"(《左传·昭公二十七年》)①

吴公子光要杀吴王僚取而代之,竟然杀得如此理所当然,并说"季子虽至,不吾废也",鱄(专)设诸也直称"王可弑也",说得如此毫不含糊,只有一种解释,吴公子光是吴王寿梦长子吴王诸樊之子,以他的逻辑,既然传弟已了,变成传子,就该从长子之子传起,于是夺位便夺得如此心安理得。由《左传》的这段叙事,也透露了其间确有传弟传子的特殊关系和缘故。

其五,伍子胥奔吴,窘于江上,道乞食。

这只是伍子胥复仇"大戏"中的一段小插曲,即伍子胥于父兄被楚平王拘禁后去楚之郑又自郑奔吴途中发生的事情。对此,《吕氏春秋·异宝》已经有一段生动的描述,即"伍子胥奔吴,遇江上之丈人",说的是伍子胥自郑奔吴,又路经楚国,要过江,"见一丈人,刺小船,方将渔,从而请焉"。江上丈人"度之,绝江"。过江后,伍子胥问丈人名姓宗族,"则不肯告";伍子胥又"解其剑以予丈人,曰:'此千金之剑也,愿献之丈人。'"丈人不肯接受,说"荆国之法,得五员者,爵执圭,禄万檐,金千镒。昔者子胥过,吾犹不取,今我何以子之千金剑为乎"?丈人明知此人正是伍子胥,却拿曾经遇到过伍子胥说事,以此暗示不图其报。后来伍子胥路过此地,使人寻找江上丈人,"则不能得也"。于是"每食必祭之,祝曰:'江上之丈人!'"②

《史记·伍子胥列传》也记述了这个佳话,较《吕氏春秋》所述简括了许多,但却有《吕氏春秋》所没有述及到的部分,虽然更加简略,却成为后来演绎的重要线索(详后):

---

① 《春秋左传正义》,见《十三经注疏》,中华书局1980年版,第2116页。
② 《吕氏春秋》,〔汉〕高诱注,见《诸子集成》6,上海书店1986年版,第101—102页。

> 至江,江上有一渔父乘船,知伍胥之急,乃渡伍胥。伍胥既渡,解其剑曰:"此剑直百金,以与父。"父曰:"楚国之法,得伍胥者赐粟五万石,爵执珪,岂徒百金剑邪!"不受。伍胥未至吴而疾,止中道,乞食。至于吴,吴王僚方用事,公子光为将。伍胥乃因公子光以求见吴王。①

《史记》多出的部分,即是伍子胥途中生病,不能赶路,耽搁数日,以至于粮绝,乞食于道。鉴于《史记》所述与《吕氏春秋》大同小异("千金之剑""百金剑"),两者应都援自"说体"文本,则《史记》多出的部分很可能并非太史公臆造,而是原文本所有。《吕氏春秋》所述见于《异宝》篇,重在讲述那把"千金之剑",也就略去了"乞食"部分,《史记》所述正可补充其不足。

其六,严仲子使聂政报韩相侠累。

故事讲述的是战国时发生在韩国宫廷的一次刺杀国相事件,始见于《韩非子》,所述极为简括:

> 韩廆相韩哀侯,严遂重于君,二人甚相害也,严遂乃令人刺韩廆于朝,韩廆走君而抱之,遂刺韩廆而兼哀侯。(《韩非子·内储说下》)②

一个是韩侯之相韩廆,一个是韩侯宠臣严遂,两人不免争宠吃醋,于是严遂派人于朝上刺杀了韩廆,韩廆跑向韩侯,韩侯也挨了一刀。

《史记》叙此事详见《刺客列传》,说的是濮阳严仲子事韩哀侯,与韩相侠累有郤,"恐诛,亡去,游求人可以报侠累者",至齐闻聂政勇敢之士,避仇隐于屠者之间,遂重金结交,冀为报仇,聂政始以养母辞。及母死已葬,遂西至濮阳见严仲子,请得从事,且谢车骑人徒,乃辞独行。杖剑至韩,"韩相侠累方坐府上,持兵戟而卫侍者甚众。聂政直入,上阶刺杀侠累,左右大乱。聂政大呼,所击杀者数十人,因自皮面决眼,自屠出肠,遂

---

① [汉]司马迁:《史记》,中华书局1959年版,第2173页。
② [清]王先慎:《韩非子集解》,见《诸子集成》5,上海书店1986年版,第191页。

以死"。韩取聂政尸暴于市,购问莫知谁子,遂悬赏有能言杀相侠累者予千金。久之莫知也。聂政姊聂荣闻之,猜想或许是己弟,因为"严仲子知吾弟"!立起,如韩,之市,而死者果政也,伏尸哭极哀,曰:"是轵深井里所谓聂政者也。"且说"士固为知己者死,今乃以妾尚在之故,重自刑以绝从,妾其奈何畏殁身之诛,终灭贤弟之名"!"大惊韩市人。乃大呼天者三,卒于邑悲哀而死政之旁"。①

这里的叙事重心已在《韩非子》中没有出现的刺客聂政甚至是聂政的姐姐聂荣身上,较之前者已添加诸多细节,当有讲诵演绎部分。但从人物姓名、关系诸多差异看,《史记》所述又不是在《韩非子》基础上的演绎,应该别有所本。还有,这个"版本"并没有"遂刺韩廆而兼哀侯"的情节。

若说不同"版本",此事还有韩列侯时之说,见于《史记·韩世家》,称"列侯三年,聂政杀韩相侠累"②;又说"十三年,列侯卒,子文侯立"。"十年,文侯卒,子哀侯立"③,则哀侯是列侯之孙。《史记·六国年表》亦于"烈(列)侯三年"记述"三月,盗杀韩相侠累"④。另外,《战国策》中的《韩策》也有两篇记述或提及此事,其中《韩二》"韩傀相韩"篇与《史记·刺客列传》所述重合度极高,但只提"韩傀相韩",未提相哪位韩君;刺杀部分则又与《韩非子》接近,称"韩适有东孟之会,韩王及相皆在焉,持兵戟而卫者甚众。聂政直入,上阶刺韩傀。韩傀走而抱哀侯,聂政刺之,兼中哀侯"⑤。《韩三》中的"谓郑王"一篇,则提到当时哀侯只是受伤佯死:"东孟之会,聂政、阳坚刺相兼君。许异蹴哀侯而殪之,立以为郑君。""是故哀侯为君,而许异终身相焉。"⑥

异说如此之多,则这个事件的确是被"说"着,"说"出了各种"版本"。若欲弥合这些异说,只要将东孟之会理解为是韩列(烈)侯之时,则以《战国策》的讲述比较合理,即韩相侠累(韩廆或写作韩傀字侠累),严

---

① [汉]司马迁:《史记》,中华书局1959年版,第2522—2525页。
② [汉]司马迁:《史记》,中华书局1959年版,第1867页。
③ [汉]司马迁:《史记》,中华书局1959年版,第1867—1868页。
④ [汉]司马迁:《史记》,中华书局1959年版,第711页。
⑤ [汉]刘向集录:《战国策》,上海古籍出版社1985年版,第998页。
⑥ [汉]刘向集录:《战国策》,上海古籍出版社1985年版,第1013页。

遂（严仲子）皆韩列（烈）侯朝之臣，东孟之会时韩哀侯（当时只是韩公子）也在，聂政刺韩傀时兼刺到他，许异踢他一脚让他倒地佯死逃过一劫，后来才得以嗣位为韩哀侯，许异因此得以为哀侯之相。只因《韩非子》等所据之"说体"文本提前称这位连带被刺伤的韩公子为韩哀侯，才导致后来讲述者的混乱致误。

其七，赵武灵王饿死沙丘宫。

赵武灵王胡服骑射，风光一世，最终却饿死沙丘，令人唏嘘。对此，《韩非子》中已有其说，惜多为用典，语焉不详。如《奸劫弑臣》称"李兑之用赵也，饿主父百日而死"①，《备内》称"为人主而大信其子，则奸臣得乘于子以成其私，故李兑傅赵王而饿主父"②。《外储说右下》稍有展开，但也只有几句："武灵王使惠文王莅政，李兑为相，武灵王不以身躬亲杀生之柄，故劫于李兑。"③

《史记·赵世家》则详述了事件的来龙去脉和演化过程：

> （武灵王五年）娶韩女为夫人。……（十六年）王游大陵。他日，王梦见处女鼓琴而歌诗曰："美人荧荧兮，颜若苕之荣。命乎命乎，曾无我嬴！"异日，王饮酒乐，数言所梦，想见其状。吴广闻之，因夫人而内其女娃嬴。孟姚也。孟姚甚有宠于王，是为惠后。……
>
> 二十七年五月戊申，大朝于东宫，传国，立王子何以为王。王庙见礼毕，出临朝。大夫悉为臣，肥义为相国，并傅王。是为惠文王。惠文王，惠后吴娃子也。武灵王自号为主父。……
>
> （惠文王三年，赵武灵王）封长子章为代安阳君。章素侈，心不服其弟所立。主父又使田不礼相章也。李兑谓肥义曰："公子章强壮而志骄……田不礼之为人也，忍杀而骄……子奚不称疾毋出，传政于公子成？……"肥义曰："不可，昔者主父以王属义也……"……李兑数见公子成，以备田不礼之事。
>
> 四年……主父及王游沙丘，异宫，公子章即以其徒与田不礼作乱，

---

① ［清］王先慎：《韩非子集解》，见《诸子集成》5，上海书店1986年版，第76页。
② ［清］王先慎：《韩非子集解》，见《诸子集成》5，上海书店1986年版，第83页。
③ ［清］王先慎：《韩非子集解》，见《诸子集成》5，上海书店1986年版，第260页。

诈以主父令召王。……公子成与李兑自国至，乃起四邑之兵入距难，杀公子章及田不礼……公子章之败，往走主父，主父开之，成、兑因围主父宫。公子章死，公子成、李兑谋曰："以章故围主父，即解兵，吾属夷矣。"乃遂围主父。令宫中人"后出者夷"，宫中人悉出。主父欲出不得，又不得食，探爵鷇而食之，三月馀而饿死沙丘宫。①

对照《韩非子》所言，《赵世家》这些叙事大致相符，应该即是援用了当时的"说体"文本，其间有太多史家所无法书记的情节和细节，显然都是事后追述出来的。

其八，燕太子丹使荆轲刺秦王。

战国末期秦统一六国前夕，来自燕国的荆轲行刺秦王必是当时的轰动事件，迅速广为流传，于是会形成"说体"文本，《战国策·燕策三》就有详尽描述。如果因为《战国策》有后来散佚又经宋代曾巩补齐的经历尚不能完全凭据的话（有说曾巩据《史记》补《战国策》，此篇有此可能，详下），汉初、汉前期的贾谊《新书》和淮南王刘安的《淮南子》也能证明。前者于《淮难》篇直称"燕太子丹富故，然使荆轲杀秦王政"②，后者于《泰族训》提到"荆轲西刺秦王，高渐离、宋意为击筑而歌于易水之上，闻者瞋目裂眦，发植穿冠"③，两相综合，大致已经显示荆轲刺秦王乃燕丹子所使、临行时有易水送别的事件轮廓。《史记·鲁仲连邹阳列传》所载、但比淮南王刘安还要稍早一点的邹阳，其《狱中上梁王书》中又提到"昔者荆轲慕燕丹之义，白虹贯日，太子畏之……故昔樊於期逃秦之燕，藉荆轲首以奉丹之事……故秦皇帝任中庶子蒙嘉之言，以信荆轲之说，而匕首窃发"④，则约略呈现了荆轲前往秦见秦始皇的契机及行刺方式。当然，这几条都只是议论中作为事典提及，据此可以肯定世上已有详尽描述的文本，但还难得其详。《史记·刺客列传》则既援用了已有文本又援用了第一手讲述文本，详述了整个事件的来龙去脉：

---

① ［汉］司马迁：《史记》，中华书局1959年版，第1803—1815页。
② 阎振益等：《新书校注》，中华书局2000年版，第157页。
③ ［汉］刘安：《淮南子》，［汉］高诱注，见《诸子集成》7，上海书店1986年版，第365页。
④ ［汉］司马迁：《史记》，中华书局1959年版，第2470—2471页。

……居顷之，会燕太子丹质秦亡归燕。……秦王之遇燕太子丹不善，故丹怨而亡归。归而求为报秦王者……田光曰："……所善荆卿可使也。"……荆轲坐定，太子避席顿首曰："……今秦有贪利之心……丹之私计愚，以为诚得天下之勇士使于秦……诚得劫秦王，使悉反诸侯侵地，若曹沫之与齐桓公，则大善矣；则不可，因而刺杀之。……唯荆卿留意焉。"……许诺。于是尊荆卿为上卿，舍上舍。太子日造门下，供太牢具，异物间进，车骑美女恣荆轲所欲，以顺适其意。

久之……太子丹恐惧，乃请荆轲曰："秦兵旦暮渡易水，则虽欲长侍足下，岂可得哉！"荆轲曰："……今行而毋信，则秦未可亲也。夫樊将军，秦王购之金千斤，邑万家。诚得樊将军首与燕督亢之地图，奉献秦王，秦王必说见臣，臣乃得有以报。"……荆轲知太子不忍，乃遂私见樊於期……（樊於期）遂自刭。太子……乃遂盛樊於期首函封之。……太子及宾客知其事者，皆白衣冠以送之。至易水之上，既祖，取道，高渐离击筑，荆轲和而歌，为变徵之声，士皆垂泪涕泣。又前而为歌曰："风萧萧兮易水寒，壮士一去兮不复还！"复为羽声忼慨，士皆瞋目，发尽上指冠。于是荆轲就车而去，终已不顾。

遂至秦……荆轲奉樊於期头函，而秦舞阳奉地图柙，以次进。……秦王谓轲曰："取舞阳所持地图。"轲既取图奏之，秦王发图，图穷而匕首见。因左手把秦王之袖，而右手持匕首揕之。未至身，秦王惊，自引而起，袖绝。拔剑，剑长，操其室。时惶急，剑坚，故不可立拔。荆轲逐秦王，秦王环柱而走。……是时侍医夏无且以其所奉药囊提荆轲也。秦王方环柱走，卒惶急，不知所为，左右乃曰："王负剑！"负剑，遂拔以击荆轲，断其左股。荆轲废，乃引其匕首以擿秦王，不中，中桐柱。秦王复击轲，轲被八创。轲自知事不就，倚柱而笑，箕踞以骂曰："事所以不成者，以欲生劫之，必得约契以报太子也。"于是左右既前杀轲……①

《史记》这篇叙事，有援用"世言"文本的部分，"易水送别"一段既

---

① ［汉］司马迁：《史记》，中华书局1959年版，第2528—2535页。

已见《淮南子》所引用，淮南王刘安早于司马迁，所据文本不可能是《史记》，则应是《史记》援用了刘安所见文本的同源文本；但又可以肯定《史记》还有另外援用第一手讲述文本的部分，即对现场情节的描述部分。叙事完成之后的"太史公曰"明确交待了材料来源：

　　太史公曰：世言荆轲，其称太子丹之命，"天雨粟，马生角"也，太过。又言荆轲伤秦王，皆非也。始公孙季功、董生与夏无且游，具知其事，为余道之如是。

这段话非常重要，信息量极大。首先，提到"世言荆轲"，都是在"言"，是典型的讲诵传播；第二，称世所"言"太子丹之命"天雨粟，马生角"等，指的是太子丹要返燕，秦王扣住不放，说你能让"天雨粟，马生角"就放你，果然出现这些异象，而汉代的确有一部《燕丹子》，始著录于《隋书·经籍志》，所言正是"马生角"："燕太子丹质于秦，秦王遇之无礼，不得意，欲求归。秦王不听，谬言曰令乌白头、马生角，乃可许耳。丹仰天叹，乌即白头，马生角。"不管《隋书·经籍志》著录的这部《燕丹子》最终是何时成书（有说秦汉之际，有说东汉至魏晋），由太史公此说起码可知这部著作中的"说体"文本材料来自前汉；第三，关于秦始皇是否被匕首刺中，"世言"本所言是刺中了，《燕丹子》说的正是"轲拔匕首掷之，决秦王耳，入铜柱"[1]。而《史记》这个"不中，中桐柱"的"版本"是"独家报道"，而且是来自现场的"报道"，因为讲述此情景的正是当时"以其所奉药囊提荆轲"的侍医夏无且！由此证明了一件事，有学者根据《战国策》与《史记》的多篇雷同篇目猜测宋代曾巩援《史记》以补《战国策》，现在看来不尽是如此，因为帛书《战国纵横家书》可以证明两者皆援用了相同的战国文本，于是两者也形成雷同，但是"荆轲刺秦王"这一篇是个例外，的确可能是直接援用了《史记》，因为今见《战国策·燕策三》的这一篇完全同于《史记》，连"不中，中桐柱"的这个细节也相同，而这个细节始于且独见于太史公的讲述！

---

[1] 《燕丹子》，中华书局1985年版，第16页。

由此可见,《史记·刺客列传》乃是完整的"荆轲刺秦王""说体"文本的最早呈现。

二、《史记》与《新序》《说苑》互见的先秦"说体"文本辨析

《史记》先秦部分除上述已见前述、可用以比较、补充先秦"说体"故事者之外,还有相当一部分不见前述,首见于《史记》此书。鉴于司马迁时代已经可见各种史料,包括"说体"记录,也包括"书体"著述(比如其中战国史就有许多与《战国策》重合者),对于是否援用"说体"文本,已经不便断下结论。这里,仅再对其中与西汉后期刘向整理的《新序》《说苑》互见者进行比对、辨析,以判断出可能援自先秦"说体"的文本。

如前所述,据刘向整理完成《说苑》后所上《书录》,汉皇家中祕原有《说苑》《杂事》一类故事书,刘向又用民间书及自己所藏书来参照校正,于是从中选择材料先编成一部《新序》,又剔除"浅薄不中义理"者集成"百家",然后将所剩不与《新序》重复者编成《新苑》,亦即今见《说苑》。也就是说,今见《新序》《说苑》乃是从原《说苑》《杂事》中选择编纂,其中有的故事原本就被称为"说"(见第一章第二节中"《说苑》故事与先秦史书、子书互见考")。还有,其中多为先秦固有文本,既在上述与诸先秦著作援用"说体"故事比较中得以显示,也已为阜阳简牍篇题、残篇所印证(详前),还会为上博简互见故事所确证(详后)。

这样,正如《新序》《说苑》可用来作为辨析前述诸著作援用"说体"的补充参照和证明,它们对于辨析、判断《史记》所述是否援用先秦"说体",具有同样的价值。如果两者(《史记》与《新序》或《史记》与《说苑》)故事互见而又有这样那样的差异,可以断定不是后者直接援自前者,那么就可以推断它们很可能是分别援用了辗转传诵易生变易的"说体"而非相对固定的"书体"。

兹分《史记》与《新序》和《史记》与《说苑》两个部分,分别列举辨析如下。

(一)《史记》与《新序》互见者

其一,季札挂剑。

故事见于《史记·吴太伯世家》，是关于吴公子季札的一段佳话：

> 季札之初使，北过徐君。徐君好季札剑，口弗敢言。季札心知之，为使上国，未献。还至徐，徐君已死，于是乃解其宝剑，系之徐君冢树而去。从者曰："徐君已死，尚谁予乎？"季子曰："不然。始吾心已许之，岂以死倍吾心哉！"（《史记·吴太伯世家》）①

已看出徐君喜欢自己这把剑，也想好等出使折回时要将这把剑送给徐君，偏偏回来时他已不在了，为了兑现心中许下的诺言，季札居然将这把剑挂在徐君冢墓树上才离开此地。不得不说，这确是一个十分感人的小故事，难怪当年他父亲吴王寿梦想把君位传给四子中这最小的一位，难怪其长兄吴王诸樊执意要将君位让给他，甚至临死定下传弟规矩依次一定要将君位传到他这里，只因他一次次辞位才没有成为吴王季札。由此以小见大，季札确是有不同于常人的卓著之举的。

同样的故事亦见《新序·节士》，但所述有诸多差异：

> 延陵季子将西聘晋，带宝剑以过徐君，徐君观剑，不言而色欲之。延陵季子为有上国之使，未献也，然其心许之矣，使于晋，顾反，则徐君死于楚，于是脱剑致之嗣君。从者止之曰："此吴国之宝，非所以赠也。"延陵季子曰："吾非赠之也，先日吾来，徐君观吾剑，不言而其色欲之，吾为上国之使，未献也。虽然，吾心许之矣。今死而不进，是欺心也。爱剑伪心，廉者不为也。"遂脱剑致之嗣君。嗣君曰："先君无命，孤不敢受剑。"于是季子以剑带徐君墓即去。徐人嘉而歌之曰："延陵季子兮不忘故，脱千金之剑兮带丘墓。"（《新序·节士》）②

《新序》此叙已经提及"徐人嘉而歌之"，不排除说唱讲诵传播所增添的演绎成分，但应该不是直接援用了《史记》文本。其一，《史记》只称

---

① ［汉］司马迁：《史记》，中华书局1959年版，第1459页。
② 赵仲邑：《新序详注》，中华书局1997年版，第196—197页。

"初使""北过",未提前往哪里,《新序》直称"将西聘晋";其二,《史记》所述季札"心许"徐君是在挂剑后对从者解释时才说出,《新序》则在前面已叙出,即"然其心许之矣";其三,关于徐君之死,《史记》直称"还至徐,徐君已死",《新序》则称"徐君死于楚",如果不是别有所本,没有必要作这种"改编"以徒生歧义和麻烦;其四,《史记》直称季札"乃解其宝剑,系之徐君冢树而去",《新序》却有先是"脱剑致之嗣君"、嗣君不受才又"以剑带徐君墓"的曲折。由此可见,《史记》和《新序》应该是分别援用了同源异流的"说体"文本,《新序》文本则在所援文本基础上又因用于讲诵而作了演绎。

其二,驺忌以鼓琴受相印,淳于髡难之以微言。

事见《史记·田敬仲完世家》,说的是驺忌子以鼓琴见齐威王之后很快即受相印,淳于髡不服,故意以微言相难,驺忌子却对答如流,从此淳于髡佩服之至,是一篇描述生动、具体、富于讲诵特征的长篇叙事文本:

> 驺忌子以鼓琴见威王,威王说而舍之右室。须臾,王鼓琴,驺忌子推户入曰:"善哉鼓琴!"王勃然不说,去琴按剑曰:"夫子见容未察,何以知其善也?"驺忌子曰:"夫大弦浊以春温者,君也;小弦廉折以清者,相也;攫之深,醳之愉者,政令也;钧谐以鸣,大小相益,回邪而不相害者,四时也:吾是以知其善也。"王曰:"善语音。"驺忌子曰:"何独语音,夫治国家而弭人民皆在其中。"王又勃然不说曰:"若夫语五音之纪,信未有如夫子者也。若夫治国家而弭人民,又何为乎丝桐之间?"驺忌子曰:"夫大弦浊以春温者,君也;小弦廉折以清者,相也;攫之深而舍之愉者,政令也;钧谐以鸣,大小相益,回邪而不相害者,四时也。夫复而不乱者,所以治昌也;连而径者,所以存亡也:故曰琴音调而天下治。夫治国家而弭人民者,无若乎五音者。"王曰:"善。"
>
> 驺忌子见三月而受相印。淳于髡见之曰:"善说哉!髡有愚志,愿陈诸前。"驺忌子曰:"谨受教。"淳于髡曰:"得全全昌,失全全亡。"驺忌子曰:"谨受令,请谨毋离前。"淳于髡曰:"狶膏棘轴,所以为滑也,然而不能运方穿。"驺忌子曰:"谨受令,请谨事左右。"淳于髡

曰:"弓胶昔干,所以为合也,然而不能傅合疏罅。"驺忌子曰:"谨受令,请谨自附于万民。"淳于髡曰:"狐裘虽敝,不可补以黄狗之皮。"驺忌子曰:"谨受令,请谨择君子,毋杂小人其间。"淳于髡曰:"大车不较,不能载其常任;琴瑟不较,不能成其五音。"驺忌子曰:"谨受令,请谨修法律而督奸吏。"淳于髡说毕,趋出,至门,而面其仆曰:"是人者,吾语之微言五,其应我若响之应声,是人必封不久矣。"居朞年,封以下邳,号曰成侯。(《史记·田敬仲完世家》)①

此文本前半篇驺忌以鼓琴言政事、论为国的部分语句铺排,不避重复,具有明显的赋诵特征;后半篇淳于髡一连五问,都是在打隐语,驺忌"射隐"则应之如响,亦极似赋诵中"隐戏"之类。同样的故事,亦见《新序》,较之《史记》要略为简化,但具体比对却会发现肯定不是在《史记》此篇基础上的简化:

  昔者邹忌以鼓琴见齐宣王,宣王善之。邹忌曰:"夫琴所以象政也。"遂为王言琴之象政状及霸王之事。宣王大悦,与语三日,遂拜以为相。齐有稷下先生,喜议政事,邹忌既为齐相,稷下先生淳于髡之属七十二人,皆轻忌,以谓设以辞,邹忌不能及。乃相与俱往见邹忌。淳于髡之徒礼倨,邹忌之礼卑。淳于髡等曰:"狐白之裘,补之以弊羊皮,何如?"邹忌曰:"敬诺,请不敢杂贤以不肖。"淳于髡等曰:"方内而员釭,如何?"邹忌曰:"敬诺,请谨门内,不敢留宾客。"淳于髡等曰:"三人共牧一羊,羊不得食,人亦不得息,何如?"邹忌曰:"敬诺,减吏省员,使无扰民也。"淳于髡等三称,邹忌三知之如应响。淳于髡等辞屈而去。邹忌之礼倨,淳于髡等之礼卑。(《新序·杂事第二》)②

两者的不同有多处。其一,《史记》称驺忌以鼓琴见齐威王,《新序》

---

① [汉]司马迁:《史记》,中华书局1959年版,第1889—1890页。
② 赵仲邑:《新序详注》,中华书局1997年版,第45—46页。

所称则是见齐宣王。其二,《史记》称驺忌"见三月而受相印",《新序》所称是"与语三日,遂拜以为相"。其三,《史记》称淳于髡一人去见驺忌子,《新序》所称则是"稷下先生淳于髡之属七十二人,皆轻忌,以谓设以辞,邹忌不能及。乃相与俱往见邹忌"。其四,《史记》描述淳于髡一连设了五个隐,《新序》则只有"三称","邹忌三知之如应响"。其五,所设之隐,语句没有一处有共同之处。如此则可以肯定,两者分别援用了不同的"说体"文本。

(二)《史记》与《说苑》互见者

其一,师尚父闻逆旅人之言急就国。

事见《史记·齐太公世家》,说的是伐纣功成后,武王封师尚父(姜尚,太公望)于齐营丘,"东就国,道宿行迟。逆旅之人曰:'吾闻时难得而易失。客寝甚安,殆非就国者也。'太公闻之,夜衣而行,犁明至国。莱侯来伐,与之争营丘"①。

多亏逆旅人一句提醒,姜尚快马加鞭,不然新得的地盘可能就成人家的了。《说苑·权谋》也收有几乎与之一模一样的故事,只不过被安在了郑桓公身上,是典型的张冠李戴:"郑桓公东会封于郑,暮舍于宋东之逆旅,逆旅之叟从外来,曰:'客将焉之?'曰:'会封于郑。'逆旅之叟曰:'吾闻之:时难得而易失也。今客之寝安,殆非封也。'郑桓公闻之,援辔自驾,其仆接淅而载之,行十日夜而至。釐何与之争封。"② 据此可知可能皆是援自"说体",所援当为同源异流文本,因此出现了不同的说法。

其二,屈宜臼曰昭侯不出此门。

事见《史记·韩世家》,说的是韩昭侯"作高门"被人预测"不出此门"而"果不出此门"的轶事:

> 二十五年,旱,作高门。屈宜臼曰:"昭侯不出此门。何也?不时。吾所谓时者,非时日也,人固有利不利时。昭侯尝利矣,不作高

---

① [汉]司马迁:《史记》,中华书局1959年版,第1480页。
② 向宗鲁:《说苑校证》,中华书局1987年版,第341页。

门。往年秦拔宜阳,今年旱,昭侯不以此时恤民之急,而顾益奢,此谓'时绌举赢'。"二十六年,高门成,昭侯卒,果不出此门。(《史记·韩世家》)①

明明是大旱之年,预示着百姓将面临饥饿之苦,韩昭侯却不节省资财以备粮荒,居然于此时大兴土木,搭建高门,所以屈宜臼说他违背天时,将不久于世,作高门也是白作,明年肯定"不出此门"。至于明年"果不出门"是巧合还是真是遭到天谴,也就只能任由人们去说了。

同样的轶事,也见于《说苑》,几乎是同一个"版本",但毕竟还是有些差异:

韩昭侯造作高门。屈宜咎曰:"昭侯不出此门。"曰:"何也?"曰:"不时。吾所谓不时者,非时日也。人固有利不利。昭侯尝利矣,不作高门。往年秦拔宜阳,明年大旱民饥,不以此时恤民之急也,而顾反益奢,此所谓福不重至、祸必重来者也!"高门成,昭侯卒。竟不出此门。(《说苑·权谋》)②

比较来看,关于大旱,前者先就直接述出,后者只是在人物口中连并民饥一同提及,即"明年大旱民饥";特别是人物说及"此所谓",前者是引用成语,即"时绌举赢",后者不但不是成语,且意思有别,说的是"福不重至,祸必重来"。只此一点,即可知后者不会是本于前者,也不会是援用了与前者所援同一的文本,而是分别援用了同源异流的"说体"文本。

其三,齐王令使赵求救,淳于髡大笑。

事见《史记·滑稽列传》,说的是"淳于髡仰天大笑,齐威王横行"(太史公语)的"喜剧"故事:

---

① [汉]司马迁:《史记》,中华书局1959年版,第1869页。
② 向宗鲁:《说苑校证》,中华书局1987年版,第321—322页。

威王八年，楚大发兵加齐。齐王使淳于髡之赵请救兵，赍金百斤，车马十驷。淳于髡仰天大笑，冠缨索绝。王曰："先生少之乎？"髡曰："何敢！"王曰："笑岂有说乎？"髡曰："今者臣从东方来，见道傍有禳田者，操一豚蹄，酒一盂，祝曰：'瓯窭满篝，污邪满车，五谷蕃熟，穰穰满家。'臣见其所持者狭而所欲者奢，故笑之。"于是齐威王乃益赍黄金千溢，白璧十双，车马百驷。髡辞而行，至赵。赵王与之精兵十万，革车千乘。楚闻之，夜引兵而去。（《史记·滑稽列传》）①

到底是齐国"谐星"，我只笑那禳田者"所持者狭而所欲者奢"，齐威王自然是悟出了自己也是这般好笑，让人家到赵国去搬救命的兵，却只给这么点盘缠，难道就不需要多多破费给人家赵国些好处么？这一笑自然是笑出了结果，于是赵兵请到，楚人"夜引兵而去"。

《说苑》有两处收录了这同样的故事，一见于《复恩》，一见于《尊贤》，但三者都不完全相同。先看《复恩》：

楚魏会于晋阳，将以伐齐，齐王患之，使人召淳于髡曰："楚、魏谋欲伐齐。愿先生与寡人共忧之。"淳于髡大笑而不应，王复问之，又复大笑而不应，三问而不应，王怫然作色曰："先生以寡人国为戏乎？"淳于髡对曰："臣不敢以王国为戏也，臣笑臣隣之祠田也，以奁饭与一鲋鱼，其祝曰：下田洿邪，得谷百车，蟹堁者宜禾。臣笑其所以祠者少，而所求者多。"王曰善，赐之千金，革车百乘，立为上卿。（《说苑·复恩》）②

两相比对，前者称"楚大发兵加齐"，后者称"楚魏会于晋阳，将以伐齐"，多了一个魏；前者称使淳于髡"之赵请救兵"，后者只称"共忧之"，没有赴赵的事；前者称"淳于髡仰天大笑，冠缨索绝"，后者称淳于髡两番"大笑"，三问"不应"；前者所称祝辞是"瓯窭满篝，污邪满车，五谷蕃

---

① ［汉］司马迁：《史记》，中华书局1959年版，第3198页。
② 向宗鲁：《说苑校证》，中华书局1987年版，第137—138页。

熟，穰穰满家"，后者所称祝辞是"下田洿邪，得谷百车，蟹堁者宜禾"，没有一句可以重合；前者称赵兵请至，救齐成功，后者只称淳于髡因此"立为上卿"。如此差异多多，后者显然不是直接本于前者，两者必是各有所本。

再看《尊贤》：

> 十三年，诸侯举兵以伐齐，齐王闻之，惕然而恐，召其群臣大夫，告曰："有智为寡人用之。"于是博士淳于髡仰天大笑而不应。王复问之，又大笑不应。三问，三笑不应。王艴然作色不悦曰："先生以寡人语为戏乎？"对曰："臣非敢以大王语为戏也，臣笑臣隣之祠田也，以一奁饭，一壶酒，三鲋鱼，祝曰：'蟹堁者宜禾，洿邪者百车，传之后世，洋洋有馀。'臣笑其赐鬼薄而请之厚也。"于是王乃立淳于髡为上卿，赐之千金，革车百乘，与平诸侯之事。诸侯闻之，立罢其兵，休其士卒，遂不敢攻齐。此非淳于髡之力乎？（《说苑·尊贤》）①

比较来说，这一"版本"的前半部分大致同于《复恩》，但称"诸侯举兵以伐齐"，较之"楚魏"又多出许多；"召群臣大夫告曰"，较之《复恩》"使人召淳于髡"，也多出许多人；特别是邻之祠田者的祝辞又有不同，所说是"蟹堁者宜禾，洿邪者百车，传之后世，洋洋有馀"，所求更增加了许多。这一"版本"的后半部分增加了淳于髡立为上卿之后的效果，是《复恩》中没有的，与《史记》所述搬来救兵也完全不同。

《说苑》自家已经出现两个"版本"，它们来自"说体"的特征十分明显。

其四，赵简子杀二臣，孔子临河而叹。

事见《史记·孔子世家》，说的是孔子欲见赵简子、闻其杀二臣而止步的一段往事：

> 孔子既不得用于卫，将西见赵简子。至于河而闻窦鸣犊、舜华之死

---

① 向宗鲁：《说苑校证》，中华书局1987年版，第201—202页。

也，临河而叹曰："美哉水，洋洋乎！丘之不济此，命也夫！"子贡趋而进曰："敢问何谓也？"孔子曰："窦鸣犊，舜华，晋国之贤大夫也。赵简子未得志之时，须此两人而后从政；及其已得志，杀之乃从政。丘闻之也，刳胎杀夭则麒麟不至郊，竭泽涸渔则蛟龙不合阴阳，覆巢毁卵则凤皇不翔。何则？君子讳伤其类也。夫鸟兽之于不义也尚知辟之，而况乎丘哉！"乃还息乎陬乡，作为《陬操》以哀之。而反乎卫，入主蘧伯玉家。（《史记·孔子世家》）①

这段叙事故事性并不强，只是讲述孔子本想渡河去见赵简子却没有成行的一段经历，重心在于他的感叹之辞，由赵简子杀大臣，见出其为人的不可靠，这是孔子的智慧，也是他时运不济、难施展抱负的一个写照，难怪他说"命也夫"！这段故事不见于《论语》《礼记》等孔子弟子及弟子的弟子的亲笔记录，当属时人的一种传说。《说苑·权谋》就也收有类似传说，却有一些明显的差异：

  赵简子曰："晋有泽鸣、犊犨，鲁有孔丘，吾杀此三人，则天下可图也。"于是乃召泽鸣、犊犨，任之以政而杀之。使人聘孔子于鲁。孔子至河，临水而观曰："美哉水！洋洋乎！丘之不济于此，命也夫！"子路趋进曰："敢问奚谓也？"孔子曰："夫泽鸣、犊犨，晋国之贤大夫也。赵简子之未得志也，与之同闻见；及其得志也，杀之而后从政。故丘闻之：刳胎焚夭，则麒麟不至；干泽而渔，则蛟龙不游；覆巢毁卵，则凤凰不翔。丘闻之：君子重伤其类者也。"（《说苑·权谋》）②

差异一，前者所称是孔子因"不得用于卫"，主动想"西见赵简子"，后者则说是赵简子想杀掉孔子，才使人"聘孔子于鲁"。差异二，被赵简子杀掉的两位大臣，前者称是窦鸣犊和舜华，后者称是泽鸣和犊犨，居然一个都不重合。差异三，面临洋洋河水，孔子感叹"丘之不济此，命也夫"

---

① ［汉］司马迁：《史记》，中华书局1959年版，第1926页。
② 向宗鲁：《说苑校证》，中华书局1987年版，第312—313页。

之后，前者称"子贡趋而进"，后者称"子路趋进曰"，又不是同一个弟子。差异四，孔子的回答之辞，两者也有这样那样的出入。总之，不会是后者直接来自前者，两者当分别援用了辗转讲诵以至变异了的"说体"文本。

第 五 章

出土文献与先秦"说体"故事的补遗与研究

种种迹象已经表明，先秦存在大量"说体"故事，传世文献所引所载只是其中一个部分，还有许多已经遗失。地下出土文献中，恰恰有一些"说体"故事的文本或线索，正可用来补遗或作为论析的依据和佐证。

第一节 "汲冢书"与先秦"说体"故事补遗

"汲冢书"乃西晋太康二年"汲郡人不准盗发魏襄王墓，或言安釐王冢"[①] 所得竹书，属于魏晋时期出土的战国文献，其中《汲冢琐语》《汲冢周书》都属具有"说体"特征的历史故事集，惜都失而复得，得而复失。好在或多或少曾被援引，今有辑佚本可窥一斑，可作为先秦"说体"故事的一个补充，聊胜于无。

一、《汲冢琐语》

《汲冢琐语》其发现、整理与题名已见本书第一章第四节。该书出土时有十一篇（十一卷），唐宋时著录仅剩四卷，南宋后不见著录，又亡佚不传。今见为清代及近人辑录本，仅有二十几则。

---

① [唐] 房玄龄等：《晋书》，中华书局1974年版，第1432页。

今据严可均《全上古三代秦汉三国六朝文》所辑录①，二十几则中，完整的仅十五六条。据此大致可知，这应该是一部具有"说体"特征的先秦历史故事集。故事涉及的人物，知名的有大舜、伊尹、周宣王、周幽王、太子宜臼（曰）、晋平公、子产、齐景公、师旷、晏子、范献子、宋景公、知伯等；而"冶氏女"条，实为讲述晋大夫荀林父出生故事；"宋景公问于刑史子臣"条、"刑史子臣谓宋景公"条，刑史子臣虽不见于《左传》《国语》，但与宋景公相关，应是宋国刑史无疑；唯"蒲且子见双凫过之"条中的蒲且子不知何许人也。据此推之，该书所述当以历史人物的事迹为主，而且主要是王公贵族诸侯大夫之事，应该没有虚构人物。然与《国语》《左传》等历史书有异，该书多记离奇怪异之事，故《晋书·束晳传》有"《琐语》十一篇，诸国卜梦妖怪相书也"②的说法，只是还不能说这是一部记异语怪的专书，因为其中毕竟还有并非语怪的故事。

（一）周王故事

辑佚本《汲冢琐语》中有两则周宣王故事。

其一是"周宣王夜卧晏起，姜后脱簪珥待罪"，辑自《艺文类聚》卷十五：

> 周宣王夜卧而晏起，后夫人不出于房。姜后既出，乃脱簪珥，待罪于永巷，使其傅母通言于宣王曰："妾之淫心见矣，至使君王失礼而晏起，以见君王之乐色而忘德也。乱之兴，从婢子起，敢请罪。"王曰："寡人不德，实自生过，非夫人之罪也。"遂复姜后而勤于政事，早朝晏退，卒成中兴之名。③

《汲冢琐语》非记异语怪专书正是由此条可见，姜后因宣王"从此不早

---

① ［清］严可均编：《全上古三代秦汉三国六朝文》第一册，河北教育出版社1997年版，第205—207页。
② ［唐］房玄龄等：《晋书》，中华书局1974年版，第1433页。
③ ［清］严可均编：《全上古三代秦汉三国六朝文》第一册，河北教育出版社1997年版，第205页。

朝"而自责请罪,故事彰显的是贤妃之德,也有巧谏之智。故事说的是后宫夫人"待罪永巷"之事,傅母"通言于宣王"也是私下之说,这些都必由转告才能为人所知晓。

其二是"周宣王元妃生子不恒",辑自《太平御览》卷八十五:

> 宣王之元妃献后生子不恒,期月而生,后弗敢举。天子召问群臣及元史,史皆答曰:"若男子也,身体有不全,诸骨节有不备者,则可;身体全,骨节备,不利于天子也,将必丧邦。"天子曰:"若而不利余一人,命弃之。"仲山甫曰:"天子年长矣,而未有子,或天将以是弃周,虽弃之,何益?且卜筮言,何必从?"天子乃弗弃之。①

"期月而生",已属不寻常之事;若"身体全骨节备"反而"不利于天子",又是奇怪之论;此事当不出自史官实录。

此外,还有一则周幽王与周平王故事,即"幽王欲杀王子宜咎立伯服",辑自《太平御览》卷八百九十一,说是"周王欲杀王子宜咎,立伯服。释,虎将执之,宜咎叱之,虎弭耳而服",一叱服猛虎,自然带有传奇色彩。按,周幽王宠幸褒姒废太子宜臼、立褒姒子伯服致使西周灭亡是多见记载和提及的著名历史事件,这里讲述的是其间周幽王欲害宜臼的一段小插曲,更像是宜臼东迁立为周平王后神化其经历的"小说家言"。

(二) 诸公故事

辑佚本《汲冢琐语》中的列国诸公故事以晋平公的轶事居多,有四则。其一是"晋平公梦赤熊窥屏",辑自《太平御览》卷九百八:

> 晋平公梦见赤熊窥屏,恶之而有疾。使问子产,子产曰:"昔共工之卿曰浮游,既败于颛顼,自没沉淮之渊。其色赤,其言善笑,其行善顾,其状如熊,常为天王祟。见之堂,则王天下者死;见之堂下,则邦

---

① [清] 严可均编:《全上古三代秦汉三国六朝文》第一册,河北教育出版社1997年版,第205页。

人骇;见之门,则近臣忧;见之庭,则无伤。今窥君之屏,病而无伤。祭颛顼共工,则瘳。"公如其言而病间。①

晋平公梦熊入门、子产劝其祀神而病间之事亦见《国语·晋语八》和《左传·昭公七年》,《国语》《左传》叙事相同,对话略异;此则叙事与之差异较大,《国语》《左传》记述病后所梦为黄熊入门,此为梦赤熊窥屏而有疾;《国语》《左传》称作祟者、所祀者为伯鲧,此为共工。这则故事证明了《国语》《左传》及此则叙事的确都援用了"说体"文本。

其二是"晋平公与齐景公乘,首阳神随其车",辑自《太平御览》卷四十、《太平广记》卷二百九十一,说的是"晋平公与齐景公乘,至于浍上",见一人乘白骖八驷来到平公前面,跟在那车后面跑的一条狸身而狐尾的怪犬,离开那车而跑来尾随平公之车。平公问师旷"有犬狸身而狐尾者乎",师旷回答说确有此物,这是首阳神,名叫者来。"首阳之神饮酒霍太山而归其居,而于浍乎见之,甚善,君有喜焉。"② 故事发生在途中,只能被追述转告;狸身而狐尾的首阳神现身,这也显然是"小说家"言。

其三是"师旷御晋平公,笑曰齐君坠于床",辑自《艺文类聚》卷十九,说的是"师旷御晋平公,鼓瑟",却突然"辍而笑",说此刻远在齐国的齐景公"与其嬖人戏,坠于床而伤其臂",平公马上命人记下来,称"某月某日,齐君戏而伤"。后来问齐景公,齐景公竟然笑曰"有之"③,真不知这师旷是人还是神。这段叙事中有命史官当场记下的情节,但所记只是"某月某日,齐君戏而伤"几个字,反而证明其他描述皆非所记,而是所说。

其四是"有鸟飞从西方来,集平公庭",辑自《太平御览》卷九百十七,说是"有鸟飞从西方来,白质,五色皆备,集平公之庭,相见如让。

---

① [清]严可均编:《全上古三代秦汉三国六朝文》第一册,河北教育出版社1997年版,第206页。
② [清]严可均编:《全上古三代秦汉三国六朝文》第一册,河北教育出版社1997年版,第206页。
③ [清]严可均编:《全上古三代秦汉三国六朝文》第一册,河北教育出版社1997年版,第206页。

公召叔向问之",叔向转引师旷的话说这种鸟"其名曰翚",而"南方赤质,五色皆备,其名曰摇",这西方、南方两边的国君若要"来为吾君臣",便会"其祥先至"①。看来这是预示着西方为臣。可惜只是辑佚,摘录至此为止,没有了下文。晋国的西边是秦国,从未称臣过,反而是后来秦国一统天下。其实这种事叔向姑妄说之,平公姑妄听之,说事者姑妄讲之,不可能是实录。

上面四则故事中已经有两则提及齐景公,除此之外,另有两则单述齐景公的故事,即"齐景公伐宋至曲陵梦君子长而大"和"齐景公伐宋至曲陵梦见短丈夫",均辑自《太平御览》,前者见于卷三百七十七,后者见于卷三百七十八:

> 齐景公伐宋,至曲陵,梦见大君子,甚长而大,大下而小上,其言甚怒,好仰。晏子曰:"若是,则盘庚也。夫盘庚之长九尺有馀,大下小上,白色而髯,其言好仰而声上。"公曰:"是也。""是怒君师,不如违之。"遂不伐宋也。②

> 齐景公伐宋,至曲陵,梦见有短丈夫宾于前。晏子曰:"君所梦何如哉?"公曰:"其宾者甚短,大上而小下,其言甚怒,好俯。"晏子曰:"如是,则伊尹也。伊尹甚大而短,大上小下,赤色而髯,其言好俯而下声。"公曰:"是矣。"晏子曰:"是怒君师,不如违之。"遂不果伐宋。③

这两则分明记述的是同样一件事情,晏子以齐景公梦到宋之先人"其言甚怒"为由,劝其放弃伐宋。但两则在对所梦人物的描写上,颇有出入,甚至刚好相对。前一则所梦为盘庚,后一则所梦为伊尹;前者为"大君子,

---

① [清] 严可均编:《全上古三代秦汉三国六朝文》第一册,河北教育出版社1997年版,第206页。

② [清] 严可均编:《全上古三代秦汉三国六朝文》第一册,河北教育出版社1997年版,第206页。

③ [清] 严可均编:《全上古三代秦汉三国六朝文》第一册,河北教育出版社1997年版,第206页。

甚长而大",后者为"甚短";前者"大下而小上",后者"大上而小下";前者"好仰",后者"好俯";前者"声上",后者"下声"。如此恰巧一一相对,颇带有民间说书人描绘演绎的色调;而一为盘庚,一为伊尹,哪一个属于历史事实,已经难以定夺,或者根本就是"小说家言"。关于此事,《晏子春秋》中也有记述,又是另一个"版本",景公同时梦到了汤和伊尹,应该已是在综合这些"说体"基础上的拟托书写。

诸公故事中还有两则宋景公轶事。

其一是"陨石于铸三,宋景公问于刑史子臣",辑自《北堂书钞》卷一百六十,说是刑伯子臣的答问是"天下之望山三,将崩"。①惜辑佚至此为止,没有下文。

其二是"刑史子臣言'君薨'之日,宋景公如期死瓜圃",辑自《艺文类聚》卷八十四,说的是宋国刑史子臣对宋景公说:"从今已往,五祀五日,臣死;自臣死后五年五月丁亥吴亡;已后五祀八月辛巳,君薨。"果然到了"五祀五日",刑史子臣"朝见景公,夕而死";五年后,吴果亡;这下景公开始恐惧,到了刑史子臣所言他该死的日子"乃逃于瓜圃","遂死焉"。因为他是想躲避此劫偷偷逃亡,待国人"求得","已虫矣"。②

(三)大夫故事

辑佚本《汲冢琐语》中列国卿大夫的故事有三则,均为晋大夫轶事。

其一是"冶氏女徒病弃,舞嚣买之生荀林父",辑自《太平御览》卷六百四十二,讲述的是晋大夫荀林父之母的一段遭遇。其母原为晋冶氏家的女仆,因生病而被抛弃在河边,昏迷中梦见随水漂到河汾,有三匹马对着自己舞蹈,醒来后恰恰碰到舞嚣家的马僮前来饮马,便将这个梦告诉马僮。马僮颇感神奇,因为主人正姓舞。舞嚣闻后亲自前来查看,发现女子还能活过来,便将该女买下带回。"有间,乃生荀林父"。③该故事一波三折,描述生

---

① [清]严可均编:《全上古三代秦汉三国六朝文》第一册,河北教育出版社1997年版,第207页。
② [清]严可均编:《全上古三代秦汉三国六朝文》第一册,河北教育出版社1997年版,第207页。
③ [清]严可均编:《全上古三代秦汉三国六朝文》第一册,河北教育出版社1997年版,第206页。

动,颇富于戏剧性,河边述梦,谁人记述,是典型的"说体"文本。

其二是"范献子卜猎,遗其豹冠",辑自《太平御览》卷六百八十四,说是卜猎后"命人占之",得到的繇辞是"君子得黿,小人遗冠",结果"范献子猎而无得,遗其豹冠"。① 叙事似乎婉转讽刺范献子为小人。此事非但不宜书记,还应是私下转告讲述。

其三是"智伯既败,奔楚",辑自《太平御览》卷八百九十六,说是晋赵魏韩三氏亡智氏后,智伯"将出走","梦火见于西方,乃奔秦;又梦火见于南方,遂奔楚也"。② 按,关于知伯下场,汉代典籍有赵襄子"破其首以为饮器"之说,见于《淮南子·道应训》《史记·刺客列传》《说苑·建本》,应该也是援用先秦"说体"故事,与《琐语》此说相去甚远。此说只是一说,也是"说体"文本无疑。

二、《汲冢周书》

提及《琐语》出土的《晋书·束皙传》同时也提到有《周书》:"又杂书十九篇:《周食田法》,《周书》,《论楚事》,《周穆王美人盛姬死事》。"③ 惜也亡佚不存。后人辑佚仅自《文选》注检得两则。

其一是"越姬窃子三月卒,七日而复",辑自《文选·思玄赋》注引《古文周书》,说是"周穆王姜后昼寝而孕,越姬嬖,窃而育之",另外"毙以玄鸟二七,涂以彘血,置诸姜后",然后急忙去报告穆王。见王后生出如此一个死燕子,穆王十分惊恐,"发书而占之",得到的卦辞是"蜉蝣之羽,飞集于户。鸿之戾止,弟弗克理。重灵降诛,尚复其所",又是失所,又是复所,实在不明所以。"王与令尹册而藏之于椟"。没想到"居三月,越姬死",但又"七日而复",坦白交代了实情,并说在阴间"先君怒予甚",让赶紧将小王子归还其母,不然"将置而大戮"。④ 此叙事公开私下,阳间阴

---

① [清]严可均编:《全上古三代秦汉三国六朝文》第一册,河北教育出版社1997年版,第206页。
② [清]严可均编:《全上古三代秦汉三国六朝文》第一册,河北教育出版社1997年版,第207页。
③ [唐]房玄龄等:《晋书》,中华书局1974年版,第1433页。
④ [清]严可均编:《全上古三代秦汉三国六朝文》第一册,河北教育出版社1997年版,第207页。

间，实情梦境，目不暇接，史载实在无法顾及，无疑是"说体"文本，且已有志怪小说雏形。

其二是"御者鞭鸟马逸，穆王伤左股"，辑自《文选·赭白马赋》注引《古文周书》，说是"穆王田，有黑鸟若鸠，翩飞而跱于衡，御者毙之以策。马逸，不克止之，踬于乘"，结果周穆王伤其左股①。途中惊险一幕，只能是来自事后追述。

第二节　上博简中的先秦"说体"故事

《上海博物馆藏战国楚竹书》为1994年先后两次从香港文物市场收购的出土简书，简称"上博简"，经整理鉴定为战国晚期墓随葬典籍，具体出土时间、地点已无从得知，自2001年至2012年已出版九册，共计八十馀种，包含历史、政治、军事、哲学、宗教、文学等各种内容，可分为议论、记言、对话、叙事、辞赋、歌诗等各种文体。其中有些涉及历史人物、事件的叙事文，正可以作为研究先秦"说体"文本的第一手材料。兹即拟对九册中叙事简中的"说体"故事进行全面检索和梳理，以作为对先秦"说体"故事材料的补充，或用来解决研究中的某些问题。

一、楚国故事

作为战国楚竹书，其中叙事简中楚国故事占有极大比重。兹按故事人物年代先后梳理辨析如下。

其一，蒍伯不贺子文。

故事见于第九册中的《成王为城濮之行》②。按，该篇整理者的编序及释文殊难读通，今据曹方向《上博九〈成王为城濮之行〉通释》③一文的排序及释文，可知该篇简文讲述的实即晋楚城濮之战打响之前楚帅子文、子玉练兵的故事，说的是楚成王将为城濮之行，使子文教子玉蒐师，即治兵，

---

① 〔清〕严可均编：《全上古三代秦汉三国六朝文》第一册，河北教育出版社1997年版，第208页。
② 马承源主编：《上海博物馆藏战国楚竹书》（九），上海古籍出版社2012年版，第143—153页。
③ 曹方向：《上博九〈成王为城濮之行〉通释》，简帛网，2013年1月7日。

"子文蒐师于睽，一日而毕，不抶一人；子玉蒐师出之蔿，三日而毕，斩三人。举邦贺子文，以其善行师。王归，客于子文，子文甚喜，合邦以饮酒"。其间蔿伯只顾夹肉饮酒，不吭一声，子文问他为何独独你不贺我，下面应该是蔿伯的回答，可惜断简没有了下文。按，该故事大致情节已见《左传·僖公二十七年》，稍有差异之处是《左传》称子玉"鞭七人，贯三人耳"。《左传》接下来所述蔿贾（应即蔿伯）的回答是："不知所贺。子之传政于子玉，曰：'以靖国也。'靖诸内而败诸外，所获几何？子玉之败，子之举也。举以败国，将何贺焉？子玉刚而无礼，不可以治民，过三百乘，其不能以入矣。苟入而贺，何后之有？"叙事的差异，恰可互证所援皆为"说体"文本。

其二，绅（陈）公（穿封戌）见灵王。

故事见于第六册中的《申公臣灵王》①。整理者称该篇记王子回（围）与申公巫臣争王位、最后申公巫臣愿为"君王臣"事。按，此篇将申公指为巫臣，于时、于史均有很大问题。其一，据《左传》，申公巫臣首先出现在宣公十二年（前 597 年）"楚子伐萧"的战役中，告楚王"师人多寒"，于是"王巡三军，拊而勉之，三军之士皆如挟纩"。② 此是楚庄王之世，距王子围（楚灵王）杀郏敖夺王位的昭公元年（前 541 年）已有五十余年；其二，申公巫臣反对庄王纳夏姬、反对子反娶夏姬，最后自己挟夏姬去楚奔晋，并因子反杀其族而分其室，教吴人与楚战，使其"罢（疲）于奔命以死"，历经几朝不在楚国，且与楚作对，似亦无与王子围争夺王位的契机；其三，简文记述的是楚灵王与先前与之相争的大臣归于和好，若果真是王位之争，只能是你死我活，就像此后的楚灵王乾溪之难、楚平王诈害公子比、公子黑肱两兄弟即位，不可能如此轻松惬意。因此，整理者的意见多不被采纳，而别有考释，其中陈伟撰文将"申"读为"绅（陈）"，将"绅（陈）公"释为曾与公子围争楚囚皇颉的穿封戌，于简文文义颇为通顺。关于穿封戌与王子围争皇颉，《左传·襄公二十六年》有一段极富戏剧性的生动描述，即伯州犁"上下其手"致郑囚谎称为王子围所获，"戌怒，抽戈逐王子

---

① 马承源主编：《上海博物馆藏战国楚竹书》（六），上海古籍出版社 2007 年版，第 240—252 页。
② 《春秋左传正义》，见《十三经注疏》，中华书局 1980 年版，第 1883 页。

围，弗及"。①《绅（陈）公臣灵王》所述，正是六年后王子围已经登上王位、两人关于这次郑囚之争的回顾，此用陈文释文如下：

> 御于枊述，绅（陈）公子皇止皇子，王子回（围）夺之，绅（陈）公争之。王子回（围）立为王，绅（陈）公子皇见王，王曰："绅（陈）公忘夫枊述之下乎？"陈公曰："臣不知君王之将为君，如臣知君王之为君，臣将有致焉。"王曰："不穀以笑绅（陈）公，是言弃之，今日绅（陈）公事不穀，必以是心。"绅（陈）公跪拜，起答："臣为君王臣，君王免之死，不以晨（辱）斧质（锧），何敢心之有？"②

如此看来，对于当年抽戈逐己的绅（陈）公（穿封戌），楚灵王并没有耿耿于怀（他自己有欠于对方），而是一笑了之，绅（陈）公也就顺水推舟，说番客气之话。这番对话提及往事，关于对话的描述又如此语气逼真，富于现场感，应是传诵讲述的记录之文。

其三，申成公父子不取蔡器。

故事见于第九册中的《灵王遂申》③。《左传·昭公十一年》记述，"楚子在申，召蔡灵侯"，"三月丙申，楚子伏甲而飨蔡侯于申，醉而执之。夏，四月丁巳，杀之。刑其士七十人"。④ 简书所述则是蔡灵侯被杀后发生在申地的一个有关"取蔡之器"的小故事。对于简文释读，整理者意见多有不通之处，此用清华大学出土文献读书会（以下简称"读书会"）《上博九〈灵王遂申〉研读》⑤一文中的释文。这里出现的是一件颇为奇怪的事，楚灵王杀蔡灵侯之后，让申地之人每家派人去"取蔡之器"。按，楚灵王弑君攫取王位后，将申、息之国变为楚县，申人息人一直不怎么顺服，灵王在申地杀了蔡灵侯并"刑其士七十人"后，必是欲收买人心，也是想显摆威望，

---

① 《春秋左传正义》，见《十三经注疏》，中华书局1980年版，第1989页。
② 陈伟：《读〈上博六〉条记》，简帛网，2007年7月9日。
③ 马承源主编：《上海博物馆藏战国楚竹书》（九），上海古籍出版社2012年版，第157—164页。
④ 《春秋左传正义》，见《十三经注疏》，中华书局1980年版，第2059—2060页。
⑤ 清华大学出土文献读书会：《上博九〈灵王遂申〉研读》，清华大学出土文献研究与保护中心出土文献与中国古代文明研究网，2013年4月1日。

才想出让申人"分赃"这么一招,还在蔡灵侯随从驻扎地的军门外设了执事,监督着不能空手而出。简文重点记述的是一对不愿"取蔡之器"的申成公父子。老爸故意让不蓄发(或剪去蓄发)的"未成年"儿子去取蔡器,又担心儿子真的取回蔡器;儿子三番徒手而出都被制止,于是弄辆大车子出来,说我年幼童稚,不可能真的驾车回家,就让我拿个马鞭子回去吧。说的也是,执事于是放行。这儿子出不多远到个水边连马鞭子也扔掉了。老爸见儿子徒手而归,心中暗喜,却故意发怒说全城人都满载而归,你却两手空空。儿子也火了,"王将述(坠)邦",你作为王臣却不去制止,还真的想拿人家东西呀!如此生动描述父子二人佯装之事及私下对话,其初始文本只能是"说体"而非"书体";父子俩皆非历史名人,故事本身既不喻理也不演练口才,也不似拟托书写之文。

其四,楚王子建不识畴麻。

故事见于第六册中的《平王与王子木》①,说的是楚平王命王子木(即太子建)至城父,过申时与成公相遇,话语间成公提到种麻之事,还提到先王庄王之事。据此,篇题定为"平王与王子木"实属不确;整理者的释文也颇不好解。徐少华《楚竹书〈申公臣灵王〉与〈平王与王子木〉两篇补论》一文认为《平王与王子木》篇整理者编序有误,该文顺序当为原编号的1、5、2、3、4,并援引《说苑·辨物》中的相关文字进行印证和说明,其说可从。《说苑·辨物》云:

> 王子建出守于城父,与成公乾遇于畴中,问曰:"是何也?"成公乾曰:"畴也。""畴也者何也?"曰:"所以为麻也。""麻也者何也?"曰:"所以为衣也。"成公乾曰:"昔者庄王伐陈,舍于有萧氏,谓路室之人曰:'巷其不善乎!何沟之不浚也?'庄王犹知巷之不善,沟之不浚,今吾子不知畴之为麻,麻之为衣,吾子其不主社稷乎?"王子果不立。(《说苑·辨物》)②

---

① 马承源主编:《上海博物馆藏战国楚竹书》(六),上海古籍出版社2007年版,第267—272页。
② 向宗鲁:《说苑校证》,中华书局1987年版,第475页。

与之对照，可见《平王与王子木》篇的大半部分与之的确如出一辙，王子木无疑就是太子建：

> 兢（竞）坪（平）王命王子木返（至）城父，过縮（申），暑飲（食）于鼬窦，城公𫝦𤰞聖（听）于菁（畴）中。王子䎽（问）城公："此可（何）？"城公舍（答）曰："菁（畴）。"王子曰："菁（畴）可（何）以为？"曰："以穜（种）麻。"王子曰："可（何）以麻为？"舍（答）曰："以为衣。"城公起（起）曰："臣𨟻（将）又（有）告，吾先君臧（庄）王返（至）河雝（雍）之行，暑飲（食）于狂窦，盬（酪）盍不嚮，王曰：'盬（醢）不盍（盖）。'先君智（知）盬（醢）不盍（盖），盬（酪）不嚮，王子不智（知）麻，王子不得君楚，邦或（国）不得。"①

所问麻地、麻地所种、种麻何为与《说苑》一条不差，成公、城公完全可通，用于对照的皆为楚庄公，最后预言"不主社稷"与"邦国不得"根本就是一个意思，那么王子木肯定就是王子建，《山海经》中有"建木"，建为木之一种，两者用来取为名、字完全顺理成章。唯一不同的是庄王所知，《说苑》提到的是沟渠若不疏通则"巷为不善"，《平王与王子木》篇提到的是醋拌菜肴不必炊爨、供奉的祭品不必盖上，都属晓知民情。传说故事原本不必细节也一一若合符契的。由此可证《说苑》材料的确其来有自；两者的差异，又可证所援皆为"说体"文本。

其五，楚昭王为丧服者毁室。

故事见于第四册中的《昭王毁室》②，说的是楚昭王新宫建成，为室于漳、沮之浒，将举行落成祭典③，与邦大夫饮酒，"有一君子丧服曼（䟆）廷（庭），将跽闺［门］。稚（雉）人止之，曰：'君王𠃋（始）内（入）室，君之备（服）不可以进。'不止。曰'少（小）人之告禫，将断于含

---

① 徐少华：《楚竹书〈申公臣灵王〉与〈平王与王子木〉两篇补论》，《江汉考古》2009 年第 4 期。
② 马承源主编：《上海博物馆藏战国楚竹书》（四），上海古籍出版社 2004 年版，第 181—190 页。
③ 黄人二：《上博藏简〈昭王毁室〉试释》，《考古学报》2008 年第 2 期，第 461—471 页。

（今）日，尔必止少（小）人，少（小）人将殁寇（头）'。稚（雉）人弗敢止"。此人入门后，请令尹报告昭王，说"仆之母辱君王，不憖，仆之父之骨才（在）于此室之阶下，仆将埯（掩）亡老。以仆之不得并仆之父母之骨，私自塼（抟），卜（仆）命（令）尹不为之告君。不为仆告，仆将殁寇（头）"。令尹告昭王，昭王说"吾不知亓（其）尔墓，尔古须（鬚）既格，安（焉）从事"，于是徙居于平濑饮酒，"因命（令）至俑毁室"。楚昭王新宫建成，却不知地底下埋着人家老人遗骨。丧服者自是要闹场，楚昭王能下令毁室，身为君王，兹为不易。所以这一定是人们辗转相告传诵讲说的一篇佳话。史官可以载入史册，却不会连丧服者自门外与守卫冲突、硬闯祭典的场面也一一描摹如见。

其六，楚昭王赐龚之脽袍。

故事见于第四册中的《昭王与龚之脽》[①]，整理者称"此篇内容有缺失，尚不能通读"，陈剑先生不同意此说，对文本做了新的诠释，指出故事大意是："楚昭王要到逃珧这个地方去，龚之脽负责赶马驾车。龚之脽将去取车，大尹遇见他，见他穿着夹衣（不足以御寒）。大尹进去告诉昭王：'我遇见龚之脽将去取车，穿着夹衣。龚之脽为君王驾车，没有什么罪过，竟然到了在隆冬时节而只有夹衣可穿的地步！'昭王召见龚之脽，赐给他一领袍子。龚之脽把袍子穿在身上，其衣襟……到了逃珧，昭王命令龚之脽不许见他。大尹听说此事，去与昭王争辩，说：'我作为君王的守邦视政的执政大臣，其罪或者该至于死。冒死向您陈说：我看见龚之脽很寒冷，遂将此事报告君王。现在君王命令龚之脽不许见您，这完全是我的罪过啊。'昭王说：'大尹为龚之脽说话，有什么过错呢？老天把灾祸加于楚国，吴军攻下郢都，连吴王自己都来到了郢都。那些楚国的忠良之臣在这场国难中捐躯，尸骨曝露于中野的，我还没有什么行动来表示我的关切。现在有死难者之子龚之脽既跟我同车，我赐给他衣服，想让国人都看见，以了解我存恤烈士之后的心意啊。'过了三天，才命令龚之脽见王。"[②] 按，贾谊《新书·谕诚》中有"楚昭王当房而立"一段，说的是楚昭王由切身感受到的"憯然有寒气"

[①] 马承源主编：《上海博物馆藏战国楚竹书》（四），上海古籍出版社2004年版，第181—190页。
[②] 陈剑：《上博竹书〈昭王与龚之月隼〉和〈柬大王泊旱〉读后记》，简帛研究网，2005年2月15日。

马上想到"元元之百姓",于是"是日也,出府之裘,以衣寒者;出仓之粟,以赈饥者",两年后"阖闾袭郢,昭王奔隋"时,"当房之赐者,请还致死于寇"①,与此叙事颇相近似,都有赐衣御寒情节,只不过前者所述在吴人入郢之后,后者所述在吴人入郢之前;前者具体讲述了所赐之人,所赐过程,中间曲折,后者略为简约宽泛了一些。由其情节较大差异,可知两者分别所援"说体"文本本身已经发生较大变异。

其七,叶公子高有殊功而邦人不称。

故事见于第九册中的《邦人不称》。该篇并非叙事文,而是举例论述"亡名焉,是故弗知也,类天之[道]焉",亦即天道不言,有功不居,功成身退,但举例中有叙事成分,所叙即是在楚国昭王、惠王时期立有特殊功劳却"邦人不称"的叶公子高。称述的第一件功劳的确不见他书提及,这就是当伍子胥率吴师攻楚复仇、楚昭王失国出奔至隋后,叶公子高召集楚残部配合申包胥哭师请来的秦救兵一同作战,三战三捷;当楚昭王复国之时,又是叶公子高用冠遮挡着保护昭王返回郢都。称述的第二件功劳即是在"白公胜之乱"时立下的救国救主之功。而其中有些描述是各书所不见载的,这就是当叶公进城救援、未寻到楚惠公时遇到了昭王夫人:

> 白公之祸,闻令尹、司马既死,将至郢。叶之诸老皆谏曰:"不可,必以师。"叶公子高曰:"不得王,将必死,可以师为。"乃乘势车五乘,遂至郢。至,未得王,昭夫人谓叶公子高:"先君之子众(?)在外……君之言过,知周,乘(?)择而立之,邦既有王母焉观乎?"叶公子高曰:"一人千君,幹何它果?"……之或(惑)也,而并是二者以邦君,君犹小之,抑惧君之不终。……②

关于叶公子高与昭王夫人的这段对话,整理者的意见是"国危之间,昭夫人为了预防不测,提出要'乘(?)择而立之,邦既有王母焉观乎',认为国有王母应为国难决策。但遭到了叶公子高的反对,'一人千君,幹何它

---

① 阎振益等:《新书校注》,中华书局2000年版,第279页。
② 马承源主编:《上海博物馆藏战国楚竹书》(九),上海古籍出版社2012年版,第247—252页。

果'，'并是二者以邦君，君犹小之'，认为一国多主，虽是能人何以扞难避害？况国设两君，是削弱了国君的绝对权力"。按，此叙事中昭夫人自称"王母"，乃楚惠王之母无疑。《左传·哀公六年》述有"楚昭王不祭河、不移祸"故事，最后提及楚昭王临终欲立弟为嗣之事，三弟均不可，昭王强立公子启，公子启在昭王病故后与子西、子期谋，"逆越女之子章立之"，是为楚惠王。若据此，则此昭夫人当为越女章之母。而《列女传·节义传》有"楚昭越姬"一则，称楚昭王不移祸，越姬殉情，昭王三弟迎越姬之子立之为楚惠王（详后）。此简文提供的信息却是，昭王夫人、惠王母亲越女"白公胜之乱"时尚在，并未殉情。由此可知，《列女传》又演绎了一篇节烈女子为义殉情的感人故事。

二、列国故事

楚国之外，上博简中其他列国的"说体"故事只有极少的几则。

其一，百豫之战，晋三郤被谮罹难。

故事见于第五册中的《姑（苦）成家父》[①]，"苦成"即《左传》《国语》所称的苦成叔郤犫，该篇讲述的即是晋国郤锜、郤犫、郤至被谮害的"三郤之难"。栾书诬陷郤至、晋厉公欲去群大夫等最终导致三郤被杀或自杀，已详见《左传·成公十七年》《国语·晋语六》（见前），两者所述即有差异。《姑（苦）成家父》一文没有提及鄢陵之战栾书与郤至结怨及谮郤至欲扶孙周之事，亦未提及其他嬖人，而是集中围绕着《国语》《左传》都没有提及的百豫之战展开叙述。百豫因厉公为虐而反叛，三郤出征，致力于"不思（使）反躬"[②]，迟迟没有发兵攻打。栾书欲害三郤，遂伪劝苦成叔干脆参与谋反，遭到苦成的拒绝，转而构陷三郤，称他们"聚公君之众以不听命"，屯兵百豫却不动武，"将大害"。从而导致晋厉公发难，三郤被灭。这个部分不属于叙事不同，因为《国语》《左传》重点叙述了导致晋厉公诛灭三郤的原因，具体攻杀的地点、借口、直接导火索等，语焉不详，或许简文所述正是对这个历史故事的情节补充。所述不同者有三。其一，郤锜所劝

---

① 马承源主编：《上海博物馆藏战国楚竹书》（五），上海古籍出版社 2005 年版，第 237—250 页。
② 陈伟：《〈苦成家父〉通释》，简帛网，2006 年 2 月 26 日。

干脆反叛的对象,《国语》《左传》所述均为郤至,简文所述为苦成家父,即郤犫。其二,郤犫"执而梏"长鱼矫,"与其父母妻子同一辕",《左传》称是"郤犫与争田",简文直称"长鱼矫策自公所,敏人于百豫以入,囚之。苦成家父搏长鱼矫,梏诸廷,与其妻,与其母"。其三,关于三郤之死,《国语》称三人"是故皆自杀",《左传》称三人被长鱼矫以戈斩杀,简文称"强门大夫率,以释长鱼矫,贼三郤,郤奇、郤至、苦成家父立死,不用其众"。叙事的种种差异恰恰互证了彼此所援用的文本其初皆是讲说流传,从而形成了不同"版本"。

其二,景公疟,欲诛祝史,晏子谏。

故事见于第六册中的《兢公疟》①,兢公即齐景公。该故事亦见《左传·昭公二十年》、《晏子春秋·外篇第七》《内篇谏上第一》,大意是齐景公疟病经久不愈,欲诛祝史,晏子一番谏说阻止了诛杀之举。几相对读,会发现皆有同有异。《左传》《晏子春秋》存在两个版本。《左传》与《晏子春秋·外篇第七》是一个版本,两者几乎一字不差,《晏子春秋》末尾只多出"公疾愈"三个字,可知《晏子春秋》抄自《左传》。该版本提出诛祝史者是梁丘据与裔款,晏子先称述"屈建问范会之德于赵武",齐景公听晏子谏言后"使有司宽政,毁关,去禁,薄敛,已责"。《晏子·内篇谏上第一》是另一个版本,景公自己提出要杀史祝,会遣、梁丘据曰"可",晏子被问才一番谏辞,景公称善,"命会遣毋治齐国之政,梁丘据毋治宾客之事,兼属之乎晏子。晏子辞,不得命,受相退,把政,改月而君病悛"。上博简此篇大部分同于《左传》《晏子·外篇》版本,包括例举屈建问范会之德于赵武,但具体谏辞有异;最后又有《晏子·内篇》景公黜会遣、梁丘据而属政于晏子的部分。这说明晏子故事的确存在多个"版本",它们都不过是"说体"故事。

其三,吴王夫差之事。

故事见于第七册中的《吴命》②。该篇现存九支简,除第九简为完简外,馀皆有残缺,简文识读比较困难。据整理者介绍,现有简大致可分为两章。第一章记述吴王亲自率领军队北上,到达陈国境内,引起晋国恐慌,晋君派

---

① 马承源主编:《上海博物馆藏战国楚竹书》(六),上海古籍出版社2007年版,第159—189页。
② 马承源主编:《上海博物馆藏战国楚竹书》(七),上海古籍出版社2008年版,第303—325页。

遣三位大夫作为使臣与吴交涉。吴王以关心陈国为借口，反而质问晋国何以派师徒前来。晋使与吴人巧妙周旋，终使吴军离开陈国。第二章是吴王派臣下告劳周天子。从内容分析，此篇的吴王应是吴王夫差，事件发生时间约为鲁哀公十三年吴晋黄池争霸期间。按，该篇只存断章残简，还不能算完整的"说体"故事，但却可用来证明传世文献之外的确还有大量"说体"故事存在。

第三节　清华简中的先秦"说体"故事

2008年7月，一批流散境外、由清华校友捐赠、自香港抢救回归的战国楚简入藏清华大学，截至目前，经清华大学出土文献研究与保护中心整理、李学勤担任主编、以《清华大学藏战国竹简》（以下简称"清华简"）为书题、由中西书局编辑，已经陆续出版七册。这批文献的内容比较集中，多为文史类典籍，其中也包含了一些具有"说体"特征的故事简，有些已见传世文献，可用来进行比对研究；有些为新见故事，更可补缺拾遗。兹按商汤伊尹故事、周王故事、列国故事分类梳理辨析如下。

一、商汤伊尹故事

关于夏商时期的"说体"故事中以商汤伊尹故事最为多见而丰富，清华简中也有发现。

其一，小臣善为食，商汤问和民。

故事见于第五册中的《汤处于汤丘》[①]，说的是"汤处于汤（唐）丘，取妻于有莘，有莘媵以小臣，小臣善为食，烹之和。有莘之女食之，绝芳旨以粹，身体痊平，九窍发明，以道心嗌，舒快以恒。汤亦食之，曰：'允！此可以和民乎？'小臣答曰：'可。'乃与小臣基谋夏邦，未成，小臣有疾，三月不出。汤反复见小臣，归必夜"。就是在这期间，汤与小臣一问一答，使汤受益匪浅。按，此小臣即伊尹，伊尹以味说汤治国之道已多见前述，而小臣有疾三月不出汤往见之归必夜"的情节尚属首见。以此可以进一步见出伊尹故事的传说性质和"说体"文本特征。

---

① 李学勤主编：《清华大学藏战国竹简（伍）》，中西书局2015年版，第134—140页。

其二，鹄集汤屋，小臣逃夏。

故事见于第三册中的《赤鹄之集汤之屋》①，说的是"有赤鹄集于汤之屋"，汤获之，乃命小臣"旨羹之，我其享之"。汤有事出门后，"小臣既羹之，汤后妻纴巟谓小臣曰：'尝我于尔羹。'小臣弗敢尝，曰：'后其杀我。'纴巟谓小臣曰：'尔不我尝，吾不亦杀尔？'小臣自堂下授纴巟羹。纴巟受小臣而尝之，乃昭然四荒之外，亡不现也；小臣受其馀而尝之，亦昭然四海之外，亡不现也。汤返廷，小臣馈。汤怒曰：'孰盗吾羹？'小臣惧，乃逃于夏"。汤乃施以法术（魅之），"小臣乃昧而寝于路，视而不能言"。众鸟将食之，有一巫乌劝阻说，"是小臣也，不可食也"，夏后有疾，还等着他来作法祛邪呢。众鸟乃问"夏后之疾如何"，巫乌说"帝命二黄蛇与二白兔居后之寝室之栋"，"是使后疾而不知人"，帝又命后土为二陵屯，"共居后之床下"，"是使后之身疴痒，不可极于席"。众鸟离开后，巫乌乃对小臣施治，于是"小臣乃起而行，至于夏后"。听小臣回答说"我天巫"，夏后遂问"如尔天巫，而知朕疾"，小臣遂将巫乌对众鸟说的那番话对夏后说了一遍，接着说"后如彻屋，杀黄蛇与白兔，堡地斩陵，后疾其瘳"。夏后乃从小臣之言，"彻屋，杀二黄蛇与一白兔；乃堡地，有二陵屯，乃斩之。其一白兔不得，是始为坤，倒诸屋，以御白兔"。按，史有"伊尹间夏"的传闻，《吕氏春秋》更有"欲令伊尹往视旷夏，恐其不信，汤由亲自射伊尹"的故事（见前），这里的"小臣逃夏"暗含类似信息，或据类似信息演绎而成；至于众鸟对话，黄蛇白兔作怪，则完全是小说家言。《汉书·艺文志》在"诸子略·小说家"类中著录有"《伊尹说》二十七篇"，并自注"其语浅薄，似依托也"，惜已佚，里面或许就有大量此类荒唐怪诞之"小说"。

其三，伊尹返商至亳，说汤征夏。

故事见于第一册中《尹至》②，此用黄怀信《清华简〈尹至〉补释》释文及解说，大意是"伊尹从夏邑往亳，偷偷地赶回到汤那里。汤说：'来，你莫非有好消息？'伊尹说：'君主，我回来，到今天一共走了十天。我探察到夏朝的民众都怀有美好愿望，而其君主却心志不合，宠幸琬、琰二女，

---

① 李学勤主编：《清华大学藏战国竹简（叁）》，中西书局2012年版，第166—170页。
② 李学勤主编：《清华大学藏战国竹简（壹）》，中西书局2010年版，第127—131页。

不忧恤他的百姓。百姓众口一词地说:"我和你都死!"他仍然贼害有德,暴虐自用。夏邑天空出现了异常征兆,一个在西一个在东。其民众传说:"这是我们自己招的祸。"都说:"为什么如今东兆不彰?我们怎么办?"'汤问:'你所告我的夏朝隐情,确实都是这样吗?'尹曰:'是这样。'于是汤和伊尹盟誓灭夏"。"汤前往征夏,夏人不服。伊尹自度其德不差,遂定计从西边进攻夏邑,战胜夏人。夏朝逃散的人进入水域顽抗。汤下令说:'一个都不要留!'"① 按,此文与《吕氏春秋·慎大》所述十分近似,后者称"伊尹奔夏三年,反报于亳,曰:'桀迷惑于末嬉,好彼琬琰,不恤其众。……'汤与伊尹盟,以示必灭夏。伊尹又复往视旷夏,听于末嬉。末嬉言曰:'今昔天子梦西方有日,东方有日,两日相与斗,西方日胜,东方日不胜。'伊尹以告汤。商涸旱,汤犹发师,以信伊尹之盟。故令师从东方出于国西以进。未接刃而桀走,逐之至大沙"。② 差异是简文没有提到妹喜,西方日、东方日的情节是伊尹直接叙述出来的,而不是妹喜告诉伊尹夏桀所梦。由此可证彼此的确都属援用"说体"文本,如此才会出现不同"版本"。

二、周王故事

清华简中具有一定"说体"特征的周王故事都亦互见于传世或辑佚文献。

其一,周文王妻太姒梦商庭生棘。

故事见于第一册中的《程寤》,实即久已亡佚的《逸周书·程寤》,全篇原无篇题,整理者据《逸周书·程寤》给定篇名。按,《逸周书》原名《周书》,是一部如同《尚书·周书》的单篇历史文献的汇编。班固《汉书·艺文志》著录"《周书》七十一篇",并自注"周史记",刘向认为"盖孔子所论百篇之馀"(颜师古《汉书注》引)③,东汉许慎《说文解字》中始用《逸周书》之名,以区别于《尚书·周书》,"逸"乃散佚之意。其中有西周春秋文献,也有战国甚至秦汉时人的模拟假托之作。该书后世散佚颇多,今本仅存六十二篇,有的还属辑佚所存。《程寤》即在亡佚之列,今本为卢文弨据《艺文类聚》卷七十九、卷八十九及《太平御览》卷三九七、

---

① 黄怀信:《清华简〈尹至〉补释》,简帛网,2011年3月11日。
② 《吕氏春秋》,[汉]高诱注,见《诸子集成》6,上海书店1986年版,第159—160页。
③ [汉]班固:《汉书》,[唐]颜师古注,中华书局1962年版,第1705—1706页。

卷五三三所引补正文:"文王去商在程,正月既生魄,大姒梦见商之庭产棘,小子发取周庭之梓树于阙间,化为松柏棫柞。寤惊,以告文王,文王乃召太子发占之于明堂。王及太子发并拜吉梦,受商之大命于皇天上帝。"① 与之对照,简本《程寤》完整、详尽。前半部分太姒所梦完全相同,占梦场面及过程描述详尽;后半部分以"兴曰"开头,乃巫者以上帝身份对太子发所传达的天命之言,所谓"兴,曰:'发,女(汝)敬聖(听)吉梦。'"② 云云。此故事带有明显的传说色彩,其初当出自传诵讲说。

其二,武王有疾,周公愿以身自代。

故事见于第一册中的《周武王有疾周公所自以代王之志》,题目为简书原有。叙事情节与《尚书·金縢》大致相合,某些表述略有差异。故事说的是武王克商三年(《尚书》称"二年")后曾染病久久不愈,周公乃为坛祷告,愿以身自代,说"惟尔元孙发也,不若旦也,是佞若巧能,多材多艺,能事鬼神",还是请天帝将我召唤去吧,"尔之许我,我则晋璧与珪;尔不我许,我乃以璧与珪归",事后将祷告之辞纳入"金縢之匮",并命执事人"勿敢言"。后来武王去世,成王尚幼,周公摄政,"管叔及其群兄弟乃流言于邦曰'公将不利于孺子'",遂有管蔡之乱,"周公宅东三年,祸人乃斯得","于后,周公乃贻王诗曰《雕鸮》,王亦未逆公",显然对周公有所成见和戒心。然而这年"秋大熟"却"未获",因为"天疾风以雷,禾斯偃,大木斯拔"。这时成王打开金縢之书,看到了当年周公"所自以为功,以代武王之说","王乃出逆公,至郊。是夕,天反风,禾斯起","岁大有年,秋则大获"。③ 此事虽始见于书体著作《尚书》,但却是《尚书》中少有的富于曲折情节叙述的篇目,故事跨地跨年,不可能均是史官当下记述,当源于传诵讲说后被记录成文。简文与之同中有异,非转抄之文,也显示了故事及书面文本产生后仍以"说体"形式辗转讲诵的情况。

三、列国故事

清华简中还有几则列国故事。

---

① 黄怀信、张懋镕、田旭东:《逸周书汇校集注》,上海古籍出版社1995年版,第195页。
② 李学勤主编:《清华大学藏战国竹简(壹)》,中西书局2010年版,第136页。
③ 李学勤主编:《清华大学藏战国竹简(壹)》,中西书局2010年版,第158页。

其一，郑武夫人戒孺子。

故事见于第六册中的《郑武夫人规孺子》①。孺子即《左传·隐公元年》所述"郑伯克段于鄢"中的郑伯郑庄公，郑武夫人即其母武姜。武姜当年生庄公时寤生难产，因此极不喜欢这个大儿子，而偏心于小儿子共叔段，怂恿其夺兄之位，庄公则假装视而不见，称"多行不义必自毙"。② 最终克段于鄢，迁母于颍，后经人劝才又和好如初。简文所述则是早在这段冲突之前、郑武公去世之后、夫人武姜对年幼即位的郑庄公进行规诫。当时庄公年仅十三岁，武姜告诫他，三年之内不要亲理国事，要把朝政委托给大夫。她认为郑国的大夫们值得信任，如遇大事，庄公应与他们共同谋划。母亲教子，当属私下会话，如此详尽，也不似史官所载。此段叙事其初亦当以出自传闻讲说为宜。简文的发现，补充了传世文献之缺，特别是显示了郑武夫人的另一面，与《左传》所述不尽相同，可见历史被"说"出了各种"模样"。

其二，楚文王灭息娶息妫。

故事见于第二册《系年》中的第五章③。按《系年》类似大事年表，概述西周至战国前期周王朝及各列国发生的重要事件，大多并非"说体"文本，个别事件记述比较详尽，具有一定的"说体"特征，楚文王灭息取息妫这段即是如此。此事亦见《左传·庄公十年》《庄公十四年》，两者记述大致相同，个别之处有出入。如整个事件的起因在于蔡哀侯、息侯同娶于陈，两人的妻子为姊妹，息侯之妻息妫过蔡，蔡哀侯强行止之，并对其无礼，导致息侯请楚文王伐蔡，蔡侯又使楚文王伐息以得息妫。对此，《左传》记述蔡哀侯止息妫一段为"息妫过蔡，蔡哀侯曰吾姨也，止而见之，弗宾"；④《系年》的记述则是"息妫将归于息，过蔡，蔡哀侯止之曰'以同姓之故，必入'。息妫乃入于蔡，蔡哀侯妻之"。一称"弗宾"，一称"妻之"，差距似乎较大。《系年》此段叙事其后同样描述有蔡哀侯挑唆楚文王之事，并有席间对话。当时蔡哀侯与楚文王、息侯一起饮酒，"告文王曰'息侯之妻甚美，君必命见之'"，仍称"息侯之妻"，由此来看，叙事称息

---

① 李学勤主编：《清华大学藏战国竹简（陆）》，中西书局2016年版，第104—105页。
② 《春秋左传正义》，见《十三经注疏》，中华书局1980年版，第1716页。
③ 李学勤主编：《清华大学藏战国竹简（贰）》，中西书局2011年版，第147—149页。
④ 《春秋左传正义》，见《十三经注疏》，中华书局1980年版，第1767页。

妫入蔡时"蔡哀侯妻之",当是指强行同房,亦即《左传》所谓"弗宾",并非真的娶以为妻。《系年》的叙事更加点明了蔡哀侯对息妫不是一般的"弗宾",而是强奸,这才可以理解息侯何以会恼怒到要请楚文王伐蔡。简文的叙事弥补了传世文献所述之简约和含糊的缺陷。

其三,晋驹之克雪一笑之耻。

故事见于第二册《系年》中的第十四章①,说的是"晋景公立八年,随会率师会诸侯于断道,公命驹之克先聘于齐,且召高之固","齐顷公使其女子自房中观驹之克,驹之克将受齐侯之币,女子笑于房中,驹之克降堂而誓曰:'所不复询于齐,毋能涉白水。'"当即先归,"须诸侯于断道",执齐大夫。后来,"齐顷公围鲁,鲁臧孙许适晋求援,驹之克率师救鲁,败齐师于靡笄"。齐人为成,献玉献田才算作罢。"明岁,齐顷公朝于晋景公,驹之克走援齐侯之带,献之景公,曰:'齐侯之来也,老夫之力也。'"按,齐晋这段历史《国语》及《春秋》三传均有记述,驹之克即郤克郤献子,《系年》所述与《左传》最为接近,当然《左传》关于晋救鲁之役记述至为详尽,即著名的"齐晋鞌之战"(《国语》称"靡笄之役"),《系年》只有"败齐师于靡笄"一句。尽管如此,《系年》与《左传》也有出入,《左传·宣公十七年》记述郤克发誓说的是"所不此报,无能涉河"②,《成公三年》记述齐侯至晋的情形是:"郤克趋进曰:'此行也,君为妇人之笑辱也,寡君未之敢任。'"③ 足证"说体"文本的变异性。

第四节 北大简《周驯》与先秦"说体"文本研究

一、北大简《周驯》的发现与认定

2009年初,北京大学获得一批从海外回归的竹简捐赠,其中完整简约一千六百枚。这批汉简全部属于古代书籍,据相关信息推测,"这批竹书的

---

① 李学勤主编:《清华大学藏战国竹简(贰)》,中西书局2011年版,第167页。
② 《春秋左传正义》,见《十三经注疏》,中华书局1980年版,第1885页。
③ 《春秋左传正义》,见《十三经注疏》,中华书局1980年版,第1901页。

抄写年代应主要在汉武帝后期，下限不晚于宣帝"，可称之为"西汉竹书"。① 其中有一部以"周昭文公"训诫"龏（共）太子"为情节脉络、以讲述历史故事为主要内容、以《周驯》为简背书题的竹书，整理者认为正是《汉书·艺文志》"诸子略"著录却已亡佚的道家类著作"《周训》十四篇"，并由记载的史事以及文字、用词、语法等特征判断其成书年代当为战国晚期。古文献中"训""驯"相通，两部著作书题的确相关。

《周驯》全篇采用"周昭文公"一月一讲、训诫"龏（共）太子"的形式，主要即是通过讲述圣君贤相故事来阐发治国为君之道。周昭文公又称周昭文君、周文君、周君，《吕氏春秋》《慎大览·报更》有张仪"过东周"得到周昭文君善待、资助、后来予以报答的故事，《士容论·务大》有"杜赫以安天下说周昭文君"之辞；《战国策·东周策》有"周相吕仓见客于周君""周文君免（士）工师藉，相吕仓""杜赫欲重景翠于周，谓周君"等记述，知周昭文君为战国时周国分裂为东周、西周国之后东周国的某一任国君，时当秦惠文王、张仪等所处的战国中后期。共太子见于《战国策》和《史记》，其实都是同一则，即"共太子死"之事。《战国策》所述亦列于《东周策》，紧接"杜赫欲重景翠于周，谓周君"条之下，称"周共太子死，有五庶子，皆爱之，而无适立也"云云，编纂者应是认定共太子为周昭文君之太子；《史记》所述见于《周本纪》，却称"西周武公之共太子死"云云，《战国策》鲍彪本还据此将此条改列到《西周策》。《周驯》通篇为周昭文公训诫共太子，知该书乃是以周昭文公（君）与共太子为父子关系，与《战国策》同。

《周驯》文本分章清晰，形式规整，每章均另外提行抄写，章首有圆形墨点作为提示符号，章末未写满字的简形成留白。多数章均以"维岁某月更旦之日，龏（共）大子朝，周昭文公自身贰（敕）之，用兹念也。曰"开头，接着便是周昭文公对共太子讲述历史故事或通过举例、引《诗》引《书》给予教导，然后用"女（汝）勉毋忘岁某月更旦之驯（训）"结束。正月至十二月每月一章共为十二章，另有闰月一章，此外还有"维岁冬

---

① 北京大学出土文献研究所编：《北京大学藏西汉竹书》叁（上），上海古籍出版社2015年版，"前言"第1—2页。

（终）驾（贺）之日，共大子朝"的开篇语之简和"女（汝）勉毋忘腊之明日亲（新）岁之驯（训）"的结束语之简，此简结尾处还有"大凡六千"计字尾题，整理者认为"岁冬（终）"简与"腊之明日"简应为同一章，即《周驯》末章。如此算来，《周驯》也恰恰是十四章，与《汉书·艺文志》所著录之"《周训》十四章"也相吻合。稍有遗憾的是除末章开篇语（岁终贺之日）与结束语（腊之明日）提法不同外，另外还有一些特殊的"小章"，每章亦另外提行，章首有圆形墨点，但不用"维岁某月"和"更旦之驯"等套话来开头、结尾；多数篇幅短小，内容均为古代明君对后嗣的训诫。整理者将它们置于"闰月"章与末章之间，似有牵合"十四章"之嫌。其实依古书抄写之例，将它们别出作为后人所附未尝不可。种种迹象表明该《周驯》确与《汉书·艺文志》著录之《周训》密切相关，但不必一定是原封不动的同一部著作。

《周驯》中提及的传说人物和历史人物有尧、舜、禹、启、商汤、大甲、彭祖、周文王、周武王、周公旦、周成王、闵夭、齐桓公、管仲、晋献公、奚齐、夷吾、重耳、子犯、秦穆公、晋灵公、宣孟（赵盾）、赵简子、楚昭王、越王句践、吴王阖庐、魏文侯、秦献公等，最晚至战国中期的秦献公，根据该书所提史事以及文字、用词、语法等各方面特征，整理者将原著成书年代断为战国晚期，这与《汉书·艺文志》将《周训》列于战国楚隐士所作《鹖冠子》之后、已被马王堆帛书证明为战国著作的《黄帝四经》之前，也大致相当。

时至战国，撰文拟托已颇成风气，即如《汉书·艺文志》所列道家类中，"《文子》九篇，老子弟子，与孔子并时，而称周平王问，似依托者也"；《庄子》"寓言十九，藉外论之"，更是专门托人之口言说其道，所托者不乏黄帝、老聃、孔丘、颜回；"《力牧》二十二篇。六国时所作，托之力牧。力牧，黄帝相"等等，是公然的拟托；它如涉及战国史事、被当作历史著作的《战国策》，据缪文远考辨，其中明确可判为拟托文者也有92篇，苏秦、张仪等故事均有虚构编造者。[①] 这样关于《周驯》中的周昭文公训诫共太子，就有个是史官实录还是撰著者拟托的判定问题。

---

① 缪文远：《战国策考辨》，中华书局1984年版。

关于此，《周驯》整理者、审定者阎步克在论及《周驯》史料价值时曾撰文分析指出，该文中的昭文公和共太子皆称谥号，所以一定是在二人死后编辑成书。以月份为纲的结构有两种可能，一种是共太子确实曾在每月更旦接受教诲，以月为纲乃是实录；另一种可能是昭文公的训诲未必真在每月更旦，这只是编辑者的以意为之，是事后将之编辑为一月一训的形式，其目的或是为了便于对贵族子弟进行教育，让他们每月学习一章，或者只是寻求形式整齐，像《吕氏春秋》的"十二纪"那样。阎步克倾向于前一种可能性较大，因为《周驯》中存在"闰月"一章，编纂者若有意寻求结构整齐，弄出个"闰月"并无意义，反而自乱其制，因为并不是每年都有闰月。所以可推测一月一训是实录其事，训诲内容被史官现场记录下来。章末简"乃受（授）之书而自身属之"一句显示每次训诲完毕，昭文公随即就把记录下来的文本授给共太子一份供其温习。这便可以较好解释"闰月"一章及"享驾（贺）之日"一章的存在，即这一年恰好有闰月，共太子在闰月也依礼朝王，还曾参加周天子主持的岁终祭祀并在其时照例受教于昭文公。① 文章分析颇有道理，这等于间接回答了该文是否拟托的问题。亦即是说，文本是后来编辑成书，但所用原始材料出于史官对于周昭文公讲说训诫的笔录，其中所讲故事及讲故事之事本身恰恰属于本书所界定的"源自讲说、记录成文、具有一定情节性的叙述体故事文本"的"说体"范畴。

二、《周驯》与先秦"说体"文本的考证与补充

《周驯》是先秦时期讲述历史故事的原始记录文本，其中所讲故事有些与传世文本互见，可用来作为进一步辨析传世文本"说体"性质的直接参照；其中还有的故事或故事中的部分不见于传世文本，正可以作为先秦"说体"文本的重要补充。

（一）传世"说体"文本援用来源之证

《周驯》中有两篇所讲故事几乎完全同于《吕氏春秋》，比对辨析结果可以断定《吕氏春秋》故事正是源自《周驯》：

---

① 阎步克：《北大竹书〈周驯〉简介》，《文物》2011年第6期，第71—74页。

《周驯》	《吕氏春秋》
昔秦穆公乘马而车为败，右服失而野人得之，穆公自往求□□已环穆公之车矣，晋梁（梁）囚（由）靡已扣穆公之左骖矣，晋惠公之右路石奋枚击穆公之左袂，其甲陨者已六札矣。野人尝食马肉于岐山之阳者三百于余人，毕为穆公奋于车下，遂大尅晋，虏惠公以归。此《书》之所谓曰"君君子则正以行德，贱人则宽以尽其力"者也。人君其胡可以毋务惠于庶人？（"岁七月更旦之日"）①	昔者秦缪公乘马而车为败，右服失而野人取之。缪公自往求之，见野人方将食之于岐山之阳。缪公叹曰："食骏马之肉而不还饮酒，余恐其伤女也！"于是遍饮而去。处一年，为韩原之战。晋人已环缪公之车矣，晋梁由靡已扣缪公之左骖矣，晋惠公之右路石奋投而击缪公之甲，中之者已六札矣。野人之尝食马肉于岐山之阳者三百有馀人，毕力为缪公疾斗于车下，遂大克晋，反获惠公以归。此《诗》之所谓曰"君君子则正以行其德；君贱人则宽以尽其力"者也。人主其胡可以无务行德爱人乎？（《爱士》）②
□□□□□□□□□□车，为下飧，蠲而餔之，饿人再咽而能视矣。宣孟问之曰："尔何为而饥若此？"对曰："臣宦于绛，归而绝粮，羞行乞而憎自取，故至于若此。"宣孟予之脯二朐，拜受而弗敢食。问其故，曰："臣有老母，将以遗之。"宣孟曰："斯食之，吾更予女。"乃赐之脯二束与徐布百，遂去之上。处三年，晋灵公欲杀宣孟，伏士于房中以待。发酒，宣孟智之，中饮而出。灵公令房中之士疾追杀之。一人追遽，先及宣孟，见宣孟之面，曰："欸！君邪！请为君反死。"宣孟曰："而名为谁？"反走，且对曰："何以名为？臣，夫委桑下之饿人也。"环（还）斗而死。宣孟遂生。此书之所谓也，"德几无小"者也。故一德一士，犹生其身，兄（况）一德万人虖？故《诗》曰"赳赳武夫，公侯之干城"，"济济多士，文王以宁"。人君其胡可以毋务爱士？（"岁九月更旦之日"）③	昔赵宣孟将上之绛，见骫桑之下有饿人卧不能起者，宣孟止车，为之下食，蠲而餔之，再咽而后能视。宣孟问之曰："女何为而饿若是？"对曰："臣宦于绛，归而粮绝，羞行乞而憎自取，故至于此。"宣孟与脯一朐，拜受而弗敢食也。问其故，对曰："臣有老母，将以遗之。"宣孟曰："斯食之，吾更与女。"乃复赐之脯二束，与钱百，而遂去之。处二年，晋灵公欲杀宣孟，伏士于房中以待。因发酒于宣孟。宣孟知之。中饮而出。灵公令房中之士疾追而杀之。一人追疾，先及宣孟之面，曰："嘻！君舆！吾请为君反死。"宣孟曰："而名为谁？"反走对曰："何以名为？臣骫桑下之饿人也。"还斗而死。宣孟遂活。此书之所谓"德几无小"者也。宣孟德一士，犹活其身，而况德万人乎？故诗曰"赳赳武夫，公侯干城。""济济多士，文王以宁。"人主胡可以不务哀士？（《报更》）④

---

① 北京大学出土文献研究所编：《北京大学藏西汉竹书》叁（上），上海古籍出版社2015年版，第130—131页。

② 《吕氏春秋》，[汉]高诱注，见《诸子集成》6，上海书店1986年版，第82页。

③ 北京大学出土文献研究所编：《北京大学藏西汉竹书》叁（上），上海古籍出版社2015年版，第134页。

④ 《吕氏春秋》，[汉]高诱注，见《诸子集成》6，上海书店1986年版。

这两个故事，一为"秦穆公亡马，野人得而食之"，一为"赵宣子遇翳桑饿人"，都是被多部著作援引过的十分著名的先秦说体文本，所援文本情节、对话都各有差异；但将《周驯》和《吕氏春秋》两相比对不难发现，分别见于两书的这两个故事行文字句都几乎完全相同。说起来，如果仅为所讲故事相同，尚难断定谁援自谁，可能都援用了同源说体文本；这里是连同故事之后的议论都如出一辙，则可以肯定必是其中一部抄自另一部。"秦穆公亡马"故事中，《周驯》的议论为"此《书》之所谓君君子则正以行德"云云，《吕氏春秋》则为"此《诗》之所谓"，"君君子则正以行德"云云不似诗句，当以"《书》之所谓"为宜，应是《吕氏春秋》抄《周驯》而笔误。"翳桑饿人"一则，文末议论更符合《周驯》对话情境，强调德士、爱士，而非知恩图报。《吕氏春秋》将其置于《报更》篇，仍用强调德士的议论，应是照抄《周驯》，未及改论。《吕氏春秋》援用"说体"由此得到了确凿的证明。

其中还有一篇所讲故事亦见《太平御览》所引《韩诗外传》（亦见《文选》李善注引）：

《周驯》	《韩诗外传》
昔赵间子身书二牍，而亲自籀之。其书之言曰："节欲而听谏，敬贤勿曼，使能勿贱。为人君者能行之三者，其国必弥大，其民弗去散。"已籀兹书，右手把一以予柏鲁，左手把一以予无邮。俱□□□□□□□□□□在。柏鲁亡其书，令之口讽之而弗能得。无邮出其书于左袂，跪而进之，令口讽诵之而习。间子曰："鲁也，不智好学之有赖也，不智从欲之曰败也，不智自以为少而年已暮也。不识之三者，其安能守祭？无邮好学而智贵善言，孝弟兹仁而主令弗曼。令之守祭，其使能使民毋去己眷。"乃立无邮以为秦子。（"闰月更旦之日"）①	赵简子太子名伯鲁，小子名无恤。简子自为二书牍，亲自表之，书曰："节用听聪，敬贤勿慢，使能勿贱。"与二子，使诵之。居三年，简子坐清台之上，问二书所在？伯鲁忘其表，令诵不能得。无恤出其书于袖，令诵，习焉。乃黜伯鲁而立无恤。（《太平御览》卷一百四十六《皇亲部》十二引）②

---

① 北京大学出土文献研究所编：《北京大学藏西汉竹书》叁（上），上海古籍出版社2015年版，第140页。

② ［宋］李昉等：《太平御览》，中华书局1960年版，第712页。

这里讲的是赵简子因两个儿子对自己所书训诫之牍不同态度而黜长子伯鲁改立幼子赵毋恤为嗣的故事,被称为"赵简子立储"或"赵简子立贤"。两相比对,《韩诗外传》较《周驯》简略,且少赵简子一篇说辞,或许是类书转引所致,亦或许《韩诗外传》本就作了简化处理。按,赵简子立赵毋恤为嗣事亦见《史记·赵世家》,但《史记》所述为"藏宝符于山",赵毋恤因悟出"从常山上临代,代可取"而取代伯鲁成为太子;与"临代"相同的情节已见《吕氏春秋·长攻》,《吕氏春秋》所述又是赵简子临死告"服衰而上夏屋之山以望"。《韩诗外传》此"书训诫于牍"的"版本"本为"孤本",《周驯》这一相同故事的重现,又一次证明《韩诗外传》所述故事的确大多传自先秦。同为赵简子易太子,却有"藏宝符于山""书训诫于牍"等如此不同的"版本",可知它们都不过是"说体"故事。

(二)传世"说体"文本发生变异之证

《周驯》中有些所述故事与传世文献有同有异,可进一步见出"说体"文本的变异特征。

比如"岁八月更旦之日"周昭文公所讲晋文公伐曹"穿地得金匮"故事:

> 昔晋文君伐曹,刴之,而夷其宗庙。穿地三仞而得金匮焉,其中有书曰:"非骏勿驾,非爵(雀)勿罗。"文君问于咎犯曰:"是何谓也?"咎犯对曰:"非骏勿驾,毋使肖(小)人也;非爵(雀)勿罗,毋大不仁也。"文君曰:"是善言也,而曹君贵之,何故以亡?"咎犯对曰:"贤主之贵善言也,令工庸(诵)之于庙,令史籍之于朝,日闻于耳。今曹君之贵善言也,入之于地而已,深埋而弗视,不亡奚待?"①

这一故事于传世文献似并不见称述,但《晏子春秋·内篇杂上第五》却有一则几乎是完全相同的情节,只不过故事中的对话人物是齐景公和晏

---

① 北京大学出土文献研究所编:《北京大学藏西汉竹书》叁(上),上海古籍出版社2015年版,第133页。

子,"金匮"变成了"金壶":

> 景公游于纪,得金壶,乃发视之,中有丹书,曰:"食鱼无反,勿乘驽马。"公曰:"善哉!知苦言,食鱼无反,则恶其鰠也;勿乘驽马,恶其取道不远也。"晏子对曰:"不然。食鱼无反,毋尽民力乎!勿乘驽马,则无置不肖于侧乎!"公曰:"纪有书,何以亡也?"晏子对曰:"有以亡也。婴闻之,君子有道,悬之间。纪有此言,注之壶,不亡何待乎!"①

两则无疑是同一个故事,细节、详略、对话稍有变化。其最大的不同在于张冠李戴,晋文公变成了齐景公,这乃是说体故事流传变异或异地异说的结果。由此可见,说故事者不是史官,要说的是故事本身及其寓意,并不怎么在意故事发生在谁的身上。

他如"岁十二月更旦之日"所述"周成王燔潛书",说是"昔周公旦东迁从(征),三年不归,有恶之于周成王者,其志盈车。成王既弗信也,而积其志以待周公。已视(示)周公,乃燔之",此事亦不见传世文献。② 然《吕氏春秋·乐成》有"乐羊贵功,魏文侯陈潛书两箧"故事:"魏攻中山,乐羊将。已得中山,还反报文侯,有贵功之色。文侯知之,命主书曰:'群臣宾客所献书者,操以进之。'主书举两箧以进。令将军视之,书尽难攻中山之事也。将军还走,北面再拜曰:'中山之举,非臣之力,君之功也。'"③ 不难发现,两个故事的核心情节亦颇为相似。

(三) 传世文本"说体"尚有缺载之证

《周驯》中还有一些不见于传世文献的"新"见故事,由此可证传世文本对于"说体"确有缺载,这些新见的老故事可以作为先秦"说体"文本的重要补充。

---

① 张纯一:《晏子春秋校注》,见《诸子集成》4,上海书店1986年版,第139页。
② 北京大学出土文献研究所编:《北京大学藏西汉竹书》叁(上),上海古籍出版社2015年版,第138—139页。
③ 《吕氏春秋》,[汉]高诱注,见《诸子集成》6,上海书店1986年版,第189页。

其实，上举"晋文公穿地得金匮""周文王燔谮书"，如果不考虑已有"同事异人"文本情况，亦应属于不见于传世文献的"新"见故事，它们的价值在于让我们看到了大致同样情节的故事原来还有另外的版本。此外，"岁十一月更旦之日"所讲"秦献公利五子亡一子"的故事则完全属于迄今独见：

> 昔秦献公有疾，乃召其嗣中（仲）敬子，而自身谓之曰："秦国之故，适有大丧，必从群孽。今寡人适为下游，而欲勿使从，其可得乎？"中（仲）敬子曰："秦国有故，其何可变易？"公曰："为人君者，其臣有罪，其可而毋赦？罪猷（犹）有赦，而皇（况）无罪乎？无罪而强杀之，吾弗忍也。其命尚未穷，而欲其亟终，岂可谓德？且已去其民矣，而尚猷（犹）有不惠之名，其何以弥久而仑思于百姓。子其敬听，毋逆□□□……□□"□……□□□入，乃谓夫人曰："女（汝）有子六人，宁利一人而亡五人乎？其宁利五人而亡一人乎？"夫人对曰："宁利五人。"于是果亡一人而已，不众所害。①

秦献公废除人殉于史有征，《史记·秦本纪》即云"献公元年，止从死"。《周驯》这里则具体讲述了秦献公临终不让五个儿子为自己殉葬并因此废掉太子仲敬子的故事。"必从群孽"，"孽"本是指妃妾所生之庶子；但后面献公问夫人时说的又是"女（汝）有子六人"，也许是泛泛将所有嫡庶都算成是夫人的儿子？不管嫡庶，都是献公之子，他不忍心让除太子之外的五个儿子一同从死，但却遭到太子的反对，为保五个儿子，只好废掉一个儿子。"果亡一人"，是废黜，是流放，还是杀掉？都有可能。由此看来，后来即位的秦孝公或许正是被保下来的五个儿子之一，应该不是以太子身份嗣位为君。

总之，《周驯》中的篇章多属"说体"之"训"，是对先秦说体文本的重要补充，并为研究提供了许多新的材料和信息。

---

① 北京大学出土文献研究所编：《北京大学藏西汉竹书》叁（上），上海古籍出版社2015年版，第137—138页。

第 六 章

先秦"说体"的文本特征

就先秦而言,"说体"主要是区别于"歌体"和"书体"的一种语言文字形式,其与"歌体"比较,一为散文,一为诗歌,其区别至为明显,无需多论;故这里的"说体"文本特征,主要是相对于同为散文体的"书体"而言。"书体"即记录书写于甲金简帛等材质的书面文本,其与"说体"的区别即在于其成文和流传都会受到书写材质、书写定本的制约和影响。按说"说体"最终也会因被记录、被援引而落实到书面文本得以流传,但终因始于讲说、传于讲说而形成了不同于当时"书体"的文本特点。

第一节 先秦"说体"文本的描述性

先秦,特别是商周春秋时期,限于载记条件,"书体"主要用于记录,如甲骨记录卜事,金文记录祀典、功德,简牍记录训诰举事(如《尚书》《春秋》),皆属当下结果记录,具有简括、实录、限定等特征;至于事情的前因后果、发展经过、具体情景,则需不受载记限制的口头讲说来充实。"说体"文本即是口头讲说担当。因此,较之"书体","说体"文本的突出特点即在于其描述性,包括情节讲述的完整性和人物对话、举止的描摹性。

一、事件讲述的完整性

完整,意味着没有缺项,前因后果、人物与人物及环境的关系、情节发展演变过程等均有所交待。就叙事而言，今见先秦"书体"文本比较典型的是《春秋》，兹仅以其为参照，略举《左传》几例，即可见出"说体"文本对于事件的完整描述和交待。

（一）前因后果

前因和后果，是完整叙事的重要部分，事件是怎么引起的，最终又是怎么结束的，先秦"说体"文本的具体性和完整性就多表现在对前因后果的交待。

例一是"郑子驷弑僖公"，《春秋·襄公七年》记述曰："十有二月，公会晋侯、宋公、陈侯、卫侯、曹伯、莒子、邾子于鄬。郑伯髡顽如会，未见诸侯，丙戌，卒于鄵。"① 郑伯髡顽即郑僖公，《春秋》只是记述他已经前来与会，却死于途中。对此，《左传·襄公七年》援用"说体"文本做了具体交待："郑僖公之为太子也，于成之十六年与子罕适晋，不礼焉。又与子丰适楚，亦不礼焉。及其元年朝于晋，子丰欲愬诸晋而废之，子罕止之。及将会于鄬，子驷相，又不礼焉。侍者谏，不听；又谏，杀之。及鄵，子驷使贼夜弑僖公，而以疟疾赴于诸侯。简公生五年，奉而立之。"② 原来郑僖公是被子驷派人杀死，而其被杀事出有因，从为太子到为郑君一而再、再而三地对人无礼，且谁谏杀谁，让人忍无可忍；而其被杀的直接结果就是年仅五岁的简公被立为新君。

例二是"宋太子痤被诳死"，《春秋·襄公二十六年》仅记一笔："秋，宋公杀其世子痤。"③《左传》则从太子痤之弟公子佐之母出生讲起，详述了事件的来龙去脉。"初，宋芮司徒生女子，赤而毛，弃诸堤下，共姬（宋平公母）之妾取以入，名之曰弃。长而美"，宋平公夕入问安，"见弃也，而视之，尤"，遂纳为妾，嬖，生佐，恶而婉。太子痤则"美而很（狠）"，合左师因此"畏而恶之"。另有寺人伊戾"为太子内师而无宠"。于是，当这年秋天太子痤野享楚客之机，伊戾随从，"至则坎用牲，加书征之"，而骋告平公说"太子将为乱，既与楚客盟矣"。平公"使视之，则信有焉"，问

---

① 《春秋左传正义》，见《十三经注疏》，中华书局1980年版，第1938页。
② 《春秋左传正义》，见《十三经注疏》，中华书局1980年版，第1938—1939页。
③ 《春秋左传正义》，见《十三经注疏》，中华书局1980年版，第1988页。

夫人与左师，都说"固闻之"，遂囚太子。太子说"唯佐也能免我"，使人召佐求情，且说"日中不来，吾知死矣"，"左师闻之，聒而与之（佐）语。过期，乃缢而死"。① 就这样，在佐母、左师、寺人三方合力之下，太子痤被逸死，结果就是公子佐立为太子。

例三是"齐侯伐鲁迎季姬"，《春秋·哀公八年》仅记两笔："夏，齐人取讙及阐。""（冬）齐人归讙及阐。"② 对此，《左传》所述虽亦不繁，但清晰交待了事情原委："齐悼公之来也，季康子以其妹妻之，即位而逆之。季魴侯通焉，女言其情，弗敢与也。齐侯怒。夏，五月，齐鲍牧帅师伐我，取讙及阐。"原来当年齐悼公立为齐侯前逃来鲁国，季康子将胞妹嫁给了他。此次战争起因是回国做了齐侯的悼公要追讨自己在鲁国的老婆回家，而真正的原因并不是季康子不想给，是不敢给，因为胞妹坦白了与叔父季魴侯的私通奸情。对于最后一笔，《左传》也追加缘故："冬，十二月，齐人归讙及阐，季姬嬖故也。"③ 看来虽靠武力才将季姬迎回齐国，季姬仍还是得到宠幸，且因此故，讙、阐两地重新回到鲁人手里。

（二）人物关系

人物关系决定态度、动机和举措，真正将事件原委讲述清楚，离不开对人物关系的交待。"说体"文本的完整讲述，就也包含着这个部分。

如"祭仲改立郑公"，说的是郑庄公卒后，正卿祭仲出现了先立郑昭公、后与宋人盟而改立郑厉公的反复。对此，《春秋·桓公十一年》仅记当下史事："夏，五月癸未，郑伯寤生卒。秋，七月，葬郑庄公。九月，宋人执郑祭仲。突（厉公）归于郑。郑忽（昭公）出奔卫。"④ 这已经是《春秋》记事比较详尽的一段，但为何会如此变来变去却令人费解。《左传·桓公十一年》则详尽交待了人物关系：

郑昭公（公子忽）之败北戎也，齐人将妻之。昭公辞。祭仲曰：

---

① 《春秋左传正义》，见《十三经注疏》，中华书局1980年版，第1990页。
② 《春秋左传正义》，见《十三经注疏》，中华书局1980年版，第2163页。
③ 《春秋左传正义》，见《十三经注疏》，中华书局1980年版，第2164页。
④ 《春秋左传正义》，见《十三经注疏》，中华书局1980年版，第1755页。

"必取之。君多内宠，子无大援，将不立。三公子皆君也。"弗从。夏，郑庄公卒。初，祭封人仲足有宠于庄公，庄公使为卿。为公娶邓曼，生昭公。故祭仲立之。宋雍氏女于郑庄公，曰雍姞，生厉公。雍氏宗，有宠于宋庄公，故诱祭仲而执之，曰："不立突，将死。"亦执厉公而求赂焉。祭仲与宋人盟，以厉公归而立之。秋，九月丁亥，昭公奔卫。己亥，厉公立。①

原来祭仲之所以先立昭公（公子忽），是因为公子忽乃他"为公娶邓曼"所生，故一直呵护有加，当年齐人"将妻之"时就力劝"必取之"，不然没有大援，嗣位时将遇到麻烦，可惜公子忽不听，立为昭公后没几天就遭遇逆袭。祭仲之所以改立厉公，则是因为被宋庄公"执之"相逼，而宋公之所以威胁祭仲"不立突（厉公），将死"，又是因为公子突乃宋雍氏雍姞之子，而宋雍氏有宠于宋庄公。

又如"卫宣公二子急子、寿子继死，左、右公子被杀"，说的也是围绕着嗣立的冲突纷争，且以四位公子被杀为代价。对此，《春秋》仅记史事，一为《桓公十六年》的"十有一月，卫侯朔出奔齐"②，一为《庄公五年》的"冬，公会齐人、宋人、陈人、蔡人伐卫"③，一为《庄公六年》的"春，王正月，王人子突救卫。夏，六月，卫侯朔入于卫"④，《左传》则交待了其间各种关系所导致的废立杀伐：

> 初，卫宣公烝于夷姜，生急子，属诸右公子。为之娶于齐，而美，公取之。生寿及朔。属寿于左公子。夷姜缢。宣姜与公子朔构急子。公使诸齐。使盗待诸莘，将杀之。寿子告之，使行。不可，曰："弃父之命，恶用子矣？有无父之国则可也。"及行，饮以酒。寿子载其旌以先，盗杀之。急子至，曰："我之求也，此何罪？请杀我乎！"又杀之。二公子故怨惠公。十一月，左公子泄、右公子职立公子黔牟。惠公奔

---

① 《春秋左传正义》，见《十三经注疏》，中华书局1980年版，第1755—1756页。
② 《春秋左传正义》，见《十三经注疏》，中华书局1980年版，第1758页。
③ 《春秋左传正义》，见《十三经注疏》，中华书局1980年版，第1764页。
④ 《春秋左传正义》，见《十三经注疏》，中华书局1980年版，第1764页。

齐。(《桓公十六年》)①

冬，伐卫，纳惠公也。(《庄公五年》)②

六年，春，王人救卫。夏，卫侯入，放公子黔牟于周，放宁跪于秦，杀左公子泄、右公子职，乃即位。(《庄公六年》)③

原来卫侯朔（卫惠公）乃卫宣公与所截娶之急子妻齐女宣姜所生，宣姜另生有寿子。右公子、左公子则分别为急子、寿子之傅。于是当宣姜与公子朔构害急子、急子将被宣公所设盗杀害时，异母弟寿子能够得知且告知，并代兄死，兄悲痛中亦死；于是当公子朔立为惠公后，左公子、右公子会改立公子黔牟而迫使惠公奔齐；于是齐人会帅诸侯伐卫纳惠公；于是惠公复入之后会杀掉左公子泄和右公子职。

（三）事件经过

详述事件经过是《左传》较之《春秋》最充分的部分。兹仅以"崔杼弑其君"为例以为见证。

崔杼因齐庄公与美妻私通而弑庄公，事见《襄公二十五年》。对于此事，齐太史有明确记载（详下），只有"崔杼弑其君"五字，《春秋》附加一些交待，也只有十二个字，即"夏，五月乙亥，齐崔杼弑其君光"。《左传》则详述了整个事件的来龙去脉特别是演化经过，可分为多部曲。

第一部，一见钟情。

> 齐棠公之妻，东郭偃之姊也。东郭偃臣崔武子。棠公死，偃御武子以吊焉。见棠姜而美之，使偃取之。

原来这"惹是生非"的美妻是寡妇，她前夫是齐棠公，就是在齐棠公的吊唁大厅，崔杼一眼看中这个死者之妻，偏巧棠姜之弟东郭偃恰是崔杼车御，于是崔杼要东郭偃将姐姐嫁给他。东郭偃反对，说"男女辨姓，今君出自

---

① 《春秋左传正义》，见《十三经注疏》，中华书局1980年版，第1758页。
② 《春秋左传正义》，见《十三经注疏》，中华书局1980年版，第1764页。
③ 《春秋左传正义》，见《十三经注疏》，中华书局1980年版，第1764页。

丁，臣出自桓，不可"，一个是齐丁公之后，一个是齐桓公之后，都是姜姓，故不可同婚。这便引出下面算卦一部。

第二部，占算吉凶。

> 武子筮之，遇《困》之《大过》。史皆曰"吉"。示陈文子，文子曰："夫从风，风陨妻，不可娶也。且其繇曰：'困于石，据于蒺藜，入于其宫，不见其妻，凶。''困于石，往不济也；据于蒺藜，所恃伤也；入于其宫，不见其妻，凶，无所归也。'"崔子曰："嫠也，何害？先夫当之矣。"

这一番关于该不该娶这女人的占算释卦，其实是对其后将要发生事情的暗示和预言，所预示的还不仅是这里列举的"弑其君"，而更是后面的"连续剧"，即"齐庆氏亡崔氏"（说来也有关，正是"弑君"后庆封与崔杼同朝执政，才导致他后来害崔杼家破人亡）。此时的崔杼一心只想娶美女，明知是凶卦，却能打圆场，我这是娶寡妇，就算她克夫，她前夫已经"当之矣"。

第三部，引狼入室。

> 遂取之。庄公通焉，骤如崔氏，以崔子之冠赐人。侍者曰："不可。"公曰："不为崔子，其无冠乎？"

娶此美妻还真惹祸上门，由崔杼本人保着上位的齐庄公偏偏也看上此女，且身为一国之君的位置使其肆无忌惮，公然与此女私通，频繁出入崔杼之门。还公然将从崔杼家里拿到的崔子之冠"赐人"，等于宣告崔子的内室已经是我的内室。

第四部，火上浇油。

> 崔子因是，又以其间伐晋也，曰："晋必将报。"欲弑公以说于晋，而不获间。

齐庄公肆意践踏尊严的行径已经让崔杼忍无可忍，偏偏此君还不听劝，竟趁晋国范氏攻栾氏之乱之机以伐晋，待晋缓过劲来必将前来报复，若杀掉这个祸首也可由此取悦于晋。这样看来，于私于公，都该除掉这个君，只是迫于找不到机会。

第五部，契机突临。

> 公鞭侍人贾举，而又近之，乃为崔子间公。

偏偏这时，发生了庄公鞭打侍人贾举之事。鞭打后却毫不介意，仍让贾举做自己的贴身侍卫。此人怀怨在心又天天近庄公之身，正是借以伺机起事的最佳人选。

第六部，投出诱饵。

> 夏，五月，莒为且于之役故，莒子朝于齐。甲戌，飨诸北郭，崔子称疾，不视事。乙亥，公问崔子，遂从姜氏。

于是，当"莒子朝于齐"时，崔杼故意"称疾"不出，引得庄公造访崔家，其实这庄公更是借机来看崔杼美妻的。

第七部，瓮中捉鳖。

> 姜入于室，与崔子自侧户出。公拊楹而歌。侍人贾举止众从者而入，闭门。甲兴，公登台而请，弗许；请盟，弗许；请自刃于庙，弗许。皆曰："君之臣杼疾病，不能听命。近于公宫，陪臣干掫有淫者，不知二命。"公逾墙，又射之，中股，反队，遂弑之。

庄公被诱至崔家的这一刻，崔杼夫妇便一起从侧门出去，而被庄公鞭打过的贾举，作为贴身侍从紧跟其后，进门后将大门一闭，形成了瓮中捉鳖之势。贾举这个"梗"，原来是在这里派上了用场。庄公哪里想到这些，还在那里优哉游哉唱歌，想招惹姜氏出来与他相见，就在此刻甲兵大起，理由十分充足，崔杼正在病中，无法起身听您庄公君命，我们作为崔杼之臣，只能听他之命，他家若冒出淫贼就该毙命，除此之外"不知二命"。最终庄公翻墙时被射中，摔下来当场毙命。

第八部，弑君之后。

齐庄公被崔杼弑杀之后，叙事者以平行分述之笔，分别提到齐国大臣们的不同反应。

其一是"祝佗父祭于高唐，至复命，不说弁而死于崔氏"。其二是"申蒯，侍渔者，退，谓其宰曰：'尔以帑免，我将死。'其宰曰：'免，是反子之义也。'与之皆死"。其三是晏子，"立于崔氏之门外，其人曰：'死乎？'曰：'独吾君也乎哉，吾死也？'曰：'行乎？'曰：'吾罪也乎哉，吾亡也？'曰：'归乎？'曰：'君死，安归？……'门启而入，枕尸股而哭，兴，三踊而出。人谓崔子必杀之。崔子曰：'民之望也，舍之，得民。'"

第九部，立君行盟。

> 叔孙宣伯之在齐也，叔孙还纳其女于灵公，嬖，生景公。丁丑，崔杼立而相之，庆封为左相，盟国人于大宫，曰："所不与崔、庆者。"晏子仰天叹曰："婴所不唯忠于君、利社稷者是与，有如上帝！"乃歃。辛巳，公与大夫及莒子盟。

旧君已死，自是要立新君，所立新君即齐灵公与鲁大夫叔孙宣伯之女所生之齐景公（"宣伯即通于穆姜欲去季孟未果逃往齐国的叔孙侨如"，事见《左传·成公十六年》所述"宣伯叔孙侨如通于穆姜，欲去季孟"）。立君后行盟时别生枝节。盟书上只说是"所不与崔、庆者"，晏婴来一句"婴所不唯忠于君、利社稷者是与，有如上帝"，崔杼仍然拿他没办法。

第十部，太史书简。

> 大史书曰："崔杼弑其君。"崔子杀之。其弟嗣书，而死者二人。其弟又书，乃舍之。南史氏闻大史尽死，执简以往。闻既书矣，乃还。

无论庄公行径是否该杀，弑君总是就在眼前，身为太史自是要履行职责，于是不顾你崔杼眼下是如何只手遮天，也一定要书写下"崔杼弑其君"，杀死一个还有第二个，杀死两个还有第三个，崔杼不敢再杀了，"乃舍之"，于是史册上便留下了"崔杼弑其君"。最令人钦佩的是还有第四个，听说太史都被杀，抱着简策就前往，哪管自己会怎样，听说已经写下了，才又转身回去了。

第十一部，"崔庆追我"。

> 间丘婴以帷缚其妻而载之，与申鲜虞乘而出，鲜虞推而下之，曰："君昏不能匡，危不能救，死不能死，而知匿其昵，其谁纳之？"行及弇中，将舍。婴曰："崔、庆其追我。"鲜虞曰："一与一，谁能惧我？"遂舍，枕辔而寝，食马而食，驾而行。出弇中，谓婴曰："速驱之！崔、庆之众，不可当也。"遂来奔。①

最有意思的是紧张冲突过后，叙事以这样一段诙谐幽默的小插曲作了尾声。这间丘婴、申鲜虞必是齐庄公的宠嬖之臣，所以事发后要逃跑，间却不忘带上老婆，这实在是有碍手脚，所以申鲜虞推而使下之，数落间不能劝君和死君，却只知护老婆，谁还接纳你？两人逃至弇中时，总该歇歇脚，那间丘婴又担心"崔、庆其追我"，鲜虞打气说，怕他们做什么，其实还是"枕辔而寝"，随时准备开拔逃跑；等出了弇中，鲜虞又故意吓他间丘婴一吓，快快跑，崔庆之众追上来了，咱们可不是他们的对手呀！

似这类如此详尽的过程叙事，在《左传》中还可以举出很多。就当时而言，这是唯有援用了"说体"才会有的讲述空间和便利。

二、对话描摹的生动性

人物对话是事件中推动情节发生发展的重要因素，还是表达叙事旨趣、意义的直观部分，先秦文本表达思想的重要途径即是记录人物对话，"左史记言，右史记事"，先秦还有专门记录人物话语的书面文本，《尚书》、语录体诸子著作等即是。"说体"文本具体讲述事件，转述人物对话自是其中的重要部分。与"书体"比较，"说体"文本中的人物对话镶嵌在故事之中，

---

① 《春秋左传正义》，见《十三经注疏》，中华书局1980年版，第1983页。

更与情节发展息息相关,且更具现场感和生活化特点,从而更加生动、更富情感色彩。兹以故事时间为序,特举几例见其一斑。

例一,"狄来伐卫,受甲者称'使鹤'",见于《左传·闵公二年》,说的是"卫懿公好鹤,鹤有乘轩者",故当狄人伐卫、卫人将战之时,国人受甲者皆曰:"使鹤!鹤实有禄位,余焉能战?"[①] 只此一句对话描摹,国人对卫懿公的不满、卫人士气的低落尽数呈现,已经预示着战事的不利。结果就是卫师败绩,卫人出逃。

例二,"骊姬夜半而泣谓献公",见于《国语·晋语一》,说的是深得晋献公宠幸的骊姬欲废太子申生而立己子奚齐,得优施之教,遂"夜半而泣",与晋献公有一段枕边对话:

> 优施教骊姬夜半而泣谓公曰:"吾闻申生甚好仁而彊,甚宽惠而慈于民,皆有所行之。今谓君惑于我,必乱国……盍杀我,无以一妾乱百姓。"公曰:"夫岂惠其民而不惠于其父乎?"骊姬曰:"妾亦惧矣。吾闻之外人之言曰:为仁与为国不同。为仁者,爱亲之谓仁;为国者,利国之谓仁。……"公惧曰:"若何而可?"骊姬曰:"君盍老而授之政。彼得政而行其欲,得其所索,乃其释君。……"公曰:"不可与政。我以武与威,是以临诸侯。未殁而亡政,不可谓武;有子而弗胜,不可谓威。……尔勿忧,吾将图之。"[②]

骊姬明明知道献公舍不得自己,却摆出一副可怜相,夜半而泣,请求不如杀了自己,免得太子申生以自己被宠幸为借口乱国制君,这就逼着献公在她和太子之间作出选择,她知道献公当然会选择她而不是太子;当献公对太子是否会对父亲不仁仍有些怀疑时,骊姬又假称"闻之外人之言"讲了一通"为国者,利国之谓仁"的大道理,终于使献公感到问题的严重性;当献公考虑究竟该怎么办时,骊姬又给一激,故意劝献公不如退位,让太子"得政而行其欲",或者可以放过父亲,这当然是献公所不能答应的,那就只有

---

① 《春秋左传正义》,见《十三经注疏》,中华书局1980年版,第1787页。
② 《国语》,上海古籍出版社1988年版,第274—275页。

废掉太子一步棋了。就这样,骊姬一步步成功地说动了献公的废太子之心,十分鲜活、逼真地呈现了骊姬谗害太子的一幕。

例三,"楚太子商臣不敬,江芈怒曰'呼役夫'",见于《左传·文公元年》,说的是起初楚王要立商臣为太子,子上劝他先不要急于立嗣,怕他事后反悔徒生事端。楚王不听,后来果然又欲改立王子职,而黜太子商臣。商臣听闻风声,尚不确定,其太傅潘崇出主意说:"享江芈而勿敬也。"商臣从其言,果然:"江芈怒曰:'呼!役夫!宜君王之欲杀女而立职也。'"① 江芈因商臣不敬而被激怒,破口大骂,楚王要废太子的秘密脱口而出,彼情彼景十分生动逼真。

例四,"甯惠子临终嘱子复献公",见于《左传·襄公二十年》,说的是与孙林父一同起事赶走卫献公的甯惠子(甯殖),临终前将儿子召到身边嘱托后事:

> 卫甯惠子疾,召悼子(甯喜)曰:"吾得罪于君,悔而无及也。名藏在诸侯之策,曰'孙林父、甯殖出其君'。君入,则掩之。若能掩之,则吾子也。若不能,犹有鬼神,吾有馁而已,不来食矣。"悼子许诺,惠子遂卒。②

对于在史策上被刻下"出其君"这样的恶行,甯惠子显然悔不该当初,临终时希望儿子返君以削掉其罪。话说得十分有意思:你如果能做到让卫侯回国,就是我的儿子,如果你做不到,我就不认你这个儿子,没有供奉也无所谓,我这个鬼"有馁"(饿着)就是了,也不来吃你的饭!

例五,"董叔欲为系援,叔向称'求系既系矣'",见于《国语·晋语九》:

> 董叔将娶于范氏,叔向曰:"范氏富,盍已乎!"曰:"欲为系援焉。"他日,董祁诉于范献子曰:"不吾敬也。"献子执而纺于庭之槐,

---

① 《春秋左传正义》,见《十三经注疏》,中华书局1980年版,第1837页。
② 《春秋左传正义》,见《十三经注疏》,中华书局1980年版,第1970页。

叔向过之,曰:"子盍为我请乎!"叔向曰:"求系,既系矣;求援,既援矣。欲而得之,又何请焉?"①

董叔拒不听从叔向的好心劝告,硬是要娶那有权有势的范宣子的女儿为妻,图的是有个"系援",也就是找个靠山;哪知这千金小姐难伺候,被她向她兄弟范献子告了一状,于是被绑在庭院中的树干上,只好请路过的叔向去求求情,叔向可没忘了当时董叔不听劝时说过的"欲为系援"这个话,这时正好拿来挖苦他,你现在不是要"援"被"援(牵引)"要"系"被"系(捆绑)"了吗,你想要的全都得到了,还要我去求个什么情?

例六,"露睹父称使鳖长而后食之",见于《国语·鲁语下》:

公父文伯饮南宫敬叔酒,以露睹父为客。羞鳖焉,小,睹父怒。相延食鳖,辞曰:"将使鳖长而后食之。"遂出。文伯之母闻之,怒曰:"吾闻之先子曰:'祭养尸,飨养上宾。'鳖于何有?而使夫人怒也!"遂逐之。五日,鲁大夫辞而复之。②

陪南宫敬叔赴宴被尊为座上宾的露睹父,见公父文伯上的鳖也太小了些,生气将鳖推到一边不屑吃,其说法着实有意思,等这鳖长大了再来吃,然后扬长出门而去。这下让做母亲的对儿子大为不满,十分光火,难道你没听说"祭养尸,飨养上宾"这句话么,上盘大些的鳖算得了什么,怎么能招惹坐上宾这么不高兴呢!睹父的一番话不乏幽默,文伯之母的话也活生生透着气性。

三、举止描述的逼真性

举止描述主要指对人物在事件中的举手投足及具体行为方式的描写,偏于细节刻画,原非一般记述文本的必有部分,在先秦叙事文本中也的确并不多见,但有些"说体"文本,出现了较为具体的举止描写,其中有的举止

---

① 《国语》,上海古籍出版社1988年版,第487页。
② 《国语》,上海古籍出版社1988年版,第202—203页。

本身是推动情节发展的必要因素，有的描写则属于增添叙事的生动性和逼真色彩。兹也以故事时间为序，特举几例见其一斑。

例一，"执蹠痛而上视者宣言将伐莒"，见于《吕氏春秋·重言》，说的是"齐桓公与管仲谋伐莒"，却"谋未发而闻于国"，原来是有人通过察颜观色猜出了他们的动议，而桓公想到此人，此人猜到两人动议，都与举止有关：

> 齐桓公与管仲谋伐莒，谋未发而闻于国，桓公怪之，曰："与仲父谋伐莒，谋未发而闻于国，其故何也？"管仲曰："国必有圣人也。"桓公曰："嘻！日之役者，有执蹠痛而上视者，意者其是邪！"乃令复役，无得相代。少顷，东郭牙至。……管子曰："子邪言伐莒者？"对曰："然。"管仲曰："我不言伐莒，子何故言伐莒？"对曰："臣闻君子善谋，小人善意。臣窃意之也。……日者臣望君之在台上也，艴然充盈、手足矜者，此兵革之色也。君呿而不唫，所言者'莒'也；君举臂而指，所当者莒也。臣窃以虑诸侯之不服者，其惟莒乎！臣故言之。"①

两人必是在台子上谋划伐莒之事，所以桓公忽然想起当时"有执蹠痛而上视者"，东郭牙这个"上视"动作泄露了唯他在注意两人谈话的秘密；而两人之所以让东郭牙猜出所以，也是桓公的举动，由"手足矜"可见兵革之色，由"呿而不唫"的口型可"读"出"莒"字，由"举臂而指"的方向可判断是莒国。

例二，"卫叔武'捉发走出'被射杀"，见于《左传·僖公二十八年》，说的是卫侯于晋楚城濮之战楚师败后因恐惧自己奔楚、陈，而使元咺奉叔武以"受盟"，却有人对卫侯谗言说元咺将立叔武。后来"晋人复卫侯"，"卫侯先期入"，于是发生了下面一幕：

> 公子歂犬、华仲前驱，叔孙将沐，闻君至，喜，捉发走出，前驱射

---

① 《吕氏春秋》，[汉]高诱注，见《诸子集成》6，上海书店1986年版，第220—221页。

而杀之。公知其无罪也,枕之股而哭之。①

一句"喜,捉发走出",足见叔武"闻君至"后的惊喜万分、迫不及待、高高兴兴跑出去迎接卫侯的心情,这哪里是篡夺君位者应有的反应?显然是被诬陷,但却被前驱公子歂犬和华仲"射而杀之",实在让人痛心!所以卫侯也立马看出了叔武的无辜,忍不住"枕之股而哭之"。这里的"捉发走出"极其富于表现力。

例三,"宋杀申舟,楚庄王投袂而起",见于《左传·宣公十四年》,说的是楚庄王派申舟出使齐国,让他路过宋国时不必"假道"。申舟说我曾得罪过宋,若不按照礼节向宋国提出借道,恐怕会被宋国所杀。楚庄王觉得没有这么严重,便说如果宋国胆敢杀你,我就起兵讨伐宋。没想到,宋国还真的把申舟杀掉了。这时,楚庄王的反应是:

> 楚子闻之,投袂而起。屦及于窒(经)皇,剑及于寝门之外,车及于蒲胥之市。②

楚庄王听到申舟居然真的被宋杀害,甩袖(投袂)而起,光着脚就急忙往外跑,剑也没有顾上佩,车子也没等着驾,这就要去发兵伐宋,结果是随从拎着鞋子(屦)追到门口(及于经皇),另一随从拎着剑追到卧室大门外(剑及于寝门之外),御者驾车一直追到大街上(车及于蒲胥之市)。只这几笔,就把楚庄王听到申舟被杀后怒火中烧要去报仇的状态十分生动地呈现出来了。

例四,"子晳子南比试争妻",见于《左传·昭公元年》,说的是"郑徐吾犯之妹美,公孙楚(子南)聘之矣,公孙黑(子晳)又使强委禽焉",这子晳、子南都是公子哥,都去给家妹下了聘,这让徐吾犯犯了难,"惧,告子产",子产说:"是国无政,非子之患也。唯所欲与",不用顾虑他们俩,尽管按你们的意思办。于是徐吾犯请求二位公孙允许让家妹自己选,

---

① 《春秋左传正义》,见《十三经注疏》,中华书局1980年版,第1826页。
② 《春秋左传正义》,见《十三经注疏》,中华书局1980年版,第1886页。

"皆许之"。这时，便出现了两位公孙在庭院中竞相表现的一幕：

> 子皙盛饰入，布币而出。子南戎服入，左右射，超乘而出。女自房观之，曰："子皙信美矣，抑子南，夫也。夫夫妇妇，所谓顺也。"①

先是子皙穿着华丽、打扮得漂漂亮亮走进来，郑重其事、文质彬彬地将见面礼放下，然后迈着方步走出去。下面是子南穿着戎装跨进来，向右向左各射一箭，转身跳上车子扬长而去。女子在房中将两位的举手投足看得清清楚楚，一语中的，子皙"信美矣"，倒是真漂亮；但子南，"夫也"，更像个男子汉大丈夫。"夫夫妇妇"，男人得像男人，女人得像女人，结果就是"适子南氏"。子皙、子南不同的气质，也通过动作描述得以展现。

例五，"楚伯州犁上下其手"，见于《左传·襄公二十六年》，说的是楚师侵伐郑国，郑戍守大夫皇颉出城与楚师搏杀，被楚县尹穿封戍擒拿。楚公子围却与穿封戍争功，硬说是由他所得。楚王让伯州犁"正之"，作个评判。伯州犁说还是问问郑囚本人，到底是谁俘获了他。于是，出现了下面这一幕：

> 乃立囚。伯州犁曰："所争，君子也，其何不知？"上其手，曰："夫子为王子围，寡君之贵介弟也。"下其手，曰："此子为穿封戍，方城外之县尹也。谁获子？"囚曰："颉遇王子，弱焉。"戍怒，抽戈逐王子围，弗及。②

郑囚带来后，伯州犁故意提醒说，两位所争的这个人可是个君子，什么不懂，什么不知？接下来，先是把手高高举起（"上其手"），指着公子围说这位可是王子围，是我们楚王尊贵的弟弟（"寡君之贵介弟"）；然后把手低低放下（"下其手"），指着穿封戍说，这位是我们方城之外一个县的县尹。上下比划完之后，他问郑囚皇颉，你说这两位究竟是谁擒获了你？皇颉既看得

---

① 《春秋左传正义》，见《十三经注疏》，中华书局1980年版，第2022页。
② 《春秋左传正义》，见《十三经注疏》，中华书局1980年版，第1989页。

分明，又深会其意，于是认真说道，当时我遇到的是王子（"颉遇王子"），"弱焉"，敌不过他，所以被他俘获。这下气炸了真正俘获郑囚的穿封戌，抽戈追杀公子围，这公子围跑得飞快（"不及"）。"上其手""下其手"，伯州犁暗示性的两个动作将其狡黠和势利暴露无遗，穿封戌的"抽戈"也足见其火爆和冲动。

例六，"姑布子卿为孔子相面"，见于《韩诗外传·卷九》，说的是孔子出东门遇到迎面驶来的姑布子卿，知此人会为自己相面，此人果然观察一番，然后大赞其"得尧之颡，舜之目，禹之颈，皋陶之喙"，简直一副王者风范，只可惜"从后视之，高肩弱脊，此惟不及四圣者也"，且称孔子"远而望之，羸乎若丧家之狗"。这里值得一提的是对相面过程的描述：

孔子下，步。姑布子卿迎而视之五十步，从而望之五十步。①

孔子下车后故意在那里踱步，而姑布子卿则迎面视之五十步，又从背后望之五十步，可以想见这的确是一幅颇为风趣的画面。

例七，"子路戏问，巫马期投鎌"，见于《韩诗外传·卷二》，说的是子路与巫马期在韫丘之下砍柴时正遇韫丘之上有户从车百乘的富人在那里大吃大喝，子路随口对巫马期说，"得此富，终身无复见夫子，子为之乎"，如果能得到这笔财富，因此却终身不再见到咱们老师，你干还是不干？这不过是开句玩笑，却出现了这样的情景：

巫马期喟然仰天而叹，阘然投鎌于地，曰："吾尝闻之夫子：'勇士不忘丧其元，志士仁人不忘在沟壑。'子不知予与？试予与？意者其志与？"②

这个子路，居然会跟他开这种大逆不道的玩笑，巫马期立马被激怒，一个"仰天而叹"，一个"投鎌于地"，将他对听到这种话后极度生气的反应十分

---

① 许维遹：《韩诗外传集释》，中华书局1980年版，第323页。
② 许维遹：《韩诗外传集释》，中华书局1980年版，第69页。

逼真地表现了出来。他发火反问子路,你没听咱们老师说过"勇士不忘丧其元,志士仁人不忘在沟壑"这个话么,你是真的不知么,你是要试探我么,还是你自己有这种想法?这番话也相当传神,其实也是可以归于对话描摹的。

例八,"薛公召栾子与之博",见于《韩非子·外储说右上》,说的是齐相薛公去齐之魏,相魏昭侯,"左右有栾子者曰阳胡、潘,其于王甚重,而不为薛公,薛公患之":

> 于是乃召与之博,予之人百金,令之昆弟博,俄又益之人二百金。方博有间,谒者言客张季之子在门,公怫然怒,抚兵而授谒者曰:"杀之,吾闻季之不为文也。"立有间,时季羽在侧,曰:"不然。窃闻季为公甚,顾其人阴未闻耳。"乃辍不杀客,而大礼之曰:"囊者闻季之不为文也,故欲杀之。今诚为文也,岂忘季哉!"告廪献千石之粟,告府献五百金,告驺私厩献良马固车二乘,因令奄将宫人之美妾二十人并遗季也。①

这是典型的做戏给人看,而一句"抚兵而授谒者",更是一副煞有介事的样子。这对栾生子看得明白,为薛公必利,不为薛公必害,"吾曹何爱不为公"?

例九,"齐王疾痏,文挚怒王",见于《吕氏春秋·至忠》,说的是"齐王疾痏,使人之宋迎文挚",而文挚要医好齐王疾的代价是自己被杀,因为必须"怒王",为了太子之请,文挚决定"以死为王",于是:

> 文挚至,不解屦登床,履王衣,问王之疾,王怒而不与言。文挚因出辞以重怒王,王叱而起,疾乃遂已。②

文挚怒王的动作是穿着鞋上床,还故意踩踏齐王的衣服,齐王被激怒的反应

---

① [清]王先慎:《韩非子集解》,见《诸子集成》5,上海书店1986年版,第237—238页。
② 《吕氏春秋》,[汉]高诱注,见《诸子集成》6,上海书店1986年版,第107页。

是"叱而起",大吼一声奋力从床上立起身,场面的确颇富于即视效果。

第二节 先秦"说体"文本的虚饰性

先秦"说体"文本大都是在讲述历史故事。但是,与记言、记事的"书体"文本的最大区别在于它本于口述讲说,口耳相传,口述就免不了信口开河,添枝加叶。因此,先秦"说体"文本存在大量虚拟、志怪、传奇、夸张等距离历史记录较远、而更接近文学化叙事的成分,许多文本不可以作为历史文献来对待。

一、虚拟

如上一节所说,"说体"的基本表述形式是描述,包括对事件的完整交待、对人物对话和举止的具体描摹,然而事实是讲述者并不可能对每一个细节都了如指掌,对人物所说的每句话都记忆犹新,因此,根据基本事实通过想象填补细节,即虚拟,便是"说体"文本成文的基本方法和手段。

如果完全按照人物关系、生活逻辑、时代背景、客观条件等等展开虚拟,是否虚拟并不易揭示和论证;兹只能列举一些露出"破绽"的描述以见出虚拟的存在。

例一,"费仲言不可不诛西伯昌",见于《韩非子·外储说左下》,是费仲劝商纣王诛杀西伯昌(周文王)的一段对话:

> 费仲说纣曰:"西伯昌贤,百姓悦之,诸侯附焉,不可不诛,不诛必为殷患。"纣曰:"子言,义主,何可诛?"费仲曰:"冠虽穿弊,必戴于头;履虽五采,必践之于地。今西伯昌,人臣也,修义而人向之,卒为天下患,其必昌乎!人人不以其贤为其主,非可不诛也。且主而诛臣,焉有过?"纣曰:"夫仁义者,上所以劝下也。今昌好仁义,诛之不可。"三说不用,故亡。①

---

① [清]王先慎:《韩非子集解》,见《诸子集成》5,上海书店1986年版,第224页。

按,《韩非子》另有几处提到费仲,一为《喻老》中提到纣令胶鬲索周之玉版,不与,予费仲;一为《内储说下》提到文王资费仲而游于纣之旁;此外《淮南子·道应训》提到文王被拘后散宜生献珍宝,因费仲通之,据此,商纣王身边或确有费仲其人,但费仲与商纣的这段对话显然是虚拟之文,因为从商纣口中出现了"仁义"二字。据有学者考察,"仁义"连称是战国中期孟子时代才开始出现的词汇,《论语》中尚未有一次"仁义"连用的用例。

例二,"雍姬问母'父与夫孰亲'",见于《左传·桓公十五年》,故事说的是因不满于前朝老臣祭仲主政之专,郑厉公要派其亲信雍纠杀之,偏偏雍纠乃是祭仲的女婿,结果因雍纠妻雍姬将消息通报给父亲,反而使祭仲杀掉了雍纠,郑厉公自己出奔蔡国:

> 祭仲专,郑伯患之,使其婿雍纠杀之。将享诸郊。雍姬知之,谓其母曰:"父与夫孰亲?"其母曰:"人尽夫也,父一而已,胡可比也?"遂告祭仲曰:"雍氏舍其室而将享子于郊,吾惑之,以告。"祭仲杀雍纠,尸诸周氏之汪。公载以出,曰:"谋及妇人,宜其死也。"夏,厉公出奔蔡。①

雍姬"知之"后,必是在是救父亲还是保丈夫取舍上难以定夺,才去问母亲两个"孰亲",哪个更亲近,哪个排第一,母亲的回答斩钉截铁,这还用问,天底下的男人都有可能成为你丈夫,但父亲只有一个,这两个怎么可以相比!于是雍姬选择了"一而已",通报父亲杀掉丈夫!但平心而论,这种选择即便情有可原,到底不是什么好事情,雍姬与母亲的对话怎么可能禀告他人?可以告诉父亲,父亲更不会声张。但这段对话却被描述得如此绘声绘色,实属代言,应该是讲述者凭着揣想编派出来的。

例三,"蔡女荡舟,齐桓公伐楚"事件中的"仲父说桓公",见于《韩非子·外储说左上》,说的是发生"蔡女荡舟"事件后,管仲劝桓公转个弯再伐蔡,这样名声好听些:

---

① 《春秋左传正义》,见《十三经注疏》,中华书局1980年版,第1758页。

> 蔡女为桓公妻，桓公与之乘舟，夫人荡舟，桓公大惧，禁之不止，怒而出之，乃且复召之，因复更嫁之，桓公大怒，将伐蔡，仲父谏曰："夫以寝席之戏，不足以伐人之国，功业不可冀也，请无以此为稽也。"桓公不听，仲父曰："必不得已，楚之菁茅不贡于天子三年矣，君不如举兵为天子伐楚，楚服，因还袭蔡曰：余为天子伐楚而蔡不以兵听从，因遂灭之。此义于名而利于实，故必有为天子诛之名，而有报雠之实。"①

管仲这些心机手段属于"密勿之谈"，不可能摆到桌面上的，谁人闻之？无疑是用术之人的编派。按，这段描述与《左传》异，与《战国策》的说法相同。《左传·僖公三年》《僖公四年》记述的是"（三年）齐侯与蔡姬乘舟于囿，荡公。公惧，变色；禁之，不可。公怒，归之，未绝之也。蔡人嫁之。四年，春，齐侯以诸侯之师侵蔡。蔡溃，遂伐楚"，《战国策·西周策》称"桓公伐蔡也，号言伐楚，其实袭蔡"。历史本相是什么？据这些"说体"文本恐怕已经很难说得清。

例四，"邴歜阎职池中弑懿公"，见于《文公十八年》，说的是齐懿公为公子时与邴歜之父争田不能胜，即位后竟将其尸体从坟墓里挖出来刖其足，"而使歜仆"；霸占了阎职之妻，却又"使职骖乘"。于是，当邴歜、阎职两人护驾懿公游于申池时，出现了下面一幕：

> 夏，五月，公游于申池。二人浴于池，歜以扑抶职。职怒。歜曰："人夺女妻而不怒，一抶女，庸何伤？"职曰："与刖其父而弗能病者何如？"乃谋弑懿公，纳诸竹中。归，舍爵而行。②

地点是在池中，除了齐懿公，另外只有邴歜、阎职两人。邴歜故意用竹鞭抽了一下阎职（"歜以扑抶职"），阎职怒，于是，一个说，被人夺妻都不怒，抽一下算什么，另一个说，比起那个父亲被人刖了足还像没事人一样的

---

① ［清］王先慎：《韩非子集解》，见《诸子集成》5，上海书店1986年版，第205—206页。
② 《春秋左传正义》，见《十三经注疏》，中华书局1980年版，第1861页。

那个人又如何？就这样你激我将，两人顿生弑君之意，且说干就干，当时在池中就把齐懿公杀掉装进竹筒中。回去后立马离开了。池中的这一幕，除了死去的齐懿公无法再开口说话，就只有弑君者两人是见证，且也不知去向。那么，其对话，其动作，如此逼真可闻可见，只应是"小说家者言"。

例五，"晋灵公使贼赵盾，鉏麑触槐死"中的"鉏麑槐下之叹"，见于《国语·晋语五》，亦见《左传·宣公二年》，说的是"晋灵公虐，赵宣子骤谏，公患之"，遂"使鉏麑贼之"，然而鉏麑看到了赵宣子早早起床"盛服将朝"的情景，于是发生了鉏麑自己触槐而死的惨剧，但他临死前却有一段叹辞：

晨往，则寝门辟矣，盛服将朝，早而假寐。麑退，叹而言曰："赵孟敬哉！夫不忘恭敬，社稷之镇也。贼国之镇不忠，受命而废之不信，享一名于此，不如死。"触庭之槐而死。①

这段叹辞，交待了鉏麑何以选择自己"触庭之槐而死"的心理，然而，正如纪昀记申苍岭之语所问，"鉏麑槐下之词""谁闻之欤？"（《阅微草堂笔记》卷十一）显然又是讲述者的虚拟之言。

二、夸张

"说体"文本单凭口说，而所说人物的有些行径过于极端和夸张，难免使人疑惑，究竟是不是真有此事。这种情况在先秦"说体"文本中不乏其例，兹仅举几则以为说明。

例一，"卫懿公战死，弘演报使于肝"，见于《吕氏春秋·忠廉》，故事前半部分是已经见载于《左传·闵公二年》的"卫懿公好鹤"而丢国，下面发生的事情就是令人难以置信的了：

卫懿公有臣曰弘演，有所于使。翟人攻卫，其民曰："君之所予位禄者，鹤也；所贵富者，宫人也。君使宫人与鹤战，余焉能战？"遂溃

---

① 《国语》，上海古籍出版社1988年版，第399页。

而去。翟人至，及懿公于荥泽，杀之，尽食其肉，独舍其肝。弘演至，报使于肝，毕，呼天而啼，尽哀而止，曰："臣请为襮。"因自杀，先出其腹实，内懿公之肝。桓公闻之曰："卫之亡也，以为无道也。今有臣若此，不可不存。"于是复立卫于楚丘。①

卫懿公被追杀，这个可以有；翟人"尽食其肉"，这个可能会有，春秋乃至紧随其后的战国似乎都有吃人肉、喝人血的情节和描述，"独舍其肝"这个就有点不知会不会有了，或许这是翟人的忌讳？弘演身为卫懿公之臣，出使归来向懿公之肝禀报，这个可以有，最不可思议的是弘演居然将自己的内脏掏出来，将卫懿公之肝放进去，为之"襮"，其"忠廉"实属夸张描写。

例二，"齐士宾卑聚梦有壮子唾其面"，见于《吕氏春秋·离俗》，说的是齐士宾卑聚不甘受辱自殁死的故事：

> 齐庄公之时，有士曰宾卑聚。梦有壮子，白缟之冠，丹绩之袧。东布之衣，新素履，墨剑室，从而叱之，唾其面。惕然而寤，徒梦也。终夜坐，不自快。明日，召其友而告之曰："吾少好勇，年六十而无所挫辱。今夜辱，吾将索其形，期得之则可，不得将死之。"每朝与其友俱立乎衢，三日不得，却而自殁。②

春秋战国故事中，士人好勇、尚义、不屈等等并不惜以死守节的壮烈之举不胜枚举，或许这却是时人所尚，宾卑聚这个故事的夸张之处在于受辱不过是在梦中，他却耿耿于怀，非要索得此人不可，索不得毋宁死，这就是其不可思议之处了。

例三，"鲍焦弃其蔬立槁于洛水之上"，见于《韩诗外传·卷一》，说的是廉士鲍焦被子贡数落一番后，瞬间枯槁而死的故事：

> 鲍焦衣弊肤见，挈畚持蔬，遇子贡于道。子贡曰："吾子何以至于

---

① 《吕氏春秋》，[汉]高诱注，见《诸子集成》6，上海书店1986年版，第109页。
② 《吕氏春秋》，[汉]高诱注，见《诸子集成》6，上海书店1986年版，第238页。

此也?"鲍焦曰:"天下之遗德教者众矣,吾何以不至于此也!吾闻之:世不己知而行之不已者,是爽行也;上不己用而干之不止者,是毁廉也。行爽毁廉,然且弗舍,惑于利者也。"子贡曰:"吾闻之,非其世者,不生其利;污其君者,不履其土。……《诗》曰:'溥天之下,莫非王土。'此谁之有哉?"鲍焦曰:"于戏!吾闻贤者重进而轻退,廉者易愧而轻死。"于是弃其蔬而立槁于洛水之上。①

鲍焦枯死的传说,并不始于《韩诗外传》,《韩非子·八说》就提到"鲍焦、华角,天下之所贤也,鲍焦木枯,华角赴河,虽贤不可以为耕战之士"②。先秦即有如此夸张之说法。可知《韩诗外传》确属援用,原来鲍焦之死与子贡的言语刺激有关。当然,这或许只是各种"版本"之一种。鲍焦追求廉洁到极致,"衣弊肤见,挈畚持蔬",这都可以有,但一听所持之蔬也不当拥有,简直不能再立于此世,就此自刎都可以有,但却是当即枯干,这就只能是夸张到极点的"小说家"言了。

除上述几例外,他如《吕氏春秋·上德》"墨者钜子孟胜死阳城君,弟子死之"描述荆之阳城君死后墨者钜子孟胜为之殉死,孟胜弟子又殉孟胜,"死之者百八十"③,《吕氏春秋·必己》"孟贲嗔目"描述孟贲过河遭遇船人"以楫虖其头","中河,孟贲嗔目而视船人,发植,目裂,鬓指,舟中之人尽扬播入于河"④,等等,也都不无夸张,使叙事颇富奇异色彩。

三、传奇

"说体"文本不受当下记事的实录限制,还表现在有些来自传说的故事越传越奇,颇富于传奇色彩。兹举几例以为证明。

例一,"冶氏女徒病弃,舞嚣买之生荀林父"中的"梦三马当以舞,遇马僮告舞嚣",见于《汲冢琐语》,说的是晋大夫荀林父之母的一段遭遇,奇就奇在其梦中有马、有舞,所遇所救恰恰也有"马"、有"舞":

---

① 许维遹:《韩诗外传集释》,中华书局1980年版,第27—29页。
② [清]王先慎:《韩非子集解》,见《诸子集成》5,上海书店1986年版,第326页。
③ 《吕氏春秋》,[汉]高诱注,见《诸子集成》6,上海书店1986年版,第243页。
④ 《吕氏春秋》,[汉]高诱注,见《诸子集成》6,上海书店1986年版,第157页。

> 晋冶氏女徒病,弃之。舞嚚之马僮饮马而见之。病徒曰:"吾良梦。"马僮曰:"汝奚梦乎?"曰:"吾梦乘水如河汾,三马当以舞。"僮告,舞嚚自往视之,曰:"尚可活,吾买汝。"答曰:"弃之矣,犹未死乎?"舞嚚曰:"未。"遂买之。至舞嚚氏,而疾有间,而生荀林父。①

因病被抛弃在河边的晋冶氏家女仆昏迷中梦见随水漂到河汾,有三匹马对着自己舞蹈,醒来后恰恰碰到舞嚚家的马僮前来饮马,一为马僮,一为舞姓,此马非彼马,此舞非彼舞,但这种语音字义上的契合也太过奇巧,预示着弃女被舞嚚相救收留,生下颇不平凡的荀林父,冥冥中似乎有着神意的安排。

例二,"郑穆公'刈兰而卒'",见于《左传·宣公三年》,说的是郑穆公与兰之缘份的传奇故事。当时其被孕育、被命名就与兰有关:

> 初,郑文公有贱妾曰燕姞,梦天使与己兰,曰:"余为伯儵。余,而祖也。以是为而子。以兰有国香,人服媚之如是。"既而文公见之,与之兰而御之。辞曰:"妾不才,幸而有子。将不信,敢征兰乎?"公曰:"诺。"生穆公,名之曰兰。②

其母梦的是天使"与之兰",并称这兰就是你儿子;被临幸时郑文公恰恰也是"与之兰"。其后,郑文公之群公子或杀或鸩或卒或逐,皆不得立,似乎天意安排,最终公子兰得立为郑穆公。最后,其死又与兰有关:

> 及郑穆公有疾,曰:"兰死,吾其死乎! 吾所以生也。"刈兰而卒。③

整个故事分明是在说,郑穆公就是兰的化身。按,《墨子·明鬼下》引用某书之"说"还提到一则"郑穆公庙遇句芒神"的故事:"昔者郑穆公,当昼

---

① 《汲冢琐语》,见〔清〕严可均编:《全上古三代秦汉三国六朝文》第一册,河北教育出版社1997年,第206页。
② 《春秋左传正义》,见《十三经注疏》,中华书局1980年版,第1868页。
③ 《春秋左传正义》,见《十三经注疏》,中华书局1980年版,第1869页。

日中处乎庙,有神入门而左,鸟身,素服三绝,面状正方。郑穆公见之,乃恐惧奔,神曰:'无惧!帝享女明德,使予锡女寿十年有九,使若国家蕃昌,子孙茂,毋失。'郑穆公再拜稽首曰:'敢问神名?'曰:'予为句芒。'"① 看来郑穆公的传奇故事还真是不少。

例三,"楚庄王射随兕,申公子培夺之死",见于《吕氏春秋·至忠》,故事开头申公子培的表现颇让人摸不着头脑:

> 荆庄哀王猎于云梦,射随兕,中之。申公子培劫王而夺之。王曰:"何其暴而不敬也?"命吏诛之。左右大夫皆进谏曰:"子培,贤者也,又为王百倍之臣,此必有故,愿察之也。"②

贤者申公居然毫无道理地将楚王射中的随兕抢了过去,气得楚王要杀掉他,在左右的劝解下才饶他一命。可更让人感到奇怪的是,"不出三月,子培疾而死",楚王没杀他,他自己竟莫名其妙地得病死去了。故事的转机在楚胜晋"归而赏有功"之时,申公子培的弟弟出来为其兄请赏了:"人之有功也于军旅,臣兄之有功也于车下。"原来,古书上有"杀随兕者不出三月"的说法,申公是怕楚王因射杀随兕遭天谴才将随兕抢过去的。这个说法是耶非耶?楚王让人从书库中找出那本书来,上面果真是这么写着的。这下终于揭开了谜底。这古书所记果然神算,抢了随兕的申公正是"不出三月""疾而死"。

例四,"晋侯梦大厉,不食新",见于《左传·成公十年》,一开始"巫言如梦"就让人称奇:

> 晋侯梦大厉,被髪及地,搏膺而踊,曰:"杀余孙,不义。余得请于帝矣!"坏大门及寝门而入。公惧,入于室。又坏户。公觉,召桑田巫。巫言如梦。公曰:"何如?"曰:"不食新矣。"③

---

① [清]孙诒让《墨子间诂》,见《诸子集成》4,上海书店1986年版,第141—142页。
② 《吕氏春秋》,[汉]高诱注,见《诸子集成》6,上海书店1986年版,第106页。
③ 《春秋左传正义》,见《十三经注疏》,中华书局1980年版,第1906页。

此晋侯即晋景公，之前他冤杀了大夫赵同、赵括，叙事从他惊梦开始。所梦大鬼扬言复仇，并紧追不舍，直至惊醒。桑田巫被召来后没等告知就复述了梦境，且一丝不差，这神巫果然通神；最后撂下一句话，"不食新矣"，吃不到今年的新麦了。接下来晋侯果然"病入膏肓"：

> 公疾病，求医于秦。秦伯使医缓为之。未至，公梦疾为二竖子，曰："彼，良医也，惧伤我，焉逃之？"其一曰："居肓之上、膏之下，若我何？"医至，曰："疾不可为也，在肓之上、膏之下，攻之不可，达之不及，药不至焉，不可为也。"公曰："良医也。"厚为之礼而归之。①

若说传奇，这段叙述也堪称奇绝，晋侯又梦病为二竖子对话，说他们待在了膏肓之处，而秦医说的正是病在"肓之上、膏之下"，绝的是把脉，奇的是晋侯之梦。不过，叙事走向似乎没有朝着桑田巫所说的方向进展，晋侯虽然病入膏肓，但似乎不一定吃不到新麦，因为新麦已经蒸好献上来：

> 六月丙午，晋侯欲麦，使甸人献麦，馈人为之。召桑田巫，示而杀之。②

就因为看到了新麦，晋侯断言桑田巫骗人，竟然杀之。然而，最神奇的情况出现了：

> 将食，张，如厕，陷而卒。③

没想到刚待要食，腹胀，如厕，陷而卒，到底没有吃到新麦。

例五，"楚共王埋璧请神择于五子"，见于《左传·昭公十三年》。此前《左传》于《襄公二十九年》及《昭公元年》至《昭公十三年》陆续记述

---

① 《春秋左传正义》，见《十三经注疏》，中华书局1980年版，第1906页。
② 《春秋左传正义》，见《十三经注疏》，中华书局1980年版，第1906页。
③ 《春秋左传正义》，见《十三经注疏》，中华书局1980年版，第1906页。

了"楚共王五子君替"之事，先是共王去世后第一子楚康王即位；继而康王卒、康王子郏敖即位后被共王第二子公子围"缢而杀之"，是为楚灵王；十三年后趁楚灵王"狩于州来""次于乾溪"之时，共王第三子公子比、第四子公子黑肱、第五子公子弃疾一同攻入楚都杀太子禄，灵王闻后自杀，此即"楚灵王乾溪之难"；接着第五子因国人常常惊呼"王入矣"派人伪称楚灵王"至矣"，致公子比、公子黑肱惊吓自杀，弃疾自立为王，是为楚平王。至此，叙事来个大起底：

  初，共王无冢適（嫡），有宠子五人，无适立焉。乃大有事于群望，而祈曰："请神择于五人者，使主社稷。"乃遍以璧见于群望，曰："当璧而拜者，神所立也，谁敢违之？"既，乃与巴姬密埋璧于大室之庭，使五人齐，而长入拜。康王跨之，灵王肘加焉，子干、子晳皆远之。平王弱，抱而入，再拜，皆厌（压）纽。①

楚共王没有当然该立的嫡子，于是弄块玉璧朝着楚国群山祭拜，于是这璧便沾了神气，谁接近到它谁就是神所选中的"主社稷"者。第一子康王正从它上面跨过，于是顺顺当当、平平安安做完了楚王；第二子灵王胳膊肘碰到了它，于是做了十来年楚王却中途夭折；第三子、第四子离它远远的，所以白白为第五子铺路；抱在手里的第五子楚平王则整个身子压到了它。却原来这五子兜兜转转，都没有逃过神意的安排，而且是如此的毫厘不差。果真如此么？所以说它们只是源自传闻的"说体"故事的传奇说法。

  例六，"刑史子臣言'君薨'之日，宋景公如期死瓜圃"，见于《汲冢琐语》，神的是死期之准无法逃避：

  初，刑史子臣谓宋景公曰："从今已往，五祀五日，臣死；自臣死后五年五月丁亥吴亡；已后五祀八月辛巳，君薨。"刑史子臣至死日，朝见景公，夕而死。后吴亡，景公惧，思刑史子臣之言。将至死日，乃

---

① 《春秋左传正义》，见《十三经注疏》，中华书局1980年版，第2070页。

逃于瓜圃，遂死焉。求得，已虫矣。①

宋景公眼见着刑史子臣预言的死期、亡日准确无误地一一兑现，当被预言的自己的死期到来之时，逃于瓜圃想躲过此劫，还是如期而死。

例七，"神羊断案"，见于《墨子·明鬼下》所引"书之说"：

> 齐庄君之臣有所谓王里国、中里徼者，此二子者，讼三年而狱不断。齐君由谦（兼）杀之恐不辜，犹谦（兼）释之恐失有罪，乃使之人共一羊，盟齐之神社，二子许诺。于是泏洫，㧅羊而漉其血，读王里国之辞既已终矣，读中里徼之辞未半也，羊起而触之，折其脚，祧神之而槁之，殪之盟所。②

这个故事神奇之处在于三年不能决的诉讼，一只羊却能辨别是非，角触有罪。这里的前提是"人共一羊盟齐之神社"，神意传达给了所共之羊，于是羊成了神羊，哪有神所不知之事？按，神羊决狱并不独见于此，传说帝尧宫中的皋陶就有一只独角羊獬豸"性知有罪"，故"皋陶治狱，其罪疑者令羊触之，有罪则触，无罪则不触"，"故皋陶敬羊，起坐事之"，只不过这个传说始见于东汉王充《论衡·是应篇》所引"儒者说云"，与《墨子》所引的这个"书之说"，尚不知孰先孰后，但有一点可以肯定，都不过是"说体"之"说"，而《墨子》这里讲的是一段情节故事。

四、志怪

"说体"文本中距离历史记事最远的是志怪，故事中或有死而复出，或见神鬼现身，或为物化怪变，或遇奇梦成真，皆非现实所应有，纯属子虚乌有，"凭空结撰"。只因此时距离神话巫术时代尚不遥远，它们或许更是其孑遗，馀绪，时人或许当真来说，来传，故与后世之"有意为小说"者，尚不可同日而语。

---

① 《汲冢琐语》，见〔清〕严可均编：《全上古三代秦汉三国六朝文》第一册，河北教育出版社1997年版，第207页。

② 〔清〕孙诒让：《墨子间诂》，见《诸子集成》4，上海书店1986年版，第144—145页。

1. 死而复出

例一,"越姬窃子三月卒,七日而复",见于《文选·思玄赋》注引汲冢《古文周书》:

> 周穆王姜后昼寝而孕,越姬嬖,窃而育之,毙以玄鸟二七,涂以麂血,置诸姜后,遽以告王。王恐,发书而占之,曰:"蜉蝣之羽,飞集于户。鸿之庡止,弟弗克理。重灵降诛,尚复其所。"问左史氏,史豹曰:"虫飞集户,是曰失所。惟彼小人,弗克以育君子。"史良曰:"是谓关〔阙〕亲,将留其身,归于母氏,而后获宁。册而藏之,厥休将振。"王与令尹册而藏之于椟。居三月,越姬死,七日而复,言其情曰:"先君怒予甚,曰:'尔夷隶也,胡窃君之子不归母氏?将置而大戮,及王子于治。'"①

周穆王王后怀孕生子,却被越姬换成涂上麂血的死燕子,生出如此怪物,穆王当然惊恐,而左史据占书却一再暗示"失所"、"复所"。神奇的是,三个月后,越姬莫名其妙地死了,更让人不可思议的是,过了七天,她又回来了,主动坦白偷走王子、用死燕子顶替的"狸猫换太子"的罪恶,还将到阴间后先君训斥自己"窃君之子"的情景描述了一番。就这段描写来说,无论越姬换王子的举动,穆王令左史释占的过程,还是越姬死去、活来坦白、叙述的情景,都还是对现世人间的呈现,但越姬明明死去,却又回来交代事情的原委,这个返回的越姬,应该已经是鬼魂现身,而在越姬的口述中,阴间历历在目,应该说已初具志怪故事的轮廓。

例二,"晋狐突遇已故太子申生",见于《左传·僖公十年》,该年晋惠公改葬了六年前自缢于新城的晋献公太子申生,然而却发生了这样的奇事:

> 秋,狐突适下国,遇太子。太子使登,仆,而告之曰:"夷吾无礼,余得请于帝矣,将以晋畀秦,秦将祀余。"对曰:"臣闻之:'神不

---

① 《古文周书》,见〔清〕严可均编:《全上古三代秦汉三国六朝文》第一册,河北教育出版社1997年版,第207页。

歆非类，民不祀非族。'君祀无乃殄乎？且民何罪？失刑、乏祀，君其图之！"君曰："诺。吾将复请。七日，新城西偏将有巫者而见我焉。"许之，遂不见。及期而往，告之曰："帝许我罚有罪矣，敝于韩。"①

狐突乃太子生前之御，前往"下国"曲沃新城的途中却遇到了已故改葬的太子。活生生的太子让他登车，两人还有一段该不该"以晋畀秦"的对话，狐突劝太子虽对其弟夷吾亦即当下的晋惠公不满，但也不能让晋灭国，让民遭殃，且"神不歆非类"，没了晋国，谁还能来祭祀您？太子随即改变主意，说我再去重新请示一下帝看看。七天后又是巫者变成了太子，传话说不会灭晋了，但会使晋敝于韩。很明显，这是为此后发生的秦晋韩之战埋下的伏笔，那一战果然是晋"敝于韩"，晋惠公因此丧了命。而此处狐突所遇的太子申生，分明是鬼魂现身。

此外，还有见于《墨子·明鬼下》的"杜伯化鬼射宣王"、见于《左传·昭公七年》的"郑伯有闹鬼"也都是死而复出的典型故事，已详见本书第一章第三节第一题"'说体'称'说'续考"，兹不赘述。

2. 神鬼现身

例一，"晋平公与齐景公乘，首阳神随其车"，见于《汲冢琐语》：

> 晋平公与齐景公乘，至于浍上，见人乘白骖八驷以来平公之前，有犬狸身而狐尾，去其车而随公之车。公问师旷曰："有犬狸身而狐尾者乎？"师旷有顷而答曰："有之。首阳神，其名曰者来。首阳之神饮酒霍太山而归其居，而于浍乎见之，甚善，君有喜焉。"②

驱车途中，有人乘白骖八驷跑到前面，那规模颇不寻常，毕竟不算奇怪，奇怪的是尾随其后的一条犬离开那车跑来尾随平公之车，更奇怪的是还是条狸身狐尾的怪犬，果然，无所不知的师旷说这是首阳山神。首阳神现身犬状跑

---

① 《春秋左传正义》，见《十三经注疏》，中华书局1980年版，第1801—1802页。
② 《汲冢琐语》，见［清］严可均编：《全上古三代秦汉三国六朝文》第一册，河北教育出版社1997年版，第206页。

来出现在人们面前。更有趣的是他这是从霍太山那儿做客饮酒回来,应该说这说法还留有神话情节的痕迹;这山神紧随晋平公之车,于是预示着将有好运,这又具有传奇的味道。

例二,"黎丘之鬼效人之状",见于《吕氏春秋·疑似》:

> 梁北有黎丘部,有奇鬼焉,喜效人之子侄昆弟之状,邑丈人有之市而醉归者。黎丘之鬼效其子之状,扶而道苦之。丈人归,酒醒,而诮其子曰:"吾为汝父也,岂谓不慈哉?我醉,汝道苦我,何故?"其子泣而触地曰:"孽矣!无此事也。昔也往责于东邑,人可问也。"其父信之,曰:"嘻!是必夫奇鬼也!我固尝闻之矣。"明日端复饮于市,欲遇而刺杀之。明旦之市而醉,其真子恐其父之不能反也,遂逝迎之。丈人望其真子,拔剑而刺之。①

这让"喜效人之子侄昆弟之状"的奇鬼给闹的,人们已经真假难辨,邑丈人将捣蛋的奇鬼假儿子当成真儿子,真儿子平白挨了一顿训;其后又将真儿子当成了假儿子,真儿子更加倒霉,好心去迎护父亲却被他"拔剑而刺之"。这真假的颠倒,造成情节的跌宕变化和人物遭遇的乖舛悖论,活脱脱已经像是一篇志怪小说。按说这奇鬼应该也属于"死而复出",只是不知他是哪位死者,于是一并放到这神鬼堆里了。

例三,"当道者见简子语帝所事",见于《史记·赵世家》。说的是赵简子大病昏迷七天半后醒来,告知"我之帝所甚乐,与百神游于钧天",并描述了其间发生的事情:"有一熊欲来援我,帝命我射之,中熊,熊死。又有一罴来,我又射之,中罴,罴死。帝甚喜,赐我二笥,皆有副。吾见儿在帝侧,帝属我一翟犬,曰:'及而子之壮也,以赐之。'帝告我:'晋国且世衰,七世而亡,嬴姓将大败周人于范魁之西,而亦不能有也。今余思虞舜之勋,适余将以其胄女孟姚配而七世之孙。'"之后,出现了这样一幕:

> 他日,简子出,有人当道,辟之不去,从者怒,将刃之。当道者

---

① 《吕氏春秋》,[汉]高诱注,见《诸子集成》6,上海书店1986年版,第289—290页。

曰:"吾欲有谒于主君。"从者以闻。简子召之,曰:"嘻,吾有所见子晰也。"当道者曰:"屏左右,愿有谒。"简子屏人。当道者曰:"主君之疾,臣在帝侧。"①

原来,这个人是从"帝所"远道而来的,难怪赵简子见他眼熟,好像在哪里见过,原来神游帝所时,他就在"帝侧"。不过也还是得验证一下。于是问:"子之见我,我何为?"当道者毫不含糊,曰:"帝令主君射熊与罴,皆死。"这下可以肯定了,当时他的确在现场。既然是"帝所"之人,想必明白事之缘由和预示,于是问:"是,且何也?"当道者果真很明白:"晋国且有大难,主君首之。帝令主君灭二卿,夫熊与罴皆其祖也。"熊罴为其祖,这不正是范氏中行氏?那就再问:"帝赐我二笥皆有副,何也?"当道者回答:"主君之子将克二国于翟,皆子姓也。"皆子姓,这不就是智氏和代氏?接着问:"吾见儿在帝侧,帝属我一翟犬,曰'及而子之长以赐之'。夫儿何谓以赐翟犬?"当道者解释说:"儿,主君之子也。翟犬者,代之先也。主君之子且必有代。及主君之后嗣,且有革政而胡服,并二国于翟。"就这样,一直到赵武灵王胡服骑射,多少年之后的事情都在这当道者的解说中。那么这个当道者,不是天使怎会如此灵?

3. 物化怪变

例一,"小妾遭褒神龙漦所化玄鼋生女为褒姒",见于《国语·郑语》,说的是妖女褒姒不寻常的来历。说来话长,先得从夏朝藏着二龙口水的匣子说起:

> 《训语》有之曰:"夏之衰也,褒人之神化为二龙,以同于王庭,而言曰:余,褒之二君也。夏后卜杀之与安之与止之,莫吉。卜请其漦而藏之,吉。乃布币焉而策告之,龙亡而漦在,椟而藏之,传郊之。"②

这匣子故事本身就带有物化情节。二龙乃褒人之神所化,同居于王庭,且开

---
① [汉] 司马迁:《史记》,中华书局 1959 年版,第 1788 页。
② 《国语》,上海古籍出版社 1988 年版,第 519 页。

口说自己是褒人二君。经过占卜，夏王将二龙赶跑，留下口水藏在匣子里，郊祭之。接下来是这匣子的经历：

> 及殷、周，莫之发也。及厉王之末，发而观之，漦流于庭，不可除也。王使妇人不帏而噪之，化为玄鼋，以入于王府。府之童妾未既龀而遭之，既笄而孕，当宣王时而生。①

这里又出现了更为神异的物化，历经殷，直到周厉王末年之前都没有被打开过的匣子这下被打开后，二龙口水流了一地，竟化为玄鼋，被王府童妾遭遇，童妾至宣王时成年，居然莫名孕育生下一个女婴（"府之小妾生女"）。这暗示着女婴与玄鼋、与褒神所化二龙之漦的神秘关系。再接下来是要揭底这女婴是谁了，其间情节虽不再有"物化"成分，但其奇异比物化还颇有过之：

> 宣王之时有童谣曰："檿弧箕服，实亡周国。"于是宣王闻之，有夫妇鬻是器者，王使执而戮之。府之小妾生女而非王子也，惧而弃之。此人也，收以奔褒。……褒人褒姁有狱，而以为入于王，王遂置之，而嬖是女也，使至于为后而生伯服。②

宣王为避免周国败亡的命运，将出售"檿弧箕服"的一对夫妇"执而戮之"，因为有童谣提到这种东西就是妖孽之源；正是因为"方戮在路"，这对夫妇碰到了被王府小妾抛弃的女婴，带着她逃至褒国；后来幽王伐褒，褒君将已经出落成美女的当年的女婴献给幽王以赔罪，这个被幽王收下、宠幸并立为后且生下伯服的女子就是褒姒，而幽王亡周正与这褒姒不无关系。这几乎就像是俄狄浦斯逃不掉杀父娶母魔咒的再版，有意逃避却偏偏因逃避而撞上，越发显示了天命不可违。所以，这是个曲折、怪异而近乎史诗的传奇故事，其中褒君变为龙、口水化玄鼋、玄鼋化褒姒，一次次物化怪变让人目

---

① 《国语》，上海古籍出版社 1988 年版，第 519 页。
② 《国语》，上海古籍出版社 1988 年版，第 519 页。

不暇接，叹为观止。

例二，"齐襄公见大豕公子彭生"，见于《左传·庄公八年》。八年前，齐襄公同父妹、鲁桓公夫人文姜随桓公"如齐"，齐襄公"通焉"，桓公"谪之"，夫人以告襄公，于是襄公宴飨桓公，"使公子彭生乘（桓）公，（桓）公薨于车"。鲁人提抗议，"请以彭生除之"，"齐人杀彭生"。（《左传·桓公十八年》）八年后冬季的一天，发生了这样一幕：

> 冬，十二月，齐侯游于姑棼，遂田于贝丘。见大豕。从者曰："公子彭生也。"公怒，曰："彭生敢见！"射之。豕人立而啼。公惧，队于车。伤足，丧屦。①

不知从者是从哪里看出了这大豕就是八年前已经被杀的公子彭生，但当襄公怒射时，这大豕居然"立而啼"，不得不说越发印证了从者的指认。当年鲁桓公的确是死在公子彭生所御的车子上，几乎可以肯定是被他所杀，但他干嘛要杀鲁桓公？真正想杀鲁桓公的会是谁？这化为大豕的公子彭生在那里"立而啼"，应该已经做了回答，他分明就是个替人背黑锅的冤死鬼呀！

4. 奇梦成真

例一，"晋文公出畋前有大蛇横道而处"，见于《新书·卷第六·春秋》：

> 晋文公出畋，前驱还白："前有大蛇，高若堤，横道而处。"文公曰："还车而归。"其御曰："臣闻：'祥则迎之，妖则凌之。'今前有妖，请以从吾者攻之。"文公曰："不可。吾闻之曰：'天子梦恶则修道，诸侯梦恶则修政……'今我有失行，而天招以妖我，我若攻之，是逆天命。"乃归，斋宿而请于庙曰："孤实不佞，不能尊道……请兴贤遂能，而章德行善，以导百姓，毋复前过。"乃退而修政。居三月，而梦天诛大蛇，曰："尔何敢当明君之路。"文公觉，使人视之，蛇已

---

① 《春秋左传正义》，见《十三经注疏》，中华书局1980年版，第1765页。

鱼烂矣。①

大蛇"高若堤"，显然不是等闲之辈；但与后来《史记·高祖本纪》中的"刘邦斩蛇"不同，这里晋文公遇蛇挡道，祷告反省，退而修政，结果天神出来帮他斩蛇，果然"蛇已鱼烂矣"。

例二，"曹人梦先祖曹叔振待公孙强亡曹"，见于《左传·哀公七年》《哀公八年》：

> 宋人围曹……初，曹人或梦众君子立于社宫，而谋亡曹。曹叔振铎请待公孙强，许之。旦而求之，曹无之。戒其子曰："我死，尔闻公孙强为政，必去之。"及曹伯阳即位，好田弋。曹鄙人公孙强好弋，获白雁，献之，且言田弋之说，说之。因访政事，大说之。有宠，使为司城以听政。梦者之子乃行。强言霸说于曹伯，曹伯从之，乃背晋而奸宋。宋人伐之，晋人不救……八年，春，宋公伐曹……遂灭曹，执曹伯阳及司城强以归，杀之。②

曹叔振铎乃曹人之先祖，他在阴曹地府中对众人说等公孙强来"亡曹"的情景即出现在一个曹人的梦中，而此时公孙强是谁都还不知晓，所以梦者根本找不到这个人。但他记住了这个名字，于是嘱咐儿子以后如果听说公孙强执政，就抓紧逃出曹国。梦者死后，果然不出梦境所示，公孙强以田弋取悦了新即位的曹伯阳，终至曹背晋奸宋，直至灭国。一个默默无闻的家伙，多年前就入了另册，被先人点名道姓指派来亡曹，这种情节不能不让人感觉神秘诡异，公孙强是人是鬼便值得怀疑。

例三，"尹儒夜梦受秋驾于其师"，见于《吕氏春秋·博志》：

> 尹儒学御，三年而不得焉，苦痛之，夜梦受秋驾于其师。明日往朝其师。望而谓之曰："吾非爱道也，恐子之未可与也。今日将教子以秋

---

① 阎振益等：《新书校注》，中华书局2000年版，第248—249页。
② 《春秋左传正义》，见《十三经注疏》，中华书局1980年版，第2163—2164页。

驾。"尹儒反走，北面再拜曰："今昔臣梦受之。"先为其师言所梦，所梦固秋驾已。①

尹儒夜梦其师教秋驾，第二天见其师，其师果然说要教秋驾；夜梦所教如何如何，第二天不等其师教，先言所梦秋驾当如何如何，果然就是其师要教之秋驾如何如何，简直像是进了时间隧道，一切都提前发生了。夜梦神到这种程度，堪称奇绝！

第三节　先秦"说体"文本的变异性

"说体"文本来自"说"，"说"比"写"就版本而言最大的不同即在于"无凭""无定"，正所谓"口说无凭，立字为据"；避免遗忘、时间差、距离差最好的办法也是形成文字，此即备忘录的由来。因此，与书面记载的确定性刚好相反，变异性恰恰是"说体"文本与生俱来的本质特征和存在形式。

先秦"说体"文本的这种变异性即十分普遍和突出，同一个故事，大致相同的情节，往往会出现不同的说法，形成多个"版本"。其中一种情况是同书同时援用两个以上的"版本"，往往用"或曰""一曰"来表述，如《韩非子》竟出现了三十二次"或曰"，出现了六十二次"一曰"，所述有异一目了然，是援自"说体"文本的明证；另一种情况是同书异处或不同著述援用大致相同的故事却各有其说，两相对照也不难发现，不同说法本身也是援自"说体"的明证。

具体辨析，变异的情况多种多样，字句、对话等等差异忽略不计，变异较大者大致有如下几种，兹分别举例予以说明。

一、同事异人

基本情节相同，却被安在不同人物身上，亦即俗语所谓"张冠李戴"。

例一，系解，因自结。

---

① 《吕氏春秋》，[汉]高诱注，见《诸子集成》6，上海书店1986年版，第315页。

基本情节是行进中王者鞋袜系带开解，无人帮忙系结，于是自己动手。同样的情节，《韩非子·外储说左下》载录两说，一说"文王伐崇，至凤黄虚，袜系解，因自结"，太公望问，回答是"今皆先君之臣"，"无可使也"；一说"晋文公与楚战，至黄凤之陵，履系解，因自结之"云云。① 《吕氏春秋·不苟》则称"武王至殷郊，系堕。五人御于前，莫肯之为"，武王"勉而自为系"②。自系带者，一称周文王，一称晋文公，一称周武王。

例二，挈壶餐从，馁而不食。

基本情节是"慎独"，随从主君出亡中负责掌管餐饮，单独一人时，即使饥饿难忍，也不动一口就在手上的饭食。《左传·僖公二十五年》叙述晋文公"伐原以示信"终而得原后任命原之守，寺人勃鞮对曰："昔赵衰以壶飧从，径，馁而弗食。"于是"使处原"。③《韩非子·外储说左下》所述则是"晋文公出亡，箕郑挈壶餐而从，迷而失道，与公相失，饥而道泣，寝饿而不敢食。及文公反国，举兵攻原，克而拔之，文公曰：'夫轻忍饥馁之患而必全壶餐，是将不以原叛'。乃举以为原令"④。挈壶餐者一为赵衰，一为箕郑。古人名号颇多，但这两人确非一人两称，而根本就是两人，据《国语·晋语四》记述，上将军狐毛去世后，晋文公欲使赵衰代之，赵衰"辞曰：'城濮之役，先且居之佐军也善……且居有三赏，不可废也。且臣之伦，箕郑、胥婴、先都在。'"赵衰亲口提到了箕郑。接下来晋"作五军"，"使赵衰将新上军，箕郑佐之"，箕郑成了赵衰的副官。⑤

例三，主君出奔，随从已备。

基本情节是主君因过失遭遇驱逐，出奔途中落魄饥渴，随从已提前有所准备，问何不早谏，回答是怕先行被主君驱逐。同样的情节，《左传·哀公十一年》称陈国辕颇为司徒，"赋封田以嫁公女；有馀，以为己大器"，国人逐之，道渴，其族人辕咺"进稻醴、粱糗、腶脯焉"，辕颇问"何其给也"，怎么这么丰盛？回答是"器成而具"，您"以为己器"铸好那会儿就

---

① ［清］王先慎：《韩非子集解》，见《诸子集成》5，上海书店1986年版，第222页。
② 《吕氏春秋》，［汉］高诱注，见《诸子集成》6，上海书店1986年版，第307页。
③ 《春秋左传正义》，见《十三经注疏》，中华书局1980年版，第1821页。
④ ［清］王先慎：《韩非子集解》，见《诸子集成》5，上海书店1986年版，第220—221页。
⑤ 《国语》，上海古籍出版社1988年版，第383页。

已经开始准备了；问"何不吾谏"，回答"惧先行"。① 《新书·先醒》称"虢君出走，至于泽中"，渴而欲饮，其御乃进清酒，问"何给也"，回答"储之久矣"云云；② 《韩诗外传·卷六》称"昔郭君出郭"，曰"吾渴，欲饮"，"御者进清酒"云云；③ 《新序·杂事第五》称"靖郭君出亡，至于野而饥，其御出所装食进之"云云。④ 出奔主君，一为辕颇，一为虢君，一为郭君，一为靖郭君。

例四，齐攻鲁，求岑鼎。

基本情节是鲁国不愿将真正的宝鼎献给齐，迫于被攻伐的压力又不得不献，只好拿个赝品顶替。但齐人不蠢，让鲁国最讲信用的人担保，他们才肯接受罢休。对此，《吕氏春秋·审己》称"齐攻鲁，求岑鼎。鲁君载他鼎以往。齐侯弗信而反之，为非，使人告鲁侯曰：'柳下季以为是，请因受之。'鲁君请于柳下季，柳下季答曰：'君之赂以欲岑鼎也，以免国也。臣亦有国于此。破臣之国以免君之国，此臣之所难也。'于是鲁君乃以真岑鼎往也"。⑤ 《韩非子·说林下》说的则是："齐伐鲁，索谗鼎，鲁以其雁往，齐人曰：'雁也。'鲁人曰：'真也。'齐曰：'使乐正子春来，吾将听子。'鲁君请乐正子春，乐正子春曰：'胡不以其真往也？'君曰：'我爱之。'答曰：'臣亦爱臣之信。'"⑥ 被要求鉴定鼎者，一为柳下季，一为乐正子春。柳下季即展禽，又号柳下惠，历鲁庄、闵、僖、文四朝，乃春秋中期人；乐正子春是曾子弟子，已入战国；两人相差几百年，则所谓鲁君、齐君，也是要换人了。

例五，一鸣惊人。

基本情节是大王三年不听政而好隐，臣下以有鸟"虽无鸣，鸣将骇人"谏。同样的情节，《吕氏春秋·重言》称"荆庄王立三年，不听而好讔。成公贾入谏……曰：'有鸟止于南方之阜，三年不动不飞不鸣，是何鸟也？'

---

① 《春秋左传正义》，见《十三经注疏》，中华书局1980年版，第2166页。
② 阎振益等：《新书校注》，中华书局2000年版，第262—263页。
③ 许维遹：《韩诗外传集释》，中华书局1980年版，第214页。
④ 赵仲邑：《新序详注》，中华书局1997年版，第165页。
⑤ 《吕氏春秋》，[汉] 高诱注，见《诸子集成》6，上海书店1986年版，第90—91页。
⑥ [清] 王先慎：《韩非子集解》，见《诸子集成》5，上海书店1986年版，第144页。

王射之,曰'……是鸟虽无飞,飞将冲天;虽无鸣,鸣将骇人……'"①《韩非子·喻老》称"楚庄王莅政三年,无令发,无政为也。右司马御座而与王隐曰"云云②,《史记·楚世家》称"庄王即位三年,不出号令,日夜为乐……伍举曰'愿有进隐'"云云③,《史记·滑稽列传》称"齐威王之时喜隐……淳于髡说之以隐曰"云云④,《新序·杂事第二》称"楚庄王莅政三年,不治,而好隐戏。……士庆入再拜而进曰'隐有大鸟'"云云⑤。大王一为楚庄王,一为齐威王;进谏楚庄王者一为成公贾(右司马),一为伍举,一为士庆;进谏齐威王者为淳于髡。

例六,失鸿鹄,至国巧为辞。

基本情节是人君使人献鸿鹄于他国,所使中途失鸿鹄,至所使国一番巧辞说,遂解失职之责。同样的故事,《韩诗外传·卷十》所引"传曰"称"齐使使献鸿于楚,鸿渴,使者道饮",鸿飞将而去,使者遂之楚报告,然后说"臣欲亡,为失两君之使不通;欲拔剑而死,人将以吾君贱士贵鸿也"。"楚王贤其言,辩其词,因留而赐之,终身以为上客"。⑥《史记·滑稽列传》称"齐王使淳于髡献鹄于楚"云云⑦;《说苑·奉使》称"魏文侯使舍人毋择献鹄于齐侯。毋择行道失之。徒献空笼"云云⑧。使与被使者,一称"齐使使",一称"齐王使淳于髡",一称"魏文侯使舍人毋择",被献者,两称楚,一称齐。

二、同事异说

故事所涉事件相同,却出现种种不同的说法。

例一,吕尚为文王师。

吕尚(又称姜尚、姜太公、太公望)被擢为文王师是史上君臣遇合的

---

① 《吕氏春秋》,[汉]高诱注,见《诸子集成》6,上海书店1986年版,第220页。
② [清]王先慎:《韩非子集解》,见《诸子集成》5,上海书店1986年版,第123页。
③ [汉]司马迁:《史记》,中华书局1959年版,第1700页。
④ [汉]司马迁:《史记》,中华书局1959年版,第3197页。
⑤ 赵仲邑:《新序详注》,中华书局1997年版,第65页。
⑥ 许维遹:《韩诗外传集释》,中华书局1980年版,第344页。
⑦ [汉]司马迁:《史记》,中华书局1959年版,第3209—3210页。
⑧ 向宗鲁:《说苑校证》,中华书局1987年版,第309页。

佳话之一，然而关于吕尚怎么成了文王师，《史记·齐太公世家》一篇竟连用"或曰"，同时讲了三个"版本"。首选本即"吕尚号为太公望"的故事："吕尚盖尝穷困，年老矣，以渔钓奸周西伯。西伯将出猎，卜之，曰'所获非龙非彲非虎非罴；所获霸王之辅'。于是周西伯猎，果遇太公于渭之阳，与语大说，曰：'自吾先君太公曰"当有圣人适周，周以兴"。子真是邪？吾太公望子久矣。'故号之曰'太公望'，载与俱归，立为师。"这个版本是文王本人遇到了吕尚，此前有梦指示会猎得"大物"；而其实是吕尚在那里等着他，这正是"姜太公钓鱼，愿者上钩"。所以这个"版本"几乎可以说是"渔猎"故事，一个被"猎"得，一个被"钓"上。除此之外，另外两个版本属于简述："或曰，太公博闻，尝事纣。纣无道，去之。游说诸侯，无所遇，而卒西归周西伯。或曰，吕尚处士，隐海滨。周西伯拘羑里，散宜生、闳夭素知而招吕尚。吕尚亦曰'吾闻西伯贤，又善养老，盍往焉'。三人者为西伯求美女奇物，献之于纣，以赎西伯。西伯得以出，反国。"① 若为圆说，第二个版本不一定算是异说，可算是"前传"，或许正是因为经历了事纣、游说诸侯皆无所遇，吕尚才在那里等着周西伯；第三个版本则确不能两存，因为这个版本周西伯尚被囚禁，是散宜生、闳夭两人发现了吕尚，三人救出西伯，吕尚才成为了文王师。

例二，"幽王欲褒姒之笑"。

周幽王宠幸褒姒致西周亡国是十分著名的历史故事，其中"戏诸侯博美人一笑"是中心情节，而"戏"的方式是耍弄诸侯，将其召唤而来，又挥之使去。关于召唤诸侯，《吕氏春秋·疑似》与《史记·周本纪》却有不同的说法，前者说是击鼓："幽王击鼓，诸侯之兵皆至，褒姒大说，喜之。幽王欲褒姒之笑也，因数击鼓……"② 后者说是举火："……诸侯悉至，至而无寇，褒姒乃大笑。幽王说之，为数举烽火。"③ 按，这个情节可能都不过是个传说，如果说更贴近当时现实，则可能要以《吕氏春秋》本更胜一些，《韩非子·外储说左上》中有个同类故事，说的就是击鼓："楚厉王有警，为鼓以与百姓为戍，饮酒醉，过而击之也，民大惊，使人止之。曰：

---

① ［汉］司马迁：《史记》，中华书局 1959 年版，第 1477—1478 页。
② 《吕氏春秋》，［汉］高诱注，见《诸子集成》6，上海书店 1986 年版，第 289 页。
③ ［汉］司马迁：《史记》，中华书局 1959 年版，第 148 页。

'吾醉而与左右戏,过击之也。'民皆罢。居数月,有警,击鼓而民不赴,乃更令明号而民信之。"①

例三,晋狐突之死。

晋献公宠妃骊姬谗害太子申生事已见前述。关于太子申生,有个常常伴随而述的重要人物即狐突,或称其为申生之御,或称其傅。一如申生,狐突也死于晋国这段持续而惨烈的宫廷王位之争。但关于狐突之死,却所述不同。《说苑·立节》有狐突"死而报太子"之说,称献公立骊姬为夫人后晋国多难,狐突称疾不出,太子将死,使人请其"一出以辅吾君","狐突乃复事献公",及献公卒,狐突称"突受太子之诏,今事终矣,与其久生乱世也,不若死而报太子","乃归自杀"。②《左传·僖公十年》却记有晋惠公时狐突"适下国"遇已故太子申生(之魂)事(见前),此时距献公去世已整整一年;且狐突也并非自杀,十三年后,晋惠公卒,子怀公立,命"无从亡人",而狐毛狐偃正随从公子重耳在秦,狐突并未从命将儿子召回。于是怀公执狐突,曰"子来则免",狐突不从,"乃杀之"(《左传·僖公二十三年》)③。

例四,重耳赵衰赋《诗》歌《诗》。

骊姬之乱,晋公子重耳逃亡,最后一站是秦国,且是在秦穆公的帮助下,重耳得以返晋做了晋文公,而这一历史性举措的决定是在一场赋诗歌诗中完成的。关于这场赋诗歌诗,却述有不同。《左传·僖公二十三年》的描述是:"公子赋《河水》,公赋《六月》。赵衰曰:'重耳拜赐!'公子降,拜,稽首,公降一级而辞焉。衰曰:'君称所以佐天子者命重耳,重耳敢不拜?'"④《史记·晋世家》的描述则是:"缪公大欢,与重耳饮。赵衰歌《黍苗》诗。缪公曰:'知子欲急反国矣。'赵衰与重耳下,再拜曰:'孤臣之仰君,如百谷之望时雨。'"⑤按,《河水》不见今本《诗经》,或以为逸诗,或以《小雅·沔水》当之,中有"沔彼流水,朝宗于海"句;《六月》

---

① [清]王先慎:《韩非子集解》,见《诸子集成》5,上海书店1986年版,第214—215页。
② 向宗鲁:《说苑校证》,中华书局1987年版,第82页。
③ 《春秋左传正义》,见《十三经注疏》,中华书局1980年版,第1814—1815页。
④ 《春秋左传正义》,见《十三经注疏》,中华书局1980年版,第1816页。
⑤ [汉]司马迁:《史记》,中华书局1959年版,第1660页。

《黍苗》皆见《诗经·小雅》，前者有"王于出征，以佐天子"句，后有"芃芃黍苗，阴雨膏之"句。

例五，介之推之隐死。

与"晋公子重耳之亡"相关的故事中最著名的是介之推的传说。说法有多种，说明了这确实只是个传说。《左传·僖公二十四年》记述的是"晋侯赏从亡者"，介之推认为重耳乃"天实置之"，若称赏便是"贪天之功以为己力"，故"不言禄"，"禄亦弗及"，遂与其母"隐而死"。"晋侯求之不获，以绵上为之田，曰：'以志吾过，且旌善人。'"① 《吕氏春秋·介立》称"晋文公反国，介子推不肯受赏，自为赋诗曰：'有龙于飞，周遍天下。五蛇从之，为之丞辅……'悬书公门，而伏于山下"。晋文公窃令士庶人说"有能得介子推者，爵上卿，田百万"。"或遇之山中，负釜盖簦，问焉，曰：'请问介子推安在？'应之曰：'夫介子推苟不欲见而欲隐，吾独焉知之？'遂背而行，终身不见"。② 《史记·晋世家》称重耳返国投璧"以与子犯盟"时"介子推从，在船中"，见状说"子犯以为己功而要市于君，固足羞也。吾不忍与同位"，"乃自隐渡河"。其后与其母"偕隐"，"至死不复见"。"介子推从者怜之，乃悬书宫门曰：'龙欲上天，五蛇为辅……'"晋文公醒悟，"使人召之，则亡"。"遂求所在，闻其入绵上山中，于是文公环绵上山中而封之，以为介推田，号曰介山"。③ 《新序·节士第七》则说"晋文公反，酌士大夫酒，召咎犯而将之，召艾陵而相之，授田百万。介子推无爵齿而就位，觞三行，介子推奉觞而起曰：'有龙矫矫，将失其所，有蛇从之，周流天下……'"，"遂去而之介山之上。文公使人求之不得，为之避寝三月，号呼期年"。"文公待之不肯出，求之不能得，以谓焚其山宜出，及焚其山，遂不出而焚死"。④ "焚死"之说又已见《庄子·盗跖》："介子推至忠也，自割其股以食文公。文公后背之，子推怒而去，抱木而燔死。"⑤

例六，百里奚与缪公之遇。

---

① 《春秋左传正义》，见《十三经注疏》，中华书局1980年版，第1817页。
② 《吕氏春秋》，[汉]高诱注，见《诸子集成》6，上海书店1986年版，第117—118页。
③ [汉]司马迁：《史记》，中华书局1959年版，第1662页。
④ 赵仲邑：《新序详注》，中华书局1997年版，第220—221页。
⑤ [清]王先谦：《庄子集解》，见《诸子集成》3，上海书店1986年版，第198页。

秦缪公用百里奚以霸是史上君臣遇合又一个佳话之一，然而俩人究竟怎样相遇，却有多个"版本"。《吕氏春秋·慎人》称百里奚"亡虢而虏晋，饭牛于秦"，被人以五羊之皮转卖。"公孙枝得而说之，献诸缪公，三日，请属事焉。缪公曰：'买之五羊之皮而属事焉，无乃天下笑乎？'"公孙枝说"彼信贤，境内将服，敌国且畏，夫谁暇笑哉"，缪公遂用之。① 《史记·秦本纪》说的则是百里傒被晋"以为秦缪公夫人媵于秦"后亡走宛，"楚鄙人执之"，秦缪公"闻百里傒贤，欲重赎之，恐楚人不与，乃使人谓楚曰'吾媵臣百里傒在焉，请以五羖羊皮赎之'，楚人遂许与之"。缪公亲自释其囚，与语国事，大说，授之国政，号曰"五羖大夫"。② 《史记·鲁仲连邹阳列传》记述邹阳狱中上书，又说"故百里奚乞食于路，缪公委之以政"③。而《说苑·臣术》更又添一新说，称"秦穆公使贾人载盐，征诸贾人，贾人买百里奚以五羖羊之皮，使将车之秦，秦穆公观盐，见百里奚牛肥，曰：'任重道远以险，而牛何以肥也'"，百里奚一番答辞使秦穆公认定这是个君子，与坐论谈。第二天公孙枝就发现"君耳目聪明，思虑审察"，问"其得圣人乎"，知得百里奚后，公孙枝一让再让，"公乃受之。故百里奚为上卿以制之，公孙支为次卿以佐之也"。④

例七，赵氏孤儿故事。

赵氏孤儿即赵朔遗腹子赵武，故事讲述的是晋宫廷内乱中赵武如何被保护躲过劫难得以传承赵氏的经历。对此，《左传》《史记》均有记述，但具体情节差异极大。《左传》所述比较简略，且分别见于《成公四年》《成公五年》《成公八年》，事件起因于赵氏自己的内斗。赵盾之子赵朔娶晋成公之女、晋景公之姊赵庄姬为妻，赵盾同父异母弟、亦即赵朔叔父赵婴"通于赵庄姬"，赵婴同胞兄弟原同、屏括遂逐赵婴于齐，"赵庄姬为赵婴之亡故，谮之于晋侯，曰：'原、屏将为乱'"，故"晋讨赵同、赵括"。赵朔与赵庄姬所生之子赵武"从姬氏畜于公宫"，免于难。后经大夫韩厥劝谏，晋

---

① 《吕氏春秋》，[汉]高诱注，见《诸子集成》6，上海书店1986年版，第151页。
② [汉]司马迁：《史记》，中华书局1959年版，第186页。
③ [汉]司马迁：《史记》，中华书局1959年版，第2473页。
④ 向宗鲁：《说苑校证》，中华书局1987年版，第43—45页。

侯"乃立武而反其田焉",赵氏得以不灭。①《史记·赵世家》所述多出了屠岸贾、公孙杵臼、程婴等人物及后二人以死相报的情节,称劫难起因于曾有宠于晋灵公的屠岸贾欲诛赵盾之后,遂"擅与诸将攻赵氏于下宫",赵朔、赵同、赵括、赵婴齐皆为所杀。其后屠岸贾闻赵孤事后,"索于宫中",赵朔客公孙杵臼、友人程婴一个死难,一个匿孤。十五年后,"晋景公疾,卜之,大业之后不遂者为祟",韩厥说这是赵氏绝祀的缘故,并告知尚有赵孤在,遂与景公谋立赵孤儿,"复与赵武田邑如故"。②

例八,晋知伯之亡。

"三家分晋"是战国史开篇最重要的事件,其前奏是晋六卿中的知氏欲帅韩氏魏氏灭赵氏,反被赵氏联合韩魏灭知氏。关于知伯最后的下场,有死亡、逃亡两说。《淮南子》《史记》《说苑》等传世文献皆为死亡说,还有相当残酷的细节,如《淮南子·道应训》称当年知伯曾与赵襄子饮,因起冲突而"批襄子之首",击打了对方脑袋;等三家大败知氏后,"破其首以为饮器"。③而《汲冢琐语》却有知伯逃亡的描述:"智伯既败,将出走,梦火见于西方,乃出奔秦;又梦火见于南方,遂奔楚也。"④

三、同人事异

与"同事异人"刚好相反,这里的情况是主角相同,情节结构也大致相同,但具体事件被转换,"张冠李戴"的是事而非人。按说同一个人不可能经历如此相仿的事件,应该也属于讲说中将同一个故事讲成了两个故事,这也是"说体"变异的一种。

例一,孔子奏乐仿真,弟子闻声知音。

同为孔子奏乐,同为弟子闻声,《韩诗外传》与《说苑》却讲了两个不同的故事。

《韩诗外传·卷七》记述有孔子模仿狸贪老鼠被曾参听出有贪狼之志的

---

① 《春秋左传正义》,见《十三经注疏》,中华书局1980年版,第1904—1905页。
② [汉]司马迁:《史记》,中华书局1959年版,第1783—1785页。
③ [汉]刘安:《淮南子》,[汉]高诱注,见《诸子集成》7,上海书店1986年版,第191页。
④ 《汲冢琐语》,见[清]严可均编:《全上古三代秦汉三国六朝文》第一册,河北教育出版社1997年版,第207页。

神奇故事。当时孔子在房内鼓瑟,曾参子贡俩人在门外聆听,曾参突然说咱老师的瑟声中怎么有"贪狼之志,邪僻之行,何其不仁,趋利之甚",子贡进屋后面有难色被孔子一眼看出,等他开口,原来是闹了点小误会,孔子感叹曾参知音之神,因为他刚才的确是看到狸贪老鼠拟其音,瑟声中自然带上了贪狼之志!①

无独有偶,《说苑·辨物》也记述有一则孔子师徒这般神奇的闻声拟音故事,却是模仿哭声:

> 孔子晨立堂上,闻哭者声音甚悲,孔子援琴而鼓之,其音同也。孔子出,而弟子有咤者,问:"谁也?"曰:"回也。"孔子曰:"回何为而咤?"回曰:"今者有哭者其音甚悲,非独哭死,又哭生离者。"孔子曰:"何以知之?"回曰:"似完山之鸟。"孔子曰:"何如?"回曰:"完山之鸟生四子,羽翼已成乃离四海,哀鸣送之,为是往而不复返也。"孔子使人问哭者,哭者曰:"父死家贫,卖子以葬之,将与其别也。"孔子曰:"善哉,圣人也!"②

孔子闻哭声援琴而鼓之,"其音同也";颜回闻琴声以为听到了哭声而叹"生离",因为这声音似完山之鸟,此鸟羽翼成即离四海,故"哀鸣送之";一问哭者,果然伤悲与子别。这里神的不只是颜回这闻声者,还有孔子这拟音者。

例二,赵简子立储,亦称"赵简子立贤"。

同一个赵简子,同样是以庶子或次子赵毋恤取代了太子伯鲁,《韩诗外传》(《太平御览》引,北大简《周驯》同)与《史记·赵世家》说出的却完全是两个故事。

《韩诗外传》说的是"赵简子太子名伯鲁,小子名无恤。简子自为二书牍,亲自表之,书曰:'节用听聪,敬贤勿慢,使能勿贱。'与二子,使诵之。居三年,简子坐清台之上,问二书所在?伯鲁忘其表,令诵不能得。无

---

① 许维遹:《韩诗外传集释》,中华书局1980年版,第269页。
② 向宗鲁:《说苑校证》,中华书局1987年版,第473—474页。

恤出其书于袖，令诵，习焉。乃黜伯鲁而立无恤"。① 对待父亲所嘱，对于所书善言，一个忘得一干二净，连书牍都不知丢到了哪里；一个就将书牍放在衣袖中，且倒背如流，两个儿子哪个堪用，立见高下，所以"黜伯鲁而立无恤"这是立贤不立长，所以这个故事还称"赵简子立贤"。

《史记·赵世家》所述带有神意安排，但也突出赵毋恤的聪慧。赵简子梦游帝所，"见儿在帝侧"，帝还交给他一翟犬，说"及而子之壮也，以赐之"。梦醒后有一"当道者"来见，此人乃是从帝所来，告诉他"儿，主君之子也。翟犬者，代之先也。主君之子且必有代"。再后来让姑布子卿给诸儿子相面，相面者称这些"无为将军者"，只有在路上碰到的那个是"真将军"。赵简子说那个是"翟婢"所生，"奚道贵哉"？相面者说"天所授，虽贱必贵"。这个庶子就是赵毋恤。从此赵简子才让他与兄弟们同出同进，"与语，毋恤最贤"。于是有一天赵简子出了道测试题，告诸子曰"吾藏宝符于常山上，先得者赏"，"诸子驰之常山上，求，无所得"，只有赵毋恤回来说"已得符矣"。赵简子曰："奏之。"赵毋恤曰："从常山上临代，代可取也。"这个正是赵简子想要的答案。"简子于是知毋恤果贤，乃废太子伯鲁，而以毋恤为太子"。② 绕了一大圈，故事仍可题为"赵简子立贤"。

例三，吴起出妻与杀妻。

《韩非子·外储说右上》收录有"吴起出妻"的故事。仅仅因为其妻"织组而幅狭于度"，让其改过，答应了却未改，吴起便谁劝也不听，坚决使"出之"③。这个故事以小见大，显示了吴起恪守法度的秉性，但也让人看到了他冷酷无情的一面。而《史记·孙子吴起列传》更记述了"吴起杀妻"的故事："齐人攻鲁，鲁欲将吴起，吴起取齐女为妻，而鲁疑之。吴起于是欲就名，遂杀其妻，以明不与齐也。鲁卒以为将。将而攻齐，大破之。"④ 为了能消除鲁君疑虑使任己为将，吴起居然将娶自齐的妻子杀掉，其冷酷无情更有过之。说来两个故事差异较大，相似点仅在于都是拿妻子"开刀"，但出妻杀妻，都是处置妻子，究竟有几个妻子由他处置？这很让

---

① [宋] 李昉等：《太平御览》，中华书局1960年版，第712页。
② [汉] 司马迁：《史记》，中华书局1959年版，第1787—1789页。
③ [清] 王先慎：《韩非子集解》，见《诸子集成》5，上海书店1986年版，第246页。
④ [汉] 司马迁：《史记》，中华书局1959年版，第2165页。

人怀疑是不是仍属版本变异,同源异流,"流"得远了一些而已。

例四,吴起置物谕信。

《吕氏春秋·慎小》提到"吴起治西河,置表于南门外",用手段让民相信其信赏必罚的故事:

> 吴起治西河,欲谕其信于民,夜日置表于南门之外,令于邑中曰:"明日有人偾南门之外表者,仕长大夫。"明日日晏矣,莫有偾表者。民相谓曰:"此必不信。"有一人曰:"试往偾表,不得赏而已,何伤?"往偾表,来谒吴起。吴起自见而出,仕之长大夫。夜日又复立表,又令于邑中如前。邑人守门争表,表加植,不得所赏。自是之后,民信吴起之赏罚。①

与此同时,《韩非子·内储说上》却在讲着另一个同类的故事,即"吴起欲攻秦小亭",只不过所置器物由表换成了车辕,地点由南门之外换成了北门之外:

> 吴起为魏武侯西河之守,秦有小亭临境,吴起欲攻之。不去,则甚害田者;去之,则不足以征甲兵。于是乃倚一车辕于北门之外而令之曰:"有能徙此南门之外者赐之上田上宅。"人莫之徙也,及有徙之者,还,赐之如令。俄又置一石赤菽东门之外而令之曰:"有能徙此于西门之外者赐之如初。"人争徙之。乃下令曰:"明日且攻亭,有能先登者,仕之国大夫,赐之上田宅。"人争趋之,于是攻亭一朝而拔之。②

同一个人,同在西河,不可能两度置物示民以信,只能说这两个故事不过是一个故事的两个"版本",比较而言,《韩非子》中的这个故事加上了示信的功效,即成功攻下了秦之小亭,还是略胜一筹的。

---

① 《吕氏春秋》,[汉]高诱注,见《诸子集成》6,上海书店1986年版,第326—327页。
② [清]王先慎:《韩非子集解》,见《诸子集成》5,上海书店1986年版,第171页。

四、同事演绎

同样的故事,基本情节结构也大致相同,只是其中一个或两个版本多出具体描写,或添加了情节发展,从而也导致了文本变异。

例一,鲍叔荐管仲。

鲍叔荐管仲于齐桓公、齐桓公用其仇而一举称霸天下的故事,乃是史上传诵极广的君臣遇合佳话。原本管仲、鲍叔各奉公子纠和公子小白,齐襄公被弑杀后,两公子分别从鲁、从莒返齐争位,公子小白先入,即位为齐桓公。其后鲍叔帅师临鲁,鲁杀公子纠,鲍叔俘管仲返齐,经他举荐,齐桓公拜管仲为相,从此才开始了管仲辅佐齐桓公的历史足迹。

对此,《左传》所述比较简略:

> 初,襄公立,无常。鲍叔牙曰:"君使民慢,乱将作矣。"奉公子小白出奔莒。乱作,管夷吾、召忽奉公子纠来奔。(《左传·庄公八年》)①
>
> 九年,春,雍廪杀无知。……夏,公伐齐,纳子纠。桓公自莒先入。……鲍叔帅师来言曰:"子纠,亲也,请君讨之。管、召,雠也,请受而甘心焉。"乃杀子纠于生窦。召忽死之。管仲请囚,鲍叔受之,及堂阜而税之。归而以告曰:"管夷吾治于高傒,使相可也。"公从之。(《左传·庄公九年》)②

《吕氏春秋·不广》中出现了此前管仲、召忽、鲍叔三人相约的情节:

> 鲍叔、管仲、召忽,三人相善,欲相与定齐国,以公子纠为必立。召忽曰:"吾三人者于齐国也,譬之若鼎之有足,去一焉则不成。且小白则必不立矣,不若三人佐公子纠也。"管子曰:"不可,夫国人恶公子纠之母,以及公子纠,公子小白无母,而国人怜之。事未可知,不若

---

① 《春秋左传正义》,见《十三经注疏》,中华书局1980年版,第1765页。
② 《春秋左传正义》,见《十三经注疏》,中华书局1980年版,第1766页。

令一人事公子小白。夫有齐国，必此二公子也。"故令鲍叔傅公子小白，管子、召忽居公子纠所。①

原来各自辅佐一位，不管哪一位，终会辅一位公子上位，是他们事先的约定。难怪事发后不是公子纠而是公子小白上位，也得将管仲请回来，这可是他的设计。

《吕氏春秋·贵卒》还有"管仲射小白中钩"的情节："公子纠与公子小白皆归，俱至，争先入公家。管仲扜弓射公子小白，中钩。鲍叔御公子小白僵。管子以为小白死，告公子纠曰：'安之，公孙小白已死矣！'鲍叔因疾驱先入，故公子小白得以为君。"② 原来公子小白是被衣带钩所救，才捡得一命；又是因为装死，让管仲这边放松了警惕，才快了一步。

《吕氏春秋·赞能》更是关于鲍叔荐管仲的详尽描述：

> 管子束缚在鲁，桓公欲相鲍叔。鲍叔曰："吾君欲霸王，则管夷吾在彼。臣弗若也。"桓公曰："夷吾，寡人之贼也，射我者也，不可。"鲍叔曰："夷吾，为其君射人者也。君若得而臣之，则彼亦将为君射人。"

说的也是，他能为公子纠射我，成了我的臣之后，自然也会为我而射他人！接受了鲍叔之劝的齐桓公于是使人告鲁曰："管夷吾，寡人之雠也，愿得之而亲加手焉。"

> 鲁君许诺，乃使吏鞭其拳，胶其目，盛之以鸱夷，置之车中。至齐境，桓公使人以朝车迎之，祓以爟火，衅以牺猳焉，生与之如国。命有司除庙筵几，而荐之曰："自孤之闻夷吾之言也，目益明，耳益聪。孤弗敢专，敢以告于先君。"因顾而命管子曰："夷吾佐予！"管仲还走，再拜稽首，受令而出。③

---

① 《吕氏春秋》，[汉] 高诱注，见《诸子集成》6，上海书店1986年版，第172—173页。
② 《吕氏春秋》，[汉] 高诱注，见《诸子集成》6，上海书店1986年版，第284页。
③ 《吕氏春秋》，[汉] 高诱注，见《诸子集成》6，上海书店1986年版，第309—310页。

不难发现，较之《左传》，《吕氏春秋》所援用的"版本"对于鲍叔举荐管仲的描述，已经有了极大演绎，更加适宜讲诵传播。

例二，秦王病愈，訾买牛为祷者人二甲。

《韩非子·外储说右下》以"一曰"形式，辑录有秦王訾民故事的两个"版本"。同时辑录的这两个"版本"，繁简即有不同。其一是：

> 秦昭王有病，百姓里买牛而家为王祷。公孙述出见之，入贺王曰："百姓乃皆里买牛为王祷。"王使人问之，果有之。王曰："訾之人二甲。夫非令而擅祷，是爱寡人也。夫爱寡人，寡人亦且改法而心与之相循者，是法不立，法不立，乱亡之道也。不如人罚二甲而复与为治。"①

故事温暖而蹊跷，温暖的是昭王有疾百姓主动自掏腰包为之祈祷；蹊跷的是昭王非但不感激反而下令罚人二副甲；不过他说的也有道理，不能因为私情爱心乱了王法。但此叙事过于简单直白，除了公孙述前来入贺使昭王得知祷事，剩下的就都在昭王的一番说辞中了。

第二个"版本"主要角色置换成了秦襄公，也可以归于"同事异人"张冠李戴一类，但这个版本较之上一个版本更大的变异在于情节描述的演绎，叙事曲折详尽了许多：

> 一曰。秦襄王病，百姓为之祷，病愈，杀牛塞祷。郎中阎遏、公孙衍出见之曰："非社腊之时也，奚自杀牛而祠社？"怪而问之。百姓曰："人主病，为之祷，今病愈，杀牛塞祷。"阎遏、公孙衍说，见王，拜贺曰："过尧、舜矣。"王惊曰："何谓也？"对曰："尧、舜，其民未至为之祷也，今王病，而民以牛祷，病愈，杀牛塞祷，故臣窃以王为过尧、舜也。"王因使人问之何里为之，訾其里正与伍老屯二甲。阎遏、公孙衍愧不敢言。居数月，王饮酒酣乐，阎遏、公孙衍谓王曰："前时臣窃以王为过尧、舜，非直敢谀也。尧、舜病，且其民未至为之祷也。今王病而民以牛祷，病愈，杀牛塞祷。今乃訾其里正与伍老屯二甲，臣

---

① ［清］王先慎：《韩非子集解》，见《诸子集成》5，上海书店1986年版，第253页。

窃怪之。"王曰："子何故不知于此。彼民之所以为我用者，非以吾爱之为我用者也，以吾势之为我用者也。吾释势与民相收，若是，吾适不爱，而民因不为我用也，故遂绝爱道也。"①

这个"版本"主要增加的是戏剧性对话。先是阎遏、公孙衍"怪而问之"，以见出杀牛祠社是非时之举；次是两人入贺称"过尧舜"，描述了襄王吃惊而被告知的场面和过程；再次是具体问出是何里所为，被罚的是里正和伍老，且加上了阎遏、公孙衍"不敢言"；最后加上了数月后俩人趁饮酒问、然后秦襄王答疑解惑的具体情景。这样的叙事较之简单直述，变得更加饶有兴味，或许是"说体"文本适应讲诵的变化结果。

例三，"道而闻之""道穴闻之"与"凿穴听之"。

《韩非子·外储说右上》也以"一曰"形式辑录了"犀首事败"的两个"版本"。其一是：

甘茂相秦惠王，惠王爱公孙衍，与之间有所言，曰："寡人将相子。"甘茂之吏道穴闻之，以告甘茂，甘茂入见王，曰："王得贤相，臣敢再拜贺。"王曰："寡人托国于子，安更得贤相？"对曰："将相犀首。"王曰："子安闻之？"对曰："犀首告臣。"王怒犀首之泄，乃逐之。②

只因探听到了秦惠王与犀首（公孙衍）密谈的拜相之事，甘茂主动出击，贺王得贤相，并栽赃犀首自己泄密，惠王不由不信，拜相事的确只有两人知道，他自己没说，只能是犀首本人出去炫耀的。结果犀首拜相事没成，反而被逐之。按，此段文字亦见《战国策·秦二》，只差一字，称"甘茂之吏，道而闻之"，这一字差得却很关键，若只是"道而"听说，就难保不是犀首所说，"道穴"则是从穴道偷听。"穴""而"形近容易致误，《战国策》作者抄录同源文本时或许没有见过下面的"一曰"文本，故忽略了这个关键

---

① ［清］王先慎：《韩非子集解》，见《诸子集成》5，上海书店1986年版，第253—254页。
② ［清］王先慎：《韩非子集解》，见《诸子集成》5，上海书店1986年版，第240页。

字词。

"一曰"文本人物角色秦王、犀首没变,另一个变成了樗里疾,主要是情节演绎颇多,特别是特意增加了"凿穴"情节:

> 一曰。犀首,天下之善将也,梁王之臣也。秦王欲得之与治天下,犀首曰:"衍其人臣者也,不敢离主之国。"居期年,犀首抵罪于梁王,逃而入秦,秦王甚善之。樗里疾,秦之将也,恐犀首之代之将也,凿穴于王之所常隐语者,俄而王果与犀首计曰:"吾欲攻韩,奚如?"犀首曰:"秋可矣。"王曰:"吾欲以国累子,子必勿泄也。"犀首反走再拜曰:"受命。"于是樗里疾也道穴听之,矣郎中皆曰:"兵秋起攻韩,犀首为将。"于是日也郎中尽知之,于是月也境内尽知之。王召樗里疾曰:"是何匈匈也,何道出?"樗里疾曰:"似犀首也。"王曰:"吾无与犀首言也,其犀首何哉?"樗里疾曰:"犀首也羁旅,新抵罪,其心孤,是言自嫁于众。"王曰:"然。"使人召犀首,已逃诸侯矣。①

这个版本以秦王曰"子必勿泄",对应了后来秦王何以因语泄而不满,犀首何以会"逃诸侯";以"凿穴于王之所常隐语者",补充了何以能"道穴听之";以王撒谎说"吾无与犀首言"说明秦王仍不知有"道穴"之处;以犀首羁旅、新抵罪"其心孤"的说辞增强了栽赃其"泄密"炫耀的可信度。由此可见,第二个"版本"在同源异流"说体"文本基础上又有了新的演绎。

---

① [清]王先慎:《韩非子集解》,见《诸子集成》5,上海书店1986年版,第240页。

第 七 章

先秦"说体"文本的传播途径

"说体"本身即是一个以传播途径命名的文体,这种文体的初始传播总的途径即是"说"。当然,无论怎么"说",几番"说",最终又都会被记录下来形成书面文本,才会流传至今让后人看到这些"说",研究这些"说";所以其总的流传途径仍还是"写"。先秦"说体"故事靠着各种篇章著述的载录、转述、援引辗转传播,流传至今,或被发掘重现于今,上面梳理辨析"说体"故事所据的所有著作都是明证,故这里不再将其列入考察范围(如果考察,也还有个最初的记录及其后的传抄、转录、读本、援用等等)。本章所论传播途径,拟集中在最初"说"的阶段,是由什么人、在什么场合、以什么形式等等"说"出来的。

第一节 "或告之,传也":告知传播

《墨子·经说上》云:"或告之,传也。"被称作"说""传""语"的"说体"文本最初的传播方式即是直接口头告知。这一节"告知传播"区别于下面两节的基本点即是它以告知事件为主旨的直接性,既没有附加讲诵的修饰性,也没有援引以为辅助的间接性。

一、"史来告""闻之曰"及"士传民语"

这几种情况都属于其时之事被"说",被"说"时还不能称为"故事",听闻其"说"再转告,特别是记录下来形成"说体"文本再"传"、

再"语",就成了"故事"。

(一)"史来告"

先秦"说体"故事中,极大的部分是见于记载的历史人物的故事,故事最初的记载和讲述者是各国史官。史官会随时将当下发生的事件记上一笔,这在文献中不乏例证。如《左传·宣公二年》所述"晋灵公不君"最终为晋大夫所杀之事,原本与晋灵公发生冲突的是晋国正卿赵盾,晋灵公因赵盾"骤谏"而必欲杀之,一次是派鉏麑行刺,鉏麑被赵盾"不忘恭敬"而感动,自己"触槐而死";一次是"饮赵盾酒"摆个"鸿门宴",赵盾又被提弥明和"翳桑饿人"相救,结果赵盾逃离,同宗赵穿弑杀灵公于桃园。于是太史在竹简上记了一笔,"赵盾弑其君",还"以示于朝",赵盾委屈说"不然",太史说你是正卿,逃你没有逃出国界,返回后你又没有惩处赵穿,"非子而谁"①,这是当下记事的典型个例。又如《左传·襄公二十五年》所述齐崔杼与其妻棠姜合谋杀掉齐庄公之事,虽说这齐庄公该杀,因为他公然强迫性地与崔杼之妻通奸,但弑君总归是弑君,于是也是太史当即"书曰:'崔杼弑其君'"②,崔杼不愿在史上留下"弑君"罪名,将太史杀掉;结果太史其弟又书,又杀,又有一弟再书,总不能杀个没完,只好由他"书"了,于是史上留下了"崔杼弑其君"。这两个"书"例可知只书事实、结果,今见孔子所传鲁《春秋》即是这种"史书"形式,这两段史事《春秋》也都有记述,前者所记为"秋,九月乙丑,晋赵盾弑其君夷皋"(《春秋·宣公二年》)③,后者为"夏,五月乙亥,齐崔杼弑其君光"(《春秋·襄公二十五年》)④,与《左传》所述太史之"书"如出一辙,应该确为当时所记,这即是早期"书体"的一种,即太史之"书"。那么,这两个故事如此丰富的原委、情节、场景、对话等等,又是如何为其后、为他国之人所详知的?告知。

《左传》有多处出现"来告"字样,比如前面在"说体探源"部分举

---

① 《春秋左传正义》,见《十三经注疏》,中华书局1980年版,第1867页。
② 《春秋左传正义》,见《十三经注疏》,中华书局1980年版,第1984页。
③ 《春秋左传正义》,见《十三经注疏》,中华书局1980年版,第1866页。
④ 《春秋左传正义》,见《十三经注疏》,中华书局1980年版,第1982页。

过的《隐公四年》称"卫人来告乱"①，即来报告卫国公子州吁"弑桓公"之乱，这说明当时列国之间有史官通报之制。"告"即是"说"，会讲述事情经过，来龙去脉，这就形成了"说体"文本。《左传》于《隐公三年》《隐公四年》有关于州吁弑桓公之事的详细记述，大致是卫庄公夫人庄姜无子，庄公又娶陈国厉妫，其娣戴妫所生之子立为太子，然庄公又宠嬖人之子州吁，于是太子即位为桓公后没几年，州吁就弑君自立云云，那么，这些就应该是"来告"所讲、听闻"来告"所知的内容了。

《左传》关于来告的记述还有多处，比如《僖公五年》称晋侯派人以"杀太子申生之故""来告"，只是当时"来告"与后来传闻极盛的骊姬谮害太子申生不会是一个"版本"；再比如《僖公十一年》称晋侯又派人以"丕郑之乱""来告"。

《左传》叙事是以鲁国为视点，叙事者是鲁史官，所以"来告"的说法是指王朝及列国使人前来鲁国通报本朝本国发生的事件；但不会只是"来告"，还会有"往告"，有各列国及列国与王朝之间的"互告"。比如《左传·桓公元年》《桓公二年》记述宋华父督因见孔父嘉之妻于路被"吸引眼球"，"目逆而送之"，遂杀孔父嘉而娶其妻，并连带弑宋殇公，事后以郜大鼎赂鲁桓公，其他列国皆有赂，轻松摆平，竟"相"新宋公。在鲁前往宋去取郜大鼎之前，臧哀伯极力劝谏，因为大鼎置于太庙是要"昭令德"，这郜大鼎乃"违乱之赂器"，怎么能"在庙"？叙事至此，《左传》记述"周内史闻之曰"，赞叹臧孙达（臧哀伯）"不忘谏君以德"，"其有后于鲁乎"！② 发生在宋国、鲁国的事情，被周内史（史官）"闻之"，显然是鲁人往告的结果。

此外，《左传》于《成公十三年》所转述的"晋吕相绝秦"之辞中，还提到楚人"来告"晋人的一番话语。当时吕相义正辞严地历数秦国背信弃义的种种恶行，其中提到你们秦国表面上与我们晋国联合，背地里却又玩另一套，楚人就"来告我曰"③，说秦国背叛令狐之盟，转而"求盟"于他们楚人，还说虽然"与晋出入"，其实要"唯利是观"云云。很显然，楚人

---

① 《春秋左传正义》，见《十三经注疏》，中华书局1980年版，第1725页。
② 《春秋左传正义》，见《十三经注疏》，中华书局1980年版，第1743页。
③ 《春秋左传正义》，见《十三经注疏》，中华书局1980年版，第1912页。

"来告"晋人的是一篇叙事，是一段描述，其中还模仿了秦人的对话，这是当时列国互相通报的一个实例，更是所讲文本为"说体"描述文本的一个实例。

（二）"闻之曰"

当然，讲说时下发生的列国事件，不会只有行人、使臣、史官"来告""往告""互告"这种官方渠道，更有私下互通消息、转相告诉的情况，叙史说事援用人物评说所常常出现的"闻之曰"，间接透露了这种情况。

如《左传·庄公十一年》记述宋发生大水之灾，鲁桓公"使吊焉"，宋闵公的答辞很好，说"孤实不敬，天降之灾"云云，鲁大夫臧文仲对此评价极高，说"宋其兴乎"，因为当年"禹、汤罪己"，反而兴旺，"桀、纣罪人"，没几天就败亡。按，从记述臧文仲一番赞辞看，被派往宋国"吊焉"的当就是他，《史记·宋微子世家》即称"鲁使臧文仲往吊水"，那么宋闵公的一番礼让，一番答辞，乃是他亲眼所见，亲耳所闻，遂有这番赞叹之语。据情理推之，当是他回到鲁国后向鲁君汇报往吊情形，将经过讲述一番，顺带发表了自己对宋闵公的评价和对宋国的判断。那么到此时为止，鲁国方面得到的臧文仲的描述当仍是宋闵公"对曰"云云。然而《左传》接着记述道："既而闻之曰公子御说之辞也。"① 又记述了臧孙达（臧哀伯，臧文仲之父，一说祖父）听到这件事后的评论："是宜为君，有恤民之心。"原来宋闵公这番答辞是他弟弟公子御说教他这么说的，臧孙达因此说公子御说才应该做国君，因为他能体恤百姓。不得不说，《左传》这是在用这种笔法为后事张目，因为次年宋闵公即被其臣宋万所杀，公子御说即位，即宋桓公。不过这里值得注意的是"闻之曰"，应该是有人又来讲述了当时是公子御说教宋公如何如何的真实情况，亦即其实如何云云，这种讲述不可能是宋使"来告"的官方文本，只合私下秘传，悄悄告知。

再比如《国语·晋语八》记述有"叔向与子朱不心竞而力争"一事，当时秦景公使其弟鍼前来求成，叔向命召行人子员，行人子朱说："朱也在此。"叔向却一定要"召子员"。子朱说"朱也当御"，眼下正轮到我该去，

---

① 《春秋左传正义》，见《十三经注疏》，中华书局1980年版，第1770页。

为什么不用我一定要用子员。叔向说我"欲子员之对客也",想让子员去好生应答客人。子朱怒曰:"皆君之臣也,班爵同,何以黜朱也?"于是"抚剑就之"。叔向说秦晋不和久矣,事办好了大家都相安,办不好很可能兵戈相见,子员无私,你就很难说了。你来,我也不怕你。于是"拂衣从之","人救之"。朝上发生的争吵一幕,必是被人详尽讲述给晋平公听了,因为"平公闻之曰:'晋其庶乎!吾臣之所争者大。'"他得知了究竟是为什么争,才会说"所争者大",他认为子朱争的是去行事,去立功。坐在一旁的师旷不这么认为,曰:"公室惧卑,其臣不心竞而力争。"①

此外,文献中还有一则关于孔子听闻楚昭王事迹后发表评论的记述。当时吴伐陈,楚救之,昭王病于军中,此时发生了赤云如鸟夹日飞的怪象,太史说此将"害于楚王",不过可以"移于将相",但昭王说将相乃"孤之股肱",若移祸于他们,岂不等于砍掉我的左膀右臂么!故不听。《史记·楚世家》记述当时孔子正在陈国,"闻是言",赞叹"楚昭王通大道矣"!②按,楚昭王此事此言发生在楚军军营中,也当是有人传出告诉,且具体描述,孔子才会"闻是言"的。

(三)"士传民语"

上述所涉,都是王朝、列国发生的历史事件。而当时所讲所传的故事肯定不止这些,民间"东家长,西家短"的"道听途说"亦复不少,只是这"道听途说"如果不是有人听来再讲出,只会仍停留在道听途说,不可能成为"说体"文本。而今见"说体"文本中,虽然数量不是很多,但确有不属于历史人物故事者。比如《吕氏春秋》中《疑似》篇所讲的喜欢扮成人家子弟故意捣蛋的"黎丘之鬼"故事③。"黎丘之鬼"肯定进不了历史名册,只能是"录鬼簿"中之"人";那被这鬼搞得真假不辨竟刺了自己儿子的老父,也不知姓甚名谁,只被称作"邑丈人",因此这只是一个民间传闻。再比如《韩非子·内储说下》所讲"燕人无惑,其妻浴以矢"的故事④。此燕

---

① 《国语》,上海古籍出版社 1988 年版,第 463 页。
② [汉] 司马迁:《史记》,中华书局 1959 年版,第 1717 页。
③ 《吕氏春秋》,[汉] 高诱注,见《诸子集成》6,上海书店 1986 年版,第 289—290 页。
④ [清] 王先慎:《韩非子集解》,见《诸子集成》5,上海书店 1986 年版,第 182—183 页。

人好出远门，其妻便在家中私养汉子，谁知有一天燕人突然提前回家，那汉子还在卧室，女管家便出个馊主意，让那汉子赤身裸体、披头散发、大摇大摆出门去，丈夫问时咱都说没看到。于是丈夫疑惑是不是大白天见了鬼，妻子说没错，那该怎么办，按照燕人风俗，只好掺和上狗屎洗个澡。这里只说是燕人，自然是来自小道传闻。当然，《内储说下》这里还有"一曰"版，给安了个名姓，说是"燕人李季好远出"，但李姓是大众姓，可以随便加；"季"字是排行，兄弟中最小的那个都称"季"。再说"浴之以狗矢"这种事也有碍观瞻，登不得大雅之堂。

诸如此类的无主名故事，如果不是《吕氏春秋》《韩非子》作者的杜撰（应该不是，韩非子动辄交待一句"或曰"，"一曰"，就是要告诉人们这些故事都是收集而来），就应该有个进入别时、别地之人视线的渠道。

本书第一章中"说体探源"部分，提到文献中有"庶人传语"、"士传言"、"士传民语"等说法，周朝还有专门探访、巡查各地、"道（说）四方之政事"且"诵四方之传道（说）"的"训方氏"之执掌。"士传民语"、诵四方"传道"的前提是闻之，有人说才有人听，有人告才有人闻，说者、告者所述即是"说体"文本的第一个"版本"，口头版本，说之、告之即是"说体"文本的初始传播。闻之的文本或者仍停留在脑海的记忆之中，或者简记几笔，毕竟是在"道"在"途"，不允许"长篇大论"；这个"道听"而来的文本还要再被"说"出去，才能完成"传"语；"诵四方之传道（说）"，这便是将脑海中记忆的文本或简记的"书体"文本再次转化为"说体"文本。

《吕氏春秋·察传》就记有一次"闻之于宋君"的"传语"之事，说是"宋之丁氏"因自己常因事外出，于是家中"穿井"时请了个人帮工，便对人说"吾穿井得一人"，此话后来传成了"丁氏穿井得一人"，于是"国人道之，闻之于宋君"[①]。国人只是在"道听途说"，一般不可能亲自跑去报告宋君，"闻之于"的过程应该是有士人"传语"，将从地方上听到的"说体"文本再以讲说的形式（使"闻"）讲给宋君听。当然，从地下挖出一个人来，此事毕竟非同小可，于是宋君派人"问之于丁氏"，丁氏回答说

---

① 《吕氏春秋》，[汉]高诱注，见《诸子集成》6，上海书店1986年版，第294页。

我只是"得一人之使",并非"得一人于井中"。

这种渠道,就会使当时庶民中发生的各种事情,特别是奇奇怪怪、让人感兴趣的奇闻佚事,被人"传道""闻之于"当朝,进而形成能传之后世的"说体"文本。

二、"史不失书,矇不失诵"

第一章中"说体探源"部分引用《国语·周语上》提到"天子听政",有"瞍赋矇诵",赋诵很可能即是讲史说故;《国语·楚语上》提到卫武公朝上"倚几有诵训之谏","史不失书,矇不失诵"[①];《国语·晋语九》提到"朝夕诵善败而纳之"[②],善败即成功和失败的先例;"诵"即"矇诵""矇不失诵"之诵,即讲述;纳,进也,献也。可知先秦时期周朝及列国朝廷之上有讲史说事一项,所讲所诵已经不是上面所说的时下事件的告知,而是讲述从前、昔日发生的事情,即历史故事。

《国语·周语上》记述的"内史过论神",应该是周惠王朝"天子问政"时的"发言",内史过有可能即是瞍矇。当时传言"有神降于莘",惠王问是何缘故,是否真有神之说,内史过便开始讲述神的故事,说是"国之将兴",会有"明神降之";"国之将亡","神亦往焉",比如"夏之兴",祝融火神降临崇山,"其亡也",回禄神出现于聆隧;再比如"商之兴",梼杌神驻足于丕山,"其亡也",夷羊神兽跑到了牧野;"周之兴,"鸑鷟神鸟于岐山鸣叫,"其衰也",杜伯所变厉鬼于鄗都射杀了宣王。至于当下降临莘地的这个神,还得从当年周昭王娶房后说起。这房后品行不端,结果帝尧不肖子丹朱的魂灵附在她身上生了穆王,从此这丹朱神就成了"照临周之子孙而祸福之"的大神。这么说来,此神应该就是丹朱神,所当之地正是虢土,虢"其亡乎"云云[③]。到底是史官,内史过在朝上所讲的这些故事还真是颇为离奇曲折的。

《国语·郑语》所述史伯讲述褒姒来历与周朝命运的那段,乃是发生在郑桓公问政之时。周宣王弟郑桓公受封于郑,于幽王时又担任周朝司徒,那

---

① 《国语》,上海古籍出版社1988年版,第551页。
② 《国语》,上海古籍出版社1988年版,第497页。
③ 《国语》,上海古籍出版社1988年版,第29—32页。

么这段与史伯的对话，可能在周朝王室，更可能在郑国自己的朝上，因为他问的是极其私人化的问题，即当下"王室多故"，我该到哪里逃死？其实是打算迁徙郑民，问的是最好迁到哪里。于是史伯讲了一大篇周朝命中注定要在此时灭亡的种种迹象，其中就包括褒神化二龙其漦化玄鼋生褒姒的传奇故事和童谣所歌"檿弧箕服，实亡周国"①。

《左传·昭公二十九年》所述"魏献子问蔡墨"，又是发生在晋国大夫朝上的一次涉及夏史传说的对话，这场对话引出了晋太史史墨关于豢龙氏故事的一番讲述。当时"龙见于绛郊"，魏献子问蔡墨（史墨）关于龙的问题，史墨提到"古者畜龙，故国有豢龙氏，有御龙氏"，还提到"及有夏孔甲"，"帝赐之乘龙，河、汉各二，各有雌雄"，"有陶唐氏既衰，其后有刘累，学扰龙于豢龙氏"，以事孔甲。夏后"赐氏曰御龙"。后来"龙一雌死"，刘累偷偷将雌龙做成肉酱"以食夏后"。夏后不知吃的就是那雌龙，让刘累去寻找那龙，已经下肚，哪里寻得到？刘累害怕了，"惧而迁于鲁县，范氏其后也"②云云。的确都是些很古老的传说。

由这些材料可见，有些历史故事是瞍矇、太史、内史等史官在听政、问政的朝上"说"出来的，这的确是"说体"故事得以传播的重要渠道之一。

三、"其教可知"与诸子之授

先秦时期"说体"文本还有一个重要的传播途径，教学授徒，包括太子之教，列国太学之教，更包括私学兴起后的诸子之教。

（一）"属辞比事，《春秋》教也"。

《汉书·艺文志》称古代王者"世有史官"，"君举必书"，"左史记言，右史记事"，"事为《春秋》，言为《尚书》"③，知《春秋》即为记事古史，并不特指孔子编定或修定的以鲁史为底本的《春秋》；《春秋》之教之学即教习古代史，包括史纲，更应该包括讲授史纲所指涉的具体事件，即历史故事。

---

① 《国语》，上海古籍出版社1988年版，第519页。
② 《春秋左传正义》，见《十三经注疏》，中华书局1980年版，第2123页。
③ ［汉］班固：《汉书》，［唐］颜师古注，中华书局1962年版，第1715页。

关于"傅太子"包涵《春秋》类课程，第一章中"说体探源"部分已详举材料，如《国语·晋语七》称叔向因"习于《春秋》"被晋悼公召"使傅太子彪"，《国语·楚语上》述申叔时回答士亹傅太子箴可"教之《春秋》……教之《语》……教之《训典》……"等等，兹不赘述；这里只举太子必定是习过《春秋》的一个实例，即《国语·周语下》记述的"太子晋谏灵王"，当时周灵王欲壅谷水，太子晋反对，遂举先王之事以为鉴戒，"晋闻古之长民者"如何如何，"古之圣王唯此之慎"云云，其中所讲事迹提到了尧、共工、崇伯鲧、伯禹，另外还提及后稷、先王文、武、成、康，以及后王厉、宣、幽、平等等。① 若非被系统教以《春秋》，不可能一口气说出这么多先王之名、之事。

关于列国太学，早期材料未见《春秋》之教。然至春秋中后期，或许情况有所改变，太学所设课程也会因需要添加或更新。《礼记·经解》记述孔子曾说，"入其国，其教可知也"，"其为人温柔敦厚，《诗》教也……属辞比事，《春秋》教也"②，一连提及《诗》《书》《礼》《乐》《易》《春秋》六门课程，其中就包括《春秋》之教。孔子教"六经"，《庄子·天运》拟托孔子之语即称"丘治《诗》、《书》、《礼》、《乐》、《易》、《春秋》六经，自以为久矣"③，故以往研究多以"六经"为儒家经典，其实孔子这里说的是"入其国"，"其教"可知，此"其教"如果不是刻意理解为孔子对自己及弟子所行之教的总结（就当时而言，孔子之教还不至于占据所有"其国"），那么这个说法就意味着起码在孔子之前，各列国的太学中已经设有"六经"之教。

作为佐证，《庄子·天下》是在"道术将为天下裂"之前述及"六经"的，所谓"《诗》以道志"，"《书》以道事"，"《礼》以道行"，"《乐》以道和"，"《易》以道阴阳"，"《春秋》以道名分"，并称"百家之学时或称而道之"④，并没有专属之儒家。

作为旁证，前面提到叔向因"习于《春秋》"而被选为太子傅。叔向并

---

① 《国语》，上海古籍出版社1988年版，第101—112页。
② 《礼记正义》，《十三经注疏》中华书局1980年版，第1609页。
③ ［清］王先谦：《庄子集解》，见《诸子集成》3，上海书店1986年版，第95页。
④ ［清］王先谦：《庄子集解》，见《诸子集成》3，上海书店1986年版，第216页。

非太子，为晋大夫之前是大夫子弟，那么他之"习于《春秋》"是如何得来？"习"常常是专学之称，这个"习"如果是出于教习，则是太学确有《春秋》《训典》一类课的证明。

其实不止一个叔向，上面提到在周室、列国朝上"诵善败"以说事以劝谏的不只是太史、内史，还有祭公谋父（谏穆王征犬戎，见于《国语·周语上》）、白公子张（讽楚灵王宜纳谏，见于《国语·楚语上》）等公卿大夫，"胥臣述大任娠文王"（详后，见于《国语·晋语四》）中的胥臣也是晋国大夫，他们对古史古事的熟稔，当有其传播渠道，如果不是每位诸公诸大夫之公子都有教傅，太学是集中教授的最好去处。

春秋末特别是进入战国时代，诸子学兴起，教授课程里有《春秋》或《春秋》类一门已经无需论证。孔门摆明了确有《春秋》课程，今见《春秋》就是课程教材。孔门之外，《庄子·天下》分明说包括《春秋》在内的"六经"，"百家之学"时或"称而道之"；法家代表韩非就相当"习于《春秋》"，《韩非子》中历史故事的援用本身即是明证；《吕氏春秋》作为《韩非子》之外又一家储存"说体"故事的"大户"，其具体作者各家都有，必也是皆曾"习于《春秋》"，才会将这么多历史故事信手拈来用于论说的。

（二）经说、经传，诸子授学讲诵故事体例考

诸子私学兴起，是"说体"文本大繁荣的契机。而且由于诸子之学特有的辩言说理训练需要，使得讲诵故事已经超出"《春秋》课"的范围，成为"论说课"援事说理必有的知识储备，经师们会援用故事讲述道理，也会讲述道理，然后告知论证这一道理的典型故事。于是，许多"说体"故事，极可能是经师们在课堂上口授出来被弟子记录下来的"课堂笔记"。

关于诸子之学中讲诵故事，首先值得一提的是《韩非子》中的内外《储说》，其先列大纲条目、次列经文一二三……再次列说一说二说三……的特有形式，很可能保留了诸子私学讲授中"经"与"说"的原始体例。

如《内储说》的结构如下：

先陈总纲："主之所用也七术，所察也六微。"

然后于《内储说上》先列"七术"条目："一曰众端参观，二曰必罚明威，三曰信赏尽能，四曰一听责下，五曰疑诏诡使，六曰挟知而问，七曰倒

言反事。"

下面列出对应"七术"条目的各条经文：

观听不参则诚不闻，听有门户则臣壅塞。其说在侏儒之梦见灶，哀公之称莫众而迷。……——参观一

爱多者则法不立，威寡者则下侵上。是以刑罚不必则禁令不行。其说在董子之行石邑，与子产之教游吉也。……——必罚二

……

"七术"列完之后，以"右经"加以标识，以明确右面所述（竖排）"七术"为经文，然后则是对应经文的"说一""说二"……

说一
卫灵公之时，弥子瑕有宠……
鲁哀公问于孔子曰："鄙谚曰：莫众而迷。……
……

说二
董阏于为赵上地守……
子产相郑，病将死……
……

《内储说下》开始讲"六微"，同样是按照上述顺序，先列"六微"条目："一曰权借在下，二曰利异外借……"再列对应"六微"条目的经文："权借一，君臣之利异，故人臣莫忠……其说在卫人之夫妻祷祝也。故戴歇议子弟，而三桓攻昭公……""利异二，似类之事，人主之所以失诛……是以门人捐水而夷射诛……"……然后以"右经"标识，最后也是对应经文条目的"说一……""说二……"

由此模式是否可以推断，大纲条目相当于教材目录，或教授时在简帛木牍土石等材质上书写（板书）的课程标题；对应条目的经文比较概况，并有故事提示，大致相当于教材的书面文本；而"说一""说二"分明用了一

个"说"字，显然是口头讲授，是对经文所涉历史事件、故事的具体阐述和描述。

无独有偶，这种先列故事纲目然后出现详述的形式，在其他著作中也有残留。

《吕氏春秋·有始览》出现了"解在……"的形式，所列均为故事纲目，包括《应同》称"解在""史墨来而辄不袭卫"，《去尤》称"解在""齐人之欲得金"、"秦墨者之相妒"，《听言》称"解在""白圭之非惠子"、"公孙龙之说燕昭王以偃兵及应空洛之遇"、"孔穿之议公孙龙"、"翟翦之难惠子之法"，《谨听》称"解在""胜书之说周公"、"齐桓公之见小臣稷"、"魏文侯之见田子方"，《务本》称"解在""郑君之问被瞻之义"、"薄疑应卫嗣君以无重税"，《谕大》称"解在""薄疑说卫嗣君以王术"、"杜赫说周昭文君以安天下"、"匡章之难惠子以王齐王"，共列出了十六个故事。

检索的结果是上述所列故事均未出现在《有始览》本览本篇中，亦即只有故事篇题，没有故事全文。再扩大一下检索范围，发现有些故事见于《吕氏春秋》本书《有始览》之外的其他部分，包括史墨事见于《召类》，齐人欲得金事见于《去宥》，公孙龙说燕昭王以偃兵事见于《审应》（但所说是赵惠王而非燕昭王），孔穿议公孙龙事、翟翦难惠子事见于《淫辞》，胜书说周公事见于《精谕》，齐桓公见小臣稷事见于《下贤》，郑君问被瞻事见于《务大》，薄疑应卫嗣君事见于《审应》，薄疑说卫嗣君事、杜赫说周昭文君事见于《务大》，匡章难惠子事见于《爱类》。其中有的故事因所在篇目题旨相近而大致对应，但也有不相干者，比如《有始览·谨听》中提及"解在"的齐桓公见小臣稷出现在《下贤》中（一论"谨听"，一论"下贤"），《有始览·谕大》中提及"解在"的匡章难惠子出现在《爱类》中（一论"谕大"，一论"爱类"），《有始览·听言》提及"解在"的公孙龙说燕昭王偃兵，出现在《淫辞》中的故事也是说赵惠王，两者并不对应。另外还有四个故事，即秦墨者相妒事、白圭非惠子事、公孙龙应空洛之遇事、魏文侯见田子方事，并未见于《吕氏春秋》本书。

从上述情况分析，大致可以肯定《有始览》诸篇中的"解在……"并非针对《吕氏春秋》本书中的其他篇目而用的互见表述形式（并非同一位作者所作，也不可能互相照应），那么出现这种"解在……"形式仅列出故事纲目，就有可能是作者援用固有"教案"文本没有处理干净的残留和失误。揣摩一下出现这种"解在……"列出故事纲目的情况，大致有两种可能。一种可能是除教案大纲外，原本配有解说时可用的说体"故事"文本，只要提及解说见于哪个故事，或可将哪个故事作为上述论题的论据，教授者本人或被教授的弟子即可到这部固有的故事集中找到这个故事；另一种可能是这只是个供教学使用的教案大纲，注上一笔可用哪个故事加以讲解，故事装在教授者的脑海中，不必全文写出，授课时再口头讲述这个故事。只是《有始览》的作者在搬用教案时忘了这不是在讲课而是在写文章，应该将"解在……"的故事纲目换成完整的故事文本。不过"幸亏"他的这个失误，意外留下了当年教案的文本样式，即与《韩非子》的《内储说》如出一辙，教案经文部分会以纲目形式列出故事条目，然后授课时具体讲述这个故事，《韩非子》称"说"，《吕氏春秋·有始览》称"解"，说解，解说，一也。《内储说》已经将"说"记录了下来，所以更像"课堂笔记"，《有始览》则只称"解在……"还是比较纯粹的"教案大纲"。

还有，本书第一章第三节中有"《韩诗外传》中的'传云''传曰'"一节，旨在论证该书称"传"实是指称"讲说"，提及《韩诗外传》中的"传曰"也有纲目性故事提要，如"传曰：伯奇孝而弃于亲，隐公慈而杀于弟，叔武贤而杀于兄，比干忠而诛于君"①，皆是需要讲述的历史故事；而且，作为注脚，《韩诗外传》中确有提及故事纲目、下面列出具体故事者，如卷一"传曰……志与天地拟者其人不祥，是伯夷……介子推、原宪、鲍焦、袁旌目、申徒狄之行也……"下面，紧接着是申徒狄、鲍焦的相关故事。与上述《韩非子·内储说》《吕氏春秋·有始览》的情况加以比对不难发现，《韩诗外传》中的这种纯列故事纲目或先列故事纲目然后讲述故事的形式，或许与教学传授也有关系。

说到此，《史记·伯夷列传》的"其传曰"也颇值得注意。该篇在引用孔子之语后，出现了"其传曰"，很可能保留了授课时与"经说体"大致相同的"经传体"：

---

① 许维遹：《韩诗外传集释》，中华书局1980年版，第257页。

孔子曰："伯夷、叔齐，不念旧恶，怨是用希。""求仁得仁，又何怨乎？"余悲伯夷之意，睹轶诗可异焉。其传曰：伯夷、叔齐，孤竹君之二子也。父欲立叔齐，及父卒，叔齐让伯夷。伯夷曰："父命也。"遂逃去。……①

孔子之言可谓"经"，下面的"传"即是用讲史诠释孔子之言。可以想象，经言如此简略，应该是载于竹帛的，而"传"的部分当年很可能是口说的。

第二节　引事为证：先秦人物口中的"说体"故事

除了上述种种直接告知故事的情况之外，先秦人还喜欢在对话中援引故事。这种讲故事与上述讲故事的区别在于，说话的主旨不在讲故事，而在说事、议论、劝谏、辩解，顺便讲个故事、举个例子帮助表达，故事成了比方的喻体。所以，是人物口中的"说体"故事，是故事中套着故事。不过，这种援事说事也成为故事传播的一种途径，上面所辑的"说体"故事中，有些就再次出现在人物口中，有些则来自人物的口中。

一、臣谏君

先秦时期，有相当一部分援事说事，发生在臣属劝谏君王的对话时。兹举几例以明之。

《国语》开篇《周语上》的第一篇"祭公谋父谏穆王"，就是一次援事劝谏，想劝阻的是其欲征犬戎之举，称述的是"先王耀德不观兵"的历史故事，比如提到虞、夏之时"我先王世后稷"，及夏衰"我先王不窋"失官，"自窜于戎、狄之间"，"不敢怠业，时序其德"，还提到武王"事神保民，莫弗欣喜"等等。②按，祭公谋父讲述历史故事只是被《国语》记述其劝谏时顺便提及，较为概括，相信现场讲述时一定比这记述具体、生动。

---

① ［汉］司马迁：《史记》，中华书局1959年版，第2122—2123页。
② 《国语》，上海古籍出版社1988年版，第1—3页。

《国语·楚语上》中"白公子张讽楚灵王宜纳谏",子张讲述的是殷高宗武丁求贤得傅说的故事,说是当年武丁"自河徂亳",三年不出号令,"默以思道",后来下令"以象梦旁求四方之贤",于是"得傅说","使朝夕规谏"云云。① 像人家武丁这样的神明睿圣之人尚且求贤听谏,灵王您"或者未及武丁",却拒不纳谏,怎么可以呢?这段说辞还是对灵王有所触动的,可惜灵王最终没有克制住自己,终致乾溪之难。

《左传·襄公四年》中"晋魏绛谏悼公伐诸戎",则牵出一大段有穷后羿的故事。当时山戎无终国派了个使臣到晋国,通过魏绛进献虎豹之皮"以请和诸戎",晋悼公颇不屑,说"戎狄无亲而贪,不如伐之"。魏绛劝说道:"诸侯新服,陈新来和,将观于我。我德则睦,否则携贰。劳师于戎,而楚伐陈,必弗能救,是弃陈也,诸华必叛。戎,禽兽也。获戎失华,无乃不可乎?"总之,咱们现在还得救陈抗楚,得戎失陈失诸侯之心不划算。说到这里,突然说:"《夏训》有之曰:'有穷后羿——'"话刚开头,一听要讲故事,晋悼公来了精神,忙问一句:"后羿何如?"于是魏绛援引《夏训》,开始讲故事:

> 对曰:"昔有夏之方衰也,后羿自鉏迁于穷石,因夏民以代夏政。恃其射也,不修民事,而淫于原兽,弃武罗、伯因、熊髡、尨圉,而用寒浞。寒浞,伯明氏之谗子弟也,伯明后寒弃之,夷羿收之,信而使之,以为己相。浞行媚于内而施赂于外,愚弄其民而虞羿于田。树之诈慝,以取其国家,外内咸服。羿犹不悛,将归自田,家众杀而亨之,以食其子,其子不忍食诸,死于穷门。靡奔有鬲氏。浞因羿室,生浇及豷,恃其谗慝诈伪而不德于民,使浇用师,灭斟灌及斟寻氏。处浇于过,处豷于戈。靡自有鬲氏,收二国之烬,以灭浞而立少康。少康灭浇于过,后杼灭豷于戈,有穷由是遂亡,失人故也。……"

这段插话扯得实在有点远,所以叙事者说"于是晋侯好田,故魏绛及之",意思是后羿好田而殒身。其实里面还有有穷"失人"而又被少康灭。也许

---

① 《国语》,上海古籍出版社1988年版,第554页。

是提到山戎想到了有穷氏，相对于有夏，后羿其族就是一部落。不管怎么说，晋悼公是听明白了，所以他问道："然则莫如和戎乎？"于是魏绛又大谈起"和戎有五利"。就是魏绛的这番引用和讲述，留下了有穷后羿代夏政又被寒浞所害的这段历史故事。

《国语·吴语》中的"申胥谏吴王伐齐"，伍子胥又是举楚灵王的例子，欲劝吴王放弃伐齐，警惕越国，以免"后院起火"：

> "王其盍亦鉴于人，无鉴于水。昔楚灵王不君，其臣箴谏以不入。乃筑台于章华之上，阙为石郭，陂汉，以象帝舜。罢弊楚国，以间陈、蔡。不修方城之内，逾诸夏而图东国，三岁于沮、汾以服吴、越。其民不忍饥劳之殃，三军叛王于乾溪。王亲独行，屏营仿徨于山林之中，三日乃见其涓人畴。王呼之曰：'余不食三日矣。'畴趋而进，王枕其股以寝于地。王寐，畴枕王以璞而去之。王觉而无见也，乃匍匐将入于棘闱，棘闱不纳，乃入芋尹申亥氏焉。王缢，申亥负王以归，而土埋之其室。此志也，岂遽忘于诸侯之耳乎？"①

在伍子胥的讲述中，楚灵王临终之事被补充了许多细节，比如称灵王"独行"，"仿徨于山林之中"，三日后见到其涓人畴，对他说"余不食三日矣"，"畴趋而进，王枕其股以寝于地"。待灵王醒来，发现涓人畴用块石头枕王，而他自己已经扬长而去。灵王"乃匍匐将入于棘闱，棘闱不纳"，这才"入芋尹申亥氏焉"云云。

《吕氏春秋·骄恣》中的"李悝谏魏武侯"，称述的是楚庄王之事。当时魏武侯十分兴奋，"攘臂疾言于庭"，因为这次他"谋事而当"，自我感觉"大夫之虑，莫如寡人矣"！于是李悝举了个相反的例子。当年楚庄王也是"谋事而当"，却"退朝而有忧色"，左右感到奇怪，庄王说我特别欣赏仲虺说过的一段话，即作为诸侯，"能自为取师者王，能自取友者存，其所择而莫如己者亡"，如今像我这不怎么样的君，"群臣之谋又莫吾及"，这不是要

---

① 《国语》，上海古籍出版社1988年版，第598页。

让我败亡么!① 不得不说,这个故事对于给魏武侯泼点冷水,是相当奏效的。

上述几例援故事谏君,所讲故事皆为首见或独见,这些故事恰恰是赖人物之口得以呈现和流传。

二、日常对话

还有些援事说事,并非臣谏君,而是人们相互对话中举个故事以明理。兹亦举几例以明之。

《国语·晋语四》中的"胥臣述大任娠文王",是在回答晋文公为太子聘太傅问题时讲述的。当时文公欲使阳处父傅太子,问这样是否能让太子变得更好一些,胥臣说关键还在他个人,于是举周文王为例。说是当年文王之母大任怀孕时身体根本没有什么不适的变化,小便的时候在厕所里就生下了文王。文王不但出生时没给母亲添加痛苦,成长中也没让保傅操心,没令师长烦恼云云。② 多亏《国语》的援用,让我们"听"到了胥臣对晋文公所讲的文王故事,不然,他所讲的纯粹"说体"只能停留在那个对话之时,谁还能想到原来文王是其母"少溲于豕牢"而生的。需要说明的是,胥臣当年得知这个故事也是听来的,因为在举例前说的是"臣闻昔者大任娠文王……"

《国语·晋语一》"史苏称伐骊戎'胜而不吉'"(晋献公卜伐骊戎)一段,引出些"女人祸水"的历史故事。当时晋献公伐骊戎,大败之,还得个美人骊姬以归,宠幸有加,立为夫人,于是在庆功的宴席上,献公跟史苏翻旧账,说战前占卜你不是说"胜而不吉"么,现在要罚你喝酒没肴吃。散席后,史苏于回家的路上对大夫们说,"有男戎必有女戎",现在咱晋国以男戎胜了骊戎,他骊戎将来必会以女戎胜咱晋国。这个史上先例还不少。比如当年夏桀伐施人,有施献个妹喜给夏桀,结果妹喜与伊尹比而亡夏。当年殷纣伐有苏,有苏氏献个妲己给纣王,结果妲己与胶鬲比而亡殷。当年周幽王伐有褒,褒人献个褒姒给幽王,结果褒姒与虢石甫比,"逐太子宜臼而

---

① 《吕氏春秋》,[汉]高诱注,见《诸子集成》6,上海书店1986年版,第270—271页。
② 《国语》,上海古籍出版社1988年版,第387页。

立伯服"云云。① 说来史苏是太史，说起史上故事自是如数家珍，但这次从他口中说历史，不是在朝上面对君王诵善败，而是在路上与大夫们析事理，所以归于日常对话中。

史苏提到的故事中，"妹喜与伊尹比而亡夏"尚有迹可寻。依史苏说，妹喜身为被夏桀打败了的有施国所献之女，原本就存复仇之心，于是与伊尹联手灭了夏。不过关于商汤灭夏，《楚辞·天问》之问似透露出还有隐情："桀伐蒙山，何所得焉？妺嬉何肆，汤何殛焉？"② 意指夏桀最终为成汤所殛，直接起因，缘于伐蒙山所得。所得何物？《太平御览》卷一三五"皇亲部"引《竹书纪年》曰："后桀伐岷山，岷山女于桀二人，曰琬、曰琰。桀受二女，无子，刻其名于苕华之玉，苕是琬，华是琰。而弃其元妃于洛，曰末喜氏。末喜氏以与伊尹交，遂以间夏。"③《左传·昭公十一年》记述叔向也说过"桀克有缗以丧其国"④；《韩非子·难四》则说"是以桀索崏山之女……而天下离"⑤。有缗、崏山与蒙山也音近相通，当亦同指一事，可为印证。这即是说，夏桀另结新欢导致旧爱元妃妺嬉（又作末喜、末嬉、妹喜）备受冷落，也是妺嬉与伊尹合谋反间、给商汤灭夏提供方便的缘故。此外，关于妹喜与伊尹联手，《吕氏春秋·慎大》还有具体情节，称"伊尹奔夏三年，反报于亳，曰：'桀迷惑于末嬉，好彼琬琰，不恤其众。……'汤与伊尹盟，以示必灭夏。伊尹又复往视旷夏，听于末嬉。末嬉言曰：'今昔天子梦西方有日，东方有日，两日相与斗，西方日胜，东方日不胜。'伊尹以告汤。商涸旱，汤犹发师，以信伊尹之盟。故令师从东方出于国西以进。未接刃而桀走，逐之至大沙。"⑥ 史苏是在路上顺便提及，且与后面妲己、褒姒排比而提，自是简略一些。至于褒姒，故事更加曲折、复杂，详见《国语·郑语》所述"小妾遭褒神龙漦所化玄鼋生女为褒姒"。

《国语·楚语上》"司马子期欲以妾为内子，左史倚相儆之"一段，也

---

① 《国语》，上海古籍出版社1988年版，第253—255页。
② ［宋］洪兴祖：《楚辞补注》，中华书局1983年版，第103页。
③ 方诗铭、王修龄：《古本竹书纪年辑证》，上海古籍出版社1981年版，第16页。
④ 《春秋左传正义》，见《十三经注疏》，中华书局1980年版，第2060页。
⑤ ［清］王先慎：《韩非子集解》，见《诸子集成》5，上海书店1986年版，第292页。
⑥ 《吕氏春秋》，［汉］高诱注，见《诸子集成》6，上海书店1986年版，第159—160页。

是太史口中称故事，但也不是在朝上，而是在自家府上被问事。当时司马子期想让喜欢的小妾"为内子"，到左史倚相府上拜访他问"其可乎"，他不说可不可，却重提些楚国先大夫们的故事给他听。有些是违命却合乎道者，比如子囊违王之命而谥曰"共"，子西嗜芰，子木祭祀时馈羊而无荐芰；有些是顺从却不合乎道的，如谷阳竖不忍心子反过劳而献饮，结果反而使子反毙于鄢，芋尹申亥顺从灵王之欲，结果让他陨于乾溪云云。① 这些故事都是后来见载于典籍者，而这次我们是从人物口中"听"到的，让我们真切感受到当年"说体"故事的传播。

《国语·楚语下》"叶公子高反对子西用王孙胜"一段，也提到了见于史载的几个故事。当时楚令尹子西派人召回了故太子建之子王孙胜，沈诸梁（叶公子高）听说后去见他，问"将焉用之"，回答是听说这王孙胜"直而刚"，所以打算"置之境"。对此子高说"不可"，因为那王孙胜心中怀着旧怨。于是一连举了四个因旧怨杀人者，"昔齐驺马繻以胡公入于具水，邴歜、阎职戕懿公于囿竹，晋长鱼矫杀三郤于榭，鲁圉人荦杀子般于次"云云，并说这些究竟是"谁之故"，难道不都是因为旧怨么？"是皆子之所闻也"。② 四个故事中，后三个已见于先秦史著，一为《左传·文公十八年》，一为《国语·晋语六》和《左传·成公十六年》，一为《左传·庄公三十二年》。第一个胡公被杀事见于《史记·齐太公世家》，但只提到一笔，称哀公之同母少弟因为怨胡公，"乃与其党率营丘人袭攻杀胡公而自立"，原来具体做法是"以胡公入于具水"，这却是从叶公子高口中"听"来的。此外还有一句值得注意，这就是"是皆子之所闻"，这说明当年这些历史故事仍主要是靠"说"，所以是"所闻"，还说明这些"说"对于故事传播的范围和力度，还是不可小觑的。

《左传·昭公二十八年》所述"叔向欲娶于申公巫臣氏"一段，称述历史故事出现在叔向母子的对话中。叔向欲娶的"申公巫臣氏"即指夏姬与申公巫臣所生之女。当年陈灵公因与夏姬私通被夏姬之子徵舒射杀后，楚庄王灭陈虏夏姬。楚大夫申公巫臣反对庄王纳夏姬，反对子反娶夏姬，最后他

---

① 《国语》，上海古籍出版社1988年版，第557页。
② 《国语》，上海古籍出版社1988年版，第588页。

自己携夏姬逃奔晋国为邢大夫。叔向母反对这门亲事，说这巫臣之妻"杀三夫（一婚夫子蛮、二婚夫御叔、三婚夫楚襄老），一君（陈灵公）、一子（夏徵舒），而亡一国（陈国）、两卿（孔宁、仪行父）矣，可无惩乎"？然后称引古史传说，以说明"甚美必有甚恶"。说当年夏朝时，有仍氏部落生了个美女，头发乌黑放光，被叫做"玄妻"，乐正后夔娶了她，生了个儿子伯封，"实有豕心"，被叫做"封豕"，最后被有穷部落的后羿给灭掉，夔从此绝嗣"不祀"云云。① 原来上古还有这么多曲折丰富的史诗一样的故事，按说也应该有这么多故事，可惜大多没有流传下来，而这段"玄妻"故事，还是多亏叔向母亲提及，才被记录下来成了"说体"故事。

第三节　"行说语众"：赋诵传播

"说体"文本的初始传播途径就是"说"，那么除了上述史告、廷说、教习等直接讲述当下事件、历史故事之外，有没有类似后世话本那样的"说话""说书"式讲诵传播存在？就先秦而言，这是个几乎没有直接材料、很难考察论定的题目，但是有些文本比较明显的赋诵文体特征，又促使我们不得不考虑到这个方面。本节即拟结合文本形式、相关材料中的蛛丝马迹等，尝试对此做些初步的考察。

一、由神龟故事的演绎说起

《庄子·外物》中有一个颇为有趣的奇特故事，说是"宋元君夜半而梦人被发窥阿门"，向他告状说"予为清江使河伯之所"，可是却被渔者余且捉了去。宋元君醒来后"使人占之"，占者说"此神龟也"。问"渔者有余且乎"，左右回答说"有"，于是宋元君下令让余且到朝，一问，果然说"网得白龟"。待余且将白龟献上，"君再欲杀之，再欲活之"，又卜之，结果是"杀龟以卜吉"，于是"乃刳龟"，用来占卜，果然是"七十二钻而无遗筴"。②

当然，《庄子》作为哲学著作，讲故事并不是目的，所以故事讲完后托

---

① 《春秋左传正义》，见《十三经注疏》，中华书局1980年版，第2118页。
② ［清］王先谦：《庄子集解》，见《诸子集成》3，上海书店1986年版，第178页。

言仲尼说这神龟"能见梦于元君",却"不能避余且之网",其才知能使七十二钻"无遗筴",却"不能避刳肠之患",如此看来还真是"知有所困","神有所不及"呀!总之还是庄子那套去知哲学。我们知道,《庄子》文章中的人物、故事常常是杜撰,诸如河伯海神若相言甚欢之类,所以不能肯定这篇文章中的这个故事是作者创作的寓言,还是援用了当时流传的固有故事再来当成寓言。

不过,不管其初是"书体"还是"说体",后来已经变成"说体"被人们援用,因为这个故事又出现在了《淮南子》的《说山训》篇中,"说山"不是说山脉,说山峦,而是就像《韩非子》中的《说林》,刘向的《说苑》,是像山一样博大丰富的"说体"集锦。只不过《说山训》的体例像是故事大纲,常常只有一句两句,神龟故事就只有两句:"神龟能见梦元王,而不能自出渔者之笼。"①

然而,到了《史记·龟策列传》中,由褚少孙从"掌故文学长老习事者"那里搜集来补充进的神龟故事,已经变成洋洋洒洒三千馀字的长篇赋诵说体文②。

首先是增添了人物和情节。由宋元君梦醒后直接使人占之,变成了"召博士卫平而问之",卫平观天象视卦体,并生出一大篇"河水大会、鬼神相谋"的事件及"江使先来,白云壅汉"的情景,并有"斗柄指日,使者当囚"之象,点出这使者"玄服而乘辎车,其名为龟";接着又添加了宋王派人去问泉阳令,泉阳令使人按图籍查找,才从水上渔者五十五家中找出豫且;神龟到来后,增添了它"延颈而前""缩颈而却"的动作及宋王问卫平此是何意的描写,其后关于是留是遣,宋王与卫平的争执更是往来数个回合。

其次是描写铺排而繁缛。比如描写使者载龟而来,一路上"正昼无见,风雨晦冥","云盖其上,五采青黄","雷雨并起,风将而行"云云;由卫平之口描述神龟"生于深渊,长于黄土。知天之道,明于上古","游三千岁,不出其域。安平静正,动不用力","寿蔽天地,莫知其极。与物变化,

---

① [汉]刘安撰、[汉]高诱注《淮南子注》,见《诸子集成》7,上海书店1986年版,第272页。
② [汉]司马迁:《史记》,中华书局1959年版,第3229—3236页。

四时变色"云云，不一而足。

再次是语句整齐而押韵。比如描写神龟到来后，"入于端门，见于东箱。身如流水，润泽有光"，为四言句式，押阳部韵；描述人物对话称"天地之间，累石为山。高而不坏，地得为安"，亦为四言句式，押元部韵。

可以肯定，这是一篇适用于面对听众赋诵表演的文本，应该还伴有"节""鼓""铃"之类用来控制节奏的乐器。

由这篇产生在先秦但至西汉很可能仍以"说话"形式在流传的"说体"故事文本，可以逆推一下，这种讲诵会不会是从先秦就已经开始，一直延续到汉代，才被"掌故文学长老习事者"所记录所收藏，或者"习事者"本身就是善给大家讲故事者？还可推想，会不会还有一些文本与之类似，也一直是以"说话""赋诵""语众"的形式在传播、流传。

二、先秦"语众"赋诵考

检索先秦"说体"故事，确有一些文本与赋诵文本颇相类似。

"赋诵文本"，笔者特以此来指称那些用于类似"说书"式的面对听众讲述故事的底本，"赋诵"乃"瞍赋矇诵"省去瞍矇而成。

"不歌而诵谓之赋"（《汉书·艺文志》），"以声节之曰诵"（《周礼·宗伯·大司乐》"以乐语教国子，兴道风诵言语"，郑玄注）[①]，赋诵故事乃是配有一定艺术形式、追求一定美感效果的讲述故事。

关于赋诵，前面已经称引，《国语·周语》提到"天子听政，使公卿至于列士献诗，瞽献曲，史献书，师箴，瞍赋，矇诵，百工谏，庶人传语"[②]，其中就有"瞍赋矇诵"，联系后来太史公说"左丘失明，厥有《国语》"，瞍矇作为"失明"者，所赋所诵的或许正是"说""传""语"等需要记忆的历史故事。《国语·楚语上》记述左史倚相引述卫武公事迹，也称其"宴居有师工之诵。史不失书，矇不失诵，以训御之"[③]，史书矇诵对举，史为"书体"，矇为"说体"，师矇负责讲诵太史所书之事的来龙去脉。然而，这些早期的说法似都与在天子、诸侯朝廷居所训诫劝谏、补察时政有关。这里

---

① 《周礼注疏》，见《十三经注疏》，中华书局1980年版，第787页。
② 《国语》，上海古籍出版社1988年版，第9—10页。
③ 《国语》，上海古籍出版社1988年版，第551页。

需要考察的是，先秦时期是否还有除了上述王朝、诸侯朝乃至诸子学"课堂"等之外的面对一般听众讲诵故事的情况存在？

至此，前面在"'说体'称'说'续考"和"先秦著作中'说'与'传''语'的对举、连用"中已经两度称引过的《荀子·正论》需要再次拿出来讨论，因为其中反复出现了"世俗之为说者"的说法：

> 世俗之为说者曰："桀、纣有天下，汤、武篡而夺之。"是不然。……今世俗之为说者，以桀、纣为君而以汤、武为弑，然则是诛民之父母而师民之怨贼也，不祥莫大焉。……世俗之为说者曰："尧、舜擅让。"是不然。……夫曰"尧、舜擅让"，是虚言也，是浅者之传，陋者之说也……世俗之为说者曰："尧舜不能教化。"是何也？曰："朱象不化。"是不然也：尧舜至天下之善教化者也。南面而听天下，生民之属莫不振动从服以化顺之。然而朱象独不化，是非尧舜之过，朱象之罪也。尧舜者、天下之英也；朱象者、天下之嵬，一时之琐也。今世俗之为说者，不怪朱象，而非尧舜，岂不过甚矣哉！……①

"世俗"即有别于宫廷、官学还有诸子之学的市井民间，"为说者"则可能是专门"说话"者。从荀子征引、反驳的话语间接可知，"为说者"所说涉及了汤放桀，武王伐纣、尧舜禅让、舜弟象等上古三代之事，从前面已经整理的故事来看，这的确是先秦"说体"文本中比较丰富的部分。作为旁证，《孟子》中恰恰也有关于汤武、舜象等故事的讨论：

> 齐宣王问曰："汤放桀，武王伐纣，有诸？"孟子对曰："于传有之。"曰："臣弑其君，可乎？"曰："贼仁者谓之'贼'，贼义者谓之'残'。残贼之人谓之'一夫'。闻诛一夫纣矣，未闻弑君也。"（《孟子·梁惠王下》）②
>
> 万章曰："父母使舜完廪，捐阶，瞽瞍焚廪。使浚井，出，从而揜

---

① ［清］王先谦：《庄子集解》，见《诸子集成》3，上海书店1986年版，第215—224页。
② 《孟子注疏》，见《十三经注疏》，中华书局1980年版，第2673—2674页。

之。象曰：'谟盖都君咸我绩，牛羊父母，仓廪父母，干戈朕，琴朕，弤朕，二嫂使治朕栖。'象往入舜宫，舜在床琴。象曰：'郁陶思君尔。'忸怩。舜曰：'惟兹臣庶，汝其于予治。'不识舜不知象之将杀己与？"曰："奚而不知也？象忧亦忧，象喜亦喜。"《孟子·万章上》①

问孟子者，一为齐宣王，一为万章，万章提问前，转述的大舜故事还相当具体，不难发现当时确实存在着"为说者"所讲述的包括尧舜汤武在内的种种传说和故事。

还有，《吕氏春秋·禁塞》中有条材料也特别值得注意，即在提到"凡救守者，太上以说"时很可能涉及了军营徒群听"说"及"以说"者"行说语众"的情形：

> 凡救守者，太上以说……以说则承从多（徒）群，日夜思之，事心任精，起则诵之，卧则梦之，自今（令）单（殚）唇干肺，费神伤魂，上称三皇五帝之业以愉其意，下称五伯名士之谋以信其事，早朝晏罢以告制兵者，行说语众以明其道。②

这里比较形象地描述了说者"以说"所下的功夫和"说"的内容。他们需要费心尽力、"起则诵之，卧则梦之"、熟记历代人物、故事，面对成群徒众，口干舌燥，所讲正是"上称三皇五帝之业"，"下称五伯名士之谋"。因此，所"以"之"说"、所"行"之"说"主要便是"说体"故事。《吕氏春秋》此篇为《禁塞》，涉及的是"救守""制兵"，而面对的不只是将帅，所"从"还有"徒群"，特别又说到"行说语众"，所以，这些"三皇五帝之业""五伯名士之谋"，是"说"给众人听的。

此外，《左传·襄公二十八年》记述"齐庆氏之亡"时提到了"为优""观优"，也颇值得注意。当时齐国于大公之庙举行大尝祭祀，"庆氏以其甲环公宫"，但"陈氏、鲍氏之圉人为优"，庆氏部署的甲兵都"释甲束马"，

---

① 《孟子注疏》，见《十三经注疏》，中华书局1980年版，第2734页。
② 《吕氏春秋》，[汉]高诱注，见《诸子集成》6，上海书店1986年版，第70页。

跑去"观优",结果反叛庆氏的栾、高、陈、鲍之徒一举攻杀了国相庆封之子庆舍及嬖臣,庆封不得不逃离齐国。① 说起来,优作为古代供人调笑娱乐的伎艺之人,且歌且舞为笑等在先秦材料里并不鲜见,《国语·晋语二》就记述到优施为帮骊姬而与晋大夫里克饮酒,"中饮,优施起舞","乃歌曰:'暇豫之吾吾,不如鸟乌。人皆集于苑,己独集于枯。'"② 暗示里克最好择良木而栖。《国语·齐语》提到优的滑稽搞笑,所谓"优笑在前,贤材在后","是以国家不日引"。③ 但所见材料给人的印象其时优人都是侍奉在君王身边,如《国语·越语下》称今吴王"信谗喜优,憎辅远弼"④;《韩非子·八奸》称"二曰在旁。何谓在旁?曰:优笑侏儒,左右近习"⑤,《外储说左下》称"昔周成王近优侏儒以逞其意,而与君子断事"⑥,《难三》述管仲说"一难也,近优而远士"⑦ 等等,不一而足。《左传》中这条"为优""观优"的材料重要就重要在这次是圉人(掌管车马服御者)在大庭广众下扮作优人的伎艺表演,"观优"者是成群结队的普通士卒。这说明春秋时期即已经有观赏表演这样的艺术活动了。不能肯定的是,表演中有没有讲诵、表演故事的"节目"。联系到当年周天子宫廷上已经有"瞍赋矇诵",再加上优人说笑逗唱样样具备,是种综艺性人才,表演中说上个把故事是不成问题的。当然,这只是推断,只可作为参考,尚不能作为有赋诵故事节目的确证材料。

当然,先秦"说体"故事中有些文本所透露的赋诵迹象,也可以用来作为"行说语众"、赋诵传播的推断依据。

三、先秦"说体"文本中的赋诵迹象

"行说语众"赋诵故事,决定了其文本一般会具有的几个特性。其一是演绎性,这是针对"说体"故事的前后变异而言,一般来告往告、诵善败、

---

① 《春秋左传正义》,见《十三经注疏》,中华书局1980年版,第2000页。
② 《国语》,上海古籍出版社1988年版,第286页。
③ 《国语》,上海古籍出版社1988年版,第223页。
④ 《国语》,上海古籍出版社1988年版,第649页。
⑤ [清]王先慎:《韩非子集解》,见《诸子集成》5,上海书店1986年版,第36页。
⑥ [清]王先慎:《韩非子集解》,见《诸子集成》5,上海书店1986年版,第223页。
⑦ [清]王先慎:《韩非子集解》,见《诸子集成》5,上海书店1986年版,第284页。

援事说理，将事说清楚、讲明白即可，一般不需要做更多的润色和演绎，面对听众讲诵需要一定的长度，三言两语无法完成，不曲折有致，丰富多彩，也吸引不了听众，所以，如果同一个故事，某个"版本"较其他"版本"有明显的演绎润色，则这个"版本"变成了赋诵文本的可能性就极大。其二是描摹性，"行说语众"讲诵故事，需要通过一个人的讲述将事发"现场"呈现在观众面前，动作描摹、对话描摹、人物表情、说话语气等等，都需要借助语言展现出来。其三是复沓性，即大致相同的情节，稍微置换一下头尾，连续讲它几遍，就像一首歌同一个曲调要回环唱两遍三遍，亦即重章；故事中的核心情节也连讲几遍，为的是给人加深印象，因为这种欣赏是听不是读，当下不能回放，容易淡忘，那就多讲几遍。其四是音乐性和节奏感，不美、不动听，也吸引不了听众。这是就文本语言形式而言，伴有节奏、伴有乐器的讲诵，会使语句自然押韵，或韵散结合；追求语言之美，还会有整齐、铺排的句式。

依据这样几个条件或尺码，会发现先秦说体"文本"中有些已经具备一定的赋诵迹象。兹仅举几例列举辨析如下。

其一，"介之推与母偕隐"。

介子推不求晋文公赏赐与母偕隐的故事是"说体"故事"变异性"的典型，其"同事异说"前面已经述及。《吕氏春秋·介立》不同于《左传·僖公二十四年》的部分不是一般的传闻差异，而是出现了变化极大的演绎情节。首先是增加了介子推自为《龙蛇歌》，称"介子推不肯受赏，自为赋诗曰：'有龙于飞，周遍天下。五蛇从之，为之丞辅。龙反其乡，得其处所。四蛇从之，得其露雨。一蛇羞之，桥死于中野。'"作诗后还"悬书公门，而伏于山下"，这便引得晋文公发现了自己的失误，称"嘻！此必介子推也"。自然是马上去追："避舍变服，令士庶人曰：'有能得介子推者，爵上卿，田百万。'"接下来便又增加了追踪者山上遇介推的一幕："或遇之山中，负釜盖簦，问焉，曰：'请问介子推安在？'应之曰：'夫介子推苟不欲见而欲隐，吾独焉知之？'遂背而行，终身不见。"①《吕氏春秋》所述的这个文本较前述极大增加了故事性，情节性，山中遇追者颇具有戏剧性，介之

---

① 《吕氏春秋》，[汉]高诱注，见《诸子集成》6，上海书店1986年版，第117—118页。

推在说着一个叫介之推的"家伙",使人听来饶有兴味;《龙蛇歌》的加入,增添了文本的韵律和节奏感;晋文公一句"嘻,此必介子推也",语气逼真,也适宜讲诵者的现场模仿。

其二,"赵宣子遇翳桑饿人"。

故事始见于《左传·宣公二年》,所述比较简洁,比如述及翳桑饿人于晋灵公伏击宴中搭救赵宣子,以报当年翳桑之下赐食之恩,只称"既而与为公介,倒戟以御公徒而免之。问何故。对曰:'翳桑之饿人也。'问其名居,不告而退,遂自亡也"。《吕氏春秋·报更》的"版本"对此也作了不少演绎:

晋灵公欲杀宣孟,伏士于房中以待之。因发酒于宣孟。宣孟知之。中饮而出。灵公令房中之士疾追而杀之。一人追疾,先及宣孟之面,曰:"嘻!君舆!吾请为君反死。"宣孟曰:"而名为谁?"反走对曰:"何以名为?臣骫桑下之饿人也。"还斗而死。宣孟遂活。①

翳桑饿人先是"追疾",最先跑到宣孟面前,才发现原来是自己的活命恩人,一句"嘻!君舆",将翳桑饿人的惊异之色尽显无遗;翳桑饿人"还斗而死",也比《左传》所述情节更见壮烈。

其三,"濮上之音"。

该篇见于《韩非子·十过》,讲述的是卫灵公赴晋途中于濮水上闻新声,令师涓写之,献给晋平公,师涓鼓之未终,师旷让停下来,说这是亡国之音,不可以奏完,并讲述了殷纣时师延作此靡靡之音,武王伐纣,师延自投濮水的故事,并说"故闻此声者必于濮水之上。先闻此声者其国必削,不可遂"。这已经是十分曲折有致、引人入胜的传闻讲述,更具赋诵色彩的是接下来对于师旷奏乐的描写。因为师旷回答晋平公问是何乐时说这濮上之音是清商乐,还有比这更悲的清徵乐以及更更悲的清角乐,于是在平公的坚持下,师旷不得已奏清徵,又奏清角:

---

① 《吕氏春秋》,[汉]高诱注,见《诸子集成》6,上海书店1986年版,第168页。

平公曰:"寡人之所好者音也,愿试听之。"师旷不得已,援琴而鼓。一奏之,有玄鹤二八,道南方来,集于郎门之垝。再奏之而列。三奏之,延颈而鸣,舒翼而舞。音中宫商之声,声闻于天。平公大说,坐者皆喜。平公提觞而起为师旷寿,反坐而问曰:"音莫悲于清徵乎?"师旷曰:"不如清角。"平公曰:"清角可得而闻乎?"师旷曰:"不可。昔者黄帝合鬼神于泰山之上,驾象车而六蛟龙,毕方并辖,蚩尤居前,风伯进扫,雨师洒道,虎狼在前,鬼神在后,腾蛇伏地,凤皇覆上,大合鬼神,作为清角。今主君德薄,不足听之,听之将恐有败。"平公曰:"寡人老矣,所好者音也,愿遂听之。"师旷不得已而鼓之。一奏之,有玄云从西北方起;再奏之,大风至,大雨随之,裂帷幕,破俎豆,隳廊瓦,坐者散走,平公恐惧,伏于廊室之间。

结果就是"晋国大旱,赤地三年。平公之身遂癃病"①,扣合了师旷关于"听之将恐有败"的说法。

这段描写,有铺排,有重复,有夸饰,且首尾完整,已经具有比较明显的赋诵特征。

其四,"阿谷处女"。

始见于《韩诗外传·卷一》,而据《孔丛子·儒服》所记平原君问子高的话,即"吾闻子之先君南游,过乎阿谷,而交辞于漂女,信有之乎"(详前),这则故事应传自先秦,是关于孔子的一个比较另类且有趣的传说,这就是教唆弟子子贡去跟阿谷处女搭讪,先是"抽觞以授子贡",让子贡去向人家讨水喝,处女虽接过觞舀了水,但却"置之沙上",没给好脸;接着又是"抽琴去其轸",让子贡去向人家借轸以调琴,结果被处女抢白一通,"五音不知,安能调琴"!再来一次就是"抽绤纮五两",让子贡去送给人家作礼物,这下处女更火大,说我干吗凭白收你物,你别没事找事,"今窃有狂夫守之者矣"!② 如此一而再再而三地逗弄女子,哪像是孔门眼中高山仰止的孔夫子?其实,这一而再、再而三恰恰符合赋诵文本复沓形式一条。再

---

① [清]王先慎:《韩非子集解》,见《诸子集成》5,上海书店1986年版,第42—45页。
② 许维遹:《韩诗外传集释》,中华书局1980年版,第2—4页。

加上排比的句式，诸如"迎流而挹之，奂然而弃之，促流而挹之，奂然而溢之"；间或押韵的语句，诸如"将南之楚，逢天之暑"，"愿乞一饮，以表我心"，"野鄙之人也，僻陋而无心，五音不知，安能调琴"等等，使得这个文本具有了十分典型的赋诵色彩。

结合文献，联系文本，应该说"行说语众"、类似"说书"式的赋诵讲说很可能于先秦时期也已经开始成为"说体"文本的传播途径之一了。

第 八 章

"说体"与先秦两汉诸体文学

"说体"是源自讲说、记录成文的叙事文本,讲说事件所具有的情节性、描述性与以形象化为特征之一的文学文本有天然契合的一面,但本身还不是文学书写或文学创作。随着文学书写的发生,伴随文艺活动的开展,"说体"被援用,被模拟,被借用,被演绎,也就与诸体文学发生了关系。把握诸体文学,特别是先秦两汉时期的诸体文学,其中借用"说体",模拟"说体",融入"说体",继续"说体"等等,是不可忽略的重要方面。

说到"诸体",先秦两汉"史传文学"是最直接相关的一"体",《左传》《国语》《史记》,正是因为大量援用"说体"文本,才成为了"史传文学"而不单是历史记载,亦即是充满情节描摹的历史画面,而不只是历史事实的叙述交待。以上整理挖掘先秦"说体"文本,《左传》《国语》《史记》即是重要的对象和凭据;也正因为此,这里展开"说体"与先秦两汉诸体文学,也就不再列出史传文学。下面将要阐述的是史传文学之外其他先秦两汉文学诸体与"说体"的因缘,包括战国拟托文、诸子寓言、辞赋、小说和汉乐府中的代拟琴歌。

第一节 "说体"与战国拟托文书写

种种迹象表明,至迟至战国时期,已经出现拟托书写现象。所谓拟托,即假借历史上实有人物及人物关系乃至历史事件,进而设定、虚造其具体故事、情节、对话,进入创作书写之境。它们与先秦"说体"文本的区别只在于一个源自讲说,故称"说体",一个始于书写,属于"书体",但最终都会落实到书面文本上;且两者都以历史人物为叙述对象,都具有描摹性、情节性,是边界最不容易分清的文本样式或类别。

比如《韩诗外传·卷三》有一则"东野有以九九见齐桓公者":

> 齐桓公设庭燎,为便人欲造见者,期年而士不至。于是东野有以九九见者,桓公使戏之曰:"九九足以见乎?"鄙人曰:"……臣闻君设庭燎以待士,期年而士不至。夫士之所以不至者,君,天下之贤君也,四方之士皆自以为不及君,故不至也。夫九九,薄能耳,而君犹礼之,况贤于九九者乎?夫太山不让砾石,江海不辞小流,所以成其大也。《诗》曰:'先民有言,询于刍荛。'言博谋也。"桓公曰:"善。"乃因礼之。期月,四方之士相导而至矣。①

这是个颇有些喜剧色彩的小故事。人家齐桓公想招徕大人才,你一东野鄙人却拿个九九算术书来自荐,难怪桓公使戏之,但鄙人自有道理,若九九这小能耐能招您待见,贤于九九者就敢上门了。原来这是要"抛砖引玉"。

就这个故事的出处、情节对话描摹乃至趣味性来说,几乎看不出与前面所辨析、整理出的"说体"文本的任何区别。但悉心辨析,早在春秋早期的齐桓公时期是否已经有广招贤士的风气,还有其中蕴含的比较明显的寓意成分,再加上该故事独见于《韩诗外传》,没有其他可以比对参照的文本,对于这则故事是"说体"还是拟托就颇难定夺。

不过战国时期有些著作,比如《晏子春秋》《战国策》,其中有些篇目留有比较明显的拟托痕迹,彰显了拟托这一特有书写现象在战国的存在,也显示出这一创作对于"说体"的直接模拟和吸纳。

一、《晏子春秋》中的拟托书写与"说体"

晏子故事是"说体"与拟托书写边界最不清晰的一个部分。其中有来

---

① 许维遹:《韩诗外传集释》,中华书局1980年版,第100—101页。

自传诵讲说并被记录、收录在史书、杂说书中的"说体"故事,也有出自拟托书写的晏子言行篇章,还有的可能先是出自拟托又被传诵,或先出自传诵又被演绎书写,于是形成种种复杂、交织的状况。

(一) 亦见于史书、杂说书中的晏子故事

收入史书、杂说书中的晏子故事不等于没有收入《晏子春秋》,《晏子春秋》乃晏子故事合集,凡属涉及晏子之事者几乎网罗殆尽。这里特指除收进《晏子春秋》外还始见于或被收录于史书、杂说书中的晏子故事。这类故事大约有近三十条,相对于《晏子春秋》所收的二百馀条,比重很小,是其中情节性、描摹性、趣味性最强因此最接近"说体"文本的部分,但因为它们都同时收在《晏子春秋》中,此书又确有大量拟托书写文的存在,因此这些又收在史书、杂说书中的故事究竟是原出"说体"还是拟托后又变为"说体",就颇难做出确定的判断。

1. 亦见于《左传》的晏子故事

前面已经论证,《左传》中多直接援用出自讲说记录的"说体"文本,其时拟托之风似亦尚未普遍兴起,因此《左传》中所述晏子故事如果不是出自史官直接记载,大致可视为"说体"故事。《左传》中所述晏子故事颇具"说体"特征的有三则。

其一,"晏子与崔杼盟",见于《左传·襄公二十五年》。说的是崔杼弑杀齐庄公后,晏子哭尸及崔杼与国人盟时晏子改辞而盟的情景:

> 晏子立于崔氏之门外,其人曰:"死乎?"曰:"独吾君也乎哉,吾死也?"曰:"行乎?"曰:"吾罪也乎哉,吾亡也?"曰:"归乎?"曰:"君死,安归?……"门启而入,枕尸股而哭,兴,三踊而出。人谓崔子必杀之。崔子曰:"民之望也,舍之,得民。"……叔孙宣伯之在齐也,叔孙还纳其女于灵公,嬖,生景公。丁丑,崔杼立而相之,庆封为左相,盟国人于大宫,曰:"所不与崔、庆者。"晏子仰天叹曰:"婴所不唯忠于君、利社稷者是与,有如上帝!"乃歃。(《左传·襄公二十五年》)①

---

① 《春秋左传正义》,见《十三经注疏》,中华书局1980年版,第1983—1984页。

这段叙事描摹具体，人物对话富于现场感，显示了晏子痛心无奈而又独立不倚的心情和个性，应该是出自事后的追述和时人的讲说。

此外还有"晏子不更宅及称'踊贵屦贱'"，见于《左传·昭公三年》，及"晏子谏景公诛祝史"，事见《昭公二十年》，已见前述"《左传》独见'说体'故事"部分，兹从略。

2. 亦见于《吕氏春秋》的晏子故事

其一，"晏子解左骖赎，至舍弗辞，越石父请绝"，见于《吕氏春秋·观世》：

> 晏子之晋，见反裘负刍息于涂者。以为君子也，使人问焉，曰："蓋为而至此？"对曰："齐人，累之，名为越石父。"晏子曰："嘻！"遽解左骖以赎之，载而与归。至舍，弗辞而入。越石父怒，请绝。晏子使人应之曰："婴未尝得交也，今免子于患，吾于子犹未邪？"越石父曰："吾闻君子屈乎不己知者，而伸乎己知者。吾是以请绝也。"晏子乃出见之，曰："向也见客之容而已，今也见客之志。婴闻察实者不留声，观行者不讥辞，婴可以辞而无弃乎？"越石父曰："夫子礼之，敢不敬从。"晏子遂以为客。（《吕氏春秋·观世》）①

晏子赎人却不礼人，被赎人请辞，可见晏子没看错，此人真的是君子，尊严比什么都重要。此事其后亦见《史记·管晏列传》，叙事略有差异，且太史公明言"至其书，世多有之，是以不论，论其轶事"，知这确是关于晏子的一段传闻。

其二，"北郭骚以死白晏子"，见于《吕氏春秋·士节》，说的是"齐有北郭骚者，结罘网，捆蒲苇，织萉屦，以养其母，犹不足，踵门见晏子曰：'愿乞所以养母。'""晏子使人分仓粟、分府金而遗之，辞金而受粟。"没过多久，"晏子见疑于齐君，出奔，过北郭骚之门而辞"，北郭骚只是说了句"夫子勉之矣"，此外没有任何表示。晏子上车，叹息道："婴之亡岂不宜哉？亦不知士甚矣。"接下来的情节却出人意料：

---

① 《吕氏春秋》，[汉]高诱注，见《诸子集成》6，上海书店1986年版，第182—183页。

北郭子召其友而告之曰："……吾将以身死白之。"着衣冠，令其友操剑奉笥而从，造于君庭，求复者曰："晏子，天下之贤者也，去则齐国必侵矣。必见国之侵也，不若先死。请以头托白晏子也。"因谓其友曰："盛吾头于笥中，奉以托。"退而自刎也。其友因奉以托。其友谓观者曰："北郭子为国故死，吾将为北郭子死也。"又退而自刎。齐君闻之，大骇，乘驲而自追晏子，及之国郊，请而反之。晏子不得已而反，闻北郭骚之以死白己也，曰："婴之亡岂不宜哉？亦愈不知士甚矣。"（《吕氏春秋·士节》）①

北郭骚以死白晏子，北郭骚之友又以死白北郭骚，不得不说这是将以死明志夸饰至极。叙事颇有战国之风，是"说体"还是拟托已在两可之间。但行文颇有讲诵色彩，也极可能是出自"为说者"之口的演绎故事。《说苑·复恩》也收有同一故事，但叙事颇有差异，佐证了故事的"说体"性质。

3. 亦见于《韩诗外传》的晏子故事

《韩诗外传》所收晏子故事有见于卷八的"景公欲肢解得罪者，晏子谏之"，见于卷九的"齐景公饮酒而乐，迎晏子，晏子朝服至"，"晏子之妻使人布衣纮表，田无宇讥之"，见于卷十的"齐景公出田十七日不反晏子乘而往谏"，"齐景公游于牛山，国子高子应和齐景公"，"晏子使楚，曰齐人居楚善盗乃土地之化"等几条，情节比较简单，大多为劝谏、喻理故事，已似拟托之文。比较而言，其中"肢解"及"使楚"两则更为生动有趣，富于情节性和描摹性：

齐有得罪于景公者，景公大怒，缚置之殿下，召左右肢解之，敢谏者诛。晏子左手持头，右手磨刀，仰而问曰："古者明王圣主其肢解人，不审从何肢解始也？"景公离席曰："纵之，罪在寡人。"（《韩诗外传·卷八》）②

齐景公遣晏子南使楚。楚王闻之，谓左右曰："齐遣晏子使寡人之

---

① 《吕氏春秋》，[汉]高诱注，见《诸子集成》6，上海书店1986年版，第116—117页。
② 许维遹：《韩诗外传集释》，中华书局1980年版，第298—299页。

国,几至矣。"左右曰:"晏子,天下之辩士也。与之议国家之务,则不如也;与之论往古之术,则不如也。王独可以与晏子坐,使有司束人过王,王问之,使言齐人善盗,故束之。是宜可以困之。"王曰:"善。"晏子至,即与之坐。图国之急务,辩当世之得失,再举再穷,王默然无以续语。居有间,束徒以过之。王曰:"何为者也?"有司对曰:"是齐人,善盗,束而诣吏。"王欣然大笑曰:"齐乃冠带之国,辩士之化,固善盗乎?"晏子曰:"然。固取之。王不见夫江南之树乎!名橘,树之江北,则化为枳。何则?土地使然尔。夫子处齐之时,冠带而立,俨有伯夷之廉,今居楚而善盗,意土地之化使然尔。王又何怪乎?"(《韩诗外传·卷十》)①

这两则都颇似"轻喜剧"。前者晏子只问一句古贤者肢解人是从哪里下刀的,后者晏子说了一大篇由橘化枳、于齐不盗于楚则盗、土地之化的大道理,异曲同工,都见奇效,前者使刀下留人,后者使楚王哑口不能对,都见出晏子善言巧说的非凡本事。"左手持头,右手磨刀""王欣然大笑曰",动作、表情描摹,也极为逼真。如果是拟托,这两篇可以以假乱真,权当"说体"来读,正可见"说体"的影响所在。

4. 亦见于《淮南子》《史记》中的晏子故事

除收入《晏子春秋》外,同时独见于《淮南子》的似只有一条,但却颇为曲折有致,即《道应训》中的"晏子默然止太卜'能动地'之言",说的是齐景公将太卜回答说"能动地"之事告诉晏子,问"地可动乎",晏子没有说话,但离开后去见太卜,只问了一句:"昔吾见句星在房、心之间,地其动乎?"我看到星移,是不是地已经在动?太卜只回答了一个字,"然",然后赶忙跑去见景公,曰:"臣非能动地,地固将动也。"这个故事显示了晏子的智慧,用田子阳闻之后的感叹来说就是:"晏子默然不对者,不欲太卜之死;往见太卜者,恐公之欺也。晏子可谓忠于上而惠于下矣。"②

《史记·管晏列传》讲述晏子"轶事"有两则,其中一则"晏子解左骖

---

① 许维遹:《韩诗外传集释》,中华书局1980年版,第356页。
② [汉]刘安:《淮南子》,[汉]高诱注,见《诸子集成》7,上海书店1986年版,第209页。

赎，至舍弗辞，越石父请绝"已见上述《吕氏春秋》，还有一则是"夫为晏子御，甚自得，其妻请去"，起先说的是晏子之御和御之妻之事，后来还是变成了晏子的故事：

> 晏子为齐相，出，其御之妻从门间而窥其夫。其夫为相御，拥大盖，策驷马，意气扬扬甚自得也。既而归，其妻请去。夫问其故。妻曰："晏子长不满六尺，身相齐国，名显诸侯。今者妾观其出，志念深矣，常有以自下者。今子长八尺，乃为人仆御，然子之意自以为足，妾是以求去也。"其后夫自抑损。晏子怪而问之，御以实对。晏子荐以为大夫。(《史记·管晏列传》)①

妻子不满意丈夫，闹"离婚"，竟跟晏子有些瓜葛，晏子当然要提携一下丈夫，这属于日常生活琐事，当源于传闻，后载入史册和文集。

此外见于《齐太公世家》的还有一则，即"彗星见，景公叹，群臣皆泣，晏子笑"，说的是晏子趁"彗星见"之机劝谏齐景公减轻百姓负担的故事。当灾星彗星"当齐分野"、景公"以为忧"、"群臣皆泣"之时，晏子却笑逐颜开，当然激怒景公，也就需要解释一番。因为你景公自己"高台深池"，赋敛、刑罚深重，"茀星将出，彗星何惧"。景公问不是可以让太卜禳灾吗，晏子说假如真的"使神可祝而来，亦可禳而去"，民怨如此之多，你让一个人"禳之"，"安能胜众口乎"(《史记·齐太公世家》)？②

5. 亦见于《说苑》的晏子故事

除收入《晏子春秋》外，不见于其他史书、杂说书，独见于《说苑》的还有十几则，即见于《正谏》的"景公正昼乘六马御妇人被称非吾君"，"景公饮酒移于晏子司马穰苴梁丘据家"，"景公为台，台成，又欲为钟，晏子谏"，见于《辨物》的"景公恶枭鸣，常骞请禳而去，晏子止之"，"齐大旱，景公欲祠灵山，晏子曰不可"，"景公畋于梧丘，坐睡，梦有五丈夫称无罪"，见于《奉使》的"晏子使楚，楚人为小门而延，晏子辞"，"晏

---

① [汉]司马迁：《史记》，中华书局1959年版，第2135页。
② [汉]司马迁：《史记》，中华书局1959年版，第1504页。

子使吴，吴王命傧者客见则称天子"，见于《贵德》的"景公探爵鷇，鷇弱故反之，晏子称圣人"，见于《反质》的"晏子病将死，断楹内书，谓子壮而视之"和见于《臣术》的"晏子侍于景公，朝寒，请进热食，对曰敢辞"，亦都属于"说体"与拟托文边界不清的部分。兹仅举其中两则：

> 景公畋于梧丘，夜犹蚤，公姑坐睡而梦有五丈夫，北面幸卢，称无罪焉。公觉，召晏子而告其所梦，公曰："我其尝杀不辜而诛无罪耶？"晏子对曰："昔者先君灵公畋，五丈夫罟而骇兽，故杀之断其首而葬之，曰五丈夫之丘。其此耶？"公令人掘而求之，则五头同穴而存焉。公曰："嘻，令吏葬之。"国人不知其梦也，曰："君悯白骨，而况于生者乎？"（《说苑·辨物》）①

> 晏子使楚。晏子短，楚人为小门于大门之侧而延晏子。晏子不入，曰："使至狗国者从狗门入。今臣使楚，不当从此门。"傧者更从大门入见楚王。王曰："齐无人耶？"晏子对曰："齐之临淄三百闾，张袂成帷，挥汗成雨。比肩继踵而在，何为无人？"王曰："然则何为使子？"晏子对曰："齐命使各有所主。其贤者使贤主，不肖者使不肖主。婴最不肖，故宜使楚耳。"（《说苑·奉使》）②

前者齐景公梦五丈夫喊冤，晏子作为灵公、庄公、景公三朝老臣，自然是多知掌故，告知有五丈夫之丘，果见"五头同穴"，这事颇带有些传奇色彩，可能源于传闻轶事；后者与《韩诗外传》中所见"晏子使楚，曰齐人居楚善盗乃土地之化"颇相类似，也属于楚人本想戏弄打压晏子反被晏子揶揄的喜剧故事。晏子应答之辞中有"张袂成帷，挥汗成雨"句，与《战国策·齐策一》"苏秦为赵合从说齐宣王"中的"连衽成帷，举袂成幕，挥汗成雨"颇相重合，如果是拟托，那么拟托作者的巧言辩说水平已经不亚于传说中的晏子。

---

① 向宗鲁：《说苑校证》，中华书局1987年版，第474页。
② 向宗鲁：《说苑校证》，中华书局1987年版，第306页。

(二)《晏子春秋》拟托文书写与"说体"

《晏子春秋》乃围绕春秋时齐国晏婴展开讲述和书写的文章总汇。种种迹象表明,其中确有许多篇目乃后人演绎、编派而成,且重在拟言,据晏子事迹模拟说辞的文章占有较大比重,说辞往往长篇大论,平板说理,书面语色彩较浓,属于书体范畴。

判断《晏子春秋》中有拟托之作,上述"晏子使楚"条晏子口中说出描绘战国临淄规模的话,且与苏秦之语重合(苏秦之语亦多出于拟托,详下),就属对话说辞"嫌疑"。除此之外,事件时间错位、同题篇目重复等,也是出自拟托的破绽。而其中有些篇目是否出自拟托之所以还需要判断,乃是因为它们模拟"说体"而作,也是叙事之文,富于情节故事,颇有细节描摹,又冠在晏子名下,与"说体"文本也就边界模糊,难辨真假。

兹仅举"对话说辞'嫌疑'"和"时间错乱'破绽'"各一例辨析如下,以见出《晏子》中拟托书写与"说体"之关系。

"对话说辞'嫌疑'"者如《晏子·外篇第八》中有"仲尼之齐见景公而不见晏子子贡致问"一篇:

> 仲尼之齐,见景公而不见晏子。子贡曰:"见君不见其从政者,可乎?"仲尼曰:"吾闻晏子事三君而顺焉,吾疑其为人。"晏子闻之,曰:"婴则齐之世民也,不维其行,不识其过,不能自立也。婴闻之,有幸见爱,无幸见恶,诽谤为类,声响相应,见行而从之者也。婴闻之,以一心事三君者,所以顺焉;以三心事一君者,不顺焉。今未见婴之行,而非其顺也。婴闻之,君子独立不惭于影,独寝不惭于魂。孔子拔树削迹,不自以为辱;穷陈蔡,不自以为约;非人不得其故,是犹泽人之非斤斧,山人之非网罟也。出之其口,不知其困也。始吾望儒而贵之,今吾望儒而疑之。"仲尼闻之,曰:"语有之:言发于尔,不可止于远也;行存于身,不可掩于众也。吾窃议晏子而不中夫人之过,吾罪几矣!丘闻君子过人以为友,不及人以为师。今丘失言于夫子,讥之,

是吾师也。"因宰我而谢焉,然仲尼见之。①

此篇所述为孔子至齐拜见齐景公却不去拜见晏子,并在回答子贡疑问时说晏子"事三君而顺焉",处厉公、庄公、景公三朝都混得不错,"吾疑其为人",如果不是为人圆滑,哪能让个个满意?此话传到晏子耳朵里,惹来对方不快,并说了一番反唇相讥之语,话又传到孔子耳朵里,孔子自觉失言,然后让弟子宰我去赔不是,最终还是见了晏子。说起来孔子于齐景公之时的确到过齐国,《论语》中就有两条提到两人对话,一条是"齐景公问政于孔子。孔子对曰:'君君,臣臣,父父,子子。'公曰:'善哉!信如君不君,臣不臣,父不父,子不子,虽有粟,吾得而食诸?'"(《论语·颜渊》),一条是齐景公改变态度不打算善待使用孔子,"待孔子曰:'若季氏则吾不能,以季孟之间待之。'"又曰:"吾老矣。不能用也。""孔子行"(《论语·微子》),离开了齐国。而据《史记·孔子世家》,孔子此番赴齐是在昭公二十五年"季氏出其君"("三桓逐昭公")之后,孔子时年三十五,此时晏子正处景公之朝,史上还有景公欲封孔子经晏子阻挠而未果之事(见《晏子春秋·外篇第八·仲尼见景公景公欲封之晏子以为不可》《史记·孔子世家》),与《论语》所述正好对应。然而,也正是这番可以证明此事可以发生的种种迹象同时也泄露了此篇为拟托的秘密。因为孔子未用于齐,才又返鲁,返鲁后仍不得志(还又是齐人从中作怪),离开鲁国,才踏上周游列国之路,才遭遇了"习礼树下""穷于陈蔡"等种种挫折。而在此时孔子尚在齐国之时,在晏子数落孔子、嘲讽孔子的一番话语中,却出现了"孔子拔树削迹,不自以为辱;穷陈蔡,不自以为约;非人不得其故,是犹泽人之非斤斧,山人之非网罟也"的说辞。若按晏子年龄,孔子困于陈蔡之时,他可能都已不在人世,怎么可能提前预知孔子的未来。毋庸置疑,这番话必是拟托所为。

作为佐证,《晏子春秋·外篇第八》还有"仲尼见景公景公曰先生奚不见寡人宰乎"一篇,所述为同一件事情,但完全是另一番情节和对话:

---

① 张纯一:《晏子春秋校注》,见《诸子集成》4,上海书店 1986 年版,第 208—209 页。

> 仲尼游齐，见景公。景公曰："先生奚不见寡人宰乎？"仲尼对曰："臣闻晏子事三君而得顺焉，是有三心，所以不见也。"仲尼出，景公以其言告晏子，晏子对曰："不然！婴为三心，三君为一心故，三君皆欲其国之安，是以婴得顺也。婴闻之，是而非之，非而是之，犹非也。孔丘必据处此一心矣。"①

如此看来，这当是另一位作者据同一"情景命题"所作的另一篇"作文"。

"时间错乱'破绽'"者如《内篇杂下第六》中有"晏子使吴吴王命傧者称天子晏子详惑"一篇：

> 晏子使吴，吴王谓行人曰："吾闻晏婴，盖北方辩于辞、习于礼者也，命傧者'客见则称天子请见。'"明日，晏子有事，行人曰："天子请见。"晏子蹙。行人又曰："天子请见。"晏子蹙然。又曰："天子请见。"晏子蹙然者，曰："臣受命敝邑之君，将使于吴王之所，以不敏而迷惑，入于天子之朝，问吴王恶乎存？"然后吴王曰："夫差请见。"见之以诸侯之礼。②

这也是一篇展示晏子机智应对的小故事，与上述亦见《说苑》的"晏子使楚"颇有异曲同工之妙。吴王闻晏子来先行设下尴尬之局，你不是"习于礼者"么，我让傧者喊"天子请见"，看你上朝不上朝，来见不来见？晏子闻此一"蹙"，二"蹙然"，三"蹙然者"，最后问我是不是老眼昏花走错了地方，误闯了天子之朝，那吴王还在不在，躲到哪去了？这下吴王自报大名："夫差请见。"偏偏就是这一自报大名，露出了时不相及的拟托破绽。因为据《史记·齐太公世家》，晏婴卒于齐景公四十八年；据《史记·十二诸侯年表》，吴王夫差元年乃当齐景公五十三年。这样算来，吴王夫差登上王位之时，晏子已去世五年，根本没有入朝去见吴王夫差的可能性。

---

① 张纯一：《晏子春秋校注》，见《诸子集成》4，上海书店1986年版，第208页。
② 张纯一：《晏子春秋校注》，见《诸子集成》4，上海书店1986年版，第157页。

与前述亦见于其他史书、子书中的晏子故事尚在"说体"和拟托文之间难以定夺不同,这两则或三则故事可以断定是拟托,但与"说体"几无区别,人物说辞繁富了一些而已,由此可见模拟"说体"、精心创作的文采和成果。

二、《战国策》中的拟托书写与"说体"

比较而言,《战国策》中有拟托已经不需要更多的推断与探究,有些篇章毫不讳言,大张旗鼓,明言我这就是"情景模拟剧",用来演练心智和口才。《齐策三》中"楚王死,太子在齐质"一篇是最明显的证明。

该文拟托的历史人物是苏秦和薛公等人,提及的人物有楚怀王、楚太子,假设的情节是楚怀王死时,太子尚在齐国为质,要演练的是苏秦利用此事,可以进行怎样的游说。文章开篇所述或许尚有些历史的影子:

> 楚王死,太子在齐质。苏秦谓薛公曰:"君何不留楚太子,以市其下东国。"薛公曰:"不可。我留太子,郢中立王,然则是我抱空质而行不义于天下也。"苏秦曰:"不然。郢中立王,君因谓其新王曰:'与我下东国,吾为王杀太子。不然,吾将与三国共立之。'然则下东国必可得也。"(《战国策·齐策三》)①

《史记·楚世家》有一段大致类似的情节,但事情发生在楚怀王尚被秦国扣留期间,欲留楚太子的是齐湣王,反对的是齐相,提出杀太子的是"或曰":

> ……秦因留楚王,要以割巫、黔中之郡。楚王欲盟,秦欲先得地。楚王怒曰:"秦诈我而又强要我以地!"不复许秦。秦因留之。
> 楚大臣患之,乃相与谋曰:"吾王在秦不得还,要以割地,而太子为质于齐,齐、秦合谋,则楚无国矣。"乃欲立怀王子在国者。昭睢曰:"王与太子俱困于诸侯,而今又倍王命而立其庶子,不宜。"乃诈

---

① [汉]刘向集录:《战国策》,上海古籍出版社1985年版,第365页。

赴于齐。齐湣王谓其相曰："不若留太子以求楚之淮北。"相曰："不可，郢中立王，是吾抱空质而行不义于天下也。"或曰："不然。郢中立王，因与其新王市曰'予我下东国，吾为王杀太子，不然，将与三国共立之。'然则东国必可得矣。"齐王卒用其相计而归楚太子。太子横至，立为王，是为顷襄王。乃告于秦曰："赖社稷神灵，国有王矣。"（《史记·楚世家》）①

从人物对话有许多相同之处来说，《史记》《战国策》两篇应该均参照了另外同一篇记事，只不过将对话分别安在了苏秦和薛公身上。而《战国策》文下面的文字则分明是在那里假设了：

> 苏秦之事，可以请行；可以令楚王亟入下东国；可以益割于楚；可以忠太子而使楚益入地；可以为楚王走太子；可以忠太子使之亟去；可以恶苏秦于薛公；可以为苏秦请封于楚；可以使人说薛公以善苏子；可以使苏子自解于薛公。（《战国策·齐策三》）②

针对楚国需要立王而楚太子尚在齐国这件事，作者为苏秦假设了十个"可以"如何如何，即十种可能性。下面，便展开了对这十种"可以"的具体叙述和描写。比如描写苏秦如何"请行"：

> 苏秦谓薛公曰："臣闻谋泄者事无功，计不决者名不成。今君留太子者，以市下东国也。非亟得下东国者，则楚之计变，变则是君抱空质而负名于天下也。"薛公曰："善。为之奈何？"对曰："臣请为君之楚，使亟入下东国之地。楚得成，则君无败矣。"薛公曰："善。"因遣之。（《战国策·齐策三》）③

无疑，这绝对不是实际发生的事情，而是作者的一种虚拟，作者在假设如果

---

① ［汉］司马迁：《史记》，中华书局1959年版，第1728页。
② ［汉］刘向集录：《战国策》，上海古籍出版社1985年版，第366页。
③ ［汉］刘向集录：《战国策》，上海古籍出版社1985年版，第367页。

苏秦想离开齐国到楚国去,他可以怎样说便能达到目的。这段文字中的苏秦说辞,便是作者替苏秦设计的。再比如描写如何使楚王"亟入下东国":

> 谓楚王曰:"齐欲奉太子而立之。臣观薛公之留太子者,以市下东国也。今王不亟入下东国,则太子且倍王之割而使齐奉己。"楚王曰:"谨受命。"因献下东国。故曰可以使楚亟入地也。(《战国策·齐策三》)①

这段叙事假设楚国已经立了新王,苏秦劝新楚王加紧奉送下东国,不然太子加倍许诺齐国,齐国会支持太子返国即位。于是新楚王"谨受命,因献下东国"。这显然都是虚设之辞。更明显的是,下面又有关于苏秦如何"忠太子使之亟去"的情节描述:

> 谓太子曰:"夫专楚者王也,以空名市者太子也,齐未必信太子之言也,而楚功见矣。楚交成,太子必危矣。太子其图之。"太子曰:"谨受命。"乃约车而暮去。故曰可以使太子急去也。(《战国策·齐策三》)②

这又是从为楚太子考虑的角度立说。诸如此类,作者展开了十段叙事。说起来历史事实只能有一个,而这里却描述了多种可能性,无疑皆为假设之辞。作者之所以要这样描述,显然不是在记述历史,而是在模拟游说,由此可见战国策士说客苦练权变之术和各种说辞所下的功夫。其中的说辞的确可谓翻手为云,覆手为雨。正因为此,多有学者对《战国策》所述史实进行考辨,指出其伪其疑。缪文远《战国策考辨》③ 一书,综合历代学者考辨成果,按以己意,提出《战国策》中有九十二篇为拟托文,当为可信。其实,这个数字只是据有明显破绽者所断出,另有一些可能亦出于拟托却没有破绽者不在其列。以战国士人的才智和文笔,这种出于拟托却天衣无缝不留痕迹的情

---

① [汉]刘向集录:《战国策》,上海古籍出版社1985年版,第367页。
② [汉]刘向集录:《战国策》,上海古籍出版社1985年版,第368页。
③ 缪文远:《战国策考辨》,中华书局1984年版。

况应该不在少数，只是没有凭据无从定夺而已。

不可否认，《战国策》中也有大量通篇以记述人物说辞为主、具有明显"书体"特征的文章，但其中也确有不少长于叙事、描摹生动、与"说体"难分伯仲的故事，可见对于"说体"的模仿创作。兹特就其中已被判定为拟托文的篇目略择一二，分别从情节性、描摹性两个方面，列举辨析如下。

（一）《战国策》拟托文的情节性与"说体"

"说体"因其初是不受书写限制、直接讲述事件来龙去脉和变化过程而富于情节性。《战国策》有些拟托文也颇注意了为虚设事件设置情节脉络，使叙事颇为曲折有致。

比如《齐策三》中的"孟尝君出行国，至楚"就是情节性比较强的一篇。

孟尝君出访列国，到了楚国，楚国赠送给孟尝君一张十分贵重的象牙床，派郢之登徒前往护送。登徒怕途中有什么闪失丢了身家性命，不想成行，便拿出家中传世宝剑作为礼物献给孟尝君门人公孙戌，请公孙戌帮忙免了这趟苦差。于是，公孙戌面见孟尝君，劝他不要接受这张象床。因为孟尝君贤名在外，才会赢得诸小国的拥戴，今若接受了楚国如此贵重的礼物，其他列国将"何以待君"？如此劝谏有理有据，孟尝君无疑接受了建议。叙事至此，劝谏之旨已经达成，一般来说就应该结束全篇了。而该篇颇出人意料的是下面又追加了这样一段：

> 公孙戌趋而去。未出，至中闺，君召而返之，曰："子教文无受象床，甚善。今何举足之高，志之扬也？"公孙戌曰："臣有大喜三，重之宝剑一。"孟尝君曰："何谓也？"公孙戌曰："门下百数，莫敢入谏，臣独入谏，臣一喜；谏而得听，臣二喜；谏而止君之过，臣三喜。输象床，郢之登徒不欲行，许戌以先人之宝剑。"孟尝君曰："善。受之乎？"公孙戌曰："未敢。"曰："急受之。"因书门版曰："有能扬文之名，止文之过，私得宝于外者，疾入谏。"（《战国策·齐策三》）[1]

---

[1] ［汉］刘向集录：《战国策》，上海古籍出版社1985年版，第387页。

公孙戍劝阻完孟尝君之后,高高兴兴碎步轻盈地离开大殿,没想到走到中间,却被孟尝君喊住。因为孟尝君颇感奇怪,你劝我不要接受象床,这的确不错,但你本人高兴个什么?公孙戍交代自己是受人之托劝阻此事,除了因劝谏成功而高兴外,所托之人还许诺了先人之宝剑。孟尝君问你接受了没有?公孙戍答曰"未敢"。想不到孟尝君不但让公孙戍"急受之",还在门板上写上了"有能扬文之名,止文之过,私得宝于外者,疾入谏"。作者设置出最后一段,顿使故事变得曲折有致,而且开篇献宝剑之事在最后也有了着落,形成了前后呼应之势。

《楚策三》中的"张仪之楚贫"一篇则出现了"话分两头"式的叙事线索。"张仪之楚,贫。舍人怒而归"。张仪便去面见楚王,夸口说自己可以前往北方国家为楚王获得美女,"彼郑、周之女,粉白墨黑,立于衢间,非知见之者,以为神"。这下动了楚王好色之心,"乃资以珠玉"。另一头是楚王夫人南后和郑袖。两人听说张仪将为楚王到北方找美女后,大恐,于是派人给张仪分别送去千金和五百金。这时,叙事又回到张仪这边,他假口天下关闭不通,暂时无法成行,请楚王赏酒,并请夫人陪酒。当南后、郑袖出来后,张仪来了场生动的表演:

> 张子再拜而请曰:"仪有死罪于大王。"王曰:"何也?"曰:"仪行天下遍矣,未尝见人如此其美也。而仪言得美人,是欺王也。"王曰:"子释之。吾固以为天下莫若是两人也。"(《战国策·楚策三》)①

就这样,张仪仅凭三寸不烂之舌,就骗得楚王、南后和郑袖心甘情愿付出珠宝和千金。从叙事角度说,南后和郑袖那头都是私下里进行的,不可能公之于众,而这正是"说体"叙事推动情节发展、言明来龙去脉所多有的描述部分。

(二)《战国策》拟托文的描摹性与"说体"

如前所述,"说体"文本的重要特征之一是其描摹性,会出现人物对

---

① [汉]刘向集录:《战国策》,上海古籍出版社1985年版,第541页。

话、举止甚至心理等具体描摹。《战国策》拟托文多拟人物说辞,出现最多的是人物对话,其中有些对话因为描摹逼真而颇具现场感,近似戏剧对白,从而与"说体"文本极为相似。

如《齐策六》中"貂勃常恶田单"一篇中的"貂勃责王称'单'"一节。貂勃因常数落安平君田单的不是而引起田单注意,被引荐任用。貂勃出使楚国期间田单受到齐王幸臣的谗害,被齐王疏远。貂勃回国后齐王款待他,并称"召相田单而来"。齐王对自己的国相如此直呼其名,顿时引起了貂勃的不满。这时,作者描摹了貂勃与齐王的一番对白:

> 貂勃避席稽首曰:"王恶得此亡国之言乎?王上者孰与周文王?"王曰:"吾不若也。"貂勃曰:"然,臣固知王不若也。下者孰与齐桓公?"王曰:"吾不若也。"貂勃曰:"然,臣固知王不若也。然则周文王得吕尚以为太公,齐桓公得管夷吾以为仲父,今王得安平君而独曰'单'。且自天地之辟,民人之治,为人臣之功者,谁有厚于安平君者哉?而王曰'单,单'。恶得此亡国之言乎……"(《战国策·齐策六》)①

貂勃强调身为国君得一贤相十分不易,都尊崇倍至,周文王得吕尚而尊称"太公",齐桓公得管仲而尊称"仲父",齐王您得安平君却"单,单"地直呼其名,失去如此贤相差不多就与亡国相去不远了。其中,"今王得安平君而独曰'单'"、"而王曰'单,单'"的话语描摹,语气逼真,让人如闻其声。

《秦策五》"文信侯欲攻赵以广河间"一篇中的人物对话,也颇注意描摹说话语气。文信侯吕不韦打算攻赵以广河间,因此安排张唐相燕,欲与燕共伐赵。没想到张唐因恐途中被赵人拘捕而推辞了此事。这使文信侯十分不快。这时作者描述了文信侯回到府邸后年仅十二岁的少庶子甘罗与他的一段对话:

---

① [汉]刘向集录:《战国策》,上海古籍出版社1985年版,第465页。

  少庶子甘罗曰："君侯何不快甚也？"文信侯曰："吾令刚成君蔡泽事燕三年，而燕太子已入质矣。今吾自请张卿相燕，而不肯行。"甘罗曰："臣行之。"文信君叱去曰："我自行之而不肯，汝安能行之也？"甘罗曰："夫项橐生七岁而为孔子师，今臣生十二岁于兹矣！君其试臣，奚以遽言叱也？"（《战国策·秦策五》）①

堂堂文信侯没有说动的事，区区一个少庶子却主动请缨，简直是在开玩笑，所以一句"叱去曰"，十分准确地表现了文信侯的反应，一句"我自行之而不肯，汝安能行之也"，也明显带着十分不屑的情感色彩。甘罗拿"项橐七岁而为孔子师"的话为自己辩白，直言"奚以遽言叱也"以表示不满，其年少气盛、口无遮拦的劲头也尽显无遗。

  接下来，甘罗与张唐的对话也带有现场描摹的味道：

  甘罗见张唐曰："卿之功，孰与武安君？"唐曰："武安君战胜攻取，不知其数；攻城堕邑，不知其数。臣之功不如武安君也。"甘罗曰："卿明知功之不如武安君欤？"曰："知之。""应侯之用秦也，孰与文信侯专？"曰："应侯不如文信侯专。"曰："卿明知为不如文信侯专欤？"曰："知之。"甘罗曰："应侯欲伐赵，武安君难之，去咸阳七里，绞而杀之。今文信侯自请卿相燕，而卿不肯行，臣不知卿所死之处矣！"唐曰："请因孺子而行！"（《战国策·秦策五》）②

作者描写甘罗两次反问，"卿明知功之不如武安君欤？""卿明知为不如文信侯专欤？"顿时活生生呈现了两人对话的现场情景。

  描摹对话更富戏剧性的是《魏策二·田需死》一篇。魏相田需死，楚国的昭鱼对苏代表示恐怕张仪、薛公、犀首中会有一人成为魏相，而他希望魏太子自己做魏相。苏代说我可以去见梁王说说，肯定会让太子相魏。这时，作者描写了两人的一场戏剧性对话：

---

① ［汉］刘向集录：《战国策》，上海古籍出版社1985年版，第282页。
② ［汉］刘向集录：《战国策》，上海古籍出版社1985年版，第283页。

> 昭鱼曰："奈何？"代曰："君其为梁王，代请说君。"昭鱼曰："奈何？"对曰："代也从楚来，昭鱼甚忧。代曰：'君何忧？'曰：'田需死，吾恐张仪、薛公、犀首有一人相魏者。'代曰：'勿忧也。梁王长主也，必不相张仪。张仪相魏，必右秦而左魏。薛公相魏，必右齐而左魏。犀首相魏，必右韩而左魏。梁王，长主也，必不使相也。'代曰：'莫如太子之自相。是三人皆以太子为非固相也，皆将务以其国事魏，而欲丞相之玺。以魏之强，而持三万乘之国辅之，魏必安矣。故曰，不如太子之自相也。'"（《战国策·魏策二》）①

昭鱼问你会怎么去说，苏代说现在你就当成是梁王，我来说给你听听。于是，昭鱼扮作梁王，苏代也用对梁王说话的语气，展开了一场说辞。话语中口口声声昭鱼如何如何，梁王您如何如何，此情此景仿佛真的到了梁王的宫廷。这种对话极其富有现场感，让人如临其境。当然，毕竟是演练说辞，作者没有忘记交代说辞的效果："遂北见梁王，以此语告之，太子果自相。"

除了对话描摹，《战国策》拟托文中有的场面描摹也颇值得称道。如著名的"唐且不辱使命"，即《魏策四》中的"秦王使人谓安陵君"一篇。秦王要以五百里之地易安陵，谁都知道，这只不过是要夺地的花样说法，安陵君自然不愿答应。为消除秦王的恼怒，唐且被派出使秦国，于是出现了唐且"劫秦王"的一幕：

> 秦王谓唐且曰："寡人以五百里之地易安陵，安陵君不听寡人，何也？……"唐且对曰："……安陵君受地于先王而守之，虽千里不敢易也，岂直五百里哉？"秦王怫然怒，谓唐且曰："公亦尝闻天子之怒乎？"唐且对曰："臣未尝闻也。"秦王曰："天子之怒，伏尸百万，流血千里。"唐且曰："大王尝闻布衣之怒乎？"秦王曰："布衣之怒，亦免冠徒跣，以头抢地尔。"唐且曰："此庸夫之怒也，非士之怒也。……若士必怒，伏尸二人，流血五步，天下缟素，今日是也。"挺剑而起，秦王色挠，长跪而谢之曰："先生坐，何至于此，寡人谕矣。

---

① ［汉］刘向集录：《战国策》，上海古籍出版社1985年版，第838—839页。

夫韩、魏灭亡，而安陵以五十里之地存者，徒以有先生也。"（《战国策·魏策四》）①

一句"虽千里不敢易也，岂直五百里哉"，其满不在乎的语气，显示出唐且毫不以秦王为意的狂傲之气；而当被激怒的秦王以"伏尸百万，流血千里"的"天子之怒"相威胁时，唐且更是以"布衣之怒"针锋相对，这就是"伏尸二人，流血五步，天下缟素，今日是也"！我唐且敢于以命相拼，你还能拿我怎么样？此时出现的画面是唐且"挺剑而起"，"秦王色挠，长跪而谢之"。

第二节 "说体"与诸子寓言

"诸子"，诸位先生的尊称；"诸子著作"，春秋战国私学兴起、师承传授、诸子百家著书立说的产物。有意构思、撰文的书写文本的大量出现，正是直接缘起于诸子表述思想、用事社会的大力推动。上述战国拟托文的创作，正与此有关，《战国策》作者群的主力当即是诸子中"纵横"一家；《晏子春秋》中诸多故事的拟作，应该也是诸子中的士人所为。这里重点要把握的是诸子中偏于理论著述的著作，关注的是这些诸子著作、文章书写与"说体"的关系。

"寓言"，简单说，就是喻理于事，道理蕴含于故事中，借故事以彰显道理。"说体"文本皆为故事，如果其中蕴含道理，或被用来说明道理，也就与理论著述发生了关系。

其实前述已经清楚显示了诸子著作与"说体"文本极不一般的关系。《韩非子》《吕氏春秋》《淮南子》等之所以能成为挖掘、整理先秦"说体"文本的重要对象，就在于援用"说体"故事以喻理、证理、说理，乃是诸子著述的普遍方式，而这些"说体"故事到了诸子著作中都直接转换成了喻道理于形象和故事的寓言。

鉴于前面已经从诸子著作中撷取了大量"说体"文本，同时也就见出

---

① ［汉］刘向集录：《战国策》，上海古籍出版社1985年版，第922—923页。

了这些著作援用"说体"以说理的现象,这里论述"说体"与诸子寓言,也就不再涉及援用固有"说体"的这类情况。这里重点要把握的是诸子著作中汇集的或出现的寓意性较强、可能出于说理而模拟"说体"有意编写的寓言故事。

一、见于《韩非子》《吕氏春秋》中近似"说体"的喻理故事

如前所述,《韩非子》《吕氏春秋》成书已至战国后期,见于其书中的富于情节性描摹性的叙事文本,即便可以肯定出自援用,也还有一个所援是"说体"还是"拟托文"的判定问题。其中各自独见、较难断定为援用"说体"的部分中,有些文本情节单纯,具有比较明确的喻理指向,其描摹虽类"说体",但似更可视为诸子用以说理的寓言故事。

(一) 见于《韩非子》者

《韩非子》本是一部主旨明确的说理著作,其援用或储备,无论是纯"说体"还是类"说体"的喻理故事,都一定是能显示、蕴含、寄寓某种寓意的,都已经被赋予寓言功能。因此,除了那些有所参照、经过比对或经其他途径可以明确判断是援用"说体"者之外,其他故事,都因其有喻理功能而与寓言创作难分畛域,或者原本就介于"说体"和寓言创作之间。兹举例辨析如下。

"弥子色衰爱弛",见于《说难》,同样的事情,好恶不同,便生出两套说法:

> 昔者弥子瑕有宠于卫君。卫国之法,窃驾君车者罪刖。弥子瑕母病,人闻有夜告弥子,弥子矫驾君车以出,君闻而贤之曰:"孝哉,为母之故,忘其犯刖罪。"异日,与君游于果园,食桃而甘,不尽,以其半啖君,君曰:"爱我哉,忘其口味,以啖寡人。"及弥子色衰爱弛,得罪于君,君曰:"是固尝矫驾吾车,又尝啖我以馀桃。"①

---

① [清] 王先慎:《韩非子集解》,见《诸子集成》5,上海书店1986年版,第65页。

这的确是一段很有意思也很有意味的君臣交往故事，也很符合历史上弥子瑕与卫灵公的关系。就叙事而言，卫君一夸是"闻而贤之曰"，一夸在"游于果园"中，都非史官所能书，如果不是出于寓言创作，则应是一篇颇有趣味和意味的说事之辞。但它是在《说难》中被讲出，由此故事不难认识，要说服人君，还的确要看对方的心情。因此，这变成了一个颇为深刻的寓言故事。

"颜涿聚犯令以谏田成子"，见于《十过》。颜涿聚之所以"犯令"，是因为他看到了田成子若还乐不思归，恐怕都要回不去：

> 昔者田成子游于海而乐之，号令诸大夫曰："言归者死。"颜涿聚曰："君游海而乐之，奈臣有图国者何？君虽乐之，将安得？"田成子曰："寡人布令曰言归者死，今子犯寡人之令。"援戈将击之。颜涿聚曰："昔桀杀关龙逢而纣杀王子比干，今君虽杀臣之身以三之可也。臣言为国，非为身也。"延颈而前曰："君击之矣！"君乃释戈趣驾而归，至三日，而闻国人有谋不内田成子者矣。①

颜涿聚无疑是据他对齐国政治形势的认知做出的判断。就这篇叙事中的情节而言，既然发生在"游于海"之时，这一切如此生动的对话和举止，如果不是寓言创作，只可能是来自"说体"，而不可能是当时的记事和载录。但该故事出自《十过》，是十过中的一过，即"离内远游"，援此故事旨在强调警惕后院起火，所以已被赋予明显的喻理功能。

"靖郭君将城薛，客称'海大鱼'"，见于《说林下》，是一则善说善喻的巧辞故事：

> 靖郭君将城薛，客多以谏者。靖郭君谓谒者曰："毋为客通。"齐人有请见者曰："臣请三言而已，过三言，臣请烹。"靖郭君因见之，客趋进曰："海大鱼。"因反走。靖郭君曰："请闻其说。"客曰："臣不敢以死为戏。"靖郭君曰："愿为寡人言之。"答曰："君闻大鱼乎？网

---

① ［清］王先慎：《韩非子集解》，见《诸子集成》5，上海书店1986年版，第50页。

不能止，缴不能絓也，荡而失水，蝼蚁得意焉。今夫齐亦君之海也，君长有齐，奚以薛为？君失齐，虽隆薛城至于天犹无益也。"靖郭君曰："善。"乃辍，不城薛。①

以"海大鱼"喻靖郭君与齐，可谓善譬；但这个故事更出彩的是在靖郭君已经闭门谢客的情况下如何敲开这扇门。齐人用"过三言，臣请烹"这种危言耸听之语引起靖郭君的好奇心，说话已经成功了一半。此故事描摹生动具体，情节颇为曲折有致，极似"说体"文本。然此故事乃明显的善说故事，又喻理于事，故又见于《战国策·齐策一》，是展示其说话艺术的名篇佳作。如此一来，尚不能断定是始于模仿"说体"而作的拟托演练之作、后被《说林》所收入，还是战国策士援自《说林》，或援自《说林》所采之"说体"。无论哪种情况，都可见诸子寓言与"说体"的纠缠关系。

"鲁人欲徙越"，见于《说林上》："鲁人身善织屦，妻善织缟，而欲徙于越，或谓之曰：'子必穷矣。'鲁人曰：'何也？'曰：'屦为履之也，而越人跣行；缟为冠之也，而越人被发。以子之所长，游于不用之国，欲使无穷，其可得乎？'"②此寓意亦见《庄子·逍遥游》"宋人次章甫而适越，越人断发文身，无所用之"的比方，后者只是打个比方，且举的是宋人，这里则是具体的故事，两者说的都是不要屦无用之地。当然，《庄子》要说的是有"道"的大治在，庸人纷纷然治世殊为无用，《韩非子》要强调的则真的是实用和功用。

"必筑坏墙"，见于《说林下》："郑人有一子，将宦，谓其家曰：'必筑坏墙，是不善人将窃。'其巷人亦云。不时筑，而人果窃之。以其子为智，以巷人告者为盗。"③同一故事亦见《说难》，郑人变成了宋人，可见确被用于说理："宋有富人，天雨墙坏，其子曰：'不筑，必将有盗。'其邻人之父亦云。暮而果大亡其财，其家甚智其子，而疑邻人之父。"④自己儿子说就是聪明，别人说就起疑心，这是典型的亲疏有别，由此导致判断上的主

---

① ［清］王先慎：《韩非子集解》，见《诸子集成》5，上海书店1986年版，第144页。
② ［清］王先慎：《韩非子集解》，见《诸子集成》5，上海书店1986年版，第132—133页。
③ ［清］王先慎：《韩非子集解》，见《诸子集成》5，上海书店1986年版，第145页。
④ ［清］王先慎：《韩非子集解》，见《诸子集成》5，上海书店1986年版，第64—65页。

观偏差。

"宋人毁璞",亦见《说林下》:"宋之富贾有监止子者,与人争买百金之璞玉,因佯失而毁之,负其百金,而理其毁瑕,得千溢焉。"① 这就是善贾识货,一般人只知就斤论价,却不知有些真货价值翻倍,抑或价值连城。辨识人才更是如此。

"李悝欲人善射",见于《内储说上》:"李悝为魏文侯上地之守,而欲人之善射也,乃下令曰:'人之有狐疑之讼者,令之射的,中之者胜,不中者负。'令下而人皆疾习射,日夜不休。及与秦人战,大败之,以人之善射也。"② 这里见出的是利害驱动,让是否善射与狐疑之讼是否取胜"挂钩",极大地激发了人们习射的斗志和干劲。

"郑桓公袭邻",见于《内储说下》:"郑桓公将欲袭郐,先问郐之豪杰良臣辩智果敢之士,尽与其姓名,择郐之良田赂之,为官爵之名而书之,因为设坛场郭门之外而埋之,衅之以鸡豭,若盟状。郐君以为内难也而尽杀其良臣,桓公袭郐,遂取之。"③ 郐之良臣本无反状,郑桓公却故意制造了谋反的假象,偏偏郐君不辨真伪,尽杀良臣,袭郐之事也就变得易如反掌。故事寓意很明确,良臣乃国之栋梁,不可毁弃;真假难辨时,不可轻信假象。

"造父驾败",亦见于《外储说右下》:"造父为齐王驸驾,以渴服马,百日而服成,服成请效驾,齐王曰:'效驾于圃中。'造父驱车入圃,马见圃池而走,造父不能禁。"④这个分明是编出来用来寓意的故事,因为历史上造父乃西周穆王之御,这里却成了为齐王驸驾。造父以渴服马肯定是效果立见,但一旦出了预设的范围,毁败也是立见。这是急功近利者都该反省的教训。

(二)见于《吕氏春秋》者

不像《韩非子》还有《储说》《说林》,《吕氏春秋》中所有故事均为说理文所援用,均被赋予喻理功能,转换为寓言故事。除去已经由前述、同

---

① [清]王先慎:《韩非子集解》,见《诸子集成》5,上海书店1986年版,第139页。
② [清]王先慎:《韩非子集解》,见《诸子集成》5,上海书店1986年版,第171—172页。
③ [清]王先慎:《韩非子集解》,见《诸子集成》5,上海书店1986年版,第193—194页。
④ [清]王先慎:《韩非子集解》,见《诸子集成》5,上海书店1986年版,第251页。

时援用"说体"为参照判定为"说体"文本的部分外,其他独见、首见于此者,其中有些故事具有明显的喻理色彩,尚难判定是援用"说体"还是援自寓言创作。兹亦举例辨析如下。

"武王守期",见于《贵因》:"武王至鲔水,殷使胶鬲候周师,武王见之。胶鬲曰:'西伯将何之?无欺我也!'武王曰:'不子欺,将之殷也。'胶鬲曰:'曷至?'武王曰:'将以甲子至殷郊,子以是报矣!'胶鬲行。天雨,日夜不休,武王疾行不辍。军师皆谏曰:'卒病,请休之。'武王曰:'吾已令胶鬲以甲子之期报其主矣,今甲子不至,是令胶鬲不信也。胶鬲不信也,其主必杀之。吾疾行,以救胶鬲之死也。'武王果以甲子至殷郊,殷已先陈矣。至殷,因战,大克之。"① 为遵守与殷臣行期约定,宁冒天雨不辍,担心殷臣被诛杀,其情其义可谓极致。先周历史没有如此详尽的描述记载,此更像是编派出来彰显仁义之师必胜的道理。

"殷长者不守期",亦见于《贵因》:"武王入殷,闻殷有长者,武王往见之,而问殷之所以亡。殷长者对曰:'王欲知之,则请以日中为期。'武王与周公旦明日早要期,则弗得也。武王怪之,周公曰:'吾已知之矣。此君子也。取不能其主,有以其恶告王,不忍为也。若夫期而不当,言而不信,此殷之所以亡也,已以此告王矣。'"② 原来"不守期"即是"守期",是以"不守期"如约告知武王"殷之所以亡","不守期"正是殷之"所以亡"。

"二虏言妖",见于《慎大》:"武王胜殷,得二虏而问焉,曰:'若国有妖乎?'一虏对曰:'吾国有妖,昼见星而天雨血,此吾国之妖也。'一虏对曰:'此则妖也,虽然,非其大者。吾国之妖甚大者,子不听父,弟不听兄,君令不行,此妖之大者也。'武王避席再拜之。"③ 人之妖甚于天之妖,这就叫自作孽不可活。

"与太公望论治国",见于《长见》:"吕太公望封于齐,周公旦封于鲁,二君者甚相善也。相谓曰:'何以治国?'太公望曰:'尊贤上功。'周公旦曰:'亲亲上恩。'太公望曰:'鲁自此削矣。'周公旦曰:'鲁虽削,有齐者

---

① 《吕氏春秋》,[汉]高诱注,见《诸子集成》6,上海书店1986年版,第175页。
② 《吕氏春秋》,[汉]高诱注,见《诸子集成》6,上海书店1986年版,第175—176页。
③ 《吕氏春秋》,[汉]高诱注,见《诸子集成》6,上海书店1986年版,第161页。

亦必非吕氏也。'"与其说这是当年两人的对话，不如说是齐鲁命运的写照，必定是鲁削齐篡后附会给周公旦、太公望的预言，更是治国之理的寓言。故《吕氏春秋》作者接着说："其后，齐日以大，至于霸，二十四世而田成子有齐国。鲁日以削，至于觐存，三十四世而亡。"①

"管仲觞桓公，不听征烛"，见于《达郁》，说的是"管仲觞桓公。日暮矣，桓公乐之而征烛"，管仲劝阻道："臣卜其昼，未卜其夜。君可以出矣。"桓公不悦："仲父年老矣，寡人与仲父为乐将几之！请夜之。"但管仲仍然坚持，因为"厚于味者薄于德，沈于乐者反于忧。壮而怠则失时，老而解（懈）则无名。臣乃今将为君勉之，若何其沈于酒也"。② 这个故事与其是说管仲劝桓公，毋宁说是借管仲劝桓公以劝谏为君者。

"买取鼠之狗"，见于《士容》："齐有善相狗者，其邻假以买取鼠之狗。朞年乃得之，曰：'是良狗也。'其邻畜之数年，而不取鼠，以告相者。相者曰：'此良狗也。其志在獐麋豕鹿，不在鼠，欲其取鼠也则桎之。'其邻桎其后足，狗乃取鼠。"③ 这个故事会使人想到一个词："钳制"。

"陈使恶（丑）人，楚兴师"，见于《遇合》："陈有恶人焉，曰敦洽雠麋，椎颡广颜，色如漆赭，垂眼临鼻，长肘而盭。陈侯见而甚说之，外使治其国，内使制其身。楚合诸侯，陈侯病，不能往，使敦洽雠麋往谢焉。楚王怪其名而先见之，客有进状。有恶其名言有恶状。楚王怒，合大夫而告之，曰：'陈侯不知其不可使，是不知也；知而使之，是侮也。侮且不智，不可不攻也。'兴师伐陈，三月然后丧。"④ 正如篇题"遇合"，同样一个人，在陈侯那里甚得信用，到了楚王这里却惹来大怒，竟兴师伐陈，这就是遇与不遇的区别。

"人有亡鈇者"，见于《去尤》："人有亡鈇者，意其邻之子。视其行步，窃鈇也；颜色，窃鈇也；言语，窃鈇也；动作态度，无为而不窃鈇也。相其谷而得其鈇，他日，复见其邻之子，动作态度，无似窃鈇者。"⑤ 同样一个

---

① 《吕氏春秋》，[汉]高诱注，见《诸子集成》6，上海书店1986年版，第112页。
② 《吕氏春秋》，[汉]高诱注，见《诸子集成》6，上海书店1986年版，第265—266页。
③ 《吕氏春秋》，[汉]高诱注，见《诸子集成》6，上海书店1986年版，第328页。
④ 《吕氏春秋》，[汉]高诱注，见《诸子集成》6，上海书店1986年版，第154页。
⑤ 《吕氏春秋》，[汉]高诱注，见《诸子集成》6，上海书店1986年版，第128—129页。

人,一会儿像是偷斧人,一会儿又不像偷斧人,用援引故事者的话来说就是"其邻之子非变也,己则变矣",自己的成见发生了变化。

"伐梧疑其邻",见于《去宥》,说的又是邻居与邻居的邻居:"邻父有与人邻者,有枯梧树,其邻之父言梧树之不善也,邻人遽伐之。邻父因请而以为薪。其人不说曰:'邻者若此其险也,岂可为之邻哉?'"① 这里有个建议在先、请薪在后的问题,或许建议时并未想到请薪,既然伐了才顺便请薪,但其人却猜疑图薪在先,建议在后,这也是不信任的主观成见影响了判断。

"大儒牛缺遇盗",见于《必己》。按说牛缺已经十分顺服,"盗求其橐中之载,则与之;求其车马,则与之;求其衣被,则与之"。但放牛缺离开后盗贼们犯了嘀咕:"此天下之显人也,今辱之如此,此必诉我于万乘之主。万乘之主必以国诛我,我必不生,不若相与追而杀之,以灭其迹。"于是又转而去追大儒,"行三十里,及而杀之"。② 这牛缺就是因为是"大"儒、是"显人"丧了性命。

"高阳应室成后败",见于《别类》:"高阳应将为室家,匠对曰:'未可也。木尚生,加途其上,必将挠。以生为室,今虽善,后将必败。'高阳应曰:'缘子之言,则室不败也。木益枯则劲,途益干则轻,以益劲任益轻,则不败。'匠人无辞而对。受令而为之。室之始成也善,其后果败。"高阳应的一番说辞听起来还真是头头是道,无懈可击,连匠人都无可反驳,但事实就是应了匠人所说,"其后果败"。③ 看来理论还是需要经过实践的检验的。

二、《庄子》寓言创作与"说体"

"寓言"一词就今见文献来看,似首见于《庄子》一书,但此"寓言"与文学史上通常所说的寓义理于故事的"寓言"并不完全相同,更是指借虚设人物之口代为表述思想和哲理,可称之为"托言型寓言"。不过《庄子》书中除大量存在这种"托言型寓言"之外,还有通常意义上的"象征

---

① 《吕氏春秋》,[汉]高诱注,见《诸子集成》6,上海书店1986年版,第195页。
② 《吕氏春秋》,[汉]高诱注,见《诸子集成》6,上海书店1986年版,第156页。
③ 《吕氏春秋》,[汉]高诱注,见《诸子集成》6,上海书店1986年版,第319—320页。

型寓言"和"故事型寓言"。① 与上述见于《韩非子》和《吕氏春秋》中的喻理故事多为援用不同,《庄子》中的寓言乃多出于作者的杜撰,属于寓言创作,自称"寓言十九,藉外论之"(《寓言》),"以天下为沈浊,不可与庄语",故"以寓言为广"(《天下》),即是证明。《庄子》中寓言文本的特点即在于以描摹见长,有些还颇富于情节性,于是与"说体"颇相类同,寓言三种皆是如此。

(一) 托言型寓言与"说体"

"托言型寓言"旨在托人物之口说自己的话,说理是重心,与旨在叙事的"说体"相去较远。然而这里的说理既然是要借人之口,就要为人物设置相遇的机缘和对话的场景,叙事描摹便成了不可或缺的必然要素。如果有的文本将相遇的过程设置得复杂一些,将对话描摹得具体、逼真一些,再加些前因后果,则会成为一篇颇为曲折有致的类"说体"叙事作品。

比如《寓言》篇中的"阳子居见老子":

> 阳子居南之沛,老聃西游于秦。邀于郊,至于梁而遇老子。老子中道仰天而叹曰:"始以汝为可教,今不可也。"阳子居不答。至舍,进盥漱巾栉,脱屦户外,膝行而前,曰:"向者弟子欲请夫子,夫子行不闲,是以不敢;今闲矣,请问其故。"老子曰:"而睢睢盱盱,而谁与居!大白若辱,盛德若不足。"阳子居蹴然变容曰:"敬闻命矣!"其往也,舍者迎将其家,公执席,妻执巾栉,舍者避席,炀者避灶。其反也,舍者与之争席矣!②

这则寓言托言老子教训阳子居阐发义理,但托言部分只有"老子曰:'而睢睢盱盱,而谁与居!大白若辱,盛德若不足。'"这几句,两人相遇、对话过程及场景的叙事描写占了极大篇幅,其中有老子见到阳子居后"仰天而叹"极为失望的样子,有阳子居"进盥漱巾栉,脱屦户外,膝行而前"

---

① 廖群:《〈庄子〉寓言三种与中国古代小说》,《理论学刊》2008 年第 4 期,第 113—118 页。
② [清] 王先谦:《庄子集解》,见《诸子集成》3,上海书店 1986 年版,第 184—185 页。

忙不迭谢罪的描绘，有经一番教训后阳子居改头换面、"其往也"舍者毕恭毕敬与"其反也"舍者"与之争席"的鲜明对比，已经是一篇与"说体"故事难以区分的叙事文本。

《盗跖》篇中的"盗跖斥孔子"一段更为典型。该则寓言托言于盗跖，描述的是孔子欲开导盗跖反而遭其嘲弄训斥的故事，由环环相扣的九个部分构成。一是孔子欲去劝说好友柳下季之弟盗跖，柳下季劝其勿去；二是孔子不听柳下季之劝，与弟子颜回、子路前去面见盗跖；三是盗跖正"脍人肝而餔之"；四是孔子请谒者通报欲见盗跖；五是盗跖大怒，拒绝见孔子；六是孔子再次请求，盗跖终于答应见面；七是孔子与盗跖的对话过程；八是孔子落荒而逃；九是孔子返途中恰遇柳下季，孔子称"几不免虎口"。① 这段叙事不但包括了开端、发展、高潮、结局等几个部分，还有序幕和尾声，情节已经相当完整。

（二）象征型寓言与"说体"

所谓"象征型寓言"，即所描述的形象及其故事乃是用来作为比喻和象征，以传达出某种哲理和态度。这也就是人们通常所谓寓言的典型形式，即作为文学手段或体裁的"比喻的高级形态"的寓言形式。比如《应帝王》中的"浑沌之死"：

> 南海之帝为儵，北海之帝为忽，中央之帝为浑沌。儵与忽时相与遇于浑沌之地，浑沌待之甚善。儵与忽谋报浑沌之德，曰："人皆有七窍，以视听食息，此独无有，尝试凿之"。日凿一窍，七日而浑沌死。②

这里浑沌比喻原始未开的状态，七窍比喻知识、开化、文明，儵忽比喻时间，凿七窍比喻人为，每一部分都构成了比喻关系，文明进化是对原始状态的摧残或"无以人灭天"这一理念就是通过这一完整的比喻表达出来的，形象从而成了意义的象征。

---

① ［清］王先谦：《庄子集解》，见《诸子集成》3，上海书店1986年版，第194—199页。
② ［清］王先谦：《庄子集解》，见《诸子集成》3，上海书店1986年版，第51—52页。

不过《庄子》中这种象征型寓言更多的是被镶嵌在一段情节中，比如《秋水》篇中的"鸱吓鹓鶵"：

惠子相梁，庄子往见之。或谓惠子曰："庄子来，欲代子相。"于是惠子恐，搜于国中三日三夜。庄子往见之，曰："南方有鸟，其名为鹓鶵，子知之乎？夫鹓鶵发于南海而飞于北海，非梧桐不止，非练实不食，非醴泉不饮。于是鸱得腐鼠，鹓鶵过之，仰而视之曰：'吓！'今子欲以子之梁国而吓我邪？"①

这是关于庄子与惠子过往的一段小故事，显示了庄子鄙薄权贵的人生态度，其中鸱得腐鼠怕被抢去而"吓"鹓鶵的故事出自庄子之口，用来作为比喻讥讽惠子居相位而怕被庄子取代。象征型寓言即出现在故事之中。

这种情节中出现譬喻的类型，其情节设置有些已经比较追求呈现事件的过程，就也比较接近"说体"的情节和描摹。比如《人间世》中的"栎树语匠石"：

匠石之齐，至于曲辕，见栎社树。其大蔽数千牛，絜之百围，其高临山十仞而后有枝，其可以为舟者旁十数。观者如市，匠伯不顾，遂行不辍。弟子厌观之，走及匠石，曰："自吾执斧斤以随夫子，未尝见材如此其美也。先生不肯视，行不辍，何邪？"曰："已矣，勿言之矣！散木也。以为舟则沈，以为棺椁则速腐，以为器则速毁，以为门户则液樠，以为柱则蠹。是不材之木也，无所可用，故能若是之寿。"

匠石归，栎社见梦曰："女将恶乎比予哉？若将比予于文木邪？夫柤、梨、橘、柚、果、蓏之属，实熟则剥，剥则辱；大枝折，小枝泄。此以其能苦其生者也，故不终其天年而中道夭，自掊击于世俗者也。物莫不若是。且予求无所可用久矣，几死，乃今得之，为予大用。使予也而有用，且得有此大也邪？且也若与予也皆物也，奈何哉其相物也？而几死之散人，又恶知散木！

---

① ［清］王先谦：《庄子集解》，见《诸子集成》3，上海书店1986年版，第108页。

匠石觉而诊其梦。弟子曰："趣取无用，则为社何邪？"曰："密！若无言！彼亦直寄焉，以为不知己者诟厉也。不为社者，且几有翦乎！且也彼其所保与众异，而以义喻之，不亦远乎！"①

这里无非是以大木无用未遭戕害比喻无用之为大用。不过整篇叙事饶有兴味。其中有人们对"其大蔽数千牛"的栎树"观者如市"的场面，有匠石"不顾，遂行不辍"的情景，有弟子"厌观之"后追问师傅、匠石称栎树"散木"的经过、有栎树见梦反唇相讥、骂匠石"而几死之散人，又恶知散木"的"镜头"，甚至最后还有匠石与弟子一起诊梦的画面，整篇叙事就颇为曲折生动。

再比如《达生》中"吕梁丈夫"一则：

孔子观于吕梁，县水三十仞，流沫四十里，鼋鼍鱼鳖之所不能游也。见一丈夫游之，以为有苦而欲死也。使弟子并流而拯之。数百步而出，被发行歌而游于塘下。孔子从而问焉，曰："吾以子为鬼，察子则人也。请问蹈水有道乎？"曰："亡，吾无道。吾始乎故，长乎性，成乎命。与齐俱入，与汨偕出，从水之道而不为私焉。此吾所以蹈之也。"孔子曰："何谓始乎故，长乎性，成乎命？"曰："吾生于陵而安于陵，故也；长于水而安于水，性也；不知吾所以然而然，命也。"②

这一则的重心只在于通过游水之道隐喻随物自然、率性而为的人生哲理，作者却不但构思出孔子与吕梁丈夫的相见，还描述了瀑布的惊险，用"鼋鼍鱼鳖之所不能游也"衬托出吕梁丈夫游水的特异之举，特别是还加上一段孔子以为该人"有苦而欲死"、让弟子顺水流前去搭救的小插曲，有孔子"吾以子为鬼，察子则人也"的惊异，遂使整篇寓言的情节变化颇富于生活的逻辑和情趣。

---

① ［清］王先谦：《庄子集解》，见《诸子集成》3，上海书店1986年版，第27—28页。
② ［清］王先谦：《庄子集解》，见《诸子集成》3，上海书店1986年版，第119页。

(三) 故事型寓言与"说体"

所谓"故事型寓言",即通篇描述一段情节或讲述一个故事,其中的人物对话不具有直接说理的功能,形象与意义也不具有明显的比喻关系,似乎纯粹是一篇叙事作品,然而,置于《庄子》这部学派哲理著作中,整个故事应该仍是用来说理或表明态度的。这种故事型寓言与作为叙事文本的"说体"最为接近,都具有情节性和描摹性。

如《达生》篇中"桓公见鬼"一则:

> 桓公田于泽,管仲御。见鬼焉。公抚管仲之手曰:"仲父何见?"对曰:"臣无所见。"公反,诶诒为病。数日不出。齐士有皇子告敖者曰:"公则自伤,鬼恶得伤公。……"桓公曰:"然则有鬼乎?"曰:"……泽有委蛇。"公曰:"请问委蛇之状何如?"皇子曰:"委蛇,其大如毂,其长如辕,紫衣而朱冠。其为物也恶,闻雷车之声,则捧其首而立。见之者殆乎霸。"桓公辴然而笑曰:"此寡人之所见者也。"于是正衣冠,与之坐,不终日而不知病之去也。①

桓公狩猎遇鬼,惊恐成病。听皇子告敖称谁遇到这种鬼谁就差不多可以称霸,顿觉释然,不出一日病好如初。这里虽然没有人物开口说理,但这个故事让人看到,桓公的病主要是心病,心病除,人自愈。所以,养生重在养心,此乃庄子哲学的要义所在。这个故事的情节即颇富于变化,见鬼、生病、探病、病去,有些出人意料,又在情理之中。其中"抚管仲之手"、"辴然而笑"、"正衣冠"等动作、表情描摹也颇为生动逼真,富于画面感。

再比如《田子方》中"庄子称鲁少儒"一则:

> 庄子见鲁哀公,哀公曰:"鲁多儒士,少为先生方者。"庄子曰:"鲁少儒。"哀公曰:"举鲁国而儒服,何谓少乎?"庄子曰:"周闻之:儒者冠圜冠者知天时,履句履者知地形,缓佩玦者事至而断。君子有其

---

① [清]王先谦:《庄子集解》,见《诸子集成》3,上海书店1986年版,第118页。

道者，未必为其服也；为其服者，未必知其道也。公固以为不然，何不号于国中曰：'无此道而为此服者，其罪死！'"于是哀公号之五日，而鲁国无敢儒服者。独有一丈夫，儒服而立乎公门。公即召而问以国事，千转万变而不穷。庄子曰："以鲁国而儒者一人耳，可谓多乎？"①

该文虽然以庄周为主人公，但这并非对庄周事迹的实录，而是杜撰的一段故事，因为庄周乃战国中期人，鲁哀公则是春秋末期人，两人时不相及。鲁哀公在庄周面前炫耀"举鲁国而儒服"，可见"鲁多儒士"，庄周让其下令"无此道而为此服者，其罪死"，结果整个鲁国只有一人仍敢穿儒服立于哀公之门。故事由庄子见哀公、哀公以鲁多儒讥庄子、庄子称鲁少儒而哀公以"举鲁国而儒服"表质疑、庄子让哀公以"无此道而为此服者其罪死"进行检验、哀公下令、鲁除一人无敢儒服者、哀公问政儒服者、庄子讥鲁仅一儒"可谓多乎"几个部分组成，篇幅虽然不长，但事件的发展多生奇变，读来颇为引人入胜，其蕴涵也正是在情节的变化中突显出来。

第三节　"说体"与汉代辞赋中的故事赋

汉代辞赋中有故事赋，这是由西汉墓《神乌傅（赋）》的出土引入的一个新视角，北大简《妄稽》的发现，对此给予了进一步确证。而汉代故事赋与先秦"说体"文本讲诵正有着一脉相承的直接关系。

一、《神乌赋》《妄稽》的出土与发现

上世纪九十年代，江苏东海县尹湾汉墓出土了一篇基本完整的汉代赋作——《神乌傅（赋）》②。这不仅是古代文学较为完整的作品的一次出土，而且是传世汉赋中少见的一篇故事赋的发现。

出土《神乌傅（赋）》的尹湾汉墓为6号墓，据该墓所出永始四年（前13年）武库兵车器集簿、元延元年（前12年）历谱、元延三年（前10年）五月历谱、元延二年（前11年）历谱等标有纪年的简牍大致判断，该墓下

---

① ［清］王先谦：《庄子集解》，见《诸子集成》3，上海书店1986年版，第132—133页。
② 连云港博物馆：《尹湾汉墓简牍释文选》，《文物》1996年第8期，第26—31页。

葬时间为西汉末年汉成帝时代①。那么,《神乌赋》的撰写时间至迟亦当在西汉后期之前。

《神乌赋》是一篇比较纯粹的以拟人化手法讲述禽鸟故事的叙述体赋作。是一则颇具悲剧色彩的拟人故事。一对雌雄乌雀为避祸求安,飞来府官构筑新巢,双双投入紧张的劳作,"雄行求材","雌往索菆"。谁想辛苦得来的材料却被盗鸟掠去,雌鸟回来时与盗鸟相遇。雌鸟百般劝阻,却毫无结果,不得已与盗鸟相拼,结果被对方抓得遍体鳞伤,生命危在旦夕。雄鸟回来见状后悲痛欲绝,誓与雌鸟同生死。雌鸟劝雄鸟另择佳偶,好好生活下去,好好抚养他们的子女,不要让孤子在后母那里受屈。为了不拖累雄鸟,雌鸟自缚两翼,投入污厕。雄鸟涕泪纵横,却投诉无门,只得离开了这个伤心的地方。

《神乌傅(赋)》作为一篇颇为纯粹的故事赋,传达的新的信息是汉代除了抒情言志的骚体赋和抒情小赋、体物描摹的散体大赋,其实还应有大量直接诉诸听众、用于讲故事表演的故事赋。

这一信息由近年新发现的"北大简"《妄稽》得到了又一次印证。

"北大简"乃北京大学 2009 年初所获海外捐赠的西汉竹简,已经通过专家鉴定。经整理清点,完整简约一千六百枚。经考订"推测这批竹书的抄写年代应主要在汉武帝后期,下限不晚于宣帝"②。《妄稽》即是其中的一篇长篇故事文,"共约三千四百字",篇题是原有的,因为"其中有一枚竹简,除了竹黄一面书写文字外,在竹青一面的上端,刮削了一小段青皮写有'妄稽'二字",按例应即是篇章题目。

妄稽是故事女主人公的名字。故事讲述的是荥阳士人周春出身名族,既孝悌仁慈,又容貌美好,却因父母之命,媒妁之言,娶了一个"甚丑以恶"的妻子,此妻即是妄稽。周春失望之极,称"必与妇生,不若蚤(早)死"。第二天周春母亲前往市场买得美妾虞士,妄稽从此吵闹不休,并对虞士百般折磨,周春"为之恐惧",只得另置一处住所安置虞士,但妄稽趁他因君事外出之机抓到虞士,断其指,抽其耳,"昏笞虞士,至旦不已";后

---

① 滕昭宗:《尹湾汉墓简牍概述》,《文物》1996 年第 8 期,第 32—36 页。
② 北京大学出土文献研究所编:《北京大学藏西汉竹书》肆,上海古籍出版社 2015 年版,"前言"第 2 页。

来又恐吓丈夫"速鬻虞士，毋羁狱讼"。最后妄稽生了大病，将近死期，对自己的妒行开始后悔。

由此可知，这也是一篇地道的叙事文，属于故事简。而从形式看，这篇故事简还具有明显的俗赋特征。其一是其戏剧性和故事性，乃市井民间喜闻乐见之故事；其二是其妒妇题材，反映的是众生相；其三是其章整齐，铺排，几乎全为四言，一义多句，韵文为主，韵散结合，具有明显的赋诵特征；其四是其描写夸饰渲染，对比鲜明，反差强烈，这些都显示了《妄稽》的赋诵体特征。

二、说书俑，汉代故事赋讲诵传播的文物证明

《神乌赋》《妄稽》的相继出土和发现，已经将这些赋作的传播方式问题提到了"议事日程"。由其故事性、世俗性，以及铺排、押韵等形式，大致可以推断，它们很可能是通过面对听众的"说"传播出来、记录下来的。也就是说，它们很可能就是汉代的"说体"，或者更准确地说，是"说体"中的赋诵之体。对此，已经出土的汉代说书俑是直观的证明。

四川成都东汉画像砖石墓出土的击鼓说书俑、郫县宋家林出土的东汉说书俑以及济源泗涧沟8号汉墓出土的一组表演俑，大致都可反映表演故事的情景[1]，可惜这些大都属于东汉墓出土（济源泗涧沟8号汉墓有论文分析称应断为东汉中期墓[2]），对于论证西汉时代的说话伎艺还比较间接。这里特别值得一提的是河北博物馆藏一对错金说唱俑，介绍称出土于河北满城西汉中期中山靖王刘胜墓。就错金风格看与该墓出土的一批珍贵文物（如错金博山炉、长信宫灯）的确比较接近，可惜当年的《满城汉墓发掘报告》没有专门介绍，或许因为出土太多（四千馀件），而文物工作者当时对说书俑又还没有特别关注。如果这对说书俑确为西汉铜俑，那么这就为西汉已有说话伎艺表演提供了很好的证明。因为这对铜俑中，一个右手五指张开举到耳部以上，显然是说话时做的手势，像是在表示五个，或十五、二十五……另一个则是悉心倾听的模样。且与上述说书俑、表演俑更像是俳优表演不同，

---

[1] 廖群：《汉代俗赋与中国古代小说发生研究》，《理论学刊》2009年第5期，第116—120页。
[2] 陈彦堂：《河南济源泗涧沟三座汉墓年代诸问题再探讨》，见《汉代考古与汉文化国际学术研讨会论文集》，齐鲁书社2006年版，第305—313页。

河北博物馆藏一对错金说唱俑

这里两人都是跽坐,应该是比较纯粹的"说书"表演和聆听故事。

对于这对俑的确可称为"说书俑"和"听书俑",本书第一章"'说体'称'说'续考"部分曾引《淮南子·本经训》中的一段话值得在这里重申一遍,这就是:

> 著于竹帛,镂于金石,可传于人者,其粗也。五帝三王,殊事而同指,异路而同归。晚世学者……取成之迹,相与危坐而说之,鼓歌而舞之,故博学多闻,而不免于惑。①

这里还是要强调,其中提到了晚世学者"相与危坐而说之",所说的乃是五帝三王之"事",之"成之迹",而说事者恰恰是"相与危坐",即跽坐。而且,还需要注意下面紧接着的一句"鼓歌而舞之",原来还是与歌舞同台,那么就不单单是"说",还是带有表演性质的"说",即赋诵表演。

三、《列女传》中的赋诵故事

论及先秦"说体"与汉代辞赋中的故事赋,编辑《说苑》《新序》等杂说书的刘向所编辑的《列女传》,是个值得特别关注的切入点。

---

① [汉]刘安:《淮南子》,[汉]高诱注,见《诸子集成》7,上海书店1986年版,第119页。

（一）《列女传》与《列女傅》

《列女传》为刘向校书时所编撰的集中记述妇女事迹的故事书，自称"臣向与黄门侍郎歆所校《烈（列）女传》，种类相从为七篇，以著祸福荣辱之效，是非得失之分，画之于屏风四堵"（徐坚《初学记》卷二十五引《七略别录》）①，班固《汉书·楚元王传》刘向本传亦云："向以为王教由内及外，自近者始。故采取《诗》《书》所载贤妃贞妇，兴国显家可法则，及孽嬖乱亡者，序次为《列女传》凡八篇，以戒天子。"② 其中《传》七篇（卷），依次为《母仪传》《贤明传》《仁智传》《贞顺传》《节义传》《辩通传》《孽嬖传》，另有《颂》一篇。既称"所校"，称"采《诗》《书》"，知也属缀辑性质。其中以先秦故事占绝大比重，因此也有相当一部分已见此前著述；另外，因妇女题材在早期著述中的边缘化特点，除《孽嬖传》外，其他六篇都还有许多故事属于不见前著者。

然而若将《列女传》中已见前著的先秦人物故事与前著所载故事一一对照，会发现与同为刘向编辑的《新序》《说苑》多为先秦固有文本不同，《列女传》中的文本则大多为对前著故事的演绎之作，其中有不少文本具有比较明显的赋诵特征（详下），已经不宜再将它们与先秦"说体"故事等量齐观，而应视为汉代演绎的先秦题材故事。其中缘故颇值得寻绎。

上面提到《神乌傅（赋）》的出土。而就在出土《神乌傅（赋）》的尹湾汉墓中，还有一块编号为 13 号的木牍，正面标题是《君兄缯方缇中物疏》，知是一份随葬物品的清单，其内容除记有刀、笔、管等文具外，还记录了一些书目，有《记》《六甲阴阳书》《恩泽诏书》《楚相内史对》《乌傅》《列女傅》《弟子职》等。《乌傅》即《神乌傅（赋）》。这里值得注意的是还有《列女傅》。可惜只见到书名，没有原文出土。关于《列女傅》，一些学者录作《列女传》（如《尹湾汉墓简牍概述》，《文物》1996 年第 8 期），但对照原件影印本，《列女傅》的"傅"字与"神乌傅"的"傅"写法一样，应该读为《列女傅（赋）》。

---

① 徐坚等：《古香斋初学记》，见董治安主编：《唐代四大类书》，清华大学出版社 2003 年版，第 1830 页。

② ［汉］班固：《汉书》，［唐］颜师古注，中华书局 1962 年版，第 1957—1958 页。

如上所述，尹湾汉墓为西汉末年汉成帝时期墓，与刘向在世时间正相值，正因如此，墓中的《列女傅》不可能是刘向的《列女传》，而刘向的《列女传》，却有可能采自诸如此类《列女傅》。也就是说，虽然我们看不到这部《列女傅》的具体篇目，仅此书名，即已经证明刘向之前，确已经有专门讲述妇女故事的赋作存在。刘向编辑妇女专题故事书，想必这些列女赋诵之作亦应在其所收之列。

作为佐证，《列女传·辨通传》中确有故事有涉隐情节，颇有隐戏赋色彩，而刘向在其篇首（或卷首）所写的四字十句的颂赞（有如卷目总序）中，最后两句是"妻妾则焉，为世所诵"，现在看来，这个"诵"字并非泛称，原来说的很可能是它们都在世间被赋诵讲说，是赋诵之作。

《列女传》中有可能有《列女傅（赋）》，文本本身也是证明。

（二）《列女传》中先秦"说体"故事的赋诵演绎

《列女传》绝大部分是先秦人物中诸位妇女的事迹和故事，其中有些人物故事已见前著，具体比对会发现《列女传》多有较大演绎，且经演绎多变得更具赋诵色彩。

例一，甯戚商歌。

宁戚饭牛车下得齐桓公任用的佳话始见于《吕氏春秋·举难》，关于两人相遇的描写，提到了歌唱，并没有歌词："宁戚饭牛居车下，望桓公而悲，击牛角疾歌。桓公闻之，抚其仆之手曰……"①《淮南子·道应训》《新序·杂事第五》完全同于《吕氏春秋》，只是《道应训》甯戚写作甯越。《列女传·辨通传》中的"齐管妾婧"一篇，不但多出管仲和管仲之妾，情节有了极大演绎，故事重心完全转移，还给甯戚"击牛角而商歌"加上了唱辞：

> 甯戚欲见桓公，道无从，乃为人仆。将车宿齐东门之外，桓公因出，甯戚击牛角而商歌，甚悲。桓公异之，使管仲迎之，甯戚称曰："浩浩乎白水！"管仲不知所谓，不朝五日，而有忧色。其妾婧进曰：

---

① 《吕氏春秋》，［汉］高诱注，见《诸子集成》6，上海书店1986年版，第253—254页。

"今君不朝五日而有忧色，敢问国家之事耶？君之谋也？"管仲曰："非汝所知也。"婧曰："妾闻之也，毋老老，毋贱贱，毋少少，毋弱弱。"管仲曰："何谓也？""昔者太公望年七十，屠牛于朝歌市，八十为天子师，九十而封于齐。由是观之，老可老邪？夫伊尹，有莘氏之媵臣也。汤立以为三公，天下之治太平。由是观之，贱可贱邪？皋子生五岁而赞禹。由是观之，少可少邪？驶騠生七日而超其母。由是观之，弱可弱邪？"于是管仲乃下席而谢曰："吾请语子其故。昔日，公使我迎宁戚，宁戚曰：'浩浩乎白水！'吾不知其所谓，是故忧之。"其妾笑曰："人已语君矣，君不知识邪？古有白水之诗。诗不云乎：'浩浩白水，儵儵之鱼，君来召我，我将安居，国家未定，从我焉如。'此宁戚之欲得仕国家也。"管仲大悦，以报桓公。桓公乃修官府，齐戒五日，见宁子，因以为佐，齐国以治。①

这一篇由传说增益演绎为赋诵作品的痕迹十分明显。其一，将宁戚饭牛车下直接打动齐桓公的君臣遇合改为桓公使管仲迎之，管仲又经其妾的点拨明白白水之歌之意，大大增加了情节的曲折性；其二，管仲妾只为探得管仲为何事而忧，说了一大篇"毋老老，毋贱贱，毋少少，毋弱弱"，老、贱、少、弱全部兼顾，连讲四个故事，铺排之至，是典型的赋体构思；其三，猜测"浩浩乎白水"之意，有射隐的情节因素，很可能与隐事赋有关（详下），之所以列于此，只因是对前著已见故事或传说的演绎。

例二，息妫传说。

蔡哀侯无礼于息妫致息侯之怒，最终反而导致楚灭息入蔡事，已见前述"绳息妫，楚灭息入蔡"。其中记述灭息后，《左传·庄公十四年》说的是"以息妫归，生堵敖及成王焉。未言。楚子问之。对曰：'吾一妇人，而事二夫，纵弗能死，其又奚言？'"文王因此迁怒于蔡侯灭息，"遂伐蔡"。②《列女传·贞顺传》"息君夫人"篇却讲述了一段感人的殉情故事：

---

① 张敬：《列女传今注今译》，台湾商务印书馆1994年版，第211—212页。
② 《春秋左传正义》，见《十三经注疏》，中华书局1980年版，第1771页。

夫人者，息君之夫人也。楚伐息，破之。虏其君，使守门。将妻其夫人，而纳之于宫。楚王出游，夫人遂出见息君，谓之曰："人生要一死而已，何至自苦！妾无须臾而忘君也，终不以身更贰醮。生离于地上，岂如死归于地下哉！"乃作诗曰："谷则异室，死则同穴。谓予不信，有如皦日。"息君止之，夫人不听，遂自杀，息君亦自杀，同日俱死。楚王贤其夫人，守节有义，乃以诸侯之礼合而葬之。（《列女传·贞顺传》）①

在这里，被破国虏获的息君成了楚王的"守门"人，妻子则将被夺成为别国国君的夫人。但妻子并不会委身于仇家，趁仇家出游，妻子偷偷出见丈夫，表示生死相守，并作诗明志，以死为证。妻子已死，做丈夫的怎能独活，于是"同日俱死"。其实妻子所作诗是《诗经·王风·大车》中的诗句，放在这里还真是贴切。按，若依《左传》，息妫于楚文王死后仍在，《庄公二十八年》记述有楚文王弟、楚令尹子元于文王去世后欲蛊文夫人息妫事，"楚令尹子元欲蛊文夫人，为馆于其宫侧，而振万焉"，文夫人责其不以是舞"习戎备"，"而于未亡人之侧"。子元为其所激而起师，但终因"归自伐郑，而处王宫，斗射师谏，则执而梏之"，为申公斗班所杀（《庄公三十年》）。②看来，对于《列女传》中这个故事的讲述者来说，历史事实是什么并不重要，他只不过是借着这个题材和事件背景，构思的是国破之后一对夫妻以死相守的悲伤故事。可以设想听众们是会被感动得潸然泪下的。

例三，杞梁妻故事。

《左传·襄公二十三年》记述齐袭莒的"且于之役"，描述了齐大夫杞殖（梁）、华还（舟）先期潜入莒郊、陷入重围、不受禄与盟、不"贪货弃命"的事迹，激战中杞梁不幸遇难，其尸体被莒人用来与齐行成。然后提及：

齐侯归，遇杞梁之妻于郊，使吊之。辞曰："殖之有罪，何辱命

---

① 张敬：《列女传今注今译》，台湾商务印书馆 1994 年版，第 144 页。
② 《春秋左传正义》，见《十三经注疏》，中华书局 1980 年版，第 1781—1782 页。

焉？若免于罪，犹有先人之敝庐在，下妾不得与郊吊。"齐侯吊诸其室。(《左传·襄公二十三年》)①

齐侯载杞梁遗体返回途中于城外遇到迎候的杞梁之妻，于是欲就此对杞梁进行吊唁，但杞梁妻拒绝在郊外哭悼，因为这不符合对大夫一级死者的吊唁礼仪，于是齐侯亲往杞梁之室隆重吊唁。杞梁妻因此有了善哭其夫的名声，《礼记·檀弓》记曾子即提到"杞梁死焉，其妻迎其柩于路，而哭之哀"，《孟子·告子下》亦称"杞梁（妻）善哭其夫"。

《列女传·贞顺传》中的"齐杞梁妻"一篇正述此事，前面部分大致同于《左传》所述，后面部分却是全新的情节：

"……妾不得与郊吊。"于是庄公乃还车诣其室，成礼然后去。杞梁之妻无子，内外皆无五属之亲。既无所归，乃就其夫之尸于城下而哭之，内诚动人，道路过者莫不为之挥涕，十日，而城为之崩。既葬，曰："吾何归矣？夫妇人必有所倚者也。父在则倚父，夫在则倚夫，子在则倚子。今吾上则无父，中则无夫，下则无子。内无所依，以见吾诚。外无所倚，以立吾节。吾岂能更二哉！亦死而已。"遂赴淄水而死。(《列女传·贞顺传》)②

"城为之崩"的杞梁妻最后竟然又"赴淄水而死"，已经完全是新的演绎。按，城崩情节尚不出自《列女传》增益，《说苑》中与《左传》同中有异的"版本"述至结尾处已有"其妻闻之而哭，城为之阤，而隅为之崩"(《立节》)③之说。《列女传》这里所增更加强了叙事的生活化和效果的强烈感，杞梁妻最终投淄水而死令人震撼，而其投水是因为上已无父，中夫又亡，下尚无子，已经变得孤苦无依，投水有其合理性，也会引起人们的同情和悲痛。这是更适合面对普通听众而讲述的伤感故事。

例四，越姬殉情。

---

① 《春秋左传正义》，见《十三经注疏》，中华书局1980年版，第1978页。
② 张敬：《列女传今注今译》，台湾商务印书馆1994年版，第147页。
③ 向宗鲁：《说苑校证》，中华书局1987年版，第85页。

《左传·哀公六年》述有"楚昭王不移祸"之事，称该年出现"有云如众赤鸟""夹日以飞三日"的怪象，周太史称"其当王身乎"，但又说"若禜之，可移于令尹、司马"。昭王说"除腹心之疾"，而"置诸股肱"，"何益"？"有罪受罚，又焉移之"？"遂弗禜"。叙事还涉及昭王立嗣之事。称该年秋昭王救陈，卜战卜退都不吉，昭王说"然则死也"，于是安排后事，"命公子申为王"，"命公子结"，都"不可"；"则命公子启"，"五辞而后许"。将战时昭王果然卒于城父。公子启辞楚王位，说"君王舍其子而让"，"群臣敢忘君乎"？于是与子西、子期谋，"逆越女之子章立之"。① 与此相关，《列女传·节义传》"楚昭越姬"篇直接将越女落实到"楚昭越姬者，越王句践之女，楚昭王之姬也"，并铺陈出一篇越姬始而不允、后则主动殉情的长篇故事。前半部分不见前著，于此始见，说的是二十五年前的事情：

　　　　昭王燕游，蔡姬在左，越姬参右。王亲乘驷以驰逐，遂登附社之台，以望云梦之囿。观士大夫逐者既骧，乃顾谓二姬曰："乐乎？"蔡姬对曰："乐。"王曰："吾愿与子生若此，死又若此。"蔡姬曰："……固愿生俱乐，死同时。"王顾谓史书之，蔡姬许从孤死矣。乃复谓越姬，越姬对曰："乐则乐矣，然而不可久也。"王曰："吾愿与子生若此，死若此，其不可得乎？"越姬对曰："……妾闻之诸姑，妇人以死彰君之善，益君之宠，不闻其以苟从其闇死为荣，妾不敢闻命。②

　　二十五年后，楚昭王救陈，"二姬从"。昭王病于军中，"有赤云夹日，如飞鸟"，昭王问周史，周史曰："是害王身，然可以移于将相。"将相们听说后，"将请以身祷于神"。昭王曰："将相之于孤犹股肱也，今移祸焉，庸为去是身乎？"不听。于是出现了下面的描述：

　　　　越姬曰："大哉君王之德！以是，妾愿从王矣。昔日之游淫乐也，是以不敢许。及君王复于礼，国人皆将为君王死，而况于妾乎！请愿先

---

① 《春秋左传正义》，见《十三经注疏》，中华书局1980年版，第2161—2162页。
② 张敬：《列女传今注今译》，台湾商务印书馆1994年版，第174—175页。

驱狐狸于地下。"王曰:"昔之游乐,吾戏耳。若将必死,是彰孤之不德也。"越姬曰:"昔日妾虽口不言,心既许之矣。妾闻信者不负其心,义者不虚设其事。妾死王之义,不死王之好也。"遂自杀。王病甚,让位于三弟,三弟不听。王薨于军中,蔡姬竟不能死。王弟子闾与子西、子期谋曰:"母信者,其子必仁。"乃伏师闭壁,迎越姬之子熊章,立是为惠王。①

《左传》中的确已述及"逆越女之子章立之",这里则演绎出越姬殉情、昭王诸弟拥立其子嗣位的感人故事。按,若据前述上博简第九册《邦人不称》所述,楚"白公胜之乱"时昭王夫人、惠王母越姬尚在,则"殉情说"也是编织出的一篇"小说"作品。

例五,魏少子乳母。

"魏少子乳母身被十二矢"的故事见于《韩诗外传·卷九》,说的是一位乳母宁死也不交出少子、并以身相护中箭而亡的惨烈故事。《列女传·节义传》中这一故事题为"魏节乳母",已经在原作基础上做了较大幅度的演绎。其中增益最为明显者是人劝乳母放弃魏公子的对话部分:

> 人谓乳母曰:"得公子者赏甚重,乳母当知公子处而言之。"乳母应之曰:"我不知其处,虽知之,死则死,不可以言也。为人养子,不能隐而言之,是畔上畏死。吾闻:忠不畔上,勇不畏死。凡养人子者,生之,非务杀之也,岂可见利畏诛之故,废义而行诈哉!吾不能生而使公子独死矣。"(《韩诗外传·卷九》)②

> 魏之故臣见乳母而识之曰:"乳母无恙乎?"乳母曰:"嗟乎!吾奈公子何?"故臣曰:"今公子安在?吾闻秦令曰:'有能得公子者,赐金千镒。匿之者,罪至夷。'乳母倘言之,则可以得千金。知而不言,则昆弟无类矣。"乳母曰:"吁!吾不知公子之处。"故臣曰:"我闻公子与乳母俱逃。"母曰:"吾虽知之,亦终不可以言。"故臣曰:"今魏国

---

① 张敬:《列女传今注今译》,台湾商务印书馆1994年版,第175页。
② 许维遹:《韩诗外传集释》,中华书局1980年版,第311—312页。

已破，亡族已灭。子匿之，尚谁为乎？"母吁而言曰："夫见利而反上者，逆也。畏死而弃义者，乱也。今持逆乱而以求利，吾不为也。且夫凡为人养子者务生之，非为杀之也。岂可利赏畏诛之故，废正义而行逆节哉！妾不能生而令公子禽也。"（《列女传·节义传》）①

比较可知，《韩诗外传》的文本只是概述式描写，对话只有一个回合；《列女传》这里则是具体描摹了整个对话的过程，先是彼此寒暄，乳母佯装对不起公子；继而闻对方劝交出公子，假装不知公子何在；对方说已知与公子俱逃后，改口承认是在一起，但也不能交出公子；对方又劝魏已亡，藏匿公子又有何用，乳母才说出一番义正之言。这种对话描摹无疑已经具有戏剧色彩，变成了典型的"说书"文本。

（三）《列女传》中的隐事赋

《汉书·艺文志·诗赋略》中列杂赋十二家，二百三十三篇，其中包括《隐书》十八篇。《隐书》前面是《成相杂辞》十一篇，此《成相》当非荀子《成相》，因为前面已经著录"孙卿赋"十篇，但参照荀子同题赋可知，《成相》是富于表演性的口头赋诵类形式，节奏感极强，类似后世"快板书"，"成相"即敲击相器。由此可知应确有面对听众的"语言类"节目。那么紧随其后的《隐书》，是不是同样是"语言类"表演节目的底本？可惜《隐书》已逸，《列女传》中有几篇极其富于故事性、趣味性、戏剧性的隐事故事，即便不是《隐书》中的逸篇，也极可能是同类，其传播形式很可能也是赋诵表演。

先秦时期，"隐"是颇有吸引力的娱乐项目，"说体"故事中即有"好隐""喜隐"一类，"一鸣惊人"即由"进隐"、对隐而来，流传甚广，变异亦多，被安在了楚庄王、齐威王等不同君王头上。《荀子》中的《赋篇》，第一部分即是五轮与王的设隐射隐问答，所隐为礼、知、云、蚕、针五种现象和事物；涉及隐事而题"赋"，可见"隐"与"赋"相关。此种嗜好衍生出不少故事，故事又是通过赋诵表演展示和传播，于是射隐故事也就成了

---

① 张敬：《列女传今注今译》，台湾商务印书馆1994年版，第196—197页。

赋体中的一类，《隐书》被列在"杂赋"类，很可能就是射隐故事汇编。

《列女传》中也有几篇先秦人物故事，情节中涉及了射隐之事，带有比较明显的赋诵色彩，兹列举辨析如下。

其一，"鲁臧孙母"。

见于《仁智传》，说的是鲁大夫臧文仲母救儿子的故事，其核心情节即是读破隐语。当时臧文仲被派遣出使齐国，其母颇为担心，说"汝刻而无恩，好尽人力，穷人以威，鲁国不容子矣，而使子之齐"，"鲁之宠臣多怨汝者，又皆通于齐高子、国子。是必使齐图鲁而拘汝。留之，难乎其免也。汝必施恩布惠，而后出以求助焉"。臧文仲遂按照母亲的盼咐"托于三家，厚士大夫而后之齐"。到了齐国，齐果然"拘之，而兴兵欲袭鲁"。臧文仲偷偷让人捎封书信给鲁庄公，又怕被人截获，于是在书信中写下一串隐语：

> 敛小器，投诸台。食猎犬，组羊裘。琴之合，甚思之。臧我羊，羊有母。食我以同鱼。冠缨不足带有馀。

庄公见书信后与鲁大夫们"相与议之，莫能知之"，研究半天不明所以。有人突然想到"臧孙母者，世家子也，君何不试召而问焉"？于是庄公将臧文仲母亲请来，说"吾使臧子之齐，今持书来云尔，何也"？臧文仲母读完后泣下沾襟，说大事不好，"吾子拘有木治矣"。庄公奇怪，问"何以知之"，于是臧母开始射隐：

> 敛小器投诸台者，言取郭外萌（氓），内之于城中也。食猎犬组羊裘者，言趣飨战斗之士而缮甲兵也。琴之合甚思之者，言思妻也。臧我羊羊有母者，告妻善养母也。食我以同鱼，同者其文错，错者所以治锯，锯者所以治木也，是有木治系于狱矣。冠缨不足带有馀者，头乱不得梳，饥不得食也。故知吾子拘而有木治矣。

所谓取郭外之人纳入城中，言外之意就是鲁人被齐人抓起来了；所谓急急忙忙飨士治甲，意思就是他们要发兵攻鲁了；思妻，让妻养母，就是我臧文仲回不去了；同鱼，一作"鲷鱼"，一作"铜鱼"，关键是说背上花纹交错的那种鱼，要取的是"错"字，最终说到"治木"，就是被戴上了木枷。梳不了头，吃不上饭，完全失去自由了。经臧文仲母这样一解释，鲁庄公马上意识到了事情的严重性，遂"军于境上"，"齐方发兵，将以袭鲁，闻兵在境上，乃还文仲而不伐鲁"。①

这段叙事，隐语和射隐是整个故事情节中的一个部分，因此，这不是单纯的隐语文，而是隐事故事。这里描摹具体，情节曲折有致，隐语及射隐饶有兴味，颇为适宜赋诵传播。

其二，"齐钟离春"。

见于《辨通传》，是一篇十分有趣的丑女故事，而其有趣处就在于她的"善隐"。这丑女名叫钟离春，乃无盐邑之女，又称无盐女。"其为人极丑无双，臼头，深目，长壮，大节，卬鼻，结喉，肥项，少发，折腰，出胸，皮肤若漆"。正因为如此奇丑无比，行年四十还没有嫁出去，却跑到齐宣王的宫中说愿充后宫，对谒者说"妾齐之不雠女也。闻君王之圣德，愿备后宫之扫除，顿首司马门外，唯王幸许之"。谒者跑去"方置酒于渐台"的宣王那里禀报，"左右闻之，莫不掩口大笑曰：'此天下强颜女子也，岂不异哉！'"笑归笑，这事毕竟让人好奇，于是齐宣王"召见之"，问"昔者先王为寡人娶妃匹，皆已备有列位矣。今夫人不容于乡里布衣，而欲干万乘之主，亦有何奇能哉"？我已后宫无数，你这连乡里布衣都不愿娶的丑女，却要来当国君夫人，必是有什么超绝的本事吧？开始这丑女也是奇女谦虚说"无有。特窃慕大王之美义耳"，宣王坚持问"何善"，无盐女矜持良久，才回答说"窃尝善隐"。宣王果然来了精神，直呼"隐固寡人之所愿也"，并称"试一行之"，接下来便是此女的"善隐"：

> 言未卒，忽然不见。宣王大惊，立发隐书而读之，退而推之，又未能得。

原来这就是她所谓"善隐"，乃隐藏之隐也。这恐怕就叫行为语言，或曰行为艺术。但喜隐的齐宣王却没有参透这个"隐"，到隐书中去找，其实这是

---

① 张敬：《列女传今注今译》，台湾商务印书馆1994年版，第108—109页。

这女子的临场发挥，独家"创意"，那书里哪能找得到。第二日，这女子又换了一种行为艺术：

> 明日，又更召而问之，不以隐对，但扬目衔齿，举手拊膝，曰："殆哉殆哉！"如此者四。

宣王服气了，说您还是别让我猜了，您就直说吧，"愿遂闻命"。钟离春于是开始了滔滔不绝：

> 今大王之君国也，西有衡秦之患，南有强楚之雠，外有二国之难，内聚奸臣，众人不附。春秋四十，壮男不立，不务众子而务众妇，尊所好，忽所恃；一旦山陵崩弛，社稷不定，此一殆也。渐台五重，黄金白玉，琅玕笼疏，翡翠珠玑，幕络连饰，万民罢极，此二殆也。贤者匿于山林，谄谀强于左右，邪伪立于本朝，谏者不得通入，此三殆也。饮酒沈湎，以夜继昼，女乐俳优，纵横大笑。外不修诸侯之礼，内不秉国家之治，此四殆也。故曰殆哉殆哉。

这番说辞的结果便是"于是宣王喟然而叹曰：'痛乎无盐君之言！乃今一闻。'于是拆渐台，罢女乐，退谄谀，去雕琢，选兵马，实府库，四辟公门，招进直言，延及侧陋。卜择吉日，立太子，进慈母，拜无盐君为后。而齐国大安"。①

这篇叙事诙谐幽默，描摹夸张，语句铺排，又富于情节性，是典型的赋诵文本。

其三，"楚处庄侄"。

亦见《辨通传》，说的是庄侄年十二以"言隐事"见楚襄王之事。当时襄王"行年四十"不立太子，还好淫乐，于是庄侄当襄王欲游五百里之外时，"以缇竿为帜""持帜伏南郊道旁"，只等王车经过，庄侄便高举起旗帜，"王见之而止，使人往问之"，派去的人回来禀报说，"有一女童伏于帜

---

① 张敬：《列女传今注今译》，台湾商务印书馆1994年版，第239—240页。

下，愿有谒于王"。王曰："召之。"就这样，庄姪来到襄王面前。襄王问你"何为者也"，庄姪回答"妾县邑之女也，欲言隐事于王，恐壅阏蔽塞，而不得见闻。大王出游五百里，因以帜见"。接下来便是言隐解隐：

> 王曰："子何以戒寡人？"姪对曰："大鱼失水，有龙无尾。墙欲内崩，而王不视。"王曰："不知也。"姪对曰："大鱼失水者，王离国五百里也，乐之于前，不思祸之起于后也。有龙无尾者，年既四十，无太子也。国无强辅，必且殆也。墙欲内崩而王不视者，祸乱且成而王不改也。"①

离于国就像大鱼失水，没有太子就像有龙无尾，朝中祸乱将起大王您还蒙在鼓里不就像内墙将崩您却不怕砸着么。接下来又是三难、五患云云。结果就是襄王载庄姪以归，同样是立以为夫人，楚国复强。

这篇叙事同样首尾完整，描摹具体，语言铺排，具有赋诵特征。

总之，《列女传》先秦人物故事中的有些篇章，其演绎，铺排，还有与杂赋类中《隐书》相类的射隐故事，都带有比较明显的赋诵特征，很可能是赋诵讲述故事的记录文本。它们可以说是先秦"说体"讲诵的一种延续，是汉代的"说体"。这种"说体"在汉代应该还有很多，《神乌赋》《妄稽》已是证明，或许与《列女傅》有些关系的《列女传》只是它的一个剪影。

第四节 "说体"与古代小说

就称谓而言，"说体"与"小说"关系最为密切和直接，皆因源自"说"而得名；就"小说"发生之初而言，也与"说体"连体同胎，"小说"只是"说体"中"街谈巷语"（非史官系统）或"似依托"（非史实）的那个部分。后来进入文学创作领域的"小说"与"说体"渐行渐远，但"说体"因"说"而形成的文本特点，仍留在"小说"身上挥之不去，并

---

① 张敬：《列女传今注今译》，台湾商务印书馆1994年版，第252—253页。

成为其"立身扬名"的基本要素。

一、"说体"与"说体"中的"小说"

"小说"一词今见似最早出现在《庄子·外物》中,即所谓"饰小说以干县(悬)令,其于大达亦远矣"①。过去学界基本认定它与文体性的"小说"没有关系。(如鲁迅《中国小说史略》:"乃谓琐屑之言,非道术所在,与后来所谓小说者固不同。"②)现在看来,《庄子》中的这个"小说"含义比较模糊,也可能相当宽泛,既包括小的见识,恐怕也包括小道传闻。

据班固《汉书·艺文志》所称的九流十家,先秦已经出现小说家,所谓"小说家者流,盖出于稗官。街谈巷语、道听途说者之所造也。孔子曰:'虽小道,必有可观者焉,致远恐泥,是以君子弗为也。然亦弗灭也。闾里小知者之所及,亦使缀而不忘。如或一言可采,此亦刍荛狂夫之议也。'"③

关于"小说家"所出之"稗官",颜师古注引如淳曰:"细米为稗,街谈巷说,其细碎之言也,王者欲知闾巷风俗,故立稗官使称说之"。颜师古注:"稗官,小官,汉名臣奏'唐林请省置吏,公卿大夫都官稗官,各减什三'是也。"④余嘉锡《小说家出于稗官说》以为"如淳以'细米为稗,街谈巷说细碎之言'释稗官,是谓因其职在称说细碎之言,遂以名其官,不知唐林所言都官稗官,并是通称,实无此专官也。师古以稗官为小官,深合古训。《周礼》'宰夫掌小官之戒令',法云'小官,士也',此稗官即士之确证也"⑤。由此可见,对于"稗官",注家所解有专称、泛称之别。如淳认为确有稗官之设,余嘉锡认为颜注是以稗官为小官泛称,实无此官之设,并认同此说。

值得注意的是,继湖北云梦睡虎地十一号秦墓发掘大批秦简之后,1989年云梦龙岗六号秦墓又出土一百五十枚竹简,时代略晚于睡虎地秦简。这批竹简同属于秦的法律文书。其中有一简出现了"稗官":"取传书乡部稗

---

① [清]王先谦:《庄子集解》,见《诸子集成》3,上海书店1986年版,第177页。
② 鲁迅:《中国小说史略》,见《鲁迅全集》第八卷,人民文学出版社1957年版,第5页
③ [汉]班固:《汉书》,[唐]颜师古注,中华书局1962年版,第1745页。
④ [汉]班固:《汉书》,[唐]颜师古注,中华书局1962年版,第1745页。
⑤ 余嘉锡:《余嘉锡论学杂著》,中华书局1962年版,第268页。

官。其田及□作务勿以论。"（编号185）① 有学者由此指出，"稗官确实是小官，但是并非'无此专官'，而是乡里专职人员"②。那么，如淳所说"王者欲知闾巷风俗，故立稗官使称说之"还是有所凭据的。更值得一提的是，这支提到"乡部稗官"的简恰恰又提到"取传书"，此"传书"说不定正是被称为"传"的"说体"记录。

就此看来，先秦"盖出于稗官"的"小说家者"所传所采的文本当属于"说体"中来自闾里民间"传语"的部分，"街谈巷语""道听途说""闾里小知""刍荛狂夫"，都不属于史官的讲史说事。

上述这些关于"小说家"所采、所传"小说"的论述，"街谈巷语""道听途说"，都是源自"说"，所说如果是故事，便纯属"说体"文本。因此，先秦"小说"与"说体"在某种意义上（小说中说事的部分）几乎同体，只不过"小说"是"说体"中"小"的部分。就上述把握来看，此"小"主要指来源渠道之"小"，非官方，非史官；渠道之"小"又决定了其中会有题材之"小"的部分，闾里民间发生的东家长西家短，也会在其讲述中。

归总来说，先秦"小说"中有情节故事的部分本身即是"说体"文本，可称之为"说体"中的"小说"。

这样，若举这种"小说"，便可直接从先秦"说体"文本中去择取。比如见于《韩非子·内储说下》的"燕人无惑，其妻浴以矢"，说的是燕人李季好出远门，其妻"私有通于士"，某日这李季不知何故突然提前回家了，妻子私通的相好还在卧室里，妻子吓坏了，女管家急中生智，说"令公子裸而解发直出门，吾属佯不见也"，让这公子赤身裸体、披头散发走出门去，我们都说没看见。于是，当李季看到后问"是何人也"时，"家室皆曰：'无有。'"这真是大白天活见鬼，李季果真问一句"吾见鬼乎"？其妻曰"然"，应该是吧。"为之奈何？"回答是"取五牲之矢浴之"，季曰："诺。""乃浴以矢。"李季平白无故被扣了一盆"五牲之矢"。不过，还有

---

① 《云梦龙岗秦简》，科学出版社1997年版，第23页。
② 刘跃进：《秦汉简帛中的文学世界》，《忻州师范学院学报》2001年第2期。

一说不这么倒霉,"一曰浴以兰汤","兰汤"应该芳香多了。① 其实这整个故事都是"一曰"版,《内储说下》先载录的一版说法是"燕人惑易,故浴狗矢",接下来讲的是同一个故事,叙事比较简约:"燕人无惑,故浴狗矢。燕人、其妻有私通于士,其夫早自外而来,士适出,夫曰:'何客也?'其妻曰:'无客。'问左右,左右言无有,如出一口。其妻曰:'公惑易也。'因浴之以狗矢。"② 这样看来,这个故事首先是典型的"说体",在被辗转讲说中至少形成了三种"版本";而它又是"说体"中的"小说",是典型的闾里传闻故事。就故事中的主人公来说,第一版只说是燕人,尚不知姓甚名谁;第二版加个名姓,但李姓是大众姓,可以随便加;"季"字是排行,兄弟中最小的那个都称"季"。显然是小人物,归不进历史系统。就故事情节而言,"惑易浴矢"也纯属民间风俗,登不得大雅之堂。

然而需要特别指出的是,"说体"中的这种"小说",与文学性"小说"并不相同。文学性"小说"的要素之一是虚构,进一步说是有意虚构。就这个意义上讲,上述"拟托文"书写、诸子寓言中拟"说体"编织喻理故事者都更接近"小说"创作。而"说体"中的"小说"与一般性的"说体"一样,都是在讲述、辗转相告、讲诵历史上或现实中已经发生了的事件。

同时又应看到,"说体"中的"小说"与文学性"小说"有天然契合的部分。

其一,"说体"中的"小说"起初讲述东家西家故事,多是出自"好奇","兴趣","好玩",没有功利目的,与文学性"小说"的审美性有相通之处。

其二,"说体"中的"小说"所讲多为日常琐事,个人生活,家庭生活,与文学性"小说"区别于历史叙事的题材偏重差强近似。

其三,"说体"中的"小说"辗转相传,容易添枝加叶,越传越奇,就像《吕氏春秋·察传》中的"穿井得一人之使"传成了"得一人于井中",自然形成虚构,与文学性"小说"的虚构只差有意无意之间。

---

① [清] 王先慎:《韩非子集解》,见《诸子集成》5,上海书店1986年版,第182—183页。
② [清] 王先慎:《韩非子集解》,见《诸子集成》5,上海书店1986年版,第182页。

二、"小说家"著作猜想：以《伊尹说》为例

《汉书·艺文志》著录了小说家的著作十五种，除其中明确可知属于汉代所著之外，尚有九种可能产生在先秦时代：

《伊尹说》二十七篇。　其语浅薄，似依托也。
《鬻子说》十九篇。　后世所加。
《周考》七十六篇。　考周事也。
《青史子》五十七篇。　古史官记事也。
《师旷》六篇。　见《春秋》，其言浅薄，本与此同，似因托之。
《务成子》十一篇。　称尧问，非古语。
《宋子》十八篇。　孙卿道宋子，其言黄老意。
《天乙》三篇。　天乙谓汤，其言非殷时，皆依托也。
《黄帝说》四十篇。　迂诞依托。①

遗憾的是，这些著作均已亡佚，已很难据此考察先秦小说家著作的原貌。就班固极其简略的自注看，动辄说它们"似依托也"、"后世所加"、"非古语"、"迂诞依托"，想必多是不似实录、惹人生疑之说，有些可能还怪诞离奇，与正史所载有较大出入。值得玩味的是《青史子》，注称"古史官记事也"，史官所记，何以入了小说家？由上述对于"小说家"的种种说法推断，这些篇章或许是史官对"庶人传语"或"士传语"的笔录，执笔者虽属史官，所记之事则来自"街谈巷语"。而从明确说它们是"记事"看，倒是进一步证实了确为叙事之体、故事之体。

既然"小说家"确曾产生在先秦时代，这些"小说家"著作确曾存在过并被看到和著录，即便其书已佚，难道就没有在各类文献中留下些蛛丝马迹？

上述著录中第一部是《伊尹说》，二十七篇，班固自注"其语浅薄，似依托也"，由此可知被归于"小说家"的著作中有集中讲述伊尹之事者。而

---

① ［汉］班固：《汉书》，［唐］颜师古注，中华书局1962年版，第1744页。

在上述整理的"说体"文本中,伊尹是上古三代传说故事中被"说"的最多也最富传奇色彩的一位。

首先,伊尹的来历就很奇异,乃是其母化为空桑后所出,见于《楚辞·天问》的问及,更见于《吕氏春秋·本味》的讲述。前者称"水滨之木,得彼小子"①;后者称"有侁氏女子采桑,得婴儿于空桑之中","其母居伊水之上,孕,梦有神告之曰:'臼出水而东走,毋顾!'明日,视臼出水,告其邻,东走十里而顾,其邑尽为水,身因化为空桑。故命之曰伊尹"②。

其次是伊尹与商汤的遇合。《吕氏春秋·本味》称有侁氏得空桑所出婴儿后"献之其君。其君令烰人养之","长而贤"。"汤闻伊尹,使人请之有侁氏,有侁氏不可。伊尹亦欲归汤,汤于是请取妇为婚。有侁氏喜,以伊尹为媵"③;这也就是《楚辞·天问》所问"成汤东巡,有莘爰极。何乞彼小臣,而吉妃是得"?④ 关于汤往见伊尹,又有诸多故事,《墨子·贵义》有"汤将往见伊尹,令彭氏之子御"一段,"彭氏之子半道而问曰:'君将何之?'汤曰:'将往见伊尹。'彭氏之子曰:'伊尹,天下之贱人也。若君欲见之,亦令召问焉,彼受赐矣。'汤曰:'非女所知也。今有药此,食之则耳加聪,目加明,则吾必说而强食之。今夫伊尹之于我国也,譬之良医善药也。而子不欲我见伊尹,是子不欲吾善也。'因下彭氏之子,不使御。彼苟然,然后可也"⑤。《孟子·万章上》则说商汤是"三顾茅庐",伊尹后来想到自己应该"先知觉后知",故"就汤"。当时万章问"人有言,'伊尹以割烹要汤',有诸"?孟子答"否,不然",然后说"伊尹耕于有莘之野,而乐尧舜之道焉。……汤使人以币聘之,嚣嚣然曰:'我何以汤之聘币为哉?我岂若处畎亩之中,由是以乐尧舜之道哉?'汤三使往聘之,既而幡然改曰:'与我处畎亩之中,由是以乐尧舜之道,吾岂若使是君为尧舜之君哉?吾岂若使是民为尧舜之民哉?吾岂若于吾身亲见之哉?天之生此民也,使先

---

① [宋]洪兴祖:《楚辞补注》,中华书局1983年版,第108页。
② 《吕氏春秋》,[汉]高诱注,见《诸子集成》6,上海书店1986年版,第139页。
③ 《吕氏春秋》,[汉]高诱注,见《诸子集成》6,上海书店1986年版,第139页。
④ [宋]洪兴祖:《楚辞补注》,中华书局1983年版,第108页。
⑤ [清]孙诒让:《墨子间诂》,见《诸子集成》4,上海书店1986年版,第266—267页。

知觉后知，使先觉觉后觉也。予，天民之先觉者也；予将以斯道觉斯民也。非予觉之，而谁也？'……故就汤而说之以伐夏救民"①。算来这些"汤将往见"、伊尹"就汤"之事，当发生在伊尹作为媵臣归汤之前。

第三是伊尹在商汤那里的身份。《墨子·尚贤下》称"昔伊尹为莘氏女师仆，使为庖人，汤得而举之，立为三公"②，则知伊尹作为媵臣的具体身份是新妇的庖厨。这恐怕也是后来传成"伊尹以割烹要汤"的缘故。

第四是伊尹间夏。关于伊尹往来于汤、桀之间，先秦文献多有提及，《孟子·告子下》称"五就汤、五就桀者，伊尹也"③；《战国策·燕策二·苏代为奉阳君说燕于赵以伐齐》称"伊尹再逃汤而之桀，再逃桀而之汤，果与鸣条之战，而以汤为天子"④；《孙子·用间篇》说"昔殷之兴也，伊挚在夏……故明君贤将能以上智为间者，必成大功"⑤，意思是伊尹在夏乃是"为间"。关于伊尹间夏，更有他与妹喜"比而亡夏"之说。《国语·晋语一》中史苏给人讲"有男戎必有女戎"，亦即女人是祸水，就提到"昔夏桀伐有施，有施人以妹喜女焉，妹喜有宠，于是乎与伊尹比而亡夏"⑥；《吕氏春秋·慎大》更说"汤射伊尹使视旷夏"，为了让伊尹到夏当间谍能取得对方信任，竟然使出"苦肉计"，亲自以箭射伤伊尹，伊尹"逃亡"至夏整整三年，果然有与妹喜的"互动"，因为他回来报告商汤所说之事就是妹喜透露的消息，且在灭夏时起到了关键作用："末嬉言曰：'今昔天子梦西方有日，东方有日，两日相与斗，西方日胜，东方日不胜。'伊尹以告汤。商涸旱，汤犹发师，以信伊尹之盟。故令师从东方出于国西以进。未接刃而桀走，逐之至大沙。"⑦

关于伊尹逃夏，近年发现的清华简中更有一个说法迥异的离奇故事，见于第三册中的《赤鹄之集汤之屋》⑧，说的是"有赤鹄集于汤之屋"，汤获

---

① 《孟子注疏》，见《十三经注疏》，中华书局1980年版，第2738页。
② [清]孙诒让：《墨子间诂》，见《诸子集成》4，上海书店1986年版，第40页。
③ 《孟子注疏》，见《十三经注疏》，中华书局1980年版，第2757页。
④ [汉]刘向集录：《战国策》，上海古籍出版社1985年版，第1089页。
⑤ 《孙子十家注》，《诸子集成》6，上海书店1986年版，第238页。
⑥ 《国语》，上海古籍出版社1988年版，第255页。
⑦ 《吕氏春秋》，[汉]高诱注，见《诸子集成》6，上海书店1986年版，第159—160页。
⑧ 李学勤主编：《清华大学藏战国竹简（叁）》，中西书局2012年版，第166—170页。

之，乃命小臣给他烹饪，待他出门回来后享用。赤鹄羹做好后，商汤后妻纴
夼却要先尝，小臣担心被杀，纴夼说你不给我尝，我不是也可以杀掉你？小
臣只好给她尝。没想到"纴夼受小臣而尝之"，那羹"乃昭然四荒之外，亡
不现也"；小臣自己"受其馀而尝之"，那羹"亦昭然四海之外，亡不见
也"。"汤返廷，小臣馈。汤怒曰：'孰盗吾羹？'小臣惧，乃逃于夏"。汤乃
施以法术魅之，"小臣乃昧而寝于路，视而不能言"。众鸟将食之，有一巫
鸟劝阻说，"是小臣也，不可食也"，夏后有疾，还等着他来作法祛邪呢。
众鸟乃问"夏后之疾如何"，那巫鸟说"帝命二黄蛇与二白兔居后之寝室之
栋"，"是使后疾而不知人"，帝又命后土为二夌屯，"共居后之床下"，"是
使后之身疟痟，不可极于席"。众鸟离开后，那巫鸟乃对小臣施治，于是
"小臣乃起而行，至于夏后"。说了一番"彻屋，杀黄蛇与白兔"的办法，
夏后便按这方子去做了。故事中的"小臣"无疑就是伊尹。这个故事与上
述"汤亲射伊尹"似乎有些暗合，伊尹得罪了商汤，岂不正好可以取得夏
的信任？但这个"版本"并未交待小臣是去做间谍，还增添了众鸟对话、
黄蛇白兔作怪的情节，更像是"小说家言"。

综上可见，关于伊尹的确有十分丰富的传闻故事，其中不乏怪诞虚妄
者。这不得不使我们想到"小说家"著作中有《伊尹说》。这些故事与《伊
尹说》是否有关？其中有些是否来自《伊尹说》？或者，这些故事是否会被
《伊尹说》所收录？应该说都不无可能，只是迄今尚无据可证，只能停留在
猜测阶段罢了。

三、《吴越春秋》对先秦"说体"故事的整合与演绎

论及先秦"说体"与汉代小说的关系，东汉赵晔撰写的以吴越之争为
题材的历史小说《吴越春秋》是一个典型个案。

就完整著作而言，《吴越春秋》已经与"说体"文本划出了清晰的界
限。该作乃是作者独立撰写而成，经过了精心构思，对来自"说体""书
体"等的各种素材作出了加工处理，写出的是一部书面文本作品，供人阅
读和欣赏，这与仅仅是对相告、转述、讲诵故事的文本的记录已经不可同日
而语。然而，在它身上，已经吸纳"说体"要素成为肌体的内在组织。这
个基本要素就是情节性和描摹性，包括《吴越春秋》在内的所有文学性小

说叙事作品，除了虚构性，还有的基本特征便是它的情节性和描摹性了，而这是先秦"说体"所自带的与文学叙事天然契合的基本要素。

除此之外，由吴越历史题材所决定，《吴越春秋》对先秦"说体"故事进行了系统的整合与演绎，并新增了许多情节。兹仅就其对"说体"的整合与演绎举例辨析，以见出两者剪不断的血脉联系。

（一）整合

《吴越春秋》在具体撰写到某一个历史人物的事迹和某一段历史事件时，为了交代清楚来龙去脉和丰富叙事内容，援用了许多相关的、固有的"说体"故事，并对素材作了富于创造性的整合处理。

有些是将个别、零散的"说体"故事纳入系统的情节叙事之中。

比如《韩非子·说林上》有"子胥出走，边候得之"一条，仅说伍子胥出走，到边关时被边候拘捕，"子胥曰：'上索我者，以我有美珠也。今我已亡之矣，我且曰子取吞之。'候因释之"，具体何时何地何故并无任何交待。《吴越春秋·王僚使公子光传第三》则将这个故事编织在伍子胥因楚平王拘杀父兄而出逃至宋、奔郑、又偕太子建之子公子胜一同自郑逃奔吴地的一节中：

> 闻太子建在宋……胥遂奔宋。
>
> 宋元公无信于国……子胥乃与太子建俱奔郑，郑人甚礼之。太子建又适晋，晋顷公曰："太子既在郑，郑信太子矣。太子能为内应而灭郑，即以郑封太子。"太子还郑，事未成，会欲（杀）私其从者，从者知其谋，乃告之于郑。郑定公与子产诛杀太子建。
>
> 建有子名胜，伍员与胜奔吴。到昭关，关吏欲执之。伍员因诈曰："上所以索我者，以我有美珠也，今我已亡矣。将告子取吞之。"关吏因舍之。[①]

正因为伍子胥急中生智，编出"上索我者，以我有美珠"的谎话，才

[①] 张觉：《吴越春秋校注》，岳麓书社2006年版，第37—40页。

逃过郑人追捕,其后又几经波折到达吴国,才上演了伍子胥复仇的"大戏"。"索珠"一段成了整个叙事的有机组成部分。

还有的是将"说体"故事经过一定处理、改变叙述方式组合进叙事之中。

如《阖庐内传第四》写到楚国白喜(伯嚭)也投奔吴国而来,需要交待他逃离楚国的缘由,于是插入了《左传·昭公二十七年》所述白喜祖父郤宛(伯州犁)在楚被谗害的"说体"故事("费无极教郤宛,使被诛")。这个故事在《左传》中是直接叙述,这里则处理为通过伍子胥回答吴王之问讲述出来:

> 六月,欲用兵,会楚之白喜来奔。吴王问子胥曰:"白喜何如人也?"子胥曰:"白喜者,楚白州犁之孙。平王诛州犁,喜因出奔,闻臣在吴而来也。"阖问曰:"州犁何罪?"子胥曰:"白州犁,楚之左尹,号曰郤宛,事平王,平王幸之,常与尽日而语,袭朝而食。费无忌望而妒之,因谓平王曰:'王爱幸宛,一国所知,何不为酒一至宛家,以示群臣于宛之厚?'平王曰:'善。'乃具酒于郤宛之舍。无忌教宛曰:'平王甚毅猛而好兵,子必前陈兵堂下门庭。'宛信其言,因而为之。及平王往而大惊,曰:'宛何等也?'无忌曰:'殆且有篡杀之忧,王急去之!事未可知。'平王大怒,遂诛郤宛。诸侯闻之,莫不叹息。喜闻臣在吴,故来。请见之。"①

这无疑是作者的移花接木。这样处理,就使叙事既充实丰满,又避免了支离散漫,且将故事有机嵌入到伍子胥的悲剧命运故事中,这无疑是一个十分巧妙的构思。

《阖庐内传第四》中被嵌入伍子胥故事中的还有"要离为吴王刺王子庆忌"。这个故事流传颇广,详述见于《吕氏春秋·忠廉》,并未提到伍子胥,也没提是哪位吴王,直称"吴王欲杀王子庆忌而莫之能杀,吴王患之。要离曰:'臣能之。'"《阖庐内传第四》这里却处理为要离是被伍子胥推荐给

---

① 张觉:《吴越春秋校注》,岳麓书社2006年版,第61—62页。

吴王阖庐，要刺杀的王子庆忌是吴王僚之子：

> 二年，吴王前既杀王僚，又忧庆忌之在邻国，恐合诸侯来伐。问子胥曰："昔专诸之事，于寡人厚矣。今闻公子庆忌有计于诸侯，吾食不甘味，卧不安席，以付于子。"子胥曰："臣不忠无行，而与大王图王僚于私室之中，今复欲讨其子，恐非皇天之意。"阖闾曰："昔武王讨纣而后杀武庚，周人无怨色。今若斯议，何乃天乎？"子胥曰："臣事君王，将遂吴统，又何惧焉？臣之所厚，其人者，细人也。愿从于谋。"①

而且，随着这个介绍，作者又在伍子胥口中插入了"要离折辱壮士椒丘䜣"（已见《韩诗外传·卷十》"东海勇士菑丘䜣杀三蛟一龙，要离往见之"）一段：

> 吴王曰："吾之忧也，其敌有万人之力，岂细人之所能谋乎？"子胥曰："其细人之谋事，而有万人之力也。"王曰："其为何谁？子以言之。"子胥曰："姓要名离。臣昔尝见曾折辱壮士椒丘䜣也。"王曰："辱之奈何？"子胥曰："椒丘䜣者，东海上人也。……"②

椒丘䜣是敢于与水神决战、被水神弄瞎了一只眼睛的齐国壮士，不免在人前"言辞不逊，有陵人之气"，要离看不下去，当众休辱他被水神弄残还厚着脸皮活在世上，而且明知椒丘䜣晚上会跑到家里来捅自己，却故意大敞着门等他来，最终椒丘䜣被要离折得心服口服。《韩诗外传》中的这个故事十分富于传奇色彩，显然属于小说家言，《吴越春秋》这里通过伍子胥之口绘声绘色地描述出来，为作品增添了不少色彩，又没有与整个情节形成游离。

就这样，见于不同著作的许多先秦"说体"故事被作者拿来经过精心整合，都变成了叙事中的有机组成部分。

---

① 张觉：《吴越春秋校注》，岳麓书社2006年版，第64页。
② 张觉：《吴越春秋校注》，岳麓书社2006年版，第64页。

(二) 演绎

《吴越春秋》对先秦"说体"文本的演绎，也以伍子胥故事最为典型。如前所举，关于伍子胥自郑经楚逃往吴国途中的经历，《吕氏春秋·异宝》有"伍子胥奔吴，遇江上之丈人"一节：

> 因如吴。过于荆，至江上，欲涉，见一丈人，刺小船，方将渔，从而请焉。丈人度之，绝江。问其名族，则不肯告，解其剑以予丈人，曰："此千金之剑也，愿献之丈人。"丈人不肯受，曰："荆国之法，得五员者，爵执圭，禄万檐，金千镒。昔者子胥过，吾犹不取，今我何以子之千金剑为乎？"五员过于吴，使人求之江上，则不能得也。每食必祭之，祝曰："江上之丈人！"（《吕氏春秋·异宝》）①

《史记·伍子胥列传》也提到此节，所述较《吕氏春秋》简略，并称所赐剑为"百金剑"；但比《吕氏春秋》多出"中道乞食"情节："……父曰：'楚国之法，得伍胥者赐粟五万石，爵执珪，岂徒百金剑邪！'不受。伍胥未至吴而疾，止中道，乞食。至于吴。"②

对此，《越绝书·越绝荆平王内传第二》已有明显演绎，增加了渔者唱歌、发箪饭甚至自刎的情节，以及乞食于击絮女子的故事：

> 子胥……于是乃南奔吴。至江上，见渔者，曰："来，渡我。"渔者知其非常人也，欲往渡之，恐人知之，歌而往过之，曰："日昭昭，侵以施，与子期甫芦之碕。"子胥即从渔者之芦碕。日入，渔者复歌往，曰："心中目施，子可渡河，何为不出？"船到即载，入船而伏。半江，而仰谓渔者曰："子之姓为谁？还，得报子之厚德。"渔者曰："纵荆邦之贼者，我也，报荆邦之仇者，子也。两而不仁，何相问姓名为？"子胥即解其剑，以与渔者，曰："吾先人之剑，直百金，请以与

---

① 《吕氏春秋》，[汉] 高诱注，见《诸子集成》6，上海书店 1986 年版，第 101—102 页。
② [汉] 司马迁：《史记》，中华书局 1959 年版，第 2173 页。

子也。"渔者曰："吾闻荆平王有令曰：'得伍子胥者，购之千金。'今吾不欲得荆平王之千金，何以百金之剑为？"渔者渡于于斧之津，乃发其箪饭，清其壶浆而食，曰："亟食而去，毋令追者及子也。"子胥曰："诺。"子胥食已而去，顾谓渔者曰："掩尔壶浆，无令之露。"渔者曰："诺。"子胥行，即覆船，挟匕首自刻而死江水之中，明无泄也。

　　子胥遂行。至溧阳界中，见一女子击絮于濑水之中，子胥曰："岂可得讬食乎？"女子曰："诺。"即发箪饭，清其壶浆而食之。子胥食已而去，谓女子曰："掩尔壶浆，毋令之露。"女子曰："诺。"子胥行五步，还顾女子，自纵于濑水之中而死。

——《越绝书·越绝荆平王内传第二》①

　　《越绝书》一名《越绝记》，《隋书·经籍志》题子贡撰，《崇文总目》称或曰伍子胥作。《四库全书总目》采纳明杨慎《丹铅录》等的意见，根据原书《末叙》以廋词隐其姓名的原则，判定"以去为姓，得衣乃成"是"袁"字，"厥名有米，复之以庚"是"康"字，"禹来东征，死葬其疆"是会稽人，"文词属定，自于邦贤"是同郡人，"以口为姓，承之以天"是"吴"字，"楚相屈原，与之同名"是"平"字，合将起来，《越绝书》就是会稽袁康作，同郡吴平校定②；但也有学者认为两人不见于任何史料记载，应该属于子虚乌有式的人物。《越绝书》是一部文章汇编性质的著作，因其不见《汉书·艺文志》著录，一般而言，最终成书应该不会在东汉之前。就该书本身考察，其中文章文体不一，文风不一，内容或有重复，不会是一人所作，其间或有子贡、伍子胥的篇章文字，更有各种不同来源的文本，包括辗转讲诵的"说体"文本。袁康、吴平或许只是全书最终的编纂者。伍子胥"江上见渔者"及"溧水乞食击絮女子"两节，即可能援自辗转讲诵伍子胥故事的"说体"文本。为表明绝不泄露消息的态度，渔者、击絮女竟皆自杀身亡，这种情节无疑有夸张演绎成分；而其中有些细节，诸如渔者用歌声引导伍子胥潜入芦苇之中，又用歌声将其唤出等等，更具有赋

---

① 李步嘉：《越绝书校释》，武汉大学出版社1992年版，第15—16页。
② 《四库全书总目》，中华书局1965年版，第583页。

诵讲说特征。

《吴越春秋》述及这个故事，即在综合吸纳上述各种描述、演绎的基础上又作了新的演绎。

如《王僚使公子光传第三》在"子胥既渡"之后，增添了"渔父取饷"一段：

> 子胥既渡，渔父乃视之有其饥色。乃谓曰："子俟我此树下，为子取饷。"渔父去后，子胥疑之，乃潜身于深苇之中。有顷，父来，持麦饭、鲍鱼羹、盎浆，求之树下，不见，因歌而呼之，曰："芦中人，芦中人，岂非穷士乎？"如是至再，子胥乃出芦中而应。渔父曰："吾见子有饥色，为子取饷，子何嫌哉？"子胥曰："性命属天，今属丈人，岂敢有嫌哉？"①

所述"溧水乞食击绵女子"一节，依《史记》亦称"疾于中道"，然后称"乞食溧阳"，增添了描写成分，特别是增添了"独与母居"，以为后面的情节张目：

> 子胥默然，遂行至吴。疾于中道，乞食溧阳。适会女子击绵于濑水之上，筥中有饭。子胥遇之，谓曰："夫人可得一餐乎？"女子曰："妾独与母居，三十未嫁，饭不可得。"子胥曰："夫人赈穷途，少饭，亦何嫌哉？"女子知非恒人……即发其箪筥，饭其盎浆，长跪而与之。子胥再餐而止。女子曰："君有远逝之行，何不饱而餐之？"子胥已餐而去，又谓女子曰："掩夫人之壶浆，无令其露。"女子叹曰："嗟乎！妾独与母居三十年，自守贞明，不愿从适，何宜馈饭而与丈夫？越亏礼仪，妾不忍也。子行矣。"子胥行五步，反顾女子，已自投于濑水矣。②

较之《越绝书》中的击絮女，《吴越春秋》中的击绵女更多出恪守"男

---

① 张觉：《吴越春秋校注》，岳麓书社2006年版，第41页。
② 张觉：《吴越春秋校注》，岳麓书社2006年版，第43页。

女授受不亲"礼仪的情节对话,与《韩诗外传》中的"阿谷处女"、《列女传》中的"秋胡妻"、《陌上桑》中的秦罗敷颇相近似,有明显的汉代文化色彩。

作为对这一故事的后续演绎,《吴越春秋·阖庐内传第四》更增添了两段伍子胥回报。

其一是"闻'芦中人'而退兵"。说的是伍子胥得江上渔父相助赴吴终得伐楚报杀父之仇后,又引军击郑,郑得渔父之子救郑,伍子胥为回报其前人而释郑:

> 遂引军击郑,郑定公前杀太子建而困迫子胥。……郑定公大惧,乃令国中曰:"有能还吴军者,吾与分国而治。"渔者之子应募,曰:"臣能还之。不用尺兵斗粮,得一桡而行歌道中,即还矣。"公乃与渔者之子一桡。子胥军将至,当道扣桡而歌曰:"芦中人。"如是再。子胥闻之,愕然大惊,曰:"何等人者?"即请与语:"公为何谁矣?"曰:"渔父者子。吾国君惧怖,令于国:有能还吴军者,与之分国而治。臣念前人与君相逢于途,今从君乞郑之国。"子胥叹曰:"悲哉!吾蒙子前人之恩,自致于此。上天苍苍,岂敢忘也?"于是乃释郑国。①

其二是"投金濑水,老妪取金"。说的是伍子胥得溧阳濑水击绵女一饭之恩几年后,伍子胥重过溧阳濑水,投金水中,老妪行哭取金,扣合了击绵女所说的"独与母居":

> 子胥等过溧阳濑水之上,乃长太息曰:"吾尝饥于此,乞食于一女子,女子饲我,遂投水而亡。"将欲报以百金而不知其家,乃投金水中而去。
> 有顷,一老妪行哭而来,人问曰:"何哭之悲?"妪曰:"吾有女子,守居三十不嫁。往年击绵于此,遇一穷途君子,而辄饭之,而恐事泄,自投于濑水。今闻伍君来,不得其偿,自伤虚死,是故悲耳。"人

---

① 张觉:《吴越春秋校注》,岳麓书社2006年版,第87页。

曰："子胥欲报百金，不知其家，投金水中而去矣。"姬遂取金而归。①

这两段叙事，都已经是在叙述多年事件之后的第四章，又回溯扣合前文，这种构思，已经有文学叙事有意追求前后呼应的艺术效果的味道。

第五节　代拟琴歌与先秦"说体"故事的汉代演绎

代拟琴歌，指以琴瑟等作为伴奏乐器，模拟前代人物口吻演唱的代拟体歌诗，属于汉代乐府诗中"琴曲歌辞"中的一个部分，在汉代琴歌中占有极大比重。这些代拟体琴歌模拟先秦人物，势必结合其故事讲说弹唱，与先秦"说体"文本便结下了不解之缘。

一、署名先秦人物的琴曲歌辞确有汉代代拟歌诗考

据《琴操》②、郭茂倩《乐府诗集》等，可辑得先秦两汉琴歌四十七首，其中三十七首的解题均称为先秦时人所作所歌，作者包括唐尧、虞舜、夏禹、周文王、周武王、周成王、周公旦、楚庄王、许由、箕子、微子、伯夷、尹伯奇、介子推、孔子、卞和、杞梁妻、楚庄王妃樊姬等。对此，逯钦立先生已于《先秦汉魏晋南北朝诗》中提出它们均为汉代诗歌，并将其收录到"汉代诗歌"部分③。这一意见极带有启发性。种种迹象表明，这些代拟琴歌中有的很可能是汉代传播、演绎先秦"说体"故事的伴生之作。

首先可以肯定，先秦文献已提及援琴而歌，先秦已有可能创作琴曲歌辞。如《尚书·虞书·益稷》提到"夔曰戛击鸣球，搏拊琴瑟以咏"④，咏

---

① 张觉：《吴越春秋校注》，岳麓书社2006年版，第95页。
② 《琴操》，古代琴曲解题著作，多题东汉蔡邕撰。原书已佚，经后人辑录成书。关于《琴操》作者，《隋书·经籍志》著录"《琴操》三卷，晋广陵相孔衍撰"；《旧唐书·经籍志》著录"《琴操》二卷（桓谭撰）。《琴操》三卷（孔衍撰）"；李善《文选注》、徐坚《初学记》等则多称"蔡邕《琴操》"。王谟《汉魏遗书钞》辑本、《平津馆丛书》辑本亦均题"蔡邕撰""蔡邕伯喈撰"。后者卷首所载马瑞辰《琴操校本序》称"传注所引及今《读画斋丛书》所传本皆属蔡邕，惟《初学记》引《箜篌引》为孔衍《琴操》，其文与蔡邕《琴操》不殊，是知隋志言孔衍撰者谓撰述蔡邕之书，非谓孔衍自著也"。
③ 《先秦汉魏晋南北朝诗》，逯钦立编，中华书局1983年版，第299页。
④ 《尚书正义》，《十三经注疏》，中华书局1980年版，第144页。

即咏歌；《庄子·大宗师》描述子桑"若歌若哭，鼓琴曰：'父邪！母邪！天乎！人乎！'"①，"鼓琴曰"即鼓琴而歌。但经考证辨析，会发现《琴操》《乐府诗集》所收的这批署名先秦人所作的琴曲歌辞，则大多为汉代的代拟之作，歌曲抒情主人公确有先秦故事传世，而其作歌情节，特别是歌辞，则应为新的演绎。

归纳来说，大致可从以下几个方面予以辨析和论定。

其一，据时人是否提及。

"时人"，指先秦人或汉代人；"是否提及"，提到或未提到；所"提"主要是指援琴而歌之事特别是所歌歌词。未提到，说明此时可能尚未有援琴而歌之说特别是尚未见到歌词；提到，说明歌词已于此前产生。《琴操》《乐府诗集》所载录的这批琴曲歌辞中，有些先秦人或西汉前期人尚未提到，西汉后期或东汉人已经提及，即可据此判断乃汉代人所拟作。

比如《文王操》，"翼翼翱翔，彼凤皇兮。衔书来遊，以会昌（姬昌）兮。……"郭茂倩《乐府诗集》于此歌篇题下署名"周·文王"，并引《琴操》曰："纣为无道，诸侯皆归文王。其后有凤皇衔书于郊，文王乃作此歌。"②关于《文王操》，《韩诗外传·卷五》有一段孔子学鼓琴于师襄子的故事，称孔子先是说"丘已得其曲矣，未得其数也"，继而说"丘已得其数矣，未得其意也"，几日后又说"丘已得其人矣，未得其类也"，最后说"邈然远望，洋洋乎！翼翼乎！……其惟文王乎"？"师襄子避席再拜曰：'善！师以为文王之操也。'"③对此，《松弦馆琴谱》的撰者严澂称："孔子鼓琴得其人，师襄始言为《文王操》。使有词可读，孔子不待问，师襄亦不待言矣。"④此说有理，由此可断文王作歌故事及歌词乃韩婴之后汉人所增。需要说明的是《琴操》所讲凤凰衔书本事已见先秦"说体"故事，《墨子·非攻下》即称"赤鸟衔珪，降周之岐社，曰：'天命周文王，伐殷有国。'"⑤只是故事至汉代被演绎，特别是将孔子学琴故事中的语句与凤凰衔

---

① ［清］王先谦：《庄子集解》，见《诸子集成》3，上海书店1986年版，第47页。
② 《乐府诗集》，［宋］郭茂倩编，中华书局1979年版，第830页。
③ 许维遹：《韩诗外传集释》，中华书局1980年版，第175—176页。
④ 《〈松弦馆琴谱〉提要》，见《四库全书总目》，中华书局1965年版，第970页。
⑤ ［清］孙诒让：《墨子间诂》，见《诸子集成》4，上海书店1986年版，第94—95页。

珪的情节一并融进了歌词中。

还有《箕子操》，郭茂倩《乐府诗集》署名"殷·箕子"，并引《史记》曰"纣始为象箸，箕子叹曰……乃披发佯狂而为奴，遂隐而鼓琴以自悲。"① 按之《史记·宋微子世家》，郭氏此引为檃栝节选，且《史记》后面还有一句"故传之曰《箕子操》"。然《史记》只是称鼓琴，未提作歌，更未提有歌词。检索文献，先秦时期多种文献均提到过箕子事迹，其中《韩非子·说林上》"纣为象箸而箕子怖"及"纣为长夜之饮"所述情节性较强，当为《史记》所本，然包括《韩非子》在内的所有文献均未提箕子"鼓琴以自悲"之事。此外《尸子》所述略为具体，称"箕子胥馀漆体而为厉，披发佯狂，以此免也"②，但只是叙述，其中"漆体而为厉，披发佯狂"却与《箕子操》歌诗中的"漆身为厉，被发以佯狂"几乎重叠。由此可断，先秦时期箕子故事已经成型，但尚无"鼓琴"情节；至《史记》记录时当有演绎箕子故事的琴曲出现，歌诗则是《史记》之后所增，撰诗者吸收了《尸子》等关于箕子事迹的叙述和描写。

他如《越裳操》，《琴操上》称"周公辅成王……天下太平，万国和会……越裳重九译而来，献白雉……周公于是仰天而叹之，乃援琴而鼓之。其章曰"③ 云云。越裳重译献白雉事始见于汉初陆贾《新语·无为》，称"周公制作礼乐……越裳之君，重译来朝"，故事当传自先秦。《尚书大传》、《韩诗外传》卷五、《说苑·辨物》也有类似故事。《太公金匮》所载还有另一种版本，称"武王伐殷，丁侯不朝。尚父乃画丁侯，三旬射之。丁侯病大剧，使人卜之，祟在周……四夷闻之，皆惧，各以其职来贡，越裳氏献白雉，重译而至。"（《太平御览》卷三百四十九《兵部》八十引）④ 无论哪个版本，均无周公作歌之说，更无鼓琴而歌情节。尤为值得一提的是，若当时已有作歌或鼓琴之说，《说苑》一般不会遗漏，其中就记有许多作歌鼓琴故事。由此可证，西汉尚无题为周公作的此琴曲。蔡邕《琴赋》则提到此

---

① 《乐府诗集》，[宋] 郭茂倩编，中华书局 1979 年版，第 829 页。
② 《尸子》，[清] 汪继培辑，华东师范大学出版社 2009 年版，第 71 页。
③ 《琴操（两种）》，吉联抗编，人民音乐出版社 1990 年版，第 26—27 页。
④ [宋] 李昉等：《太平御览》，中华书局 1960 年版，第 1609 页。

曲："于是繁弦既抑，雅韵乃扬……《梁甫》悲吟，周公《越裳》。"① 而且下面描写"于是歌人恍惚以失曲"，知弹曲者同时也是歌人，由此可证带有歌词的《越裳操》当作于东汉。

其二，据载录信息。

这批琴曲歌辞中，有些篇目除见载于《琴操》或《乐府诗集》外，还见于其他著作载录，出现不同"版本"。载录及解题差异本身即说明其本事乃至歌诗不过是后代传说，绝非故事中人物所自作。

比如《履霜操》（"履朝霜兮采晨寒，考不明其心兮听谗言……"），郭茂倩《乐府诗集》署名"尹伯奇"，并引《琴操》曰："伯奇无罪，为后母谗而见逐，乃集芰荷以为衣，采楟花以为食。晨朝履霜，自伤见放，于是援琴鼓之而作此操。曲终，投河而死。"②

郭氏引书多隐栝之，检索今见平津馆丛书本《琴操上》，所言较之详备许多："……伯奇母死，吉甫更娶后妻，生子曰伯邦。乃潜伯奇于吉甫曰：'伯奇见妾有美色，然有欲心。'吉甫曰：'伯奇为人慈仁，岂有此也。'妻曰：'试置妾空房中，君登楼而察之。'后妻知伯奇仁孝，乃取毒蜂缀衣领，（令伯奇掇之）。伯奇前持之，吉甫大怒，放伯奇于野。伯奇编水荷而衣之，采楟花而食之。清朝履霜，自伤无罪见逐，乃援琴而鼓之曰云云。宣王出游，吉甫从之。伯奇乃作歌，以言感之于宣王。宣王闻之曰：'此孝子之辞也。'吉甫乃求伯奇于野而感悟，遂射杀后妻。"③

详略不同可以说是郭氏处理，问题是同为《琴操》，一说伯奇"投河而死"，一说吉甫求得伯奇，"射杀后妻"，差异如此之大，就涉及不同版本。

伯奇冤情故事亦属先秦"说体"，《韩诗外传·卷七》中的"传曰"有近乎纲目性的故事提要："传曰：'伯奇孝而弃于亲，隐公慈而杀于弟，叔武贤而杀于兄，比干忠而诛于君。'"④《韩诗外传》"传曰"大多为引述先秦"说体"，且后面与伯奇并称的隐公、叔武、比干等人物故事均见先秦记述，伯奇"孝而弃于亲"当同样如此。《风俗通义·正失第二》记述彭城相

---

① 邓安生：《蔡邕集编年校注》，河北教育出版社2002年版，第461页。
② 《乐府诗集》，[宋]郭茂倩编，中华书局1979年版，第833页。
③ 《琴操（两种）》，吉联抗编，人民音乐出版社1990年版，第29—30页。
④ 许维遹：《韩诗外传集释》，中华书局1980年版，第257页。

袁元服之父提到曾子解释为何"失妻而不娶",说的是:"吾不及尹吉甫,子不如伯奇,以吉甫之贤,伯奇之孝,尚有放逐之败,我何人哉?"① 恰可为证。

伯奇故事入汉后开始有琴曲演绎,且出现了多个"版本"。王充《论衡·感虚篇》驳斥邹衍之冤感天"下霜"奇谈举到伯奇:"曾子见疑而吟,伯奇被逐而歌。……曾子、伯奇不能致寒,邹衍何人,独能雨霜?"② 知此时已有伯奇悲歌情节,但不会过于离奇,王充这里反对的就是离奇;而另外一个版本则确实是伯奇投江,如《水经注·江水注》引扬雄《琴清英》即云"尹吉甫子伯奇至孝,后母谮之,自投江中,衣苔带藻,忽梦见水仙,赐其美药,思惟养亲,扬声悲歌。船人闻之而学之,吉甫闻船人之声,疑似伯奇,援琴作《子安之操》"③。投江后又作歌,故事已有志怪色彩。还有一个版本出现了"射杀后妻",不过也是在伯奇死后,如曹植《令禽恶鸟论》称"昔尹吉甫用后妻之谗,而杀孝子伯奇。……俗传云:吉甫后悟,追伤伯奇。出游于田,见异鸟鸣于桑,其声嗷然。吉甫动心曰:'无乃伯奇乎?'鸟乃抚翼,其音尤切。吉甫曰:'果吾子也。'乃顾谓曰:'伯奇,劳乎?是吾子,栖吾舆;非吾子,飞勿居。'言未卒,鸟寻声而栖于盖。归入门,集于井干之上,向室而号。吉甫命后妻载弩射之,遂射杀后妻以谢"④。

《乐府诗集》收录的《履霜操》所用为《琴操》版本。对于一言伯奇"投河",一言吉甫求伯奇于野,射杀后妻,可以肯定的一点是平津馆丛书本《琴操》此说绝非郭氏所见《琴操》之后的增益,因为《文选》所录马融《长笛赋》有"放臣逐子","彭胥伯奇"句,唐李善注引《琴操》即是"宣王出游"这个版本:"……宣王出游,吉甫从。伯奇乃作歌感之于宣王。宣王曰:此放子辞。吉甫乃求伯奇,射杀后妻。"⑤

由此可推知,郭氏引文有断句问题,髁栝引《琴操》当止于"于是援琴鼓之而作此操","曲终,投河而死"则应是郭氏据汉代普遍流传的伯奇

---

① 王利器:《风俗通义校注》,中华书局1981年版,第128页。
② [汉]王充:《论衡》,见《诸子集成》7,上海书店1986年版,第50页。
③ 陈桥驿:《水经注校证》,中华书局2007年版,第772页。
④ 赵幼文:《曹植集校注》,人民文学出版社1989年版,第305页。
⑤ 《文选》,[梁]萧统编,[唐]李善注,中华书局1977年版,第250页。

"投江"、死后化身版本交待结局。

既然出现如此多的"版本",可知《琴操》所录《履霜操》歌诗的这个"版本"也不过是诸多演绎中的一个,属于汉代琴师的"创作"。

其三,据歌词印迹。

琴曲歌辞若为后人代拟之作,难免会留下代拟者本人所处的时代烙印。所以歌词本身也可以用来作为判定是否代拟的凭据。

比如《襄陵操》,郭茂倩《乐府诗集》题名"夏禹",并引《古今乐录》曰:"禹治洪水,上会稽山,顾而作此歌。"《襄陵操》歌词为"呜呼,洪水滔天,下民愁悲,上帝愈咨。三过吾门不入,父子道衰。嗟嗟不欲烦下民"①,实集中了三部著作中的语句。"洪水滔天"见于《山海经·海内经》,"上帝愈咨"见于《尚书·尧典》,特别是"三过吾门不入",出自《孟子·滕文公上》,称"禹八年于外,三过其门而不入,虽欲耕,得乎"②,不可能是夏禹本人所作。

再比如《箕山操》,《琴操下》称帝尧时期"洗耳"的许由作,歌词有"甘瓜施兮弃锦蛮"③一句。"弃锦蛮"乃"叶緜蛮"之讹(刘师培说),"甘瓜"则当是暗用东陵瓜典故。《史记·萧相国世家》称"召平者,故秦东陵侯。秦破,为布衣,贫,种瓜于长安城东,瓜美,故世俗谓之'东陵瓜'。"④东陵瓜以瓜美著称,故称"甘瓜",《艺文类聚·果部下》引梁张缵《瓜赋》即称:"昔东陵之甘瓜,美显名于中古。"⑤由此可断,此琴歌歌词必为东陵瓜典出之后所作,不可能出自许由之口。

还有《芑梁妻歌》,《琴操上》称"齐邑芑梁殖之妻所作":"庄公袭莒。殖战而死。妻叹曰……吾节岂能更二哉。于是乃援琴而鼓之曰云云。曲终遂自投淄水而死。"歌词有"哀感皇天兮城为隳"一句,明是用了芑梁妻哭城城崩之说。对此,逯钦立先生已辨析称,"齐侯袭莒、杞梁死之事,见《左传·襄公二十三年》。然左氏仅谓齐侯归遇杞梁之妻于郊,使吊之。又

---

① 《乐府诗集》,[宋]郭茂倩编,中华书局1979年版,第828页。
② 《孟子注疏》,见《十三经注疏》,中华书局1980年版,第2705页。
③ 《琴操(两种)》,吉联抗编,人民音乐出版社1990年版,第38页。
④ [汉]司马迁:《史记》,中华书局1959年版,第2017页。
⑤ [唐]欧阳询:《艺文类聚》,上海古籍出版社1985年版,第1505页。

《礼记·檀弓》、《韩诗外传》亦只载杞梁妻哭夫事，并无哭城与城崩之说。《列女传》、《说苑》始谓杞梁死，其妻向城哭而城崩。今《琴操》既同此说，叙事亦与《列女传》雷同，知歌辞之作，必在前汉以后也"①。

二、代拟与汉代琴曲表演演绎先秦"说体"故事考

如上所考，事涉先秦历史人物的这批琴曲歌辞确有非本人当时所歌所作者。问题是为什么琴歌解题都将作歌者归于当事人名下？或者进一步追问，为什么汉代琴曲歌辞会出现这种拟托先秦人物以第一人称抒情的代拟体歌诗？从上述考定不难看到，这批"作歌"都有本事相依，都有一段与作歌相关的说体故事。琴曲歌辞的这种代拟现象，当与其演绎先秦"说体"故事的特有表演形式密切相关。

一方面，琴瑟原本为伴歌之器，多用于自弹自唱。

上古言乐器已有"金石土革丝木匏竹""八音"之分，其中与人声相和特别是与歌诗相和的主要是"丝"即琴瑟等弦拨乐器。较之敲击、吹奏等乐器，琴瑟最适于于前台伴歌而奏或自弹自唱。

先秦时期，琴瑟已是居家日用乃至随身援用的弹拨乐器。《诗经·郑风·女曰鸡鸣》即称："……宜言饮酒，与子偕老。琴瑟在御，莫不静好。"②《孟子·万章上》所述大舜迫害故事中也有"舜在床琴"的情节。③《左传·襄公二十四年》还记述有晋大夫致楚师，于车上"踞转而鼓琴"的细节。④ 因此，《庄子·让王》托颜回之口有"鼓琴足以自娱"之说⑤，《礼记·曲礼》也说"士无故不彻琴瑟"⑥。

以手抚琴，依曲而歌是很自然的事情，今见传说中最早配乐而歌的即是"舜鼓五弦之琴，歌南风之诗而天下治"（《韩非子·外储说左上》称"有若曰"⑦）。孔子及其弟子"弦歌"诗章的故事也多有见载（《论语·阳货》：

---

① 逯钦立编：《先秦汉魏晋南北朝诗》，中华书局1983年版，第312页。
② 《毛诗正义》，见《十三经注疏》，中华书局1980年版，第340页。
③ 《孟子注疏》，见《十三经注疏》，中华书局1980年版，第2734页。
④ 《春秋左传正义》，见《十三经注疏》，中华书局1980年版，第1980页。
⑤ [清] 王先谦：《庄子集解》，见《诸子集成》3，上海书店1986年版，第191页。
⑥ 《礼记正义》，见《十三经注疏》，中华书局1980年版，第1259页。
⑦ [清] 王先慎：《韩非子集解》，见《诸子集成》5，上海书店1986年版，第198页。

"子之武城，闻弦歌之声。"《史记·孔子世家》："三百五篇孔子皆弦歌之。"），"弦歌"即弹拨琴瑟而歌。《逸周书·太子晋解》还记述有晋国师旷入周见太子晋后两人分别鼓瑟（琴）而歌的情节："王子曰：请入坐。遂敷席，注瑟。师旷歌《无射》曰：'国诚宁矣，远人来观……'乃注瑟于王子。王子歌《峤》曰：'何自南极，至于北极……'"（瑟，《书钞》一百六引作"琴"）①。这里描述的情景即是王子将瑟（或琴）交与师旷，师旷弹唱；然后师旷又将瑟（或琴）交与王子，王子又自弹自唱。

另一方面，战国末特别是入汉之后，琴瑟除仍为自娱之器外，弹琴拨瑟还成为面对听众（观众）、以供欣赏的表演形式。

师旷与太子晋推瑟（琴）而互弹互歌，一个弹唱，一个倾听，就带有相互欣赏的性质。《吕氏春秋·分职》则提到了"乐己者"，称"今召客者，酒酣歌舞，鼓瑟吹竽，明日不拜乐己者而拜主人，主人使之也"②，"乐己者"明是受雇于主人鼓瑟吹竽以娱乐宾客，所以宾客明日不拜"乐己者"而拜"主人"。王充《论衡·须颂篇》论到"弦歌为妙异之曲，坐者不曰善，弦歌之人必忿不精。何则？妙异难为，观者不知善也"③，"弦歌之人"即弹琴而歌之人，这里提到"观者"，还有"曰善"不"曰善"，即叫不叫好，所说分明是面对观众的琴歌表演。

这种鼓琴演唱，除在席间、厅堂外，还常常发生在私学、太学的学堂上，应是孔门儒学留下的传统。"弦歌"本是孔门教习科目之一，"及高皇帝诛项籍，举兵围鲁，鲁中诸儒尚讲诵习礼乐，弦歌之音不绝"（《史记·儒林列传》）④。"学而时习之"，弟子们若在师徒面前习弦歌，弹琴而歌，就具有表演性质。由《汉书·王褒传》关于王褒所作《中和》等歌诗传播的记述，的确可推知太学弦歌的情形：

> 于是益州刺史王襄欲宣风化于众庶，闻王褒有俊材，请与相见，使褒作《中和》《乐职》《宣布》诗，选好事者令依《鹿鸣》之声习而歌

---

① 黄怀信等：《逸周书汇校集注》，上海古籍出版社1995年版，第1096—1097页。
② 《吕氏春秋》，[汉]高诱注，见《诸子集成》6，上海书店1986年版，第322页。
③ [汉]王充：《论衡》，见《诸子集成》7，上海书店1986年版，第198页。
④ [汉]司马迁：《史记》，中华书局1959年版，第3117页。

之。时泛乡侯何武为僮子，选在歌中。久之，武等学长安，歌太学下，转而上闻。宣帝召见武等观之，皆赐帛，谓曰："此盛德之事，吾何足以当之！"①

王褒在益州应益州刺史之邀作《中和》《乐职》《宣布》之诗，刺史选歌员"依《鹿鸣》之声习而歌之"。此歌当为弦歌，即弹琴而歌，因为汉代《鹿鸣》曲乃琴曲，《琴操》中即有《鹿鸣》等五曲。何武当年即在歌者行列，因此能弦歌《中和》等曲辞。后来何武到了长安，入太学，"歌太学中"，在太学弦歌这几首曲辞，渐有名声，传到宣帝那里，宣帝特为召见何武等演唱，"观之"，并给予赏赐。由此可知，太学中确有弦歌表演节目。

鼓琴表演，供人观赏，就多不会是自我抒情，而应是演绎故事，历史题材是最常见的节目，讲诵传播、富于描述性和情节性的先秦"说体"故事因适于演绎而成为首选。如前所举，《淮南子·本经训》提到，"五帝三王，殊事而同指，异路而同归。晚世学者……取成之迹，相与危坐而说之，鼓歌而舞之……"②"鼓歌"应是鼓琴而歌的简称。这里"说""唱"同台，或者"说"与"鼓歌"是两个"节目"，"说"完再"鼓歌"，或者"鼓歌"的就是讲说的故事，而这里所讲所歌，正是关于"五帝三王"的传闻故事。这样，鼓琴者就需广闻多识，熟悉历史掌故。正因为此，鼓琴与读书多并列连称，《淮南子·修务训》即有"鼓琴读书，追观上古及贤大夫"③之说，《汉书·元后传》也称元后政君被卜数者预言"当大贵，不可言"后，其父"心以为然，乃教书，学鼓琴"④。蔡邕《琴赋》描述琴曲演唱，列举当时演唱曲目，所谓"仲尼《思归》，《鹿鸣》三章，《梁甫》悲吟，周公《越裳》，青雀西飞，《别鹤》东翔，饮马长城，楚曲《明光》，楚姬遗《叹》，鸡鸣高桑。走兽率舞，飞鸟下翔，感激弦歌，一低一昂"⑤，其中的《思归

---

① ［汉］班固：《汉书》，［唐］颜师古注，中华书局1962年版，第2821—2822页。
② ［汉］刘安：《淮南子》，［汉］高诱注，见《诸子集成》7，上海书店1986年版，第119页。
③ ［汉］刘安：《淮南子》，［汉］高诱注，见《诸子集成》7，上海书店1986年版，第339—340页。
④ ［汉］班固：《汉书》，［唐］颜师古注，中华书局1962年版，第4015页。
⑤ 邓安生：《蔡邕集编年校注》，河北教育出版社2002年版，第461页。

引》《梁甫吟》《越裳操》《别鹤操》《列女引》（后为《楚妃叹》），涉及孔子、晏子、周公、商陵牧子、楚庄王妃樊姬之事，演绎的就都是传诵于先秦的人物故事；至于"楚曲《明光》"，《文选》李善注卢谌《览古》"赵氏有和璧"，引蔡邕《琴操》曰："楚明光者，楚王大夫也。昭王得和氏璧，欲以贡于赵王，于是遣明光奉璧之赵"[1]，原来也是与先秦人物有关的琴曲或琴歌。其中有的还是颇具情节性的"说体"故事。

总之，琴瑟本多用于自弹自唱，琴歌自然以抒情为主要体式；琴曲演唱后来又成为演绎包括历史题材在内的各种故事以启人心智、供人欣赏的特有形式。由此分析推断，琴曲表演者若自弹自唱，又是演绎历史人物的传诵故事，势必模拟人物歌唱抒情，"代拟"以及为"代拟"设置"援琴而歌"或"作歌"情节，因此成为必不可少的创作内容。至于解题将琴歌冠于先秦人物名下，应属记录所致。琴歌表演者结合情节演唱时会说"尧歌曰""舜歌曰"，记录者也就顺势记载为"尧作""舜作"了。

三、代拟琴歌的抒情歌唱与故事体"说白"

这种代拟抒情决定了势必伴有情节说白。歌辞往往只是以人物口吻直接抒发特定感受，这首歌的"我"是谁，何时何事，何出此言，都没有在歌诗中叙述出来，这就需要通过或歌前、或歌后的"说"告知听众。每一首歌的"说"便是一段故事和情节。

其中有些歌诗，人物抒情中融进了部分情节因素，但仍需结合故事才能完整演绎。比如《信立退怨歌》演绎"和氏璧"故事，为卞和代拟的歌诗唱到：

> 悠悠沂水经荆山兮，精气郁泱谷岩中兮。中有神宝灼明明兮，穴山采玉难为功兮。于何献之楚先王兮。遇王暗昧信谗言兮，断截两足离余身兮。……进宝得刑足离分兮，去封立信守休芸兮。断者不续岂不冤兮。

---

[1] 《文选》，[梁] 萧统编，[唐] 李善注，中华书局1977年版，第299页。

歌中提及采玉、献之楚王、楚王信谗断截献玉者两足等，卞和遭遇、"和氏璧"传说的基本情节已由歌词传达出大概。不过，仍还需结合卞和故事，才能确切了解"采玉""献之"者、"信谗言"、"去封立信"的具体所指。《琴操下》解题即云："卞和者，楚野民，得玉璞以献于楚怀王，怀王使乐正子占之，言非玉。王以为欺谩，斩其一足。怀王死，子平王立，和复抱其璞而献之。平王复以为欺谩，斩其一足。平王死，子立为荆王，和复欲献之。恐复见害，乃抱其玉而哭荆山之中，昼夜不止，涕尽继之以血，荆山为之崩。荆王遣问之，于是和随使献王。王使剖之，中果有玉。乃封和为陵阳侯，和辞不就而去。作《退怨之歌》曰云云。"① 这段文字即是关于琴歌主人公及其所由作的一个交代。结合琴曲表演不难推想，这段文字应是演唱前的"导语""说白"，对于听者进入琴歌情境是必不可少的一个环节。按，如前所述，"和氏璧"故事已见《吕氏春秋》和《韩非子》，《韩非子·和氏》有详尽讲述，由《新序》参证，乃是援用"说体"文本，所称和氏遭遇的三位楚王分别是楚厉王、楚武王和楚文王，《琴操》这里变成了楚怀王、楚平王、荆王等，还有卞和封侯不就之事，显然是经过了汉代说唱人的演绎。

更多的琴曲表演，歌词只有几句，实是以讲诵故事为主，或者是为了传播故事才设置了"援琴而歌"或"作歌"的情节。比如《别鹤操》：

将乘比翼兮隔天端，山川悠远兮路漫漫，揽衣不寐兮食忘餐。②

由比翼之鹤的远隔天端和抒情主人公的"不寐""忘餐"，大概可知这是一首感伤别离的歌曲，但何种别离，谁人之作？《琴操上》曰："别鹤操者，商陵牧子所作也。牧子娶妻五年，无子，父兄将欲为改娶。妻闻之，中夜惊起，倚户悲啸。牧子闻之，援琴鼓之云。痛恩爱之永离，叹别鹤以舒情，故曰《别鹤操》。后仍为夫妇。"③ 由此解题（说白），才得知这原来是一段恩爱夫妻的离合故事。

---

① 《琴操（两种）》，吉联抗编，人民音乐出版社1990年版，第45—46页。
② 《乐府诗集》，［宋］郭茂倩编，中华书局1979年版，第845页。
③ 《琴操（两种）》，吉联抗编，人民音乐出版社1990年版，第30—31页。

再比如《列女引》，即上述蔡邕《琴赋》中提到的《楚妃叹》，演绎楚庄王妃樊姬故事，歌词更是只有两句：

> 忠谏行兮正不邪，众妾夸兮继嗣多。

由歌词中提到的"忠谏""众妾"，仅能大致知道这是一首与宫廷女子劝谏有关的歌曲，《琴操上》解题则详述了歌曲所由作的来龙去脉："《列女引》者，楚庄王妃樊姬之所作也。庄王爱幸樊姬，不敢专席，饰众妾使更侍王，以广继嗣。庄王一日罢朝而晏，樊姬问故，王曰：'与贤相语。'姬问为谁，曰：'虞丘子。'樊姬曰：'妾幸得侍王，非不欲专贵擅爱也，以为伤王之义，故所进与王同位者数人矣。今虞丘子为相，未尝进一贤，安得为贤。'明日，王以樊姬语告虞丘子，稽首辞位而进孙叔敖。樊姬自以谏行志得，作《列女引》曰云云。"① 不难看出，这段表演"说"的部分远远大于"歌"的部分。按，此故事已见《韩诗外传·卷二》，即"楚庄王称沈令尹忠贤，樊姬掩口而笑"，情节脉络几乎完全相同，只是《韩诗外传》称"忠贤""沈令尹"，《琴操》变为"贤相""虞丘子"。《韩诗外传》中并无樊姬作歌情节，更无《列女引》或《楚妃叹》歌诗。可知是琴曲表演故事时为便于演唱而添加。

不难看出，就这几首歌曲来说，似乎讲诵故事才是表演主体，琴曲演唱乃是演绎先秦"说体"故事的特有形式。

四、代拟琴歌的演绎创作与故事记录

以琴曲演唱形式演绎传播先秦"说体"故事，势必经过新的创作。

首先，虚构、增设"作歌"或"援琴而歌"的情节。琴曲演唱的基本表现形式即弹琴唱歌，琴瑟弹唱又往往是演唱者自弹自唱，这样，为故事中的主人公设置唱歌情节，是故事与演唱融合的最佳途径。将琴歌所演绎的先秦"说体"故事与琴曲歌辞解题比较即可看出，后者增益的正是"作歌"或"援琴而歌"部分。上面提到有"乃作此歌"情节的《文王操》《襄陵

---

① 《琴操（两种）》，吉联抗编，人民音乐出版社1990年版，第32—33页。

操》，有"乃援琴而鼓之"情节的《越裳操》《履霜操》《芑梁妻歌》，有"作《××》曰"情节的《信立退怨歌》《列女引》等等即是。说起来，文王拘羑里、夏禹治水、重译献雉、伯奇被逐、芑梁妻哭夫、和氏璧、楚姬遗叹等等，是先秦广为流传的"说体"故事，但故事中皆无作歌、援琴情节，上述著录所称，无疑是琴曲演绎者增益。

其次，新创代言体歌诗，成为汉代乐府诗创作的一个部分。上述新增"作歌"或"援琴鼓之""援琴而歌"者，所歌自然都是新增，是新的创作。作为代言体诗歌，歌诗是出自人物之口，是代人物抒情，如何融入情节，是否符合人物身份，还是需要想象和构思。

就歌词而言，水平并不平衡。其中有些诗作，如《岕商操》（"上告皇天兮，可以行乎"）、《越裳操》（"于戏嗟嗟，非旦之力，乃文王之德"），只有三言两语；还有的诗作，如《芑梁妻歌》（"乐莫乐兮新相知，悲莫悲兮生别离。哀感皇天兮城为隳"）、《猗兰操》（"习习谷风，以阴以雨。之子于归，远送于野。何彼苍天，不得其所"）、《将归操》（"翱翔于卫，复我旧居。从吾所好，其乐只且"），仅是拼凑《诗》"骚"而成。这些作品，歌诗作为综合艺术中的一个部分，并非琴曲演唱着意之处，对于琴声、旋律的追求和讲诵历史故事，才是重心所在。

然而，全面把握这批诗作，会发现它们并非都是率尔之作。其中有的就巧妙融入了历史传说和典故。《信立退怨歌》已见上述，它如《文王操》：

> 翼翼翱翔，彼凤皇兮。衔书来游，以会昌兮。瞻天案图，殷将亡兮。苍苍之天，始有萌兮。五神连精，合谋房兮。兴我之业，望羊来兮。①

歌中提到凤凰衔书，瞻天案图，五神合谋，《墨子·非攻下》所述故事中似已有提及：

> 赤乌衔圭，降周之岐社，曰："天命周文王伐殷有国。"泰颠来宾，

---

① 《乐府诗集》，[宋]郭茂倩编，中华书局1979年版，第831页。

河出绿图，地出乘黄。武王践功，梦见三神曰：予既沈渍殷纣于酒德矣，往攻之，予必使汝大堪之"。武王乃攻狂夫，反商之周，天赐武王黄鸟之旗。(《墨子·非攻下》)①

《墨子》中是"梦见三神"称"往攻之，予必使汝大堪之"，歌词称"五神连精，合谋房"，"五"与"三"或许是传写之误。

再次，"说白"部分增添描述成分。琴曲表演面对现场听众，故事出自口头讲诵，需要细化情节、动作、表情等以吸引观众、听众，往往会对先秦故事加工润色，故事因此而更加曲折有致，更具文学色彩。兹以讲诵孔子故事的《获麟歌》为例。关于"获麟"，《左传·哀公十四年》仅简述几句："春，西狩于大野，叔孙氏之车子鉏商获麟，以为不祥，以赐虞人。仲尼观之，曰：'麟也。'然后取之。"②《史记·孔子世家》本先秦记述，但多出河图洛书之叹："仲尼视之，曰：'麟也。'取之。曰：'河不出图，雒不出书，吾已矣夫！'"③琴曲表演则讲述了一个生动的获麟见符故事，见于平津馆丛书本《琴操》《补遗》："鲁哀公十四年西狩，薪者获麟，击之，伤其左足。将以示孔子，孔子道与相逢。见，俛而泣。抱麟曰：'尔孰为来哉，孰为来哉。'反袂拭面，乃歌曰云云。仰视其人，龙颜日月（角）。夫子奉麟之口，须臾吐三卷图。一为赤伏（符），刘季兴为王。二为周灭，夫子将终。三为汉制造作《孝经》。夫子还谓子夏曰：'新主将起，其如得麟者。'"④故事直称麟吐三卷图，称"刘季兴为王""汉制"，乃汉代演绎之作可无疑矣，其中还有"击之""俛而泣""抱麟""反袂拭面"等适宜动作模拟表演的描述，极富琴歌表演之"说"的特征。由此不难发现其间再创作的部分。

代拟琴歌表演中的"说"被记录下来通常会有两个渠道。

其一是连同琴曲歌辞（有的歌词阙）一并被收录于琴集、乐府集及琴论等著作中，上提及的三十七首汉代代拟琴歌即全部伴有解题（"说白"记

---

① ［清］孙诒让：《墨子间诂》，见《诸子集成》4，上海书店1986年版，第94—95页。
② 《春秋左传正义》，见《十三经注疏》，中华书局1980年版，第2172—2173页。
③ ［汉］司马迁：《史记》，中华书局1959年版，第1942页。
④ 《琴操（两种）》，吉联抗编，人民音乐出版社1990年版，第55页。

录),分别见于西汉扬雄《琴清英》、东汉蔡邕《琴操》、晋崔豹《古今注·音乐》、南朝释智匠《古今乐录》、南朝宋谢希逸(谢庄)的《琴论》、六朝至唐期间无名氏的《琴集》、宋郭茂倩《乐府诗集》等著作中。

其二是琴曲表演中的"说"被听众记诵、转述变成"俗说""俗传"之后,或者被时人引述,或者进入"说体"故事集中。上述曹植《令禽恶鸟论》提及尹伯奇故事中"射杀后妻"的版本,就称是"俗传云"。被琴曲演唱者演绎后的伯奇故事还进入了刘向汇编的故事集《说苑》,如《后汉书·左周黄列传》黄琼上书称"伯奇至贤,终于流放",唐李贤注引《说苑》云:"……后母阴取蜂十数置单衣中,过伯奇边曰:'蜂螫我。'伯奇就衣中取蜂杀之。王遥见之,乃逐伯奇。"① 与《琴操》解题无异。按,《说苑》至宋代已无完秩,此引为佚文;《说苑》所辑多为先秦旧文,也有汉代仍在传播演绎的"俗说",鉴于伯奇故事不见先秦详述,兹将其断为后一种情况。

他如《伯姬引》,《琴操上》解题(歌词阙)称伯姬保母所作:"伯姬者,鲁女也,为宋共公夫人。共公薨,守礼固节。鲁襄公三十年宋灾,伯姬存焉。有司请出,伯姬曰:'不可。吾闻之,妇人夜出不见傅母不下堂。'傅至矣,母未至也。逮乎火而死。其母悼伯姬之遇灾,故作此引。"② 此事《左传·襄公三十年》已有记述:"宋大灾。宋伯姬卒,待姆也。"③ 但只称"待姆",未言及"傅"。刘向《列女传·贞顺篇》"宋恭伯姬"篇所述遇火部分则亦提及傅母二人,一至一未至,只不过傅母、保母与《琴操》颠倒:"……左右曰:'夫人少避火。'伯姬曰:'妇人之义,保傅不俱,夜不下堂,待保傅来也。'保母至矣,傅母未至也……"④ 且其中"傅母不至不下堂"的说辞也颇为相近,或与琴曲之"说"确有关系。《列女传·仁智传》中的"鲁漆室女",其故事亦见于《琴操》所录《贞女引》(《乐府诗集》题作《处女引》)解题,当亦属同类情况。

这种情况启发我们思考,《史记》《说苑》《列女传》等汉代史传、故

---

① [南朝宋]范晔:《后汉书》,[唐]李贤等注,中华书局1965年版,第2039页。
② 《琴操(两种)》,吉联抗编,人民音乐出版社1990年版,第33页。
③ 《春秋左传正义》,见《十三经注疏》,中华书局1980年版,第2012页。
④ 张敬:《列女传今注今译》,台湾商务印书馆1994年版,第133页。

事著作中有些篇目，其故事虽不见于今见琴歌集，但情节中有弹唱、援琴或作歌，是否也应与琴歌表演传播有关，或许也是先由琴曲演绎、后来进入史传文学著作或故事辑录中。

如《史记·赵世家》述赵武灵王娶孟姚事："王游大陵。他日，王梦见处女鼓琴而歌诗曰：'美人荧荧兮，颜若苕之荣。命乎命乎，曾无我嬴！'异日，王饮酒乐，数言所梦，想见其状。吴广闻之，因夫人而内其女娃嬴。孟姚也。孟姚甚有宠于王，是为惠后。"① 此故事亦见《列女传·孽嬖传》，称所梦处女是"鼓瑟而歌"，歌词略有异："美人荧荧兮，颜若苕之荣，命兮命兮，逢天时而生，曾莫我嬴嬴。"② 这种"鼓琴（瑟）而歌"的故事原本出自琴艺表演传播的可能性就很大。

总之，先秦"说体"文本与诸体文学中，与诗歌体也有关系，其难解难分主要就表现在代拟琴歌演绎先秦"说体"故事这一特殊的表演形式中。

---

① ［汉］司马迁：《史记》，中华书局1959年版，第1804页。
② 张敬：《列女传今注今译》，台湾商务印书馆1994年版，第298页。

结　语

　　以上我们对存在于先秦叙事中的"说体"这一范畴作了系统论证，并以此为全新视角，对先秦西汉相关传世著作和出土文献中的"说体"文本展开了全面的整理、挖掘、辨析、判定，在此基础上进而总结和把握了先秦"说体"文本的特点、传播途径及其与先秦两汉诸体文学的交织、互动、源流关系。

　　这一研究使我们得到许多新的认识，并在成果、方法、思路等各方面都有重要收获。

　　其中最核心的新的认识即是可以完全肯定先秦"说体"文本的大量存在，并被各种史书、子书、杂说书广泛援用。

　　如前所述，"说体"即是对先秦源自讲说、记录成文、具有一定情节性的叙述体故事文本的统称。对于这样一个久远存在却不曾被揭橥的特有叙事范畴的确证，需要从概念阐释和实体呈现两个方面展开。

　　先秦时期还很少见到有对概念范畴进行理论阐释的著述，能够显示在时人的观念中确有对源自讲说的叙事文本的认定，主要来自于他们的称谓以及题篇和题书。

　　通过挖掘，会发现时人将富于情节性故事性叙事文本称为"说""传""语"的个例有很多。称"说者"，如《墨子》除《明鬼下》转述"著在齐之《春秋》"的"神羊断案"故事后称"以若书之说观之，鬼神之有，岂可疑哉"外，《贵义》还提到"且主君亦尝闻汤之说"，"汤之说"即指商汤故事；《荀子·正论》提到"世俗之为说者曰"，接下来转引的就是"为说者"所说的桀纣汤武之事，因为所说与儒家有异，遂贬称他们所讲的故事乃是"陋者之说"；《吕氏春秋·禁塞》提到"以说"者"上称三皇五帝之业""下称五伯名士之谋",然后称他们是在"行说语众",所"行"之"说"也是指故事;直至汉代,此称谓仍在延续,《史记·五帝本纪》即有"其轶乃时时见于他说"的说法,"轶"即轶事,"他说"自然就是其他记载轶事之文本;《留侯世家》提到高祖欲废太子后"叔孙太傅称说引古今,以死争太子",所称之"说"自然都是些古今太子废立的教训故事。称"传"者,除《孟子·梁惠王下》两次提到"于传有之"外,《论语·学而》中曾子每日"三省"其身,其中有一"省"是"传不习乎",是不是还没有复习"传",这个"传"必是先生授课的教材及"课堂笔记",其中一定包括所讲历史故事,因为孔子说过,"我欲载之空言,不如见之于行事之深切著明也"(《史记·太史公自序》);《韩非子·显学》批评"今世儒者"道古非今,总是"道上古之传,誉先王之成功",上古之"传"当然就是些上古帝王的成功故事或故事记录;《史记·伯夷列传》叙述伯夷叔齐故事,开头用了个"传曰",分明说这是引自故事之"传"。称"语"者,《墨子·公孟》记述墨子曾以"吾将仕子"哄人从学,当人学过一段后向他要官做时,他便举一个鲁国四兄弟哄大哥一起安葬父亲的故事,讲之前问的是"子亦闻夫鲁语乎","鲁语"就是鲁国的这个故事。

"说""传""语"无疑都指向"说话""讲说",这些故事都是先被"说"出来然后才被记下的。

时人认定有这种来自"说"的叙事文本,或者将这种文本定为"说"之体,更在于已经以"说"或"语"名篇题书,收录源自讲说的各种故事。最明显的是《韩非子》中的《说林》和《储说》,经过辨析论证已经完全可以确定,此"说"并非"辩说"、"论说"之"说",而是"说事"之"说"和所"说"之事。此后刘向编了部《说苑》,其实这是在汇辑校订散佚的旧《说苑》的基础上编出的《新苑》,后来又回到了原名《说苑》。这说明先秦除了《说林》《储说》的以"说"名篇,还有了《说苑》的以"说"题书,而《说苑》中收录的就全部是故事,而且大都是先秦故事。除此之外,《国语》以"语"为书名,此"语"即是叙事之"语"。还有贾谊《新书》中有《连语》,《淮南子》中有《说山训》《说林训》等等,也都显示了对"说"之体的认知和运用。

先秦存在源自讲说、富于情节性故事性的"说体"文本,那些被先秦西汉各种史书、子书、杂说书援用的大量"说体"作品本身更是证明。

判定是援用"说体"而非"书体",首先是来自不同著作对同一故事同中有异的叙述。比如《国语》和《左传》,是同述春秋之事、同被说成为左丘明所作的两部著作,同述一个故事的情况很多,但或简或繁,或有或缺,或大同小异,或小同大异,几乎没有一篇完全相同,即以"骊姬之乱"中太子申生自杀前的对话为例,《国语》所述为"人谓申生曰:'非子之罪,何不去乎?'"申生说的是"不可。去而罪释,必归于君,是怨君也。章父之恶,取笑诸侯,吾谁乡而入"(《晋语二》)云云;《左传》所述则是"或谓太子:'子辞,君必辩焉。'"申生说的是"君非姬氏,居不安、食不饱。我辞,姬必有罪。君老矣,吾又不乐"。人又问"子其行乎",申生说的又是"君实不察其罪,被此名也以出,人谁纳我"(《僖公四年》)?两套对话完全不在一个方向上。由此可证,不会是《左传》援自《国语》,也不会是《国语》援自《左传》,两者必是分别援自另外的文本,各自所援的这另一文本一定是"说体"而非"书体",因为唯有各自讲说才会"说"出不同的"版本",书写文本则不会有这么多的差异变化。

更能说明问题的是《韩非子》和《吕氏春秋》。《韩非子》中的大部分文章完成于入秦时的秦王政十三年之前,《吕氏春秋》完成于吕不韦免相的秦王政十年之前,两部著作大致同时,彼此应该不会见到,而其中却讲有同样的故事,且同中有异,可知一定是援用而非杜撰,且所援一定是同源异流的"说体"文本。比如"夔一足",原本是夔有一只脚,即"夔,一足";却被孔子回答鲁哀公之问时来了个"标点"后移,变成了夔有这一点或有一个夔就够了,即"夔一,足"。对此,《韩非子》《吕氏春秋》均有所载,《韩非子》自家就存有两说,见于《外储说左下》,一说,孔子回答的是"夔者忿戾恶心,人多不说喜也。虽然,其所以得免于人害者,以其信也,人皆曰独此一足矣",此人很不讨人喜欢,但有一点,他比较讲信用,所以有这一点就足够了;另一说,孔子回答的是"夔,人也,何故一足?彼其无他异,而独通于声,尧曰:'夔一而足矣。'使为乐正",这夔很擅长音乐,所以尧认准了他这一点,让他当了乐官。《吕氏春秋》的说法又完全是另一套话语,孔子说的是"昔者舜欲以乐传教于天下,乃令重黎举夔于草莽之中而进之,舜以为乐正。夔于是正六律,和五声,以通八风,而天下大服。重黎又欲益求人，舜曰：'夫乐，天地之精也，得失之节也，故唯圣人为能和。乐之本也。夔能和之以平天下，若夔者一而足矣。'"尧曰"变成了"舜曰"，夔有一点好"足矣"变成了有这一个夔就够了，不用再选别人了。两部互不可见的著作讲着同一个故事本身可见是援用他说，而所述又有如此多的变异，则肯定是说来说去发生了变化的"说体"的而非比较固定的书写文本。

上述举例都属于平行比较。其实，后著与前著，也可以由比对互证，见出彼此援用"说体"。比如《吕氏春秋》中有一个"秦穆公亡马"的故事，见于《爱士》，说的是秦穆公驾车外出，路上车被撞坏，跑掉了一匹马，自己亲自去找马，找到岐山脚下，却发现一些乡野之人杀掉了这匹马就要开吃，秦穆公非但没有责怪他们，还忙说"食骏马之肉而不还饮酒，余恐其伤女也"，于是白白搭上酒，让他们"遍饮而去"。一年后，秦晋"韩之战"，秦穆公已经被包围，马被人拽住了，铠甲都要被人打坏了，这时"野人之尝食马肉于岐山之阳者三百有馀人，毕力为缪公疾斗于车下，遂大克晋"。这是一个因"爱士"而得到回报的佳话。此故事首见于《吕氏春秋》，又并不见于《韩非子》，鉴于《吕氏春秋》已至战国末期，此前拟托文书写已经渐兴渐盛，这个故事即便是属于援用，所援是"说体"还是战国时人出于强调"礼贤下士"而拟托创作出来的"书体"故事就难以定夺。好在其后的《韩诗外传·卷十》中也收有这个故事，但所讲颇有差异，在这个文本中秦穆公是"求三日"后才找到马，是"得之茎山之阳"而不是"岐山"等等。如果彼此所援用的是某一作者的拟托书写文本，则不应有这些情节上的变化，由此可见彼此都援用了"说体"文本。

除了以上有所参照可以通过比对辨识出"说体"文本的情况之外，还有不少独见于某部著作的情况，对于尚未出现拟托创作的早期著作，则可以根据其初是否能被书之简帛来加以辨析和判断。我们大致归纳出"隐私密事不可书记者""细节描述不可亲见者""对话说辞未及亲闻者"三类，这些都属于不可能被史官或"掌书者"记录的内容，只能是出自事后的追述、彼此的转告和后来的传诵或讲诵。比如《左传·桓公十五年》的"雍姬问母'父与夫孰亲'"，说的是郑厉公想杀掉主持朝政的祭仲，偏偏所派的亲信雍纠是祭仲女儿的丈夫，这丈夫口风不严，让祭仲女儿知道了此事，在保夫还是救父的问题上左右为难,于是女儿去问母亲,"父与夫孰亲",母亲的回答毫不含糊:"人尽夫也,父一而已",天底下的男人都有可能成为你的丈夫,父亲却铁定的只有一个!于是雍姬做出了选择,雍纠反而被祭仲所杀,郑厉公因此也不得不亡奔。就当时情形看,母女俩这段对话只能关起门来自己说,哪能让人听了去?更别说是被史官所记下。所以,这只能是后来被"说"出来的一段故事。

对于已经出现拟托创作之后的叙事,仅此已经不能再作为是否为"说体"的判断依据,因为拟托创作已经可以模拟虚构出这些不可能被史载书记的情节、对话和细节。这就需要借助各种考证办法。仅举一例。比如《吕氏春秋·开春》有一则"惠公谏太子更择日葬惠王"的故事,说的是魏惠王去世,已经定好了下葬的日期。可这个时候却"天大雨雪,至于牛目"。群臣都劝太子希望缓上几日,不然"民必甚疾之",太子执意不肯。这时被请来的惠公讲了个当年文王因为大水更日葬季历的故事,文王的理由是必是父亲季历想"一见群臣百姓"然后走,所以让大水来阻隔。眼下看来,咱们魏惠王也是想"少留而抚社稷安黔首",才让大雪封门吧。这一说便说通了。这是一个巧喻善说的故事,又同时收在多半是拟托创作的《战国策》中,是援用"说体"还是"书体"就需要辨识。这个"惠公"就是切入点。关于惠公,高诱注称"惠王相惠施也",其时、其身份、其善说确与惠施(惠子)最为贴合。而考战国文献,除此条故事之外,似再无称惠施(惠子)为惠公者。以当时情况看,可能魏人称惠施就是称惠公而不会称惠子或惠施,因为在魏人眼里他是国相而非诸子学派之一"子",不会称"惠子";对国相也不可能直呼其名,称惠施。所以《吕氏春秋》此处所援用应该是出自魏人的传诵和讲说。有意思的是,《战国策》述此故事时称"惠公",引述完之后加评论时称"惠子":"惠子非徒行其说也,又令魏太子未葬其先王而因又说文王之义。"由称谓的改变足证《战国策》此文评论前的故事也是援用固有文本,而非自为拟托之文。

就这样,经过挖掘、整理、辨析、考证,可以基本确定的"说体"故事可辑出近八百则,从而显示了先秦"说体"文本的洋洋大观。其中不乏叙事曲折有致、曲尽其妙者,不乏生动描摹者,不乏诙谐有趣者,标志着先秦时代叙事所达到的水平和形成的特点。

在此基础上，就可以对先秦"说体"文本进行综合研究和把握。结果是，就文本特点而言，这些"说体"文本的共性有三点，其一是描述性，包括事件讲述的完整性，对话描摹的生动性，举止描述的逼真性；其二是虚饰性，包括虚拟、夸张、传奇和志怪；其三是变异性，包括同事异人，同事异说，同人事异，同事演绎等。就文本的存在和传播而言，其所在和传播途径、方式也有三点，其一是告知传播，包括"史来告""士传语""矇不失诵"和诸子之授；其二是引述传播，即引事为证，先秦人物口中的"说体"故事，包括臣谏君及日常对话；其三是赋诵传播，即"行说语众"，讲诵故事。就"说体"与同时及稍后文学诸体的关系而言，会发现它与多种文体、文类缠夹、交织、互动，这些文体文类包括战国拟托文、诸子寓言、汉代辞赋中的故事赋、古代小说以及汉乐府"琴曲歌辞"中的代拟琴歌。

在这个比较、辨析、研究、把握的过程中，还让我们在具体文本把握、学术认知、研究成果、研究方法等方面有了许多新的收获。

首先是对许多具体的"说体"故事有了十分立体的认识和感受。这一研究的最大特点在于对每一个有所参照的文本进行横向与纵向的梳理和比较。这样，对于一个故事的产生、发展、演化、演绎以及异说、援用等等就会理出清晰的脉络和呈现全部的面貌。比如异说和演绎，周幽王宠幸褒姒以灭国的"博美人一笑"，诓骗诸侯前来救援的把戏，原来有"击鼓"（《吕氏春秋》）和"举烽火"（《史记》）两种情节。后来被不断搬上各种舞台的"赵氏孤儿"，故事的原型，《左传》"版本"所述始于赵氏自家内部矛盾，与叔父赵婴私通的赵庄姬诬告赶走赵婴的赵婴兄弟赵同赵括，引发晋景公对赵氏的一场屠杀；《史记》"版本"所述始于晋灵公宠臣屠岸贾对弑君赵氏的凶残报复，继而导致对赵氏孤儿的追缴和程婴、公孙杵臼救孤的壮举。秦穆公与百里奚遇合，其实有公孙枝得而推荐给秦穆公（《吕氏春秋》）、秦穆公使人买之于楚（《史记》）、贾人买百里奚以载盐、穆公见牛肥而问之（《说苑》）三种情节；孟姜女的故事，则有着从"杞梁妻不郊吊"（《左传》）、到"杞梁（妻）善哭其夫"（《孟子》）、到"其妻闻之而哭，城为之阤，而隅为之崩"（《说苑》）、到"十日，而城为之崩""遂赴淄水而死"（《列女传》）的层层演绎。至于《左传·庄公十年》所述的被楚文王夺为己有的原息君夫人息妫四年"未言"，到了《列女传·贞顺传》中，被虏去后在被"纳之"的前夕,与同样被虏成为"守门"人的息君双双自杀,成了一段感人的殉情故事,则已经是对前作的"改编"。

其次,对于用来挖掘"说体"的著作有了一些新的把握和认识。比如《国语》《左传》关系缠夹,几千年官司不断,或称《左传》先成,又"撰异同"为《国语》;或称将撰《左传》,先采列国之史为《国语》;或称《国语》为撰《左传》之剩馀;或称《左传》为后人拆分《国语》而伪撰。其实,由考察"说体"才发现,两书之所以如此难解难分又若即若离,乃是皆援用"说体"以成书。由其各自有所援,所援有同异,即可大致断定两书并非同一人所纂或所写,必是所援大半出自"瞍赋矇诵"的左氏之口,才都被冠于其名下。还有《吕氏春秋》,其直接援引固有文本的情况很普遍,甚至很严重,由《有始览》多次出现"解在"某故事却在书中找不到对应,可以判断其中还有直接援用未及处理的痕迹和漏洞。还有《列女传》,原本要从中挖掘先秦"说体"文本,却发现几乎都有演绎甚至改编,其中还有多篇隐事故事,赋诵文本的特征十分鲜明和突出,于是联想到西汉后期尹湾汉墓随葬物品清单中与《乌傅(赋)》同列的《列女傅(赋)》。可知当时已有专讲妇女故事的叙事赋,《列女传》中有这么多演绎之作,与可能收录有列女傅(赋)应该是不无关系。

再次,对于出土文献的价值有了实在的体验和彰显。其中特别值得称道的有几点。其一是直接呈现、补充旧有新见的"说体"原本。《汲冢琐语》被原辑录者或出土整理者题为"琐语",其中确多是富于情节甚至怪异、诙谐格调的小故事;《周驯》,亡佚了几千年,如今发现得知确是以讲授故事为宣教的训典故事集。其二是用来印证辑录"说体"的杂说著作。比如由阜阳汉墓章题牍、上博简"王子木不识畴麻"可以一再印证《说苑》的确多收先秦固有"说体"故事,就可以再用《说苑》去作为印证前著的重要参照;再比如由北大简《周驯》中的"赵简子立储",恰恰印证了《太平御览》引《韩诗外传》佚文中的同一个故事,由此增多一次肯定《韩诗外传》亦多直接援用先秦文本;同时两者所引的这一故事与《史记》所述赵简子"藏宝符于常山"导致更嗣的故事相比对,又可以互证皆为援用"说体"文本。其三是用来研究、考证问题。比如《汉书·艺文志》"小说家"部分著录有《伊尹说》,此书已佚,整理挖掘出的"说体"文本中,伊尹故事是上古三代部分中最为丰富且富于传奇色彩的一批。清华简《赤鹄之集汤之屋》更是颇具有小说色彩。这为我们推测《伊尹说》的"说体"性质和小说特征，增加了重要凭据。

还有，以新视角考察新问题，还发现了一些过去被忽略了的新材料，新证据。比如考察先秦"说体"文本的传播，当初这些故事是谁在讲，讲给谁听，除史告、廷训、傅太子、诸子"春秋"课之外，有没有讲给大家听的带有表演、欣赏性的赋诵传播，这是过去不曾纳入研究视域，也缺少现成材料证明的问题，需要悉心爬梳文献，寻找蛛丝马迹，于是在《吕氏春秋·禁塞》中发现了称当时有"以说"者"上称三皇五帝之业""下称五伯名士之谋"，并称他们"行说语众以明其道"，"行说"就是讲述故事，"语众"就是对众人讲说；在《淮南子·本经训》中发现了称晚世学者"取成之迹，相与危坐而说之，鼓歌而舞之"，"说之"与"鼓歌"同台，当已经具有某种"语言类节目"的性质；特别是还在《左传》中发现了"为优""观优"的描述，即《襄公二十八年》记述"齐庆氏之亡"，称事发时"庆氏以其甲环公宫"，但"陈氏、鲍氏之圉人为优"，庆氏部署的甲兵都"释甲束马"，跑去"观优"，结果反叛庆氏者一举攻杀了国相庆封之子庆舍及嬖臣，庆封不得不逃离齐国。这条提及"为优""观优"的材料之所以重要，在于这次是圉人（掌管车马服御者）在大庭广众下扮作优人的伎艺表演，"观优"者是成群结队的普通士卒。由此认定春秋时已经有观赏表演之类艺术活动，当不为过。不能肯定的是表演中有没有讲诵、表演故事的"节目"。联系到当年周天子宫廷上已经有"瞍赋矇诵"，再加上优人说笑逗唱样样具备，是种综艺性人才，表演中讲诵演绎故事不是没有可能。

最后，就研究思路和方法而言，本研究采用的是开放式探索途径。其一是打破文学史、学术史固有历史散文、诸子散文、史传文学、经传著作等文类界分，从各种史书、子书、杂说书中挖掘其中所援用的"说体"文本；其二是打破断代时限，贯穿前代后代，不只注目先秦，亦将西汉著作作为辨析先秦"说体"文本的重要参照和采撷对象；其三是全面触及与先秦"说体"相关的研究问题，包括概念界定、立说，包括从所有相关著作中逐条攫取、辨析具体的"说体"文本，包括综合研究总结其文本特点、把握其存在及传播；其四是向前向后向左向右拓展延伸，前有溯源，左右及其后是关系及影响，涉及"说体"与先秦两汉诸体文学的依存与互动，包括时段有交错的战国拟托文、诸子寓言、古代小说，还包括时段在其后的汉代故事赋、代拟琴歌等。

现在看来，"说体"的确是一个很具开掘性的视角，本课题的研究都属于初步尝试，筚路蓝缕，已经涉及的方面都还需要进一步完善和深化；"说体"与先秦两汉之后文学诸体源远流长关系的把握，更是有待来日和来人。

附　录

先秦"说体"故事条目总汇

（以下分"故事条目""列国故事条目""孔门故事条目"三个部分）

时期	故事条目	出处
尧舜	尧试舜欲传天下	《孟子·万章上》《淮南子·泰族训》《史记·五帝本纪》
	舜事父及后母与弟笃谨	《孟子·万章上》《韩非子·忠孝》《史记·五帝本纪》）《新序·杂事》《列女传·母仪传》
	舜囚尧取帝位	《汲冢琐语》
	皋陶用觟觿断案	《论衡·是应篇》
	尧以天下让舜，鲧怒于尧	《韩非子·外储说右上》《吕氏春秋·行论》
	舜藏黄金于崭岩	《新语·术事》《淮南子·泰族训》
禹	禹遇涂山女，南音始作	《吕氏春秋·音初》（《列女传·母仪传》）
	禹斩防风之君	《韩非子·饰邪第十九》
	禹绝旨酒疏仪狄	（《淮南子·泰族训》）《战国策·魏策》
夏	太史令终古先奔于商后三年而夏亡	《吕氏春秋·先识》《淮南子·氾论训》
	桀为酒池，伊尹适汤	《韩诗外传·卷二》

续表

时期	故事条目	出处
	桀为酒池，关龙逢进谏被杀	《韩诗外传·卷四》《新序·节士》《庄子·人间世》
先商	燕遗二卵，有娀女作歌（简狄吞卵生殷契）	《吕氏春秋·音初》《史记·殷本纪·三代世表》《列女传·母仪传》
商汤	伊尹生空桑（有侁女得婴儿于空桑，命曰伊尹）	《吕氏春秋·本味》
	汤将往见伊尹，令彭氏之子御	《墨子·贵义》
	伊尹为莘氏女师庖人，汤得而举之	《墨子·尚贤上》《尚贤下》
	伊尹说汤以至味（小臣善为食，商汤问和民）	《吕氏春秋·本味》《史记·殷本纪》，清华简第五册《汤处于汤丘》
	汤射伊尹使视旷夏	《吕氏春秋·慎大》
	妹喜与伊尹比而亡夏	《国语·晋语一》《吕氏春秋·慎大》
	鹄集汤屋，小臣逃夏	清华简第三册《赤鹄之集汤之屋》
	伊尹返商至亳，说汤征夏	清华简第一册《尹至》
	有谷生于庭而大拱	《吕氏春秋·制乐》《韩诗外传·卷三》《史记·殷本纪·封禅书》《说苑·君道》
	汤祷（商汤以身祷于桑林）	《墨子·兼爱下》《荀子·大略篇》《吕氏春秋·顺民》《淮南子·主术训》
	网开三面（汤见祝网者，收其三面）	《吕氏春秋·异用》《新书·谕诚》《淮南子·人间训》《史记·殷本纪》《新序·杂事第五》
殷高宗	帝武丁三年不言，以观国风	《国语·楚语上》《淮南子·修务训》《史记·殷本纪》
	武定举傅说为相	《国语·楚语上》《墨子·尚贤下》《史记·殷本纪·封禅书》
商纣	为妾生微子，为妻而生纣（辛母正后，辛为嗣）	《吕氏春秋·当务》（《史记·殷本纪》）

续表

时期	故事条目	出处
	箕子被发佯狂以免其身	《韩非子·喻老》《淮南子·主术训·齐俗训·道应训·缪称训》《史记·十二诸侯年表》《宋微子世家》
	周以玉版予费仲	《韩非子·喻老》《韩非子·内储说下》
	费仲言不可不诛西伯昌	《韩非子·外储说左下》
	文王拘羑里，散宜生献宝于殷纣	《淮南子·道应训》《史记·周本纪》
	周文王妻太姒梦商庭生棘	清华简第一册《程寤》《逸周书·程寤》
	吕尚为文王师（吕尚号为太公望）	《史记·齐太公世家》
先周	姜嫄履迹生后稷	《史记·周本纪》《史记·三代世表》《列女传·母仪传》
周文王	大任娠文王（大任"少溲于豕牢"生文王）	《国语·晋语四》
	太伯去之吴	《韩诗外传·卷十》《史记·周本纪》《史记·吴太伯世家》
	文王更日葬季历	《吕氏春秋·开春》
	文王梦人登城呼以王礼葬我	《新书·谕诚》
	文王更葬死人之骸	《吕氏春秋·异用》《淮南子·人间训》《新序·杂事第五》
	文王伐崇，袜系解，因自结（晋文公、周武王）	《韩非子·外储说左下》《吕氏春秋·不苟》
周武王	武王使人候殷	《吕氏春秋·贵因》
	武王伐纣渡孟津	《论衡·感虚篇》
	天命周文王伐殷有国，武王梦三神	《墨子·非攻下》
	武王伐纣，载尸而行	（《淮南子·齐俗训》）《史记·周本纪》
	师尚父闻逆旅人之言急就国（郑桓公闻逆旅人之言急就国）	《史记·齐太公世家》（《说苑·权谋》）

续表

时期	故事条目	出处
	伯夷叔齐饿于首阳	《庄子·让王》《吕氏春秋·诚廉》《新语·道基》《淮南子·缪称训》《史记·伯夷列传》
	武王有疾，周公愿以身自代	清华简第一册《周武王有疾周公所自以代王之志》《尚书·金縢》《史记·鲁周公世家》
周成王	三苗贯桑为一秀，周公言天下同一	《韩诗外传·卷五》《说苑·辨物》
	梧叶为珪，叔虞封晋	《吕氏春秋·重言》《史记·晋世家》《说苑·君道》
	唐叔得禾献成王，成王命唐叔馈周公	《史记·周本纪》《史记·鲁周公世家》
	胜书说周公旦，周公答"徐言""勿言"	《吕氏春秋·精谕》《韩诗外传·卷四》《说苑·指武》
	周成王燔潜书	北大简《周驯》
	太公望诛东海居士	《韩非子·外储说右上》
周昭王	帝尧子丹朱附周昭王房后之身生穆王	《国语·周语上》
周穆王	越姬窃子三月卒，七日而复	汲冢《古文周书》
	祭公谋父谏穆王	《国语·周语上》（《左传·昭公十二年》）《史记·周本纪》
周恭王	三女奔密康公，其母称小丑备物必亡	《国语·周语上》《史记·周本纪》《列女传·仁智传》
周厉王	邵公谏厉王弭谤	《国语·周语上》《吕氏春秋·达郁》《史记·周本纪》
	邵公以其子代宣王死	《国语·周语上》《史记·周本纪》
周宣王	周宣王夜卧晏起，姜后脱簪珥待罪	《汲冢琐语》《列女传·贤明传》

附录　先秦"说体"故事条目总汇

续表

时期	故事条目	出处
	周宣王元妃生子不恒	《汲冢琐语》
	小妾遭褒神龙漦所化玄鼋生女为褒姒	《国语·郑语》《史记·周本纪》《列女传·孽嬖传》
	鲁武公以括与戏见，樊仲山父谏宣王立幼	《国语·周语上》《史记·鲁周公世家》
	杜伯化鬼射宣王	《墨子·明鬼》《国语·周语上》《说苑·立节》
周幽王	幽王欲杀王子宜咎立伯服	《汲冢琐语》
	戏诸侯博美人一笑	《吕氏春秋·疑似》《史记·周本纪》
周平王	被发而祭于野者言伊川为戎	《左传·僖公二十二年》
楚厉王	楚厉王醉而过击鼓	《韩非子·外储说左上》
郑庄公	郑武夫人戒孺子	清华简第六册《郑武夫人规孺子》
	郑庄公克段于鄢	《左传·隐公元年》《史记·郑世家》
卫桓公	卫大夫石碏大义灭亲	《左传·隐公三年》《隐公四年》《史记·卫康叔世家》
鲁隐公	鲁大夫公子翚弑隐公	《左传·隐公十一年》《史记·鲁周公世家》
宋殇公	华父督杀孔父取其妻，弑宋殇公	《左传·桓公元年》《桓公二年》《史记·宋微子世家》
卫宣公卫惠公	卫宣公二子急子、寿子继死，左、右公子被杀	《左传·桓公十六年》《庄公六年》《史记·卫康叔世家》《新序·节士第七》《列女传·孽嬖传》
郑昭公	太子忽辞齐婚，祭仲执于宋归立公子突	《左传·桓公十一年》《史记·齐太公世家·郑世家》《说苑·权谋》
	雍姬问母"父与夫孰亲"	《左传·桓公十五年》《史记·郑世家》
	郑高渠弥弑昭公而立公子亹	《左传·桓公十七年》（《韩非子·难四》）《史记·郑世家》
	齐人杀郑子亹，祭仲逆郑子于陈立之	《左传·桓公十八年》（《史记·郑世家》）

续表

时期	故事条目	出处
郑厉公	郑厉公复入,傅瑕杀,原繁缢	《左传·庄公十五年》《史记·郑世家》
楚武王	邓曼劝武王诫屈瑕,武王悔已晚	《左传·桓公十三年》《列女传·仁智传》
晋武公	周大夫蔿国以晋师伐夷	《左传·庄公十六年》
齐襄公	鲁桓公薨于车	《左传·桓公十八年》《史记·齐太公世家·鲁周公世家》《列女传·孽嬖传》
	齐襄公见大豕公子彭生	《左传·庄公八年》《史记·齐太公世家》
	齐连称管至父之乱	《左传·庄公八年》《史记·齐太公世家》
楚文王	和氏璧（楚人和氏得玉璞楚山中）	《韩非子·和氏》《吕氏春秋·异宝》《新序·杂事第五》
	楚文王送申侯伯之他国（荆文王送申侯伯之他国）	《左传·僖公四年》《吕氏春秋·长见》《说苑·君道》《新序·杂事》
	葆申笞荆文王	《吕氏春秋·直谏》《说苑·正谏》
	楚文王伐申邓甥惧	《左传·庄公六年》《史记·楚世家》
	绳息妫,楚灭息入蔡（楚文王灭息娶息妫）	《左传·庄公十年》《庄公十四年》《吕氏春秋·长攻》（《史记·管蔡世家·楚世家》）清华简第二册《系年》第五章,（《列女传·贞顺传》）
周惠王	郑厉公与虢叔杀王子颓纳周惠王	《国语·周语上》《左传·庄公十九年》《庄公二十年》《庄公二十一年》《史记·周本纪·卫康叔世家·郑世家》
	有神降于莘	《国语·周语上》《左传·庄公三十二年》《说苑·辨物》
宋闵公	宋南宫万弑闵公,批仇牧	《左传·庄公十一年》《庄公十二年》《公羊传·庄公十二年》《韩诗外传·卷八》《史记·宋微子世家》《新序·义勇》
宋桓公	宋大水,鲁人吊之（鲁臧文仲称宋公子御说宜为君）	《左传·庄公十一年》《庄公十二年》（《韩诗外传·卷三》）《史记·宋微子世家》（《说苑·君道》）

续表

时期	故事条目	出处
宋襄公	宋襄公不鼓不成列	《左传·僖公二十二年》《韩非子·外储说左上》《史记·宋微子世家·楚世家》《春秋事语》
鲁庄公	曹刿论战	《国语·鲁语上》《左传·庄公十年》
	曹刿谏庄公如齐观社	《国语·鲁语上》《左传·庄公二十三年》
	鲁臣谏庄公刻桓宫桷	《国语·鲁语上》《左传·庄公二十四年》
	鲁臣谏庄公觌哀姜用币	《国语·鲁语上》《左传·庄公二十四年》
	臧文仲如齐告籴	《国语·鲁语上》《左传·庄公二十八年》
	季友立公子般，庆父杀之另立闵公	《左传·庄公三十二年》《国语·楚语下》《史记·鲁周公世家》
鲁闵公	庆父通于哀姜，杀闵公，亦自缢	《左传·闵公元年》《闵公二年》《史记·齐太公世家·鲁周公世家》《列女传·孽嬖传》
卫懿公	狄来伐卫，受甲者称"使鹤"（卫懿公好鹤，狄人灭卫）	《左传·闵公二年》《新书·春秋》《史记·卫康公世家》
	卫懿公战死，弘演报使于肝	《吕氏春秋·忠廉》《韩诗外传·卷七》《新序·义勇》
齐桓公	鲍叔荐管仲（公子小白先入，听鲍叔用管仲）（管仲射小白中钩）	《左传·庄公九年》《韩非子·说林下》《吕氏春秋·不广·贵卒·赞能》《史记·鲁周公世家·齐太公世家·管蔡列传》
	齐使鲁杀公子纠	《左传·庄公九年》《韩非子·说林下》
	管仲自鲁之齐	《韩非子·外储说左下》
	管仲有三请	《韩非子·难一》《外储说左下》《说苑·尊贤》
	齐桓公将立管仲，有中门而立者	《韩非子·外储说左下》（《说苑·善说》）
	最患社鼠	《韩非子·外储说右上》（《晏子·内篇问上》《韩诗外传·卷七》）《说苑·政理》
	齐桓公见小臣稷	《吕氏春秋·下贤》《韩非子·难一》《韩诗外传·卷六》《新序·杂事》

续表

时期	故事条目	出处
	甯戚饭牛车下疾歌以干齐桓公（甯越欲干齐桓公）	《吕氏春秋·举难》《淮南子·主术训·缪称训·道应训》《新序·杂事》(《列女传·辨通传》
	有司请事，桓公曰以告仲父	《吕氏春秋·任数》《韩非子·难二》《新序·杂事第四》
	齐桓公、管仲、鲍叔、甯戚相与饮	《吕氏春秋·直谏》《新序·杂事第四》
	蔡女荡舟，齐桓公伐楚	《左传·僖公三年》《僖公四年》《韩非子·外储说左上》《淮南子·人间训》)《史记·齐太公世家·管蔡世家·楚世家》
	郑申侯卖陈辕涛涂	《左传·僖公四年》《史记·齐太公世家·陈杞世家》
	齐桓公好服紫	《韩非子·外储说左上》
	齐桓公微服以巡民家，见有老而自养者	《韩非子·外储说右下》《说苑·贵德》
	东野有以九九见齐桓公者	《韩诗外传·卷三》《说苑·尊贤》
	齐桓公割燕君所至之地以与之	《新书·春秋》《韩诗外传·卷四》《史记·齐太公世家》《史记·燕召公世家》《说苑·贵德》
	齐桓公与管仲谋伐莒（执蹠痴而上视者宣言将伐莒）	《吕氏春秋·重言》《韩诗外传·卷四》《说苑·权谋》
	齐桓公与管仲谋伐卫	《吕氏春秋·精谕》《列女传·贤明传》
	桓公伐孤竹，老马识途，蚁壤有水（桓公伐孤竹，遇知道之神）	《韩非子·说林上》(《说苑·辨物》)
	葵丘之会	《国语·齐语》《左传·僖公九年》《史记·齐太公世家·晋世家》
	齐桓公欲封禅，管仲谏	《史记·封禅书》

续表

时期	故事条目	出处
	曹翙怀剑劫桓公于坛上（曹沫以匕首劫桓公于坛上）	《吕氏春秋·贵信》《淮南子·氾论训》《史记·齐太公世家·鲁周公世家·刺客列传》《新序·杂事第四》
	桓公不听管仲，虫流出于户	《吕氏春秋·知接·贵公》《韩非子·十过·难一》《史记·齐太公世家》《说苑·权谋》
晋献公	献公卜伐骊戎（"史苏称伐骊戎'胜而不吉'"）	《国语·晋语一》
	骊姬使献公远太子（献公有意废太子）	《国语·晋语一》《左传·庄公二十八年》《史记·晋世家》《列女传·孽嬖传》
	郤叔虎助献公伐翟柤	《国语·晋语一》
	骊姬夜半而泣谓献公	《国语·晋语一》（《史记·晋世家》）《列女传·孽嬖传》
	晋侯使太子申生伐东山皋落氏	《国语·晋语一》《左传·闵公二年》《史记·晋世家》
	舟之侨奔晋	《国语·晋语二》《左传·闵公二年》《说苑·辨物》
	假道灭虢	《国语·晋语二》《左传·僖公二年》《僖公五年》《吕氏春秋·权勋》《韩非子·十过·喻老》《淮南子·人间训·泰族训》《史记·晋世家》《新序·善谋》
	骊姬谮杀太子申生而逐群公子	《国语·晋语二》《左传·僖公四年》《僖公五年》《吕氏春秋·上德》《史记·晋世家》《说苑·立节》《列女传·孽嬖传》
	晋人伐蒲、屈，重耳奔狄，夷吾奔梁	《国语·晋语二》《左传·僖公五年》《僖公六年》《吕氏春秋·上德》《史记·晋世家》
	骊姬之乱	《吕氏春秋·原乱》《列女传·孽嬖传》
晋惠公	里克杀奚齐而秦立惠公	《国语·晋语二》《左传·僖公九年》《史记·秦本纪·晋世家》

续表

时期	故事条目	出处
	惠公杀里丕之党	《国语·晋语三》《左传·僖公十年》《史记·秦本纪·晋世家》
	晋狐突遇已故太子申生（狐突自杀报太子）	《左传·僖公十年》《史记·晋世家》（《说苑·立节》）
	秦荐晋饥晋不予秦籴	《国语·晋语三》《左传·僖公十三年》《僖公十四年》《史记·秦本纪·晋世家》
	韩之战，秦侵晋止惠公于秦（秦晋韩之战）	《国语·晋语三》《左传·僖公十五年》《僖公十七年》《史记·秦本纪·晋世家》《列女传·贤明传》
郑文公	齐桓公会诸侯，郑伯逃盟	《左传·僖公五年》
晋文公	重耳别隗	《左传·僖公二十三年》《史记·晋世家》
	文公在狄十二年，狐偃曰盍速行乎	《国语·晋语四》
	过卫，乞食于野人	《国语·晋语四》《左传·僖公二十三年》《史记·晋世家》
	齐姜与子犯谋醉遣重耳	《国语·晋语四》《左传·僖公二十三年》《史记·晋世家》《列女传·贤明传》
	曹共公不礼重耳而观其骈胁	《国语·晋语四》《左传·僖公二十三年》《吕氏春秋·上德》《韩非子·十过》《淮南子·人间训》《史记·晋世家》《列女传·仁智传》
	宋襄公赠重耳以马二十乘	《国语·晋语四》《左传·僖公二十三年》《史记·晋世家·宋微子世家》
	重耳出亡过郑，郑文公不礼	《国语·晋语四》《左传·僖公二十三年》《韩非子·喻老》《吕氏春秋·上德》《史记·晋世家·郑世家》
	重耳与楚成王约退避三舍	《国语·晋语四》《左传·僖公二十三年》《史记·晋世家·楚世家》

续表

时期	故事条目	出处
	赵衰挈壶餐从文公（箕郑挈壶餐从）	《左传·僖公二十五年》《韩非子·外储说左下》
	重耳婚媾怀嬴	《国语·晋语四》《左传·僖公二十三年》《史记·晋世家》
	秦伯享重耳以国君之礼	《国语·晋语四》《左传·僖公二十三年》《史记·晋世家》
	重耳亲筮得晋国	《国语·晋语四》
	秦伯纳公子，及河，子犯辞	《国语·晋语四》《左传·僖公二十四年》《韩非子·外储说左上》《史记·晋世家》《说苑·复恩》
	寺人勃鞮求见文公（寺人披求见文公）	《国语·晋语四》《左传·僖公二十四年》《韩非子·难三》《史记·晋世家》
	文公遽见竖头须	《国语·晋语四》《左传·僖公二十四年》《韩诗外传·卷十》《新序·杂事》
	狄归季隗，赵姬请逆叔隗	《左传·僖公二十四年》《史记·赵世家》《列女传·贤明传》
	介之推与母偕隐	《左传·僖公二十四年》《吕氏春秋·介立》《淮南子·说山训》《史记·晋世家》《说苑·复恩》《新序·节士第七》
	晋文公赏从亡者而陶狐不与	《吕氏春秋·当赏》《韩诗外传·卷三》《史记·晋世家》《说苑·复恩》
	王子带启狄人以攻王（周襄王娶狄后，王子带通之）	《国语·周语中》《左传·僖公二十四年》《新语·无为》（《史记·周本纪·郑世家》）《新序·善谋》
	周王赐阳樊，文公出阳人	《国语·周语中》《国语·晋语四》《左传·僖公二十五年》《新书·审微》《史记·晋世家》

续表

时期	故事条目	出处
	晋文公伐原以示信	《国语·晋语四》《左传·僖公二十五年》《吕氏春秋·为欲》《韩非子·外储说左上》《淮南子·道应训》《史记·晋世家》《新序·杂事》
	晋文公伐卫,公子虑言臣助桑者顾见臣之妻亦有送之者	《说苑·权谋》,阜阳牍章题
	箕郑对文公问(箕郑救饿)	《国语·晋语四》《韩非子·内储说左上》
	蔿贾预言子玉不入(蔿伯不贺子文)	《左传·僖公二十七年》(上博简第九册《成王为城濮之行》)
	晋师入曹,爇僖负羁氏	《左传·僖公二十八年》《韩非子·十过》《韩非子·外储说右上》《淮南子·缪称训·道应训》《史记·管蔡世家·晋世家》
	晋文公伐曹,穿地得金匮(齐景公游于纪,得金壶)	北大简《周驯》(《晏子春秋·内篇杂上第五》)
	郑叔詹据鼎耳而疾号(郑被詹据镬而呼)	《国语·晋语四》《吕氏春秋·上德》《史记·晋世家·郑世家》
	城濮之战,晋使宋人赂齐秦且分曹卫田畀宋人	《国语·晋语四》《左传·僖公二十八年》《史记·晋世家》
	城濮之战,楚子玉使伯棼请战于楚王	《左传·僖公二十八年》《史记·晋世家》
	城濮之战,子玉使宛春告于晋师	《国语·晋语四》《左传·僖公二十八年》《史记·晋世家》
	城濮之战,晋师退三舍避楚	《国语·晋语四》《左传·僖公二十八年》《史记·晋世家》
	城濮之战,战前晋侯梦与楚子搏	《左传·僖公二十八年》
	城濮之战,晋师横击楚师	《左传·僖公二十八年》
	城濮之战,晋作王宫,王子虎盟诸侯于王庭	《左传·僖公二十八年》《史记·晋世家》

附录 先秦"说体"故事条目总汇 681

续表

时期	故事条目	出处
	城濮之战，楚子玉梦河神索要琼弁玉缨	《左传·僖公二十八年》
	城濮之战，子玉自杀，文公乃喜	《左传·僖公二十八年》《史记·晋世家》（《史记·楚世家》）
	曹货筮史，晋复曹伯	《左传·僖公二十八年》（《史记·晋世家》）
	晋文公用咎犯之言反赏雍季	《吕氏春秋·义赏》《韩非子·难一》《淮南子·人间训》《史记·晋世家》《说苑·权谋》
	晋文公出畋前有大蛇横道而处	《新书·春秋》《新序·杂事第二》
	晋文公逐麋而失之，得善言（晋文公出田逐兽迷不知所出，遇渔者）	《新序·杂事第二》阜阳胺章题
	宰臣上炙而发绕之	《韩非子·内储说下》
	李离过听杀人自拘于廷伏剑死	《韩诗外传·卷二》《史记·循吏列传》《新序·节士》
	跖之徒问于跖曰盗有道乎	《吕氏春秋·当务》《淮南子·道应训》
楚成王	子元欲蛊文夫人，申公斗班杀子元	《左传·庄公二十八年》《庄公三十年》
	楚太子商臣不敬，江芈怒曰"呼役夫"（楚太子商臣弑成王）	《左传·文公元年》《韩非子·内储说下》《史记·楚世家》
	楚巫言成王、子玉、子西"皆将强死"	《左传·文公十年》
	晋阳处父退楚师，商臣潜子上	《左传·僖公三十三年》《说苑·权谋》
	成王临后宫，子皙直行不顾，以为夫人	《列女传·节义传》
鲁僖公	展喜以膏沫犒师	《国语·鲁语上》《左传·僖公二十六年》《说苑·奉使》

续表

时期	故事条目	出处
	臧文仲说僖公请免卫成公	《国语·鲁语上》
	晋分曹，重馆人告臧文仲使急往多得地	《国语·鲁语上》《左传·僖公三十一年》
	齐攻鲁求岑鼎（柳下季、乐正子春）	《吕氏春秋·审己》《韩非子·说林下》《新序·节士第七》
晋襄公	臼季见冀缺与妻相敬如宾而举之	《国语·晋语五》《左传·僖公三十三年》
	晋狼瞫彭衙之役驰秦师而死	《左传·文公二年》
秦穆公	烛之武退秦师	《左传·僖公三十年》《史记·晋世家》《新序·善谋》
	殽之战，蹇叔哭师	《左传·僖公三十三年》
	殽之战，王孙满言秦师必败	《国语·周语中》《左传·僖公三十三年》《吕氏春秋·悔过》《史记·秦本纪·晋世家》
	殽之战，弦高犒师	《左传·僖公三十三年》《吕氏春秋·悔过》《淮南子·道应训·氾论训·人间训》）《史记·秦本纪·晋世家·郑世家》
	殽之战，秦伯向师而哭	《左传·僖公三十二年》《僖公三十三年》《吕氏春秋·悔过》《淮南子·道应训》《史记·秦本纪》
	殽之战，文嬴请三帅	《左传·僖公三十三年》
	秦穆公亡马，野人得而食之	《吕氏春秋·爱士》《淮南子·泰族训·氾论训》《韩诗外传·卷十》《史记·秦本纪》《说苑·复恩》北大简《周驯》
	公孙枝得百里奚献诸缪公（秦穆公赎百里奚号曰"五羖大夫"）	《吕氏春秋·慎人》《史记·秦本纪》《说苑·臣术》
	公孙枝请见客，百里奚行其罪	《吕氏春秋·不苟》
	秦穆公遗戎主女乐二八，由余归穆公	《吕氏春秋·不苟》《韩非子·十过》《韩诗外传·卷九》《史记·秦本纪》

续表

时期	故事条目	出处
宋昭公	国人因襄夫人弑宋昭公立公子鲍为文公	《左传·文公十六年》《文公十八年》《史记·宋微子世家》
鲁文公	鲁穆伯从己氏	《左传·文公元年》《文公七年》《文公八年》《文公十四年》《文公十五年》
	鲁襄仲杀嫡立庶	《左传·文公十八年》《史记·鲁周公世家》
齐懿公	邴歜阎职池中弑懿公	《左传·文公十八年》《国语·楚语下》《史记·齐太公世家》《说苑·复恩》
晋灵公	穆嬴啼于朝，赵盾立灵公	《左传·文公五年》《史记·晋世家·赵世家》《说苑·建本》
	甯嬴从阳处父及山而还	《国语·晋语五》《左传·文公五年》《文公六年》
	冶氏女徒病弃，舞嚚买之生荀林父	《汲冢琐语》
	晋使魏寿余诱士会	《左传·文公十三年》《史记·秦本纪》《史记·晋世家》
	赵宣子遇翳桑饿人	《左传·宣公二年》《吕氏春秋·报更》《史记·晋世家·赵世家》《说苑·复恩》
	晋灵公使贼赵盾，鉏麑触槐死	《国语·晋语五》《左传·宣公二年》《吕氏春秋·过理》《史记·晋世家》《说苑·立节》
	晋侯饮赵盾酒，提弥明搏獒	《左传·宣公二年》《史记·晋世家·赵世家》
	赵穿桃园攻灵公，大史书赵盾弑其君	《左传·宣公二年》《史记·晋世家·赵世家》
郑穆公	郑穆公庙遇句芒神	《墨子·明鬼下》
	郑穆公"刈兰而卒"	《左传·宣公三年》《史记·郑世家》
卫成公	卫叔武"捉发走出"被射杀（卫侯冤杀卫叔武）	《左传·僖公二十八年》（《史记·卫康叔世家》）

续表

时期	故事条目	出处
卫穆公	救孙桓子，仲叔于奚请曲县繁缨	《左传·成公二年》（《新书·审微》）
宋文公	羊斟不与，华元囚（羊羹不斟宋国危）	《左传·宣公二年》《吕氏春秋·察微》《淮南子·缪称训》《史记·宋微子世家·郑世家》《说苑·贵德》
	城者讴歌讽华元	《左传·宣公二年》
	华元夜登子反之床（子反乘堙窥宋城，华元乘堙而见之）	《左传·宣公十五年》《公羊传·宣公十五年》《韩诗外传·卷二》《史记·宋微子世家·楚世家》
	祝夜姑慢待神事被殪之坛上	《墨子·明鬼下》
	家无故而黑牛生白犊	《淮南子·人间训》《列子·说符》
郑灵公	公子宋"食指动"	《左传·宣公四年》《史记·郑世家》《说苑·复恩》
陈灵公	陈灵公通夏姬，杀泄冶，徵舒射杀之	《左传·宣公九年》《宣公十年》《新书·胎教》《史记·陈杞世家》《说苑·君道》《列女传·孽嬖传》，阜阳牍章题
鲁宣公	里革更书（鲁季文子逐莒太子仆）	《国语·鲁语上》《左传·宣公十八年》
楚庄王	楚庄王谋事而当，退朝有忧色	《吕氏春秋·骄恣》《新序·杂事第一》
	荆庄王"一鸣惊人"	《吕氏春秋·重言》《韩非子·喻老》《史记·楚世家·滑稽列传》（《新序·杂事第二》）
	沈尹茎为孙叔敖游郢五年	《吕氏春秋·赞能》
	孙叔敖儿时见两头蛇而埋之	《新书·春秋》《新序·杂事第一》《列女传·贤明传》
	楚庄王称沈令尹忠贤，樊姬掩口而笑	《韩诗外传·卷二》《新序·杂事第一》《列女传·贤明传》
	楚庄王射随兕，申公子培夺之死	《吕氏春秋·至忠》《说苑·立节》
	申叔时以牵牛巧喻，楚复封陈	《左传·宣公十一年》《淮南子·人间训》《史记·陈杞世家·楚世家》

时期	故事条目	出处
	申叔展暗语示意藏于井	《左传·宣公十二年》
	宋杀申舟，楚庄王投袂而起	《左传·宣公十四年》《吕氏春秋·行论》
	楚庄王绝缨之会（王后抆牵衣，庄王令绝缨）	《韩诗外传·卷七》《说苑·复恩》
	养由基射白猿，未射而括中之	《吕氏春秋·博志》《淮南子·说山训》
	荆庄王太子触茅门之法	《韩非子·外储说右上》《说苑·至公》
	郑伯肉袒逆楚师	《左传·宣公十二年》《公羊传·庄公十二年》《韩诗外传·卷六》《史记·楚世家》《新序·杂事第四》
	楚君臣争以过在己，晋夜还师而归	《淮南子·道应训》《新序·杂事第四》
晋景公	邲之战，楚孙叔敖伍参斗嘴	《左传·宣公十二年》《史记·晋世家》《史记·郑世家》
	邲之战，楚三人致师、晋二人请使	《左传·宣公十二年》
	邲之战，楚人教晋人出坠广	《左传·宣公十二年》
	邲之战，晋逢大夫弃子救赵旃	《左传·宣公十二年》
	邲之战，晋知庄子获楚一尸一俘	《左传·宣公十二年》
	晋解扬呼宋无降楚	《左传·宣公十五年》《史记·晋世家·郑世家》《说苑·奉使》
	老人结草报魏颗	《左传·宣公十五年》
	郤克耻妇人之笑，归请伐齐	《国语·晋语五》《左传·成公二年》《史记·齐太公世家·晋世家》
	靡笄之役，韩献子斩人，郤献子分谤	《国语·晋语五》《左传·成公二年》《韩非子·难一》
	靡笄之役，齐高固入晋师，桀石以投人	《左传·成公二年》
	靡笄之役，郤献子伤，鼓之不绝	《国语·晋语五》《左传·成公二年》《史记·齐太公世家》

续表

时期	故事条目	出处
	靡笄之役，晋韩厥旦避左右	《左传·成公二年》
	靡笄之役，齐逢丑父代君任患，郤克免之	《左传·成公二年》《史记·齐太公世家·晋世家》
	靡笄之役，齐侯遇女子问"君免乎"	《左传·成公二年》
	靡笄之役，范文子师胜后入，武子知免	《国语·晋语五》《左传·成公二年》
	靡笄之役，郤献子、范文子、栾武子辞功	《国语·晋语五》《左传·成公二年》
	靡笄之役，晋侯使巩朔献齐捷于周	《左传·成公二年》
	齐侯视韩厥曰"服改矣"	《左传·成公三年》
	晋驹之克（郤克）雪一笑之耻	清华简第二册《系年》第十四章
	晋归楚囚求知罃，知罃善视郑贾人	《左传·成公三年》
	范武子杖文子	《国语·晋语五》《韩非子·外储说左下》
	晋讨赵同赵括，韩厥举赵氏孤儿（赵氏孤儿）	《左传·成公四年》《成公五年》《成公八年》《史记·晋世家·赵世家·韩世家》《说苑·复恩》《新序·节士》
	梁山崩，伯宗应召遇绛人	《国语·晋语五》《左传·成公五年》《韩诗外传·卷八》《史记·晋世家》
	晋侯梦大厉，不食新	《左传·成公十年》
鲁成公	声伯外妹誓施氏	《左传·成公十一年》
	王孙说请周简公勿赐叔孙侨如	《国语·周语中》《左传·成公十三年》
	宣伯叔孙侨如通于穆姜，欲去季孟	《左传·成公十六年》《列女传·孽嬖传》
	子叔声伯辞晋邑	《国语·鲁语上》《左传·成公十六年》
	鲁声伯践梦而卒	《左传·成公十七年》

续表

时期	故事条目	出处
晋厉公	伯宗妻戒夫，伯州犁奔楚	《国语·晋语五》《左传·成公十五年》《史记·晋世家》《列女传·仁智传》
	鄢陵之战，郤至力主出战败楚师	《国语·晋语六》《左传·成公十六年》《史记·晋世家》
	鄢陵之战，楚子登巢车以望晋军	《左传·成公十六年》
	鄢陵之战，栾针乃掀公以出于淖	《左传·成公十六年》
	鄢陵之战，吕锜射共王中目王召养由基	《左传·成公十六年》《史记·晋世家》《史记·楚世家》
	鄢陵之战，郤至三遇楚子必下	《国语·晋语六》《左传·成公十六年》
	鄢陵之战，谷阳竖献饮于子反	《左传·成公十六年》《吕氏春秋·权勋》《韩非子·十过》《淮南子·人间训》《史记·晋世家·楚世家》
	晋三郤杀，厉公弑（胥僮之谏厉公）	《国语·晋语六》《左传·成公十六年》《成公十八年》《吕氏春秋·骄恣》《韩非子·内储说下》（《淮南子·人间训》）《史记·晋世家》
	百豫之战，晋三郤被潜罹难	上博简第五册《姑（苦）成家父》
齐灵公	声孟子通于庆克，齐刖鲍牵逐高无咎	《左传·成公十七年》《列女传·孽嬖传》
郑僖公	郑子驷弑僖公	《左传·襄公七年》《史记·郑世家》
晋悼公	韩献子戮干行，赵宣子称不党（魏绛戮干行，晋侯使佐新军）	《国语·晋语五》《左传·襄公三年》《史记·晋世家·魏世家》《说苑·至公》
	祁奚荐举（外举不避雠，内举不避子）	《国语·晋语七》《左传·襄公三年》《吕氏春秋·去私》（《韩非子·外储说左下》）《史记·晋世家》《新序·杂事第一》
	晋魏绛谏悼公伐诸戎	《国语·晋语七》《左传·襄公四年》
	晋郑戏之盟	《左传·襄公九年》
	晋伐偪阳之役	《左传·襄公十年》

续表

时期	故事条目	出处
	郑唯强是从，乃及楚平	《左传·襄公九年》
郑简公	郑五族作乱杀子驷	《左传·襄公十年》《史记·郑世家》
	郑以侵宋谋盟晋	《左传·襄公十一年》
	师慧称宋朝无人	《左传·襄公十一年》
	郑子孔之亡	《左传·襄公十八年》《襄公十九年》《史记·郑世家》
	郑游眅夺人妻被杀，子被黜	《左传·襄公二十二年》
	郑子产教说"拜君之勤"，秦归楚囚	《左传·襄公二十六年》
	郑伯有之死	《左传·襄公三十年》
	子产治郑，民先后诵之	《左传·襄公三十年》《吕氏春秋·乐成》
	子晳子南比试争妻	《左传·昭公元年》
	郑伯有闹鬼	《左传·昭公七年》
	子产有疾，谓子大叔（子产诫游吉）	《左传·昭公二十年》《韩非子·内储说上》
吴王诸樊	吴公子季札辞君位	《左传·襄公十四年》《史记·吴太伯世家》《说苑·至公》（《新序·节士》）
	吴子诸樊伐楚被射杀	《左传·襄公二十五年》
	季札挂剑	《史记·吴太伯世家》《新序·节士》
宋平公	宋子荡射子罕之门	《左传·襄公六年》
	宋子罕辞玉	《左传·襄公十五年》《吕氏春秋·异宝》《韩非子·喻老》《新序·节士》
	宋子罕南墙不直西潦不止	《吕氏春秋·召类》《新序·刺奢第六》
	宋子罕闻讴歌亲抶不勉者	《左传·襄公十七年》
	宋华臣奔陈	《左传·襄公十七年》
	宋太子痤被谮死，合左师改命"君夫人"	《左传·襄公二十六年》
楚共王	楚申公巫臣携夏姬奔晋	《左传·成公二年》《史记·晋世家》《新序·杂事第一》《列女传·孽嬖传》

续表

时期	故事条目	出处
	申公巫臣使楚臣疲于奔命	《左传·成公七年》
	楚共王埋璧请神择于五子	《左传·昭公十三年》《史记·楚世家》
	子囊议恭王之谥	《国语·楚语上》《左传·襄公十三年》
	子囊遁而复请死	《吕氏春秋·高义》
曹成公	曹公子子臧辞君位	《左传·成公十三年》《成公十五年》《成公十六年》《新序·节士第七》
齐庄公	神羊断案（王里国中里徼狱不决，齐君使供一羊盟神）	《墨子·明鬼下》
	崔杼保太子光即位	《左传·襄公十九年》《史记·齐太公世家》《列女传·仁智传》
	齐士宾卑聚梦有壮子唾其面	《吕氏春秋·离俗》
	晋州绰齐国夸口	《左传·襄公二十一年》
	杞梁妻不郊吊（向城而哭，城为之陁）	《左传·襄公二十三年》（《说苑·立节》）（《说苑·善言》）（《列女传·贞顺传》）
	鲁臧纥讥齐为鼠智以辞田	《左传·襄公二十三年》
	崔杼弑其君	《左传·襄公二十五年》《韩非子·奸劫弑臣》《史记·齐太公世家》《新序·节士第七》（《列女传·孽嬖传》）
	晏子与崔杼盟	《左传·襄公二十五年》《吕氏春秋·知分》《晏子·内篇杂上》《韩诗外传·卷二》《史记·齐太公世家》《新序·义勇》
	齐庆氏亡崔氏	《左传·襄公二十七年》《吕氏春秋·慎行》《史记·齐太公世家》
	齐庆氏之亡	《左传·襄公二十八年》《史记·吴太伯世家》
卫献公	鲁郈成子报卫右宰谷臣之托	《吕氏春秋·观表》
	不释皮冠，歌《巧言》，孙、宁逐献公	《左传·襄公十四年》《吕氏春秋·慎小》《史记·卫康叔世家》

续表

时期	故事条目	出处
	公孙丁御献公奔，射其徒之徒尹公佗	《左传·襄公十四年》（《孟子·离娄下》）
	臧纥如齐唁卫侯	《左传·襄公十四年》
	宁惠子临终嘱子复献公	《左传·襄公二十年》
	献公复入，宁喜死，子鲜奔	《左传·襄公二十六年》《襄公二十七年》《史记·卫康叔世家》
楚康王	楚薳子冯用计辞令尹	《左传·襄公二十一年》
	楚子南尸朝，薳子惊惧	《左传·襄公二十二年》
	蔡声子称"楚材晋用"归伍举	《国语·楚语上》《左传·襄公二十六年》
	楚伯州犁上下其手	《左传·襄公二十六年》
	屈建祭父不荐芰	《国语·楚语上》
吴王余祭	越俘弑吴子余祭	《左传·襄公二十九年》
周灵王	周儋括之叹	《左传·襄公三十年》
鲁襄公	叔孙穆子聘晋，乐及《鹿鸣》之三方拜	《国语·鲁语下》《左传·襄公四年》
	鲁御叔肆言受罚	《左传·襄公二十一年》
	鲁季氏立幼，臧纥获"犯门斩关"罪	《左传·襄公二十三年》
	叔孙穆子论死而不朽	《国语·晋语八》《左传·襄公二十四年》
	鲁襄公闻楚康王卒欲还大臣谏	《国语·鲁语下》《左传·襄公二十八年》《说苑·正谏》
	季冶致其邑于季氏	《国语·鲁语下》《左传·襄公二十九年》
	鲁叔孙穆子不以货私免	《国语·鲁语下》《国语·晋语八》《左传·昭公元年》
晋平公	齐晋平阴之役	《左传·襄公十八年》《襄公十九年》
	诸侯伐秦莫济，鲁叔孙赋《匏有苦叶》（诸侯从晋侯伐秦以报栎之役）	《国语·鲁语下》《左传·襄公十四年》

续表

时期	故事条目	出处
	晋范宣子逐栾黡之子栾盈	《左传·襄公二十一年》
	晋栾盈曲沃之乱	《左传·襄公二十三年》《史记·晋世家》
	郑宛射犬御晋张骼、辅跞致楚师	《左传·襄公二十四年》
	秦后子奔晋,谓赵孟将死	《左传·昭公元年》《国语·晋语八》《史记·秦本纪》
	濮上之音(师延为平公鼓音,师旷曰此亡国之乐)	《韩非子·十过》《淮南子·泰族训》《史记·乐书》
	师旷御晋平公,笑曰齐君坠于床	《汲冢琐语》
	晋平公与齐景公乘,首阳神随其车	《汲冢琐语》
	有鸟飞从西方来,集晋平公庭	《汲冢琐语》
	辛俞不听命,从栾氏出奔	《国语·晋语八》《说苑·复恩》
	叔向贺孟献伯之俭,苗贲皇非之	《韩非子·外储说左下》
	晋平公使叔向聘于吴	《说苑·正谏》,阜阳牍章题
	晋平公春筑台,叔向谏	《说苑·正谏》,阜阳牍章题
	叔向与子朱不心竞而力争	《国语·晋语八》《左传·襄公二十六年》
	叔向称三奸同罪	《国语·晋语九》《左传·昭公十四年》
	叔向欲娶于申公巫臣氏	《左传·昭公二十八年》《列女传·仁智传》
	祁奚免叔向	《左传·襄公二十一年》《吕氏春秋·开春》《说苑·善说》
	叔向母视相闻声谓羊舌氏必灭	《国语·晋语八》《左传·襄公二十一年》《昭公二十八年》《列女传·仁智传》
	师旷援琴撞平公(师京援琴撞文侯)	《韩非子·难一》《淮南子·齐俗训》(《说苑·君道》)
	晋叔向称城壶丘,秦出楚王之弟	《韩非子·说林下》《说苑·权谋》
	叔向佯遗书于周庭谮苌弘	《韩非子·内储说下》《说苑·权谋》

续表

时期	故事条目	出处
	晋平公梦黄熊入寝门（晋平公梦赤熊窥屏）	《国语·晋语八》《左传·昭公七年》《汲冢琐语》《说苑·辨物》
	叔向谏杀竖襄	《国语·晋语八》《晏子·外篇》《韩诗外传·卷九》《说苑·正谏》
	董叔欲为系援，叔向称"求系既系矣"	《国语·晋语九》
宋平公	宋寺人柳谮华合比，华亥为之征	《左传·昭公六年》
楚灵王	绅（陈）公（穿封戌）见灵王	上博简第六册《申公臣灵王》
	申成公父子不取蔡器	上博简第九册《灵王遂申》
	司马子期欲以妾为内子，左史倚相儆之	《国语·楚语上》
	楚灵王雪夜遇子革	《左传·昭公十二年》
	楚灵王乾溪之难	《左传·昭公十三年》《韩非子·十过》《淮南子·泰族训》《史记·楚世家》
吴王余眛	吴使蹶由犒楚师（吴使甇融犒荆师；秦使人使楚）	《左传·昭公五年》（《韩非子·说林下》《说苑·奉使》）
晋昭公	平丘之会	《国语·鲁语下》《左传·昭公十三年》
	中行穆子围鼓，不许鼓人以城叛	《国语·晋语九》《左传·昭公十五年》《淮南子·人间训》《说苑·贵德》
周景王	宾孟见雄鸡自断其尾	《国语·周语下》《左传·昭公二十二年》
宋元公	宋华氏向氏之乱	《左传·昭公二十年》《昭公二十一年》《昭公二十二年》《史记·宋微子世家》
	宋元君夜半而梦人被发窥阿门	《庄子·外物》《淮南子·说山训》《史记·龟策列传》
楚平王	王子建不识畴麻	上博简第六册《平王与王子木》《说苑·辨物》
	费无极谮害，朝吴奔郑	《左传·昭公十五年》

续表

时期	故事条目	出处
	费无极谮伍奢，伍子胥奔吴	《左传·昭公十九年》《昭公二十年》《淮南子·人间训》《史记·秦本纪·楚世家·伍子胥列传》《说苑·立节》
	费无极教郤宛，使被诛	《左传·昭公二十七年》《吕氏春秋·慎行》《韩非子·内储说下》
	令尹子常杀费无极	《左传·昭公二十七年》
吴王僚	子胥出走，边侯得之	《韩非子·说林上》
	伍子胥奔吴（"遇江上之丈人"；"窘于江上，道乞食"）	《吕氏春秋·异宝》（《史记·伍子胥列传》）
	吴伐州来战于鸡父，楚救师大奔（吴与楚战于鸡父，大败楚人）	《左传·昭公二十三年》《吕氏春秋·察微》《史记·吴太伯世家》
	伍子胥荐专设诸，公子光使刺吴王僚	《左传·昭公二十年》《昭公二十七年》《史记·吴太伯世家·刺客列传》
晋顷公	阎没、叔宽三叹谏魏献子无受贿	《国语·晋语九》《左传·昭公二十八年》
鲁昭公	叔孙豹欺于竖牛	《左传·昭公四年》《韩非子·内储说上》《淮南子·说林训》
	鲁叔孙昭子如晋被执	《左传·昭公二十三年》
	季氏出其君（三桓攻昭公）	《左传·昭公二十五年》《韩非子·内储说下》《吕氏春秋·察微》《淮南子·人间训》《史记·鲁周公世家》
	臧会称"偻句不余欺"	《左传·昭公二十五年》
	为昭公请，宋元公道卒，叔孙昭子无疾终	《左传·昭公二十五年》《昭公二十六年》《新书·礼容下》《史记·鲁周公世家》
	范献子卜猎，遗其豹冠	《汲冢琐语》
	昭公黜公为，以公衍为太子	《左传·昭公二十九年》
邾庄公	阍诬夷射姑，邾庄公怒而卒	《左传·定公二年》《定公三年》
吴王阖庐	伍子胥说之半，公子光举帷出（吴胜楚柏举，伍子胥鞭坟）	《吕氏春秋·首时》《新书·耳痹》《淮南子·泰族训》《史记·吴太伯世家·楚世家·伍子胥列传》

续表

时期	故事条目	出处
	要离为吴王刺王子庆忌	《吕氏春秋·忠廉》
齐景公	彗星见，景公叹，群臣皆泣，晏子笑	《晏子·外篇》《史记·齐太公世家》
	齐景公伐宋至曲陵梦君子长而大	《汲冢琐语》
	齐景公伐宋至曲陵梦见短丈夫	《汲冢琐语》《晏子·内篇谏上第一》
	齐景公问政，师旷三言"必惠民"	《韩非子·外储说右上》
	晏子不更宅及称"踊贵屦贱"	《左传·昭公三年》《韩非子·难二》《晏子·内篇杂下第六》
	晏子解左骖赎至舍弗辞，越石父请绝	《晏子·内篇杂上》《吕氏春秋·观世》《史记·管晏列传》《新序·节士》
	夫为晏子御，甚自得，其妻请去	《晏子·内篇杂上第五》《史记·管晏列传》《列女传·贤明传》
	齐景公游于海上而乐之，颜斶趋进谏	《说苑·正谏》，阜阳牍章题
	景公瘧，欲诛祝史，晏子谏	《左传·昭公二十年》、《晏子春秋·内篇谏上·外篇第七》、上博简第九册《竞公瘧》
	莒妇投纺	《左传·昭公十九年》
	齐晋夷仪之役	《左传·定公九年》
卫灵公	孔成子因梦因筮立灵公	《左传·昭公七年》《史记·卫康叔世家》
	卫齐豹之乱	《左传·昭公二十年》
	卫灵公闻宛春称"天寒"令罢役	《吕氏春秋·分职》《新序·刺奢第六》
	侏儒之梦见灶	《韩非子·内储说上》《战国策·赵策三》
	弥子色衰爱弛	《韩非子·说难》《说苑·杂言》
	鄟泽之盟，卫叛晋	《左传·定公八年》《说苑·权谋》
	太子蒯聩闻野人歌欲杀南子未果奔宋	《左传·定公十四年》《列女传·孽嬖传》

续表

时期	故事条目	出处
	史鳅尸谏以进蘧伯玉	《新书·胎教》《韩诗外传·卷七》《新序·杂事第一》
楚昭王	石渚追杀人者则其父也（石奢徇法）	《吕氏春秋·高义》（《韩诗外传·卷二》）（《史记·循吏列传》）（《新序·节士第七》）
	吴人入楚，王孙由于以背代楚王受戈	《左传·定公四年》
	吴人入楚，钟建负季芈以从楚王	《左传·定公四年》
	吴人入楚，鄖公辛与弟或救王或欲杀王	《国语·楚语下》《左传·定公四年》《史记·楚世家·伍子胥列传》
	吴人入楚，子期匿昭王欲自代以予吴人	《左传·定公四年》《史记·楚世家》《史记·伍子胥列传》
	申包胥乞秦师哭于秦庭七日七夜	《左传·定公四年》《淮南子·修务训》《史记·秦本纪·楚世家·伍子胥列传》《说苑·立节·至公》《新序·节士》
	申包胥以秦师至救楚	《左传·定公五年》《史记·秦本纪·楚世家》
	吴人入楚，斗辛断言吴人必归	《左传·定公五年》
	吴人入楚，蓝尹亹避昭王而不载	《国语·楚语下》《左传·定公五年》
	吴人入楚，昭王归而赏	《国语·楚语下》《左传·定公五年》
	楚昭王为丧服者毁室	上博简第四册《昭王毁室》
	楚昭王赐龚之脽袍	上博简第四册《昭王与龚之脽》
	楚昭王当房而立	《新书·谕诚》
	楚昭王思与踦屦偕返	《新书·谕诚》
蔡昭侯	蔡昭侯留楚三年献裘归，如晋请伐楚	《左传·定公三年》《史记·管蔡世家》《新序·善谋》
	刘文公合诸侯于召陵	《左传·定公四年》
	蔡昭侯将如吴，大夫恐又迁，追射杀之	《左传·哀公四年》《史记·管蔡世家》

续表

时期	故事条目	出处
晋定公	晋执宋乐祁	《左传·定公六年》《定公八年》
	晋赵鞅与范、中行氏之争	《左传·定公十三年》《定公十四年》《史记·晋世家》《史记·赵世家》
	齐输范氏粟，郑人送之，赵鞅御之，酿"铁之战"	《左传·哀公二年》
	赵简子杀白骡救胥渠	《吕氏春秋·爱士》
	史黯谏赵简子田于蝼	《国语·晋语九》
	赵简子攻卫附郭，立于矢石之所及	《吕氏春秋·贵直》《韩非子·难二》，阜阳胅章题
	邮无正谏赵简子无杀尹铎	《国语·晋语九》《吕氏春秋·似顺》
	赵简子问楚白珩，王孙圉论国宝	《国语·楚语下》
	"谔谔之臣"周舍死，赵简子酒酣涕泣	《韩诗外传·卷七》《史记·赵世家》《新序·杂事第一》
	阳虎答简主自称"不善树人"（子质曰从今已后不复树德于人）	《韩非子·外储说左下》（《韩诗外传·卷七》）《说苑·复恩》
	赵简子立储（赵简子黜伯鲁而立毋恤）	《韩诗外传》（《太平御览》引）《史记·赵世家》北大简《周驯》
	董阏于悟涧深百仞无入此者	《韩非子·内储说上》
	解狐荐仇，引弓送之	《韩非子·外储说左下》《韩诗外传·卷九》《说苑·至公》
鲁定公	鲁士传弓遭突袭	《左传·定公八年》
	鲁阳虎之乱	《左传·定公五年》《定公七年》《定公八年》《史记·鲁周公世家·孔子世家》
	门者出阳虎，阳虎反推之	《淮南子·人间训》
	阳虎囚齐逃宋奔晋（景公囚阳虎）	《左传·定公九年》《韩非子·难四》《史记·鲁周公世家·孔子世家》《说苑·权谋》，阜阳胅章题
	宋桓司马有宝珠，殃及池鱼	《吕氏春秋·必己》（《淮南子·说山训》）

续表

时期	故事条目	出处
鲁哀公	季桓子妻南氏所生男被杀	《左传·哀公三年》
	文伯出学还归,敬姜告之二圣一贤	《列女传·母仪传·鲁季敬姜》
	露睹父称使鳖长而后食之,敬姜怒文伯	《国语·鲁语下》《列女传·母仪传·鲁季敬姜》
	文伯之母论内朝与外朝	《国语·鲁语下》《列女传·母仪传·鲁季敬姜》
	齐侯伐鲁迎季姬	《左传·哀公八年》
	齐鲁清之战	《左传·哀公十一年》
齐简公	齐简公之悔(齐简公悔不听诸御鞅"去一人"之谏)	《左传·哀公十四年》《吕氏春秋·慎势》《淮南子·人间训》《史记·齐太公世家·田敬仲完世家》《说苑·正谏》
	田成子兄与越战败阴助弟	《吕氏春秋·似顺》
	颜涿聚犯令以谏田成子	《韩非子·十过》
	田成子负传而随鸱夷子皮	《韩非子·说林上》
陈湣公	陈辕颇出奔,辕咺已备(虢君出走,其御已备)(郭君、靖郭君)	《左传·哀公十一年》(《新书·先醒》)(《韩诗外传·卷六》《新序·杂事第五》)
卫出公	公子郢辞,卫立蒯聩子辄,蒯聩入居戚	《左传·哀公二年》《史记·卫康叔世家》
	妻、轩夺,卫大叔疾出奔宋	《左传·哀公十一年》
卫后庄公	蒯聩入卫为庄公,卫侯辄奔鲁	《左传·哀公十五年》《史记·卫康叔世家·仲尼弟子列传》《列女传·孽嬖传》
	嬖人求酒不得,卫大叔遗奔晋	《左传·哀公十六年》
	太子疾数三罪,浑良夫叫天无辜	《左传·哀公十六年》《哀公十七年》
	戎州人杀卫庄公	《左传·哀公十七年》《吕氏春秋·慎小》《史记·卫康叔世家》
卫出公	卫臣作乱,卫侯辄出奔宋,卒于越	《左传·哀公二十五年》《哀公二十六年》

续表

时期	故事条目	出处
宋景公	荧惑在心，宋景公不移祸	《吕氏春秋·制乐》《淮南子·道应训》《史记·宋微子世家》《新序·杂事第四》
	地府曹叔称待公孙强亡曹	《左传·哀公七年》《哀公八年》《史记·管蔡世家》
	宋景公召向巢讨向魋（桓魋）	《左传·哀公十四年》
	宋冤杀皇瑗	《左传·哀公十七年》《哀公十八年》
	刑史子臣言"君薨"之日，宋景公如期死瓜圃	《汲冢琐语》
吴王夫差	吴王夫差败越，越王句践行成	《国语·吴语》《左传·哀公元年》《史记·吴太伯世家》《史记·越王句践世家》《史记·伍子胥列传》
	夫差不听谏，子胥被赐死	《国语·吴语》《左传·哀公十一年》《吕氏春秋·知化》《新书·耳痹》《史记·吴太伯世家》《史记·越王句践世家》《说苑·正谏》
	黄池之会吴晋争长	《国语·吴语》《左传·哀公十三年》《史记·吴太伯世家·越王句践世家》
	要离为吴王刺庆忌（庆忌欲平越，吴人杀之）	《吕氏春秋·忠廉》（《左传·哀公二十年》）
	夫差悔不听子胥	《国语·吴语》《吕氏春秋·知化》《史记·吴太伯世家》《史记·越王句践世家》
越王句践	越王句践见怒蛙而式之	《韩非子·内储说上》
	太宰嚭遗大夫种书（范蠡遗大夫种书）	《韩非子·内储说下》（《史记·越王句践世家》）
	范蠡泛舟五湖	《国语·越语下》《新书·耳痹》《史记·越王句践世家》
	大夫种刎颈	《新书·耳痹》《淮南子·氾论训》《史记·越王句践世家》

续表

时期	故事条目	出处
	越索卒于荆而攻晋，左史倚相谓荆王	《韩非子·说林下》《说苑·权谋》
	楚左史倚相断事破吴军	《韩非子·说林下》（《说苑·指武》）
	梁有疑狱陶朱公以有白璧厚者千金答	《新书·连语》《新序·杂事第四》
晋出公	智伯索地于魏宣子	《韩非子·说林上》《淮南子·人间训》《史记·赵世家》《说苑·权谋》
	智伯欲攻仇繇（知伯将伐仇由）	《吕氏春秋·权勋》《韩非子·说林下》
	晋中行文子出亡，过故人邑不休舍	《韩非子·说林下》《说苑·权谋》
楚惠王	楚惠王食寒菹得蛭而吞之	《新书·春秋》《新序·杂事第四》
	屈建断白公胜将为乱	《淮南子·人间训》《说苑·权谋》
	晋人伐郑楚救之，白公胜磨刀	《左传·哀公十六年》《史记·伍子胥列传》
	熊宜僚临剑不从白公胜	《左传·哀公十六年》（《新序·义勇第八》）
	白公胜杀子西子期于朝	《国语·楚语下》《左传·哀公十六年》（《新书·淮难》）《史记·楚世家》《史记·伍子胥列传》《新序·义勇第八》
	白公胜不听石乞杀王焚库之谏	《左传·哀公十六年》（《吕氏春秋·分职》）（《淮南子·道应训》）《史记·伍子胥列传》
	叶公子高入方城攻白公	《国语·楚语下》《左传·哀公十六年》《史记·楚世家》）《史记·伍子胥列传》
	白公奔山而缢，石乞不言其死所被烹	《左传·哀公十六年》《史记·伍子胥列传》
	叶公子高有殊功而邦人不称	上博简第九册《邦人不称》
赵襄子	赵襄子灭代，代君妻摩笄	《吕氏春秋·长攻》《史记·赵世家》《列女传·节义传》

续表

时期	故事条目	出处
	赵襄子破智伯头以为饮器	《淮南子·道应训》《淮南子·人间训》（《史记·赵世家》）（《史记·刺客列传》）《说苑·建本》
	智伯既败，奔楚	《汲冢琐语》
	赵襄子亡走晋阳	《国语·晋语九》
	赵襄子赏有功，高赦（高赫）为首	《吕氏春秋·义赏》《韩非子·难一》《淮南子·汜论训》《史记·赵世家》《说苑·复恩》
	赵襄子饮酒五日五夜不废，优莫谏之	《新序·刺奢第六》（阜阳篇题木牍）
	赵襄子以任登为中牟令（壬登）	《吕氏春秋·知度》《韩非子·外储说左上》
	豫让欲杀赵襄子以报知伯	《吕氏春秋·恃君、不侵、序意》《新书·阶级》《新书·谕诚》《淮南子·主术训》《史记·刺客列传》《说苑·复恩》
周威烈王	晋史屠黍归周，威公问国亡之次	《吕氏春秋·先识》《说苑·权谋》
魏文侯	魏文侯过段干木之间而轼之	《吕氏春秋·期贤》《淮南子·修务训》《史记·魏世家》《新序·杂事第五》
	乐羊贵功，魏文侯陈谮书两箧	《吕氏春秋·乐成》《说苑·复恩》
	中山君烹乐羊之子而遗之羹	《韩非子·说林上》《淮南子·人间训》《说苑·贵德》
	魏文侯欲置相，于弟季成、友翟璜择之	《吕氏春秋·举难》（《韩诗外传·卷三》《史记·魏世家》）《说苑·臣术》《新序·杂事第四》
	任座曰文侯不肖，翟黄称言直	《吕氏春秋·赞能》《新序·杂事第一》
	魏文侯与虞人期猎	《韩非子·外储说左上》
	魏文侯长子封中山，其傅使返为嗣	《韩诗外传·卷八》（《说苑·奉使》）

续表

时期	故事条目	出处
	西门豹两治邺	《韩非子·外储说左下》（《淮南子·人间训》）
	翟黄乘轩，田子方以为文侯	《韩非子·外储说左下》《说苑·臣术》
	田子方骄魏太子	《韩诗外传·卷九》《史记·魏世家》《说苑·尊贤》
越王授	越王授悔不听弟豫之言	《吕氏春秋·审己》
燕简公	庄子仪击简公	《墨子·明鬼下》
魏武侯	魏武侯谋事当，李悝称庄王忧（吴起称庄王忧）	《吕氏春秋·骄恣》（《荀子·尧问篇》）（《新序·杂事第一》）
	吴起出妻（吴起杀妻）	《韩非子·外储说右上》（《史记·孙子吴起列传》）
	吴起治西河，置表于南门外	《吕氏春秋·慎小》
	吴起欲攻秦小亭	《韩非子·内储说上》
	吴起不食待故人	《韩非子·外储说左上》
	吴起吮疽，伤者母泣	《韩非子·外储说左上》《史记·孙子吴起列传》《说苑·复恩》
	吴起去西河而泣	《吕氏春秋·长见》《吕氏春秋·观表》
楚悼王	吴起之死	《吕氏春秋·贵卒》《韩非子·和氏》（《淮南子·缪称训》）《史记·孙子吴起列传》
	墨者钜子孟胜死阳城君，弟子死之	《吕氏春秋·上德》
韩烈侯	严遂令人刺韩廆（严仲子使聂政报韩相侠累）	《韩非子·内储说下》《韩非子·说林上》《史记·韩世家》《史记·刺客列传》
秦献公	秦献公免右主然守塞弗入之罪	《吕氏春秋·当赏》
赵成侯	梁车刖姊足	《韩非子·外储说左下》
楚宣王	楚将子发用善偷	《淮南子·道应训》
	受刑者活子发	《淮南子·人间训》

续表

时期	故事条目	出处
秦孝公	魏公叔痤言公孙鞅	《吕氏春秋·长见》《史记·商君列传》
	公孙鞅诈取故交公子卬	《吕氏春秋·无义》《史记·魏世家》《史记·商君列传》
韩昭侯	韩昭侯辨祠庙之豕	《吕氏春秋·任数》
	韩昭侯求亡爪	《韩非子·内储说上》
	韩昭侯使人藏弊裤	《韩非子·内储说上》
	堂溪公问玉卮,韩昭侯遂独卧	《韩非子·外储说右上》
	屈宜臼曰昭侯不出此门	《史记·韩世家》《说苑·权谋》
邹穆公	邹穆公令食凫雁者以粟易秕	《新书·春秋》《新序·刺奢》
燕易王	苏秦不免车裂之患	《新语·辅政》《新语·怀虑》《淮南子·氾论训》《淮南子·说林训》《史记·苏秦列传》
齐威王	驺忌以鼓琴受相印,淳于髡难之以微言	《史记·田敬仲完世家》《新序·杂事第二》
	靖郭君将城薛,客称"海大鱼"	《韩非子·说林下》《战国策·齐策一》《淮南子·人间训》《新序·杂事第二》
	薛公献玉珥	《韩非子·外储说右上》《战国策·齐策三》《淮南子·道应训》
	齐王令使赵求救,淳于髡大笑	《史记·滑稽列传》《说苑·复恩》《说苑·尊贤》
	淳于髡教邻家徙远薪	《新论·见征篇》
	齐使使献鸿于楚,溃失,使之楚巧辞	《韩诗外传·卷十》《史记·滑稽列传》《说苑·奉使》
	锺子期夜闻击磬者而悲	《吕氏春秋·精通》
	伯牙鼓琴,锺子期听之	《吕氏春秋·本味》《韩诗外传·卷九》《淮南子·修务训》

续表

时期	故事条目	出处
魏惠王	唐尚戏故人	《吕氏春秋·士容》
	惠公谏太子更择日葬惠王	《吕氏春秋·开春》《战国策·魏二》
	齐王与魏王称所"宝"	《韩诗外传·卷十》《史记·田敬仲完世家》《说苑·反质》
燕王哙	苏代誉桓公,燕王听子之	《韩非子·外储说右下》(《史记·燕召公世家·苏秦列传》)
秦惠王	墨者钜子腹䵍之子杀人	《吕氏春秋·去私》
	甘茂道穴闻之,犀首事败	《韩非子·外储说右上》《战国策·秦策二》
	张仪报周昭文君	《吕氏春秋·报更》
齐宣王	齐宣王为大室,春居谏	《吕氏春秋·骄恣》
	滥竽充数(齐宣王使人吹竽必三百人)	《韩非子·内储说上》
	儒者博乎弋乎鼓瑟乎	《韩非子·外储说左下》
魏襄王	魏襄王使史起治漳水灌邺田	《吕氏春秋·乐成》
赵武灵王	赵武灵王饿死沙丘宫	《韩非子·外储说右下》《史记·赵世家》《列女传·孽嬖传》
楚怀王	郑袖教美女掩口	《韩非子·内储说下》(《战国策·楚策四》)
卫嗣君	卫嗣君时有胥靡逃之魏,以一都买之	《韩非子·内储说上》《战国策·宋卫》
	公玉丹称齐湣王之所以亡以贤	《吕氏春秋·审己》《新序·杂事第五》
	齐湣王不听,狐援哭国受斲	《吕氏春秋·贵直》
	湣王出亡淖齿杀湣王与燕共分齐卤器	《韩非子·外储说右下》《史记·田敬仲完世家》
	燕使乐毅伐破齐,田单"火牛阵"	《史记·田单列传》
	威、宣、燕昭使人入海求仙	《史记·封禅书》

续表

时期	故事条目	出处
魏昭王	薛公召栾子与之博	《韩非子·外储说右上》
赵惠文王	平阳君之目恶过虎目	《韩非子·外储说右下》
	秦王病愈，訾买牛为祷者人二甲	《韩非子·外储说右下》
燕王喜	燕太子丹使荆轲刺秦王	《新书·淮难》《淮南子·泰族训》《史记·秦本纪·刺客列传》

国别	列国故事条目	出处
周	申喜逢母	《吕氏春秋·精通》《淮南子·缪称训》
	温人之周	《韩非子·说林上》
	卫君辟疆改称"诸侯毁"	《韩非子·外储说右下》《新书·审微》
鲁	昆弟五人葬父	《墨子·公孟》
	秦西巴不忍麑，孟孙任为傅	《韩非子·说林上》《淮南子·人间训》
	公仪休嗜鱼	《韩非子·外储说右下》《韩诗外传·卷三》《淮南子·道应训》《史记·循吏列传》《新序·节士》
	鲁酒薄而邯郸围	《庄子·胠箧》《淮南子·缪称训》《太平御览》引《淮南子》许慎注
齐	齐王疾痟，文挚怒王	《吕氏春秋·至忠》
	门人捐水而夷射诛	《韩非子·内储说下》
	狗盗子与刖危子竞夸	《韩非子·外储说左下》
	齐王厚送女，屠牛吐辞以疾	《韩诗外传·卷九》
晋	封人子高赞城成无罪戮，段乔夜令人解囚	《吕氏春秋·开春》
楚	楚有直躬者	《韩非子·五蠹》《吕氏春秋·当务》《淮南子·氾论训》
	次非赴江刺蛟	《吕氏春秋·知分》《淮南子·道应训》
	有欲以御见荆王者，众駻妒之	《韩非子·说林下》
	公子将伐陈，丈人笑句践	《韩非子·说林下》

续表

国别	列国故事条目	出处
	郢书燕说	《韩非子·外储说左上》
魏	杨布打狗	《韩非子·说林下》
	少庶子杀老儒取悦济阳君	《韩非子·内储说下》
	梁大夫令每夜往窃灌楚亭之瓜	《新书·退让》《新序·杂事第四》
	魏少子乳母身被十二矢	《韩诗外传·卷九》（《列女传·节义传》）
韩	张遣相韩病将死，公乘无正怀三十金问疾	《韩非子·说林上》
燕	燕人无惑，其妻浴以狗矢	《韩非子·内储说下》
	棘刺之端为母猴	《韩非子·外储说左上》
宋	丁氏穿井得一人	《吕氏春秋·察传》
	荆许救甚欢，臧孙子忧而反	《韩非子·说林上》
	杨子过于宋东之逆旅	《庄子·山木》《韩非子·说林上》
	狗猛酒酸	《韩非子·外储说右上》《韩诗外传·卷七》
	守株待兔	《韩非子·五蠹》
卫	曾从子请刺吴王被逐之	《韩非子·说林上》
中山	中山君与之食，鲁丹出不反舍	《韩非子·说林上》
郑	郑昭对曰"太子未生"	《韩非子·内储说下》
	郑国相子阳之死	《淮南子·氾论训》（《缪称训》）
	子列子常射中矣，请之于关尹子	《吕氏春秋·审己》
郑	为甲以组	《吕氏春秋·去尤》
虢	虢世子暴病死，扁鹊秦越人起死人	《韩诗外传·卷十》《史记·扁鹊仓公列传》《说苑·辨物》
其他	孟贲嗔目	《吕氏春秋·必己》
	黎丘之鬼效人之状	《吕氏春秋·疑似》
	尹儒夜梦受秋驾于其师	《吕氏春秋·博志》《淮南子·道应训》
	伯牙鼓琴，钟子期听之	《韩诗外传·卷九》（《淮南子·修务训》）
	东海勇士杀三蛟一龙，要离往见之	《韩诗外传·卷十》
	蒲且子见双凫过不被弋者亦下	《汲冢琐语》

孔门故事条目	出处
孔子之郯遇齐程本子倾盖而语	《韩诗外传·卷二》《说苑·尊贤》《孔子家语·致思》
孔子曰君取于臣不曰假	《韩诗外传·卷五》《新序·杂事第五》
季桓子穿井获羊称获狗，问之仲尼	《国语·鲁语下》《史记·孔子世家》《说苑·辨物》
吴获骨节专车问之仲尼	《国语·鲁语下》《史记·孔子世家》《说苑·辨物》
堂衣若扣孔子之门	《韩诗外传·卷九》
孔子出游遇妇人中泽而哭	《韩诗外传·卷九》
姑布子卿为孔子相面	《韩诗外传·卷九》（《史记·孔子世家》）
孔子马逸，食人之稼	《吕氏春秋·必己》《淮南子·人间训》
简子带甲以围孔子舍	《韩诗外传·卷六》《史记·孔子世家》《说苑·杂言》
孔子在陈有隼贯楛矢	《国语·鲁语下》《史记·孔子世家》《说苑·辨物》
孔子学鼓琴于师襄	《韩诗外传·卷五》（《淮南子·主术训》）《史记·孔子世家》
赵简子杀二臣，孔子临河而叹	《史记·孔子世家》《说苑·权谋》
孔子过陈西门而不式	《韩诗外传·卷一》《说苑·立节》
孔子南游楚遇阿谷处女	《韩诗外传·卷一》《列女传·辨通传》
孔子行闻哭声，皋鱼悲"失之三"	《韩诗外传·卷九》《说苑·敬慎》
子圉见孔子于商太宰	《韩非子·说林上》
殷法"弃灰于公道者断其手"，子贡问	《韩非子·内储说上》
仲尼下令不救火者比降北之罪	《韩非子·内储说上》
子皋刖人足，刖者逃子皋	《韩非子·外储说左下》《说苑·至公》
孔子止子路私为浆饭	《韩非子·外储说右上》
子路戏问，巫马期投鎌	《韩诗外传·卷二》
孔子过蒲三称善	《韩诗外传·卷六》
子贡子路颜渊从游景山，孔子曰君子登高必赋	《韩诗外传·卷七》

续表

孔门故事条目	出处
孔子与子贡子路颜渊游于戎山之上	《韩诗外传·卷九》
曾子曰夫子瑟声有贪狼之志	《韩诗外传·卷七》
曾子不避曾皙杖击,孔子闭门不见	《韩诗外传·卷八》《说苑·建本》
仲尼先黍后桃	《韩非子·外储说左下》
夔一足	《吕氏春秋·察传》《韩非子·外储说左下》
卫人醢子路	《礼记·檀弓上》《孔子家语·曲礼子夏问》阜阳简《儒家者言》章题
曾母扼臂,曾子驰至	《论衡·感虚篇》
卫将军见,曾子不起	《韩非子·说林下》
曾子杀彘	《韩非子·外储说左上》
子夏闻三豕涉河	《吕氏春秋·察传》
鲍焦弃其蔬立槁于洛水之上	《韩诗外传·卷一》《新序·节士第七》
掣肘（宓子贱治亶父,时掣摇君吏之肘）	《吕氏春秋·具备》《新序·杂事第二》
宓子不因齐寇允民自取麦	《新书·审微》
宓子论客之宾独有三过	《淮南子·齐俗训》
巫马旗（巫马期）治亶父三年	《吕氏春秋·具备》《淮南子·道应训》《淮南子·泰族训》
孟母断织教子	《韩诗外传·卷九》《列女传·母仪传》
孟母买东家豚肉明不欺	《韩诗外传·卷九》
孟母止孟子出妇	《韩诗外传·卷九》《列女传·母仪传》

参考文献

一、作品底本

1. 《春秋左传正义》,《十三经注疏》,中华书局1980年版。
2. 《国语》,上海古籍出版社1988年版。
3. [战国] 韩非著、[清] 王先慎集解《韩非子集解》,《诸子集成》5,上海书店1986年版。
4. [汉] 高诱注:《吕氏春秋》,《诸子集成》6,上海书店1986年版。
5. [汉] 贾谊撰、阎振益等校注:《新书校注》,中华书局2000年版。
6. [汉] 刘安撰、[汉] 高诱注:《淮南子》,《诸子集成》7,上海书店1986年版。
7. [汉] 韩婴撰、许维遹校释:《韩诗外传集释》,中华书局1980年版。
8. [汉] 司马迁撰、[宋] 裴骃集解、[唐] 司马贞索隐、[唐] 张守节正义:《史记》,中华书局1959年版。
9. [汉] 刘向撰、向宗鲁校证:《说苑校证》,中华书局1987年版。
10. [汉] 刘向撰、赵仲邑注:《新序详注》,中华书局1997年版。
11. [清] 严可均编:《全上古三代秦汉三国六朝文》,河北教育出版社1997年版。
12. 马承源主编:《上海博物馆藏战国楚竹书》(四),上海古籍出版社2004年版。
13. 马承源主编:《上海博物馆藏战国楚竹书》(五),上海古籍出版社2005年版。

14. 马承源主编：《上海博物馆藏战国楚竹书》（六），上海古籍出版社 2007 年版。
15. 马承源主编：《上海博物馆藏战国楚竹书》（七），上海古籍出版社 2008 年版。
16. 马承源主编：《上海博物馆藏战国楚竹书》（九），上海古籍出版社 2012 年版。
17. 李学勤主编：《清华大学藏战国竹简（壹）》，中西书局 2010 年版。
18. 李学勤主编：《清华大学藏战国竹简（叁）》，中西书局 2012 年版。
19. 李学勤主编：《清华大学藏战国竹简（伍）》，中西书局 2015 年版。
20. 李学勤主编：《清华大学藏战国竹简（陆）》，中西书局 2016 年版。
21. 北京大学出土文献研究所编：《北京大学藏西汉竹书》叁（上），上海古籍出版社 2015 年版。

二、参考著作

1. 《周易正义》，《十三经注疏》，中华书局 1980 年版。
2. 《尚书正义》，《十三经注疏》，中华书局 1980 年版。
3. 《毛诗正义》，《十三经注疏》，中华书局 1980 年版。
4. 《周礼注疏》，《十三经注疏》，中华书局 1980 年版。
5. 《论语注疏》，《十三经注疏》，中华书局 1980 年版。
6. 《孟子注疏》，《十三经注疏》，中华书局 1980 年版。
7. 《礼记正义》，《十三经注疏》中华书局 1980 年版。
8. ［清］孙诒让著：《墨子间诂》，《诸子集成》4，上海书店 1986 年版。
9. ［清］王先谦注：《庄子集解》，《诸子集成》3，上海书店 1986 年版。
10. ［清］王先谦著：《荀子集解》，《诸子集成》2，上海书店 1986 年版。
11. 张纯一著：《晏子春秋校注》，《诸子集成》4，上海书店 1986 年版。
12. 戴望著：《管子校正》，《诸子集成》5，上海书店 1986 年版。
13. ［汉］陆贾撰：《新语》，《诸子集成》7，上海书店 1986 年版。
14. ［汉］王充著：《论衡》，《诸子集成》7，上海书店 1986 年版。
15. ［汉］桓宽撰：《盐铁论》，《诸子集成》8，上海书店 1986 年版。

16. ［晋］张湛注：《列子》，《诸子集成》3，上海书店1986年版。
17. ［汉］刘向集录：《战国策》，上海古籍出版社1985年版。
18. ［汉］陆贾撰、王利器校注：《新语校注》，中华书局1986年版。
19. 何宁：《淮南子集释》（《新编诸子集成》本），中华书局1998年版。
20. ［汉］桓谭撰、朱谦之校辑：《新辑本桓谭新论》（《新编诸子集成》本），中华书局2009年版。
21. ［汉］刘向集、张敬注译：《列女传今注今译》，台湾商务印书馆1994年版。
22. ［清］王聘珍撰：《大戴礼记解诂》，中华书局1983年版。
23. ［东汉］赵晔著、张觉校注：《吴越春秋校注》，岳麓书社2006年版。
24. ［汉］应劭撰、王利器校注：《风俗通义校注》，中华书局1981年版。
25. ［清］王先谦撰：《诗三家义集疏》，中华书局1987年版。
26. ［唐］陆淳撰：《春秋集传纂例》，《钦定四库全书》。
27. 杨伯峻编著：《春秋左传注》，中华书局1981年版。
28. ［汉］班固撰、［唐］颜师古注：《汉书》，中华书局1962年版。
29. ［南朝宋］范晔：《后汉书》中华书局1965年版。
30. ［汉］刘熙：《释名》，《四部丛刊》本。
31. 张涛注译：《孔子家语注译》，三秦出版社1998年版。
32. ［梁］萧统编、［唐］李善注：《文选》，中华书局1977年版。
33. ［唐］房玄龄等撰：《晋书》，中华书局1974年版。
34. ［唐］魏徵等撰：《隋书》，中华书局1973年版。
35. ［宋］黄伯思：《东观余论》，汲古阁本。
36. ［宋］晁公武撰、孙猛校证：《郡斋读书志校证》，上海古籍出版社1990年版。
37. ［宋］李昉等撰：《太平御览》，中华书局1960年版。
38. ［清］朱彝尊撰：《经义考》，《钦定四库全书荟要》卷九千九百三十八，史部。
39. 《六经奥论》，《钦定四库全书荟要》卷三千二百四十一，经部。
40. 《四库全书总目》，中华书局1965年版。

41. 余嘉锡：《四库提要辩证》，中华书局1980年版。
42. 《古史辨》第五册上编，上海古籍出版社1981年版。
43. 《古典新义》，《闻一多全集》第2卷，生活·读书·新知三联书店1982年版。
44. 董治安主编：《唐代四大类书》，清华大学出版社2003年版。
45. 《张家山汉墓竹简（二四七号墓 释文修订本)》，文物出版社2006年版。

图书在版编目（CIP）数据

先秦说体文本研究／廖群著. —北京：中央编译出版社，2018.3
ISBN 978-7-5117-3568-3

Ⅰ.①先… Ⅱ.①廖… Ⅲ.①文体－研究－中国－先秦时代 Ⅳ.①I206.2

中国版本图书馆 CIP 数据核字（2018）第 077475 号

先秦说体文本研究

出 版 人：	葛海彦
出版统筹：	贾宇琰
责任编辑：	苗永姝
责任印制：	刘　慧
出版发行：	中央编译出版社
地　　址：	北京西城区车公庄大街乙 5 号鸿儒大厦 B 座（100044）
电　　话：	（010）52612345（总编室）　　（010）52612335（编辑室） （010）52612316（发行部）　　（010）52612346（馆配部）
传　　真：	（010）66515838
经　　销：	全国新华书店
印　　刷：	北京环球画中画印刷有限公司
开　　本：	710 毫米×1000 毫米　1/16
字　　数：	724 千字
印　　张：	45.75
版　　次：	2018 年 3 月第 1 版
印　　次：	2018 年 3 月第 1 次印刷
定　　价：	249.00 元

网　　址：	www.cctphome.com　　邮　箱：cctp@cctphome.com
新浪微博：	@中央编译出版社　　微　信：中央编译出版社(ID: cctphome)
淘宝店铺：	中央编译出版社直销店(http://shop108367160.taobao.com) （010）55626985

本社常年法律顾问：北京市吴栾赵阎律师事务所律师　闫军　梁勤
凡有印装质量问题，本社负责调换，电话：（010）55626985